Meinem Mann John,
der Träume wahr werden läßt

DAS HAUS WINDSOR

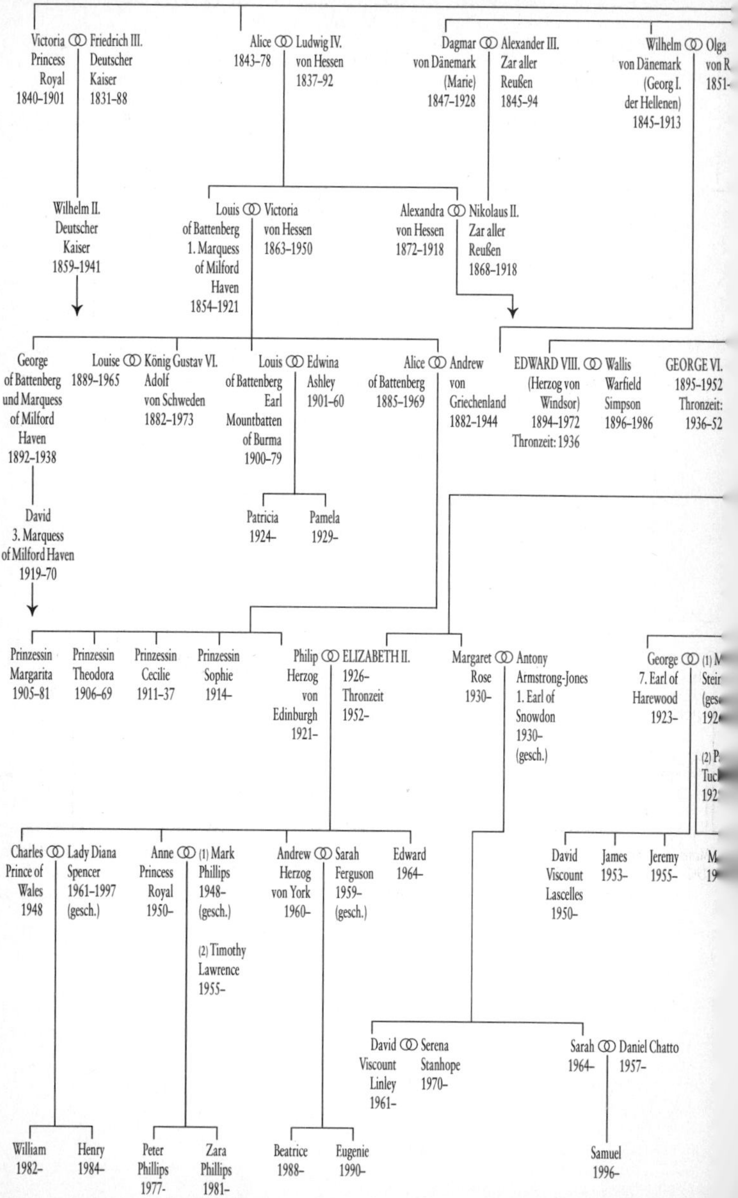

KITTY KELLEY

DIE ROYALS

GLANZ UND ELEND EINER ENGLISCHEN FAMILIE

Aus dem Amerikanischen
von Beatrice Beckmann,
Frank Ellenberger und Eva Malsch

BASTEI LÜBBE

BASTEI LÜBBE TASCHENBUCH
Band 12 871

Erste Auflage: November 1998

Titel der amerikanischen Originalausgabe:
THE ROYALS

Taschenbuch-Lizenzausgabe 1998 by
Bastei-Verlag Gustav H. Lübbe GmbH & Co.,
Bergisch Gladbach
Umschlaggestaltung: QuadroGrafik, Bensberg
Satz: J. Urban – KompetenzCenter, Düsseldorf
Druck und Verarbeitung: Elsnerdruck, Berlin
Printed in Germany
ISBN 3-404-12871-0

Der Preis dieses Bandes versteht sich einschließlich der gesetzlichen
Mehrwertsteuer

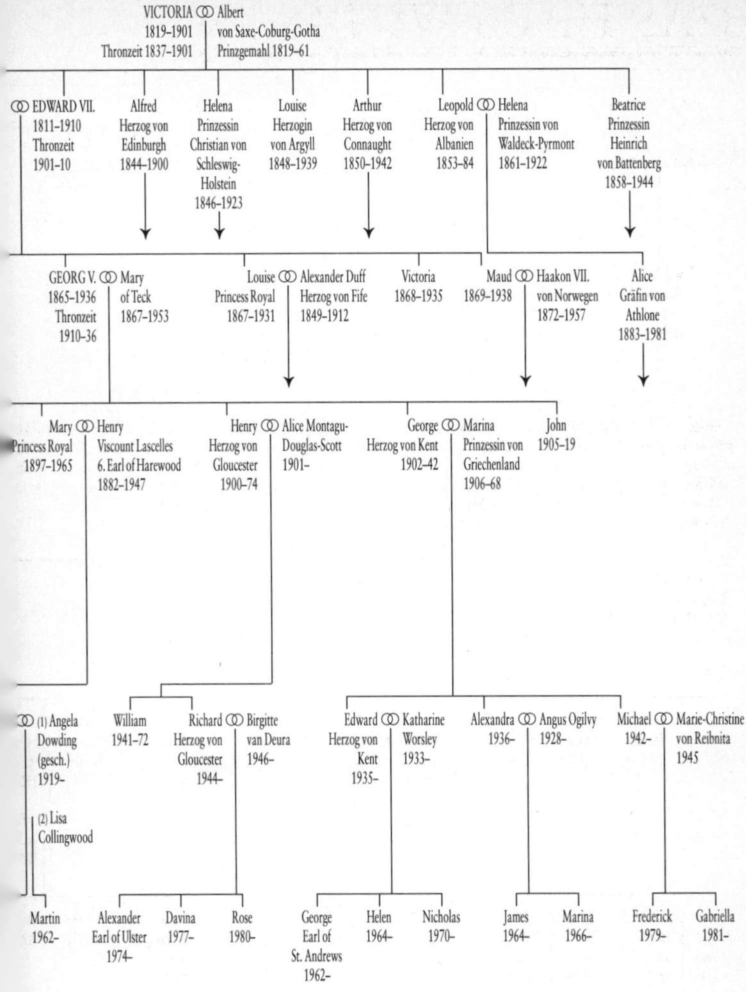
VICTORIA ⚭ Albert
1819–1901
Thronzeit 1837–1901
von Saxe-Coburg-Gotha
Prinzgemahl 1819–61
⚭ EDWARD VII.
1811–1910
Thronzeit
1901–10
Alfred
Herzog von
Edinburgh
1844–1900
Helena
Prinzessin
Christian von
Schleswig-
Holstein
1846–1923
Louise
Herzogin
von Argyll
1848–1939
Arthur
Herzog von
Connaught
1850–1942
Leopold ⚭ Helena
Herzog von
Albanien
1853–84
Prinzessin von
Waldeck-Pyrmont
1861–1922
Beatrice
Prinzessin
Heinrich
von Battenberg
1858–1944
GEORG V. ⚭ Mary
1865–1936
Thronzeit
1910–36
of Teck
1867–1953
Louise ⚭ Alexander Duff
Princess Royal
1867–1931
Herzog von Fife
1849–1912
Victoria
1868–1935
Maud ⚭ Haakon VII.
1869–1938
von Norwegen
1872–1957
Alice
Gräfin von
Athlone
1883–1981
Mary ⚭ Henry
Princess Royal
1897–1965
Viscount Lascelles
6. Earl of Harewood
1882–1947
Henry ⚭ Alice Montagu-
Herzog von
Gloucester
1900–74
Douglas-Scott
1901–
George ⚭ Marina
Herzog von Kent
1902–42
Prinzessin von
Griechenland
1906–68
John
1905–19
⚭ (1) Angela
Dowding
(gesch.)
1919–
(2) Lisa
Collingwood
William
1941–72
Richard ⚭ Birgitte
Herzog von
Gloucester
1944–
van Deura
1946–
Edward ⚭ Katharine
Herzog von
Kent
1935–
Worsley
1933–
Alexandra ⚭ Angus Ogilvy
1936–
1928–
Michael ⚭ Marie-Christine
1942–
von Reibnita
1945
Martin
1962–
Alexander
Earl of Ulster
1974–
Davina
1977–
Rose
1980–
George
Earl of
St. Andrews
1962–
Helen
1964–
Nicholas
1970–
James
1964–
Marina
1966–
Frederick
1979–
Gabriella
1981–

»... Hin und wieder kommt es vor, daß sich eine Familie dem Urteil eines Außenstehenden beugen muß. Eine Familie kann sich zu sehr in selbstgesponnenen Märchenfäden verheddern, und das hat dann meiner Meinung nach zur Folge, daß das Wahn- und Lügengespinst einer ängstlich bewahrten und nur bruchstückhaft erzählten Familiengeschichte ans Tageslicht tritt ...«

Aus: »The Stone Diaries« von Carol Shields

»Ich glaube schon an Adel, wenn das das richtige Wort ist und ein Demokrat es benutzen darf. Nicht den auf Rang und Einfluß beruhenden Machtadel, sondern den Adel der Einfühlsamkeit, der Besonnenheit und des Mutes. Die ihm angehören, findet man zu allen Zeiten und in allen Völkern und Schichten, und wenn sie sich begegnen, erkennen sie einander insgeheim. Sie verkörpern die wahre menschliche Tradition, den einzig dauerhaften Sieg unseres Geschlechts über Grausamkeit und Chaos.«

Aus einem Essay von 1941 von E. M. Forster

1

PRINZESSIN MARGARET VERLIESS in schnellen Schritten das Kino. Schon bei den ersten Szenen von »Schindlers Liste« hatte es sie kaum auf dem Stuhl gehalten. Sie rutschte unruhig hin und her, während im Film die Sabbatkerzen abbrannten. Als sie sah, wie einem KZ-Häftling eine Handvoll Zähne hingeworfen wurde, aus denen er die Goldplomben entfernen sollte, rümpfte sie die Nase und saß stocksteif auf ihrem Sitz, während der Alptraum auf der Leinwand seinen Fortgang nahm.

Sie sah, wie sich im Film die Straßen leerten, die noch vorher voller schreiender jüdischer Gefangener, brutaler SS-Leute und schnaubender Polizeihunde gewesen waren, so daß nur noch die verstreuten Koffer der soeben in die Todeslager verfrachteten Juden übrigblieben. Jetzt sprang die Prinzessin auf.

»Ich gehe«, sagte sie. »Ich weigere mich, auch nur eine Minute länger hierzubleiben.«

Ihren Freundinnen und Freunden stockte der Atem, aber sofort beugten sie sich ihrem Mißvergnügen, erhoben sich und begleiteten Ihre Königliche Hoheit zum Kensington Palace zurück.

»Ich will kein Wort mehr von Juden oder dem Holocaust hören«, sagte die Schwester der Königin. »Kein einziges Wort. Ich habe mir während des Krieges mehr als genug anhören müssen. Ich will nichts mehr davon wissen. Nie mehr.«

Später fragten sich Margarets Freunde, warum sie dann überhaupt den Film hatte anschauen wollen. Sie hätte doch wissen müssen, daß »Schindlers Liste« das Grauen des Völkermords schilderte. Es war ihnen nicht bewußt, daß die Prinzessin die Kritiken des Films aus einem bestimmten Blickwinkel gelesen und sich vom Bild des guten Deutschen Oskar Schindler hatte einnehmen lassen, welcher als Kriegsgewinnler begonnen und als selbstloser Held endete und so zahllosen Menschen das Leben retten konnte. Diese Geschichte hatte sie auf der Leinwand erleben wollen, nur diese.

Seit über sechzig Jahren war Margaret Rose nunmehr Prinzessin des Königshauses der Windsor, und sie war dazu erzogen worden, ihre deutschen Wurzeln, wann immer es möglich war, zu verleugnen, die Blutsverwandtschaft mit Sachsen-Coburg-Gotha möglichst zu verdrängen und die Abstammung von den Württembergern und Schleswig-Holstein-Sonderburg-Glücksburgern zu ignorieren, die schon ihren Ahnen manche schlaflose Nacht bereitet hatte.

Schlimme Kindheitserinnerungen an das England der nächtlichen Bombenangriffe hatte sie nicht. Als 1939 der Krieg ausbrach, war sie neun Jahre alt gewesen. Und mit vierundsechzig dachte sie offensichtlich kaum noch an die krachenden Bomben, die Verdunklungsnächte oder die Not zurück, die sie und ihre ältere Schwester, die Königin, zu ertragen hatten – so war jedenfalls ihre Sicht der Dinge –, um anderen, die oftmals sehr viel mehr erdulden mußten, mit gutem Beispiel voranzugehen. Daß sie einer normalen Kindheit beraubt worden war, hatte sie mittlerweile glorreich verdrängt.

In den Kriegsjahren jedenfalls hatte ihr königliches Konterfei ein dreizehnjähriges jüdisches Mädchen getröstet, das sich in Amsterdam vor den Nazis versteckte. Anne Frank hatte zur Erinnerung an eine bessere Welt Bilder von Prinzessin Margaret Rose und ihrer Schwester, Prinzessin Elizabeth, an die Wände der Dachkammer geklebt, in der sie sich mit ihrer Familie zwei Jahre lang versteckt hielt. Dann waren sie jedoch an die Gestapo verraten und in fensterlosen Viehwaggons ins Konzentrationslager Bergen-Belsen gebracht worden. Dort starb Anne einen Monat vor der Befreiung Europas. Als das Haus der Anne Frank nach dem Krieg der Öffentlichkeit zugänglich gemacht wurde, lächelten die von den Jahren vergilbten Bilder der kleinen Prinzessinnen Englands immer noch von der Wand.

Prinzessin Margaret war eigentlich stolz auf ihre Leistung im Krieg und auf die ihrer ernsteren Schwester und ihrer tapferen Eltern, die dafür gesorgt hatten, daß die Welt das Bild eines makellosen Königshauses vermittelt bekam.

Was Prinzessin Margaret an »Schindlers Liste« und »den übrigen furchtbaren Filmen über den Holocaust« so störte, war der Geruch Deutschlands, der immer noch an ihrer Familie haftete. Genauso wie ihre Beziehung zum Dritten Reich verblaßten im Laufe der Jahre auch die Skandale um Alkoholismus, Drogenabhängigkeit, Epilepsie, Irrsinn, Homosexualität, Bisexualität, Ehebruch, Untreue und illegitime Kinder. Diese in deutschen Kriegsarchiven und Familientagebüchern, Briefen, Fotos und Memoranden dokumentierten Geheimnisse lagen wohlverwahrt vor den forschenden Augen der Gelehrten und Historiker in den Gewölben des Königlichen Archivs in Windsor Castle vergraben. Kaum jemand erinnerte sich noch, daß Margarets Mutter und Vater wenig Neigung gezeigt hatten, sich Hitler in den Weg zu stellen, und Chamberlain gegenüber Churchill als Premierminister den Vorzug gaben. Die meisten Menschen hatten vergessen, daß der Lieblingsonkel der Prinzessin die Nazis als Retter Europas gefeiert und ihr fürstlicher Vetter einem KZ vorgestanden hatte, wofür er später als Kriegsverbrecher vor Gericht stand. Das einzige, worüber Margaret Rose in diesem Zusammenhang noch nachdachte, war, daß diese – teils geheimen, teils verhängnisvollen – Fakten am besten tief vergraben blieben.

Dabei scheute sich die Prinzessin ganz und gar nicht, ihre Meinung zu äußern, die aus dem Mund einer so belesenen Frau, als die sie sich gab, erstaunlich undifferenziert klang. Sie liebte öffentliche Auftritte in der Kunstszene und hatte eine

Vorliebe fürs Theater und Ballett, aber für die Betrachtung der Welt jenseits ihrer privilegierten Schicht setzte sie stets Scheuklappen auf. Sie dachte nicht daran, sich für ihre Vorurteile in vielerlei Hinsicht zu entschuldigen. In einer Diskussion über Indien äußerte sie beispielsweise, sie hasse »diese kleinen braunen Leute«. Kurz nach der Ermordung ihres Vetters, Lord Louis Mountbatten, durch die IRA ließ sie ihrer Verachtung für die Iren freien Lauf. »Das sind Schweine – nichts als Schweine«, sagte sie beim Besuch von Chicago zum Bürgermeister, der fatalerweise irischer Abstammung war. Als man sie der angesehenen Kolumnistin Ann Landers vorstellte, schaute Margaret sie prüfend an. »Sind Sie Jüdin?« fragte sie. Als die Kolumnistin bejahte, ging die nicht mehr an ihrer Person interessierte Prinzessin einfach weiter. Den Präsidenten von Guyana, Dr. Cheddi Jagan, bezeichnete sie als abstoßend. »Er hat alles, was ich verabscheue«, sagte sie, er ist schwarz, mit einer Jüdin verheiratet – und Amerikaner obendrein.«

Nach Verlassen der Vorstellung von »Schindlers Liste«, die sie als »einen langweiligen Film über Juden« beschrieb, riet sie ihrem Butler, sein Geld nicht auf den Besuch des mit sieben Oscars ausgezeichneten Werkes zu verschwenden.

»Ein Film wie ›Schindlers Liste‹ stillt nur den Hunger nach Blutrünstigkeiten«, sagte die Prinzessin, als der Butler ihr am nächsten Morgen das Frühstück brachte. »Ich hielt es nicht aus. Es war so durch und durch unerfreulich und ekelhaft, daß ich aufstand und ging.«

Der Butler hörte wie immer geduldig zu. Dann verneigte er sich und ging wieder in die Küche. Später erzählte er von dem Gespräch einem Amerikaner, der ihn fragte, ob ihn die Bemerkungen der Prinzessin nicht schockiert hätten. Den Butler schien die Frage zu überraschen.

»Ach Gott, nein. Das verstehen Sie nicht. Die Prinzessin ist königlichen Geblüts. *Königlich*«, sagte er ehrfurchtsvoll. »Die Prinzessin ist aus dem Hause Windsor, dem wichtigsten Königshaus der Welt. Sie ist die Tochter eines Königs und die

Schwester einer Königin. Erhaben, wie's erhabener nicht geht.«

»Wollen Sie damit etwa sagen, königliche Gestalten, schon gar britische, könnten gar nichts falsch machen? Nur weil sie eine Prinzessin ist, stehe sie jenseits aller Kritik?«

»Sie ist königlichen Geblüts«, wiederholte der Butler.

»Und deshalb über allen Tadel erhaben?«

»Königlich ist königlich«, sagte er. »Da gibt's nichts zu mäkeln.«

2

VIELE ENGLISCHE KÖNIGE haben niemals »King's English« gesprochen. Sie sprachen nur deutsch, denn fast zweihundert Jahre lang, von 1714 bis in unser Jahrhundert hinein, hatte eine deutsche Adelslinie im Britischen Empire großen Einfluß. 1915 endlich hatte England einen König, Georg V., der Englisch ohne deutschen Akzent sprach. Obwohl er aus der deutschen Sachsen-Coburg-Gotha-Linie stammte, die seit achtzig Jahren in England herrschte, betrachtete er sich selber als absolut britisch und tat alles dafür. Seine Untertanen, die Deutschland, die Deutschen und alles Deutsche haßten, waren davon nicht überzeugt.

Viele Jahre lang, vor allem Anfang des 20. Jahrhunderts, empfanden die Engländer zunehmend Furcht vor dem preußischen Militarismus. Sie fühlten sich vom Machtgabe des deutschen Kaisers bedroht. Und über das deutsche Säbelrasseln waren sie, wie George Bernard Shaw schrieb, »sauer und hatten es satt«. Der Erste Weltkrieg war darum für sie vorrangig ein Krieg gegen Deutschland.

In den Zeitungen las man Augenzeugenberichte über Greueltaten der Deutschen, die wehrlose Städte beschossen und Zivilisten ermordeten. Diese Taten schockierten 1915 die ganze Welt. Als deutsche U-Boote britische Schiffe versenkten, wurde das in englischen Leitartikeln als »Vormarsch der Hunnen« und »Verrat an der Kultur« gebrandmarkt. Die vom steigenden Blutzoll auf den Schlachtfeldern Frankreichs verursachten Leiden englischer Soldaten verschärften den britischen Ausländerhaß.

Der Anblick, wie seine Untertanen Fleischer mit deutschem Namen steinigten und die Häuser von Leuten anzündeten, die Dackel hielten, besorgte König Georg V. zutiefst. Brezeln wurden verboten, Dirigenten scheuten vor der Aufführung von Werken Mozarts und Beethovens zurück.

Diese Antipathie blieb nicht auf England beschränkt. Der Haß auf alles Deutsche hatte ganz Europa angesteckt und sich auf Amerika ausgedehnt, denn in Hollywood wurden serienweise Filme wie »To Hell with the Kaiser«, »Wolves of Kultur« und »The Kaiser: The Beast of Berlin« produziert.

Der König von England beklagte das »hysterische Geschrei« und nannte es »kleinkariert und unwürdig«, aber kaum jemand hörte auf ihn. Das Bild vom häßlichen Hunnen als Teufel, der vergewaltigend, plündernd und Unschuldige mordend durch die Lande zog, hatte sich der öffentlichen Vorstellungskraft bemächtigt.

Den König ängstigte diese Reaktion seiner unberechenbaren Untertanen so sehr, daß er sich nicht vor seine Verwandten deutscher Abstammung zu stellen wagte. Vielmehr sah er schweigend zu, wie sein geliebter Vetter Fürst Louis von Battenberg wegen seines deutschen Namens geschmäht wurde. Als der Krieg drohte, mobilisierte Battenberg als Erster Seelord der Royal Navy die Admiralität schnell und effizient, so daß England, als der Krieg ausbrach, in voller Bereitschaft stand. Dennoch war der eingebürgerte Brite Battenberg Ziel schwerer Angriffe: Er trug einen deutschen Namen, war in Deutschland geboren, sprach mit deutschem Akzent, beschäftigte deutsche Diener und besaß Ländereien in Deutschland.

Trotz seiner absoluten Treue zur Krone mußte er von seiner militärischen Position zurücktreten und seinen Fürstentitel abgeben. Als letzte Demütigung verlangte der König von ihm eine Namensänderung. Der völlig niedergeschlagene Fürst Battenberg anglisierte pflichtschuldigst seinen Namen und nannte sich den Engländern zuliebe fortan »Mountbatten«.

Der König versuchte, seinen Vetter damit zu trösten, daß er ihm einen britischen Adelstitel verlieh. Louis akzeptierte den Titel Marquess of Milford Haven, weil er seinen Kindern den Adelsstand sichern wollte, aber die Schande, seiner Abstammung abgeschworen zu haben, überwand er nie. Doch irgendwie behielt er noch seinen Sinn für Humor. Ins Gästebuch seines Sohnes schrieb er: »Am 9. Juni kam Fürst Hyde an, am 19. Juni reiste Lord Jekyll ab.«

Für seinen jüngeren Sohn selben Namens, Louis, war die Nachricht vom Rücktritt seines Vaters ein Schock. »Es war alles so dumm«, erinnerte er sich Jahre später. »Mein Vater hatte sechsundvierzig Jahre in der Royal Navy gedient. Er hatte sich vollkommen mit England identifiziert, und wir empfanden uns stets als englische Familie. Natürlich war uns unsere Verbindung nach Deutschland bekannt – wie sollte es anders sein? Keinem von uns kam je in den Sinn, uns dessen zu schämen – eher im Gegenteil. Wir sind cine sehr alte Familie, und wir sind stolz darauf ... Mein Vater hatte sich einzig durch Können und Fleiß bis zur Spitze der Royal Navy hochgearbeitet. Nun hat seine Laufbahn ein Ende – und das alles nur wegen des lächerlichen Verdachts, insgeheim könnte er ausgerechnet mit dem Volk sympathisieren, dem zu entfliehen er nach England gekommen war!«

Als nächstes machte sich der König daran, den Rest seiner deutschen Familie reinzuwaschen. Wie die Monarchen in der Mythologie, die sich in geheimnisvollen Nebel zu hüllen pflegten, schwang König Georg V. seinen königlichen Zauberstab. Über Nacht wurde sein Schwager – der Herzog von Teck – zum Marquess of Cambridge, und der andere – Fürst Alexander von Teck – zum Earl of Athlone. Ein königlicher Federstrich beseitigte sämtliche Spuren von Mecklenburg-Strelitz, der Hessen und Wettiner aus dem Stammbaum des Königs: Aus den häßlichen deutschen Entlein waren schöne britische Schwäne geworden. Aus den teutonischen Herzögen, Erzherzögen und Duodezfürsten wurden stantepede englische Earls und Dukes.

Doch der König hatte immer noch das Gefühl, um fortbestehen zu können, müsse sich die Monarchie noch weniger standesbewußt geben. Er erließ ein Dekret, wonach sich Mitglieder der königlichen Familie auch mit dem niedrigen Adel verheiraten durften. So geschah es, daß Angehörige des Königshauses zum ersten Mal in der Geschichte Bürgerliche ehelichen konnten; es war egal, ob diese nun einen Titel besaßen oder nicht. Das ebnete seinem zweiten Sohn Albert, den man in der Familie »Bertie« rief, den Weg, einem hübschen Schottenmädchen, das als Tochter eines Earl erzogen worden war, einen Heiratsantrag zu machen, obwohl man munkelte, ihre Mutter sei eine walisische Dienstmagd des Grafen gewesen (für diese offiziell nie bestätigten Gerüchte gibt es bislang keinerlei Beweise). Die Ironie des Schicksals hat es gewollt, daß Berties Eheschließung mit der Bürgerlichen Elizabeth Bowes-Lyon im Jahre 1923 den britischen Thron stabilisierte und die Dynastie über mehrere Generationen stützte.

Während des Ersten Weltkriegs geriet der deutsche Vetter des Königs, Prinz Albert von Schleswig-Holstein, wegen seiner Rolle in diesem Krieg ins Kreuzfeuer der Kritik, denn er war zeitweise in einem Lager außerhalb Berlins gewesen, wo er die Aufsicht über britische Kriegsgefangene hatte.

»Er kämpft nicht wirklich für die Deutschen«, wehrte der König ab, »man hat ihm lediglich die Obhut über ein Lager englischer Gefangener übertragen.«

»Hübsche Unterscheidung«, meinte Premierminister Asquith später einem Freund gegenüber. Sein Nachfolger Lloyd George nahm dann kein Blatt mehr vor den Mund. Als er eine königliche Aufforderung, in den Palast zu kommen, erhielt, wandte er sich seinem Sekretär zu und sagte: »Möchte wissen, was mir mein kleiner deutscher Freund zu sagen hat.« Die Antipathie des Premierministers hatte natürlich Einfluß auf seine Mitarbeiter, die den Privatsekretär des Königs, Lord Stamfordham, auf einem Holzstuhl in der Halle warten ließen und sich weigerten aufzustehen, wenn er ihr Büro betrat. Der

Privatsekretär ignorierte das unhöfliche Benehmen. »Wir sind alle Diener«, sagte er den schockierten Höflingen, »wenngleich einige etwas wichtiger sind als andere.«

Als treuer Sekretär von Königin Viktoria war Lord Stamfordham der weitaus wichtigste aller Diener des Königs. Er hatte noch Viktorias Erben, König Edward VII., gedient, der ihm die Fürsorge für seinen Sohn Georg schon sehr früh übertragen hatte. »Er hat mich gelehrt, wie man König ist«, sagte der Herr über seinen Diener.

Kein anderer als Lord Stanfordham erhielt dann auch die wenig beneidenswerte Aufgabe, König Georg V. die Sache mit D. H. Lawrence beizubringen, der sich verstecken mußte, weil er eine Deutsche geheiratet hatte. Der einst umschwärmte Schriftsteller hatte die Schwester des deutschen Jagdfliegers Manfred von Richthofen zur Frau genommen, des legendären Roten Barons, der im Ersten Weltkrieg achtzig alliierte Flugzeuge abgeschossen hatte. Nach der Hochzeit hatte die öffentliche Feindseligkeit Lawrence und seine Frau Frieda gezwungen, irgendwo auf dem Land in England Zuflucht zu suchen, wo sie sich wie Tiere in einer Scheune versteckten.

Diese Mitteilung ließ den König, der ebenfalls eine Deutsche zur Frau hatte, Schlimmstes befürchten. Aber die clevere Mary – Mary of Teck –, die Englisch mit leicht gutturalem Akzent sprach, begann sich als »von Kopf bis Fuß englisch« zu bezeichnen. Der König redete Kaiser Wilhelm II., den Oberbefehlshaber der quer durch Europa ziehenden deutschen Truppen, nicht länger als »lieber Vetter Willy« an. Und seine die Deutschen hassenden Untertanen, bei denen Sex als Thema tabu war, nannten das männliche Glied fortan »Willy«.

Der Deutschenhaß in England wurde so stark, daß die Mutter des Königs ihn anflehte, die Ehrenstandarten des Kaisers aus der Kapelle zu entfernen. »Obwohl ich mich in der Regel nie einmische, scheint mir die Zeit gekommen, die Stimme zu erheben«, schrieb Königin Alexandra. »Ich halte es für recht und billig, daß du diese verhaßten deutschen Banner in unserer geheiligten Kirche St. George's in Windsor abnehmen läßt.«

Die Königinmutter sandte den Brief an »meinen geliebten kleinen Georgie«, nachdem ihm die *Daily Mail* die Hölle heiß gemacht hatte, weil er es zuließ, daß acht Fahnen »feindlicher Kaiser, Könige und Fürsten« in Windsor einen Ehrenplatz bekamen. »Solange die anstößigen Banner hängen, betet man auch für die, die dafür stehen«, wetterte das Blatt. »Was denken sich die Berater des Königs denn eigentlich?«

Der König ignorierte die Kritik, bis sie dann aus dem Munde seiner »geliebten Mutter« kam. Da gab er nach und ließ die Flaggen abnehmen. »Sonst«, sagte er zu einem Freund, »hätte das Volk die Kapelle gestürmt.«

Sodann wandten sich der König und seine Familie mit ganzer Kraft den Erfordernissen des Krieges zu: Er schickte seine Söhne an die Westfront, entsandte den Prinzen von Wales (Edward, aber die Familie nannte ihn David) nach Frankreich, und Prinz Albert (Bertie) diente auf dem Schlachtschiff HMS *Collingwood.*

Um der Nation ein Beispiel zu geben, verbannte der König den Alkohol aus dem Palast und führte die strikte Rationierung ein.

Im März 1917 wurde sein Vetter, Zar Nikolaus II. von Rußland, zur Abdankung gezwungen, teils weil auch er eine deutsche Frau hatte, die der König »für das derzeit in Rußland herrschende Chaos« verantwortlich machte.

Der königliche Haushalt äußerte sich zu dem Thema noch brutaler: »Die Zarin ist nicht nur von Geburt, sondern auch in ihrem Denken und Fühlen eine ›boche‹. Sie hat alles in ihrer Macht Stehende getan, um eine Verständigung mit Deutschland zu erzielen. Man betrachtet sie als Verbrecherin oder als kriminelle Irre und auch den Exzaren als Verbrecher wegen seiner Schwäche, sich ihrer Einflüsterungen zu erwehren.«

Mehr brauchte der König nicht zu hören. Aus Angst um den Bestand seines Thrones entzog er seinem »geliebten Vetter«

die einst herzliche Freundschaft. Als der Zar für sich und seine Familie um Asyl bat, verweigerte es ihm der König und untersagte die Einreise nach England. Der König meinte, er müsse sich vom russischen Kaisertum trennen, schon gar, weil ihm ein deutscher Hautgout anhaftete. Also schrieb er seinem Vetter, er halte es »nicht für ratsam, daß die Kaiserliche Familie in diesem Land Wohnung nimmt«. Sie solle lieber nach Spanien oder Südfrankreich gehen. Da wußten die Revolutionäre in Rußland, daß der König für die Rettung seiner Verwandten keinen Finger krumm machen würde. Der alleingelassene Zar und seine Familie wurden unter Arrest gestellt und nach Sibirien geschickt.

Fortan verteidigte der König seine bedrohte Monarchie entschlossener denn je. Er verabscheute jede Bezugnahme auf seine deutsche Herkunft, und die Karikaturen Max Beerbohms, der ihn als jämmerliche Witzfigur zeichnete, machten ihn rasend. Er tobte, als ihn ein Labour-Abgeordneter »einen deutschen Schweinemetzger« nannte, und bekam erneut einen Wutanfall, als H. G. Wells ihn als Ausländer bezeichnete. In einem Leserbrief an die *Times* hatte der britische Journalist und Romancier ein »Ende der alten Ordnung von Thron und Zepter« gefordert. Das königliche Haus Sachsen-Coburg-Gotha verurteilte er mit den Worten, es sei »ein fremdländisch geprägter und wenig überzeugender Hof«.

»Ich mag ja wenig überzeugend sein«, tönte der König, »aber ich will verdammt sein, wenn ich ein Fremder bin.«

Er beschloß auf der Stelle, sich und sein Königshaus aller verdächtigen Dinge zu entledigen, von allem, was als schrecklich deutsche Tradition gewertet werden konnte. Mit größtem Geschick bekräftigte er sein Gottesgnadentum und gab sich den denkbar britischsten Namen. Seine Höflinge suchten wochenlang danach.

Gefunden hat ihn schließlich Lord Stamfordham, der sich einen Platz in der Geschichte sicherte, indem er den Namen Windsor vorschlug. In diesem einen Wort vereinigte sich alles, was der König suchte – das glorreiche geschichtsträchtige Bild, das bis zu Wilhelm dem Eroberer zurückreichte. Denn Windsor Castle, das denkbar britischste aller Symbole, stand für die englischen Monarchen seit achthundert Jahren. Zwar hatte in Windsor Castle nie ein König zu Lebzeiten gewohnt, aber mehrere waren dort gestorben, und in seiner Königsgruft lagen neun begraben. Dieser Name war geeignet, die angekratzte Krone wieder aufzupolieren.

Die Proklamation des Hauses Windsor war am 17. Juli 1917, und am folgenden Tag konnte man auf den Titelseiten aller Zeitungen Englands davon zu lesen. Die britische Presse berichtete pflichtschuldigst, der König habe seinen deutschen Namen und sämtliche deutschen Titel für sich und alle anderen Nachkommen von Königin Viktoria abgelegt, und von nun an seien er und seine Nachkommen das Haus Windsor.

In den Vereinigten Staaten erschien die Nachricht von der Neu-Selbsterfindung der britischen Königsfamilie auf Seite neun der *New York Times*. In einem Leitartikel betonte die *Times*, die »Un- und Umbenennung« sei in einer Versammlung des größten Kronrates verabschiedet worden, den es je gegeben habe, und ließ anklingen, der Name Windsor, eine angelsächsische Festung, in der der legendäre König Artus mit seinen Rittern in der Tafelrunde gesessen habe, sei wohl wegen der »darin mitschwingenden Kontinuität und urgeschichtlichen Bezogenheit« ausgewählt worden. Die wichtigste amerikanische Zeitung pries Englands König, der »einen ehrwürdigen Namen für sein Haus« gewählt habe.

In Deutschland war die Berichterstattung weniger ehrerbietig. Der Kaiser lachte über seinen Don Quichotte von Vetter und meinte, er freue sich schon auf eine Aufführung des bekannten Stückes »Die lustigen Weiber von Sachsen-Coburg-Gotha«. Die politische Opportunität des Schrittes wußte der Kaiser allerdings zu schätzen. »Mit der Monarchie ist es wie mit der Jungfräulichkeit«, sagte er. »Wer sie einmal verloren hat, kriegt sie nie wieder.«

Neunzehn Jahre später allerdings rächte er sich, als der König starb: Zur Beisetzung seines Vetters in Windsor Castle schickte er den Herzog von Sachsen-Coburg-Gotha. Der Herzog kam in seiner Nazi-Uniform.

Gewissensbisse ob seiner Taten plagten George V. nie. Um seinen Thron zu retten, riß er seine deutschen Wurzeln ganz pragmatisch einfach aus, und danach verstieß er systematisch seine ausländischen Verwandten. All das geschah, ohne daß ihm Bedenken kamen, selbst dann noch nicht, als er aus Rußland erfuhr, der Zar und die Zarin und ihre vier Töchter und ihr kleiner Sohn seien von Sibirien nach Jekaterinenburg gebracht und dort von den Bolschewiken massakriert worden.

»Das war gemeiner Mord«, schrieb er fromm in sein Tagebuch, das er für die Nachwelt führte. »Ich war Nicky sehr zugetan, der der liebenswerteste Mensch und durch und durch ein Gentleman war.«

Weil er bewußt Distanz zur Politik gewahrt hatte, hatte der König von England seine Krone behalten können. Und die nächsten zwei ruhigeren Jahrzehnte herrschte er dann auch rechtschaffen über das Haus Windsor. Es gab keinerlei Skandale, und wie seine Großmutter, Königin Viktoria, glänzte auch er mit den Tugenden, die die Engländer am höchsten verehren: Pflichterfüllung und Pünktlichkeit. Seine Untertanen sahen in ihm einen einfachen, anständigen Mann, dessen schlichter Geschmack dem ihrigen gleichkam.

Sein Erwachsenenleben hatte der König als Herzog von York begonnen und siebzehn Jahre lang im wesentlichen in den Mooren von Sandringham Rebhühner gejagt. Als sein älterer Bruder, der Herzog von Clarence, starb, wurde er zum designierten Thronfolger. Selbst dann noch ließ er die Uhren in Sandringham immer eine Stunde vorgehen, um mehr Zeit zum Jagen zu haben. Als echter Landedelmann genoß er es, durch seinen 8 000 Hektar großen Besitz in Norfolk zu pirschen. Er betete seine Frau an, ließ seiner Tochter viel durchgehen und terrorisierte seine fünf Söhne. »Ich fürchtete meinen Vater und werde verdammt noch mal dafür sorgen, daß auch meine Kinder mich fürchten«, sagte er.

Er war nur mäßig gebildet, las wenig, mied das Theater und hörte keine klassische Musik. Die schönen Künste waren ihm ebenso fremd wie die Wissenschaften. Zum Zeitvertreib leckte er Briefmarken ab und plazierte sie mit kindlicher Präzision in Briefmarkenalben aus blauem Leder. Am Ende seines Lebens hatte er eine riesige Briefmarkensammlung aus Gegenden beisammen, die er nie zu besuchen gedachte. Im Spott als »Seemannskönig« bekannt, reiste er weder zu Bildungs- noch zu Vergnügungszwecken. »Das Ausland ist schrecklich«, sagte er. »Ich weiß es, weil ich da war.« Doch außer zur Besichtigung militärischer Einrichtungen war er fast nie unterwegs. Eine Ausnahme machte er 1911 anläßlich seiner Krönung in Indien und 1913 für den Besuch von Verwandten in Deutschland.

»Mein Vater, George V., war im stillen stolz darauf, nie den Fuß in die Vereinigten Staaten gesetzt zu haben«, sagte dessen ältester Sohn.

»Zu weit weg«, pflegte er als König zu sagen.

Seine Kinder sollten genau so werden wie er. Aber in späteren Jahren schämte sich sein ältester Sohn, der Prinz von Wales, der dann Herzog von Windsor wurde, so sehr über die Unwissenheit seines Vaters, daß er die Zusage, eine Biographie über die königliche Familie zu schreiben, wieder rückgängig machte. Den Grund dafür verriet er seinem Verleger: »Ich möchte nicht, daß die Welt erfährt, welche Analphabeten wir alle waren.« Der Prinz von Wales brachte sich selbst bei einer Dinnerparty in Verlegenheit, weil er die Brontë-Schwestern, die in ihrem kurzen Leben immerhin zwei Werke wie »Jane Eyre« und »Stürmische Höhen« verfaßt hatten, die als Klassiker des englischen Romans gelten, nicht einmal beim Namen kannte. Der Prince of Wales, der nur selten las, wußte weder, wer sie waren, noch, wie sich ihre Name aussprach. »Wer sind die Bronts?« fragte er.

In völligem Unverständnis nervlicher Leiden empfand der Prinz von Wales den Zustand seines jüngsten Bruders, Prinz John, als Schande. John, der letzte der sechs Kinder des Monarchen, war geistig zurückgeblieben und Epileptiker. Heimlich wurde er schon in jungen Jahren aus der Familie entfernt und lebte auf einem Hof auf dem Gut Sandringham, wo er 1919 dreizehnjährig starb.

So ungebildet George V. auch war, er errang durch die gewissenhafte Erfüllung seiner Königspflichten, seine zahlreichen prachtvollen Uniformen und das offenkundige Vergnügen, mit dem er sie bei königlichen Paraden trug, dennoch Achtung bei vielen seiner Untertanen. Sie blickten zu ihm als Landesvater und Personifizierung ihrer Wertvorstellungen auf. England hatte durch Eroberungen im Ersten Weltkrieg so viel Land gewonnen, daß es ein Viertel des Erdballs und ein Viertel der Weltbevölkerung beherrschte, womit Georg V. zum König des letzten wirklich bedeutenden Imperiums avancierte. Während seiner Herrschaft ging die Sonne im britischen Empire buchstäblich nie unter.

Als König George V. 1936 starb, stand sein belagertes Land am Rande eines weiteren Weltkrieges mit Deutschland, der Britanniens Imperialmacht ein Ende setzen sollte. Und der Stein des auf dem Treibsand der Illusion erbauten Hauses Windsor begann unter dem Gewicht der Skandale zu verblassen.

Während der beiden letzten Lebensjahre quälte sich der König mit Gedanken an seinen Erben. Er erzitterte schon beim bloßen Gedanken, die Monarchie seinem saft- und kraftlosen Sohn überlassen zu müssen, der mit seinen einundvierzig Jahren immer noch unverheiratet war. Und nach dem er vierzehn Jahre lang mit der Frau eines anderen Mannes ein Verhältnis gehabt hatte, hatte sich der Prinz von Wales nun in eine verheiratete, schon zweifach geschiedene Amerikanerin namens Wallis Warfield Simpson vernarrt. Die Vorstellung von einer Geschiedenen in königlichen Kreisen galt damals als solches

Sakrileg, daß sich der König weigerte, die »unselige Geliebte« seines Sohnes zu empfangen. Er verbot seinem Sohn, seine königliche Gegenwart mit einer vom Makel der Scheidung befleckten Frau zu beschmutzen. Als der König den Tod nahen fühlte, ließ er seine Frau schwören, daß sie die verachtete Mrs. Simpson niemals empfangen werde. Die Königin, die in dem König mehr sah als nur ihren Ehemann – »Er ist mein allmächtiger Herr und Souverän« –, gehorchte bis zum Ende ihrer Tage seinem Befehl.

Am Ende seines Lebens verfluchte König George V. die Gesetze der Erstgeburt, die seinem solide verheirateten anderen Sohn die Thronfolge unmöglich machten. Obwohl Berties Gestotter und Gestammel ihn so ärgerten, daß er seiner oft überdrüssig war, so hätte er doch alles getan, um dem Prinz von Wales und seinem hurenhaften Betragen die Krone vorzuenthalten.

»Wenn ich tot bin«, sagte er, »wird sich der Junge binnen zwölf Monaten ruinieren.« Insoweit erwies sich der König als weitblickend.

Er wollte, daß der Thron an seinen zweiten Sohn und danach an seine geliebte Enkelin Elizabeth übergehe, die ihn stets »Opa England« nannte, weil er die Nationalhymne (»God Save the King«) als sein Lied bezeichnete. Sie saß ihm auf dem Schoß, spielte mit seinen Haaren, zupfte ihn am Bart und holte sich von seinem Teller Leckerbissen für ihren Welsh Corgi. Manchmal brachte sie ihn auch dazu, daß er auf allen vieren mit ihr »Pferdchen« spielte. Der alte König war vernarrt in seine erste Enkelin und hielt sie auf dem Balkon des Buckingham-Palastes in den Armen, damit sie die Menge schreien hören konnte. »Sie rufen dir zu, weißt du«, sagte er. Später vertraute er einem Stallmeister an: »Ich bete zu Gott, daß mein ältester Sohn [Edward] niemals heiratet und Kinder hat und somit nichts zwischen Bertie und Lilibet und den Thron tritt.«

Nach tagelanger schwerer Krankheit starb George V. am Montag, dem 20. Januar 1936 um 23.55 Uhr. Sein Ende wurde wahrscheinlich von Lord Dawson beschleunigt, der ihm eine tödliche Spritze Kokain und Morphium verabreichte. Man wollte, daß der König noch vor Mitternacht starb, damit sein Tod in der Morgenzeitung *The Times* und nicht in den zwar populären, aber oft niveaulosen Abendzeitungen erscheinen konnte. Der König verlor so möglicherweise sein Leben vorzeitig wegen einer Schlagzeile, die man bestens plazieren wollte. Dies war das Vermächtnis des Hauses Windsor, das später seinen Aufstieg und Fall als Marionettentheater für die Medien noch erleben sollte.

3

WINSTON CHURCHILL ZOG an seiner Zigarre und dachte über ein Problem nach, das eine Verfassungskrise heraufzubeschwören drohte: Der neue König, Edward VII., wollte seine Verlobung mit der Amerikanerin Wallis Warfield Simpson bekanntgeben.

»Warum sollte der König seinen Schwarm nicht heiraten dürfen?« fragte Churchill.

»Weil England keinen ›Schwarm‹ als Königin haben will«, gab der Theaterschriftsteller Noël Coward zurück.

Der neue König, der jetzt einundvierzigjährige Junggeselle, wollte seine Geliebte zur Frau nehmen, sobald sie ihre zweite Scheidung hinter sich hatte. Bei seiner eigenen Krönung wollte er sie auch als seine Gemahlin gekrönt sehen. Aber er befand sich im Widerspruch zum britischen Establishment, das von Wallis als Regina nichts wissen wollte. Premierminister Stanley Baldwin hatte erklärt, allein der Gedanke, eine in zwei Ehen gescheiterte Amerikanerin könne den König ehelichen und Königin des britischen Empire werden, sei haarsträubend. Aber der König behauptete unentwegt, die Öffentlichkeit werde ihn unterstützen. Der Premierminister machte daraufhin eine Umfrage im Commonwealth und berichtete als Ergebnis: entweder Verzicht auf Mrs. Simpson oder Abdankung.

»Ohne Wallis neben mir bedeutet mir das Königsein gar nichts«, sagte der König.

Zehn Monate nachdem er den Thron bestiegen hatte, verzichtete der neue Monarch schließlich darauf. Seine Abdankung gab er am 11. Dezember 1936 über den Rundfunk in einer Rede bekannt, die Churchill ihm zu schreiben geholfen hatte. Die Sendung aus Windsor Castle wurde in die ganze englischsprachige Welt übertragen. In New York stellten die Taxifahrer ihren Wagen am Straßenrand ab, um zu hören, wie der König sagte, ohne die Hilfe und Unterstützung der Frau, die er liebe, könne er nicht länger herrschen. Die britische Öffentlichkeit, die von der Krise erst vor wenigen Wochen erfahren hatte, hatte mit Telegrammen und Fernschreiben den König in Fort Belvedere beschworen: »Bleiben Sie bei uns!« und »Verlassen Sie uns nicht!«. Nunmehr weinten alle, als sie ihn auf den Thron verzichten hörten. »Er ward beraubt!« tönte die Beaverbrook-Presse. Der Journalist H. L. Mencken schrieb: »Das war die gewaltigste Nachricht seit der Auferstehung.«

Als der König sechs Monate später Mrs. Simpson heiratete, schrieb Königin Mary in ihr Tagebuch: »Alles aufzugeben, dafür!!!!« Der Premierminister, so wird kolportiert, bediente sich eines derben diffamierenden Witzes: »Er war Admiral der Flotte, jetzt ist er der dritte Gespons einer amerikanischen Schlampe.«

Der Mann, den seine Familie »David« nannte, war als S. K. H. Prinz Edward Albert Christian George Andrew Patrick David geboren worden. Vor der Thronbesteigung war er fünfundzwanzig Jahre lang der beliebteste Prinz von Wales der ganzen Geschichte gewesen. In jedem Land, das er besuchte, wurde er als galant und charmant gefeiert, als Ritter ohne Furcht und Tadel mit magischer Anziehungskraft, güldenem Haar und traurigen blauen Augen. Wo immer er weilte, wirkte der Zauber des Königlichen, das ihm anhaftete, und in seiner Gegenwart verneigten sich die Menschen mit Hingabe. Er war einer der am meisten angebeteten Thronerben, die je das britische Empire zierten.

»Es hat in unserer Geschichte wahrscheinlich noch niemanden gegeben, der so machtvoll wie dieser junge Prinz die Bande des Gefühls und der Sympathie zwischen dem Mutterland und den Millionen Männern, Frauen und Kindern im Commonwealth der Nationen weit da draußen zu knüpfen verstand«, schrieb Frances Donaldson in ihrer umfassenden Biographie Edwards VIII. »Die England entgegengebrachten Empfindungen lassen sich durch politische oder wirtschaftliche Vorteile allein niemals erklären, und zweifellos hat die Monarchie auf das Zusammenschmieden dieser disparaten Völker den größten Einfluß ausgeübt ...«

Vor allem die Frauen erregte die Gesellschaft dieses Mannes. Es genügte sogar, daß man mit jemandem zusammentraf, der ihm begegnet war. Daraus entstand der beliebte Refrain der damaligen Zeit: »Ich tanzt' mit einem Mann, der mit einem Mädchen getanzt, das mit dem Prinzen von Wales getanzt hat.«

Eine dieser Frauen war die Tochter eines schottischen Grafen, Lady Elizabeth Angela Marguerite Bowes-Lyon. Als neuntes von zehn Kindern war sie von ihrem nachsichtigen Vater verhätschelt und verwöhnt worden. Wie andere Frauen ihrer Generation war sie zwar formal ungebildet, aber in den für eine gute Heirat nötigen Künsten sehr bewandert. Dennoch war sie im Alter von dreiundzwanzig Jahren immer noch ledig, während die meisten ihrer adligen Freundinnen schon einen Mann hatten. Dann begegnete sie dem Prinzen von Wales, dem hinreißendsten Mann jener Zeit. Sie genoß die ihr zugedachte Aufmerksamkeit sehr, und die *Daily News* vom 5. Januar 1923 berichtete:

»Schottische Braut für den Prinzen von Wales. Der Thronerbe heiratet die Tochter eines Peers.«

Das Blatt nannte sie nicht bei Namen, aber die fragliche Frau war offenkundig sie. »Die künftige Königin von England ist die Tochter eines bekannten schottischen Peers, dem Schlösser nördlich und südlich des Tweed gehören.«

»Wir alle verneigten uns vor ihr, machten Knickse und zogen sie auf, indem wir sie ›Ma'am‹ nannten«, schrieb Henry

»Chips« Channon in sein Tagebuch. »Sie ist sanfter, lieblicher und aristokratischer als irgendeine andere lebende Frau, aber an diesem Abend kam sie mir unglücklich und zerstreut vor.«

Sie wußte, daß das Gerücht von der Romanze nicht zutraf, und zu ihrem Leidwesen druckte die Zeitung wenige Tage später ein königliches Dementi. »Wir sind offiziell zu erklären ermächtigt, daß der ... Bericht jeder Grundlage entbehrt ...«

Erst im hohen Alter gestand sie einer Freundin, daß sie zu den vielen jungen Frauen der zwanziger Jahre gehört hatte, die sich in den Prinzen von Wales verliebt hatten. »Er war so fröhlich«, sagte sie. »*Damals.*«

In jener Zeit interessierte sich der Prinz aber lediglich für die Ehefrauen anderer, die schmal, stromlinienförmig und ebenso androgyn und eßunlustig aussahen wie er selbst. Die dralle Fülle von Elizabeth Bowes-Lyon zog ihn überhaupt nicht an. Jahre später verliehen er und seine Frau ihr wegen ihrer unattraktiven Leibesfülle und ihrer Vorliebe für gutes Essen sogar den Spitznamen »Cookie«.

Im April 1923 heiratete Elisabeth den jüngeren Bruder des Prinzen und Herzogs von York, Bertie, der um ihre Hand angehalten hatte, nachdem er bei Lady Maureen Stanley abgeblitzt war. Er litt unter so gräßlicher Nervosität, daß er stotterte, unablässig mit den Augen zwinkerte und die Mundmuskeln nicht im Zaum halten konnte. »Elizabeth Bowes-Lyon war entschlossen, in die königliche Familie einzuheiraten«, sagte der Biograph Michael Thornton, »weshalb sie sich nach seinem dritten Antrag für den Zwerg des Wurfes entschied. Ich sage das, weil ich den Herzog von Windsor wegen der Fehde bis aufs Blut zwischen der Herzogin von Windsor und der Königinmutter interviewt habe. Ich fragte ihn, warum die Königinmutter in späteren Jahren seiner Frau gegenüber so unerbittlich sei und die Herzogin so abgrundtief hasse.

›Eifersucht‹, sagte er. ›Um es höflich zu sagen: Sie wollte mich heiraten.‹

Natürlich bestreiten ihre Freunde und Freundinnen das jetzt nach so vielen Jahren, aber das sagte mir der Herzog wenige Jahre vor seinem Tod.«

Nach der Abdankung Edwards VIII. im Jahre 1936 gelangte sein jüngerer Bruder Albert, in der Familie »Bertie« genannt, auf den Thron. Um die Kontinuität zur Herrschaft seines Vaters zu wahren, wurde er König George VI. Seine Frau, die sich als kleines Kind schon beim Spielen gern als Königin verkleidet hatte, wurde nun eine wirkliche Königin. Der Öffentlichkeit wurde die Nachricht per Wochenschau und im Rundfunk preisgegeben, aber die Krönung am 12. Mai 1937 wurde nicht gesendet. Die Feierlichkeiten in der Westminster Abbey galten als zu heilig, als daß sie über die Antennen gehen durfte. Der Erzbischof von Canterbury befürchtete, die Männer in den Pubs könnten beim Zuhören die Hüte aufbehalten.

Nach seiner Thronbesteigung war der neue König, George VI., entschlossen, seinen Bruder möglichst aus England fernzuhalten, um nicht erneut mit ihm konkurrieren zu müssen. Churchill empfahl, den Herzog von Windsor zum Gouverneur auf den Bahamas zu ernennen. Aber der König war dagegen, weil die Königin meinte, selbst diese unbedeutende Position sei für die Windsors noch zu gut.

»Sie wollte ihn verbannt und jedes Status entkleidet wissen«, sagte Michael Thornton. »Sie war so rachsüchtig, daß sie dem Minister für die Kolonien, Lord Lloyd, einen Brief schrieb und äußerte, wenn die Herzogin von Windsor, eine Geschiedene mit drei lebenden Ehemännern, zur Frau des Gouverneurs auf den Bahamas würde, dann hätte das einen katastrophalen Werteverfall zur Folge.«

Sir Walter Monckton, jener Höfling, der als Mittler fungierte, erkannte ebenfalls die Motive der Königin. So lesen wir in seinem Tagebuch: »... Ich glaube, die Königin hielt es ganz offensichtlich für unerwünscht [sic], dem Herzog irgendeinen Arbeitsbereich zuzuweisen. Ich hatte damals und auch später stets das Gefühl, daß sie verständlicherweise dachte, sie müsse auf der Hut bleiben, weil der Herzog von Windsor, zu dem auch die anderen Brüder immer aufgeschaut hatten, ein attraktives, lebensfrohes Geschöpf war, zu dem sich alle hinwenden würden, die den neuen König kritisierten, und der oberflächlich gesehen wirklich weniger mit den Künsten und Gnaden gesegnet war, die die Menschen ohne Zweifel beeindrucken konnten.«

Die Ernennung wurde trotz der Einwände der Königin vorgenommen. »Danach suchte sie süße Rache, indem sie dafür sorgte, daß die Herzogin von Windsor nie mit einem Hofknicks gewürdigt und nie als Königliche Hoheit angesprochen wurde«, sagte Thornton. »Die Königin half mit großer Energie beim Erlaß der Patentbriefe mit, die dem Herzog von Windsor ›Titel und Attribute einer Königlichen Hoheit‹ verliehen, diese aber seiner Frau und seinen Nachkommen vorenthielten.«

Der König sprach von der Herzogin als »Mrs. Simpson«, während die Königin mit den Worten »das Weib« ihre Verachtung ausdrückte.

Gemeinsam wiesen Ihre Majestäten den Haushofmeister an, die neue Regelung allen Beamten von Government House zuzutelegrafieren. Der Text aus dem Buckingham-Palast hieß: »Sie sind sich sicherlich im klaren, daß eine Dame, die S. K. H. dem Herzog von Windsor vorgestellt wird, einen halben Hofknicks machen soll. Die Herzogin von Windsor hat darauf keinen Anspruch. Der Herzog ist als ›Königliche Hoheit‹ anzureden, die Herzogin als ›Euer Gnaden‹.«

Der Herzog von Windsor schrieb zur selben Zeit einen leidenschaftlichen, bitterbösen Protestbrief an Winston Churchill: »... Ich verwahre mich gegen die berüchtigte Hofregelung, ... mit der der König (oder sollen wir sagen, die Königin?) angeordnet hat, daß die Herzogin keinen königlichen Rang genieße. ... Ich bin sicher, wenn Ihre Frau Gegenstand solch rachsüchtiger Eifersucht wäre, ... würde es Ihnen genauso widerstreben, unter der Krone zu dienen, wie es mir widerstrebt ...«

Bis zu diesem Augenblick war jede Ehefrau automatisch in den Genuß des Status ihres Mannes gelangt. Nun wurden die Regeln urplötzlich geändert, um der Herzogin von Windsor jeden Bezug zur Krone streitig zu machen. Denn die zweimal geschiedene Amerikanerin war nicht als Königin von England geeignet und sollte ebensowenig gleichberechtigtes Mitglied der königlichen Familie sein. Folglich wurde sie, bevor ihr Mann starb, auch von keinem Windsor offiziell empfangen, und wenn ein Aufeinandertreffen unumgänglich war, wurde ihr nur die denkbar geringste Höflichkeit zuteil. »Sie waren höflich und nett zu mir«, sagte sie, »aber sie waren kalt. Sehr kalt.« Die Herzogin von Windsor starb mehrere Jahre später neunzigjährig, einsam und von langer Krankheit gezeichnet.

Schon lange bevor sie Königin wurde, hatten sich Elizabeth und ihr Mann die Wiederherstellung des Rufes der königlichen Familie auf die Fahnen geschrieben. Ihre zur Schau getragene strenge Disziplin und spießbürgerliche Art stand in großem Gegensatz zum Leben des champagnersüffelnden Thronerben, der sich in Fort Belvedere mit verschiedenen verheirateten Gespielinnen vergnügte. Die Yorks, oder »Betty und Bert«, wie manche Zeitungen das Paar nannten, verkörperten nach außen, in der Öffentlichkeit, Familienidylle und Häuslichkeit. Elizabeth förderte dieses Image, indem sie für Aufnahmen posierte, die sie tee-eingießend oder mit den Corgis durch den Park spazierend zeigten. Sie bat so auch Lady Cynthia Asquith, ein Buch zu schreiben, »The Married Life of the Duchess of York«, auf dessen Umschlag zu lesen war, es sei »mit persönlicher Genehmigung Ihrer Königlichen Hoheit geschrieben und veröffentlicht« worden. Nach der Geburt ihres ersten Kindes gestattete sie auch einem früheren Mitglied ihres Beraterkreises, Miss Anne Ring, »Die Geschichte von

Prinzessin Elizabeth, mit Genehmigung ihrer Eltern« zu veröffentlichen. Mit diesen zwei nichtssagenden Werken begründete sie einen Mythos, der sie über allen Tadel erhob.

»Geschieht alles mit Spiegeln«, waren die Worte, mit denen Noël Coward die gekonnte Geheimwissenschaft der Legendenbildung beschrieb. Doch Elizabeth tat es mit Federboas, einem entwaffnenden Lächeln, einer sanften Stimme und einem Diadem. Aus diesen Zutaten braute sie ihren Zaubercocktail.

Sie wurde 1900 noch unter der Herrschaft von Königin Viktoria geboren und sah viele Monarchen und Premierminister kommen und gehen. Sie erlebte zwei Weltkriege und mußte mit ansehen, wie das britische Empire zu einem kleinen Commonwealth zusammenschmolz. Mit zunehmendem Alter wurde sie als federngeschmücktes Wahrzeichen einer ruhmreichen Vergangenheit gefeiert. Sie war Geschichte in Person, das Kontinuum, das Generationen mit ihrer besten Erinnerung an Mut und Pflicht und Solidität verband.

Von Anfang an verstand sie die wirkungsvolle Macht von Operettenauftritten auf die öffentliche Meinung zu nutzen – Hofknickse und Uniformen, tänzelnde Rosse und das Filmstarwinken aus der goldenen Kutsche. Instinktiv wußte sie, wie solches Gepränge die Herzen anrührt. Sie war eine geniale Vermarkterin ihrer selbst und ihres Mannes, zumal in den Kriegsjahren, wenn sie den schwachen und leicht gebückt gehenden Mann stützte und trotzdem wie einen König aussehen ließ.

Als erste Frau aus dem gemeinen Volk, die ins Haus der Windsor geheiratet hatte, zeigte Elizabeth Bowes-Lyon dem Land, wie sich Menschen königlichen Blutes zu betragen haben. Schon als Herzogin von York eroberte sie sich mit lieblichen kleinen Gesten und graziösem Lächeln einen Platz in den Herzen. Doch als Königin war ihr die Verehrung der Massen sicher, weil sie im Zweiten Weltkrieg während der Bombenangriffe demonstrativ in London blieb. Sie ließ sich fotografieren, wie sie mit dem König in den rauchenden Trümmern des zerbombten Buckingham-Palastes stand. »Ich bin fast froh, daß es uns getroffen hat«, sagte sie. »So kann ich mich mit dem bombenzerstörten Eastend solidarisch fühlen.«

Sie lehnte es ab, außerhalb Englands Sicherheit für sich und ihre Kinder zu suchen, und machte sich damit im ganzen geplagten Land auf immer beliebt.

»Sie können nicht ohne mich weg«, sagte sie energisch. »Ich kann den König unmöglich verlassen, und der König wird niemals gehen.«

Als sie mit dem König im Londoner Eastend die Bombenschäden besichtigte, riet ein jüdischer Schneider dem Monarchen, »das Empire unter den Schutz der Ehefrau zu stellen«. Sie wurde zu einem solchen Pfeiler der Moral, daß Adolf Hitler sie die gefährlichste Frau ganz Europas nannte. Nach dem Krieg brachte es ein dankbarer Soldat auf diesen Nenner: »Sie streifte ihre feinste Robe über und setzte ihr fröhlichstes Lächeln auf, als die London Bridge in Trümmer fiel.«

Im Zweiten Weltkrieg wurde ein Foto der Königin mit Krone als Weihnachtsgrußkarte jedem Mann und jeder Frau zugeschickt, die in den Streitkräften dienten. Es war ein überall geschätztes Geschenk des Monarchen an seine Untertanen.

Elizabeth verstand es so genial, die königliche Familie menschlich wirken zu lassen, daß sie bei Auftritten in den Wochenschauen, die im Vor-Fernsehzeitalter in den Kinos gezeigt wurden, zur internationalen Mediensensation avancierte. Ihre Rundfunkansprachen hielten im ganzen besetzten Europa die Hoffnungen hoch, wenn sie ihren Zuhörern sagte: »Wo ich auch hingehe, sehe ich strahlende Augen und lächelnde Gesichter. Denn mag unser Weg auch steinig und hart sein, so ist es doch ein gerader Weg, und wir wissen, daß wir für eine große Sache kämpfen.« Ihr Lächeln im Angesicht der deutschen Bombenangriffe stärkte die Vaterlandsliebe aller.

Sie verlieh der Monarchie die Eigenschaft der Fürsorge, indem sie Bombenkrater in ganz England besichtigte. Vorher konsultierte sie ihren Couturier Norman Hartnell, damit sie nur ja das richtige Kleid trug. Etwas so Maskulines wie eine Uniform wollte sie nicht anziehen, aber sie wußte nur zu gut, daß sie niemals pompös und betont königlich erscheinen durfte. Nach ausgiebiger Diskussion entschloß sie sich, niemals Schwarz – die Trauerfarbe – oder das für Kriegszeiten zu festliche Rot zu tragen. Vielmehr entwarf Hartnell, wie er später schrieb, eine Reihe von »Kriegskleidern« in den »sanften Farben – staubrosa, staubblau oder staublila ..., denn sie wollte den tröstlichsten, ermutigendsten und mitfühlendsten Ton treffen.«

Beim Gang durch die bombengeschädigten Stätten trug sie immer ihren Hut und ihre Juwelen. Als man sie fragte, ob es denn richtig sei, wenn sie beim Besuch zerbombter Häuser ihre besten Kleider anziehe, lächelte sie. »Natürlich«, sagte sie. »Sie würden ja auch ihr bestes Kleid anziehen, wenn sie mich besuchen kämen.«

Sie verachtete die Deutschen und erklärte, sie würde sie persönlich erschießen und sich niemals ergeben. Und als sie die gestürzten gekrönten Häupter nach der Invasion ihrer Länder nach London kommen sah, schwor sie, sich und ihre Krone mit allen Mitteln zu verteidigen. Sie begann damit, jeden Morgen Schießübungen zu machen, und bestand darauf, daß auch der König es ihr nachtue. »Ich werde nicht wie die andern untergehen«, erklärte sie.

Sie und der König entbrannten in gerechtem Zorn ob der öffentlichen Bewunderung Hitlers durch die Windsors. Im April 1941 soll der Herzog gesagt haben: »Amerika wäre sehr schlecht beraten, wenn es gegen Deutschland in den Krieg einträte, da Europa ohnehin erledigt ist.« Die Herzogin stimmte ihm zu. »Wenn die USA in den Krieg einträten, ginge die Regierung dieses Landes als der größte Dummkopf aller Zeiten in die Geschichte ein.« Des weiteren sagte der Herzog zum

Herausgeber der US-Zeitschrift *Liberty*: «... es wäre tragisch für die Welt, wenn Hitler gestürzt würde.«

Noch zorniger wurde die Königin, als sie in einer Filmszene die Herzogin von Windsor auf einem Luxusdampfer weilen sah, während die Menschen in England für ein Stückchen frischen Fisch oder Brot frierend Schlange standen. Die Herzogin reiste auch während des Krieges mit ihren handgefertigten Hermès-Handtaschen im ganz feinen Stil. Sie trug Smaragde so groß wie Eier und Pelze, mit denen man ganze Zimmer hätte auslegen können, während die Menschen im kriegsrationierten England alte Mäntel zusammenflickten, um sich warm zu halten. Besonders erregte die Königin ein Zeitungsbericht, die Herzogin sei in der ersten Klasse von den Bahamas nach New York geflogen, nur um sich die Haare frisieren zu lassen.

Auch was andere Hindernisse anging, hatte die Königin in der Vergangenheit eine beispiellose Entschlossenheit an den Tag gelegt: Es quälte sie sehr, daß sie in den Monaten nach der Hochzeit noch nicht schwanger geworden war. Das Fruchtbarkeitsproblem hing mit der »Nervosität« zusammen, unter der ihr Ehemann litt und die seinem debilen Gestotter, seinen quälenden Zuckungen, seinen rachitischen Beinen und seinen Geschwürblutungen zugrunde lag. Diese Störung hatte er mit seinem älteren Bruder gemein. Als man die Herzogin von Windsor fragte, warum sie mit ihrem Mann keine Kinder habe, witzelte sie über seine Impotenz: »Der Herzog ist nicht erblich veranlagt.«

Sein Bruder war es auch nicht. Seit zwei Jahren bereits zeigten sich bei der Herzogin von York keine Anzeichen für eine Schwangerschaft. Sie konsultierte mehrere Frauenärzte und Geburtshelfer. Schließlich willigten sie und ihr Mann auf den Rat ihres Arztes Lane Phillips ein, es mit einer künstlichen Befruchtung zu versuchen. Dank der mechanischen Injektion seines Spermas in ihren Uterus wurde sie endlich schwanger. Nur mit Hilfe dieser Art der Befruchtung war sie in der Lage,

1926 ihr erstes Kind Elizabeth und 1930 ihr zweites, Margaret Rose, zu gebären. Der einzige Kommentar ihrer Ärzte nach der Geburt von Elizabeth betraf die Entbindung per Kaiserschnitt: »Eine bestimmte Behandlungsweise wurde erfolgreich angewandt.« Die ehrerbietige britische Presse verschwieg, daß die künftige Königin von England das Produkt künstlicher Befruchtung war. »In unseren Kreisen war das damals durchaus bekannt«, sagte ein Freund der königlichen Familie, dessen Mutter ein Patenkind von Königin Viktoria war. »Meine Mutter und die Herzogin von York sprachen darüber, weil sie denselben Gynäkologen hatten. ... Der Herzog hatte ein ... leichtes ... Problem ... mit ... äh ... seinem ›Willy‹ ...« George Bernard Shaw beschrieb es so: »Monarchen werden nicht geboren, sie entstehen durch Kopfgeburten.«

Als Frau aus dem Volk wurde die Herzogin dafür geachtet, daß sie die königliche Aufgabe auf sich genommen hatte, einen Erben und – zur Sicherheit – auch noch einen weiteren zur Welt zu bringen, auch wenn es dazu der künstlichen Befruchtung bedurft hatte. »Unsere Familie wußte, daß Prinzessin Elizabeth und Prinzessin Margaret durch einen medizinischen Eingriff zur Welt kamen«, sagte eine Verwandte des Earl of Arran. »Das war damals revolutionär, wurde aber nie öffentlich diskutiert und sollte es wohl auch künftig nicht werden ...«

Bis zum Kriegsende war die Königinmutter zur lebenden Heiligen geworden, die es anzubeten und zu schützen galt. Da das Land sie zur Löwin stempelte, folgte ihm auch die Presse und schrieb nie ein negatives Wort über sie. Selbst als jedes intimste Detail der königlichen Familie zum Zeitungsfraß wurde, blieb sie allein stets immun dagegen. Die Medien unterließen es ehrerbietig zu berichten, daß sie infolge eines Darmeingriffs einen Dickdarmbeutel trug. Ihre Trinkgewohnheiten, die bei jedem anderen als beginnender Alkoholismus beschrieben worden wären, wurden bei ihr lediglich als »gelegentlich ein Gläschen« bagatellisiert. Ihre Liebe zum Glücksspiel wurde nie als Sucht, sondern stets nur als unschuldiger Zeitvertreib einer süßen alten Dame dargestellt, die ganz zufällig im Haus einen persönlichen Draht zum Buchmacher vorgefunden hatte, der sie in jeder Minute mit den neuesten Rennergebnissen versorgte. Ihre Unterstützung der weißen Minderheitenherrschaft in Südafrika wurde ihr nie als Rassismus angekreidet, sondern eher als rechte politische Verirrung. Ganz nach der allgemeinen Meinung ihrer Zeit entschuldigte man es bei ihr, wenn sie Farbige als »blackamoors« oder »nig nogs« bezeichnete. »Für Schwarze hat sie nicht viel übrig«, schrieb Paul Callan im *International Express,* »aber das sind normale Dinge, die für ihr Alter und ihre Klasse typisch sind.«

Selbst die satirische Fernsehsendung »Spitting Image« hielt sich gegenüber dem beliebtesten Mitglied der königlichen Familie zurück. »Für die erste Show hatten wir einen Sketch vorbereitet, bei dem die Königinmutter Prinzessin Margaret eine Wodkaflasche aus der Hand riß«, erinnerte sich Roger Law, »aber der Produzent John Lloyd verweigerte uns den Auftakt mit diesem Spaß. ... Wir mußten warten, bis das Publikum die Show angenommen hatte. Schockiert haben wir, indem wir die königliche Familie wie eine normale Familie behandelten ...«

»Die Königinmutter in ihrer Würde anzutasten ist auch heute noch so ein Sakrileg, daß man mir sogar verbot, in einem fiktiven Stück die Möglichkeit ihres Todes anzudeuten«, sagte die Schriftstellerin Sue Townsend, Autorin von »The Queen and I.« »Als ich mein Buch zu einem Theaterstück umschrieb, lehnte der künstlerische Direktor des Royal Court Theatre, Max Stafford-Clark, die Verwendung der Szene von der Beisetzung der Königinmutter ab. Er befürchtete den öffentlichen Aufschrei und Folgen für sich selbst. Also mußte ich diesen Teil umschreiben. Ich machte mit, auch weil ich das Stück aufgeführt sehen wollte.«

Als ein anderer Journalist ein paar harmlose Bemerkungen weitergab, die die Königinmutter beim Lunch gemacht hatte, wurde er als gemeiner Lästerer beschimpft. »Man nannte mich ... einen ungehobelten Menschen, weil ich das Gespräch der alten Dame wiederholte«, sagte A. N. Wilson, der das Tabu gebrochen hatte, die ungefilterten Worte einer königlichen Persönlichkeit niemals weiterzusagen.

In einem Artikel im *Spectator* hatte er die fröhliche Erinnerung der Königinmutter an einen Abend im Krieg erzählt, an dem T. S. Eliot bei ihr war. Sie befürchtete, ihren Kindern könnte keine ausreichende Erziehung zukommen, und sie ließ daher in Windsor Castle öfters einmal einen Gedichtabend arrangieren.

»Ach, war das ein ungemütlicher Abend«, erinnerte sie sich. »Da saß dieser Mann – eine ziemliche Trauergestalt – und las ein Gedicht vor. ... Ich glaube, es hieß ›Die Wüste‹. Zuerst kriegten die Mädchen einen Lachanfall, dann ich und schließlich auch der König.«

»›Die Wüste‹, Ma'am? Sind Sie sicher, daß es nicht ›Das wüste Land‹ war?«

»Richtig, so hieß es«, meinte die Königinmutter. »Ich fürchte, wir haben alle gekichert. So ein trübseliger Mann, sah aus, als arbeite er in einer Bank, und wir verstanden kein Wort.«

»Ich glaube, er hat tatsächlich mal in einer Bank gearbeitet«, sagte der Journalist. Man warf ihm aufgrund der unwürdigen Veröffentlichung dieser Sätze vor, er habe die geliebte Königinmutter unwürdig dargestellt. Inzwischen war sie zur unantastbaren Ikone geworden.

»Vielleicht die am meisten geliebte Person in der westlichen Welt«, meinte Sir Edward Ford, der frühere zweite Privatsekretär der Königin.

»Sie verkörpert das Ideal königlicher Würde«, sagte der Schriftsteller Robert Lacy einmal.

Ihr Piedestal hat sie mit über siebzig Jahren königlicher Kulthandlungen untermauert: Eröffnungen, Regimenter besuchen, Schiffstaufen und Grundsteinlegungen. So verdiente sie ihren Unterhalt, der den britischen Steuerzahler sehr viel

Geld pro Jahr kostete – mit fröhlichem Winken, kokettem Nicken und süßem Lächeln.

»Arbeit ist die Miete, die man für das Zimmer zahlt, das man auf Erden bewohnt«, sagte sie.

Den Briten war sie jeden Schilling wert, den sie für ihren Butler, zwei Fahrer, zwei Sicherheitsleute, drei Schlösser, vier Dienstmädchen, vier Gesellschaftsdamen, acht Lakaien, zehn Diener und fünfzehn Stallburschen hinlegten (die sich um ihre vierzehn Pferde kümmern).

»Die Queen Mum ist meine große Liebe – die einzige der ganzen Königsfamilie, die für mich zählt«, sagte die Malerin Fleur Cowles. »Die andern kenne ich nicht und brauche ich auch nicht zu kennen.« Sie öffnete die Tür zu ihrem Londoner Wohnzimmer und deutete auf ihr Plüschsamtsofa für zwei. »Hier sitzt Ihre Majestät, Königinmutter Elizabeth, wenn sie zum Dinner kommt. Und wenn sie geht, dreht sie sich jedesmal in der Tür um, wirft die Fersen hoch wie ein Ballettmädchen und streckt die Arme in die Höhe. Ein so bezaubernder Abgang.«

Unter dem sanften Schein und hinter ihrer sonnigen Art verbergen sich aber ganze Schichten von Doppelbödigkeit. Unter den Federn der Hüte der Königinmutter steckt knallharter Stein. Beherzt und unerschrocken schützte sie den Mythos des Königshauses, indem sie seine Geheimnisse unter strengen Verschluß nahm. Ihr Leben lang war sie die Wärterin, die dafür sorgte, daß alles, was dem schönen Schein schaden könnte, zerstört oder auf immer begraben wurde. Sie hatte das Haus Windsor retten helfen und war entschlossen, nicht an ihm rütteln zu lassen. Selbst als sie schon weit über neunzig war, besaß sie immer noch genug Einfluß, um die britische Regierung an der Freigabe der vorhandenen Beweisstücke über die nicht ganz astreinen Kontakte der Windsors mit dem Dritten Reich zu hindern. Über fünfzig Jahre lang hielt sie die Dokumente zurück, aus denen der Separatfriedensvertrag mit den Nazis hervorging, den der Herzog von Windsor vorgeschlagen hatte. Sämtliche Papiere des Königs, darunter auch die erbeuteten deutschen Kriegsdokumente, in denen der Besuch der Windsors von 1937 bei Hitler zusammengefaßt ist, liegen tief in den Gewölben von Windsor Castle verborgen.

Zu diesen Papieren gehören auch die Notizen über einen Plan, nach der Eroberung Europas durch Deutschland den Herzog von Windsor wieder auf den britischen Thron zu setzen. Als Hitler im Juli 1940 die Invasion in England plante, beschloß er, die Windsors zu kidnappen und in Berlin zu behalten, von wo aus der Herzog an das britische Volk appellieren sollte, einen Regierungswechsel vorzunehmen und mit Deutschland Frieden zu schließen. Nach Unterzeichnung des Friedensvertrags sollten der Herzog und die Herzogin als Marionettenmonarchen wieder den Thron besteigen. Der Plan gelangte zwar nie zur Verwirklichung, aber der Verdacht einer möglichen Komplizenschaft der Windsors mit den Nazis trübte auch weiterhin den Glanz der königlichen Familie.

Die Königinmutter indes schwebte lächelnd und ungerührt durch die Zeit, bis ins hohe Alter. Mit sechsundneunzig noch wurden ihr operativ neue Hüften eingesetzt. Wenige Wochen danach setzte sie ihren blauen Seidenhut auf, griff sich einen Spazierstock und besuchte ein Altenheim. »Ich bin die älteste hier«, sagte sie zu den altersschwachen und kranken Bewohnern. Sie schenkte ihnen ein Lächeln und liebe Worte und ging dann wieder, aber die Alten fühlten sich wie von Gottes Gnade bedacht.

»Sie besitzt unheimlichen Charme«, sagte ein Frau. »Sie sagt nur ›Ich weiß, ich weiß‹, und schon fühlst du dich besser. Welch wunderbarer Satz. Für jede Gelegenheit findet sie den richtigen Ton. Wenn sie mit etwas einverstanden ist, lächelt sie und sagt ›Ich weiß, ich weiß‹. Wenn sie jemanden trösten will, tätschelt sie seinen Arm und flüstert ›Ich weiß, ich weiß‹.«

Nur wenige – einzig das Personal ihres Hauses und die unmittelbare Familie – bekommen je den stahlharten Kern unter ihrem zuckersüßen Guß mit.

»Eine stählerne Faust im Samthandschuh.« So beschrieb sie einmal der Außenminister ihres Mannes, Lord Halifax.

Und: »Sie war zäh und rücksichtslos«, meinte der Historiker John Grigg.

Sie gab es selber zu. »Sie halten mich für eine nette Person«, vertraute sie einmal einer Freundin an, mit der sie sich über die Windsors unterhielt. »In Wirklichkeit bin ich gar nicht nett.«

Sie ist zur eisernen Hüterin der Krone geworden, die ihr Leben der Monarchie gewidmet hat, und sie wollte sie bis an ihr Lebensende schützen. Wenn es um die Wahrung des Mythos ging, war sie immer königlicher als das ganze Königshaus zusammen. Und im Lauf der Jahre wurde sie zur Hüterin zahlreicher Geheimnisse. Sie hat viel von ihrem Vater gelernt.

Jahrelang hatte er Einzelheiten im Zusammenhang mit ihrer Geburt verheimlicht. Die Frage, warum ihr Vater, der schon acht Kinder hatte, ausgerechnet bei ihrer Geburt die Sechswochenfrist für die standesamtliche Eintragung versäumte, wies sie leichthin zurück. Obwohl er seinen historischen Namen als vierzehnter Erbe des Earl of Strathmore mit einer Lüge beschmutzte. Damit riskierte er lebenslanges Zuchthaus, das 1900 als Höchststrafe auf die Fälschung eines amtlichen Dokuments stand. Doch er zahlte nur sieben Schilling und sechs Pence Geldbuße und erklärte, seine Tochter sei im Haus der Familie, St. Pauls Walben Bury in Hertfordshire, zur Welt gekommen. Die Königinmutter behauptete dagegen, sie sei in London geboren worden.

Dieser Widerspruch ließ im Laufe der Jahre das Gerücht aufkommen, daß es der neununddreißig Jahre alten Mutter, nachdem sie acht Kinder zur Welt gebracht hatte, schließlich gereicht habe. Man vermutete, daß ihr Vater möglicherweise mit einer walisischen Dienstmagd, die in Glamis Castle in Schottland arbeitete, ein Verhältnis gehabt habe, aus dem das Baby namens Elizabeth Bowes-Lyon hervorgegangen sei.

Handfeste Beweise für diesen Verdacht sind nie gefunden worden. Wahrscheinlich bekam diese Geschichte Nahrung, weil es diese merkwürdigen Erklärungen in bezug auf ihre Geburtsregistrierung gab.

»Es ist völlig unerheblich, wo sie geboren wurde oder ob es irgendwelche Ungenauigkeiten gibt«, erklärte ein Sprecher von Clarence House. »Die Angelegenheit geht auf das Konto von Strathmore, und er ist tot. Daß er gefehlt haben soll, ist mit nichts zu beweisen.«

Die Königinmutter verweigerte eine Prüfung ihrer Abstammungslinie, damit kein Makel ihrer Familie ans Tageslicht gelangen sollte. Seit Generationen jedoch hatte das Biest von Glamis in den Köpfen der Leute herumgegeistert – nach der Legende ein mißgestaltetes Geschöpf, in Wirklichkeit aber ein mißgebildetes Kind. Dieser Knabe mit krummen Spindelbeinen soll zu einem über und über mit langen schwarzen Haaren bedeckten grotesken Monster herangewachsen sein. Jahrzehntelang wurde er im Schloß gefangengehalten, von seiner Existenz wußten außer dem Bruder nur noch drei weitere Personen. Die Familie verbarg ihre Schande durch ihre Geheimnistuerei und gab Anlaß zu Märchengeschichten. »Wir durften nie darüber reden«, sagte Elizabeths ältere Schwester Rose. »Unsere Eltern verboten es uns, und fragen durften wir nie.«

Diese Einstellung gegenüber körperlichen Mißbildungen und Geisteskrankheiten zeigte sich auch 1920, als Elizabeths junge Nichten geboren wurden. Katherine und Nerissa Bowes-Lyon, beide schon bei der Geburt zurückgeblieben, wurden heimlich in die Heilanstalt in Redhill, Surrey, weggeschlossen, wo sie Jahrzehnte verbrachten. So groß war die Schande, die die Familie darob empfand, daß sie die beiden Frauen 1941 in »Burke's Peerage«, dem Gotha des britischen Adels, als tot meldete.

»Wenn die Familie Bowes-Lyon uns das mitgeteilt hat, dann nehmen wir es auch so ins Buch auf«, sagte Harold Brooks-Baker, der Redakteur von »Burke's Peerage«. »Es ist nicht üblich, das Wort von Mitgliedern der königlichen Familie anzuzweifeln. Jede Information, die uns die königliche Familie gibt, wird akzeptiert, selbst wenn gegenteilige Beweise vorliegen ...«

Diese Ehrerbietung gegenüber der Krone half der Königinmutter beim Verdecken aller Geheimnisse, die für die Königsfamilie hätten peinlich sein können. Sie verbarg den Alkoholismus ihres Mannes und die Homosexualität und Drogensucht seines Bruders Prinz George, der schließlich heiratete und Herzog von Kent wurde. Nach dem Krieg vergrub sie einen explosiven Militärbericht Feldmarschall Montgomerys an König George VI. sowie zwei vertrauliche Berichte von Lord Mountbatten, von denen er in einem Fernsehinterview einmal sagte, sie seien »zu brenzlig und offen gewesen«, als daß man sie hätte veröffentlichen können. Sie wußte, daß diese drei Dokumente, falls sie je nach dem Tode ihres Mannes bekannt werden würden, auf seine Rolle während des Krieges ein schlechtes Licht werfen könnten.

»Der König erfuhr alles«, räumte sie 1993 Theo Aronson gegenüber ein, »also wußte natürlich auch ich in allem Bescheid. Ich habe aber gelernt, manches für mich zu behalten. Man hört so viele Geschichten, so daß ich sehr zurückhaltend geworden bin. Und seither bin ich es stets geblieben ...«

4

DIE YORKS, NUNMEHR König und Königin von England, pflegten wichtige Freundschaften mit Amerikanern – in der Hoffnung, die öffentliche Meinung dort beeinflussen zu können. Sie wollten, daß Amerika in den Krieg eintrete, bevor es für Großbritannien zu spät war.

Im Frühjahr 1939 hatten der König und die Königin den amerikanischen Botschafter am Hof von St. James, Joseph P. Kennedy, und seine Frau Rose zum Wochenende nach Windsor Castle eingeladen. Beim Abendessen im Garter Throne Room saß die Königin zwischen Premierminister Neville Chamberlain und Botschafter Kennedy. Letzterem sagte sie, wie sehr sie und der König ihre kürzliche USA-Reise genossen hätten und wie bezaubernd sie es fanden, daß der Präsident und Mrs. Roosevelt sie in Hyde Park mit Würstchen und Bier bewirtet hatten.

Bei dem königlichen Besuch hatte es in Amerika ein Heidenspektakel gegeben, vor allem unter den reichen Republikanern, die Großbritannien noch immer als ihr »Mutterland« verehrten. Die »Grande Dame« war über die wenig förmliche Gestaltung des Aufenthalts so empört gewesen, daß sie das Foreign Office ersuchte, Teile des Besuchsprogramms zu streichen.

»Selbst in normalen Zeiten gibt es in Hyde Park keine angemessenen Vorkehrungen für Sicherheits- und Polizeibeamte«, schrieb sie. »Das Haus besitzt keine geeigneten Suiten und Räume usw., und die Dienerschaft besteht aus einem Gemisch von Negern und Weißen, Engländern und Iren. Der Diener, der dort das Sagen hat, ist ein rothaariger irischer Tolpatsch, den man lieber Holz und Kohle heranschaffen und Schuhe putzen lassen sollte ...«

Dem Präsidenten, dem man zutreffenderweise weithin unterstellte, er wolle Amerika in den europäischen Krieg führen, stand eine schwierige Wahlkampagne für das Jahr 1940 bevor. Das damals im Kongreß debattierte Neutralitätsgesetz sollte nicht nur die Möglichkeiten Amerikas, Großbritannien im Kriegsfall mit Waffen zu beliefern, sondern auch die verfassungsmäßigen Vollmachten des Präsidenten einschränken. Roosevelt hoffte auf eine Revision des Gesetzentwurfs.

Er wollte deshalb den königlichen Besuch zu einem Publikumserfolg machen, damit die Amerikaner England gegenüber auch positiv eingestellt waren und die Gewährung von Militärhilfe befürworten würden. Aber der Snobismus der klassenbewußten Briten, der auch noch unter der Dienerschaft ausgeprägt war, verschlug dem Präsidenten fast den Atem. Er hatte die Arbeit der Leute von Hyde Park für den Königsbesuch dadurch zu erleichtern versucht, daß er zwei schwarze Portiers aus dem Weißen Haus dorthin beorderte. Darüber erregte sich James, der englische Butler seiner Mutter, so sehr, daß er es ablehnte, beim Bedienen der Monarchen mit Farbigen zusammenzuarbeiten. Er bestand darauf, während des königlichen Besuchs seinen Jahresurlaub nehmen zu dürfen.

»Aber James«, sagte Sara Roosevelt, »das ist genau die Zeit, in der Ihre Majestäten hier sein werden.«

»Madam«, erwiderte der Butler, »ich will nicht an einer Verunglimpfung der britischen Monarchie beteiligt gewesen sein.«

Der König und die Königin hatten für ihre Gesellschaftsdamen Daunendecken und Wärmflaschen erbeten, worüber sich der Präsident mokierte – schließlich kamen die Monarchen im Juni, wenn es meist heiß und unerträglich feucht ist. Auch die Haltung des Butlers seiner Mutter überraschte ihn, aber er wußte ja auch nicht, daß die britische Dienerschaft genauso hochnäsig sein konnte wie jene, denen sie diente. Er mußte laut lachen, als er erfuhr, der Diener von König Edward VIII. habe drei Jahre zuvor gekündigt, weil er seinen Herrn bei einer, wie er es nannte, »höchst unschicklichen« Tätigkeit angetroffen hatte. Er selbst schilderte das Vorkommnis so: »Nun, der Butler, Mr. Osborne, schickte mich mit zwei Getränken an den Swimmingpool. Als ich dort ankam, sah ich doch, wie Seine Majestät die Zehennägel von Mrs. Simpson lackierte. Mein Souverän beim Lackieren der Zehennägel einer Frau! Das ist etwas zuviel, meine ich, und ich kündigte sofort.«

Der englische Butler der Roosevelts erwies sich als nicht minder hochmütig und ging am Tag vor Ankunft des Königs und der Königin in Hyde Park in Urlaub. Als sich Ihre Majestäten auf der Anreise befanden, sandte der amerikanische Botschafter in Frankreich, William C. Bullitt, dem Präsidenten ein vertrauliches Memo: »Die kleine Königin ist jetzt mit ihrem kleinen König zu Ihnen unterwegs. Sie ist ein nettes Mädchen – Daunendecken hin oder her –, und Sie werden sie mögen, obwohl ihre Schwägerin, die Princess Royal, in ganz England herumläuft und von ›ihrem ordinären Lächeln in der Öffentlichkeit‹ erzählt. Sie erinnert mich so sehr an die weiblichen Caddies, die mir vor vielen Jahren in Pitlochry in Schottland die Golfschläger nachtrugen, daß ich sie richtig nett finde ... Den kleinen König sticht inzwischen allmählich der Hafer, aber er bleibt trotzdem noch ein ziemlich ängstlicher Junge.«

Ein Jahr zuvor hatten der König und die Königin einen Staatsbesuch in Frankreich hinter sich gebracht, der ein Erfolg war, außer was den französischen Ministerpräsidenten Edouard Daladier anging. Privat nannte er den König einen »Trottel« und die Königin »eine überaus ehrgeizige junge Frau, die jedes Land der Welt aufs Spiel setzen würde, nur um Königin zu bleiben«.

In seinem Memo von 1939 an Roosevelt riet Botschafter Bullitt dem Präsidenten, dem König und der Königin gegenüber keinesfalls die Windsors zu erwähnen, denn »etwa vor einem Monat schrieb der Herzog von Windsor [seiner Mutter] Königin Mary, Bertie [sein Bruder, der König] habe sich ihm gegenüber unter dem ›Einfluß dieses gewöhnlichen kleinen Weibes [der Königin]‹ so wenig wie ein Gentleman benommen, daß er mit Bertie keine Beziehungen mehr pflegen könne. Die brüderliche Liebe ist somit nicht gerade besonders inniglich.«

Der König und die Königin trafen also mit ihren Burschen, Dienstmädchen, Kammerherren und -zofen und ihren Gesellschaftsdamen ein, und die britische Dienerschaft geriet sich sofort mit ihren amerikanischen Kollegen in die Haare.

Der Butler des Königs beklagte sich über die Speisen und Getränke mit der Bemerkung, das alles sei viel schlechter als das, was man im Buckingham-Palast gewöhnt sei, von dem es hieß, er komme mit den Kriegsrationen sehr gut aus. Wurde der Öffentlichkeit auch weisgemacht, der König und die Königin und die beiden kleinen Prinzessinnen kämen wie alle Welt im Lande ohne Fleisch, Brot und Butter aus und teilten die schale Kost ganz Englands aus gekochten Kartoffeln, Rosenkohl und Eipulver, so wußten's die Leute hinter den Toren des Buckingham-Palastes doch besser. Das Königspaar umging oft die allgemein strenge Lebensmittelrationierung im Land und aß regelmäßig Roastbeef und trank Champagner. Die Butterdosen trugen das Monogramm des königlichen Wappens, und das Essen wurde auf goldenen Tellern serviert. Man pflegte weiterhin den gewohnten Stil.

»Während des Krieges konnten die Prinzessinnen, wenn der König und die Königin in London, die Töchter aber in Windsor weilten, besondere Gerichte bestellen«, erinnerte sich der französische Chefkoch René Roussin, der von 1937 bis 1946 für die Königsfamilie arbeitete. »Die Mahlzeiten des Tages begannen gewöhnlich mit in Butter gebratenen Eiern zum Frühstück, gekochtem Huhn mit püriertem Gemüse – selbst als Halbwüchsige wollten sie das Gemüse noch immer püriert –, Röstkartoffeln und Omeletts zum Lunch, Brot und Butter, Kuchen, Gelee und Toast zum Tee, und zum Abendessen dann nur noch irgendeine Brühe, an die sich Birnenkompott mit Schlagsahne anschloß.«

In London durfte kein Restaurant für eine Mahlzeit mehr als zehn Schilling verlangen. Aber im Palast bestellte der König tagtäglich zwei Eier und sechs Scheiben Bacon zum Frühstück, und allabendlich gab es zum Dinner Geflügel der Saison. Die Königin, die zur Teestunde eine volle Mahlzeit gewohnt war, ließ sich täglich ihre Haferküchlein und ein vom Chefkoch des Palastes zubereitetes reichhaltiges Dessert reichen, weshalb sie in einem einzigen Jahr zehn Pfund zunahm.

»Auf Haferküchlein verzichtet Ihre Majestät nie«, sagte ihre Zofe, die zugab, daß sie die Kleider der Königin hatte weiter machen müssen.

Für die Teestunde bestand die Königin auch während des USA-Aufenthalts auf einer chinesisch-ceylonesischen Spezialmischung, die mit Londoner Wasser zubereitet werden mußte, das in schweren Fässern mit ihrem Gepäck nach Amerika gebracht worden war.

Die Unmenge des königlichen Reisegepäcks – sperrige Schrankkoffer, zahllose andere Gepäckstücke, ganze Ladungen Hutschachteln, körbeweise Schuhe – beeindruckten das Hauspersonal des Präsidenten doch sehr, das gemeint hatte, die Monarchen würden sich ähnlich bescheiden kleiden wie ihre Untertanen, ihnen also mit gutem Beispiel vorangehen. Die englischen Bediensteten wußten allerdings auch genau, was die Öffentlichkeit nicht wußte – daß sich der König an goldbestickten Uniformen berauschte und sie täglich stundenlang mit seinem Schneider anprobierte. Solche Eitelkeiten pflegte er schon von Jugend an.

»Leider interessiert sich Bertie für nichts Gescheites, immer nur Kleider hat er im Kopf«, hatte sein Vater einst geklagt.

»Selbst auf der Jagd beschäftigt er sich mehr mit seinen Hosen als mit der Beute!«

Um die Erscheinung seiner Frau war er ebenso besorgt, und als er erfuhr, man halte sie allgemein für »nachlässig gekleidet«, traf ihn das sehr. Er ließ also den Couturier Norman Hartnell in den Palast beordern und beauftragte ihn, eine attraktive Garderobe für seine Frau zu entwerfen. Obwohl keine Seide an die Öffentlichkeit verkauft, sondern nur zur Herstellung von Fallschirmen verwendet werden durfte, machte man für die Königin in diesem Fall eine Ausnahme.

Für einen Fototermin bei Cecil Beaton während ihrer Amerikareise zog sie sich viermal um und posierte zunächst in einem hellgrauen Kleid mit langen pelzbesetzten Ärmeln und Graufuchskragen. Sodann wechselte sie in ein rubinenbesetztes Gold- und Silberkleid mit Straußenfedern, erschien danach in einem hyazinthblauen Tüllkleid, das mit zwei Reihen walnußgroßer Diamanten besetzt war. Für die letzte Aufnahme trug sie ein champagnerfarbenes Spitzenkleid mit von Hand aufgenähten Perlen, die natürlich zu denen in ihrem Haar paßten.

Die Zofe der Königin war vollauf damit beschäftigt, die diversen Kleidungsstücke für den Tag herauszulegen und den Morgen- und Abendschmuck zu koordinieren, den sie zu jedem Ensemble zu tragen wünschte. Und sie war sichtlich ärgerlich, als sie von einem Boten des Weißen Hauses unterbrochen wurde, der sie bat, eine Botschaft der Königin an eine Gesellschaftsdame weiterzureichen.

»Ich bin die Zofe Ihrer Majestät«, meinte die Frau schnippisch, »und keine Botin.« Der Mann aus dem Weißen Haus begriff den Unterschied nicht. Englands starres Feudalsystem reichte von der Spitze der Gesellschaft bis ganz nach unten – zu den »unteren Rängen«, wie man sie gemeinhin nannte. Und in der Hierarchie der königlichen Diener rangierten die Hofhaltungsbediensteten ganz oben. Sie hatten im Palast sogar einen eigenen Aufenthaltsraum und ein besonderes

Speisezimmer. Aus luftiger Höhe blickten sie so auf die Lakaien, einfachen Angestellten und Stenografen herunter und lehnten alle Tätigkeiten strikt ab, die sie als unter ihrer Würde ansahen.

Der König und die Königin dagegen schienen sich in der ländlichen Atmosphäre von Hyde Park wohl zu fühlen, zumal man sie reichlich mit Cocktails versorgte.

»Meine Mutter meint, man sollte Ihnen eine Tasse Tee servieren«, sagte der Präsident. »Sie hält Cocktails nicht für das passende Getränk.«

»Meine Mutter auch«, sagte der König und griff sich dankbar ein Glas.

Nach ihrer Rückkehr nach London dinierten der König und die Königin mit dem amerikanischen Botschafter, und die Queen erzählte ihm diese und andere angenehme Details vom Gartenfest, das Roosevelt für sie in Hyde Park veranstaltet hatte. Sie erwähnte den rührenden Abschied, den ihnen viele Hunderte am Bahnhof bereiteten, und daß die Menschen spontan »Auld Lang Syne« angestimmt hatten.

Botschafter Kennedy hatte die begeisterten Presseberichte über den königlichen Besuch 1939 in Amerika gelesen. »Die britischen Souveräne haben Washington erobert, wo sie nicht einen einzigen falschen Tritt taten«, schrieb Arthur Crock in der *New York Times,* »und wo sie einen noch besseren Eindruck hinterließen, als selbst ihre optimistischsten Berater erwartet hatten.«

»Sie haben so eine wunderbare Art, Freundschaft zu schließen, diese jungen Leute«, meinte Eleanor Roosevelt dazu angetan.

Selbst der von der Politik der Nichteinmischung überzeugte Kennedy war beeindruckt. Doch als die Königin im Laufe des Abends das Gespräch auf die amerikanische Außenpolitik lenkte, schwoll ihm der Kamm.

»Was die Amerikaner mehr fürchten als alles, ist, in einen Krieg hineingezogen zu werden«, ließ er sie wissen. »Die Menschen sagen sich alle: ›Nie wieder!‹, und ich kann ihnen das nicht vorwerfen. Mir geht es genauso.«

»Mir auch, Mr. Kennedy«, sagte die Königin. »Aber wenn wir die Vereinigten Staaten aktiv auf unserer Seite hätten, wenn sie mit uns zusammenarbeiten würden, denken Sie doch mal, wie das unsere Position gegenüber den Diktatoren stärken würde.«

Der Präsident teilte die Meinung der Königin. Wenige Monate später verlangt Roosevelt von Kennedy ein Rücktrittsgesuch. Als der Präsident erfuhr, daß der Botschafter zu seinem Privatsekretär gesagt hatte, »Roosevelt und die Royals treiben uns in den Krieg«, sagte er zu seiner Frau: »Den Hundesohn will ich nie wieder sehen.« Zu der Zeit wurde der Botschafter – er trat von seinem Posten zurück, behielt aber seinen Titel – in England wegen seiner Appeasement-Neigung verteufelt. »Daß er London während der Bombenangriffe verließ«, sagte der Washingtoner Korrespondent der *Irish Times*, Conor O'Cleary, »haben ihm die Briten niemals verziehen.«

Bei ihren amerikanischen Freunden aus dem Show Business brauchte die Königin nicht lange Überzeugungsarbeit zu leisten. Die Künstler waren der Meinung, wenn England in einen Krieg verwickelt werde, bleibe den Vereinigten Staaten früher oder später gar keine andere Wahl, als ebenfalls mitzumachen, denn es sei unvorstellbar, daß ein totalitäres System die Welt regiere.

Zu Leuten vom Show Business fühlte sich die Königin intuitiv hingezogen. Besonderen Zugang zum Palast genoß der amerikanische Theaterproduzent Jack Wilson, war er doch ein enger Freund und Geschäftspartner von Noël Coward, dem Lieblingstheaterautor der Königin, der zu ihrem erlesenen Zirkel gehörte. Nach der Abdankung Edwards VIII. hatte sich Coward mit dem Vorschlag beliebt gemacht, als Dank für die Segnungen, die Wallis Simpson Großbritannien habe angedeihen lassen, solle man in ganz England Statuen von ihr errichten. »Ihr haben wir sie zu verdanken«, sagte er, »und sie errettete uns von der Herrschaft König Edwards VIII.« Als Jack Wilson 1939 in dieser Sache die Königin anrief, wurde er sofort zum Tee eingeladen.

Und als dieser in Windsor Castle ankam, wurde er durch den großen Speisesaal geführt, in dem ein vom Königspaar engagierter Kunstmaler dabei war, die Rückseiten der Gemälde von Constable, Reynolds und Gainsborough mit den Gesichtern von Mickey Mouse und Donald Duck zu schmükken, um die Atmosphäre im Haus für die Kinder etwas freundlicher zu gestalten. Wilson zeigte sich amüsiert, als ihm ein Diener des Königs dieses kleine Detail aus dem königlichen Familienleben kolportierte. Der Bedienstete ging dann auf Zehenspitzen über den wertvollen Teppich, griff nach dem Gemälde, drehte schelmisch ein vergoldetes Porträt von Charles II. um, worauf das dummblöde Grinsen von Walt Disneys Schlappohrenhund Pluto zum Vorschein kam.

Wilson folgte dem Diener in den Salon der Königin, wo die dreizehnjährige Prinzessin Elizabeth auf dem Boden spielte. Wilson lächelte ihr zu und begrüßte sie freundlich.

»Hallo, mein Kind«, sagte er. »Wie geht's dir?«

Der Lakai erstarrte und stand wie angewurzelt da. Die Kleine blickte dem Produzenten eiskalt ins Gesicht.

»Verbeugen, Junge, verbeugen«, herrschte sie den Vierzigjährigen an.

Die Thronerbin war schon darauf gedrillt, das ihr Zustehende zu fordern.

»Und wissen Sie, was ich tat?« lachte der Produzent in Erinnerung an das Zusammentreffen mit dem Mädchen, das mittlerweile die dreiundsechzigste Souveränin des ältesten Königshauses Europas geworden war. »Ich verneigte mich brav und so tief wie möglich, weil die kleine Göre mir das so bestimmt bedeutet hatte.«

Ganz ähnlich erging es dem Haushofmeister, als er der Prinzessin auf dem Palastflur begegnete.

»Guten Morgen, kleine Lady«, sagte er.

»Ich bin keine kleine Lady«, erwiderte sie schnippisch. »Ich bin Prinzessin Elizabeth.«

Dieser hochtrabende Ton der Halbwüchsigen störte Königin Mary, ihre Großmutter. Eine Stunde später klopfte die Königinmutter darum mit ihrer Enkelin im Schlepptau beim Haushofmeister an die Tür.

»Das ist *Prinzessin* Elizabeth«, verkündete Königin Mary, »die eines Tages eine *Lady* zu werden hofft.«

Tage später wollte die Prinzessin, daß ihre Gouvernante ihr einen Gefallen tat. Sie sagte nein, aber die Prinzessin ließ nicht locker. Schließlich schrie sie: »Hier spricht eine Königliche Hoheit.« Ihre Mutter wies sie zurecht: »Königliche Hoheit zu sein entschuldigt noch lange nicht schlechte Manieren.«

Dennoch hat die junge Prinzessin ihre Herrschsucht nie zu verbergen gelernt. Ab ihrem zehnten Lebensjahr war sie dazu erzogen worden, die nächste Königin von England zu werden.* Heerscharen livrierter Butler, Lakaien und Chauffeure verneigten sich vor ihr, wann immer sie einen Raum betrat, und Mägde, Kindermädchen und Ankleidefrauen gingen in untertänigen Hofknicksen zu Boden. Und jedesmal wenn sie im Buckingham-Palast, in Windsor Castle, Schloß Sandringham, Schloß Balmoral und Schloß Birkall ankam oder den jeweiligen Ort verließ, nahmen die scharlachrot Uniformierten am Tor zackig Haltung an und präsentierten Gewehr oder Säbel.

Diese königlichen Ehren faszinierten Elizabeth. Als sie entdeckte, welche Aufmerksamkeit sie erregen konnte, entschlüpfte sie ihrem Kindermädchen und paradierte vor der

---

* Unter sich bezeichneten der Herzog und die Herzogin von Windsor die sorglose Prinzessin als Shirley Temple, damals der erfolgreichste Kinderstar in der Geschichte von Hollywood. Auf das Stichwort ihrer Mutter, »Sparkle, Shirley, sparkle«, sang und tanzte das Kinopüppchen und ließ ihre Locken schwingen, so daß sie zur größten Attraktion ihrer Zeit wurde.

Palastwache auf und ab, die jedesmal, wenn sie vorbeikam, die Hacken zusammenstieß, das Gewehr präsentierte und stocksteif wie ein Ladestock dastand.

Porzellangeschirr, Krankenhäuser und sogar Schokolademarken wurden nach ihr benannt. In Madame Tussauds Wachsfigurenkabinett saß sie als Kind auf dem weißen Pony, das sie zum vierten Geburtstag bekommen hatte. An diesem Ehrentag wurde stets geflaggt, und ihr kindliches Antlitz zierte sogar schon die Sixpence-Briefmarke von Neufundland. In der Königlichen Akademie hing ihr Porträt, und ihr Foto war oft auf den Titelseiten zu finden. Ihrem Vater bereitete diese Verehrung Sorgen, der seiner Mutter, Queen Mary, schrieb: »Es ängstigt mich fast, daß die Menschen sie so sehr lieben. Ich gehe aber davon aus, daß dies eine gute Sache ist, und hoffe, der arme kleine Liebling wird sich ihrer würdig erweisen.«

Die junge Prinzessin erlebte von Zeit zu Zeit auch den gewöhnlichen Alltag, beispielsweise wenn sie bei Woolworth Weihnachtseinkäufe erledigte, im Oberdeck eines Busses durch die Stadt fuhr oder inkognito die U-Bahn benutzte. Doch sie hatte noch nie in einem gewöhnlichen Taxi gesessen oder selbst einen Telefonanruf getätigt. Sie wurde so sehr abgeschirmt, daß sie sich niemals die Kinderkrankheiten Masern oder Windpokken zuzog.* Ihr Alltagsgefährt war eine goldene Pferdekutsche, in der sie mit der Mutter und der Großmutter saß, oder der königliche Sonderzug mit den neun schweinsledergepolsterten Waggons mit blattgoldbelegten Ventilatoren, vergoldeten Birnenfassungen und Telefonen. Stets begleiteten sie ihre Gouvernante Marion Crawford (»Crawfie«), ihre Dienerin und Ankleidefrau Margaret (»BoBo«) MacDonald und ihr Kindermädchen Clare (»Allah«) Knight.

---

* 1971 holte sich Königin Elizabeth im Alter von fünfundvierzig Jahren von ihrem damals sieben Jahre alten Sohn Edward die Windpocken. 1982, mittlerweile sechsundfünfzigjährig, wurde ihr der erste Weisheitszahn gezogen.

»Wir pflegten zu sagen, das erste, was die Nanny einem Königskind beibringe, sei, nach der diensttuenden Dienerin zu läuten«, sagte eine Palastangestellte. Diese Lektion hat die Halbwüchsige, die man Lilibet nannte, auf jeden Fall hervorragend gelernt. Mit sieben Jahren kannte sie schon ihren Rang in der Thronfolge.

»Ich bin drei, und du bist vier«, sagte sie zu ihrer jüngeren Schwester.

»Nein, bist du nicht«, sagte Margaret Rose, die meinte, ihre Schwester spreche vom Alter. »Ich bin *drei* und du *sieben.*«

Da ihm sehr wohl bewußt war, daß seine älteste Tochter Elizabeth ihm auf dem Thron nachfolgen würde, beschloß der König, sie auf ihre Rolle besser vorbereiten zu lassen, als er es war. Die Aussicht, die tägliche Jagd aufgeben zu müssen und König zu werden, war für ihn damals ein wahres Trauma gewesen.

Minuten vor der Abdankung seines Bruders sagte er zu seinem Vetter Lord Mountbatten: »Das ist das Schlimmste, was mir je passiert ist. Ich bin völlig untauglich, König zu werden. Man hat mich nicht dazu erzogen.«

Das sollte seiner Tochter nicht passieren, die er in jungen Jahren an ihre Pflichten gewöhnte. Er brachte ihr die zeremoniellen Aufgaben eines Souveräns bei und ließ sie stehend lernen, damit sie sich an die langen Stunden gewöhnte, die sie in schweren Roben dem Porträtmaler Modell würde stehen müssen. Er riet ihr, Tagebuch zu führen, und zeigte ihr, wie man Truppen abschreitet und einen Salut entgegennimmt. Auch mit dem Inhalt der roten Koffer mit den streng geheimen Staatspapieren, die ihm täglich geliefert wurden, machte er sie vertraut. Neue Aufgaben ging sie so bald schon mit der Frage an: »Werde ich das auch tun müssen, wenn Papa einmal stirbt?«

Als ihre jüngere Schwester zum ersten Mal den Stallmeister Elizabeth abholen und zum Studienzimmer des Königs begleiten sah, um dort »die Koffer zu bearbeiten«, wurde sie neugierig.

»Soll das heißen, daß du die nächste Königin wirst?« fragte Margaret.

»Ja, eines Tages«, erwiderte Elizabeth.

»Armes Ding«, sagte Margaret Rose, die alles scheußlich fand, als ihr Vater König wurde und die Familie in den Buckingham-Palast umziehen mußte.

»Wie?« hatte Margaret gefragt. »Etwa für immer? Ich hasse das alles. Ich war mal Margaret Rose von York, jetzt bin ich Margaret Rose Niemand.«

Doch Elizabeth kriegte große Augen, als sie auf dem Tisch in der Halle einen Brief liegen sah, der an »Ihre Majestät die Königin« adressiert war.

»Das ist Mummy jetzt, nicht wahr?« sagte sie ehrfurchtsvoll.

Und bereits ab 1939 leitete Lilibet viele ihre Absichtsäußerungen mit den Worten ein: »Wenn ich Königin werde ...«

»Sie läßt die Königin [ihre Mutter] deutlich spüren, daß sie eine Frau von niederem Stand ist, während sie, Prinzessin Elizabeth, königlichen Blutes ist«, sagte der Herzog von Devonshire.

Obwohl zwischen den beiden Prinzessinnen vier Jahre lagen, wurden sie wie Zwillinge präsentiert, denn bis zum zwölften Lebensjahr kleidete die Mutter beide identisch mit aufeinander abgestimmten braunkarierten Blusen, Mänteln mit Samtkrägelchen und kleinen Hüten, die mit Gummibändern am Kopf befestigt waren. Da sie häufig in den Zeitungen und Wochenschauen zu sehen waren, wurden sie zum Vorbild dafür, was jedes brave Mädchen tragen, wie es sitzen, gehen, reden und sich betragen sollte.

Die beiden Prinzessinnen spielten miteinander und führten für ihre Eltern auf der eigens für sie in Windsor Castle errichteten Bühne Stücke und Pantomimen vor. Ihre Mutter sang gerne Tanzteeschlager, während ihr Vater lieber Volkstänze vorführte. In ihrer familiären Welt, die ihr Vater in trauter Weise einmal mit »Wir vier« bezeichnet hatte, gab es außerdem noch

Hunde, Pferde und Diener, aber Freunde waren da nur wenige. Die Kinder hörten gerne Schallplatten von Bing Crosby, nahmen einmal pro Woche Tanzunterricht, spielten Klavier, sangen unentwegt, da ihre Mutter der Musik gegenüber der Mathematik den Vorzug gab, und glänzten daher eher in ersterer als in letzterer Disziplin, aber das war es schon, was ihre Kindheit außerhalb der Pflichten ausmachte.

Als die Deutschen 1939 in Polen einmarschierten, erklärte England Hitler den Krieg. Bald wurden Frauen und Kinder vorsichtshalber aus London evakuiert. Die beiden Prinzessinnen lebten die nächsten fünf Jahre abgeschirmt in Windsor Castle und kamen höchstens zum Zahnarztbesuch nach London. Der Palast gab eine Erklärung heraus, Prinzessin Elizabeth, die präsumptive Thronfolgerin,* gebe ihre Deutschstunden auf und beginne nun – auch dies ein Wink mit dem Zaunpfahl an Amerika, in den Krieg einzutreten – mit dem Studium der Geschichte der Vereinigten Staaten. Von der Erziehung der Prinzessin Margaret verlautete nichts, denn sie zählte nicht; sie war ja nur eventueller Notersatz. Als Margaret später beim Eton-Tutor ihrer Schwester ebenfalls Geschichtsunterricht nehmen wollte, mußte sie sich sagen lassen: »Das brauchst du nicht.« Margaret platzte der Kragen: »Ich wurde wohl zu spät geboren!«

Alle Zeit und Aufmerksamkeit wurde darauf verwendet, aus Elizabeth die künftige Souveränin zu machen, und sie wurde so diszipliniert, pflichtbewußt und verantwortungsvoll wie ihr Vater. »Sie ist genau die Tochter, die der schlichte, gewissenhafte König Georg und die matronenhafte Königin Elizabeth verdienen«, schrieb *Time*. »Und genau so wollen sie ihre künftigen Untertanen.« Elizabeth teilte die Leidenschaft ihres Vaters für Pferde, die Wildgansjagden und Rotwildpirsch. In die Kirche ging sie ebenso ungern wie er. Als ihr ein Geistlicher

---

* Als Frau und erste in der Thronfolgelinie gilt sie als »präsumptiv«. Als ein Mann (den man viel lieber gesehen hätte) wäre sie »rechtmäßiger« Thronfolger gewesen.

in Schottland ein Buch versprach, dankte sie ihm und bat, es solle bitte nicht von Gott handeln. »Über den weiß ich genauestens Bescheid«, meinte sie.

Vom Vater hatte sie den hausbackenen Humor geerbt, und sie lachten sich gemeinsam schief über die übertriebenen Possen von Clowns in ausladenden Hosen und ihre zwerchfellerschütternden Stürze. Margaret, die mehr nach der Mutter geraten war, zog differenziertere Ironie und den verbalen Schlagabtausch in den Salons vor. Als Kind war sie so verwöhnt, daß ihre Dienerschaft sie »schrecklich« und »absolut unmöglich« fand, aber ihre stolzen und stets nachsichtigen Eltern empfanden ihr empörendes Betragen lediglich als »unterhaltsam und amüsant«. Margaret deswegen ins Gebet zu nehmen kam ihnen gar nicht in den Sinn – sie sollte ja nie Königin werden. Einmal scherzte sie: »Ich brauche nicht wie Lilibet lächelnd in die Welt zu blicken und pflichtbewußt zu sein. Ich darf so biestig sein, wie ich will.«

Hinter den Festungsmauern von Windsor gerieten sich die beiden Prinzessinnen gelegentlich in die Haare, wurden aber letztlich die besten Freundinnen fürs Leben, wobei die ältere Schwester die Rolle des Mentors übernahm.

»Margaret hat fast vergessen, danke zu sagen, Crawfie«, verpetzte Elizabeth ihre Schwester bei der Gouvernante, »aber ich stieß sie in die Rippen, und da sagte sie es brav.«

Doch als Elizabeth Scharführerin ihrer eigenen Pfadfinderinnengruppe wurde, ließ sie keinem mehr etwas durch, auch nicht ihrer schnatternden Schwester.

»Hör gut zu«, sagte sie zu Margaret, »ich bin hier nicht deine Schwester, und ich dulde keine Nachlässigkeit.«

Margaret ließ sich von ihrer zukünftigen Souveränin nicht einschüchtern und streckte ihr die Zunge heraus. »Kümmere du dich um dein Empire«, sagte sie ihr einmal, »und ich kümmere mich um mich.«

Ebensowenig ließ sich Margaret davon abhalten, die künftige Königin von England wegen übermäßiger Eßlust auszuschelten, vor allem, wenn sie Süßigkeiten in sich hineinstopfte.

»Lilibet«, warnte sie, »das ist jetzt schon der vierzehnte Schokoladenkeks. Du bist genauso schlimm wie deine Mutter – du weißt nicht, wann du aufhören mußt.«

Am besten wußte die Mutter, wie sie mit ihrer jüngeren Tochter umgehen mußte, die den Mund nicht halten konnte. Sie ignorierte sie einfach und ließ sich von ihren spöttischen Bemerkungen zu keiner Reaktion hinreißen.

»Mami, warum trägst du die scheußlichen Haarnadeln?« fragte Margaret ihre Mutter einmal. »Die passen überhaupt nicht zu deinem Haar.«

»Ach, Liebling«, sagte die Queen, bevor sie mit einem Lächeln entschwand. »Sind sie wirklich so schlimm?«

Die beiden Prinzeßchen lebten in der kleinen, abgeschiedenen königlichen Welt, in der jedermann sie zu unterhalten versuchte, weil der König und die Königin es so wollten – vor allem der König, der sich schuldig fühlte, weil der Krieg seinen Töchtern ein normales Dasein verwehrte. »Die lieben, armen Kleinen«, schrieb er in sein Tagebuch, »haben bislang überhaupt noch keine Freude gehabt.« Also ergriff er jede Gelegenheit, sie aufzuheitern.

Als der Amerikaner Noël Coward den Film »In Which We Serve« zu drehen begann, der auf den Heldentaten von Louis Mountbatten und dem von ihm kommandierten Schiff HMS *Kelly* handelte, wurden der König und die Königin eingeladen, das Studio zu besuchen, und sie nahmen die beiden kleinen Prinzessinnen mit, denen im Anblick dieser Scheinwelt die Augen übergingen.

Der König gefiel sich in der Gesellschaft des glamourösen Mountbatten trotz dessen übertriebenen Ehrgeizes und aufdringlicher Selbstdarstellungen. Insgeheim beneidete der König den Vetter um seine direkte Art und Kunstfertigkeit im Becircen, obwohl er stets an der Oberfläche des Lebens segelte, ohne jemals vor Anker zu gehen. Der König tolerierte sogar

Mountbattens übertriebene Eitelkeit, und es schien ihn eher zu amüsieren als zu stören, wenn dieser seine Orden und Medaillen überallhin mitnahm und sie mit theatralischer Geste aus einer eigens dafür konstruierten Kommode herausfischte: »Habe ich Ihnen schon meinen Stern von Nepal gezeigt?« Die Königin war nicht ganz so beeindruckt. Sie mißtraute Mountbatten wegen seiner anhaltenden Freundschaft mit dem verbannten Herzog von Windsor, und als er Jahre später Vizekönig von Indien wurde, warf sie ihm vor, er »verschenke das Empire«. Genausowenig mochte sie seine schlanke, elegante Frau Edwina, die von ihrem Vater ein immenses Vermögen geerbt hatte, darunter Broadlands, den Familiensitz in Hampshire.

»Sie ist nur teilweise englisch, müssen Sie wissen«, sagte die Königin zu einer ihrer Gesellschaftsdamen. »Ihre Mutter war Halbjüdin.« Damit wollte sie andeuten, das »Halbjüdische« an Edwina sei der Grund für deren Lust an Jazz, schnellen Autos, Cocktailpartys und am Nacktbaden im Mondlicht – lauter inakzeptable Dinge für die Königin, die sich mittlerweile als die Verkörperung englischer Achtbarkeit empfand.

»Die Königin war viel zu schlau, als daß sie je mit dem Vorschlaghammer zugeschlagen hätte«, sagte Mountbattens Privatsekretär John Barratt. »Sie verachtete Edwina, die als eine der bestgekleideten Frauen der Welt galt und in ihren Chanel-Kleidern wie eine Filmdiva aussah, während die Kleider der Königin eher Säcken glichen. Aber die Königin feindete Edwina niemals offen an. Ihre Sticheleien waren stets so geschickt plaziert, daß niemand etwas dagegen sagen konnte – und das noch über den Tod hinaus. Als Lady Mountbatten 1960 starb, wohnte die Königin, mittlerweile Königinmutter, der Trauerfeier in der Romsey Abbey bei, kehrte aber dann rasch nach Clarence House zurück, um sich die Beisetzung am Fernsehen anzusehen. Während Edwinas Sarg langsam ins Meer gesenkt wurde, sagte sie lächelnd: »Ach ja. Edwina wollte doch immer mit einem Sprung ins kalte Wasser.«

In der Anfangszeit ihrer Herrschaft fühlten sich der König und die Königin noch unsicher, zumal die Abdankung Edwards einen Schatten auf den Thron geworfen hatte. Zudem befürchteten sie, Winston Churchill könnte ihnen die Schau stehlen. »K. und Q. haben das Gefühl, daß Winston sie in den Schatten stellt«, notierte der konservative Abgeordnete Victor Cazalet im Juni 1940 in seinem Tagebuch. Nach einem Besuch bei den Höflingen des Königs schrieb er: »Wir sprachen über K. und wie Winston sie [König und Königin] völlig unbewußt in den Hintergrund gedrängt hat. Wer wird's ihm sagen?«

Interessant waren auch die Beweggründe von Lord Mountbatten – »Onkel Dickie«, wie man ihn in der Familie nannte –, als er in der Familie das Thema des künftigen Ehemannes für die älteste Tochter anzusprechen wagte. Der Königin ging die Sache gegen den Strich, denn zum ersten Mal brachte er das Thema auf, als Prinzessin Elizabeth gerade dreizehn Jahre alt war; obwohl ihre Schwiegermutter, Königin Mary, schon eine Liste passender junger Männer zusammengestellt hatte, schob die Königin die Diskussion als verfrüht beiseite. Zu den Kandidaten, die allesamt königlichen Geblüts waren, gehörten auch der um einiges jüngere Prinz Charles von Luxemburg und Prinz Gorm von Dänemark.

Mountbatten ließ sich aber nicht irremachen und brachte immer wieder, strategisch geschickt, bei diversen Familienanlässen seinen hübschen Neffen Prinz Philip von Griechenland ins Gespräch. Er ermunterte den jungen Mann, der für ihn Sohnersatz war, sich bei dem König und der Königin einzuschmeicheln und Lilibet, seine Kusine dritten Grades, näher kennenzulernen. Mountbatten regte an, Philip solle während des Krieges mit Elizabeth korrespondieren (»Eine Karte hier, ein Briefchen da wäre sehr nett, mein Junge«), so daß er sich schon als Achtzehnjähriger als potentieller Prinzgemahl sah.

In der Zeit, als er zur See ging, erzählte Philip seinem befehlenden Marineoffizier von den Plänen seines Onkels. Es war

Vizeadmiral Harold Tom Baillie-Grohman, der damals im Sommer 1939 Kapitän des Schlachtschiffes *Ramillies* im Mittelmeer war. Als Freundschaftsdienst gegenüber Lord Mountbatten hatte er den Leutnant zur See Prinz Philip von Griechenland an Bord genommen. Er sagte dem jungen Mann, der als Sohn eines deutsch-dänischen Vaters aus dem Hause Schleswig-Holstein-Sonderburg-Glücksburg und einer deutschen Mutter (Battenberg respektive Mountbatten) in Griechenland geboren wurde, als griechischer Staatsbürger könne er in der Royal Navy nichts werden. Philip verstand und meinte, er wolle sich dann als britischer Staatsbürger naturalisieren lassen. Ihm war sofort klar, daß seiner Karriere in der britischen Marine enge Grenzen gesetzt waren, wenn er seine griechische Staatsbürgerschaft nicht ablegen würde. Griechenland war damals neutral, und England konnte es nicht riskieren, daß er – wenn auch kein direkter Anwärter auf den griechischen Thron (Philip war sechster in der Thronfolge) – beim Dienst auf einem britischen Kriegsschiff fallen würde.

»Dann kam die Überraschung«, schrieb der Admiral in sein Tagebuch. »Prinz Philip erklärte weiter: ›Mein Onkel Dickie hat bestimmte Pläne mit mir; er meint, ich könnte Prinzessin Elizabeth heiraten.‹ Ich war leicht benommen und fragte ihn dann nach einer Pause: ›Magst du sie wirklich?‹

›O ja, sehr‹, kam die Antwort, und: ›Ich schreibe ihr jede Woche.‹«

In Klammern fügte der Admiral seinem Tagebuch an: »Ich notierte seine Worte unmittelbar danach, und so dürfte es ziemlich zutreffend wiedergegeben sein.«

Zwei Jahre später, 1941, korrespondierte der zwanzigjährige Philip immer noch mit der fünfzehnjährigen Prinzessin. Während eines Urlaubsbesuchs in Kapstadt sah seine Kusine, Prinzessin Alexandra von Griechenland, den Leutnant zur See über sein Briefpapier gebeugt. Sie fragte, an wen er schreibe.

»Prinzessin Elizabeth von England«, sagte Philip.

»Aber die ist doch noch ein Kind!«

»Vielleicht werde ich sie heiraten.«

Alexandra senkte getroffen den Kopf.»Ich vermute, ich hatte mich selber ein wenig in Philip verliebt«, gestand sie Jahre später. »Als ich ein Teenager war, glaubte ich, ihn heiraten zu können ... Unsere Eltern hatten jedenfalls darüber gesprochen.«

Seine Familie machte schwere Zeiten durch, aber Philip versuchte, die Verwandten immer zusammenzuhalten – wie auch schon sein Vater. Prinz Andreas war das siebte Kind von König Georg I. von Griechenland. Seine Mutter, Prinzessin Alice, war die Tochter von Fürst Louis von Battenberg, des Ersten Seelords von England bei Ausbruch des Ersten Weltkrieges. Prinz Andrew diente als Berufsoffizier in der griechischen Armee. Als die Türkei 1922 in Griechenland einfiel, wurde Andrew des Hochverrats angeklagt, weil er Befehle nicht befolgt und unter feindlichem Feuer seinen Posten verlassen hatte. Er wurde vor Gericht gestellt, für schuldig befunden und ins Gefängnis gebracht. Während er dort saß und mit der Möglichkeit, daß man ihn erschießen würde, rechnen mußte, appellierte seine Frau an ihre mächtigen britischen Verwandten und bat sie, das Leben ihres Mannes zu retten. Der König, George V., erinnerte sich, wie es seinem russischen Vetter (dem »lieben Nicky«) ergangen war, und entsandte ein Schiff nach Griechenland, das Andrew und seine Familie mit Waffengewalt herausholen sollte. Der Prinz bestieg in Begleitung seiner Frau, die taub war, und ihren vier Töchtern die *Calypso*. Er trug eine Orangenkiste, in der sein einziger Sohn lag, der achtzehn Monate alte Philip.

Das platinblonde Kind, das kaum die ersten Schritte tun konnte, war auf der Insel Korfu auf einem Küchentisch in einem Haus, Mon Repos, zur Welt gekommen, in dem es weder Strom noch heißes Wasser, noch einen Wasseranschluß gab. Der Junge erlernte die Zeichensprache, um sich mit seiner Mutter verständigen zu können, die vierjährig an Masern erkrankt war und dabei ihr Gehör verloren hatte. Desgleichen lernte er Englisch, Französisch und Deutsch, konnte aber kein Wort Griechisch. Nach der Flucht der Familie aus Griechenland lebte er neun Jahre lang außerhalb von Paris bei seinen Eltern, die zwar königlichen Blutes, aber alles andere als reich waren. Im schmachvollen Exil wohnten sie in gemieteten Häusern, trugen abgetragene Kleidung und empfingen von Verwandten und Freunden Almosen, damit sie sich ernähren, kleiden und ihre Kinder erziehen konnten.

1930 heirateten Philips vier ältere Schwestern, die in Deutschland aufgewachsen waren, binnen neun Monaten allesamt deutsche Adlige. Einer war SS-Sturmführer in Himmlers persönlichem Stab, die anderen waren hohe Offiziere, die die Nazis im Zweiten Weltkrieg unterstützten. Eine Schwester, Sophie, nannte ihren ältesten Sohn Adolf Hitler zu Ehren Karl Adolf. Nachdem sich seine vier Töchter sicher im Hafen der Ehe befanden, verließ Philips Vater das gemeinsame Haus in Frankreich auf Nimmerwiedersehen und lebte fortan auf der Jacht seiner Geliebten in Monte Carlo, wo er sich regelmäßig am Spieltisch vergnügte. Seinen zehnjährigen Sohn ließ er zurück. Nach der Trennung erlitt seine Frau Alice, Prinzessin von Griechenland, einen Nervenzusammenbruch, sie konnte nicht länger für ihren jungen Sohn sorgen und wurde in der Schweiz in eine Heilanstalt gebracht.

Einige Jahre später tauchte sie wieder auf, hatte mittlerweile die Religion für sich entdeckt und gründete die Christliche Schwesternschaft von Martha und Maria, einen Nonnenorden, der Kranken und Bedürftigen beistand. Im Krieg bot sie jüdischen Familien in Griechenland Unterschlupf und wurde von Israel postum wegen ihres Heldentums geehrt. Obwohl sie verheiratet gewesen war und fünf Kinder geboren hatte, lebte sie nun wie eine Einsiedlerin. Den Rest ihrer Tage trug sie eine graue Kutte mit weißer Kordel sowie Schleier und Brusttuch.

Da Philips Mutter nicht mehr für ihn da war, kümmerte sich nunmehr seine Großmutter mütterlicherseits, die Witwe des

Marquis von Milford Haven, um den Zehnjährigen, der nach England geschickt wurde. Als sie einige Jahre später starb, ging die Verantwortung für Philip an ihren ältesten Sohn George, den Marquis von Milford Haven, über. Dessen Frau Nada, die ihre Füße regelmäßig in Champagner badete, war eine genauso exotische Pflanze wie Edwina Mountbatten. Beide waren reich, ruhelos und, wie es hieß, keinem Abenteuer abgeneigt. 1934, bei der Gerichtsverhandlung über Gloria Vanderbilt in New York, sagte so ein Dienstmädchen aus, sie habe mögliche Anzeichen eines lesbischen Verhältnisses zwischen der Mutter der jungen Gloria und Nada beobachtet. »Sie legte die Arme um Mrs. Vanderbilt und küßte sie herzlich«, sagte sie aus. Von dieser delikaten Aussage wurde in den britischen Zeitungen nichts berichtet, weil die Milford Havens der britischen Königsfamilie nahestanden und die Presse damals nichts zu melden pflegte, was negative Wirkung auf die Monarchie haben könnte. Dieser Schutz der Diskretion galt auch für Nadas Ehemann George Milford Haven, der bisexuell veranlagt und süchtig nach Pornographie war. Nach seinen persönlichen Finanzaufzeichnungen gab er Unsummen für eine riesige Kollektion von Alben mit erotischen Fotos und sadomasochistischen Büchern aus, die von Inzucht, Homosexualität, Sodomie und Familienorgien handelten, in denen Mutter und Sohn und Vater und Tochter es miteinander trieben. George investierte ein Vermögen in den Kauf von Katalogen mit künstlichen Genitalien, Aphrodisiaka, Peitschen und Instrumenten zur Selbstgeißelung. Nach seinem Tod landete ein Teil seiner pornographischen Sammlung in einem Privattresor im British Museum. Als er 1938 an Krebs starb, war er erst sechsundvierzig Jahre alt; danach kam Philip in die Obhut seines jüngeren Bruders, Lord Louis Mountbatten. »Damals nahm Onkel Dikkie die Dinge in die Hand«, sagte Philip. »Und die meisten Leute nahmen an, daß Dickie mein Vater sei.«

In zehn Jahren hatte Philip vier verschiedene Schulen besucht, jeweils auf Kosten von mehreren Verwandten. Eine reiche Tante finanzierte seine beiden ersten Jahre an The Elms, einer Schule für reiche Amerikaner in St. Cloud bei Paris. Und seine britischen Verwandten beglichen in den folgenden vier Jahren das Schulgeld für die Old Tabor School in Cheam in England, einer der ältesten Traditionsschulen dort. Sodann beschlossen seine Schwestern, ihn in Deutschland weiterlernen zu lassen, weshalb er im Alter von zwölf Jahren – 1933 – in Schloß Salem am Bodensee aufgenommen wurde, das sein Schwager leitete. »Sich Wissen anzueignen war nicht allein wichtig, als Philip und ich in Salem waren«, erinnert sich die Schauspielerin Lilly Lessing. »Der Schwerpunkt der Schulphilosophie lag auf der Vermittlung von Werten wie Mut, Ehrlichkeit und Mitgefühl für schwächere Menschen, ... und der sehr sportliche Philip war darin schon damals erste Klasse. Er war in der Zeit sehr von Dr. Kurt Hahn beeinflußt – wie wir alle übrigens –, aber dieser Schulleiter war Jude und mußte deswegen Deutschland verlassen. Er suchte Zuflucht in Schottland, wo er eine andere Schule gründete, und dorthin folgte ihm auch Philip ein Jahr später.«

Dieser Kurt Hahn, den einige ehemalige Schüler als »streng und dogmatisch, wahrscheinlich ein verkappter Homosexueller« beschrieben, leitete eine Versuchsschule, die zum Vorläufer von Outward Bound wurde. In Hahns Institut war jede Erwähnung von geschlechtlicher Liebe untersagt; der militärisch-strenge Lehrplan mit militärischem Drill sah eine Reihe körperlich sehr anstrengender Übungen vor, auch zwei eiskalte Duschen pro Tag und Waldläufe vor dem Frühstück waren üblich. Philip, der einer von Hahns ergebensten Anhängern wurde, lebte in Gordonstoun geradezu auf, bekam gute Noten und glänzte im Sport. Er wurde Kapitän der Cricket- und der Hockey-Mannschaft.

In den fünf Jahren in Gordonstoun besuchte ihn die Familie kein einziges Mal, und da er kein eigenes Zuhause hatte, wurde er in den Ferien zu Verwandten geschickt. Von einem seiner Onkel, dem Kronprinzen von Schweden, bekam er etwas

Taschengeld, aber es reichte nie aus. Oft mußte er von seinen Freunden Kleider ausborgen, die sich noch erinnern, wie sie sich zusammentaten, um für ihn einen Anzug, Manschettenknöpfe und Hemdkragen zu finden, damit er bei der Hochzeit seiner Kusine Marina mit dem Herzog von Kent ordentlich angezogen erscheinen konnte.

Nach dem Schulabschluß in Gordonstoun wollte er in der Royal Air Force Jagdflieger werden. Aber sein Onkel Dickie lenkte seine Aufmerksamkeit auf die Navy mit der Bemerkung, das sei der einzige Teil der Streitkräfte, der zum Adel passe. »Die RAF ist für die arbeitende Klasse ... Unsere besten Könige haben in der Royal Navy gedient«, sagte Mountbatten. »Ich bin der festen Meinung, daß eine Marineausbildung die optimale Vorbereitung auf königliche Pflichten ist.« Also schrieb sich Philip im Royal Naval College in Dartmouth ein.

Warum, dazu äußerte er sich freimütig in der Begegnung mit dem Politchronisten Sir Henry (»Chips«) Channon. Beim Besuch seiner Mutter in Athen gab Philip im Gespräch mit Channon offen die Gründe preis, warum er nicht Jagdflieger geworden sei, und Channon zeichnete das Gespräch am 21. Januar 1941 auf: »Ich begab mich zu einer lockeren Cocktailrunde. Philip von Griechenland war da. Er ist ungemein gutaussehend. Er soll unser Prinzgemahl werden, und deswegen dient er in der Navy.«

Mittlerweile hatte der junge Leutnant zur See die kommenden Aufgaben, die das Leben für ihn bereithalten sollte, vollkommen verinnerlicht, und er steuerte auf den schon lange anvisierten Ehehafen mit der künftigen Königin von England zu. Doch drei Jahre bevor es soweit sein sollte, verliebte er sich in das damals meistfotografierte Mädchen der Welt: Sie hieß Cobina Wright Jr., und Philip war wie verzaubert von ihr. Er war ihr während eines Ferienbesuchs bei seiner Tante Aspasia, der Witwe von König Alexander von Griechenland, in Venedig begegnet.

Philip war nur unter königlichen Hoheiten aufgewachsen – ein weiterer Onkel neben dem Kronprinzen von Schweden war der im Exil lebende König von Griechenland, der mit Prinzessin Marie Bonaparte verheiratet war. Einst war sie die Geliebte des französischen Ministerpräsidenten gewesen, später eine Jüngerin und Gönnerin von Sigmund Freud. Philips Kusine Prinzessin Alexandra heiratete den König von Jugoslawien, und seine Lieblingskusine Prinzessin Frederika, Enkelin des Kaisers und ehemaliges BDM-Mädel, wurde Königin von Griechenland. Als Kind hatte Philip einige Zeit im Kensington Palace in London verbracht, desgleichen in den Königspalästen von Bukarest und Sinaia und auf Besuch bei seinem Vetter Prinz Michael von Rumänien in der Königsresidenz von Transylvanien. Königin Marie von Rumänien redete er als »Tante Missie« an. Er besuchte auch oft eine andere Tante, Königin Sophie von Griechenland, die Schwester des Kaisers. Aber der an europäische Royals mit hohen Backenknochen gewöhnte Philip hatte bis dato noch nie die atemberaubende Glamourwelt amerikanischer Filmstars kennengelernt. Cobina Wright Jr. war all das und noch mehr. In einer Person war sie Hollywood und High Society – die amerikanische Version von Ruhm und Glanz. Die hinreißende Blondine war zusammen mit anderen Debütantinnen von Brenda Frazier auf die Titelseiten von *Life* und *Lady's Home Journal* gebracht worden. »Damals hatte die Gesellschaft noch wirkliche Bedeutung«, sagte ihre Mutter, Cobina Wright Sr., eine Gesellschaftskolumnistin der Hearst-Presse, die einen atemberaubenden sozialen Aufstieg geschafft hatte und es mit Philips Onkel Dickie wohl aufnehmen konnte, wenn es um das geschickte Knüpfen von Verbindungen ging.

»Meine kleine Cobina war immer mehr als nur ein Starlet«, sagte sie. »Schließlich war ihr Vater – mein früherer Mann – ein Multimillionär, der im *Social Register* stand.« Nach einer aufsehenerregenden und in der Öffentlichkeit ausgetragenen Scheidung, bei der viel schmutzige Wäsche gewaschen wurde, war es damit allerdings vorbei. Sie mußte ihren Unterhalt selber verdienen, was sie tat, indem sie die Berühmtheiten ihrer Tage sammelte – Generäle, Politiker, Filmstars und all jene, die sie atemlos als die »Crème de la crème der Gesellschaft« bezeichnete.

»Mutter war – na ja, so prahlerisch, so aggressiv, wollte immer nur die berühmtesten und wichtigsten Leute kennenlernen, daß es uns nervte«, sagte die Tochter einmal.

Als engagierte und selbsternannte Starmutter bereitete Cobina Wright Sr. die »kleine Cobina« auf eine Filmkarriere vor, die dann von einer illustren Ehe gekrönt werden sollte. »Cobina ist mit Sicherheit ein Mädchen der Superlative«, sagte sie 1938. »Am *meisten* fotografiert, am *meisten* in der Presse erwähnt, am *meisten* umworben.« Inzwischen hatte ihr Promotionsgeschick die Presseagenten dazu veranlaßt, ihre achtzehnjährige Tochter als »Miss Manhattan der New Yorker Weltausstellung«, »bestangezogene Hosteß der New Yorker Supperclubs« und »schönstes Mädchen von Palm Beach« zu feiern. Sie sorgte auch dafür, daß man ihre Tochter »Liebling der High Society« nannte.

Als Cobina Jr. Prinz Philip begegnete, sang sie in Nachtklubs, stand für John Robert Powers Modell und war bei der 20th Century-Fox unter Vertrag, zusammen mit Linda Darnell und Gene Tierney, der stürmischen Geliebten von John F. Kennedy und späteren Frau von Oleg Cassini.

Im selben Augenblick, als er die hinreißende junge Frau in Begleitung ihrer Mutter und einer italienischen Gräfin in Harry's Bar in Venedig erblickte, fühlte sich Philip zu ihr hingezogen. Ihr Aussehen hatte es ihm angetan. Sie hatte nichts vom gekünstelten Hochmut seiner königlichen Kusinen in Europa an sich und sah einiges verführerischer aus als die jungen Damen des Adels, die so penetrant hinter ihm her waren. Blond, geschmeidig und anmutig, strahlte und glänzte sie wie ein frisch geprägter amerikanischer Penny. Ihre schlanke, langbeinige Schönheit paßte gut zu seiner Statur. Sofort verließ er seine Kusine Prinzessin Alexandra und schritt quer durch den Raum zu Cobinas Tisch, wo er nonchalant die Hofknickse der beiden älteren Damen entgegennahm, die bei seiner Ankunft aufsprangen. Sie hatten ihn sofort erkannt und waren entzückt über seine Anwesenheit. Die junge Cobina wußte nicht, wer er war, aber sie stand trotzdem auf und begann ihrer Mutter den Hofknicks nachzumachen. Schnell schob Philip den Fuß vor, als wolle er ihr ein Bein stellen.

»Wagen Sie's bloß nicht«, sagte er. »Ich bin nichts als ein bedeutungsloser Prinz vom Balkan, ohne Verdienst und Auszeichnung. Ich heiße Philip von Griechenland.«

»Nur Philip von Griechenland? Kein Nachname?« fragte sie.

»Nur Philip von Griechenland«, sagte er.

Die Neugier der unbedarften Cobina war geweckt, als ihr Philip zu erklären versuchte, königliche Prinzen hätten keine Nachnamen, weil man davon ausgehe, daß jedermann wisse, wer sie seien. Nur die unteren Ränge benötigten zur Identifizierung Nachnamen. »Weil es davon so viele gibt«, sagte Philip lächelnd, »und von uns so wenige.«

Er erzählte ihr, auf den Formularen der Admiralität streiche er immer den »Mr.« weg und schreibe nur »Philip, Prinz von Griechenland« hin. Und irgendwie brachte er es fertig, sich schon fast einen demokratisch-bürgerlichen Anstrich zu geben, als er die Besonderheiten beschrieb, die Royals vom gemeinen Volk traditionell trennen. Die engen zeremoniellen Regeln bezeichnete er als störend, und Cobina war bezaubert von ihm. Philip war so in sie verliebt, daß er die nächsten drei Wochen in Venedig blieb, um sie überallhin zu begleiten. Sie nahmen jede Einladung an, die ihre Mutter ihnen verschaffte, tanzten und dinierten und tranken Champagner auf Kosten anderer. Später sagte Mrs. Cobina Sr., das Paar habe bei romantischen Gondelfahrten auf dem Canale Grande »leidenschaftliche« Abende verbracht. »Danach folgte mir Philip nach London«, fügte ihre Tochter vertraulich hinzu.

Philip dachte nicht mehr an die Hochzeit mit Prinzessin Elizabeth, denn er hatte sein Herz der amerikanischen Schönheit geschenkt. Er hielt um ihre Hand an und bestand darauf, daß sie sich als Verlobte vorstellten. Er signierte für Cobinas Mutter sogar ein Foto von sich: »Meiner lieben Madre, von Philip.« Und er versprach ihrer Tochter, ihr in die Vereinigten Staaten zu folgen.

»Ich komme nach Amerika, besorge mir eine Arbeit und nehme den Namen Augustus Jenks an«, sagte er.

Mrs. Cobina Sr. war überglücklich, daß ein Prinz ihre Tochter heiraten wollte – förmlich wie im Freudentaumel. Daß er aus einer der Königsfamilien Europas stammte, um die es Skandale satt gab und die von der Unterstützung anderer lebte, störte sie nicht weiter. »Ein Fürst ohne Fürstentum«, umschrieb sie den hübschen jungen Mann. Aber Geld oder kein Geld – er war königlichen Geblüts. Also war sie fest entschlossen, seine Affäre mit ihrer Tochter nach Kräften zu unterstützen. Freudig griff sie seinen Vorschlag auf, Venedig zu verlassen und sie nach London zu begleiten, und war sehr geschmeichelt, als er gemeinsam mit ihnen einer Wochenendeinladung der britischen Schauspielerin Bea Lillie auf deren Landhaus folgte.

»Philip machte auf mich damals den Eindruck eines großen, hungrigen Hundes«, sagte seine Kusine Alexandra drastisch, »etwa wie ein freundlicher Collie, der nie eine eigene Hütte gekannt hat und auf jede Aufmerksamkeit mit eifrigem Schwanzwedeln reagiert.«

Nach den drei Wochen Venedig verbrachten Cobina und Philip somit eine weitere Woche in England, sie speisten in vornehmen Restaurants, tanzten in Bars und streiften Hand in Hand durch die Londoner Straßen. Gerührt saßen sie in dem französischen Film »Mayerling«, einer traurigen Romanze mit Charles Boyer und Danielle Darrieux in den Hauptrollen. Am Abend vor der Abreise Cobinas und ihrer Mutter nach Amerika begab sich Philip ins Claridge Hotel, um sich zu verabschieden. Er schenkte Cobina ein kleines Goldarmband, an dem neben einer griechischen Flagge die Worte »Ich liebe dich« hingen. Bei ihrem Abschiedskuß standen Tränen in seinen Augen.

Über die nächsten drei Jahre schrieb er ihr jede Woche zwei Briefe. »Es waren leidenschaftliche Liebesbriefe«, sagte Gant Gaither, die mit Cobina ihr Leben lang befreundet war. »Er werde sie zur Frau nehmen, komme, was da wolle. Er wollte sie unbedingt heiraten. Miss Cobinas Zuneigung war aber weit weniger intensiv als seine.«

Etliche Bekannte des Paares bestätigen die Romanze. »Gar keine Frage«, sagte der Schriftsteller Stephen Birmingham, der sie 1973 für einen Artikel in einer Zeitschrift sehr ausführlich interviewte. »Sie hatte ein Verhältnis mit Prinz Philip, und ihre Mutter wünschte auch, daß sie ihn heirate, aber sie wollte eben nicht. Sie verliebte sich schon in dieser Zeit in Palmer Beaudette, den sie 1941 ehelichte. Ihre Mutter hat ihr das nie verziehen.«

Mrs. Cobina Sr. blieb mit dem jungen Prinzen noch jahrelang in Briefkontakt, nachdem ihm ihre Tochter schon den Laufpaß gegeben und Beaudette geehelicht hatte, den Erben eines Unternehmens aus der Automobilbranche. Der Prinz, der immer noch in der Royal Navy diente, nahm wahrscheinlich zu dieser Zeit die Korrespondenz mit seiner Kusine Prinzessin Elizabeth von England wieder auf. Doch wie sein Vater sollte auch er sein Leben lang noch oft der Anziehungskraft von Schauspielerinnen erliegen.

»Damals hatten fast alle Mädchen jemanden auf See oder an der Front, dem sie schrieben«, erinnerte sich Elizabeths Gouvernante Marion Crawford (»Crawfie«). »Ich glaube, anfänglich bestand der Kontakt nur, weil sie gerne allen sagen wollte, auch sie schicke gelegentlich einem Mann, der für sein Land kämpft, ein Paket oder schreibe ihm.«

Eines Tages bemerkte Crawfie auf dem Kaminsims der Prinzessin ein Foto von Philip.

»Ist das wirklich klug?« fragte Crawfie. »Hier gehen allerlei Leute ein und aus. Wer weiß, was das für Folgen hat. Man wird deshalb sicher schnell irgendwelche Gerüchte in die Welt setzen.«

»Ach, meine Liebe, das wird man wohl«, antwortete die Prinzessin.

Ein paar Tage später war das Bild verschwunden. An seiner Stelle stand nunmehr ein anderes Konterfei, ebenfalls von Philip, aber diesmal mit buschigem blondem Schnauzer und einem Bart, der das halbe Gesicht verdeckte.

»Da, bitte, Crawfie«, sagte die Prinzessin. »Ich möchte den sehen, der ihn darauf erkennt. Auf dem Bild ist er absolut inkognito.«

Getratscht wurde trotzdem, und bald war aus dem Gerücht eine Zeitungsmeldung geworden. Ein Foto des Prinzen Philip von Griechenland ziere das Schlafzimmer von Prinzessin Elizabeth, hieß es darin. Onkel Dickie war selig.

Ab dann wurden zahlreiche Briefe zwischen Windsor Castle und den Zerstörern im Mittelmeer in der Enge von Bonifacio, in Algier, Malta, Sues, Ceylon und Australien hin- und hergeschickt. 1941 wurde der Leutnant zur See, der formell auf seinen griechischen Thronanspruch verzichtet hatte, zum Oberleutnant befördert. Im Jahr darauf kehrte Philip nach England zurück und fuhr vier Monate lang nicht zur See. In dieser Zeit wurde er anläßlich des Weihnachtsfestes auf Schloß Windsor eingeladen. Jahre später behauptete er, er habe die Einladung nur angenommen, weil er damals nichts Besseres vorhatte. Königin Mary erzählte er einige anzügliche Witze; sie fand ihn reizend und schätzte ihn als »einen sehr intelligenten jungen Mann« ein. König George VI. unterhielt er mit Geschichten von deutschen Stuka-Angriffen auf sein Schiff vor Sizilien, brüstete sich damit, wie er Minen und Torpedos ausgewichen sei, und er wußte geschickt darzulegen, wie bedeutend sein Beitrag zu einem großen Sieg gewesen war. »Es waren höchst unterhaltsame Schilderungen«, sagte der König später. Da er wußte, daß sich Philip durch seine Tapferkeit vor dem Feind sehr verdient gemacht hatte, hörte ihm der König aufmerksam zu, aber irgend etwas an dem forschen jungen Mann mit dem lauten Lachen und dem etwas ungehobelten Benehmen störte ihn. Als besorgter Vater wollte er sich ohnehin kaum vorstellen, daß seine geliebte Lilibet *irgendeinen* Mann heiratete, schon gar nicht ein Rauhbein wie Philip. Auch war er weder reich, noch kleidete er sich wie ein Gentleman. »Seine Garderobe ist scheußlich«, sagte der König. »Einfach scheußlich.«

Der Kammerdiener von Lord Mountbatten, John Dean, war derselben Meinung. »Zivilkleider besaß Prinz Philip offenbar kaum«, erinnerte er sich. »Seine Zivilgarderobe war sogar noch knapper bemessen als die der meisten kleinen Bankangestellten ... Er mußte wohl mehr oder weniger mit seinem Marinesold auskommen. Wenn er nach London kam, brachte er nicht viel mit, manchmal nur einen Rasierapparat ... Eigene Haarbürsten besaß er auch nicht ... Entweder hielt man ihn bei der Navy zu knapp, oder er war schlampig, denn manchmal brachte er nicht mal ein sauberes Hemd mit. Nachts, wenn er schlief, wusch ich seine Hemden und Socken, und so hatte er sie am nächsten Morgen wieder zur Verfügung. Auch das Flicken besorgte ich für ihn.«

Philips Vater starb 1944 zweiundsechzigjährig in den Armen seiner reichen Geliebten. Seit fünf Jahren hatte er weder seine Frau noch seinen Sohn gesehen. Prinz Andreas besaß keinen Heller und hinterließ seinem Sohn nichts als einen ramponierten Koffer mit zwei mottenzerfressenen Anzügen, einem zerschlissenen Lederrahmen und einem Satz Rasierpinsel mit Elfenbeingriff. Seine magere Erbschaft nahm Philip erst 1946 in Empfang. Dann ließ er die Anzüge umändern, weil er endlich einen anständigen Anzug brauchte. Aber das abgetragene Gabardinetuch machte keinen Eindruck auf Seine Majestät, für den ein Mann ohne die entsprechende Ausstattung eines Gentleman ein Mann ohne Stil war. Elizabeth hatte ihren Vater bedrängt, Philip zur Wildgansjagd in Windsor einzuladen, aber der König stellte sich quer, weil Philip keine passende Jagdkleidung besaß. Er wußte nicht mal, was »Plus Fours«, die Hosen, die man zu dieser Gelegenheit trug, waren. Der König erläuterte ihm, diese hießen so, weil sie vier Zoll länger als die gewöhnlichen Knickerbocker seien – die ausgebeulten Hosen, die die englischen Golfspieler anhätten.

»Dann kann er ja ein Paar von den deinigen anziehen«, sagte Elizabeth zu ihrem Vater.

Der König war murrend einverstanden. Immer noch hatte er Vorbehalte gegen den jungen Mann, der sich seiner abgetragenen Schuhe nicht schämte. Nach Meinung des Königs war Prinz Philip nie zum Royal, sondern zum Mann aus dem gemeinen Volk erzogen worden.

Der Privatsekretär des Königs, Sir Alan (Tommy) Lascelles, nannte Philip reichlich ungehobelt. »Er war grob, hatte schlechte Manieren, besaß keine Bildung – und hatte das Zeug zum untreuen Ehemann«, sagte er einmal, wie der Schriftsteller Philip Ziegler kolportierte.

Der Monarch bewertete einen Menschen stets nach dem, was er anhatte, und konnte Philips Desinteresse für Knöpfe und Querbinder nicht verstehen. Philip war zwar »Onkel Bertie und Tante Elizabeth« gegenüber immer höflich und ehrerbietig, aber für den Geschmack des Königs immer noch zu prahlerisch und schulterklopfend. Was die Königin anging, so glaubte sie, daß sich Philip im Palast allzusehr wie zu Hause fühlte; sie schalt ihn mehrfach, er kommandiere die Dienerschaft herum. Aber weder ihr noch ihrem Mann war damals bewußt, daß ihre unerfahrene siebzehnjährige Tochter sich ausgerechnet diesen jungen Mann als zukünftigen Ehemann auserkoren hatte.

»Mir war klar, daß sie miteinander flirteten, schon lange bevor es in den Zeitungen stand«, sagte Charles Mellis, der zwölf Jahre lang Chefkoch im königlichen Privatzug war. »Ich merkte es an der Art, wie sie lachten, einander neckten und sich anblickten, wenn sie gemeinsam unterwegs waren. Und ich werde nie vergessen, wie die Königinmutter den beiden einmal zurief: ›Also, ihr beiden, hört endlich mit dem Flirten unter dem Tisch auf und benehmt euch.‹«

Prinzessin Margaret zog ihre Schwester wegen ihrer großen Liebe ständig auf. Sie war tatsächlich in Philip vernarrt, aber der König und die Königin schienen es noch nicht zu bemerken. Daß Elizabeth allmählich erwachsen wurde, erkannten sie erst 1944, als sie einer kleinen Tanzsoiree beiwohnten, die die Herzogin von Kent gab. Dort sahen sie, wie Philip fast zu jedem Tanz ihre älteste Tochter aufforderte und fotografiert wurde, wie er ihr in den Pelzmantel half. Doch eine mögliche Eheschließung wurde erst kurz nach Elizabeths achtzehntem Geburtstag in Betracht gezogen, worauf Onkel Dickie seinen Vetter König Georg von Griechenland drängte, das Thema mit ihrem Vater zu besprechen. König George VI. wandte sich an Mountbatten und sagte, er gehe »zu schnell vor«. Später schrieb er in einem Brief an seine Mutter, Königin Mary: »Wir sind beide der Meinung, daß sie dafür jetzt noch zu jung ist. Sie hat bislang noch keinen anderen jungen Mann in ihrem Alter kennengelernt ... Ich mag P. Er ist intelligent, hat einen ausgeprägten Sinn für Humor, und er vertritt die richtigen Ansichten ... Wir werden Georg sagen, P. solle lieber im Augenblick noch nicht daran denken.«

Doch Philips fest entschlossener Onkel ließ sich nicht entmutigen. Er nahm nur die in der Bemerkung »im Augenblick« implizierte Zusage wahr und wollte als nächste Maßnahme Philip zum Wechsel der Staatsangehörigkeit und Religion überreden, damit diesbezüglich der königlichen Eheschließung nichts im Wege stünde. Da gerade im griechischen Bürgerkrieg britische Truppen an der Seite der dortigen Regierung kämpften, mußte sich Mountbatten allerdings sagen lassen, wenn Philip jetzt die britische Staatsangehörigkeit annähme, könnte das falsch ausgelegt und als Anzeichen gewertet werden, England unterstütze die griechischen Royalisten, oder umgekehrt, England gebe die Sache der Royalisten verloren und versuche, Philip eine Art Asyl zu gewähren. Also mußte das Ganze bis nach der griechischen Parlamentswahl und der Volksabstimmung über die Monarchie im März 1946 verschoben werden.

Mountbatten wußte selbst sehr gut, was es bedeutete, deutsche Wurzeln zu haben, und er machte sich deshalb Sorgen wegen Philips Abstammungslinie – und auch wegen seiner Beziehungen zu seinen Schwestern und deren deutschen Ehemännern, die im Dritten Reich führende Positionen bekleideten. Besonders nahe stand Philip seinem Schwager Berthold, dem Markgrafen von Baden. Auch Prinz Philip von Hessen, nach dem Philip genannt war, machte Mountbatten Kopfzerbrechen. Dieser deutsche Verwandte war Hitlers persönlicher Kurier und arbeitete so tüchtig für den Führer, daß ihm ehrenhalber der Rang eines Generals der Sturmstaffel [SS] übertragen wurde. Ein weiterer Onkel von Philip, Prinz Christoph von Hessen, war bis zu seinem Tod 1943 Leiter des geheimen Telefonabhördienstes in Görings Stab – einer Gruppe von Leuten, aus der schließlich die Gestapo hervorging.

Mountbatten war entschlossen, Philips deutsche Wurzeln stets als möglichst bedeutungslos darzustellen. Der gewiefte Onkel wußte sehr genau, wie entscheidend es darauf ankam, daß sein Neffe vom britischen Establishment akzeptiert werden würde, und so schrieb er dem Chef der britischen Einbürgerungsbehörde, Philip habe die meiste Zeit seines Lebens in England verbracht und sei schon vor dem Krieg zur Royal Navy gegangen, in der er die Erfüllung seines Lebensziels gefunden habe. »Er wurde als Engländer erzogen, er reitet gut, kann schießen und beherrscht sämtliche Sportarten, darunter auch Football, perfekt«, schrieb Mountbatten.

Sodann teilte er Philip mit, es gehe in der Frage des Staatsangehörigkeitswechsels »mit Volldampf voraus«, so daß es »absolut legitim« sei, wenn Philip seine Romanze mit Prinzessin Elizabeth fortsetze. Philip flehte seinen Onkel an, alles etwas langsamer voranzutreiben – und sich weniger einzumischen.

»Bitte, ich bitte dich«, schrieb er, »nicht zu viele Ratschläge in meiner Herzensangelegenheit, sonst bin ich noch gezwungen, für meine Werbung eine Mittelsperson einzusetzen.«

Philip wußte, wie sehr der Artikel in der *New York Times* mit dem Titel »Marriage à la Mode«, in dem es hieß, der aussichtsreichste Kandidat für die Hand von Prinzessin Elizabeth sei Prinz Philip von Griechenland, den König und die Königin beunruhigt hatte. Die Spekulation war vom Palast natürlich offiziell dementiert worden. Aber die von sechs Kriegsjahren gezeichneten Menschen von der Straße sehnten sich nach etwas Romantik. Beim ersten öffentlichen Auftreten ihrer künftigen Königin nach der bedingungslosen Kapitulation Deutschlands 1945 fuhr ihr der Schreck in die Glieder, als sie die Menge lauthals brüllen hörte: »Wo ist Philip?« – »Wie geht's Philip?« – »Werden Sie Philip heiraten?«

»Es war gräßlich«, sagte sie später zu ihrer Schwester.

»Arme Lilibet«, sagte Margaret. »Dir bleibt auch gar nichts Eigenes. Nicht mal deine Liebe.«

5

ALS DAS JAHR 1945 anbrach, wies das Haus Windsor eine völlig neue Fassade auf. Es hatte seine dunkle deutsche Herkunft mit den leuchtenden britischen Farben übermalt und sich so vor der Welt ins rechte Licht gerückt. Die Familienmakel blieben hinter dem falschen Schein verborgen, und die renovierte Monarchie wirkte nunmehr überzeugend britisch – so britisch, daß das Königshaus am Ende des Zweiten Weltkrieges so beliebt war wie nie zuvor. Da man sich von der Politik zurückgezogen hatte und nicht mehr Gefahr lief, in Parteienzwistigkeiten hineingezogen zu werden, wurde den Royals aller Respekt entgegengebracht. Die durch die königliche Familie verkörperte Monarchie war das Sinnbild von Pflichterfüllung, Schicklichkeit und Anstand geworden.

Nachdem die Alliierten Nazideutschland zerschlagen hatten, trennten sich die Briten zwar von ihrem mutigen Kriegsführer Winston Churchill, aber ihren scheuen kleinen Monarchen schlossen sie liebevoll in die Arme. Am Tag der deutschen Kapitulation drängte sich die Menge um den Buckingham-Palast und ließ ihren geliebten König und die geliebte Königin hochleben. Hinter der königliche Familie, die ein Sinnbild von hoher Moral war, stand das gesamte Vereinigte Königreich. Wie nun das Königspaar auf den Balkon trat, um dem Volk zuzuwinken, ertönte aus der Menge eine laute Stimme: »Dank Gott für unseren guten König!« Tief gerührt trat George VI. vor und stammelte: »D-d-d-ank Gott für mein g-g-g-utes Volk!«

Da der Krieg nun endgültig vorbei war, wollte der König sich wieder intensiver um seine Familie kümmern, insbesondere um seine älteste Tochter. Er veranstaltete Picknicks in Balmoral und Jagden und Rotwildpirschen in Sandringham, damit sie an seiner Lieblingsbeschäftigung teilnehmen konnte. Elizabeth genoß die Zeit, die sie bei ihrem Vater verbrachte, aber die nunmehr neunzehnjährige designierte Thronerbin, die sechs Jahre lang in Windsor Castle eingeschlossen gewesen war, sehnte sich auch danach, den Swing der Londoner Nachtklubs zu erleben.

Die brave Tochter wurde allmählich erwachsen. Sie hatte jetzt ihre eigene Gesellschaftsdame, ihre eigene Schlafzimmersuite und ihren eigenen Daimler mit Chauffeur. Sie hatte weder eine Schule besucht noch je ein fremdes Land, noch nie ihr Bad selbst einlaufen lassen, eine Mahlzeit gekocht oder eine Rechnung bezahlt, aber immerhin wählte sie ihre Kleider selber aus. Während ihre künftigen Untertanen immer noch mit Kleidermarken zurechtkommen mußten und aus Vorhängen geschneiderte Röcke und aus Mänteln genähte Hosen trugen, hatte sie ihren eigenen Hofschneider, bei dem sie sich trägerlose Abendkleider aus Satin bestellte.

»Ich möchte gern auch ein eigenes Auto«, sagte sie zu einer Freundin, »aber die Familie redet so furchtbar viel über die Marke, die ich haben müsse, daß ich fürchte, ich kriege nie eines.«

Alles, was Elizabeth betraf, war Gegenstand intensiver Debatten. Und entscheidungsfreudig war ihr Vater dabei nicht gerade. Da er stets befürchtete, er könnte mit dem falschen Fuß vortreten, machte er sich unablässig Gedanken darüber, wie etwas wirkte oder was die Leute denken könnten. Eine Entscheidung traf er immer erst, nachdem er sämtliche Höflinge konsultiert hatte. Auch seine Frau, die sich selten über etwas sorgte, war sich nicht immer sicher, was für ihre älteste Tochter das beste sei. Ob es nun um ein Auto, einen Pelzmantel oder ein neues Pferd für Elizabeth ging – die Entscheidung fiel ihren Eltern niemals leicht.

»Sie wollten das Beste für sie«, erinnerte sich ihre Gouvernante Crawfie, »und für Eltern ist es immer schwierig zu entscheiden, was denn nun dieses Beste ist.«

Das einzige Thema, über das sich der König und die Königin schnell einigten, war Philip von Griechenland. Ihrem Gefühl nach zeigte ihre Tochter viel zuviel Interesse an dem Oberleutnant zur See. Aber nur, weil sie sonst keine Männer kenne, meinten sie. Also organisierten sie Tanztees, Dinnerpartys, Theaterbesuche und Bälle, damit sie in Frage kommende Söhne aus dem Adel kennenlernen konnte. Desgleichen luden sie regelmäßig die in der Nähe von Windsor Castle stationierten ledigen Offiziere ein. Elizabeth nannte die kinnlosen Aristokraten aber »aufgeblasen, muffig und langweilig«, während ihre Schwester meinte, sie hätten »schlechte Zähne, dicke Lippen und einen übelriechendem Atem«. Die Ablenkungsmanöver der Eltern fielen auch der Großmutter Königin Mary auf, die den Schwarm der jungen Offiziere, die urplötzlich im Palast auftauchten, als »Leibwache« verunglimpfte. Die Gesellschaftsdame von Königin Mary war der Meinung, der König sei nichts anderes als ein allzu besitzergreifender Vater, der nicht mit dem Gedanken fertig würde, seine Älteste könnte sich verlieben. »Er ist verzweifelt«, berichtete sie.

Als Philip 1946 nach England zurückkehrte, lud ihn Elizabeth zum Besuch der Familie in Balmoral ein. Sie hatte ihn über drei Jahre lang nicht mehr gesehen. Zuletzt Weihnachten 1943 war er mit ihr durch die Korridore von Windsor gewandelt, und er trug damals noch eine Zahnklammer, deren Klappern bei ihr Lachanfälle auslöste.

»Ein- oder zweimal war ich Weihnachten in Windsor, weil ich sonst niemanden hatte«, gestand Philip viele Jahre später.

»Wäre ich ein Bekannter der Familie gewesen, dann hätte das sicher sehr viel bedeutet. Aber wenn man verwandt ist – ich meine, ich kannte die Hälfte der Anwesenden, lauter Verwandte, sehr gut –, dann ist es nichts Ungewöhnliches, dorthin gebeten zu werden. Man braucht deshalb nicht gleich an eine Heirat zu denken.«

Damals hatte Elizabeth an den jugendlichen Possen und Streichen ihres Cousins* Gefallen gefunden, vor allem, wenn er ihr Nüsse aus einer Dose anbot, aus der dann der Kopf einer Schlange herausschoß, oder ihr beim Essen Brötchen reichte und dabei »deftige Darmgeräusche« imitierte, wie sie die Laute nannte. Sie mußte so lachen, daß sie nicht weiteressen konnte. Sie fühlte sich also zu Philip wegen seines Humors und seines guten Aussehens hingezogen und konnte es oft kaum erwarten, ihn endlich wiederzusehen. Sie begann, ihrer Gouvernante Fragen über Liebe und Ehe zu stellen.

»Was ist es, Crawfie, was einen verliebt macht?«

»Ich pflegte ihr dann zu erklären, es seien die tiefen gemeinsamen Interessen, die einen Mann und eine Frau nicht nur vorübergehend gegenseitig anziehen, sondern dafür sorgen, daß sie sie ein ganzes Leben lang zusammenhalten«, sagte die Gouvernante. »Die Prinzessin hörte aufmerksam zu.«

»Ich denke, richtig ernst wurde es erstmals [1947] in Balmoral«, sagte Philip in Erinnerung an die hübsche zwanzigjährige Prinzessin, die immer noch über seine Scherze lachte.

»Ich erinnere mich noch gut an die Gelegenheiten, bei denen Prinz Philip als Ehrengast von Prinzessin Lilibet – wie wir sie nannten – an den Partys nach dem Theater teilnahm, wenn er auf Urlaub von der Navy war«, sagte der frühere königliche Küchenchef René Roussin. »Man pflegte mich dann – auf ausdrücklichen Wunsch der Prinzessin – zu bitten, ein paar Hummerpastetchen nach oben zu schicken, die Prinz Philip besonders gern mochte.«

---

* Über König Christian IX. von Dänemark waren Philip und Elizabeth Vettern zweiten Grades mit einem leiblichen Elternteil, über Königin Viktoria Vettern dritten Grades und über König George III. Vettern vierten Grades mit einem leiblichen Elternteil.

Nachdem Philip mehrere Tage bei der königlichen Familie in ihrem Schloß in Schottland verbracht hatte, meinte der König, nun sei er schon über Gebühr lange da. »Der Junge muß nach Süden«, sagte er seinem Lieblingsstallmeister Peter Townsend. Also reiste Philip ab. Später lud er Elizabeth ein, ihn im Apartment seiner Tante, der Marquise von Milford Haven, im Kensington Palace und im Haus der Mountbattens an der Chester Street zu besuchen. Auch nahm er Elizabeth zum Besuch der ältesten Tochter Mountbattens, Patricia, und ihres jungen Ehemannes John Brabourne in deren bescheidenes Cottage in Kent mit.

»Für sie war das ein absolut unbekannter Lebensstil«, erinnerte sich Brabourne. »So hatte sie nie gelebt, und sie war begeistert, obwohl ihre Zofe nicht glauben konnte, wo wir wohnen sollten.«

Philip brachte Elizabeth auch mit nach Coppins, dem Haus der Herzogin von Kent in Buckinghamshire, wo er einen Großteil seiner Landurlaube bislang verbracht hatte. Denn die griechische Herzogin Marina, die man nach England gelockt hatte, um den homophilen Herzog von Kent zu ehelichen, gehörte zu Philips Lieblingsverwandten. Nach mehreren Besuchen in Coppins hatte Elizabeth zu ihr immerhin so viel Vertrauen gefaßt, daß sie ihr sagte: »Daddy will nicht, daß ich Philip oder sonst jemanden zu oft treffe, also sagen Sie ihm nichts.« Die Herzogin tat es auch nie.

Philips Kusine Alexandra, die von den geheimen Besuchen des Paares in Coppins wußte, dachte gleich an seine Leidenschaft für Cobina Wright Jr. und fragte sie, ob er mit Elizabeth nur spiele.

»Ich kann nur hoffen, daß Philip nicht nur mit ihr flirtet«, sagte sie zu Marina. »Er ist ein solcher Charmeur, daß er das tut, ohne es zu merken.«

»Ich glaube, das Flirten hat für ihn jetzt ein Ende«, erwiderte die Herzogin. »Und wenn von Elizabeths Seite alles nur Flirt wäre oder nichts draus würde, wäre er am Boden zerstört.

Denn eines weiß ich mit Sicherheit: Die beiden würden nie etwas tun, was dem andern weh täte.«

Rückblickend sagte Philip viele Jahre später über ihr Liebesverhältnis: »Ich glaube, es kam eins zum andern. Ich glaube, ernsthaft darüber nachzudenken fing ich an, ... also, lassen Sie mich überlegen, als ich 1946 zurückkam und nach Balmoral ging. Wahrscheinlich war es zu der Zeit, daß wir, daß es, na ja, Sie wissen schon, daß wir uns verliebten und sogar über die Zukunft redeten ...«

Nach seinem Aufenthalt in Balmoral im August 1946 bat Philip um ihre Hand, und Elizabeth sagte ja – heimlich. Zum ersten Mal hatte sie etwas getan, ohne vorher ihre Eltern zu fragen. Sodann beschwor sie den ersten wirklichen Streit mit ihren Eltern herauf, indem sie darauf bestand, den mittellosen griechischen Prinzen zu heiraten. Sie wußte, daß nach dem Royal Marriages Act von 1772 alle Nachkommen König Georgs II. die Einwilligung des Monarchen benötigten, um sich zu verehelichen, und daß diese Einwilligung »im Kronrat erklärt« werden mußte, bevor eine Hochzeit stattfinden konnte. Elizabeth wollte die Einwilligung ihres Vaters, aber der wollte sie ihr nicht geben. Dieses Unbehagen vertraute er seinem Stallmeister an, der die Meinung des Königs, daß Philip ein draufgängerischer junger Mann sei, teilte. Er war ebenfalls dafür, der König solle seine Entscheidung noch eine Zeitlang hinauszögern.

Die einzige Verbündete Elizabeths in der königlichen Familie war ihre Großmutter Königin Mary, deren arrangierte Ehe mit König George V. schließlich auch noch glücklich gewesen war und die fünf Kinder bekommen hatte. Also zeigte sie sich wenig erfreut, wenn Prinz Philip in ihrer Gegenwart lächerlich gemacht wurde. Sie runzelte die Stirn, wenn man ihn als Produkt »einer idiotischen Schule, die Theorien von völliger sozialer Gleichheit propagiert«, verspottete, »in der die Schüler lernen, sich mit Gott und der Welt abzugeben«. Königin Mary sagte nichts dazu und sah nur versonnen in den Raum.

»Was für einen Hintergrund gäbe das für einen Schwiegersohn des Königs ab?« wurde sie gefragt.

»Einen nützlichen«, sagte sie kurz angebunden.

Der vorsichtige König konsultierte seine Höflinge, was sie von einer möglichen Heirat seiner Tochter mit Philip von Griechenland dächten, und die Höflinge wußten vom Ergebnis einer Meinungsumfrage der Zeitschrift *Sunday Pictorial* zu berichten, wonach 40 Prozent der streng klassenbewußten englischen Leser nicht für eine Heirat waren, weil Philip »Ausländer« sei.

Als ein Jahrhundert zuvor Prinz Albert als Ehemann von Königin Viktoria nach England gekommen war, nannten ihn die Höflinge »diesen Deutschen« und seine Bediensteten »deutsche Spione«. Jetzt, über hundert Jahre später, legten sie denselben Ausländerhaß an den Tag. Bei ihnen hieß Philip nur »Phil, der Grieche«.

Philip selbst präsentierte gern seine skandinavische Herkunft: »Ich bin insbesondere dänisch«, sagte er einem Interviewer, und er gab sich bewußt international. »Zu Hause sprachen wir Englisch, ... aber dann ging die Konversation auf französisch weiter. Gelegentlich auch deutsch, weil wir deutsche Verwandte hatten. Wenn einem ein Wort in einer Sprache nicht einfiel, wechselte man in eine andere.«

Die Tochter der Herzogin von Marlborough erinnerte sich, wie sich ihre Brüder über Philip hinter dessen Rücken lustig machten, weil er kein britischer Adliger sei. »Er kannte das englische Landleben nicht«, sagte sie. »Er kam aus einer anderen Welt, und genau das zog Elizabeth an. Dies und die Tatsache, daß er den Glamour liebte, hauptsächlich den Glamour. Und obwohl ihn das britische Establishment nie ganz akzeptiert hat, beschloß er rechtzeitig, genauso anmaßend, langweilig und stumpfsinnig zu werden wie wir alle und seine wahre Persönlichkeit zu verstecken.«

Elizabeth widersetzte sich standhaft der Abneigung ihres Vaters. Sie argumentierte, man habe sie nicht gefragt, ob sie geboren werden wolle, und wenn sie schon durch den Zufall ihrer

Geburt ihr Leben pflichtschuldigst als Königin verbringen müsse, solle er sie zumindest den Mann heiraten lassen, den sie liebe. »Schließlich hast du ja auch Mummy geheiratet«, sagte sie, »und sie war nicht mal königlichen Blutes. Philip ist's.« Der König seufzte und sagte, für sein Empfinden sei Elizabeth zum Heiraten noch zu jung. Daraufhin führte die Prinzessin Königin Viktoria als Beispiel an: »Sie war erst zwanzig, als sie Prinz Albert heiratete, und die Ehe war sehr glücklich.«

Der König war immer noch nicht überzeugt. Als Vater fürchtete er, Philip könnte es mit der ehelichen Treue nicht so genau nehmen. Man hatte ihm einiges über die Landurlaube des junge Oberleutnants zur See mit seinem Marinekumpel Michael Parker und deren Bordellbesuche in Alexandria kolportiert; ihm mißfiel, was man so über Philips fortdauerndes Verhältnis zu seiner Kindheitsfreundin Helène Foufounis Cordet munkelte; und Philips nächtliche Ausflüge durchs Londoner Westend mit seinem Vetter David Milford Haven waren ihm von Herzen zuwider. Aber er machte sich auch zunehmend Sorgen wegen der wachsenden Eigenwilligkeit seiner Tochter, die fest entschlossen war, Philip zu heiraten. Sie wußte, daß sie als designierte Thronerbin die Einwilligung ihres Vaters sowie die der Regierung der Vertreter und des Commonwealth für ihre Eheschließung benötigte. Aber sie versetzte ihren Vater in Angst und Schrecken, und zwar mit der Andeutung, wenn er ihr die Einwilligung, Philip zu heiraten, versage, werde sie in die Fußstapfen ihres Onkels, des Herzogs von Windsor treten, der abgedankt hatte, um die Frau heiraten zu können, die er liebte.

Daß die Prinzessin offenbar gewillt war, die Liebe über die Pflicht zu stellen, entging auch der Aufmerksamkeit des amerikanischen Botschafters am Hof von St. James, Lewis Douglas, nicht, der ein enger Freund der königlichen Familie war. 1947 unterrichtete er das State Department in einem Bericht: »... wie zu erfahren war, hat Prinzessin Elizabeth beschlossen, [Prinz Philip] zu heiraten, und erklärt, wenn dagegen Einwände erhoben würden, würde sie nicht zögern, dem Beispiel ihres Onkels, König Edward VII., zu folgen und abzudanken. Sie meinte das sehr ernst.«

Über vierzig Jahre später denkt einer der wichtigsten Diener des Königs bei der bloßen Erwähnung der Abdankung des Herzogs von Windsor im Jahre 1936, die in den königlichen Kreisen immer noch als Sakrileg gilt, mit Schrecken zurück. »Die Prinzessin hat damit nicht gedroht... *genaugenommen*«, erklärte er, bemüht, die Geschehnisse »zu erklären«. »Sie hat lediglich zu verstehen gegeben, sie könne die Beweggründe zur Denkweise ihres Onkels verstehen. Aber von da bis zur tatsächlichen Erklärung der Abdankungsabsicht ist es noch ein weiter Weg.«

In der Öffentlichkeit konnte Elizabeth ihre Gefühle nicht mehr verbergen. Es war so deutlich, daß sie Philip anbetete, daß die Gerüchte nicht auf sich warten ließen, worauf die ausländische Presse berichtete, das Paar sei »inoffiziell verlobt«. Die britische Presse schreckte aber noch vor derlei Mutmaßungen zurück. Dennoch ließ der König, den die Gerüchte nervös machten, den Bericht vom Palast offiziell dementieren. Allein im Herbst 1945 wurden fünf solcher Dementis abgegeben.

Nachdem Philip dann bei den Eltern um Elizabeths Hand angehalten hatte, beantragte er seine Einbürgerung. Er war nun der Oberleutnant zur See Philip Mountbatten – nach seinem Onkel wurde er so genannt. Jahre später noch bagatellisierte Philip aber den Einfluß des Onkels. »Ich war nicht gerade wild darauf [auf den Namen]«, sagte er 1971 einem Biographen, »ließ mich aber am Ende überzeugen, und etwas Besseres fiel mir ohnehin nicht ein ... Entgegen dem öffentlichen Eindruck hatte Onkel Dickie mit dem Verlauf meines Lebens *so viel* auch wieder nicht zu tun.«

Nachdem er seinen königlichen Titel aufgegeben hatte, trat Philip als nächstes auch aus der griechisch-orthodoxen Kirche aus und in die Church of England ein. Am 16. Dezember 1946 meldete die *New York Times* auf der Titelseite, »nur die Politik, die schon so manche königliche Romanze zunichte gemacht hat, verzögert die Ankündigung der Verlobung von Prinzessin Elizabeth, der britischen Thronerbin, mit Prinz Philip von Griechenland«. Wiederum dementierte der Palast.

Der König war außer sich. Zunehmend gereizt und übellaunig, sprach er kräftig der Whiskykaraffe zu, die bei jedem Abendessen neben seinem Teller stehen mußte. Dabei litt sein kriegsmüdes Land immer noch unter der Rationierung der Lebensmittel und des Heizmaterials. Zu allem Überfluß plagte England noch ein anderes Problem: Die Millionen von zurückgekehrten Soldaten ließen die Arbeitslosenzahlen hochschnellen. Und da Winston Churchill in die Wüste geschickt worden war, mußte sich der König jetzt mit dem neuen Premierminister Clement Attlee und einer Labour-Regierung herumschlagen, die der konservative Monarch für »viel zu sozialistisch« hielt. (Als jemand zu Churchill sagte, Attlee sei ein bescheidener Mann, meinte ersterer: »Er hat ja auch allen Grund dazu.«)

1946 schrieb der König niedergeschlagen: »Nahrung, Kleidung und Heizung sind überall die Hauptthemen der Unterhaltung.« Er wetterte gegen alle Welt, vor allem gegen seinen Vetter Dickie Mountbatten, der wie ein Pfau einherstolzierte, nachdem ihn die neue Labour-Regierung zum Vizekönig von Indien ernannt hatte, wo er den Gang dieses Landes in die Unabhängigkeit beaufsichtigen sollte, was er auch tat. Die Königin klagte, Dickie zeige »wieder seine Orden herum« und werde in den »Movietone News«* öfter als der heimli-

---

* Als es noch kein Fernsehen gab, wurde im Kino die Wochenschau »Movietone News« gezeigt. Wer eine Kinokarte erwarb, konnte sie vor oder nach dem Spielfilm sehen. Die 1909 gegründeten Wochenschauen waren in den dreißiger und vierziger Jahren besonders beliebt.
Der britische Schriftsteller Nigel Nicolson erinnert sich an eine Wochenschau, die er 1947 mit seiner Freundin Sybil Colfax in London gesehen

che König gezeigt. Jahre später verhöhnte sie den zweispaltigen Eintrag über Mountbatten in »Who's Who« als übertrieben und überzogen aufgeblasen. Besonders ärgerte es sie, daß er seine Ehrentitel unbedingt aufgezählt wissen wollte, so etwa, daß er in Indien Leute in den Ritterstand erheben konnte, wie es in England dem König vorbehalten war. Diese Einwände teilte sie Premierminister Attlee mit, der gleicher Meinung war. »Seit einem Jahrhundert hatte noch nie jemand solche Vollmachten«, sagte Attlee, »aber er machte es zur Voraussetzung für die Übernahme des Postens.« So irritiert der König auch war, als größtes Problem empfand er nicht Mountbatten, sondern dessen Neffen Philip und die Schwierigkeiten, die mit ihm als Gemahl der künftigen Königin von England einhergingen.

Seine geliebte Tochter begehrte auf, als sie ihren heimlichen Verlobten zu Hause zurücklassen und ihre Familie auf einer zehnwöchigen Südafrikareise begleiten sollte, in die auch ihr einundzwanzigster Geburtstag fiel. Aber ihr Vater bestand darauf. Die Reise war seit vier Monaten als Dank an die Südafrikaner geplant, weil sie ihren alten unbequemen Ministerpräsidenten abgesetzt und England während des Krieges unterstützt hatten. Der König glaubte nun, die Wunden, die in Afrika aufgebrochen waren, ließen sich mit dem Balsam

---

hatte. Sie waren eigens hingegangen, um Mountbattens Abschied aus Indien am Ende seiner Zeit als Vizekönig zu sehen.
»Man sah, wie [Ministerpräsident] Jawaharlal Nehru sie am Flughafen verabschiedete«, sagte Nicolson. »Als das Flugzeug abhob, sagte Sibyl zu mir: ›Was sie nicht gezeigt haben, war, daß Edwina im letzten Moment Nehru voll auf den Mund küßte, was die Gefühle der Inder zutiefst verletzte und alles Gute, was Dickie getan hatte, wegwischte.‹ Da drehte sich die Frau, die unmittelbar vor uns saß, um und sagte ›Hallo, Sibyl.‹ Es war Edwina Mountbatten, und neben ihr saß ihr Mann. Sie waren inkognito ins Kino gegangen, um sich in der Wochenschau zu sehen. Zweifellos hatten sie mitbekommen, was Sybil gesagt hatte. Ich flüsterte ihr zu: ›Möchtest du lieber gehen?‹ – ›Ich denke, wir sollten‹, antwortete sie. Wir gingen.«

königlicher Gesten heilen. Als erster Monarch, der mit seiner gesamten Familie reiste, wollte er bei der Eröffnung des Parlamentes in Kapstadt Elizabeth an seiner Seite haben. Da er mit einer entsprechenden Aufnahme durch die Südafrikaner rechnete, ließ er für sich und seine Familie eine pompöse Garderobe schneidern, mit der Dutzende von Näherinnen monatelang beschäftigt waren. Dem Durchschnittsbriten wurden bis damals 48 bis 66 Kleidermarken zugeteilt, die königliche Familie jedoch erhielt darüber hinaus 160 Extramarken. Für ihre Südafrikagarderobe wurden 4 329 Gutscheine ausgegeben. Die *New York Times* beschrieb das Ergebnis als »die prächtigste Garderobe, die ein englisches Königshaus jemals getragen hat«.

An ihrem einundzwanzigsten Geburtstag, an dem Tag, als sie mündig wurde, sollte Elizabeth eine Rede halten, in der sich die künftige Monarchin dem Wohl ihrer Landsleute verschrieb. Die Rede wurde in die ganze Welt übertragen. Sie probte sie vorher brav, aber jedesmal seien ihr, wie sie später sagte, bei den feierlichen Worten die Tränen gekommen: »Ich erkläre vor Euch, daß mein ganzes Leben, sei es nun kurz oder lang, in Eurem Dienst und im Dienst unseres großen Imperialen Commonwealth stehen wird, zu dem wir alle gehören.* Doch die Kraft, diesen Willen zu verwirklichen, werde ich nur haben, wenn Ihr mir zur Seite steht, worum ich Euch bitte; ich

---

* Im Jahr danach, 1948, verabschiedete die Labour-Regierung das Staatsangehörigkeitsgesetz (British Nationality Act), das die Staatsangehörigkeit im Commonwealth der britischen Staatsangehörigkeit gleichstellte, womit jeder Bürger eines Commonwealth-Landes das Recht hatte, sich im Vereinigten Königreich niederzulassen. Bei Gründung des Commonwealth hatten sich die Mitglieder geeinigt, der britische Monarch solle das »Symbol des freien Zusammenschlusses der [Commonwealth-]Nationen und als solches das Haupt des Commonwealth sein«, ungeachtet dessen, ob ein Mitgliedsland den britischen Monarchen als Staatsoberhaupt beibehielt oder nicht. 1997 bestand das Commonwealth aus 53 Mitgliedstaaten mit einer Gesamtbevölkerung von 1,4 Milliarden.

weiß, daß mir Eure Unterstützung ohne jede Einschränkung zuteil werden wird. Gott schütze Euch alle, die Ihr daran teilzuhaben wünscht.«

Schließlich lenkte der König wider seine Überzeugung ein. Er zeigte sich einverstanden, in die Heirat seiner Tochter mit Philip einzuwilligen, vorausgesetzt, Philip, der seinen Namen, seine Nationalität und seine Religion gewechselt hatte, werde vom britischen Establishment akzeptiert. Daraufhin stellte ihn sein Onkel schnellstens den mächtigsten Herren der englischen Presse vor, die seine Auffassung teilten, seine Beziehung zu Königin Viktoria (wie Elizabeth war auch Philip ein Urgroßenkel) und seine Dienste in der Royal Navy qualifizierten ihn als Gemahl. Doch immer noch verweigerte der König die Bekanntgabe der Verlobung. Er befahl die totale Geheimhaltung irgendwelcher Zukunftspläne bis nach der Südafrikareise und hoffte insgeheim – wider alle Tatsachen – Elizabeth werde es sich doch noch anders überlegen. Er wies den Palast an, weiterhin sämtliche Gerüchte, die um das Paar ins Kraut schossen, zu dementieren, und verlangte von Philip absolute Diskretion. Er verbot ihm, sich vor der Rückkehr der königlichen Familie 1947 mit Elizabeth in der Öffentlichkeit sehen zu lassen. Und er ließ Philip ausrichten, er dürfe die Familie weder an der Waterloo Station verabschieden noch in Portsmouth an Bord gehen, um Adieu zu sagen. Der König war auch nicht bereit, seinen künftigen Schwiegersohn am Abschiedslunch im Buckingham-Palast mit dem Gefolge des königlichen Haushalts teilnehmen zu lassen. Ebensowenig durfte er nach den zehn Wochen am Pier stehen, um die königliche Familie zu begrüßen. Er erlaubte ihm allerdings, seiner Verlobten zu schreiben. Zwei Tage vor der Abreise fand aber ein Verlobungsessen mit der königlichen Familie und Lord und Lady Mountbatten in deren Londoner Haus an der Chester Street statt. Dort feierten die beiden Familien höchst privat die Ankündigung, die erst Monate später offiziell werden sollte. An jenem Abend betrank sich der König sinnlos.

An Bord des Schiffes genoß die Königin die Liebenswürdigkeit des begleitenden Arztes, Konteradmiral Henry »Chippy« White, der die königliche Familie auf der Reise nach Südafrika betreute, wo er sich im Jahr darauf auch zur Ruhe setzen sollte. »Chippy White, dessen Sohn mein Onkel war, wurde für seine Verdienste um den König zum Ritter geschlagen«, sagte Hugh Bygott-Webb, »aber ich glaube nicht, daß die Verleihung des KCVO [Knight Commander of the Victorian Order] auch etwas mit der Affäre mit der Frau des Königs zu tun hatte. Nun, ich besitze keinen absoluten Beweis für diese Liebesaffäre mit der Königin, aus der später die Königinmutter wurde, aber ihre Romanze, bei der zahlreiche Liebesbriefe ausgetauscht wurden, galt in der Familie viele Jahre lang als Tatsache. Die Briefe bleiben allerdings für immer unter Verschluß.«

Auf den Fotos, die während der Südafrikareise aufgenommen wurden, strahlte die Königin, während ihre Tochter Elizabeth gelangweilt und abwesend dreinsah, außer während der Feier ihres einundzwanzigsten Geburtstages am 21. April 1947 in Kapstadt. Elizabeth wurde den ganzen Tag lang mit Salutschüssen und abends mit einem großen Ball und Feuerwerk geehrt und verbrachte den Morgen damit, die unglaublichen Berge an Geburtstagsgeschenken auszupacken. Es waren zahlreiche sehr wertvolle und seltene Schmuckstücke darunter.

Um viele Juwelen reicher kehrte die königliche Familie im Mai 1947 nach England zurück. Aber der König wollte die Verlobung seiner Tochter immer noch nicht bekanntgeben. Er strich Philips Namen von der Einladungsliste der Royal Ascot House Party im Schloß Windsor, aber am 8. Juli rief Philip, der an der Offiziersschule der Royal Navy in Kingsmoor lehrte, den König an. Er bat um die Erlaubnis, an diesem Abend in den Buckingham-Palast kommen und Elizabeth den dreikarätigen Brilliant-Verlobungsring geben zu dürfen, der seiner

Mutter gehört hatte.* Der König war einverstanden und lud seinen künftigen Schwiegersohn gnädig zum Dinner ein. Philip legte die 140 Kilometer von Wiltshire nach London in seinem MG-Sportwagen zurück. Zwei Tage später wurde die Verlobung von demselben Palastsprecher bekanntgegeben, der sie zwei Jahre lang hartnäckig dementiert hatte.

»Wir haben uns verlobt«, sagte Elizabeths Ankleidedame Margaret »BoBo« Mac Donald an dem Tag, als das Eheversprechen verkündet wurde. So nahe stand sie Elizabeth und so sehr hatte sie sich mit ihr identifiziert, daß sie oft von sich und ihrer künftigen Souveränin in derselben Person sprach. Die Schottin war bei Elizabeth, seit sie geboren wurde, begleitete sie auch in die Flitterwochen und servierte ihr jeden Tag den Morgenkaffee, bis sie starb.

Die Hochzeit wurde auf den 20. November 1947 angesetzt, aber wiederum hatte der König Bedenken. Unter Berufung auf die Kohleknappheit und den wirtschaftlichen Zusammenbruch des Landes regte er eine stille Feier in St. George's Chapel in Windsor an, um zu sparen. Aber Elizabeth und ihre Mutter bestanden auf einer großen Hochzeit. Der König versuchte, das Unvermeidliche hinauszuzögern, und er schlug den Juni des kommenden Jahres vor, wenn es wärmer sei, wie er sagte. Elizabeth entgegnete, von ihr aus könne es schneien – sie heirate im November.

Die britische Presse berichtete von der Verlobung als *der* romantischen Verbindung des Jahrhunderts. »Dies ist keine arrangierte Ehe«, meinte die *Daily Mail.* »Das Paar ist wirklich und wahrhaftig verliebt«, schrieb der *Daily Telegraph.* Die eher skeptischen Amerikaner wollten dem nicht wider-

* Auf dem offiziellen Verlobungsfoto ist Philip in seiner schmucken Uniform neben Elizabeth zu sehen, die ihre Hände gefaltet hält, um den Platinring vorzuzeigen. Eine Freundin erinnerte sich, wie begeistert sie von dem Ring war, der das Ende der tristen Jahre und den Anfang einer glücklichen Zukunft signalisierte. »Es ist, als wende man ein Blatt in einem Buch«, sagte Elizabeth.

sprechen. »Wenn die Welt dieses hübsche Mädchen und den jungen Marineoffizier beisammen sieht, wird sie dies gerne als Liebesheirat empfinden und nicht als politisch diktierte Union«, erklärte ein Leitartikler in der *New York Times.*

Nun waren arrangierte Eheschließungen Philip alles andere als fremd. Bis 1923 noch waren sie bei Mitgliedern des Königshauses die Regel gewesen. Liebe spielte nur selten eine Rolle, wie er aus den Ehen seiner Eltern, der beiden Mountbatten-Onkel und aller seiner Vettern und Kusinen wußte. Gleiches galt für Marina, die verarmte griechische Prinzessin, die man in England mit dem homosexuellen Herzog von Kent verkuppelt hatte, um den Schein zu wahren. Auch der stets pragmatisch denkende Philip hatte einen Heiratsgrund.

»Warum, meinst du wohl, heirate ich?« fragte er Cobina Wright. »Ich sag's dir: Ich hatte nie ein wirkliches Zuhause. Ab meinem achten Lebensjahr war ich immer in irgendeiner Schule oder bei der Marine gewesen.«

Fast ein Vierteljahrhundert später noch gab Philip öffentlich zu, seine Heirat mit Elizabeth sei letztlich durch viele Einflüsse zustande gekommen. »Sie machten ihre Reise nach Südafrika, und als sie zurückkamen, wurde alles festgeklopft«, sagte er 1971 zu seinem Biographen Basil Boothroyd. »Genau so war's.« Da war er aber schon vierundzwanzig Jahre mit Elizabeth verheiratet, hatte für einen männlichen Thronerben gesorgt und sich mit seiner Rolle als Prinzgemahl abgefunden. Überdies hatte er gelernt, mit der Zuneigung zu anderen Frauen diskret umzugehen.

»Das heißt nicht, er habe Elizabeth nicht gemocht, als er sie heiratete«, sagte sein Freund Larry Adler, der amerikanische Harmonikavirtuose, der nach England ging, weil man ihn in Amerika als Kommunist verdächtigt und auf die schwarze Liste* gesetzt hatte. Er gehörte zu Philips Männer-Mittagsrun-

* »Philip, der viel Humor besitzt, machte sich darüber lustig, daß ich auf der schwarzen Liste stand«, erinnerte sich Larry Adler. »Als bei einem

de, die als Donnerstagsclub bekannt ist. »Ob er Elizabeth liebte? Nein, aber er empfand große Achtung vor ihr.«

So sehr, daß er, als einer mal meinte, Philip heirate das häßliche Entlein, wo doch Prinzessin Margaret viel hübscher sei, aufbrauste: »Wenn du sie kenntest, würdest du das nicht sagen. Elizabeth ist sehr lieb und nett, genau wie ihre Mutter.«

Kaum war die Verlobung bekanntgegeben, bombardierte Onkel Dickie von Indien her seinen Neffen mit Ratschlägen über die Ausrichtung der Hochzeit und die Führung des neuen Haushalts. Für die Flitterwochen bot er sein Haus Broadlands in Hampshire an und meinte, Elizabeth solle Edwinas Suite benutzen. Darin hingen Gemälde von Salvador Dalí und stehe ein herrliches Tudor-Himmelbett mit einem satinbezogenen elfenbeinernen Kopfbrett und »verführerischen rosa Satinlaken«. Philip nahm die Gastfreundschaft seines Onkels in Anspruch, aber nur für ein paar Tage. Seine Frau wolle den größten Teil der Flitterwochen in Birkall verbringen, dem königlichen – verhältnismäßig bescheidenen – Herrenhaus auf dem zehntausend Hektar großen Besitz in Balmoral in Schottland, sagte er und warnte seinen Mentor dann: »Ich will ja nicht unhöflich sein, aber mir scheint, du gefällst dir in der Rolle des Generalmanagers dieser kleinen Show, und ich fürchte, sie wird sich mit dem Gedanken nicht so leicht anfreunden wie ich. Ich weiß zwar, was für mich gut ist, aber vergiß nicht, daß sie dich nicht so lange als Onkel an Eltern Statt, Berater und Freund gehabt hat wie ich.«

Davon ungerührt, schrieb Mountbatten an Winston Churchill, er solle Philip zum Lunch bitten und ihm verdeutlichen,

---

Mittagessen mal Blaufelchen auf dem Menü standen, sagte er: ›Larry zu Ehren sollte der Fisch Rotfelchen heißen.‹ Desgleichen meinte Philip, man solle mich als ›subversiven Angehörigen eines fernen Landes‹ führen. Später fragte er mich noch, wie ich damit umginge, daß ich auf der schwarzen Liste stehe. Er schien sehr gegen schwarze Listen zu sein.«

»was für eine ernste Sache es ist, wenn man die Thronerbin heiratet«. Churchill, der damals nicht mehr Premierminister war, versprach, den jungen Mann der Monarchie zuliebe ins Gebet zu nehmen.

Von den Hochzeitsvorbereitungen war Philip bereits ausgeschlossen worden. Er durfte zwar seinen Vetter David Milford Haven als Brautführer bestimmen, aber von den 2 500 Einladungen wurden Philip nur zwei zugeteilt. Diese vergab er an seinen Marinekameraden Michael Parker und die Mutter von Helène Cordet. Mrs. Cobina Wright Sr., die Mutter seiner ersten Geliebten, stand als Gesellschaftskolumnistin der Hearst-Presse auf der offiziellen Gästeliste. Ansonsten hatte Philip bei der Hochzeitsplanung nichts mitzureden. Hier ging es nicht um eine bloße Hochzeitszeremonie, sondern um eine Staatsangelegenheit, bei der die Monarchie im Mittelpunkt des öffentlichen Interesses stehen sollte. Folglich sagten der König und die Königin zu Philip, seine Schwester und deren Gatten, die zum Teil Hitler unterstützt hatten, könnten unmöglich eingeladen werden. Sie fügten sich und blieben in Deutschland und verfolgten den Gottesdienst in Schloß Marienburg südlich von Hannover am Radio. Prinzessin Margarita von Hohenlohe-Langenburg, Prinzessin Theodora , die Markgräfin von Baden, und Prinzessin Sophie von Hannover gratulierten ihrem Bruder telefonisch. »Als gemeinsames Geschenk schickten wir ihm einen goldenen Füllfederhalter, auf dem unsere Namen eingraviert waren«, sagte Prinzessin Sophie.

Der Herzog und die Herzogin von Windsor, die Hitler in Deutschland besucht hatten, kamen ebenfalls nicht auf die Gästeliste. Der verbannte Herzog war zwar Elizabeths Lieblingsonkel, aber er hatte Anfang des Jahres die königliche Familie dadurch in Verlegenheit gebracht, daß er seine Memoiren verkauft und in einem Buch veröffentlicht hatte. Die Königin regte beim Foreign Office an, der Herzog und die Herzogin könnten doch für November eine Amerikareise planen, wodurch sie nicht an der Hochzeit teilnehmen könnten. Das amerikanische Außenministerium gab die Anregung weiter, aber der Herzog und die Herzogin erwiderten, er und die Herzogin wollten um diese Zeit nicht weg sein. Der Palast ließ nicht lokker. Des weiteren wies er den Herzog an, falls er gefragt werde, solle er dementieren, daß er und die Herzogin nicht zur königlichen Hochzeit eingeladen worden seien. Zu guter Letzt gingen sie dann doch nach Amerika, hörten sich aber die Übertragung der Feierlichkeiten ganz bewußt nicht an.

Nachdem die Königin die Einladungsliste auf Herz und Nieren geprüft hatte, brachte sie das Gespräch auf Philips Mutter, die sie als »angenehm, aber seltsam ... absolut seltsam« empfand. Nun gab es ja auch kaum einen stärkeren Kontrast als den zwischen der rundlichen, stets sorglos wirkenden Königin mit ihren babyblauen Boafedern und ihrem süßen Gekicher und der hageren, melancholischen griechischen Prinzessin in der strengen Kleidung einer Nonne. Die beiden Frauen hatten nie zueinander gefunden, obwohl ihnen Eigenschaften wie Mut und Überzeugungskraft durchaus gemeinsam waren. Während des Krieges hatten sie aber beide Tapferkeit gezeigt: die Königin, indem sie ihren Mann tagtäglich von Windsor Castle in den Buckingham-Palast begleitete, wobei sie stets wie alle anderen auch riskierte, in ein Bombardement zu geraten, und Prinzessin Alice, indem sie während der deutschen Besetzung Griechenlands einer jüdischen Familie bei sich in Athen Unterschlupf gewährte. Mehrere Jahre nach ihrem Tod wurde die Prinzessin vom Staat Israel wegen ihrer Tapferkeit lobend erwähnt. Aber die Königin, der 1947 von den Heldentaten der Prinzessin noch nichts zu Ohren gekommen war, betrachtete sie als höchst exzentrisch und übertrieben religiös.

Da es ihr bei der königlichen Hochzeit vor allem um die Wirkung auf die Öffentlichkeit ging, fragte sie Philip mit heuchlerischer Liebenswürdigkeit, ob er meine, seine Mutter werde ihre Kutte auch zu diesem Anlaß tragen. Sie selbst werde als Mutter der Braut eine anmutig drapierte aprikosen- und goldfarbene Brokatrobe mit Schleppe anziehen. Philip begriff sofort, daß die schlichte graue Kutte, das weiße Brusttuch und die Kordel mit dem Rosenkranz seiner Mutter bei diesem Anlaß im Schrank zu bleiben hatten. Am Hochzeitstag saß Prinzessin Alice deshalb bei der königlichen Familie in Westminster Abbey im einfachen Seidenkleid und mit Hut, was die Königin später alles als »sehr hübsch und passend« bezeichnete.

Am Morgen des Hochzeitstages wurde es Philip wegen der Eheschließung mit einer Frau, aus der einmal eine regelrechte Institution werden sollte, plötzlich mulmig. »Wir frühstückten miteinander«, erinnerte sich ein Verwandter, »und er sagte: ›Ich weiß nicht, ob ich jetzt furchtbar mutig oder furchtbar dumm bin.‹«

König George VI. und seine Königin hatten aus ihrer eigenen Hochzeit ein großes Ereignis gemacht und wußten besser als sonst jemand, wie wichtig es war, ihren Untertanen eine großartige Zeremonie zu bieten. Sie verstanden es, das Volk mit schmetternden Silbertrompeten und goldenen Kutschen in Hochstimmung zu versetzen. Ihnen war klar, daß das imperiale Monarchieritual die Menschen von ihrem elendigen Alltagstrott ablenken und das Commonwealth in Feststimmug vereinen würde. Jedermann würde sich freudig im Glanz der königlichen Familie baden, was wiederum die emotionale Verankerung der Monarchie bei ihren Untertanen verstärken würde.

Auch Winston Churchill empfand die Macht des Gepränges genauso und beschrieb die bevorstehende Hochzeit 1947 als »hellen Farbstrahl auf unserem steinigen Weg«. Die *New York Times* notierte, wie notwendig »das düstere England, das sich im Frieden mit fast ebenso schwerer Mühsal herumplagt wie im Krieg, einen willkommenen Anlaß der Freude« brauche. Tags darauf zerschlug ein kleines Mädchen in Brooklyn sein Sparschwein, um der Prinzessin einen Puter als Hochzeitsgeschenk schicken zu können, »denn sie lebt ja in England, wo es nichts zu essen gibt«.

Da für die Gestaltung der extravaganten Hochzeit nur vier Monate blieben, konzentrierten sich der König und die Königin auf die Kostüme – Herolde in mittelalterlicher Scharlach-und-Gold-Livree, Reiter mit glänzenden Helmen mit Federbusch, blitzende Säbel, blinkende Medaillen, karminrote Schärpen, auf Hochglanz polierte Harnische. Das alles wurde aus Vorkriegsbeständen hervorgeholt, wo es seit 1939 verwahrt lag. Wieder einmal beherrschten Kleiderfragen die Gespräche in der königlichen Familie, während die Kabinettsmitglieder um Stoffmarkenspenden gebeten wurden, damit Prinzessin Elizabeth auch eine anständige Aussteuer aufzuweisen hatte und ein ihr würdiges Hochzeitskleid schneidern lassen konnte. Bei ihrem Hofschneider Norman Hartnell betonte sie, beim Einzug in die Kirche wolle sie etwas Einmaliges und überaus Prächtiges tragen. Sie ließ ihn aber absolute Geheimhaltung geloben und drohte, wenn vor der Hochzeit etwas über ihr Brautkleid in die Öffentlichkeit durchsickere, werde sie den Schneider wechseln. Der königliche Modeschöpfer ließ seine Mitarbeiterinnen Geheimhaltungsverpflichtungen unterschreiben, die Fenster der Arbeitsräume weiß abdekken und zudem mit dicken weißen Musselinvorhängen verhängen, damit nur ja niemand hineinsehen konnte. Hartnell, der sich, wie er sagte, von Botticellis »Primavera« inspirieren ließ, stellte sich Elizabeth in ganze Stoffmassen aus Satin und Tüll gehüllt vor, elfenbeinfarben und mit zehntausend winzigen Perlchen und Kristallen bestickt, die anzufertigen zehn Stickerinnen und fünfundzwanzig Näherinnen zwei Monate lang in Atem hielt.

Auch während der Trauung wurden zwei Näherinnen in der Abbey postiert, falls das Brautkleid irgendeiner Korrektur bedurft hätte. Der Tüllschleier der Braut war fast fünfzehn Meter lang, und man hatte einhundertsechzig Kilometer Faden dafür verbraucht. Folglich erhielt Elizabeth eine Zusatzration von fünfhundert Marken plus je dreiundzwanzig Zusatzkleidermarken für ihre acht Brautjungfern. Desgleichen gingen ihr von diversen Gratulanten dreihundertsechsundachtzig Paar Nylonstrümpfe zu – für junge Frauen im Nachkriegsengland ein überaus wertvolles und knappes Gut.

Bei der Auswahl ihrer Aussteuer spielte Geld für Elizabeth keine Rolle. Für die Hochzeitsnacht entschied sie sich für ein Nachthemd samt Negligémantel, das bei Joske in San Antonio in Texas zum Preis von 300 Dollar gekauft wurde. Das war etwa das Doppelte von dem, was die meisten Amerikaner damals im Monat verdienten. Das hell elfenbeinfarbene Georgette-Nachtkleid bestand aus fast vierzig Metern Seide und war am Mieder mit Satinrosen bestickt; auf dem Brokatnegligé verneigten sich winzige Lords und Ladies zum Menuett – alle handgestickt. Bevor sie das wertvolle Paket anrührte, schrubbte sich die Chefin der Verpackungsabteilung des Kaufhauses die Hände wie ein Chirurg vor der Operation.

Bei der Trauung sagte der Erzbischof von Canterbury, die Zeremonie für Prinzessin Elizabeth sei »exakt dieselbe wie bei jedem einfachen Mädchen, das an diesem Nachmittag in einer kleinen Dorfkirche droben in den Hügeln von Dales getraut wird: dieselben Gebete werden gesprochen, derselbe Segen wird erteilt«. Ein paar kleine Unterschiede gab es freilich: die zwölf herrlichen Hochzeitskuchen beim königlichen Empfang, darunter ein zweieinhalb Meter hoher, den Philip mit seinem Säbel anschnitt, wobei schon ein Kuchenstück die wöchentliche Zuckerration einer Durchschnittsfamilie enthielt; 2 666 Hochzeitsgeschenke, darunter ein Vollblutpferd, ein Nerzmantel, ein Kaffeeservice aus zweiundzwanzigkarätigem Gold, ein Fernsehapparat, ein rosa Diamant von vierundfünfzig Karat, von dem es hieß, er sei einmalig in der Welt; und eine Plantage samt Jagdhütte in Kenia.

Angeführt wurde der Hochzeitszug von achtzehn pferdebespannten Kutschen, in denen unter anderem sechs Könige, sechs Königinnen, eine regierende Prinzessin, ein Prinzregent, ein indischer Maharadscha, ein Kronprinz, eine Kronprinzessin, sieben Grafen, sechs Gräfinnen, elf Viscounts, vierzehn Herzöge und elf Herzoginnen saßen, deren Häupter der Großteil der insgesamt siebenundsechzig Diamantdiademe zierte.

»Der Schmuck der Damen bei dieser Hochzeit war einfach umwerfend«, erinnerte sich die Tochter des dänischen Botschafters, die der Trauung an der Seite ihres Vaters beiwohnte. »Mir stockte der Atem, und ich starrte mit offenem Mund auf den sich darbietenden Prunk. Alles war so prachtvoll wie vor dem Krieg. Jeder hatte seinen gesamten Schmuck aus den Banksafes hervorgeholt. So viele unglaublich schöne und wertvolle Steine sah man selten auf einem Fleck.«

Über Nacht war der Bräutigam also von einem Nobody, der als Oberleutnant zur See acht Guineas in der Woche bekam, zum Edelmann von Rang, Titel und Stellung geworden, die ihn zum Tragen leuchtender Goldepauletten berechtigten. Er konnte einen Kammerherrn, einen Gesellschaftssekretär und einen Stallmeister sein eigen nennen plus eine königliche Residenz in Clarence House mit einem Etat für die Renovierung von 300 000 Mark sowie ein Schloß (Sunninghill Park) fürs Wochenende auf dem Lande. Doch noch ehe das Paar in das Schloß einziehen konnte, ging der Kronbesitz am Rande des großen Parkes von Windsor in Flammen auf – ein erster von vielen ungeklärten Bränden, die die Familie heimsuchten.

»O Crawfie, wie *konnte* das nur passieren?« schrieb Elizabeth ihrer früheren Gouvernante. »Glaubst du wirklich, jemand hat es mit Absicht getan? Ich kann es nicht glauben. Die Menschen sind doch immer so nett zu uns ...«

Am Morgen vor der Trauung kniete Philip vor dem König nieder, der sein Schwert zog und seinen künftigen Schwiegersohn mit dem Berühren beider Schultern zum Ritter des Hosenbandordens schlug. In der britischen Ehrenordnung gelten die kornblumenblaue Schärpe und der achtzackige

Stern des Hosenbandordens als höchste Auszeichnung,* die ein Monarch vergeben kann. In einem Brief an seine Mutter sagte der König, er habe Elizabeth die Ehre schon acht Tage früher angedeihen lassen, damit sie gegenüber ihrem Mann Vorrang habe.

Nachdem Philip gezwungen worden war, auf seinen griechischen Namen und Titel sowie auf die griechische Staatsbürgerschaft und Religion zu verzichten, fiel er auf den Rang eines Bürgerlichen zurück. Für kurze Zeit. Dann wurde er mit drei erhabenen britischen Titeln belohnt – Baron von Greenwich, Graf von Merioneth und Herzog von Edinburgh. Der Titel »Prince of the Realm« wurde ihm noch vorenthalten und erst 1957 verliehen. Aber am Tag vor der Trauung wurde Philip die Auszeichnung zuteil, als Seine Königliche Hoheit angesprochen zu werden. Das wurmte einen Teil des Adels, der heute noch darauf verweist, britische Herzöge nicht-königlichen Geblüts seien als Euer Gnaden und nicht als Königliche Hoheit anzureden. Aber der König war entschlossen, seinen sechsundzwanzigjährigen Schwiegersohn so zu adeln, daß seine Tochter die Frau eines Peers war. Desgleichen wollte der König sicherstellen, daß seine Enkel adligen Blutes waren. »Es ist schon sehr viel, wenn man einem Mann alles auf einmal gibt«, sagte er, »aber ich weiß, daß Philip seine neue Verantwortung kennt.«

Am Hochzeitstag schwor der gerade an einer Erkältung leidende Bräutigam auf Bitten der Braut, künftig nicht wieder zu rauchen. Er kam früh in die Kirche, neben ihm ging sein Brautführer, der später schrieb, vom Vorabend, an dem Philip sich

---

* 1945 lehnte Winston Churchill die Auszeichnung mit dem Hosenbandorden ab. »Ich kann nicht von meinem Souverän den Hosenbandorden annehmen, wenn mir sein Volk den Fußtrittorden verliehen hat«, sagte er. Später ließ Prinzessin Elizabeth ihn wissen: »Wenn Sie, nachdem ich erst Königin bin, Premierminister sind, möchte ich, daß Sie mein erster Hosenbandritter werden.« Sie hielt ihr Versprechen, machte ihn am 24. April 1953 zum Ritter, zu dem sie ihn dann am 14. Juni 1954 schlug.

vom Junggesellendasein verabschiedet hatte, hätten sie beide einen solchen Kater gehabt, daß sie ihre Nerven am Morgen mit einem Gin and Tonic hätten beruhigen müssen.

An diesem Abend waren deftige Witze zum Besten gegeben und kräftig gebechert worden, besonders nachdem sich der Porträtmaler Vasco Lazzolo, der überzeugt war, Philip heirate Elizabeth lediglich aus Eigennutz, unsicher erhoben und einen Toast ausgebracht hatte. Er erhob sein Cognacglas und glotzte den Ehrengast an. »Wegen dem, was du da tust, bist du für mich ein absolutes Stück Scheiße.« Er warf sein Glas in den Kamin und schlurfte aus dem Zimmer.

»Es war echt was los damals«, erinnerte sich Larry Adler viele Jahre später, »und Philip genoß den Abend mit Sicherheit nicht so wie wir. Ihm war verteufelt mulmig. Ich weiß noch, daß er kreidebleich aussah und die ganze Zeit mit seinem Schicksal haderte. Er verspürte fürchterliche Angst. Der König hatte ihm eine Menge Vorschriften gemacht – was schnelle Autos und auch was die Frauen im allgemeinen und besonderen anging.

Kurz nach Bekanntgabe der Verlobung hatte Philip einen kleineren Autounfall, der Schlagzeilen machte. Er fuhr zu schnell, kam ins Schleudern, streifte eine Hecke und verletzte sich ein wenig. Das veranlaßte die Presse damals zu deutlichen Kommentaren und ließ ihn in den Medien als rücksichtslosen Playboy erscheinen, der gerne auf Kneipentour ging. Natürlich beunruhigte das den König. Dann kam kurz vor der Hochzeit auch noch die Affäre mit Helène Cordet hoch, weil die französische Presse von ihr als der ›geheimnisvollen geschiedenen Blondine‹ schrieb, die Philip vor einem Jahr in Paris besucht habe. Seither wird Helènes Name unter Philips Geliebten und den Müttern seiner illegitimen Kinder immer als erste genannt. Natürlich behaupten er und Helène, sie seien lediglich Jugendfreunde, die gemeinsam in Paris aufgewachsen seien. Als sie 1938 zum ersten Mal heiratete, war er ihr Brautführer, und er ist der Pate ihrer beiden Kinder – also, wer weiß?«

Wenn Adler von den Beziehungen seines alten Freundes mit Helène Cordet spricht, die in Paris in einer Boutique arbeitete, bevor sie nach London zog, dort einen Nachtklub eröffnete und sich als Cabaretsängerin betätigte, lächelt er nur und zuckt die Schultern. Ihre Eltern, eingefleischte griechische Royalisten, hatten Philips Eltern während deren Exil in Frankreich mit unterstützt. »Gott sei Dank hat er uns die persönlichen Einzelheiten seiner Beziehung zu Helène erspart«, sagte Adler 1992. »Aber wir machten uns damals unseren Reim auf alles und verstanden – egal, ob wir recht hatten oder nicht –, warum sich der König so aufregte, weil sich seine Tochter in einen Lebemann wie unseren Freund verliebte. Schon damals sagte ich zu Philip, sei bloß froh, daß dein Hosenlatz nicht reden kann.«

Trotz aller Gerüchte blieb Philip mit Elizabeth weiter verheiratet, hatte aber heimlich und diskret Affären mit vielen anderen Frauen, zumeist Adligen oder Schauspielerinnen. Eine seiner Geliebten soll ein Kind von ihm haben. Sie hat den Namen des Kindsvaters aber nie preisgegeben. Da sie keinen Namen nannte, verstärkten sich die Gerüchte noch mehr. 1989 veranlaßten die Geschichten über Philips angebliche illegitime Kinder Helène Cordets Sohn Max, eine öffentliche Erklärung abzugeben.

»Ich habe mein Leben lang diese Gerüchte gehört, aber sie sind lächerlich«, sagte er. »Mein Vater – mein wirklicher Vater – [der Franzose Marcel Boisot] lebt in Paris, und alle anderen Behauptungen entbehren jeder Grundlage. Das alles liegt nur in den gemeinsamen Kinderjahren von meiner Mutter und Philip begründet. Mehr ist da nicht dran.«

Seine Mutter gab zu, daß Philip die Kosten für den Unterricht ihres Sohnes in Gordonstoun bezahlte, aber das sei, weil sie kein Geld habe, und nicht, weil er sein Vater sei. Doch mittlerweile hatten die über so viele Jahre immer wiederholten Gerüchte eine Eigendynamik entwickelt.

»Mir ist egal, was Max Boisot jetzt sagt«, meinte sein Klassenkamerad James Bellini 1994. »Ich war mit ihm in Cambridge, und wir alle hielten ihn für einen von Philips unehelichen Kindern. Darüber redeten wir die ganze Zeit. Vor Cambridge war Max in Gordonstoun, derselben Schule in Schottland, die auch Philip besucht hat und in die er seine Söhne Charles, Andrew und Edward schickte. Und vergessen Sie nicht, Philip war auch Max' Pate – die übliche Art, wie Leute von königlichem Stand für ihre illegitimen Kinder eintreten. Auf diese Weise schleusen sie sie in die königlichen Kreise. Man braucht sich nur die Patenschaften des Adels genauer anzuschauen, und schon kennt man die unehelichen Söhne und Töchter der Monarchien.«

Hatte Philip vor seiner Ehe auch mit vielen Frauen intime Beziehungen gepflegt, so war sein Verhältnis zu Helène Cordet doch nie die leidenschaftliche Liebesaffäre, als die sie gehandelt wurde. Sie dementierte öffentlich, mit Philip eine Romanze gehabt zu haben, aber ihre schüchternen Dementis schienen eher der Publicity zu dienen, um sich als Cabaretsängerin in London zu lancieren, als zu sonst etwas gut zu sein. Später setzte sie dann auch ihre Beziehung zu Philip in bare Münze um, indem sie ein Enthüllungsbuch schrieb. Sie ließ anklingen, zur königlichen Hochzeit sei sie nicht eingeladen worden, weil sie die »geheimnisvolle Blondine« gewesen sei, der man eine Romanze mit ihm in Paris nachgesagt habe. Nicht eingeladen wurde Helène jedoch, weil sie geschieden war und damals Geschiedene in königlichen Kreisen nicht zugelassen waren.

Jahre später sagte Helènes Enkelin zu ihr, sie solle bei der Geschichte von der Affäre mit dem Ehemann der Königin bleiben. »Dementiere doch nicht immer, daß zwischen dir und Philip mehr als eine Freundschaft war«, sagte die Enkelin. »Ich mag es, wenn die Leute denken, ich sei eine Royal und Philip sei mein Großvater.«

Elizabeth, bei der Hochzeit noch Jungfrau, war die wohlbehütete, verwöhnte Tochter puritanischer Eltern, während Philip als Sohn von Eltern, die sich getrennt hatten, von Verwandten erzogen wurde, die zum Teil als dekadent und amoralisch zu bezeichnen waren. Elizabeth war im beruhigenden Duft von Palast-Bienenwachskerzen und frischen Rosen aufgewachsen, während Philip den nicht auszurottenden Geruch von Mottenkugeln in seinen geborgten Kleidern und den hastig ein- und ausgepackten ramponierten Koffer gewöhnt war. Der sechsundzwanzigjährige Bräutigam, der durch ganz Europa, Australien und den Nahen Osten gereist war, ehelichte eine einundzwanzigjährige Frau, die bis zur Südafrikareise der königlichen Familie noch nie den Fuß außerhalb Englands gesetzt hatte. Sie war sehr unzureichend gebildet, hatte nie eine Schule besucht und nur Privatstunden in britischer Geschichte und Heraldik genossen. Sie hatte die Schriften von Walter Bagehot über die Monarchie studiert und den Erbadel mit allen antiquierten und komplizierten Titeln auswendig gelernt. Sie sprach ausgezeichnet Französisch,* hatte von Mathematik und Naturwissenschaften aber kaum einen Schimmer, und von der Natur wußte sie außer über Hunde und Pferde fast nichts. Gedichte mochte sie nicht, von den Versen Rudyard Kiplings und Alfred Lord Tennysons einmal abgesehen. Das einzige Gedicht, das sie je auswendig lernte, waren die kindlichen Verse von »They're Changing Guard at Buckingham Palace« von A. A. Milne.

»Für moderne Poesie konnte sie sich nie begeistern«, sagte ihre Gouvernante Marion Crawford. ›Ach, hör bloß auf!‹ pflegte sie zu sagen, wenn ich ihr aus den Werken eines moder-

---

* Wenn von Elizabeths makellosem Französisch die Rede war, mußte ihr früherer französischer Küchenchef René Roussin immer lächeln. »Daß ich einer der ersten Franzosen war, der sich mit ihr in meiner Sprache unterhielt, ist mir eine wertvolle Erinnerung«, schrieb er im September 1955 in *Good Housekeeping*. »›Habe ich das richtig ausgesprochen, Roussin‹, pflegte sie zu fragen. Selbst wenn mir ihr Akzent nicht ganz als der richtige vorkam, sagte ich es doch nie. Das einzige Mal, das ich sie kritisierte, wirkte ihr kleines Gesicht so betroffen und sah sie so niedergeschlagen drein, daß ich es nie wieder über mich brachte.«

nen Dichters vorlas. ›Ich verstehe kein Wort. Was will der Mann da bloß sagen?‹«

Außerhalb des Palastes fühlte sich Elizabeth wegen ihrer Bildungslücken oft unwohl. Einmal fragte sie, ob Dante ein Pferd sei, denn sie hatte noch nie von dem Dichter des Mittelalters gehört. »Nein, nein, er ist kein Pferd«, lautete die Antwort.

»Also ist er ein Jockey?« fragte sie.

Als man ihr sagte, Dante Alighieri sei der italienische Klassiker, der das Meisterwerk der Weltliteratur »Die Göttliche Komödie« geschrieben habe, wurde sie puterrot. Am besten kannte sie sich nämlich mit Pferden aus.

Auch Elizabeths künftiger Ehemann war weder ein Primus noch ein Gelehrter, aber er war wenigstens in den Genuß einer normalen zwölf Jahre dauernden Schule gekommen, an die sich noch mehrere Jahre Ausbildung bei der Marine reihten, so daß er nie wie sie davor zurückschreckte, auf Leute zuzugehen.

Mit einer Selbstsicherheit, die schon an Arroganz grenzte, konnte er ohne Vorwarnung einen Raum betreten, sich ungeniert vorstellen und sich dem hübschesten Mädchen mit den Worten nähern: »Na, das ist ja ein viel attraktiveres Publikum als das, von dem ich gerade komme.« Philip plauderte mit jedem über alles und jedes, während Elizabeth stets Angst hatte und nie recht wußte, was sie sagen sollte. »Wenn ich es bloß so gut könnte wie meine Mutter«, sagte sie.

Empfänge waren ihr ein Greuel, mußte sie doch unentwegt Smalltalk halten. Als einmal einen Moment lang Schweigen entstand, sagte sie: »Nun ja … mehr fällt mir dazu nicht ein.«

Einer Freundin vertraute sie an: »Ob du's glaubst oder nicht, ich liege vor dem Abendessen in der Badewanne und denke, o mein Gott, neben wem werde ich wohl sitzen, und worüber werden sie reden? Es jagt mir Angst und Schrecken ein, wenn ich neben Leuten sitze, die vielleicht über Dinge reden, von denen ich nichts verstehe.«

Ein paar Jahre später gestand auch Philip öffentlich seine geringe formale akademische Bildung ein. »Ich bedauere sagen zu müssen, daß alle meine Titel honoris causa verliehen wurden«, meinte er zu den Studenten der Universität Delhi in Indien. Später kam er auch gegenüber Studenten der Universität Wales auf das Thema zu sprechen. »Meine Generation hat zwar einigermaßen gute Schulen besucht, aber sie gehört wahrscheinlich zu den am schlechtesten ausgebildeten unserer Zeit. Der Krieg machte jede Chance auf höhere Bildung zunichte. Ich gehöre zu dieser verlorenen Generation, die nachzuholen versucht, was sie zwischen 1939 und 1945 versäumt hat.«

Als er und Elizabeth den Ehrendoktor der Rechte in der Universität London entgegennahmen, klang auch sie recht demütig. »Ein Stück Glück haben wir nie gekannt«, sagte sie. »Wir haben nie eine Universität von innen kennengelernt...«

Dem König, einem einfachen, ungebildeten Mann, machten die Bildungsdefizite seiner Tochter nichts aus; er schrieb in sein Tagebuch, wie sehr er die gemeinsamen Scharaden, Spiele und Küchenlieder von Windsor Castle vermissen werde. Bei ihrem Hochzeitsempfang stand er auf, erhob sein Glas und trank, den Bräutigam gezielt ignorierend, seiner geliebten Tochter zu. »Auf die Braut«, sagte er mit Tränen in den Augen.

Ein paar Tage später schrieb er ihr einen rührenden Brief: »... Ich war so stolz und glücklich, Dich auf dem langen Weg durch die Westminster Abbey so nahe bei mir zu haben, aber als Du dem Erzbischof Deine Hand reichtest, hatte ich das Gefühl, etwas sehr Wertvolles zu verlieren. Du warst so ruhig und gefaßt während des Gottesdienstes und sagtest Deine Worte so überzeugt, daß ich wußte, daß alles gut würde.

Ich freue mich so über Deinen Brief und habe Mummy gesagt, Du seist der Meinung, das lange Warten vor Deiner Verlobung und die lange Zeit vor der Hochzeit seien zu Deinem Besten gewesen. Ich hatte schon Angst, Du könntest mich für hartherzig halten. Ich wollte so sehr, daß Du nach Südafrika mitkommst, wie Du weißt.

Unsere Familie, wir vier, die ›Königliche Familie‹ muß beisammen bleiben, natürlich sollten im geeigneten Augenblick weitere kleine Mitglieder hinzukommen. Ich habe Dich all die Jahre mit Stolz unter Mummys geschickter Leitung heranwachsen sehen, die, wie Du weißt, in meinen Augen die wunderbarste Person auf der Welt ist, und ich kann, wie ich weiß, immer auf Dich zählen und jetzt auch auf Philip. Denke, daß Ihr uns bei unserer Arbeit helft ...

Dein Weggang hat in unserem Leben eine große Lücke hinterlassen, aber Du sollst wissen, daß unser Haus immer noch das Deinige ist und Du so oft wie möglich zu uns kommen kannst. Ich sehe, daß Du mit Philip überaus glücklich bist, was völlig in Ordnung ist, aber daß Du auch uns nicht vergißt, wünscht sich

Dein Dich immer liebender und Dich stets umsorgender Papa«

6

WENIGE MONATE NACH der Hochzeit beklagte sich Philip, seine junge Frau wolle unentwegt Sex. Daß sie so unersättlich sei, habe ihn erstaunt. »Ich kriege sie nicht aus meinem Bett«, sagte er. »Dauernd kommt sie. Sie treibt mich zum Wahnsinn.«

Diese Klagen äußerte Philip 1948 bei einem Besuch in Südfrankreich, währenddessen seine Frau in England geblieben war. Er reiste mit seinem Vetter, Brautführer und besten Freund David, Marquis von Milford Haven. Die beiden wohnten im Appartement eines englischen Freundes in Monaco, der neben den beiden auch oft andere englische Adlige beherbergte. Philips indiskretes Aufbegehren schockierte die übrigen Gäste.

»Ein Fechter redet nicht über seine Fechtpartner«, sagte Milford Haven.

»Prinz Philip beklagte sich, er könne Prinzessin Elizabeth nicht von seiner Bettkante fernhalten, sie sei pausenlos hinter ihm her«, erinnerte sich die Herzogin von Leeds, die ebenfalls in Monaco Ferien machte.

Der Herzog von Leeds berichtete Philips unfeines Betragen in dieser Sache seinem Schwager Oliver Lyttleton, einem führenden Abgeordneten der Konservativen, und empfahl dringend einen offiziellen Tadel.

»Wir alle hielten es für außerordentlich unpassend, daß Philip so offen über seine Frau redete«, sagte der Herzog von Leeds. »Wir empfanden es als widerlich.«

»Philips völliger Mangel an Diskretion schockierte meine Schwiegereltern«, sagte Nigel Dempster, der Klatschkolumnist des *Daily Mail,* der mit der Tochter des Herzogs von Leeds verheiratet war. »Nicht weil Philip gelogen hätte, sondern weil er die Wahrheit zu deutlich aussprach. Meine adligen Schwiegereltern wurden mit dem Bild der geilen, sexbesessenen Prinzessin nicht fertig, die einmal ihre Königin würde.«

Im selben Sommer wurde Philip ein Stück weit verziehen, als der Palast bekanntgab, Prinzessin Elizabeth sage für die nächsten sechs Monate alle Verpflichtungen ab. Die offizielle Verlautbarung vom 4. Juni 1948 war folgende: »Ihre Königliche Hoheit Prinzessin Elizabeth, Herzogin von Edinburgh, wird ab Ende Juni keine öffentlichen Pflichten mehr übernehmen.« Das hieß nichts anderes, als daß sie schwanger war.

»Der königliche Anstand untersagte die Benutzung des betreffenden Wortes«, sagte der Biograph Anthony Holden. »Man mußte zwischen den Zeilen herauslesen, daß sie schwanger war. Anstatt von Schwangerschaft redeten die Ärzte damals von ›Unpäßlichkeit‹, und das errechnete Geburtsdatum hieß EUD – erwartetes Unpäßlichkeitsdatum. Nach der Geburt gab sie ihrem Kind die Brust, aber auch das wurde nicht mitgeteilt, weil das Wort ›Brust‹ im Zusammenhang mit Royals tabu war. Diese vorsintflutliche Mentalität herrschte auch noch dreißig Jahre später vor, als ich die Biographie von Prinz Charles schrieb und erwähnte, seine Mutter habe ihm die Brust gegeben. Ich legte mein Manuskript dem Palast vor, und der Pressesekretär des Prinzen, John Dauth, rief mich beinahe hysterisch an.

›Der Satz mit dem „Die-Brust-Geben“ muß gestrichen werden. Absolut und sofort.‹

›Aber warum?‹ fragte ich.

›Die königlichen Brüste erwähnt man nicht.‹

›Vielleicht kann ich mit den Worten umschreiben, „die Prinzessin stillte das Kind“?‹

›Das impliziert immer noch die königlichen Brüste, und diese dürfen niemals genannt werden.‹

Am Ende strich ich den Satz ganz«, sagte Holden und amüsierte sich über die Prüderie des königlichen Protokolls.

Als der Thronerbe dann zur Welt kam, wurde Philip wie ein Held gefeiert. Er hatte nicht nur die Thronnachfolge und den Fortbestand der Monarchie gesichert, sondern obendrein einen Jungen gezeugt. Der künftige König, Charles Philip Arthur George, kam sechs Tage vor dem ersten Hochzeitstag der Eltern am 14. November 1948 um 21.14 Uhr im Buckingham-Palast per Kaiserschnitt und Zangengeburt zur Welt und wog sechseinhalb Pfund.

Seine Mutter hatte darauf bestanden, in ihrer Suite und nicht im provisorisch als Krankenhaus eingerichteten Palastflügel zu entbinden. »Ich will, daß mein Kind in meinem Zimmer geboren wird, zwischen den mir vertrauten Sachen«, sagte sie.

Als Kind hatte Elizabeth zu ihrer Gouvernante gesagt: »Ich werde viele Kühe, Pferde und Kinder haben.« Als die zweiundzwanzigjährige Prinzessin dann wirklich schwanger wurde, konnte Crawfie es kaum glauben.

»Hast du überhaupt keine Angst, Lilibet?« fragte sie. »Wie ist dir zumute?«

Elizabeth sagte, sie freue sich auf das Ereignis. »Schließlich sind wir dazu da.«

Eines Morgens traf die Gouvernante sie sehr deprimiert an, nachdem sie aus der Zeitung erfahren hatte, daß sich Bekannte scheiden ließen, die noch kleine Kinder hatten.

»Warum tun das Menschen, Crawfie? Wie kann man ein Heim zerstören, wenn man auf Kinder Rücksicht nehmen muß?«

Crawfie versuchte zu erklären, es gebe nun mal unvereinbare Charaktere und unglückliche Ehen, aber die Prinzessin, die bei liebenden Eltern und Dienern in einem Königspalast aufgewachsen war, schien das nicht begreifen zu können.

»Warum haben sie dann überhaupt geheiratet?« fragte sie.

Crawfie führte es auf die bevorstehende Niederkunft zurück.

»Sie sagte, ihr sei es egal, ob ihr erstes Kind ein Junge oder ein Mädchen werde«, sagte John Dean, der Kammerherr von Prinz Philip, »aber der Herzog hoffte wohl auf einen Sohn.«

Der König war überzeugt, es werde ein Mädchen, denn auf beiden Seiten der Familie waren die weiblichen Gene weitaus in der Überzahl: Philip war der erste Junge nach vier Mädchen, und Elizabeth war eine von zwei Töchtern. Die genetische Wahrscheinlichkeit eines Mädchens machte dem König Sorgen, denn er wollte, daß sein Enkel die königliche Behandlung erfährt, zu der die Verneigungen und/oder Hofknickse gehörten, die man einer Königlichen Hoheit schuldet. Seit der Geburt des Hauses Windsor im Jahre 1917 war der Titel S. K. H. – Seine Königliche Hoheit – den Jungen des Souveräns vorbehalten, während er Mädchen verwehrt blieb. Da er keine Spielernatur war, wollte sich der König nicht auf den Zufall verlassen. Eine Woche vor der Niederkunft seiner Tochter erließ er (damit sein Enkelkind nicht bürgerlich geboren wurde) eine Proklamation* und dekretierte, *alle* Kinder von Elizabeth und Philip seien als königlich zu betrachten; alle trügen die königliche Bezeichnung S. K. H. oder I. K. H. und seien Prinz oder Prinzessin. Damit sorgte er für ein königliches Enkelkind, selbst wenn es ein Mädchen würde. Als Elizabeth dann eines Knaben genas, geriet der König in Ekstase, die sich dem gesamten Palast mitteilte.

»Es ist ein Junge. Es ist ein Junge«, rief der Bobby durchs Palasttor. Die immer größer werdende Menge vor den Toren sang stundenlang fröhliche Lieder, und das ganze Land feierte die Geburt eines künftigen Königs. Sämtliche Kriegsschiffe

---

* Der Britische Informationsdienst, eine Regierungseinrichtung, veröffentlichte bei der Geburt des Kindes von Prinzessin Elizabeth einen sechsseitigen Kommentar über die komplizierten Rang- und Titelfragen des Kindes.

Seiner Majestät rund um die Erde begrüßten das Königskind mit einundvierzig Salutschüssen. Winston Churchill sagte, mit der Geburt von Prinz Charles sei die britische Monarchie zur »gesichertsten der Welt« geworden. Premierminister Clement Attlee beglückwünschte die königliche Familie, deren »Beispiel im Privatleben ebenso wie in der hingebungsvollen öffentlichen Pflichterfüllung vielen Menschen in dieser Zeit der Belastungen und Unsicherheit Kraft und Trost gespendet« habe.

Auf Windsor Castle ertönte stundenlang die zwei Tonnen schwere Abendglocke, die nur für Royals und nur bei vier Gelegenheiten geläutet wird: Geburt, Hochzeit, Thronbesteigung und Tod. Eine Woche lang erklangen die Londoner Kirchenglocken Tag und Nacht, wurden Freudenfeuer entzündet und sprudelten Springbrunnen babyblau gefärbtes Wasser für den Jungen. Allein in der ersten Nacht kamen über viertausend Telegramme im Buckingham-Palast an, und ein Dutzend Aushilfssekretärinnen mußte angeheuert werden, um den Ansturm der aus dem ganzen Empire und anderen Ländern kommenden Briefe und Pakete bewältigen zu können.

Am Tag nach der Geburt von Prinz Charles befahl der König den im Clarence House tätigen Bauarbeitern, sie sollten endlich »aufhören, so verdammt viele Teepausen zu machen«. Er bestand darauf, daß sie Überstunden einlegten, damit die Residenz fertig werde und seine Tochter, sein Schwiegersohn und sein späterer Thronerbe aus ihrem beengten Quartier im Buckingham-Palast ausziehen könnten. Im Zweiten Weltkrieg hatte der König Clarence House dem britischen Roten Kreuz geliehen. Als er beschloß, den zerbombten Wohnsitz – der weder Heizung noch Bad oder Strom besaß – seiner Tochter zur Hochzeit zu schenken, damit sie in seiner Nähe wohnen konnte, bewilligte das Parlament 50 000 Pfund (etwa 300 000 Mark) für Renovierungsarbeiten. Aber Arbeitsniederlegungen verlangsamten die Nachkriegswirtschaft Englands und verzögerten das Projekt eineinhalb Jahre, wobei die Kosten am Ende das Fünffache dessen betrugen, was das kriegsgebeutelte Schatzamt bewilligt hatte. Dennoch begehrten die Untertanen des Königs nicht auf. Die königliche Familie war nach dem Krieg so beliebt, daß die Öffentlichkeit bereitwillig die Unsummen akzeptierte, die die Umgestaltung der königlichen Residenz mit Kristallkronleuchtern, Satindraperien und goldenen Wasserhähnen verschlang. Nur die kommunistische Zeitung in London fragte, ob die Ausgaben für den künftigen Souverän denn berechtigt seien in einer Zeit, da der Durchschnittswochenlohn eines Arbeiters äußerst knapp bemessen sei und unzählige Familien ohne eigenes Heim frierend in ehemaligen Kasernen säßen.

Die Königin sprach vom Elend »all derer, die in unwürdiger Unterkunft leben und sich danach sehnen, ein eigenes Heim zu haben«. In ihrer Rundfunkansprache aus Anlaß des Silberjubiläums Ihrer Majestäten im Jahre 1948 sagte sie: »Ich bin sicher, daß Geduld, Toleranz und Liebe in schwierigen Zeiten Euren Glauben ungetrübt und Euren Mut ungebeugt sein lassen.«

Der König wetterte weiter gegen die Arbeiter, die in Clarence House tätig waren; sein sich rapide verschlechternder Gesundheitszustand steigerte inzwischen seine Reizbarkeit. Im Alter von dreiundfünfzig Jahren hatte seine Kettenraucherei mittlerweile Lungenkrebs verursacht, wenn auch das Wort in seiner Gegenwart niemals fiel. Die tödliche Krankheit hatte seine Bronchien verstopft, so daß er unentwegt hustete und nach Luft rang. Er verließ sich aber ganz auf seinen Arzt Sir John Weir, einen liebenswürdigen zweiundsiebzigjährigen Homöopathen, der mehr Witze zum besten gab als Medikamente verschrieb, während sich die Gesundheit Seiner Majestät rasant verschlechterte. Schließlich ließ der freundliche Herr dann doch sechs betagte Spezialisten kommen, die nunmehr die operative Entfernung der linken Lunge empfahlen. Keiner der Ärzte sagte dem König je ein Wort über die Bösartigkeit der sich ausbreitenden Erkrankung, und nur ein einziger riet ihm vom Zigarettenrauchen ab.

»Bevor wir den Eingriff vornehmen, müssen wir das Rauchen reduzieren«, sagte James Learmonth, Englands Kapazität in Sachen Gefäßkrankheiten. Learmonth hatte nicht den Mut, seinem Souverän zu sagen, er bringe sich mit den Zigaretten um, doch mittlerweile war das Nikotin schon zum Fluch für die Familie Windsor geworden: Königin Mary, der Herzog von Windsor und Prinzessin Margaret waren allesamt nikotinsüchtig, und sogar die Königin rauchte acht Zigaretten pro Tag, allerdings nie in der Öffentlichkeit.

Außer an Lungenkrebs litt der König auch an Arteriosklerose, die ihm schmerzhafte Beinkrämpfe verursachte. 1949 wurde ein Lumbaleingriff vorgenommen, um die Schmerzen zu lindern und das weitere Fortschreiten der Krankheit zu verhindern, das eine Amputation beider Beine nach sich gezogen hätte. Komplikationen mit seinem Herzen schwächten ihn zudem so sehr, daß er seine Verpflichtungen reduzieren und den Staatsbesuch in Australien und Neuseeland verschieben mußte.

Die Königin wollte die Krankheit ihres Mannes vertuschen und versuchte, ihn geschickt zu schminken, um bei öffentlichen Auftritten seine Blässe zu verdecken. Jedesmal wenn sie auf seine eingefallenen blassen Wangen Rouge auflegte, verfluchte sie den Herzog und die Herzogin von Windsor. »Das alles wäre nicht passiert«, sagte sie, »wenn nicht Wallis von Baltimore hier eingefallen wäre!« Auf ihre persönliche Anordnung hin widersprach der Palast jeder Anspielung darauf, daß der König seinen schlechten Gesundheitszustand mit kosmetischen Mitteln verdecken würde.

Das einnehmendste Wesen der ganzen königlichen Familie besaß die Königin. Und im allgemeinen verstand sie es auch, ihre Intelligenz und Fürsorglichkeit publikumswirksam einzusetzen. Aber ihre Animosität gegenüber den Windsors war seit 1936, der Abdankung von Edward, sehr ausgeprägt. Sie warf ihnen in ihrer Verbitterung vor, sie wären schuld, daß die Lebenskräfte ihres Mannes bald aufgezehrt wären. »Wenn sich nur Bertie während des Krieges nicht so viele Sorgen hätte machen müssen«, schrieb sie in einem Brief, in dem sie die Abdankung beklagte, die ihren Mann auf den Thron gebracht hatte. »Wenn er bloß nicht die Last der ganzen Welt auf den Schultern hätte tragen müssen.« Für sie ebenso wie für ihre Schwiegermutter Königin Mary war die alarmierende Verschlechterung des Gesundheitszustandes des Königs unmittelbar »diesem verfluchten Weib Wallis Simpson« anzulasten.

Ganz von der Krankheit ihres Mannes in Anspruch genommen, konnte sie in dieser Zeit einem Brief von *Ladies' Home Journal* keine Beachtung schenken, in dem sie um Bemerkungen und Korrekturen von Auszügen eines Manuskripts gebeten wurde, das Marion Crawford verfaßt hatte. Als sie dann zu spät hörte, daß die Gouvernante ihrer Kinder ihre Erinnerungen an die siebzehn Jahre in königlichem Dienst veröffentlichte, war sie sehr ungehalten. Die schottische Lehrerin, die 1949 den Dienst bei den Royals quittiert hatte, schrieb, sie habe bis zu ihrem vierzigsten Lebensjahr nicht geheiratet, um sich um die Kinder der Königin kümmern zu können. Sie habe gewartet, bis Lilibet mit dreiundzwanzig und Margaret Rose mit neunzehn sie nicht mehr Tag für Tag brauchten. Erst dann habe sie beschlossen, nun könne sie guten Gewissens den Heiratsantrag des pensionierten Majors George Buthlay annehmen. Die königliche Familie war alles andere als entzückt. Königin Mary wurde kreidebleich.

»Mein liebes Kind, du kannst sie doch nicht verlassen«, hatte die Königin damals zu Crawfie gesagt. »Du darfst es einfach nicht.«

Auch die Königin selbst beunruhigten Crawfies Absichten, zumal als sie sagte, sie werde schon drei Monate vor der königlichen Hochzeit heiraten. Die Königin, die Crawfie in ihrem Buch als »immer liebenswürdig«, »meist reizend« und »unbeirrt guter Laune« beschrieb, blickte sie eiskalt an. Nach einem Augenblick des tonlosen Schweigens faßte sich die Königin wieder.

»Sie müssen einsehen, Crawfie«, sagte sie, »daß das gerade jetzt gar nicht paßt.« Ihr ansonsten fremdlicher Tonfall hatte einen sehr harten Klang angenommen.

Der König, der gewöhnlich mit seiner Mutter und seiner Frau einer Meinung war, bekam einen ausgewachsenen Wutanfall. Er beruhigte sich erst, als Crawfie versprach, bis nach der königlichen Hochzeit zu bleiben. Daraufhin erklärte er sich einverstanden, sie zum Commander of the Royal Victorian Order zu ernennen. Dieser Orden, den Königin Viktoria 1896 für Mitglieder des königlichen Haushaltes geschaffen hatte, die dem Souverän außergewöhnliche Dienste geleistet hatten, war Crawfie aber nicht gut genug; jedenfalls behauptete das die Königin. Sie sagte, die Gouvernante habe die höchste Ordensstufe erwartet: Dame Commander of the Royal Victorian Order, die erst eine wirkliche Trennung von oben und unten deutlich gemacht hätte. Da man diese Ordensstufe nicht für sie vorsah, habe sie zurückgeschlagen, indem sie ihre Memoiren und noch zwei weitere Bücher schrieb.

Die Königin nannte Crawfie eine Verräterin und richtete nie mehr das Wort an sie. Als Marion Crawford 1988 achtundsiebzigjährig starb, ging kein Mitglied der Königsfamilie zu ihrer Beerdigung, niemand schrieb einen Kondolenzbrief oder schickte Blumen. Für die Königin war Crawfie an dem Tag gestorben, an dem ihr Buch erschienen war.*

Der Königin schien mehr als sonst jemandem in der königlichen Familie die Macht des verräterischen Details und einer ach

---

* Die Gouvernante hatte immer die Hoffnung gehabt, die königliche Familie werde ihr verzeihen. Sie bewahrte die Briefe auf, die ihr die Königin 1936 von der Kanadareise schrieb, ebenso die Fotos von Lilibet und Margaret Rose im königlichen Kinderzimmer und die Weihnachtskarten, die ihr die kleinen Mädchen geschrieben hatten. Ihre wertvollen Erinnerungsstücke verkaufte sie nicht, sondern vermachte sie Lilibet in ihrem Testament. Als Crawfie starb, verschwanden ihre Schätze in den Gewölben des königlichen Archivs in Windsor Castle, über das nur die Königin verfügt.

so menschlichen Anekdote bewußt. Sie war in großer Sorge, wenn sie an die Auswirkung eines Buches, wie es Crawfie geschrieben hatte, dachte, und das verzieh ihr die Königin trotz seines liebevollen Stils und seiner rührenden Geschichten nie. Ihr mißfiel Crawfies Beschreibung, daß sie selbst eine nicht sehr engagierte Mutter gewesen soll, die sich abgesehen vom Singen und Tanzen wenig um die Erziehung ihrer Kinder gekümmert hätte. Die Königin empfand es als Verrat, daß man lesen konnte, wie sie die Gouvernante als pädagogische Ratgeberin genutzt hatte, die ihrer schwierigen Tochter Margaret zureden sollte. »Ich wußte, daß meine eigentliche Arbeit als Königliche Gouvernante im Palast zu Ende war«, schrieb Crawfie, die vor dem Eintritt in den königlichen Dienst Kinderpsychologie studiert hatte, »aber ihre Mutter dachte, in ihrem späteren facettenreichen Leben, das Prinzessin Margaret später einmal führen würde, könnte das Gespräch über allgemeine Themen beruhigend wirken ... Ich mußte so täglich in den Palast kommen, mich zu Prinzessin Margaret setzen und über die Themen reden, die sich gerade ergaben.«

Obwohl Crawfie die Königin als »eine der charmantesten Frauen, die ich je gesehen habe« beschrieb, sagte sie aber über die Herzogin von Kent, daß sie eine noch »ungewöhnlichere Frau« sei, die nun auch noch »den bestaussehenden aller Prinzen« geheiratet habe.

Auch daß persönliche Vorlieben nunmehr an die Öffentlichkeit kamen, paßte der Königin gar nicht, so beispielsweise, daß dort etwas über das »blau und grün drapierte Bett« des Königs in seinem »von dem der Königin getrennten und weit entfernten« Schlafzimmer zu lesen war. Ihr gefiel es nicht, daß Margaret Rose in ihrem Badeanzug als »pummelig« geschildert wurde, und als sie gar las, »Onkel David« (der Herzog von Windsor) sei »Lilibet so ergeben«, lief sie rot an. Sie war verschnupft, weil Crawfie die Welt an ihrem Telefongespräch von Amerika aus mit ihren Kindern teilhaben ließ: »Wir beendeten das Gespräch, indem wir den Corgi der Königin,

Dookie, hochhoben und ins Telefon bellen ließen und ihn dazu ins Hinterteil zwickten.«

Und die Königin hat es Crawfie nie verziehen, daß sie Geschichten aus Lilibets Kinderzimmer preisgab, die auf gewisse Eigenheiten der künftigen Königin schließen ließen.

»Sie war fast zu diszipliniert und ordnungsliebend«, schrieb Crawfie. »Sie pflegte mehrmals in der Nacht aus dem Bett zu springen, um ihre Schuhe ganz gerade hinzustellen und ihre Kleider ordentlich zu falten.« Die Beschreibung eines solchen »allzu pflichtversessenen« Kindes tat weh.

Der Königin war bewußt, daß Marion Crawford mit ihrem Buch zur meistzitierten Zeitzeugin werden würde, wenn es um Interna aus dem Königshaus ging, denn niemand hatte bislang so nahen Zutritt zur königlichen Familie gehabt wie sie. Nach Erscheinen des Buches wandte sich die Königin bei der bloßen Nennung des Namens der Autorin mißvergnügt ab. »Einen Crawfie begehen« war fortan ihre Kurzformel für Verrat.

Der König und die Königin befahlen ihren Rechtsbeiständen, künftig allen Bediensteten einen Treueeid* abzunehmen. Nach Crawfies Buch mußten alle Klatschkolumnisten ihre Interna außerhalb des Vereinigten Königreiches verbreiten. Kein britischer Verleger durfte wagen, die Monarchie zu entehren, indem er ungenehmigte Erinnerungen veröffentlichte. Das wäre ihm als flagrante Respektlosigkeit ausgelegt worden und hätte nicht zuletzt seine Chancen, irgendwann einmal für seine Verdienste zum Ritter geschlagen zu werden, erheblich geschmälert. Im Laufe der Jahre drangen dann aber doch zahl-

---

* Allen Angehörigen des königlichen Haushalts wurde folgende Notiz ausgehändigt: »Betr.: Mitteilungen an die Presse. Es ist Ihnen nicht erlaubt, irgendwelche Vorgänge oder Gespräche zu veröffentlichen, die Ihnen aufgrund Ihrer Beschäftigung im königlichen Dienst bekannt werden, noch dürfen Sie irgendeiner Person, sei es mündlich oder schriftlich, irgendwelche Informationen über Ihre Majestät oder ein anderes Mitglied der königlichen Familie weitergeben, die an die Presse gelangen könnten.«

reiche Geheimnisse aus dem Hause Windsor nach draußen, beraubten die Monarchie schließlich ihres Mythos, der Putz des einst prachtvollen Gebäudes bröckelte immer mehr ab. 1994 lag dann die Schimäre so offen zutage, daß von allgemeiner Ehrerbietung nicht mehr die Rede sein konnte. Nicht einmal Prozeßdrohungen konnten die königlichen Bediensteten mehr einschüchtern. Der Traum von der heilen Welt der Monarchie ging vollends zu Bruch, als Prinz Charles, der künftige König von England, im Fernsehen seinen Ehebruch eingestand.

Daraufhin offenbarte auch sein Kammerdiener, was er von den Ausflügen des künftigen Königs außerhalb des Ehebettes wußte.

»Er war einmal mit seiner Geliebten in den Büschen verschwunden, und alles war voller Schmutz und Unrat«, sagte der angewiderte Diener, der die Kleidung anschließend zu waschen hatte. »Offenbar hatten sie's im Freien getan.« Der Diener mußte daraufhin seinen Posten aufgeben, der ihm jährlich gutes Geld einbrachte, aber er sagte, das sei ihm egal. Inzwischen war es schon längst keine Ehre mehr, dem königlichen Haushalt anzugehören. So sehr war die königliche Familie von ihrem hehren Postament gefallen, daß sogar ihre Dienerschaft darüber erschrak. Der Arm des königlichen Unmutes besaß längst nicht mehr die Stoßkraft von 1949.

Damals hatte König Georg VI. alle Hände voll zu tun. Er mußte sich mit den weltweiten Reaktionen auf Crawfies Buch herumschlagen, kämpfte mit seiner anfälligen Gesundheit, und nun lag ihm auch noch sein Schwiegersohn in den Ohren, der von ihm die Erlaubnis haben wollte, den aktiven Marinedienst wiederaufzunehmen. Prinz Philip, der auf den Admiralsrang scharf war, wollte seinen Schreibtisch in der Admiralität aufgeben, wo er, wie er sagte, nichts anderes tat, »als den lieben langen Tag Schiffe in der Gegend herumzuschieben«, und in die Marinelaufbahn zurückkehren. Der König widersetzte sich, weil er wußte, daß Elizabeth dann ihren Mann auf der Zweijahrestour würde begleiten wollen, er sie aber nicht gehen lassen wollte. In wochenlangen Familienkonferenzen wurde verhandelt, was Elizabeth zu tun hatte; als sie sich einverstanden erklärte, alle paar Monate nach London zu kommen, willigte der König ein, Philip von seinem Schreibtischposten freizustellen. Im Oktober 1949 reiste der Herzog von Edinburgh nach Malta ab, wo ihm sein Onkel Dickie Mountbatten als zweiter Oberbefehlshaber der Mittelmeerflotte das Kommando über eine eigene Fregatte, HMS *Magpie,* übertrug. Seine Mannschaft respektierte ihn, aber sie liebte ihn nicht und nannte ihn spöttisch »Dukey«.

Elizabeth blieb wie versprochen ein paar Wochen bei ihrem Baby in England. Bald jedoch ließ sie das elfmonatige Baby bei seinen Kinderschwestern und den Großeltern zurück. Am ersten Geburtstag ihres Kindes war sie nicht da, sondern reiste anläßlich des zweiten Hochzeitstags zu ihrem Mann nach Malta.

»Die Prinzessin hatte wenig Ahnung davon, wie man außerhalb der Palastmauern lebte und wohnte«, sagte ihre Gouvernante Marion Crawford. »Aber ... als sie zu Philip nach Malta flog, erfuhr sie zum ersten Mal, wie gewöhnliche junge Frauen lebten, die keinen Palast zur Verfügung haben.«

Lady Mountbatten war derselben Meinung. In einem Brief an Jawaharlal Nehru schrieb sie: »Es ist reizend zu sehen, wie sie strahlt und nun hier ein mehr oder weniger normales menschliches Dasein führt.«

Die Mountbattens überließen Elizabeth und Philip bei deren Besuchen ihren Palast auf den Hügeln von Guardamangia, und der Prinzessin gefiel es dort so gut, daß sie ihren Aufenthalt verlängerte, um mit ihrem Mann Weihnachten auf der Insel zu feiern. Der kleine Prinz Charles verbrachte also die Feiertage bei seiner Nanny, den Großeltern und seiner Urgroßmutter Königin Mary, die er »Gan Gan« nannte.

»Er ist so süß, wenn er durchs Zimmer watschelt, und wir werden ihn liebend gerne nach Sandringham mitnehmen«, schrieb der König über seinen zweijährigen Enkel. »Er ist dann schon ein Mitglied aus der fünften Generation, das dort wohnt, und ich hoffe, es wird ihm dort gefallen.«

Elizabeth kehrte erst nach Hause zurück, als ihr Mann wieder in See stach. Lady Mountbatten begleitete sie zum Flughafen.

»Lilibet verließ uns mit Tränen in den Augen und einem Kloß im Hals«, schrieb Edwina Mountbatten einer Freundin. »Als ich sie in die Viking setzte, war mir fast, als hätte ich einen Vogel wieder in einen winzigen Käfig gesperrt; ich selber war traurig und den Tränen nahe.«

Wieder zu Hause, entdeckte Elizabeth, daß sie erneut schwanger war. Also flog sie im März 1950 wieder nach Malta, um es ihrem Ehemann zu sagen, und blieb einen weiteren Monat dort. Im Mai kehrte sie nach London zurück und sah Philip erst wieder, als er zur Geburt seiner Tochter Anne am 15. August 1950 zurückkam. Er blieb vier Wochen und flog dann wieder nach Malta.

Dort traf Elizabeth im November für weitere drei Monate ein, wiederum wurden die Kinder ihren Kinderfrauen und Großeltern überlassen. Neben einer Dienerin, einem Lakaien und einem Leibwächter brachte sie auch ihren Sportwagen, vierzig Schrankkoffer und ein neues Polopferd für ihren Mann mit. Sie brachte ihre Tage damit zu, in der Sonne zu liegen, Einkaufsbummel zu machen, mit Offiziersfrauen zu speisen und sich in einem Schönheitssalon die Haare richten zu lassen. Gelegentlich besichtigte sie auch militärische Einrichtungen, schnitt bei Eröffnungen Bänder durch und besuchte Kindergärten. Ihre Abende waren mit Dinnerpartys, Bällen und Kinobesuchen ausgefüllt. Auf späteren Reisen begleitete sie Philip auch nach Italien und Griechenland. Die maltesische Presse berichtete über die private Kreuzfahrt, als handle es sich um eine offizielle Angelegenheit. »Wie die Frau jedes Seeoffiziers begibt sie sich zu ihrem Mann auf Station.« Sie sagte zwar, sie betrachte sich »als normale Marinefrau«, aber Hofknickse oder die formale Vorstellung als »Ihre Königliche Hoheit, die Herzogin von Edinburgh« lehnte sie nie ab.

Die maltesische Bevölkerung war von ihrer Gegenwart bezaubert, und die *Times of Malta* brachte mehrere Geschichten über ihre Besuche im »Klub der unter fünf« für Kinder, deren Väter in Malta stationiert waren. Die Frage allerdings, warum sie im Gegensatz zu anderen Offiziersfrauen ihre eigenen noch nicht fünfjährigen Kinder in England zurückgelassen hatte, ließ die Zeitung unerwähnt. Oft sah man Fotos von ihr, wenn sie lächelnd und winkend an Champagnerempfängen teilnahm, Kirchen, Kriegsschiffe und Pferdeställe besichtigte. Sie wurde als »beliebteste und angesehenste Frau eines Marineoffiziers« gefeiert, »die je diese Inseln besucht hat«.

Die Presseberichterstattung zu Hause war nicht ganz so überströmend. Ein Journalist äußerte verwundert, wie sie ihre Kinder wochenlang allein lassen könne, zumal als ihr Sohn eine Mandelentzündung bekam. Andere tadelten sie wegen ihres biederen Aussehens. Und die Spötteleien in bezug auf ihr Gewicht und ihre Garderobe trafen sie mehr als die Kritik wegen der Kinder, schon gar, wenn sie von ihrem Ehemann ausgingen.

»*Das* Ding wirst du nicht anziehen«, sagte er, als Elizabeth zu ihm ins Zimmer kam, um ihm ein neues Kleid zu zeigen. »Zieh es sofort aus.«

»Es war alles sehr beunruhigend«, schrieb Geoffrey Bocca in einer frühen Biographie. »Da hatte das Empire eine Prinzessin, die es glühend verehrte, gleichzeitig aber auch eine Prinzessin, die sowohl überfressen als auch overdressed war ... Als Nichtraucherin half ihr natürlich auch kein Nikotin, die Pfunde im Zaum zu halten ... [folglich] verzichtete sie auf sämtliche kalorienreichen Speisen und nahm sogar Appetitzügler – eine blaue Pille zum Frühstück, mittags eine grüne und abends eine schokoladenfarbene.«

Wie alle Medikamente für die Prinzessin wurden auch die Amphetamine von einem Diener besorgt, um die Anonymität der Patientin zu wahren. »Wenn ihr Schlaftabletten verschrieben wurden, damit sie mal wieder eine Nacht ordentlich durchschlafen konnte, besorgte ich sie auf meinen Namen«, sagte John Dean, »damit der Einkauf und die Tatsache, daß sie für Prinzessin Elizabeth bestimmt waren, keine Aufmerksamkeit erregte.«

Während Elizabeths ausgedehntestem Maltaaufenthalt kam auch ihre Schwester zu Besuch, und durch die Anwesenheit der Glamourprinzessin mit ihrem Schmollmündchen, der langen Zigarettenspitze und den schulterfreien Kleidern geriet das gesamte auf der kleinen Insel stationierte Soldatenheer in Aufruhr.

»Malta ist gerade mal 246 Quadratkilometer groß, und die Ankunft von Prinzessin Margaret war eine Bombennachricht für die Männer, die hier fast vor Langeweile verrückt wurden«, erinnerte sich Roland Flamini, damals diplomatischer Korrespondent von *Time*. »Ich war damals noch ein Teenager, und da mein Vater damals an der Ausarbeitung der neuen Verfassung von Malta beteiligt war, begegnete ich hier auch Prinzessin Elizabeth. Ich hatte nicht die geringste Ahnung, was ich zu ihr sagen sollte, also brabbelte ich etwas von Prinzessin Margarets Besuch und sagte, ich hoffe, es habe ihr gefallen.

›Ich habe nicht die geringste Ahnung‹, sagte Elizabeth in ihrer Piepsstimme. ›Das kleine Biest hat mir immer noch nicht geschrieben und sich bedankt.‹*

Da wußte ich, daß hinter der bieder aussehenden, gouvernantenhaften Fassade von Prinzessin Elizabeth noch ganz

---

* Als Flamini vierzig Jahre später, 1991, sein Buch »Sovereign: Elizabeth II. and the Windsor Dynasty« schrieb, berichtete er über seine Vorstellung bei Prinzessin Elizabeth, mußte den Dialog aber etwas abändern. »Die Verlagsanwälte ließen es nicht zu, daß ich die künftige Königin von England mit den Worten zitiere, ihre Schwester sei ein ›Biest‹«, sagte er. »Obwohl ich persönlich gehört hatte, was sie sagte, behaupteten die Anwälte, niemand würde je glauben, daß sie so von ihrer Schwester sprach.«

andere Seiten verborgen waren, als das Auge auf den ersten Blick wahrnahm.«

Wegen der Verschlechterung des Gesundheitszustandes ihres Vaters kehrte Elizabeth nach London zurück, und Philip mußte wenige Monate später nachkommen, als er den Dienst bei der Marine quittierte. Am 16. Juli 1951 verabschiedete er sich von seiner Mannschaft. »Die vergangenen elf Monate waren die glücklichsten meines Seemannslebens«, sagte er. Fünf Tage später flog er nach England, wo ihn sein Sohn Charles am Flughafen in Begleitung eines Kindermädchens begrüßte. Aber Elizabeth war nicht gekommen. Sie war beim Pferderennen in Ascot.

Drei Monate später, im Oktober 1951, mußten sie und Philip die königliche Familie auf einer Kanadareise vertreten, die nach einem diplomatischen Rippenstoß der Briten bei den Amerikanern* auch einen kurzen Abstecher in die USA einschloß. Wieder überließen Elizabeth und Philip ihre Kinder der Sorge der Kindermädchen und Großeltern. Sie versäumten die ersten Schritte von Prinzessin Anne und den dritten Geburtstag von Prinz Charles, suchten aber vor der Abreise aus England noch Geschenke für ihn aus, die dann der König und die Königin ihm geben sollten. Auf die fünfwöchige Reise begaben sie sich mit vier Dienern und 189 Schrankkoffern. Ein Koffer enthielt einen versiegelten Pergamentumschlag mit der Thronbesteigungserklärung für den Fall, daß der König während ihrer Abwesenheit

---

* Nach den diplomatischen Aufzeichnungen der USA mußte das State Department zu einer offiziellen Einladung von Prinzessin Elizabeth und dem Herzog von Edinburgh regelrecht gedrängt werden. In dem Telegramm vom 5. Juli 1951 an den Außenminister steht zu lesen: »Wenn keine offizielle amerikanische Einladung ausgesprochen würde, könnte das in England falsch ausgelegt werden. Nach einem heutigen Londoner Pressebericht hat ein Mitarbeiter des Buckingham-Palastes gesagt, die Prinzessin werde erst nach Vorliegen einer amerikanischen Einladung entscheiden, ob sie die Vereinigten Staaten besuche. Es wird empfohlen, ... rechtzeitig im Herbst eine offizielle Einladung auszusprechen ...«

stürbe. Sie verbrachten fast einen Monat im kanadischen Dominion, wo ihr Auftrag darin bestand, bei den vierzehn Millionen Menschen, die der König immer noch als seine Untertanen betrachtete, »Flagge zu zeigen«, wie das Foreign Office schrieb. Er hatte auf der Reise bestanden, nachdem er den Premier von Neufundland hatte sagen hören: »Die Bande, die uns ans Mutterland binden, bestehen nur aus seidenen Gefühlsfäden.« Diese Fäden wollte der König verstärkt sehen; also fuhr das königliche Paar zweimal kreuz und quer durch Kanada, legte in Nordamerika über fünfzehntausend Kilometer zurück und besuchte jede einzelne Provinz, darunter auch Neufundland. Von unterwegs rief Elizabeth ihre Eltern an.

»Lächelst du auch genug, meine Liebe?« fragte die Königin.

»Ach Mutter!« sagte die Tochter. »Ich lächle unentwegt!«

Hinterher sagte sie, Kanada sei »ein Land, das mir in jeder Beziehung zur zweiten Heimat geworden ist«. Philip meinte, das Land sei eine »gute Investition«.

Als das königliche Paar für seinen zweitägigen Besuch in Washington ankam, wurde es am Flughafen von Präsident Truman begrüßt. Diese Geste war für den Präsidenten der Vereinigten Staaten ungewöhnlich, aber Truman war der »Märchenprinzessin«, wie er Elizabeth nannte, dankbar, daß sie sich in London um seine Tochter Margaret kümmerte. Da sein einziges Kind von der königlichen Familie im Buckingham-Palast empfangen worden war, erwiderte er die Höflichkeit, indem er Elizabeth mit offenen Armen begrüßte. Als Elizabeth aus dem Flugzeug stieg, wartete er unten an der Gangway. Unter Mißachtung des königlichen Protokolls nannte er sie liebevoll »meine Liebe« und hielt sie nonchalant zehn Minuten lang am Fuß der Maschine auf, damit die Fotografen genug Bilder schießen konnten. Während sie und ihr Mann warteten, erzählte Truman Witze.

»Es wimmelte von Polizisten«, erinnerte sich John Dean. »Sie sagten mir, sie seien erstaunt, daß die Prinzessin und der

Herzog mit so wenig Begleitschutz reisten. Ich werde nie die Fahrt zum Blair House vergessen, ... denn auf unserer rasanten Fahrt begleitete uns eine Motorradeskorte mit unentwegt heulenden Sirenen.«

Der Präsident war ständig von Scharen uniformierter Polizisten umringt, die seine kugelsichere Limousine schützten. Mit dem Daumen auf die Sicherheitskräfte deutend, sagte Truman: »Ich vermute, bei Ihnen gibt's nicht so viele Verrückte wie bei uns.« Im Wissen um den Mordversuch am Präsidenten durch puertoricanische Nationalisten im Jahr zuvor bewunderten Elizabeth und Philip Trumans Humor besonders. Als er mit ihnen zum Empfang Aufstellung nahm, ließ er seinen Adjutanten wissen, daß es losgehen könne, indem er ihm sagte: »Hol die Kandidaten rein.« Am nächsten Tag erschienen die fröhlich lachenden Gesichter des königlichen Paares in den Zeitungen, und der Präsident schickte die Fotos dem König. In seinem handschriftlichen Brief erklärte Truman den Besuch zum grandiosen Erfolg: »Wir hatten soeben eine liebreizende junge Dame und ihren stattlichen Ehemann zu Besuch«, schrieb der Präsident. »Sie eroberten die Herzen aller Bürger der Vereinigten Staaten ... Unter Vätern: Wir können sehr stolz auf unsere Töchter sein. Sie sind natürlich besser dran als ich – Sie haben zwei!«

Der König reagierte auf diesen Ausdruck der Vaterliebe mit einem Telegramm vom Buckingham-Palast aus: »Die Königin und ich möchten, daß Sie wissen, wie sehr uns die freundschaftliche Aufnahme unserer Tochter und unseres Schwiegersohnes in Washington gerührt hat. Unsere Gedanken wandern zurück zu unserem eigenen Besuch 1939, an den wir so glückliche Erinnerungen hegen. Wir sind Ihnen, Herr Präsident, für die Freundlichkeit und Gastfreundschaft gegenüber unseren Kindern überaus dankbar.«

Da das Weiße Haus gerade renoviert wurde, versuchte Bess Truman, das auf der gegenüberliegenden Straßenseite liegende Blair House für die Gäste entsprechend herauszuputzen. Sie ließ sämtliche Klimageräte entfernen, wie es das königliche Paar erbeten hatte, und obwohl der Wunsch nach getrennten Schlafzimmern sie überraschte, ließ sie in die Suite für Prinzessin Elizabeth das blaue damastbezogene Himmelbett stellen, das die Trumans ansonsten gemeinsam zu benutzen pflegten. Die First Lady ließ in der Prinzessinnensuite auch die Blumenvorhänge aus dem Präsidentenschlafzimmer aufhängen und die angrenzende grüne Suite für Prinz Philip herrichten. »Wir legten einen kleinen Orientteppich aus und stellten einen Tisch und ein paar Bücher hinein, damit es gemütlicher aussah«, erinnerte sich der Huissier des Weißen Hauses J. B. West. »Aber mit der alten Badewanne mußte die Prinzessin trotzdem vorlieb nehmen.«

Die Ankleidefrau der Prinzessin, BoBo MacDonald, inspizierte vor Ankunft Ihrer Königlichen Hoheit alles und erklärte die Unterbringung als zufriedenstellend. »Es sieht genau so aus wie ihr Schlafzimmer in Windsor Castle«, sagte sie.

Über die Unterbringung auf Auslandsreisen beklagte sich Elizabeth nie. Das überließ sie ihrem Mann. Bei einem späteren Washingtonbesuch wohnten die beiden wieder in Blair House und wurden unablässig vom ständigen Kommen und Gehen der Sicherheitsleute geweckt. Am nächsten Morgen beschwerte sich Philip beim amerikanischen Protokollchef Henri Catto. »Hören Sie mal, Catto. Beschäftigen Sie in diesem Haus Profis in Sachen Türenzuschlagen?« Der betretene Catto ließ unverzüglich an sämtlichen Türzargen ein Filzfutter anbringen.

Die bejahrte Mutter des Präsidenten, die in der obersten Etage von Blair House das Bett hütete, freute sich auf die Begegnung mit dem königlichen Paar. »Sie bringt mich um, wenn sie Sie nicht begrüßen darf«, sagte Truman zur Prinzessin. Also folgten Elizabeth und Philip dem Präsidenten über sechs Etagen die Treppe hinauf. Die achtundneunzigjährige Martha Truman, die bettlägerig und fast taub war, hatte erfahren, daß Winston Churchill am 25. Oktober 1951 wieder zum

Premierminister ernannt worden war. Sie war also auf die königliche Vorstellung bestens vorbereitet.

»Mutter«, brüllte ihr Truman ins Ohr, »ich habe dir Prinzessin Elizabeth mitgebracht!«

Die kleine alte Frau strahlte. »Ich freue mich ja so, daß Ihr Vater wiedergewählt worden ist«, sagte sie.

Elizabeth lächelte und Philip lachte gut sichtbar in sich hinein, während Harry Truman den Kopf nach hinten warf und sich vor Lachen den Bauch hielt.

Der volksnahe Präsident hatte die Zuneigung des königlichen Paares gewonnen, und Elizabeth schrieb ihm einen dreiseitigen Dankesbrief: »Die Erinnerung an unseren Besuch in Washington wird uns noch lange begleiten, und wir sind Ihnen so dankbar, daß Sie uns eingeladen haben. Einzig betrübt hat uns, daß unser Aufenthalt bei Ihnen so kurz war, aber was wir sahen, hat in uns den Wunsch verstärkt, eines Tages wiederkommen zu können ...«

Paramount bannte den königlichen Besuch auf gut dreihundert Meter Zelluloid, denn seit der Stationierung der GIs während des Krieges war Amerika bei den Briten das gelobte Land. Die Wochenschau wurde in überfüllten Kinohäusern gezeigt. Das Foreign Office beglückwünschte den britischen Botschafter in den USA zu seiner hervorragenden Leistung, und dieser schrieb an den Präsidenten: »Ich bin über den Erfolg des Besuches von Prinzessin Elizabeth und des Herzogs von Edinburgh so glücklich, daß ich das Gefühl habe, Ihnen meine tiefe Dankbarkeit aussprechen zu müssen. Aus allem, was mir Prinzessin Elizabeth und ihr Mann erzählt haben, weiß ich, wie sehr sie den Aufenthalt im Blair House genossen.«

Wieder zu Hause, fühlten sich Elizabeth und Philip gestärkt durch das Lob, das man ihnen für die Verbesserung der englisch-amerikanischen Beziehungen zollte. An der Victoria Station erwarteten sie der König und die Königin sowie Prinz Charles, der sich seinen Eltern ängstlich näherte, als seien sie Fremde. Das Foto, auf dem Prinzessin Elizabeth zu sehen ist, die ihren dreijährigen Sohn mit einem Klaps auf den Rücken begrüßte, sollte ihr später noch zu denken geben, als der Junge größer wurde und sie unter Hinweis auf das Bild als kalte und ferne Mutter kritisierte.

Der König, der in drei Jahren dreimal operiert worden war, sagte, es gehe ihm so viel besser, daß er seinen Besuch in Australien und Neuseeland wieder in die Planung aufnehmen wolle. »Eine Operation ist ja keine Krankheit«, sagte er, »und eine Seereise würde mir guttun.« Doch seine Ärzte waren strikt dagegen, so daß Elizabeth und Philip erneut zum Dienst herangezogen wurden. Der König erhielt von seinen Ärzten lediglich die vorläufige Erlaubnis, fürs Frühjahr eine Erholungskreuzfahrt nach Südafrika zu planen, und das Abreisedatum wurde auf nächsten März festgesetzt. Das Land war glücklich über die Genesung des Königs. »Inzwischen war die Hochachtung schon fast in Zärtlichkeit umgeschlagen«, erinnerte sich die Schriftstellerin Rebecca West. Für den 9. Dezember 1951 wurde ein nationaler Dankestag anberaumt. Die Glocken läuteten, das Commonwealth dankte Gott, und der König schlug seine Ärzte zu Rittern. Fünf Tage später feierte er im Buckingham-Palast seinen sechsundfünfzigsten Geburtstag.

Bei der Vorbereitung der anstrengenden fünfmonatigen Reise bat Elizabeth, auf der Reiseroute eine Ruhepause einzulegen, so daß sie die Tierreservate in der »Kolonie Kenia« besichtigen könne, wie man damals noch sagte. Sie und Philip wollten die Königliche Jagdhütte Sagana in Nyeri aufsuchen, die ihnen das ostafrikanische Volk zur Hochzeit geschenkt hatte.

Das königliche Paar verließ London mit kleinem Begleiterstab am 31. Januar 1952 per Flugzeug. Der König und die Königin und Prinzessin Margaret verabschiedeten sie am Flugzeug. An Bord der blau-silbernen Königsmaschine wandte sich der König der Ankleidedame seiner Tochter, BoBo MacDonald, zu.

»Sorgen Sie an meiner Statt für die Prinzessin, BoBo«, sagte er. »Ich hoffe, die Tour wird für Euch nicht zu anstrengend.«

Er stieg wieder aus und stand barhäuptig und etwas erschöpft am Fuße der Gangway. Er wurde von Wochenschaukameras gefilmt, wie er im Mantel im eiskalten Wind stand. Er winkte seiner Tochter zu und sah der Maschine nach, bis sie nur noch ein Pünktchen am Himmel war. Er sollte sein Kind nie wiedersehen.

Fünf Tage später erlitt er in den frühen Morgenstunden des 6. Februar 1952 eine Koronarthrombose und starb im Schlaf. Als die Königin am Morgen ihren Tee trank, kam Sir Harold Campbell zu ihr ins Zimmer, um ihr zu sagen, der König lebe nicht mehr. Sie eilte in sein Zimmer, ging zu seinem Bett und küßte ihn zum letzten Mal auf die Stirn. Sie veranlaßte die Aufstellung einer Totenwache an der offenen Schlafzimmertür. »Der König darf nicht allein gelassen werden«, sagte sie. »Und Lilibet muß benachrichtigt werden.« Sofort korrigierte sie sich: »Die *Königin* muß benachrichtigt werden.«

Der Stallmeister verließ das Zimmer, um der jungen Frau, die England als Prinzessin verlassen hatte und nun als Königin heimkehren sollte, die furchtbare Nachricht durchzugeben. Campbell konnte das königliche Paar aber nicht erreichen, weil ein Tropengewitter die Telefonleitungen in Kenia lahmgelegt hatte. Also kontaktierte er Reuters, die er für eine verantwortungsbewußte Nachrichtenagentur hielt, und bat, der königlichen Gesellschaft die Nachricht zu übermitteln. Elizabeth und Philip hatten die Nacht in Treetops, einer Fernbeobachtungsstation im afrikanischen Dschungel, damit verbracht zuzusehen, wie sich die Tiere an einer Wasserstelle im Schatten des Mount Kenya am Abend einfanden. Als der Morgen graute, kehrte das erschöpfte Paar in die Königliche Jagdhütte Sagana zurück, um ein paar Stunden zu schlafen. Ein Korrespondent von Reuters erhielt die Blitzmeldung aus London und wurde des Privatsekretärs der Königin, Martin Charteris, habhaft.

»Ich erinnere mich, wie er mit zitternder Hand nach einer Zigarette griff, bevor er es fertigbrachte, mir zu sagen, daß der

König tot sei«, sagte Charteris, der die Nachricht an Michael Parker weiterleitete, den Adjutanten von Prinz Philipp. »Mike«, sagte er, »der Vater unserer Prinzessin ist tot. Ich schlage vor, daß du der Lady noch nichts sagst, ehe die Nachricht bestätigt ist.«

Die BBC gab am 6. Februar 1952 um 10.45 Uhr eine offizielle Erklärung heraus und stellte dann als Zeichen der Trauer ihre Sendungen für den Rest des Tages ein. Völlig niedergeschlagene Menschen füllten die regennassen Straßen von London, Autofahrer ließen den Wagen mitten auf der Straße stehen und standen weinend daneben. Die Kirchenglocken ertönten sechsundfünfzig Mal, je einmal für jedes Jahr des kurzen Lebens des Königs. Englands Trauer fand Widerhall in der ganzen Welt. In Australien sagte ein Parlamentsmitglied: »Wir haben einen grandiosen Menschen verloren.« In Amerika verabschiedete das Repräsentantenhaus eine Beileidsentschließung und vertagte sich dann. Präsident Truman schrieb in sein Tagebuch: »Er war ein großer Mann. Mindestens zweimal seinen Bruder Ed wert.«

Der Herzog von Windsor erfuhr in New York davon, während er und die Herzogin im Hotel Waldorf-Astoria weilten. Winston Churchill riet ihm, sofort nach England zurückzukehren, warnte ihn aber, auf keinen Fall die Herzogin mitzubringen. Der Herzog reiste also allein nach England und wirkte sehr verloren bei all seinen Auftritten. Er wohnte bei seiner Mutter in Marlborough House, obwohl Königin Marys Feindschaft seiner Frau gegenüber ihn noch immer sehr belastete.

In Kenya eilte Michael Parker zu Prinz Philip ins Zimmer, um ihn zu wecken. »Er mußte es der Königin beibringen«, sagte Parker. »Wahrscheinlich der schlimmste Augenblick seines Lebens. Alles, was er herausbrachte, war: ›Das wird ein schrecklicher Schlag für sie sein.‹ Er nahm sie mit in den Garten, und die beiden wanderten langsam über den Rasen, während er redete und redete und redete ... In meinem ganzen

Leben hat mir niemand so leid getan. Er ist nicht einer, der seine Gefühle zeigt, aber man sieht es einem Mann am Gesicht an – an seinem Gesichtsausdruck. Ich werde den Anblick nie vergessen. Er sah aus, als sei für ihn die Welt eingestürzt ... Wir übrigen packten alles ein, und binnen einer Stunde waren wir unterwegs nach Hause.«

Elizabeth nahm die Nachricht entgegen, ohne zusammenzusinken. Sie wanderte langsam zur Jagdhütte zurück, wo BoBo ihre Schuhe putzte. Ihre Ankleidedame ging in einem tiefen Knicks in die Knie. »O nein, BoBo«, sagte sie. «*Du* brauchst das doch nicht zu machen.« Ihre Gesellschaftsdame Pamela Mountbatten eilte herbei, um sie tröstend in die Arme zu schließen.

»O danke«, sagte die neue Königin. »Aber es tut mir so leid, daß es auch bedeutet, daß wir jetzt nach England zurückmüssen und die Pläne aller durcheinanderkommen.«

Martin Charteris kam herein und brachte den ominösen Umschlag mit den Thronbesteigungsdokumenten, in die nun der Name des neuen Souveräns eingetragen werden mußte.

»Ich tat, was mir aufgetragen war«, sagte er. »Ich sagte zu ihr: ›Die einzige Frage, die ich in diesem Stadium an Sie zu richten habe, lautet: Welchen Namen wünschen Sie auf dem Thron zu führen?‹

›Oh, den meinigen natürlich. Elizabeth. Was sonst?‹

›Sehr wohl. Elizabeth. Elizabeth die Zweite.‹«

Viele Jahre später beschrieb Charteris ihre Reaktion auf die Thronbesteigung so: »Ich erinnere mich noch genau, wie sie mir wenige Augenblicke nachdem sie Königin geworden war, vorkam. Sie schien fast nach dem Dokument greifen zu wollen, das ich in Händen hielt. Tränen vergoß sie nicht. Sie stand einfach da, den Körper kerzengerade gespannt, die Gesichtsfarbe ein wenig gerötet. Auf ihr Schicksal wartend.

Bei Philip war das ganz anders. Er saß zusammengesunken hinter einem Exemplar der *Times*, hinter dem er sich förmlich versteckte. Er konnte das alles überhaupt nicht glauben. Der

Tod würde sein gesamtes Leben ändern, ihm vielleicht auch das Glück ein Stück weit rauben, das er endlich gefunden hatte.«

Charteris ließ die Presse kommen, um die Ankündigung bezüglich »der Dame, die wir nunmehr Königin nennen müssen«, vorzunehmen. Er bat die Fotografen, aus Rücksicht auf ihre Privatsphäre bei der Abreise keine Aufnahmen von ihr zu machen. Die Fotografen folgten der Anordnung, standen an der Straße, ließen die Kamera an der linken Hand baumeln und legten die Rechte aufs Herz. Die kenianische Bevölkerung bildete entlang der unbefestigten Straße zum Flughafen eine geschlossene siebzig Kilometer lange Menschenkette. Schwarze Afrikaner, braune Inder und weiße Europäer, allesamt Untertanen, neigten in schweigender Ehrung ihr Haupt.

»Auf dem Rückflug nach London wurde nur sehr wenig gesprochen«, erinnerte sich John Dean. »BoBo und ich saßen unmittelbar vor dem königlichen Paar ... Die Königin stand während des Fluges ein- oder zweimal auf, und als sie wiederkam, sah sie aus, als hätte sie geweint.«

Sie hatte das weißbeige Kleid an, das sie zuletzt in Kenia getragen hatte, und legte erst im letzten Augenblick Trauerkleidung an. Nach der Landung sah die Königin durchs Fenster Premierminister Churchill mit einer Schar älterer Herren in schwarzen Anzügen und mit Trauerflor am Arm. Beim Anblick der langen Reihe schwarzer Daimler-Limousinen stockte ihr der Atem.

»O Gott«, flüsterte sie ihrer Gesellschaftsdame zu. »Sie haben die Leichenwagen mitgebracht.«

Gefaßt, aber unsicher, was als nächstes zu tun sei, wandte sie sich an ihren Ehemann.

»Soll ich alleine hinuntergehen?«

»Ja«, sagte er, sich plötzlich bewußt werdend, daß sie von nun an immer den Vortritt hatte. Als ihr Untertan mußte er seine Frau von nun an in der Öffentlichkeit mit »Ma'am« anreden und stets vier Schritte hinter ihr bleiben.

Über Churchills Wangen rannen die Tränen, und er rang nach Fassung, als er ihr kondolierte.

»Eine tragische Heimkehr«, sagte die Königin, »aber ein ruhiger Flug.«

Nachdem sie der Besatzung die Hand gegeben und sich bei jedem bedankt hatte, stieg sie in den Familien-Daimler und wurde zu Clarence House gefahren, wo schon Königin Mary im schwarzen Kleid wartete, um ihr ihre Ehrerbietung zu erweisen.

»Ihre alte Oma und Untertanin muß ihr als erste die Hand küssen«, hatte sie gesagt.

Die fünfundachtzigjährige Dame, die dreizehn Monate später sterben sollte, hatte Schwarz als königliche Trauerfarbe ausgewählt. Nachdem sie ihrem Mann George V. und zweien ihrer fünf Söhne ins Grab geblickt hatte, hatte sie Schwarz zur Trauerfarbe erklärt, die nur zur Totenehrung zu tragen sei. Von da an trugen die Frauen des Hauses Windsor Schwarz nur, wenn sie in Trauer waren. »Auf Reisen hatten wir immer etwas Schwarzes im Gepäck für den Fall, daß eine Todesnachricht käme«, sagte John Dean. »Darum konnte die neue Königin, aus dem tropischen Afrika kommend, passend in einfachem schwarzem Kleid, Mantel und Hut erscheinen.«

Die Königin begrüßte ihre Großmutter wie immer, indem sie sie auf beide Wangen küßte und einen Knicks machte. Königin Mary runzelte die Stirn, schüttelte den Kopf und bestand darauf, diejenige zu sein, die sich ehrerbietig verneigt. Trotz ihrer schweren Arthritis ging sie vor ihrer fünfundzwanzigjährigen Enkelin, die nun ihr Souverän war, in einem tiefen Hofknicks zu Boden. Dann richtete sich die alte Königin kerzengerade auf und ermahnte die neue Königin.

»Lilibet«, sagte sie, »dein Rock ist für Trauerkleidung viel zu kurz!«

Nach dem Besuch bei der Großmutter wurde die Königin in den angrenzenden St. James's Palace geführt, wo sie ihre ergreifende Thronbesteigungserklärung abgab. »Mein Herz ist zu voll, so daß ich Euch heute nur sagen kann, daß ich stets wie mein Vater sein möchte«, sagte sie.

In Schloß Sandringham warteten ihre Mutter und ihre Schwester auf sie, voll Schmerz und Trauer ob des Todes von George VI. Margaret hatte sich in ihr Zimmer eingeschlossen und war schier untröstlich. »Es ist, als sei das Leben für immer unsinnig geworden«, sagte sie zu ihrer Mutter. »Ich frage mich, wie es jemals wieder in Gang kommen kann.« Die einundfünfzigjährige Königin hatte noch keine schwarze Kleidung angelegt, und sie weigerte sich entsetzt, ein Witwengewand zu tragen. Sie kehrte in ihr Zimmer zurück und begann Briefe zu schreiben. Sie wußte, daß ihr nunmehr die Rolle der Königswitwe zufiel, ein Titel, den sie niemals hören wollte. Sie änderte daraufhin kurzerhand die Protokollvorschriften und bestand darauf, Königin Elizabeth, die Königinmutter, genannt zu werden. Ihre Biographin Penelope Mortimer ließ anklingen, sie habe den Titel erfunden, weil sie mit der plötzlichen Zurücksetzung durch den Tod ihres Mannes nicht fertiggeworden sei. »Auf diese Weise«, schrieb Mortimer, »brachte sie es fertig, den Titel ›Königin‹ gleich zweimal im Namen zu führen.«*

Fast vergessen in dem großen, trauerstillen Hause von Sandringham spielte der dreijährige Enkel des Königs, Charles, allein vor sich hin, indem er ein grünes Spielzeugkrokodil die große Mahagonitreppe hinauf und hinunter schob.

»Was ist passiert, Nanny? Was ist passiert?« fragte er sein Kindermädchen Helen Lightbody.

»Großpapa ist für immer eingeschlafen«, sagte diese und verneigte sich vor dem bestürzten kleinen Jungen, der jetzt Herzog von Cornwall, Herzog von Rothesay, Graf von Car-

---

* Die Pressestelle des Buckingham-Palastes gab auf die Anfrage der Verfasserin zum Titel Königin Elizabeth, die Königinmutter, eine andere Interpretation: »Einen Titel wie Königin Elizabeth, die Königinmutter, hat keine andere verwitwete Königsgemahlin in der englischen Geschichte geführt, weil keine verwitwete Königsgemahlin eine herrschende Königin zur Tochter gehabt oder die Krönung ihrer Tochter erlebt hat.«

rick, Baron Renfrew, Lord of the Isles und Great Steward of Scotland war. Als Kronprinz und gesetzmäßiger Thronerbe stand er im Rang jetzt über seinem Vater. Das Kindermädchen nahm ihren königlichen Schützling an der Hand und brachte ihn zum Mittagsschlaf zu Bett.

In der oberen Etage wurde der Leichnam des Königs aus seinem Schlafzimmer in die kleine Familienkirche St. Mary Magdalene gebracht und rund um die Uhr von den Arbeitern des angeschlossenen Gutes bewacht, die dieselben grünen Tweedanzüge und Knickerbocker trugen wie auf den Jagden mit dem König. Sie bedeckten seinen Sarg, den sie am selben Morgen aus einer Eiche aus dem Park von Sandringham gezimmert hatten, mit seiner königlichen Purpurstandarte. Daneben stellten sie einen weißen Kranz von Winston Churchill. Mit eigener Hand hatte der Premierminister auf die Karte geschrieben: »Für seinen Mut.« Bald darauf kamen auch die Blumen der Königin für ihren Vater und wurden auf den Sarg gelegt, samt ihrer Karte: »Dem geliebten Papa von Deiner betrübten Lilibet.« Als sie bei der Beisetzung vor dem Leichnam ihres Vaters den Hofknicks machte, war es der letzte ihres Lebens.

In der Bewertung der Historiker sah man den König als eine wichtige Symbolfigur des Zweiten Weltkriegs, man konstatierte natürlich auch, daß seine Herrschaft das Ende des Empire markierte. George VI. war jetzt nicht mehr König und Kaiser, sondern nur noch Haupt des Commonwealth of Nations, und mußte tatenlos mit ansehen, was aus Großbritannien nun wurde. Aber der französische Botschafter sagte, der König habe seiner Tochter »einen stabileren Thron hinterlassen, wie ihn England fast in seiner ganzen Geschichte nie besessen« habe. Für seine Landsleute blieb der König ein würdiger Held, dem man respektvoll gehorchte, ein Souverän, der Achtung verdiente. Nach seinem Tod trugen die Soldaten den Trauerflor, und das Volk spendete für ein Denkmal. Das Parlament bewilligte das Geld für ein großes Staatsbegräbnis, das am 16. Februar 1952 stattfand und bei dem auch Purpurstoff über die Straßenpflaster gelegt wurde, damit die weißen Nylonschnüre, mit denen der Sarg des Königs am Katafalk befestigt war, nicht den Boden berührten.

An diesem Tag wurden im Gedenken an den Monarchen zwei Schweigeminuten eingelegt. Wer diese nicht einhielt, konnte wegen beleidigenden Betragens verhaftet werden.

Von dem Augenblick an, da sie in London aus dem Flugzeug gestiegen war, war die Königin von Höflingen und Beratern und Stallmeistern umringt, die sie dienstbeflissen zur Aufbahrung ihres Vaters in der Westminster Hall, zu seinem Staatsbegräbnis in London, seiner Beisetzung in der St. George's Chapel in Windsor Castle und durch die lange Zeit der Trauer geleiteten. Man unterrichtete sie über die Protokollvorschriften für die Begegnungen mit den Ministerpräsidenten und Hochkommissaren der Commonwealthländer, die am Staatsbegräbnis teilnahmen, für die Begrüßung der sieben Souveräne aus anderen Ländern und weiterer Würdenträger, zu denen auch ihr Onkel David, der Herzog von Windsor gehörte, der ein heikles Problem aufwarf. Er wollte mit ihr über die Weiterzahlung seiner Apanage von 210 000 Mark jährlich sprechen, die er seit 1936 von ihrem Vater erhalten hatte. Da dieser persönliche Fonds nunmehr ihr gehörte, mußte sie entscheiden, ob sie ihm weiterhin das Geld geben wollte.

Der Anwalt des Herzogs argumentierte, das Geld sei eine lebenslange Pension und die Gegenleistung des Bruders für den Verzicht des Herzogs auf sein Erbe. Der Herzog wußte, daß die neue Königin mit ihrer Mutter und Königin Mary über die Apanage sprechen würde. »Auf diese Weiber mit Eis in den Adern so angewiesen zu sein ist die reinste Hölle«, schrieb er von London aus der Herzogin. »Ich fürchte, ihnen fällt die bequeme Ausrede ein, der Zustand der Volkswirtschaft sei nicht entsprechend.«

Man benutzte aber keine Ausrede, sondern die Königinmutter sagte, der Herzog habe schon Millionen bekommen, die die Herzogin sinnlos zu verschwenden verstünde. Königin Mary, die Antiquitäten sammelte – oft, wenn sie Bekannte besucht hatte, kam nachher ein Diener und »erkundigte sich« nach den Stücken, die ihr gefallen hatten (man ließ sie dann später abholen) –, meinte, die verschwendungssüchtige Herzogin gebe das Geld nur für überflüssige Schuhe aus, und bemerkte, allein bei einem einzigen Einkaufsbummel habe sie einmal sechsundfünfzig Paar Schuhe erstanden. Und die neue Königin beugte sich dem Rat ihrer Mutter und ihrer Großmutter und entschied, den Herzog nicht weiterzubezahlen.

Nach dem Tod des Königs ging der gesamte königliche Besitz unmittelbar an die neue Souveränin über, darunter seine Paläste, seine zwanzig Pferde, seine Höflinge, auch sein Privatsekretär Sir Alan (Tommy) Lascelles. Genaugenommen besaßen also Elizabeths Mutter und Schwester nunmehr weder Heim noch Pferd noch Hofstaat. Schlimmer war, daß deren Auszug aus dem Buckingham-Palast für Elizabeth und Philip den Umzug von Clarence House ins »Buck House« (wie sie den Buckingham-Palast nannten) bedeutete, den beide eigentlich gar nicht wollten.

»O Gott, jetzt müssen wir hinter Gittern wohnen«, sagte sie.

Ihrem Ehemann graute auch davor, die Modernität von Clarence House gegen die zugigen Säle und Zimmerfluchten des Buckingham-Palastes mit seinen 10 000 Fenstern, fünf Kilometer langen, mit rotem Teppich belegten Fluren, seinen 1000 Uhren, 10 000 Möbelstücken, 690 Räumen, 230 Dienern und dem knapp zwanzig Hektar großen Innenhof tauschen zu müssen. König Edward VII. hatte den Palast als »Gruft« bezeichnet. Edward VIII., der spätere Herzog von Windsor, beklagte sich über den »muffigen Modergeruch«, und der Vater der Königin, George VI., nannte ihn einen »Eisschrank«. Prinz Philip, der sagte, er »fühle sich hier wie ein Untermieter«, schlug deshalb vor, den Palast als Verwaltungsgebäude und für öffentliche Veranstaltungen zu benutzen und weiterhin in Clarence House zu wohnen. Die Königin legte die Idee Winston Churchill vor, der empört lispelte, der Buckingham-Palast sei nicht nur der Arbeitsplatz des Souveräns, sondern auch dessen Zuhause – Brennpunkt der Nation, Locus classicus der Monarchie.

Da sie sich mit dem ehrwürdigen Premierminister auf keinen Streit einlassen wollte, gab die Königin nach und veranlaßte pflichtschuldigst den Umzug. Ihr Mann war darüber so aufgebracht, daß er die Silberahorntäfelung seines Studierzimmers in Clarence House abnehmen und in seinem Schlafzimmer im Buckingham-Palast anbringen ließ. Sodann empfahl Churchill der Königin, den Residenztausch mit ihrer Mutter und Schwester in Erwägung zu ziehen. Der Premierminister vertraute ihr seine Sorge wegen des geistigen Zustands ihrer Mutter an. Er habe gehört, in ihrem Leid habe sich die aufgewühlte Witwe dem Spiritismus zugewandt und sogar an einer Séance teilgenommen, um mit ihrem toten Ehemann sprechen zu können. Churchill war von der Vorstellung, die Königinmutter könne sich an einer Geisterbeschwörung beteiligt haben, so verstört, daß er nach Sandringham fuhr, um sie zum Verlassen ihres abgeschiedenen Aufenthaltsorts zu überreden. Er sagte, jetzt, da ihr Mann tot sei, brauche die Regierung sie mehr denn je. Er bot ihr an, ihr die Rückkehr ins öffentliche Leben dadurch zu erleichtern, daß sie in London in Clarence House wohnen könne.

»Die Königinmutter hatte seit je die hellen, bequemen Räume geschätzt, die ihre Tochter und ihr Schwiegersohn in Clarence House bewohnten«, sagte John Dean, »sie ihnen sogar geneidet. Aber als jetzt angeregt wurde, sie solle ins Clarence House ziehen, wollte sie Schloß Sandringham nur ungern verlassen. Das war sehr verständlich, denn es gab hier zahlreiche Erinnerungen an ihren geliebten Mann.«

Die Königinmutter ließ Churchill wissen, die Farben in Clarence House gefielen ihr nicht. Er bot an, das zu ändern. Dann sagte sie, sie könne den Gedanken, ihr Schlafzimmer im Buckingham-Palast aufgeben zu müssen, nicht ertragen, denn der dortige Marmorkamin sei ein persönliches Geschenk des Königs. Churchill bot an, auch den Kamin ins Clarence House zu verlegen. Sie zierte sich immer noch mit der Bemerkung, sie könne sich solchen Luxus nicht mehr leisten. Daraufhin sagte Churchill, ihre Anwesenheit sei für die Monarchie so lebenswichtig, daß die Regierung die Bewilligung von 660 000 Mark für die Umgestaltung des Prachtsitzes für sie plane, darüber hinaus eine Jahresapanage von 1 100 000 Mark plus fünfzehnköpfiger Dienerschaft. Zudem erhielt sie zwei weitere Paläste: Royal Lodge, ein elegantes gotisches Haus im Windsor Great Park in der Nähe von Windsor Castle, und Birkall in Schottland. Überdies erwarb sie Schloß Mey, das inmitten einer hundert Quadratkilometer großen Heidelandschaft in Schottland liegt. Dennoch zögerte sie immer noch, Churchills Angebot anzunehmen. »Ich war fast schon so weit, auch noch Big Ben dreinzugeben«, sagte er später, »aber sie gab gerade noch rechtzeitig nach.«

Und die neue Königin war mit allem einverstanden. Sie konnte nur zu gut verstehen, wie es ihrer Mutter erging, der nun plötzlich sechzehn Jahre königlicher Prärogativen entrissen wurden – die Kronjuwelen, die Paläste, die Diener, der Titel. Was die Königin nicht wußte, war, wie sehr ihre Mutter die Teilhabe an der Macht des Thrones vermißte. Eines Besseren wurde sie belehrt, als sie den Brief ihrer Mutter an ihre Freundin Lady Airlie las: »Ach, Mabel, wenn du nur wüßtest, wie schwer das alles war, wie ich mit mir rang. All die Jahre über sagte der König immer alles *zuerst mir.* Das vermisse ich sehr.«

Eilends befahl die Königin, einen neuen rotledernen Kurierkoffer mit den Goldlettern »HM Queen Elizabeth the Queen Mother« prägen zu lassen.

Ihrem Mann gewährte die Königin dieses außergewöhnliche Privileg jedoch nicht. Sie wollte auch nicht, daß Philip den Inhalt der roten Kurierkoffer mit den Geheimpapieren sah, die ihr die Regierung zur Billigung vorlegte. Damit brach sie mit allen Präzedenzfällen: Königin Viktoria hatte Prinz Albert an ihren Kurierkoffern teilhaben lassen. Und deren Sohn und Thronerbe Edward VII. hatte sogar seine Schwiegertochter am Öffnen der Kurierkoffer beteiligt, weil ihn ihre Hingabe an die Monarchie so beeindruckte, daß er sie für ihre Rolle hinter den Kulissen vorbereitet sehen wollte, wenn ihr Mann einmal König wäre. Als er es dann wurde, setzte er als George V. diese Praxis mit seiner Frau, Königin Mary, fort, und sein Nachfolger Georg VI. tat es ihm mit der eigenen Frau nach. Aber Königin Elizabeth II. lehnte es ab, die königliche Verantwortung mit ihrem Gemahl zu teilen. Ihre Berater überraschte diese Weigerung so, daß sie noch einmal fragten, ob Philip der Zugang erlaubt sei. Ihre Antwort: »Nicht zu den Koffern.« Ihrem Mann gegenüber lastete sie es ihren Beratern an.

Wenige Wochen später schrieb ihr Freund Lord Kinross, dritter Baron von Glasclune, fürs *New York Times Magazine* einen Kurzbericht über Philip und zitierte die Königin zur Frage des Umgangs mit Ehemännern so: »Was tust du, wenn dein Mann etwas unbedingt will und du es ihm nicht geben willst?« fragte Elizabeth eine Freundin.

»Na ja, Ma'am«, erwiderte diese, »ich versuche mit ihm zu reden und ihn davon abzubringen, und manchmal schließen wir einen Kompromiß.«

»Ach«, sagte Elizabeth nachdenklich, »das ist nicht meine Methode. Ich sage zu Philip, er könne es haben, und sorge dann dafür, daß er's nicht bekommt.«

So versessen war die Königin auf ihre königlichen Vorrechte, daß sie Philip nicht einmal während ihrer allwöchentlichen Audienz für den Premierminister den blauen Wedgwood-Salon im Buckingham-Palast betreten ließ.

»Vorher ... haben wir alles, was wir taten, zusammen getan«, sagte Philip über seine Ehe vor der Thronbesteigung. »Vermutlich nahm ich ganz natürlich den ersten Platz ein.«

Nun war das anders. Der starke, dominierende, alles in die Hand nehmende Ehemann war plötzlich degradiert worden. Er stand mit seiner Frau nicht mehr auf derselben Ebene. Verfassungsmäßig besaß er keinen Status außer dem, den ihm die Königin zumaß.

»Ich erinnere mich an ein Abendessen für nur zehn Leute«, sagte Evelyn Prebensen, Tochter des Doyens des diplomatischen Corps. »Sogar dabei durfte sich der arme Philip nicht setzen, wenn die Königin noch stand. In den ersten Jahren spielte sie sehr die Monarchin und bestand auf ihren königlichen Vorrechten. Wenn Philip nach ihr in einen Raum kam, mußte er sich vor ihr verneigen und sagen: »Tut mir leid, Majestät.«

Seine Freunde mußten hilflos zusehen, wie Philip nach Elizabeths Thronbesteigung in Depressionen verfiel.

»Unter der Oberfläche konnte man alles spüren«, sagte der Ex-könig von Jugoslawien nach der Beisetzung des Königs zu seiner Frau. »Ich frage mich, wie lange er das aushält, ... so eingezwängt.«

»Er pflegte zu sagen, ›ich bin weder dies noch jenes. Ich bin nichts‹«, erinnerte sich Michael Parkers Frau Eileen.

Philip, der Admiral hatte werden wollen, mußte zugeben, daß es mit seiner Marinekarriere aus war. Er schloß sich stundenlang in sein Zimmer ein und vertraute sich außer seiner ältesten Schwester Margarita niemandem an.

»Du kannst dir vorstellen, was jetzt passieren wird«, sagte er ahnungsvoll.

Am Tag nach der Beisetzung des Königs luden die Mountbattens ihre deutschen Verwandten nach Broadlands ein, wo Onkel Dickie prahlte, nun herrsche nicht mehr das Haus Windsor allein. Mit einer Sektflöte in der Hand brachte er einen Toast auf das neue Haus Mountbatten aus. Er brüstete sich, das Blut der Battenberger sei aus ihrer Versenkung an den Ufern des Rheines zum höchsten Thron auf Erden aufgestiegen.

Sein Cousin, Prinz Ernst August von Hannover, berichtete von dem Gespräch Königin Mary, die empört aufschrie. Da sie die Genealogie so eingehend studiert hatte wie ein Schatzgräber seinen Goldfund, wußte sie, daß Philips Familie vom Hause Schleswig-Holstein-Sonderburg-Glücksburg-Beck abstammte. Sie sagte seine königlichen Vorfahren auf wie ein Kind das Alphabet.

»Philips Name ist *nicht* Mountbatten«, sagte sie. »Wenn er überhaupt einen Namen hat, dann Glücksburg.«*

Sie ließ Churchill kommen und erinnerte ihn daran, ihr Mann, König George V., habe 1917 ein Dekret erlassen, fortan sei das Haus Windsor auf immer der Name der königlichen Familie, und wenn sich dieser »ehrgeizige Emporkömmling« Dickie Mountbatten noch so brüste, werde das am königlichen Edikt kein Iota ändern. Der Premierminister hörte ehrerbietig zu und bewunderte die Leistung der alten Königin, mit der sie ihre deutsche Herkunft vernebelt hatte und zur Ikone Großbritanniens geworden war. Sie sagte ihm, seit je habe sie Hitler verachtet, weil sein Akzent so scheußlich gewesen sei. »Er konnte die Sprache nie richtig sprechen«, sagte sie.

Churchill berief eine Kabinettssitzung ein, um über Mountbattens Behauptungen zu beraten. Eingedenk der beiden Weltkriege, die England gegen die Deutschen gewonnen hatte, bestanden die Kabinettsminister auf einer öffentlichen Verlautbarung der neuen Königin: Sie müsse bekräftigen, daß sie eine Windsor sei, und proklamieren, daß auch alle ihre Nachkommen den Zusatznamen Windsor tragen würden. Churchill und seine Minister waren der Ansicht, alles, was hinter dem zurückbleibe, werde einen politischen Aufruhr verursachen – so sehr mißtrauten sie den dynastischen Ambitionen und den liberalen politischen Auffassungen Mountbat tens.** Die Königin wurde von dem Kabinettsbeschluß un-

---

* Zur Familie von Prinz Philip gehören – aufgrund der Eheschließung von König Georg I. mit der Großherzogin Olga, Enkelin von Zar Nikolaus dem I. – sechzehn Könige des Hauses Oldenburg, sieben russische Zaren, sechs Könige von Schweden und drei Könige aus dem Haus Schleswig-Holstein-Sonderburg-Glücksburg-Beck.

** Mountbattens liberale politische Anschauungen schockierten seine eigenen Bediensteten. Als ein Mitglied der Labour Party ihn auf seiner Haus-zu-Haus-Wahlwerbetour aufsuchte, sagte Mountbatten: »Um uns brauchen Sie sich nicht zu kümmern. Die Diener müssen sie bearbeiten.«

terrichtet. Churchill sagte zu ihr: »Die Regierung, gestützt von der öffentlichen Meinung, ist der Auffassung, Eure Majestät sollten den Namen Mountbatten fallen lassen und unter dem Namen Ihres Vaters, Windsor, herrschen.« Philip legte sich für die Version »Haus Mountbatten und Windsor« ins Zeug und plädierte, als das mißlang, für »Haus Windsor und Edinburgh«. Aber sie hielt sich an ihren Premierminister und dessen Berater, womit ihr Ehemann gründlich blamiert war.

»Ich bin lediglich eine dumme Amöbe«, hörte man ihn brüllen. »Mehr nicht.«

Viele Jahre später sagte Martin Charteris: »Ich habe das immer so verstanden, daß Philip [meinte, er sei] nur dazu da, Sperma zu liefern.«

Selbst dieser Funktion beraubte die Königin ihren Ehemann. Nachdem sie im Jahr zuvor noch hatte wissen lassen, sie wolle ein weiteres Kind, überlegte sie es sich nunmehr anders. Als die Zeitungen von einer Schwangerschaft schrieben, wurde sie wütend. In einer Sitzung mit Churchill und Mitgliedern seines Kabinetts über den Namenswechsel sagte sie scharf: »Ich erwarte, daß diese Gerüchte aufhören!« Tags darauf soll der Premierminister gesagt haben: »Kindsüchtig war sie vielleicht nicht, aber herrschsüchtig allemal.«

Nach dem Krach wegen einer Umbenennung des Hauses Windsor ließ Königin Elizabeth II., vierter Souverän dieser Dynastie, am 9. April 1952 pflichtgemäß verlautbaren, im Gegensatz zu jeder anderen Ehefrau ihres Herrschaftsbereiches werde sie nicht den Namen ihres Ehemannes tragen.

»Es war für Prinz Philip sehr verletzend, daß das einzige, was er seinem Gefühl nach in die Ehe eingebracht hatte, nämlich sein Name, nicht länger gefragt war«, sagte Gräfin Patricia Mountbatten. »Aber Churchill war ein alter und sehr erfahrener Mann, und [Elizabeth] eine sehr junge und neue Königin, und verständlicherweise meinte sie, ... sie dürfe sich ihm nicht widersetzen und sagen, ›das will ich nicht‹.«

Philip befand sich in einer ungemütlichen Position. Besteigt ein Mann den Thron und wird König, so wird seine Frau automatisch zur Königlichen Gemahlin und mit ihm gekrönt. Nicht jedoch, wenn eine Frau den Thron besteigt und Königin wird. Ihr Mann wird niemals König, sondern bleibt immer Prinz.

Elizabeth versuchte, ihren Ehemann damit zu besänftigen, daß sie seine Stellung im Königreich anhob. Sie erklärte: »Seine Königliche Hoheit, Philip, Herzog von Edinburgh, soll fortan und bei allen Anlässen ... Platz, Vorrang und Vortritt genießen unmittelbar nach Ihrer Majestät.« Diese Erklärung stellte Philip allen anderen im Königreich voran, selbst denen, die selbst einmal König gewesen waren (dem Herzog von Windsor) oder eines Tages König werden sollten – Prinz Charles.

Sodann beförderte die Königin ihren Ehemann vom Oberleutnant zum Admiral, womit er die Uniform eines Admirals der Royal Navy tragen durfte und Anspruch auf alle einschlägigen Ehrungen erwarb.* Sie erhob ihn auch in den jeweils höchsten Rang aller anderen Teilstreitkräfte, zum Feldmarschall des Heeres, zum Marschall der Luftwaffe und zum Generalkapitän der Royal Marines. Trotz dieser – plötzlichen und unverdienten – Ehrungen besaß Philip keinerlei Vollmachten; er war nichts als Hintergrundmusik zur Hauptmelodie. Während der schmerzlichen Anpassung an die Thronbesteigung seiner Frau begriff er, was sein Schwiegervater König George VI. mit den Worten gemeint hatte: »Gemahl zu sein ist sehr viel schwieriger, als Souverän zu sein. Es ist vielleicht die schwierigste Aufgabe in der Welt.«

---

* Als Mountbatten zum Flottenadmiral befördert wurde und im Palast ankam, wurde er von Prinzip Philip begrüßt, der dieselbe Uniform trug. Jemand fragte: »Wer grüßt wen zuerst, wenn zwei Flottenadmirale einander begegnen?« Philip darauf: »Wir grüßen uns gegenseitig, aber nur einer von uns meint es ernst.«

Wenige Tage nach dem Umzug von Clarence House in den Buckingham-Palast wurde Philip plötzlich von Gelbsucht befallen, einer Lebererkrankung, die seine Freunde auf Streß und Depression zurückführten. Mit überlaufender Galle mußte er drei Wochen lang das Bett hüten. Sein Kammerdiener John Dean servierte ihm die Mahlzeiten – »nur Gekochtes und Salzloses« –, und die Königin besuchte ihn dreimal am Tag.

»Der Teint des Herzogs verfärbte sich zu einem kränklichen Gelb, und als er erfuhr, woran er litt, ekelte es ihn, und er wurde deprimiert«, sagte der Kammerdiener. »Ich widmete ihm während der ganzen Krankheit große Aufmerksamkeit und tat alles, um ihm jeden Wunsch zu erfüllen, weil er mir in dem düsteren Zimmer so leid tat.«

Prinz Philip genas langsam wieder, aber in seiner Ehe fühlte er sich weiterhin gedemütigt. Einige Monate später riß er sich für die Krönung zusammen, weil ihm seine Frau die Verantwortung für die Vorbereitungen der Feierlichkeiten übertragen hatte, aber der trostlose Zustand, nichts anderes zu sein als der Prinzgemahl, ließ ihn fast wieder in Depression verfallen.

»Die Menschen vergessen, wie es aussah, als die Königin sechsundzwanzig und ich dreißig waren und sie [die Thronnachfolge] antrat«, sagte er der Schriftstellerin Fiammetta Rocco. »Na ja, ... damals fing alles an ...«

7

DER TRAUERFLOR, den man vorher überall gesehen hatte, verschwand drei Monate nach dem Tod des Königs, und im folgenden Jahr beherrschte nur noch die bevorstehende Krönung der Königin die Gesprächsthemen in den Redaktionen, Bars, Vorstandsetagen und Salons. Das Ereignis wurde für Dienstag, den 2. Juni 1953 um 10.30 Uhr, festgesetzt, und bis zu diesem Augenblick drehte sich alles um die Insignien.

Die Krönung, die auch Belohnung für Englands Sieg im Krieg sein sollte, war gleichzeitig Erinnerung an den Opfergang und Hoffnung auf Wiedergeburt. Die stets übertreibende britische Presse schrieb ganze Pamphlete über die Ankunft der »Neuen elisabethanischen Ära« und verglich die Fortschritte, die das Land unter Elizabeth I. gemacht hatte, mit den Wundern, die unter Elizabeth II. geschehen würden. Dann sprach sie selbst, um übertriebene Erwartungen etwas zu dämpfen.

»Offen gesagt«, sagte sie, »sehe ich überhaupt keine Ähnlichkeiten mit meiner Tudor-Vorfahrin, die weder einen Ehemann hatte noch mit Kindern gesegnet war, die als Despotin herrschte und die die Küsten Englands nie verlassen konnte.«

Im Gegensatz zu ihrer Urahnin gab sich Elizabeth sanft, versuchte mit Ehe und Mutterschaft zu glänzen, so wie man es von einer Frau eben erwartet. Fünfundvierzig Jahre später sollte sie allerdings als eine sehr pflichtbewußte und vielgereiste Monarchin in die britische Geschichte eingehen. Heute ist sie allseits geachtet – aber nicht als Frau und Mutter. Elizabeth I. kam ihr gleich, was ihr Geschick, ihre Intelligenz und die innere Stärke anging, mit denen sie ihr Land regierte, gleich.

Die Krönungseuphorie steigerte sich 1953 noch, und die Festtagsstimmung schwappte über London und bis hin in die entferntesten Regionen der britischen Inseln und Dominions. Alle britischen Hausfrauen führten braune sogenannte Rationsbücher, mit denen ihre Butter-, Käse-, Margarine-, Fleisch- und Zuckereinkäufe kontrolliert worden waren, aber jetzt wurde die Zuckerrationierung kurzfristig aufgehoben, und Menschen, die vierzehn Jahre lang auf Kuchen, Zuckerwerk und Kekse hatten verzichten müssen, schwelgten in dem neuen Angebot an Süßem. Es gab keine Teerationierung mehr. Mit Eiern war es genauso. Die zu Kriegszeiten übliche Sorge wegen neuer Angriffe war zu Ende, und statt dessen sprach jeder über edelsteinbesetzte Schwerter, Tiaren und Kronen. Zu Ehren dessen, was als neuelisabethanische Ära angekündigt wurde, verwandelte sich London in eine gigantische Bühne aus Triumphbögen und blinkenden Lichtern. Purpurne Flaggen und goldene Stander, kunstvoll mit Kronen und Zeptern besetzt, schmückten die Hauptstraßen. Schilde und Medaillen zierten Bürogebäude, und die Laternenpfähle an den großen Durchfahrtsstraßen waren in einer atemberaubenden Kombination aus Gelb, Lavendel, Schwarz, Weiß und Rot gestrichen. Festliche Bänder und Fähnchen schmückten die zehn Kilometer lange Strecke, die der Festzug der Königin nach ihrer Krönung nehmen würde. Exotische Pflanzen, eingeflogen aus Australien, füllten die gigantischen Blumenkästen vor dem Parlament, und die Westminster Abbey, die den 7 700 Gästen, die die Königin als Zeugen ihrer Thronbesteigung eingeladen hatte, Platz bieten würde, wurde mit 600 Quadratmetern nagelneuem Teppichboden ausgelegt.

Die BBC, die sich des globalen Interesses an diesem Ereignis bewußt war, schlug eine Fernsehübertragung der Krönungszeremonie vor, aber die Berater der Königin sagten nein. Sie sagten, sie wollten nicht, daß Fernsehkameras ein Ereignis aufzeichneten, das nach ihrer Auffassung nur die Aristokratie miterleben sollte. Sie argumentierten, es sei eine kommerzielle Störung eines geheiligten Rituals.

»Ich wüßte nicht, warum die BBC meine Monarchin bei der Krönung besser sehen sollte als ich«, sagte Premierminister Churchill.

»Sehr richtig«, sagte Sir Alan Lascelles, der Privatsekretär der Königin.

Die Königin wurde konsultiert, und man erwartete, daß sie derselben Meinung war. Statt dessen begann sie technische Fragen zur Übertragung der Zeremonie in die fernsten Teile der Welt zu stellen, wie viele Mikrofone erforderlich seien, wie die Lautsprecheranlage funktionieren würde und wo die Kameras in der Abbey plaziert sein würden.

»Aber ... aber ... das helle und blendende Licht«, protestierte Lascelles.

Und der Erzbischof von Canterbury fiel ein: »Es wäre unfair, Sie ... dieser aufdringlichen Art von Fotografie auszusetzen, ohne daß es Gelegenheit zur Korrektur bei Fehlern gibt, und das vielleicht zwei Stunden lang.«

Die Königin hörte sich das an, war aber anderer Meinung. »Man muß mich sehen, damit man an mich glaubt«, sagte sie.

Tage später schickte sie ihren Gatten mit ihrer Entscheidung in das Büro des Premierministers: Die BBC würde die Erlaubnis bekommen, die Krönungsfeierlichkeiten im Fernsehen zu übertragen, allerdings mit einer Einschränkung: Nahaufnahmen waren nicht erlaubt. Die demokratische, freizügige Geste der Königin erstaunte den konservativen Premierminister über alle Maßen, aber er fing sich rasch wieder und präsentierte ihre Ansichten seinem Kabinett.

»Ihre Majestät glaubt, daß all ihre Untertanen Gelegenheit haben sollten, die Krönung zu sehen«, sagte er.

Seine Minister widersprachen und versuchten, ihre Entscheidung rückgängig zu machen, doch Churchill erklärte, daß es keine Optionen gebe.

»Schließlich war es die Königin, die gekrönt werden sollte«, sagte er später, »und nicht das Kabinett.«

Durch die Entscheidung der Königin konnte die Welt eine siebeneinhalbstündige ununterbrochene Liveübertragung miterleben. Es gab die größten Einschaltquoten aller Zeiten – dreihundert Millionen. Später, als sie die BBC besuchte, um sich den Bericht über ihre Krönung anzusehen, zeigte sie sich sehr erfreut über das, was sie sah. »Es hatte ihr so sehr gefallen«, sagte Peter Dimmock, der Produzent der Krönungssendung bei der BBC, »daß sie George Barnes, der damals Fernsehdirektor war, zum Ritter schlug. Sie erhob ihn auf der Stelle in den Ritterstand, direkt in Limegrove, wo sie sich die Aufzeichnung ansah.«

»In den geheiligten Räumen der Westminster Abbey Fernsehkameras zuzulassen war die Schlüsselentscheidung ihrer Regentschaft«, sagte der Journalist John Pearson. »Es bedeutete, daß die Krönung ... einzigartig in den Annalen der Monarchie sein würde, daß zum ersten Mal in der Geschichte ein Souverän vor Millionen aufmerksamer und faszinierter Augenzeugen dieses eigenartigen und beeindruckenden Ereignisses gekrönt worden war ...«

Kein anderes Land kann auf ein Krönungszeremoniell verweisen, das so von Mystik und majestätischer Symbolik durchdrungen ist, von so alter Tradition und tiefer Religiösität geprägt wurde wie eben England. Dieses Ereignis wurde somit mit einem besonderen Festtag zelebriert, zu dem fröhliche Lieder, Feuerwerk und Straßenfeste gehörten. Verkäufer boten mit königlichen Emblemen geschmückten Nippes wie Teesiebe, Eieruhren, Taschenkämme und Serviettenringe feil. All dem kommerziellen Rummel ging ein kirchliches Hochamt voran, das die Feierlichkeit einer Papsteinsetzung mit der Monumentalität der Amtseinführung eines Präsidenten vereint. Alles dies, und dazu die romantischen Bilder der Krone, von Reichsapfel, Zepter und vergoldeter Kutsche.

Kein Ereignis der Welt ist so durchorganisiert wie eine prunkvolle Krönungszeremonie, und nichts charakterisiert gerade die britische Monarchie besser. Und deshalb war die Königin entschlossen, die prächtigste Krönung der britischen Geschichte auch entsprechend perfekt zu inszenieren. Sie kostete das Land über 25,6 Millionen Mark – an die 75 Millionen Mark, legt man den Kurs von 1996 zugrunde. Sie fand, daß es eine notwendige Investition für ihr ausgeblutetes Land sei, weil die Monarchie ihrer Meinung nach sein kostbarster Besitz und das Symbol seiner historischen Kontinuität wäre. Die meisten anderen Monarchien waren unter der Last zweier Weltkriege zugrunde gegangen, doch die Krone von Großbritannien existiere noch immer und bestimmte das Leben seiner Untertanen. Als Königin würde Elizabeth II. zwar über ein schrumpfendes Königreich regieren, den Commonwealth, der die Nationen Australien, Neuseeland, Kanada, ein paar Häfen in der Karibik und einige Länder Afrikas vereinigte, aber ihr Status war dennoch sehr bedeutend. Und selbst ohne ein weltumspannendes Imperium verband ihre Krone noch immer den Kuli in Hongkong mit dem australischen Aborigine, dem rhodesischen Farmer und dem walisischen Bergarbeiter. Wie Winston Churchill sagte: »Die Krone ist als das Bindeglied des Commonwealth anzusehen – ja, ich möchte sogar sagen, sie ist das magische Bindeglied –, das unseren lose verbundenen, aber doch eng verflochtenen Commonwealth aus Nationen, Staaten und Rassen vereint.« Er brauchte nicht hinzuzufügen, daß die Krone auch ein bedeutender Devisenbringer war, da sie jährlich zahlreiche Menschen ins Inselreich lockte. Bei den mindestens 200 000 ausländischen Besuchern, die für die Krönungswoche in London erwartet wurden und die durchschnittlich etwa acht Pfund täglich ausgaben, betrug der geschätzte Gesamtbetrag der Einnahmen alle vierundzwanzig Stunden mehr als 6 Millionen Mark.

»Während der Krönungswoche wird mehr Geld den Besitzer wechseln, als die meisten englischen Banken in einem durchschnittlichen Geschäftsjahr umsetzen«, sagte die *Times of London* voraus. Die Zeitung schätzte, daß in dieser Zeit

400 Millionen Mark ausgegeben werden würden, einschließlich 94 Millionen Mark für die Dekorationen zur Krönung, 950 000 Mark für das große abendliche Feuerwerk nach der Krönung und 40 Millionen Mark für die eigentliche Krönungsparade.* »Die Briten kümmert das – nach 14 Kriegsjahren, Wiederaufbau und Entbehrungen – einfach nicht.«

Die linksgerichtete *Tribune* kritisierte den Aufwand: »Es sollte wirklich möglich sein, einen konstitutionellen Monarchen in einem demokratischen Land zu krönen, ohne den Eindruck zu vermitteln, Britannien sei zu einem Operettenstaat geworden.« Die Schlagzeile der *Chicago Tribune* appellierte: »Wach auf, Märchenland!« Und der kommunistische *Daily Worker* sagte, wie vorauszusehen war, die Krönung repräsentiere die schlimmsten Exzesse von »Luxus und Speichelleckerei«.

Von all dem unbeeindruckt, befahl die Queen ihren persönlichen Schneider, Norman Hartnell, zu sich. Sie bat um zehn Entwürfe für die prächtige weiße Seidenrobe, die sie tragen wollte. Sie wollte ihre schmale Taille betont haben. So entwarf Hartnell einen Unterrock aus neun Lagen gestärktem Tüll, um ihr die gewünschte Silhouette zu geben. Dann entschied sie, daß die Robe mit den Wappenbildern der elf Länder des Commonwealth bestickt und mit Halbedelsteinen besetzt werden sollte. Also änderte Hartnell seinen Entwurf, um Englands Tudorrose, Schottlands Distel, Irlands Shamrock, den Lauch von Wales, Kanadas Ahornblatt, Südafrikas Protea, den Lotus von Indien und Ceylon, Pakistans Weizen, Australiens Akazie

* Die Krönung wurde die teuerste Feier in der britischen Geschichte. Die Regierung des Vereinigten Königreiches gab fünfundzwanzigmal soviel Geld aus wie das amerikanische Schatzamt bei der Amtseinführung von Präsident Eisenhower im Januar 1953. Britische Untertanen hoben 75 Millionen Mark von privaten Sparkonten in nicht einmal zwei Wochen ab, um sie während der Feierlichkeiten auszugeben. Diese Orgie von Verschwendung hatte einen ernsten Leitartikel in der *London Times* zur Folge, in dem den Briten der Vorwurf gemacht wurde, »Urlaub von der Wirklichkeit« zu machen.

und Neuseelands Farn einzufügen. Darauf stellte er sechs junge Frauen ein, die zwei Monate damit verbrachten, das Gewand der Queen zu besticken. Geld spielte für Elizabeth in ihrer Rolle als Souverän keine Rolle, aber als Herrin ihres eigenen Haushaltes war sie knauserig. Sogar während sie um die Details eines Kleides schacherte, das ihre Untertanen allein 3 Millionen Mark kosten würde, knauserte sie bei Vorhängen.

»Ich war neben ihr, als sie das Musterbuch eines Billiganbieters von Stoffen mit hübschen Designs für Vorhänge durchblätterte«, sagte William Ellis, ehemaliger Hausverwalter von Windsor Castle. »Die Queen sah die Preise und schaute mich an, senkte dann den Kopf und sagte mit Bedauern: ›Sie sind wirklich hübsch, Mr. Ellis, aber ich glaube, sie sind für mich zu teuer. Es wird nötig sein, etwas Preisgünstigeres zu finden.‹

Das gleiche geschah bei der Beleuchtung«, erinnerte sich Ellis. »Sie lehnte sehr viele exzellente Lampenschirme ab. Grund: zu teuer. Alle Lampenschirme, die ich schließlich für sie kaufte, mußten vor Ort in der Stadt erworben werden und durften nur wenig kosten. Die Queen geht mit Geld sehr besonnen um.«

In ihren anderen Landsitzen überprüfte sie regelmäßig Vorräte und Lebensmittel. »Ich erinnere mich, daß sie jedesmal, wenn sie kam, die Füllstände in den Whiskyflaschen kontrollierte«, sagte Norman Barson, ihr früherer Diener. »Und sie zählte auch alle Schinken in der Speisekammer. Über alles wurde Buch geführt. Sie war stets sehr konzentriert und sah sofort, ob etwas fehlte. Sie wollte wissen, warum die Zigarettendose, die sie gefüllt in Erinnerung hatte, jetzt halbleer war, obwohl niemand rauchte. Oder sie fragte, warum der Gin zu Ende war und wo der Angostura Bitter sei.«

Völlig beschäftigt mit den Einzelheiten und großen Gesten der Krönungszeremonie, probte die Queen alle Schritte; sie ging durch die Korridore des Buckingham-Palasts, wobei sie ein Laken um die Schultern gelegt hatte, um so zu lernen, mit einer zwanzig Meter langen Schleppe majestätisch zu schreiten. Sie saß an ihrem Schreibtisch, erledigte ihre Korrespondenz und trug dabei die Krone von St. Edward, um sich daran zu gewöhnen, das Gewicht von sieben Pfund auf ihrem Kopf zu balancieren. Bei der Auswahl der Sonderbriefmarke anläßlich ihrer Krönung prüfte sie dreiundsechzig Entwürfe. Und um das schmeichelhafteste Bild für ihr offizielles Gedenkbild* auszuwählen, sah sie 1500 Fotos durch.

Der Palast gab strenge Vorschriften heraus, was während der Zeremonie in der Kathedrale zu tragen sei. Von den Herren wurde verlangt, Paradeuniformen, sämtliche Auszeichnungen und Kniebundhosen anzulegen. Das Außenministerium kabelte eine Reihe von Instruktionen an die Botschaften in aller Welt: »Falls schwarze Kniebundhosen getragen werden, sollten sie aus dem gleichen Stoff sein wie die Fräcke, und sie sollten am Knie schwarze Knöpfe und schwarze Schnallen haben. Schwarze Seidenstrümpfe sind Vorschrift und schlichte schwarze Pumps mit Schleifen – keine Schnallen.« Die Damen wurden angewiesen, Kopfbedeckungen zu tragen – vorzugsweise eine Diamantentiara – oder einen schulterlangen Schleier, der nicht tiefer als bis zur Taille reichte. Das diplomatische Telegramm spezifizierte: »Jede Farbe außer Schwarz kann für diese Kopfbedeckung gewählt werden, und sie sollte aus einem geeigneten leichten Stoff wie Tüll, Chiffon, Organza oder Spitze gefertigt sein. Sie kann mit einem Kamm, edelsteinbesetzen Nadeln, Blumen oder Bandschleifen befestigt werden – aber nicht mit Federn.«

---

* Die Queen wählte das Foto von sich und ihrem Ehemann aus, das sie in der Staatskutsche auf der Fahrt zur Parlamentseröffnung am 4. November 1952 zeigte. Sie war an diesem Tag etwas ungehalten, weil der Zug sich verspätete. Und sie wurde richtig wütend, als Fotografen sie umdrängten. Dann sagte Prinz Philip: »Darling, zeig ihnen eines deiner besten.« Das brachte sie zum Lachen, was ein Foto zur Folge hatte, auf dem sie wunderbar lächelte – eines der wenigen, auf dem sie nicht wie eine angesäuerte Schulmeisterin aussah.

Die Kleiderkammer im Buckingham-Palast arbeitete auf Hochtouren, um die Männer des königlichen Haushaltes mit schwarzsamtenen Kniebundhosen und weißen Seidenstrümpfen, schwarzen Westen, mit goldenen Litzen besetzten Fräcken, Spitzenrüschen und Lackpumps mit silbernen Schnallen auszustatten. Fünfzehntausend Polizisten wurden nach London gebracht, und zwanzigtausend Soldaten abgestellt, um den Weg des Krönungszuges zu säumen. Alter Sitte gemäß erhielten die Soldaten den Befehl, sich achtundvierzig Stunden vor der heiligen Krönungszeremonie des Geschlechtsverkehrs zu enthalten. Die sechs jungen Frauen, die weiße Seidengewänder trugen und die Schleppe der Robe der Queen hielten, mußten jungfräuliche Töchter von Grafen sein – »unverheiratet und unbefleckt«. Sie wurden von der *London Sunday Times* als Ehrendamen bezeichnet – »die Mädchen, welche die ganze Welt beneidete«.

Kein Filmstar hatte seine Verehrer jemals mehr fasziniert als diese geliebte sechsundzwanzigjährige Herrscherin ihre Untertanen. Sie erinnerten sich ihrer als junges Mädchen, das während des Krieges in ihrem Gemüsegarten in Windsor »für den Sieg grub«, erinnerten sich an sie, als sie vierzehn Jahre alt war und über den Rundfunk mit süßer Stimme vermittelte: »Am Ende wird alles gut werden.« Sie hatten ihren Worten damals Glauben geschenkt, und jetzt, als sie die rechtmäßige sechste Königin von England in vier Jahrhunderten wurde, schenkten sie ihr ihre Herzen. Ein begeisterter Engländer, der die ganze Nacht in der Schlange stand, um ihr am Krönungstage zuzuwinken, schrieb: »Ich habe sie nur von Ferne vorbeigehen sehen, doch werde ich sie bis zu meinem Tode lieben.«

Selbst der altgediente Premierminister war fasziniert von der jungen Königin. »›Liebenswürdig im Wesen‹ und ›edel‹ von Geblüt sind Worte, die uns allen aus der Sprache bei Hofe vertraut sind«, sagte Churchill am Vorabend des Krönungstages, »aber heute abend haben sie einen neuen Klang, weil wir wissen, daß sie alles so beschreiben, wie es in Wirklichkeit ist. Sie werden verkörpert durch die strahlende Gestalt, welche uns die göttliche Vorsehung zu einer Zeit geschickt hat, in der die Gegenwart düster und die Zukunft ungewiß ist.« Er war von dem Foto, auf dem die Queen aus ihrem Kutschenfenster lächelnd, ihren linken Arm erhoben, winkte, so entzückt, daß er davon eine Vergrößerung anfertigen und rahmen ließ. Er hängte das Bild auf seinem Landsitz Chartwell über seinem Bett auf.

Der Erzbischof von Canterbury erlag ebenfalls dem außerordentlichen Charme der Monarchin. »Am Krönungstag«, erinnerte er sich, »waren dieses Land und das Commonwealth dem himmlischen Königreich nahe.«

Die *London Times* schrieb: »Die Königin steht für das Leben der Menschen ihres Volkes ... als Männer und Frauen und nicht in ihrer Eigenschaft als Adelige und Bürgerliche und Wähler.«

Für ihre Untertanen war die Queen ein Vorbild an Ehrbarkeit und der Inbegriff von Rechtschaffenheit. Sie und ihr gutaussehender Ehemann und ihre beiden kleinen Kinder personifizierten die ideale englische Familie mit allen Werten und Tugenden. 1953 verehrten die Briten ihre Herrscherin noch als von Gott als Souverän bestimmt. Als jemand, der tatsächlich verehrungswürdig war. Jemand, für den sie ohne Zögern ihr Leben gegeben hätten. Das Gefühl der Loyalität gegenüber der Monarchie erfüllte ein menschliches Grundbedürfnis, über das Eigeninteresse hinaus an eine Sache zu glauben – an etwas Großes und Gewaltiges, was auch letztlich der Religion und dem Patriotismus zugrunde liegt. Während der dunkelsten Kriegstage hatte die königliche Familie die Menschen dazu gebracht, sich und die Opfer, die sie brachten, für sinnvoll und gut zu halten. Als der König und die Königin auch während der Zeit des Bombenhagels von Windsor nach London fuhren und so wie ihre Untertanen großen Gefahren ausgesetzt waren, das Risiko, ihr Leben zu verlieren, mit ihnen teilten, spornten sie sie zu ungeheurer innerer Stärke an. Die Windsors entsprachen vollkommen dem Bild von einer königlichen Familie, die sich immer tadellos zu verhalten wußte und über

1

Windsor Castle, das bekannteste Symbol der britischen Monarchie. Nachdem er England 1066 besiegt hatte, ließ Wilhelm der Eroberer hier eine Festung bauen. König Georg V. erwählte den Namen Windsor als dynastischen Namen für die königliche Familie, als er 1917 seine deutsche Herkunft verbergen mußte.

Königin Viktoria 1893. Als ihr Mann, Prinz Albert, 1861 starb, legte sie Trauerkleidung an und trug für den Rest ihres Lebens nur noch Schwarz. Das Foto zeigt sie mit ihrem Sohn, dem Herzog von York, dem späteren König Georg V., und dessen Frau, die Königin Mary wurde.

2

3

Prinz Edward, der spätere König Edward VIII. und danach Herzog von Windsor, 1909 mit dem letzten russischen Zaren Nikolaus II. und dessen Sohn sowie Prinz George, der später Georg V. wurde. Als Monarch unterließ er es, während der russischen Revolution die britische Marine zur Rettung seiner Verwandten zu entsenden. Die Zarenfamilie wurde 1918 in Jekaterinenburg von den Bolschewiken ermordet.

4

Königin Mary mit drei ihrer fünf Söhne: Prinz Albert, später König George VI.; Prinz Edward (Herzog von Windsor), später Edward VIII.; Prinz George (Herzog von Kent), der im Zweiten Weltkrieg starb. Es fehlen Prinz Henry, der spätere Herzog von Gloucester, und Prinz John, der 1919 vierzehnjährig starb.

5

Englands deutsche Königsfamilie als neues Haus Windsor:
König Georg V. (Mitte) im Kreis von vier seiner fünf Söhne, im Vordergrund links Prinzessin Mary, die einzige Tochter Georges V., rechts Königin Mary.

Erstes veröffentlichtes Foto I.K.H. Prinzessin Elizabeth als Zweijährige mit ihrer Gouvernante Nanny Knight (Mai 1928) vor dem Haus Piccadilly Nr. 145, dem damaligen Wohnsitz des Herzogs und der Herzogin von York, aus denen König George VI. und Königin Elizabeth wurden.

6

7

»Die Briten haßten das amerikanische Weib«, sagte der Stallmeister des Königs, Edward Dudley Metcalfe, in Erinnerung an Plakate zur Zeit der Abdankung.

8

»Ich werde Mrs. Simpson heiraten, sobald sie frei ist«, sagte König Edward VIII. zum Premierminister. »Wenn ich sie als König heiraten kann, schön und gut. ...Wenn nicht, ...bin ich bereit zu gehen.« Er verzichtete 1936 auf den Thron und ehelichte die zum zweiten Mal geschiedene, vierzigjährige Wallis Warfield Simpson am 3. Juni 1937 in Frankreich.

9

»Unsere Familie, wir vier«, beschrieb der neue König George VI. sich, seine Gemahlin Königin Elizabeth und seine zwei Töchter, die Prinzessinnen Margaret und Elizabeth.

10

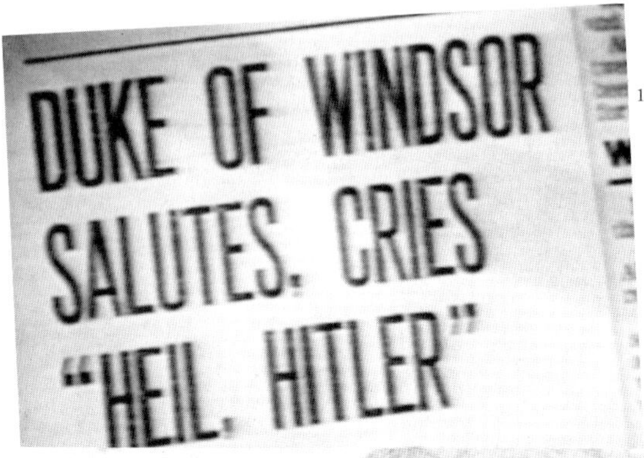
DUKE OF WINDSOR SALUTES. CRIES "HEIL. HITLER"

»Der Herzog von Windsor salutiert und ruft ›Heil Hitler‹«

11

Der Herzog und die Herzogin scheinen über die Begegnung mit Hitler im Jahre 1937 entzückt.

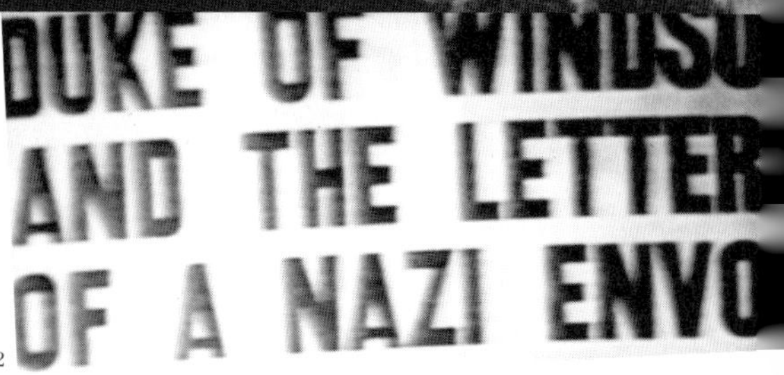
DUKE OF WINDSO
AND THE LETTER
OF A NAZI ENVO

»Der Herzog von Windsor und die Briefe eines Nazi-Gesandten«.

12

13

Der König und die Königin besichtigen im Zweiten Weltkrieg in Begleitung von Premierminister Winston Churchill die Bombenschäden im Buckingham-Palast.

14

Königin Elizabeth und die Präsidentengattin Eleanor Roosevelt im Wagen bei der Parade zum Empfang Ihrer Majestäten in Washington. Der König und die Königin setzten sich im Weißen Haus für ein Eingreifen der USA im Zweiten Weltkrieg ein.

Am 9. Juli 1947 verlobte sich Prinzessin Elizabeth gegen anfängliche Bedenken ihrer Eltern mit dem Oberleutnant zur See Philip Mountbatten. Philip hatte auf seinen griechischen Königstitel verzichtet und den deutschen Namen seines Großvaters mütterlicherseits angenommen.

15

16

Am 20. November 1947 heiratete Prinzessin Elizabeth Prinz Philip in der Westminster Abbey. »Ich weiß nicht, ob ich jetzt sehr tapfer oder sehr dumm bin«, hatte der Bräutigam zu einem Verwandten gesagt.

17

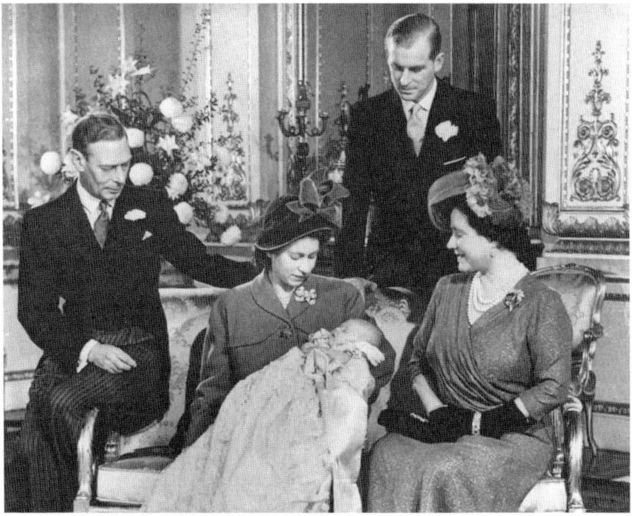

»ES IST EIN JUNGE«, lautete ein am 4. November 1948 an den Toren des Buckingham-Palastes angebrachtes Schild, das die Geburt von Prinz Charles Philip Arthur George verkündete. Der König und die Königin mit Prinzessin Elizabeth und dem Herzog von Edinburgh nach der Taufe ihres ersten Kindes.

18

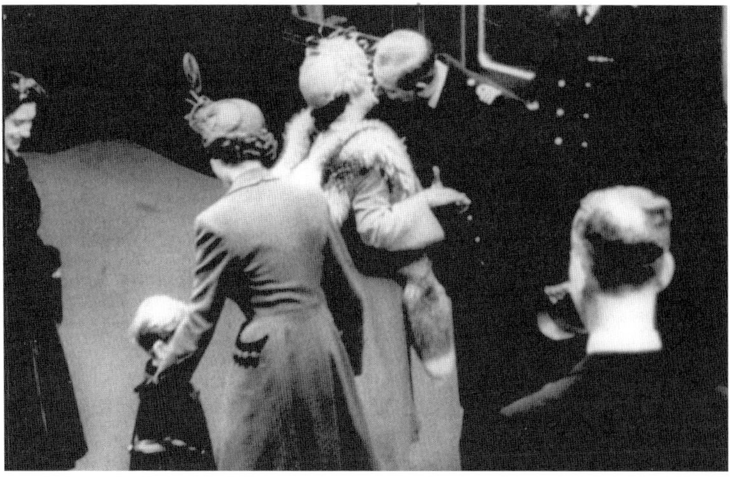

Prinzessin Elizabeth kehrt nach einer dreimonatigen Reise mit ihrem Mann nach London zurück. Sie begrüßt ihren Sohn Charles mit einem Klaps auf die Schulter, während Philip ihre Mutter umarmt.

Die trauernden Damen von Windsor beim Begräbnis König Georges VI. am 6. Februar 1952. (Von links) Die Tochter des Königs, Elizabeth; seine fünfundachtzigjährige Mutter Mary, die dreizehn Monate später starb, und die Witwe des Königs, Elizabeth, die sich später den Titel Ihre Majestät Königin Elizabeth, die Königinmutter, zulegte.

19

20

Umringt von ihrer Familie winkt Elizabeth II. nach ihrer Krönung am 2. Juni 1953 vom Balkon des Buckingham-Palastes. Nach vierzehn Jahren Krieg, »Austerity« und fortdauernder Rationierung während des Wiederaufbaus gab England für die Krönungswoche 900 Millionen Mark aus. Allein das Kleid der Königin kostete das Land 3 Millionen Mark.

Die neue Königin empfängt ihren Lieblingspremier Winston Churchill. »Er war immer so lustig«, sagte sie. Churchill gestand, sich in seine Monarchin, deren Porträt über seinem Bett hing, »ein wenig verliebt« zu haben.

21

22

Prinzessin Elizabeth mit ihrem amerikanischen Lieblingspräsidenten Harry Truman bei ihrem ersten Washingtonbesuch 1951.

New York World-Telegram
The Sun
7th SPORTS
Wall St. Closing
LATEST RACING

MEG WON'T WED PETER

Cites Duty to Church and Country

Rejects Civil Rites and Loss Of Succession

New York Post

Journal American

MEG SAYS 'NO'

EXTRA
Meg Won't Wed Peter

Decision 'Hers Alone'

Dulles Asks U.S. Arms for Israel

23

24

Prinzessin Margaret wendet sich von Peter Townsend ab und Antony Armstrong-Jones zu, einem Bürgerlichen, der zum Earl of Snowdon geadelt wurde. Sie heirateten am 6. Mai 1960 und bekamen zwei Kinder, David und Sarah.

Dreiundvierzigjährig begegnete Prinzessin Margaret 1973 dem dreiundzwanzigjährigen Roddy Llewellyn. Ihre öffentliche Liebesaffäre veranlaßte die Königin, ihrer Schwester vorzuwerfen, sie führe »das Leben eines Gossenmädchens«.

25

26

I.K.H. Prinzessin Margaret war die erste Angehörige der britischen Königsfamilie, die sich scheiden ließ. Der dadurch verursachte Skandal ging nicht spurlos an ihr vorüber. Sie erlitt einen Nervenzusammenbruch und mußte wegen Gastroenteritis und alkoholverursachter Hepatitis ins Krankenhaus. Sie drohte auch mit Selbstmord.

Im Februar 1957 erschienen in amerikanischen Zeitungen erste Gerüchte über den schlechten Zustand der Ehe der Königin. Ihr Pressesekretär dementierte: »Es ist absolut unwahr, daß es zwischen der Königin und dem Herzog von Edinburgh ein Zerwürfnis gibt. … Eine glatte Lüge.« Immerhin setzte das Königspaar, das sich seit vier Monaten nicht gesehen hatte, für die Fotografen eine öffentliche Versöhnung in Szene.

28

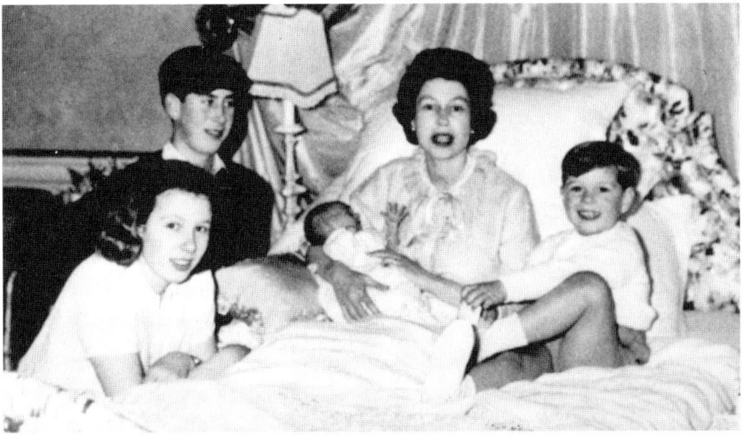

Aus dem persönlichen Notizbuch der Königin: Ihre Majestät 1964 nach der Geburt ihres letzten Kindes Edward im Bett mit den Kindern Anne (13), Charles (15) und Andrew (4). Dieses Foto wurde in England nur einmal veröffentlicht. Nach seinem Erscheinen im *Daily Express* gab der Palast bekannt: »Wegen des sehr persönlichen Charakters der Fotografien möchte die Königin sie natürlich nicht veröffentlicht sehen. Wir können daher ihrer weiteren Veröffentlichung nicht zustimmen.«

29

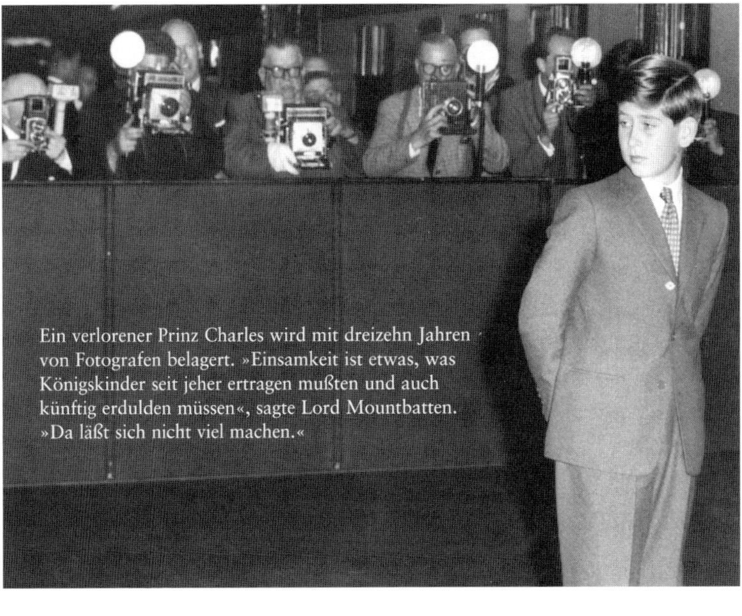

Ein verlorener Prinz Charles wird mit dreizehn Jahren von Fotografen belagert. »Einsamkeit ist etwas, was Königskinder seit jeher ertragen mußten und auch künftig erdulden müssen«, sagte Lord Mountbatten. »Da läßt sich nicht viel machen.«

30

Die hübscheste Aufnahme von Elizabeth II.
Weder Corgi-Hunde noch Handtaschen
noch finstere Blicke.

31

1961: Monarchen im amerikanischen und britischen Stil unter sich: Ihre Majestät und der Herzog von Edinburgh begrüßen den Präsidenten John F. Kennedy und seine First Lady Jacqueline im Buckingham-Palast.

den Normalsterblichen zu stehen hatte. So edel zu sein hatte, wie es in der Legende König Artus und seine Ritter der Tafelrunde waren. Indem der König und die Königin diese enormen Erwartungen erfüllten, brachten sie dem Hause Windsor hohe Verehrung und Achtung ein und verliehen der Monarchie einen Zauber, der sie unanfechtbar machte.

Die Magie des Thrones, verstärkt durch den Prunk der Paläste und atemberaubende Umzüge, war so faszinierend, daß 1953 unzählige ausländische Gäste zur Krönung nach London kamen – in der Hoffnung, lebendige Geschichte mitzuerleben. Besonders Amerikaner fühlten sich von dem Zauber glänzender Rüstungen, tänzelnder Pferde und vergoldeter Kutschen angezogen. Sie fielen in Scharen in London ein, fasziniert von dem Traum, auch einmal in Hampton Court zu tanzen oder den Tee im Buckingham-Palast einzunehmen. Die junge Queen war in Amerika so beliebt, daß sie bei einer Umfrage sogar Präsident Dwight D. Eisenhower übertraf, den am meisten verehrten Mann im Lande. Das Magazin *Time* kürte sie 1952 zur »Frau des Jahres«, eine Ehre, die zuvor nur einer anderen Frau zuteil geworden war – Wallis Warfield Simpson, und zwar im Jahre 1936.

Alle großen amerikanischen Zeitungen, Nachrichtenagenturen und Rundfunk- und Fernsehsender entsandten Reporter, um über die Krönung zu berichten. Der *Washington Times Herald* schickte eine junge Frau namens Jacqueline Bouvier, deren Begeisterung für das Königshaus nicht zuletzt die Mode in den Vereinigten Staaten revolutionierte,* nach London. Um über die Krönung zu berichten, überquerte sie

---

* Nach ihrer Rückkehr aus England verlobte Jacqueline Bouvier sich mit John F. Kennedy. Sie heirateten am 12. September 1953. Sieben Jahre später wurde er zum Präsidenten der Vereinigten Staaten gewählt. Seine First Lady beschloß, Hüte »genau wie die Königin von England« zu tragen. Sie berief wie die Königin einen eigenen Schneider und gab Anweisung, daß ihre Kleider wie die der Königin Unikate zu sein hatten. »Sor-

mit der SS *United States* den Ozean und telegrafierte ihrer Zeitung von unterwegs. »Die Passagierliste dieses Schiffes liest sich wie die der *Mayflower* auf einer Fahrt in umgekehrter Richtung.« Sie nannte Namen wie Freylinghusen, McLean, Reventlow, Arpels von Van Cleef & Arpels, Walter Kronkite (CBS-Korrespondent), Whitelaw Reid (Verleger der *New York Herald Tribune*) und den Herzog und die Herzogin von Windsor. Die Windsors reisten mit fünf Möpsen, zwei Kammerdienern und dem homosexuellen Freund der Herzogin, Jimmy Donahue, dem siebenunddreißigjährigen Woolworth-Erben. Er wurde begleitet von seinem Dienstmädchen, seinem Kammerdiener, seinem Chauffeur sowie seiner Mutter.

»Die Passagiere starren das Herzogpaar an«, berichtete Jacqueline Bouvier, »in dem Bewußtsein, daß sie nicht zur Krönung der Nichte des Herzogs fahren würden, wenn er nicht abgedankt hätte. Manchmal bitten ihn Kinder um Autogramme, die er gut gelaunt gibt.«

Der Herzog und die Herzogin waren einige der wenigen Passagiere an Bord, die *nicht* nach England zur Krönung der Königin reisten.

»Warum sollte er auch?« fragte die Herzogin. »Zu seiner eigenen ist er auch nicht gegangen.«

Die Windsors gingen in Frankreich, in Le Havre, von Bord, nahmen den Zug nach Paris und verfolgten die Zeremonie im Fernsehen, und zwar bei einem Empfang im Haus der Amerikanerin Margaret Thompson Biddle. Der Herzog hatte 300 000 Mark dafür erhalten, daß er einen 10 000 Wörter langen Artikel über die Krönung für ein amerikanisches Magazin

---

gen Sie dafür, daß niemand das exakt gleiche Kleid wie ich trägt«, schrieb sie ihrem Designer, »oder die gleiche Farbe oder den gleichen Stoff.« Bei der Amtseinführung ihres Mannes imitierte sie die Königin, indem sie ein weißes Kleid mit einer maßstabgerecht verkleinerten Version des Krönungsmantels der Queen trug.

schrieb.* Er verkaufte auch die Exklusivrechte an United Press, die ihn fotografieren durfte, während er die Zeremonie im Fernsehen verfolgte. Er erklärte der Herzogin das lange, komplizierte Ritual und gab ihr Informationen über die Historie der sechs Phasen der Zeremonie – die Anerkennung, den Eid, die Salbung, die Investitur, die Inthronisation und die Huldigung. Er sang alle Hymnen mit und identifizierte die Würdenträger, während diese sich über den Bildschirm bewegten, zeigte auf seine Freunde und schimpfte auch mal über seine Feinde. Als er eine Großaufnahme der Königin sah, die er liebevoll Lilibet nannte, machte er ihrer königlichen Kutsche ein Kompliment und deutete auf ihre Halskette, an der Diamanten in der Größe von Wachteleiern hingen.

»Eine Königin ist bei einem solchen Anlaß«, schrieb der Herzog, »wo Bescheidenheit und Prunk gleichzeitig eine wichtige Rolle spielen, gegenüber einem König deutlich im Vorteil. Eine Frau kann trotzdem viel bescheidener, natürlicher und anmutiger wirken als ein Mann.«

Am Abend des Krönungstages erhielt die Königin die Nachricht, daß eine englische Bergsteigergruppe nach mehreren Versuchen den Mount Everest bezwungen hatte. Später verlieh sie dem Neuseeländer Edmund Hillary den Rittertitel dafür, daß er den Union Jack auf den höchsten Berg der Welt gehißt hatte. 1953 war dieser 8 848 Meter hohe Gipfel die letzte Bastion der Erde, die noch kein Mensch erobert hatte. In einem Königreich, das von einem weltumspannenden Imperium zu einem relativ kleinen Commonwealth geschrumpft war und das schrecklich unter dem Bedeutungsschwund litt, löste die Bezwingung des Mount Everest eine landesweite Euphorie aus.

---

* Während die Briten über die Abdankung von König Edward VIII. beschämt waren, waren die Amerikaner begeistert, und so verbrachten der Herzog und die Herzogin von Windsor natürlich viel Zeit in den Vereinigten Staaten. Sie gehörten zur New Yorker Schickeria und zu dem, was in Palm Beach als feine Gesellschaft gilt.

Die Peers des Reiches sind bei der Krönung anwesend, da es ihr traditionelles Recht ist, den neuen Herrscher anzuerkennen, ihn auszurufen und ihm zu huldigen. Dies war eines der wenigen Male, bei dem sie ihre Kronen und ihre Standestrachten trugen, für ein paar Stunden vergangene Zeiten wiedererlebten, in denen die Macht und die Privilegien des Adels dominierten. 1953 war Großbritannien so arm, daß die meisten seiner 860 Peers und Peeresses es sich nicht leisten konnten, 1 800 Mark für neue rotsamtene, hermelinbesetzte Krönungsgewänder auszugeben. Einige flickten alte Roben, die 1937 bei der Krönung von König George VI. getragen worden waren, aber die meisten Lords und Ladys entschieden sich, mit entsprechend zurechtgestutztem Kaninchenfell besetzte Umhänge aus Velveton zu tragen. Offiziell wurde der weiße Pelzbesatz Feh* genannt, damit es prächtiger und beeindruckender klang. Für die Krönungsparade lieh die Kavallerie des Landes, die während des Krieges die meisten ihrer Pferde hatte verkaufen müssen, 350 Wagenpferde von verschiedenen Gestüten aus, und man mietete 100 Pferde von der Alexander-Kordas-Filmgesellschaft.

Der Krönungstag begann unter grauem Himmel, doch als die Queen den Buckingham-Palast verließ und in ihre goldene Staatskarosse** stieg, hörte der Regen kurz auf. Die riesige vier Tonnen schwere Kutsche wippte auf und ab, als die acht grauen Pferde, gelenkt von einem Mann namens Eisenhower,*** sie

* Feh war ein schlichter weißer Pelz, der im Mittelalter als Kleidungsstück sehr geschätzt wurde.

** Die goldene Staatskarosse war 1762 für George III. nach dem Entwurf eines florentinischen Künstlers, Giovanni Battista Cipriani, gebaut worden, der in London lebte. Die Kutsche, vier Meter hoch, acht Meter lang und dreieinhalb Meter breit, ist außen vergoldet und mit purpurroter Seide ausgeschlagen und wurde seit 1831 bei jeder Krönung benutzt.

*** Als Oberster Befehlshaber der Alliierten in Europa unterhielt Dwight D. Eisenhower eine besondere Beziehung zu der britischen königlichen Familie, die während des Zweiten Weltkriegs gepflegt wurde.

im Kantergalopp die Mall hinunterzogen. Die Queen, die im Laufe des Vorjahres jedes Detail dieses Tages geprobt hatte, saß neben dem Herzog von Edinburgh. Als sie die Menschenreihen sah, die die Straße säumten, um sie zu feiern, lächelte sie. Manche hatten die ganze Nacht draußen kampiert, den Dauerregen und eisigen Wind ertragen, nur um sie vorbeiziehen zu sehen. Die Queen neigte ihren Kopf von einer Seite zur anderen und sprach, wie sie es geübt hatte, während der zweistündigen Prozession zur Abbey und zurück den Satz, den ihre Höflinge formuliert hatten, so daß es aussah, als spräche sie zu ihren Untertanen.

Als ihre Kutsche an den Menschen vorbeirollte, sagte sie: »So freundlich, so nett, so sehr, sehr loyal«, und sie hob ihren Arm und winkte elegant, »... so sehr, sehr loyal.«

Sie wiederholte diesen Satz wieder und wieder, während der Herzog von Edinburgh, der neben ihr saß, leicht lächelte und den Salut der Soldaten erwiderte, die in Habtachtstellung unter dem Admiralty Arch standen.

Im Innern der Abbey begannen die Peers des Reiches ihre feierliche Prozession über den langen Gang. Der würdige Zug geriet sekundenlang ins Stocken, als der Premierminister, etwas gebeugt von der Last seiner achtundsiebzig Jahre, seinen alten Freund George C. Marshall sah, den ehemaligen Chef des amerikanischen Generalstabs im Zweiten Weltkrieg und jetzt Leiter der amerikanischen Delegation, die insgesamt der Krönung beiwohnte. Marshall war ein Ehrenplatz in der Abbey zugeteilt worden, aus Respekt für den Wiederaufbauplan für Europa, der seinen Namen trug und ihm später den Nobelpreis bescherte. Churchill war so gerührt, den zweiundsiebzigjährigen General zu sehen, daß er spontan aus dem Zug trat, um ihm die Hand zu schütteln. Vor lauter Freude wurde er rot wie eine Tomate, aber er war sichtlich glücklich.

Die Lords und Ladys nahmen auf ihren kleinen goldenen Stühlen, die mit Samtkissen gepolstert waren, Platz. Draußen ließ sich das Volk auf dem Bordstein nieder oder setzte sich auf einen der 42 Mark teuren Plätze der Tribünen, die errichtet worden waren, um die Königin in ihrer goldenen Karosse vorbeifahren sehen zu können. Sie trug ihre schwere Krone und hielt ihren Reichsapfel, eine juwelenbesetzte Kugel, in einer Hand und ihr Zepter, einen juwelenbesetzten Stab, in der anderen.

Angekündet von Trompeten und den Stimmen von 400 jungen Westminster-Chorknaben, schritt die Queen über den Gang der Abbey, um dem alten Ritual der Krönung den Anfang zu geben. Während der ganzen Zeremonie ließ der Herzog von Edinburgh, der neben der Princess of the Blood Royal, der königlichen Prinzessin, dem Herzog von Gloucester und dem jungen Herzog von Kent saß, sie keinen Moment aus den Augen. Zuweilen beugte er sich während der prachtvollen Zeremonie gespannt vor.

Der größte Augenblick des Tages war für 12.30 Uhr angesetzt, als der Erzbischof von Canterbury Ihre Majestät mit geweihtem heiligen Öl salbte, ihr die Krone auf das Haupt setzte und sie zur Königin Elizabeth II. von England ausrief »durch die Gnade Gottes, des Vereinigten Königreiches von Großbritannien und Nordirland und Königin Ihrer anderen Reiche und Territorien, Haupt des Commonwealth, Schützerin des Glaubens, Souverän der britischen Ritterorden, Oberfeldhauptmann des Königlichen Artillerieregiments«.

Mit diesen Worten war die Monarchin inthronisiert. Als Königin wurde sie auch Oberhaupt der Kirche von England und somit vornehmste Streiterin des Glaubens. Die königliche Prärogative verlieh ihr zehn Rechte: die Regierung zu entlassen, Krieg zu erklären, die Armee aufzulösen, alle Schiffe der Marine zu verkaufen, die Beamten zu entlassen, Territorium an eine andere Macht zu übergeben, jedermann zum Peer zu erheben, einen Notstand auszurufen, jeden Straffälligen zu begnadigen und in einer Stadt eine Universität zu errichten.

Als konstitutionelle Monarchin herrscht sie, regiert aber nicht. Ihre einzigen Rechte sind, konsultiert zu werden, informiert zu werden, zu ermutigen und zu warnen, aber selbst diese Befugnisse sind beschränkter, als sie es in den Tagen ihrer Ahnen waren. Ihre Rolle ist vor allem formeller Art, und ihre Aktivitäten – die Parlamentseröffnung, die Unterzeichnung von Gesetzen, die Ernennung von Beamten, das Verleihen von Auszeichnungen und Titeln – sind streng geregelte Rituale. In der Praxis bedeuten ihre offiziellen Aktivitäten nicht mehr als die obligatorischen Zustimmungen zu den Wünschen ihrer Regierung. Dennoch ist ihre symbolische Macht beträchtlich, da sie als »die Queen« für Großbritannien steht. Die Regierung ist »die Regierung Ihrer Majestät«, nicht die Regierung Britanniens. Britische Pässe sind »im Namen Ihrer Majestät« ausgestellt, nicht im Namen des Staates. Ihr Gesicht erscheint auf Briefmarken und Münzen. Ihr königliches Wappen dominiert die Richterschaft. Ihre königlichen Insignien beherrschen die Kirche. Kabinettsminister sind *ihre* Minister, Ministerien sind *ihre* Unterorganisationen, und diejenigen, die in *ihrem* Reich leben, sind *ihre* Untertanen. In Großbritannien gibt es keine Bürger, nur Untertanen, und die Streitkräfte des Landes wie die Polizei dienen »der Queen«, *nicht* dem Volk.

Ihre größte Macht als Königin ist die emotionale Gewalt, die sie über ihr Volk ausübt, das bei jedem offiziellen Bankett und Essen auf ihre Gesundheit trinken muß und dessen Nationalhymne Gott beschwört, sie zu beschützen. Als Empfängerin solcher Ehrungen ist sie ein geheiligtes Symbol, was sie über jede Kritik erhebt. Von diesem Gipfel aus befiehlt sie absolute Treue.

»Wegen ihrer hochgeachteten Position«, schrieb der Herzog von Windsor in seinem Artikel über die Krönung für ein amerikanisches Magazin, »ist es der Monarchin durch den Einfluß ihres Vorbilds und ihrer Persönlichkeit möglich, einer ganzen Ära Charakter und Prägung auf eine besondere Art zu geben, die einfach nichts mit der täglichen Arbeit der Regierung zu tun hat.«

Nachdem der Erzbischof die Krone auf ihr Haupt gesetzt hatte, erhob sich Prinz Philip, um ihr als erster zu huldigen. In der Paradeuniform eines Großadmirals trat er an das Thronpodest, nahm seine Krone ab und verneigte sich. Er schritt die fünf Stufen hoch und kniete zu Füßen seiner Frau. Sie nahm seine Hände in ihre, als er sagte: »Ich, Philip, Herzog von Edinburgh, werde Euer Lehnsmann mit Leben und Leib und verehre Euch. Und ich werde mit Glauben und Wahrhaftigkeit im Leben und Sterben gegen jedermann zu Euch stehen. So wahr mir Gott helfe.«

Er berührte ihre Krone und küßte ihre linke Wange, bevor er zu seinem Platz zurückkehrte.

»Es war eine große Geste, welche die ganze Demut eines Untertanen mit der Zärtlichkeit eines Ehemannes verband«, schrieb ein britischer Journalist, »und für einen kurzen Augenblick drückte die Königin ihre Wange fest an die ihres Mannes.«

An diesem Abend zollte die junge Königin dem Mann, den sie geheiratet hatte, öffentlich Hochachtung. In einer Rundfunkansprache an ihre getreuen Untertanen gelobte sie »mit meinem ganzen Herzen« ihr Leben dem Dienste an ihrem Volke zu weihen. »Bei dieser Aufgabe«, sagte sie, »habe ich meinen Mann, der mich unterstützt.«

Als die Queen unter den Rufen »Vivat Regina!« Westminster Abbey verließ, erschollen Fanfaren, und die Kirchenglokken läuteten. Begeisterte Menschenmassen jubelten, während die prächtigen Kutschen mit 74 ausländischen Oberhäuptern im Krönungszuge davonrollten. Trotz des Regens fuhr Königin Salote von Tonga als einziges Staatsoberhaupt in einer offenen Kutsche. Sie war eine riesige Frau und schwenkte ihre mächtigen fleischigen Arme, um Zuschauer zu grüßen, und stellte den zerbrechlichen kleinen Mann, der mit ihr in der Kutsche saß, völlig in den Schatten.

»Was sitzt da ihr gegenüber?« fragte jemand.

»Ihr Mittagessen«, sagte Noël Coward, der gerne derbe Witze machte.

Die Sultane von Brunei, Johore, Perak, Lahej, Kelantan, Selangor und Sansibar zogen mit farbenprächtigen Turbanen, Seidensaris und extravagantem Federschmuck vorbei. Die exotische Bekleidung der Zulus, Araber, Inder, Chinesen und Nepalesen überwältigte die Zuschauer. Und um die Dramatik der ganzen Parade noch zu steigern, hatten Techniker der BBC Mikrofone auf den Boden gelegt, die den donnernden Schlag der Pferdehufe verstärkten. Man ließ am Berkeley Square auch fortwährend auf Tonband aufgenommene Nachtigallstimmen erklingen.

Die Gewaltigkeit des Augenblicks rührte manche Männer zu Tränen. »Als ihre Kutsche vorbeirollte, fühlte ich mich, als würde mein Herz zerreißen«, sagte Richard Smith, Soldat im Dienst. »Wir haben praktisch geweint, als wir vor der Queen unsere Waffen präsentierten. Wir waren keine drei Meter entfernt, und ich glaube nicht, daß ich jemals in meinem Leben etwas so Wundervolles gesehen habe.«

Ähnliche Gefühle wogten durch die Kathedrale. »Obwohl unsere Vorbereitung so intensiv war, gab es eines, worauf die Proben uns nicht vorbereitet hatten, das waren die überwältigenden Gefühle, die die Zeremonie auslöste, besonders beim Einzug der Königin und ihres Gefolges«, sagte ein Radiosprecher, John Snagge. »Ich war wie gebannt: Händels ›Musik für ein königliches Feuerwerk‹ wurde auf der Orgel gespielt, jedermann stand ehrerbietig da, dann Parrys Jubelgesang. Oh, es war der bewegendste Augenblick meines Lebens.«

Der BBC-Techniker, der Nahaufnahmen von der Königin während der Krönung wegschalten sollte, war von allem so fasziniert, daß er sich von ihrem Bild nicht losreißen konnte.

»Sie war hinreißend«, erinnerte sich der Techniker, Ben Shaw. »Ich fand die Nahaufnahme von ihr so wundervoll, daß ich nicht auf den Knopf drücken konnte.«

Als Königin wurde Elizabeth das Oberhaupt zweier verschiedener Kirchen – der Kirche von England, die anglikanisch ist, und der Kirche von Schottland, die presbyterisch ist.

Zur Amtsübernahme empfing sie die Sakramente beider und zelebrierte den Gottesdienst in den zwei Kirchen. In England betete sie als Anglikanerin und in Schottland als Presbyterianerin. Da sie geschworen hatte, all ihre Völker gemäß ihren jeweiligen Gesetzen und Bräuchen zu regieren, reiste sie bald nach ihrer Krönung in London nach Norden zu einer zweiten Krönung in Edinburgh, um sich die altehrwürdige Krone von Schottland aufsetzen zu lassen.

»Dies war ihr erster Besuch in Schottland als Königin, und natürlich erwartete jedermann, daß sie in ihren Krönungsgewändern kommen würde«, erinnerte sich Margaret McCormick, die dem Ereignis beiwohnte. »Ich trug mein bestes Sonntagskleid und war schockiert, als sie in einem schlichten graublauen Mantel auftauchte, weil sie so ... so ... so alltäglich darin wirkte. Sie hätte diesem Anlaß durch ihr Äußeres mehr Würde verleihen sollen.«

In der St. Giles Cathedral wirkte die Königin, die von den schottischen Adeligen in ihren Samtmänteln und Kronen umgeben war, seltsam fehl am Platze mit ihren schwarzen Lederschuhen, einem graublauen Filzhut und einem bodenlangen Mantel, zumal neben dem Herzog von Edinburgh, der prächtig mit gefiedertem Helm und goldbesetzter Uniform bekleidet war. Das erschütterndste an der Kleidung der Queen war die große schwarze Handtasche, die sie in ihrer Armbeuge trug. Auf die Schotten wirkte sie wie eine Hausfrau aus der Mittelschicht auf dem Weg zum Gemüsehändler.

Am Altar trat sie vor, während der Herzog von Hamilton und Brandon in seinem Krönungsgewand vor ihr kniete, um ihr die Krone von Schottland auf einem mit goldenen Quasten besetzten Samtkissen darzubieten. Als sie ihm die Hände entgegenstreckte, traf ihn ihre Lederhandtasche, die fast so groß wie ein Brotkasten war, beinahe ins Gesicht. Er drehte schnell seinen Kopf beiseite, um nicht von der königlichen Handtasche getroffen zu werden.

Auf dem offiziellen Gemälde, das zum Gedenken an die Zeremonie gemalt wurde, wird die Queen gezeigt, wie sie die alte Krone der Highlands entgegennimmt – aber ohne ihre Handtasche. Der schottische Porträtkünstler ließ sie absichtlich weg, weil er es unpassend fand, seinen Souverän wie eine Bürgerliche zu präsentieren.

Die Atmosphäre um die Königin war so ehrfürchtig, daß es niemand wagte, ein Wort der Kritik über ihre Kleidung zu äußern, die von manchen Leuten in Schottland tatsächlich als Kränkung empfunden wurde. Die Königin sollte in ihrer neuen Rolle als Königin von Schottland noch einige weitere Male ins Kreuzfeuer der Kritik geraten, doch jeder Fehltritt wurde von ihren Höflingen umgehend unterdrückt, deren Lebensaufgabe darin bestand, den Mythos zu pflegen, daß die Monarchin perfekt sei.

Diese Höflinge, deren Familien seit Hunderten von Jahren in königlichen Diensten gestanden hatten, waren entweder Soldaten oder gehörten dem Landadel an. »Der Kreis um den Thron ist aristokratisch«, leitartikelte der *Daily Mirror,* »so provinziell und – es gibt kein anderes Wort dafür – so hochnäsig, wie er immer gewesen ist.« Die Höflinge meinten, daß ihre Stellungen durch das Buch der Sprüche Salomonis bestimmt seien: »Ein Schreiber, der tüchtig in seinem Amte ist, wird sich für Wert finden, ein Höfling zu sein ... Siehst du einen Mann, der in seinem Geschäft fleißig ist? Er wird vor Königen stehen.« Mit einem starken Gefühl von Überlegenheit taten diese Höflinge für die Königin das, was sie immer für ihren Vater getan hatten: Sie bestimmten, was sie zu tun und in der Öffentlichkeit zu sagen hatte und wen sie empfangen solle – von der Debütantin bis zum Diplomaten. Die Höflinge beschützten die Krone auch vor Befleckung, Schande und Schmach. Dies taten sie, indem sie jede Information filterten, die an die Öffentlichkeit gelangen sollte.

Zu Beginn von Elizabeths Regentschaft konnten die Höflinge noch erwarten, daß sich die Reporter respektvoll verhielten, und die Presse gehorchte auch meistens. Dieser Fandango zwischen Presse und Palast erlaubte es den Höflingen, Nachrichten regelrecht zu produzieren, Informationen zurückzuhalten und Einschränkungen zu verhängen, was auch ohne Widerspruch hingenommen wurde. Die Höflinge manipulierten die Presse, um die öffentliche Meinung zu bestimmen. Einige ihrer Bemühungen, die Monarchin besonders respektwürdig wirken zu lassen, muten im nachhinein etwas lächerlich an, aber ihre vollkommene Hingabe an die Monarchie stand stets außer Zweifel, und ihre Loyalität war unerschütterlich. Zu Beginn von Elizabeths Regentschaft waren ihre Höflinge bemüht gewesen, sie immer als klug und zugleich vornehm zu präsentieren. Sie weigerten sich etwa zuzugeben, daß sie gerne Canasta spielte oder daß sie bei ihrer ersten Sitzung für das königliche Porträt peinlicherweise ihre Tiara in einer Eierschachtel eingepackt mitgebracht hatte. Sie gaben widerwillig zu, daß sie Pferderennen liebte, eine Tatsache, die zu leugnen unsinnig gewesen wäre, weil sie ständig auf der Rennbahn gesehen wurde. Man erklärte aber offiziell, sie spiele niemals.

»Ihre Majestät wettet nie, aber sie zeigt große Freude, wenn ein königliches Pferd gewinnt«, erklärte der Pressesekretär der Queen dem *US News & World Report.*

Tatsächlich setzte die Königin immer auf ihre Pferde und führte zweimal die Siegerliste von Pferdebesitzern auf britischen Rennbahnen an, 1954 und 1957. Sie gab den Angestellten des Palastes sogar Tips, wann sie nicht auf ihre Pferde setzen sollten. Doch weil Spielen illegal war und etwas, wie die Höflinge fanden, dem eine verehrte Monarchin nicht verfallen sein sollte, verbreiteten sie das Märchen, die Queen wette nie. Sie sollte doch stets ein Übermensch sein.

Aber schon vier Jahre später erlaubte sich ein Kritiker, diese Höflinge als verstaubt, altmodisch und borniert zu entlarven. Es war Lord Altrincham, und er machte sich gern lustig über diesen »Haufen zweiter Wahl«. Später verzichtete Altrincham auf seinen ererbten Titel und wurde schlicht als John Grigg bekannt. Als Historiker erregte er Aufsehen als der Mann, der die Queen öffentlich als »selbstgefällig« und »schlecht erzogen« kritisierte und alle Männer der Königin als borniert und unfähig fertigmachte.

Doch zur Zeit der Krönung war eine derartige Kritik ebenso ungeheuerlich wie blasphemisch, sie gab es also nicht. Die Monarchie wurde immer noch hinreichend genug verehrt, daß selbst diejenigen, die ihr dienten, für unantastbar gehalten wurden. Die einzige etwas abweichende Meinung, die zu hören war, kam aus dem Palast selbst, und es war die des Gemahls der Königin, den die Unfähigkeit entsetzte, die er ringsum vorfand.

Er bezeichnete die Höflinge seiner Frau als »knarzend« und nannte ihre Verwaltung des Buckingham-Palastes »mittelalterlich«. Prinz Philip betitelte die meisten der 230 Bediensteten als »gottverdammte Idioten, die sich selbst zwar reichlich bedienen – aber nur nicht uns«. Er zog ein Bild aus der Marine heran und verglich den Palast mit seinen 690 Räumen als einen lecken alten Rosteimer, den er wieder seetüchtig zu machen hatte. Er begann bei den Dienern, sagte, daß die Gewohnheit, ihr Haar mit einer klebrigen Mischung aus Seife, Wasser, Mehl und Stärke zu behandeln, längst überholt sei und »altmodisch und unmännlich« wirke. Er setzte dem ein Ende. Er erklärte die Hackordnung des Palastes für »hoffnungslos antiquiert« und führte ein verschlanktes System ein, um endlich einen Großteil der »verdammten Pagen« loszuwerden, »die überall herumrennen«. Er gab zudem Anweisung, eine moderne Gegensprechanlage zu installieren, so daß die Königin mit einem Knopfdruck Kontakt zu ihm, ihren Sekretären, den Kindermädchen, ja sogar dem Koch aufnehmen konnte. So ließ der technikbegeisterte Herzog auch in jedem Büro Gegensprechanlagen anbringen und in alle königlichen Wagen Funkgeräte einbauen. Er führte Diktaphone, Tonbandgeräte und neue Ablagesysteme ein. Er ließ im Keller des Palastes Waschmaschinen installieren, um die Heerschar von Wäscherinnen zu verkleinern, die bislang noch auf Waschbrettern die Wäsche schrubbten. Er hob die Anordnung auf, die die volle Beheizung gleich mehrerer Eßräume vorsah, nur damit die Diener hier oder dort essen konnten. Er ließ kleine Pantrys mit Warmhalteplatten und Kühlschränken anfertigen, die in die königlichen Gemächer eingebaut wurden, so daß die Diener nicht drei Meilen weit über Korridore laufen mußten, nur damit die Königin jeden Morgen ihren Kaffee zu sich nehmen konnte. Er schaffte die Tradition ab, daß immer eine volle Flasche Scotch neben dem Bett der Monarchin zu stehen habe, eine merkwürdige Sache, die es seit 1910 gab, als Edward VII. um einen täglichen Whisky gegen Erkältung gebeten hatte. Niemand hatte diese Anweisung je aufgehoben.

Er gestattete der Queen aber, ihren Dudelsackpfeifer zu behalten. Gemäß dieser Tradition, die es seit Königin Viktoria gab, marschiert der Pipe Major der schottischen Argyll and Sutherland Highlanders allmorgendlich um neun Uhr über die Terrasse des Palastes und bläst den Dudelsack.

Für die bornierten Höflinge, die es natürlich bevorzugten, die Nachrichten von jungen Pagen mit seidenen Kniebundhosen überbringen zu lassen, wie sie es in den Tagen von Königin Viktoria getan hatten, sah Philip die radikalsten Maßnahmen vor. Sie wehrten sich gegen seine Rationalisierungsmaßnahmen und protestierten gegen seinen Hubschrauberlandeplatz hinter dem Palast, wodurch er Fahrzeiten sparen wollte. Sie widersetzten sich auch seinem Plan, den Gemüseüberschuß von den Feldern von Schloß Sandringham auf dem Markt anzubieten, und verhöhnten ihn, als er Brotschneider und Karottenwaschmaschinen installieren ließ. Sie erhoben genauso Einwände, als er befahl, die Orangerie Königin Viktorias in Windsor Castle in einen beheizten Swimmingpool umbauen zu lassen. Vor allem aber mißbilligten sie, daß er sich oftmals unter das Volk mischte, und behaupteten, er unterscheide nicht genug zwischen Bürgerlichen und Aristokraten. Sie zuckten zusammen, als er selbst Gewerkschaftsführer empfing, und erschauerten, als er Filmstars zum Mittagessen mit der Königin einlud. Filmstars in den Buckingham-Palast zu lassen war schlimmer, als Unwürdigen Zutritt zu einem Reliquienschrein zu gewähren.

»Ach, dieses deutsche Prinzchen«, höhnte der Privatsekretär der Queen, Tommy Lascelles, der Philips Bemühungen, seine Frau an die wirkliche Welt zu gewöhnen, weder verstand noch billigte.

»Dieser Mann ist kein Gentleman«, sagte Commander Sir Richard Colville, der Pressesekretär der Queen, vor Wut schäumend. »Und er hat keine Freunde, die Gentlemen sind.« Für einen Höfling, dessen Ehre sich darauf gründet, für einen Gentleman* gehalten zu werden, war dies eine entwürdigende Kränkung, doch über diesen Eklat wurde stillschweigend hinweggegangen. Die Höflinge wachten eben auch darüber, daß alle, die zum Palast gehörten, in der Öffentlichkeit korrekt auftraten, und so mußten sie es auch selbst tun, da sie es sich nicht leisten konnten, gegenüber dem Gatten der Königin sich offen feindselig zu verhalten. Nach außen hin benahmen sie sich also zivilisiert und sprachen ihn in seiner Gegenwart respektvoll an. Hinter seinem Rücken allerdings fielen sie über ihn her. Philip, den es wenig scherte, ob er als Gentleman betrachtet wurde, fuhr mit seinen grundlegenden Neuerungen fort.

»Es ist unsere Aufgabe, diese Monarchie funktionsfähig zu halten«, sagte er. Er arbeitete für die Queen in vielerlei Hinsicht auf die gleiche Weise, wie Eleanor Roosevelt es für den amerikanischen Präsidenten damals getan hatte. Sie hatte ihre Augen und Ohren für ihn stets überall und war seine Abge-

---

* 1995 schrieb der Anthropologe Geoffrey Gorer ein Buch, »Exploring English Character«, in dem er zahlreiche Angehörige der englischen Mittelschicht nach Glauben, Vorurteilen und Denkweisen befragt hatte. Er fand heraus, daß das englische Volk als Ganzes jede Art von Gewalt entschieden ablehnt und Sanftmütigkeit als eine hohe Tugend bewertet. Ungeduld und Verlust der Beherrschung gelten als schwere Sünden. Für einen Gentleman gehalten zu werden bedeutet alles.

sandte für die Menschen. Philip war entschlossen, die Krone zu revitalisieren und ihr im Leben der Menschen einen wichtigen Platz zu sichern. Er nahm verschiedene Ehrenämter an, rief Sitzungen und Förderpreise ins Leben, welche junge Menschen für herausragende Sportleistungen, kulturelle Aktivitäten und Freiwilligendienste ehren und sie in ihrem Tun unterstützen sollten.

Der Erziehungsminister war äußerst mißtrauisch gegenüber einem Projekt, das die deutliche Handschrift von Dr. Kurt Hahn trug, dem deutschen Gründer der Gordonstoun-Schule, der Alma Mater von Philip. Der Erziehungsminister hatte nicht nur geringe Zweifel, was den Herzog von Edinburgh anbelangte. »Ich führte ein recht schwieriges Gespräch«, gab Philip viele Jahre später zu. »Wie schon oft stand nur das ›Nicht-hier-erfunden‹-Syndrom im Weg. Alles, was man nicht selbst erdacht hat, muß falsch sein … Aber allmählich, als sie zu begreifen begannen, worum es in dem Projekt ging und daß das alles mit Faschismus nicht das geringste zu tun hatte, obwohl die Idee aus Deutschland kam, wurde unsere Arbeit akzeptiert.«*

Mit ungeheurem Engagement besuchte Philip Werke, Fabriken und Schulen und stellte ständig Fragen: »Wie stellen Sie das her? Läßt sich kein besserer Weg finden? Schneller? Effizienter?« Er kämpfte gegen die Höflinge – und zwar bei jeder Gelegenheit – und weigerte sich, von ihnen seine Reden schreiben zu lassen und, schlimmer noch, er lehnte es ab, ihrem Rat zu folgen und nichts zu sagen. Er bestand darauf, gehört zu werden, und ihm wurde zu ihrer Verwunderung auch wirklich Beachtung geschenkt.

---

* Das Duke of Edinburgh Awards Scheme gibt es in über fünfundfünfzig Ländern, aber unter vielen verschiedenen Bezeichnungen: dem Benelux Award in Belgien, dem Crown Prince Award in Jordanien, dem Gold Shield Award in Südafrika. In Australien, Jamaika und Neuseeland heißt es »Dee of Ee«. Prinz Philip sagt: »Mir ist es völlig egal, wie man es nennt, solange es dem entspricht, was wir beabsichtigen.«

Als Präsident der British Association for the Advancement of Science, der Gesellschaft zur Förderung der Wissenschaften, erklärte er den aufmerksam zuhörenden Mitgliedern, sie seien zu selbstgefällig.

»Es ist nicht gut, dreimal täglich nach dem Essen die Augen zu schließen, zu sagen, ›England ist am besten‹, und zu glauben, es sei auch so«, sagte er. »Ich befürchte, daß unsere Neinsager und Verhinderer tausendmal schädlicher sind als die amerikanischen Jasager und ihr übertriebener Optimismus. Wenn wir wieder zu Wohlstand gelangen wollen, müssen wir Wege finden, Energie und Unternehmungsgeist von der frustrierenden Kontrolle der Angst vor Veränderung zu befreien.«

Die Höflinge befürchteten eine negative Pressereaktion auf Philips freimütige Äußerungen. Und dann kam noch ein Problem hinzu: Schon monatelang hatte man versucht, einen möglichen Skandal zu vertuschen, an dem die dreiundzwanzigjährige Schwester der Königin, Prinzessin Margaret, und Luftwaffenoberst Peter Townsend, der achtunddreißigjährige königliche Stallmeister, beteiligt waren. Er hatte ihrem Vater seit 1944 gedient und arbeitete jetzt für ihre Mutter als stellvertretender Haushofmeister. Monatelang hatte der Hof Gerüchte über eine Romanze dementiert, aber ein Zeitungsfoto, aufgenommen während der Krönungsfeier, zeigte, wie die Prinzessin einen Fussel von Townsends Schulter schnippte. Die Intimität dieser kleinen, belanglosen Geste enthüllte die Wahrheit und stürzte den Palast in Verunsicherung.

Peter Townsend war im Zweiten Weltkrieg bei der Schlacht um England Jagdflieger gewesen und hatte Auszeichnungen wie das Distinguished Flying Cross und den Distinguished Service Order für seine Tapferkeit erhalten. Daraufhin wurde er der Lieblingsstallmeister des Königs. Townsend, der die gleiche wunderbare Ausstrahlung wie Leslie Howard in seiner Rolle als Ashley Wilkes in ›Vom Winde verweht‹ hatte, war ein äußerst charmanter Mann mit Humor. Er wirkte nicht so robust und selbstbewußt wie Prinz Philip, sondern war eher zurückgenommen und gefühlvoll. Er stotterte, was ein Grund dafür war, warum ihn der König, der dieses Leiden ebenfalls hatte, liebte. Townsend hatte bei der Royal Air Force einen Nervenzusammenbruch erlitten und wegen seines unheilbaren nervenbedingten Ekzems gelegentlich nicht fliegen dürfen. Aber auf jeden, der ihn kennenlernte, wirkte er so elegant und vornehm zurückhaltend, daß er der Inbegriff eines Offiziers und Gentlemans wurde. »Wir waren alle in ihn verliebt«, sagte die britische Schriftstellerin Angela Lambert. »Er war gut aussehend, tapfer, romantisch und diskret«, schrieb François Nourissier in *Le Figaro* zu seinem Tode 1995. »Er war einer dieser Männer, ohne deren Heldentum und Opferbereitschaft unserem Leben viel verlorengegangen wäre. Das alte England, das, wie ich hoffe, noch existiert, hatte damit einen vollkommenen Mann, der ziemlich einzigartig in Europa war. Peter Townsend war der letzte dieser Art, die jetzt vom Aussterben bedroht ist.«

Townsend hatte Margaret gekannt, seit sie vierzehn Jahre alt war, und sie oft, ihren Eltern zuliebe, zu Bällen und Pferdeausstellungen begleitet. Er war ihr Begleiter beim Reiten gewesen und hatte ihr Flugzeug bei den King's-Cup-Wettflügen geflogen. Als sie einundzwanzig war, hatte sie sich in ihn verliebt. Sie stellte ihm ganz offen nach, und jedesmal wenn er sich ihren Annäherungsversuchen widersetzte, machte sie von ihren königlichen Vorrechten Gebrauch.

Als sie eines Abends von einer Tanzveranstaltung nach Hause kamen, verlangte sie, er solle sie die Treppe hochtragen. Er erhob Einspruch dagegen. Sie beharrte darauf. Er weigerte sich weiter.

»Peter, dies ist ein königlicher Befehl«, sagte sie und trat mit dem Fuß auf.

Der stattliche Stallmeister lachte und nahm sie auf seine Arme. »Immer Euer gehorsamer Diener, Ma'am«, sagte er und trug sie die Treppe des Clarence House hoch.

»Margaret war sehr unverfroren«, sagte ihre Freundin Evelyn Prebensen, deren Vater, der norwegische Gesandte, Dechant des Diplomatischen Korps in London war. »Ich habe mit ihr in diesen Tagen viel Zeit verbracht und erinnere mich an ein Weihnachtsfest, als der König Peter beurlaubt hatte, damit er bei seiner Familie sein konnte. Margaret kam plötzlich die Idee, Karten spielen zu wollen, und sie bestand darauf, daß Peter mit ihr spielte. So war er gezwungen, auf den Urlaub bei seiner Familie zu verzichten und Margaret vorn und hinten zu bedienen. Kein Wunder, daß seine Frau Affären hatte.«

1952 wurde Townsend wegen des Ehebruchs seiner Frau geschieden und bekam das Sorgerecht für ihre beiden Söhne zugesprochen. Obwohl er der Betrogene war, traumatisierte seine Scheidung die Höflinge der Queen, die noch immer von dem Gespenst der Scheidung 1936 verfolgt wurden, die zur einzigen Abdankung in der britischen Geschichte geführt und die damit geendet hatte, daß der in Ungnade gefallene König ins Exil ging. Scheidung wurde als eine solche Abscheulichkeit angesehen, daß der Lord Chamberlain*, der Vorsteher des königlichen Hofstaates, sicherstellen mußte, daß in Gegenwart der Königin keine geschiedene Person anwesend war.** Er schloß sogar eine so strahlende Persönlichkeit wie Laurence

---

* In späteren Jahren wurden die Pflichten des Lord Chamberlain modifiziert, so daß die Queen ihre geschiedenen Kusinen, ihre geschiedene Schwester, ihre geschiedene Tochter und ihre beiden geschiedenen Söhne, den Thronfolger eingeschlossen, besuchen konnte.

** Die Einschränkung, daß es geschiedenen Personen nicht erlaubt war, dieselbe Luft wie die königliche Familie zu atmen, wurde nach Peter Townsends Scheidung etwas gelockert. Nur solche geschiedenen Personen, die rechtlich schuldlos an ihrer Scheidung waren, durften in Gesellschaft der königlichen Familie sein. Diese Politik gestattete es Townsend, der von einer Frau betrogen worden war, weiter im königlichen Dienst zu bleiben. Von 1950 bis 1953 stand er dem Haushalt der Königinmutter vor. Für den Rest seines Lebens, sogar als er im Exil war, war sein Name in »Whitaker's Almanac« als Stallmeister Ihrer Majestät der Königin mit besonderen Aufgaben aufgeführt.

Olivier, der als Englands größter Schauspieler gilt, wegen dessen Scheidung aus der königlichen Anlage in Ascot aus. In Schottland war Lyon King of Arms der Hüter der Moral, und auch er strich die Namen aller geschiedenen Personen von der königlichen Gästeliste. Ein schottischer Adeliger protestierte dagegen, daß er von einem Besuch der Queen in Edinburgh ausgeschlossen wurde, weil er geschieden war.

»Meine Ehe ist annulliert worden«, sagte der Edelmann, »und ich bin erneut kirchlich getraut worden.«

»Das wird Ihnen gewiß Zutritt zum Himmlischen Königreich erlauben«, sagte der Lyon King of Arms, »aber es wird Sie nicht in den Palace of Holyroodhouse bringen.«

1953 erschütterte Prinzessin Margarets Liebesaffäre mit Townsend, einem geschiedenen Mann, das britische Establishment, und die Regierung, die Kirche und die königliche Familie zeigten sich heftig von der Romanze getroffen. Als königliche Prinzessin verzieh man Margaret Rose, die dritte in der Thronfolge war, daß sie sich verliebt hatte, wogegen Townsend, ein Bürgerlicher, dafür verurteilt wurde, daß er Klassenschranken gewagt hatte zu überschreiten.

»So eine Frechheit!« sagte der Herzog von Edinburgh. »Stallmeister haben sich um die Pferde zu kümmern!«

Die Höflinge der Königin waren ebenso außer sich. Sie glaubten an die Überlegenheit des Klassensystems, wie es in dem Knittelvers definiert war, den sie als Kinder gelernt hatten. Sinngemäß lautete er: »Gott segne den Squire und seine Verwandten und erhalte uns den uns gebührenden Stand.«

Als Peter Townsend gestand, daß er sich in Prinzessin Margaret verliebt hatte, wurde der Privatsekretär der Königin, Alan Lascelles, wütend: »Sie müssen entweder verrückt oder böse sein.« Lascelles konferierte schnell mit dem Premierminister.

»Captain Townsend muß gehen«, erklärte Winston Churchill. »Er muß einfach gehen.«

In ihrer Verzweiflung beschlossen die Höflinge, Churchills Rat zu folgen und Townsend aus England zu verbannen. Sie glaubten törichterweise, daß seine Beziehung zu der Prinzessin durch die Trennung beendet werden würde, ohne zu begreifen, daß Entfernung das beiderseitige Verlangen noch mehr steigerte. Es ging ihnen nur darum, bis zu Margarets fünfundzwanzigstem Geburtstag Zeit zu gewinnen. Bis dahin war es ihr nicht gestattet, ohne Erlaubnis ihrer Schwester zu heiraten, und als Oberhaupt der Kirche von England konnte ihre Schwester niemals zulassen, daß sie einen geschiedenen Mann heiratete. Durch Trennung des Paares verhinderten die Höflinge auch die negative Publicity, welche die erste Reise der Königin durch das Commonwealth zu überschatten drohte.

Townsend, der eigentlich dafür vorgesehen war, Prinzessin Margaret und die Königinmutter 1953 auf ihrer Reise nach Rhodesien zu begleiten, wurde plötzlich aus dem königlichen Dienst entfernt und als Luftwaffenattaché zur Botschaft in Brüssel entsandt. »Ich kam her, weil die Situation für uns beide unerträglich war«, erzählte er einem Reporter. »Ich kann keine Fragen beantworten, weil ich nicht Urheber dieser Umstände bin. Meine Loyalität gegenüber Prinzessin Margaret steht außer Frage. Um dieser Loyalität willen würde ich alle Schwierigkeiten ertragen.«

Townsend wurde so schnell verbannt, daß er nicht einmal Zeit hatte, seine Söhne auf diese Neuigkeiten vorzubereiten, die in Kent die Schule besuchten. Margaret bettelte ihre Schwester flehentlich an, die Entscheidung rückgängig zu machen, aber das wurde der Prinzessin abgeschlagen. Die Schwestern hatten einen schrecklichen Krach.* Margaret legte sich drei Tage lang

---

* Jahre später sagte Prinzessin Margaret: »Ich habe nur zweimal Auseinandersetzungen mit der Queen gehabt. Bei beiden ging es um Männer.« Der Chronistin Elizabeth Longford erklärte sie: »In unserer Familie gibt es keine Unstimmigkeiten – sehr selten einen Streit, aber nie eine Unstimmigkeit.«

ins Bett und nahm Beruhigungsmittel. Als sie aufstand, setzte sie sich an ihr Klavier und brachte ihr Elend mit ihrer Musik zum Ausdruck. »Ich komponierte ein Lamento, mit Worten wie auch mit Musik«, erzählte sie dem Biographen Christopher Warwick. »Das war, nachdem Peter Townsend und ich wußten, daß wir niemals würden heiraten können.« Townsend hatte das Land sofort nach seiner Rückkehr mit dem Königspaar aus Nordirland verlassen und wurde zuletzt in England auf der Rollbahn eines Flughafens gesehen, wo er der Queen und Prinz Philip die Hand schüttelte. Er kehrte zweimal heimlich nach England zurück, um die Prinzessin vor ihrem fünfundzwanzigsten Geburtstag zu besuchen, und traf sich einige Male heimlich in den Wohnungen von Freunden mit ihr.

Im Oktober 1955, wenige Wochen nach ihrem fünfundzwanzigsten Geburtstag, ging Margaret nach Windsor Castle, um mit der Königin und Philip über alles zu sprechen.* Im Laufe eines emotional geführten Gesprächs sagten sie ihr, daß die Regierung von Sir Anthony Eden sich unerbittlich der Heirat widersetze, ebenso wie der Erzbischof von Canterbury.

»Du stehst in der Thronfolge an dritter Stelle«, sagte Philip.

»Ich kann zählen«, schnappte Margaret.

»Du hast eine Verfassungskrise ausgelöst«, fuhr Philip fort und verwies auf den Leitartikel in der *Times,* in dem konstatiert wurde, daß einer Schwester der Königin, des Oberhauptes der Kirche von England, der Verteidigerin des Glaubens, »unwiderruflich verboten werden müsse, ihre Rolle in der

---

* In seiner taktvollen Autobiographie schrieb Townsend, daß er darauf vorbereitet gewesen war, Philip zu mögen, aber ... »Als ich 1953 ins Exil ging, begleitete er mich nicht gerade zur Tür und sagte Lebewohl ... Er ist Deutscher, sieht aber nicht sehr deutsch aus. Er ist gewiß offen, und seine Ansichten sind offen. Ich würde sagen, er ist intelligent, ohne ein Intellektueller zu sein ... er konnte sehr schroff sein, und er hat eine abgehackte Sprechweise, beendet Dinge aber oft mit einem Scherz oder einer Witzelei.«

wichtigen königlichen Funktion weiterzuspielen«, wenn sie einen geschiedenen Mann heirate.

»Wenn du auf deinen Heiratsplänen bestehst«, sagte die Queen, »wirst du keinen kirchlichen Segen dazu bekommen.« Sie sagte weiter, daß die Hochzeit nicht in Britannien stattfinden könne, daß das Paar im Ausland leben müsse, daß Margaret ihren Titel und ihre jährliche Apanage verlieren würde und gezwungen wäre, auf ihren Platz in der königlichen Familie zu verzichten. Die Prinzessin ging weinend aus dem Raum.

Um eine unerfreuliche Szene zu vermeiden, hatte sich ihre Mutter auf ihren Landsitz, Schloß Mey, in Schottland zurückgezogen. So hart, wie sich die Königinmutter offziell gab, schreckte sie doch vor einer direkten Konfrontation zurück. Persönliche Auseinandersetzungen konnte sie nie ertragen und wich ihnen stets aus, indem sie sich eine Bronchitis zuzog oder sich mit Grippe oder Migräne ins Bett legte.

Ohne einen Fürsprecher im Establishment zu haben, war das Paar machtlos. Voller Qual beugten sie sich dem Druck und beschlossen, sich zu trennen, wohl wissend, daß sie sich nie wiedersehen würden. Townsend setzte eine Erklärung auf, der die Prinzessin zustimmte, und ihre Erklärung wurde eine Woche später bekanntgegeben. Die BBC unterbrach ihr Programm, um den Text zu verlesen, der schlicht mit dem Namen »Margaret« unterzeichnet war: »Ich möchte bekanntgeben, daß ich beschlossen habe, Oberst Peter Townsend nicht zu heiraten. Eingedenk der Lehre der Kirche, daß die christliche Ehe unauflöslich ist, und im Bewußtsein meiner Pflichten für das Commonwealth habe ich entschieden, diese Überlegungen allen anderen voranzustellen. Ich habe diese Entscheidung völlig allein getroffen.«

Der Herzog von Windsor war wütend auf das Establishment, das seine Nichte gezwungen hatte, diese Erklärung abzugeben. »Die ölige, heuchlerische Scheinheiligkeit, die in der *Times* und dem *Telegraph* durch Margarets Verzicht auf Townsend provoziert worden ist, war schwer zu ertragen«, schrieb der Herzog an seine Frau. »Die Kirche von England hat wieder gesiegt, aber diesmal haben sie ihre Fliege gefangen, wogegen ich raffiniert genug war, dem Netz einer antiquierten Institution zu entrinnen, das nicht mehr als ein Regierungsministerium geworden ist ...«

Viele andere empfanden tiefes Mitgefühl für die Prinzessin, und einige wenige Protestbriefe wurden veröffentlicht, aber die große Mehrheit der Menschen akzeptierte die traurige Tatsache, weil sie so das Richtige getan hatte, indem sie die Pflicht über alles stellte. Die Kirche war allmächtig. »In einigen Kreisen ist der Eindruck entstanden, als habe die Kirche ein einsames Mädchen mit Schikane dazu gebracht, etwas zu tun, was es nicht tun wollte«, sagte der Reverend Peter Gillingham, einer der Kapläne der Königin. »Das ist falsch. Die Kirche hat lediglich die Gesetze der Kirche klargestellt.«

Peter Townsend kehrte verbittert nach Brüssel zurück, quittierte seinen Dienst bei der Royal Air Force und heiratete einige Jahre später wieder. Er lebte im selbstgewählten Exil in Rambouillet, südwestlich von Paris, und schwor, nie wieder nach England zurückzukehren. In seiner Autobiographie schrieb er, daß er sich wünsche, seine Asche solle in Frankreich verstreut werden. »Und wenn«, schloß er, »der Wind, der Südwind, mit dem die Schwalben fliegen, sie nach England treibt, dann soll es so sein. Ich werde es nie erfahren, und es ist mir auch egal.« Siebenunddreißig Jahre später, er war unheilbar an Krebs erkrankt, kam er dennoch einmal heimlich nach London, um in Kensington Palace mit Prinzessin Margaret Mittag zu essen.

»Es war eine Art Lebewohl«, sagte ein Freund, der anwesend war. Townsend, schon ergraut, aber mit siebenundsiebzig noch immer gutaussehend, litt unter Magenkrebs, den er stets tapfer und schicksalsergeben als »eine kleine Magenunpäßlichkeit« abtat. Drei Jahre später starb er.

»Wenn erst einmal eine Sache hinter einem liegt, schaut man nicht zurück«, sagte er. »Das Leben hätte anders verlaufen können – aber es war eben nicht so.«

Die starre Haltung königlicher Kreise zum Thema »Scheidung« hatte sich inzwischen gelockert, nicht aber die Einstellung der Höflinge hinsichtlich dieser speziellen Romanze. »Es ist wirklich ganz einfach: Pflicht vor Vergnügen. Land vor Liebelei«, sagte ein ehemaliger Höfling. »Wir taten, was wir tun mußten, um die Krone zu schützen, und danach hatten wir die erste königliche Reise vorzubereiten.«

Die Queen hatte eingewilligt, nach ihrer Krönung sechs Monate lang 60 000 Kilometer rund um den Globus zurückzulegen, um sich ihren 750 Millionen Untertanen – alle Länder des Commonwealth zusammen nahmen damals ein Viertel der Erdoberfläche ein und bestimmten ein Drittel des Welthandels – vorzustellen. Sie plante, zwölf Länder, sechs Kolonien, vier Territorien und zwei Dominions zu besuchen. Sie sollte 276 Reden hören, 6 770 Knickse zu ihrer Ehrung bekommen und 13 213 Hände schütteln.

Sie sollte schließlich der meistgereiste Monarch in der britischen Geschichte werden. Aber 1953 noch galt ihre erste Reise als Königin als ein gewaltiges Unterfangen, das noch nie zuvor ein Staatsoberhaupt auf sich genommen hatte. Die Queen wollte die erste sein, die so etwas wagte, weil sie für ihre Untertanen mehr sein wollte als nur eine Galionsfigur.

»Ich möchte zeigen, daß die Krone nicht nur ein abstraktes Symbol unserer Einheit ist«, sagte sie in ihrer Weihnachtsansprache aus Neuseeland, »sondern ein sehr persönliches, enges Band zwischen Ihnen und mir.«

»Diese Tour war eine äußerst anstrengende Reise für alle«, erinnerte sich Reporter Gwen Robyns, der zu der kleinen Truppe von Journalisten gehörte, die die Queen begleitete. »Ich arbeitete für die *Evening News,* damals die am weitesten verbreitete Zeitung der Welt, und ich beobachtete die Queen jeden Tag, jeden Abend beim Erfüllen ihrer Repräsentationspflichten. Ich kann Ihnen sagen, daß sie diese Reise unmöglich ohne die Hilfe des Herzogs von Edinburgh überstanden hätte.«

Elizabeth war von eiserner Disziplin und konnte es deshalb aushalten, stundenlang in der Sonne zu stehen und kilometerweit im Damensitz auf einem Pferdesattel zu reiten. Doch mit den Menschen zusammenzutreffen und länger mit Fremden über Belanglosigkeiten zu plaudern fiel ihr schwer. Sie war in Windsor Castle allein aufgewachsen, hatte ihre Zeit mit ihrer Schwester, ihren Bediensteten und ihrer Gouvernante verbracht. Sie war an die Gesellschaft anderer nicht gewöhnt und wußte nicht, wie sie sich dort einbringen sollte. Ihr geselliger Ehemann hingegen genoß es, mit anderen zu spötteln, zu witzeln und zu flirten.

»Philip war für sie perfekt, was das anging, und sie war absolut in ihn verliebt«, sagte Gwen Robyns. »Die Königin war noch so jung und so unsicher auf dem Gesellschaftsparkett. Es schmerzte, sie derart unsicher zu sehen. Sie wußte nicht, was sie unter so vielen Menschen tun, wie sie sich verhalten sollte. Aber er war ruhig und locker, welterfahrener. Er heiterte sie auf und brachte sie für die Begegnung mit den Menschen in die richtige Stimmung. Meistens machte sie ein grantiges Gesicht, weil sie das alles als eine so große Belastung empfand, aber er brachte sie zum Lächeln. Er hatte allerdings eine Abneigung gegen die Presse. ›Da kommen die Geier‹, sagte er, wenn er uns sah. Auf Malta bewarf er uns mit Erdnüssen, weshalb wir ihn haßten, aber wir konnten beobachten, daß er wirklich wundervoll zu ihr war. In seiner Gegenwart blühte sie auf. Er brauchte ihr nur etwas ins Ohr zu flüstern, und sie strahlte. Jedesmal wenn sie verärgert oder verstimmt war, brachte er sie zum Lachen. Durch ihn sah sie gut aus. Er trug sie auf dieser Reise wirklich auf Händen.

Ich erinnere mich daran, daß sie in Australien sehr angestrengt und gelangweilt wirkte, weil sie bei sengenden 43 Grad Hunderte verschwitzter Hände zu schütteln hatte. Sie schaute finster drein und wirkte unwirsch, bis Philip sich zu ihr wandte und sagte: ›Lächle, Kleines. So schlimm ist das alles nicht.‹

In Neuseeland tanzten die kleinen Maorikinder vor Aufregung herum, um ihr ›etwas zum Besten zu geben‹. Sie wollten nämlich für sie vom Flußufer ins Wasser zu springen. Aber die Königin schaute nicht einmal zu ihnen hin, sondern ging statt dessen zu ihrem Wagen. Philip bemerkte, was geschah. ›Schau doch mal, Bet [Verkleinerungsform des Kosenamens Lilibet]‹, sagt er. ›Sind sie nicht wunderbar?‹ Die Königin drehte sich um und ging zurück, um den Kindern zuzuschauen.

Philip beschützte sie entschlossen, wenn ihre Kraft nachzulassen begann«, sagte Gwen Robyns. »Er sprang ihr zur Seite und verscheuchte die Fotografen, wenn er glaubte, sie seien zu nahe oder würden sie in Verlegenheit bringen. ›Laßt die Königin in Ruhe‹, sagte er dann. Während er zu ihr großartig war, war er gegenüber anderen oftmals ungehalten. Ich erinnere mich, daß in Südaustralien der Bürgermeister einer kleinen Stadt für die Begegnung mit der Königin ein scheußliches Gewand aus Kaninchenfell angelegt hatte. Er war etwa siebzig Jahre alt, es war alles so niedlich, so mitleiderregend. Er präsentierte der Queen eine riesige Schachtel und sagte mit zitternder Stimme: ›Eure Königliche Hoheit‹ – und der arme Kerl hätte sagen müssen Eure Majestät – ›in genau diesem Augenblick präsentiert unser Botschafter in London Ihrem Repräsentanten im Buckingham-Palast eine ähnliche Schachtel.‹

›O mein Gott, Mann‹, rief Philip aus. ›Ist Ihnen nicht klar, daß es zwischen hier und England einen Zeitunterschied von zehneinhalb Stunden gibt? Ihr Botschafter schläft vermutlich jetzt ganz tief.‹

Der Bürgermeister versank fast in den Boden. Er sah völlig niedergeschlagen aus. Es war traurig, ihn in seinem erbärmlichen Kostüm dastehen zu sehen, zitternd und Entschuldigungen stammelnd. ›Daran hätte ich denken sollen,‹ sagte er. Es war eine aufrichtige Selbstanklage. Dies sollte nun der größte Tag seines Lebens sein, und er wurde vom Herzog von Edinburgh niedergemacht. Philip verhielt sich wie ein Ignorant.

So etwas konnte ich natürlich nicht berichten«, sagte Robyns, »ebensowenig andere persönliche Details. Als ich bemerkte, daß die Königin immer die Schuhe auszog, was reizend, ja menschlich wirkte, erwähnte ich das in einem meiner Artikel: ›Die erschöpfte Queen zog ihre Schuhe aus.‹ Ich bekam daraufhin von meinem Chefredakteur einen Rüffel verpaßt. ›Finger weg von der Königin. Der Buckingham-Palast ist wütend auf Sie.‹ Ein anderes Mal schrieb ich, die Königin sehe müde aus. Wir wußten, daß all diese Flaggen und Fähnchen, all dieses Rot, Weiß und Blau jedesmal, wenn sie sich nur umdrehte, sie zu Tode langweilte, also schrieb ich, daß sie ebenso ermüdet aussehe wie wir anderen auch. Eine weitere Ermahnung folgte, die Königin unbehelligt zu lassen. Also mußte ich aufhören, über die menschliche Seite der Reise zu berichten ...«

Der Palast, der seine Argusaugen stets überall hatte, versuchte, die Königin vor sich selbst zu schützen. »Man wollte ihre menschliche Seite verbergen – oder das, was davon überhaupt noch übrig war«, sagte Maurice Weaver vom *Daily Telegraph*. »Ich erinnere mich an einen königlichen Besuch auf Papua-Neuguinea, als die Königin zuschaute, wie die Eingeborenen in ihren Baströcken tanzten. Sie trugen Halsketten aus Knochen und Zweigen und sonderbaren Münzen. Sie wandte sich an ihren Kammerherrn. ›Ich habe das Gefühl, daß diese Menschen ein paar Münzen mit meinem Konterfei brauchen.‹ Also trieb er die britischen Reporter zusammen und bat sie um ein paar Geldstücke.

Ich schrieb eine lockere Geschichte über diese Sammlung für die Queen und darüber, wie wir rasch ein paar Münzen aufzutreiben hatten. Als der Kammerdiener davon erfuhr, klopfte er mitten in der Nacht an die Tür meines Hotelzimmers und verlangte, daß ich die Geschichte nicht veröffentlichen solle.

›Die Königin wirkt dadurch lächerlich‹, sagte er.

›Ach, Blödsinn‹, sagte ich. ›Das ist eine ganz harmlose Geschichte. Niemand erwartet, daß die Queen Geld bei sich hat.‹«

Der Journalist hat allerdings keine Story daraus gemacht, mit welcher herzergreifenden Noblesse-Mentalität die Königin ihren armen, unbedarften Eingeborenen entgegentrat, denn er hatte ja bereits erfahren, wie empfindlich der Palast reagierte, was die Darstellung der Queen in der Presse anbelangte. »Wir durften nur darüber schreiben, was die Königin trug und wie sie aussah«, sagte er. »Der Pressesekretär des Palastes kam stets vorbei und gab uns eine vorgefertigte Beschreibung Ihrer Majestät, und wir schrieben alles pflichtbewußt nieder und berichteten nur darüber ...«

Als die Königin ihre Aufgaben sicherer beherrschte, wurde auch die Presseabteilung des Palastes umgänglicher, aber nur etwas. »Es gibt ein ungeschriebenes Gesetz«, sagte der Journalist Phillip Knightley, der die Queen auf ihrer ersten Reise als Königin begleitete: »Es ist, als ob der Palast bedeutete: ›Sie brauchen uns, um Ihre Leser zu halten, denn die wollen die Geschichten über das Königshaus. Und wir brauchen Sie, um den Untertanen der Queen zu kundzutun, was sie tut oder vorhat und was für eine wundervolle Persönlichkeit sie ist. Sie können also alles über das Königshaus schreiben – solange Sie nicht die Institution Monarchie in Frage stellen.‹« Doch wurde auch dabei Respekt erwartet. In Neuseeland konnte so natürlich nur die amerikanische Presse ungeschoren davonkommen, als sie sich über einen grammatikalischen Fehler der Queen lustig machte.

Nach vielen Reisejahren lernte die Königin schließlich, wenngleich nur sehr mühsam, ihren eigenen Weg zu finden. »Sie verhielt sich immer richtig, war aber nie herzlich oder schmeichelte«, sagte Gwen Robyns. »Sie wirkte noch immer gestelzt und distanziert, hielt sich zurück, um keinen Fehler zu begehen und keinen falschen Schritt zu machen. Sie war so unsicher, daß sie nur so mit ihrer Rolle fertigwerden konnte. Sie ist keine Frau, die wie ihre Mutter in der Öffentlichkeit aufblüht, die immer strahlt und charmant ist und im Inneren aber aus Stahl besteht – aus kaltem, hartem Stahl.«

Obwohl die junge Herrscherin sich im Scheinwerferlicht offensichtlich unwohl fühlte, war sie die Hauptfigur in nicht weniger als drei Filmen, die während der Reise der Königin gedreht wurden. Sechs Monate nachdem sie London verlassen hatte, kehrte sie nach Hause zurück und wurde von ihren Untertanen begeistert begrüßt. Sie säumten die Ufer der Themse, als sie auf der königlichen Jacht *Britannia* stromaufwärts fuhr. Ihnen war klar, daß sie nie die die Mengen begeisternde Schauspielerin sein würde, die ihre Mutter gewesen war, aber dennoch würdigten sie ihre Pflichterfüllung. Sie jubelten begeistert, als die königliche Jacht sich näherte und die Queen auf ihre Rufe mit einem steifen Winken reagierte. Auch sie wußte, was ihr im Vergleich zu ihrer charismatischen Mutter fehlte. Wie ihr Vater war sie ganz auf ihren Ehepartner angewiesen, der derjenige war, der Ausstrahlung besaß. Das gestand sie später engen Freunden gegenüber ein, als sie ihrem Gatten den verdienten Tribut zollte: »Ohne Philip«, sagte sie, »hätte ich nicht weitermachen können.«

8

DIE MONARCHIE WAR für die Königin stets wie ein Zug in der Ferne gewesen, der auf Elizabeth seit ihrem zehnten Lebensjahr immer schneller zugefahren war. Sie wurde älter und hörte, wie er immer näher kam. Sie wußte, daß sie ihn eines Tages werde besteigen müssen. Aber sie hatte sich nie träumen lassen, daß er sie so schnell erreichen würde. Im Alter von sechsundzwanzig war sie gerade eine Ehe eingegangen, die für sie mehr und mehr Glück zu bedeuten begann.

Bevor der Tod ihres Vaters sie auf den Thron gezwungen hatte, hatte sie sich darauf gefreut, Frau und Mutter zu sein, denn gleich nach ihrer Heirat hatte sie gesagt, sie wolle vier Kinder haben und sich ganz der Familie widmen.

Und in den ersten Jahren ihrer Ehe, als sie konkret vor der Erfahrung stand, Mutter zu werden, entschied sie sich noch einmal bewußt für ihre Familie. Ihrem Mann galt ihre erste Priorität – damals noch. Und bevor 1948 ihr Sohn geboren wurde, soll sie gesagt haben: »Ich werde die Mutter der Kinder sein, nicht die Kindermädchen.« Doch wenn sie sich im Interessenskonflikt zwischen ihren Pflichten als Mutter und denen als Ehefrau befand, brauchte sie die Kindermädchen, um allen gerecht zu werden. Und im Zweifelsfall diente sie mehr der Krone als ihrer Familie.

Sie war am ersten Geburtstag ihres Sohnes nicht zu Hause, weil sie bei ihrem Mann sein wollte, der in Malta Dienst bei der Marine tat. Sie ließ den kleinen Jungen mehrere

Monate lang zu Hause bei seinen Großeltern und seinen Kindermädchen und erlebte seinen ersten Schritt und das Aufblitzen seines ersten Zahnes nicht. Sein erstes Wort war nicht »Mama«, sondern »Nana«, die Person, die ihm am nächsten stand, seine geliebte Nanny, sein Kindermädchen. Die Königin war auch als Kind sechs Monate lang mit Nannys allein gelassen worden, während ihre Eltern durch Australien und Neuseeland reisten, und so war es für sie selbstverständlich, ihre eigenen Kinder in der Obhut anderer zurückzulassen. Zuweilen brachte sie aber schon Schuldgefühle zum Ausdruck.

»Ich will nicht, daß andere meine Kinder großziehen«, sagte sie erneut vor der Geburt von Prinzessin Anne 1950. Doch als ihre Tochter drei Monate alt war, ließ Elizabeth auch sie im Kinderzimmer des Palastes zurück, damit sie mit ihrem Mann reisen konnte. Als dem kleinen Mädchen die Mandeln und Polypen herausgenommen werden mußten, brachte ihr Kindermädchen sie ins Kinderkrankenhaus und verbrachte die Nacht an ihrem Bett. Ihre Mutter blieb, nicht sonderlich besorgt, in Windsor Castle.

»Die königliche Familie mißachtet die Rechte ihrer Kinder, sie behandelt sie nicht besser als ihr Vieh«, schrieb John Gordon im *Daily Express,* nachdem er erfahren hatte, daß die Queen in der Nacht, in der Prinz Charles in aller Eile wegen einer akuten Blinddarmentzündung zu einer Notoperation ins Londoner Great Ormond Street Hospital gebracht wurde, im Bett ruhig liegen geblieben war. »Den Menschen gefiel es nicht, daß die Queen nicht ans Bett von Prinz Charles ging, als er so litt«, schrieb Gordon.

Als Elizabeth 1952 Königin wurde, bemühte sie sich allerdings verstärkt, in ihrem Leben Raum für ihre Familie zu schaffen, aber de facto hatte sie keine Zeit mehr dafür, wirklich Mutter zu sein. Statt dessen widmete sie sich ganz den Pflichten der Krone und wollte erst mal keine weiteren Kinder haben.

Als Souverän eines einflußreichen Landes wußte sie, daß sie zu herrschen hatte – die Welt bereisen, Staatsbesuche machen, führende Persönlichkeiten empfangen, das Parlament konsultieren, Reden halten, Paraden abnehmen, Bänder zerschneiden, Ritterschläge erteilen, das war ihre Welt – und Lächeln, Lächeln, Lächeln.

Das obsessiv-zwanghafte Kind, einst von ihrer Gouvernante beschrieben als »zu systematisch und zu ordentlich ... pflichtbewußter, als ihr guttut«, lebt ausschließlich für die Pflichten der Monarchie. »Ich hatte keine Lehrjahre«, sagte sie später. »Mein Vater starb viel zu früh. Es war eine sehr plötzliche Veränderung, und ich mußte meine Arbeit so gut wie nur möglich machen ...« Sie war eifrig damit beschäftigt, ihre Post zu erledigen, ihre Reden vorzubereiten, sich um ihre Aktenkoffer zu kümmern, welche die Regierungsdokumente enthielten, die ihr jeden Tag zugestellt wurden.

»Ach, diese Aktenkoffer«, sagte ein ehemaliger Höfling viele Jahre später. »Es fiel ihr ganz leicht zu erklären: ›Ich habe oben zwei rote Aktenkoffer, sie zu studieren ist meine verfassungsmäßig verbriefte Pflicht, und ich tue das viel lieber, als mit meinem Sohn, meiner Tochter oder meinem Mann zu streiten.‹ Die roten Aktenkoffer sind eine wundervolle Fluchtmöglichkeit vor allen Familienproblemen.«

Für die Öffentlichkeit war Elizabeth die ideale Mutter. Fotos von ihr mit ihrem stattlichen Mann und ihren beiden kleinen Kindern erschienen regelmäßig in Zeitungen und Illustrierten. Sie lernte von ihrer klugen Mutter, die sich stets mit ihrer Familie zu präsentieren gewußt hatte. Elizabeth genehmigte ein Buch über ihr Familienleben und ließ auch Fotoserien für die Zeitungen machen, die mit »Unsere kleinen Prinzessinnen daheim« und »Spielzeit in der königlichen Jagdhütte« betitelt waren, um das Image einer idyllischen königlichen Familie zu stärken. Natürlich wurde Elizabeth in dem Bewußtsein groß, daß die Berichterstattung ein notwendiges Marketingwerkzeug für die Monarchie darstellt. Sie spürte, daß das Posieren für Fotos Teil ihres Jobs als Queen war, und ihr Mann empfand das genauso. »Wenn man wirklich eine Monarchie haben will«, sagte er, »muß man eine Familie haben, und die Familie muß für die Öffentlichkeit auch erfahrbar sein.«

Die Königin setzte ihre Prioritäten. Die Monarchie stand an erster Stelle, ihre Ehe an zweiter und ihre Kinder an dritter. »Ich glaube, daß jedem Gedanken an eine Familie im normalen Sinne durch den Amtsantritt der Königin in einem so frühen Alter ein Ende gesetzt wurde«, sagte der Biograph Philip Ziegler. »Ich glaube nicht, daß es je in ihrer Natur lag, eine gute Mutter zu sein, aber das wurde in jedem Fall verhindert, als sie erst einmal auf dieses Karussell königlicher Pflichtübungen gehievt worden war.«

Dennoch versuchte sie, nicht ganz und gar ihre mütterlichen Aufgaben zu vernachlässigen. »Ich muß jeden Tag etwas Zeit für die Kinder haben«, sagte sie. Sie änderte darum auch die Zeit ihres wöchentlichen Besuches bei dem Premierminister, damit sie den vierjährigen Charles und die zweijährige Anne noch sehen konnte, bevor sie ins Bett gingen, und gestattete ihnen, morgens dreißig Minuten mit ihr und Philip zu verbringen. Ihre Kindermädchen, Helen Lightbody und Mabel Anderson, brachten die Kleinen zu diesem Zweck jeden Tag um 9.00 Uhr in das Wohnzimmer der Queen und holten sie pünktlich um 9.30 Uhr ab, wenn sie sich an ihren Schreibtisch setzte, um zu arbeiten. Anne wollte gewöhnlich nicht gehen, aber ihr Bruder zog sie weg und sagte: »Anne, du darfst Mummy nicht stören. Sie ist beschäftigt. Sie spielt Königin.«

Den Rest des Tages verbrachten die Kinder mit ihren Kindermädchen und Gouvernanten, den stämmigen schottischen Frauen mit festen schwarzen Schuhen und dauergewelltem Haar, die sie fütterten, anzogen, badeten und sogar in einem Zimmer mit ihnen schliefen. Jeden Tag um

17 Uhr* brachten die Kindermädchen die Kinder zu einem weiteren Besuch zu ihrer Mutter und ihrem Vater, bevor sie sie ins Kinderzimmer brachten, um sie zu baden und zu Bett zu bringen. Die Kinder sahen ihre Nannys somit weit öfter, als sie je mit ihren Eltern zusammentrafen.

»Eine elende Kindheit«, erinnerte sich Prinz Charles Jahre später, der seinen Eltern, besonders seinem Vater, Vorwürfe wegen seiner Erziehung machte. Eine seiner traurigsten Erinnerungen war, alleine aufzuwachsen. Er sagte, daß sein Vater selten an seinen Geburtstagen zugegen gewesen sei und an den ersten fünf überhaupt nicht. Statt dessen schickte sein Vater ihm immer Briefe.

»Einsamkeit ist etwas, was Königskinder seit jeher ertragen mußten und auch künftig erdulden müssen«, sagte Lord Mountbatten, der es ablehnte, einem der beiden Elternteile Vorwürfe zu machen. »Da läßt sich wirklich nicht viel machen.«

Barbara Cartland, Autorin von zahlreichen Liebesromanen und Stiefgroßmutter von Prinzessin Diana, konnte sich nicht dazu durchringen, der Queen alle Schuld zuzuweisen. Sie verurteilte sie nur indirekt. »Charles wurde geboren, als seine Mutter sehr jung war, deshalb verbrachte sie nicht gerade schrecklich viel Zeit mit ihm«, sagte sie. »Er war in seiner Kindheit ein so unglücklicher kleiner Junge gewesen.«

Die Königinmutter wußte, wem die Vorwürfe zu machen waren. »Die Zeitungen beschuldigen ständig Philip, ein zu

---

* »Diese spezielle Zeit wurde mehr wegen der Welsh Corgis als wegen der Kinder gewählt«, sagte der Diener der Queen, der das tägliche Ritual der Königin erklärte, die abends in ihrem Salon ihre Hunde fütterte. »Einer von uns muß allabendlich zu dieser Zeit ein Tablett mit Schüsseln zu Ihrer Majestät bringen, und auf dem Tablett stehen die für die sieben Corgis der Queen in der Küche zubereiteten speziellen Gerichte.« Die Silberschüsseln wurden auf eine auf dem Boden liegende Plastikfolie gestellt, und die Queen mischte jede Portion mit einem silbernen Messer und einer silbernen Gabel.

strenger Vater gewesen zu sein«, vertraute sie einmal jemandem bei einem Dinner an. »Wenn die die Wahrheit wüßten ... Es war immer Lilibet, die zu hart war, und Philip, der versuchte, sie zu mäßigen.«

Jedesmal wenn die Königin von einer ihrer königlichen Reisen zurückkehrte, brachte sie ihre Überraschung darüber zum Ausdruck, wie sehr ihr junger Sohn gewachsen und wie laut er geworden war. Da sie an sein jungenhaftes Verhalten nicht gewöhnt war, fühlte sie sich in seiner Nähe überfordert. »Er ist eine solche Verantwortung«, sagte sie dann immer mit einem Seufzer.

Von Anfang an entschied sie, daß ihre Kinder im Haushalt einfach mit Charles und Anne statt mit »Sir« und »Madam« angeredet wurden. Sie befahl, daß Dienstmädchen und Diener sich vor den Kindern nicht länger zu verbeugen oder zu knicksen hatten. Diese Ehrenbezeugungen blieben ihr und ihrer Mutter vorbehalten. Wie die Dienerschaft mußte auch Charles sich vor seiner Mutter verneigen, bevor er den Raum verließ, ebenso wie er sich vor seiner Großmutter, der Königinmutter, verneigte.

»Man muß immer tun, was Granny einem sagt«, erzählte er einem Spielkameraden, »sonst gibt es keine Süßigkeiten.«

»Warum verneigst du dich vor ihr?« fragte der Spielkamerad.

»Das muß ich tun.«

»Warum?«

»Weil Papa das sagt.«

Als sein Kindermädchen darauf drängte, daß Charles in Balmoral unter seinem Kilt eine spezielle Wollunterhose mit Schottenmuster trug, weigerte er sich.

»Die ziehe ich nicht an«, sagte er. »Papa tut das auch nicht.«

Papa war eigentlich derjenige, der in seiner Kindheit immer für ihn da war und sein Herz erwärmte, trotz gelegentlicher Schelte und Prügel. Jedenfalls stellte er es einmal so dar: »Ich denke, er hatte einen sehr starken Einfluß auf mich, besonders als ich jünger war«, sagte Charles in späteren Jahren. »Ich hatte absolutes Vertrauen in sein Urteil.« Erst als Charles außerstande war, den Erwartungen seines Vaters entsprechend zu leben, wandte er sich gegen Philip. Da sagte er auch mal, sein Vater sei ein Tyrann gewesen, der seine Kindheit wie ein Despot beherrscht habe. Er vertraute Freunden an, daß es zwei Arten von Vätern gebe: Der eine vermittelt seinen Kindern Selbstvertrauen, indem er sie lobt, wann immer sie es verdient haben, und unterläßt Kritik, wenn es irgend möglich ist. »Die zweite Art ist der Herzog von Edinburgh.« Inzwischen hatte Charles vergessen, wie er einst seinen Vater vergöttert hatte und alles imitiert hatte, was er tat, auch mit gesenktem Kopf zu gehen und die Hände auf dem Rücken verschränkt zu halten.

»Als Kind bettelte Charles darum, bei seinem Vater sein zu dürfen«, erinnert sich der Diener der Königin, »und zog es weitaus öfter vor, auf dem Knie von Prinz Philip als auf dem der Königin zu sitzen, wenn er zu ihrem Morgenbesuch zu ihnen gebracht wurde ... Er war die Art von Vater, die jedes Kind anhimmeln würde ... Mehr als die Queen besitzt er eine natürliche, spontane Art, sich auf die Ebene der Kinder zu begeben, ohne dabei gönnerhaft oder herablassend zu wirken.«

Mitglieder des königlichen Haushaltes erinnern sich, daß Philip den Kindern einmal das Buch »Hiawatha« vorlas und dabei den Indianerfederschmuck aufsetzte, den er aus Kanada mitgebracht hatte. Jauchzend und schreiend führte er im Kinderzimmer zur Freude seines jungen Sohnes Kriegstänze auf. »Das ist das Spiel, das ich am meisten liebe«, sagte Charles, der dabei in die Hände klatschte.

Andere sehen Philip weitaus kritischer. »Er akzeptierte Charles, aber ich glaube nicht, daß er ein liebender Vater war«, sagte Ellen Parker, deren ehemaliger Gatte, Michael Parker, Philips bester Freund und Kammerherr war. »Er nahm Charles auf den Arm, aber sein Verhalten war seltsam. Er hatte mehr Spaß mit Anne. Ich glaube, Charles hatte Angst vor ihm.«

Der kleine Junge fürchtete sich sicher auch vor seiner Mutter, die auf ihn stets reserviert, furchteinflößend und viel zu beschäftigt wirkte. Jahre später sagte er, er könne sich nicht an ein einziges Zeichen inniger mütterlicher Liebe in seiner Kindheit erinnern, abgesehen von einem Abend, als seine Mutter vor seinem abendlichen Bad in das Kinderzimmer kam. Sie setzte sich auf einen vergoldeten Stuhl, ein Diener stand hinter ihr, und sie schaute zu, wie ihn sein Kindermädchen badete. »Sie tauchte ihre Hände nicht in das Badewasser«, erinnerte sich Charles, »aber zumindest schaute sie zu.«

Einem seiner Biographen erzählte er, wie seine Mutter ihn nach ihrer ersten Reise als Königin begrüßt hatte. Er hatte sie sechs Monate lang nicht gesehen, und so rannte er an Bord der *Britannia*, um sie daheim willkommen zu heißen. Er lief dorthin und mußte sich einer Gruppe von Würdenträgern anschließen, die darauf warteten, ihr die Hand zu schütteln. Als die Queen ihren Sohn sich in die Reihe drängen sah, sagte sie: »Nein, du nicht zuerst, Lieber.« Sie umarmte und küßte ihn auch später nicht. Sie klopfte ihm einfach auf die Schulter und ging zu der nächsten Person weiter. Ein Fotograf hielt diese kühle Begrüßung zwischen Mutter und Sohn fest. Später rechtfertigte die Queen dies gegenüber einem Freund: »Seit meiner Kindheit bin ich dazu erzogen worden, in der Öffentlichkeit niemals Emotionen zu zeigen«, sagte sie.

»Ihre Abneigung gegen Körperkontakt ist fast eine Phobie«, schrieb die britische Kolumnistin Lynda Lee-Potter. »Durch ihr Unvermögen, ihren Kindern Liebe zu zeigen, hat es ihnen die Königin umgekehrt schwergemacht, ihr Zuneigung zu schenken. Sie ist eine Stoikerin und hat, wie ihre Mutter, eine rücksichtslose Art.«

Die Queen war also unfähig, Zuneigung zu zeigen, und auch ihr Gatte wirkte ähnlich reserviert und zurückhaltend. »Er zeigt seine Gefühle niemals«, sagte Michael Parker. »Ich wollte immer mal sehen, wie er seine Arme um die Königin legt und zeigt, wie sehr er sie liebt. Was ein jedes Paar tun würde. Aber er stand immer irgendwie stramm. Ich habe ihm gegenüber das mehrmals erwähnt. Aber er schaute mich daraufhin nur grimmig an.«

Charles wuchs auf, ohne Zärtlichkeiten der Eltern zu beobachten. Ebensowenig erinnert er sich daran, daß seine Mutter ihn je geküßt hatte, als er älter als acht Jahre war. Traurig erzählte er einem Freund, daß sein Kindermädchen ihm emotional mehr bedeutete als seine Mutter. Er erwähnte einmal eine Untersuchung, die mit Babyaffen durchgeführt worden war, die man direkt nach der Geburt der zärtlichen mütterlichen Berührung entzogen hatte. Er berichtete, daß sie sich niemals wieder davon erholen würden. Sie würden in Zukunft immer teilnahmslos und in sich gekehrt dasitzen. Diese Situation schien der des verängstigten kleinen Jungen ganz ähnlich zu sein, der einsam durch die mit Teppich ausgelegten Korridore des Buckingham-Palast wanderte. Charles sagte, als er das wissenschaftliche Forschungsergebnis begriff, das beweise, daß die liebende Interaktion zwischen Mutter und Kind dazu beiträgt, das Gehirn des Kleinen fürs Lernen aufnahmefähiger zu machen; da habe er endlich verstanden, warum er als so »schwerfällig« bezeichnet worden sei.

Er war ein kränkelndes Kind und litt wie sein Großvater und sein Urgroßvater unter seinen X-Beinen. Seine Plattfüße zwangen ihn, orthopädische Schuhe zu tragen, und er hatte oft Erkältungen, Halsschmerzen, Asthmaanfälle und chronische Lungenprobleme.

»Seine Königliche Hoheit war ein ernster kleiner Junge«, sagte ein ehemaliger Höfling. »Korrekt, mit guten Manieren, aber so ängstlich wie seine Mutter. Er war unsicher auf einem Pferd, und er wurde auf Schiffen oft seekrank. Seine Schwester Anne, die einundzwanzig Monate jünger war, war so unerschrocken und unbändig wie ihr Vater. Deshalb wurde sie sein Lieblingskind.«

Philip sorgte sich um seinen schwächlichen Sohn und versuchte, ihn hart zu machen. »Ich will, daß er ein richtiger Mann wird«, sagte er. Philip, der durchtrainiert, kräftig und stattlich war, spielte Kricket und Polo, nahm an Regatten teil, lenkte Kutschen, steuerte Flugzeuge und jagte begeistert Moorhühner. Er wollte, daß sein Sohn das gleiche tat. Philip schenkte Charles zu seinem ersten Geburtstag einen Kricketschläger und lehrte ihn auch später, selbst zu spielen. Er schenkte ihm ebenso sein erstes Gewehr und brachte ihm das Schießen bei. Er unterrichtete ihn im Schwimmen, Reiten, Segeln und Jagen. Später machte er ihn mit Malen und Polo vertraut, sorgte für Flugunterricht, damit er sein eigenes Flugzeug fliegen konnte. Dadurch überlebte Charles die anstrengende Marineausbildung und wurde Kommandant eines Minensuchers, aber das Image eines Schlappschwanzes konnte er nicht abschütteln.

Charles, der als Kind an den Nägeln kaute und im Dunkeln Angst hatte, sehnte sich nach der Anerkennung seines Vaters und überwand seine Furcht vorm Reiten und seine Seekrankheit beim Segeln. Er war, anders als seine Schwester, von Natur aus kein Athlet, aber er strengte sich sehr beim Sport an, ging manchmal bis an den Rand seiner Kräfte.

Philip, der sicher kein nachsichtiger Vater war, prügelte Charles, wann immer dieser seine Schwester schlug oder sie an den Haaren zog. Und das geschah oft. »Als wir Kinder waren, kämpften Charles und ich wie Katze und Hund miteinander«, sagte Anne. Philip sagte Charles, er habe seine Prügel »wie ein Mann« zu ertragen.

»Handle wie ein Mann«, war der ständige Refrain seines Vaters. »Sei ein Mann.« Einmal, nachdem sein Kindermädchen ihn milde gescholten hatte, rannte Charles zu seinem Vater. »Ich bin Mädchen so leid, Papa«, sagte er. »Laß uns fortgehen und allein unter Männern sein.«

Manchmal grenzte Philips Sorge um Männlichkeit schon an Homophobie. »Ich erinnere mich daran, wie der Queen und

Prinz Philip ein neu eingerichteter Herrensitz gezeigt wurde«, sagte der britische Innenarchitekt Nicholas Haslam. »Sie brachten Prinz Charles mit, ließen ihn aber im Wagen, während sie hineingingen. Die Hausdame fragte: ›Soll Prinz Charles uns nicht begleiten?‹

›Guter Gott, nein‹, sagte Prinz Philip. ›Wir wollen nicht, daß er sich mit etwas auseinandersetzt, das so weibisch ist, wie es Fragen um die Inneneinrichtung sind.‹«

Dennoch bemerkte der Diener der Queen einen ausgeprägten femininen Einfluß bei dem jungen Knaben. »Als Charles zum ersten Mal zur Schule geschickt wurde, zeigte er bereits Anzeichen dafür, daß er der weichen, introvertierten Atmosphäre, die den Palast bestimmt, bereits erlegen war«, sagte er. »Er war Gegenstand beträchtlichen weiblichen Einflusses.«

Daß so viele Frauen soviel Autorität über seinen Sohn hatten, ärgerte Philip. »Nichts als Kindermädchen, Gouvernanten und Schwuchteln«, sagte er, womit er das zum großen Teil homosexuelle Hauspersonal meinte.* Er bestand darauf, daß sein Sohn außerhalb des Palastes erzogen wurde. Die Königin hatte Einwände, aber Philip verwies auf ihre Kindheit, die sie ganz abgeschirmt verbracht hatte, und erinnerte sie daran, daß sie selten einem Bürgerlichen begegnet sei, der kein Diener war. »Charles muß lernen, mit anderen Burschen gleicher Entwicklungsstufe zusammen zu sein«, sagte er. Die Königin zog es noch immer vor, die Erziehung ihres Sohnes im Palast von der Privatlehrerin, Miss Katherine Peebles (»Mispy«), fortsetzen zu lassen, die Charles seit seinem fünften Lebensjahr unterrichtet hatte. Philip argumentierte, daß die kleine, rege Schottin zwar eine nette Person sei, aber weder eine richtige Ausbildung noch einen Universitätsabschluß habe. Fol-

---

* Unglücklich darüber, daß es so viele Homosexuelle im königlichen Haushalt gab, freute Philip sich über den Diener, der mit einem Hausmädchen in flagranti erwischt worden war. »Man hat ihn gefeuert«, sagte der Herzog von Edinburgh. »Er hätte einen Orden verdient.«

gerichtig hielt er sie für ungeeignet, einen künftigen König zu erziehen. Sie hatte sich als geeignet erwiesen, mit Charles und Anne Ausflüge in den Zoo, das Planetarium und in die Museen zu machen, aber jetzt, als Charles acht war, mußte er aus dem Palast heraus und seine ordentliche Erziehung beginnen. »Das bedeutet Schule – eine richtige Schule«, sagte Philip.

Die Erziehung von Charles war Thema einer großen Debatte innerhalb wie außerhalb des Palastes. In den Tageszeitungen erschienen Schlagzeilen wie: »Warum können die königlichen Kinder nicht zur Schule gehen – muß sie immer zu ihnen kommen?« und »Haben wir das Recht, Prinz Charles so früh im Leben von normalen Vergnügungen fernzuhalten?«

Die Queen erklärte sich widerwillig bereit, ihren Sohn nach Hill House zu schicken, eine Londoner Tagesschule. Als er dort ankam, trug er einen grauen Mantel mit schwarzem Samtkragen. Die anderen Kinder trugen Schuluniformen. Für das nächste Jahr schlug Philip eine andere Grundschule vor, die Cheam School, wo Charles wohnen, einen Schlafraum mit neun anderen Knaben teilen und in harten Betten schlafen würde. Wieder war die Königin dagegen, aber Philip gab nicht nach. Schließlich willigte sie ein und ließ zu, daß ihr Sohn der erste britische Thronfolger wurde, der wie ein Bürgerlicher eine normale Schule besuchte.

»Wir wollten, daß er mit anderen Knaben seines Alters zur Schule ging und mit anderen Kindern lebte und in der Kindheit die Disziplin lernte, was nur durch die gemeinsame Erziehung mit anderen gewährleistet wird«, sagte Philip. Die Königin wies den Direktor von Cheam an, den künftigen Monarchen wie jeden gewöhnlichen Schüler zu behandeln, ihn aber mit Prinz Charles anzureden. Für die anderen Jungen könne er einfach Charles sein. Einige von ihnen witzelten über die Pummeligkeit ihres künftigen Monarchen und nannten ihn »Fatty«.

Der kleine Junge, der in Seidenkleider gesteckt worden war und Schleifenhäubchen getragen hatte, sah sich nun mit den

Bambusruten des Rektors konfrontiert. »Ich war gewarnt«, sagte Charles Jahre später, »daß wir geschlagen werden würden, und ich wurde auch geschlagen (beispielsweise wegen einer Balgerei im Schlafraum). Ich tat das nie wieder. Ich war einer dieser Menschen, bei denen körperliche Bestrafung wirklich wirkte.«

An seinem ersten Schultag preßte Charles seine mit seinen Initialen geschmückte Dose mit Milchschokolade – das Abschiedsgeschenk seiner Mutter – an sich. Er wußte nicht, wie er die mit den anderen Jungen teilen sollte, und war zu verängstigt, um es zu versuchen. Die liebevollen Arme seiner Nanny, seines Kindermädchens und seiner Gouvernante zu verlassen war für Charles sehr schmerzlich, da er scheu war und nicht daran gewöhnt, Freundschaften zu schließen.

»Er empfand die Trennung als sehr einschneidend«, sagte sein Kindermädchen, Mabel Anderson.

»Er schrieb Mispy jeden Tag«, sagte seine Schwester Anne. »Sein Herz war gebrochen. Er weinte sich in seinen Briefen aus und bedeutete damit ›Ich vermisse euch.‹«

Er schrieb sehnsüchtig an seinen Vater. »Liebster Papa, ich sehne mich danach, dich auf dem Schiff zu treffen.« Er zeichnete ein Segelschiff, das aussah wie das, auf dem Prinz Philip in Cowes, der größten Segelregatta der Welt, segelte. Er tat sich in Kunst hervor und hatte Freude daran, Bilder seiner Familie zu zeichnen und zu malen. Als er sechs Jahre alt war, zeichnete er eine witzige Weihnachtskarte für seinen Vater, worauf eine Flasche abgebildet war, auf der »Haarwuchsmittel« stand. Denn Philip war wegen seines zurückweichenden Haaransatzes und seiner immer weniger werdenden Haarpracht ziemlich unglücklich.

Bald nach dem Schulantritt wurde Charles gerügt, weil er einen Kraftausdruck gebraucht hatte. »Er könnte es von einem der Arbeiter aufgeschnappt haben«, sagte Philip, »aber ich fürchte, er könnte es ebenso von mir aufgeschnappt haben.«

Nach fünfeinhalb Jahren in Cheam, wo er in Mathematik scheiterte und in Geschichte* nur knapp bestand, sagte Charles seinen Eltern, daß er auf »Papas Schule« gehen wolle. Damit war Gordonstoun gemeint, eine schottische Zitadelle und bekannt für seine Duschen und häufige körperliche Züchtigung.

»Ich erinnere mich, wie Philip bei einem unserer Mittagessen im Thursday Club, dem legendären Donnerstagsclub, über Privatschulen diskutierte – bei diesen reinen Männerzusammenkünften in Wheeler's Tavern in Soho«, erinnerte sich Larry Adler. »Ich erzählte ihm, daß Privatschulen meiner Meinung nach Fabriken für die Erzeugung von Homosexuellen seien. James Robertson Justice, ein ausgezeichneter Schauspieler und ruppiger Schotte, fiel in das Gespräch ein.

›O Gott, Adler, bist du schon wieder bei deinem langweiligen Steckenpferd?‹ sagte er. ›Ich bin in meiner ersten Woche in Eton in den Arsch gefickt worden. Hat mir überhaupt nicht geschadet.‹

›Tja, James‹, sagte ich, ›bei dir war das anders, da jeder wegen des Schulmottos zuschauen mußte, wie du gefickt wurdest. Das heißt ja ›Justice muß nicht nur gebumst werden, ihm muß auch dabei zugesehen werden‹.** Philip konnte nicht mehr vor Lachen.«

---

* Charles, damals elf, brachte seinen Geschichtslehrer in Cheam aus der Fassung, weil er nicht wußte, daß Britannien einmal einen Prinzen von Wales gehabt hatte, der König Edward VIII. wurde und dann abdankte, um der Herzog von Windsor zu werden. Jahre später schockierte Charles einen anderen Geschichtslehrer, indem er König George III. verteidigte, der als Folge der seltenen und unheilbaren Porphyrie unter Anfällen von Geisteskrankheit litt. »Ich bewundere, schätze und verstehe nun einmal viele der Dinge, die er tat«, sagte Charles über den britischen König, der 1783 die amerikanischen Kolonien verlor. »Er war ein wundervoller Exzentriker.«

** Modifiziert der Wahlspruch des Eton College, der sinngemäß heißt: »Justice (Gerechtigkeit) muß nicht nur walten, man muß dafür sorgen, daß sie waltet« (A. d. Ü.).

Er war der festen Überzeugung, daß er vorrangig seinen Sohn vor dem verweichlichenden Einfluß des englischen Schulsystems beschützen müsse, als er ihn nach Gordonstoun in Schottland schickte. Er sagte auch, daß die Schule in Morayshire so weit von London weg sei, daß Charles den täglichen kritischen Blicken der Reporter entzogen sei. »Eton ist häufig in den Schlagzeilen, und es geht dabei immer um dich«, erzählte er seinem Sohn. »Wenn du in den Norden von Schottland gehst, bist du aus dem Blickfeld, und Reporter werden es sich gründlich überlegen, ob sie ein Flugzeug nehmen sollen, um dorthin zu gelangen. Es muß also wirklich schon eine ernste Krise geben, bis sie wirklich auftauchen, und du kannst in aller Ruhe arbeiten.«

Charles stimmte schließlich zu und wählte die Schule seines Vaters, was er später bedauerte. »Es war die Hölle«, sagte er. »Beim Matheexamen fiel ich dreimal durch«, sagte er. Er fiel auch in Deutsch durch und tat sich mit Physik und Chemie schwer. Jeden Abend schrieb er traurige Briefe, beklagte sich darin, wie seine Klassenkameraden ihn behandelten. »Ich komme nicht zum Schlafen ... sie werfen die ganze Nacht lang Hausschuhe oder hauen mich mit Kissen oder huschen durch den Raum und schlagen mich, so fest sie können.« Jahre später machte er es auch seinem Vater zum Vorwurf, daß er ihn nach Gordonstoun geschickt hatte. Und zu der damaligen Zeit fühlte Philip sich auch tatsächlich nicht ganz wohl dabei, seinen zartbesaiteten jungen Sohn den Händen der strengen Lehrmeister von Gordonstoun zu überlassen. Nachdem Philip und die Queen Charles zu seinem ersten Semester abgeliefert hatten, kehrten sie nach Balmoral zurück, wo sie das Wochenende mit ihren Freunden David und Myrah Butter verbrachten. Philip zeigte sich mehr mitgenommen als die Königin, weil ihm langsam bewußt wurde, daß er seinen Erstgeborenen in ein Internat gebracht hatte und was das für ihn bedeutete.

»Prinz Philip kam in den Salon«, erinnerte sich Myrah Wernher Butter, die ihn seit seiner Kindheit kennt. »Er war weiß wie ein Laken. Ich fragte ihn, was los sei, aber er durchquerte nur das Zimmer und goß sich einen Drink ein, was sehr ungewöhnlich für ihn war. Jahre später erzählte Charles mir, was er empfunden hatte, als er seinen Sohn ins Internat schickte. Ich erzählte ihm, daß ich das verstünde. Er sagte: ›Oh, das liegt daran, weil Sie sich immer soviel Gedanken gemacht haben. Ich wette, daß sich niemand sonst um mich jemals soviel Gedanken gemacht hat.‹ So erzählte ich ihm die Geschichte von seinem Vater. Er wirkte aufrichtig betroffen. Er war betroffen. Er konnte das einfach nicht glauben.«

Charles begann 1956 mit der Schule. Dies war eine Zeit, in der sein Vater immer häufiger Kritik gegenüber den Höflingen laut werden ließ. Er war es leid, gegen die Palastwache anzukämpfen, besonders weil sie alle Zeit und Aufmerksamkeit seiner Frau beanspruchten. Er mochte die Höflinge nicht – er nannte sie »alte Fürze« – und ärgerte sich über die Abhängigkeit, die seine Frau ihnen gegenüber zeigte. Sie konsultierte schon lange ihren Mann nicht mehr in Hofangelegenheiten, und ihre Gleichgültigkeit gegenüber seinen Vorschlägen machte ihn wütend. »Komm schon, Lilibet. Komm schon«, schimpfte er los. »Tu es einfach. Tu es, und laß sie möglichst schnell gehen.« Und verärgert über die Palastbürokratie, begann er, mehr Zeit mit seinen Freunden aus dem Thursday Club zu verbringen. Dies aber bestärkte nur das Urteil der Höflinge über ihn, daß er ein etwas gewöhnlicher, schlichter Mensch sei mit einer besonderen Vorliebe für Latrinenhumor.

»Der Herzog von Edinburgh spricht sehr derb, sehr deutsch«, sagte einer der Privatsekretäre der Königin. Der hochmütige Höfling führte auch »Philips vulgäre Art und seine Vorliebe für leichtbekleidete Girls« auf seine Mountbatten-Herkunft zurück.« Er führte als Beleg dafür die Fotos an, für die Lord Mountbattan mit Cary Grant in Las Vegas posiert hatte. Auf dem ersten Bild blickten die beiden Männer verzückt in die Kamera, umgeben von wunderschönen Showgirls, die Federboas trugen. Auf dem zweiten Bild hatten die Männer der Kamera ihre Kehrseite zugewandt, ebenso wie die Showgirls, wodurch deren leichtgeschürzte Rückansicht bewundert werden konnte. Mountbatten war von dem Foto so begeistert, daß er es vergrößern ließ und auf der königlichen Jacht im Korridor der Queen aufhängte. Philip, der vor Lachen brüllte, als er es sah, machte sich einen Spaß daraus, es herumzuzeigen, und wollte es nicht entfernen, nicht einmal wenn Staatsgäste an Bord waren. »Das ist der deutsche Sinn für Kunst und Unterhaltung – nackte Hintern«, sagte der Höfling.

Philip hatte zu der Zeit eine Wohnung in London angemietet, zusammen mit dem Schauspieler Richard Todd sowie mit zwei anderen verheirateten Männern. Dorthin gingen sie oft, um sich mit jungen Schauspielerinnen zu amüsieren. Die drei Männer gaben sich sogar einen Namen: »Three Cocketeers«.*

»Nein, ich kann nicht darüber sprechen, was in diesem Appartement vor sich ging«, sagte 1993 der britische Schauspieler Jack Hedley. »Es ist noch zu heiß, über diese Dinge zu reden – selbst jetzt, vierzig Jahre später.«

Philip benutzte zu ähnlichen Zwecken auch die Wohnung seines Kammerdieners an der South Street. »Palast-Mike oder Palast-Parker, wie wir ihn nannten – so meldete er sich auch am Telefon –, lebte fern von seiner Frau und seiner Familie ein anderes Leben, und es fanden regelmäßig wilde Partys in seiner Wohnung statt«, erinnerte sich ein Mann, der auf vielen dieser Einladungen anwesend gewesen war. »Ja, Philip war auch immer dort, und er hatte immer Frauen, aber es war nichts Ernstes. *Les danseuses,* wie die Franzosen die Damen nennen, die reichen Männern gefällig sind. Philip kam gewöhnlich mit Parker und Baron Nahum, dem Hoffotografen, der nur mit seinem Vornamen angeredet wurde. An einem Abend brachte Aristoteles Onassis Maria Callas zum Essen

* In Abwandlung der englischen Bezeichnung für die drei Musketiere »Die drei Schwänze« (A.d.Ü.).

mit, und ein anderes Mal feierte Prinz Bernhard, verheiratet mit Königin Juliana der Niederlande, ein ausschweifendes Fest mit uns.«

»Ich erinnere mich an das Abendessen mit Prinz Bernhard«, so Larry Adler . »Da wurde uns allen bewußt, wie sehr Philip seine Aufgabe als Prinzgemahl haßte. Während des ganzen Dinners stichelte er: ›Bernhard, Junge, ich beneide dich wirklich, sagte er. Du kannst hingehen, wohin du willst, und niemand erkennt dich. Du kannst alle Freundinnen haben, die du haben willst, und niemand weiß es. Ich kann nirgendwohin gehen, ohne daß mir die Geier von der Presse und Polizisten folgen.‹ Bernhard mußte an diesem Abend früh gehen, weil er noch nach Holland zurückmußte, bevor die Lichter auf dem Flugfeld ausgeschaltet wurden. Als er sich zum Gehen erhob, verneigte Philip sich vor ihm und stieß ein übertriebenes Salam aus. ›Meine besten Empfehlungen an Ihre Königliche Hoheit‹, sagte er. Er spuckte die letzten drei Worte mit vernichtender Verachtung aus. Man merkte, daß er sich sehr stark mit Bernhard identifizierte, der wie Philip von seiner Frau an die kurze königliche Leine gebunden war.«

1956 hatte Philip die Nase voll von dem ganzen Prunkgehabe, wie er das Hofprotokoll bezeichnete. Da sein Sohn gerade in die Schule gekommen war, seine Tochter noch zu jung war, daß er richtig hätte etwas mit ihr anfangen können, und seine Frau stets zu beschäftigt gewesen war, fühlte er sich immer mehr ins Abseits gedrängt. Er beschloß, eine Weile zu flüchten und etwas allein zu machen. Er war anläßlich der Eröffnung der Olympischen Spiele von 1956 zu einem Besuch in Melbourne in Australien eingeladen worden, und so machte er daraus eine lange Reise über 60 000 Flugkilometer, um zusätzlich noch Gambia, die Seychellen, Malaysien, Neuguinea, Neuseeland, Australien, die Antarktis, die Falklands und die Galapagos-Inseln sowie die Westküste der Vereinigten Staaten zu besuchen. Er plante, vier Monate gemeinsam mit Michael Parker zu reisen. Die beiden Männer waren bei der Marine

Schiffskameraden gewesen, im selben Regattateam gesegelt und spielten in derselben Mannschaft Kricket. Parker hatte sich kürzlich ganz von seiner Frau getrennt, und Philip wollte zeitweise Abstand von seiner Frau gewinnen – er wollte weit weg sein vom Palast und vom königlichen Bett. So planten die beiden »großen Jungs« ihre Reise in den Südpazifik mit derselben Unbekümmertheit und diebischen Freude, ähnlich, wie man sie bei Huckleberry Finn und Jim, die den Mississippi hinunterfuhren, beobachten konnte.

»Es hat Philip schon immer in den Beinen gejuckt«, sagte die Queen, die durch seine Pläne offensichtlich nicht beunruhigt war. »Es ist reine Zeitvergeudung, den Charakter eines Mannes ändern zu wollen«, fügte sie hinzu. »Man muß seinen Ehemann nehmen, wie er ist.«

Dieser deklarierte die Kreuzfahrt als »diplomatische Mission«. »Dies ist mein persönlicher Beitrag, um die Ideale des Commonwealth hochleben zu lassen«, sagte er und verkündete, daß er England am 15. Oktober 1956 mit dem Flugzeug verlassen werde, um nach Mombasa, Kenia, an der Ostküste Afrikas zu fliegen, wo er an Bord der königlichen Jacht *Britannia* gehen würde, die 275 Mann Besatzung hatte. Er würde von seinem Kammerdiener, Michael Parker, und seinem Freund Baron, dem Fotografen, begleitet werden.

Mehrere Wochen vor ihrer Abreise ging der neunundvierzigjährige Fotograf ins Krankenhaus, um sich einer Hüftoperation zu unterziehen, damit seine starken Schmerzen gelindert würden, da er sonst nicht reisen könne. Er wollte unbedingt dabeisein, starb aber wenige Tage nach der Operation an einem Herzanfall. Seine Verlobte, die Schauspielerin Sally Ann Howes, die ihn angefleht hatte, sich der Operation nicht zu unterziehen, verzieh Philip nie.

»Baron war ein wundervoller Bursche – witzig, frohgemut und sehr tapfer«, sagte Larry Adler. »Er gehörte zum Thursday Club und hatte für Philip die Abschiedsparty vom Junggesellendasein arrangiert. 1947 war er offizieller Hoffotograf bei der königlichen Hochzeit und 1953 wieder offizieller Hoffotograf bei der Krönung gewesen. Er machte wundervolle Aufnahmen von der königlichen Familie und rechnete natürlich damit, dafür irgendwann einmal zum Ritter geschlagen zu werden. Aber Philip setzte sich dafür nicht ein – er hätte das tun könne, denke ich, aber er tat es nicht –, und der Grund war, daß die Queen Baron nicht mochte. Sie glaubte, er würde Philip nicht guttun und ihm nur helfen, Frauen an Land zu ziehen.«

Der Herzog von Edinburgh, mit fünfunddreißig Jahren außergewöhnlich gut aussehend, brauchte keine fremde Hilfe, um Frauen für sich zu gewinnen. Er brauchte nur etwas Privatsphäre, welche ihm die Kreuzfahrt gewährte. Sie löste somit auch eine Unmenge an Gerüchten aus. Seine lange Reise nach Australien wurde zu einem heiklen Thema für Chronisten, die herauszufinden versuchten, was in dieser Zeit alles geschah, und auch für die engen Freunde, die versuchten, ihn vor den unmöglichen Verdächtigungen zu schützen. Selbst eine überzeugte Monarchistin wie Barbara Cartland, die die königliche Familie anbetet, spricht über eine heimliche Liebesaffäre, von der sie von Philips Onkel, Lord Mountbatten, erfuhr.

»Ich weiß alles über Philips uneheliche Tochter in Melbourne«, erzählte sie einem Interviewer, »aber ich werde darüber natürlich nicht reden.«

»Werfen Sie einen Blick in das Bootshaus in Sydney, das Lady Mary Ellen Barton gehört«, empfahl ein australischer Anwalt. »Das ist das Haus, das Philip für seine Tête-à-têtes benutzte.«

Geschichten über neue Flirts und ein weiteres Stelldichein gab es ebenso viele wie Häfen, die er anlief. »Es wurden einige Stenotypistinnen nach Singapur geflogen, um dort an Bord der Jacht zu gehen«, berichtete der Chronist der Royals, Brian Hoey. »Es wurde erzählt, sie hätten nicht viel zu schreiben gehabt. Sie waren nicht von der Sorte, die hauptsächlich schreiben konnten.«

Die Gerüchte verfolgten Philip von Melbourne nach Sydney und weiter nach Singapur, doch als Gemahl der Queen genoß er einen gewissen Schutz. Niemand konnte ihn attackieren, ohne die Queen zu verletzen, und niemand in Großbritannien, nicht einmal Republikaner, wollten die Königin schädigen, deren Würde 1956 noch immer als unantastbar galt. So genoß Philip trotz seiner Beteuerungen gegenüber Prinz Bernhard ein völlig freies Leben, fern vom Palast.

Auf der Reise gelang es ihm, sich so zu entspannen, daß er über die zweite Geige, die er in seiner Ehe spielte, scherzen konnte. In Australien wurde ihm ein junges Paar als Mr. und Doktor Robinson vorgestellt. Philip schaute überrascht drein, bis Mr. Robinson erklärte, daß seine Frau Doktor der Philosophie und viel wichtiger als er sei. »Ach, ja«, sagte Philip. »Das Problem haben wir in unserer Familie auch.«

Während der Kreuzfahrt trugen Philip und sein Kammerdiener einen Wettbewerb aus. Sie wollten sehen, wessen Bart in der Zeit der Reise am längsten werden würde. Sie schossen gemeinsam Alligatoren und wurden fotografiert, als sie in gleichen Safarianzügen herumliefen. Sie saßen auf dem Deck der *Britannia*, nahmen Sonnenbäder, malten nachmittags an ihren Staffeleien und tranken abends gemeinsam Gin Tonic. Philip fühlte sich auf der Jacht, die seinem Gefühl für Sauberkeit und Präzision entsprach, zu Hause. Marinestewards benutzten Maßbänder, um den Tisch exakt zu decken, damit Messer, Gabeln und Löffel präzise in einer Höhe mit dem Geschirr lagen. Alle trugen Filzslipper, um keine unnötigen Geräusche zu verursachen, wenn sie ihm irgendwelche Nachrichten überbrachten. Die britische Presse bewertete die Reise als eine »blödsinnige Idee von Philip«, nannte sie nutzlos, unnötig und bezeichnete sie als einen Luxus, der die Nation, »mindestens 2 Millionen Pfund* kostet«. Sie schätzten seine wöchentlichen Reisekosten auf 33 000 Mark, ohne Sonderausgaben. Man

---

* Etwa 18 Millionen Mark.

kritisierte so das Floß, das eigens dazu gebaut worden war, den königlichen Rolls-Royce an Land zu bringen, wo es keine andere Möglichkeiten zum Entladen gab, und man nörgelte daran herum, daß er mit seinem eigenen Sportwagen reiste. »Wer bezahlt das alles?« fragte eine Zeitung.

Obwohl die Kosten der Kreuzfahrt von vielen als übertrieben angesehen wurden, wagte niemand ein Wort über die Frauen zu veröffentlichen, die auf dem Schiff empfangen wurden. Der Gemahl der Queen war kein indiskreter Mann, und er hatte gewiß nicht die Absicht, seine Frau in Verlegenheit zu bringen. »Er erzählte mir am ersten Tag, als er mir meine Stelle anbot«, sagte Michael Parker, »daß *seine* Aufgabe zuerst, zuletzt und immer die sei, Ihre Majestät nicht im Stich zu lassen.« Dennoch brodelte es in der Gerüchteküche weiter, als Philip im Indischen Ozean kreuzte und so an Familienfeiern wie dem achten Geburtstag seines Sohnes, seinem eigenen neunten Hochzeitstag und am zehnten Familienweihnachtsfest seiner Ehe nicht teilnehmen konnte.

»Die Kreuzfahrt war eine brillante Idee von Prinz Philip und verdiente große Anerkennung«, sagte Parker Jahre später. »Die Absicht war, die *Britannia* sinnvoll dafür einzusetzen, um für die Briten in aller Welt ein Zeichen zu setzen, bis in die abgeschiedensten Winkel hinein. Es war tatsächlich ein Opfer für alle, es war seit Kriegsende unser erstes Weihnachtsfest fern von zu Hause.«

Als sie in der Nähe von Ceylon (heute Sri Lanka) waren, mußte Philip erfahren, welch brenzlige Situation sich im Nahen Osten ergeben hatte. Schon kurz nachdem die *Britannia* England verlassen hatte, traf eine Eilmeldung ein, sich neun Tage lang in Alarmbereitschaft zu halten, da im Mittleren Osten ein Krieg wegen des Suezkanals auszubrechen drohte. Ägypten hatte nun im Juli 1956 den Kanal besetzt, nachdem die Vereinigten Staaten ihr Angebot für eine Finanzierungshilfe von 56 Millionen Dollar zum Bau des Assuan-Staudammes zurückgezogen hatte. Der Schritt der USA brachte

Ägyptens Präsidenten Gamal Abdel Nasser so auf, daß er den Kanal für alle Schiffe sperrte.

»Ich sehe Amerikaner und sage: Erstickt doch an eurem Geld!« brüllte er. »Die jährlichen Einnahmen des Suezkanals bringen 300 Millionen Mark. Warum sollen wir die nicht selbst kassieren? Wir sollten uns auf unsere eigene Kraft, unsere Stärke und unsere eigenen Mittel stützen. Und er wird jetzt von Ägyptern betrieben werden! Ägyptern! Ägyptern!«

Von den 1,5 Millionen Barrels Öl, die täglich durch den Kanal transportiert wurden, gingen 1,2 Millionen nach Westeuropa. Nasser hatte deshalb durch Verstaatlichung des Kanals den Haupthahn für England und Frankreich abgedreht. Aus Sorge um eine weitere ausreichende Versorgung und aus Unmut verbündeten sich die beiden Länder heimlich mit Israel, das ebenfalls von den Arabern bedroht wurde, um Besitz von dem Kanal zu ergreifen. Am 29. Oktober 1956 rollten Israels Kampfpanzer über den Sinai und griffen Ägypten an, damit hatten Großbritannien und Frankreich den Vorwand, den sie brauchten. Am nächsten Tag erklärten sie, daß die Gefechte im Mittleren Osten die internationale Schiffahrt gefährdeten und forderten beide Seiten auf, sich binnen vierundzwanzig Stunden vom Suezkanal zurückzuziehen. Ägypten weigerte sich, und am 31. Oktober 1956 begannen die Briten und Franzosen mit ihrem Bombardement. Fünf Tage später wurden fünfzigtausend Fallschirmjäger bei Port Said in Ägypten abgesetzt, und zwar an der Mündung des Kanals.

Die *Britannia,* offiziell als Hospitalschiff für Kriegszeiten gedacht, unterbrach ihre Reise. Philip stand in ständigem Funkkontakt mit dem Palast, der stündlich neue Bulletins sendete. Er erfuhr, daß der Großteil der Welt gegen die anglofranzösische Allianz mit Israel und den Einsatz von Militärgewalt war. In den Vereinten Nationen prangerte Amerika, Englands mächtigster Verbündeter, die Invasion an, und die britische Währung fiel ins Bodenlose. Dennoch legten England und Frankreich weiterhin ihr Veto gegen die Feuereinstellungsvorschläge der UN ein. Schließlich machte das Weiße Haus klar, daß die Vereinigten Staaten sie nicht unterstützen würden, falls sie die Gewaltanwendung fortsetzten. Ebenso erschreckend für England, Frankreich und Israel war die nachdrückliche Drohung aus Rußland, »die Aggressoren zu zermalmen« und »den Frieden wiederherzustellen ... mit Waffengewalt.« Ohne amerikanische Unterstützung und mit dem Rest der Welt gegen sich gaben sie nach und verkündeten Waffenruhe.

Die Queen war noch zu jung und zu unerfahren, um in diesem Moment entschlossen von ihrer königlichen Prärogative Gebrauch zu machen und ihren neuen Premierminister, Anthony Eden, kompetent zu beraten. Statt dessen hörte sie ihm nur zu und akzeptierte seine Vorschläge. Sie wußte, daß er als Außenminister unter Winston Churchill brillant gewesen war, erkannte aber nicht, daß er als Premierminister überfordert war. Er gönnte sich nachts oft nur fünf Stunden Schlaf und wurde amphetaminsüchtig, was sein Urteilsvermögen beeinträchtigte. Sie war gerade auf der Rennbahn, als sein Kurier mit einer dringenden Aufforderung kam, zu der ihre Unterschrift erforderlich war, nämlich die Einberufung der Armeereserve. Zwischen zwei Pferderennen unterzeichnete sie die Erklärung. Britannien war so bereit, in den Krieg zu ziehen.

»In nur wenigen Wochen«, sagte der Labourpolitiker John Strachey voraus, »wird dieses Land erwachen und mit der Tatsache konfrontiert sein, daß wir in Ägypten einmarschiert sind, aus Ägypten wieder herausmarschieren müssen, die Blockade des Kanals verursacht haben, unsere Ölversorgung unterbrochen wurde, uns jeden Araber der Welt zum Feind gemacht haben, den Mittleren Osten für den russischen Machteinfluß öffneten, das Commonwealth geteilt haben, mit den Amerikanern Krach bekommen haben und uns selbst ruiniert haben – und dies alles für nichts.«

Premierminister Eden kollabierte und flog im Dezember nach Jamaika, um wieder zu Kräften zu kommen. Randolph Churchill verglich Edens Führung mit der Hitlers, als dieser seine Truppen nach Stalingrad marschieren und dort erfrieren ließ. »Außer«, sagte Winston Churchills Sohn, »daß Hitler trotz all seiner Fehler sich nicht noch nach Jamaika absetzte.« Sir Anthony kehrte drei Wochen später zurück und konnte als Folge der durch die Krise ausgelösten Benzinrationierung an den Tankstellen die langen Schlangen sehen, die die Straßen verstopften. Im folgenden Monat trat er als Premierminister zurück. Zu seinem Nachfolger bestimmte die Queen den Schatzkanzler Harold Macmillan.

Durch die weltweite Empörung wurde das Land in seinen Grundfesten erschüttert. Die britische Presse drosch auf jeden ein, der mit dem Debakel in Verbindung stand. Selbst Philip, der Tausende von Kilometern weit weg war, wurde gescholten, weil er nicht an der Seite seiner Frau war. Doch ganz privat sagte die Queen, daß sie erleichtert darüber sei, ihren Mann nicht in der Nähe zu haben. »Ich bin froh, daß er nicht hier war«, sagte sie. »Da wäre alles noch komplizierter geworden.«

Nach vier Monaten an Bord der *Britannia* fuhr Philip, um seine Frau endlich wiederzusehen, nach Lissabon, bevor sie ihren Staatsbesuch in Portugal antraten. Er mußte zuerst einen Halt in Gibraltar machen, um seinem Kammerdiener Lebewohl zu sagen, dem nicht länger gestattet war, sich im engen Umfeld der Königin aufzuhalten. Tage zuvor waren Nachrichten über Michael Parkers Scheidung durchgesickert, und die Presse war voll von Geschichten davon, daß seine Frau Eileen ihn wegen sexueller Mißhandlung verklagt hatte und wegen angeblich ehelicher Untreue Unterhaltszahlung verlangte. Er wurde zur Aufgabe seiner Stellung gezwungen. Philip war sehr wütend ob der Tatsache, daß eine gescheiterte Ehe ein Hindernis dafür sein sollte, im königlichen Dienst zu stehen – und daß, obwohl der ehemalige Premierminister Anthony Eden zweimal verheiratet und geschieden war. Philip bat seinen Kammerdiener, die Entscheidung zu überdenken, da er nicht die einzige Person verlieren wollte, die im Palast sein Freund und Verbündeter war, aber beide Männer wußten, und Philip gab das später zu, daß Parker einfach hatte »gehen müssen«, zumal die Townsend-Affäre noch in lebendiger Erinnerung war. Die Höflinge der Queen forderten, daß der Kammerdiener vor Philips Wiedersehen mit der Queen an Land gebracht wurde. Wütend darüber, ihren Anweisungen folgen zu müssen, bestand Philip darauf, seinen Freund zum Flughafen von Gibraltar zu begleiten. »Es ist das mindeste, was ich tun kann«, sagte er. Er sah unglücklich aus, als er mit Parker aus einer Regierungslimousine ausstieg. Philip brachte ihn zu seinem wartenden Flugzeug und nahm vor den Augen von Reportern* stumm seine Hand. Parker zwang sich zu einem Lächeln und ging die Gangway hoch, ohne sich umzusehen, flog nach London, wo er mit seinem Anwalt eine Pressekonferenz gab.

Auf dem Londoner Flughafen erwartete ihn Commander Richard Colville, der gefürchtete Pressesekretär der Königin. Der Kammerdiener strahlte, als er den Höfling sah, und trat zu ihm, um ihm dafür zu danken, daß er gekommen war, um ihn vor den Reportern zu schützen. Der Pressesekretär ließ ihn gar nicht erst zu Wort kommen und machte klar, daß er nicht hier war, um ihm zu helfen.

»Hallo, Parker«, sagte Colville. »Ich bin nur gekommen, um Sie wissen zu lassen, daß Sie von jetzt an auf sich allein gestellt sind.« Nachdem Colville das gesagt hatte, machte er kehrt und ging.

In Lissabon drehte das Flugzeug der Queen über dem Flugplatz seine Runden, weil der Prinzgemahl sich verspätete. An Bord der Viscount-Maschine kicherten die Queen und ihre fünfundzwanzig Passagiere, darunter Außenminister Selwyn Lloyd und all ihre Begleitdamen, als sie sich zur Vorbereitung

* Philips Zorn über die Presseberichte über seine Ehe und die Scheidung seines Kammerdieners wurde später bei einem Empfang deutlich. Als ein Offizieller auf Gibraltars weltberühmte Felsenaffen zeigte, fragte Philip mit lauter Stimme: »Welche sind die Reporter und welche die Affen?«

auf Philips Ankunft falsche Bärte ans Kinn klebten. Er hatte der Königin ein Foto von sich geschickt, nachdem er sich nun wochenlang nicht mehr rasiert hatte. »Es war die Idee der Königin«, sagte eine der Frauen. »Sie hat einen wundervollen Sinn für Humor.«

Zu dieser Zeit gab es allerdings ansonsten nur wenig zu lachen für die Royals. Die Presse in Deutschland, Italien und Frankreich hatte weitere Geschichten über das »Junggesellen-appartement des Herzogs von Edinburgh nahe Londons berühmtem Berkeley Square« veröffentlicht und gefragt, ob bei den wöchentlichen Dinnerpartys des Thursday Club, die im »berühmt-berüchtigten Stadtteil Soho stattfanden«, nur Philips Männerfreunde anwesend gewesen seien. Am 5. Februar 1957 hatte das Londoner Blatt *Evening Standard* auf eine alles andere als glückliche Ehe hingewiesen, indem es meldete, Philip habe ein neues Bett für sein Zimmer in Windsor Castle bestellt. Das Bett wurde genau nach seinen Angaben angefertigt (»Es ist ein Einzelbett«, berichtete die Zeitung). Abgesehen von der Erwähnung, daß die Queen im Windsor Great Park »alleine reitet« und das Parlament »ohne ihren Gatten an der Seite« eröffnet, hatte die britische Presse über die gefährdete Ehe der Queen geschwiegen und verließ sich darauf, daß die amerikanische Presse die schlechten Nachrichten veröffentlichte. Am 8. Februar 1957 brachte die *Baltimore Sun* dann folgende Geschichte. Sie lief auf der Titelseite unter der Schlagzeile »In London zunehmend Gerüchte über Zerrüttung in der königlichen Familie«. Der von Joan Graham, der Londoner Korrespondentin der Zeitung, verfaßte Artikel brachte Michael Parkers Rücktritt mit Gerüchten in Zusammenhang, wonach der Herzog von Edinburgh nicht nur flüchtiges Interesse an einer unverheirateten Frau gezeigt habe, sondern sie regelmäßig in der Wohnung des verstorbenen Fotografen der Royals, dem engen Freund des Herzogs, Baron Nahum, getroffen habe. Mit der Behauptung, daß Gerüchte über die angeschlagene Ehe »jetzt zu den britischen Massen durchdringen, die über die königliche Familie nur das wissen, was in der britischen Presse gedruckt wird«, schloß der Bericht, daß der wahre Grund für die viermonatige Reise gewesen sei, daß Philip »aus dem Land geschafft worden war, um sich abzukühlen«.

Die Königin war gemäß der Aussagen der Menschen, die ihr nahestanden, so besorgt um ihre Ehe, daß sie in dieser Zeit dreimal einen Psychiater konsultieren mußte. Sie war bestürzt. »Wie kann man so schreckliche Dinge über uns sagen?« fragte sie ihre Garderobiere, BoBo MacDonald, entsetzt. Die Höflinge im Palast waren aufs äußerste besorgt und fanden, die Monarchie werde besudelt. Commander Richard Colville, Pressesekretär der Queen, prangerte die Publikation umgehend öffentlich an. »Es ist einfach unwahr, daß es eine Kluft zwischen der Königin und dem Herzog von Edinburgh gibt«, sagte er. »Es ist eine Lüge.« Sein Dementi wurde in aller Welt veröffentlicht, natürlich immer mit einem kurzen Hinweis auf die Geschichte, um die es ging, was dafür sorgte, daß die angebliche Ehekrise der Queen jetzt weltweit zu einer Nachricht wurde.

Die britische Presse war sauer. »Für die britische Öffentlichkeit konnten wir dem Palast nicht einmal ein schlichtes Dementi entlocken«, sagte ein Redakteur des *London Daily Herald*. »Für Amerikaner gab es eines. Für das britische Volk nicht einmal einen winzigen Kommentar. Die Untertanen der Königin sollten offensichtlich nichts wissen.« Der *Daily Mirror* warf den Höflingen der Queen vor: »Sie brauchen ein paar Nachhilfestunden, wie man mit einer heißen Kartoffel umgeht.«

Am folgenden Tag machte die Königin alles offiziell, und die United Press meldete aus London, sie »sei amüsiert« über die Gerüchte einer Kluft zwischen ihr und ihrem Ehemann. »Die Queen tat die Geschichte einfach ab«, sagte UP, »und vermittelte den Eindruck, daß ihr Wiedersehen mit dem Herzog in Portugal nach der längsten Trennung in ihrer Ehe bald weiterem Klatsch nachhaltig ein Ende bereiten würde ... Jeder, der Augen hat zu sehen, wird wissen, wie unwahr die Geschichten sind.«

Eine Horde von Reportern und Fotografen schwärmte nach Lissabon, um das königliche Wiedersehen am Flughafen zu verfolgen. Philip war sehr wütend über die Presse, die er bekommen hatte, die ihn – nicht gerade zu seinem Vorteil – mit dem Gatten von Viktoria, Albert, verglichen hatte. Viktoria jedoch hatte ihn bei ihren Besprechungen mit Ministern einbezogen und ihm erlaubt, ihre Staatspapiere zu lesen. Zuerst machte Philip Scherze über seinen minderwertigen Status: »Konstitutionell existiere ich nicht«, sagte er. Doch als er in Lissabon eintraf und dort die Presse auf sich warten sah, lachte er nicht mehr. »Diese verdammten Lügen, die ihr druckt, um Geld zu scheffeln«, schnappte er. »Diese Lügen darüber, daß ich nie bei meiner Frau sei.«

Mit fünf Minuten Verspätung eilte er die Gangway zum Flugzeug der Queen hoch, zwei Stufen auf einmal nehmend. Er trug einen Anzug, ein weißes Hemd, eine Krawatte, und seine Haut war tiefbraun. Er hatte einen kleinen weißen Schatten um sein Kinn, dort, wo er offensichtlich kurz zuvor seinen Bart abrasiert hatte.

Eine Stunde später trat er aus dem Flugzeug, einen kaum sichtbaren Flecken Lippenstift auf seiner Wange und nahm lächelnd seinen Platz einige Schritte hinter der Queen ein. Sie verbrachten das Wochenende miteinander auf der *Britannia*, die im Kabbelwasser des Flusses Sado vor Anker liegenblieb, was ein großes Entgegenkommen seitens der Königin war. Sie hatte nämlich nie etwas fürs Meer übrig gehabt, hatte Angst vor Wasser und mied die Jacht gewöhnlich, weil sie schnell seekrank wurde, aber an diesem Wochenende war sie entschlossen, ihrem Mann, der das Meer liebte, einen Gefallen zu tun. In dem Wissen, daß ihr Terminplan für die nächsten beiden Jahre festgelegt war, beschloß sie, sich nach ihrer offiziellen Reise nach Kanada im Jahre 1959 auf ihr einstiges Ziel zu konzentrieren, eine Familie mit vier Kindern zu haben. Sie hatte auch vor, die Regeln hinsichtlich ihres Familiennamens zu ändern, so daß ihre Nachkommen, die nicht in der Thronfolge standen, den Namen ihres Mannes tragen und Mountbatten-Windsor heißen würden.

Nach seinem viertägigen Staatsbesuch in Portugal kehrte das königliche Paar nach England zurück, wo die Queen einen seltenen öffentlichen Beweis von Zuneigung zu ihrem Mann erbrachte: Sie belohnte ihren Gatten für seine Dienste am Commonwealth, indem sie eine Proklamation abgab, mit der sie ihm den Titel und die nominelle Würde eines Prinzen des Vereinigten Königreiches und von Nordirland verlieh. Sie erklärte, daß sein Titel künftig Prinz Philip*, Herzog von Edinburgh, lauten würde. Sie wollte nicht, daß er länger nur als Anhängsel oder königliches Beiwerk behandelt würde. Sie machten ihren Gatten zum gleichwertigen Partner in ihrer Monarchie – ausgenommen waren allerdings ihre sakrosankten roten Aktenkoffer und ihre wöchentlichen Konferenzen mit dem Premierminister. Und sie bestand sogar darauf, daß in Zukunft die ganze erste Strophe der Nationalhymne gesungen werden mußte und nicht nur die abgekürzte Version, wenn Philip allein königliche Aufgaben wahrnahm.

Philip, der sich geadelt fühlte, hielt wenige Tage später demütig eine Rede, um die vier Monate zu rechtfertigen, die er fern von seiner Frau und seinen Kindern verbracht hatte. »Ich glaube, daß es einige Dinge gibt, für die es lohnt, persönliche Opfer zu bringen. Und ich glaube, daß das britische Commonwealth eines davon ist. Ich selbst bin bereit, sehr viel zu opfern, wenn ich dadurch ein wenig mehr zum Wohlergehen aller bei-

---

* Obwohl Philip als Prinz Philip von Griechenland und Dänemark geboren wurde, verzichtete er 1947 auf seinen Titel, als er britischer Untertan wurde und den Namen Philip Mountbatten annahm, um Elizabeth zu heiraten. Durch seine Heirat wurde er der Herzog von Edinburgh. Doch die meisten Menschen nannten ihn weiter Prinz Philip – was nicht korrekt war. Rein faktisch war er erst Prinz, als seine Frau ihn dazu machte.

tragen kann... Ich hätte vielleicht zu Weihnachten nach Hause reisen sollen, hätte dann aber nicht die fast 1400 Menschen aus Australien, Neuseeland und den anderen abgelegenen Gemeinden für 26 Essen und Empfänge auf der Jacht der Königin empfangen können und damit, wie ich hoffe, die enge Verbindung, die zwischen der Krone und den Menschen des Commonwealth existiert, stärken können.«

Diese Bindungen wurden durch die Suezinvasion auf die Probe gestellt. Und der makellose Ruf des Landes in der Welt wurde so lädiert, daß die Königin gezwungen war, bei der Schadensbereinigung zu helfen. 1957 absolvierte sie vier Staatsbesuche in Portugal, Frankreich, Dänemark und Kanada. Im Oktober drängte ihr neuer Premierminister Harold Macmillan sie zu einem weiteren Besuch der USA, um zu versuchen, den Schaden beheben, den ihr Land ihr mit ihrer Einwilligung in die Allianz zugefügt hatte. »Ein Besuch der Königin ist mehr wert als der Hunderter von Diplomaten«, sagte der Premierminister, dem daran lag, die Beziehungen zwischen den beiden Ländern wieder zu verbessern. Und er wollte die Amerikaner dazu bringen, England an ihrer Nuklearwaffentechnologie teilhaben zu lassen.

Die Queen war nicht erpicht darauf, einen weiteren Staatsbesuch einzuplanen, bis der Premierminister ihr klugerweise eine Karikatur zeigte, die in Amerika veröffentlicht wurde, nachdem bekannt geworden war, daß England die Vereinigten Staaten durch die Verschwörung mit Frankreich und Israel bei der Suezinvasion düpiert hatte. Die Karikatur zeigte Präsident Eisenhower an seinem Schreibtisch im Oval Office sitzend. Der ehemalige Oberkommandierende der Alliierten Streitkräfte in Europa während des Zweiten Weltkrieges hatte gesagt, er betrachte England immer als »alten und vertrauten Freund«. Jetzt hielt er, offensichtlich verstört, seinen Kopf in seinen Händen. Darunter stand »Großbritannien ist nicht mehr groß.«

Die Königin zögerte keinen Moment mehr. Sie erklärte sich sofort einverstanden, einen fünftägigen Besuch in Amerika zu machen, mit Aufenthalten in Jamestown, Virginia, Washington D. C. und New York, wo sie vor der UN-Vollversammlung zu sprechen gedachte. Sie verließ England »wie eine Taube die lädierte Arche«, sagte die Historikerin Elizabeth Longford.

Königin Elizabeth und Philip trafen am Kolumbustag in den Vereinigten Staaten ein, verfolgt von einem Pressetroß von zweitausend Reportern und Fotografen, die aber nicht mit ihr sprechen durften. Unter anderen Anweisungen aus dem Palast gab es für sie auch eine offizielle »Empfehlung« in Kleidungs- und Benehmensfragen. Für Frauen waren keine schwarzen Kleider erlaubt, Handschuhe galten als ein Muß, und ein Knicks wäre zu empfehlen. Für Männer: Hemd, Krawatte und eine ehrerbietige Verneigung mit dem Kopf. Der Palast veröffentlichte bei jeder Station spezielle Pressemeldungen, man gab aber nie persönliche Interviews.

»Wie viele Leute«, fragte Philip, »kommen zu Präsident Eisenhowers Pressekonferenzen?«

»Bis zu dreihundert«, sagte der Korrespondent der *Newsweek*.

Der Herzog von Edinburgh schüttelte seinen Kopf. »Wenn wir so was machten, wären vielleicht zwei da.«

Britische Reporter waren da anderer Auffassung. »Kein Diktator hat die Presse jemals so kleingehalten wie die Königin von England«, schrieb Anne Edwards in der *Daily Mail*.

»Wir erhielten unsere Anweisungen von Charlie Campbell von der britischen Botschaft«, sagte Warren Rogers von der Associated Press. »Keine direkten Fragen an die Königin, kein Gespräch mit der Königin, nicht einmal die Königin ansehen durften wir. So sprach ich auf dem Presseempfang der Botschaft mit Philip, der sich über eine Information ausließ, die er gerade vom Leiter der Atomenergiekomission erhalten hatte. Er war so sehr von sich eingenommen, daß es klang, als könne er selbst *Sputnik I* und *II* mit auf den Rücken gebundenen Händen starten. Die USA waren regelrecht schockiert darüber, daß sie beim Raumfahrtrennen in der Woche zuvor von den Russen geschlagen worden waren, die gerade zum ersten Mal Erdsatelliten gestartet hatten. Deshalb waren Philips unbedarfte Bemerkungen zu dem Thema von aktuellem Interesse, und ich zitierte ihn wörtlich. Wir bekamen beide Schwierigkeiten. Er stand vor der Öffentlichkeit wie ein Narr da wegen der Dinge, die er gesagt hatte, und mir wurde von der [britischen] Botschaft die Hölle heißgemacht, weil ich seine Worte ungefiltert veröffentlicht hatte. ›Sie hätten ihn vor sich selbst schützen müssen‹, wurde mir gesagt.

Zuerst hatte ich Mitleid mit Philip und empfand Bedauern für den Mann, der sich immer nur im Kielwasser seiner Frau bewegen mußte. Da ich kein Royalist bin, hatte ich gewiß nicht erwartet, von der Königin von England beeindruckt zu werden, doch nachdem ich über die königliche Reise dreizehn Tage und Nächte in Kanada und Amerika berichtet hatte, hielt ich ihn für ein aufgeblasenes Arschloch – und verliebte mich in sie. Sie war so hübsch und scheu, so zurückhaltend. Ich erinnere mich, wie sie eine Kaskade von weißen Granitstufen vor dem amerikanischen Capitol herunterging – es müssen wohl an die tausend Stufen gewesen sein –, und sie blickte kein einziges Mal nach unten. Ich konnte es nicht glauben. Ich war sicher, daß sie auf die Nase fallen würde, aber ich denke, auf der Königinnenschule lernt man, wie man Treppen hinunterzugehen hat, ohne auf die Füße zu schauen. Und dabei noch so gelassen winkt.«

Die Amerikaner waren von dem königlichen Besuch begeistert. Die *Chicago Tribune* pries die Queen als »eine bezaubernde kleine Dame«, und das *Louisville Courier Journal* beschrieb sie als eine englische Rose »mit ein wenig Morgentau auf ihren Blütenblättern«. Alle Leute, Kellner und Taxifahrer, versammelten sich an den Straßenecken, um ihrer Limousine zuzujubeln, und der Portier des Repräsentantenhauses war so aufgeregt, als er sie sah, daß er brüllte »Wie geht's denn so, Ma'am?« Die Frauen waren fasziniert von ihr, als sie das erste Footballspiel ihres Lebens besuchte und über die Leidenschaft der Männer für diesen Sport staunte. Sie verstand das Prinzip des Spieles nicht, auch nicht, warum die beiden Mannschaften sich aneinanderdrängten. »Warum stehen sie so eng zusammen?« fragte sie. »Warum sind die Torpfosten hinter den Linien an den Enden des Feldes? Warum rennt ein Mann zuerst aus dem Gedränge?« Auf die Zähltafel zeigend, fragte sie, was die Ziffern bedeuteten, und als das Spiel sich hinzog, fragte sie leidend, aber nett: »Wie lange dauert denn so ein Spiel?«

Warren Rogers, der Reporter von Associated Press, der während des Staatsbesuches* täglich mehrere Storys verfaßte, bekam einen weiteren Rüffel vom Pressebüro des Britischen Empire, als er berichtete, daß Ihre Majestät und Gina Lollobrigida Korsagen derselben Marke trugen. »Die für Gina angefertigten Büstenhalter dienten allerdings dazu, das Vorhandene recht üppig zu präsentieren«, erinnerte sich Rogers, »aber die für die Queen, die einen ebenso auffallend großen Busen hatte, waren so konzipiert, daß sie alles möglichst verschwinden ließen. Ich schrieb, daß dies eben der Unterschied zwischen Filmstars und königlichen Hoheiten sei. Aber ich wurde dafür, daß ich den Hannoveranischen Busen der Queen überhaupt nur erwähnte, von dem britischen Pressesprecher getadelt. Er äußerte mit besonderem Hochmut, daß ich die Grenze überschritten habe, selbst wenn man mir zugute halten müsse, daß ich nur ein ungebildeter Amerikaner sei. Ich hätte die geforderte und angemessene Ehrerbietung deshalb einfach nicht zeigen können. ›Schließlich‹, sagte er, ›zeigt eine Royal nie, absolut nie, nie Dekolleté.‹«

---

* Die drei führenden amerikanischen Nachrichtendienste – Associated Press, United Press und International News Service – schrieben über den königlichen Staatsbesuch ganze vierhunderttausend Wörter. In der Woche zuvor hatten sie über den *Sputnik* dreihunderttausend gekabelt.

9

KÖNIGLICHE HOCHZEITEN STÄRKEN die Monarchie ungemein. Mit all ihrer Prachtentfaltung verleihen sie den alten Ritualen neue Kraft. Sie sind ein monumentales Schauspiel, das Emotionen weckt. Der romantische Paradezug, bei dem eine Prinzessin als Braut in einer gläsernen Kutsche sitzt, von stolz tänzelnden Pferden in ein zauberhaftes, glückliches Leben gezogen, ist, von Hochzeiten in wirklichen Märchen einmal abgesehen, etwas Einzigartiges. Der Donner der Trommeln, das Schmettern von Trompeten und die jubelnden Mengen beeindrucken und faszinieren die Menschen wie kaum etwas anderes.

Von der Feierlichkeit mitgerissen, wollen alle daran teilhaben. Und nicht zufällig blühen in dieser Zeit die Geschäfte, da die Coutouriers Hüte und Kleider entwerfen müssen, Hotels mehr Gäste als sonst zu verbuchen haben, die Restaurants die zahlreichen Partys auszurichten haben und die Souvernierproduzenten mehr als sonst herstellen müssen. Die Touristen geben ihr Geld mit vollen Händen aus. Und außer einer Krönung vermag die Briten nichts so wie eine königliche Hochzeit mit Stolz zu erfüllen, und 1960 brauchte die Monarchie wieder so ein Ereignis, das alle Menschen unter einen gemeinsamen Vorzeichen einigte.

Seit der Krönung von Elizabeth I. hatte die Ehrfurcht vor der Krone nachgelassen, und der traditionell hohe Respekt war einer immer bedrängenden Neugier seitens der Presse auf intime Details gewichen. Obwohl dem Palast noch immer verpflichtet, gaben britische Reporter jetzt endlich bekannt, was es die Steuerzahler kostete, die Monarchie zu erhalten: Die Unterhaltskosten für die königliche Jacht *Britannia,* die beiden Flugzeuge der Queen, die zwei Westland-Hubschrauber von Prinz Philip, den königlichen Luxuszug und die vier königlichen Rolls-Royces der Queen zum Beispiel betrugen allein schon fast 2 Millionen Mark.

Auch die Reporter, denen eigentlich nichts ferner lag, als aggressiv zu werden, wurden zumindest bei der Berichterstattung über die königliche Familie energischer. Vor der sechzigjährigen Königinmutter hatten sie immer noch Respekt und schrieben deshalb selten etwas Negatives über sie, aber sie attackierten mittlerweile unverblümt die Queen wegen ihres altmodischen Stils, ihrer bornierten Höflinge, ihrer angeschlagenen Ehe und ihres meist abwesenden, sprich mit anderen Frauen flirtenden Ehemannes.*

»Was diese Familie im nächsten Jahr braucht, ist eine Hochzeit«, sagte die Königinmutter zu ihrer ältesten Tochter während der Weihnachtsfeier der königlichen Familie im Jahre 1959. Sie hatte im Terminkalender gerade nachgesehen, um den richtigen Zeitpunkt für die Bekanntgabe der Verlobung von Prinzessin Margaret zu finden. Sie hatte beschlossen, ihrer jüngeren Tochter eine prächtige Hochzeitsfeier mit allem königlichen Pomp zu bereiten. Sie wußte, daß ein solcher offizieller Anlaß die Monarchie neu beleben würde, aber die Queen wehrte sich dagegen. Sie befürchtete, daß eine aufwendige Hochzeit nur noch mehr Kritik über die Vergeudung von Geldern der Steuerzahler auslösen würde, und sie hatte keine Lust auf noch mehr Attacken solcher Art. Dennoch würde sie

---

* 1959 machte Prinz Philip erneut über vier Monate eine ausgedehnte Reise in den Fernen Osten. Der *Daily Express* veröffentlichte eine Reihe von Artikeln, die überschrieben waren mit »Die Frau von Welt mit einem stets abwesenden Gatten«. Philip hatte mittlerweile so viele Auslandsreisen gemacht, daß eine Zeitung bei seiner Rückkehr die Schlagzeile brachte »Der Herzog besucht Britannien«.

sich ihrer Mutter niemals widersetzen – jedenfalls nicht direkt.*

Die Königinmutter meinte, die Ankündigung von Prinzessin Margarets Verlobung werde die landesweiten Feierlichkeiten nicht beeinträchtigen, die anläßlich der Geburt des dritten Kindes der Queen, das im Februar erwartet wurde, geplant waren. Zehn Jahre waren seit der Geburt von Prinzessin Anne vergangen, und die Königin wußte nur zu genau, daß ihre neue Schwangerschaft für die Stabilität ihrer Ehe und ihren Familiensinn sprechen würde. Interessanterweise fiel der Geburtstermin genau in die Zeit, in der die Namensänderung des Hauses Windsor in das Haus Mountbatten-Windsor geplant war. Die Queen hatte die Änderung im Vorjahr ins Auge gefaßt und vorgeschlagen, kurz vor der Ankunft ihres dritten Kindes bekanntzugeben, daß sie in Zukunft auch den Namen ihres Gatten führen wolle.

Trotz seiner Bedenken erklärte der Premierminister sich einverstanden, die Angelegenheit seinem Kabinett vorzutragen. Die traditionsbewußten Monarchisten protestierten, als er das Thema anschnitt, aber der Premierminister, Harold Macmillan, ergriff für die Königin Partei und sagte, wie wichtig es für sie sei, daß der Name ihres Mannes mehr Bedeutung gewänne. Der Bischof von Carlisle gab auch seine Unterstützung, indem er erklärte, daß es ihm mißfiele, wenn ein ehelich geborenes Kind um das Recht gebracht werde, den Familiennamen seines Vaters zu tragen. »Warum sollte Ihre Majestät anders als jede andere verheiratete Frau im Reiche behandelt werden?« fragte der Premierminister sein Kabinett.

---

* Der Garter King of Arms, verantwortlich für die Organisation der Zeremonien des Souverän, schrieb an die Königin, um anzufragen, ob das gesamte College of Arms der Trauung von Prinzessin Margaret beiwohnen solle. Die Queen war erbost, und ihr Privatsekretär erwiderte: »Wiewohl Ihre Majestät die loyalen Gefühle der Mitglieder des Heroldskollegiums zu schätzen weiß, ist aus naheliegenden Gründen zu verstehen, warum sie nicht möchte, daß aus der Heirat eine größere Staatsangelegenheit gemacht wird als unbedingt nötig.«

»Warum fürwahr!« schnaubte ein Tory-Minister, der vermutete, daß die Absichten »dieses Battenbergschen Wichsers« (gemeint war Louis Mountbatten) mehr mit der Namensänderung an sich als mit den persönlichen Wünschen der Königin zu tun hatten.

Der stellvertretende Premierminister berichtete der Königin, daß mehrere Minister hinter der Angelegenheit den nicht unbeträchtlichen Einfluß ihres unpopulären Ehemannes vermuteten. Anschließend schrieb dieser eine vertrauliche Mitteilung an den Premierminister über das Gespräch, in der stand: »Die Queen legte Wert auf die Feststellung, daß Prinz Philip von der derzeitigen Entscheidung, an der ihr alles liegt, nichts weiß.«

So ging der Premierminister wieder in sein Kabinett und machte sich doch für die Namensänderung stark. In der Sitzung gab es so erbitterte Diskussionen, daß die Protokolle darüber nicht routinegemäß 1990, nach Ablauf der dreißigjährigen Verschlußfrist, veröffentlicht wurden. Das Thema, das im Kabinett als die Queen-Affäre bezeichnet wurde, war immer noch so heikel, daß die Regierung anordnete, alle diesbezüglichen Dokumente für weitere zwanzig Jahre unter Verschluß zu halten.

Nach monatelanger Diskussion stimmte das Kabinett Macmillan* der Königin schließlich zu, und der neue Name wurde nach ihrem Wunsch mit Hilfe komplizierter Formulierungen verschiedener Juristen offiziell eingeführt, die historische

---

* Drei Jahre später nahm die Königin traurig Macmillans Rücktrittsgesuch als Premierminister an. In einem Brief dankte sie ihm dafür, »mein Ratgeber und Anhänger« in internationalen Angelegenheiten gewesen zu sein. »Es hat auch, fürchte ich, eine Reihe von Problemen geben, die meine Familie betrafen..., die einen großen Teil Ihrer Zeit in Anspruch genommen haben. Ich möchte ausdrücklich meine Wertschätzung und Dankbarkeit für die übergroße Mühe zum Ausdruck bringen, die sie auf sich genommen haben, um mir zu raten und mir zu helfen, eine Lösung zu finden.«

Kontinuität wurde dabei allerdings gewahrt. Die mit Bindestrich geschriebene Namenskombination war etwas umständlich, aber zumindest verschaffte sie der Königin und Prinz Philip, ganz zu schweigen von »Onkel Dickie«, eine gewisse Genugtuung. Am 8. Februar 1960, elf Tage vor der Geburt von Prinz Andrew,* verkündete somit Ihre Majestät: »Während ich und meine Kinder künftig weiterhin als das Haus und die Familie von Windsor angeredet und heißen werden, werden meine Nachkommen, anders als Nachkommen, die Anrede, Titel oder Attribute Königlicher Hoheit oder die Titularwürde Prinz oder Prinzessin tragen und die weiblichen Nachkommen, die heiraten, und deren Nachkommen den Namen Mountbatten-Windsor haben.«

Die heftige Reaktion der Presse auf diese Ankündigung folgte prompt: »Nur fünfzehn Jahre nach dem Zweiten Weltkrieg«, schimpfte ein Kolumnist im *Mirror,* »werden wir plötzlich informiert, daß der Name Mountbatten, früher Battenberg, wohl oder übel mit dem Namen Windsor vereint werden wird.«

Lord Beaverbrook, Besitzer des *Daily Express,* des *Sunday Express* und des *Evening Standard,* verdächtigte Lord Mountbatten, die Queen zu einem Namen mit Bindestrich gedrängt zu haben. »Kaum ein Wunder, daß Lord Mountbatten, dessen ausgeprägter Stolz auf seine Herkunft schon fast an Fanatismus grenzt, seit vielen Jahren heimlich die Ambition gehegt hat, daß der Name des Herrscherhauses von Großbritannien eines Tages mit dem Namen Mountbatten fest verbunden werden müsse«, schrieb er. »Die Königin allein hätte

* Der *Sunday Express*, eine der drei Zeitungen von Lord Beaverbrook, gratulierte Prinz Philip bissig, als die Queen vor der Entbindung stand: »Wir freuen uns, daß er fähig war, auf seine Rebhuhnjagd in Sandringham zu verzichten und für einen entscheidenden Augenblick seines Lebens zu seiner Frau zurückzukehren.«

niemals nur einen Gedanken daran verschwendet, den von ihrem Großvater ausgewählten Namen Windsor aufzugeben. Aber natürlich muß sie Verständnis für die Gefühle ihres Mannes zeigen und mehr noch für die verlockenden Angebote seines Onkels.«

Den aufgeblasenen Pfau Lord Mountbatten ließen solche Statements unbeeindruckt. Er war zu sehr mit Feiern beschäftigt. »Mein größtes Glück ist«, schrieb er in einem Brief an einen Freund, »daß in Zukunft die Königskinder mit dem Namen Mountbatten-Windsor angeredet werden.«

Im Januar desselben Jahres hatte Lord Mountbatten eine aufwendige Hochzeit für seine jüngere Tochter, Lady Pamela, mit dem Innenarchitekten David Nightengale Hicks ausrichten dürfen. Lord Mountbatten hatte dazu alle gekrönten Häupter Europas eingeladen, damit die Heirat seiner Tochter so prunkvoll und verschwenderisch gefeiert werden konnte wie eine königliche Hochzeit, was die Presse auch dazu veranlaßte, ihn als den »Vize-König« zu bezeichnen. Der künftige Premierminister Harold Wilson nannte ihn den »Vertrauensmann der königlichen Familie«, aber sein künftiger Schwiegersohn sagte, daß Lord Mountbatten selbst sich seines wirklichen Status unsicher sei. »Das Problem bei Dikkie war«, sagte David Hicks, »daß er trotz seiner brillanten Manipulationen nie wirklich wußte, wo er wirklich stand. Er war kein Mitglied der Aristokratie, aber er hatte königliches Blut in seinen Adern. Doch von der königlichen Familie wurde er nie voll akzeptiert. So hatte er eine merkwürdige Stellung bei den Windsors, die ihn irgendwie sehr unsicher machte.«

Zuerst war Lord Mountbatten enttäuscht darüber gewesen, daß seine Tochter einen Bürgerlichen heiraten wollte, der weit unter ihrem Rang und Stand war. Aber um seine Position in der Gesellschaft zu unterstreichen, wollte er ihr dennoch eine weitaus prachtvollere Hochzeit als ihrer Schwester ausrichten. 1946 hatte er seine ältere Tochter, Patricia, seinen erklärten Liebling* und diejenige, für die er seinen Titel gesichert hatte,** dazu überredet, John Knatchbull zu heiraten, einen strammen Aristokraten, der der siebte Earl of Brabourne war. Mountbatten war stolz, diesen Mann seinen Schwiegersohn nennen zu können. Über die Aussicht, einen mittellosen Innenarchitekten in die Familie aufzunehmen, freute er sich überhaupt nicht.

»Davids unmännlicher Beruf sowie seine sexuellen Vorlieben störten Lord Mountbatten«, sagte sein früherer Sekretär, John Barratt. »Aber ihm war klar, daß Pammy bereits dreißig Jahre alt war und sitzenzubleiben drohte. Denn nie zuvor war ihr ein Heiratsantrag gemacht worden. Deshalb versuchte er die Dinge so zu akzeptieren, wie sie nunmal waren, und das Beste daraus zu machen.«

---

* Mountbatten machte keinen Hehl daraus, daß er seine ältere Tochter Patricia bevorzugte. 1953 schrieb er ihr in einem Brief: »Du weißt, wie verliebt ich im Grunde in Mummy bin und immer gewesen bin, Du weißt sehr wohl von meinen Freundinnen, doch keine von ihnen hat (sic) dieses magische ›Etwas‹ gehabt, das Du hast.« Er sagte, daß er vernarrt in sein zweites Kind, Pamela, sei, »aber die Triebfeder meiner Liebe (zu ihr) ist, daß sie *Deine* Schwester ist und *Du* sie liebst.«

** 1946 wurde Lord Louis Mountbatten zum Viscount Mountbatten of Burma ernannt. Im folgenden Jahr wurde er zum Baron Romsey and Earl Mountbatten of Burma ernannt, mit »spezieller Anwartschaft auf die Nachfolge« seiner männlichen Erben, und, sollte es keine männlichen Erben geben, seiner ältesten Tochter und ihrer männlichen Erben. Diese spezielle Anwartschaft, die erlaubte, einen Titel an eine Frau weiterzugeben, war ein seltenes Zugeständnis des Monarchen und wurde nur Veteranen des Militärs gewährt, die Außerordentliches im Kriege geleistet hatten. Nach dem Tode seiner Frau im Jahre 1960 erzählte Mountbatten seiner geliebten Tochter Patricia, daß er eine Wiederverheiratung nicht in Erwägung ziehen könne, weil er einen Sohn haben könnte und damit die Pläne vereiteln würde, die er für sie als Erbin seines Titels gemacht hatte.

Lord Mountbattens Biograph, Philip Ziegler, war auch der Meinung, daß Hicks* nie seiner Vorstellung eines perfekten Schwiegersohnes entsprach: »Ein Innenarchitekt«, schrieb Ziegler, »war nicht das, was *er* als neues Familienmitglied je ins Auge gefaßt hätte.«

»Die englischen Aristokraten sind in sexuellen Dingen so verlogen«, schrieb die Autorin Gwen Robyns. »Es war von Mountbatten, angeblich selbst eine alte Schwuchtel oder zumindest bisexuell, absolut scheinheilig, Einwände gegen David Hicks zu haben. David hatte niemals etwas über sich und seine Freunde verschwiegen. Er war immer ganz offen gewesen, und Pammy hat die Männer in seinem Leben willig akzeptiert.«

»Ich habe Pammy und David erstmals näher kennengelernt, als ich mit ihm an einem Buch zum Thema ›Interieur‹ arbeitete«,** sagte seine Coautorin. »Ich habe mit ihnen oft zu-

---

* Mountbatten entwickelte keine große Zuneigung gegenüber David Hicks und akzeptierte ihn nie so als Ersatzsohn wie John Brabourne und Prinz Philip. 1972, zwölf Jahre nachdem Hicks seine jüngere Tochter geheiratet hatte, schrieb Mountbatten einen Brief an Philip, in dem er sagte: »Patricia und Pammy könnten kaum süßere oder liebevollere Töchter sein, aber man vermißt Söhne – und deshalb bin ich glücklich darüber, Dich zu haben und John, die Ihr beide so liebevoll und freundlich zu mir seid.«

** Mountbatten hatte Einwände dagegen, daß sein Schwiegersohn an einem Buch mitarbeitete. Er rief die Coautorin an und lud sie zum Essen ein. Nach einigen Drinks sagte er: »Nun kommen Sie, Miss Robyns. Seien Sie ein braves Mädchen, und geben Sie mir diese Bänder.« Sie weigerte sich.
»Ich konnte es nicht«, sagte sie. »Ich hatte alle die alten schwulen Freunde von David auf Band, und sie sagten schreckliche Dinge über ihn, und ich fand nicht, daß es richtig sein würde, sie ihm zu übergeben.« Mountbatten drohte, sie zu verklagen. Sie gab nach. »Ich konnte nicht gegen einen Mann ankommen, der so viel Geld und Einfluß besaß. So gingen wir am Ende in das Büro seines Anwalts und verbrannten die Tonbänder.« Hicks wartete bis nach dem Tode von Lord Mountbatten, um Kontakt zu einer anderen Autorin aufzunehmen, June Ducas, die über sein Leben schreiben sollte. »June kann ungeschminkt alles schreiben, was sie will«, sagte er 1995. »Es ist mir völlig egal.«

sammengesessen, und immer war ein schöner junger Mann anwesend. Ich habe mehrere von Davids Freunden kennengelernt und sie sogar interviewt, während ich später seine Biographie schrieb. Ich erinnere mich, Pammy einmal gefragt zu haben, wie sie all diese Männer ertragen könne. Und sie sagte, Gwen, wenn Sie Eltern wie meine gehabt hätten, könnten Sie alles ertragen. Außerdem ist David ein sehr guter Vater, und er ist sehr nett zu mir. Er führt das Haus, kauft das Essen ein und wählt meine Kleidung aus.

David erzählte mir, daß er 1959 kurz vor dem Bankrott gestanden habe«, fuhr die Coautorin fort. »Ein Freund riet ihm damals, eine reiche Erbin zu heiraten, aber David kannte keine Erbinnen. So lud sein Freund ihn auf eine Party ein, damit er ein paar kennenlernte. An diesem Abend wollte David eigentlich mit seiner Mutter ins Kino – er lebte damals noch bei seiner Mutter. Er ließ sie so für einige Zeit allein im Wagen, während er auf der Party seines Freundes vorbeischaute, um nach geeigneten Kandidatinnen Ausschau zu halten. Lady Pamela Mountbatten trat hin, und David vergeudete keine Sekunde.

›Ich sah eine Erbmasse von 12 Millionen Mark durch die Tür kommen. Sie trug weiße, vorn offene Schuhe und die schrecklichste weiße Handtasche, die ich je gesehen hatte‹, erzählte er mir. ›Ich nahm sie sofort mit aufs Parkett, um mit ihr zu tanzen, und flüsterte ihr ins Ohr: ›Wie viele Kinder wollen Sie?‹ Natürlich war Pammy, der zuvor noch nie der Hof gemacht worden war und die schon fürchtete sitzenzubleiben, verzaubert. Sie erzählte mir, sie sei heimgegangen und habe das alles ihrer Mutter berichtet, die sich zwar für sie freute, aber doch recht verwirrt deswegen war.

›Das ist wundervoll, Liebling‹, sagte Edwina, selbst eine Erbin, der zig Generationen Erbstücke hinterlassen und die nie in ihrem Leben Möbel gekauft hatte. ›Aber was macht ein Innenarchitekt?‹«

Nach Absprache mit den Höflingen der Queen wählte Lord Mountbatten den 13. Januar 1960 als Hochzeitstag für seine

Tochter, weil dies wohl der einzige Termin war, der auch der königlichen Familie paßte. »Trotz des Winterwetters bestand er so auf eine Heirat im Januar, weil er die königliche Familie unbedingt dabeihaben wollte«, sagte Barratt, »und die meisten von ihnen waren da, außer der Königin, die im Krankenhaus von Sandringham der Geburt ihres dritten Kindes entgegensah.«

Mountbatten kümmerte sich um die Hochzeit seiner Tochter wie ein Regisseur, der ein Theaterstück inszeniert. Er suchte ihre königlichen Brautjungfern aus – Prinzessin Anne, die zehnjährige Tochter der Queen, Prinzessin Clarissa von Hessen und Prinzessin Frederica von Hannover. Er beauftragte Owen Hyde-Clark aus dem Hause Worth mit dem Entwurf ihres Hochzeitskleides und setzte seine Tochter sofort auf Diät, damit sie an ihrem Hochzeitstag schlank und rank aussah. Die unwichtigeren Details delegierte er an seinen künftigen Schwiegersohn, den Architekten, der sich beeilte, seinem künftigen Schwiegervater zu gefallen. Hicks verfügte, daß alles weiß zu sein habe – »strahlend weiß, strahlend weiß« – von den Nerzbesätzen des Brautkleides bis hin zu den Kränzen der Brautjungfern aus Hyazinthenblüten.

»Edwina, die Brautmutter, war erfreut darüber, daß ihr künftiger Schwiegersohn sich sofort um alles kümmerte«, sagte ein Freund, »weil sie bereits mit der Planung ihrer Wohltätigkeitsreise in den Fernen Osten völlig überlastet war. Sie sollte wenige Tage nach der Hochzeit dorthin aufbrechen – und sie starb auf dieser Fahrt, sie wachte auf Borneo eines Morgens einfach nicht mehr aus dem Schlaf auf.«

Die Presseberichte über die Mountbatten-Hochzeit vermittelten den gewünschten Eindruck, daß es hier zu einer glanzvollen Vereinigung zwischen der Tochter eines Edelmannes und dem bürgerlichen, aber wunderbaren Mann ihrer Träume gekommen sei. Der Einzug der Braut in die Romsey Abbey wurde von Fanfaren angekündigt, die »O Perfect Love« intonierten. Und auf dem anschließenden Empfang sprach der

Herzog von Edinburgh, umgeben von zahlreichen Mitgliedern englischer und deutscher Adelsfamilien, den Toast auf die Zukunft der Braut und des Bräutigams aus.

»Allein wichtig ist«, sagte Gwen Robyns, »daß sie Kinder zeugen, am besten Stammhalter. Ob der Bräutigam homosexuell, bisexuell oder heterosexuell ist, spielt keine Rolle, solange die Ehe nach außen intakt ist und das Paar für Auftritte in der Öffentlichkeit zur Verfügung steht. Schwule Männer aus der Aristokratie haben es schwer, weil es die heilige Pflicht des ältesten Sohnes ist, einen Erben zu zeugen, damit der Familienname, der Besitz und der Titel weitergegeben werden kann. Deshalb müssen sie heiraten, egal wie sie geartet sind, was auch der Grund für eine schon lange etablierte Tradition in Großbritannien ist, daß viele homosexuelle Männer nur heiraten, um Nachwuchs zu zeugen. Unwichtig dabei ist, was sie später sonst noch so treiben, solange sie es diskret tun. Das ist die Scheinheiligkeit in dieser Gesellschaft.«

In seiner Biographie schreibt auch Gore Vidal über die homoerotische Vorliebe von Männern, die in Großbritannien als eine Realität akzeptiert wird, auch in den Privatschulen. »Die meisten jungen Männer, vor allem die attraktiven, haben sexuelle Beziehungen zu Geschlechtsgenossen«, schreibt Vidal. »Ich denke, das ist dennoch etwas Neues für diejenigen, die von zwei Tatsachen ausgehen: Man sollte offen dafür sein, was gut und unabänderlich ist, sich dagegen dem verschließen, was schlecht und unabänderlich ist, es sei denn, es erweist sich, daß es sich nur um eine Neigung handelt, die irgendwie unterdrückt werden kann, wenn nötig mit Gewalt.« In der britischen Aristokratie stellt die Heirat diese Gewalt dar.

Als »die Liebe, die ihren Namen nicht auszusprechen wagt« hatte Oscar Wildes junger Geliebter 1895 die sexuelle Vorliebe von Männern füreinander bezeichnet. Zu dieser Zeit wurden Männer wie Oscar Wilde, der Frauen heiratete, aber Männer liebte, als degenerierte Menschen angesehen, deren sexuelle Handlungen mit Gefängnis bestraft wurden. Fünfundsechzig Jahre später hatte sich an diesem Prinzip in England nichts geändert, und 1960, nach der Bekanntgabe von Prinzessin Margarets Verlobung, wurde Homosexualität wieder ein Thema.

Die Gerüchte kamen schon bald nachdem die Königinmutter die Verlobung ihrer Tochter und ihre bevorstehende Hochzeit im Mai angekündigt hatte auf. Die Leute auf der Straße freuten sich darüber, daß die neunundzwanzigjährige Prinzessin, die seit ihrem Verzicht auf Peter Townsend fünf Jahre lang orientierungslos gewesen war, endlich ihr Glück gefunden zu haben schien. Für die Öffentlichkeit würde ihre Ehe mit einem Bürgerlichen die Klassenschranke zwischen der Monarchie und dem Volk ein wenig lüften, und das Volk dem Thron näherbringen. In den Adelskreisen löste die Ankündigung ein hörbares Raunen aus, und nicht nur das, das feste Gefüge der Gesellschaft wurde einmal mehr erschüttert. Der unkonventionelle Fotograf war nicht nur ein Bürgerlicher, dessen Eltern geschieden waren, er hatte auch eine jüdische Mutter. Die reine angelsächsisch-protestantische Aristokratie betrachtete ihn so wohl kaum als geeigneten Freier für die Tochter eines Königs und Schwester einer Königin, einer königlichen Prinzessin, die an vierter Stelle in der Thronfolge stand.

»Prinzessin Margaret hat ihre Verlobung mit Tony Armstrong-Jones bekanntgegeben«, schrieb Noël Coward am 28. Februar 1960 in sein Tagebuch. »Tony sieht ganz nett aus, doch ob die Ehe wirklich Bestand haben wird, sei dahingestellt.« Er notierte weitere mißbilligende Äußerungen seitens der Herzogin von Kent und Prinzessin Alexandra. »Sie sind *nicht* erfreut über die Verlobung«, schrieb er. »Es gab eine deutliche Froideur, als ich sie erwähnte.«

Ronald Armstrong-Jones war schockiert, daß sein Sohn eine solche Heirat auch nur in Betracht zog. »Ich wünschte damals, dies wäre nie passiert«, sagte er. »Das wird nie gutgehen. Tony ist ein viel zu unabhängiger Typ, als daß er sich irgendwem unterordnen kann. Er wird hinter niemandem die zweite Geige spielen wollen. Er wird zwei Schritte hinter seiner Frau gehen müssen, und ich fürchte um seine Zukunft«, waren damals seine Sorgen.

Tonys engste Freunde teilten diese Meinung. »Ich schickte ein Telegramm«, sagte Klassenkamerad Jocelyn Stevens, ein ehemaliger Zeitschriftenredakteur, »und schrieb: ›Eine verhängnisvollere Übereignung hat es nie gegeben.‹«

Auch die *Times* pflichtete dem auf ihrer Kommentarseite bei. »Es gibt aus jüngerer Zeit keinen Präzedenzfall für die Heirat von jemandem, der dem Thron so nahe steht, mit jemandem, der so weit davon entfernt ist, also nicht irgendwie zu den internationalen Königshäusern oder dem Adel gehört.«

Selbst der *New Statesman*, eine liberale Publikation, von der man eigentlich Begeisterung hätte erwarten können, verweigerte ihre Billigung. Das Magazin schrieb, die Eignung dieses speziellen Bürgerlichen dafür, ein Mitglied der königlichen Familie zu werden, müsse »mit einer Nachsicht« beurteilt werden, »die vor wenigen Jahren noch unvorstellbar gewesen wäre.«

Die Queen war seit fünfhundert Jahren der erste Souverän, der einen Bürgerlichen in den engsten Familienkreis aufnahm. Sie versuchte, die Situation zu retten, indem sie Mr. Armstrong-Jones einen Titel anbot, aber er lehnte ab.* Erst ein Jahr später, als seine Frau schwanger wurde, entschied er, daß seine Kinder einen Titel tragen sollten, und akzeptierte deshalb das Angebot der Königin, der Earl of Snowdon und auch Viscount Linley of Nymans zu werden. Der *Manchester Guardian* brachte in diesem Moment ein »bißchen Enttäuschung« darüber zum Ausdruck, »daß dem einfachen, ehrlichen Mr. Armstrong-Jones ein Titel aufgedrängt werden sollte«. *People*

* Als Angus Ogilvy, ein Bürgerlicher, am 24. April 1963 Margarets Kusine Prinzessin Alexandra, Tochter von Marina, der Herzogin von Kent, heiratete, lehnte auch er das Angebot der Königin, ihm Grafenwürde zu verleihen, ab. »Ich wüßte nicht, warum ich Adeliger werden sollte«, sagte Ogilvy, »nur weil ich eine Prinzessin geheiratet habe.«

sagte, der neuernannte Peer habe seine Anziehungskraft verloren. »Als Ehemann der Schwester der Queen hatte Tony Armstrong-Jones die große Sympathie des britischen Volkes. Er war ohne einen Titel. Er war tatsächlich einer von uns ... jetzt hat er sogar diesen kostbarsten Besitz verloren, den man Geburtsrecht nennt.«

Diejenigen, die der Prinzessin nahestanden, waren besorgt darüber, daß sie möglicherweise aus Enttäuschung heiratete. Sie wußten, daß Peter Townsend ihr am 9. Oktober 1959 geschrieben hatte, er werde eine wunderschöne junge belgische Tabakerbin, zwanzig Jahre alt, heiraten, die er bald nach seiner Ankunft in seinem Brüsseler Exil kennengelernt hatte. »Sie mag reich sein«, sagte die Prinzessin, die versuchte, die Neuigkeit herunterzuspielen, »aber sie ist nicht königlich.« Wenige Stunden nachdem Margaret den Brief erhalten hatte, entlockte sie Armstrong-Jones einen Heiratsantrag.

»Es ist wahr«, gab Margaret viele Jahre später zu. »Ich hatte am Morgen einen Brief von Peter erhalten und beschloß noch an diesem Abend, Tony zu heiraten. Es war kein Zufall. Eigentlich wollte ich überhaupt nicht heiraten. Warum ich es tat? Weil er mich darum bat! Wirklich, er war in dieser schweren Zeit so nett zu mir. Er verstand meine Position und drängte mich dazu, manche Dinge anders zu machen. In gewisser Hinsicht führte er mich in eine neue Welt.« Margaret sagte, sie habe es geschafft, Tonys Antrag mehrere Monate lang geheimzuhalten, »weil niemand glaubte, daß er an Frauen interessiert sei«.

Antony Armstrong-Jones, der in der Presse als ein »Künstler«, »Schwuler« und »theatralischer Mensch« dargestellt wurde, war zweiunddreißig Jahre alt und das einzige Kind eines Anwalts. Sein Vater war von Tonys Mutter schon lange geschieden und hatte eine Schauspielerin geheiratet, von der er ebenfalls bald wieder geschieden wurde. Als die Verlobung seines Sohnes bekanntgegeben wurde, lebte er mit einer dreißig Jahre jüngeren Stewardeß zusammen. Er heiratete sie schnell, um seinen Sohn, der nur ein Jahr jünger als seine neue

Stiefmutter war, nicht in Verlegenheit zu bringen. Einige Jahre zuvor hatte Tonys Mutter einen irischen Peer geheiratet und war jetzt die Countess of Rosse, so daß Tony irgendwie auch Verbindung zur Aristokratie hatte. Er hatte Eton besucht, denn er war ja entschlossen gewesen, Architekt zu werden. Dann ging er nach Cambridge, flog aber nach einem Jahr von der Hochschule.

Als er sechzehn war, hatte er Kinderlähmung. Nach einem langen Krankenhausaufenthalt und mehreren Monaten, in denen er nur sehr schwer gehen konnte, brachte er es fertig, sich mit selbstentworfenen Skiern, mit denen er trainierte, um seine Beinmuskulatur zu kräftigen, wieder zu kurieren. Er hatte nun einen federnden Gang, um sein Humpeln zu verbergen. Dennoch sollte er später immer ein Herz für Behinderte haben. Er zeigte stets Mitgefühl für sie. Er arbeitete in Wohlfahrtskomitees mit, um Spendengelder für medizinische Forschungen zu sammeln, die die Lebensqualität der Menschen verbessern konnte. Er erfand auch einen motorisierten Rollstuhl, der es Behinderten ermöglichte, sich einfacher von Raum zu Raum zu bewegen.

Die Liebesgeschichte zwischen Tony und Margret begann so: Tonys Onkel war der Bühnenbildner Oliver Messel, der eng mit Cecil Beaton und Noël Coward befreundet war. Sie ermutigten den inzwischen verstorbenen Hoffotografen Baron, Tony als Lehrling zu nehmen. Nachdem Tony mehrere Monate für Baron gearbeitet hatte, eröffnete er in London sein eigenes Fotostudio und begann mit ungeheuerem Charme und Ehrgeiz, sich um Aufträge aus dem Königshaus zu bemühen. Er lichtete so den jungen Herzog von Kent ab und fotografierte nach dieser Sitzung die Kinder des Kammerdieners der Queen. Daraufhin bat ihn die Königin selbst in den Buckingham-Palast, um von Prinz Charles und Prinzessin Anne Porträts anzufertigen.

Einige Monate später begegnete der Fotograf Prinzessin Margaret im Hause von Lady Elizabeth Cavendish. Die normalerweise herrische Prinzessin ließ sich an diesem Abend dazu herab, mit ihm ein privates Wort zu wechseln, obwohl sie darauf bestand, daß Tony sie mit »Ma'am« anredete, etwas, das sie von jedem verlangte, weil, wie sie sagte, dies ihre Pflicht als Mitglied der königlichen Familie sei. Tony kitzelte geschickt ihre Eitelkeit, indem er sie um ihren Rat für ein Modefoto bat, das er für das Magazin *Vogue* machen sollte. Irgendwann lud er sie dann in sein Appartement ein – und sie nahm an.

Obwohl sie unterschiedlicher Herkunft waren, hatten die Prinzessin und der Fotograf ähnliche Temperamente. Klug, witzig und scharfzüngig, waren es beide kleine Rebellen, die Kette rauchten und auf pornografische Filme standen. Der Fotograf, knapp 1,70 Meter groß, sehnte sich danach, seiner gesellschaftlichen Stellung zu entrinnen, und die Prinzessin, trotz ihrer Plateauabsätze nur 1,53 Meter groß, genoß es, sich über die Kritik der Gesellschaft hinwegzusetzen. So begannen sie unter den amüsierten Blicken der Königinmutter eine äußerst unkonventionelle Liebesaffäre. Die Prinzessin schlich sich häufig, vermummt mit einem Schal und Sonnenbrille, aus Clarence House und wurde zum Appartement des Fotografen im Stadtteil Pimlico gefahren, wo er sie in seinem purpurn gestrichenen Schlafzimmer empfing. Beide blühten im Glanz des Showbusiness auf und verkehrten mit den Berühmtheiten jener Zeit, so mit Mick Jagger, David Frost, Peter Sellers und den Beatles.

»Tone und Pet – das waren ihre Spitznamen füreinander – genossen es, Tabus zu überwinden – das Seltsame, das Dunkle, das Bizarre – Fetische und so etwas – waren ihnen nah«, sagte ein Freund, der erzählte, wie das Paar sich die Kleidung des anderen anzog und für Fotos posierte.

Als kleiner Junge trug Tony gelegentlich gern Frauenkleider. Eines abends verkleidete er sich so als Hausangestellte – ermutigt von seiner Stiefmutter, die Schauspielerin war –, um seinem Vater und Großvater das Essen zu servieren. Später nahm er auch in Frauenkleidern an Partys teil, und zwei Jahre vor seiner Verlobung begann er, sich in Sachen Modedesign zu versuchen. In der Zeit, in der er um Margret warb, schockierte er den Diener der Prinzessin dadurch, daß er manchmal Make-up auflegte und ihre kunstvollen Partykleider und Schleierhüte trug. »Ich war wie vom Donner gerührt«, erinnerte sich der Diener, »aber Margaret bog sich vor Lachen beim Anblick von Tonys nackten Beinen mit so spindeldürren Waden, die unter dem kastanienbraunen Faltenrock der Prinzessin hervorragten ... Seine Füße steckten in einem Paar feiner Sandalen der Prinzessin, deren Bänder offen waren.«

Der Diener, David John Payne, schrieb über solche Geschichten, in denen die Kleider getauscht wurden, in einem Buch, über das sich die Königinmutter sehr ärgerte. Sie klagte, um eine Veröffentlichung in England zu verhindern. Sie wollte nicht, daß die königliche Familie durch den Diener in Verlegenheit gebracht würde, besonders wegen seiner Behauptung, auch Objekt eines Annäherungsversuches seitens Antony Armstrong-Jones gewesen zu sein. Das britische Gericht erließ ein Publikationsverbot im Vereinten Königreich, aber das Buch wurde in Auszügen in Frankreich veröffentlicht, wo die Leser des *France Dimanche* so erfahren konnten, um welche intimen Details es dabei ging.

Der Diener, der seine Position noch vor der königlichen Hochzeit aufgab, schilderte dann eine Begebenheit, die ihn sehr erschüttert habe, wie er sagte. Er erinnerte sich, wie er die Royal Lodge Suite der Prinzessin in Windsor Castle verlassen hatte, nachdem er ihr geholfen hatte, Schallplatten auszuwählen, die sie mit nach London nehmen wollte: »Ich stand auf und ging, während sie auf dem Boden sitzenblieb. Ich war schon fast aus der Tür, als die aufflog und Tony Armstrong-Jones in das Zimmer trat. Als er mich sah, rief er: ›John, ich habe überall nach dir gesucht. Darling, setz dich doch.‹

Mein Herz blieb stehen. Offensichtlich hatte Tony die Prinzessin nicht bemerkt, die hinter dem Sofa auf dem Boden saß.

Darum wagte er es auch, mich in so vertrautem Ton anzusprechen. Er wurde dann durch das plötzliche Rascheln ihres Kleides unterbrochen, weil sie eilig aufstand.

Sie sah ihn an und ihr Gesicht war aschfahl. ›John, setz dich doch, Darling? Was hat denn das zu bedeuten? Mit wem sprichst du?‹

Tony war von diesen Fragen, die ihm mit eisiger Stimme gestellt wurden, völlig überrumpelt. Er errötete und begann, von einem Fuß auf den anderen zu treten.

›Oh, Madame‹, sagte Tony. ›Ich wußte nicht ... Ich habe dich nicht gesehen. Ich habe John gesucht?‹

›Und was meinst du mit „Darling"?‹ fragte Margaret aufgebracht.

›Das ist ein Ausdruck, der am Theater dauernd gebraucht wird, Madame‹, stammelte er.

Margaret sagte nichts zu ihm, wandte sich mir zu und sprach in einem betont majestätischen Ton: ›Sie dürfen sich jetzt entfernen.‹

Ich verließ sie, schaute aber noch immer Tony an, der wie angewurzelt dastand. Sie stand unter Schock. Nachdem ich die Tür geschlossen hatte, merkte ich, daß ich schweißnaß war.«

Dies war dann doch zuviel. Prinzessin Margaret machte mit Antony Armstrong-Jones zwar gerne Kleidertausch, sie schlüpfte in die Männerrolle, indem sie Anzüge und Krawatten anzog, er mimte die Lady, aber für sie war es dennoch nur ein Spaß. Sie fotografierten sich dann gegenseitig. Sie machte von ihm ein Foto, auf dem er wie ein Kind aussah. Er knipste sie in seinem Smoking, eine Zigarre in der Hand. Sie waren insofern Spiegelbild ihrer Zeit und lebten die wilden sechziger Jahre. Die Grenzen zwischen Männlichkeit und Weiblichkeit verschwanden immer mehr.

Da seine Mutter eine Gräfin war, sah das Volk Antony Armstrong-Jones als privilegiert an, aber für eingefleischte Aristokraten war er noch immer ein Bürgerlicher, der jetzt durch Heirat in eine höhere Klasse aufsteigen wollte. Diese große gesellschaftliche Kluft und auch die Tatsache, daß er sich als Künstler verstand, machte ihn zur Zielscheibe für die Journalisten. Kurz vor seiner Heirat beschrieb *Newsweek* ihn vielsagend als »den unkonventionellen Bürgerlichen, auf den die jungen smarten Herren stehen«. Er übersah solche Anspielungen geflissentlich, stand darüber mit erhobenem Kinn, so wie er sich nie für seine coolen Künstlerfreunde entschuldigte und sich nie scheute, bei seinen ausschweifenden Zügen durch Londoner Pubs und Clubs Andeutungen auf sein Intimleben zu machen.

Die bizarren Anspielungen auf seine Sexvorlieben ärgerten einige seiner Freunde, die darauf verwiesen, daß reine Männerclubs schließlich eine Tradition an gewissen englischen Schulen darstellten und nichts zu bedeuten hätten. »Bei studentischen Gelagen in Oxford verkleideten sich Männer regelmäßig als Frauen und trugen hohe Absätze«, erklärte einer von ihnen. Und die »berüchtigtste, ausschließlich männliche ›Dining-Gesellschaft‹ dort ist die Peers Gaveston Society, benannt nach dem Lustknaben von König Edward II. Dem Namen nach ein Knabe, der bestimmten Zwecken diente. Der Legende nach soll der Lustknabe des Königs dadurch umgekommen sein, daß er mit einem heißen Schüreisen mißbraucht wurde. Im Vergleich dazu ist die kleine und demnach unbedeutende Ausschweifung, bei der man Antony Armstrong-Jones die Hose ausgezogen hatte, sehr harmlos.«

Ohne das Thema der Sexualität direkt anzusprechen, machte die Presse ständig Andeutungen über Tonys rein männlichen Freundeskreis. Sie wurden »eingefleischte Junggesellen« genannt, ein journalistischer Euphemismus für Homosexuelle.

»Tony wußte nicht, ob er Arthur oder Martha war«, sagte die britische Romanautorin Una-Mary Parker. »Wir sprechen nicht über Adam und Eva, wir sprechen über Adam und Steve.«

»Das war nicht so«, sagte einer von Tonys Kommilitonen in Cambridge. »Ich würde sagen, er war mehr bisexuell als homosexuell. Er hat sich da nie selbst eine Grenze gesetzt.«

Ein anderer meinte: »Betrachten wir dieses Thema einfach so wie Sir Osbert Sitwell, der es eine vollkommene Toleranz gegenüber dem Unglücklichen oder Exzentriker nannte.« Wenige Wochen vor der Hochzeit gab Tony den Namen seines Trauzeugen bekannt, und die Presse stürzte sich darauf wie die Katze auf die Maus. Es wurde berichtet, daß der Trauzeuge, ein verheirateter Mann, acht Jahre zuvor wegen eines homosexuellen Delikts verurteilt worden war.

»Prinz Philip war entsetzt. Für seinen Geschmack war Tony ohnehin ein bißchen zu schick mit seinen scharlachroten Samtcapes und seinen langhaarigen Freunden, die Bärte statt Schuhe trugen«, sagte ein Freund. »Aber als Tony bekanntgab, daß Jeremy Fry der Trauzeuge bei seiner Hochzeit sein würde, explodierte der Herzog von Edinburgh. Fry war eindeutig homosexuell, das wußten alle.«

Unter dem Druck der Royals zog Tony deshalb Frys Namen zurück, und der Palast gab eilig bekannt, daß der junge Mann an Gelbsucht erkrankt sei und unfähig wäre, an der Hochzeit teilzunehmen. Einige Tage später wählte Tony Jeremy Thorpe zu seinem Trauzeugen, aber Detektive von Scotland Yard informierten den Palast, daß Thorpe ebenfalls zu dieser Szene gehörte und offensichtlich auch keine akzeptable Wahl sei. Die Höflinge der Königin informierten Tony, daß seinem Freund nicht gestattet werden könne, in Anwesenheit der königlichen Familie in der Westminster Abbey für ihn aufzustehen. Wieder war Tony zu einem öffentlichen Rückzug gezwungen.

Da dies die erste königliche Hochzeit sein würde, die im Fernsehen übertragen wurde, legte der Palast besonders viel Wert auf das Bild, das man bei dieser Gelegenheit abgab. Die Höflinge, die verantwortlich dafür waren, die Krone vor Skandalgerüchten zu schützen, hatten Sorge, daß die Leute glauben könnten, die Queen billige ein solch »degeneriertes« Verhalten, wenn sie zuließ, daß ein bekannter Homosexueller an der königlichen Hochzeitsfeier teilnahm.

»Lächerlich, ich weiß«, sagte ein Freund von Tony viele Jahre später, »es war grotesk, zumal viele Angehörige des königlichen Haushaltes selbst homosexuell sind – in der Aristokratie und nicht zuletzt im Klerus gibt es zahlreiche davon. Aber so empfindlich reagierte der Palast nun einmal 1960 auf dieses Thema.«

Tony wurde zu einer geharnischten Besprechung mit den Höflingen der Queen in den Palast beordert. Stunden später verkündeten sie, daß Tony sich bei seiner dritten Trauzeugenwahl für Dr. Roger Gilliatt entschieden habe, den Sohn des Gynäkologen der Königin. Er war mit der Redakteurin Penelope Gilliatt verheiratet, für die Tony gelegentlich gearbeitet hatte. Er war kaum ein enger Freund, wie Gilliatt zugab, aber offensichtlich geeignet: »Armstrong-Jones scheint ein netter Kerl zu sein«, sagte er später einmal, »aber ich kenne ihn nicht sehr gut.«

Die Hochzeitseinladungen mit dem geprägten Text »Der Lord Chamberlain von Königin Elizabeth, der Königinmutter, ist von Ihrer Majestät beauftragt worden, Sie zur Hochzeit von Prinzessin Margret und Anthony Armstrong-Jones einzuladen ...« wurden von Clarence House an 2000 Personen geschickt. Die Namen der Empfänger gab der Palast nicht preis, aus Furcht vor Nachforschungen der Presse hinsichtlich des Familienstandes einiger Gäste. Der Vater des Bräutigams und seine beiden ehemaligen Frauen sowie deren Gatten standen auch auf der Gästeliste. Der in Ungnade gefallene Onkel der Braut hingegen, der Herzog von Windsor, und seine zweimal geschiedene Frau wurden demonstrativ ausgeschlossen. »Ah, ja, vielleicht gibt es bald eine Beerdigung«, sagte die Herzogin von Windsor, die unbekümmert versuchte, die permanente königliche Ächtung zu ignorieren. Sie machte einen Scherz über sich selbst, indem sie hinzufügte: »Zumindest können sie nicht sagen, ich könne mit den Joneses nicht mithalten.«

Als einzige königliche Dynastie, die ihr Anrecht auf den Thron auch mit ihrem absoluten Nein zur Scheidung verband, konnte das House of Windsor nicht länger das Verbot aufrechterhalten, daß Geschiedene nicht an königlichen Ereignissen teilnehmen dürften. Damals war das nur wenigen bewußt, aber diese königliche Hochzeit sollte die Scheidungsbarriere für immer beseitigen.

»Gestern abend erfolgte ein Wachwechsel im Buckingham-Palast«, stellte die *Daily Mail* fest, indem sie aufzählte, welche Prominenten aus der Theaterszene in der Poet's Corner der Westminster Abbey, Hochzeitsgäste waren: der Dramatiker Noël Coward, die Ballerina Lady Margot Fonteyn, der Filmstar Leslie Caron und die Schauspielerin Margaret Leighton. Die Zeitung listete die Namen von Schauspielern, Schauspielerinnen, Schneidern, Friseuren, Innenarchitekten, Restaurateuren, Choreographen, Tänzern, Schriftstellern, Sängern und Songschreibern einzeln auf – sie alle waren Freunde des Bräutigams. »Dies sind die Menschen, die die Gesellschaft in Zukunft dominieren werden«, sagte das Blatt voraus, »nicht mehr die verstaubten Aristokraten.«

»Mit dieser Hochzeit hat ein neues Kapitel für die Royals begonnen«, sagte der *Daily Telegraph and Morning Post.* »Wie der arme Sohn im Märchen, der schließlich die schöne Prinzessin heiratet, wurde der Bräutigam der Prinzessin zu einem festigenden Bindeglied zwischen Hof und Volk, das alles veränderte. Wenn innerhalb derselben sozialen Schicht geheiratet wird, wenn also königliche Hoheit und königliche Hoheit eine Ehe eingehen, dann ist das ein schönes Schauspiel, aber die Vermählung einer Prinzessin mit einem Fotografen ist eine Party.«

Weniger enthusiastisch reagierten einige schottische Aristokraten, die die Hochzeit im Fernsehen verfolgten. Sie bekundeten ihr Erstaunen, als der junge Prince of Wales in Highlander-

Uniform gekleidet den Gang durchschritt. Der BBC-Kommentator sagte, er finde, daß Prinz Charles in seinem grünen Wams mit Spitzenjabot und Royal Stuart Kilt entzückend aussehe, aber mehrere Schotten verwiesen darauf, daß der elfjährige Prinz unzulässigerweise Abendkleidung getragen habe. Noch viel stärker entrüstet reagierten sie, als Antony Armstrong-Jones bei den Royal-Highland-Festspielen zu Braemar in Schottland mit einer Hose statt mit einem Kilt bekleidet erschien. Der Adel von Schottland fühlte sich schon von den Windsors nicht respektiert, als die Königin zu ihrer Krönung in Schottland im Straßenkleid gekommen war, statt ihr Krönungsgewand anzulegen, aber jetzt war das Maß voll. Man sah mit Verachtung auf die Royals herab.

Doch für alle anderen war die Hochzeit eine überwältigende Zurschaustellung der Pracht des Königshauses – von der Diamantentiara der Braut angefangen bis hin zu den fünf goldenen Karossen, die die Mitglieder der königlichen Familie zur Abbey fuhren. Im Innern von Westminster Abbey glitzerte alles golden wie in einem Fabergé-Ei. Vom vergoldeten Sessel der Queen bis zur leuchtenden Mitra des Erzbischofs und der massivgoldenen Altarplatte funkelte alles, und die Royals stellten einen ungeheuren Reichtum zur Schau. Hunderttausende säumten den Weg, den der Zug nahm, um der Prinzessin zuzujubeln. Und die Hochzeit wurde zur fröhlichsten und großartigsten, die die königliche Familie je inszeniert hatte. Drei Millionen Menschen verfolgten sie am Fernseher, und die englischen Schulkinder bekamen an diesem Tag frei. Zum ersten und einzigen Mal in ihrem Leben wurde Margaret in einer gläsernen Kutsche gefahren, eskortiert von hundert Berittenen mit goldenen Litzen. Ihre Ankunft herbeisehnend, schrien die Mengen: »Wir wollen Margaret! Wir wollen Margaret!«

Ihre Staatsapanage wurde nun vom Parlament von 54 000 Mark jährlich auf 135 000 Mark erhöht. Nach einer vierundvierzigtägigen Hochzeitsreise in die Karibik mit der *Britannia,* die pro Tag 54 000 Mark kostete, sollten sie und ihr frischgebackener Ehemann in eine Zehnzimmerwohnung im Kensington Palace zurückkehren, für dessen standesgemäße Renovierung 540 000 Mark veranschlagt waren. Britischen Militärangehörigen wurde ein Teil ihres Soldes als Beitrag für ein Hochzeitsgeschenk abgezogen. Die Hochzeit selbst hatte 234 000 Mark gekostet, worüber die Queen im nachhinein sehr besorgt war. Die Königinmutter tat die Sache ab und erklärte ihrer Tocher, sie habe zu lernen, den aufwendigen Stil zu akzeptieren, den die Menschen vom Königshaus erwarteten.

»Es gab vorher nichts Vergleichbares«, schrieb Eve Perrick in der *Daily Mail.* »Ich bin bei anderen Hochzeiten gewesen, über die viel geschrieben wurde. Ich war vor der Abbey, als die Königin und Prinz Philip heirateten. Ich sah auch Prinz Rainier den Filmstar Grace Kelly ehelichen. Die einzigartige Qualität der gestrigen nur halboffiziellen Feier bestand darin, daß man von allem nur das Beste gewählt hatte. Es war ein wahrhaft königliches Event.«

»Lediglich die Königin wirkte gedrückt«, schrieb Noël Coward in sein Tagebuch. »Prinzessin Margaret sah wie das Ideal einer Märchenprinzessin aus ... Prinz Philip gab sich humorvoll und wirklich sehr entspannt, als er die Braut zum Altar führte. Die Musik war göttlich, und die Fanfaren klangen ungeheuer intensiv. Nirgendwo anders auf der Welt als in England können solcher Prunk und Pomp, eine solche Prachtentfaltung mit so exquisiter Würde zelebriert werden ... es war alles überwältigend, bezaubernd, romantisch, prächtig und ohne auch nur einen falschen Ton inszeniert. Es ist *noch* immer eine sehr aufregende Sache, Engländer zu sein.«

Noël Coward sollte nicht lange genug auf dieser Welt sein, um mitzuerleben, daß das, was er gerade gesehen hatte, der Anfang vom Ende war. Die königliche Familie war ab jetzt für alle Zukunft entmystifiziert. Bald würde diese Ehe das Haus Windsor in das Desaster stürzen, was sie jetzt noch am meisten fürchtete.

10

DIE FIRST LADY saß in ihrem Schlafzimmer im Weißen Haus, als ihr Sekretär mit einer weiteren Depesche der Britischen Botschaft eintrat. Seit Wochen waren wegen der Dinnerparty der Queen am 5. Juni 1961 zu Ehren des Präsidenten und seiner First Lady diplomatische Telegramme zwischen London und Washington gekabelt worden. Aber sie war verärgert.

»Das ist absurd«, sagte sie zu ihrem Sekretär. »Ich habe nicht empfohlen, den Herzog und die Herzogin von Windsor einzuladen.«

Die First Lady hatte vorgeschlagen, ihre Schwester, Lee Radziwill, und Lees Gatten, den polnischen Prinzen Stanislas Radziwill, einzuladen. Doch nachdem das Weiße Haus seine Vorschläge für die Gästeliste dem Buckingham-Palast geschickt hatte, wurden die Radziwills gestrichen. Von der Königin.

Die Kennedys planten, nach dem Staatsbesuch des Präsidenten in Paris ein paar Tage Zwischenaufenthalt in London einzulegen, um der Taufe des Patenkindes des Präsidenten, Christina Radziwill, beizuwohnen. In London würden die Kennedys bei den Radziwills in ihrem Haus beim Buckingham-Palast, direkt um die Ecke vom Palast gelegen, wohnen. Dort wollte Präsident Kennedy sich informell mit dem britischen Premierminister treffen. Obwohl Kennedys Besuch privater Natur und nicht offiziell war, empfahl die britische Regierung, die Königin solle den Präsidenten und seine Frau empfangen. Die Queen stimmte zu. Es würde seit 1918, als Woodrow Wilson zu Gast gewesen war, das erste Mal sein, daß ein amerikanischer Präsident mit einem britischen Monarchen im Buckingham-Palast dinierte.

Im Gala-Dining-Room des Palastes war eine Abendgesellschaft von fünfzig Personen geplant, und das Weiße Haus wurde gebeten, die Namen der Personen einzureichen, welche die Kennedys dabeizuhaben wünschten. Die First Lady schlug ihren Gastgeber und ihre Gastgeberin, die Radziwills vor, ebenso Prinzessin Margaret, die Mrs. Kennedy kennenlernen wollte. Der Präsident bat um Prinzessin Marina of Kent, die er in dem Jahr, das er in Oxford verbracht hatte, kennengelernt hatte. Die Königin billigte keinen von ihnen.

Verärgert über die königliche Abweisung, rief die First Lady die britische Botschaft in Washington an, um mit dem Gesandten Ihrer Majestät, David Ormsby-Gore, zu sprechen, der auch ein enger Freund der Familie Kennedy war. Er erklärte behutsam die Politik des Palastes gegenüber Geschiedenen und sagte, daß die Radziwills, beide waren geschieden – sie einmal, er zweimal –, nicht in den Palast eingeladen werden könnten, weil dies ein inoffizieller Besuch sei. Wäre dies ein offizieller Besuch und gehörten die Radziwills zu der offiziellen Delegation, die den Präsidenten begleitet, wären sie eingeladen worden.

»Aber sie ist meine Schwester«, sagte Jackie dem britischen Gesandten, »und sie sind unsere Gastgeber.«

Der Botschafter hatte Verständnis und schlug vor, sie solle den amerikanischen Protokollchef, Angier Biddle Duke, anrufen, um durch den amerikanischen Botschafter am St. James's Palace, David Bruce, eine Änderung der Entscheidung zu erwirken.

»Oh, Angier«, jammerte Jackie, »Sie müssen mir helfen.«

Der Diplomat beruhigte die First Lady und versprach, sich mit David Bruce in Verbindung zu setzen. Darauf rief Jackie ihren Gatten im Oval Office an, um ihm zu sagen, was sie getan hatte. Der Präsident war wütend. Er informierte rasch Botschafter Bruce in London, um ihm zu sagen, daß er keinen internationalen Zwischenfall verursachen wolle.

Der Botschafter notierte das Ergebnis des Gesprächs mit dem Präsidenten in seinem Tagebuch: »Er wollte deutlich machen, daß er wegen dieser Angelegenheit nicht betroffen sei und allein die Königin jedwede Entscheidung über die Gästeliste habe.«

Ihre Majestät gab schließlich nach und nahm die Radziwills darin auf. Sie erlaubte sogar, daß sie im Rundbrief des Hofes zu diesem Anlaß als »Prinz« und »Prinzessin« aufgeführt wurden. Dies war ein großes Entgegenkommen, weil die Königin Radziwill niemals ihre Erlaubnis erteilt hatte, seinen polnischen Titel* in Großbritannien zu benutzen.

»Sie mochte ihn nicht«, sagte Evangeline Bruce, die Gattin des Botschafters. »Es hatte nichts mit der Scheidung zu tun. Mein Mann war geschieden, aber die Queen liebte ihn. Sie mochte Stash Radziwill einfach nicht ... war überhaupt nicht mit ihm einverstanden und sprach ihn und seine Frau immer als Mr. und Mrs. an, was sie ärgerte.«

»Jedenfalls hatte die Königin ihre Rache«, erzählte Jackie später Gore Vidal, ihrem Stiefbruder, der von der Liste entfernt worden war. »Keine Margaret, keine Marina, niemand außer dem Commonwealthminister für Landwirtschaft, den sie finden konnten. Die Queen war wirklich hart. Ich glaube, sie nahm es mir übel. Philip war nett, aber nervös. Man spürte absolut keine Beziehung zwischen ihnen.«

Der Groll der Königin war echt. Sie hatte die Presseberichte über den Besuch der First Lady in Paris gelesen, wo sie von französischen Zeitungen als *ravissante, charmante* und *belle* bejubelt worden war. Pariser hatten die Straßen gesäumt, amerikanische Fähnchen geschwenkt und »Jacquiiii! Jacquiiii!

---

* Als die Nazis in Polen einmarschierten, floh Radziwill aus Warschau nach London, wo er britischer Untertan wurde. Gesetzlich ging er damit des Rechtes verlustig, seinen ererbten Titel, Prinz des Heiligen Römischen Reiches, zu verwenden, der seiner Familie im 16. Jahrhundert verliehen worden war. Sein Beharren darauf, als Prinz Radziwill angeredet zu werden, blieb in Großbritannien umstritten.

Jacquiii!« geschrien. Der Bürgermeister von Paris hatte ihr eine Uhr im Wert von 12 000 Mark geschenkt und erklärt, ihr Besuch sei das aufregendste Ereignis, seit Königin Elizabeth II. vier Jahre zuvor im Paradezug durch die Stadt gefahren sei.

»Königin Elizabeth, Teufel noch mal«, erklärte der Präsidentenberater Dave Powers der Presse. »So viel Publikum hätte es nicht mal beim Papstbesuch gegeben.«

Selbst der Präsident war fassungslos über die Begeisterung, die seine Frau auslöste. Bei der Begrüßung der Reporter auf einer Pressekonferenz in Frankreich stellte er sich vor als »der Mann, der Jacqueline Kennedy nach Paris begleitete«.

Als die Kennedys in London eintrafen, hatte das Jackie-Fieber auch die Briten erfaßt, die die Straßen säumten und sie genauso sehnsüchtig erwarteten, wie sie es bei der Queen taten. Eine Zeitung titulierte die First Lady sogar als »Königin von Amerika«. Eine andere veröffentlichte eine Karikatur, in dem die Freiheitsstatue das Gesicht von Mrs. Kennedy trug. Eine Hand hielt die Freiheitsfackel, die andere ein Exemplar der *Vogue*. Der *Evening Standard* erklärte überschwenglich: »Jacqueline Kennedy hat dem amerikanischen Volk von diesem Tag an etwas gegeben, das ihm immer fehlte – eine Majestät.«

»Der junge Präsident mit seiner wundervollen Frau und dem ganzen Glanz, der die beiden umgab, löste so etwas wie eine Sensation aus«, erinnerte sich Premierminister Macmillan in seinen Memoiren. »Normalerweise lassen die Besuche ausländischer Staatsmänner keine großen Begeisterungsstürme aufkommen ..., aber die Kennedys waren in jeder Hinsicht ein Novum, politisch und persönlich.«

Der Premierminister schrieb nichts über das Mißfallen Ihrer Majestät, sie empfangen zu müssen. Die Queen, die stets ihre Geringschätzung für alles betonte, was mit Glamour zu tun hatte, erklärte, sie verachte Hollywood und alles, was die Filmkolonie repräsentiere. Anders als ihre Mutter, ihre Schwester, ihr Ehemann und ihr Onkel Dickie, für die Film die höchste Kunstform war, war die Königin für Hollywood oder seine

Berühmtheiten nicht empfänglich. Tatsächlich haßte sie es so sehr, mit Filmstars zu verkehren, daß sie es ablehnte, 1956 der Hochzeit von Grace Kelly mit Prinz Rainier von Monaco beizuwohnen. »Zu viele Filmstars«, sagte sie.

Als die englische Königin sah sie keinerlei Veranlassung, ihr Image aufpolieren zu müssen. Als ein BBC-Produzent schüchtern vorschlug, sie solle während ihrer ersten Weihnachtsansprache im Fernsehen mehr Regung zeigen, schnappte sie nach Luft: »Ich bin doch keine Schauspielerin!«

Aus demselben Grund weigerte sie sich, Pelzmäntel zu tragen. »Absolut nicht«, sagte sie dem Diener Ralphe White. »In einem Nerz sehe ich zu sehr wie ein Filmstar aus.«

Sie gab zu, daß sie ein eher glanzloses, strenges Image hatte und betonte, sie sei im Gegensatz zu ihrer Mutter niemand, der Furore machen wolle. Während der sich anschließenden, moderat verlaufenden Unterredung bemerkte sie: »Wenn es Mummy wäre, würden alle jubeln.« Sie verstand es nicht, die Herzen zu gewinnen.

Ihr Mann teilte ihre Einstellung, daß das Königshaus nicht auf die Ebene von Filmstars herabsinken dürfe. Wie die Queen gab auch er keine Autogramme und nahm Versuche, ihn zu Auftritten zu zwingen, stets sehr übel. Als er eine Rede vor der britischen Filmakademie hielt, wurde er durch einen Zwischenruf unterbrochen.

»Bringen Sie Leben in den Laden«, schrie der Schauspieler Tom Bell. »Los, erzählen Sie uns eine witzige Geschichte.«

Der Herzog von Edinburgh ging hoch. »Wenn Sie eine witzige Geschichte wollen«, sagte er, »schlage ich Ihnen vor, einen Berufskomiker zu engagieren.«

Weder er noch die Königin erkannten damals, daß die britische Öffentlichkeit etwas mehr Menschlichkeit und Spontaneität von ihrer Monarchie wollte und nicht nur ein reserviertes Winken aus der königlichen Kutsche.

»Die Queen nimmt ihre Commonwealth-Verpflichtungen sehr ernst«, erklärte Premierminister Macmillan, »und das ist richtig so, da die Verpflichtungen der Monarchie für das Vereinigte Königreich so geschrumpft sind, daß man, beließe man es dabei, ebensogut einen Filmstar dafür einsetzen könnte. Sie erträgt dieses Verhalten ihr gegenüber nicht, wenn man sie wie eine Frau und einen Filmstar oder als ein Maskottchen behandelt.«

Bei dem Besuch der Kennedys wurde sie aber damit konfrontiert, was Glamour bedeutete; sie waren der Inbegriff eines strahlenden Vorzeigepaars. Die Queen hatte gegenüber ihrer Schwester zugegeben, daß sie sich mit Mamie, Präsident Eisenhowers matronenhafter Frau, wohler gefühlt habe als mit der schillernden Jackie, die auch die nüchternsten Untertanen der Queen dazu brachte, sich wie verrückte Fans zu verhalten. Sie verstopften stundenlang die Straßen von London und forderten, den amerikanischen Präsidenten und seine First Lady zu sehen.

Während seiner Vorbereitung des Kennedy-Besuchs hatte der Lord Chamberlain, der gewöhnlich von seinem Zensurrecht nur bei einem anstößigen Wort oder Satz Gebrauch macht, eine Revue verboten, in der die Frau des Präsidenten lächerlich gemacht wurde. Bei dieser Show, die in einem Theater in Newcastle aufgeführt werden sollte, hätte ein Männerchor gesungen:

»Hier kommt sie, singt do re mi,
Viel schöner als die alte Tante Mamie.«

Dann tauchte eine Schauspielerin mit schwarzer Perücke auf und stellte Mrs. Kennedy in einem satirischen Sketch dar. Ihre Nummer, eine Abfolge spitzer Bemerkungen, schloß den Refrain ein:

»Während Jack mit Rußland ringt,
Vertusche ich mit aller List
Vor der Presse und den Leuten,

Daß er ganz genau wie Ike
Im Madison-Avenue-Stil gekleidet ist.

Ich tu mein Bestes, um jedem zu gefallen,
spiele Carolines Mutter mit Marilyns Stimme.«

Die Erwähnung des Namens von Marilyn Monroe veranlaßte den Zensor, die Schere zu benutzen. »Die Revue geht ungeeignet mit dem Privatleben eines Staatsoberhauptes um«, war die offizielle Erklärung des Lord Chamberlain, wodurch aber den Gerüchten um die Intimbeziehung zu dem Hollywoodstar nur noch mehr Nahrung gegeben wurde.

Bei allen Unterschieden hatten die Königin und die First Lady aber Gemeinsamkeiten, und zwar was ihre Gatten betraf, die beide charismatische Männer waren. Außergewöhnlich gut aussehend und geistreich, wurden beide von hübschen Schauspielerinnen angezogen wie Fische von einem Blinker. Aber keiner der beiden Männer war durch Verliebtheit blind, und beide wußten um die gesellschaftliche Notwendigkeit einer guten Ehe.

Die Königin war vom Aufstieg der Kennedys aus den irischen Mooren ins Weiße Haus nicht beeindruckt gewesen. Sie erinnerte sich noch immer der Antipathie ihrer Eltern gegenüber dem Vater des Präsidenten, Joseph P. Kennedy. Als Botschafter im St. James's Palace hatte er sich gegen eine Intervention der Vereinigten Staaten an der Seite der Briten im Zweiten Weltkrieg gestellt, so daß Präsident Franklin Roosevelt ihn abberief. Verständlich, daß die Queen von Kennedys Sohn nicht begeistert war.

Sie dachte schließlich um, aber das geschah spät. Während der Präsidentschaftskampagne 1960 unterstützte sie persönlich Kennedys Gegenspieler, Vizepräsident Richard M. Nixon. Öffentlich schwieg sie, aber ihr Gatte, der sprechen konnte und das auch tat, machte es deutlich. Auf einer Reise nach New York anläßlich der Eröffnung einer britischen Ausstellung bewies Prinz Philip umsichtig Verständnis für Präsidentschaftswahlen. Er unterstützte Nixon nicht unverhohlen, beschwor aber die »besondere Beziehung« zwischen Amerika und England, indem er sagte: »Die Königin war besonders erfreut darüber, daß unser lieber Freund, Präsident Eisenhower, sich bereit erklärte, mit ihr die Schirmherrschaft für diese Ausstellung zu übernehmen.« Dann besuchte er die Ausstellung mit dem Vizepräsidenten, dem Gouverneur von New York, Nelson Rockefeller, und posierte für Fotos. Als die Fotografen den Prinzen um weitere Fotos baten, bestand er darauf, mit dem Vizepräsidenten zu posieren. »Wir können kein Foto ohne Mr. Nixon machen«, sagte er.

Als Kennedy die Wahl gewann, war die Königin klug genug, die politische Wichtigkeit guter Beziehungen mit den Vereinigten Staaten zu begreifen. So folgte sie der Empfehlung ihres Premierministers, den Präsidenten und seine Frau im Buckingham-Palast zu empfangen.

Jacqueline Kennedy erzählte später Gore Vidal von der Dinnerparty der Queen, bei der sie zwischen Prinz Philip und Lord Mountbatten saß. Während des Empfangs vor dem Essen sprach sie mit der Königin, die sie kühl und reserviert fand.

»Die Queen war nur einmal menschlich«, erinnerte sie sich. »Ich berichtete ihr von unserem Staatsbesuch in Kanada und dieser Anstrengung, ständig Blicken ausgesetzt zu sein. Ich erzählte ihr, daß ich Jack jeden Tag mit verweintem Gesicht begrüßte. Die Königin schaute recht verständnisvoll drein und sagte: ›Nach einer Weile wird man klug und lernt, wie man sich selbst schützt.‹ Dann meinte sie nur: ›Sie lieben Gemälde?‹ Und sie führte mich durch eine lange Galerie und blieb vor einem Van Dyke stehen und meinte: ›Das ist ein gutes Pferd‹«.

Die Queen und die First Lady hatten mehr als die Liebe zu Pferden gemeinsam. Beide sollten noch Kultfiguren und die berühmtesten Frauen ihrer Ära werden. Beide waren Monarchinnen – Elizabeth faktisch, Jacqueline in der Phantasie der Menschen. Was sie grundlegend unterschied, war ihre Einstellung zur Politik. Die First Lady mochte Politik nicht und war völlig apolitisch. Die Queen hingegen nicht.

»Gott weiß, daß sie über der Politik stehen sollte«, sagte ihr Biograph Roland Flamini, »aber jedermann weiß, daß die Königin in alles politisch involviert ist, besonders wenn es das Commonwealth betrifft, was wirklich auch das einzige ist, an dem ihr tatsächlich was liegt. Natürlich wird über ihr politisches Engagement nie gesprochen, aber jeder weiß davon.«

Im März 1962 plante die Königin heimlich, auf die Wahlen in Argentinien Einfluß zu nehmen. Damals war ihr wohl nicht bewußt, daß seine Pflicht zu erfüllen auch bedeutete, sich dem zu fügen, was die Entscheidungsträger ihres Landes für richtig hielten und empfahlen. Statt dessen wollte sie all das ignorieren und die Politik manipulieren. So entsandte sie ihren Ehemann zum Besuch der britischen Gemeinden in elf südamerikanischen Ländern, vorgeblich zur Förderung der britischen Industrie. In Argentinien war es aber seine wirkliche Aufgabe, die Präsidentschaft eines Freundes, Arturo Frondizi, zu sichern, der in Gefahr war, von Anhängern des ins Exil gegangenen Diktators Juan Perón gestürzt zu werden.

Die Königin und Philip hatten Frondizi zuvor in diesem Jahr im Buckingham-Palast empfangen. Dabei hatte er ihnen anvertraut, wie besorgt er darüber sei, zugelassen zu haben, die Anhänger Peróns bei den Wahlen im März wählen zu lassen. »Nur meine Person«, sagte er, »steht zwischen Ordnung und Chaos.«

Die Königin war seiner Meinung und beschloß, alles in ihren Kräften stehende zu tun, um ein Eingreifen des Militärs zu verhindern, das eine weitere Diktatur für das Land bedeuten würde. Obwohl Argentinien nicht zum Commonwealth gehörte, lebten dort mehr Briten als irgendwo anders, abgesehen von den Vereinigten Staaten, und deren Importe und Exporte waren für den britischen Handel wichtig. Das zumindest war die rationale Erklärung der Queen für ihre Intervention. Ihr Mann hielt dies für das Bestreben, in irgendeiner

Form ein Standbein in Argentinien zu haben, was, wie er sagte, typisch für die Briten sei. »Sie mischen sich immer in die Angelegenheiten anderer ein. Darum sind sie auch so erfolgreich bei der britischen Wohltätigkeitsarbeit im Ausland. Ich glaube, es ist ein Relikt aus den Jahren der unmittelbaren Verantwortung für andere Länder, aus der Zeit des Kolonialismus.«

Als Philip nach Argentinien reiste, war dies der erste Besuch eines Mitgliedes der königlichen Familie in diesem Land seit dreißig Jahren. Die Königin glaubte, daß ihr imperialer Glanz Frondizi stärken würde.

Der argentinische Präsident gab in Buenos Aires einen Staatsempfang für Prinz Philip, der die Gelegenheit nutzte, General Rosendo Fraga, dem argentinischen Kriegsminister, Vorträge zu halten.

»Sind Sie schon lange Minister?« fragte Philip.

»Fast ein Jahr.«

»Verraten Sie mir etwas«, sagte Philip. »Macht es Ihnen Freude?«

»Ja, Eure Hoheit.«

»Etwas anderes. Waren Sie im Krieg?«

»Nein, in jüngerer Zeit gab es keine Kriege in Argentinien.«

»Gut«, sagte Philip und schwenkte seinen Zeigefinger vor dem Gesicht des Generals, »dann fangen Sie jetzt keinen an.«

In einer Ansprache wies Philip auf die guten Beziehungen zwischen Argentinien und Großbritannien hin. »Wirklich bemerkenswert ist unser noch immer ausgezeichnetes Verhältnis nach so vielen Jahren enger Zusammenarbeit. Vielleicht haben wir das verflixte siebte Jahr überwunden und bleiben für immer gute Freunde.« (Diplomatisch, wie er war, erwähnte er die Epidemie von Maul- und Klauenseuche nicht, die durch argentinische Fleischkonserven in England ausgelöst worden war.)

Am folgenden Tag bewarfen junge Kommunisten Philip mit Eiern und Tomaten. Die Polizei verhaftete die Jugendlichen, aber Philip setzte sich für sie ein. Er war in Argentinien, um zu helfen, politische Spannungen zu beseitigen, nicht, um sie zu schüren. »Laßt sie frei«, sagte er, »aber sagt ihnen, sie sollen das nicht wieder tun. So viele Anzüge habe ich nicht dabei.«

Dies war das erste (aber nicht das letzte) Mal, daß die Königin von ihrem konstitutionellen Mandat abwich und Politik machte. Als Monarchin war es ihr verboten, sich in die inneren Angelegenheiten eines anderen Landes einzumischen. So operierte sie über ihren Ehemann in Argentinien, um das Wahlergebnis zu beeinflussen. Unglücklicherweise erlag sie einer Fehleinschätzung: Frondizis Gegner siegten, marschierten mit Maschinengewehren in Buenos Aires ein und ergriffen die Herrschaft über das Land.

Prinz Philip wurde sofort aus Buenos Aires evakuiert, und die Regierung Macmillan griff ein, um die Queen vor Kritik zu schützen. Die Regierung vertuschte ihr Engagement, indem sie alle Dokumente, die mit der Reise zu tun hatten, unter Verschluß nahm. Sie verweigerte die Veröffentlichung der Kabinettspapiere von 1962, und zwar abweichend von der allgemein geltenden Dreißig-Jahre-Regel, und legte dafür Geheimhaltung bis zum Jahre 2057 fest. Die meisten Leute vermuteten, daß diese Geheimhaltung dazu diene, einen Skandal zu vertuschen, bei dem Philip, damals vierzig Jahre alt, eine zentrale Rolle spielte. Er hatte offensichtlich eine Romanze mit Señora Magdalena Nelson de Blaquier, einer schönen fünfzigjährigen Witwe, die nach der Machtergreifung der Militärs seine Gastgeberin gewesen war.

»Sehen Sie sich die Geschichte genauer an«, erklärte Peter Evans, ein prominenter britischer Journalist, »dann machen Sie wahrscheinlich eine etwas merkwürdige Entdeckung: neun Monate nach der Abreise des Herzogs wurde Magdalena Nelson Mutter.«

»Die adoptierte Tochter eines argentinischen Polospielers soll eines von Philips drei unehelichen Kindern sein«, meinte sein Biograph Tim Heald dagegen, »aber ich kenne die Einzelheiten nicht.« So kam es, daß der Herzog von Edinburgh einer

Liebesaffäre bezichtigt wurde, die er nie gehabt hatte, und eines Kindes, das er nicht gezeugt hatte.

»Ich kannte Philip nicht einmal, bevor der Botschafter anrief und mich bat, seine Gastgeberin zu sein«, sagte Señora de Blaquier, deren weitläufiger Besitz, La Concepción, 160 Kilometer von Buenos Aires entfernt liegt. »Man rief mich an, weil meine *estancia* sehr sicher ist und es dort drei Polospielfelder gibt. Die Regierung mußte Philip aus Buenos Aires wegbringen, weil er dort in so großer Gefahr war. Während der Staatskrise gab es keine Möglichkeit, ihn in der Stadt unterzubringen. Deshalb kam er auf meinen Landsitz.

Er sprach kein Spanisch, und ich sprach nicht gut Englisch, also unterhielten wir uns auf französisch. Er spricht die Sprache so fließend wie ein Franzose. Ich war dreißig Jahre verheiratet. Dann starb mein Mann 1960 bei einem Flugzeugabsturz. Wir hatten neun Kinder. Philip blieb in unserem Haus. Er war sehr *simpático* – sehr witzig, nett und locker. Abends spielte er mit den Kindern Karten, und ich organisierte für ihn vier Polospiele und zwei mit Mitspielern, die etwa genauso gut wie er waren. Er ist nicht besonders gut, aber er liebt Polo sehr. Er spielt es leidenschaftlich gern. Er spielt mit einem Handicap von zehn, was nicht sehr gut ist, zumindest nicht an argentinischen Maßstäben gemessen, aber ich wollte nicht, daß er sich unterlegen fühlt. Also suchte ich für ihn Spieler, die ähnlich gut Polo spielten, und er war sehr glücklich.

In dieser Zeit traf er sich dreimal privat mit Frondizi. Philip blieb sechs Tage bei uns, wurde dann zum Flughafen gebracht und nach Großbritannien geflogen. Er erlaubte während seines Besuchs nicht, daß Fotos gemacht wurden, deshalb habe ich keine Bilder, aber er schickte mir einen sehr schönen Brief und bedankte sich für seinen Aufenthalt bei uns. Ich sah ihn dann zweiunddreißig Jahre lang nicht mehr, bis ich zu einem Polospiel nach Paris fuhr. Ich teilte ihm mit, daß ich mit meinen Söhnen und Enkeln dort sei. Und er kam dorthin.«

»›Sind Sie die Frau, die mir in Argentinien eine wundervolle Gastgeberin war?‹ fragte er. Ich sagte ja, und er stellte mich der Königin vor. Er machte mich auch mit Prinz Charles bekannt, der sagte: ›Was haben Sie mit meinem Vater gemacht? Wann immer Südamerika erwähnt wird, spricht er nur davon, daß er Argentinien liebt, weil Sie zu ihm in La Concepción so nett waren.‹«

»Der Grund dafür, wissen Sie, sind meine Poloplätze. Philip sagte, man könne in Europa Schlösser besuchen, aber dort nicht Polo spielen. Für Polo – richtiges Polo – muß man nach Argentinien reisen. Darum liebt er unser Land so sehr. Und Mexiko auch.«

In seiner Rolle als Sonderbotschafter für Großbritannien nutzte Philip jede Gelegenheit, nach Argentinien zurückzukehren, nicht zuletzt, um dort Polo zu spielen. Er besuchte auch mehrmals Mexiko, und wieder wurde vermutet, der Grund dafür sei eine Geliebte – die wunderschöne Merle Oberon, die eine luxuriöse Villa in Acapulco besaß, einen Palast in Cuernavaca und ein riesiges Anwesen in Mexiko City. Verheiratet mit dem Multimillionär und Industriellen Bruno Pagliai, wurde der ehemalige Filmstar in Magazinen als eine Gastgeberin internationaler Hautvolee gefeiert, die regelmäßig den Exkönig von Italien, griechische Reeder und saudiarabische Prinzen empfing. Ihr Lieblingsgast aber war der Herzog von Edinburgh.

»Der Gatte der Queen war Merles Liebling«, sagte der New Yorker Klatschkolumnist David Patrick Columbia. »Er war ihre Eintrittskarte zur Gesellschaft. Ich war zu einem Abendessen in ihrem Haus in Malibu Beach in Kalifornien mit Luis Estevez, ihrem Lieblingsschneider. Überall hingen gerahmte Bilder wirklich berühmter Leute. Der Ehrenplatz war reserviert für das persönlich signierte zwanzig mal fünfundzwanzig Zentimeter große Foto von Philip, das sich in einem großen Silberrahmen befand. Sie sprach immer darüber ›als Philip uns in Mexiko besuchte‹ und ›als Philip mich der Königin vorstellte‹ und ›Philip dies‹ und ›Philip das‹. Ich weiß nicht, ob sie eine

Affäre hatten oder nicht. Ich bezweifle es, weil Luis das nicht glaubte. Und er hätte es gewußt. Tatsächlich fragte sich Luis, der homosexuell ist, ob Philip nicht hinter seiner Machofassade ein wenig schwul sei. Luis war mehrere Male bei Merle in Mexiko, wenn Philip zu Besuch war, und im Gegensatz zu den Anspielungen anderer sagte Luis, er habe nichts zwischen den beiden bemerkt, was auf eine Romanze hindeute.«

Obwohl Philip so anziehend auf Frauen wirkte, war er auch für Männer attraktiv, besonders als er jünger war. »Ich glaube, er zieht die Gesellschaft von Männern bei weitem vor«, sagte ein Mann, der ihn aus der Marine kannte. »Vor und nach seiner Heirat gab es diesen Thursday Club, dem nur Männer angehören. Und die viermonatige Reise 1956 allein mit seinem Kammerdiener...« Ein anderer Mann, ein international gefeierter Autor, nach eigenem Bekenntnis homosexuell, lächelte wissend, als Philips Name erwähnt wurde. Der Autor erzählte 1994 einem anderen Autoren bei Drinks in der Oak Room Bar des Plaza Hotels in New York, daß er sich gut an Philip erinnere. »Ah, ja«, sagte er schalkhaft, »ich kannte Philip, als er das Mädchen mimte.«

Bei Merle Oberon schien Philip mehr von ihrem Wohlstand als von ihr selbst verzaubert zu sein. Beeindruckt von ihrer Extravaganz, genoß er es, mit einem Komfort der Superlative verwöhnt zu werden. Sie versorgte ihn mit Kaschmirdecken und Seidenlaken und einem französischen Koch, der superbe Speisen und erlesene Weine servierte. Obwohl Philip mit der reichsten Frau der Welt verheiratet und besten Service gewöhnt war, lebte er nicht luxuriös. Seine Frau war sparsam und an kratzenden Tweed und zweckmäßige Schuhe gewöhnt. Ihre Paläste in England waren kalt und zugig, und in jeder Ecke waren elektrische Heizgeräte erforderlich. Merle Oberons Häuser hatten Marmorböden mit Fußbodenheizung, beheizte Handtuchständer und vergoldete Betten mit Seidenquasten. Ihre Gesellschaften waren üppig, entspannt und heiter, die Luft erfüllt vom süßen Duft von Bougainvilleen.

Lord Mountbatten, der glamouröse Filmstars wie Merle Oberon liebte, hatte seinen Neffen der legendären Schönheit schon vorgestellt, als sie fünfzehn Jahre zuvor Mexiko besucht hatten. »Ich war bei dieser Reise dabei«, erinnerte sich John Barratt, der Mountbattens Privatsekretär war, »und ich sah nie etwas, das auf eine Affäre zwischen dem Herzog von Edinburgh und Merle Oberon hindeutete. Ihr Mann war da, und er war unser Gastgeber.«

Der Redakteur und Autor Michael Korda widerspricht. »Ach, von wegen«, sagte er. »Jedermann weiß, daß Philip eine Affäre mit Merle hatte. Mein Onkel (Filmregisseur Alexander Korda) war mit ihr von 1939 bis 1945 verheiratet ... Nein, ich war damals nicht dabei, und nein, ich habe sie nie zusammen gesehen, aber das ist mir immer erzählt worden. Außerdem, auch wenn sie keine Affäre hatten, hätten sie eine haben sollen!«

Jody Jacobs, früher Reporterin für *Women's Wear Daily* und Redakteurin im Ressort Gesellschaft der *Los Angeles Times*, wohnte einer von Merle Oberons Abendgesellschaften bei, die sie zu Ehren von Prinz Philip gab. Es war während der olympischen Sommerspiele 1968 in Mexiko-City, und Merle, die es mit dem königlichen Protokoll sehr genau nahm, bestand darauf, daß alle vor dem Herzog von Edinburgh dort zu sein hatten und daß die Frauen lange Kleider trugen. Sie lud Prinzessin Lalla Nezha von Marokko und Jetsetterinnen wie Cristina Ford ein, die damals mit Henry Ford verheiratet war, obwohl er sie an diesem Abend nicht begleitete. Ein oder zwei Hollywoodstars. Und einige mexikanische Persönlichkeiten aus der Gesellschaft, die Merle für reich oder aristokratisch genug hielt, dabeizusein. Nach dem Essen, als die meisten anderen Gäste gegangen waren, stand ich in einer kleinen Gruppe mit dem Prinzen nahe einer Verandatür, die zur Terrasse und dem Pool führte. Dort standen zwei andere Frauen, darunter Cristina Ford, die braungebrannt war. Es war genau die Cristina Ford, die mit ihrem wilden Tanz bei einem Essen im Weißen Haus für Prinzessin Margaret international Schlagzeilen gemacht hatte: Cristina tanzte Twist und drehte sich regelrecht aus ihrem trägerlosen Kleid heraus. Das Oberteil fiel buchstäblich herunter. Jetzt flirtete sie heftig mit Prinz Philip. Sie hatten an diesem Abend ein paarmal getanzt. Plötzlich blickte sie zu ihm auf und sagte: ›Warum gehen wir nicht zum Pool und schwimmen? Wir (sie meinte die Frauen) könnten unsere BHs und Slips anlassen.‹

Prinz Philip wurde bleich. ›Oh, oh‹, sagte er. ›Ich denke, es wird Zeit zu gehen.‹ Er lächelte Cristina und uns andere an. Er war plötzlich von seinen Begleitern umgeben, die aus dem Nichts auftauchten. Er verabschiedete sich von Merle und ging. Ich glaube, daß er in dieser Umgebung, wo eine Reporterin zuhörte, sehr diskret war. Oder vielleicht fühlte er sich einfach nicht von Cristina angezogen.«

Der Herzog von Edinburgh war viel zu diskret, um sich öffentlich über einen harmlosen Flirt hinaus auf etwas einzulassen. »Verabredungen wurden heimlich getroffen«, sagte eine marokkanische Frau. »Ich wohnte Ende der sechziger Jahre in London und ging mit einem Maler, Felix Topolsky, auf viele Partys. Er hatte ein Porträt von Prinz Philip gemalt und war ein guter Freund von ihm geworden. Ich erzählte Felix, daß ich Philip sehr attraktiv fände und ihn gerne kennenlernen würde.

Ein paar Wochen später sagte Felix, ›Ich habe für dich eine Verabredung mit Philip getroffen. Die Königin wird mit der Regatta beschäftigt sein. Er hat da oben ein Appartement, und du wirst ihn dort abends um halb elf treffen.‹«

›Ich bin keine Frau für eine Nacht, Felix‹, sagte ich ihm.

›Aber du sagtest, du habest eine Schwäche für ihn.‹

›Oh, die habe ich, aber nicht, mit ihm zu schlafen ...‹ Felix war erstaunt, und die Verabredung mit dem Herzog von Edinburgh wurde abgesagt. Ich bin sicher, daß ich nicht die einzige Frau war, die auf diese Weise angemacht wurde.«

Philip hätte sich damit gewiß keine Kritik eingehandelt, die die Krone in Verlegenheit gebracht hätte. Denn die Profumo-Affäre hatte das Land bereits hinreichend in Verlegenheit gebracht: Auf dem Gipfel des Kalten Krieges hatte Britanniens Kriegsminister, John Profumo, eine Prostituierte, Christine Keeler, mit dem sowjetischen Marineattachée Jewgenij Ivanov geteilt, und der Skandal hätte fast die Regierung gestürzt. Der Kriegsminister war zum Rücktritt gezwungen worden, nachdem er das Unterhaus mit einer persönlichen Erklärung belogen hatte. Jahre später schlug die Queen ihn zum Ritter. Zu jener Zeit machte der Sexskandal die Briten zur Zielscheibe internationalen Spottes, und die Schande wirkte Jahre nach und schadete dem Prestige des Landes enorm.

Und auch vor dem Skandal schien das Ansehen des Landes unter den Lasten zweier Weltkriege ins Wanken zu geraten. »Britannien hat noch immer zu viele Elendsviertel, veraltete Wohnungen und verfallene Werften«, schrieb John Gunther im Magazin *Look*. »Die einfachen Leute scheinen apathisch, mutlos oder ratlos vor der Zukunft zu stehen.«

Manche Bürger waren wütend. »Sei verflucht, England«, schrieb John Osborne, der junge Dramatiker, der das britische Theater mit seinem ätzend-kritischen Gesellschaftsdrama revolutionierte. »Aufrichtig und tief gehaßt ... verrottest du jetzt, und sehr bald wirst du verschwinden ... unantastbar, unbelehrbar, unanfechtbar.«

Der ehemalige amerikanische Außenminister Dean Acheson sah ein Land seiner Glorie beraubt und sich ziellos quälend. »Großbritannien hat ein Empire verloren«, sagte er, »und noch keine neue Rolle gefunden.«

Sogar das Wetter verschlimmerte das Elend des Landes. Anfang der sechziger Jahre waren die Winter in England so streng, daß der Strom ausfiel und die Menschen bitter froren. Darauf geschah das Undenkbare: Die Königin wurde ausgebuht. Sie und ihr Gatte besuchten mit König Paul und Königin Frederike von Griechenland eine Theatervorstellung, als eine

Gruppe griechischer Demonstranten in London sie wegen ihres Umgangs mit den Faschisten auspfiff.

Königin Elizabeth schien das nicht zur Kenntnis zu nehmen. Da sie eine solche Kritik nie erlebt hatte, begriff sie nicht, daß ihr das Aufbegehren galt. Ebensowenig besorgt schien sie über Morddrohungen zu sein, die sie erhielt, als der Palast ihre Pläne für die Reise nach Kanada 1964 bekanntgab.

»Die Königin darf nicht kommen«, warnte der *Toronto Telegram.* »Ein unschuldiges Leben steht auf dem Spiel«, sagte die *Times of London.* Der *Daily Mirror* beschwor das Gespenst eines »zweiten Dallas«, sollte die Königin sich nach Kanada wagen, wo die französische Minderheit in Quebec gegen die englische Mehrheit in Ottawa wetterte.

Aber sie weigerte sich, ihre Reise abzusagen. Kanada war Teil ihres Reiches und der größte Mitgliedsstaat des Commonwealth. »Ich bin wegen des Besuchs nicht besorgt«, sagte die Königin, »und wir sind ganz gelassen.«

Sie hatte Wochen mit Reisevorbereitungen verbracht, darunter auch viele Tage mit Garderobenanproben bei ihrem Lieblingsschneider Hardy Amies. Eigens für diese Reise hatte sie ihrem Hutmacher Fredrick Fox erlaubt, für sie ein Kleid zu machen. »Freddie war begeistert«, erinnerte sich ein Freund. »Er verbringt Monate mit dem Entwurf des Kleides, näht es und geht zur Anprobe in den Palast. Eine Art blauer Mantel mit silbernen Glasperlen an den langen Ärmeln. Der Königin gefällt es. Er paßt es an. Sie sieht toll aus. Dann drückt sie einen Knopf. Eine ältere Frau kommt buckelnd herein, sie schleppt eine Schachtel vor sich her. Die Königin öffnet sie und nimmt eine riesige Amethystbrosche heraus. Sie zieht auch verschiedene Diamantbroschen heraus und heftet sie alle an ihren Busen. Der Stil und die Kreation des Kleides gehen unter den gigantischen Kronjuwelen verloren. Freddie lehnt alles ab: die Schleifen, die Perlen, einfach alles. Die Königin spürt seinen Unmut. Sie sagt: ›Aber das ist es, was man sehen will.‹ Später stellte ihr jemand eine allgemeine Frage zu diesem Thema:

›Was halten Sie von Geschmack?‹ Die Königin sagte: ›Ich glaube nicht, daß er einem irgendwie weiterhilft.‹«

Auf dieser Reise nach Kanada kam Ihre Majestät mit ihrem Gatten auch nach Quebec und akzeptierte widerwillig den Schutz von kugelsicheren Limousinen und einem riesigen Polizeiaufgebot. Philip ärgerte sich über so viel Sicherheitsvorkehrungen und sprach das wie immer offen aus. Das Außenministerium erklärte geduldig, daß sich bei den Frankokanadiern politische Spannungen aufgebaut hätten, und betonte, daß seit der Ermordung Kennedys vor ein paar Monaten Gewalttätigkeit eine schreckliche Realität in diesem Land sei.

»Kennedy wäre nicht erschossen worden«, herrschte ihn Philip an, »wenn er nicht von all diesen verdammten Sicherheitskräften umgeben gewesen wäre.«

In ganz Kanada wurde die Queen von bewaffneten Leibwächtern und Polizeiwagen begleitet. Sie nahm an Empfängen teil, für die eine besondere Einladung erforderlich war, und hielt ihre zwei Ansprachen aus sicheren Fernsehstudios. Als sie mit ihrer königlichen Jacht den St.-Lawrence-Strom hochfuhr, suchten Froschmänner bei jedem Halt den Rumpf nach Sprengstoff ab.

»Phantastisch, sich so etwas gefallen lassen zu müssen«, sagte ihre Garderobiere, BoBo MacDonald.

»Machen Sie sich keine Sorgen um mich«, sagte die Königin. »Niemand wird mir etwas tun. Ich bin völlig sicher.«

Sie sprach in Ottawa englisch und in Quebec französisch, drängte die beiden streitenden Gruppen zu Brüderlichkeit. Sie pries Kanada als »eine der älteren und stabilsten Nationen der Welt«. Dennoch wurde sie ausgepfiffen und ausgebuht, doch trotz dieser Kränkungen und Schreie zuckte sie nie zusammen.

Nach ihrer Abreise brachte das kanadische Fernsehen eine stundenlange Sendung über ihren Besuch. »Die Frage bleibt«, schloß der Kommentator, »war's das wert? Trotz allem, was vollbracht wurde – hier eine Gebäudeeinweihung und dort eine Rede halten –, war das den Streit, die bösen Worte, die bedrückenden Sicherheitsmaßnahmen wert? Wir glauben das nicht. Gute Nacht.«

Früher hätte die wundervolle Stimme von Winston Churchill die Vorzüge der britischen Monarchie gepriesen und solche Kritik erstickt. Doch diese Stimme war nun verstummt. Der erste Premierminister der Königin und ihr liebster* war im Januar 1965 in ein Koma gefallen und neun Tage später gestorben. Sein Tod bedeutete für England das Ende einer Ära und nahm der Monarchie ihren treuesten Verteidiger.

»Der Glanz Großbritanniens starb heute nacht«, berichtete die BBC am 24. Januar 1965. »Die Macht und der Ruhm sind vergangen.«

Die Königin weinte. Dann faßte sie sich und bereitete ihrem verehrten Mentor die erste königliche Beisetzung, die je einem Bürgerlichen zuteil wurde. Jahre zuvor hatte Churchill Anweisungen für sein Begräbnis gegeben: »Ich will viele Soldaten und Kapellen.« Sein Souverän gab ihm all dies und mehr.

Eingestimmt auf Churchills Geschichtsbewußtsein und seinen Sinn fürs Theater, wies sie den königlichen Zeremonienmeister, der zugleich Herzog von Norfolk und für dies Schauspiel verantwortlich zeichnete, an, keine Kosten zu scheuen. England sagte seinem Retter Lebewohl, und die Königin wußte, daß die Welt diesen historischen Abschied im Fernsehen verfolgen würde. Sie wollte, daß das Spektakel ebenso großartig würde, wie der Mann selbst sein Leben lang gewesen sei.

Sie befahl, seinen Leichnam drei Tage und drei Nächte lang in Westminster Hall aufzubahren, so daß die Millionen Männer, Frauen und Kinder, die die Straßen gesäumt hatten, um während seines Komas Nachtwache zu halten, ihm ihre letzte

---

* Die Königin gab ihre Vorliebe für Churchill zu, als sie gefragt wurde: »Mit welchem Ihrer Premierminister, Ma'am, haben Sie ihre Audienzen am meisten genossen?« Sie sagte: »Mit Winston natürlich, weil es immer so lustig war.«

Ehre erweisen konnten. Der Boden der großen Halle war mit Filz ausgelegt, um die Geräusche der Schritte zu dämpfen. Vier Gardesoldaten standen bei dem Sarg mit vier Kerzen, die das einzige Licht in der Dunkelheit spendeten. Die Königin und ihr Gemahl schlossen sich dem langen Trauerzug an, der an dem Katafalk vorbeidefilierte, und zum ersten Mal während ihrer Regentschaft stand Ihre Majestät nicht im Mittelpunkt der Aufmerksamkeit. Wie das Magazin *Time* feststellte: »Vor dem Sarg von Winston Churchill waren alle Trauernden gleich.«

An dem kalten, grauen Tag der Beisetzung lieh die Königin Lady Churchill und ihren beiden Töchtern ihre Kutsche, gefüllt mit Decken und Wärmflaschen. Dann erwies Ihre Majestät ihrem ersten Ritter des Hosenbandordens besondere Ehre, indem sie vor seinem Sarg und seinen offiziellen Trauernden in St. Paul's eintraf und nicht als letzte, wie es ihr als Königin zusteht.

Nach der majestätischen fünfstündigen Trauerfeier trat die königliche Familie zu den Würdenträgern aus 110 Nationen* auf die Stufen der Kathedrale, während Sir Winstons Sarg zu seiner letzten Fahrt auf den Lafettenwagen gesetzt wurde, um

---

* Der Präsident der Vereinigten Staaten blieb der Versammlung von fünf Premierministern, vier Königen, vier Präsidenten, drei Premiers, zwei Kanzlern, einer Königin und einem Großherzog, die bei Winston Churchills Beisetzung ihre Länder repräsentierten, fern. Lyndon Baines Johnson blieb in seinem Bett im Weißen Haus und verfolgte die Beisetzungsfeierlichkeiten im Fernsehen. »Der Präsident hat eine Grippe«, versicherte sein Pressesekretär, der hinzufügte, daß Johnsons jüngster Herzanfall seine Ärzte besonders wachsam gemacht habe. Daß Churchill mütterlicherseits halb Amerikaner war, machte die Amerikaner besonders stolz. Vielen war es peinlich, daß der Präsident der Beisetzung des berühmtesten Ehrenbürgers des Landes nicht beiwohnte und nicht seinen Vizepräsidenten als seinen Repräsentanten entsandt hatte. Statt dessen schickte der Präsident seinen Außenminister, Dean Rusk, der in London an Grippe erkrankte und ebenfalls nicht teilnehmen konnte. So repräsentierte der Oberste Richter der Vereinigten Staaten, Earl Warren, Amerika. Der frühere Präsident Eisenhower nahm an der Beisetzung teil, weil er im Zweiten Weltkrieg die Allierten Streitkräfte befehligt hatte.

zu seiner Bestattung auf dem kleinen Landfriedhof von Bladon in Oxfordshire zu fahren. Der Kranz der Königin wurde mit einer Karte auf das Grab gelegt. Auf dieser stand: »Von der Nation und dem Commonwealth in dankbarem Gedenken – Elizabeth R.«. Die großen Glocken von St. Paul's läuteten und die Kanonen bollerten, als 90 Salutschüsse abgefeuert wurden – einer für jedes Jahr von Churchills außergewöhnlichem Leben. Mit seiner Marineuniform bekleidet, trat der Herzog von Edinburgh, der während des Zweiten Weltkrieges junger Leutnant gewesen war, vor, um sich zum letzten Mal vor dem alten Krieger zu verneigen.*

»Es kann keinen Abschied zwischen Churchill und dem Volk geben, dem er diente und das er rettete«, sagte Lady Asquith im Oberhaus. »Viele von uns empfinden heute vielleicht, daß durch seinen Hingang das Maß der Dinge geschrumpft, unser Ansehen geringer geworden ist, daß die Glorie von uns gegangen ist ... Aber ich erinnere an die Worte seiner Rundfunkansprache anläßlich des Sieges – als er uns aufforderte, nicht wieder in den Trott der Untätigkeit, der Verwirrung und ›der erbärmlichen Furcht davor, groß zu sein‹ zu fallen. Und ich weiß, daß der Tribut, den er von uns heute verlangen würde, die Entschlossenheit dazu ist, ungebrochen das Bewußtsein von Größe zu bewahren, die er dem Geist der Nation eingeprägt hat.«

Trotz ihrer eindringlichen Worte hatte Großbritannien an Größe verloren. Das Land rang darum, in einem Kalten Krieg mit einem ehemaligen Verbündeten, nämlich Moskau, und im Zuge einer sich gerade entwickelnden Freundschaft mit einem ehemaligen Feind, nämlich Deutschland, nicht den Halt zu

* Diese angemessene Geste steht im Gegensatz zu Philips Verhalten am Tage nach Churchills Tod, als er auf die Jagd gehen wollte. Mountbatten sagte, das sei während einer Periode nationaler Trauer unpassend, aber Philip war nicht überzeugt. »Ich werde keinesfalls gehen«, sagte Mountbatten, der sich weigerte, ihn zu begleiten. Philip verzichtete auf die Jagd.

verlieren. Vier Monate nach der Beisetzung Winston Churchills, dem immer beim Gedanken an »den furchtbaren Krieg der Nazi-Kriegsmaschine und die Säbel rasselnden, Hacken schlagenden, herausgeputzten preußischen Offizieren« das schiere Entsetzen in den Augen stand, besuchte die Königin Westdeutschland. Es war ihre erste Reise in das Land, das England in zwei Weltkriegen geschlagen hatte. Ihr Mann war mehrere Male vorher dorthin gereist, um seine Schwestern und Schwager zu besuchen, doch wegen der ausgeprägten antideutschen Stimmung in England war über seine Reisen nicht berichtet worden. Die Königin hatte ihn begleiten wollen, doch ihre Bitte war jedesmal von der Tory-Regierung abgelehnt worden, die wohl wußte, daß die Öffentlichkeit niemals so kurz nach dem Krieg einen königlichen Besuch akzeptieren würde. Jetzt, unter einem Labour-Premierminister, der die alten Feindseligkeiten beenden wollte, wurde die Königin gebeten, die Reise im Mai 1965 zu machen. Es war das erste Mal seit 1913, als ihr Großvater, König George V., seine Verwandten besucht hatte, daß ein britischer Souverän nach Deutschland kam.

Bei Churchills Tod erinnerte eine deutsche Zeitung, die *Frankfurter Rundschau* daran, wie die Nazis den britischen Premierminister beschimpft hatten. »Nichts bleibt von den Nazitiraden«, schrieb die Zeitung. »Diejenigen, die sie gutgeheißen haben, sind nicht nur verschwunden, sondern jeder weiß auch, wie verhängnisvoll sie sich geirrt haben.«

Alle deutschen Zeitungen und Illustrierten beschäftigten sich eingehend mit dem Thema Versöhnung. In vielen Blättern wurde der Stammbaum der Windsors mit seinen deutschen Wurzeln als verbindendes Glied zu den Engländern hervorgehoben. Auch die Namen von Elizabeths und Philips vierhundert Verwandten, die noch in Deutschland lebten, wurden publiziert. Die Mitglieder der Häuser Hannover, Hohenzollern, Braunschweig und Glücksburg entstaubten in Erwartung des königlichen Besuchs ihre alten Auszeichnungen.

»Wenn wir unseren eigenen bayerischen Monarchen schon nicht wiederhaben können«, sagte ein städtischer Beamter in München, »können wir uns wenigstens für kurze Zeit den von anderen ausleihen.«

»Schließlich«, sagte sein Kollege, »sind sie doch fast deutsch, oder?«

Für die junge Bundesrepublik bedeutete die Anwesenheit der Königin, daß England ihnen endlich vergeben hatte. Ihre Worte unterstrichen auch diese Absicht. Als sie zum ersten Mal den häßlichen Stacheldraht auf der Berliner Mauer sah, bemerkte man ihre Betroffenheit. »Die tragische Zeit ist vorüber«, sagte sie, wobei ihr Englisch ins Deutsche übersetzt wurde. »Wenn wir das Beste unseres großen europäischen Erbes bewahren wollen, müssen wir zusammenstehen ... In den letzten zwanzig Jahren haben uns die Probleme, vor denen unsere beiden Völker gleichermaßen stehen, wieder einander nähergebracht. Es ist jetzt unsere Aufgabe, gemeinsam die Zivilisation in Freiheit und Frieden zu verteidigen.«

Die Mengen brüllten »Eeee-liz-a-bet, Eee-liz-a-bet!«, doch die Königin lächelte und winkte nicht. Tatsächlich befremdete sie die überschwengliche Reaktion etwas: »Ich glaube, sie fand, dies war ein bißchen zuviel des Guten«, sagte der britische Außenminister Michael Stewart, »es erinnerte sie vielleicht zu sehr an den Jubel, den die Deutschen stets ihren Nazigrößen vorgeführt hatten. Das war das einzige Mal während der Reise, daß ich sie etwas nachdenklich erlebte.«

Mehr Würde als Herzlichkeit demonstrierend, besuchte die Königin in elf Tagen zehn Städte und wurde international sehr dafür gelobt. »Für die neununddreißigjährige britische Monarchin, die theoretisch über der Politik zu stehen hat«, sagte der *U.S. News & World Report,* »war es eine hochpolitische Leistung.«

Die Kritik an der Krone war allerdings insgesamt zunehmend lauter geworden, obwohl man sie zu unterdrücken versuchte. 1957, nachdem Lord Altrincham die Königin »als reichlich selbstgefällig« und »übertrieben moralisierend« bezeichnet hatte, wurde er auf der Straße von einem Mann niedergeschlagen, der seine Worte als blasphemisch empfand. Ein Jahr später wurde Malcom Muggeridge, ein führender britischer Journalist, vom Bildschirm der staatlichen BBC verbannt, nachdem er die Königin als »nette, aber biedere kleine Hausfrau«, deren Monarchie »ein durchsichtiger Schwindel« sei, abqualifiziert.

Zehn Jahre später war Kritik an der Krone bereits zur Normalität geworden. Noch in den sechziger Jahren war sie den Studenten gleichgültig gewesen. Ihnen war die königliche Familie unwichtig, sie fanden sie höchstens nur lächerlich. In den englischen Kinos wurde auch nicht mehr die Nationalhymne gespielt, weil zu viele junge Leute buhten. Die Oxford University Union bot sogar eine Forderung zur Debatte an: »Die Monarchie soll abgeschafft, der Buckingham-Palast den Obdachlosen gegeben werden, und die Corgis sollten endlich ein sinnvolles Leben führen dürfen.«

Die Monarchie konnte aber noch immer auf die Presse des Establishments zählen – die *Times* und den *Daily Telegraph* –, die ihr weiterhin huldigten. Beide Zeitungen veröffentlichten regelmäßig das Court Circular,* den Hofbericht, in dem die Aktivitäten der königlichen Familie aufgeführt werden und der täglich von einem Palastboten an die Presse geliefert wird. Einem Redakteur des *Telegraph* zufolge war an einem Tag im Jahre 1966 diese Lieferung wegen eines Vorfalls gefährdet, den man im Palast als Mangel an Respekt bewertete.

»Wir können Sie nicht weiter mit dem Hofbericht beliefern«, erklärte ein Palastsprecher dem Redakteur, »wenn Sie

---

* Das erste Court Circular wurde im 18. Jahrhundert von König George III. herausgegeben, der verärgert war, daß in der Zeitung Falsches über das Leben der königlichen Familie berichtet wurde. So befahl der König dem sogenannten Court Newsman, eine Art Pressemitteilung zu verfassen, womit die Zeitungen täglich zu versorgen waren.

Ihre ungerechtfertigten Angriffe auf Prinzessin Margaret fortsetzen.«

»Welche Angriffe?« fragte der Redakteur, dem die Unterwürfigkeit seiner Zeitung jedoch etwas Unbehagen verursachte.

»Welchen genau soll ich ihnen nennen?« fragte der Palastsprecher zurück. »Sie wissen sehr wohl, daß sie als Prinzessin königlichen Geblüts Anspruch auf das Wort ›the‹ vor ihrem Namen hat, das sollte reichen.«

Die Unterlassung wurde daraufhin umgehend und pflichtschuldigst korrigiert.

Zur selben Zeit beauftragte die *Sunday Times* einen in Cambridge lehrenden Dozenten, der eine kleine Biographie von der Königin für ein Feature verfassen sollte, das den Titel »Die 1000 bedeutendsten Männer und Frauen des Jahrhunderts« bekommen sollte. Der Biograph schrieb, die Königin regiere im »Zeitalter des Massenkonsums ... wie die meisten sorgfältig entwickelten Produkte kommt die Queen geschmacklos, harmlos, wunderschön verpackt, aber ein bißchen teuer daher ... Über und über garniert mit liebenswürdigen, feudalistisch-exzentrischen Verhaltensweisen ... überlebt die Monarchie, um ihre ursprünglichste Funktion zu erhalten: die Phantasie der Menschen zu beflügeln.«

Der Beitrag des Dozenten wurde sofort abgelehnt. Ein als respektvoller angesehener Redakteur schrieb den Artikel um und schilderte Ihre Majestät als »charmant, witzig und weise ... mit wunderschönen Augen und Pfirsichhaut.«

Selbst den bornierten Höflingen entging der schwindende Respekt unter jungen Leuten nicht, und sie versuchten, die Wichtigkeit der Königin bei jeder Gelegenheit hervorzuheben. So kündigten sie an, daß sie die Beatles mit dem Member of the Order of the British Empire* ehren würde.

---

* »Es ist die niedrigste Auszeichnung, die man von Großbritannien bekommen kann«, erzählte Paul McCartney dreißig Jahre später der *Newsweek* und erklärte, daß damit kein Titel (»nicht einmal ein Sir«) und wenig Pre-

»Toll«, sagte John Lennon. »Ich dachte, man müßte Panzer fahren und Kriege gewinnen, um den MBE zu bekommen.«

Einige Leute protestierten gegen die Auszeichnung der Beatles, indem sie ihre Titel an den Palast zurückgaben. Es war das erste Mal, daß Menschen auf ihre Ehrung aus Protest verzichtet hatten. Lennon war wütend. »Armeeoffiziere bekommen ihre Orden dafür, daß sie Menschen getötet haben«, sagte er. »Wir bekamen unsere, weil wir sie unterhalten haben. Alles in allem würde ich sagen, wir haben sie mehr verdient.«

Vier Jahre später aber schickte er seinen Orden an die Königin zurück, um gegen die britische Verstrickung im nigerianischen Bürgerkrieg und Großbritanniens Unterstützung der amerikanischen Vorgehensweise in Vietnam zu protestieren. »Hätte sie wirklich nicht annehmen sollen«, sagte Lennon über die Auszeichnung. »Fühlte mich, als hätte ich mich verkauft ...« Ein Mann, der seinen Orden aus Protest gegen die Auszeichnung der Beatles an den Palast zurückgeschickt hatte, bat nun darum, sie ihm wieder auszuhändigen.

Als die vier aus der Arbeiterklasse kommenden jungen Männer aus Liverpool 1965 im Buckingham-Palast eintrafen, um ihre Orden in Empfang zu nehmen, mußten sie von der Polizei vor ihren kreischenden Fans beschützt werden. Zeitungen berichteten, daß sie sich vor der Begegnung mit der Königin in eine Toilette des Palastes begeben und Marihuana geraucht hätten.

---

stige verbunden sei. Der Milchmann, der den offiziellen Sitz des Premierministers belieferte, erhielt den MBE. Dies war Britanniens größtem Popstar nicht entgangen. »Es ist der *niedrigste* Rang«, sagte McCartney. »Aber man kann ja nicht hingehen und sagen: ›Gott, ich wünschte, sie würden *mich* zu einem Sir machen.‹«
Die Königin schlug den Beatle schließlich 1997 zum Ritter, erwähnte zu Neujahr in ihrer Honours List lobend McCartneys »Leistungen in der Musik«. Dankbar für diese Ehre sagte Sir Paul: »It's been a hard day's Knighthood.«

»Wir haben schon einiges gesehen, aber so was noch nie«, sagte Paul McCartney nach dem Besuch. »Einfach irre.«

»Und Ihre Majestät?« fragte ein Reporter.

»Sie war wie eine Mutter zu uns.«

Er huldigte der Königin belustigt, indem er ihr zu Ehren einen Songtext mit dem Titel schrieb: »Ihre Majestät ist ein hübsches, nettes Mädchen, hat aber nicht viel zu sagen.«

Im nächsten Jahr brach die Königin sogar mit dem Präjudiz, das Katholiken, Schwarzen und Rabbis die Ritterwürde verwehrte. Sie gab sogar ihrem geschiedenen Cousin, dem Earl of Harewood, die Erlaubnis, wieder zu heiraten*, als sie erfuhr, daß seine Geliebte schwanger war. Dennoch wurde ihr vorgeworfen, kein Gespür für den Zeitgeist zu haben. Philip glaubte, daß sie einfach zu hausbacken sei und das dies Problem wäre. Und das wurde besonders deutlich, wie er sagte, als sie 1964 ein weiteres Kind bekam. »Nichts stellt mehr Normalität dar als eine Königin mittleren Alters mit einem Mann mittleren Alters und vier heranwachsenden Kindern«, erzählte er einer Gruppe von Journalisten. »Ich glaube, daß wir in die am wenigsten interessante Phase unserer Existenz getreten sind ..., jedenfalls was den glanzvollen Auftritt nach außen angeht. Früher gab es viel mehr Interesse an uns. Jetzt nehmen die Leute das alles als Selbstverständlichkeit hin. Entweder können sie uns nicht ertragen, oder sie finden uns ganz in Ordnung und normal so.«

---

* The Royal Marriage Act von 1772 verlangt, daß alle Verwandten des Souveräns, die den Thron besteigen könnten – der Graf steht an siebzehnter Stelle in der Thronfolge –, um Heiratserlaubnis bitten müssen. Widerwillig erteilte die Queen ihrem geschiedenen Cousin die Erlaubnis für seine Wiederverheiratung, aber er zahlte jahrelang teuer dafür. Er wurde vom Hof geächtet. Er wurde weder zur Beisetzung seines Onkels, dem Herzog von Windsor, noch zur Heirat der Tochter der Königin, Prinzessin Anne, eingeladen. Er wurde gezwungen, vorzeitig als Kanzler der York University zurückzutreten und mußte auf sein Amt als künstlerischer Leiter des Edinburgh Festivals verzichten.

Um Werbung für die »Firma«, wie Philip die königliche Familie nannte, zu machen, war er ständig unterwegs: Er eröffnete britische Messen, förderte den Absatz britischer Produkte durch seine Anwesenheit und unterstützte den britischen Handel. Der geheimnisvolle Nimbus des Königtums hatte ihm und der Königin dabei immer begeisterte Mengen gesichert, besonders in Amerika. Nur 1966 schienen ihre Vorlieben niemanden zu interessieren. Deshalb beauftragte Philip einen PR-Agenten aus Hollywood, als er sich bereit erklärte, durch die Vereinigten Staaten zu reisen, um Spendengelder für Variety Clubs International zu sammeln.

»Ich war dieser Glückspilz«, sagte Henry Rogers von Rogers & Cowan, der in Los Angeles ansässigen PR-Firma. »Und obwohl ich schon die größten Namen Hollywoods repräsentiert habe, wie Frank Sinatra und Rita Hayworth, verspürte ich doch ein ganz besonderes Prickeln der Erregung dabei, ein Mitglied der königlichen Familie als Klienten zu haben ... Bevor ich den Auftrag erhielt, wurde ich zu einem Gespräch mit Prinz Philip in den Buckingham-Palast geladen. Er war höflich, ein bißchen reserviert, aber sehr liebenswürdig. Vor allem aber, er zeigte sich für meine Ideen aufgeschlossen.«

Rogers erster Vorschlag war, daß der Prinz in jeder Stadt eine Pressekonferenz geben sollte. Prinz Philip lachte.

»O Gott, Henry«, sagte er. »Ich habe noch nie eine Pressekonferenz* gegeben. Solche Dinge machen wir nicht. Es steht im krassen Gegensatz zu unserer Politik. Aber wenn Sie glauben, wir sollten eine Pressekonferenz machen ... Aber es sollten ein paar Grundregeln dafür aufgestellt werden, und ich fände es wichtig, daß Sie die Presse im voraus über diese Bedingungen in Kenntnis setzten.«

---

* Der Pressesekretär des Palastes war schockiert, als Reporter vorschlugen, Ihre Majestät solle regelmäßige Pressekonferenzen geben. »Das wäre vielleicht für einen Filmstar passend«, sagte Commander Colville, »nicht aber für die Königin. Die Monarchie braucht solche Art von Publicity nicht.«

Darauf erklärte der Herzog von Edinburgh seine Rolle als Prinzgemahl. »Machen Sie ihnen zuerst klar, daß ich nicht in der britischen Regierung bin. Die Presse außerhalb Großbritanniens ist sich oft nicht klar darüber, welche Rolle die Königin und ich in unserem Land spielen. Da ich nicht zur Regierung gehöre, kann ich schwerlich Fragen über die britische Wirtschaft, zum Verhältnis der Tory- zur Labour-Partei, zum Premierminister, den Gewerkschaftsproblemen und der Inflation beantworten. Zweitens werde ich mich auf keine persönlichen Fragen nach der Königin einlassen. Aber abgesehen davon, können Sie die Jagdzeit für eröffnet erklären und sie schießen lassen.«

Der PR-Agent sagte dem Prinzen, er brauche sich keine Sorgen zu machen. »Die meisten Fragen werden reichlich dämlich.« Und das waren die meisten auch. Aber Philip ging mit unbekümmertem Humor darauf ein.

»Erzählen Sie uns vom Londoner Symphonieorchester«, sagte ein Reporter in Miami.

»Es macht gute Musik«, sagte Philip.

»Haben Sie je daran gedacht, Ihre Kinder auf eine amerikanische Schule zu schicken?«

»Meine absolut ehrliche Antwort ist nein, aber jetzt, wo Sie fragen, bringen Sie mich ins Grübeln. Hm, die Antwort ist allerdings noch immer nein.«

»Wie denken Sie über den Erfolg der Beatles?* Bringen sie als Produkt der Extraklasse nicht mehr Geld nach Großbritannien?«

---

* Der Herzog von Edinburgh war kein Fan von Popmusik. Während der Royal Variety Show verfolgte er mit finsterem Blick die Darbietung von Tom Jones und fragte den Sänger dann: »Womit gurgeln Sie – mit Kieselsteinen?«
Am folgenden Tag erwähnte der Prinz den Sänger bei einer Rede vor Geschäftsleuten. »Er ist ein junger Mann von etwa fünfundzwanzig Jahren oder so, wahrscheinlich etwa 6 Millionen Dollar wert«, sagte Philip. »Es ist außerordentlich schwer zu begreifen, wie es möglich ist, so ungeheuer bedeutend mit dem Singen von Songs zu werden, die ich für schrecklich halte.«

»Es ist ein kleiner Ausgleich für einige der Dinge, die dem Land angetan wurden.«

»Ist dies Ihr erster Besuch in Amerika?«

»Nein«, sagte Philip. »Mein erster Besuch fand während der Regierungszeit von Harry Truman statt.«

»Warum ist der Geburtstag der Queen ...«

»Bitten Sie mich nicht, zu erklären, warum es so ist, daß sie ihren offiziellen Geburtstag im Juni hat, obwohl ihr richtiger Geburtstag im April ist. Sie müssen das einfach so akzeptieren, wie Kricket, Pfund, Schilling und Pence und andere nette britische Sitten.«

Die Reporter waren von dem Prinzen angetan, und in jeder Stadt bekam er eine gute Presse. Er sammelte auf dieser Reise eine Million Dollar für wohltätige Zwecke und kehrte in der Überzeugung nach Hause zurück, daß der Palast ab jetzt so etwas wie die britische Version eines Hollywood-PR-Agenten brauche. Die Königin lehnte diese Idee allerdings als völlig absurd ab und sagte, sie brauche sich oder ihre Monarchie nicht zu verkaufen.

»Mein Vater hat das nie getan«, sagte sie.

»Das brauchte er auch nicht«, sagte ihr Mann. »Er hatte Winston Churchill und den Zweiten Weltkrieg.« Das löste einen Krach vor ihrem Diener aus.

Philip sprach vor einer Gruppe von Journalisten erneut über die Firma. »Um zu überleben, muß sich die Monarchie verändern«, sagte er. »Niemand will wie ein Brontosaurus enden, der sich nicht anpassen konnte und am Ende ausgestopft in einem Museum landet. Das ist nicht gerade das, was ich als Ziel anstrebe.«

Er löcherte seine Frau weiter mit diesem Problem, aber sie schenkte dem nicht viel Beachtung – bis er eines Morgens in ihr Schlafzimmer gestürmt kam, sein Exemplar des *Sunday Telegraph* schwenkend, jener konservativen, rechtsgerichteten, royalistischen Zeitung, die er einmal scherzhaft die »Familienposaune« genannt hatte.

»Das wird dich vielleicht interessieren«, sagte er und knallte die Titelseite vor sie hin.

Die Königin setzte ihre Brille auf und las den Artikel über die »deutliche Veränderung im Verhalten der Öffentlichkeit gegenüber der Krone«.

Philip ging vor dem Diener auf und ab. Ohne Kommentar las sie weiter: »Die meisten Menschen interessiert sie weniger als früher – besonders die jungen, von denen viele die Königin für eine Erzspießerin halten. Sie sind nicht *gegen* die Monarchie in dem Sinne, daß sie aktiv *für* eine Republik einträten. Sie verhalten sich ganz einfach nur gleichgültig ... Die britische Monarchie wird nicht im Zorn weggefegt werden, aber sie könnte durchaus von einem breiten Gähnen verschluckt werden.«

Wenige Wochen später, als der königliche Pressesekretär, Commander Richard Colville, in den Ruhestand trat, übernahm William Heseltine, ein energiegeladener Australier, sein Amt. »Die Rolle der Königin ist die der Kommunikatorin, und die wollte sie bald besser beherrschen ... In den sechziger Jahren war die Familie von den Nachrichtenseiten in die Klatschspalten gerutscht. Ich wollte das korrigieren, indem ich sie aus den Klatschspalten zurück auf die Nachrichtenseiten holte, wohin sie auch gehörte, und wir mußten das Fernsehen besser nutzen.«

Heseltines erste Aufgabe bestand darin, die Investitur von Charles als Prinz von Wales* vorzubereiten. Vor Jahren hatte die Queen dem Volk von Wales versprochen, daß sie ihm ihren ältesten Sohn einmal in Caenavon Castle präsentieren würde. Sie fand, daß Charles wenige Monate vor seinem einundzwanzigsten Geburtstag reif für die Krönung sei. Sie willigte ein, die

---

* Der Titel Prince of Wales ist dem ältesten Sohn des herrschenden Souveräns vorbehalten, ist aber nicht erblich. Der Titel wird nur durch persönliche Verfügung des Souveräns verliehen.

Investitur im Fernsehen übertragen zu lassen, weil sie spürte, daß diese zwar kleine Krönungszeremonie doch ein wesentlicher Bestandteil für die Kontinuität der Monarchie darstellen könne.

Der Fernsehproduzent der BBC schlug vor, ein Filmporträt über Prinz Charles zu drehen, aber die Königin und Prinz Philip sagten nein. Sie glaubten, ihr Sohn sei zu unerfahren, um in einem Interview Fragen aus dem Steggreif zu beantworten. Darauf schlug der Produzent einen neuen Dokumentarfilm vor, in dem gezeigt werden sollte, welches Leben Prinz Charles als künftiger Thronerbe führen werde. Wieder sagten die Königin und Prinz Philip nein, erklärten sich aber bereit, beeinflußt durch Heseltines Begeisterung für das Medium Fernsehen, über eine Dokumentation über die königliche Familie und ihre Arbeit nachzudenken. Der neue Pressesekretär des Palastes wollte die Königin, den Herzog von Edinburgh und ihre vier Kinder als etwas anderes denn als die üblichen starren, kantigen Ausschneidefiguren zeigen. »Niemand kannte sie als lebendige Menschen«, sagte er. »Wir mußten sie für die breite Öffentlichkeit runder und menschlicher machen.« Dabei wurde er von Lord Mountbatten unterstützt, der zuvor eine achtteilige Serie über sein Leben für die BBC hatte drehen lassen.

Doch die Königin sperrte sich noch. Sie wollte nicht, daß die Monarchie irgendwie mit dem Showgeschäft in Verbindung gebracht würde, und sie wollte ganz sicher auch nicht, daß ihre Familie wie Fernsehstars agierten. »Ich bin nicht Jackie Kennedy, und dies ist nicht das Weiße Haus«, sagte sie in Anspielung auf den im Fernsehen übertragenen Rundgang der First Lady durch das Weiße Haus. Es mißfiel der Königin, im Fernsehen aufzutreten, und sie konnte sich vor der Kamera auch nicht entspannt verhalten. Ihr war zum Beispiel auch sehr unwohl vor der Fernsehaufzeichnung ihrer jährlichen Weihnachtsansprache, die mit Maskenbildnern, Technikern und Teleprompteren sorgfältig produziert wurde. Sie konnte sich nicht vorstellen, jeden Tag von Fernsehkameras verfolgt zu werden, die alles aufzeichneten, was sie sagte oder tat.

»Die Königin bezweifelte auch, daß es vernünftig sei, dem Fernsehen zu gestatten, in das Privatleben der Familie einzudringen«, erinnerte sich Heseltine. »Am Ende gab sie aber doch ihre Genehmigung.«

Drei Monate wurde verhandelt, um ihre Zustimmung zu bekommen. »Sie kennen das Sprichwort ›Wenn Elefanten ringen, leidet das Gras‹«, sagte ein Mann, der an den Diskussionen beteiligt war. »Da war Prinz Philip, der überzeugt werden mußte. Er sagte ständig: ›Die meisten Journalisten wollen nur ein Bild, auf dem zu sehen ist, wie man in der Nase bohrt‹, und Cawston [Dokumentarfilmchef der BBC] sagte ständig: ›Ich bin kein Journalist.‹ Und Mountbatten, der natürlich alles übers Fernsehen wußte, was es zu wissen gab, und Mountbattens Schwiegersohn, Lord Brabourne, der als Filmproduzent de facto von nichts eine Ahnung hatte. Er war derjenige, der Richard Cawston, den Chef der BBC-Dokumentarfilmabteilung, herangezogen hatte.«

Die Königin gab schließlich ihre Zustimmung zu dem Film, wenn ihr die abschließende redaktionelle Kontrolle, einschließlich des Copyright* und dazu die Hälfte der Gewinne aus den weltweiten** Verkäufen garantiert würden. Dann erlaubte sie dem Kamerateam der BBC, ihr Büro im Buckingham-Palast während ihrer wöchentlichen Audienz

---

* Binnen weniger Jahre wußte die Königin, daß sie einen Fehler gemacht hatte, als sie mit der BBC kooperierte, um »Royal Family« zu drehen. Den Film im Vereinigten Königreich zu sehen ist fast unmöglich. Da die Queen die Rechte besitzt, verlangt sie eine Vorführgebühr von etwa 70 Dollar plus schriftlicher Erlaubnis des Palastes. Diese Erlaubnis wird, wenn überhaupt, selten erteilt.

** Der Film wurde dreimal im Vereinigten Königreich, zweimal in den Vereinigten Staaten und einmal in 124 anderen Ländern gezeigt. Der Palast lehnte es ab, die Summe des damit verdienten Geldes preiszugeben, aber die Industrie schätzt den Betrag auf 2,5 Millionen Dollar.

mit dem Premierminister zu betreten, was bis dato ein solches Privileg darstellte, daß selbst ihr Mann davon ausgeschlossen blieb. Sie lud das Fernsehteam auch in ihr Heim in Balmoral zu einem Familienpicknick ein. Um den Film auch im lukrativen amerikanischen Markt zu verkaufen, schlug sie vor, eine Sequenz mit Präsident Nixon, aufgenommen während seines Besuchs in London, einzufügen und eine andere, in der Walter Annenberg gezeigt wurde, wie er sein Beglaubigungsschreiben als Botschafter im Court of St. James's vorlegte. »Wir brauchen etwas Besonderes«, sagte die Königin.

Aber nichts so Besonderes, daß das Gezeigte zu Kontroversen führen könnte. Ihre Majestät erlaubte allerdings nicht, daß die Kameras sie am Morgen des 31. März 1969 zur St. George's Chapel in Windsor zur Umbettung ihres Vaters begleiteten. Sie befürchtete, daß die Öffentlichkeit negativ reagieren würde, wenn sie erfuhr, daß der Leichnam des Königs sich siebzehn Jahre lang in einem Eichensarg in einem kleinen Durchgang unter dem Schloß befunden hatte und erst jetzt begraben wurde. So befahl sie, Schloß Windsor für die Öffentlichkeit zu schließen, und beorderte die königliche Familie* zu der Kapelle, wo der Dean of Windsor, der Right Reverend Robin Woods, die feierliche Trauerfeier durchführte.

Während der gesamten Filmaufnahmen erhielt das BBC-Team strenge Anweisungen von der Königin. Einmal schlug der Produzent vor, sie solle einen ihrer Corgis apportieren lassen. Ihre Majestät bestand aber darauf, sie alle apportieren zu lassen. Ihr Mann, der die Hunde seiner Frau verachtete, explodierte.

»Sie wollen eines dieser verdammten Viecher, verstehst du?« schnappte der Herzog von Edinburgh. »Nicht vierzehn verdammte Hunde.«

Im Film zeigte diese Szene die Königin ohne ihren Mann, aber mit all ihren Corgis.

---

* Dem Wunsche ihrer Mutter entsprechend, lud sie den Herzog von Windsor zum Begräbnis seines Bruders nicht ein.

Der BBC-Produzent bezeichnete den Film als historisches Dokument. »Ich bin sicher, er wird die Leute faszinieren, weil er die Rolle der Monarchie angemessen zeigt, die tägliche Routine, die auch ins Privatleben führt, und darstellt, wie die Monarchie auch in die heutige Zeit paßt.

Es ist ungeheuer wichtig, den Leuten klarzumachen, daß dies kein Film über traditionelle Zeremonien sein will. Denn was wirklich interessiert, ist doch, was die Königin im Alltag tut, was im Innern des Palastes vorgeht, worin ihre Aufgabe besteht ... Es wird kein Film über die Institution Monarchie sein, sondern mehr ein Film über Menschen wie du und ich. Dieses Porträt will die Familie so zeigen, wie sie wirklich ist.« Der Produzent modifizierte seine Ansicht aber etwas, nachdem er gesehen hatte, wie der Film von den Menschen im Land aufgenommen wurde: »Monarchie ist PR ... Öffentlichkeitsarbeit, sie steht im Mittelpunkt des öffentlichen Interesses – darum muß es ihr gehen.«

Der Anthropologe David Attenborough hatte dem Produzenten gesagt, daß eine Dokumentation die Monarchie letztlich umbringen werde. »Die ganze Institution hängt vom Mythos und dem Stammeshäuptling in seiner Hütte ab«, sagte er. »Wenn irgendein Stammesangehöriger jemals ins Innere der Hütte gelangt, dann ist das ganze System der Stammesherrschaft gefährdet, und der Stamm wird sich am Ende auflösen.«

Die Fernsehkameras blieben fünfundsiebzig Tage in der Hütte der Königin und begleiteten sie sogar auf ihrem Staatsbesuch in Chile. Über vierzig Stunden wurden gefilmt, das ganze Unterfangen kostete rund 1 Million Mark. Vierzig Millionen Briten sahen im Juni 1969 die 105 Minuten* lange Dokumentation mit dem Titel »Royal Family, die königliche

* Der Ausschuß des Filmmaterials – über achtunddreißig Filmstunden blieben auf dem Boden des Schneideraumes – wurde in das königliche Archiv in Windsor Castle gebracht.

Familie« (auch unter dem Titel »Corgi and Beth« bekannt). Sie wurde im Dezember wiederholt, weshalb die Königin in diesem Jahr ihre jährliche Weihnachtsansprache ausfallen ließ. »Genug ist genug«, sagte der Palast, aber 20 000 Briten waren anderer Meinung und schrieben ihr Protestbriefe, weil sie ihre traditionelle Ansprache nicht gehalten hatte.

»Der aufregendste Film, der je für das Fernsehen gedreht wurde«, so kündigte der BBC-Sprecher den Zuschauern das Werk an. Dann konnten sie zusehen, wie ihre Königin und Prinz Charles bei einer Grillparty mit der Familie einen Salat zubereiteten, während Prinz Philip und Prinzessin Anne Würstchen und Steaks grillten.

Die Königin schmeckte die Salatsoße ab, indem sie ihren kleinen Finger in die Schüssel steckte und ihn ableckte. Sie verzog das Gesicht. »Oh, zu ölig«, sagte sie. Sie gab mehr Essig hinzu, erklärte dann, das Dressing sei perfekt, und ging zu ihrem Gatten hinüber. »Also, der Salat ist fertig«, berichtete sie.

»Gut gemacht«, lobte Prinz Philip. »Dies hingegen, wie du ja siehst, noch nicht.«

In einer anderen Szene tastet die Queen, bekannt als die reichste Frau der Welt, eine phantastische Rubinhalskette mit ihren Fingerspitzen ab. Sie erzählte, wie sehr sie sie liebt und daß Königin Viktoria sie von dem Schah von Persien bekommen habe. Dann dreht sie sich zu ihrer Kammerdame um und fragt mit erstauntem Gesichtsausdruck: »Ich habe sie doch wirklich schon getragen, oder?«

Minuten später geht die Monarchin, die angeblich nie Bargeld hat, mit ihrem vierjährigen Sohn Prinz Edward in ein Geschäft, um ihm Süßigkeiten zu kaufen. Sie bezahlt auch und sagt dabei, sie habe gerade noch genug Bargeld, um die Rechnung zu begleichen.

In einer anderen Szene lacht die Königin, während sie ihre Familie fragt: »Wie soll man ein königlich-ernstes Gesicht machen, wenn einem ein Diener sagt: ›Ihre Majestät, ihr nächster Besucher ist mit einem Gorilla da.‹? Es war ein offizieller

Besucher, aber er sah tatsächlich wie ein Gorilla aus.« Die Königin sagte, sie könnte in solchen Situationen ihr Lachen manchmal nicht verbergen.

»Tu so, als würdest du dir die Nase putzen«, riet Prinz Charles ihr, »und behalte das Taschentuch vor dem Gesicht.«

Die Königin brauchte den Film nicht zu zensieren, sie war mit allem einverstanden. Ihr Mann hatte zwar befürchtet, sie würde unzufrieden sein, die Szene, in der Prinz Charles seinem jüngsten Bruder zeigt, wie man ein Cello stimmt, nicht gutheißen. Beim Stimmen des Instrumentes reißt Charles nämlich die A-Saite, die unglücklicherweise Edwards Wange streift, daß ihm die Tränen kommen vor Schmerz. Nachdem die Königin den Film gesehen hatte, sagte sie: »Das ist etwas, das jedem passieren kann.« Sie erklärte den Film so, wie er war, für gut.

Die meisten Kritiker waren derselben Meinung, einschließlich der *Times*, die einen Leitartikel über die Bedeutung des Porträts brachte, weil hier die Vorteile der Monarchie deutlich würden, besonders da der britische Souverän im Erfüllen der königlichen Pflichten ein absoluter Profi sei und von einer Familie und dem gesamten Hofstaat dabei unterstützt werde.

»Ein Sieg für das Königshaus«, schwärmte ein Kritiker. »Jeder verdient eine Verbeugung für die Teilnahme in diesem Film.«

»Das Aufpolieren des königlichen Images, das Gott sei Dank seit einiger Zeit zu beobachten war, wurde mit Geschick unter Beweis gestellt«, schrieb William Hardcastle, ein ehemaliger Chefredakteur. »Und Geschick in diesem Bereich schließt das richtige Urteilsvermögen ein, auch zu entscheiden, wann genug ist. Ich vermute, daß die ›Royal Family‹ sich in einem Prozeß der Erneuerung befindet statt auf einem Rückzug – wird es vielleicht eine schrittweise Öffnung geben.«

Damit lag er natürlich genau falsch. Die Monarchie hatte zur Verbesserung ihres Images zwar das Fernsehen einmal benutzt, weil es zu dieser Zeit auch als richtig erschien, aber nur wenige Jahre später sollte sich das als schwerwiegender Fehler erweisen.

11

PRINZ CHARLES BETRACHTETE das Poster an der Wand des Schlafsaals, ein Foto dreier Mädchen, die auf einem Sofa im Stil König Edwards VII. saßen. Verführerisch lächelten sie unter den Krempen ihrer Schlapphüte hervor. Eine langhaarige Schöne trug Sandalen, die anderen waren barfuß. Die Überschrift lautete: »Mädchen sagen ja zu Jungs, die nein sagen.« Mit dem Verkaufserlös des Posters wurden Wehrdienstverweigerer unterstützt.

»Entsetzlich«, meinte der Prinz und schüttelte den Kopf. »Entsetzlich und bizarr.«

Der Prinz von Wales war eben kein typischer junger Mann seiner Zeit. Während viele Cambridge-Studenten gegen den Vietnamkrieg protestierten, spielte er Polo. Er ging politischen Aktivisten aus dem Weg, die er als »Spinner« bezeichnete. Und auch die Hippies mißfielen ihm. Er nannte die Blumenkinder »Freaks« und verdammte die Feministinnen – »idiotische Männerfeindinnen«. Aber er liebte die Goons, eine britische Komödiantentruppe, bekannt für naßforschen Humor und derbe Possen. (In Deutschland nannte man die Truppe »Die Doofen«.)

Charles kultivierte seine altmodische Gesinnung. »Ich bin stolz darauf, von gestern zu sein.« Während andere junge Männer in die sogenannten Single-Bars strömten und an der sexuellen Revolution teilhatten, nippte der Prinz von Wales an seinem Sherry und bildete sich etwas auf seine sexuelle Unerfahrenheit ein. Standhaft überlebte er die Swinging Sixties und pries die Heiligkeit der Ehe. Vor seinem dreißigsten Geburtstag würde er nicht heiraten, verkündete er.

Mit achtzehn hatte der »reichste Teenager der Welt«* noch immer nicht sein erstes Rendezvous hinter sich. Aber drei Jahre später, während seines letzten Studienjahrs in Cambridge, sollte er von einer jungen Südamerikanerin, der Forschungsassistentin des Collegeleiters, verführt werden. Nach seinem Debüt hatte er gleich mehrere Geliebte und verlangte von jeder, ihn mit »Sir« anzusprechen – sogar im Bett.

»Ich vergöttere den Prinzen«, sagte die Romanschriftstellerin Barbara Cartland, »und Lord Mountbatten, den ich sehr gern mochte, sagte immer, Charles würde einen großartigen König abgeben. Dickie half ihm auch, ein Mann zu werden, indem er ihm auf Broadlands [Mountbattens Landgut] die Privatsphäre bot, die er brauchte, um junge Frauen diskret einzuladen – fernab von den neugierigen Blicken der Presse.«

Charles sah in Mountbatten den »brillantesten, gütigsten aller Onkel«, und Mountbatten schwelgte in dieser Rolle. »Meistens genoß er es, als königlicher Kuppler zu fungieren«, vermutete John Barratt, sein Privatsekretär. »Wir arrangierten verschiedene Wochenenden auf Broadlands, wo Charles junge Frauen einlud: Lady Jane Wellesley, eine direkte Nachfahrin des Herzogs von Wellington; Lucia Santa Cruz, die Tochter des spanischen Botschafters; und Camilla Shand, deren Urgroßmutter, Alice Keppel, die Geliebte von Charles' Ururgroßvater König Edward VII. gewesen war. Später heiratete Camilla Major Andrew Parker-Bowles. Sie war nett, aber noch sehr unerfahren, wie Charles ein Spät-

---

* Charles' Einkünfte, die er aus den Ländereien seines Herzogtums in Cornwall bezog, betrugen jährlich 700 000 Mark plus sein Gehalt von 190 000 Mark, das er als Prinz von Wales erhielt. 1995 brachte ihm das Herzogtum fast 6 Millionen Mark ein, und er mußte davon 40 Prozent Steuern zahlen.

entwickler.* Schade, daß er zu unerfahren war, um zu erkennen, daß sie die Liebe seines Lebens würde.«

Eine der jungen Frauen, die Mountbatten dem Prinzen zuführte, war seine fünfzehnjährige Enkelin Amanda Knatchbull, die zweite Tochter von Lord und Lady Brabourne.** Sie war neun Jahre jünger als Charles, und ihr Großvater träumte von ihrer großen Zukunft. Mountbatten sah sie als nächste Königin Englands, und der raffinierte Kuppler tat alles, um die Beziehung zwischen Amanda und Charles zu fördern, der ihr Vetter zweiten Grades war. Er lud die beiden an mehreren Wochenenden nach Broadlands ein und brachte sie auch während der Familienferien zusammen. Nach einem solchen Urlaub machte Charles seinen Onkel einmal sehr glücklich, indem er ihm schrieb: »Ich muß sagen, Amanda hat sich wirklich zu einem sehr hübschen Mädchen entwickelt – höchst anziehend.« Als Prinz Philip von Mountbattens Absichten erfuhr, zeigte er sich einverstanden. »Gut, dann kommen keine Fremden in die Familie.« Bis Amanda alt genug war, um ernsthaft in Betracht gezogen zu werden, riet Mountbatten derweil dem Prinzen, er solle für die Frauen wie eine »lebendige Zielscheibe« sein. In einem Brief empfahl er ihm, sich mit möglichst vielen Geliebten zu amüsieren.

---

* Camilla prahlte vor ihrem Schwager, sie sei die erste Frau gewesen, die Prinz Charles verführt habe. »Sie erzählte mir, sie sei an ihn herangetreten [1971], und er habe nichts von Sex gewußt«, berichtete Richard Parker-Bowles. »Er hatte keine Ahnung, wie man's machte. Lachend empfahl sie ihm: ›Stell dir einfach vor, ich wäre ein Schaukelpferd.‹«

** Um die komplizierten britischen Adelstitel zu erläutern: Patricia Mountbatten, die Tochter Lord Mountbattens – korrekterweise Earl Mountbatten von Burma –, heiratete John Knatchbull, der den Titel seines Vaters erbte, Lord Brabourne. Patricia Mountbatten Knatchbull wurde Lady Brabourne. Ihr Vater hatte keinen männlichen Erben und bat die Königin, seinen Titel der ältesten Tochter zu übertragen. Nach seinem Tod wurde sie Gräfin Mountbatten von Burma. Und nach ihrem Tod erbte ihr Sohn, Norton Knatchbull, den Titel. Bevor sie starb, erhielt er den gräflichen Titel Lord Romsey.

»Ich glaube, in einem Fall wie Deinem sollte sich ein Mann die Hörner abstoßen und möglichst viele Affären haben, ehe er sich ein passendes attraktives, sanftmütiges Mädchen aussucht, bevor dieses jemand anderen trifft, in den es sich verlieben könnte. Immerhin dachte (Deine) Mummy nach der Begegnung in Dartmouth nie mehr ernsthaft an einen anderen, und damals war sie 13! Ich finde, es würde die Frauen nur beunruhigen, Erfahrungen diesbezüglich zu besitzen, da sie ja nach der Hochzeit auf einem Podest stehen wollen.«

Er ermahnte Charles, seine Ehefrau mit äußerstem Bedacht zu wählen. »Ein Käufer muß hundert Augen haben«, zitierte er ein arabisches Sprichwort. »Er wies ihn an, sich beim Umschauen nur mit reichen jungen Frauen aus der Oberschicht zu befassen«, erzählte Barratt, »weil ihr Geld und ihre gesellschaftliche Stellung Diskretion garantieren würden.« In einem Buch wurde erwähnt, Mountbatten habe einen Privatfonds in einer Bank auf den Bahamas eingerichtet und von seinem britischen Anwalt verwalten lassen. Mit diesem Geld sollten »im nachhinein lästige Eroberungen« und One-Night-Stands befriedigt werden, die den Prinzen von Wales mit peinlichen Enthüllungen in Verlegenheit bringen könnten. Als Barratt gefragt wurde, ob das stimme, lächelte er. »Klingt absurd, aber Lord Louie hätte alles getan, um Prinz Charles und die Monarchie zu schützen.«

Mountbatten präsentierte seinen Schützling als begehrenswertesten Junggesellen der Welt, als erotischen Magneten, der die Frauen unwiderstehlich anzog. Er verglich ihn mit Filmstars wie Warren Beatty und prahlte vor der *Time*, Charles würde es genießen, »mit Mädchen ins Bett und wieder hinaus zu hüpfen«. Aber insgeheim sorgte er sich um den emotional unreifen Prinzen. »Er verliebt sich viel zu leicht«, vertraute er Barbara Cartland an. »Und er klammert sich so an seine Freundinnen.«

Die Presse heftete sich an Charles' Fersen, wann immer er mit seiner Begleiterin in der Öffentlichkeit erschien, folgt ihm auf die Skipisten der Alpen und an karibische Strände. Manche Reporter spürten ihn sogar auf, wenn er nicht mit deren Interesse rechnete. »Ich erinnere mich, wie ich im Gebüsch saß und Charles beobachtete, der am Ufer des Flusses Dee in Balmoral mit Anne Wallace zu schlafen versuchte«, berichtete der Journalist James Whitaker. »Ein paar Sekunden bevor der königliche Docht brannte, sah er uns auf den Bäuchen kriechen und durch Ferngläser spähen. Er sprang auf, versteckte sich im Gestrüpp und ließ die arme Anna im Stich, die ihre Unterhose allein hochziehen mußte. An jenem Tag benahm er sich wie ein Feigling und ging in Deckung, statt die junge Frau zu beschützen. So hätte ich mich nicht verhalten – ich schämte mich für ihn. Aber natürlich habe ich die Story nicht veröffentlicht. Immerhin ist er mein künftiger König.«

Seine königliche Hoheit, Prinz Charles Philip Arthur George, Prince of Wales, Earl of Chester, Duke of Cornwall, Duke of Rothesay, Earl of Carrick, Lord of Renfrew, Lord of the Isles, Prince and Great Steward of Scotland, sah zweifellos imposant aus.

Aber er glich in dem Moment der Romanfigur, die Jane Austen in »Gefühl und Verstand« beschreibt: »Von einem solchen Mann spricht jeder hochachtungsvoll, aber niemand will mit ihm reden.« Mit seiner muffigen Art und der gerunzelten Stirn wirkte er wie ein frustrierter Büroangestellter. Unsicher und unentschlossen, schien er unter dem Gewicht seiner Titel und den Erwartungen seines Landes zu leiden. Da ihn das Schicksal dazu bestimmt hatte, als Charles III. und einundvierzigster Souverän seit 1077 den englischen Thron zu besteigen, wußte er, daß er sich von gewöhnlichen Menschen unterschied.

»Ich bin keine normale Person im normalen Sinn des Wortes«, erklärte er der Presse. »Ich kann es mir nicht leisten, einfach nur zu leben. Ich wurde in gewisser Weise dazu erzogen, sogar programmiert, wenn Sie es so ausdrücken wollen. Meine Eltern gingen da sehr sorgsam vor, natürlich das Wohl des Throns von England im Sinn. Aber das hat mich vom normalen Leben isoliert.«

Düster und ernst, strahlte der Prinz bleierne Müdigkeit aus – in solchem Maß, daß ihn seine Studiengenossen in Cambridge als Tölpel und Streber abqualifizierten.*

»Er betritt ein Zimmer wie eine dunkle Wolke im Zweireiher«, sagte ein Kommilitone. Sogar seine besten Freunde nannten ihn »schwermütige Seele«.

»Charles ist kein Typ für schnelle Autos«, meinte ein Studienkollege. »Er besteht aus abstehenden Ohren und einem hüpfenden Adamsapfel – er ist der kleine Junge, den sich Großmütter wünschen.«

Ein aufmerksamer Zuhörer und überaus höflich, bemühte sich Charles im Gegensatz zu seiner Schwester, die stets unverblümt ihre Meinung sagte, den Leuten zu gefallen. Aber wäre er nicht der Prinz von Wales gewesen, hätte man ihn nicht bemerkt. Er ist mit Leuten aufgewachsen, die sich unentwegt verbeugten und knicksten und in seiner Gegenwart rückwärts gingen, und so wurde er ziemlich arrogant. Doch er brachte es immer noch fertig, einen gewissen Ernst zu zeigen, der ihn sympathisch machte. Er trug maßgeschneiderte Anzüge, gestärkte Hemden, goldene Manschettenknöpfe und Seidenkrawatten, seine Schuhe glänzten spiegelblank. Wie sein Großonkel, der Herzog von Windsor, war er für seine Eleganz bekannt. Penibel auf seine äußere Erscheinung bedacht, besonders in Uniform, tastete er sich ab, bevor er in der Öffentlichkeit erschien, und murmelte seine Checkliste: »Brille, Testikel, Brieftasche und Uhr.« Der britische Botschafter Nicholas Henderson amüsierte sich über das Ritual. »Ich glaube, das gehört zur königlichen Routine, zumindest bei männlichen königlichen Hoheiten.«

Obwohl Charles elegant aussah und sich geschliffen benahm, fühlte er sich unwohl in seiner Haut. Er drehte oft am

---

* Britische Schüler, die an einer Universität studieren wollen, machen das Abitur in Fächern ihrer Wahl. Die besten Schüler legen vier Prüfungen ab, durchschnittliche drei, schlechte zwei. Charles absolvierte zwei.

goldenen Siegelring mit den drei Federn des Prinzen von Wales, den er am kleinen Finger der linken Hand trug.

»Ich glaube, es liegt an seinen Ohren«, sagte ein ehemaliger Höfling der Königin. »Über diese unglückseligen Ohren kam er nie hinweg. Eine Schande, wirklich ...« Er meinte, die abstehenden Ohren seien in der königlichen Familie immer Anlaß für Belustigung gewesen. Er wurde ständig damit gehänselt, was ihn immer verlegen machte. Prinzessin Margaret drängte ihre Schwester, den Prinzen einem Schönheitschirurgen anzuvertrauen. Aber die Königin weigerte sich. Als Margarets Sohn David drei Jahre alt war, sah sie, daß sich auch bei ihm die »Windsor-Segel« entwickelten, wie sie sie nannte. Also schickte sie ihn ins Great-Ormond-Street-Kinderkrankenhaus, wo er einer kosmetischen Operation unterzogen wurde.

Unablässig ersuchte Mountbatten die Königin und den Herzog von Edinburgh, die Ohren ihres Sohnes operieren zu lassen, doch sie unternahmen nichts. Also forderte er Charles auf, seine Eltern darum zu bitten. »Mit solchen Ohren kannst du nicht König werden.« Der verstorbene Fotograf Norman Parkinson war während einer Fotosession so bestürzt über die Ohren des Prinzen, daß er sie mit doppelseitigem Klebeband am Kopf befestigte.

»Charles ist kein Schwadroneur wie sein Vater«, fuhr der Höfling fort. »Er ist freundlich, sanftmütig, aber unsicher. Ja, ich würde sagen, das hing vor allem mit diesen Henkelohren zusammen. Gewiß war es kein Versäumnis seiner Eltern ... zumindest nicht, was die Königin betrifft.«

Standhaft verteidigt der ehemalige Hofbeamte die mütterlichen Qualitäten seiner Monarchin, während er sich bemüht, die Frage zu beantworten, wie Prinz Charles aufwuchs. »Er war ein vorsichtiger kleiner Junge. Korrekt und manierlich, aber eher schüchtern, wie Ihre Majestät. Seine Schwester, die so ähnlich erzogen wurden, war kühn und ungestüm wie ihr Vater ... Sie hätte der Junge werden sollen und Charles das Mädchen.«

»In Australien wurde ich gefragt, ob ich mich darauf konzentriere, mein Image zu entwickeln und zu verbessern – als wäre ich irgendein Waschpulver, vorzugsweise mit speziellem Bleichmittel«, erzählte Charles den Reportern. Er versuchte sich lässig und humorvoll zu geben, wirkte aber eher ungeschickt. »Vielleicht könnte ich mein Image verbessern, wenn ich mein Haar zu modischer Länge wachsen und mich häufig im Playboy-Club blicken ließe und mich in hautenge Kleidung zwängen würde ... Ich habe wirklich keine Ahnung, wie mein Image ist, und deshalb habe ich vor, ich selbst zu bleiben, so gut ich's kann.«

Die Reporter bombardierten den Prinzen mit Fragen, wie die Frau sein müsse, die er zu seiner Königin machen würde. Sie wiesen auf seine diversen Freundinnen hin – schlank, langbeinig, meistens blond – wie aus »Drei Engel für Charly« – und berichteten, der begehrenswerteste Junggeselle der Welt würde hinter der Vielzahl an Damen Schutz suchen. Charles gab zu, er fürchte die Ehe, weil man ihm keinen Fehler zugestehen würde. »Für jemanden wie mich kommt eine Scheidung nicht in Frage. In meiner Position kann ich's mir nicht leisten, mich scheiden zu lassen. Das wäre das letzte, was ich tun dürfte. Deshalb muß ich meine Wahl sehr sorgsam treffen.«

Mountbatten hatte ihm empfohlen, die Ehe pragmatisch anzugehen, und das plapperte Charles vor der Presse nach. »Wenn ich entscheide, mit wem ich fünfzig Jahre lang zusammenleben möchte – nun, das ist kein Entschluß, bei dem ich meinem Herzen gestatten würde, den Verstand zu besiegen. Ich glaube, schrecklich viele Leute haben falsche Vorstellungen von der Ehe. Da steckt mehr dahinter, als sich Hals über Kopf in jemanden zu verlieben und bis zum Lebensende eine Liebesaffäre auszuweiten.«

Und in der Tat – Mountbatten hatte ihn davor gewarnt, sich zu verlieben, und er betonte, diesen Luxus könne Charles sich nicht leisten. »Ich höre ihn immer noch sagen, sich zu verlieben sei unmöglich für einen Mann, der König werden soll«, entsann sich John Barratt. »›Überlaß das deinem Vetter‹, riet Mountbatten.« Damit meinte er den Prinzen Michael von Kent, der den sechzehnten Platz in der Thronfolgerliste einnahm und sich gerade in die Baronesse Marie-Christine von Reibnitz verliebte. Sie eignete sich wohl kaum zur Ehefrau eines englischen Thronanwärters – geschieden, römisch-katholisch und, was noch schlimmer war, eine Deutsche, die Tochter eines Nazis. In der königlichen Familie gab es bereits genug Nazis, zum Beispiel den Herzog von Coburg, den Bruder der Prinzessin Alice, Gräfin von Athlone.

»Marie-Christine war groß, blond und schön«, fügte John Barratt hinzu. »Lord Mountbatten dachte, sie würde dem Haus Windsor ein bißchen Glamour verleihen. Also half er Prinz Michael, die Heiratserlaubnis der Königin zu erwirken. Sie stimmte zu, weigerte sich aber, an der Hochzeit teilzunehmen, obwohl diese nicht in einer katholischen Kirche stattfand. Das hatte der Papst verboten. Deshalb wurde nur eine standesamtliche Trauung vorgenommen, und Prinz Michael mußte seinen Platz auf der Thronfolgerliste aufgeben.* Charles brauchte kein eklatanteres Beispiel für das Scheitern einer Ehe zu beobachten als den Fehlschlag seiner Tante, Prinzessin Margaret, die einen internationalen Skandal heraufbeschwor.

Das italienische Magazin *Men* veröffentlichte eine Titelgeschichte über die »wilden und intimen Partys« der Snowdons und erwähnte eine angebliche Leidenschaft für Pornographie. In diesem Artikel wurde berichtet, der Herzog von Edinburgh sei empört über das Verhalten Snowdons, der – wie Philip sich ausdrückte – »durch den Lieferanteneingang in die Gesellschaft eingedrungen war«.

---

* Prinz Michael verzichtete auf seine Thronanwartschaft, sicherte diesen Status aber seinen Kindern. Er erklärte, alle Kinder, die aus seiner Ehe hervorgehen würden, sollten im anglikanischen Glauben erzogen werden. Nun stehen sein Sohn, Lord Frederick Windsor, und seine Tochter, Lady Gabriella Windsor, auf der Thronfolgerliste.

Die satirische TV-Show »Spitting Image« persiflierte die Snowdons in einem Sketch, betitelt »Alptraum-Paare«. »Wir brachten Leute zusammen, die überhaupt nicht zueinander paßten, die gräßlichsten Paare, die wir uns vorstellen konnten«, sagte Roger Law, der talentierte Leiter der Sendung. »Margaret Thatcher und Johnny Rotten; Roman Polanski und Mae West; Diana Ross und Ian Smith. Und natürlich Prinzessin Margaret und Antony Armstrong-Jones.«

Im Magazin *Esquire* wurde geschildert, wie die Snowdons stritten, besonders über Margarets Forderung, sogar die engsten Freunde müßten das Protokoll beachten und sie so behandeln, wie es einer königlichen Hoheit gebührte.

»Sie nennen mich beim Vornamen«, protestierte ein Zeitungsredakteur, den sie schon ihr Leben lang kannte. »Warum kann ich Sie nicht auch so anreden?«

»Das *können* Sie nicht, und damit basta«, erwiderte die Prinzessin hochmütig. Sie bestand darauf, »Ma'am« oder »Ma'am Darling« genannt zu werden, und bezeichnete sich als Ihre königliche Hoheit. Nachdem sie einen Raum betreten hatte, durfte ihn niemand verlassen. Von den Frauen verlangte sie wenigstens angedeutete Hofknickse, von den Männern kleine Verbeugungen. Und wenn sie bis vier Uhr morgens Partys feiern wollte, mußten die übermüdeten Gäste um sie herumscharwenzeln. Niemand setzte sich in Margarets Gegenwart ohne ihre Erlaubnis, und wenn sie zu singen wünschte, wagte niemand zu sprechen.

Bald aber gingen die Snowdons getrennte Wege. Margaret baute sich auf der Karibikinsel Mustique ein Haus, das ihr Mann nie betrat. Und er gab in seinem Cottage in Sussex Partys, an denen sie niemals teilnahm. Sie führten eine offene Ehe, beide hatten Affären. Die Prinzessin stand im Ruf fremdzugehen und ließ sich mit mehreren Freunden ihres Mannes ein – mit dem Rockstar Mick Jagger, dem Schriftsteller Robin Douglas-Home, dem Schauspieler Peter Sellers und dem Fotografen Patrick Lichfield, einem Vetter ersten Grades.* »Wir sind Vetter und Kusine, die sich einen Kuß geben«, sagte sie. »Also, ist doch in Ordnung.«

Auch Snowdon hatte außereheliche Affären, darunter eine jahrelange Romanze mit Lady Jacqueline Rufus-Isaacs, der zweiundzwanzigjährigen Tochter der Marquise von Reading. Aber er protestierte gegen die Liaison seiner Frau mit dem Neffen des ehemaligen Premierministers Sir Alec Douglas-Home. Diese Beziehung begann im Dezember 1966, als sich Snowdon auf Reisen begab, um Fotos für die *Sunday Times* zu machen. Bei seiner Rückkehr erfuhr er, seine Frau habe das Wochenende mit Douglas-Home auf dessen Landsitz verbracht. Snowdon wurde wütend, und Margaret beendete die Liebschaft sofort. Der Aristokrat versank aber noch tiefer in seiner Trunk- und Drogensucht. Ein Jahr später beging er Selbstmord. Vergeblich hatte er die Prinzessin angefleht, einen Schlußstrich unter ihre unglückliche Ehe zu ziehen. In ihrer Korrespondenz mit Douglas-Home schrieb Margaret, sie würde sich zu sehr vor ihrem Mann fürchten.

»Darling, ich kann nicht ... Ich weiß nicht, wozu er in seiner Eifersucht fähig wäre, um herauszufinden, was ich plane und was Du tust. Kann ich Dich aus der Ferne glücklich machen? Ich glaube, das ist möglich, indem wir einfach nur für einander da sind. Versprich mir, niemals aufzugeben und mich stets zu ermutigen, meine Ehe aufrechtzuerhalten. Wenn eine gute, sichere Chance kommt, werde ich versuchen, Dich eines Tages wieder zu besuchen. Im Augenblick wage ich's nicht.«

Die Ehe der Snowdons glich einem Knochen, um den zwei verbissene Hunde kämpften. Sie schnappten danach, nagten daran und bissen hinein. Anfangs hatten sie noch aneinander geknabbert wie verspielte Hündchen. Nun knurrten sie wie wütende Bulldoggen.

---

* Lichfields Mutter Anne war die Tochter von John Bowes-Lyon, einem Bruder der Königinmutter Elizabeth.

Beide waren Kettenraucher und tranken zuviel. Margaret, die oft an Migräne litt, begann schon zum Frühstück Gin Tonics zu konsumieren. Sie nahm Schlaftabletten und fühlte sich so deprimiert, daß sie einen Psychiater aufsuchte. Als Snowdon, der häufig wochenlang getrennt von ihr lebte, die Scheidung verlangte, weigerte sie sich. Sie sah keinen Grund, die Situation zu ändern. Wie sie Freunden anvertraute, löste diese Feindschaft meist heftigen Sex aus, und das gefiel ihr. Sie liebte die gerahmte Collage, die Tony für sie kreiert hatte, als sie ein Liebespaar geworden waren. Damals hatte er Blätter gesammelt, eine Pfauenfeder, eine Münze, Wörter, aus einem Magazin ausgeschnitten, und eine Krone, die über einem kleinen rosa Satinkissen schwebte. Dieses Puzzle, das offenbar eine intime Botschaft enthielt, war mit dem Bild eines Ponys signiert. Den Buchstaben P hatte er durchgestrichen und mit T für Tony ersetzt. Margaret hängte die Collage an ihre Schlafzimmerwand.

Sie war tief religiös und hielt eine schreckliche Ehe für besser als eine Scheidung, insbesondere für ihren Sohn und die Tochter.

Zunächst hatten die Snowdons keine Kinder gewollt. »Nach der Hochzeit besann sich Tony anders«, sagte sie. »Also schenkte ich ihm zwei Kinder.« Nun war sie bestrebt, dem sechsjährigen David und der dreijährigen Sarah zuliebe die Ehe aufrechtzuerhalten. Außerdem wußte sie, daß sich ein Mitglied des Hauses Windsor nicht scheiden lassen durfte. Eine Scheidung erschien ihr unvorstellbar. »Ich behaupte keineswegs, daß ich eine Scheidung nicht wünsche«, erklärte sie einem Freund. »Aber ich glaube, es ist meine Pflicht, mein Ehegelübde zu halten, meine Pflicht gegenüber meiner Familie, mir selbst und meinem Land.« Snowdon appellierte an die Königin und gestand ihr, seine Ehe mit ihrer Schwester sei unerträglich geworden.

Die Königin, die vor jeder Art von familiären Konfrontationen zurückschreckte, erwähnte das Thema nicht, bis der *Daily*

Express Gerüchte über einen Zwist der Snowdons veröffentlichte. Da empfahlen ihre Berater ein Treffen mit dem Ehepaar. Widerstrebend lud sie die beiden am Montag, dem 18. Dezember 1967, in den Buckingham-Palast ein, abends nach Dienstschluß. Margaret erzählte einem Freund, es sei eine Zusammenkunft en famille gewesen. Auch Prinz Philip und die Königin Mutter nahmen daran teil.

Unverblümt befürwortete Philip eine inoffizielle Trennung. Er verglich die Ehe der Snowdons mit einem Rankenfußkrebs am Schiffsboden der Monarchie. Das einzige Hilfsmittel, meinte der Marineoffizier, sei eine Drahtbürste. Margaret schnüffelte, und die Königinmutter, die allen unangenehmen Dingen auswich, war den Tränen nahe, gab aber keinen Kommentar ab. Ihre stumme Gegenwart ermutigte die Königin, die betont hatte, für diesen Entschluß brauche sie die Zustimmung aller Anwesenden. Auch Snowdon, der einen klaren Schlußstrich wünschte, saß schweigend da. In der Tasche seines Jacketts steckten drei Liebesbriefe von Robin Douglas-Home an Margaret. Nachdem die Königin ausdruckslos zugehört hatte, verkündete sie, nun brauche sie erst einmal Zeit, um ihre Berater zu konsultieren. Nachdem keine Entscheidung getroffen worden war, ging Snowdon. Margaret blieb im Palast, und später zitierte ihre Freundin Sharman Douglas den abschließenden Vorschlag der Königin: »Warum geht ihr nicht getrennte Wege? Aber bitte in aller Stille.«

Snowdon fühlte sich gefangen, und er reagierte wie ein Tier im Käfig. Da er keinen Ausweg sah, wehrte er sich grausam und gnadenlos. Bei jeder Gelegenheit demütigte er seine Frau, oft vor anderen Leuten.

Während einer Reise auf die griechische Insel Korfu meinte er nach einem ausgiebigen Lunch mit etlichen Gläsern, vor der Dinner-Verabredung müßten sie sich ausruhen. Also zogen sie sich in getrennte Schlafzimmer zurück. Eine Stunde später klingelte es an der Tür ihrer Suite.

»Margaret erzählte mir, sie habe Tony zugerufen, er solle zur Tür gehen, aber er stellte sich schlafend«, sagte ein Freund. »Beharrlich läutete die Glocke, und so stieg sie schließlich aus dem Bett. Sie trug ihr Nachthemd. In ihrem Haar steckten Lockenwickler. Vor der Tür standen sechs Leute und behaupteten, Tony habe sie zum Tee eingeladen. Da merkte sie, daß er das alles inszeniert hatte, um sie lächerlich zu machen.«

In London rächte sich die Prinzessin, indem sie eine Kaffeekanne über seinen Negativen umwarf. »Oh, es tut mir so leid«, flötete sie scheinheilig. Auf einer Party in New York, die von Sharman Douglas veranstaltet worden war, hielt sie an einem Ende des Raumes Hof, während sich Snowdon auf der anderen Seite mit Freunden unterhielt. Die Gastgeberin, die Tochter des US-Botschafters in Großbritannien im Jahr 1947, eilte zwischen den beiden hin und her. Als sie Margaret begrüßte, erkundigte sie sich nach der Königin.

»Welche Queen meinen Sie?« fragte die Prinzessin und schwenkte ihre Zigarettenspitze. »Meine Schwester, meine Mutter oder meinen Mann?«

Nach der Party wollte die Prinzessin dem Küchenpersonal danken. Sie erwartete, ihr Mann würde sie begleiten, und so beauftragte sie einen Adjutanten, ihn zu holen.

»Sir, Ihre königliche Hoheit ist bereit, in die Küche zu gehen.«

Snowdon ignorierte ihn und unterhielt sich weiter.

Eine Zeitlang wartete der Adjutant, dann räusperte er sich und versuchte sein Glück ein zweites Mal. Aber Snowdon schwatzte immer noch. Schließlich fiel ihm der Adjutant ins Wort. »Sir, verzeihen Sie, aber Ihre königliche Hoheit ist bereit, in die Küche zu gehen.«

»Wirklich?« fauchte Snowdon. »Und was will sie da machen? Spiegeleier braten?«

Eine Woche später besuchten die Snowdons eine private Dinnerparty in London. »Es war gräßlich«, erinnerte sich die Gastgeberin. »Als wir uns an den Tisch setzten, stülpte Tony eine Papiertüte über seinen Kopf. Der erste Gang wurde serviert, und er rührte sich nicht. Niemand sprach ihn an, alle gaben vor, er wäre nicht da. ›Warum trägst du eine Papiertüte auf dem Kopf?‹ fragte Prinzessin Margaret schließlich. ›Weil ich deinen verdammten Anblick nicht ertrage‹, erwiderte er.« Eines Tages legte er eine Liste auf ihren Toilettentisch, mit der Überschrift: »Zwanzig Gründe, warum ich dich hasse.«

Niemandem wurde das Gezänk erspart. In Gegenwart seiner Freunde machte sich Snowdon über das Aussehen seiner Frau und ihren Geschmack in Sachen Mode lustig. Besonders gern spottete er über ihre maßgefertigten Schuhe, die sie größer machen sollten.

»O Ma'am, was für eine hübsche Fallschirmseide!« rief er, als sie in ihren Salon rauschte, wo eine Dinnerparty stattfand. Sie trug einen fließenden Kaftan aus blauem Chiffon, um ihre überflüssigen Pfunde zu verbergen. In letzter Zeit hatte sie zugenommen. Dann betrachtete er ihre hochhackigen Schuhe mit den Plateausohlen. »Oh, wie ich sehe, tragen wir wieder einmal unsere schönsten kleinen zehenfreien Vorkriegsschuhe.« Später meinte er: »Du siehst aus wie eine jüdische Maniküre.«

Zu Beginn seiner Ehe half er seiner Frau, ihre königlichen Pflichten zu erfüllen, für die sie ein Jahresgehalt von 135 000 Mark bezog. »Er war sehr gut – damals«, entsann sich die Prinzessin, im Gegensatz zu ihrer manchmal beleidigenden Art könne er sehr charmant sein. Einmal schockierte sie die Leiterin einer Kinderorganisation mit der Bemerkung: »Ich will keine schwachsinnigen Kinder sehen.« Später fand er es würdelos, seine Frau zu begleiten, wenn sie Krankenhäuser eröffnete, Schiffe taufte oder Bäume pflanzte. Vor allem ärgerte er sich über die Behauptung, er sei ein Mann, der ausgehalten würde. »Ich ernähre mich selbst«, versicherte er den Reportern. »Und ich zahle 7 500 Mark Steuern im Jahr.«

Inzwischen übte er seinen Beruf wieder aus, als Fotograf der *Sunday Times.* »Von Snowdon fotografiert« lautete die stets vielbeachtete Quellenangabe in der Zeitung. Er kam an Leute heran, die für andere Fotografen unerreichbar waren. Das schrieb die Schauspielerin Vivian Merchant seiner Ehe zu, nicht seinem Talent. Eines Abends erklärte sie ihm auf einer Dinner-Party: »Natürlich lassen wir uns von Ihnen nur fotografieren, weil Sie mit ihr verheiratet sind.« Sie zeigte mit dem Finger auf Prinzessin Margaret, und Snowdon kochte vor Wut.

Obwohl einige Journalisten seine Eheprobleme kannten und hinter vorgehaltener Hand darüber tratschten, veröffentlichten sie die Storys nicht.

»Ich erinnere mich an einen Fotoauftrag im Kensington Palace«, berichtete ein ständiger Mitarbeiter der *Times*. »Snowdon und ich setzten uns und inspizierten Probeabzüge. Daß die Prinzessin den Raum betreten hatte, merkte ich erst, als ihre schrille Stimme über unseren Schultern ertönte. ›Was für hübsche Fotos‹, meinte sie. ›O Gott‹, zischte Snowdon irritiert. Er weigerte sich aufzustehen. Statt dessen bewegte er den Kopf in die Richtung Ihrer königlichen Hoheit und sagte: ›Darf ich Sie mit dem Ober-Sea-Scout* bekannt machen ...‹ Das war eine bissige, unglaublich rüde Bemerkung«, fuhr der Reporter fort, der in tiefste Verlegenheit geraten war. »Dann ignorierte er die Prinzessin fünfzehn Minuten lang, bis sie schließlich das Zimmer verließ. Er seufzte erleichtert.«

Die ständigen Streitigkeiten der Snowdons waren ihren Freunden sehr unangenehm. »Eigentlich konnte die Ehe gar nicht funktionieren«, erklärte eine Frau. »Zu Margarets Taufe erschien eine böse Fee, und der bewundernswerte, interessante Tony ist sehr anspruchsvoll. Beide wollen Stars sein, und so kollidieren sie. Er ist begabter. Aber ihr Appetit verlangte konstante Aufmerksamkeit, die er ihr nicht schenken konnte und

---

* Die Sea Scouts sind das maritime Pendant zu den Boy Scouts, den Pfadfindern. Sie machen Knoten und kochen Würstchen in Blechbüchsen. Prinzessin Margaret war die Schirmherrin ihrer Organisation.

wollte. In dieser Hinsicht besitzt sie ein gefräßiges männliches Ego. Auch er hat eins, doch er verdient die Ovationen, und sie fordert sie nur ein.« Die britische Presse wahrte offizielles Stillschweigen, was die königliche Ehe betraf, weil die Prinzessin, an fünfter Stelle der Thronfolge, die Schwester der Königin ist. »An der Monarchin, die stets unangetastet blieb, die langweilig und respektabel ist, darf sich die britische Klatschsucht nicht austoben«, sagte der englische Schriftsteller Andrew Duncan. »Deshalb wurde ihre jüngere Schwester zum Ventil der Heuchelei.«

Zunächst schützten die Storys, die durchsickerten und in den Zeitungen publiziert wurden, eher die Prinzessin als den Bürgerlichen, den sie geheiratet hatte. Das Magazin *McCall's* berichtete, der Earl von Snowdon sei »zu stark geschminkt« auf eine Party gegangen. Bei einer anderen Party »rannte er« laut *Private Eye* – »durchs Zimmer, um Rudolf Nurejew zu begrüßen und auf den Mund zu küssen«. Die satirische Zeitschrift bezeichnete Lord Snowdon als Hund an der langen Leine. »Immer wieder verliert die Prinzessin ihren Mann. Er reißt sich los und verschwindet, oft für mehrere Wochen.« Das Magazin behauptete, die Königin sei so böse auf ihren kleinen Schwager, daß sie nach seiner ungeheuerlichen Posse beim Weihnachtsdinner auf Sandringham im Jahr 1969 achtzehn Monate nicht mit ihm gesprochen habe. »Damals sorgte das kleine Genie für den Höhepunkt des Abends, indem es auf den Tisch sprang und rief: ›Und jetzt – Tony La Rue!‹, ehe es einen temperamentvollen Striptease vollführte.« Im nächsten Jahr fuhr Prinzessin Margaret allein mit ihren Kindern nach Sandringham, während ihr Mann die Feiertage in einer Londoner Klinik verbrachte und seine Hämorrhoiden entfernen ließ.

»Die Königin hatte Lord Snowdon immer sehr gern«, erzählte ein Mitglied ihres Stabs und widersprach der Ansicht des Magazins, er habe ihr Mißfallen erregt.

Jahre später, als Ihre Majestät einem oscargekrönten Kameramann begegnete, fragte sie ihn, was er beim Film machen würde. Er antwortete, er sei für die Kameraführung zuständig. »Oh, wie wahnsinnig interessant«, meinte sie. »Mein Schwager ist Fotograf.«

»Was für ein toller Zufall«, erwiderte der Kameramann. »Und ich habe einen Schwager, der eine Queen ist.« Wortlos ging Ihre Majestät weiter.

Hinter den Gerüchten über die königliche Ehe der Snowdons steckte ein erbärmliches Chaos aus Alkohol, Drogen, grellem Licht und wilden Nächten. »Aber am schlimmsten waren die heftigen Streitereien«, entsann sich eine ehemalige Hofdame der Prinzessin. »Entwürdigend für die beiden und alle in ihrer Umgebung. Tony verreiste so oft wie möglich und erledigte Fotoaufträge – in Tokio, Melbourne und New York –, nur um wegzukommen, und Margaret konnte es jedesmal kaum erwarten, bis er endlich wieder verschwand. Aber nach einer Woche ohne ihn langweilte sie sich.«

Während eines dreiwöchigen Jobs in Indien meldete sich Snowdon nicht bei seiner Frau. Nach der ersten Woche rief sie den Fotoredakteur der *Times* täglich an und fragte nach ihrem Mann, der dreimal pro Tag Telegramme an die Zeitung schickte, aber keine Verbindung mit der Prinzessin aufnahm. Als der Fotoredakteur nicht erreichbar war, nahm sein Assistent die Anrufe aus dem Kensington Palace entgegen und legte ihm Zettel auf den Schreibtisch. »Ihre königliche Hoheit hat angerufen.« Oder: »Ma'am – schon wieder.« Am Ende der dritten Woche bewiesen die ständigen Benachrichtigungen des Assistenten die entnervende Vielzahl der Telefonate. »*Bitte*, rufen Sie den königlichen Zwerg an.«

Der Zerfall von Margarets Ehe übte einen subtilen Druck auf Prinz Charles aus, dessen einzige Pflicht im Leben bislang darin bestanden hatte, eine passende Frau zu finden und sich zu vermehren. Dabei wurde er von zwei Punkten in der Gesetzgebung aus dem 18. Jahrhundert eingeengt: 1701 hatte ein Parlamentsbeschluß die Ehe des Thronerben mit einer Katholikin verboten; und 1772 war das königliche Heiratsgesetz erlassen worden, demzufolge der Thronfolger vor seiner Hochzeit die Erlaubnis des Souveräns einzuholen hat, es sei denn, er ist über fünfundzwanzig. Dann muß er nur seine Heiratsabsichten bekanntgeben. Wenn Ober- und Unterhaus in den folgenden zwölf Monaten keine Einwände erheben, darf er vor den Traualtar treten. Er war geboren, um König zu werden, und er wußte daher, daß er dem Land eine Königin präsentieren und den Fortbestand des Hauses Windsor sichern mußte. Seit seinem dritten Geburtstag wurde das Thema seiner künftigen Ehe unentwegt in den Medien erörtert, die nicht zögerten, ihm geeignete Kandidatinnen vorzuschlagen. Bei jeder königlichen Veranstaltung in den siebziger Jahren wurde auf die Notwendigkeit einer perfekten Heirat hingewiesen.

Im Mai 1972 erinnerte der Tod des Herzogs von Windsor an die schmachvolle Abdankung des vorangegangenen Königs und sein aufgezwungenes Exil – alles nur wegen einer Mesalliance. Trotz der feindseligen Einstellung seiner Familie gegenüber den Windsors bemitleidete Charles den Herzog und die Herzogin. Er hatte seine Eltern auf einer offiziellen Reise nach Paris begleitet und seinen Großonkel zehn Tage vor dessen Tod besucht.

Da die Königin über die unheilbare Krankheit des siebenundsiebzigjährigen Herzogs informiert war, erklärte sie sich bereit, ihn während ihres fünftägigen Staatsbesuchs in Frankreich zu sehen. Obwohl sein Arzt mehrmals anrief und betonte, es sei keine Zeit zu verlieren, änderte sie ihren Terminplan nicht. Der Doktor beschwor ihren Sekretär, ihr mitzuteilen, wie schlecht es dem Herzog gehe. »Er steht mit einem Fuß im Grab.« Am nächsten Tag erhielt der Arzt einen Anruf des britischen Botschafters Christopher Soames, der befürchtete, der Tod des Herzogs könnte den Staatsbesuch der Königin stören.

»Nun hören Sie mal, Doktor«, hatte der Botschafter gesagt, wie sich Jean Thin entsann. »Der Herzog muß vor oder nach dem Besuch sterben, aber nicht *währenddessen*. Verstehen Sie?«

Ein Reporter sprach Elizabeths Sekretär auf die scheinbar herzlose Haltung Ihrer Majestät gegenüber dem Herzog von Windsor an. Da erwiderte der Sekretär: »Sie wissen, daß er stirbt. Ich weiß, daß er stirbt. Aber *wir* wissen nicht, daß er stirbt.«

Charles, der seine Eltern zum Haus der Windsors im Bois de Boulogne außerhalb von Paris begleitete, war erschüttert über den Anblick des gebrechlichen, von Lungenkrebs gezeichneten alten Mannes. Obwohl hinfällig und ausgemergelt, hatte der ehemalige König darauf bestanden, das Bett zu verlassen und seinen Souverän angemessen zu empfangen. Der Prinz fand diese Galanterie rührend.

Seiner Frau, die von der königlichen Familie unbarmherzig geächtet worden war, erschien die Monarchin kühl und unnahbar. »Ihr Verhalten gab uns zu verstehen, daß sie nicht geplant hatte, ihn mit ihrem Besuch zu beehren«, erzählte die Herzogin der Gräfin von Romanones, »und daß sie nur den äußeren Schein wahrte, indem sie zu uns kam, weil er im Sterben lag und weil alle Welt über ihren Aufenthalt in Paris informiert war.«

Nach dem Tod des Herzogs wollte Charles der Herzogin, die seine Verwandten so lange diffamiert hatten, einen Gefallen erweisen. Freundlich erbot er sich, sie in London vom Flughafen abzuholen und zum Begräbnis zu begleiten. Aber die Hofschranzen der Königin erklärten ihm, als Thronerbe würde er die Krone mit einer solchen Geste gegenüber einer zweimal geschiedenen Bürgerlichen in Verlegenheit bringen. »Das könnte man falsch interpretieren«, meinte Elizabeths Privatsekretär. Charles erkannte, daß die Königinmutter immer noch das Hindernis bildete, und er wollte seine geliebte Großmutter nicht kränken. Und so wurde Earl Mountbatten von Burma beauftragt, die Herzogin zu betreuen. Sie wurde in den Buckingham-Palast eingeladen, aber nur für die Zeit der Beerdigung.

»Unmittelbar danach reiste die ganze Familie nach Windsor und überließ die Herzogin sich selbst«, erzählte ein Diener der

Königin. »Ich arbeitete gerade in der Küche, in der immer das Gold und das Silber geputzt wurden, und erinnere mich genau – die Königinmutter, die Königin und Prinzessin Margaret wollten ohne die Herzogin von Windsor aufs Land fahren. Es war abscheulich, sie nach all den Jahren so zu behandeln. Ich sehe immer noch ihr schmales, runzliges Gesicht vor mir, das hinter dem Fenster des Buckingham-Palastes zu sehen war, nachdem alle verschwunden waren. Sie wirkte so einsam und traurig.«

Im November 1972 wurde Charles erneut auf die Bedeutung seiner Ehe hingewiesen. Gemeinsam mit seiner Schwester gab er ein Dinner, um die Silberhochzeit seiner Eltern zu feiern. Zu Ehren von Königin Elizabeths und Prinz Philips fünfundzwanzigjährigem Ehejubiläum beging England ein Fest, das den ganzen Tag dauerte. Die Schulkinder hatten frei, und die Königin lud hundert Ehepaare, die ihr Hochzeitsdatum mit ihr teilten, zu einem Gedenkgottesdienst in die Westminster Abbey ein. Nach der Messe trat der Herzog von Edinburgh in den Mittelgang und bot seiner Frau den Arm, so wie am Hochzeitstag. Doch Ihre Majestät schaute nicht mehr in seine Richtung und legte ihre Hand nicht auf seinen Arm. Seite an Seite verließen sie die Kirche und lächelten. Aber sie berührten sich nicht. Diese Szene spiegelte den Zustand ihrer Ehe exakt wider. Es war eine effektive Partnerschaft – kongenial, aber nicht intim.

Viele tausend Menschen strömten in die Londoner Innenstadt, um die Rede des Bürgermeisters zu hören, der die Königin pries – ein unfehlbares Vorbild im öffentlichen und privaten Leben. »Durch das Medium Fernsehen durften wir mit Ihrer Erlaubnis freimütiger in Ihre unverhangenen Fenster blicken als frühere Generationen. Neben den vielen großen Diensten, die Sie Ihren Untertanen in diesen fünfundzwanzig Jahren erwiesen haben, wird das Bild des glücklichen Familienlebens, das Sie offensichtlich mit Ihrem Gemahl und Ihren Kindern haben dürfen, die Einigkeit aller Familien in unserem Land stärken.«

Sogar der Parlamentarier Willie Hamilton gratulierte dem Paar, und der härteste Kritiker der Monarchie überraschte die Öffentlichkeit sehr mit seinem Tribut. Aber wenig später kritisierte er die Gedenkplaketten und Löffel, die auf den Straßen verkauft wurden, und verdammte den »schmutzigen, übertriebenen Kommerz des Ereignisses, die geldgierigen Royalisten, die von irrationalen Gefühlen profitieren – heraufbeschworen von diesem besonderen königlichen Anlaß«. Er schlug dem Hof vor, den Profit aus dem Geschäft der Wohlfahrt zu spenden, vor allem den Kindern, die mißgestaltet zur Welt gekommen waren, weil ihre Mütter das Medikament Thalidomide genommen hatten. Doch der Hof ignorierte diese Anregung. »Damals stand ich wie ein Spinner da«, meinte er. »Zwanzig Jahre später wie ein Prophet.«

Die Königin freute sich so sehr, als sie ihr Fest mit all den anderen beging, daß sie ihre gewohnte Zurückhaltung vergaß, zwischen ihren Untertanen umherwanderte und sich mit ihnen unterhielt. Damit verblüffte sie die Leute, deren Souverän nie zuvor mit gewöhnlichen Sterblichen gesprochen hatte. Dies war der erste königliche Spaziergang, den London je gesehen hatte. Jubelnd schwenkten die Briten ihre Fähnchen, als sich die Königin, der Herzog von Edinburgh, Prinz Charles und Prinzessin Anne unters Volk mischten, die Menschen begrüßten und versuchten, die Königsfamilie etwas menschlicher zu präsentieren.

Um ihr Engagement fürs Familienleben hervorzuheben, hielt die Königin eine kurze, ziemlich naive Rede. »Eine Ehe beginnt, wenn sich ein Mann und eine Frau vereinen, aber diese Beziehung zwischen zwei Menschen, so tief sie zunächst auch sein mag, muß sich mit den Jahren weiterentwickeln und reifen. Zu diesem Zweck muß sie fest im Geflecht der Familie verankert sein – zwischen Eltern und Kindern, zwischen Großeltern und Enkeln, zwischen Vettern und Kusinen, Onkeln und Tanten.«

Während sie diese Worte sagte, glaubten die meisten Briten noch – laut einer Meinungsumfrage aus dem Jahr 1972 –, daß die Monarchie den moralischen Standard des Landes bestimmte, mehr noch als die Kirche. Ein so großes Vertrauen in die Krone veranlaßte die Königin, eine »freundschaftliche Anfrage« an das Parlament zu richten und um eine Gehaltserhöhung zu bitten. Obwohl zu jener Zeit eine Million Menschen arbeitslos war, wollte kein Parlamentarier, bis auf einen,* der Monarchin ihre steuerfreien Zuwendungen aus der Staatskasse verwehren.

»Warum soll sie Millionen bekommen, wenn alte Pensionisten in diesem Winter erfrieren und verhungern werden?« fragte Hamilton im Unterhaus. Empörte Torys sprangen auf und protestierten lauthals. Doch der Labour-Abgeordnete beachtete sie nicht. »Und sehen Sie sich das an!« donnerte er und schwenkte eine Liste, auf der die Angestellten der Königinmutter verzeichnet waren, dreiunddreißig Personen, darunter fünf königliche Hofdamen und elf Zofen.** »Was zum Teufel tun sie alle? Wie groß ist dieses Schlafgemach? Gut und schön, die Königinmutter ist eine Pensionistin, und wir sagen: ›Gewiß, sie schenkt uns immer ein freundliches Lächeln.‹ Aber mein Gott, wenn meine Frau ein solches Gehalt bekäme, würde sie gar nicht mehr zu lachen aufhören.«

---

* Der ehemalige Abgeordnete William Hamilton erzählte der Autorin 1993: »Ich erhielt Morddrohungen, als ich eine Untersuchung der königlichen Finanzen verlangte ... Arrogant forderten die Berater der Königin, wir sollten ihnen das Geld geben. ›Kümmern Sie sich nicht drum, was die Königin wert ist‹, sagten sie. ›Kümmern Sie sich nicht drum, wie reich sie ist. Wir wollen mehr Geld. Sie geben uns das Geld.‹ Und wir gehorchten. Sie wußten, daß sie eine unterwürfige Regierung hatten und daß wir nicht wagten, irgend etwas zu tun, das der Monarchie schaden könnte – damals.«

** Die königlichen Hofdamen, mit Aristokraten verheiratet, nehmen eine gehobene gesellschaftliche Position ein. Sie werden nach rein persönlichen Gesichtspunkten ausgewählt und stehen der Königinmutter bei öffentlichen Anlässen bei. Die Zofen arbeiten rund um die Uhr in Zweiwochenschichten und sorgen für die persönlichen Bedürfnisse ihrer Herrin. Zum Beispiel gehen sie einkaufen und beantworten Briefe.

Um zu protestieren, trampelten die Torys. In ihren Ohren klang eine Kritik an der Königinmutter wie Blasphemie. »Das ist eine obszöne Rede!« schrie ein konservativer Parlamentarier.

Aber Hamilton sprach weiter und erhob Einwände gegen Prinzessin Margarets geplante Gehaltserhöhung. »Für diese kostspielige, ausgehaltene Frau?« brüllte er. »Man sollte ihr kündigen.«

Nicht einmal Ihre Majestät war immun. Hamilton giftete: »In meinem Wahlkreis gibt's tausend Frauen, die den Job der Königin erledigen könnten.«

Zunächst hatte der Buckingham-Palast versucht, Hamilton völlig zu ignorieren und ihn einfach als lästig abzutun. »Er ist ein verdammter Kommunist«, meinte Prinz Philip, der im Parlament wegen seiner Forderung kritisiert worden war, England solle sich mehr um seine verdienstvollen Reichen statt um seine hoffnungslosen Armen kümmern. Die Empörung im Unterhaus* über diese Bemerkung zwang Premierminister James Callaghan, Philips Kritiker daran zu erinnern, daß es eine seit langem bestehende Gewohnheit war, »von Mitgliedern der königlichen Familie« mit Respekt zu sprechen. Auf Willie Hamiltons Angriff gab es seitens des Premiers keine solche Schelte.

»Er ist bloß ein gewöhnlicher** kleiner Schotte«, sagte Prinzessin Margaret, wobei sie das Wörtchen »gewöhnlich«

---

* »Der Herzog von Edinburgh ist ein nutzloser, reaktionärer, arroganter Parasit«, schimpfte der Labour-Abgeordnete Arthur Latham. »Er ist der bestbezahlte Sozialhilfeempfänger in Großbritannien, und das nur, weil er der Mann seiner Frau ist.«

** Die Queen verwendete das Wort *»common«* auch im Sinne von »gewöhnlich« als Verurteilung. So verwendete sie es voller Verachtung für den Schauspieler, der in der Fernsehserie »Edward VIII. and Mrs. Simpson« die Rolle von König Georg VI. gespielt hatte. »Andrew Ray«, urteilte Ihre Majestät, »ist viel zu gewöhnlich, als daß er meinen Vater hätte spielen können.«

wie Mundfäule ausspuckte. Ihr spitzer Oberschichtakzent spießte das Wort voller Verachtung auf. Für sie galten die strikten Gebote des Klassensystems. Die Menschen wurden lediglich nach ihrem Stammbaum beurteilt – und keineswegs nach Charakter, Bildung, Wohlstand oder persönlicher Leistung. Über den Wert eines Menschen bestimmte seine Geburt. Und die königlichen Familien standen auf der obersten Stufe der Menschheit. Alle übrigen schlugen sich, ohne jede Hoffnung, nach oben aufzusteigen, irgendwo unten herum. Die Prinzessin verschonte keinen, nicht einmal ihre Großmutter väterlicherseits. »Ich habe Königin Mary verabscheut«, sagte sie zu Gore Vidal. »Sie war zu uns allen grob, außer zu Lilibet, die einmal Königin werden würde. Sie [Königin Mary] hatte natürlich einen Minderwertigkeitskomplex. Wir waren königlichen Geblüts. Sie nicht.«

Als Angehörige der Königsfamilie trug Margaret nie Geld bei sich. Sie bezahlte auch ihre Rechnungen nicht selbst. Sie besaß nicht einmal eine eigene Kreditkarte. Alle finanziellen Angelegenheiten wurden von ihrem Finanzchef geregelt, der ihren Anteil am königlichen Haushalt verwaltete. Sie klagte ständig über ihre armselige finanzielle Ausstattung und war sich nicht zu gut, um zu feilschen.

»Einmal gab ihr jemand zu Weihnachten einen Geschenkkorb mit allen nur erdenklichen Luxus-Schaumbädern, Parfums, Ölen und Lotions. Er war so riesig, daß er von zwei Leuten getragen werden mußte«, erzählte William C. Brewer, ein ehemaliger Gesellschafter der Kosmetikfirma Crabtree & Evelyn. »Am Tag nach Weihnachten kamen die Prinzessin und ihre Hofdame mit dem Mammutgeschenk in unser Geschäft in Kensington. Ich erkannte Prinzessin Margaret sofort an den sprintermäßigen Plateauschuhen. Sie wollte das Geschenk zurückbringen und weigerte sich, einen Gutschein anzunehmen. ›Ich will Bargeld‹, sagte sie. Was konnten wir tun? Obwohl es gegen unsere Geschäftsgepflogenheiten ist, haben wir ihr den Gegenwert ausgezahlt, weil sie eben Prinzessin

Margaret ist. Als die Hofdame das Geld entgegengenommen hatte, kehrten die beiden dem Geschäft sofort den Rücken.«

Margaret erwartet, daß man ihr zu Willen ist, weil sie dem Königshaus angehört. Das gleiche erwarten auch ihre Mutter und ihre Schwester. Wenn sie zum Wochenende eingeladen werden (oder, genauer gesagt, wenn die Hofdamen ihre Freundinnen und Freunde anrufen, die einen stattlichen Landbesitz haben, und sich nach der Möglichkeit für einen königlichen Besuch erkundigen), treffen Vortrupps ein, um sicherzustellen, daß die Räumlichkeiten angemessen und geeignet sind – nicht nur aus Sicherheitsgründen, sondern auch um sicherzustellen, daß es die königlichen Gäste bequem haben.

Vor dem Besuch der Königinmutter, so erzählte der britische Anwalt Michael Pratt, sei bei ihm ihre Hofdame mit einer Liste von Wünschen eingetroffen: Gin und Tonic im Schlafzimmer, keine lärmenden Kinder und Broncopapier fürs Badezimmer. »Broncopapier ist ein schweres, rauhes, braunes Papier, das sich hervorragend eignet, um Motoröl vom Linoleumfußboden zu entfernen«, erinnerte sich einer von Pratts Freunden. »Die meisten Menschen wünschen nur das weichste Toilettenpapier für ihren Hintern, aber dieses alte Schlachtroß besteht auf schwerem Sandpapier aus dem Zweiten Weltkrieg, als alles im Land rationiert war. Broncopapier kann man nicht einmal mehr im Geschäft kaufen. Man muß es extra in Walton Street bestellen oder es sogar nachmachen, indem man Tee über ein weißes, möglichst hartes Papier schüttet.«

Prinzessin Margaret wird von ihren eigenen Freunden als Teufel beschrieben. Denn auch sie erhalten vor jedem ihrer Besuche eine Liste mit den Dingen, die sie so vorzufinden wünscht: das Klavier stimmen lassen, jede Menge Ella-Fitzgerald-Platten beschaffen, für ein paar junge Männer sorgen, die gern singen und tanzen, und eine Aufnahme der Royal Highland Fuseliers von »Scotland the Brace« im Haus haben. Am allerwichtigsten jedoch: für die Getränke sorgen – für die Zeit von morgens bis nachmittags Gordon's achtzigprozentigen Gin und Tonic; für die anschließenden Stunden bis Mitternacht Whisky, und zwar Famous Grouse Scotch. »Man muß sicherstellen, daß sie zum Tee Jammy Dodgers bekommt«, sagte eine andere Gastgeberin Margarets. »Jammy Dodgers sind kleine runde Weißbrot-Sandwiches mit Himbeermarmelade. Die Himbeerkonfitüre muß samenfrei sein, weil Ihre Königliche Hoheit Samen zwischen den Zähnen nicht leiden kann. Deshalb muß man importierte Konfitüren kaufen.

Solche Wochenenden sind ein Alptraum. Der Druck ist am größten, wenn der Besuch der Königin angesagt ist. Dann muß man die Katzen im Stall einsperren, weil Ihre Majestät diese Tiere nicht mag. Man muß einen speziellen Gerstenextrakt im Haus haben, weil sie sich damit das Gesicht reinigt. Man muß die Kinder wegschicken, weil die Royals Kinder nicht ausstehen können. Mein Sohn haßt es, wenn die königliche Familie bei uns absteigt. Besonders Margaret. Sie ist wie die Vorderseite von Notre Dame, sagt er, voller Wasserspeierfratzen, und eigentlich sollte Galle aus ihrem Mund sprudeln.

Alle Mitglieder der königlichen Familie sind der Meinung, daß das Prestige, das ihr Besuch den Gastgebern verschafft, die Unannehmlichkeiten und Kosten ihres Besuchs rechtfertigt. Es ist eine arrogante Annahme, doch sie ist zweifellos richtig. Ich kenne in der ganzen Aristokratie niemanden, mich selbst eingeschlossen, der sie schon einmal zurückgewiesen hätte. Lord Douglas of Neidpath droht zwar immer damit, Margaret den nächsten Besuch abzuschlagen. Doch bis jetzt hat er's nicht getan.«

Ein bevorstehender königlicher Besuch kann einen Haushalt völlig auf den Kopf stellen. »Wenn der Anruf von Hofbeamten des Königs [George VI.] oder von der Hofdame der Königin [Elizabeth] kam, fiel meine Mutter jedesmal in Ohnmacht«, erinnerte sich die Tochter eines Marquess. »›Ach Gott, ach Gott, sie wollen zum Tee kommen.‹ Nein sagen konnte man nicht. Das war schlichtweg unmöglich. Also suchten wir nach Keksen, gruben den Earl-Grey-Tee aus und fanden ein bißchen dicke Sahne. Dann haben wir uns gewaschen und uns den Pferdedreck von den Schuhen gekratzt. Uns graute vor ihrer Ankunft, aber wir waren bereit.

Und dann kamen sie hereinstolziert. Beim ersten Besuch, an den ich mich erinnern kann, kamen König George VI., Königin Mary, die Herzogin von Athlone [Königin Marys Schwägerin], Prinzessin Elizabeth, Prinz Philip und Prinzessin Margaret. Ich war acht, mein Bruder drei. Wir sind strammgestanden, als sie ankamen. Ich mußte einen tiefen Knicks bis zum Boden machen, er mußte den Kopf ganz tief beugen und dabei das Kinn bis an die Brust herunterdrücken ...«

Mit der Zeit konnte Prinzessin Margaret sich darauf verlassen, daß großzügige reiche Freunde wie der Aga Khan und Imelda Marcos ihr zum Privatvergnügen Villen und Jachten zur Verfügung stellten. Am liebsten reiste sie nach Italien. Sie lud sich regelmäßig bei Harold Acton in La Pietra in Florenz und bei Gore Vidal in Ravello ein. Sie hat auch erwartet, daß sie für die Teilnahme an gewissen Wohltätigkeitsveranstaltungen in Übersee bezahlt wurde, und bestand, neben einem Honorar für persönliches Erscheinen, immer auf erstklassigem Service – für Flugzeug, Hotels, Limousinen, Friseur. Sie verhielt sich so, als ob ihr das zustünde. Die königliche Präsenz verdiente, insbesondere seitens reicher Amerikaner, ein königliches Entgelt.

»Ich erinnere mich, daß eine von Prinzessin Margarets besten Freundinnen sie und Lord Snowdon als Ehrengäste eines Wohltätigkeitsballs in New York avisierte«, erinnerte sich der Schriftsteller Stephen Birmingham. »Die Snowdons stellten uns 90 000 Mark für ihr persönliches Erscheinen in Rechnung, die wir jedoch nicht zahlen konnten, weil von den Kartenverkäufen nicht genügend Geld hereinkam. Sie verließen New York in dem Gefühl, ausgenutzt worden zu sein; wir kamen uns ausgeraubt vor. Schlimmer noch: Die Prinzessin hat nie wieder mit ihrer Freundin gesprochen – nur wegen lausiger 90 000 Mark.«

Sie gilt selbst bei ihren Freunden als launisch. »Margaret ist theatralisch«, sagte ein Mann. »Ich kenne sie mein Leben lang. Ich habe sie begleitet, bin in Kensington Palace ihr Gast gewesen, war sogar mit ihr zusammen auf Mustique. Trotzdem bin ich ihr völlig entbehrlich. Ich bin nur dazu da, um sie zu unterhalten und zu amüsieren, wenn sie Unterhaltung und Amüsement braucht. Ansonsten bedeute ich ihr gar nichts. Darüber hinaus gelte ich auch nichts ... Einmal bin ich für sie die ganze Nacht aufgeblieben, habe mit ihr zusammen getrunken und Lieder gesungen – herrje, singt sie gern! Sie findet sich besser als Barbara Streisand. Zwei Abende später sah ich sie auf einem großen Empfang in Buckingham-Palast wieder. Sie trat ein und rauschte an mir vorbei, als ob ich eine Marmorsäule wäre. Kein Blick, kein Kopfnicken, kein Lächeln, gar nichts. Da sehen Sie, wie die Royals sind. Das zeigt mehr als Arroganz. Es zeigt eine totale Gleichgültigkeit für andere Menschen.«

Prinzessin Michael of Kent* bekam den Spitznamen »Pushy Princess« [aufdringliche Prinzessin], nachdem sie ihre Teilnahme an einer Cocktailparty davon abhängig gemacht hatte, daß der Veranstalter Thorn EMI (eine Schallplattenfirma) ihr für die Zimmer ihrer Dienerschaft zehn Farbfernseher schickte. Die Fernseher trafen dann auch tatsächlich ein – und die Mietprinzessin ebenfalls.

Sie bewies einen elementaren Sinn für die geschäftliche Nutzung des Titels einer königlichen Prinzessin. Als sie einmal beim Juwelier Mozafarian am Beauchamp Place vorbeikam, sah sie im Schaufenster einen hübschen Elfenbeinbären.

---

* Die Queen und Prinz Philip nennen die 1,82 Meter große blonde Prinzessin wegen ihrer starken Ähnlichkeit mit den Walküren der germanischen Sagenwelt »unsere Wal«.
Als Graf Linley (Sohn von Lord Snowdon und Prinzessin Margaret) von einer Zeitschrift gefragt wurde, was er seinem schlimmsten Feind zu Weihnachten schenken würde, witzelte er: »Ein Abendessen mit Prinzessin Michael.«

»Er kostete 3 000 Mark«, berichtete die Tochter des Eigentümers, »und sie wollte ihn haben. Daraufhin hat mein Vater gesagt: ›Packt ihn für sie ein.‹« Die Prinzessin ging mit dem ausgefallenen Objekt davon. Ihr persönlicher Sekretär schickte anschließend ein Dankesschreiben, das der Eigentümer in einem Goldrahmen ausstellte.

Den Bediensteten erscheint die britische Königsfamilie auf verschrobene Weise knickerig. »Prinz Charles gibt nicht gern Geld aus«, sagte sein früherer Kammerdiener Stephen Barry, »und jammert andauernd über die hohen Preise.«

Charles zählt – wie seine Mutter – in seinen Palästen immer die Hähnchen im Tiefkühler und beharrt laut einem seiner Sekretäre darauf, daß Reste »Abend für Abend« aufgewärmt und serviert werden, »bis nichts mehr übrigbleibt. Er kann Verschwendung nicht leiden.« Er drückt deshalb auch die Zahnpasta mit einem silbernen Gerät aus der Tube, damit er noch den letzten Tropfen herauskriegt. Und er besteht darauf, daß alle Tuben recycelt werden.

»Alle Windsors sind schreckliche Geizkragen«, sagte John Barratt. »Alle miteinander – von der Queen abwärts, aber gegen sie kommt die ganze Knauserbande nicht an. Sie zahlen ihrem Personal niedrige Gehälter,* weil sie meinen, es sei eine Ehre für uns, ihnen zu dienen. Sie machen mickrige Geschenke – und auch das lediglich zu Weihnachten. Einmal hat die Königin ihrer Waschfrau einen Sack Wäscheklammern geschenkt; das war ihre Idee von einem praktischen Geschenk. Ihrer Näherin schenkte sie einen Hufeisenmagnet, damit sie die während der Anproben zu Boden fallenden Stecknadeln auflesen konnte. Freunde bedenkt Ihre Majestät natürlich besser, vor allem wenn sie berühmt sind. Noël Coward hat sie zu seinem siebzigsten Geburtstag ein mit einer Krone verziertes Zigarettenetui aus Massivgold geschenkt – ein seltsames

---

* 1994 erhielt ein Lakai der Queen ein Jahresgehalt von knapp 20 000 Mark zuzüglich freier Unterkunft in einer Zweizimmerwohnung.

Geschenk von einer, die erklärtermaßen das Rauchen haßt. Aber großzügig. Das übliche Geschenk der Königin ist ein Foto von sich oder eins zusammen mit dem Herzog von Edinburgh im Silberrahmen mit dem königlichen Wappen. Prinzessin Margaret macht denen, die ihr dienen, ähnlich gräßliche Geschenke wie die Königin. Einer älteren Hofdame hat Margaret einmal eine Klobürste geschenkt, weil das arme Ding bei einem Besuch von Margaret keine auf ihrem WC hatte.«

Die Prinzessin verbringt vor Weihnachten jedesmal ganze Wochen mit dem Auswählen von passenden Geschenken für ihre Verwandten, Freunde und Angestellten und verpackt jedes Geschenk persönlich. Ihre Geschenkewahl ist vernünftig; es ist allerdings vorgekommen, daß sie für besondere Angestellte auch mal zulangt. Ihrem Sicherheitsbeamten schenkte sie einmal einen CD-Spieler und ihrem Chauffeur zwei Hemden von Turnbull & Asser. Ihr Butler, der erst einige Wochen zuvor eingestellt worden war, erhielt im selben Jahr ein weniger grandioses Geschenk. »Es war eine sehr schöne Krawatte von Simpson's«, sagte er. »Die Prinzessin hat mir erklärt, daß ich ein bißchen was Größeres bekommen hätte, wenn ich länger bei ihr gewesen wäre.«

Die Königin schenkt nur das absolute Minimum«, erinnerte sich Barratt, »Heizgeräte, Badematten, eine Gartenschaufel. Da rief sie beispielsweise an und wollte wissen, was sich Lord Mountbatten wünsche. Ich habe ihr daraufhin mitgeteilt, daß er neue Sporen brauche. Also hat sie ihm Sporen geschenkt. Es ist eine sehr praktische Art und Weise, etwas zu geben, wenngleich die Spontaneität fehlt. Aber Spontaneität würde bei der königlichen Familie, wo alles vorprogrammiert ist, völlig aus dem Rahmen fallen.«

Ihren Untertanen erschien die Queen als eine schwer arbeitende Frau, deren Sparsamkeit sie auch schätzten. Sie fanden Trost in ihrem gewissenhaften Umgang mit Geld, wenn sie ihre Garderobe umarbeiten ließ und die ausrangierten Stücke an ihre Schwester und ihre Tochter weitergab. Sie nickten beifällig, wenn auf Balmoral einer von ihren Corgis ein Kaninchen tötete und sie das blutige Tier vorsichtig ihrem Küchenchef übergab. »Das können wir essen«, sagte sie. Sie begrüßten die praktische Einstellung der Queen, wenn sie ihrem Personal zu Weihnachten je einen Topf Chrysanthemen mit der Anweisung schenkte: »Gebt den Topf dem Gärtner zurück, wenn die Pflanze kaputtgeht.« Sie fanden es richtig, als sie ihren Finanzchef in einer Aktennotiz anwies, die 40-Watt-Glühbirne ihrer Nachttischlampe durch eine 60-Watt-Glühbirne zu ersetzen – »aber erst, wenn sie kaputt ist«. Ihnen gefielen die kleinen Gesten, die das Schonen von Ressourcen sicherstellten, vor allem während der wirtschaftlich schlechten Phasen der siebziger Jahre. Als sie ihre Haushalte anhielt, Wasser zu sparen, wurden auf den Toiletten in Buckingham-Palast prompt Schilder aufgehängt: »Nach dem Pinkeln nicht die Spülung ziehen.«*

Ihrer Majestät Untertanen akzeptierten gewisse Extravaganzen als eine für sie elementare Lebensnotwendigkeit, so etwa ihre Reisegepäckutensilien – 172 maßgefertigte Truhen aus handgegerbtem Leder, in die ihre Federkopfkissen, ihre Wärmflaschen, ihr Lieblingsteeservice und ihr Klositz aus weißem Leder paßten.

Ihre steife, gespreizte Umgangsart wurde als würdevoll interpretiert, selbst wenn sie absolut wirklichkeitsfremd und für die Situation unangemessen wirkte. Auf einer Reise nach Budapest besichtigte sie ein Obdachlosenheim und sah auf einer Bank draußen eine Reihe unrasierter Männer sitzen. Sie sagte: »Hier muß es im Winter wirklich schön sein.« In der englischen Stadt Sheffield suchte sie mit einer Gruppe von Hausfrauen einen persönlichen Kontakt herzustellen, indem

* Die Chronisten lobten die Queen wegen der umweltbewußten »Pinkel«-Schilder mit dem Hinweis, daß ihre Vorgängerin Königin Elizabeth I. so rückschrittlich gewesen war, einem Wasserklo das Patent zu verweigern, weil es ihrer Meinung nach unanständiges Verhalten fördere.

sie erklärte: »Ich finde es auch schwierig, meine Böden sauberzuhalten.«

Da die Höflinge erkannten, daß die Luft in der Welt da oben sehr dünn war, kamen sie auf die Idee, regelmäßig interessante Leute zum Mittagessen mit der Queen in den Buckingham-Palast einzuladen. »Es soll sie angeblich vor Entfremdung bewahren«, sagte ein Schauspieler, der dort ein häufiger Gast gewesen war. »Ich habe seit zehn Jahren keinerlei Veränderung bemerkt ... Sie ist noch immer dieselbe Königin, die Winston Churchill sechs halbe Flaschen Champagner, und zwar *kein* Spitzenchampagner, geschickt hat, als er im Sterben lag ... Sie ist die reichste Frau der Welt, allein das schafft solch eine Ausnahmestellung und Distanz, daß sie einen Menschen unnahbar machen. Auf der menschlichen Ebene kann die Arme keine Beziehung herstellen ... sie versteht einfach nicht, wie man das macht ... Die übliche Konversation ist für sie eine Qual.« Die große Entfernung zwischen Monarchin und Untertan wird vielleicht am besten durch die einleitende Bemerkung der Queen gegenüber einem Mittagsgast illustriert: »Sie haben gar keine Vorstellung«, sagte sie, »wieviel Arbeit es kostet, einen Privatgolfplatz zu unterhalten.«

Die Queen war schriftlich stets besser als im mündlichen Gespräch, vor allem was Fragen des guten Geschmacks anging. Als sie Protestbriefe erhielt, die Einwände dagegen erhoben, daß ein dänischer Regisseur den Film »The Love Life of Jesus Christ« in England drehen wollte, erhob auch sie Einspruch. Ihr Pressesekretär gab bekannt: »Ihre Majestät findet dieses Vorhaben genauso abscheulich wie die meisten ihrer Untertanen.« Der Regisseur durfte den Film nicht in Großbritannien drehen.

Als britische Zeitungen große Summen für die Lebensgeschichte des Yorkshire Ripper boten, der fünf Jahre lang mit Frauenmorden Nordengland terrorisiert hatte, äußerte die Queen ein »Gefühl des Ekels«. Sie schrieb der Mutter von einem Mordopfer, die sich darüber beschwert hatte, daß der

Mörder aus seinen Verbrechen Profit mache. Die Queen gab ihr recht, und die Zeitungen zogen ihre Angebote zum Abdruck zurück.

Die Untertanen waren der Meinung, daß Ihre Majestät die beste Repräsentantin der angesehensten Monarchie der Welt und als solche zu außergewöhnlichem Wohlstand berechtigt war. Mit Ausnahme des hitzigen Willie Hamilton mißgönnten ihr nur wenige Leute ihr Vermögen, das sich auf 1,2 Milliarden Mark belief.* Es gab infolgedessen nur wenig Gegenstimmen, als das Parlament ihr 1972 die von ihr selbst geforderte Erhöhung – um jährlich 9 Millionen Mark – der steuerfreien Beträge für ihre Familie beschloß: für die Königinmutter wurde der Betrag auf 700 000 Mark erhöht, für Prinz Philip auf rund 500 000 Mark; für Prinzessin Margaret auf 260 000 Mark und für Prinzessin Anne auf mehr als 100 000 Mark. Da Prinz Charles ein jährliches Einkommen aus der Verwaltung des Herzogtums Cornwall bezog, wurde er nicht aus dem Haushalt für die königliche Familie bezahlt.

Nach der Verlobung von Prinzessin Anne mit Captain Mark Phillips wurde Charles noch mehr bedrängt zu heiraten. Reporter äußerten die Meinung, Charles sei dadurch, daß seine Schwester vor ihm heiratete, in eine schwierige Lage geraten. Anne wählte als Hochzeitstag den 14. November, also den 25. Geburtstag ihres Bruders; Charles fühlte sich keineswegs geehrt. Er befand sich an Bord der Fregatte HMS *Minerva*, als

---

* Mountbatten war besorgt über den schlechten Eindruck, der sich wegen des Vermögens der Queen allmählich breitmachte. 1972 schrieb er Prinz Philip: »Wenn Ihr nicht eine Erwiderung [in einer etablierten Zeitung wie der *Times*] veröffentlichen lassen könnt, in der Ihr wenigstens ein Gegenargument anbringt, wird das Ansehen der Monarchie ernstlich Schaden nehmen. Es ist wahr, daß ein Vermögen da ist, das sehr groß ist, doch ein überwältigender Anteil (85 Prozent) sind Bilder, Kunstobjekte, Möbel etc., die sich in den drei staatseigenen Palästen befinden. Die Königin kann nichts davon verkaufen, sie bringen kein Einkommen. Würdet Ihr beide daher bitte einem liebenden alten Onkel und nicht Euren politischen Beratern glauben und es tun.« Er tat es nicht.

ein Brief seines Vaters ihm die Nachricht von Annes Verlobung mitteilte. »Ich war richtig niedergeschlagen«, gestand Charles. »Ich habe schockiert und auch erstaunt darauf reagiert.«

Mit dem Erwachsenwerden waren er und Anne sich zwar nähergekommen, besonders nach ihren offiziellen Australien- und USA-Reisen, wenn sie die Queen vertraten, aber sie waren nie Freunde. Auf diesen Reisen hinterließ Charles neben Anne, die stets egoistisch und arrogant wirkte, einen guten Eindruck. Er war gewinnend, sie abweisend. Er duldete ermüdende Reporterfragen; sie verweigerte sich. Er lächelte für die Fotografen; sie verscheuchte sie wie lästige Fliegen. »Verpißt euch«, befahl sie mit erhobener Hand, wenn die Kameras ihr zu sehr auf die Pelle rückten. In Washington fragte Charles den Speaker des Repräsentantenhauses, warum als Nationalsymbol des Landes der kahle Adler gewählt worden war. Anne verzog vor Abscheu die Nase und bemerkte: »Eine äußerst unglückliche Wahl, nicht?«

»Anne war schrecklich«, erinnerte sich die Frau des stellvertretenden Protokollchefs der Regierung Nixon. »Sie hat mit niemanden gesprochen. Charles war dumm, aber ziemlich nett. So hat er beim USA-Besuch von 1970 vom britischen Botschafter wissen wollen: ›Bekämpfen die Katholiken und Protestanten sich hier auch so, wie sie es in Großbritannien tun?‹ Es war dem Botschafter sichtlich unangenehm.«

Als Prinzessin Anne gefragt wurde, wie man sich denn so fühle, wenn einem der Buckingham-Palast als Privateigentum gehöre, zuckte sie die Achseln. »Weiß nicht«, erwiderte sie irritiert. »Es ist kein Privateigentum. Der Palast gehört der Krone.«

Charme war Anne unbekannt; sie unterdrückte kein Gähnen, wenn ihr langweilig war, und gab auch nicht vor, sich gut zu amüsieren, wenn das nicht der Fall war. Sie hatte das gleiche hochexplosive, hitzige Temperament wie ihr Vater und die gleiche Einstellung zur Presse: »Nur ein toter Reporter ist ein guter Reporter.« Sie war kurz angebunden, hart und gefühllos – ganz anders als ihre Großmutter. Die Königinmutter bevorzugte den süßen, gefügigen Charles gegenüber seiner barschen Schwester; Anne gewann jedoch die Zuneigung ihrer Tante Margaret, die sie um ihren unabhängigen Geist beneidete.

»Anne ist so viel selbstbewußter, als ich es war«, meinte Prinzessin Margaret, der die Schwierigkeit bekannt war, im Königshaus als Kind im zweiten Glied großzuwerden. »Sie ist auch viel robuster und in einer anderen Atmosphäre aufgewachsen und zur Schule gegangen.«

Charles, der die nüchterne Durchsetzungskraft seiner Schwester schätzte, war tiefbetrübt, sie durch die Hochzeit zu verlieren. »Ich sehe schon, ich werde mir selbst recht schnell eine Frau suchen müssen«, schrieb er einem Freund, »sonst werde ich allein zurückbleiben und sehr unglücklich sein!« Einem anderen Freund sagte er: »Jetzt verloben sich ringsum alle ... Ich bin langsam überzeugt, daß ich bald ganz allein hilflos auf einer Scholle treiben werde, weil niemand mehr übrigbleibt.«

Der zu Trübsinn neigende Charles verfiel einer tiefen Depression, die er voller Selbstmitleid in langen Briefen an Freunde ausdrückte. »Das Gefühl der Leere wird vermutlich mit der Zeit vorübergehen«, schrieb er. Er hielt sich, so sehr es ihm möglich war, an Bord auf und vertraute seine Verzweiflung einem Tagebuch an.

Vor seinen Schiffskameraden suchte er den Eindruck von Unbekümmertheit angesichts der Verlobung seiner Schwester zu erwecken; dennoch vermochte er seine Verstimmung nicht zu vertuschen. »Anne heiratet Mark, weil sie ja ihr Pferd nicht heiraten konnte«, bemerkte er über seinen künftigen Schwager, einen hervorragenden Reiter der Queen's Dragoon Guards. Der Schriftsteller Auberon Waugh nannte Phillips später einmal »den grinsenden, sprachlosen Mann von Prinzessin Anne, der sich in die Hosen macht, wenn man nach ihm pfeift«. Der gleichen Meinung war auch Charles, der ihm den Spitznamen »Fog« [Nebel] gab, weil er »geistig so benebelt« sei.

Der Herzog von Edinburgh, der in seinem Brief an Charles andeutete, daß Anne und der Armeehauptmann ein zu ungleiches Paar waren, hatte sich den zukünftigen Schwiegersohn vorgeknöpft, nachdem das Paar bei einem Kuß in der Öffentlichkeit fotografiert worden war. Der junge Offizier erklärte, er habe, was Prinzessin Anne betraf, ehrenvolle Absichten, doch Prinz Philip schnitt ihm das Wort ab.

»Quatsch«, erwiderte Philip. »Ich kann nur hoffen, daß kein vorehelicher Blödsinn dahintersteckt.«

Buckingham-Palast suchte dieses Foto als Fälschung zu diskreditieren. Der Hof bestritt offiziell, daß es eine Beziehung zwischen der Prinzessin und Mark Phillips gab. Sie behaupteten sogar, daß die beiden sich überhaupt nicht kennen würden. »Sie sind einander nie begegnet«, verkündete einmal der Pressesekretär der Queen. Er bat Robert Edwards, den Chefredakteur des *Sunday Mirror*, eine Geschichte zu bringen, die den Spekulationen über ein Verhältnis zwischen Prinzessin Anne und Captain Mark Phillips ein Ende machen würde. Der Chefredakteur erfüllte die Bitte. Ein paar Wochen später gab die Queen die Verlobung ihrer Tochter bekannt.

Das Einheiraten in das Königshaus beinhaltete zum damaligen Zeitpunkt eine besondere Verpflichtung zur Zeugung von Nachkommen. Der Prinz von Wales hatte noch nicht geheiratet und noch keinen Erben gezeugt; und seine Brüder Prinz Andrew (13) und Prinz Edward (9) waren dazu noch zu jung. Insofern war die Aussicht auf Kinder von Anne, die in der Thronfolge an vierter Stelle stand, von elementarer Bedeutung. Mark Phillips wurde in den Palast bestellt und angewiesen, eine Samenprobe abzuliefern. Als seine Potenz erwiesen war, bot die Queen ihm einen Adelstitel an; was er respektvoll ablehnte. Die Königin konnte nicht verstehen, daß jemand es vorzog, ein gewöhnlicher Staatsbürger zu bleiben; sie unternahm deshalb einen zweiten Versuch. Doch der junge Hauptmann sagte wiederum nein und wurde darin von Prinzessin Anne standhaft unterstützt. Später lehnte er einen Schreibtischposten im Verteidigungsministerium ab, weil er lieber Gutsherr bleiben wollte. Daraufhin erbot sich die Queen, Anne und Mark Gatcombe Park zu kaufen, ein Gut mit 2 023 Hektar in Gloucestershire, das fast 6 Millionen Mark wert war. Phillips nahm an. »Das war echt nett von ihr«, meinte er.

»Vergoldete Parasiten sind sie«, schimpfte im Parlament Willie Hamilton. »Das ganze Pack. Allesamt Parasiten.«

Vier Monate später erntete die bärbeißige Prinzessin den widerwilligen Respekt der Öffentlichkeit, als sie gegenüber einem bewaffneten Entführer einen kühlen Kopf bewahrte. Anne saß mit ihrem Mann in einer königlichen Limousine auf dem Weg von der Mall zum Buckingham-Palast. Das Blaulicht über der Windschutzscheibe gab zu erkennen, daß drinnen ein Mitglied der königlichen Familie unterwegs war. Die Fußgänger und Autofahrer waren daher ganz verblüfft, als die Limousine von einem weißen Ford Escort gerammt wurde. Der Fahrer sprang mit einer Pistole in jeder Hand aus dem Ford und begann zu schießen. Er rannte zur Limousine, während er auf den Chauffeur, den Sicherheitsbeamten und einen Fußgänger schoß. Anschließend sprang er zur hinteren Wagentür, um sich die Prinzessin zu schnappen. Erschrocken, aber tapfer hielten Anne und ihr Mann die Tür von innen zu, bis der geistig gestörte Angreifer überwältigt worden war.

1974 war Terrorismus in England noch kein bekanntes Phänomen, so daß Polizisten keine Waffen trugen* und die Menschen überhaupt keinen Grund hatten, sich vor Anschlägen zu ängstigen. Ein Mann, der zu Annes Rettung heraneilte, war mehr darum besorgt, sich protokollarisch richtig zu verhalten,

---

* 1936 war die Furcht vor einer öffentlichen Empörung über die Abdankung König Edwards VIII. so groß, daß am Abend seiner Abschiedsansprache an die Nation die Wachtposten vor dem Buckingham-Palast zum erstenmal in der Geschichte mit scharfer Munition versehen wurden.

als daß er sich wegen einer möglichen Verletzung Sorgen gemacht hätte.

»Mein erster Gedanke war der, daß es einen Zusammenstoß gegeben und der Fahrer des Escorts vor Wut die Selbstbeherrschung verloren hatte«, erinnerte sich Ron Russell, der ein Londoner Reinigungsunternehmen leitet. »Ihm war offenbar nicht bewußt, daß er dadurch ein Mitglied der Königsfamilie in eine peinliche Situation brachte. Irgend jemand mußte ihn darauf aufmerksam machen. Mit dieser Überlegung habe ich am Straßenrand angehalten.«

Die Öffentlichkeit war schockiert über den tätlichen Angriff auf ein Mitglied des Königshauses, aber voll des Lobes für die Beherrschtheit der Prinzessin, die ihren Angreifer mit der Geistesgegenwart einer Mary Poppins in die Schranken wies.

»Das Mädchen hat Nerven aus Stahl«, sagte ein Londoner Taxifahrer zur *Daily Mail*.

Der Meinung war auch Prinz Philip. Anne hatte ihn in Indonesien angerufen, wo er mit der Queen zusammen auf einem Staatsbesuch weilte. Die Prinzessin wollte nicht mit ihrer Mutter über den Entführungsversuch sprechen, nur mit ihrem Vater. »Gott sei diesem Schwachkopf gnädig«, hatte Philip gemeint. »Wenn es ihm gelungen wäre, Anne zu entführen, hätte sie ihm in der Gefangenschaft die Hölle heiß gemacht.« Nach ihrer Rückkehr zeichnete die Königin die vier Männer, die beim Versuch, ihre Tochter zu schützen, verwundet worden waren, mit königlichen Ehrungen aus. Der Herzog von Edinburgh lobte sein Lieblingskind, einen PR-Triumph verbucht zu haben. »Gut gemacht«, sagte er zu Anne. »Damit hast du uns die Civil List gerettet.«

Die Dotationen blieben unangetastet, bis Prinzessin Margaret einen Fuchs in den Hühnerstall lotste. Mit ihrer Vorliebe für schwache Männer hatte sie sich mit einem weichlichen jungen Mann eingelassen, der mit einem Mann zusammengelebt hatte, der sich offen zu seiner Homosexualität bekannte. Margaret war 43, als sie Roderic (»Roddy«) Llewellyn auf einer

Party begegnete. Er war siebzehn Jahre jünger als sie und, als zweiter Sohn von Sir Henry Llewellyn, ein Aristokrat, was für die Prinzessin nicht irrelevant war. Den Vater schien das Verhältnis zu belustigen. »Sie meinen Roddys neue Freundin?« fragte er. »Nun, das ist wenigstens mal was anderes als die üblichen italienischen Kellner.« Nach eigener Aussage erinnerte der langhaarige junge Mann, der in einer Kommune in Wales lebte, Margaret an eine jüngere Ausgabe ihres Ehemannes »damals, als Tony süß war«. Die Prinzessin und der Hippie begannen eine Affäre, von der nur die Freunde der beiden wußten. Aus Achtung vor der Königin traten die beiden nicht gemeinsam in der Öffentlichkeit auf.

Snowdon, der selbst in eine Liebesaffäre verwickelt war, wollte verzweifelt eine Scheidung. Als die Prinzessin ihren Liebhaber 1976 nach Mustique mitnahm, lieferte sie Snowdon unwissentlich einen Anlaß. Das Paar wurde in einer gemütlichen Inselbar mit einem anderen Pärchen zusammen fotografiert. *News of the World* veröffentlichte ein Bild von Margaret und Roddy in Badeanzügen auf einer Holzbank auf der Titelseite, und weil das zweite Paar weggeschnitten wurde, sah es so aus, als ob Prinzessin Margaret mit einem Mann, der nicht ihr Mann war, da intim zu Abend aß. Unter der Schlagzeile »Margaret und der gutaussehende junge Höfling« schilderte der Artikel, wie die beiden Liebenden Arm in Arm am Strand spazierengingen, und kommentierte: »Roddy reibt ihr die bronzegebräunten Schultern mit Sonnenöl ein. Sie kann plötzlich so strahlend aussehen, wie die Öffentlichkeit sie schon seit langem nicht mehr gesehen hat.« In einer Spätausgabe wurde die Schlagzeile geändert und lautete nun: »Das Foto, das ein Ehemann einfach nicht hinnehmen konnte.«

Selbst Leute, die bereits vermutet hatten, daß Margarets Ehe nicht vollkommen war, hatten die königliche Fassade bis dahin dankbar akzeptiert. Jahrelang hatte die Öffentlichkeit Prinzessin Margaret gegenüber Nachsicht geübt, ihre kleinen Übertretungen toleriert – etwa, daß sie in der Öffentlichkeit und bei offiziellen Anlässen zu spät eintraf. Ihr sei das Herz gebrochen, hieß es dann wohl, als sie gezwungen wurde, auf Peter Townsend zu verzichten, und deshalb wurden die Maßstäbe für sie ein wenig gelockert. Die Leute ignorierten Margarets herrisches Gehabe und sprachen mitfühlend von der »armen Margaret«. Damit wurde ihr Freiraum für unartiges Benehmen noch größer. Doch auf Mustique war sie zu weit gegangen.

Für eine verheiratete königliche Prinzessin, die jährlich über 200 000 Mark aus öffentlichen Mitteln erhielt, ihre Kinder in England allein ließ und mit einem liederlichen jungen Mann von zweifelhaften sexuellen Neigungen, der aus einer Hippie-Kommune in Wales kam, schamlos in der Karibik herumhüpfte, gab es keine Toleranz mehr.

»Wenn sie den Steuerzahlern eine lange Nase macht, indem sie nach Mustique fliegt«, meinte Willie Hamilton, »darf sie nicht erwarten, daß die Arbeiter des Landes für sie zahlen.«

Diesmal wurde er von einem anderen Parlamentarier unterstützt. »Die Prinzessin ist ein Parasit«, sagte Dennis Canavam, ein Labour-Abgeordneter aus Schottland. »Sie sollte überhaupt kein Geld bekommen.«

Snowdon spürte die wachsende öffentliche Empörung – und schlug zu. Er sei durch die schamlose Indiskretion seiner Frau gedemütigt, ließ er wissen, und ein Fortsetzen der Ehe, ganz gleich, unter welchen Umständen, schlicht unzumutbar. Der anschließende Aufschrei alarmierte die Queen. Die beorderte Margaret nach London, die dementsprechend Mustique verließ – ohne Liebhaber. Buckingham-Palast wies Snowdon an, sie zur Wahrung des öffentlichen Scheins am Flughafen abzuholen. Er traf in Begleitung des jungen Sohns in einer königlichen Limousine ein und hatte rücksichtsvoll ihren Pelzmantel mitgebracht, damit sie in ihren Sommerkleidern nicht frieren mußte. Er gab ihr vor den Fotografen einen Kuß auf die Wange und legte ihr den Mantel über die Schultern. »Lord Snowdon«, meinte sie später, »war teuflisch gerissen.«

Zwei Monate danach gab Kensington Palace* eine offizielle Erklärung heraus: »Ihre Königliche Hoheit, die Prinzessin Margaret, Gräfin von Snowdon, und der Graf von Snowdon sind übereingekommen, in Trennung zu leben. Die Prinzessin wird ihre öffentlichen Pflichten und Termine ohne die Begleitung von Lord Snowdon wahrnehmen. Ein Scheidungsverfahren ist nicht geplant.«

»Ich erinnere mich an den Abend, als die Erklärung verkündet wurde«, erinnerte sich eine von Margarets Freundinnen. »Die Prinzessin war schrecklich durcheinander. Sie rannte ständig aufs Klo, um zu weinen, aber wir haben dafür gesorgt, daß sie sich wieder fing; wir haben sie zu einer Premiere mitgenommen und anschließend zu Bubbles [ein Nachtclub] auf einen Champagner. Wir sind bis um 4.30 Uhr bei ihr geblieben. Sie brauchte Unterstützung.«

Das britische Gesetz erfordert eine zweijährige formelle Trennung, bevor eine unangefochtene Scheidung ausgesprochen wird. Falls eine der beiden Parteien gegen die Scheidung Einspruch erhebt, wird eine fünfjährige Wartezeit auferlegt, bevor die Scheidung ausgesprochen werden kann. Margaret hat nie daran geglaubt, daß die Trennung zur Scheidung führen würde; doch Snowdon war dazu entschlossen. Er komme sich vor wie ein Gefangener, der Zeit absitzt, sagte er, er wolle seine Freiheit.

Die Königin war über das – nach ihrer Auffassung – selbstdestruktive Verhalten der Schwester so ungehalten, daß sie wochenlang nicht mit ihr gesprochen hat. Ihre Schwester führte das Leben eines »Mädchens aus der Gosse«, sagte sie, und die Empörung der Königin löste bald allgemeines Lächeln über Margarets unstetes Leben aus. Ein Witz, der die Runden machte, erzählte von einer Fahrt der Queen nebst Hofdame auf dem

* Die Trennungserklärung wurde von Kensington Palace aus bekanntgegeben, weil er das Zuhause von Prinzessin Margaret, sie gemäß königlichem Protokoll das Familienoberhaupt ist.

Land, wo der Rolls-Royce der Queen von Banditen überholt wurde. Die bewaffneten Räuber, die die Passagiere nicht erkannten, verlangten Geld und Schmuck, bekamen aber gar nichts – außer einer leeren weißen Handtasche, so daß sie die beiden Frauen aus dem Wagen zerrten und mit dem Rolls davonfuhren.

Die Queen klopfte sich den Staub vom Kleid.

»Wo ist Ihr wunderschöner Ring?« fragte die Hofdame.

»Ich hab' ihn versteckt«, antwortete die Queen.

»Wo?«

»An einer sehr intimen Stelle.«

Die Queen schaute die Hofdame an und fragte nach deren Tiara.

»Ich habe sie versteckt«, erwiderte die Hofdame.

Die Queen hob fragend die Augenbrauen.

»An der gleichen Stelle«, sagte die Hofdame.

Die Queen warf ihr einen Blick zu und lächelte. »Ein Jammer, daß Margaret nicht bei uns war«, sagte sie. »Da hätten wir den Rolls retten können.«

Trotz öffentlichem Hohn und Spott setzte die Prinzessin ihre Beziehung mit Roddy Llewellyn fort, weil er, wie sie sagte, der einzige sei, der je wirklich nett zu ihr war. »Ich brauche ihn«, schluchzte sie. »Er ist gut zu mir.« Die Königin, die an die öffentliche Meinung dachte, bat sie, es sich doch noch zu überlegen. Margaret lehnte ab.

»Diese Freundschaft mag ja im Trend moderner Zeiten liegen«, erklärte Willie Hamilton im Unterhaus, »sie hat aber aus der Prinzessin einen königlichen Punk gemacht.« Diesmal erhoben sich nur wenige Mitglieder der konservativen Partei, um Einspruch zu erheben. Ja, es gab überhaupt nur einen Menschen, der die Prinzessin verteidigte – ihr junger Liebhaber.

»Ich würde nur zu gern sehen, wie Willie Hamilton oder einer von denen Margarets Aufgaben auf so wundervolle Weise erledigt, wie sie es tut«, meinte Roddy Llewellyn. »Die Leute lieben die Monarchie und schätzen die Arbeit, die Prinzessin Margaret leistet, von ganzem Herzen.«

Inzwischen war die Öffentlichkeit gegenüber der Prinzessin ziemlich voreingenommen. Wie eine landesweite Meinungsumfrage ergab, waren 73 Prozent der Bevölkerung der Ansicht, daß ihre Lebensführung ihrem öffentlichen Ansehen und auch dem Ansehen der Monarchie geschadet hätte. Danach stellte die Königin Margaret vor die Wahl – entweder sie verzichtete auf ihren Liebhaber oder aber auf das öffentliche Leben.

Margaret fluchte über die »Gebeteflüsterer« in der Kirche und spottete über die Zeitungen des Establishments wegen ihrer frömmelnden Stellungnahmen gegen sie. Sie bezeichnete sie allesamt als »Schmutzwassereimer voll Heuchelei«. Doch schlußendlich beugte sie sich dem öffentlichen Druck und erklärte sich dazu bereit, ihre Pflicht zu tun.

Sie wirkte verbraucht und erschöpft, wenn sie ihre offiziellen Aufgaben wahrnahm, und traf häufig mit Verspätung ein oder verließ, Müdigkeit vorschützend, die Veranstaltung früher. Die Ärzte rieten ihr, mit Rauchen und Trinken aufzuhören, sie wollte aber nicht auf sie hören, bis sie am Ende mit Gastroenteritis und alkoholischer Hepatitis ins Krankenhaus eingeliefert wurde. Selbst als ihr eine Lungenoperation bevorstand, rauchte sie weiterhin täglich sechzig filterlose Zigaretten, die sie durch einen Zigarettenhalter aus Schildpatt paffte. Sie erlitt einen Nervenzusammenbruch und drohte kurz vor der Scheidungsverkündung mit Selbstmord.

Margaret hatte sich verrechnet. Sie hatte die Entschlossenheit ihres Mannes, sie loszuwerden, unterschätzt. Trotz ihrer Trennung glaubte sie nie daran, daß es zu einer Scheidung von ihm kommen würde. Sie war daher völlig überrascht, als Snowdon um die Auflösung der Ehe bat. Sie wollte ihm nicht im Wege stehen, erklärte sie, besonders falls er wieder zu heiraten wünsche. Er hätte nichts dergleichen vor, erwiderte er. Er wollte einfach nur die Scheidung. Sie wurde am 10. Mai 1978 verkündet. Sieben Monate später hat Snowdon aber doch wieder geheiratet. Seine Geliebte Lucy Lindsay-Hogg war schwanger. Von der Hochzeit erfuhr Margaret durch die Zeitungen. »Er hatte nicht einmal die Höflichkeit gehabt, mich vorher zu verständigen«, erzählte sie ihrem Biographen. »Und er hat es auch seinen Kindern nie gesagt.«

Es war seit König Heinrichs VIII. Scheidung von Anna von Cleve (1533) die erste Scheidung im Königshaus. Sie setzte den Prinzen von Wales, dessen 30. Geburtstag näherrückte, unerbittlich unter Druck. »Das ist das Jahr«, meldete eine Zeitung als Schlagzeile über einer Fotomontage aller in Frage kommenden jungen Damen, die Charles öfter getroffen und ausrangiert hatte. Eine andere Zeitung verkündete: »Prinz zwischen Altar und Abgrund gestrandet.«

Prinz Philip zog seinen Sohn wegen der Presseberichte auf. »Du solltest dich beeilen«, sagte er, »sonst wird keine mehr übrig sein.«

Charles feierte seinen 30. Geburtstag am 15. November 1978 mit einem großen Ball mit über vierhundert Gästen in Buckingham-Palast. Die Einladung der Königin und des Herzogs von Edinburgh enthielt den Hinweis »Ohne Tiaras«, so wie andere reiche Eltern den Vermerk »keine Geschenke« auf die Einladung setzten. Der Prinz nahm die hochgewachsene blonde Schauspielerin Susan George als Partnerin zum Ball mit, tanzte dann jedoch während des Abends hauptsächlich mit den Frauen seiner Freunde, mit Dale »Kanga« Tryon und Camilla Parker-Bowles. Charles gestand, als Patenonkel des jeweils ältesten Kindes der beiden fühle er sich mit ihnen entspannter als in Gesellschaft der begehrten Schönheiten, die ihm nachliefen. »Verheiratete Frauen bieten Sicherheit«, erklärte er später seiner Verlobten. »Sie verstehen sich, ihrer Ehemänner wegen, auf Diskretion.«

Als Prinz von Wales war Charles es gewohnt, angehimmelt zu werden. Er erwartete Verehrung und empfing sie in vollem Maße, ganz besonders seitens der Ehefrauen seiner beiden

Freunde, die großzügig gaben und dafür keine Gegenleistung erwarteten, sehr im Unterschied zu alleinstehenden Frauen, die anhaltend und aufmerksam umworben werden wollten. Für die verheirateten Geliebten von Charles hatte das Teilen des Bettes mit ihm den gleichen Stellenwert wie etwa der Besitz eines Weinbergs mit Château oder eines Gulfstream-Jets: Es mehrte das Ansehen. Sie genossen es, wenn man über sie als »Vertraute« des Prinzen von Wales flüsterte; und die Ehemänner fühlten sich geehrt, ihre Frauen mit dem zukünftigen König zu teilen. Es war ein Arrangement, das ihren Status innerhalb der Aristokratie erhöhte.

»Der arme Charles fühlt sich sogar mit herrischen alten Frauen wie mir wohler als mit jungen alleinstehenden Frauen seines Alters«, berichtete die 65jährige Viscountess, die er einige Tage später zum Mittagessen auf Windsor einlud. »Ich bin eine von den alten Aristos, die mit Ihrer Majestät und Prinzessin Margaret zu einer Zeit in diesem winzigen Land aufgewachsen ist, als wir uns alle kannten und wußten, wo wir hingehörten. Ich gehöre zum Teil einer Welt an, die nicht mehr sichtbar ist: zu der aufgeblasenen Oberschicht, in der noch ein Echo der Ehrerbietung nachhallt und die ein liebenswürdiges Verhalten gegenüber unserer königlichen Familie erlaubt, die leider deutsch ist; und zum Teil der überbordenden Arroganz der Mittelschicht. Wir sehen sie [die Mitglieder der königlichen Familie] klar und deutlich als das, was sie sind – sie sind ungebildete, nicht sonderlich gut informierte Deutsche. Sie brauchen unsere Hilfe. Wir haben, vor allem dem Thronanwärter gegenüber, einen Beschützerinstinkt, und das ist auch der Grund, warum Charles meine Gesellschaft sucht.

An dem Tag nach seinem Geburtstag war er ganz besonders liebenswert«, erzählte sie. »Ich kam zum Mittagessen, und er sagte: ›O Gott, Sie sind hoffentlich nicht sehr hungrig. Wenn Mami nicht da ist, tut sich nicht viel. Also macht uns mein Kammerdiener nur ein kleines Omelette.‹ Er musterte meinen Hund. ›Gott sei Dank ist Mami nicht da. Mamis Corgis hätten aus Ihrem Labrador ein Sandwich gemacht. Sie sind absolut gräßlich.‹

Charles ist sehr lieb, aber nicht allzu intelligent. Er versteht nicht sonderlich viel von der Welt. Durchaus nett und wohlerzogen, doch ihm fehlt eine Dimension. Er hätte sich, wie er mir sagte, so sehr an sein Junggesellendasein gewöhnt, daß er nicht glaube, je eine Frau zu finden, die sich darein fügen und sein Leben mit ihm teilen wolle. ›Traurig, nicht?‹ sagte er. ›Welche Frau würde sich damit schon abfinden? Mit mir?‹

Nach dem Essen hat er mir sein Pferd Mantilla gezeigt. Danach habe ich mich verabschiedet und noch fürsorglicher empfunden für den künftigen König von England, der alles zu haben schien und in Wirklichkeit nichts hatte. Zumindest nichts, das von Bedeutung war.«

12

ES WAR AM 27. August 1979. Charles hielt sich zum Angeln in Island auf, als ihn der Anruf des britischen Botschafters erreichte. »Königliche Hoheit«, teilte der Botschafter ihm mit, »ich bedaure, aber ich habe eine tragische Nachricht ... Lord Louis wurde ... Sir, es tut mir ja so leid ... Earl Mountbatten of Burma ist tot.«

Charles war so erschüttert, daß er nicht weinen konnte. Er wollte es nicht glauben, stotterte, bat um Einzelheiten, doch der Botschafter erwiderte, er wisse auch nur, was er in den Kurznachrichten der BBC gehört hätte. Also rief Charles in Windsor Castle bei seiner Mutter an, und von ihr erfuhr er, daß »Onkel Dickie« während des Urlaubs in Irland durch eine IRA-Bombe in die Luft gejagt worden war.

Der neunundsiebzigjährige Mountbatten hatte sich an Bord seines Schiffs befunden, mit seiner Tochter Patricia, ihrem Ehemann John Brabourne, deren vierzehnjährigen Zwillingssöhnen Nicholas und Timothy sowie Lord Brabournes hochbetagter Mutter. Sie waren im Hafen von Mullaghmore auf Hummerfang, als die Bombe detonierte. Mountbatten, sein Enkel Nicholas und ein angeheuerter irischer Bootsjunge kamen bei der Explosion ums Leben. Lord Brabourne erlitt schwere Verletzungen. Seine Frau hätte beinahe nicht überlebt. Sie wurde für mehrere Tage an lebenserhaltende Geräte angeschlossen und mußte sich mehreren Operationen unterziehen, damit ihr das Augenlicht erhalten blieb; anschließend lag sie wochenlang auf der Intensivstation. Ihr Sohn Timothy verlor vorübergehend das Bewußtsein, erholte sich jedoch wieder; Lord Brabournes dreiundachtzigjährige Mutter starb am folgenden Tag.

Es brach Prinz Charles das Herz. Mountbattens Privatsekretär telegrafierte er: »Das ist der schlimmste Tag meines Lebens. Ich weiß nicht, wie ich ohne ihn weitermachen soll.« Am Abend vertraute er seinen Schmerz dem Tagebuch an: »Ich habe einen Menschen verloren, der mir unendlich viel bedeutet hat. Nach seinem Tod wird es *nie* mehr so sein wie früher ...«

Einige Tage später traf Charles seine Eltern zum Mittagessen in Broadlands, wo die Begräbnismodalitäten besprochen werden sollten. Noch immer aufgewühlt, sagte er, daß er nicht glaube, den Gottesdienst durchstehen zu können, ohne zusammenzubrechen.

»Er ist nicht mehr bei uns, Charles«, sagte sein Vater. »Du mußt es akzeptieren. Das Leben geht weiter.«

Der Prinz von Wales brach in Tränen aus und verließ den Raum. Die Queen, die keinerlei Reaktion zeigte, aß einfach weiter. Sie ließ für ihre Welsh Corgis kleine Stücke Hühnerfleisch von ihrem Salat auf den Boden fallen. Prinz Philip warf seine Serviette hin.

»Damit ist hoffentlich sichergestellt, daß Charles keine Tränen vergießt, wenn er sich in die Öffentlichkeit begibt«, meinte er. Die Queen nippte an ihrem Glas Wasser und schwieg.

»Das klingt grausam«, erinnerte sich John Barratt, »doch der Herzog von Edinburgh wollte seinen Sohn unbedingt hart machen. Ihre Majestät scherte es einen feuchten Kehrricht. Der arme Charles war am Boden zerstört. Er hatte sich ja immer ganz auf Lord Mountbatten verlassen. Die beiden sprachen täglich miteinander, sie korrespondierten wöchentlich. Er war ein und alles für Charles – Großvater, Vater, Mentor, sein bester Freund.«

Obwohl Philip diese Nähe zwischen den beiden manchmal geärgert hatte, trauerte er um seinen Onkel, und er hat der IRA diesen Mord nie verziehen. Als er die Queen zwei Jahre später auf einer Australienreise begleitete und sie dort einmal an einer Gruppe von IRA-Demonstranten vorbeikamen, ignorierte die Queen sie völlig und schaute stur geradeaus; Philip hob zum Winken die Hand und zeigte dann den Finger.

Am Tag von Mountbattens Beerdigung stieg Charles in der Westminster Abbey traurig auf das Podium, um das Gebet vorzulesen, das sein Großonkel viele Jahre zuvor bei der Vorplanung des eigenen Staatsbegräbnisses ausgesucht hatte. Der Prinz von Wales hatte sich seine sämtlichen Orden und Medaillen an die Marineuniform angeheftet, weil, wie er seinem Kammerdiener erklärte, Mountbatten das so gewünscht hätte. Sich an die Brust klopfend, meinte er: »Die IRA hätte große Mühe, wenn sie mir durchs Herz schießen will.«

Mit zitternder Stimme las Charles den Psalm 107 vor, zum ehrenden Gedächtnis des Flottenadmirals: »Die in Schiffen das Meer befuhren ..., die dort die Werke des Herrn geschaut und seine Wunder in der Tiefe.« Er rang mit sich, um die Fassung zu bewahren. Als die Hornisten dann jedoch das letzte Signal bliesen, wurde er vom Schmerz überwältigt. Er wischte sich eine Träne aus dem Gesicht.

Mit dieser Gefühlsbewegung bildete er einen starken Kontrast zu seiner Mutter, die, ein bis zwei Meter von ihm entfernt, regungslos wie ein Stein dasaß. Am Tage des Bombenattentats, also zehn Tage vor der Beerdigung, hatte der Palast eine Erklärung herausgegeben, daß Ihre Majestät »tief betroffen und betrübt« sei; sie schrieb aber weder einen Beileidsbrief an Mountbattens Kinder, ihre Cousins und Cousinen und engsten Freunde seit Kindertagen, noch unterbrach sie ihre Ferien auf Schloß Balmoral, wohin ihr am folgenden Tag ihre Tochter, Prinzessin Anne, für ein Picknick folgte. Die Queen wurde bei einem Spaziergang mit ihren Corgis und beim Spielen mit ihrem zweijährigen Enkel Peter im Park gesehen.

Solch ein alltägliches Normalverhalten im Angesicht einer Tragödie schockierte einen Reporter, der die Szene durch ein starkes Fernglas beobachtete. Er war bestürzt, als er die Queen fröhlich herumspringen und lachen sah, als ob sie völlig unbeschwert wäre. »Einen Tag vorher war Mountbatten in die Luft gesprengt worden«, erinnerte er sich, »und ich habe die Queen in ihrem ganzen Leben nie so glücklich und entspannt gesehen!«* Als loyaler Untertan hat dieser Reporter seiner Zeitung einen Bericht über eine tieftraurige Herrscherin abgeliefert, die den Park von Balmoral in einsamer Trauer durchschritt.

Charles trauerte monatelang um seinen Großonkel und suchte Führung bei Laurens van der Post, einem Schriftsteller, der Mountbatten in Indien als Berater gedient hatte. Charles empfand Hochachtung für den älteren Mann, der nun Mountbatten als Guru, als geistiger Mentor und politischen Berater ersetzte. Van der Post, Freund und Biograph des Schweizer Psychoanalytikers Carl Jung, machte Charles bekannt mit dem Begriff vom kollektiven Unbewußten, das in Mythen und Träumen Ausdruck findet. Er regte Charles zum Glauben an das Übernatürliche an und riet ihm, sich für die Welt der Gei-

---

* Obwohl das Verhältnis zwischen der Queen und Mountbatten immer gut gewesen war, hatte ein Thema für Abkühlung gesorgt: Japan. 1971 lud Ihre Majestät Kaiser Hirohito zu einem Staatsbesuch nach Großbritannien ein, bei dem sie den 74jährigen Mikado wieder in den Hosenbandorden aufnahm. Er war ihm nach dem Angriff der japanischen Streitkräfte gegen die Alliierten im Jahr 1941 aberkannt worden. Mountbatten war über den Besuch Hirohitos erzürnt und erneut verärgert, als die Queen 1975 Japan einen Staatsbesuch abstattete. »Damit hättest du warten sollen, bis ich tot bin«, erklärte er ihr.

Mountbatten, der über drei Jahre gegen die Japaner gekämpft und als Alliierter Oberbefehlshaber in Südostasien gedient hatte, hat den Japanern ihr barbarisches Verhalten während des Krieges nie verziehen. Die Queen wies ihn jedoch darauf hin, daß seit dem Ende der Feindseligkeiten eine lange Zeit vergangen und nach ihrer Auffassung eine Versöhnung notwendig war. »Der Kaiser ist inzwischen ein alter Mann, Dickie«, sagte sie, worauf Mountbatten wütend erwiderte: »Er ist ein seniler, inkompetenter alter Faschist.«

ster zu öffnen. Er begleitete den Prinzen zur Kommunikation mit den Geistern von Buschmännern in die südwestafrikanische Kalahari-Wüste. Charles war von dem älteren Mystiker fasziniert und suchte schon bald Trost bei Wahrsagern und Medien. Er befaßte sich mit Parapsychologie, nahm an Séancen teil und suchte Hellseher auf, um mit dem verstorbenen Mountbatten in Verbindung zu treten.

»Charles hat versucht, den Schatten von Lord Louis auf einem Oui-ja-board zu beschwören«, berichtete John Barrat. »Als die Presse davon Wind bekam, hat der Buckingham-Palast ihn jedoch veranlaßt, alles abzustreiten, weil es zu verrückt wirkte.«

In dieser Zeit ließ Charles sich mit einer wunderschönen Schauspielerin indischer Herkunft ein, die die Geliebte des Hollywood-Regisseurs John Huston gewesen war. Zoe Sallis, die 1962 einen Sohn Hustons zur Welt gebracht hatte, war Buddhistin und verehrte Swamis. Der Buckingham-Palast war beunruhigt wegen ihres Einflusses auf Prinz Charles. Sie hing dem Transzendentalismus und der Lehre an, daß es viele Gottheiten gebe; das war unvereinbar mit dem Glauben der Anglikanischen Kirche an den einen allmächtigen Gott.

Charles war hingerissen von seiner neuen um zehn Jahre älteren Geliebten und begann zu praktizieren, was sie ihm predigte. Sie hatte ihm ein Buch mit dem Titel »Der Weg der Meister« geschenkt und erklärt, es sei ihre Mission, ihn zum Glauben an die Seelenwanderung zu bekehren – was ihr, zum Entsetzen seines Stabes, auch tatsächlich gelang. Er begann von der Seelenwanderung zu reden und stellte Mutmaßungen darüber an, welche Gestalt Lord Mountbatten wohl annehmen würde, wenn er zur Erde zurückkehrte.

Edward Adeane, der Privatsekretär des Prinzen, machte sich allmählich Sorgen wegen des nach seinem Empfinden sinnlosen Geschwafels. Der hartgesottene Anwalt – sein Vater, Sir Michael Adeane, hatte der Queen als Privatsekretär gedient – erwartete vom zukünftigen König von England weit mehr, als Charles damals an den Tag legte. Die Büßermentalität, das Gerede von Weltverbesserung und das Liebäugeln mit der Alternativmedizin versetzten Adeane in Alarmbereitschaft. Am meisten beunruhigte ihn jedoch Charles' Einstellung zur Religion. Adeane versuchte, ihn wieder zu den traditionellen Lehren der englischen Staatskirche zurückzuführen. Er wies auf die Verantwortung des Thronfolgers gegenüber seinen zukünftigen Untertanen hin; dafür zeigte sich Charles jedoch wenig empfänglich. Er befand sich zu sehr im Bann der Botschaft vom Nirwana. Unter dem Einfluß seiner neuen Geliebten wurde er Vegetarier und beschloß (vorübergehend), keine Tiere mehr zu töten. »Ich möchte mich reinigen«, erklärte er, »und in Einklang mit allen Glaubensrichtungen bringen.«

»Dem muß ein Ende gesetzt werden«, sagte Adeane gegenüber anderen Mitgliedern des Stabes. Der Privatsekretär nahm seinen Mut zusammen und erklärte dem Prinzen, seine Beziehung mit der schönen Buddhistin könne der Monarchie schaden. Der Einfluß der älteren Frau, fand Adeane, verzerre Charles' Sichtweisen. Er sagte, Charles sei dazu bestimmt, Verteidiger des Glaubens zu werden, nicht aber – wie Adeane es formulierte – ein Befürworter vieler Glaubensrichtungen. Er riet Charles, das Verhältnis zu beenden, was Charles ablehnte – bis Adeane drohte, mit der Queen zu reden. Da gab Charles nach. Er hatte noch mit einunddreißig Jahren Angst vor seiner Mutter.

Charles wechselte zwischen gelegentlichen Rendezvous und One-Night-Stands, dazwischen unterhielt er kurze Beziehungen mit hochgewachsenen, hübschen Blondinen, deren Väter reiche Landbesitzer waren. »Ich verliebe mich leicht«, erzählte er Reportern in dem Bemühen, die zahlreichen Frauen, die in sein Leben flatterten und wieder verschwanden, wegzuerklären. Zweimal hat er einen Heiratsantrag gemacht – zuerst Davina Sheffield und dann Anna Wallace –, doch keine der beiden Blondinen nahm den Antrag an, und beide fielen in Ungnade, sobald die Presse ihre Vergangenheit enthüllte.

»O mein Gott«, klagte der Prinz seinem Kammerdiener, »werde ich denn nie eine Frau finden, die würdig genug ist?«

Im Sommer des Jahres 1980 entdeckte er sie auf einem Heuballen. Die jugendfrische, liebreizende, neunzehn Jahre alte Lady Spencer schien zu jung und zu unschuldig, um eine Vergangenheit zu haben. Sie fiel dem vierzehn Jahre älteren Charles während einer Wochenendparty auf dem Landsitz seiner Freunde Philippa und Robert de Pass ins Auge. Der Prinz war Diana erstmals 1977 begegnet, als er für kurze Zeit mit ihrer älteren Schwester Sarah ausging und ein Jagdwochenende bei den Spencers auf Althorp verbrachte, dem etwa 130 Kilometer nordwestlich von London gelegenen Familiensitz in Northamptonshire. Sie war ihm also bei der Begegnung drei Jahre später nicht unbekannt. Er machte eine Bemerkung, wie erwachsen sie geworden war, verglichen mit dem sechzehnjährigen Mädchen, an das er sich erinnerte. »Der Kinderspeck ist weg«, sagte er zu ihr.

Diana errötete, senkte den Blick und schaute auf ihre langen Beine. »Ich bin bloß größer geworden«, erwiderte sie scherzhaft. »Ich hab' den Kinderspeck gestreckt.«

Ihr selbstironischer Humor belustigte Charles; er lachte und setzte sich zu ihr. Sie plauderten über Dianas Schwester Sarah, die kurz zuvor Neil McCorquodale geheiratet hatte, einen ehemaligen Offizier der Coldstream Guards. Charles meinte nachdenklich, wie froh er doch sei, den Pflichten des Königshauses zu entkommen und mit Freunden beisammenzusein. (Die »nie enden wollende verfluchte« Bürde des Daseins als Prinz von Wales wurde in den nächsten Monaten, wenn Charles über seine Arbeitslast klagte, ein ständiger Refrain.) Diana hörte mitfühlend zu und versicherte ihm, daß er seine Pflichten ganz wunderbar erfülle. Sie erwähnte auch, wie sehr es sie berührt habe, ihn bei der Beerdigung Mountbattens im Fernsehen zu sehen.

»Sie haben ja so traurig ausgesehen, als Sie bei dem Begräbnisgottesdienst durch das Seitenschiff gingen. So etwas Tragisches habe ich in meinem Leben noch nie gesehen. Bei dem Anblick hat mein Herz für Sie geblutet. Ich habe gedacht: Das ist nicht recht so. Sie sind einsam. Sie sollten jemanden haben, der sich um Sie kümmert.«

Später hat sie dieses Gespräch ihren Wohngenossinnen erzählt und gemeint, daß sie mit dem Prinzen wie mit einem ihrer Schützlinge im Kindergarten gesprochen habe. Sie fügte noch hinzu, daß er daraufhin nähergerückt sei, genau so wie auch die kleinen Kinder unter ihrer Obhut im Kindergarten Young England. Charles, der die Party früh verließ, bat sie, mit ihm zusammen nach London zurückzufahren, doch sie lehnte mit dem Hinweis ab, es sei den Gastgebern gegenüber unhöflich.

»Das war ihrerseits ein guter Schachzug«, erklärte eine ihrer Wohngenossinnen. »Sie wollte nicht den Eindruck erwecken, schlecht erzogen zu sein, und sie durfte sich ganz bestimmt nicht zu erpicht auf ihn zeigen.«

Für Diana begann die Zeit des Umworbenwerdens. Sie war ganz aufgeregt, weil der Prinz von Wales Notiz von ihr genommen hatte, und ließ ihre Wohngenossinnen wissen, daß sie, falls sie bei ihm eine Chance hätte, sich bestimmt nicht so abfällig über ihn äußern würde, wie es ihre Schwester Sarah gegenüber der Presse getan hatte. »Für mich ist der Prinz so etwas wie der große Bruder, den ich nie gehabt habe«, hatte Sarah zu einem Reporter gesagt. »Ich bin sehr gern mit ihm zusammen, aber verliebt bin ich in ihn nicht. Und ich würde keinen Mann heiraten, den ich nicht liebe, ob er nun Müllmann oder König von England ist. Wenn er fragen würde, ob ich ihn heiraten will, würde ich ihn abweisen.« Diana, eine begeisterte Leserin der Liebesromane Barbara Cartlands, hatte immer davon geträumt, einen Prinzen zu heiraten. Sie würde ihn nie und nimmer abweisen.

Diana vertraute ihre Träume den Wohngenossinnen an, die ihre eigenen Kleiderschränke plünderten, um das Richtige für

Dianas Rendezvous mit dem Prinzen zu finden. Sie bekamen den künftigen König von England nie zu Gesicht, weil er Diana nie in ihrer Wohnung besuchte. Er holte sie auch nicht ab, wenn sie ausgingen. »Es gab auch nicht viele Geschenke«, erinnerte sich eine Wohngenossin. »Ein Buch als Weihnachtsgeschenk, ein Aquarell, das er auf Balmoral gemalt hatte, ein Blumenstrauß ohne Karte, den sein Kammerdiener brachte, nachdem sie sich verlobt hatten, und ein kleiner grüner Plastikfrosch, den Diana auf das Armaturenbrett ihres Autos klemmte. Sie hatte Charles geneckt, daß sie keine Frösche mehr küssen müsse, weil sie nun ja ihren Prinzen gefunden hätte. Er wird ihr wohl recht gegeben haben.«

Er rief Diana während des sechsmonatigen Werbens nur selten an, und seine Einladungen, die immer in letzter Minute eingingen, ließ er von seinem persönlichen Hofdiener überbringen. Es wurde erwartet, daß sie von selbst den Weg dorthin fand, wo er sich dann gerade aufhielt. »Wir haben von ihm immer als ›Sir‹ gesprochen«, sagte eine Wohngenossin, »weil ihn nämlich Diana am Anfang so anreden mußte ... Wir haben ihr beim Ausarbeiten ihres Plans geholfen. Es hat viel Spaß gemacht. Ein bißchen war's auch ein Spiel.«

Die jungen Frauen, die Charles als »Dianas alberne Mitbewohnerinnen« bezeichnete, teilten sich eine Wohnung im Haus Coleherne Court 60 in London, ganz in der Nähe des Kaufhauses Harrods. Es war eine Dreizimmerwohnung, die Diana sich mit dem Geld aus der Erbschaft ihrer Urgroßmutter gekauft hatte. »Es war ein Geschenk zur Volljährigkeit«, sagte sie. Wie ihre beiden älteren Schwestern auch, hatte sie das Geld (150 000 Mark) zum achtzehnten Geburtstag bekommen. Ihre Mutter gab ihr den Rat, das Kapital in einer Londoner Immobilie anzulegen; also erwarb Diana die Wohnung. Um die Hypothek abzahlen zu können, verlangte sie von ihren drei Freundinnen Miete. Sie wies ihnen auch Pflichten fürs Reinemachen zu. »Um die Wahrheit zu sagen, Diana hat den Großteil der Hausarbeit selber gemacht«, berichtete eine Mitbewohnerin. »Sie hat wahnsinnig gern geputzt. Aus Stolz auf die Wohnung.«

Während ihrer Jugend daheim war Diana die Ordentliche in der Familie gewesen. Sie verbrachte Stunden mit Putzen und Aufräumen, mit dem Ordnen der Schubladen und dem Aufhängen ihrer Kleider. Sie stellte ihre Schuhe in farblicher Reihenfolge auf und machte ihr Bett täglich überakkurat selbst. Sie staubsaugte ständig und lernte bügeln, weil, wie sie einmal sagte, der Duft frisch gebügelter Hemden ihr besonders gut gefiel. Wie Aschenputtel arbeitete sie fröhlich als Dienstmädchen für die älteste Schwester, die ihr für das Reinemachen ihrer Londoner Wohnung 3,50 Mark die Stunde zahlte. Wie Diana viele Jahre später Freunden erzählte, hatte ihr Psychiater diesen Putzzwang als einen Versuch gedeutet, Ordnung in das sie umgebende Chaos zu bringen. Da sie um ihre Neigung zu zwanghaftem Verhalten wußte, mied sie Medikamente wie Beruhigungsmittel aus Angst, daß sie süchtig werden könnte, wenn sie einmal damit anfinge.

Ihre Familie war durch Scheidung, Alkoholismus und Gewalt auseinandergerissen worden. Ihr Vater hatte der Mutter in den ersten zehn Ehejahren immer wieder vorgeworfen, ihm keinen Erben zu schenken. »Es war eine schreckliche Zeit für meine Eltern, da lag wahrscheinlich auch die Grundursache für ihre Scheidung«, bemerkte Dianas Bruder Charles. »Ich glaube nämlich nicht, daß sie darüber je hinweggekommen sind.«

Dianas Vater, Edward John Spencer, wurde privat Johnny Spencer gerufen. Als Viscount Althorp war er Erbe eines großen Vermögens und des 6000 Hektar großen Gutes Althorp House, das seine Vorfahren im 16. Jahrhundert erworben hatten. Er hatte König George VI. und Königin Elizabeth II. früher als Höfling gedient und sollte nach dem Tod seines Vaters der achte Earl Spencer werden. Als er den Grafentitel erbte, brauchte er einen Sohn, um ihn weitervererben zu können. 1954 heiratete er Frances Roche, die schöne blonde Tochter des vierten Lord Fermoy. Sie zogen nach Norfolk, ins Park House, das zum Besitz von Sandringham gehörte. Das erste Kind, Sarah, kam im folgenden Jahr zur Welt; zwei Jahre später, 1957, wurde ein weiteres Mädchen, Jane, geboren. Johnny Spencer wollte unbedingt einen Jungen und bestand darauf, daß seine Frau sich von Fachärzten untersuchen ließ, die herausfinden sollten, warum sie nur Töchter bekam. Frances war bereit, es noch einmal zu versuchen, wurde 1958 wieder schwanger und brachte 1959 einen Jungen zur Welt. »Ich habe ihn nie gesehen. Ich habe ihn nie im Arm gehalten«, sagte Frances. »Er wog siebeneinhalb Pfund und hatte eine Lungenanomalie, was bedeutete, daß er nicht überleben konnte.« Er starb zehn Stunden nach der Geburt. Frances versuchte es erneut. Am 1. Juli 1961 – achtzehn Monate danach – brachte sie die dritte Tochter zur Welt, die Diana Frances getauft wurde. »Eigentlich hätte ich der Junge sein sollen«, sagte Diana viele Jahre später.

Johnny Spencer begann zu trinken und seine Frau zu mißhandeln. Er schickte sie erneut zu den Fachärzten in der Londoner Harley Street, um herauszufinden, was mit ihr »nicht in Ordnung« war. Drei Jahre später, im Alter von achtundzwanzig Jahren, gebar sie einen Jungen. »Jetzt habe ich endlich meine Pflicht erfüllt«, sagte sie. Patentante wurde die Königin.

Solange der Großvater lebte, hieß dieser Erbe Charles Edward Maurice Spencer, offiziell The Honourable Charles Spencer. Als der Großvater, der Earl Spencer, 1975 starb, erbte Johnny Spencer den Grafentitel, und sein damals neunjähriger Sohn Charles wurde Viscount Althorp.

Als »Warten auf die Schuhe eines Toten« bezeichnete Frances verbittert das Leben ihres Mannes, bis er den väterlichen Titel erbte. Da hatte sie sich schon in einen dynamischen verheirateten Mann verliebt, der ihrem Leben nach eigener Aussage Leidenschaft und Sinn gab. Der zweiundvierzigjährige Peter Shand Kydd besaß zwar keinen Adelstitel, war jedoch wohlhabend und bezaubernd; und er hatte einen unglaublichen Sinn für Humor. Im Gegensatz zu Johnny Spencer, der sich Mitgliedern des Königshauses mit Ehrerbietung näherte, ließ Kydd sich nicht beeindrucken. Nach einem Dinner bei der Königin berichtete er seinen Kindern: Ihre Majestät »war so langweilig wie immer« und »der Buckingham-Palast hat etwas von einem verdammten Hotel an sich«.

Kydd war Erbe eines Tapetenimperiums und ein ehemaliger Marineoffizier mit Landbesitz in England, Schottland und Australien. Er war Vater von drei kleinen Kindern.

»Das hat Frances nicht zurückgehalten«, sagte einer von Peter Shand Kydds Söhnen. »Sie ist hart – ein Raubtier. Als sie sich an meinen Vater ranmachte, hatte meine Mutter keine Chance.«

Diana war sechs Jahre alt, als die Mutter ihren Mann 1967 verließ und eine Wohnung im Londoner Stadtteil Chelsea mietete, um ihrem Liebhaber näher zu sein. Sie wolle die Scheidung, teilte Frances ihrem Ehemann mit, und erwarte, daß sie das Sorgerecht für die Kinder bekomme. Johnny tobte, beschimpfte sie im Suff als »Abtrünnige« und schlug sie. Als er wieder nüchtern war, bat er sie schluchzend, zu ihm zurückzukehren. Sie versuchte, sich mit ihm auszusöhnen, doch es war, wie sie bekannte, eine wahre Tortur, so daß sie aus Park House auszog und nach London zurückreiste.

Bald darauf reichte Mrs. Peter Shand Kydd die Scheidung ein und gab Frances als Mittäterin des Ehebruchs an. Johnny Spencer fühlte sich wegen des Ehebruchs seiner Frau so gedemütigt, daß er das Sorgerecht einklagte. Bei der Gerichtsverhandlung hatte er Lady Ruth Fermoy, Frances' Mutter, auf seiner Seite. Lady Fermoy, eine Hofdame der Königinmutter, sagte unter Eid aus, daß die Spencerkinder allem Anschein nach beim Vater glücklicher seien als bei der Mutter. Sie behauptete, ebenfalls unter Eid, daß Spencer in ihrer Gegenwart noch nie die Kontrolle über sich verloren habe.

»Ruth war eine eingefleischte Monarchistin – sie kam zwar aus einfachen schottischen Verhältnissen, war aber ein unglaublicher Snob und hatte sich ihr ganzes Leben lang im Umkreis der königlichen Familie bewegt«, berichtete ein Familienmitglied der Spencers. »Ich habe sie vergöttert, und zu mir ist sie großartig gewesen, ich muß allerdings zugeben, daß sie die eigenen Kinder, und vor allem Frances, miserabel behandelt hat. In dem Streit um das Sorgerecht hat Ruth für Johnny Partei ergriffen, weil, wie sie mir erklärte und auch vor Gericht aussagte, sie nie miterlebt hat, daß Johnny Frances schlug. Ruth war nie dagewesen, wenn Johnny im Rausch auf Frances eindrosch, und konnte deshalb ohne Gewissensbisse schwören, nie Zeuge von Johnnys gewaltsamen Ausschreitungen gewesen zu sein. Und der Mutter hätte Frances nie etwas von den Mißhandlungen erzählt; zum einen hatten die beiden nie ein besonders enges Verhältnis, und in der damaligen Zeit war das natürlich auch kein Thema, über das man offen miteinander sprach.«

»Ruth würde nie und nimmer für jemanden – und schon gar nicht für die eigene Tochter – Partei ergreifen, wenn das einen Höfling der Queen in Verlegenheit brächte. Der eigentliche Grund dafür, daß sie sich gegen ihre Tochter stellte, war jedoch ihr Wunsch, die Enkelkinder zu beschützen. Sie wollte nicht, daß sie bei einem Bürgerlichen lebten, wenn sie doch bei einem Aristokraten leben könnten. Frances hat es ihrer Mutter nie verziehen. Neun Jahre lang haben die beiden kein einziges Wort gewechselt und anschließend auch nur das Allernötigste.«

Diese Deutung ist von der Schriftstellerin Penny Junor bestätigt worden. »Lady Fermoy konnte es einfach nicht fassen, daß ihre Tochter einen waschechten Grafen wegen eines Mannes verlassen würde, der Geschäfte machte.«

Das Gericht entschied zugunsten des Viscount Althorp. Also kamen Diana und ihr Bruder, die mit der Mutter nach London gezogen waren, zurück nach Park House, um beim Vater zu wohnen. Die beiden älteren Schwestern, Sarah und Jane, blieben im Internat. Im gleichen Jahr 1969 heirateten Frances und Peter Kydd; den quälte der Gedanke, seine Kinder aufzugeben, so sehr, daß er vor der Hochzeit beinah noch gekniffen hätte. »Das Schuldgefühl ist er nie losgeworden«, sagte einer seiner engste Freunde. »Es war wohl das, plus die spätere Trinkerei, die dazu führte, daß er 1990 von Frances geschieden wurde.«

Das Scheidungskind Diana hatte Schwierigkeiten mit dem Lesenlernen. Ihr Bruder hänselte sie wegen ihrer langsamen Auffassungsgabe und weil sie in der Schule kaum die Versetzung schaffte. In ihrer ganzen Schulzeit hat sie nur einen einzigen Anerkennungspreis gewonnen, den »Palmer Cup for Pet's Corner« in der vierten Klasse, weil sie lieb zu ihrem Meerschweinchen war. Sie tanzte gern und verbrachte Stunden vor dem Spiegel, um Spitzentanz, Steptanz und Ballettschritte zu üben; an den eigentlich schulischen Fächern war sie nicht interessiert. Sie ging deshalb mit sechzehn von der Schule ab. Ihr Vater, der sich wegen ihrer mangelnden Bildung Sorgen machte, schickte sie daraufhin auf ein Schweizer Mädchenpensionat (das Institut Alpin Videmanette bei Gstaad). Sie ging ungern zu Fuß, lernte halbherzig Kochen und Französisch und verbrachte die meiste Zeit mit Rudern. Nach drei Monaten schrieb sie nach Hause, sie sei wegen des großen Heimwehs außerstande, das volle Jahr durchzustehen. Sie setzte ihrem Vater so lange zu, bis er sie heimkommen ließ; inzwischen war der Großvater gestorben, und der Vater wohnte in Althorp, einem eindrucksvollen Schloß aus dem frühen 17. Jahrhundert.

Ihr Vater war weiterhin wegen ihrer Zukunft besorgt, Diana selbst dagegen völlig unbekümmert. Nach der Lektüre eines Berichts im *Daily Telegraph* über Menschen, die nach schulischem Versagen trotzdem im Leben unglaubliche Erfolge erzielten, schnitt sie den Artikel aus und schob ihn dem Vater unter der Tür durch. Dann lag sie ihm mit Plänen für London in den Ohren. Sie wollte sich dort eine Wohnung nehmen, so, wie es die beiden älteren Schwestern getan hatten.

»Ich konnte Althorp nicht mehr ertragen«, bekannte sie. »Dort war die harte Raine reingeregnet.«

Raine war die Tochter der extravaganten Barbara Cartland, siebenundvierzig Jahre alt, etwas stiller als ihre Mutter und, durch ihre Ehe, zur Lady Dartmouth geworden. Sie war eine Tory-Anhängerin im Stile Margaret Thatchers. Sie war Johnny Spencer auf einem lokalpolitischen Treffen begegnet und hatte ihn, als ihr Ehemann verreist war, zum Abendessen in ihre Londoner Wohnung eingeladen. Spencer, der seit seiner Scheidung sehr einsam geworden war, genoß ihre Aufmerksamkeit. Ihre Stärke zog ihn an, so daß er sie vor allem hinsichtlich der Verwaltung von Althorp um Rat bat. Sie riet ihm, das Anwesen renovieren zu lassen und die Kosten durch den Verkauf einiger alter Erbstücke – darunter auch drei Gemälde van Eycks – zu finanzieren. Sie machte den Vorschlag, auf dem Gelände ein Riesenzelt aufzubauen, es mit großen Plastikblumenbouquets zu füllen und zahlende Gäste mit Tee in Plastikbechern zu bewirten. Sie empfahl, den alten Stall zu einem Geschäft für Geschenkartikel und Souvenirs umzubauen. Sie stellte sogar eine Liste von Dingen zusammen, die Touristen ansprechen würden; dazu zählten auch Pfeifen für Frauen zum Schutz vor Vergewaltigungen und die Liebesromane ihrer Mutter.

Die Spencerkinder waren entsetzt. »Wir haben sie überhaupt nicht gemocht«, gestand Charles. »Als Kind reagiert man instinktiv, und ihr gegenüber habe ich wirklich sehr instinktiv reagiert.«

Diana äußerte ihre Gefühle weniger direkt als der Bruder, war aber nicht minder feindselig. Hinter Raines Rücken machten sie Witze über deren aufgedonnerte Ballkleider, die sie bei Filmstudios entlieh, und nannten sie »Tanzcomtess«. Dianas Schwester Jane behandelte Raine wie Staub auf dem Kleiderschrank; Sarah gab sich unverblümter.

»Seit wir nach Großvaters Tod in Althorp eingezogen waren«, berichtete Sarah einer Freundin, »ist Lady Dartmouth ein allzu häufiger Gast gewesen.« Als ein Reporter anrief und mit dem neuen Grafen Spencer sprechen wollte, antwortete Sarah: »Mein Vater ist mit Lady Dartmouth* im Bett, und ich würde nicht im Traum daran denken, sie zu stören.«

Diana rannte mit ihrem Bruder zusammen auf den Fluren von Althorp hin und her und sang das Kinderlied »Rain, Rain, Go Away«. »Acid Rain«, saurer Regen, nannten sie die Geliebte des Vaters und schmollten in ihrer Anwesenheit. Charles weigerte sich, mit ihr zu reden; Diana schikanierte Raine mit giftigen anonymen Briefen und anonymen Anrufen – eine Einschüchterungstaktik, die sie viele Jahre später angeblich auch gegenüber anderen Personen anwandte. Als Raine für das Dinner auf Abendkleidung bestand, setzten sich die Kinder in Jeans an den Tisch.

Bei Beginn des Verhältnisses war Raine, wie Frances Shand Kydd auch, noch verheiratet; und auch sie wurde dadurch öffentlich gedemütigt, daß sie in der Scheidungsklage ihres Mannes des Ehebruchs bezichtigt wurde. Auch ihr wurde das Sorgerecht für ihre Kinder abgesprochen. »Es war für uns alle eine traumatische Zeit«, bekannte einer ihrer Söhne. »Mein Vater hat ihr nie verziehen.«

Gerald Legge – der Earl of Dartmouth – war so verbittert, daß er einen Maler beauftragte, Raine aus dem Familienporträt zu entfernen; der Künstler übermalte sie mit einem Baum.

Zu dem Zeitpunkt war Raine mit ihren Vuitton-Koffern bereits in Althorp eingezogen. Die Kinder flehten den Vater an, sie wegzuschicken; doch Spencer war von ihr bezaubert. Sie heirateten 1976. Raine wurde die Countess Spen-

---

* Raines Ehemann, Gerald Dartmouth, reichte am 29. Mai 1976 die Scheidung ein und drohte damit, als Grund für die emotionale Entfremdung Johnny Spencer anzugeben. Als Raine den Ehebruch gestand, strich Dartmouth den Namen Spencers vom öffentlichen Scheidungsdokument und führte ihn lediglich an als »den Mann, gegen den die Anschuldigungen nicht bewiesen werden konnten«.

cer.* Zur standesamtlichen Trauung erschienen weder seine noch ihre Kinder.

»Wir waren nicht eingeladen«, sagte Sarah einem Reporter. »Waren nicht vornehm genug.«

»Der beabsichtigte Seitenhieb ist völlig unberechtigt«, schoß Barbara Cartland zurück. »Schließlich hat meine Tochter einen sechzehnten Earl für einen achten Earl aufgegeben. Da wird man ihr wohl kaum vorwerfen können, sie sei ein Emporkömmling.«

Raine genoß den Titel, das Vermögen, das Anwesen der Spencers. Ihr gefiel überhaupt alles an der neuen Ehe, außer den Kindern. »Ich bin dies Etikett der ›bösen Stiefmutter‹ leid«, klagte sie Jahre danach. »Ihr werdet mich niemals als menschliches Wesen darstellen, weil die Leute mich gern als Mutter Draculas sehen würden, aber anfangs hatte ich ein schweres Leben ... Sarah gönnte mir nichts, nicht einmal den Platz am oberen Tischende, und gab dem Dienstpersonal über meinen Kopf hinweg Anweisungen. Jane hat zwei Jahre lang überhaupt nicht mit mir gesprochen. Diana war lieb, die ging immer einen eigenen Weg ... und Charles, also, der war einfach hassenswert.«

In den ersten Ehemonaten äußerte Raine sich noch boshafter. »Sarah ist unmöglich, und Jane ist in Ordnung, solange sie weiter Kinder in die Welt setzt. Was Diana angeht, wie soll man sich denn intelligent unterhalten mit einem Menschen, der nicht einmal einen richtigen Schulabschluß hat? Falls Sie ihr gegenüber ›Afghanistan‹ erwähnen, so würde sie's bestimmt für eine Käsesorte halten.«

---

* Auf einer New-York-Reise im Jahre 1980 korrigierte Raine einen amerikanischen Journalisten, der sie Countess of Spencer genannt hatte. Raine erläuterte, ihr Adelstitel leite sich vom Titel ihres Mannes her, und der sei Earl Spencer; keineswegs Earl *of* Spencer. Sie behauptete, ein Earl, dessen Familienname Bestandteil des Grafentitels sei, zähle gesellschaftlich mehr als ein Earl, der nach einem Ort benannt sei.

Die Feindseligkeit zwischen Stiefmutter und Stiefkindern wurde noch heftiger, als Johnny Spencer im September 1978 beinahe an Hirnblutungen starb. Er lag zwei Monate lang im Koma und blieb zwei weitere Monate im Krankenhaus. Raine besuchte ihn täglich, saß an seinem Bett, spielte ihm Opernschallplatten vor und wollte ihn mit schierer Willenskraft wieder gesundmachen. Mit den Kindern trug sie wegen seiner medizinischen Behandlung einen Kampf aus und hinderte sie daran, ihn während des Komas zu besuchen. Sie erklärte, sie wollte nicht, daß sie ihm die Lebensenergie abzögen, die er zur Genesung brauchte. Die Ärzte bereiteten sie auf seinen Tod vor; sie weigerte sich, die Diagnose zu akzeptieren. Sie blieb dabei, daß ihr Mann überleben würde, wenn er nur mit einem wirkungsstarken neuen deutschen Medikament behandelt werden könnte, das allerdings in England noch nicht zugelassen war. Unter Berufung auf gesetzliche Vorschriften machten die Ärzte geltend, daß sie ihm das Medikament nicht einmal dann verabreichen dürften, wenn sie es beschaffen könnten. Raine ließ ihren Mann in ein anderes Krankenhaus bringen und setzte ihren ganzen Einfluß ein, damit das Medikament zu Versuchszwecken importiert wurde. Es gelang ihr. Und genau wie sie vorhergesagt hatte, erholte sich Earl Spencer; ganz gesund wurde er allerdings nicht. Er blieb partiell hirngeschädigt, was sein Sprechen und seine Bewegungen beeinträchtigte.

»Ich hätte das Leben meines Mannes zehnmal retten und dafür mein gesamtes Vermögen ausgeben können«, sagte sie zu einem Journalisten, »ohne daß es die Einstellung seiner Kinder mir gegenüber geändert hätte. Aber ich bin eine Kämpfernatur. Wer das vergißt, tut es zum eigenen Schaden. Ich habe ein Rückgrat aus Stahl. Mich kann keiner kaputtmachen, und Johnny auch nicht, solange ich an seiner Seite bleiben ... und ihm meinen Lebenswillen einflößen kann.«

Raine wußte die Chance eines gesellschaftlichen Aufstiegs zu schätzen und begrüßte Dianas Beziehung mit dem künftigen König. Und ihr Vater fühlte sich geschmeichelt, daß seine Lieblingstochter die Aufmerksamkeit des Prinzen von Wales erregte. Ihre Mutter aber war beunruhigt. Frances Shand Kydd hatte erlebt, wie das Königshaus sich ihrer ältesten Tochter entledigt hatte, und nicht vergessen, wie sehr Sarah gelitten hatte, als sie von der königlichen Gästeliste gestrichen wurde. Sarah, die zur Zeit ihrer Rendezvous mit Charles gegen Magersucht kämpfte, hatten Charles Einladungen viel bedeutet; sie hatte einen Ausschnittdienst beauftragt, ihr sämtliche Artikel zu schicken, die über Charles und sie in den Zeitungen standen. Sie legte ein Album an, das ihren Aufstieg als Auserwählte festhalten sollte. Nach dem schon erwähnten Interview – »ob er Müllmann oder König von England wäre, ich würde ihn abweisen« – waren die Einladungen jedoch ausgeblieben. Nun kamen sie für die jüngste Schwester.

Das Gespräch, das Charles auf der Wochenendparty im Juli mit Diana geführt hatte, hatte ihn so fasziniert, daß er sie in die Oper einlud. Die Einladung ließ er ihr in letzter Minute über seinen Sekretär zustellen. Doch Diana war das egal; sie war entzückt. Sie nahm an und tat so, als ob sie seine Begeisterung für Verdi teilte. Später lud Charles sie ein, ihm bei einem Polospiel in Cowdray, bei einer Jagd auf Sandringham, bei einem Pferderennen in Ludlow zuzusehen. Diana nahm an – und war ganz bewundernde Zuschauerin. »Am meisten«, gestand sie ihrer Mutter, »genieße ich es, einfach bei ihm zu sein.«

Diana traf Charles an Bord der königlichen Jacht *Britannia*, um die Regatta bei Cowes zu verfolgen. Eine Woche später nahm sie seine Einladung zu einer kleinen Dinnerparty im Buckingham-Palast an. Sie gab zu, sich von seinen viel älteren Freunden wie Nicholas »Dickerchen« Soames eingeschüchtert zu fühlen; sie schaffte es jedoch, sich anzupassen und bei ihnen einzuschmeicheln. Was die Freunde an ihr vor allem schätzten, war ihre jugendliche Bewunderung für den Prinzen. »Sie war offenbar entschlossen und von ihm begeistert«, erinnerte sich Patti Palmer-Tomkinson, die mit einem von

Charles' besten Freunden verheiratet war. »Sie war ganz scharf auf ihn.« Dianas Biograph Andrew Morton hat es später noch sehr viel direkter ausgedrückt: »In der ganzen Zeit ihres seltsamen Werbens«, so schrieb er, »war sie das immer willige Schoßhündchen, das sofort angerannt kam, wenn er pfiff.«

Von der Presse wurde Diana erst im Herbst 1980 entdeckt, als sie neben Charles und seinem Fotografen Arthur Edwards mit ihren starken Ferngläsern zwischen den Bäumen hindurch erkannt. Als sie merkte, daß sie beobachtet wurde, zog sie sich unauffällig zurück. Die beiden spürten sie dann in London auf, und ein paar Tage danach stellte der »böse Mr. Whitaker« – wie sie den Anführer der Bande von Reportern scherzhaft nannte, die für die Boulevardblätter auf die köngliche Familie angesetzt waren – seinen Lesern »Lady Di« vor.

»Sie war hübsch, aber nicht umwerfend schön«, erinnerte er sich. »Sie besaß Charme, aber keinen Zauber. Doch sie hat vor meinen Augen ein Wunder vollbracht, indem sie sich zu einer beispiellos glamourösen Frau verwandelte, die von den Medien und von den Massen in aller Welt verehrt wurde.«

Der stattliche Reporter, der einen Blazer mit Goldknöpfen und mit Seidentaschentüchern in den Brusttaschen trug, übernahm für Diana ungefähr die Rolle, die in der Aschenputtelgeschichte der Glücksfee zukam. Whitaker schwenkte den Zauberstab öffentlicher Medienwirksamkeit und präsentierte sie in einer Geschichte nach der anderen als »die geeignetste Wahl für unsere zukünftige Königin«. Er pries ihre »Unschuld«, ihren »entzückenden Charme«, ihre »gesegnete Bescheidenheit«. Er schwärmte von ihrer »überfließenden Frische« und ihrer »königlichen Haltung«. Seine Kollegen taten es ihm in unterschiedlichen Graden nach.

Binnen zwei Monaten hatte die süße Grafentochter das Königreich erobert, das sich für seinen unverheirateten Prinzen nichts mehr wünschte als eine schöne blonde Prinzessin. Diana war ideal. Sie war noch britischer als Charles, mit dem sie – eine Cousine sechzehnten Grades – über König Jakob I. verwandt war; eine Aristokratin, die über fünf genealogische Linien von König Karl II. abstammte. »Im übrigen ist sie praktisch mit allen Mitgliedern der französichen Hocharistokratie verwandt«, konstatierte Harold Brooks-Baker als Herausgeber von »Debrett's«, der Bibel des blauen Blutes. »Sie ist sogar mit dem Bruder von Napoleon und mit acht amerikanischen Präsidenten einschließlich George Washington verwandt.«

Das Allerwichtigste war jedoch, daß Diana Protestantin war – und keine Vergangenheit hatte. Ihre Jungfräulichkeit ließ sie als würdigste Kandidatin für die Rolle der künftigen Königin und Mutter eines Thronerben erscheinen. Selbst Prinz Philip stimmte zu. »Sie kann körperliche Größe in die Linie einbringen«, sagte er, als ob sie eine Zuchtstute wäre.

Die britische Presse war ebenso betört wie die Öffentlichkeit und konnte gar nicht genug kriegen von der jungen Frau, die sie als »Shy Di« glorifizierte – als die »scheue Di«. Zeitungen und Zeitschriften brachten auf der Titelseite Fotos von ihr mit kokett seitlich geneigtem Haupt oder züchtig gesenktem Blick. »Sie ist neunzehn und eine vollkommene englische Rose«, schwärmte die *Sun*. In ihrer Rüschenbluse verkörperte sie die Schulmädchenunschuld, »*DI*vine«, göttlich, begeisterte sich der *Mirror*. Reporter folgten ihr überallhin, jagten sie in ihrem kleinen roten Auto durch den Verkehr und stiegen auf Hausdächer, um sie zu fotografieren. Sie verfolgten sie tagtäglich auf der Straße, telefonisch, auf dem Weg zur Arbeit.

»Darling, wie schaffst du das nur, diese verdammten Kreaturen zu ertragen?« wollte Charles wissen.

»Ich liebe meine Arbeit mit Kindern und habe es gelernt, mit ihnen geduldig zu sein«, antwortete Diana. »Ich behandle die Presseleute einfach so, als ob sie Kinder wären.«

Fotografen, die allzu vertraulich wurden, wies sie sanft zurecht. »He, Di«, rief einer. »Drehen Sie sich nach links.«

Sie korrigierte ihn ruhig, lächelnd: »Ich heiße Diana.« Sie zeigte immer ein Lächeln.

War sie anfangs von unerschütterlicher Gelassenheit, so ließ sie dann den Tränen freien Lauf, als sie von einem Rudel von Presseautos fast von der Straße abgedrängt wurde. Bei einer anderen Gelegenheit hinterließen reumütige Reporter eine Notiz an der Windschutzscheibe ihres Autos. »Es geschah nicht mit Absicht. Entschuldigung.« Sie willigte erst ein zu posieren, nachdem ein Fotograf die Kinder ihres Kindergartens erschreckt hatte, als er mit seiner furchteinflößenden Ausrüstung durch das Toilettenfenster hereinkletterte. »Ich gebe Ihnen zwei Minuten«, erklärte sie streng. Er schoß vier Blitzlichtfotos, was zwei ihrer Schützlinge dermaßen erschreckte, daß sie sich schutzsuchend an sie klammerten. Die Fotos vermittelten der Welt die erste Ansicht und den bleibendsten Eindruck der einnehmenden Schönheit. Sie balancierte ein Kind auf der Hüfte, hielt ein anderes an der Hand, ohne zu bemerken, daß das Sonnenlicht durch ihren dünnen Rock schien und, wie Prinz Charles anerkennend kommentierte, »ein wundervolles Paar Beine« enthüllte. Die Bildunterschrift lautete: »Lady Dianas Slip«. Die britischen Zeitungen riefen Charles auf, das unschuldige Mädchen zur künftigen Königin von England zu machen.

Die *Sunday Times* erklärte Diana für ideal: »Ernst, aber nicht langweilig; süß, aber nicht *zu* süß; witzig, aber nicht albern; sportlich, aber nicht zu kumpelhaft; und sexy, ohne schrill zu sein.«

»Wie ich höre, ist sie ideal«, schrieb Nigel Dempster von der *Daily Mail*. »Sie gilt physisch als geeignet, um ein Kind zur Welt zu bringen.«

Eine Schlagzeile gab den Rat: »Charles: Don't Dither« – »Charles: Zögere nicht.« Eine andere posaunte, Diana sei ein Mädchen »To Di For« – ein Mädchen, für das es zu sterben lohnte.

Die Presse rechnete damit, daß der Prinz an seinem zweiunddreißigsten Geburtstag im November 1980 um ihre Hand anhalten würde, wenn Diana das Wochenende mit ihm und der übrigen königlichen Familie zusammen in Sandringham verbrachte. Aus diesem Grund kampierten Reporter vor dem Anwesen und warteten auf eine Verlautbarung. Sie sahen Diana am Freitag ankommen und am Sonntag wieder fortfahren. Nach Dianas Abreise schlenderte Charles beim Ausführen seines Hundes an ihnen vorbei.

»Warum kehren Sie nicht zu Ihren Frauen heim?« fragte er. »Ich weiß, daß Sie am Freitag Neuigkeiten erwartet haben, und ich weiß, daß Sie enttäuscht wurden. Sie werden bald genug informiert werden.«

Auf das Ausbleiben des Heiratsantrags reagierte der *Guardian* mit einem kritischen Leitartikel: »Der Hofbericht, der am gestrigen Abend vom Buckingham-Palast ausgegeben wurde«, so schrieb die Zeitung, »war zutiefst enttäuschend für eine Nation, die, von wirtschaftlichen und politischen Auseinandersetzungen geplagt, kurzzeitig geglaubt hatte, daß das heraufdräuende Konfliktgetöse vom Klang königlicher Hochzeitsglocken übertönt werden würde.«

Am 16. November 1980 wäre die Liebesromanze fast entgleist, als der *Sunday Mirror* auf der Titelseite eine Geschichte mit der Überschrift »Königlicher Liebeszug« herausbrachte. Die Zeitung zitierte einen namentlich nicht genannten Polizisten mit der Behauptung, Lady Diana habe mit Prinz Charles heimlich zwei Nächte im königlichen Zug verbracht. Der Zug mit seiner wohlausgerüsteten Küche, mit Wohnzimmer und Schlafzimmersuite wurde nur von Mitgliedern der königlichen Familie für offizielle Reisen benutzt. Dem Zeitungsartikel zufolge hatte Charles nach Verpflichtungen in Cornwall die Nacht angeblich im Zug verbracht und Diana zu sich bestellt; sie sei mitten in der Nacht heimlich durch eine Polizeibarrikade eskortiert worden. Die Bildlegende zu dem Foto des in Wiltshire abgestellten Zuges lautete: »Liebe auf Nebengleisen«.

»Absolut lächerlich und völlig falsch«, donnerte der Pressesekretär der Königin. »Ihre Majestät nimmt daran großen

Anstoß.« Der Buckingham-Palast forderte eine Richtigstellung und eine Entschuldigung; Chefredakteur Robert Edwards blieb hart. Er behauptete, im Besitz der eidesstattlichen Aussage eines Augenzeugen zu sein, der in zwei Nächten gesehen habe, wie eine Frau in den Zug stieg, einige Stunden mit dem Prinzen zusammen in seinem privaten Schlafzimmerabteil verbrachte und heimlich wieder fortging. Der Chefredakteur beging nur einen Fehler, insofern er die Blondine als Diana identifizierte.

»Es war Camilla Parker-Bowles«, sagte John Barrat. »Nach Mountbattens Tod hatte sie wieder mit Charles angebandelt. Sie rief an, um ihm ihr Beileid auszusprechen. Ich weiß das, weil ich damals gerade damit beschäftigt war, in Broadlands Ordnung zu machen, und ständig in Kontakt mit dem Prinzen war. Er machte gar keinen Hehl daraus, daß Mrs. Parker-Bowles wieder in sein Leben getreten war. Sie half ihm, wie er sagte, die Dinge ins Lot zu bringen. Sie waren stundenlang zusammen, beim Ausreiten, auf der Jagd und beim Schießen. Sie spielte auf Dinnerpartys die Gastgeberin, sie organisierte Mittagessen und Wochenenden auf dem Lande und bestimmte natürlich auch, wer dazu eingeladen wurde. Charles nannte sie sein Mädchen Freitag. Sie paßte zu ihm – sie war kumpelhaft und entgegenkommend. Charles ist wie alle Männer bei den Windsors, und da beziehe ich Lord Louis und Prinz Philip mit ein. Sie mögen Frauen, die so aussehen wie Männer. Mit langen Beinen in Reithosen. Sie wollen, daß ihre Flittchen so aussehen wie ihre Pferde. Mountbattens Frauen, Philips Frauen, Charles' Frauen – alle aus dem gleichen Holz. Angefangen mit Sasha [der Herzogin von Abercorn], die eine Cousine der Königin ist. Sie hat Mountbatten gehört, bevor er sie an Philip weiterreichte. In dieser Familie ist so was üblich. Lord Louis und Philip haben sich auch dieses kinnlose Prachtstück geteilt [Barrat nennt den Namen einer Frau, die mit einem der engsten Freunde Prinz Philips verheiratet ist], die dann auch Charles geerbt hat. Mit Camilla war das anders. Sie kam nicht unter

Mountbatten oder Philip herein, um dann zu Charles zu wechseln. Sie war von Anfang an unter Charles.«

Der Prinz von Wales traf sich in der Zeit weiterhin mit Camilla, als ihr Mann, Oberstleutnant Andrew Parker-Bowles, nach Rhodesien (heute Zimbabwe)* versetzt wurde, um der britischen Kolonie beim Übergang in die Unabhängigkeit zu helfen. Sie hat ihn auf seinem Dienst in Übersee nicht begleitet.

»Charles hat ihr erklärt, daß er es nicht ertragen könne, wenn sie fortreiste, und da ist sie eben dageblieben«, berichtete eine Freundin, die ihre Pferde bei Camilla unterstellte. »Für ihren Mann war das nicht weiter tragisch. Andrew Parker-Bowles hatte sich nämlich bereits mit einer anderen Frau eingelassen.«

Über die Schwierigkeiten, die ihr in dieser Hinsicht bevorstanden, war Diana sich nicht im klaren. Sie wußte um die Allgegenwart Camillas – sie brauchte sich ja nur umzudrehen, um sie zu sehen –, und sie fragte sich, warum die ältere Frau immer soviel über ihre Beziehung zu Charles wußte. Sie fühlte sich jedoch nicht sicher genug, um dem Prinzen wegen der früheren Geliebten Fragen zu stellen. Ihren Wohngenossinnen und ihren Schwestern gestand sie ihr Unbehagen; Charles sagte sie

---

* Im März 1980 veröffentlichte *Private Eye* eine Geschichte über Andrew Parker-Bowles, der ohne Ehefrau Dienst tat, weil sie es vorzog, in England zu bleiben: »Andrew, 39, ist mit Camilla Shand verheiratet, einer ehemaligen (?) Geliebten von Prinz Charles, und wenn ich den königlichen Aston Martin Volante vor dem Parker-Bowles-Haus entdecken sollte, während der tapfere Oberst in Übersee Dienst tut, werde ich wissen, was ich zu tun habe.« Einen Monat später berichtete die *Daily Mail*, daß Prinz Charles bei den Feiern anläßlich der Unabhängigkeit von Zimbabwe den Vorsitz übernehme. Seine offizielle Begleiterin war »eine alte Flamme, Mrs. Camilla Parker-Bowles«. Nach einem Hinweis, daß Andrew Parker-Bowles sich zu dem Zeitpunkt in England aufhalte, hieß es dann weiter: »Die Palastbeamten sind immer sehr froh darüber gewesen, Charles in Begleitung von glücklich verheirateten Frauen zu sehen, weil dergleichen Situationen nie zu Gerüchten Anlaß geben.«

davon nichts. Die Wut, mit der er auf die Zeitungsberichte über den Vorfall mit dem königlichen Zug reagierte, beruhigte sie ein wenig; er schimpfte über die Presse und bezeichnete die Reporter als »verdammte Geier«. Als der Chefredakteur eine Entschuldigung und Berichtigung verweigerte, bestand Charles darauf, daß der Buckingham-Palast ein zweites Dementi ausgab.

Einige Tage später fuhr er nach Indien ab. Es war eine Reise, die seit Monaten geplant war, und Diana beim Besuch des Taj Mahal folgten, wollten wissen, was er von diesem großartigen Denkmal der menschlichen Leidenschaft halte, das ein Mogulkaiser zum Andenken an seine Frau errichtet hatte. »Großartige Idee«, antwortete Charles, »etwas so Wundervolles zu bauen für eine Person, die man so sehr geliebt hat.« Ein indischer Reporter erkundigte sich nach den Heiratsabsichten des Prinzen. Charles' ungewöhnliche Antwort machte ihn sprachlos. »Mir macht die Tatsache Mut«, sagte er, »daß ich für den Fall, daß ich Muslim werden sollte, viele Frauen haben könnte.«

Die britischen Reporter warfen sich unsichere Blicke zu. Ob der Prinz sich da einen Scherz erlaubte? Wortwörtlich zitiert hat ihn keiner. Selbst nach dem Erscheinen des Australiers Rupert Murdoch und seiner Massenblätter blieben die britischen Reporter dem Königshaus gegenüber ehrerbietig. Geschichten über die Queen und den Thronerben schwächten sie ab, indem sie berichtenswerte Details zurückhielten, so wie sie in diesem Fall auf die Wiedergabe der aufschlußreichen Antwort verzichteten. Statt dessen schrieben sie als gehorsame Diener Ihrer Majestät. Laut ihrer Darstellung erwiderte Charles auf die erwähnte Frage: »Ich kann verstehen, daß ein Mann aus Liebe für seine Frau den Taj Mahal errichtete. Ich würde gern eines Tages mit meiner eigenen Frau zurückkommen.«

Daheim in England machten die Nachwehen der Story über den Vorfall mit dem königlichen Zug Diana weiterhin zu schaffen. Als sie den Bericht der *Sunday Times* über die Geschichte mit dem »Flittchen« las, reagierte sie geradezu hysterisch. »Was immer die Öffentlichkeit von ihr erwarten mag«, schrieb die Zeitung am 30. November 1980, »so ist es im Sinne der Monarchie jedenfalls erforderlich, daß ihr Ruf makellos ist. Daß Lady Diana als so geeignet gilt [für eine Ehe mit dem Thronfolger, A. d. Ü.], liegt zum Teil in der Tatsache begründet, daß sie, um den Fleet-Street-Euphemismus zu zitieren, ein ›Mädchen ohne Vergangenheit‹ ist – das heißt ohne frühere Liebhaber.«

Bis dahin hatte Diana gewissermaßen überall selbst den Sockel gestellt, auf dem sie stand. Über sie war bisher immer nur lobend und rühmend geschrieben worden. Nun bekam sie Angst und rief weinend ihre Mutter an. Frances Shand Kydd schrieb der Zeitung zornentbrannt einen Leserbrief, in dem sie die »bösartigen Lügen« und die »erfundenen Geschichten« beklagte, die über ihre Tochter gedruckt wurden. Sie verlangte, daß die Reporter Diana nicht mehr belästigten, und der Brief veranlaßte sechzig Parlamentsabgeordnete zu einer Mißbilligung betreffend »die Art und Weise, wie Lady Diana Spencer von den Medien behandelt wird«. Der *Guardian* brachte einen Leitartikel unter dem Titel »Mit neunzehn im Belagerungszustand«, in dem gefordert wurde, daß kein Teenager einer solchen Tortur unterzogen werden dürfe.

Weil Diana befürchtete, daß ihre Mutter überreagiert haben könnte, rief sie rasch James Whitaker beim *Daily Star* an, um sich von diesem Brief zu distanzieren. Sie wolle die Presse keineswegs befremden, erklärte sie ihm, müsse aber ihre Unschuld öffentlich beteuern.

»Diana wünschte sich nichts so sehr, wie Charles' Frau zu werden«, erinnerte sich Whitaker. »Alle wünschten das, sogar die Königin. Diana hat mich angerufen und bestritten, daß sie in die Geschichte mit dem königlichen Zug verwickelt gewesen wäre. ›Bitte glauben Sie mir‹, flehte sie. ›Ich bin überhaupt noch nie in diesem Zug gewesen. Ich habe ihn noch nicht einmal gesehen.‹ Ich habe die Story gebracht und sie mit der Aussage zitiert, sie sei den ganzen Abend über zu Hause gewesen und habe mit ihren Wohngenossinnen ferngesehen.«

Die meisten Menschen – mit der möglichen Ausnahme ihrer Stiefmutter – nahmen an, Diana sei so rein wie Portia. Sie hat ihre Jungfräulichkeit nie öffentlich proklamiert – jedenfalls nicht direkt; das hat viel später ihr Biograph Andrew Morton jedoch für sie getan. Er behauptete, daß sie schon als kleines Mädchen so etwas wie eine schicksalhafte Vorahnung ihrer künftigen Ehe gehabt hätte. »Ich wußte, daß ich mich für das, was vor mir lag, rein halten mußte«, soll sie gesagt haben. Ihre Stiefmutter glaubte, es besser zu wissen. Raine hatte den Verdacht, daß Diana ihre Unschuld verlor, als sie 1978 mit James Gilbey ausging, der der reichen Gin-Dynastie Gilbey angehörte. Lady Spencer hatte Gespräche zwischen ihrer siebzehnjährigen Stieftochter und dem verspielten Londoner Junggesellen mitgehört, der sie manchmal sitzenließ, um mit einer anderen auszugehen. Diana rächte sich, indem sie um Mitternacht heimlich zu dem Haus rannte, wo er wohnte, und mit ihrer Wohngenossin zusammen sein dort parkendes Auto mit Mehl und Eiern beschmierte.

Raine hatte mißbilligend beobachtet, wie Diana Woche für Woche weiterhin Gilbeys schmutzige Wäsche abholte, ihm liebevoll die Hemden wusch und bügelte und auf Kleiderbügeln in seiner Wohnung ablieferte. Das gleiche hatte sie für ihren früheren Schwarm Rory Scott getan, der ein Leutnant der Schottischen Garde war.

Raines Besorgnis über das in der Presse befleckte Image Dianas wurde von deren Mutter Barbara Cartland geteilt, die Millionen verdient hatte, weil sie verstand, warum die angenehme Lebenslüge vorteilhafter als die nackte Wahrheit ist: erstere nährt Tagträume, während letztere einem das Herz bricht. Sie akzeptierte die unausgesprochene Vereinbarung zwischen den Royals und den gewöhnlichen Menschen: Sie geben vor, etwas

Besseres zu sein, und wir nehmen es ihnen ab. Die achtzigjährige Romanautorin hüllte sich also in rosarote Maliboufedern und bestellte einen Reporter zu sich ins Haus, um ihm Dianas Unschuld zu verkünden. Sie führte das Interview von ihrem Bett aus, umgeben von fünf Pudeln mit Rheinkieselhalsbändern.

»Prinz Charles muß ein reines junges Mädel haben«, sagte sie. »Ich glaube nicht, daß Diana schon einmal einen Freund gehabt hat. Sie ist so rein wie die Heldinnen in meinen Romanen. Das ist wunderbar. Ganz ideal.«

Raine wußte, daß es mehr als der atemlosen Versicherung der lieben Mutter bedurfte. Sie beriet sich mit einem Anwalt, weil sie auch wegen der Gerüchte besorgt war, daß bei der Presse Nacktfotos von Diana auftauchen würden. »Sie hatte vor allem Angst vor *Private Eye*«, erinnerte sich der Anwalt. Raine war wieder eingefallen, daß Diana am Telefon mit Freundinnen über Fotos gekichert hatte, die an einem Pool in der Schweiz geschossen worden waren, als sie ihren Bikini ausgezogen hatte.* Der Anwalt versicherte Raine, daß gegen eine Veröffentlichung der Fotos per Gericht eine einstweilige Verfügung erzielt werden könnte. Anschließend gab er ihr den Rat, sich an ein Mitglied der Aristokratie zu wenden, das eine öffentliche Erklärung über Dianas guten Leumund abgeben solle. Daraufhin wandte Raine sich an Dianas Onkel, Lord Fermoy, mit der Bitte, für die Familienehre einzustehen. Der Adelige, ein manisch-depressiver Mann, der vier Jahre später Selbstmord beging, willigte ein, mit der Presse zu sprechen.

---

* Die Nacktfotos von Diana wurden 1993 einer deutschen Zeitschrift zum Verkauf angeboten, danach aber zurückgezogen und Diana übergeben. »Sie sind für uns journalistisch irrelevant«, erklärte der Chefredakteur, »und hätten lediglich zur Befriedigung von voyeuristischen Interessen benutzt werden können.«

»Ich kann Ihnen versichern, daß Dianabetrifft, so scheint ja vor allem ihre Reinheit gefragt zu sein. Und nach ein oder zwei jüngsten Freundinnen von ihm wundert mich das gar nicht. Meines Wissens hat Diana noch nie so ein Verhältnis mit jemandem gehabt. Und das ist gut so.«

»Nach allgemeiner Überzeugung«, schrieb *Newsweek*, »ist die Tugend intakt.« Die Berichterstattung der Presse über die königliche Romanze wurde durch fanatische Reporter aufgeheizt, die dem Prinzen von Wales überallhin folgten und mit Fragen nach seinen Heiratsabsichten belästigten. Im Januar 1981 hatte die königliche Familie das Gefühl, in Sandringham unter Hausarrest zu stehen; vor den Toren hatten sich Reporter und Fotografen versammelt.

»Wie bei einer verflixten Totenwache«, meinte Prinz Philip gegenüber seinem Adjutanten, als er aus dem Fenster sah.

Die Königin klagte, sie könne nicht ausreiten, ohne von einem »Reportergesindel« verfolgt zu werden.

»Eines Morgens hat sich Ihre Majestät, wenn Sie mir den Ausdruck verzeihen, wie ein Fischweib aufgeführt und mir bedeutet, daß ich mich verziehen solle«, erzählte James Whitaker, dessen Erinnerungen an den Vorfall in Sandringham anschaulicher waren, als es sein Zeitungsbericht gewesen war. »Ich habe der Queen die Worte in den Mund gelegt: ›Verschwinden Sie. Können Sie uns denn nicht in Ruhe lassen?‹ Sie hat sich aber deutlicher ausgedrückt.

Ich hatte mich draußen zusammen mit zwei Fotografen postiert, als sie auf ihrem königlichen Roß aus den Ställen geritten kam. Um der Presse aus dem Weg zu gehen, ist sie mit dem Auto dort hingefahren und von den Ställen dann geritten, wir waren aber nah genug, um sie zu erwischen. Wir waren zu dritt: Les Wilson, Jimmy Gray, beides Fotografen, und ich. Die Queen galoppierte auf uns zu, schaute mich direkt an und zischte: ›Hauen Sie ab, Sie Sch ...‹ Ich setzte mich in Bewegung, bevor sie den Satz beenden konnte. ›Ma'am‹, habe ich gesagt, ›ich bin gerade im Begriff, genau das zu tun. Abzuhauen.‹ Ich machte mich davon und rief den beiden Fotografen über die Schulter zu, sie sollten dranbleiben. Der eine erstarrte. Der andere rief zurück: ›Wenn du meinst, daß ich die verdammte Queen über ihre verdammte Privatstraße jagen werde, um ein verdammtes Bild von ihr zu kriegen, dann bist du verdammt verrückt.‹ Der ist ebenfalls weggelaufen. Von uns dreien hatte keiner genug Mumm, die Geschichte zu verfolgen.«

Als Reporter sich ein paar Stunden später Prinz Philip näherten, um ihm ein gutes neues Jahr zu wünschen, war er genauso grob. »Scheiße«, stieß er hervor und drängte sich mit gesenktem Kopf fluchend durch den Schwarm von Reportern und Fotografen.

Eine Reporterin der *Sun* erzählte, daß ihr Auto von einer Jagdgesellschaft, zu der auch Philip und Prinz Charles gehörten, mit Schrotkorn beschossen worden war. Und ein *Daily-Mirror*-Fotograf wurde von dem sechzehnjährigen Prinzen Edward von einer öffentlichen Straße in der Nähe des Familiensitzes verscheucht. »Ich würde an Ihrer Stelle dort nicht stehen«, sagte der Prinz. »Sie könnten sonst erschossen werden.«

Charles war empört darüber, so gejagt zu werden, und hatte große Mühe, freundlich zu bleiben, wenn er Reportern begegnete. »Darf ich die Gelegenheit ergreifen, Ihnen allen ein gutes neues Jahr zu wünschen«, sagte er mit zusammengebissenen Zähnen, »und Ihren Chefredakteuren ein ganz besonders unangenehmes.«

Ein paar Tage später traf Diana ein und löste unter den Fotografen, die in der Hoffnung auf Schnappschüsse die Zufahrt nach Sandringham versperrten, einen großen Wirbel aus. Die Queen war so aufgebracht, daß sie ihren Sohn ermahnte: »Die Vorstellung, daß diese Romanze noch ein Jahr lang so weitergeht, ist für alle Beteiligten unerträglich.« Prinz Philip wurde noch deutlicher. Er teilte seinem unentschlossenen Sohn mit, daß er sich so oder so entscheiden müsse, bevor er Dianas Ruf ruinierte.

Von den beiden Eltern nahm Philip immer stärker Anteil. Kritisch beobachtete er die Frauen, mit denen Charles sich einließ. Er mißbilligte es, daß Charles sich zu schwarzen Frauen hingezogen fühlte; das *Penthouse*-Model, mit dem Charles ein Techtelmechtel hatte, ignorierte er geflissentlich. Er wußte von dem Verhältnis mit Camilla Parker-Bowles und warnte Charles, daß solch eine Affäre die Monarchie gefährden könnte. Er drängte ihn, zu heiraten, und er machte sich Gedanken über das Mädchen, das Charles heiraten würde, weil diese Frau, wer auch immer sie sein mochte, die Zukunft der Firma bedeutete. Philip hatte sein Leben in die Monarchie investiert und war fest entschlossen, seine Investition zu schützen. Nach Charles' dreißigstem Geburtstag* wurde er besonders wachsam und zögerte nicht mitzuteilen, wer ihm geeignet erschien und wer nicht. Als Charles mit Sabrina Guinness ausging – sie gehörte zum Bankierzweig der Brauerfamilie –, lud er sie zu einer Wochenendparty bei Freunden der königlichen Familie aufs Land ein. Die Einladung wurde der Presse verraten und löste eine weitere Flut von Spekulationen über die neue Frau in Charles' Leben aus. »Ist er schon wieder verliebt?« fragte eine Schlagzeile. Philip war darüber so erbost, daß er die Gastgeber anrief und anwies, die junge Frau wieder auszuladen. Um sicherzugehen, daß es tatsächlich geschah, erwähnte er, daß er an diesem Wochenende um 17.00 Uhr eintreffen würde. Die Freunde fühlten sich gedemütigt, taten aber, wie ihnen geheißen, und teilten Miss Guinness mit, es sei »ihnen willkommen«, wenn sie zu einer bestimmten Stunde abreise, um im Zusammenhang mit Prinz Philip »Irritationen zu vermeiden«.

---

* Seit Karl II., und das war dreihundert Jahre her, hatte kein anderer Prinz von Wales mehr so lange gebraucht, sich zur Heirat zu entschließen. Mit dreißig Jahren waren überhaupt nur zwei – James Stuart und Heinrich V., die noch früher lebten – unverheiratet gewesen.

Philip kam zu früh und traf die junge Frau, als sie gerade fortfahren wollte. Er bat sie, in den Salon zu kommen. Als sie eintrat, wurden keinerlei höfliche Floskeln gewechselt, um erst einmal das Eis zu brechen; nicht einmal ein kurzer Gruß. Mit der Schärfe einer Guillotine forderte Philip sie auf, aus dem Leben seines Sohnes zu verschwinden. Er wolle ihren Namen nie wieder in Verbindung mit Prinz Charles. Er sagte nicht, daß Charles sie heiraten solle, sondern nur, daß Charles sich entscheiden müsse. »Mach voran, Charles«, forderte Philip.

»Der Unterschied zwischen Vater und Sohn«, so erläuterte ein Sekretär der Königin, »besteht in folgendem: Charles zögert, und Philip schlägt den Kopf ab.«

Danach grübelte Charles vier Wochen lang, ob er Diana nun heiraten sollte oder nicht. Er hielt seinen »verwirrten und unruhigen Gemütszustand« in seinem Tagebuch fest und bat seine Geliebte Camilla Parker-Bowles um Rat. Sie billigte seine Wahl, erklärte sie; ihren Freundinnen gegenüber schilderte sie Diana als »Maus«. In einem Brief an einen Freund schrieb Charles: »Es ist einfach so, daß der Gedanke daran, einen ungewohnten Sprung in ziemlich fremde Lebensumstände zu tun, mich unvermeidlicherweise irritiert. Ich nehme jedoch an, daß es sich letztendlich als das Richtige herausstellen wird ... Es scheint alles so lächerlich, denn natürlich möchte ich für dieses Land und für meine Familie das Richtige tun – nur habe ich manchmal große Angst, ein Versprechen zu geben und es im nachhinein bedauern zu müssen.« Jahre danach beschuldigte er seinen Vater, ihn zu einer Heirat gezwungen zu haben, die er nur mit Vorbehalten eingegangen sei.

Trotz seiner Zweifel machte er jedoch Diana bei einem Abendessen zu zweit in seinen Räumen im dritten Stock des Buckingham-Palasts am 6. Februar 1981 einen Heiratsantrag. Diana nahm begeistert an, und er entschuldigte sich dafür, keinen Ring als Verlobungsgeschenk für sie zu haben. Einige Tage später rief er den Hofjuwelier Garrad an, der mit mehreren schwarzen Samtschatullen voller Ringe vorbeikam. Diana wählte einen von 18 Brillanten eingerahmten sechskarätigen Saphir. Der Preis: über 100 000 Mark. »Der Königin fielen die Augen aus dem Kopf, als ich mir den größten aussuchte«, berichtete sie kichernd, »aber ich finde ihn schön.«

Die Verlobung des Prinzen von Wales mit Lady Diana Spencer wurde offiziell am 24. Februar 1981 bekanntgegeben. »Ich hätte keine Frau heiraten können, die dem britischen Volk nicht gefallen hätte«, sagte Charles. Die meisten Menschen im Land freuten sich mit der königlichen Familie. Frances Shand Kydd, Dianas Mutter, aber bangte für ihre Tochter.

»Ich habe sechs Wochen lang nur geweint«, gestand sie einer Verwandten. »Mir war gar nicht wohl bei dem Gedanken, was Diana widerfahren würde, wenn sie in diese Familie einheiratete.«

13

DER PREIS FÜR die beste Nebenrolle müßte wohl an Lady Diana Spencers Kleid gehen – es war gewagt, schwarz und trägerlos.

Als Diana es – fast nackt – 1981 in der Londoner Goldsmith Hall trug, da hat es – wie sie selbst – den Leuten die Sprache verschlagen. Es war ihr erster gemeinsamer öffentlicher Auftritt mit Prinz Charles seit der Verlobung, und die Presseleute verhielten sich wie Aasgeier, als sie sich auf die beiden stürzten. Die Blitzlichter blendeten; eine Hydra von Mikrofonen reckte sich ihnen entgegen.

Als das Paar auf der Benefizveranstaltung der Royal Opera erschien, kam ein BBC-Reporter bei dem Versuch einer Schilderung des betörenden Kleides ins Stammeln. Er stolperte über das Wort »Dekolleté« und konnte den Blick kaum von ihrem Brustansatz lösen. Die scheu lächelnde Diana quoll fast aus ihrem tiefgeschnittenen Kleid. Der BBC-Mann hinter der Kamera flüsterte: »Wirklich, ein Busen, geschaffen, um dem ganzen Volk einen Schluckauf zu verschaffen.« Ein amerikanischer Reporter pfiff leise vor sich hin und zitierte Raymond Chandlers »Lebewohl, mein Liebling«: »War das eine Blondine. Eine Blondine, die einen Bischof verführen könnte, ein verschmutztes Fenster einzutreten.«

Das Kleid für diesen Abend hatte Diana mit großer Sorgfalt ausgesucht. Es war ein schwarzes Konfektionskleid aus Taft, das 2 300 Mark kostete und ihr von den Designern David und Elizabeth Emanuel geschenkt worden war, die ihr Hochzeitskleid entwarfen. Sie müsse »absolut umwerfend« aussehen, hatte ihnen Diana erklärt, weil sie auf der Wohltätigkeitsveranstaltung Grace Kelly – ihrem Filmidol – begegnen würde, mit der sie anschließend im Buckingham-Palast soupieren würde. Diana war nicht bewußt, daß Ihre Durchlaucht wahrscheinlich nur deshalb im Palast eingeladen war, weil sie für den Wohltätigkeitszweck auftrat.

Die Königin von England betrachtete die Fürstin von Monaco noch immer ein bißchen als Hollywoodmieze, die einen Poseur aus einem winzigen Fürstentum geheiratet hatte. Ihre Majestät war unberührt von der Begeisterung ihres Mannes für die blonde Amerikanerin, die auch ein Liebling von Mountbatten gewesen war. Als Grace Kelly 1956 Fürst Rainier heiratete, lehnte die Königin es ab, der Hochzeit beizuwohnen. Da seien »zu viele Filmstars« anwesend, hatte sie gemeint. Was sie anbelangte, so zählten die Grimaldis nicht als Königsfamilie, obwohl Fürst Rainier länger als alle anderen gekrönten Häupter Europas regiert hatte.*

»Ihre Majestät kann in solchen Dingen ein bißchen altmodisch sein«, wie eine Hofdame einräumte. »Zu viele Juwelen, Pelzmäntel und schnelle Autos. Jet-set-Typen, wissen Sie. Prinz Philip reagiert da anders. Besonders wenn die Ehefrau hübsch ist.«

Diana war von dem früheren Filmstar ebenfalls fasziniert und hörte wie gebannt zu, als Grace Kelly auf der Benefizveranstaltung Gedichte vortrug. Nach der einstündigen Lesung rieb Diana sich während des Presseempfangs den Rücken. Irgend jemand erkundigte sich, ob sie sich den Rücken verletzt habe.

»Nein, überhaupt nicht«, antwortete sie strahlend. »Mir tut nur vom langen Stillsitzen der Hintern weh.«

---

* Bis 1996 regierten nur Fürst Rainier von Monaco und König Bhumipol Adulyadej von Thailand länger als Königin Elizabeth II.

Alle waren von ihrer Spontaneität entzückt. »Sie war damals reizend«, sagte die britische Journalistin Victoria Mather. »So frisch und gewinnend. Als sie auf dem Empfang ein wenig Rotwein auf ihre Handschuhe verschüttet hatte, hielt sie sie hoch, damit wir den Fleck sehen konnten und lachte. »O je«, meinte sie. »Ich werde wohl bei Sketchleys [einer Londoner Reinigung] vorbeischauen müssen.«

Einige Sekunden später führte Diana ihren Verlobungsring vor und machte einer Bewunderin das Angebot, ihn einmal anzuprobieren. »Ich muß ihn aber zurückhaben«, scherzte sie. »Sonst werden die Leute nicht wissen, wer ich bin.«

Die Frau musterte den Ring an ihrem Finger. »Oh«, rief sie. »Er ist wunderschön. Ich hab' noch nie einen so großen Stein gesehen.«

»Ich weiß«, sagte Diana. »Neulich hab ich mir damit sogar die Nase gekratzt. Ist ja so groß – der Ring, meine ich.«

Jemand wollte wissen, wie es denn so sei, von Clarence House in den Buckingham-Palast umzuziehen. »Nicht übel«, zwitscherte sie. »Nur viel zu viele offizielle Dinner. Pah.«

Ein junger Mann trat vor. »Darf ich die Hand meiner zukünftigen Königin küssen?« fragte er.

Diana lächelte scheu und legte den Kopf zur Seite. »Sie dürfen«, erwiderte sie und hielt ihm die Hand hin.

Der junge Mann küßte leicht ihr Handgelenk. Die Umstehenden klatschten. Er lief vor Freude rot an.

»Das werden Sie im ganzen Leben nicht mehr vergessen«, sagte Diana neckisch.

Sie wurde von überglücklichen Reportern umringt, und die herbeistürzenden Kameraleute rempelten Gäste an und drängten sie an den Rand des Raumes. Prinz Charles schritt davon, um irgendwen zu begrüßen, in der Erwartung, daß die Medien sich ihm an die Fersen hängen würden; sie waren jedoch völlig von Diana eingenommen. Als sie sich wegen des von ihr verursachten Trubels verlegen fühlte, entschuldigte sie sich und flüchtete mit Grace Kelly zusammen auf die Damentoilette.

Die künftige Prinzessin vertraute ihr den Kummer wegen der nicht nachlassenden Presseberichterstattung an und wollte von Ihrer Durchlaucht wissen, wie denn *sie* damit zurechtkomme. Der Filmstar, der zur Fürstin geworden war, tröstete den Teenager, der zum Star des Königshauses werden sollte. Fürstin Gracia, die unwillkommene Medienaufmerksamkeit gewohnt war, empfahl Diana, es zu nehmen wie das Wetter. »Es wird noch schlimmer werden«, sagte sie mit einem freundlichen Lächeln.

Und so kam es auch – gleich am folgenden Tag. Die Boulevardblätter waren voll von sich überschlagenden Berichten über Diana und ihr Kleid; dazu offenherzige Fotos und zweideutige Schlagzeilen. »Lady Di wagt den Sprung«, trompetete der *Daily Mirror* auf der Titelseite. »Die wagemutige Di« rief die *Sun*. »Scheue Di schockt«, berichtete der *Daily Express*. Selbst die konservative Qualitätspresse erwähnte, für eine bescheidene Kindergärtnerin sei das Kleid aufsehenerregend. »Mit der scheuen Di ist's vorbei«, hieß es in der Bildlegende der *Times*.

Diana war verwirrt. »Ich verstehe überhaupt nicht, warum alle so ein Theater machen«, bemerkte sie zum Kammerdiener von Prinz Charles. »Es war doch nur die Art Kleid, das ich so oder so getragen hätte.«

Der Kammerdiener senkte den Blick. »Nun ja, es hat gewiß allgemein Aufmerksamkeit erregt«, meinte er mißbilligend. Einen Monat nach der Hochzeit wurde er gefeuert.

Der *Daily Express* lobte Dianas Entscheidung, in einem trägerlosen Kleid zu erscheinen. »So ein Vom-Winde-verweht-Kleid verlangt Mut, und es braucht noch viel mehr, um es oben zu halten«, schrieb Jean Rock. »Di muß nur noch eins lernen, nämlich auf die paar Pfunde Babyspeck achtzugeben, die einer Frau von einem Stäbchenmieder unter die Achseln hochgedrückt werden. Die Fernsehkameras haben es verraten.«

Als Diana in den Zeitungen die Bemerkungen über ihre »üppige Figur« und »blühende Erscheinung« las, zuckte sie zusammen. Als sie den Fernsehbericht sah, begann sie zu schreien.

»Ich sehe schrecklich dick aus«, jammerte sie. »Dick wie eine fette Kuh. Es ist unerträglich.«

Charles, der nie vergaß, wie sehr er darunter gelitten hatte, von seinen Klassenkameraden »Dickerchen« gerufen zu werden, nahm sie auf den Arm. Er, mit seinem geradezu fanatischen Drang, schlank bleiben zu wollen, trieb wie besessen Sport und aß wie ein Mönch. Auf seine Reisen nahm er Snacktüten mit Weizenkeimen, Leinsamen und Dörrpflaumen mit. Zu Hause bestand seine abendliche Mahlzeit aus zwei Streifen getrocknetem Fisch oder einem dotterfreien Omelett mit Pilzen; anschließend gab es grünen Salat und ein Getränk aus Zitronensaft, Wasser und Bittersalz, das Diana als »ekelhaft« bezeichnete. Charles meinte, er brauche das Mixgetränk, um »in Form« zu bleiben. Er zog sie wegen ihrer Leidenschaft für Süßigkeiten auf und nannte sie »Pummelchen«. Als sie beim Anblick ihrer Zeitungsfotos verzweifelte, zog er sie wieder einmal auf. »Die Puddings sind für dich gestrichen«, sagte er. Er hatte die Bemerkung wie nebenher eingeworfen, ohne zu ahnen, daß Diana Bulimie entwickeln würde. Nachdem Diana sich im Fernsehen gesehen hatte, war sie jedoch so verstört, daß sie bald darauf begann, sich abwechselnd vollzufressen und auszuhungern.

Die Wurzeln ihrer Eßstörung lagen im Scheitern der Ehe ihrer Eltern, das auch ihre älteste Schwester in die Magersucht getrieben hatte. Als junge Frau hatte Jane sich auf ein erschreckendes Kindergewicht heruntergehungert, bis ihre Familie sie zwang, ärztliche Hilfe zu suchen.

Auch Diana reagierte auf Verunsicherung mit heimlichem Fasten. Doch dann gab sie den Hungerattacken nach und verleibte sich mehrere Schüsseln Frühstücksflocken mit Zucker und dicker Guernsey-Sahne ein. Sie verschlang ganze Packungen von weichen Geleebonbons und anschließend Vanillekekse mit weißer Glasur, die sie dann rasch wieder erbrach.

Sie war einige Monate vor der Hochzeit im Buckingham-Palast eingezogen, damit sie die königliche Routine erlernte; wenn Charles auf Reisen war, aß sie allein. Die meisten Mahlzeiten wurden ihr aufs Zimmer gebracht. Anfangs rührte sie die Tabletts gar nicht an, was den Koch beunruhigte, weil er den Eindruck hatte, daß er sie nicht zufriedenstellte. Als er nachzufragen begann, spülte sie das Essen im Klo hinunter.

»Sie hat so viele Schachteln Kellogg's Frosties aus der Speisekammer mitgehen lassen«, berichtete der auf die Royals spezialisierte Reporter Ross Benson, »daß einer der Lakaien des Klauens beschuldigt wurde und fast seine Stellung verlor. Da trat Diana dann vor und bekannte, daß sie die Schuldige war.«

Anfangs glaubte ihr niemand. Das Personal wollte die Vorstellung von ihrer zukünftigen Königin als Vielfraß, der regelmäßig völlerte und kotzte, nicht akzeptieren. »Das Bild von Lady Diana, die Arme um eine Porzellanschüssel geschlungen – nein, nein, nein«, sagte ein Mitglied des königlichen Haushalts schaudernd. »Das war für uns unvorstellbar.« Das Personal weigerte sich, die dunklen Schatten unter der sonnigen Oberfläche zu bemerken. »Sie haben keine Ahnung, wie süß sie wirkte – an der Oberfläche«, sagte ein Buckingham-Dienstmädchen. »Die wenigen kurzen Ausbrüche, die wir sahen, führten wir auf ihre Nervosität wegen der Hochzeit zurück, und wir haben uns noch mehr bemüht, ihr zu helfen.« Das Personal glaubte nicht, daß, was die fehlenden Nahrungsmittel betraf, Diana die Schuldige war. Selbst als sie es zugab, dachten sie, daß sie damit nur einen des Diebstahls verdächtigten Lakaien schützen wollte. Sie wollten es einfach nicht glauben, bis die Dienstmädchen der oberen Stockwerke, die auch Dianas Suite saubermachten, von Anzeichen berichteten, daß sie sich in ihrem Badezimmer erbrach. Und selbst dann wollte der Großteil des Personals es nicht akzeptieren.

Als Diana an Gewicht verlor, beschleunigte sie den gefährlichen Kreislauf von Schlingen und Entleeren schließlich bis zu fünfmal am Tag. Innerhalb von drei Monaten verlor sie zehn Kilo. Charles war sich des Problems nicht bewußt, weil er nicht immer den ganzen Tag mit ihr zusammen war.

Fünf Wochen lang verbrachte er im Frühjahr 1981 auf bereits geplanten Reisen; er reiste durch die Vereinigten Staaten, Neuseeland und Australien, wo er sich auch nach einer wirklichen Aufgabe umsah. Die Königin und Prinz Philip waren seit einiger Zeit darüber besorgt, wie orientierungslos und unstet Charles von einer Sache zur nächsten überging. »Er hält nie eine Sache durch«, klagte Philip, der seiner Frau einmal vorwarf, eine unaufmerksame Mutter zu sein. Auf einer privaten Dinnerparty, an der auch ein Amerikaner teilnahm, wandte er sich plötzlich der Königin zu und sprach von Charles als »*deinem* Sohn«.

Beide Eltern waren jedesmal verzweifelt, wenn er leidenschaftliche Erklärungen über Arbeitslose, Obdachlose oder Mittellose abgab. Vor allem der Herzog von Edinburgh hatte keinerlei Verständnis für die Sorgen seines Sohnes um die Unterdrückten und Benachteiligten. »Er ringt die Hände wie eine alte Frau«, meinte Philip nach einer Rede von Charles. »Warum kann er den Weltschmerz nicht den Pfarrern überlassen?« Philip warnte Charles davor, sich in die Politik einzumischen und Kommentare über »heilige Kühe« wie die anglikanische Kirche oder den öffentlichen Gesundheitsdienst abzugeben. Die einzige Institution, über die man schimpfen dürfe, sagte Philip, sei die Presse – »Das habe ich selbst mit Begeisterung getan«, sagte er – und sonst nichts. Charles mißachtete den Rat seines Vaters. Es ärgerte ihn, als Prinz von Wales den Werbefritzen für Großbritannien spielen zu müssen. Er wollte ernster genommen werden, er wollte kein mit Goldborten ausstaffierter Vertreter sein, der winkte. »Ich bin nicht gut als bloßer Vorzeigeaffe«, sagte er. Sein Vater war anderer Ansicht. Er meinte, Charles sei in der Rolle perfekt.

Weil Charles seine Zeit als Austauschstudent in Australien genossen hatte, war er durchaus aufgeschlossen für die Idee seiner Mutter, nach seiner Hochzeit dort tätig zu werden. Er würde mit Diana in die Hauptstadt Canberra ziehen und Generalgouverneur werden. Die Stelle war besser bezahlt als die des Premierministers; doch abgesehen vom Oberkommando über die Streitkräfte, war keine große Macht mit ihr verbunden. Die australische Verfassung ermächtigte ihn dazu, das Parlament einzuberufen und aufzulösen und die Art Verantwortung zu tragen, die er nach Meinung der Königin brauchte. Sie hatte diese Ernennung mit Premierministerin Margaret Thatcher besprochen, die 1980 damit an das Außenministerium herantrat; sie meldete zurück, daß Charles Erlaubnis habe, während seiner nächsten Australienreise »die Möglichkeit inoffiziell zu erkunden«. Doch auf dieser Reise beschloß Charles dann, daß er ablehnen müsse, falls ihm die Position angeboten würde, weil der australische Premierminister einfach zu trübsinnig war.

»Das Problem ist, daß er keinen Humor hat«, erzählte Charles Diana bei einem Telefonat aus Australien, das heimlich abgehört wurde. »Er ist schrecklich ernst. Ich habe mir unglaubliche Mühe gegeben, unterhaltsam zu sein, doch er hat mich die ganze Zeit über nur angestarrt.«

Das war eins von den fünf abgehörten Telefongesprächen von Charles mit seiner Verlobten und mit seiner Mutter. Die Aufzeichnungen, die von antibritischen Republikanern innerhalb der australischen Telefongesellschaft gemacht worden waren, wurden einem freischaffenden britischen Reporter ausgehändigt, der sie in England zu verkaufen suchte. In ihrer Sorge, die angespannten Beziehungen mit Australien, das mit dem Austritt aus dem Commonwealth gedroht hatte, noch mehr zu belasten, reagierten die Hofbeamten der Königin schnell. Sie riefen die Anwälte der Königin an, die angaben, die Aufnahmen seien nicht authentisch.* Die königlichen Gerichte stimmten dem zu und erließen eine einstweilige Verfügung,

---

* 1993 focht Alastair Forbes in einem Artikel im *Daily Telegraph* das Dementi des Königshauses an und schrieb, die Authentizität der aufgenommenen Telefongespräche sei »ihm gegenüber zweifelsfrei bewiesen worden, trotz des schnellen Dementis durch den Buckingham-Palast«.

um eine Veröffentlichung der Transkriptionen zu verhindern. Die Anwälte der Königin versuchten daraufhin auch eine einstweilige Verfügung in Westdeutschland zu erreichen, es war jedoch bereits zu spät: In der Zeitschrift *Die Aktuelle* waren Auszüge publiziert worden, die dann ins Englische rückübersetzt und im *Irish Independent* veröffentlicht wurden.

In einem der besagten Gespräche erwähnte Diana ihre Hochzeitsvorbereitungen und klagte über das Verhalten ihrer Stiefmutter Raine, die im britischen Fernsehen aufgetreten war. Countess Spencer stand neben ihrem strahlenden Ehemann und sprach für beide. Earl Spencer, der sich nie gänzlich von seinem Schlaganfall erholt hatte, lächelte gutmütig.

»Sie hat Daddy dazu überredet, Fotos zu signieren, und verkauft sie im Souvenirladen«, sagte Diana. »Es ist ja so peinlich.« Sie fügte hinzu, daß ihre Mutter außerdem gegen Bezahlung Führungen für Gruppen anbot. Bei einem Preis von vier Mark schloß die Besichtigung den Tee mit der »gräßlichen pinkfarbenen Dame« ein, wie Diana inzwischen Barbara Cartland bezeichnete. »Wenn Raine so weitermacht«, sagte Diana, »wird die Hochzeit eine Katastrophe werden.«

»Mach dir deswegen nicht zu viele Sorgen«, erwiderte Charles. »Edward [Adeane] kann sich darum kümmern, wenn wir wieder zurück sind. Du wirst sehen, die Königin ist in der Lage, die nötigen Anweisungen zu geben, so daß Einwände unmöglich sein werden.«

»Ja, ich weiß«, sagte Diana. »Aber darf ich bei meiner eigenen Hochzeit nicht auch mitreden?«

»Natürlich, aber laß dich von deiner Mutter beraten.«

»Das werde ich, ich verspreche es«, sagte Diana. »Ich möchte mich wirklich nicht beschweren, bestimmt nicht. Ich werde morgen alles mit Mutter durchsprechen. Sie hat wirklich ein sehr gutes Gespür für solche Sachen. Sie ist sehr vernünftig.«

Der *Spectator* hatte Dianas Mutter bereits aufgefordert, die Sache in die Hand zu nehmen. Nach dem Fernsehinterview mit Raine flehte die konservative Zeitschrift sie inständig an: »Kehren Sie heim, Mrs. Shand Kydd, Ihr Land braucht Sie.« In einem Leitartikel, der sich gegen die Teilnahme von Raine Spencer und Barbara Cartland an der königlichen Hochzeit ausließ, schrieb Alexander Chancellor: »Falls es dazu eines Sondergesetzes bedarf, so möge es erlassen werden. Denn es wäre mehr als unfair für alle, wenn es diesen beiden grotesken, theatralischen Damen gestattet würde, eine bewegende Nationalfeier zur Harlekinade zu verwandeln.«

Gegen die Teilnahme ihrer Stiefmutter an der Hochzeit konnte Diana nichts machen; sie war jedoch unerbittlich, was die Stiefgroßmutter anging. »Sie hat Barbara Cartland von der Gästeliste gestrichen«, berichtete ein ehemaliger Berater von Prinz Charles, der zu vermitteln suchte. Sechs Monate später wurde der Berater entlassen.

»Es war grausam, das Barbara anzutun«, sagte er. »Sie war ganz verstört, wirklich tief getroffen, aber wir konnten nichts machen. Diana hatte darauf bestanden, daß ihre Stiefgroßmutter nicht in St. Paul's Cathedral zugelassen werden durfte, und die Königin erhob keinen Einspruch. Barbara war so gekränkt, daß sie den Hochzeitstag im Ausland verbringen wollte, doch ihre Söhne erklärten, daß sie damit nur den Eindruck erwecken würde, des Landes verwiesen worden zu sein.«

Um das Gesicht zu wahren, gab Barbara Cartland eine Party für die Freiwilligen der St.-John's-Sanitätsbrigade. Sie verzichtete auf ihre übliche Kleidung mit den Straußenfedern und trug die braune Uniform des englischen Johanniterordens und erschien damit in einem internationalen Fernsehfeature, das über den Orden berichtete. Sie behauptete, daß die freiwilligen Helfer der Johanniter sich der Aufgabe widmeten, »eine christliche Antwort auf die Probleme einer unruhigen und materialistischen Welt zu finden«.

Zu dem Zeitpunkt sahnten selbst die geistlichen Teilnehmer der königlichen Hochzeit ab. Der Erzbischof von Canterbury hatte den Medien gegenüber Einzelheiten eines Privatgesprächs preisgegeben, das er mit Charles und Diana geführt hatte.* Und die drei Chöre der St. Paul's Cathedral hatten je 450 Mark für 250 Sänger kassiert. Im Vergleich dazu erschien Barbara Cartland geradezu harmlos.

Während eines Telefonats mit Charles in Australien sagte Diana, sie fühle sich erdrückt von dem vielen, das sie in so kurzer Zeit zu lernen habe. »Ich bin so aufgeregt, daß ich mich gar nicht richtig konzentrieren kann«, sagte sie. »Du fehlst mir sehr.«

»Du fehlst mir auch«, sagte er und fügte hinzu, daß er eigentlich schon längst auf einer Party sein müsse, doch seine Gastgeber könnten warten. »Ich habe den ganzen Tag lang meine Pflicht getan, und jetzt spreche ich mit meiner Verlobten, die ich sehr liebe.« Er erzählte ihr, daß ihn am Flughafen in Australien viele Abbildungen von Diana begrüßt hätten. »Nicht so gut wie die echte«, sagte er. Sie kicherte. Er beklagte sich über die Presse.

»Während der ganzen Reise hat dieser Kerl nichts Besseres zu tun, als zu versuchen, Fotos von der kahlen Stelle auf meinem Kopf zu schießen.«

Diana lachte. »Ich wußte gar nicht, daß du eine kahle Stelle hast.«

»Es ist wirklich zu dumm. Da mache ich alle diese Sachen, und das einzige, wofür sie sich interessieren, sind solche lächerlichen Kleinigkeiten.«

»Ich finde das sehr komisch.«

»Ja. Als Kinder fanden wir es alle sehr witzig, als mein Vater seine Glatze zu verbergen versuchte.«

»Oh, ich hoffe doch sehr, daß du noch nicht so kahl wie dein Vater bist«, sagte sie. »Auf jeden Fall scheinst du aber mehr Spaß zu haben als ich.«

---

* Jahre später, nach seiner Pensionierung, vertraute der ehemalige Erzbischof seinem Biographen an, daß der Prinz von Wales stark deprimiert gewesen sei, weil er eine andere Frau liebte. Er beschrieb Diana außerdem als »Intrigantin«.

Weiter ging Diana nicht mit ihren Beschwerden über die königliche Bevormundung. Sie gab Charles gegenüber vor, die Königinmutter zu vergöttern, doch ihren Freundinnen erzählte sie, daß sie in den wenigen Tagen, die sie bei ihr in Clarence House verbracht hatte, »total ignoriert« wurde.

Nachdem Diana im Buckingham-Palast eingezogen war, wurde ihr ein kleines Büro in der Nähe von Oliver Everett, dem stellvertretenden Privatsekretär von Charles, eingerichtet. Everett war belustigt, als sie das erstemal mit Kopfhörern und Gymnastikhosen in sein Büro schneite. Bald erfuhr er, daß der wöchentliche Tanzunterricht ihr wichtiger als alle sonstigen Termine war und daß sie Rock and Roll liebte. »Ich wollte eigentlich Tänzerin werden«, sagte sie, »doch dafür bin ich dann viel zu sehr in die Höhe geschossen.« Sie schaute pausenlos fern und war von Seifenopern begeistert. Der Höfling begann seinen Unterricht darüber, wie man eine Prinzessin wird, indem er Diana Anweisungen hinsichtlich ihrer offiziellen Verpflichtungen gab, die im Schnitt 170 jährlich betrugen, und Ascot, die Fahnenparade, Pferdeschauen, die feierliche Parlamentseröffnung, die Chelsea-Blumenschau, Wimbledon, Gartenpartys, die Cowes-Regatta, Krankenhausbenefizveranstaltungen, Wohltätigkeitsorganisationen und eine Menge Termine für das Militär einschließen würden.

Die Hofdame der Königin, Susan Hussey, half Everett, um die zukünftige Prinzessin durch ein Labyrinth der Regeln für königliches Benehmen zu führen: in der Öffentlichkeit Hüte und auffällige Farben tragen, um hervorzustechen; aus dem Ellbogen, nicht aus dem Handgelenk heraus winken; niemals öffentliche Toiletten zu benutzen. »Am schlimmsten ist das Prinzessinnendasein«, sagte Diana Jahre später, »wenn man pinkeln muß.«

Everett stieß zum ersten Mal auf Schwierigkeiten, als er Diana empfahl, ein wenig zu lernen, und ihr zur Einführung in ihre künftige Rolle als Prinzessin von Wales einige historische Werke zu lesen gab. Sie litt unter ihrer Bulimie, sie war einsam und sehnte sich nach Charles; jetzt wehrte sie sich. Als der Sekretär das Zimmer verließ, schleuderte sie die Bücher auf den Boden, so berichtete sie einem Freund. »Wenn er denkt, daß ich die lese, dann wird er noch mal denken müssen.«

Durch den Gewichtsverlust geschwächt, brach sie häufig unter dem Druck, sich auf eine der größten Zeremonien in der britischen Geschichte vorzubereiten, zusammen. »Ich glaube, mir wird jetzt klar, was das alles eigentlich bedeutet«, sagte sie einem Reporter einige Wochen vor der Hochzeit, »und es macht mir mehr und mehr angst.« Bei einem Polospiel brach sie vor Fotografen in Tränen aus und mußte von ihrer Mutter rasch in Sicherheit gebracht werden. »Es war alles ein bißchen viel für sie«, erklärte Charles der Presse. Seinen Freunden gestand er, daß er besorgt sei. »Ich frage mich, ob sie mit dem Druck fertigwerden wird.«

Diana, die eine begeisterte Tennisspielerin war, wohnte dem Endspiel in Wimbledon bei, verließ aber die königliche Loge, bevor der US-Tennisstar John McEnroe gewann. Er hatte gegen 13 Schiedsrichterentscheidungen protestiert, Obszönitäten geschrien und den Schiedsrichter beschimpft. »In diesem Land werde ich immer durch die verdammten Schiedsrichter um den Sieg gebracht«, grollte er.

»Jetzt ist die Hochzeit geplatzt«, kommentierte ein Fernsehreporter Dianas abrupten Abgang. »Lady Dis Ohren haben ihre Jungfräulichkeit verloren.«

Unten im Teeraum begegnete sie dem Wimbledonchampion der Frauen, Chris Evert, die sich erkundigte, warum Prinz Charles nicht mitgekommen sei.

»Er kann nie stillsitzen«, sagte Diana. »Er ist wie ein großes Baby. Ich hoffe, ihn mit der Zeit so weit beruhigen zu können, daß er ein Match genießt.«

Diana gab dem Tennisstar gegenüber zu, daß sie wegen der Heirat nervös war. »Ich versicherte ihr, daß die Ehe etwas Großartiges ist und daß sie sich keine Sorgen machen müsse«, sagte Evert, die damals mit dem britischen Tennisstar John

Lloyd verheiratet war, von dem sie sich später scheiden ließ. »Ich hab' ihr gesagt, sie solle sich ein bißchen entspannen und an andere Dinge denken.«

Prinz Charles' Helfer versuchten ebenfalls, Diana zu beruhigen und ihr den Einstieg in die künftigen Aufgaben zu erleichtern. Sie zeigten ihr den Tages- und Monatsterminkalender und erläuterten ihr die Reiseplanungen, die sechs Monate im voraus getroffen wurden. Ihre einzige Sorge galt Charles' Beziehungen mit anderen Frauen. Sein Personal wußte nicht, wie es mit ihren ständigen persönlichen Fragen umgehen sollte. »Ich habe Charles gefragt, ob er noch in Camilla Parker-Bowles verliebt ist«, erzählte Diana Francis Cornish, »und er hat mir keine klare Antwort gegeben. Was soll ich da machen?« Charles' stellvertretender Privatsekretär senkte den Blick und wechselte das Thema.

Ein paar Tage später war Charles persönlicher Assistent Michael Colborne weiteren unbequemen Fragen ausgesetzt. Auf seinem Schreibtisch hatte Diana ein Armband gefunden, das Colborne im Auftrag von Charles als Abschiedsgeschenk für seine Geliebte bestellt hatte. Auf das mit einem Lapislazuli besetzte goldene Armband waren die Initialen G.F. [Girl Friday – Mädchen Freitag] eingraviert. Diana setzte Colborne wegen des Geschenks zu und wollte wissen, für wen es bestimmt war. »Ich weiß doch, daß es für Camilla ist«, sagte sie. »Warum geben Sie es also nicht zu? Was hat das zu bedeuten? Warum macht Charles so etwas?« Colborne räumte widerwillig ein, das Geschenk bestellt zu haben, weigerte sich aber, weitere Fragen zu beantworten. Auch er verlor seine Stelle kurz nach der Hochzeit.

Diana stellte Charles zur Rede, der zugab, daß das Armband vom Juwelier Asprey für Camilla Parker-Bowles gedacht war. Er wolle, so sagte er, ihr das Geschenk zum Abschied persönlich überreichen. Er behauptete, das Abschiedsgeschenk werde ihr Verhältnis endgültig beenden. Diana glaubte ihm nicht. Die beiden stritten sich, und sie lief weinend aus seinem

Büro. Später vertraute sie ihren Schwestern an, sie wolle keinen Mann heiraten, der noch in seine Mätresse verliebt war. »Pech für dich«, sagte ihre Schwester Sarah. »Dein Gesicht ist schon auf den Geschirrtüchern, jetzt ist es zu spät, um zu kneifen.« Wochenlang hatten Feministinnen Buttons getragen mit der Aufschrift: »Tu's nicht, Di!«

Am nächsten Tag schlug Diana zurück, indem sie Camillas Namen von der Gästeliste für das Hochzeitsfrühstück strich. Sie strich auch den Namen von Lady Dale »Kanga« Tryon. Von der Hochzeit konnte sie die beiden nicht fernhalten, doch sie bestand darauf, daß sie nicht zur Frühstücksparty gelassen wurden. Charles, der damit aufgewachsen war, daß sein Vater Geliebte wie einen Satz Spielkarten mischte, beschloß, seine empfindliche Verlobte in dieser Angelegenheit nicht unter Druck zu setzen. Er sagte zu seinem Privatsekretär, daß er Dianas plötzliche Launen nicht verstehe und daß ihn ihre Heulanfälle nervten. Er gestand außerdem, er sei beunruhigt über etwas, das er von einem seiner Kammerherrn erfahren hätte: daß sie stundenlang auf einem Stuhl zusammengekauert saß, den Kopf auf den Knien, absolut untröstlich. Er finde solch ein Verhalten irrational und alarmierend, sagte Charles. Sein Privatsekretär tat Dianas Verhalten als Nervosität vor der Hochzeit ab.

Charles, der sich seiner Sache nie sehr sicher war, überdachte seine Entscheidung, Diana zu heiraten. Er besuchte seine Schwester in Gatcombe Park und vertraute ihr seine Zweifel an. Die im achten Monat schwangere Prinzessin Anne war überhaupt nicht in der Stimmung für Charles' Gewissensprüfungen und Jammern. Sie stauchte ihn zurecht. »Charles«, sagte sie, »du mußt mit dem Blatt spielen, das du in der Hand hast.« Sie wiederholte den Rat, mit dem Königin Viktoria ihrer Tochter erklärt hatte, wie man den Liebesakt durchsteht. »Mach einfach die Augen zu und denk an England.«

Noch immer unentschlossen, besuchte der Prinz seine ehemalige Geliebte Zoe Sallis in London. Ihre Wohnung in der

Ebury Street war nur wenige Meter von der Polizeistation entfernt, wo Wachmänner Charles kommen und wieder gehen sahen. Er versuchte, sich mit einem grauen, in die Stirn gezogenen Filzhut zu tarnen. Mehrere Polizisten, die ihn von einem Fenster aus beobachteten, spotteten über die Verkleidung. »Er sieht aus«, sagte einer, »wie ein Kerl mit großen Ohren in einer Haube.«

»Zoe hat mir später erzählt, daß Prinz Charles ihr gegenüber von seinem Unglück und seiner Angst vor der Heirat mit Diana gesprochen hatte«, berichtete Roland Flamini von der *Times*, »daß er sich aber verpflichtet fühlte, die Sache durchzustehen.«

Schließlich siegte die Vernunft über die Gefühle, und Charles besuchte Broadlands, wo er den ersten Teil seiner Flitterwochen zu verbringen gedachte. »Fünf Tage vor der Hochzeit«, erklärte John Barrat kopfschüttelnd, »sagte Charles zu mir und Lord Romsey [dem Enkel Mountbattens], daß Camilla die einzige Frau sei, die er je geliebt habe. Er hat uns gesagt: ›Ich könnte für Diana nie das fühlen, was ich für Camilla empfinde.‹ Lord Romsey versicherte ihm daraufhin nur, daß seine Gefühle sich sehr wahrscheinlich ändern würden.«

Obwohl die Braut Bulimie hatte und der Bräutigam ein Schuft war, sahen die beiden wie ein ideales Paar aus. Die Öffentlichkeit war von ihrer Liebesgeschichte entzückt: Der Prinz hatte *endlich* seine Prinzessin gefunden, und nach der Hochzeit am 29. Juli 1981 würden sie für immer glücklich sein. Abrakadabra, Hokuspokus. Die meisten Briten brauchten dieses Märchen, um sich von der schrecklichen Realität großstädtischer Unruhen, den IRA-Bomben und der weitverbreiteten Arbeitslosigkeit abzulenken.

Die Königin wußte um den Zauber, den eine königliche Hochzeit für ein verarmtes Land bedeuten könnte. Trotz der mehr als drei Millionen Arbeitslosen zögerte Ihre Majestät keineswegs, das Geld der Steuerzahler dafür auszugeben. Sie war der Meinung, daß jede Summe, die für die Feierlichkeiten ausgegeben würde (allein die gestochenen Einladungen kosteten 23 000 Mark), einen Schutzwall gegen Hoffnungslosigkeit errichtete. Trotz ihrer Abneigung gegen das Showbusineß und die Vergleiche zwischen Königshaus und Berühmtheiten des öffentlichen Lebens inszenierte sie eine Schau, die hollywoodreif war, inklusive Trommeln, Trompeten und Kutschen. Die Inszenierung vereinte die Liebesromanze von »High Society« mit dem Zauber von »Fantasia«. Sie hatte bessere Kostüme und mehr Pferde als »Ben Hur«. Die königliche Hochzeit, die sie 1981 produzierte, brachte der Monarchie ihre bisher höchsten Einschaltquoten und der britischen Tourismusbranche Rekordeinnahmen. Die Königin wußte, daß ihre Krone und das Land auf solche Augenblicke des Pomps angewiesen waren. »Das können wir am besten«, stellte ihr Lord Chamberlain fest.

Die Hochzeit fand in der St. Paul's Cathedral statt, da dort mehr Leute Platz fanden als in Westminster Abbey. »Ich bin froh, daß sie dort stattfinden wird«, sagte Diana. »Es wäre zu schmerzlich für mich, Charles dort zu heiraten, wo meine Eltern ihren Bund fürs Leben schlossen.« Der Hochzeitschoral, den sie wählte, betonte die »Liebe, die keine Fragen stellt, die Liebe, die ihren Preis zahlt und das letzte Opfer auf den Altar legt«.

Die Königin verschickte 2 500 Einladungen* an Freunde, Verwandte und Staatsoberhäupter sowie an die europäischen Königshäuser. König Juan Carlos von Spanien lehnte die Einladung ab, als er erfuhr, daß die Frischvermählten in Gibraltar an Bord der königlichen Jacht gingen. Spanien hatte die britische Kolonie am Rand der iberischen Halbinsel seit langem

---

* Die Braut durfte 100 Leute einladen, ihre Eltern 50. Dem Bräutigam standen 300 Einladungen zu, die er u. a. an seine geliebte Kinderfrau Mabel Anderson, frühere Freundinnen wie Sabrina Guinness und Susan George und natürlich seine Geliebte Camilla Parker-Bowles und deren Ehemann Andrew Parker-Bowles verteilte.

angefochten; der König bezeichnete die Entscheidung, Charles und Diana ausgerechnet dort auf die *Britannia* steigen zu lassen, als diplomatischen Fauxpas. Prinz Philip sagte Juan Carlos ins Gesicht, er sei ein Idiot. »Wir haben die Geschichte mit Gibraltar satt«, sagte Philip, »und außerdem ist sie sehr kostspielig.«

Der Präsident der Vereinigten Staaten lehnte die Einladung der Königin ebenfalls ab, allerdings nur, weil der Stab des Weißen Hauses Ronald Reagan nachdrücklich klarmachte, seine erste Auslandsreise als Präsident dürfe nicht einem glitzernden Spektakel des britischen Königshauses gelten. Das würde einen falschen Eindruck erwecken. Also reiste seine Frau ohne ihn hin. »Ich bin einfach verrückt nach Prinz Charles«, sagte Nancy Reagan, die mit sechsundzwanzig Koffern, elf Hutschachteln, siebzehn Geheimagenten und einem geliehenen Paar Diamantenohrringen im Wert von knapp 2 Millionen Mark ankam.

Die amerikanischen Sender okkupierten London ebenfalls und trieben den Preis für Fensterflächen entlang der Paraderoute in die Höhe. Die Pressestelle des Palasts gab regelmäßig Bulletins zur Zeremonie heraus, die für 750 Millionen Zuschauer im Fernsehen übertragen werden sollte. Journalisten, die mit Adelstiteln nicht vertraut waren, erfuhren, daß, ausgenommen die Königin und die Königinmutter, Lady Diana Spencer bald rangmäßig über allen anderen Frauen des Königreichs stehen würde. Als Grafentochter waren ihr 38 Ränge britischer Damen mit höheren Titeln vorgeordnet. Mit ihrer Heirat würde sie jedoch an die Spitze der Gesellschaft emporrücken. Dank des uralten Titels der Prinzessin von Wales hatte sie Anspruch darauf, daß alle anderen weiblichen Mitglieder des Königshauses einschließlich ihrer Schwägerin Prinzessin Anne und der Tante ihres Mannes, Prinzessin Margaret, vor ihr einen Hofknicks machten.

»Gewiß, so entspricht es dem Hofprotokoll«, erklärte Prinzessin Margarets Butler, »aber nicht der Realität. Nie im

Leben würden Sie es erleben, daß Prinzessin Margaret vor jemandem einen Knicks macht, außer vor Ihrer Majestät und vor ihrer Mutter. Schließlich gehört Margaret durch ihre Geburt zur königlichen Familie, Diana hat lediglich ins Königshaus eingeheiratet. Das ist ein großer Unterschied. Und was Prinzessin Anne betrifft, nun, wie ihr Vater einmal bemerkt hat: ›Wenn es nicht furzt oder Heu frißt, dann interessiert es sie nicht.‹«

Das Pressebüro des Palastes gab den formal korrekten Titel für Lady Diana Spencer bekannt. »Nach der Hochzeit wird sie Diana, Prinzessin von Wales sein«, erklärte ein Adjutant. »Sie ist nicht Prinzessin Diana, da sie nicht als Prinzessin geboren wurde, und sie ist auch nicht die Prinzessin Diana, da nur Kinder eines Monarchen Anspruch auf den bestimmten Artikel vor ihrem Titel haben.« Amerikaner, die nichts von Adelstiteln und deren Feinheiten verstanden, nannten sie Prinzessin Di.

Im *Time*-Magazine äußerte sich der britische Literaturkritiker Malcolm Muggeridge skeptisch über die grandioseste Hochzeitsfeier des Jahrhunderts: »Nur Propheten, Marxisten und Jehovas Zeugen werden es wagen vorherzusagen, ob Prinz Charles und Lady Diana tatsächlich eines Tages als König und Königin von England den Thron besteigen werden. Im Laufe von fünfzig Jahren Boulevardjournalismus habe ich zu viele Umstürze der einen oder anderen Art beobachtet, um mir über irgendwen oder irgend etwas sicher zu sein ... Ganz gleich, wie scheinbar groß und verbreitet Popularität auch sein mag, sie kann sich innerhalb eines Nachmittags verflüchtigen; und Institutionen, die Jahrhunderte überdauert haben, können über Nacht verschwinden. Ich kann daher nur mit den Worten schließen: ›Möge Gott den Prinzen und die Prinzessin von Wales schützen.‹« Fünfzehn Jahre später scheint dieser Kritiker ein Visionär gewesen zu sein.

Am Abend vor der Hochzeit versammelte sich die königliche Familie anläßlich des größten Feuerwerks seit den deutschen Luftangriffen auf London im Zweiten Weltkrieg auf dem Balkon des Buckingham-Palasts. Nach Schätzungen der britischen Polizei kampierten etwa 175 000 Menschen auf den Bürgersteigen rund um St. Paul's Cathedral, um die Prozession der Kutschen zu sehen. Die Menschenmassen begannen sich bereits am Vortag einzufinden, als Adelige zu einem Ball der Königin im Palast eintrafen.

»Der Abend hatte etwas von einer Waterloo-Atmosphäre«, sagte eine britische Hocharistokratin. »Man konnte das Formaldehyd der Mottenkugeln beinahe riechen. Es war das letzte Mal, daß ich meine Tiara aufsetzte. Es war herrlich verrückt. Wir gingen mit unseren Diamanten und wehenden Abendkleidern die Mall hinunter, einem großartigen Ereignis entgegen, an dem alle gern teilgenommen hätten – außer uns, die wir hingehen mußten.«

Diana verbrachte die Nacht nach dem Ball im Clarence House. Charles verbrachte die Nacht in den Armen seiner Geliebten. Später hat Camilla Parker-Bowles ihrem Schwager anvertraut, daß sie mit dem Prinzen in dessen Suite im Palast geschlafen hatte. »Sie fühlte sich wohl in dem Wissen, daß sie sein Herz besaß, als er Diana heiratete«, sagte Richard Parker-Bowles.

Am nächsten Tag vertauschte die nervöse Braut beim Sprechen ihrer Gelübde die ersten beiden Vornamen ihres Bräutigams: Aus Charles Philip Arthur George wurde Philip Charles Arthur George. Doch sie bezauberte sogar, als sie einen Fehler beging. »Nun«, sagte sie, »bei vier Namen ist es gar nicht so leicht, alle in die Reihe zu bringen.« Als der Bräutigam das Gelübde ablegte, all seine irdischen Güter mit ihr zu teilen, war auch er nervös. Er vergaß das Wörtchen »irdisch«. Eine prophetische Auslassung, wenn man bedenkt, wovon er sich fünfzehn Jahre später trennte.

Die Prinzessin von Wales war nicht bereit, ihren Mann an seine Geliebte abzutreten. Diana war fest entschlossen, ihre Ehe durch eine Schwangerschaft zu zementieren. Sie packte dementsprechend für die Flitterwochen einen grünen Bikini, den Charles gern mochte, sechs Teddyteile – Bodystockings mit weitem Höschen – aus Satinspitze und mehrere durchsichtige Nachthemden ein. Er nahm seine Angelausrüstung mit. Außerdem packte er ein Werk Arthur Koestlers über Parapsychologie und fünf gelehrte Bücher von Laurens van der Post ein, die er mit seiner Braut gemeinsam lesen wollte. Sie steckte zwei Taschenbücher von Danielle Steel ein, obwohl sie wußte, daß Charles dagegen war. »Er mag es nicht, daß ich Schundromane lese«, sagte sie. »Aber ich liebe sie.«

Jahre später las sie ein Psychogramm über einen Mörder, dessen Verbrechen auf sein Einzelgängertum zurückgeführt wurde. Im Alter von zehn war er ein mathematisches Genie gewesen, und er hatte das Buch »Romping through Mathematics from Addition to Calculus« [Mathematik von der Addition bis zur Infinitesimalrechnung] in die Ferien mitgenommen. »Klingt wie Charles auf der Hochzeitsreise«, kommentierte Diana.

An Bord der königlichen Jacht *Britannia* bezauberte die Prinzessin die Crew von 256 Marineleuten und besonders das Küchenpersonal, das sie um Extraportionen Nachtisch anbettelte. In der Nähe der königlichen Kabine trug die Dienerschaft gummibesohlte Slipper, um keinen Lärm zu machen, der das königliche Paar stören könnte. »Wir wurden angewiesen, uns unsichtbar zu machen«, berichtete der Seemann Philip Benjamin. »Wie Luft sollten wir sein. Wenn wir nicht direkt angesprochen wurden, sagten wir kein Wort, sondern blickten einfach nur geradeaus. Manchmal schon ein wenig schwierig, geradeaus zu starren, wenn die Prinzessin von Wales in ihrem Nachthemd herumrennt. Ich erinnere mich, wie sie eines Nachmittags aus der königlichen Suite kam. In einem hauchdünnen weißen Negligé mit einer rosaroten Satinschleife am Busen, die lose herunterbaumelte. Sie versuchte, den Prinzen von seinen Büchern wegzulocken.

›Challs‹, sagte sie in einem erotischen Singsang, ›komm her und tu deine Pflicht.‹ Er lag gerade lesend in einem Liegestuhl; sie wollte, daß er reinkam und einen Erben zeugte. Ich stand einige Meter weiter auf Wache und sah starr geradeaus. Sie kicherte, als sie merkte, daß ich sie gehört hatte, war aber überhaupt nicht verlegen. Sie fuhr einfach fort, Charleszu nekken, damit er mit ihr ins Bett ging. Sie hat ihn sehr oft geneckt. Die schrecklichen Launen, über die sich Seine Königliche Hoheit später beklagte, habe ich nie miterlebt.«

Seinem offiziellen Biographen Jonathan Dimpleby erzählte Charles, er habe auf der Hochzeitsreise erfahren, daß seine Frau an Bulimie leide. Laut Charles löste die Krankheit plötzliche Stimmungsumschwünge aus, so daß Diana einen Moment fröhlich und im nächsten verdrießlich war. Nach zwei Wochen auf der Jacht schloß das Paar sich der königlichen Familie auf Balmoral an. Gelegentlich fühlte sich Diana von der starken Präsenz der Schwiegereltern überwältigt und stand während der Mahlzeiten auf, um zu erbrechen. Charles war wegen ihrer Eßstörung so besorgt, daß er mit Laurens van der Post Kontakt aufnahm und ihn um Hilfe bat. Der ältere Herr, zu dem Diana Vertrauen hatte, redete bei jeder Zusammenkunft sanft mit ihr, doch bald wurde ihm klar, daß sie kompetentere Hilfe brauchte, als er sie zu bieten vermochte. Er nannte Charles einen Psychiater, der dem Paar diskret Besuch abstattete. Er traf die beiden täglich von elf bis zwölf in ihrer Suite in Balmoral. Er verbrachte dreißig Minuten mit Diana allein, in denen er ihre Ängste zu behandeln versuchte. Charles sagte, daß ihr psychischer Zustand ihm Sorgen bereite. »Sie ist so nervös«, sagte er. Er fragte sich, ob seine Frau manisch-depressiv war. »Was sonst könnte diese Launen erklären – den lebhaften Charme am Morgen und die verbalen Attacken am Abend?« Der Psychiater empfahl Beruhigungsmittel. Nach den Flitterwochen setzte Diana die Psychotherapie fort, weigerte sich aber, Beruhigungsmittel zu nehmen. Sie litt noch elf weitere Jahre lang unter Bulimie.

»Es ist eine heimtückische Krankheit«, sagte sie Jahre später. »Man fügt sie sich selber zu, weil das Selbstbewußtsein sehr gering ist und man sich wertlos fühlt. Man füllt sich vier- bis fünfmal täglich den Magen; das gibt einem ein tröstliches Gefühl. Es ist so, als ob man von einem Paar Arme gehalten würde; das hält aber nicht lange an. Dann widert die Aufgeblähtheit des Magens einen an, so daß man alles hochbringt ... Es ist ein immer wiederkehrendes, äußerst destruktives Muster.«

Vor Balmoral hatte sich die internationale Presse versammelt, sich an den Zufahrten postiert und schrie nach Fotos. Charles war empört; sie hätten genug Fotos, nachdem sie zwei Wochen lang mit ihren neugierigen Ferngläsern der *Britannia* gefolgt waren. Er war sogar über Patrick Lichfield, den Cousin der Königin, verärgert, weil der einen Schnappschuß von der Hochzeitsparty gemacht und an alle Welt verkauft hatte. »Er hat die Bilder nicht einmal der Königin vorgelegt«, knurrte er. Lichfields Schnappschuß zeigt den Prinzen und die Prinzessin von Wales zusammen mit ihren Hochzeitsbegleitern nach der Trauung, wie sie auf den Stufen des Palastes sitzen und in Gelächter ausbrechen. Charles fand, daß das Foto, das sie in einem entspannten Augenblick zeigte, nicht genug Würde vermittelte. Da Charles seinem Onkel Lichfield die Exklusivrechte für die Hochzeitsfotos gegeben hatte, fühlte er sich ausgenutzt. Er hatte nicht erwartet, daß Lichfield die Fotos ohne vorherige Zustimmung verkaufen würde. »Ich kann es nicht fassen, daß Lord Lichfield uns so enttäuscht hat«, sagte Charles. Später hat Lichfield von dem berühmten Foto Abzüge machen lassen und sie an Stelle von Visitenkarten verteilt.

»Er hat mir einen gegeben«, sagte David Hume Kennerly, ein Pulitzerpreisträger für Fotografie. »Er ist ein arroganter Kerl, doch das Foto von Charles und Diana fängt einen großartigen Moment ein.«

Charles hatte überhaupt keine Lust, die Presse zufriedenzustellen, doch am vierten Tag der Balmoral-Phase der Flitterwochen blieb ihm nichts anderes übrig. Die königliche Familie fühlte sich belagert, so daß die Königin ihren Pressesekretär losschickte, um einen Deal auszuhandeln: ein Interview mit den Frischvermählten inklusive Fotos gegen eine ungestörte

Privatsphäre. Das Abkommen wurde getroffen, und Charles mußte trotz seines Nörgelns kooperieren.

Weil der Prinz von Wales Regimentschef der Gordons in Schottland war, trug er zum Interview die volle Schottenrocktracht – Kniestrümpfe, Schottenrock und beschlagene Felltasche. Er erschien zur vereinbarten Stunde händchenhaltend mit seiner Frau.

»Wo wünschen Sie unseren Auftritt?« fragte er.

»So ist es schon gut, Königliche Hoheit«, antwortete ein Reporter.

Charles erkannte ihn wieder. »Ich hoffe, Sie hatten eine schöne Zeit am Mittelmeer.«

»Ein bißchen teuer«, meinte der Reporter.

»Gut«, meinte Charles mit verkniffenem Grinsen.

Die Kameras surrten und klickten, während der mürrische Charles und seine charmante Prinzessin mit der Presse plauderten.

»Wie waren die Flitterwochen?«

»Phantastisch«, sagte Diana.

»Und das Eheleben?«

»Ich kann es nur empfehlen«, sagte sie strahlend.

»Haben Sie Ihrem Mann denn schon das Frühstück gemacht?«

»Ich frühstücke nicht.«

Charles wirkte nachdenklich. »Das muß ja eine wirklich aufregende Fernsehsendung sein«, bemerkte er sarkastisch. Diana senkte den Blick und lächelte. Wenige Sekunden später küßte er ihr die Hand, sie lachte fröhlich, und die Fotografen hatten ihr Bild.

Das Paar wollte gerade fortgehen, als ein Kameramann der Prinzessin einen Blumenstrauß überreichte.

»Danke. Den setzt bestimmt einer von Ihnen auf die Spesenrechnung«, witzelte sie.

Zwei Monate später, am 5. November 1981, gab der Buckingham-Palast bekannt, daß die Prinzessin schwanger sei. Sie versuchte, ihre offiziellen Termine weiterhin wahrzunehmen, war jedoch wegen häufiger morgendlicher Übelkeit gezwungen, abzusagen. Ihr Mann erklärte es den Reportern.

»Sie haben doch selbst Ehefrauen, da kennen Sie die Probleme ... Es ist besser, nicht zu viel zu unternehmen ... Nach etwa drei Monaten wird es wahrscheinlich besser.« Dann fügte er in offiziösem Ton hinzu: »Ich bin bereit, die volle Verantwortung zu übernehmen.«

Einige Tage später ging die Prinzessin ihren Verpflichtungen wieder nach. Als sie durch Menschenmengen ging und Blumensträuße entgegennahm, wurde ihr plötzlich wieder übel. Sie gab sich keine Mühe, ihr Unwohlsein zu verstecken. »Es ist schrecklich«, bekannte sie. »Mir hat niemand gesagt, daß ich mich so fühlen würde.« Als sie in Derbyshire eine schwangere Frau bemerkte, ergriff sie voller Mitgefühl deren Hände. »Ach, diese morgendliche Übelkeit! Ist es nicht furchtbar!«

Bei jedem Ausgang folgte ihr die Presse. Ihre Auftritte in der Öffentlichkeit waren einwandfrei; sie nahmen ihr jedoch viel Kraft, so daß sie hinterher emotional ganz erschöpft war. Zu Hause ging sie dann in die Luft. »Hinter verschlossenen Türen gab es Tränen und Wutanfälle«, erinnerte sich ein Palastangestellter. Charles wußte nicht, wie er mit den unberechenbaren Gefühlsausbrüchen seiner Frau umgehen sollte. Er bat seine Geliebte telefonisch um Rat, und er spielte öfter Polo. »Ich muß hier einfach raus«, sagte er zu seinem Leibwächter. »Zu viele Hormone.«

Je mehr Charles auswich, desto aufgelöster wurde Diana. Sie beschuldigte ihn, sich davonzuschleichen, um Camilla zu besuchen; und er war über ihre Eifersucht so aufgebracht, daß er davonstolzierte, was sie nur noch mehr in Rage brachte. Über seine Abwesenheit verärgert, neugierig, wo er sich so herumtrieb, und von den neugierigen Kameralinsen frustriert, beschwerte sich Diana bitterlich bei der Königin, die von den hysterischen Anfällen ihrer Schwiegertochter irritiert war. Die Königin machte die Presse verantwortlich und bestellte die

Chefredakteure aus Fleet Street zu sich, um sie aufzufordern, die Prinzessin in Ruhe zu lassen. Der königliche Pressesekretär Michael Shea traf sich vorab mit ihnen.

»Wir hatten erwartet, daß die Aufmerksamkeit der Presse nach der Hochzeitsreise ein wenig abebben würde«, erklärte er ihnen. »Sie hat jedoch keineswegs nachgelassen. Die Prinzessin von Wales fühlt sich total belagert. Die Personen, die sie lieben und schätzen, sorgen sich allmählich wegen der Reaktionen, die das bei ihr hervorruft.«

Dann betrat die Königin den Raum, um die Botschaft noch zu unterstreichen. Sie betonte, es sei unfair von den Fotografen, sich mit Teleobjektiven in den Büschen zu verstecken und der Prinzessin ohne ihr Wissen nachzustellen. Die Königin verwies auf das am Vortag publizierte Bild, auf dem Diana vor Highgrove, ihrem Haus in Gloucester, die Arme um den Hals ihres Mannes geschlungen hatte und ihn liebevoll anlächelte. Nach der königlichen Rüge willigten die Chefredakteure ein, sich zurückzuhalten. In einem Leitartikel mit der Überschrift »Die gefangene Prinzessin« erklärte die *Times*: »Es wäre schön zu glauben, daß wir erwachsen genug sind, um eine Prinzessin nicht in einem Palast gefangenzusetzen.« Der Waffenstillstand dauerte sechs Wochen. Aber dann drohte Diana mit Selbstmord.

Kurz nach den Weihnachtsferien auf Sandringham warnte sie Charles, daß sie sich das Leben nehmen würde, wenn er ausreiten und sie noch einmal alleinlassen würde. Als er daraufhin aus dem Zimmer stürmte, stürzte sie sich die Treppe hinunter. Die einundachtzigjährige Königinmutter hörte den Lärm und fand die Prinzessin schluchzend auf dem Boden zusammengekauert liegen. Diana wurde von einem Lakaien auf ihr Zimmer gebracht; man rief ihren Arzt. Nach der Untersuchung stellte er fest, daß ihr bis auf eine kleine Wunde am Unterleib nichts fehle; der Fötus sei unverletzt. Wenige Stunden später verkaufte der Lakai die Information über den Sturz der Prinzessin an die *Sun*; womit er bewies, daß nichts so viel wiegt wie ein Geheimnis über das Königshaus, das sich zu Geld machen läßt. Das

Boulevardblatt brachte die Story am nächsten Tag auf der Titelseite, allerdings ohne zu erwähnen, daß es sich dabei anscheinend um einen Selbstmordversuch handelte.

»Es war der Prinzessin einfach verhaßt, Weihnachten in Sandringham zu verbringen«, berichtete ihr Friseur Richard Dalton. »Sie hat mir erzählt, daß es dort eiskalt war, und das Mittagessen mußte bis um drei Uhr beendet sein: ›Es ist drei. Zeit, mich im Fernsehen zu sehen‹, hat Diana sie imitiert, Sie wissen schon wen. Die königliche Familie hatte sich die Weihnachtsansprache der Königin im Fernsehen anzuschauen. Laut Diana war das ein Befehl.«

Die Königinmutter sprach mit ihrem Neffen John Bowes-Lyon über Dianas Verhalten, das sich anscheinend durch ein körperliches Leiden noch verschlimmerte. »Sie hatte Anfälle, die bloß ein paar Minuten lang dauerten, in denen sie völlig durchdrehte und die Kontrolle verlor«, sagte Bowes-Lyon.* »Und dann war alles genauso schnell wieder vorbei, wie es gekommen war.«

»Anfangs dachten die Ärzte, ihre Wutausbrüche könnten auf Epilepsie zurückzuführen sein, diese Diagnose wurde dann jedoch fallengelassen, weil sie nicht die Zunge verschluckte oder sonstige epileptische Symptome aufwies. Das, worunter sie litt, kann anscheinend erblich sein, und in der Fermoy-Familie hat es weitere Fälle gegeben, wie der königlichen Familie mitgeteilt wurde.«

---

* »John Bowes-Lyon mußte sich bei Diana entschuldigen, als gedruckt wurde, daß ihr ein paar Sekunden lang Schaum vor dem Mund stand«, berichtete 1993 der Gesellschaftskolumnist Taki Theodoracopulos. »Sie hatte eine leichte Erkrankung, die der Epilepsie ähnelt, was John Bowes-Lyon von der Königinmutter wußte. Er hat mir davon erzählt, und ich habe es natürlich Nigel [Dempster] weitererzählt, und dieses blöde Arschloch hat es in seinem Buch verwendet [»Behind Palace Doors«, das er 1993 mit Peter Evans als Coautor schrieb]. Als das Buch herauskam, mußte John Diana eine Karte schreiben, die besagte: »Ich entschuldige mich, aber damit hatte ich nichts zu tun.«

In den folgenden drei Jahren sollte Diana noch mehrmals probieren, sich das Leben zu nehmen. Es war jedesmal ein verzweifelter Versuch der Selbstverstümmelung. »Ich habe es vier- oder fünfmal gemacht«, gestand sie Dr. Maurice Lipsedge, der als Spezialist für Eßstörungen am Londoner Guy's Hospital tätig war. Sie erzählte ihm von den verschiedenen Versuchen: Einmal schlitzte sie sich die Arme mit einem Zitronenholz auf; sie schnitt sich das Handgelenk auf; sie fuhr mit einem Messer in die Venen eines Beines; und sie warf sich gegen einen Glasschrank.

»Wenn einem niemand zuhört oder man das Gefühl hat, daß einem niemand zuhört, kann alles Mögliche passieren«, sagte sie. »Diese Selbstmordversuche waren Hilferufe.«

Als die Königin bei dem Paar die ersten Anzeichen von Differenzen bemerkte, schlug sie Charles und Diana vor, gemeinsam zu verreisen. »In solchen Situationen empfiehlt Ihre Majestät immer Zerstreuung«, erläuterte eine ihrer Freundinnen. »Ihre Lösung lautet: gemeinsam verreisen, das Problem bereinigen, und alles ist wieder in Ordnung. Bei ihr hat das immer funktioniert. Warum sollte es bei den beiden nicht funktionieren?«

Einige Tage später reisten der Prinz und die Prinzessin zur Insel Windermere, die zu den Bahamas gehört. »Was Diana braucht, sind Ferien in der Sonne«, meinte Charles, »um sich auf die Geburt vorzubereiten.« Und wieder wurde das Paar von den langen Objektiven freischaffender Fotografen verfolgt, denen ein Schnappschuß von der Prinzessin gelang, wie sie im fünften Monat im orangeroten Bikini in die Brandung hüpfte. Wieder einmal landete Diana auf den Titelseiten der Boulevardblätter. Die Königin war außer sich. »Das ist einer der schwärzesten Tage des britischen Journalismus«, ließ sie durch ihren Pressesekretär ausrichten. Die *Sun* brachte hinterher eine Entschuldigung und druckte das Foto gleich ein zweites Mal ab, nur für den Fall, daß ihre fünf Millionen Leser nicht wissen sollten, wofür sie sich entschuldigte.

Ihre Majestät war einmal mehr verheizt worden von der *Sun* und dem Mann, der durch den Kauf von *Sun, Times, Sunday Times* und Sky TV mittlerweile die britischen Medien dominierte. Jetzt zeigte es Rupert Murdoch der Königin, daß die mickrigen Gehälter, die sie ihren Angestellten zahlte, gegen seinen Scheckbuchjournalismus nicht ankamen. Jedes Häppchen Klatsch aus dem Königspalast stand zum Verkauf, und für sensationelle Enthüllungen zahlte er großzügig. Murdoch, ein Australier, den keinerlei Ehrfurcht vor der Krone hemmte, war kein Monarchist, und deshalb holten seine respektlosen Zeitungen die königliche Familie mit Zoom heran und druckten ungeschönte Geschichten und ungestellte Fotos. Der schützenden Hülle der Ehrerbietung beraubt, flatterten und gackerten die Mitglieder der königlichen Familie herum wie Gänse in der Ziellinie eines Gewehrs. Die Königin maßregelte Chefredakteure, beantragte (und erwirkte) einstweilige Verfügungen und ging schließlich vor Gericht, um ihre Dienerschaft am Verkauf von Geheimnissen zu hindern. Sie rief nach Pressesanktionen und klagte Schadenersatz ein.

»Ihre Majestät war verärgert, als ein Foto von ihrem sechsjährigen Enkel Peter erschienen war, auf dem er auf einer Vogeljagd einen toten Fasan am Hals umdrehte«, erinnerte sich ein Mitglied des königlichen Haushalts. »Sie wies Reporter und Fotografen in Sandringham vom Grundstück und sperrte sie aus Windsor aus. Sie versuchte, sie von allen Familienereignissen einschließlich der Taufe von Kindern königlichen Geblüts fernzuhalten.«

Charles und Dianas erstes Kind, der dreiundvierzigste Thronerbe der britischen Krone, wurde am 21. Juni 1982 geboren. Die Husaren der Königlich Berittenen Artillerie feuerten die traditionellen 41 Salutschüsse zu Ehren des neuen Prinzen ab. Der blonde, blauäugige Junge wurde sieben Tage lang »Baby Wales« genannt, bis die Eltern endlich aufhörten, sich wegen seines Namens zu streiten. »Wir sind uns nicht ganz einig, wie wir ihn nennen sollen«, räumte Charles vor Reportern ein. Das Paar einigte sich schließlich auf William Arthur Philip Louis – zu Ehren Wilhelms des Eroberers, des legendären Königs Artus, des Herzogs von Edinburgh und von Lord Louis Mountbatten. Prinz William (seine Eltern riefen ihn »Wills«) wurde am 82. Geburtstag der Königinmutter getauft.

»Es war eine ziemlich schwierige Schwangerschaft – mir ging es die ganze Zeit über nicht sehr gut«, erinnerte sich Diana in einem Fernsehinterview. »Dann hatte ich aber das Gefühl, daß das ganze Land mit mir zusammen in den Wehen lag... Da war es also eine große Erleichterung, als William zur Welt kam.«

Die Briten frohlockten, ausgenommen Williams brummige Tante Prinzessin Anne, die sich um die Zeit seiner Geburt gerade auf einer Goodwillreise durch die Vereinigten Staaten befand und sich über die Fragen der Journalisten ärgerte.

»Königliche Hoheit, irgendwelche Neuigkeiten von Prinzessin Diana?«

»Ich weiß keine«, bellte sie. »Sagen Sie mir welche.«

»Ihre Reaktion darauf, daß sie einen Sohn bekommen hat?«

Sie zuckte mit den Achseln. »Ich wußte gar nicht, daß sie einen bekommen hat.«

»Heute morgen.«

»Oh, gut«, sagte sie sarkastisch. »Ist das nicht schön?«

»Wie gefällt Ihnen Ihr Besuch in New Mexico?«

»Behalten Sie Ihre Fragen für sich.«

»Ma'am, was ist das für ein Gefühl, Tante zu werden?«

»Das geht Sie nichts an. Vielen Dank.«

In der Beliebtheitsskala der königlichen Familie fiel die sauertöpfische Prinzessin auf die untersten Ränge. »Verzieh dich, Anne«, kreischte die *Daily Mail*, die behauptete, sie sei neidisch wegen des Theaters um Diana. Andere Zeitungen kanzelten die Königintochter als ungehobelt, mißlaunig und unglücklich ab. Binnen zehn Jahren sollten diese Experten ihre Meinung radikal ändern. Nach ihrem Einsatz für die Wohltätigkeitsorganisation *Save the Children* sollte Anne sich in

Großbritannien als eine der geachtetsten Frauen herausstellen. Einige Meinungsumfragen kamen sogar zu dem Ergebnis, daß die Öffentlichkeit sie der Thronfolge für würdiger als Charles hielt. Damals gehörte sie jedoch zu den am meisten beschimpften Personen im Vereinigten Königreich.

Das Verhältnis zwischen Prinzessin Anne und der Prinzessin von Wales war vergiftet: Die beiden haßten einander. Anne hielt Diana für eine eitle, dumme und neurotische Frau. »Sie macht viel zuviel Geschrei um Kinder«, sagte sie.

Diana tat ihre Schwägerin als Mann ab, der sich als Frau verstellte. »Ich glaube, die rasiert sich.«

»Du vergißt was«, sagte eine Freundin. »Bei den Olympischen Spielen in Montreal [1976] hat Anne sich als einzige Teilnehmerin keinem Geschlechtstest unterziehen müssen.«

»Nur weil die Ergebnisse allzu peinlich gewesen wären«, witzelte Diana. »Sie ist Philip – in Frauenkleidern.«

Die Prinzessin von Wales konnte eine Frau wie Anne nicht verstehen, die so entschieden unweiblich wirkte. Anne lehnte es ab, Make-up anzulegen, band das Haar in einem Knoten und trug Kleider, die so aussahen, als ob sie aus einem billigen Second-hand-Geschäft kämen. Diana hatte von Annes Ehebruch mit einer Palastwache gehört, konnte aber nicht begreifen, wieso er sich sexuell angezogen fühlte. »Was finden Männer an der?« fragte sie.

Anne, die absolut geradeheraus war, tat nichts, um sich bei anderen einzuschmeicheln, schon gar nicht bei der Presse, die sie verabscheute. »Sie sind schon allein wegen der Kamera in ihrer Hand eine Pest«, fuhr sie einen Fotografen an, der sie zu fotografieren versuchte.

Charles gab zu, daß seine Schwester schwierig sein konnte, aber, so bemerkte er, sie sei seine einzige Schwester und habe ihn geehrt, als sie ihn zum Taufpaten ihres ersten Sohnes gemacht hatte. Er schlug deshalb vor, daß er und Diana die Ehre erwiderten und Anne zu einer von Prinz Williams Patentanten machten. Diana weigerte sich.

»Darling, bitte«, flehte Charles traurig. »Bitte.«

Diana blieb ungerührt. Nach einem halbherzigen Versuch, sie umzustimmen, gab Charles auf. Einige Tage später gaben die beiden die Wahl der Pateneltern bekannt: Prinzessin Alexandra, die Herzogin von Westminster, Lady Susan Hussey; der griechische König Konstantin II., Lord Romsey, Sir Laurens van der Post.

Zur Taufe besprengte der Erzbischof von Canterbury den Kopf des Babys mit Wasser und überreichte dem Vater eine brennende Kerze, um die Aufnahme des jungen Prinzen in die Kirche zu symbolisieren.

»Die Fenster standen offen, das Sonnenlicht strömte herein«, sagte Sir Laurens zur Zeitschrift *Horoscope*. »Dann wurde der Himmel grau, und es begann ein großer Sturm heraufzuziehen. In dem Moment, als der Erzbischof die brennende Kerze überreichte, blies ein heftiger Windstoß durch die Fenster. Die Flamme flackerte, erlosch aber nicht.«

Der Weise deutete es als ein Zeichen für den Prinzen und die Prinzessin von Wales, die beide mystisch veranlagt waren. Van der Post hielt es für ein gutes Omen und erklärte, daß das Flakkern der Kerze eine Krise in der Zukunft von Prinz William bedeute, die er aber überwinden werde.

Zwei Jahre später, nach der Geburt des zweiten Sohnes, schlug Charles seine Schwester erneut als Patentante vor, und Diana lehnte es wiederum ab. Statt dessen wählte sie Lady Celia Vestey, Lady Sarah Armstrong-Jones, Prinzessin Margarets Tochter, und ihre frühere Mitbewohnerin von Coleherne Court, Carolyn Pride Bartholomew. Charles wählte als Patenonkel seinen Bruder Andrew, Herzog von York, den Künstler Bryan Organ, der schmeichelhafte königliche Portraits malte, und Gerald Ward, einen reichen Polospieler.

Die Bekanntgabe der Pateneltern dieses Kindes löste einen heftigen Familienstreit aus. Prinz Philip war so böse auf Charles, weil Anne ein zweites Mal übergangen worden war, daß er sechs Wochen lang kein Wort mit ihm wechselte und auch seinen neuen Enkel nicht besuchte. Gegen Jahresende schrieb er ihm eine tadelnde Notiz: Als Thronfolger seien Charles' Leistungen offenkundig unzureichend. Philip lobte Anne, sein Lieblingskind, mit den Worten, sie bringe von allen Mitgliedern der königlichen Familie den größten Einsatz. »Sie hat die Krone auf 201 Ereignissen vertreten, während Du den Protokollen zufolge 93 Male aufgetreten bist und Deine Frau 51 Male. Selbst zusammengerechnet erreichen diese Zahlen [für 1984] nicht die Bemühungen deiner Schwester.«

Drei Jahre später belohnte die Königin diesen Arbeitseinsatz, indem sie Anne zur Princess Royal ernannte – es ist die höchste Ehre, die ein Herrscher einem weiblichen Mitglied der königlichen Familie zuteil werden lassen kann.

Anne war jedoch so gekränkt darüber, erneut als Patentante übergangen worden zu sein, daß sie die Einladung zur Taufe von Prinz Henry Charles Albert David (die Eltern riefen ihn »Harry«) ablehnte. Sie erklärte, der Termin überschneide sich mit einer von ihr und ihrem Mann geplanten Jagdparty. Die Königin und Prinz Charles beschlossen, die Taufe vom Buckingham-Palast in die St.-George-Kapelle in Windsor zu verlegen, die nicht sehr weit von Annes Besitzungen entfernt lag, weil sie hofften, daß Anne daraufhin ihre Meinung ändern würde. Sie änderte ihre Meinung nicht. Der Pressesekretär der Königin rief bei ihr an und bat sie inständig, ihre Jagdpartie auf einen anderen Tag zu verlegen; er wies darauf hin, daß die Presse ihre Abwesenheit als Affront gegen die Prinzessin von Wales deuten würde.

»Na und?« meinte Anne, die ihre Kinder an ihrer Statt schickte. »Peter und Zara werden da sein. Das genügt.«

Michael Shea bat und flehte: umsonst. Und ganz wie er vorhergesehen hatte, machte die Murdoch-Presse sie als reizbar und rachsüchtig herunter. Die Prinzessin von Wales dagegen wurde von der Murdoch-Presse kanonisiert und neben der Königinmutter zur beliebtesten Person des Königreichs erklärt.

14

»ICH HABE DIE Nase gestrichen voll von euren verdammten Sicherheitsmaßnahmen«, schimpfte der Herzog von Edinburgh.

»Bedaure, Sir«, sagte der US-Geheimdienstagent, »aber ich kann überhaupt nichts tun, solange sich das Auto des Präsidenten nicht bewegt.«

Die Königin und der Herzog, die als Gäste der Reagans 1983 durch Kalifornien tourten, saßen im Fond ihrer Limousine und warteten, daß die Wagenkolonne sich durch die verregneten Straßen von San Francisco bewegte. Philip platzte vor Ungeduld.

»Ich habe gesagt: Fahren Sie«, bellte er.

»Sir, wir warten auf das Auto von Präsident Reagan.«

Die Königin blickte stur geradeaus. Sekunden verstrichen. Wutentbrannt griff Philip nach der Zeitschrift in der Seitentasche, rollte sie auf und schlug dem Fahrer auf den Hinterkopf.

»Fahren Sie endlich!« schrie er. »Und zwar gleich!«

Die Königin saß regungslos da und sagte kein Wort, als ihr Mann den Geheimagenten schlug, als ob er ein Pferd wäre. Nach der Ankunft im Hotel, eine Stunde später, entsandte sie ihren Botschaftsvertreter zum Zimmer des Agenten, um ihn zu einem gemeinsamen Schlaftrunk einzuladen.

»Nein, danke«, erwiderte der Agent. Er machte sich gar nicht die Mühe, seinen Ärger über die Art, wie er vom Ehemann der Königin behandelt worden war, zu verbergen.

»Bitte, Sir. Sie müssen die Einladung Ihrer Majestät annehmen.«

»Ich habe ›Nein, danke‹ gesagt. Ich werde nicht mehr Zeit in ihrer Gesellschaft verbringen, als ich unbedingt muß.«

Der Bote der Königin wandte sich an den im Raum anwesenden Vertreter des Weißen Hauses. »Bitte, Sir, ich flehe Sie an. Ich kann einfach nicht zu Ihrer Majestät zurückkehren und ihr mitteilen, daß ihre Einladung zurückgewiesen wurde. Ich würde meine Stelle verlieren. Meine Dienstzeit geht in sechs Monaten zu Ende, und ich kann es mir nicht leisten, ohne Pension in den Ruhestand zu gehen. Ich gebe zu, daß der Herzog von Edinburgh sich abscheulich – unverzeihlich grob – verhalten hat, doch ich bitte Sie, diese Einladung anzunehmen, mir zuliebe.«

Der Berater des Weißen Hauses sah den Geheimagenten an, der den besorgten Boten musterte – und änderte seinen Entschluß. »Ich möchte nur eins klarstellen«, sagte er, »ich tue das für Sie und nicht wegen der beiden.«

Der US-Geheimdienst hatte sich während des ganzen Besuches bemüht, die höchsten Sicherheitsstandards für das königliche Paar zu gewährleisten, doch der Herzog von Edinburgh widersetzte sich jeder vorgeschlagenen Sicherheitsmaßnahme. Am Abend zuvor hatte er in seiner Limousine die Beleuchtung eingeschaltet.

»Es tut mir leid, Sir«, sagte der Agent. »Ich muß Sie bitten, das Licht auszuschalten. Es macht Sie zu einer Zielscheibe.«

»Den Teufel werde ich tun«, fuhr Philip ihn an. »Was glauben Sie denn, warum dort draußen die Menschen stehen? Sie wollen mich sehen, und ich will ihnen zuwinken.«

Die amerikanische Protokollchefin Selwa Roosevelt griff ein. »Sir, diese Männer tun nur ihre Pflicht«, sagte sie. »Wenn Ihnen etwas zustoßen sollte, würde es ihrer Fahrlässigkeit zugeschrieben. Lassen Sie es bitte nicht an ihnen aus. Sie haben ihre Anweisungen.« Beim Aussteigen schlug Philip ihr die Tür vor der Nase zu. Einige Stunden später entschuldigte er sich während eines Abendessens.

Auf der Fahrt von San Diego nach San Francisco und weiter bis zur Reagan-Ranch in Santa Barbara wetterte der Herzog ständig über die Sicherheitsmaßnahmen. »Gorillas sind sie«, schimpfte er der Königin gegenüber, die sich ebenfalls über die extremen Sicherheitsmaßnahmen ärgerte. Privat stimmte sie ihrem Mann zu, öffentlich sagte sie nichts. Sie befand sich auf einer Goodwill-Tour – es war ihre fünfte in den Vereinigten Staaten –, und sie geschah auf den ausdrücklichen Wunsch ihrer Regierung zur Konsolidierung dessen, was die beiden Länder inzwischen als ihre besondere Beziehung bezeichneten. Die britische Premierministerin Margaret Thatcher, eine politische Gesinnungsgenossin von Ronald Reagan, brauchte US-Hilfe: Aus diesem Grund befriedigte sie den amerikanischen Appetit nach Royalty, indem sie die Königin auf Reisen schickte.

Reagan hatte Thatcher den Rücken gedeckt, als britische Truppen 1982 auf den Falklandinseln landeten, um sie von Argentinien zurückzufordern. Der Preis: das Leben von 237 britischen Soldaten und 9 Milliarden Mark. Die meisten Leute hatten vermutet, daß Großbritannien für solch einen Angriff zu arm und zu passiv wäre; daher hatte diese Invasion das Prestige des Landes erhöht. Argentiniens Kapitulation im Juni 1982 brachte der energischen Premierministerin den Beinamen »Eiserne Lady« ein. Prinz Andrew, das Lieblingskind der Queen, flog im Krieg einen Marinehubschrauber und kehrte als Held zurück.

Die »besondere Beziehung« zwischen London und Washington war nach der Invasion Grenadas durch die Vereinigten Staaten ein wenig gespannt; Grenada war eine ehemalige britische Kolonie in der Karibik, die weiterhin zum Commonwealth gehörte. Als Königin von England war Elizabeth II. auch Königin von Grenada und besaß für Invasionen, insbesondere durch mit ihr verbündete Staaten, wenig Verständnis. »Sie ist wegen dieser Angelegenheit äußerst ungehalten über Präsident Reagan« erklärte ein Sprecher der Labour Party. Die Königin hatte Margaret Thatcher zu sich in den Palast bestellt und wissen wollen, warum Ihre Majestät die Nachricht von der BBC und nicht von der Premierministerin persönlich erfahren mußte. Darauf erwiderte Mrs. Thatcher, sie habe es selbst erst erfahren, als sie wenige Minuten zuvor mit dem Präsidenten telefoniert hatte. »Es ist eine freundliche Invasion«, hatte Reagan ihr mitgeteilt und versichert, im Falle einer Machtergreifung durch die Kommunisten auf der Insel hätten eintausend Amerikaner evakuiert werden müssen. Mrs. Thatcher teilte der Königin mit, daß auch sie irritiert sei, daß Großbritannien die Invasion aber nicht verurteilen würde. »Wir stehen den Vereinigten Staaten bei und werden es auch in den größeren Bündnissen weiterhin tun«, erklärte die Premierministerin. »Die Vereinigten Staaten sind der entscheidende Garant der Freiheit in Europa.«

Die Königin gab ihr Mißfallen zu erkennen, indem sie der Premierministerin bei der Zusammenkunft keinen Stuhl anbot. Über die Reaktion Thatchers berichtete sie hinterher: »Heute bloß zwei Knickse.« Die übertriebene Hochachtung der Premierministerin, die von sich selbst im Pluralis majestatis sprach, amüsierte die Königsfamilie. Prinz Philip tat sie als »Tochter eines Gemüsehändlers« ab, weil sie in der Wohnung über der Gemüsehandlung ihres Vaters in Grantham zur Welt gekommen war. Die Königin, die für ihre bösartigen Nachahmungskünste bekannt ist, liebte es, Thatcher-Witze zu erzählen. Ihr Lieblingswitz handelte vom Besuch der Premierministerin in einem Altersheim.

»Wissen Sie, wer ich bin?« fragte die Queen und imitierte dabei den hochtrabenden Akzent Thatchers, während sie einem älteren Heimbewohner die Hand schüttelte.

»Nein«, antwortete der konfuse Heimbewohner, »aber fragen Sie nur die Heimleiterin, die wird's Ihnen sagen.«

Einmal ging jedoch ein Witz ins Auge. Da gibt es die – vermutlich wahre – Geschichte über den Diplomaten eines Commonwealth-Landes, der in den Buckingham-Palast kam, um seine Aufwartung zu machen. Als die Königin glaubte, daß er gegangen sei, begann sie seine Sprechweise nachzumachen, mußte dann aber zu ihrem Leidwesen feststellen, daß er sich noch in dem Saal aufhielt. »Nicht übel, Ma'am«, sagte er höflich, während er sich mit einer Verbeugung entfernte, »gar nicht übel.«

Der Pressesekretär der Königin gab sich große Mühe, die Herrscherin menschlicher wirken zu lassen, indem er ihren Sinn für Humor betonte, der ja bekanntlich oft hinter einer strengen Fassade lauert. Er verriet, daß die Royals die Königin oft »Miss Piggyface« [Schweinchengesicht] nannten, wenn sei einen gelangweilten oder unzufriedenen Eindruck machte. Auf solche Art machte sie sich auch über sich selbst lustig. Als sie sich einmal eine Videokassette von der königlichen Hochzeit anschaute, rief sie ihrem Mann zu. »Philip, komm her und sieh mal. Ich hab' das Miss-Schweinchengesicht aufgesetzt.«

»Manchmal, wenn auch natürlich keineswegs immer, hat sich Ihre Majestät gern ihre Puppe bei ›Spitting Image‹ angesehen«, berichtete ihr Pressesekretär mit Bezug auf die satirische Fernsehsendung, in der Gummipuppen verwendet wurden, um sich über die Royals und andere Gestalten des Establishments lustig zu machen. Ein Sketch, der die Königin sehr amüsierte, zeigte die Gummikarikatur der Premierministerin – mit rot bemalten Wangen, einer Spitznase und angeklatschtem Haar – im Gespräch mit der Puppe der Königin, die ein verschlissenes Twinset und über der Krone ein dreieckiges Kopftuch trug.

»Wenigstens stolzieren *wir* nicht mit solch lächerlichen kleinen Hüten auf dem Kopf herum«, sagte die Margaret-Thatcher-Puppe belustigt.

»Würden Sie aber nur zu gern, nicht wahr?« erwiderte die Königin-Puppe.

Das Verhältnis der Königin zu Margaret Thatcher war immer korrekt und freundlich, jedoch nie so eng und innig, wie es ihre Beziehung zu Winston Churchill und Harold Wilson gewesen war. Dieses Problem lag zum Teil in der Vorliebe der Königin für Männer begründet. »Sie betrachtet die weibliche Inferiorität als naturgegeben«, erläuterte der britische Historiker David Cannadine. »Der andere Teil des Problems war Margaret Thatcher persönlich«, wie Prinz Charles seinem Biographen berichtete. »Sie war schlicht und einfach furchterregend.« Gegenüber dem Chefredakteur des *Sunday Express* bezeichnete der Prinz die Premierministerin als »ein bißchen lehrerinnenhaft«. Charles wurde von der konservativen Politik Thatchers mit der Zeit so desillusioniert, daß er der Königin eine Aktennotiz mit der Bitte schickte, doch etwas zu unternehmen, bevor die Premierministerin das Land ruinierte. Die Königin, die am Ende mit ihrem Sohn übereinstimmte, jedoch nichts dagegen zu tun vermochte, teilte ihren Mißmut gelegentlich führenden Politikern des Commonwealth mit.

»Ihre Majestät empfand Unbehagen gegenüber Margaret Thatchers Politik«, bemerkte der frühere australische Premierminister Robert Hawke. »Sie hielt diese Politik für gefährlich.« Bei einem Abendessen mit Lord Shawcross drückte die Königin ihren Zorn über ihre Premierministerin aus, weil Margaret Thatcher das Versprechen eines Asyls für den Schah von Persien in England gebrochen hatte. »Wenn man sein Wort gegeben hat«, betonte die Königin, »dann bleibt's dabei.«

Trotz ihrer negativen Empfindungen verweigerte die Königin Margaret Thatcher nach ihrem Rücktritt nicht den Hosenbandorden. Der auf 24 Mitglieder beschränkte Hosenbandorden – der höchste Ritterorden – wird vom Monarchen üblicherweise einem zurückgetretenen Premierminister verliehen, der keine Wahlniederlage erlitten hat.

Die Königin war Margaret Thatcher umgekehrt politisch genauso suspekt; sie sagte ihren politischen Beratern, daß Ihre Majestät nicht »eine von uns« sei. Die Eiserne Lady geriet mit der Königin wegen einer Commonwealth-Erklärung gegen

Apartheid aneinander. Im Unterschied zur Königin war sie keine glühende Verfechterin des Commonwealth; ihr war die Bedeutung Großbritanniens innerhalb Europas wichtiger. Sie tat den Commonwealth ab als einen Haufen von gierigen Bettlern.

Dem Labour-Abgeordneten Tony Benn vertraute die Queen an, sie hasse die Europäische Union und halte deren Führer für unzivilisiert, zynisch und desillusioniert. Benn führte das in seinem Tagebuch auf ihre Erkenntnis zurück, daß es für sie innerhalb der Europäischen Union keine Rolle geben würde. Der republikanisch gesinnte Benn verspottete die Queen mit der Behauptung, sie wäre ohne den Spickzettel eines Höflings nicht einmal in der Lage, »Guten Morgen« zu sagen.

Die Königin blieb trotz ihrer Premierministerin ihren Dominions treu. Und sie tat alles in ihrer Macht Stehende, um das allmählich anfällig gewordene Königtum zu stärken; das betraf insbesondere Kanada und Australien, wo republikanische Sympathien hohe Wellen schlugen. Bis 1982 hatte sie nach Kanada zwölf und nach Australien neun offizielle Reisen gemacht. Und in beiden Ländern sorgte sie für die Präsenz der Krone, indem sie regelmäßig Mitglieder der königlichen Familie zu Besuchen dorthin schickte. Im Jahr 1983 entsandte sie den Prinzen und die Prinzessin von Wales für sechs Wochen nach Australien, obwohl sich die Prinzessin zunächst weigerte. Sie willigte erst nach einem beträchtlichen Gerangel ein, bestand dann allerdings darauf, daß ihr neun Monate altes Baby und die Amme mitreisen durften.

»Du weißt doch, wie du dich gefühlt hast«, sagte Diana zu Charles. »Du warst todunglücklich, wenn deine Mutter dich manchmal monatelang zurückließ, und da warst du älter als Wills.« Sie erinnerte ihren Mann daran, was er ihr über seine einsame Kindheit erzählt hatte. Diana war der Auffassung, daß er psychischen Schaden erlitten hatte durch seine Eltern, die viel zu beschäftigt gewesen waren, sich um ihn zu kümmern, weil sie ständig auf Reisen waren. »Das werde ich Wills nicht antun«, versprach sie in Anwesenheit des Personals. Sie zitierte Bücher, denen zufolge die ersten zwei Jahre im Leben eines Kindes die Phase waren, in der Selbstbewußtsein und -sicherheit geprägt werden. »Ich weiß, daß Wills bloß ein Baby ist«, sagte sie, »er braucht aber trotzdem unsere Aufmerksamkeit.«

Diana war von der Bedeutung eines Körperkontakts zwischen Mutter und Kind überzeugt; von »viel Schmusen und Umarmen«, wie sie sich ausdrückte. Oft schreckte sie die Amme auf, wenn sie zu ungewöhnlichen Tageszeiten, während das Baby schlief, ins Kinderzimmer lief. »Ich bin nur gekommen, um ihm ein Küßchen zu geben«, sagte Diana dann, streckte die Arme aus und weckte Wills auf. Sie war eine ängstliche Mutter; sie beugte sich über seine Wiege und war besorgt, wenn er weinte. »Sind Sie auch ganz sicher, daß alles in Ordnung ist?« Die Nanny, die von Wills »Baba« genannt wurde, ärgerte sich über die Prinzessin, die befürchtete, von ihr verdrängt zu werden. Einige Jahre später glaubte Diana zu entdecken, daß Wills Schwierigkeiten habe, »Baba« und »Mama« auseinanderzuhalten – weshalb sie die Nanny feuerte.

Als Charles den Vorschlag machte, das Baby auf die Tour des Jahres 1983 mitzunehmen, war die Königin skeptisch. Er erklärte, daß Diana nicht sechs Wochen lang von ihrem Kind getrennt sein wollte. Die Königin hörte geduldig zu und willigte ein, mit dem Außenministerium die erforderlichen Maßnahmen zu vereinbaren, so daß das Paar mit dem Baby reisen konnte. Trotzdem, sie war besorgt.

Dianas Verhalten hatte der Königin schon seit längerem zu schaffen gemacht, vor allem seit dem österreichischen Skiurlaub Dianas, der wenige Monate zurücklag. Der Prinz und die Prinzessin hatten Massen von Paparazzi angezogen, die die Hänge, Geschäfte und Restaurants bevölkerten und einen riesigen Tumult verursachten. Die Presse drängelte, um näher an das königliche Paar heranzukommen, und rempelte eine

Gruppe von Touristen an, die gaffend herumstand. Der Urlaubsort erweckte den Eindruck, als ob er von mit Kameras und Mikrophonen behängten Irren besetzt worden wäre. Auf der verzweifelten Jagd nach einem Schnappschuß von Diana schlugen die Fotografen Türen und Schaufenster ein. Die Polizei mußte eingreifen, damit wieder Ordnung hergestellt wurde.

Hatte sich Diana den Medien gegenüber früher liebenswürdig und kooperativ gezeigt, so weigerte sie sich jetzt zu posieren. Sie fand es lästig, daß sie bei jedem Erscheinen in der Öffentlichkeit verfolgt wurde. Sie verbarg ihr Gesicht im Mantelkragen, steckte die Hände in die Taschen und senkte den Kopf. Sie zog sich die Skimütze über den Kopf, setzte riesengroße Brillen auf und verweigerte jedes Lächeln.

Auf den Abfahrten bat Prinz Charles sie inständig, mit der Presse zu kooperieren. »Bitte, Darling, bitte«, sagte er. »Schenk ihnen ein Lächeln, dann haben wir's hinter uns.« Diana blickte zu Boden.

»Bitte, nun versteck dich doch nicht so«, bettelte er und beugte sich zu ihr hinüber. Sie verkrampfte und wich mit gesenktem Kopf zurück.

»Diana, du bist einfach albern«, sagte er irritiert. »Bitte, Darling, du mußt mit ihnen zusammenarbeiten.« Sie hob den Kopf noch immer nicht.

»Königliche Hoheit«, bettelte ein Fotograf, »nur ein kleines Lächeln. Wie in den alten Zeiten.« Diana vergrub das Gesicht in den Händen, und so verharrte sie ganze fünf Minuten, was den Frust von Charles und dem Fotografen nur noch steigerte.

Fotos von der schmollenden Prinzessin und ihrem hilflosen Mann erschienen in der britischen Presse; dazu täglich Artikel über den Aufruhr, den sie verursachte: Es gab Berichte über eine Verfolgungsjagd, bei der die Prinzessin den Fotografen mit 160 Stundenkilometern zu entkommen suchte, und über blonde Lockvögel, die sie hinausschickte, um die Fotografen abzulenken; von hastig errichteten Straßenbarrikaden und von Grenzen, die für die Presse geschlossen waren; von übel zugerichteten Reportern und Fotografen, die von der Straße abgedrängt wurden. Als die Königin von einem britischen Kameramann las, der von einem Leibwächter blutig geschlagen worden war, schickte sie ein Mitglied ihres Stabs, um die Wogen zu glätten.

Noch am gleichen Nachmittag flog der kanadische Diplomat Victor Chapman, der sehr viel Sinn für Humor hatte, mit Francis Cornish, der Charles' Stab angehörte, nach Liechtenstein, um sich die Prinzessin vorzunehmen. Beim Treffen mit dem königlichen Paar begann Cornish, Diana auf ihre Pflichten als Mitglied des Königshauses hinzuweisen. Er informierte sie in einem strengen Ton, daß sie es Ihrer Majestät schulde, mit den Presseleuten zu kooperieren. Höflinge konnte Diana nicht mehr ertragen, und sie schenkte Cornish deshalb gar keine Beachtung; sie reagierte jedoch auf das behutsame Flirten Chapmans, der ihr während der gestrengen Lektion durch Cornish zublinzelte.

»Vic war ein wunderbarer Mensch«, erinnerte sich einer seiner Freunde. »Er war zweimal verheiratet gewesen und hatte fünf Töchter. Er liebte Frauen und verstand einfach, wie er mit Diana umgehen mußte. Er schmeichelte ihr, redete ihr gut zu, neckte sie.«

Damals war die Prinzessin von Wales seelisch völlig durcheinander. Sie sah jedoch hinreißend aus, nachdem sie die 47 Pfund, die sie während der Schwangerschaft zugenommen hatte, weggehungert hatte. Sie war jeden Tag einkaufen gegangen, um sich vom Hunger abzulenken; das Ergebnis war bemerkenswert. Diana wußte, daß eine Prinzessin vorrangig Stil zeigen mußte, und war fest entschlossen, die bestgekleidete Prinzessin von Wales der Geschichte zu werden. Später würde sie beweisen, daß unter der Oberfläche Substanz steckte; zu jener Zeit kam es ihr nur darauf an, daß den Leuten bei ihrem Anblick die Spucke wegblieb. Sie betrachtete die eigenen Fotos in den Zeitungen und las jeden Kommentar über ihre Kleidung. Sie ließ sich von Modejournalisten und Designern beraten. Sie ließ sie wissen, daß sie die Absicht hatte, ihrer Rolle mehr Stil und Glanz zu verleihen und sich von den übrigen weiblichen Windsors und ihren weißen Handtaschen, Gartenpartyhüten und klobigen Schuhen mit breitem Absatz zu trennen. Mit glänzendem blonden Haar und ihrer ganzjährigen Bräune sah sie aus wie ein Filmstar. »Da gibt es nur ein Wort: himmlisch«, seufzte *Vogue*. »Atemberaubend himmlisch.«

Es haben sicherlich nur wenige Menschen geahnt, daß die Prinzessin Bulimie hatte oder unter postnataler Depression litt. Der Hof ging davon aus, daß sie einfach nur verwöhnt und launisch war. Sie vertraute Chapman später an, daß sie die königlichen Verpflichtungen langweilten und sie so schnell wie möglich wieder schwanger werden wollte. »Ich esse lieber und bekomm' Babys, als daß ich Blumensträuße entgegennehme.«*

»Da stimme ich Ihnen durchaus zu, Ma'am«, sagte Chapman. »Vielleicht sollten wir diese Information aber vorerst noch für uns behalten.« Chapman entwickelte ein so gutes Verhältnis zu Diana, daß die Königin ihn 1983 auf die Reise nach Australien mitschickte.

»Und dort hat er Diana umgekrempelt«, sagte eine Frau, die ebenfalls mitreiste. »Vic hat sie gelehrt, eine Prinzessin zu sein. Er hat sie für ihre Rolle trainiert: ›Es wäre wundervoll, wenn Sie mit Ihrem Mann einmal für die Kameras tanzen würden‹, empfahl er am Vorabend des Wohltätigkeitsballs im Southern Cross Hotel in Melbourne. Diana zog ein Gesicht; er machte ihr Mut. ›Genießen Sie's. Zeigen Sie denen, daß Sie Stil haben.‹ Er schmeichelte ihr, versicherte ihr, daß sie die beste Tänzerin

---

* Ein paar Monate später war die Prinzessin tatsächlich wieder schwanger und gab die Neuigkeit der königlichen Familie auf Balmoral bekannt. Die Königin ließ zur Feier Champagner kommen. Binnen einer Woche hatte Diana eine Fehlgeburt. Sie wurde 1983 ein drittes Mal schwanger und brachte am 15. September 1984 Prinz Harry zur Welt.

sei, die er je gesehen habe. ›Die beste?‹ fragte sie. Vic lachte. ›Die beste – nach Dame Margot Fonteyn. Und das auch nur, weil sie Nurejew hat.‹ Diana meinte, da habe sie mit Charles ein Problem, der in unser aller Anwesenheit offen zugegeben hatte, daß er es haßte, sich bei offiziellen Abendessen erheben und den Tanz eröffnen zu müssen. ›Ich versichere Ihnen‹, hatte er gesagt, ›mich verläßt der Mut bei dem Gedanken, daß wir eine so lächerliche Schau abziehen müssen.‹ Vic hatte eine spielerische Art. Er wußte sie zu entspannen. Sie schnitt Grimassen, als ihre Hofdame an jenem Abend mit ihrem Schmuck herumtat. Diana nahm die Kette und wollte sie sich über den Kopf streifen, statt zu warten, bis sie ihr um den Hals gelegt wurde. Sie bekam sie nicht über ihre Nase. ›Mein Rüssel ist zu groß‹, sagte sie. Vic brüllte vor Lachen. ›Lassen Sie sie einfach so‹, sagte er, ›das ist jugendlich und witzig – genau wie Sie. Seien Sie einfach Sie selbst. Seien sie einfach nur eine wunderschöne Prinzessin. Die Leute werden Sie lieben.‹«

Und das taten sie auch. Das Foto, auf dem Charles und Diana tanzten, ließ die Briten aufatmen, die sich bereits Sorgen machten wegen ihrer gar nicht so idealen Prinzessin. Disco-Di – mit den um ihren Kopf gelegten Smaragden der Königin Mary – war ein Hit.

Nach Beendigung der Reise schenkte Diana ihrer Hofdame Anne Beckwith-Smith ein teures Paar Ohrringe. Auf der beiliegenden Karte stand geschrieben: »Ohne Sie hätte ich's nie geschafft.«

Das Problem der Prinzessin war gelöst; die Lösung aber beunruhigte den Prinzen. »Wir haben Ärger«, sagte Chapman zu seiner Freundin Carolyn Townshend nach der Rückkehr nach England. »Sie ist *zu* beliebt, das gefällt dem Prinzen gar nicht.«

Der Prinz konnte die Faszination seiner Frau nicht verstehen. Er hatte erwartet, daß seine Intelligenz höher bewertet würde als ihre Schönheit, und hegte Ressentiments wegen der Aufmerksamkeit, die sie bei Menschenmengen erregte, die sie und nicht ihn sehen wollten. Er litt, wenn Menschen ihret- und nicht seinetwegen die Straßenseite wechselten. Weil Diana aussah wie ein Engel und die Ausstrahlung einer königlichen Prinzessin besaß, erfüllte sie die Träume der Menschen auf eine Art und Weise, wie es ihm unmöglich war. Und er war neidisch. Sie weckte Gefühle, die ganz tief in der menschlichen Phantasie wurzelten und von Märchenvorstellungen genährt wurden, die sie als verehrungswürdiges Abbild der Vollkommenheit erscheinen ließen. Der Titel Königliche Hoheit, der ihr mit ihrer Ehe verliehen worden war, machte sie in den Augen der Leute zu etwas Besserem. Sie wurde automatisch verehrt, wie eine Heilige, und der Anbetung für würdig erachtet. Sie legte sich eine herrliche Hülle zu, und ihre mit natürlicher Herzlichkeit gepaarte Schönheit verlieh ihr eine magnetische Anziehungskraft. Charles wirkte langweilig – trotz seines würdigen Engagements für viele gute Zwecke; Diana aber blendete und bezauberte.

»Eine der wenigen wahren Verallgemeinerungen«, schrieb Simon Sebag Montefiore in *Psychology Today*, »geht dahin, daß alle Nationen, die britische und amerikanische eingeschlossen, gegen die Langeweile des Alltags ankämpfen, indem sie die Fehler und den Glanz ihrer Dynastien bewundern und verachten.«

Auf diese Weise wurde die Prinzessin von Wales, wie vor ihr Jacqueline Kennedy Onassis und Fürstin Gracia von Monaco, zu einem dekorativen Brennpunkt für die Massen. Wie sie als Naturwunder gesehen wurde, wurde sie zum Objekt der Massenhysterie. Die Leute standen stundenlang Schlange, um sie vorbeigehen zu sehen. Sie streckten die Hand aus, um sie zu berühren, und fühlten sich gesegnet, wenn sie in ihre Richtung lächelte. Im Unterschied zu ihrem ernsthaften Mann erregte sie die Menschen. Sie besaß die Leuchtkraft eines Filmstars. Und er konnte das nicht ertragen.

»Vic hatte den Konflikt in Australien kommen sehen«, erinnerte sich Townshend, »und versuchte daher, die Sache für

Charles in Ordnung zu bringen. Vic schlug ihm einige witzige Bemerkungen vor; der Prinz sollte sie auf der Abschiedsfeier in Auckland machen, sie waren nach der Art von Präsident Kennedys wundervollem Satz über sich selbst – er sei der Mann, der Jacqueline Kennedy nach Paris begleitet und jede Minute genossen habe. Doch Charles war eben kein John F. Kennedy.«

Wann immer der Prinz es mit Selbstironie versuchte, wirkte er verkrampft und unnatürlich. Als er einmal bemerkte, daß jemand mit einem Strauß in Dianas Richtung winkte, bot er an, ihn ihr weiterzureichen. »Ich sammle zur Zeit bloß noch Blumensträuße ein«, meinte er. Die Art, wie er sich gab, hatte etwas von einem Sünder, der Erlösung in einem Humor auf eigene Kosten sucht, aber nicht den Sprung in den Glauben schafft. Obwohl es ihm schwerfiel, sich über sich selbst lustig zu machen, gab er sich einen Ruck. »Ich bin zu dem Schluß gekommen, daß es wirklich leichter gewesen wäre, mit zwei Frauen verheiratet zu sein«, sagte er. »Dann könnten sie je eine Straßenseite übernehmen, und ich könnte in der Mitte gehen und alles steuern.«

Alle haben gelacht – weil er der Prinz von Wales war. Doch Chapman wußte, wie schwer es Charles ankam, zur Seite zu treten und seine Frau als Star gelten zu lassen.

»Vic hielt sich bei uns auf dem Land auf«, berichtete Townshend, »und spät in der Nacht läutete dann das Telefon, es war der Prinz von Wales, der sich wegen irgendeines negativen Zeitungsartikels aufregte. ›Da kann man nichts machen‹, sagte Vic gewöhnlich. Die anderen Leute in Charles' Umgebung haben ihn umschwirrt und umgackert: ›Aber ja, Königliche Hoheit, Sie haben völlig recht, Sir. Absoluter Unsinn. Das ist ungeheuerlich. Wirklich. Jawohl, Sir. Ja, Sir. Jede Menge, Sir.‹ Nicht aber Vic. Er war geradeheraus und sagte Charles genau, wie die Dinge lagen. Diana biß sich die Fingernägel ab, weil sie wegen der Boulevardberichte beunruhigt war, die dem Buckingham-Palast mißfielen. Einmal erschien sie mit einer neuen Frisur, die unglücklicherweise der Königin die Schau stahl, die gerade feierlich das Parlament eröffnete. Prinzessin Margaret war außer sich und machte Charles gegenüber eine Bemerkung, der daraufhin Diana. Diana, die an Astrologie und Zahlenmystik glaubte, hielt es für sehr bedeutsam, daß sie und die Fürstin von Monaco unter dem gleichen Stern geboren waren und bestimmte, mystisch wichtige Charakteristika gemeinsam hatten. Es war in der Tat so, daß beide aus kaputten Familien stammten. Beide waren sie das dritte Kind. Beide hatten königliche Prinzen geheiratet. Beide wurden berühmter als ihre Ehemänner. Beide zahlten dafür einen hohen Preis.

Dies wurde Diana einige Jahre später bestätigt, als Robert Lecey seine Biographie »Grace« veröffentlichte, die ihrem übermäßigen Alkoholgenuß, ihre verfahrene Ehe und ihre Seitensprünge enthüllte. Das Buch, so erklärte Diana, bestätige ihre parapsychologischen Eingebungen. Als Gracia 1982 starb, mußte Diana darum kämpfen, ihrer Beerdigung beiwohnen zu dürfen. Der Hof wollte ihr die Teilnahme nicht gestatten, obwohl sich sonst dafür kein anderes Mitglied des Königshauses freiwillig anbot. Diana meinte hinterher, die begeisterten Presseberichte über ihre Teilnahme an der Beerdigung hätten sie darin bestätigt, das Richtige getan zu haben.

Charles war mehr darum bemüht, Anerkennung für seine guten Werke zu finden. Er sei das erste Mitglied der königlichen Familie, das Blut gespendet habe, gab er bekannt – dem schenkte jedoch niemand Aufmerksamkeit. »Ich habe es getan, um dem Land wieder Mut zu geben, nachdem die Angst vor Aids ein Nachlassen der Blutspenden verursachte. Aber die Presse hat sich bloß für das Kleid von Diana wäre«, sagte Charles, als der irische Rockmusiker dafür geehrt wurde, daß er Millionen gegen die Hungersnot in Äthiopien gesammelt hatte.

Der Diener, der seinem Herrn gern zu Gefallen gewesen wäre, rief einen Reporter an und erwähnte die Tatsache, daß der Prinz eine Spenderkarte mit sich trug, welche die Ärzte berechtigte, seine Organe im Todesfall für lebensrettende Operationen zu verwenden. Der Reporter hat darüber auch eine Story geschrieben; sie fand aber kaum Beachtung, weil Diana am Abend zuvor auf einer Wohltätigkeitsveranstaltung in einem einseitig schulterfreien silbernen Pailettenkleid erschienen war und die Fotos von ihr die Nachrichtenseiten beherrschten.

Der hartnäckige Diener rief daraufhin einige Tage später die Redaktion einer BBC-Radiosendung an, um sie darüber zu informieren, daß der Prinz die Ursachen der Unruhen in verschiedenen Städten recherchiert hätte. Charles war, wie der Diener mitteilte, eine ganze Nacht lang durch die dunklen Londoner Straßen gegangen, er habe Notunterkünfte besucht und mit den Obdachlosen gesprochen.

Der Polospieler Charles betrachtete sich als ein Mann des Volkes; laut seiner Schwester war er aber für diese Rolle viel »zu großkotzig«. Sie wies darauf hin, daß sein Personal in Highgrove eigens angefertigte Livreen einschließlich des Helmbusches vom Prinzen von Wales zu tragen hatte und sich tagtäglich bei der ersten Anrede vor ihm verbeugen mußte. Beim Verlassen des Raums bewegten sie sich meistens rückwärts. Der Kammerdiener, der ihm zwölf Jahre gedient hatte, hat das bestätigt. »Es ist mir gelungen, ihn mit der Zeit gut zu kennen«, sagte Stephen Barry, »doch ich durfte nie vergessen, daß er der Herr und ich der Diener war.«

Charles war sich der Ironie nicht bewußt, daß er Umweltschutz predigte und gleichzeitig einen Bentley fuhr, der 23 Liter pro 100 Kilometer schluckte. Er bezeichnete sich als Landwirt, der sich der Erneuerung der Innenstädte verschrieben hätte, wenn er sich nicht gerade der Verwaltung seines Gutsbesitzes widmete. Obwohl er einer der reichsten Männer der Welt war, schlug sein Herz für die Armen. Seine Engagements demonstrierte er während eines zweitägigen Besuchs der Vereinigten Staaten. Am ersten Tag tourte er durch die

Slums von Pittsburgh. Am zweiten Tag spielte er in Palm Beach Polo. Er erholte sich von beidem, indem er zum Skifahren in die Schweiz flog.

In England verlangte es Charles danach, in der Debatte um die urbane Gestaltung der Städte eine Rolle zu spielen. Er ergriff die Gelegenheit 1984, als er vor dem Royal Institute of British Architects anläßlich des 150. Gründungstags des Verbands eine Ansprache hielt. Die Architekten erwarteten, gelobt zu werden; statt dessen putzte Charles sie als elitär herunter. Er warf ihnen vor, daß ihre ungastlichen Entwürfe die Empfindungen und Wünsche normaler Menschen mißachteten. Als Beispiel erwähnte er den modernistischen Entwurf eines Glas-Stahl-Anbaus für die National Gallery of Art in London. Das Design, so rügte Charles, sei ein »monströses Karbunkel auf dem Antlitz eines vielgeliebten eleganten Freundes«.

Mit dieser Rede kam er auf die Titelseiten der britischen Zeitungen, worüber er einige Befriedigung empfand, besonders als der erwähnte Entwurf dann nicht verwirklicht wurde. »Ich habe mir als Prinz von Wales eine eigene öffentliche Aufgabe und Position erarbeitet«, bedeutete er dem Chefredakteur des *Sunday Telegraph* bei einem privaten Mittagessen. »Ich finde, daß ich in meiner Stelle Dinge tun und aussprechen sollte, die, so hoffe ich zumindest, das Gewissen der Nation ein wenig wachrütteln, die ihm kleine Nadelstiche versetzen.« Einige Architekten nörgelten, daß er weniger ersteres als letzteres besorge.

»Ich sah mich später gezwungen, seiner Auffassung zu widersprechen«, sagte Gordon Graham, der frühere Präsident der Royal Academy of British Architects. »Ich habe es höflich, aber bestimmt getan.« Graham behauptete, daß seine Rede für ihn keinerlei Konsequenzen gehabt habe. Da waren seine Freude allerdings anderer Meinung.

»Unsinn«, erklärte Ian Coulter, ein internationaler Berater, der früher einmal für Randolph Churchill gearbeitet hatte.

»Die Rede hat Gordon Graham den Ritterschlag gekostet. Mit seiner direkten Attacke gegen den Thronfolger hat er gegen die größte Windmühle überhaupt gekämpft. Wenn der Sonnenkönig dir den Rücken zudreht, stehst du im Schatten. Das Königshaus verleiht Schutz und Unterstützung. Wenn dir das entzogen wird, bist du ein toter Mann.«

Charles wußte um seine Macht, doch mit Kritik wußte er nicht umzugehen. Er war übertriebenes Lob gewöhnt; nun hatten Zeitungen und Zeitschriften ihn, seine Frau und seine Ehe schon seit Monaten lächerlich gemacht. *Vanity Fair* schrieb, er werde »von hier bis in alle Ewigkeit gegängelt«. Seine Geliebte hatte seine Frau als Mäuschen bezeichnet; andere betrachteten sie als die Ratte im Königshaus. Sie hatte eine Säuberungsaktion in seinem Personal durchgeführt, und mehr als 40 Personen hatten entweder von sich aus gekündigt oder waren entlassen worden. Sie setzte die meisten Angehörigen der »rosaroten Mafia«, wie sie die Homosexuellen in Charles' Diensten nannte, an die Luft, weil sie sie nicht in der Umgebung ihrer jungen Söhne haben wollte. Sie verbannte sogar den alten Labrador ihres Mannes, weil der Hund an Harninkontinenz litt.

Diana war genauso verärgert wie Charles wegen der Berichte der Boulevardpresse über ihr »zwanghaftes Einkaufen« und die »exorbitanten Summen«, die sie für »High-Style-Mode verschwendete«. Eine Zeitung schätzte, daß sie nach Beginn der Beratung durch die britische *Vogue* in nur einem Jahr mehr als 3,6 Millionen Mark ausgegeben hatte – für 373 Ausstattungen inklusive Hüte, Gürtel, Schuhe und Handtaschen. »Das ist nicht wahr, das ist nicht wahr«, jammerte sie. »Am Anfang mußte ich mir natürlich ganz viele neue Sachen kaufen, weil man sich auf so einer offiziellen Tour drei- bis viermal täglich umziehen muß. Ich *mußte* mir neue Sachen kaufen. Ich konnte doch nicht in einem Leopardenfell herumlaufen.«

Seither haben sich ihre Kleiderschränke in Kensington Palace über sechs Räume ausgedehnt. Ein Zimmer war nur für die

Schuhe reserviert: »320 Paar«, erzählte sie strahlend ihrer Freundin Sarah Ferguson, »die Turnschuhe nicht mitgerechnet.« Diana hatte bald den Trick heraus, die Rechnungen für Designerkleider, die sie auf offiziellen Reisen trug, ans britische Außenministerium zu schicken. Für eine sechzehntägige Reise nach Oman, Bahrain und Saudi-Arabien belief sich ihre Kleiderrechnung auf 317 000 Mark.

Sie war deprimiert wegen der Artikel, die ausführten, wie sie sich von einer blauäugigen Jungfrau in eine selbstbesessene Vettel verwandelt hatte. Man gab ihr – zu Unrecht – die Schuld dafür, daß ihr Mann ein wirrer Spinner geworden war, weil sie ihn nicht mehr auf die Jagd gehen ließ.

Charles war von der ihm geltenden Medienaufmerksamkeit ständig enttäuscht. Die Boulevardblätter, die er als »billige, impertinente Gossenpresse« bezeichnete, las er gar nicht erst. Er beschwerte sich jedoch daß die seriösen Zeitungen, die er sich zu Gemüte führte, nicht in ausreichendem Maße über seine hochehrbaren Bemühungen berichteten. Bei einem privaten Mittagessen mit dem Chefredakteur des *Sunday Telegraph*, Peregrine Worsthorne, maulte er: »Manchmal frage ich mich, warum ich nicht alles hinschmeiße und meine Zeit mit Polospielen verbringe.«

Wie Politiker, die mit den Meinungsumfragen leben und sterben, suchten Charles und Dianaverzweifelt nach PR-Beratern. Sie baten jedermann in ihrem Umkreis um Rat, wandten sich an Tory-Abgeordnete, diskrete Chefredakteure und verehrungsvolle Höflinge. Sie berieten sich mit Anwälten und Medienexperten, die sie samt und sonders zu sich nach Kensington Palace einluden, um von ihnen etwas zu lernen.

»Ich habe im November 1984 mit ihnen zu Mittag gegessen«, erzählt der frühere Chefredakteur des *Sunday Express*, John Junor, in seinen Memoiren. »Der Prinz machte die Bemerkung, er hoffe, daß Prinzessin Diana bald anfangen werde, Interviews zu geben. Er fügte dann jedoch hinzu: ›Vielleicht noch nicht gleich. Es könnte klug sein, damit zu warten, bis sie mehr Erfahrung hat.«

Die Prinzessin stimmte ihm zu. »Ich hasse den Klang meiner Stimme«, sagte sie. »Ich kann sie nicht ausstehen. Letzte Woche habe ich ein Linienschiff vom Stapel gelassen. Ich konnte es einfach nicht glauben, als ich mich hinterher selber hörte. Ich habe mich gar nicht wiedererkannt.«

Der Prinz lachte. »Mir ist es genauso gegangen. Ich konnte es einfach nicht glauben, daß das meine Stimme sein sollte. Klang furchtbar hochnäsig.«

Charles bat Junor um Rat, wie er Öffentlichkeitsarbeit betreiben und gegen »die idiotischen Geschichten« ankämpfen sollte, die in der Presse erschienen. Der Prinz sprach lang und breit über seine Anliegen – die benachteiligten Jugendlichen des Landes, die Unzulänglichkeit der Church of England –, und der Chefredakteur hörte zu. Wie Diana auch. Bis Junor sich ihr zuwandte, um sie in das Gespräch einzubeziehen.

»Entschuldige, Darling«, sagte Charles. »Ich habe die ganze Zeit immer nur geredet. Gibt es etwas, worüber du sprechen möchtest?«

Die Prinzessin nickte und ließ dann ihrem Ärger freien Lauf. Sie beklagte sich darüber, daß man sie angegriffen habe, weil sie ihren Mann beeinflußt und ihn gegen das Schießen und Jagen eingenommen habe.

Der Prinz unterbrach sie. »Darüber bin auch ich böse. Meine Frau tut nichts dergleichen. Meine Frau geht in Wirklichkeit gern jagen und schießen. Ich habe mich aus eigenen Stükken davon abgewendet.«

»Es war ganz seine eigene Entscheidung«, erzählte Diana einem anderen Journalisten. »Ich bin auf dem Lande großgeworden und gehe gern jagen. Auf unseren Flitterwochen habe ich in Balmoral ein Reh geschossen. Ich glaube, Charles ist ein bißchen verrückt geworden.«

John Junor war von der Prinzessin entzückt; gegenüber dem Prinzen hatte er Vorbehalte. »Charles war ein ernsthafter, möglicherweise zu ernsthafter junger Mann, der von der Idee besessen war, der Nation zu dienen, und in gewissem Maße Gefahr lief, seine Frau zu überrennen, und noch größere Gefahr lief, sie zu langweilen.«

Nach wochenlangen Konsultationen mit ihren Beratern, zu denen auch ein Astrologe gehörte, faßten der Prinz und die Prinzessin den Beschluß, sich im Fernsehen interviewen zu lassen (»von einem respektvollen Interviewer natürlich«, stellte Charles als Bedingung), damit sie sich den Menschen ohne die Subjektivität der Zeitungen vorstellen konnten. »Die Leute sollen uns so sehen, wie wir wirklich sind«, sagte Diana. Für das Privileg dieses Interviews gewährte ihnen Independent Television im Gegenzug ein redaktionelles Mitspracherecht und sagte ihnen eine gedämpfte Beleuchtung zu. »Ich möchte doch nicht, daß die Zuschauer von meiner [kahlen] Stelle geblendet werden«, witzelte Charles.

Sie baten den Regisseur Sir Richard Attenborough darum, sie für Interviews zu trainieren. Unter seiner Anleitung wurden sie Illusionskünstler von Weltklasse. Charles spielte den romantischen Helden, Diana die hübsche Naive. Die zwei kleinen Prinzen Wills und Harry waren die Zugaben, die im Hintergrund auf dem Klavier herumhämmerten. Als zukünftiger König sollte Charles stark, resolut und vertrauenerweckend wirken. Als seine Gemahlin sollte Diana ihm liebenswürdig und stützend zur Seite stehen. Im Oktober 1985 beherrschten sie ihre Rollen perfekt.

»Die Menschen erwarten sehr viel von uns«, hob Charles ganz ernst an, »und ich denke immer daran – du ja sicherlich auch, Darling –, daß ich die Menschen, daß ich dieses Land nicht enttäuschen möchte.«

Sie wurde gefragt, wie sie ihre Rolle sehe. »Darin, meinen Mann zu unterstützen«, erwiderte sie. »Immer hinter ihm zu stehen und ihn zu ermutigen. Und, was noch wichtiger ist, als Ehefrau und Mutter.«

Fünfundvierzig Minuten lang spielten sie ohne Fehler. Sie erklärte, daß sie nie Diät halte; er wußte nicht einmal, wie eine Kalorientabelle aussah. Sie bestritt, zwanghaftem Kaufrausch zu unterliegen; er setze keineswegs Homoöpathie ein. Sie bekundete den größten Respekt für Prinzessin Anne. Er war, was Architektur anging, völlig vorurteilsfrei.

Als der Interviewer vorsichtig auf die Gerüchte zu sprechen kam, denen zufolge Diana eine dominierende Ehefrau sei und den Geschmack ihres Mannes diktierte, hob sie überrascht den Kopf. »Ich suche vielleicht ab und zu eine Krawatte für ihn aus«, antwortete sie, »das ist aber auch schon alles.« Hinterher habe Charles über diese Antwort in sich hineingelacht, erzählte sie einmal, als er an ihre hektischen Bemühungen um eine Änderung seiner äußeren Erscheinung denken mußte. Sie hatte Tage damit verbracht, seine Kleiderschränke zu durchwühlen, seine soliden blauen Hemden auszurangieren – »langweilig« – und sie durch gestreifte Hemden von Turnbull & Asser zu ersetzen, einreihige Jacketts gegen doppelreihige Blazer auszuwechseln, Schnürschuhe wegzuwerfen – »zu altmodisch« – und statt dessen Slipper mit Troddeln einzuführen. Sie schickte ihn sogar zu ihrem Friseur und gab Fönanweisungen: »Sehen Sie zu, daß die kahle Stelle bedeckt ist.« Sie wies Charles an, wegen seiner großen Ohren keine Hüte zu tragen. »Du siehst sonst wie ein Volkswagen mit zwei offenen Türen aus.«

Im Fernsehen trat das Paar sehr kameradschaftlich und verspielt auf, so daß die Gerüchte über ihre Ehe zerstreut wurden. Sie neckten sich zwischendurch kurz, lächelten häufig und bezauberten die Zuschauer. Anläßlich ihres Besuchs in Washington wurde das Interview 1985 vom amerikanischen Fernsehen ausgestrahlt. Es war Dianas erste Reise in die Vereinigten Staaten, weshalb die Königin zur Medienbetreuung ihren Pressesekretär mitschickte. Michael Shea instruierte die amerikanischen Reporter, welches Verhalten man von ihnen erwartete, und wies sie an, nur dem Prinzen Fragen zu stellen, nicht der Prinzessin. »Sie wird Ihnen nicht antworten«, sagte er. »Also versuchen Sie es gar nicht erst.«

Während der ganzen zweitägigen Tour sagte Diana öffentlich kein einziges Wort. Bei der Abreise wurde sie gefragt, wie ihr Washington gefallen hätte.

»Sehr gut«, sagte sie leise. »Ich ...«

Charles unterbrach sie. »Um für sie zu antworten«, erklärte er mit dröhnender Stimme, »sie findet Washington wunderbar.«

Shea warf einen mißbilligenden Blick auf den Reporter, der es gewagt hatte, seine Frage der Prinzessin statt dem Prinzen zu stellen. Der Reporter verdrehte die Augen.

»Also gut, Sir.« Der Reporter wandte sich an Charles. »Hat die Prinzessin das Dinner im Weißen Haus genossen?«

»Ich glaube ja, nicht wahr, Darling?« antwortete Charles. »Es wäre verrückt, wenn sie es nicht genossen hätte, mit John Travolta zu tanzen, oder?«

Ein paar Tage vor der Abendgesellschaft mit Tanz zu Ehren des königlichen Paares hatte die Frau des Präsidenten die Marine-Band angewiesen, die Musik aus »Saturday Night Fever« einzustudieren, damit der Star dieses Films, John Travolta, die Prinzessin im Großen Foyer des Weißen Hauses herumwirbeln könnte. Mrs. Reagan wußte, daß Diana einmal davon geträumt hatte, eine Ballerina zu werden, und setzte sie daher neben Michail Barischnikow, den Direktor des American Ballet Theatre. Die First Lady lud auch Dianas Lieblingsstars ein: Neil Diamond, Tom Selleck und Clint Eastwood. So sehr die republikanische First Lady auch Prinz Charles mochte, seinen Lieblingsfilmstar – Barbara Streisand – lud sie nicht ein, weil die Streisand zum linksliberalen Flügel der Demokratischen Partei zählt. Durch einen glücklichen Zufall waren Dianas Lieblingsfilmstars allesamt Männer und konservative Republikaner, die im Wahlkampf Ronald Reagan unterstützt hatten.

Trotzdem war die Prinzessin vom Präsidenten und der First Lady nicht beeindruckt. Im privaten Kreis bezeichnete Diana die Reagans als »Horlicks«; das war ihr Slangausdruck für langweilige alte Leute. Und gegenüber Andrew Neil, den Chefredakteur der Londoner *Sunday Times*, machte sie die Bemerkung, daß sie Nancy Reagan für eine vulgäre Amerikanerin hielt. Sie behauptete, daß die First Lady im Jahr zuvor nur deshalb nach England gekommen sei, um sich mit dem Kronprinzenpaar und Prinz William fotografieren zu lassen.

Im Weißen Haus bat der Präsident die Prinzessin um den ersten Tanz; sie mußte sich auf die Lippen beißen, um nicht laut aufzulachen, als er während seiner kleinen Ansprache nach dem Essen bei der Nennung ihres Namen patzte. Reagan stand auf, um das Paar willkommen zu heißen und sprach dann einen Toast auf Prinz Charles und »seine wundervolle Lady, Prinzessin David« aus. Er korrigierte sich sofort und nannte sie dann »Prinzessin Diane.«

»Was hat er gesagt?« flüsterte die Ballerina Suzanne Farrell. »Hat er sie wirklich Prinzessin David genannte?«

Kein Grund zur Sorge«, erwiderte der Schauspieler Peter Ustinov. »Er denkt eben bloß an das nächste Wochenende auf Camp Diana.«

Das Abendessen zu Ehren des königlichen Paares wurde als die glanzvollste Party des Jahres verkauft. Doch das britische Pressecorps war nicht beeindruckt. Es machte abfällige Bemerkungen über die Reagans und ihre unermüdlichen Anstrengungen, Umgang mit königlichen Hoheiten zu suchen; das amerikanische Pressecorps im Weißen Haus geißelten sie als »faul«. »Die wissen ja nicht mal, wie man jemandem auflauert«, meinte James Whitaker vom *Daily Mirror.* Whitaker und seine Kollegen bildeten sich etwas darauf ein, daß sie sich ihren unfreiwilligen Opfern bis zur Türschwelle an die Fersen hängten. Mrs. Reagan hatte eine Presseberichterstattung über die Abendgesellschaft untersagt, weswegen die britischen Reporter den Filmstars zu den Hotels folgten. »Wir haben sie aus dem Hinterhalt überfallen«, sagte Whitaker stolz. »Den amerikanischen Reportern war alles wurscht. Die gingen heim ins Bett. Sie waren unbeschreiblich träge.« Die amerikanischen Reporter revanchierten sich, indem sie erklärten, daß die Briten ja vielleicht kultiviert sprachen, sich aber bestialisch aufführten.

Der verächtliche Ton der britischen Berichterstattung war vom BBC-Korrespondenten mit seinen Kommentaren zum Eintreffen des königlichen Paares im Weißen Haus eingeläutet worden: »Präsident Reagan begrüßte den Prinzen und die Prinzessin. Er trug ein Plaidjackett, das durch seine bemerkenswerte Ähnlichkeit mit dem Teppich auf Schloß Balmoral auffiel.«

Nach dem ersten Tanz, den die Royals mit den Reagans absolvierten, trat die First Lady auf Travolta zu. »Es ist soweit, John«, sagte sie. Der Filmstar ging zum Tisch der Prinzessin hinüber und bat sie um den Tanz. »Ich war begeistert«, sagte Diana. Die Gespräche verstummten; alle schauten den beiden zu. Den Prinzen von Wales, der mit Suzanne Farrell tanzte, beobachtete niemand.

»Die Prinzessin kriegte mit, daß es ein ganz besonderer Augenblick war«, erinnerte sich Travolta. »Sie schien wirklich abzuheben. Sie hatte ein großartiges Gefühl für Rhythmus. Wir sind tüchtig herumgewirbelt. Wir haben so eine Art modernen Foxtrott getanzt, und sie ist mir sehr gut gefolgt. Sie bewegt sich wirklich sehr gut.«

Die Gäste applaudierten wie wild, als die Musik aufhörte und Travolta Diana zu ihrem Platz begleitete. Die vor Aufregung errötete gertenschlanke Prinzessin wollte gleich wieder tanzen. Sie flüsterte Clint Eastwood ins Ohr, wie gerne sie mit einem Mann tanzen würde, der größer als sie sei. Sie vertraute ihm an, daß ihr wegen ihrer Größe von 1,77 Meter bedeutet worden war, niedrige Absätze zu tragen, damit sie ihren Mann nicht überragte.

»Und Sie sind über 1,80 Meter groß«, meinte sie zu dem Schauspieler mit dem zerfurchten Gesicht.

»Ich würde Sie ja bitten, mit mir zu tanzen«, sagte Eastwood ausdruckslos, »aber Sie sind zu alt für mich.«

»Ich bin erst vierundzwanzig«, antwortete Diana kokett.

»Ach so. Na schön«, sagte der fünfundfünfzigjährige Filmstar. »Dann werde ich eine Ausnahme machen.«

Eastwood schilderte seinen Tanz mit Diana mit einer Umformulierung der Zeile, die er in seinen »Dirty-Harry«-Filmen berühmt gemacht hatte: »Sie hat den Tag gerettet.«*

Doch wie begierig die Berühmtheiten auch waren, Diana zu treffen, Diana war umgekehrt nicht weniger aufgeregt, ihnen zu begegnen – so etwa dem Forscher Jacques Cousteau, der Eisläuferin Dorothy Hamill, dem Maler David Hockney, der Olympiasiegerin Mary Lou Retton und der Schauspielerin Brooke Shields. Sie erzählte Barischnikow, daß sie sich vor Jahren von ihm bei einem Auftritt in Covent Garden ein Autogramm geholt hatte.

»Ich gehörte zu den Mädchen, die nach Ihrem Auftritt stundenlang auf Sie warteten«, bekannte sie.

Sie fragte Dorothy Hamill, ob es in Amerika auch solche Klatsch- und Society-Zeitschriften gebe wie in England. »Deren Journalisten können schrecklich nett tun«, sagte Diana. »Sie stellen einem drei reizende Fragen, und dann kommen sie plötzlich mit einer bösartigen.« Sie erkundigte sich auch über Fernsehshows und wollte etwas über Johnny Carson und seine »Tonight«-Show wissen.

»Natürlich kam da auch der Name Joan River auf«, erinnerte sich Dorothy Hamill, die an Dianas Tisch gesessen hatte, »und Barischnikow rief ihr zu: ›Nein, tun Sie's nicht! Nehmen Sie nicht an der Joan-River-Show teil.‹«

---

* Als die Autorin dieses Buches den Schauspieler 1996 wegen einer Bestätigung dieses Vorfalls aus dem Jahre 1985 anrief, verlangte Eastwoods Agent, sie solle das Zitat streichen: »Dies Zitat verwenden wir inzwischen nicht mehr.« In der deutschen Synchronisation der Filme blieb der Satz unübersetzt: »He made my day.« A. d. Ü.

Am nächsten Tag wurden dem königlichen Paar anläßlich eines Mittagessens auf dem Anwesen des Philanthropen Paul Mellon in Upperville Virginia Caroline Kennedy und John F. Kennedy Jr. vorgestellt. Auf einem Wohltätigkeitsball in Palm Beach lernten der Prinz und die Prinzessin einige Tage später Bob Hope, Gregory Peck und Joan Collins kennen, die kurz zuvor einen sechzehn Jahre jüngeren Mann geheiratet hatte. Diana war von dem dreiundfünfzigjährigen Fernsehstar vom »Denver Clan« fasziniert und fragte einen Reporter des *Daily Mail* nach Informationen über die letzte Hochzeit der Collins aus. »Sie ist erstaunlich«, sagte Diana. »In ihrem Alter. Den vierten Ehemann.«

In Washington und Palm Beach waren die Straßen zur Begrüßung des königlichen Paares von Menschenmengen gesäumt. Beim Anblick Dianas begannen junge Mädchen vor Aufregung laut kreischend zu hüpfen. Die Prinzessin von Wales war zu einer internationalen Ikone geworden, die die gleiche Art von ohrenbetäubendem Geschrei verursachte wie Rockstars. Als sie ihren Mann zum Gottesdienst in der National Cathedral von Washington begleitete, kamen mehr als zwölftausend Leute. »Vermutlich wegen ihres Hutes, der wie eine fliegende Untertasse aussieht«, sagte Prinz Charles.

In einer unbekümmerten Abschiedsansprache in Washington sagte er: »Ein Herr von der Presse hat mich – ziemlich taktlos, wie ich fand – gefragt, warum sich vor der Kathedrale diesmal eine größere Menschenmenge versammelt hat als bei meinem letzten Besuch, als ich allein da war. Darauf gibt es selbstverständlich nur eine Antwort: Sie sind alle gekommen, um meine neuen Kleider zu sehen.«

Das Publikum reagierte wohlwollend und lachte ein zweites Mal, als er von seiner Hochzeit als von einer geheiligten Showbusineß-Inszenierung sprach. »Meine Frau und ich sind überwältigt von dem außergewöhnlichen, enthusiastischen und freundlichen Empfang, den wir hier erlebt haben«, sagte Charles. »Vielleicht hat es etwas mit der Tatsache zu tun, daß wir vor vier Jahren in einer ziemlich bekannten kirchlichen Stierkampfarena in London geheiratet haben und daß die Trauung nicht in Hollywood gedreht wurde.«

Obwohl sich die Aufmerksamkeit größtenteils auf Diana, ihre Jugend und ihre Schönheit konzentrierte, hat Charles natürlich – erwartungsgemäß – verschiedene ältere Damen entzückt. »Ich muß zugeben, daß ich persönlich ihn für den interessanteren von beiden hielt«, schrieb die US-Protokollchefin Selwa Roosevelt in ihren Memoiren. »Er war belesen, sprach wunderbar, hatte den Charme seines Vaters und einen großartigen Sinn für Humor.« Präsident Reagans Tochter war noch freimütiger. »Charles haben wir alle gemocht«, sagte sie, »aber Diana war dumm. Irgendwer sollte ihr mal sagen, daß es gar nicht gut ankommt, wenn sie von unten diesen müden Blick durch die Wimpern auflegt.«

Als die Prinzessin von Wales nach London zurückkehrte, war sie zu einem lebenden Denkmal geworden. Nach britischen Meinungsumfragen war sie die größte Touristenattraktion des Landes, sie zog noch mehr Leute an als Trafalgar Square und das Parlamentsgebäude zusammen. Eine Schätzung ergab, daß sie zwischen 1983 und 1985 durch Zeitschriften, Bücher und Tourismus einen Umsatz von 186 Millionen Mark ausgelöst hatte. Sie wurde gefeiert als einziges Mitglied der königlichen Familie, das ohne Handschuhe Hände schüttelte, Autogramme gab, Staatsoberhäupten auf die Wange küßte und Aids-Patienten umarmte. Sie brachte Charme in die stumpfsinnige Routine des Hauses Windsor, und am Abend des 23. Dezember 1985 verlieh sie ihm sogar Sexappeal.

Sie hatte Prinz Charles zu einer Benefizveranstaltung zugunsten des Londoner Royal Opera House in Covent Garden begleitet. Während der Pause entschuldigte sie sich, ließ ihn in der königlichen Loge allein und verschwand unauffällig hinter den Kulissen, um eine Überraschung vorzubereiten.

Als der Vorhang aufging, wirbelte eine gertenschlanke Blondine in einem hautengen weißen Satinkleidchen mit Spaghettiträgern von der Seitenkulisse her zur Bühnenmitte. Dem Publikum verschlug es hörbar den Atem, als sie die Tänzerin erkannten, die sich zu Billy Joels Popsong »Uptown Girl« wiegte:

Uptown girl,
She's been living in her white bread world
For as long as anyone with hot blood can
And now she's looking for a downtown man.

In ihren hochhackigen weißen Satinschuhen überragte die 1,77 Meter große Prinzessin von Wales ihren Partner Wayne Sleep (1,57 Meter) auffällig. Der Ballettänzer, der im »Guinness Buch der Rekorde« aufgeführt wurde, weil er mehr Scherensprünge schaffte als Nijinsky, wurde fast nicht bemerkt. Alle Augen waren auf Diana gerichtet.

Sie hatte diese Nummer in Kensington Palace als Weihnachtsgeschenk für ihren Mann einstudiert. Sie präsentierte sie ihm vor 2 600 Zuschauern, die noch nie erlebt hatten, daß ein Mitglied des Königshauses sich verführerisch über eine Bühne bewegte.

»Der Prinz wäre beinah vom Stuhl gefallen«, erinnerte sich Sleep, »vor allem, als sie diese Kicks über meinem Kopf machte ... Die Kicknummer löste stürmischen Beifall aus. Ich konnte es gar nicht fassen, wie gut sie tanzte. Sie war sich ihrer selbst so sicher, daß sie sogar einen Knicks vor der Königsloge machte.« Sleep hob sie empor und trug sie von der Bühne. »Ich war ganz nervös bei dem Gedanken«, sagte er, »daß ich die zukünftige Königin von England in meinen Armen hielt.«

Tosender Beifall. Das Publikum bedachte die Prinzessin mit Standing Ovations. Achtmal mußte der Vorhang aufgezogen werden. Diana verneigte sich, blickte ihren Mann direkt an und lächelte. Sie wollte den Auftritt sogar noch einmal wiederholen, als Zugabe. »Ich habe nein gesagt«, sagte Sleep, »weil dann die Mäkelei angefangen hätte. Sie ist eine gute Tänzerin, aber kein Profi. Sie fing noch einmal von vorne an, so daß ich sie geradezu von der Bühne zerren mußte. Sie fand es großartig.«

Ein paar Monate danach betrat Diana wieder die Bühne, um eine Videoaufnahme von sich zu machen; sie tanzte zum Titellied vom »Phantom der Oper«. Nachdem sie Andrew Lloyd Webbers Musical sechsmal gesehen hatte, teilte sie dem Direktor des Her Majesty's Theatre in London mit, sie wolle beim Tanzen zum Liebeslied »All I Ask of You« gefilmt werden. Es solle ein Geburtstagsgeschenk für ihren Mann werden, behauptete sie. Da es sich um eine Bitte der Prinzessin von Wales und angeblich ein Geschenk für den Prinzen handelte, erklärte der Direktor sich bereit, ihr Bühne und Orchester zur Verfügung zu stellen. Sie hat später zugegeben, daß das Band nie für Charles, sondern für sie selbst gedacht gewesen sei.

Sie hatte nichts dagegen, daß der offizielle Fotograf des Opernhauses seine Bilder von ihrem gewagten Tanz mit Wayne Sleep für Tausende von Dollar verkaufte. »Es war so sexy, so etwas hatte ich in Covent Garden noch nie gesehen«, bekannte der Fotograf.

Der Prinz, der sich in der Öffentlichkeit erhoben hatte, um seiner Frau zu applaudieren, hat sie dann privat bedauerlicherweise gerügt, sie habe sich auf unwürdige Art und Weise zur Schau gestellt. Er verurteilte den Tanz, den sie ihm zum Geschenk gemacht hatte, als einen Akt von narzistischer Selbstdarstellung und fand, es sei bloß wieder einer von ihren Tricks gewesen, um ihm die Schau zu stehlen. Er war nicht stolz auf ihre Begabung. Vielmehr fühlte er sich gedemütigt und tröstete sich in den Armen seiner Geliebten.

15

»SARAH FERGUSON WAR eine Patientin, die wir in unserer Praxis nie wiedersehen wollten. Sie war abscheulich – unhöflich, schwierig und vulgär«, sagte der Londoner Homoöpath Stephen Maitin. »Sie kam ein paar Monate vor ihrer Hochzeit zu uns in die Klinik in der Victoria Street, um sich wegen Fettleibigkeit behandeln zu lassen. Die Designerin ihres Hochzeitskleids, Lindka Cierach, brachte sie zu uns. Sie suchte verzweifelt nach einem Weg, damit Sarah wieder Form bekam. Sie machte die Hölle durch, um Sarah schlanker zu kriegen – und weniger überdreht. Wir behandelten sie in der Klinik mit Nadeln und Medikamenten. Mein Partner behandelte sie außerdem im Buckingham-Palast; dort wohnte sie. Nach einigen Sitzungen wollten wir aber mit ihr nichts mehr zu tun haben. Sie erwartete, daß wir rund um die Uhr jederzeit für sie da waren. Wenn sie eine Freßphase hatte, erwartete sie, daß wir alles stehen und liegen ließen, um sie zu behandeln. Wenn sie nervlich überreizt war, sollten wir sie ruhigstellen. Wenn sie einen Kater hatte, sollten wir sie massieren. Egal ob es Essen, Sex oder Alkohol war – ihr Appetit war außer Kontrolle. Sie trieb alles bis zum Exzeß – wirklich alles. Sie malträtierte sich laufend, mit zuviel Kokain, zu vielen Amphetaminen, zuviel Champagner. Immer nur essen, essen, essen. Und Sex.«

Das Frühjahr 1986 war eine schwierige Zeit für die sechsundzwanzigjährige Sarah Margaret Ferguson, genannt Fergie, die Verlobte Prinz Andrews. »Sarah brauchte eindeutig Hilfe«, berichtete Lindka Cierach, »und ich habe mich bemüht,

Hilfe für sie zu finden ... Ich habe sie über den Hintereingang in die Klinik begleitet und offiziell die Behandlungskosten übernommen, damit niemand etwas erfuhr.«

Die Bekanntgabe ihrer Verlobung mit Seiner Königlichen Hoheit Prinz Andrew hatte ihre Familie in Begeisterung versetzt. Der Kammerdiener des Prinzen, James Berry, erinnerte sich an die Reaktion des Vaters, als die Nachricht veröffentlicht wurde. »Er hüpfte vor lauter Glück auf einem Bein hin und her, biß sich auf die Finger und stieß Freudenrufe aus.«

»Wir waren schon ziemlich aufgeregt«, gab Susan Ferguson – Sarahs Stiefmutter – zu, die es Monate später noch immer nicht recht fassen konnte. Die britische Zeitung *Socialist Worker* verkündete die Neuigkeit unter der Überschrift »Parasit heiratet Schnorrerin«. Dem Pressesekretär der Königin versetzte sie einen Schock; er hatte der Presse nämlich seit Monaten geraten, der Beziehung weiter keine Aufmerksamkeit zu schenken, weil er die überschwengliche Fergie nur für eine der vielen Eroberungen des sechsundzwanzigjährigen Sohns der Königin hielt.

Andrew, der sich bereits einen Ruf als Don Juan erworben hatte, hegte offenbar eine Vorliebe für Schauspielerinnen und Models, und das war eine Kategorie, in die die sommersprossige Fergie mit Sicherheit nicht gehörte.

»Ich erinnere mich, daß Michael [Shea] zwei von uns auf die königliche Jacht *Britannia* einlud, um uns über Andrew und Fergie zu unterrichten, berichtete Steve Lynas, der damals Reporter der Zeitung *Today* war. »Shea versicherte uns: ›Es ist absolut unwahrscheinlich, daß es zwischen den beiden zur Verlobung kommt.‹ Wir legten das Ganze dementsprechend zu den Akten. Wenige Tage später wurde jedoch die Verlobung bekanntgegeben.«

»Burke's Peerage«, das Handbuch der Aristokratie, zeigte sich entsetzt darüber, daß Prinz Andrew, der in der Thronanwartschaft den vierten Rang einnahm, eine Frau wie Sarah Ferguson zur Frau nehmen sollte, »deren Privatleben, den Traditionen der königlichen Familie zufolge, nicht nur unorthodox ist, sondern auch noch von der überregionalen Presse genau dokumentiert wurde ... sechs vorausgehende Liebesgeschichten innerhalb von sechs Jahren ..., die ihrem Wesen nach alles andere als viktorianisch zurückhaltend waren«.

Sarahs Vater, der Major a. D. Ronald Ferguson, bemerkte dazu verächtlich: »Wenn sie mit sechsundzwanzig keine Vergangenheit hätte, würde man sich fragen, ob mit ihr alles in Ordnung ist.«

Manche Leute waren der Meinung, daß Fergie gerade wegen ihrer Vergangenheit ideal für Andrew sei, der den Beischlaf als »Joggen in der Horizontale« definierte und dessen Vorstellung von Spaß darauf hinauslief, einem Mädchen einen lebenden Hummer in den Ausschnitt zu stopfen. Sein Ungestüm war Freunden ein Rätsel. »Ich hab' ihn einmal danach gefragt«, sagte Ferdie Macdonald, der den Prinzen noch als Junggesellen kannte. »›Warum bespritzen Sie die Mädchen immer mit Wasser, Sir? Und warum werfen Sie irgendwelches Zeug nach ihnen?‹ wollte ich von ihm wissen. Die Frage schien ihn zu wundern. ›Aber das gefällt ihnen doch, oder?‹ sagte er. ›Sie kreischen, wenn ich sie mit Wasser bespritze. Heißt das nicht, daß es ihnen Spaß macht?‹«

Auch Fergie liebte rauhe Spiele und amüsierte sich gern. Sie entschuldigte sich keineswegs wegen ihres liederlichen Liebeslebens, sondern betonte: »Ich bin eine moderne Frau.« Sie fluchte schon beim geringsten Anlaß, rauchte ein Päckchen Zigaretten pro Tag und erzählte sich mit den Jungs schmutzige Witze. In einem ihrer ersten Fernsehinterviews verwendete sie das Wort »Schwanz«. Sie war naseweis, ungehobelt und benahm sich wie die einzige Dame in einem Pokerspiel. Sie sagte »yah« statt »yes«.

Als ein BBC-Reporter fragte, was sie zum Frühstück gehabt habe, witzelte sie: »Wurst und Migräne.« Sie leide unter starker Migräne, sagte sie, weil sie als Kind oft vom Pony gefallen sei.

Sie war eine draufgängerische Sportlerin, die im Skifahren, Schwimmen und Reiten Meisterschaftsmedaillen gewonnen hatte. Nach einem mitternächtlichen Hindernisrennen wurde ihr die Ehrenmitgliedschaft im Dangerous Sports Club verliehen, so daß sie das DSC-Abzeichen der goldenen Krücken tragen durfte. Sie hatte als einzige Frau an dem Pferderennen teilgenommen. Sie wuchs nie aus der Rolle der wüsten Range heraus, die auf Bäume klettert und Jungenstreiche spielt. Sie ging wie ein Cowboy, hatte O-Beine und einen weit ausladenden Schritt, und sie hatte eine ziemlich nachlässige Aussprache.

Ihre Klassenkameradinnen in Hurst Lodge – ein Internat in Sunningdale, Berkshire – erinnern sich an ihren gesunden Appetit. Sie bekam den Spitznamen »Nachschlag«, weil sie sich bei jeder Mahlzeit ein zweites Mal anstellte. Sie war aufgeschlossen, begeisterungsfähig und außerdem großzügig: Manchmal machte sie ihre Freundinnen sogar verlegen, wenn sie ihnen riesige Blumensträuße und teure Sachen schenkte. Um Geld zu verdienen, nahm sie Gelegenheitsjobs an – als Verkäuferin, Zustellerin für Reisebüros, Kellnerin, Chauffeurin und Reiseleiterin. Um sich Skiferien in der Schweiz leisten zu können, arbeitete sie als Dienstmädchen in Chalets und als Reinmachefrau in Hotels.

Nach ihrem eher schlechten Schulabschluß belegte sie einen Kurs am Queen's Secretarial College in London. »Sie leidet nicht gerade unter den Auswirkungen eines übertriebenen Schuleifers«, erklärte ein Lehrer. Nach dem Abschluß – als Schlechteste des Kurses – prahlte sie, kaum richtig Tippen gelernt zu haben. »Ich reite lieber, als daß ich lese«, erklärte sie mit einem unbekümmerten Achselzucken.

Auch ihrem Vater waren Pferde lieber als Bücher. Als Major Ron, wie er sich gern nennen ließ, vorgeworfen wurde, die Verlobung seiner Tochter zu mißbrauchen, um sich gesellschaftlich besserzustellen, betonte er, daß er keines gesellschaftlichen Aufstiegs bedürfe und schon gar nicht mit Hilfe der königlichen Familie. »Meine Mutter wurde geboren als Marian

Louisa Montagu Douglas Scott, sie war die Tochter von Lord Herbert Montagu Douglas Scott, dem fünften Sohn des sechsten Herzogs von Buccleugh«, erklärte er. »Zu meiner Belustigung hat die Familie meiner Mutter sich wegen ihres Buccleugh-Stammbaums als gesellschaftlich den Windsors überlegen betrachtet!« Ferguson ließ die Presse wissen, daß zu seinem Stammbaum vier Herzöge und solche Vorfahren wie König Karl II. und seine Mätresse Lucy Walters gehörten. Außerdem war der Major ein Cousin von Robert Fellows, dem Privatsekretär der Königin.

Laut *Times* stammte Sarah Ferguson von Landadeligen ab, die eher Gutsbesitzer als Aristokraten waren und seit Generationen in der Kavallerie dienten. »Bis zu ihrem Vater sind die Männer in jeder Generation Offiziere der Life Guards gewesen«, schrieb die Zeitung. »Es ist eine Familie mit ererbtem Reichtum, aber groß ist der Besitz nicht.«

Ab 1970 wurde so die Geldbeschaffung zur Aufgabe: Major Ron nahm nämlich die unbezahlte Position des Polomanagers von Prinz Charles an. Nachdem er sich von weiteren Beförderungen bei den Life Guards ausgeschlossen hatte – er war bei der Prüfung durchgefallen, mit der man sich für den Rang eines Obersten qualifizieren mußte –, nahm er seinen Abschied von der Armee. Er machte im Guards Polo Club in Windsor ein Büro auf, wo er einen Pin-up-Kalender an die Wand heftete. Auch noch als Zivilist bestand er darauf, mit seinem militärischen Rang tituliert zu werden. »Man redet mich meist mit ›Herr Major‹ an«, korrigierte er einen Schriftsteller, der ihn als Mr. Ferguson angesprochen hatte. Seinen Memoiren gab er den Titel »The Galopping Major« [Der galoppierende Major].

Der Prinz von Wales war einundzwanzig Jahre alt, als er Major Ferguson die ehrenamtliche Stellung anbot, die Polospiele für ihn zu organisieren; Ferguson, ein passionierter Polospieler, nahm das Angebot dankbar an. Er gewann Firmen wie Cartier und Rolex, die gern mit dem Prinzen von

Charles in Verbindung gebracht werden wollten, als Sponsoren, die dann die Bürgschaft für Turniere und die Unkosten des Prinzen übernahmen. Solch lukrative Schirmherrschaft schloß auch ein ansehnliches Entgelt für den Polomanager des Prinzen ein.

»Ronald war froh über dieses Angebot von Prinz Charles«, erinnerte sich seine erste Frau Susan. »Auf diese Weise war es ihm möglich, viel Zeit mit dem Prinzen zu verbringen und obendrein weiterhin der Welt anzugehören, die ihn am meisten interessierte – der Welt der Pferde.«

Zwei Jahre später – 1972, Sarah und ihre Schwester Jane waren noch Teenager – trennten sich die Fergusons. Freunden gegenüber deutete Ronald Ferguson an, daß seine Frau Susan eine Liebesaffäre mit Prinz Philip gehabt habe, in den sechziger Jahren, als die beiden Männer zusammen Polo spielten. Susan Ferguson, mit ihren langen Haaren und schlanken Beinen, war eine so auffallend elegante Erscheinung, daß der Modedesigner Ralph Lauren sogar erwogen hatte, sie zu bitten, für ein Werbefoto seiner Polomarke zu posieren. »Sie war ganz sicher Philips Typ«, meinte ihre Tochter. Major Ferguson ließ über seine Frau und Prinz Philip öffentlich nur vernehmen, daß der Gatte der Königin »die Gesellschaft meiner Frau wesentlich anregender als die meine« fand.

Susan Ferguson bestritt, während ihrer ersten Ehe eine Affäre mit Prinz Philip gehabt zu haben, und schwor, sie sei ihrem Mann immer treu gewesen. »Aber Ronald hat sich mit anderen Frauen verabredet«, schrieb sie in ihren Memoiren, »selbst während der Zeit meiner Schwangerschaft ... Seine Flirts haben mir sehr zugesetzt ... und ich habe pausenlos geweint.«

Über die Geschichte mit Prinz Philip nach dem Ende ihrer zweiten Ehe sagte sie gar nichts. Ihre Tochter Sarah dagegen hat die heimliche Affäre des öfteren erwähnt. Sie führte in New York Bekannten gegenüber an, daß ihre Mutter sich im November 1992 anläßlich eines Besuchs für den World Wildlife Fund mit Philip zusammen in Argentinien aufhielt. »Es war die Nacht des Brandes in Schloß Windsor, der zufällig auf den fünfundvierzigsten Hochzeitstag der Königin fiel«, erinnerte sich eine Vertraute Fergies. »Während Philip in Buenos Aires bei Susie war, reichte die Königin in Windsor Wassereimer weiter, um das Feuer zu löschen.« Ronald Ferguson war davon keineswegs überrascht. »Ich hatte schon immer den Verdacht, daß Prinz Philip ein Auge auf Susan geworfen hatte«, schrieb er 1994. »Sie sind bestimmt noch immer befreundet.«

Nach sechzehn Ehejahren verließ Susan Ferguson Ron Ferguson um eines anderen Mannes willen; sie verlor das Sorgerecht für die Kinder. Die zwei Töchter blieben beim Vater, der hundert Kilometer südwestlich von London in Dummer, in der Grafschaft Hampshire, wohnte. Als die Scheidung rechtskräftig war, heiratete Susan Ferguson Hector Barrantes, einen schneidigen Argentinier, der zufällig auch Ronald Fergusons schärfster Rivale im Polospiel gewesen war. Das Paar zog nach Buenos Aires, wo die Barrantes einige der besten Polopferde der Welt züchteten und trainierten.

»Major Ron war einige Jahre verbittert«, berichtete der Journalist Nicholas Monson. »Er hatte die Scheidung noch nicht verkraftet, als ich ihn 1986 in einem Interview fragte, ob Argentinien wegen des Falklandkriegs nicht im Polospiel gegen England antreten könne. ›Nein, verdammt‹, hat er geantwortet, ›Argentinien kann hier deshalb nicht spielen, weil einer von diesen Mistkerlen mit meiner Frau durchgebrannt ist.‹«

Major Ferguson machte kein Hehl daraus, daß die Scheidung für ihn ein Trauma war. »Es war, milde ausgedrückt, ein Schreck, und zwar für alle«, sagte er. »Es bedeutete, daß meine Töchter in einem besonders schwierigen Alter keine Mutter in ihrer Nähe hatten. Also übernahm Papa und tat, was er konnte.« Er hat es seiner Frau nie verziehen. »Diese Frau, das sollte nie vergessen werden, hat ihre Kinder verlassen.« 1976 hat

Major Ferguson wieder geheiratet und mit Susan Deptford, der Tochter eines wohlhabenden Farmers, eine neue Familie gegründet. Ihren Freunden stellte Sarah sie scherzend als »meine böse Stiefmutter« vor. Die zweite Susan Ferguson mußte ebenfalls bald lernen, mit der demütigenden Erfahrung fertigzuwerden, daß ihr Mann ein Schürzenjäger war.

»Es ist für manche Männer ein völlig akzeptables Verhalten«, sagte Ronald Ferguson, nachdem er als Stammkunde eines Massagesalons erwischt worden war, in dem Prostituierte arbeiteten. »Das habe ich ja an Prinz Andrew zunächst so geschätzt. Er hatte sich einen gewissen Ruf als Frauenheld erworben; das hat mich ziemlich erleichtert. Er war ein ganz normaler junger Matrose, der eine Reihe von Freundinnen gehabt hatte. Von meiner Warte aus hielt ich das eigentlich für sehr gesund.«

Seit seiner von der Presse ausführlich behandelten Affäre mit der amerikanischen Schauspielerin Koo Stark hieß der Prinz in den Medien »Randy Andy« – der geile Andy. Während der Romanze hatten die Sensationsblätter Nacktfotos von Koo Stark veröffentlicht, die aus einem der finanziell erfolgreichsten britischen Softpornofilme stammten, in dem sie eine Lesbe spielte. Die Fotos zeigten sie beim Duschen mit einer anderen Frau. Ein paar Monate später veröffentlichte die Boulevardpresse Fotos von Andrew beim Nacktbaden in Kanada: »›Strip ahoi‹ heißt es, während der nackte Prinz Andy im Fluß herumalbert.« Eine eher im unteren Marktsegment operierende Zeitschrift druckte das Foto mit dem Vierzeiler ab:

A rose is red	*[Eine Rose ist rot*
Koo is blue	*Koo ist blau*
Andy is Randy	*Andy ist geil*
What's HM to do?	*Was kann ihre Majestät da tun?]*

Die Satiresendung »Spitting Image« karikierte den gutaussehen den Prinzen als nackte Puppe mit einem Glas Champagner in der Hand und einer Wurstkette auf den Oberschenkeln. Der Buckingham-Palast drohte den Produzenten der Show mit einem Prozeß: der Staatsanwalt aber legte den Royals Zurückhaltung nahe. »Wenn ich Sie wäre«, sagte er den Anwälten der Königin, »würde ich die ganze Angelegenheit vergessen; falls Sie damit vor Gericht gehen, werden die Produzenten garantiert mit dieser Puppe auftauchen.« Der Buckingham-Palast sah von einer Anzeige ab.

Einige Wochen später kündigte Faber & Faber, der Verlag von T. S. Eliot und anderen Größen, an, er werde ein Buch mit einem Foto von der nackten Prinz-Andrew-Puppe herausbringen.* Diesmal versuchte es der Buckingham-Palast mit der Taktik, an das Schamgefühl zu appellieren, statt einen Prozeß anzudrohen.

»Der Pressesprecher der Königin hat bei mir angerufen«, erinnerte sich Matthew Evans, der Verlagschef von Faber & Faber, »und mir mitgeteilt: ›Wir sind sehr enttäuscht, daß ein Verlagshaus von einem Renommee wie dem Ihrigen dieses geschmacklose Buch vertreibt. Wir ersuchen Sie, keine weiteren Exemplare nachzudrucken.‹« Evans erhöhte daraufhin sofort die Auflage auf 500 000 Exemplare, und das Buch wurde ein Bestseller.

»Die Königin hat getobt«, erinnerte sich eine Sekretärin. »Sie könne, erklärte sie, überhaupt keinen Unterschied mehr erkennen zwischen dem angesehenen Verlag T. S. Eliots und der schrecklichen Murdoch-Presse.«

---

* Die Vorstellung von Prinz Andrew als überaus akzeptablem Junggesellen erschien in »The Appallingly Disrespectful Spitting Image Book«. Die Bildlegende war mit »Hot Dog« überschrieben und lautete folgendermaßen: »Andy ist unter den Royals der weitaus Tollste, weil er nur wenige der genetischen Beeinträchtigungen geerbt hat, die die königliche Linie beflecken. Er hat weder den Buckel von Richard III. noch den Plapperirrsinn von Knut, dafür eher die legendären Genitalien von Cuthbert dem Pflüger (815–820), der, einer Legende zufolge, eine kleine Furche ackerte, wo immer er ging.«

Ihre Majestät hatte zuvor bereits Murdochs *Sun* verklagt, weil die Zeitung schlüpfrige Details über Prinz Andrews Gastfreundlichkeit in seinem Privatappartment im Palast publiziert hatte. »Es waren stets junge und begehrenswerte Frauen«, berichtete ein ehemaliger Palastangestellter einem Sensationsblatt, »und Andrew war sich seiner selbst immer so sicher – er war so unverfroren –, daß er abends vorher immer schon zwei Portionen Eier mit Schinken zum Frühstück bestellte.«

Mit dem Verkauf dieser Story an die Zeitung verletzte der ehemalige Angestellte die vertraglich vereinbarte Schweigepflicht, die Vorbedingung für seine Anstellung gewesen war. Die Königin war über den Vertragsbruch noch viel erboster als über die Enthüllungen. Das Murdoch-Blatt hatte dem Diener ungefähr die Hälfte (rund 6 500 Mark) von dem gezahlt, was das Jahresgehalt bei der Königin ausmachte. Also plauderte der ehemalige Küchengehilfe alles aus. Er verriet, daß Andrews Geliebte Koo Stark in kurzen Röcken und enganliegenden T-Shirts durch die Palastküche rannte und die knallrote Erkennungsmarke trug, die Andrew ihr nach dem Falklandkrieg geschenkt hatte. Die Schauspielerin, die vier Jahre älter war als Andrew, kommandierte das Personal herum, organisierte Picknicks für sich und Andrew und machte sich über die Lieblingspralinen der Königin her. Die erste Zeitungsfolge endete mit einem Appetitanreger für die Fortsetzung, die die Prinzessin von Wales betraf: ›Morgen an dieser Stelle: Als Diana mir barfuß mein Toastbrot schmierte.‹«

Die Königin, die sich gerade auf einer offiziellen Reise befand, nahm mit ihren Londoner Anwälten Kontakt auf. Binnen weniger Stunden erreichten sie ein gerichtliches Verbot der Veröffentlichung. Die Schlagzeile des nächsten Tags: »Königin knebelt die *Sun*.« Daraufhin verklagte die Königin Murdoch wegen Schadenersatz. Der Buckingham-Palast rechtfertigte das beispiellose Handeln der Regentin mit einem knappen Statement: »Der Diener hat eine vertragliche Schweigeverpflichtung gebrochen, die von allen Palastangestellten unterschrieben wird. Mit dieser Vereinbarung erklären sie sich dazu bereit, keinerlei Enthüllungen über ihre Arbeit im Palast zu machen. Es ist eine nach dem Zivilrecht verbindliche Urkunde.«

»Es wäre denkbar, daß wir eine Sanktionsstrategie entwikkeln«, warnte der Pressesekretär des Buckingham-Palasts die Reporter. »Es muß eine Grenze gezogen werden zwischen einem legitimen öffentlichen Interesse, das alle Mitglieder der königlichen Familie anerkennen, und einem lüsternen Interesse an ihrem Privatleben.« Der Königin wurde eine Entschädigung von rund 11 000 Mark zugesprochen. Die *Sun* erklärte sich bereit, die Summe an den Newspaper Press Fund, eine Stiftung, zu zahlen sowie die dem Palast zustehenden Gerichtskosten zu übernehmen.

Der Herzog von Edinburgh rief seinen Sohn an und teilte ihm mit, das sei das Ende seiner Affäre mit Koo Stark. »Es ist aus, Andrew«, erklärte Philip streng. Der dreiundzwanzigjährige Prinz kam nicht einmal auf die Idee, zu protestieren. Er hatte viel zu große Angst vor seinem Vater und außerdem Angst, seine Mutter in Verlegenheit zu bringen. Er war in Koo verliebt, aber gelähmt vor Angst. Er wußte nicht, was er tun sollte, also tat er gar nichts. Er machte – trotz aller vorausgegangenen Liebesbeteuerungen gegenüber Koo, trotz eines Heiratsantrags – einen Rückzieher. Weder entschuldigte sich er dafür, noch versuchte er, es ihr zu erklären. Er rief einfach nicht mehr an und nahm auch keine Anrufe von ihr mehr entgegen.

»Koo Starks Leben war durch Andrew zerstört«, sagte ihre Freundin Louise Allen-Jones.

Trotz der tiefen Kränkung und trotz eines gebrochenen Herzens nahm Koo Stark würdig Abschied und bewahrte diskretes Schweigen. Sie heiratete einige Monate später und versuchte, ihre Schauspielerkarriere wieder aufzunehmen. Sie kam jedoch nie über ihre Affäre mit Andrew hinweg. Ihre Ehe endete einige Jahre später mit Scheidung; auch danach hat sie Andrew für lange Zeit nicht wiedergesehen. Und obwohl er mit anderen Frauen ausging, währte seine Liebe für Koo – bis die Prinzessin von Wales beschloß, ihn mit ihrer Freundin Sarah Ferguson abzulenken.

Diana hatte Fergie vor ihrer Hochzeit bei einem Polospiel kennengelernt und sich rasch mit ihr angefreundet. Sie hatten eine gemeinsame Vorliebe für Astrologen, Hellseher und Tarotkartenleser und besprachen sich nach jeder Sitzung untereinander. Während ihrer Ehe suchte Fergie regelmäßig eine gewisse Madame Vasso in ihrer Londoner Souterrainwohnung auf; diese Gesundbeterin steckte sie unter eine blaue Kunststoffpyramide, während sie ihre Litaneien sang. Fergie behauptete, daß Madame Vasso ihren Körper mittels parapsychologischer Heilungen gereinigt habe.

Sarah hatte Dianas Hochzeit beigewohnt und sie mehrmals in Kensington Palace besucht, und wenn Diana deprimiert war, hatte sie sie immer zum Lachen gebracht. Sie war die einzige außenstehende Person, die an Dianas 21. Geburtstag zum Mittagessen in den Buckingham-Palast eingeladen wurde. »Sie ist unheimlich lustig«, meinte Diana zu Andrew, den sie von ihren angeheirateten Verwandten am liebsten mochte. Sie schlug der Königin vor, die junge, nicht liierte Sarah zur Wochenendparty in Windsor Castle einzuladen, die in der Woche des Ascot-Pferderennens stattfand.

Fergie hatte auf eine Heirat mit dem Rennfahrer Paddy McNally gehofft, mit dem sie, von kurzen Unterbrechungen abgesehen, in der Schweiz zusammengelebt hatte. Sie hatte ihm während der drei Jahre andauernden Beziehung mehrmals vorgeschlagen zu heiraten, was McNally, ein 48jähriger Witwer mit Kindern, aber jedesmal ablehnte. Am Ende hatte sie ihm ein Ultimatum gestellt: »Entweder du heiratest mich, oder ich verlasse dich.« Woraufhin er sich anbot, ihr beim Packen zu helfen.

»Sie ist von Männern schlecht behandelt worden«, meinte ihre Freundin Ingrid Seward, die Chefredakteurin der Zeitschrift *Majesty*.

Wie schon ihr Vater die Mutter, so brachte auch McNally Sarah oft zum Weinen, weil er ganz offen anderen Frauen nachlief. Um ihn neidisch zu machen, hielt sie ihm jetzt die Einladung der Königin nach Ascot vor die Nase. Er riet ihr, die Chance zu nutzen, in die Kreise der königlichen Familie hineinzukommen. Er fuhr sie am betreffenden Wochenende sogar nach Windsor, lieferte sie bei einem königlichen Lakaien ab, winkte hochgemut zum Abschied und empfahl ihr beim Abschied, sich gut zu amüsieren, bevor er heiter und gelassen davonbrauste.

Andrew lernte Sarah beim Mittagessen vor Beginn des Pferderennens kennen. Oder, besser gesagt: Sie erneuerten ihre Bekanntschaft; denn zwanzig Jahre vorher hatten sie sich als Kinder schon einmal bei einem Polospiel gesehen. Bei der neuerlichen Begegnung fütterte er sie mit Windbeuteln, und sie piekte ihm in den Arm und protestierte: Sie machen dick. Er versuchte daraufhin, sie ihr in den Mund zu stopfen, woraufhin sie ihm, lachend, Schläge androhte. Sie waren beide flegelhaft und laut, sie hatten den gleichen ordinären Humor und fanden körperliche Äußerungen – Rülpsen, Aufstoßen und Grunzen – witzig. »Sie brüllte vor Lachen über seine Furzwitze«, erinnerte sich der Kellner, der die beiden in Windsor Castle bediente. »Sie hat ihm hinterher zum Spaß eine aufblasbare Frauenpuppe geschenkt. Er hat das schreckliche Ding dann in seiner Suite in Buck House ausgestellt.«

Der taktlose Prinz, der sein Silberbesteck auf den Tisch knallte und sich während der Mahlzeit selbst bediente, bevor die anderen bedient wurden, wurde von manchen Bekannten so charakterisiert: »Germanisch, ungehobelt und genauso ein Exhibitionist wie sein Vater«. Andere lobten ihn: Er sei der einzige Sohn der Königin, der »bei der Marine einer rechtschaffenen Arbeit nachging«. Er lernte auch Fotografieren und spielte Golf wie ein Profi.

Wie schon sein Urgroßvater, sein Großvater und sein Vater hatte auch Andrew kein Universitätstudium absolviert, sondern sich gleich zur Marine gemeldet. Bei Dienstantritt stand er in der Thronfolge an zweiter Stelle; ihm wurden daher die Privilegien der Krone eingeräumt. Er speiste nicht mit den übrigen Offizieren zusammen, sondern bestand darauf, daß ihm die Mahlzeiten in seiner Privatkabine serviert wurden. Auf dem Abzeichen seiner Fliegeruniform stand »HRH Prince Andrew«. Sein Spitzname war »H« (gesprochen wie englisch *Aitch*) für Hoheit.

1981 verpflichtete er sich für zwölf Jahre bei der Navy. Im darauffolgenden Jahr zeichnete er sich als Hubschrauberpilot im Falklandkrieg aus. Zum Zeitpunkt seiner Begegnung mit Sarah im Jahre 1985 diente er als Leutnant der Marine auf der Fregatte HMS *Brazen*. Ein paar Tage später kehrte er auf sein Schiff zurück. Bevor er an Bord ging, schickte er Sarah Rosen und unterschrieb den Kartengruß mit »A«.

Die Prinzessin von Wales half der Romanze ein wenig nach, indem sie einen Besuch mit dem vierjährigen Prinz William auf Andrews Fregatte arrangierte. Als Hofdame lud sie Sarah ein, sie zu begleiten. Die Presse erschien in großer Zahl, um sie zu fotografieren. Fergie war von dem Medienrummel überrascht.

»Großer Gott, was soll das Ganze?« Sie mußte schlucken, als die Fotografen auf sie zustürmten.

»Immer nur lächeln«, flüsterte Diana, die ihren Sohn an der Hand hielt. »Was immer du tust, vergiß nie, zu lächeln.«

Später lud die Prinzessin Sarah und Andrew zu Wochenenden in Highgrove ein. Die Haushälterin in Highgrove konnte sich erinnern, daß Fergie das mit dem Familienwappen bedruckte Briefpapier einsteckte und um mehr bat. »›Ich muß einfach ein paar Briefe auf Highgrove-Papier schreiben‹, meinte sie kichernd. ›Ich hab' es einer Freundin versprochen. Die wird *unglaublich* beeindruckt sein.‹« Die Haushälterin holte zusätzliche Briefbögen sowie Sarahs saubere Wäsche. »Wenn sie auf Besuch kam«, erinnerte sich die Haushälterin, »mußten wir immer ihre ganzen schmutzigen Kleider waschen und bügeln.«

Die junge Liebe festigte sich hauptsächlich an Wochenenden auf abgeschiedenen Landsitzen von Freunden; es gibt andere Gäste, die sich an die unmißverständliche körperliche Anziehungskraft zwischen den beiden und an ihr ausgelassenes Treiben erinnern. An einem Winterwochenende im Jahr 1985 krabbelte Andrew während eines Versteckspiels unter einen Tisch, und Sarah kroch mit verbundenen Augen auf dem Boden herum, um ihn zu suchen. Als sie ihn erwischte, kniff sie ihn – und zwar fest – in den Hintern. »Laß das!« schrie er. »Es ist dir nicht erlaubt, den königlichen Hintern zu quetschen – *noch nicht.*« Am selben Abend hat er ihr dann einen Heiratsantrag gemacht.

Sarahs Reaktion: »Und was ist, wenn du mir beim Aufwachen morgen früh erklärst, das sei bloß ein Riesenjux gewesen?«

Am nächsten Morgen wiederholte Andrew den Heiratsantrag und schenkte ihr einen Rubinring im Wert von 110 000 Mark.

Sarah rief unverzüglich bei ihrem Vater an. »Dad, er hat mich gebeten, ihn zu heiraten«, rief sie. »Ich hab' ihn dazu gebracht, daß er mich zweimal fragte. Nur, um sicherzugehen.« Sie nahm ihrem Vater das Versprechen ab, es nicht weiterzusagen, bis Andrew für die Heirat die Erlaubnis der Königin eingeholt hatte.

Sarah war entschlossen, sich bei der königlichen Familie lieb Kind zu machen, und verbrachte deshalb, wann immer Andrew auf Urlaub daheim war, die Wochenenden in Windsor. Sie ritt morgens mit der Königin zusammen aus – worauf Ihre Majestät bei Diana verzichten mußte, da sie vor Pferden Angst hatte. Diana hatte sich bei einem Abwurf vom Pferd als Kind den Arm gebrochen und war seither nie mehr geritten. Außerdem spielte Sarah im Unterschied zu Diana gern Scharaden und die von der Königin so geschätzten Kartenspiele. »Bei dem Spiel *Racing Devil* mogelt Sarah noch mehr als meine Mutter«, bemerkte Ihre Majestät einmal gegenüber Sarahs

Großmutter. Die Königin nannte ihre zukünftige Schwiegertochter immer bei ihrem richtigen Namen. »Sie hat niemals Fergie gesagt«, erinnerte sich ein Angestellter. »Immer nur Sarah.« Ihre Majestät war froh über die lebhafte Beziehung zwischen ihrem Sohn und seiner Verlobten und kommentierte zustimmend: »Diesmal hat er genau die Richtige gefunden.« Philip und Fergie erzählten sich gegenseitig bissige Anekdoten; sie lachte schallend über seine schlüpfrigen Witze, und sie bat ihn darum, ihr das Wettfahren in offenen Kutschen – seine Lieblingssportart – beizubringen. »Ich glaube, sie wird ein großer Gewinn sein«, sagte Philip der Presse gegenüber. Prinz Charles stimmte zu. »Sie ist voller Schwung und so begeisterungsfähig«, sagte er bewundernd. »Herrlich, mit ihr zusammenzusein. Einfach herrlich.«

Andrew war eindeutig von ihr betört. »Ich bin mir sicher, daß mein Entschluß, Sarah zu heiraten, die beste Entscheidung war und für immer sein wird, die ich je im Leben getroffen habe oder je treffen werde«, verkündete er. Und darin fühlte er sich noch bestätigt, als sie erklärte, vierzig Stunden Flugunterricht nehmen zu wollen, um ihm in seinem Beruf als Hubschrauberpilot verbunden zu sein. »Sie ist die ideale Frau für einen Offizier der Navy«, versicherte er seiner Familie.

Sarah wiederum hatte mit Andrew endlich einen Mann gefunden, der sie mit Respekt behandelte. »Das Wichtigste an ihm, so schien mir, ... war seine unglaubliche Fähigkeit, einem das Gefühl zu geben, eine Lady, eine Frau zu sein ... Es wollte mir einfach nicht in den Kopf, daß in meinem Außenleben, wie ich es nenne, so viele Männer herumstolzierten, die sich für großartig hielten, wenn sie Frauen mies behandelten.«

Sarah wollte zeigen, wer sie war, und bot sich deshalb an, Andrew auf einer seiner wenigen königlichen Verpflichtungen zu begleiten. Als das Paar durch die Gänge eines Genesungsheimes ging, erblickte sie das für physiotherapeutische Zwekke benutzte Schwimmbad und forderte Andrew spöttisch auf, hineinzuspringen, weil sie wußte, daß er vor Wasser Angst und nie schwimmen gelernt hatte. Er grinste über ihre Bemerkung, wirkte dabei aber ein wenig verlegen. »O je«, bemerkte sie zu einem Patienten, »er findet, daß ich langsam übertreibe.«

Was die Wochenenden in Windsor Castle betraf, so geriet Sarah ihrem Vater gegenüber ins Schwärmen. »Entweder sie ist in Andrew verliebt oder aber in die königliche Familie«, verriet Major Ron der Presse. »Ich vermute letzteres.« Die königliche Familie nahm Sarah Ferguson gern in ihrer Mitte auf; es gab jedoch auch Stimmen, die an ihrer Eignung zweifelten. Ein paar hochwürdige Persönlichkeiten befürchteten, sie sei ein Risiko für das Königshaus. »Sie werden schon sehen«, warnte Ruth Fermoy, die Hofdame der Königinmutter. »Von diesem gewöhnlichen Mädchen ist nichts Gutes zu erwarten.«

Der zugeknöpften Aristokratin pflichtete zumindest ein Chefredakteur von der Fleet Street bei. »Fergie wird das Haus Windsor stürzen«, weissagte Brian Vine vom *Daily Mail.*

Die Modezeitschriften kritisierten Sarah wegen ihrer »Korpulenz«, »weiblichen Rundungen« und »rubensartigen Figur«. Eine Gesellschaftskolumnistin taufte die zukünftige Duchess of York spöttisch um zur »Duchess of Pork«.* Eine andere schrieb mäkelnd: »Sie ist so herzhaft derb und erdverbunden wie eine Kartoffel.«

»Ich bin nicht dick«, sagte sie abwehrend, »und ich mache keine Diät. Ich habe da kein Problem. Eine Frau sollte eine schmale Taille, eine prächtige Oberweite und unten am Hintern genug, aber nicht zuviel haben – also eine gute, frauliche Figur.«

Als ihre Figur in Madame Tussaud's Wachsmuseum aufgestellt werden sollte, war der Wachsbildner, der ihre Maße genommen hatte, nicht bereit, sie preiszugeben. Eine Zeitung schätzte sie hämisch auf 100-125-130 und schrieb: »Hier kommt die Braut, ein Meter breit, nun schaut.« Als sie eine Rolltreppe hochfuhr, blies der Wind ihr den Rock hoch und

* *Pork*, englisch für Schweinefleisch. (A. d. Ü.)

entblößte die Knie, und die Fotografen machten rasch einen Schnappschuß. In der Zeitung erschien das Bild mit der Unterschrift: »Her Royal Thighness«.*

»Fergie ist ein prima Mädchen vom Typ Kumpel und Sportsfreund«, meinte eine Moderedakteurin. »Frische Luft. Viel Schwung. Jawohl, Schwung. Sehr viel Schwung. Wie ein springender Ball.«

Ungeschminkt und mit Pferdeschwanz sah Fergie wie ein Mädchen vom Lande aus, das sich in die Stadt verirrt hatte. Snobistische Modeschöpfer hielten sie für eine Katastrophe – voller Sommersprossen und Kraushaar –, doch die Öffentlichkeit begrüßte ihre Frische und akzeptierte ihre übergroßen Kleider und schiefen Absätze. So auch die Königin, die ihrer zukünftigen Schwiegertochter lediglich den Rat gab, langsamer zu winken – Fergie imitierte die Königin, deren Art zu winken sie mit dem »Einschrauben von Glühbirnen« verglich. Doch sie war so tapsig wie ein neugeborener Welpe; sie lernte nie, sich zu beherrschen. Statt dessen hüpfte sie in Menschenmengen herum wie ein Politiker, der allen überschwenglich die Hand schüttelte. »Hi, ja, hi, ja, hi, ja«, rief sie dann, wenn sie eine Hand nach der anderen ergriff und pausenlos Blumensträuße entgegennahm.

Zu jener Zeit war die Prinzessin von Wales der Liebling der britischen Modebranche geworden; sie strahlte in ihren Designerkleidern so viel Kinoglamour aus, daß sie den Spitznamen »die Popcorn-Prinzessin« bekam. *Reader's Digest* bezeichnete sie als »die berühmteste Frau der Welt«. Eine internationale Zeitschriftenstudie kam 1986 zu dem Ergebnis, daß kein Frauengesicht – inklusive das von Jacqueline Kennedy Onassis – so viele Titelseiten geschmückt hatte wie das ihre. Fergie mit ihren formlosen, sackartigen Pullovern und quergestreiften Kleidern wurde auf die Titel von Zeitschriften wie *Saddle Up* und *Weight Watchers* verbannt.

---

* Als Reim auf »Highness« (Hoheit), von englisch »thigh« – Oberschenkel. (A. d. Ü.)

»Manche von Sarahs Kleidern waren schrecklich«, gab ihr Vater zu. »Aber sie ließ sich nichts sagen.« Die unfreundlichen modischen Kommentare, insbesondere die Vergleiche mit der Prinzessin von Wales, verletzten sie begreiflicherweise. »Ich will doch kein Klon von Diana sein«, jammerte sie.

»Da können Sie ganz unbesorgt sein«, erwiderte die britische *Vogue*.

Fergie versuchte so zu tun, als wäre es ihr völlig egal, ob sie gertenschlank und elegant war oder nicht; sie hat Lindka Cierach, die ihr Hochzeitskleid anfertigen sollte, dann aber richtig bekniet, alles zu unternehmen, damit sie schön aussähe. Sie fühlte sich unter Druck durch fünfhundert Millionen Menschen, die die Hochzeit am Fernseher verfolgen würden.

Am Morgen der Hochzeit, am 23. Juli 1986, verlieh die Königin ihrem Sohn die Titel Herzog von York, Earl of Inverness und Baron Killyleagh. Damit wurde seine Braut Sarah Ihre Königliche Hoheit, die Herzogin von York. Der Titel war nicht mehr vergeben worden, seit 1936 die damalige Herzogin von York dank der Krönung ihres Mannes Königin geworden war. Inzwischen war sie 86 Jahre alt und als Königinmutter die populärste Persönlichkeit im ganzen Land. Mit der Erhebung in den Rang einer königlichen Herzogin hatte Sarah das Recht, mit »Ihre Hoheit« angeredet sowie von Herren mit einer respektvoll kurzen Verbeugung und von Damen – ausgenommen die ranghöhere Königin, Königinmutter und Prinzessin von Wales – mit einem Hofknicks begrüßt zu werden. Sie sei »überglücklich« wegen des Titels, erklärte Sarah.

Auf Etikette hatte sie immer Wert gelegt und sie ansatzweise bereits mit zwölf Jahren begriffen, als sie ihren Vater aufforderte, einen Butler zu entlassen, dem der Unterschied zwischen Knickerbockern und Golfhosen nicht geläufig war. Nach Bekanntgabe ihrer Verlobung wurde sie in einem Fernsehinterview gefragt, ob ein Onkel von ihr, der als Bediensteter arbeitete, ebenfalls zur Hochzeit eingeladen würde. »Natürlich bekommt er eine Einladung«, entgegnete sie darauf. »Was für eine dumme Frage. Aber er kennt sich mit der Etikette hinreichend aus, um nicht zu kommen.« Die Bemerkung wurde vor der Sendung herausgeschnitten. Einem Schriftsteller gegenüber kritisierte sie Prinz Andrew wegen seiner nicht eben eleganten Ausdrucksweise. »Er verwendet Wörter, die einfach nicht drin sind«, meinte sie. »Er muß sie wohl bei der Marine aufgeschnappt haben ...«

Als Herzogin von York wollte Sarah bei der ersten Vorstellung mit »Königliche Hoheit« begrüßt und des weiteren mit Ma'am angesprochen werden. »Es reimt sich«, so erläuterte sie, »auf Spam.«*

Sie hatte Anrecht auf ein Wappen. Das wußte sie und entwarf deshalb selbst eines mit Hummel und Distel; als Motto wählte sie »Ex Adversis Felicitas« [Aus Unglück kommt Glück].

Sie bestand darauf, daß nach der Hochzeit auch die engsten Angehörigen ihr mit der ihr zustehenden offiziellen Förmlichkeit begegneten; was bedeutete, daß ihr Vater sich vor ihr verbeugen und ihre Stiefmutter einen Knicks machen mußten. Ihre Freundinnen und Freunde nahm sie davon aus, verlangte aber von ihrem Personal, Fremde über das erforderliche königliche Protokoll zu instruieren. Auf offiziellen Auslandsreisen ließ sie, vor allem in den Vereinigten Staaten, vor ihrem Erscheinen ein Blatt mit Anweisungen an alle Anwesenden verteilen:

1. Sprechen Sie nur, wenn Sie angesprochen werden.
2. Geben Sie ihr nicht die Hand, bevor sie Ihnen die Hand reicht.
3. Schneiden Sie im Gespräch kein neues Thema an.
4. Sprechen Sie sie mit ihrem königlichen Titel an, der *nicht* Eure Majestät, sondern Königliche Hoheit lautet.

---

* Eine bekannte Marke von Frühstücksfleisch in Dosen. (A. d. Ü.)

Als Herzog von York erhielt Andrew – zusätzlich zu seinem Gehalt als Marineoffizier (rund 60 000 Mark im Jahr) – eine auf jährlich 290 000 Mark erhöhte Zuwendung aus der sogenannten Civil List.* Im übrigen hatte er auch Einkünfte aus einem Treuhandvermögen von 2,9 Millionen Mark, das seine Mutter für ihn angelegt hatte. Trotzdem behielt Fergie ihren Job als Verlagsassistentin (mit rund 102 000 Mark Jahreseinkommen). Für die Kosten der Hochzeit – ca. 100 000 Mark – kam die Königin auf; sie schenkte der Braut eine Diamantentiara, ein Diamantenarmband und ein Diamantenhalsband. Ihre Majestät gab dem Paar außerdem 2 Hektar Land und 20 Millionen Mark für den Bau ihres 46 Räume umfassenden Sitzes Sunninghill Park, der etwa 10 Kilometer von Schloß Windsor entfernt lag. »Das habe ich für Anne getan«, erklärte die Königin, »also tue ich es selbstverständlich auch für Andrew.« Das weitläufige Haus im Stil einer Ranch, das Sarah und Andrew persönlich entworfen hatten, hatte zwölf Schlafzimmer, ein Schwimmbad, einen Luftschutzbunker und eine dem mittelalterlichen Sängergalerien nachempfundene Empore. Es gab zwei Schlafzimmer für das Ehepaar und ein Badezimmer mit Toilettenpapierhalter, die »God Save the Queen« spielten. Die runde Wanne in der Mitte des Marmorbadezimmers war so groß, daß die Bauleute sie *HMS Fergie* titulierten. »Es sieht aus wie das Boudoir einer Nutte«, kommentierte Prinz Philip. Die imposante Residenz wurde als »50-Zimmer-Pizzapalast« verspottet und – nach der Southfork Ranch aus der Fernsehserie *Dallas* – »Southyork« genannt.

Am Hochzeitsmorgen begannen die Menschenmengen sich schon früh einzufinden, um die Prozession von Kutschen und Berühmtheiten zu sehen. Major Ferguson staunte über die Massen von Leuten, die teilweise in Zehnerreihen entlang der

* Mit der Regierung vereinbarte und aus öffentlichen Mitteln bestrittene Gehaltsliste für Mitglieder der Königsfamilie.

Straße standen. »Seht euch die Leute an«, sagte er, »die alle gekommen sind, um meine stinkige kleine Tochter zu sehen.«

Zweiundzwanzig US-Geheimagenten waren der amerikanischen First Lady in die Westminster Abbey vorausgegangen. Die Kosmetikindustrielle Estée Lauder ging hinter dem Filmstar Michael Caine hinein. Popsänger Elton John, mit lila Sonnenbrille und Pferdeschwanz, winkte den Massen zu; Prinz Albert von Monaco ebenso. Kurz darauf trat Premierministerin Margaret Thatcher ein, die allerdings ausgebuht wurde, weil sie zur Beendigung eines Bergarbeiterstreiks berittene Polizei eingesetzt hatte.

Die Menge brach in Jubelgeschrei aus beim Anblick der rothaarigen Braut, die in ihrem elfenbeinfarbigen viktorianischen Brautkleid schlank und wunderschön aussah. Trompeter kündeten ihre Ankunft, während sie aus der Glaskutsche stieg. Mit einer fünf Meter langen, mit Ankern und der Form eines großen A perlenbestickten Satinschleppe schritt sie die Stufen der Abtei hoch. Oben blieb sie stehen, weil sie plötzlich nicht weitergehen konnte, drehte sich um und zerrte an ihrem Kleid.

»Wer zum Teufel steht da auf meiner Schleppe?« schrie sie. Die Designerin ihres Hochzeitskleides ließ sich auf die Knie nieder und brachte die Falten des Kleides rasch in Ordnung. Die Braut bewegte sich weiter vor und packte ihren Vater am Arm.

»Komm, Dad«, sagte sie, »jetzt zeig'n wir denen mal, was Sache ist.«

Ein sichtlich nervöser Major Ferguson setzte sich mit seiner unentwegt lächelnden Tochter auf den langen Gang der Abteikirche aus dem elften Jahrhundert in Bewegung. Einem Hochzeitsgast schnitt Sarah eine Grimasse, einem andern gab sie mit dem Daumen zu verstehen: »Alles klar«, und sie machte Witze über die ausgefallene Kleidung, die sie hier und da unter den 1 800 Gästen entdeckte.

Major Ferguson war mit den Nerven am Ende. »Als wir den Bogengang erreichten, der zum Chor führte, und die Königin und Prinz Andrew uns erwartungsvoll entgegenschauten«, so erinnerte er sich, »konnte ich mich nicht mehr zurückhalten. ›Reiß dich zusammen‹, habe ich zu ihr gesagt. ›Du mußt ernst werden.‹«

Fergie versuchte sich zu beherrschen, doch war ihr anzumerken, wie schwer es ihr fiel. Vor dem Altar trat Prinz Andrew mit seinen Tapferkeitsmedaillen aus dem Falklandkrieg an der Brust seiner Marineuniform vor. »Du siehst wunderschön aus«, sagte er.

»Danke, Darling«, erwiderte sie lächelnd. »Ich habe nur vergessen, meine Zahnbürste einzupacken.«

»Macht nichts«, meinte der Herzog strahlend.

Die Königin, die während des Gottesdienstes gelegentlich tief durchatmete, um ihrer Gefühle Herr zu werden, vermochte die Augen nicht von ihrem Sohn zu lösen.

Die Prinzessin Marina von Kent – eine angeheiratete Cousine der Königin – beobachtete die Braut ganz genau. »Wie gräßlich, das ganze Zwinkern und Getue, als sie den Gang hochkam«, sagte sie. »Unglaublich ordinär.«

Die Prinzessin von Wales schien nichts zu merken. Sie saß abseits der übrigen Gäste bei der königlichen Familie auf ihren rosarot-goldenen Stühlen und blickte traurig und gedankenverloren in die Luft. Ihr Gesicht hellte sich nur kurz auf, als sie ihren Sohn William sah; er war einer von den vier jungen Pagen. Der vierjährige Prinz im Matrosenanzug zog an seiner Mütze, wickelte sich die Schnur um die Nase, kaute dran, als ob's ein Sahnebonbon wäre, und dann zog er seinen zeremoniellen Dolch aus der Scheide, um die sechsjährige Brautjungfer neben ihm zu ärgern.

Diana hatte Sarah und Andrew in der Hoffnung zusammengebracht, dann eine Freundin zur Schwägerin zu haben, mit der sie die »königliche Bürde«, wie sie es nannte, teilen könnte. Sie war allerdings nicht bereit, sie ebenfalls ins Rampenlicht zu lassen. Sie war es gewohnt, selbst im Mittelpunkt des Interesses der Presse zu stehen, und es versetzte ihr einen Stich, als die Aufmerksamkeit der Medien plötzlich Fergie galt. Sie rutschte vorübergehend auf den zweiten Platz ab. Sie versuchte, es auf die leichte Schulter zu nehmen und darüber mit Reportern zu scherzen. »Mich werden Sie jetzt nicht brauchen«, witzelte sie. »Sie haben ja Fergie.«

Am komischsten wurde die Hochzeit von Sarah und Andrew von einer italienischen Zeitung beschrieben, von *Il Giorno* in Mailand: »Wenn, um nun zusammenzufassen, also stimmt, was uns Flaubert versichert hat, daß es, um glücklich zu sein, notwendig ist, nicht allzu intelligent, ein klein wenig arrogant und, vor allem anderen, bei guter Gesundheit zu sein, dann besteht kein Zweifel, daß es um die Zukunft von Andrew und Sarah zum besten bestellt ist.« Und so war sie auch. Einfach großartig. Eine Zeitlang jedenfalls.

16

DER PRINZ VON Wales war fest davon überzeugt, daß seine Frau eine Affäre mit ihrem Leibwächter hatte. Für den Schutz der Prinzessin war der umgängliche Polizeisergeant Barry Mannakee 1985 abgeordnet worden, als die Ehe der Wales schon erste deutliche Risse zeigte. Er begleitete sie überallhin; und da Charles immer mehr Zeit ohne seine Frau verbrachte, suchte sie die Gesellschaft des Sergeanten.

»Er war wie alle für die Sicherheit des Königshauses ausgesuchten Polizeibeamten«*, erläuterte der frühere Chef von Scotland Yard, der bei seiner Pensionierung geadelt worden war.

Sie werden wegen ihres Feingefühls und ihres diplomatischen Geschicks ausgesucht. Sie haben große Erfahrung im Sicherheitsdienst und sind stets bewaffnet**, müssen aber auch fähig sein, sich in jeder Umgebung und Situation unauffällig und angenehm zu bewegen, was eine ganze Reihe von Fertigkeiten erfordert – Skifahren, Segeln, Reiten, Jagen, sogar Kutschrennen. Die Jungs dieser Schutzeinheit gehen zu einem

---

* Die sogenannte Royal Protection Unit of Scotland Yard ist für die totale Sicherheit der Königin, ihres Mannes, des Thronerben, der Königinmutter und aller Kinder der Monarchin verantwortlich. Einige Cousins der Königin erhalten Sonderschutz, wenn sie öffentliche Verpflichtungen übernehmen; das gilt jedoch nicht für ihre Gattinnen. »Der Prinz (von Kent) erhält meistens Schutz«, sagte der frühere Sicherheitschef, »aber *nicht* seine Frau.«

** Der britische Polizist trägt in der Regel keine Waffen. (A. d. Ü.)

teuren Friseur. Sie tragen Hemden von Turnbull & Asser. Sie sehen gut aus, sind liebenswürdig und verführerisch.«

Der neununddreißigjährige Schutzbeamte der Prinzessin von Wales war verheiratet und hatte zwei Kinder; daher verstand er sich gut mit dem dreijährigen Prinzen William. »Barry war ein überwältigend lebhafter, unbekümmerter Mensch«, erinnerte sich die Haushälterin von Highgrove. »Er war lustig und bei allen beliebt. Er war der ideale persönliche Sicherheitsbeamte für die Prinzessin ... Sie hing an seinen Lippen, flirtete ungeniert mit ihm und nahm ihn auf eine Art und Weise auf den Arm, die darauf hindeutete, daß die beiden sehr eng miteinander waren. Es hat viele Gerüchte gegeben, daß die beiden eine Affäre gehabt haben sollen. Ich bin mir aber sicher, daß es nicht stimmt, absolut nicht. Für Diana war Barry einfach ein Freund, jemand, auf den sie sich verlassen und dem sie vertrauen konnte.«

Dianas Kriminalbeamter eskortierte sie bei ihren ausführlichen Einkäufen und machte mit ihr lange Spazierfahrten durch die Hügellandschaft von Balmoral, wenn ihr Mann allein angeln ging und sie vom Rest der Familie wegkommen wollte. Sie wandte sich an Mannakee, wenn sie Kummer hatte, was in jenen Tagen häufig vorkam, und er bot ihr Trost und eine starke Schulter, an der sie sich ausweinen konnte. Er beruhigte sie, wenn sie vor öffentlichen Auftritten die Nerven verlor.

»Einmal hörte sie gar nicht mehr auf mit Klagen, sie wisse nicht weiter, und brach in meinen Armen einfach zusammen«, erzählte Mannakee. »Ich habe sie umarmt und dafür gesorgt, daß sie nicht mehr weinte. Was sonst hätte ich denn tun sollen?«

Der Polizist wurde zu Dianas Vertrautem und erfuhr ihre Geheimnisse, so auch von ihrem Verdacht bezüglich ihres Manns und Camilla Parker-Bowles. Laut Mannakee war Diana überzeugt, daß Charles trotz aller vor der Hochzeit gegebenen Versprechungen zu seiner Geliebten zurückgekehrt war. Diana habe ihren Verdacht bestätigt gesehen, als sie an einem

Wochenende auf Highgrove ankam und Charles nicht anwesend war; nach Aussage seines Dieners sei er kurz vor ihrer Ankunft in seinem Sportwagen weggebraust, ohne ein Ziel anzugeben, ohne auch nur eine Telefonnummer zu hinterlassen, unter der er in einem Notfall zu erreichen wäre.

Diana begab sich in sein Arbeitszimmer und drückte die Wiederholungstaste seines Mobiltelefons, das daraufhin die Nummer des Anwesens von Parker-Bowles anwählte. Als der Butler abnahm, hängte Diana auf. Sie überprüfte Charles' persönlichen Terminkalender und fand für den Tag ein »C« eingetragen. Sie durchwühlte seine Schreibtischladen und fand, wie sie angeblich ihrem Leibwächter mitteilte, eine Schatulle mit Briefen von Camilla, von denen manche im Plauderton, andere außergewöhnlich intim gewesen wären und mit »Mein Geliebter« angefangen hätten.

Danach fühlte sich Mannakee noch mehr für die Prinzessin verantwortlich; weinend fragte sie ihn, warum sich ihr Mann wohl von ihr abgewandt hatte. »Er ist ein Narr«, antwortete Mannakee kopfschüttelnd. »Ein verdammter Narr.« Diana war gerührt von der Loyalität ihres Beschützers; sein Akzent – reine Londoner Arbeiterklasse – entlockte ihr ein Lächeln. Er wurde ein enger Freund, Vertrauter, ja, sogar ihr Berater in Modefragen. Sie wandte sich an ihn, so wie eine Frau sich eigentlich an ihren Ehemann wendet, bei dem sie Zustimmung sucht. Bedienstete können sich daran erinnern, daß die Prinzessin, wenn sie sich für einen öffentlichen Auftritt ankleidete, oft aus ihrem Zimmer kam, um den Leibwächter nach seiner Meinung zu fragen.

»Wie seh' ich aus, Barry? Sind das die richtigen Ohrringe? Was meinen Sie?«

»Perfekt« erwiderte er. Sie wirbelte vor seinen Augen herum, strich sich das Abendkleid glatt und trug mehr Lippenstift auf.

»Sind Sie sicher?« wollte sie wissen, während sie sich im Spiegel betrachtete. »Sehe ich wirklich gut aus?«

»Sensationell. Das wissen sie doch«, rief er lachend. »Es wäre durchaus möglich, daß ich selbst Gefallen an Ihnen fände.«

»Aber das tun Sie doch bereits, oder etwa nicht?« meinte sie kokett.

Die Neckerei der beiden mißfiel Charles, der mit zweierlei Maß maß. Obwohl er selbst sich, den beklagenswerten Zustand seiner Ehe betreffend, seinem Gärtner in Highgrove anvertraute, fand er es unerträglich, daß Diana ihrem Leibwächter alles erzählte. Charles warf ihr Mangel an Anstand vor: Ihre Vertraulichkeit gegenüber dem Personal sei bedauerlich.

Es war ihm peinlich, daß die ehelichen Auseinandersetzungen, die vorher hinter verschlossenen Türen stattgefunden hatten, nun vor der Dienerschaft ausgetragen wurden. Für den offenen Krieg zwischen ihnen beiden machte er Diana verantwortlich, weil sie angefangen hatte, freche Antworten zu geben. Zu Beginn der Ehe war sie viel zu unsicher gewesen, um ihm offen die Meinung zu sagen. Mit der Zeit überwand sie jedoch ihre Scheu, und als mit der Beliebtheit ihr Selbstvertrauen wuchs, war sie nicht länger bereit, sich zu fügen.

In der Öffentlichkeit war die Prinzessin gewöhnlich zurückhaltend; privat tat sie ihren Gefühlen keinen Zwang an. Sie schimpfte über die »speichelleckenden« Freunde ihres Mannes, über seine Besessenheit vom Polospiel, seine Dinners mit »langweiligen alten Männern, die nach Zigarren stinken«, und seine einsamen Reisen, um angeln, malen oder skifahren zu gehen. Diese Ausflüge, so behauptete sie, seien nur ein Vorwand, um von ihr wegzukommen.

Der Prinz erwiderte, er brauche diese kurzen Reisen, um den Seelenfrieden wiederzufinden, den ihr neurotisches Verhalten ihm raubte. Er kritisierte vor verschiedenen Leuten ihre Eßstörungen und ihre daraus resultierenden Ohnmachtsanfälle. »Du bist dauernd krank«, meinte Charles angewidert. »Warum kannst du nicht wie Fergie sein?« Er griff sie bei Tisch an.

»Wird das später wieder hochkommen? Was für eine Verschwendung.«

Diana schlug zurück, indem sie ihm Selbstsucht und Geiz vorwarf, woraufhin er ihr brüllend Verschwendungssucht entgegenschleuderte. »Je knauseriger er wurde, desto mehr gab sie aus«, erklärte der Innenarchitekt Nicholas Haslam, ein enger Freund der königlichen Familie. »Sein kleinlicher Geiz machte sie rasend ..., aber die Royals tun gern arm. Camilla ist genauso; sie gibt ungern Geld aus – eine Eigenschaft, die Charles an ihr besonders schätzt. Die beiden törnen sich mit ihrem Geiz gegenseitig an. Wenn Camilla daherkommt und sich über die hohen Preise bei der chemischen Reinigung empört, wird Charles ganz aufgeregt und erzählt mit lauter Stimme, wieviel er für das gleiche ausgeben mußte. Hin und her geht das dann, die beiden hören gar nicht mehr auf, sich über die Preise zu echauffieren, die sie für die chemische Reinigung ihrer Sachen bezahlen müssen. Die beiden verlieren fast den Verstand in ihrer Verzweiflung, daß sie ihr Geld für so eine Alltagsnotwendigkeit ausgeben müssen ...«

Die Prinzessin nörgelte, wegen seiner Pfennigfuchserei habe sie in Highgrove auf einen Tennisplatz verzichten müssen.

»Und du weißt genau, daß ich hier eigentlich nur Tennis spielen möchte«, erklärte sie ihm.

Die 35 000 Mark für einen Tennisplatz könne er sich nicht leisten, konterte Charles.

»Das kann nicht dein Ernst sein«, brüllte Diana. »Und was ist mit den vielen Tausendern, die du in deinen verdammten Garten steckst und überhaupt alles, was dir Spaß macht? Ich glaube, du merkst gar nicht, welche Anstrengung es mich kostet, bei all deinen vielen Interessen mitzuhalten. Was ist mit meinen Bedürfnissen?«

Er zuckte mit den Achseln und verließ das Zimmer. Diana rief ihm durch die geschlossene Tür etwas nach. An jenem Abend kam sie nicht zum Essen herunter. Während er im

Eßzimmer auf sie wartete, aß sie im Kinderzimmer. Dort, sagte sie, müsse sie nicht um Liebe betteln.

Bei besonders hitzigen Auseinandersetzungen schleuderten sie sich Flüche und Gegenstände entgegen. Nach einem heftigen Streit stürmte Charles aus dem Haus, sprang in seinen Wagen und brauste davon. Diana öffnete ein Fenster im ersten Stock und schrie sich die Lungen aus dem Leib. »Du bist ein Mistkerl, Charles, ein richtiger Mistkerl!« Ein andermal warf sie mit einer Teekanne nach ihm und stürmte dann türenknallend aus dem Zimmer, wobei sie einen Lakaien fast über den Haufen gerannt hätte. »Du bist ein Biest, Charles! Ich hasse dich!«

Es dauerte nicht mehr lange, bis der Klatschkolumnist der *Daily Mail* – Nigel Dempster –, der sich brüstete, mit dem Königshaus Umgang zu pflegen, Diana in der Zeitung angriff. Er bezeichnete sie als ein verwöhntes, teuflisches Monster, das den Prinzen von Wales »schrecklich unglücklich« mache.

Für Charles waren ihr wachsendes Mißtrauen gegen ihn und ihre Eifersucht auf Camilla Parker-Bowles Zeichen von Unvernunft. Er erwartete, ohne Widerspruch seiner Frau tun und lassen zu können, was er wollte. Ihre tränenreichen Ausbrüche über seine lange Abwesenheit führten nur dazu, daß er sie für psychisch labil hielt. Schlimmer noch: Sie langweilte ihn. Ihre Interessen – Kleider, Tanzen, Rock and Roll – tat er als trivial ab. Ihre Besuche von Krankenhäusern, so ätzte er, seien nur berechnend. Ihr Humor, den er einst als entzückend empfunden hatte, ging ihm auf die Nerven.

Charles, der ein Universitätsstudium abgeschlossen hatte und als Intellektueller gelten wollte, schämte sich seiner Frau, die die Schule abgebrochen hatte und Sacharow nicht von Solschenizyn unterscheiden konnte. Während der Aufnahme eines Interviews fürs Fernsehen in Highgrove im Jahre 1986 machte sie sich über sich selbst lustig, weil sie die Aufnahmeprüfung fürs College nicht bestanden hatte. »Ich habe ein Spatzenhirn«, zwitscherte sie. Charles wollte diese Bemerkung hinterher unbedingt herausgeschnitten haben. Diana erwiderte, es wäre besser, wenn er seine eigene Bemerkung, daß er mit den Pflanzen im Garten vor Highgrove spreche, entfernen ließe. »Es ist sehr wichtig, zu ihnen zu sprechen«, hatte er den Zuschauern erklärt. Sie meinte: »Die Leute werden denken, du spinnst.« Es war das letzte gemeinsame Fernsehinterview der beiden.

Aber Diana hatte recht. Die Bemerkung ließ ihn ein wenig exzentrisch, wenn nicht gar lächerlich erscheinen. »Er ist wirklich nicht der körnerfressende Trottel, als den ihn die Zeitungen hinstellen«, betonte sein Bruder Andrew.

Der Journalist Nicholas Davies berichtete: »Charles hat sich gegenüber Freunden manchmal über ihren aus seiner Sicht groben, ja, sogar vulgären Humor beklagt. So hat das Paar einmal bei Charles' altem Freund, dem südafrikanischen Philosophen Sir Laurens van der Post, zu Mittag gegessen, und die beiden Männer unterhielten sich tiefsinnig über das Problem des Zusammenlebens von Schwarzen und Weißen in Südafrika, als Diana plötzlich dazwischenfragte: ›Was ist die Definition von einem Massenaufstand?‹ Die beiden Männer schienen ratlos. »Ein Vatertag in Brixton [eine von Schwarzen bevölkerte Londoner Gegend]«, erklärte ihnen Diana munter. »Ich kann nicht glauben, daß du das gerade gesagt hast«, sagte Charles. »Na gut, wenn euer Sinn für Humor gerade einen Ausfall hat, laß ich euch jetzt allein«, entgegnete Diana und verließ den Tisch.«

Am 11. März 1986 schrieb ein unglücklicher Charles einem Freund, seine Ehe vermittle ihm den Eindruck, »in einer ziemlich furchtbaren Sackgasse zu sein, aus der offensichtlich kein Weg hinausführt«. Er drückte seine Verzweiflung mit einem Vers des Dichters Richard Lovelace (1618–1658) aus: »Es sind nicht Mauern, die den Kerker machen, noch Gitter einen Käfig ...« Daß Diana so viel Aufmerksamkeit von ihm verlangte, machte ihn wütend, und er war nicht bereit, sie vor jedem öffentlichen Auftritt aufzubauen. In der Vergangenheit hatte er ihr gegenüber dann einfach Shakespeares »Heinrich V.« zitiert:

»Spannt Eure Flügel, Ruft Euer Blut herbei ...« Jetzt ignorierte er sie völlig, oder er fuhr sie gereizt an: »Spring einfach rein und bring's hinter dich.« Seinem Biographen gegenüber beklagte er ihre Egozentrik und außergewöhnliche Eitelkeit; er erzählte, daß sie tagtäglich stundenlang mit der Lektüre der Zeitungen und Zeitschriften verbrachte, die über sie berichteten.

Ihre Freundin Carolyn Bartholomew räumte zwar ein, daß Diana sehr mit sich beschäftigt war, verteidigte sie jedoch dem Autor Andrew Morton gegenüber. »Wie soll man denn *nicht* selbstbezogen sein«, fragte sie herausfordernd, »wenn einem die halbe Welt bei allem zusieht?«

Charles, der mit ihr in der Öffentlichkeit früher so beherrscht und angenehm entgegenkommend gewesen war, begann die Geduld zu verlieren. Er geriet mit ihr aneinander, als Diana anläßlich eines Polospiels für Fotografen posierte und dafür auf dem Verdeck seines Aston-Martin-Cabrios Baujahr 1970 saß. Den seltenen Wagen, der damals 270 000 Mark wert war, hatte seine Mutter ihm zum einundzwanzigsten Geburtstag geschenkt.

»Runter mit dir, runter! Was machst du mit meinem wunderbaren Wagen?« schrie er. »Auf dem darfst du nicht sitzen! Komm da runter! Die Karosserie kriegt sonst Beulen.«

Diana war von diesem Ausbruch gekränkt. Sie ließ sich rasch von der Kühlerhaube gleiten und streckte hinterhältig ein Bein raus, um ihn zu treten. Er packte sie verdutzt am Arm und drückte sie gegen das Auto, doch sie entkam und schlüpfte in den Wagen. Er begann mit der flachen Hand auf ihren Hals zu schlagen, machte dann jedoch einen Rückzieher, als er merkte, daß Menschen herbeidrängten. Er lächelte müde und tat so, als ob das Ganze nur ein Spaß gewesen wäre.

Während eines anderen Schreiduells warf Charles mit einem Stiefelknecht aus Holz nach Diana. »Wie kannst du es wagen, so mit mir zu reden!?« brüllte er. »Weißt du eigentlich, wer ich bin?«

Anfangs hatte er auf ihre Ausbrüche mit grimmigen Schweigen reagiert. Inzwischen fiel es ihm schwer, seine Wut im Zaum zu halten, und manchmal gelang es ihm nicht. Einmal stolzierte er aus dem Raum, schritt ins Badezimmer, riß vor den Augen seines Kammerdieners Ken Stronach das Porzellanwaschbecken aus der Wand und schmiß es auf den Boden. »Ich muß das tun«, hat er laut der Erinnerung des Kammerdieners gesagt. »Das verstehen Sie doch, nicht wahr? *Nicht wahr?!*« Der Kammerdiener nickte mit weit aufgerissenen Augen.

Trotz solcher heftigen Wutausbrüche hat Charles seine Frau angeblich nie geprügelt, sie dagegen bezichtigt, mit Lampen zu werfen und Scheiben einzuschlagen. Bei einem Besuch auf Althorp – dem Familiensitz der Spencers – wohnten sie in einer frisch renovierten Suite, die, wie Dianas Vater einräumte, von Charles und Diana »leicht beschädigt« zurückgelassen wurde. Ein wertvoller alter Spiegel war zertrümmert, eine Fensterscheibe gesprungen und ein unbezahlbarer Sessel in Stücke geschlagen. »Es war ein Riesenkrach«, meinte Earl Spencer, um dann schnell hinzuzufügen, daß es doch in allen Ehen Auseinandersetzungen gebe. »Es hat gar nichts zu bedeuten«, sagte er. »Diana ist noch immer sehr in Charles verliebt.«

Der Stiefmutter wegen nahm Diana dann von Besuchen in Althorp Abstand. Also mußte Earl Spencer nach London kommen, wenn er seine Tochter und seine Enkelkinder sehen wollte. Die Anwesenheit »von diesem Weib«, ließ sich Diana nach der Hochzeit ihres Bruders vernehmen, könne sie einfach nicht länger ertragen. Auf einem Fest vor der Hochzeit hatte Diana mit ansehen müssen, wie Raine auf dem Stammsitz der Spencers das Zepter schwang; sie war empört. Sie fand, daß ihrer Mutter, Frances Shand Kydd, übel mitgespielt worden sei, als sie nach neunzehn Jahren Ehe von ihrem Mann wegen einer andern fallengelassen worden sei. Obwohl Frances Johnny Spencer ja verlassen hatte, bevor er Althorp erbte, sahen Diana und ihre Geschwister es so – möglicherweise unberechtigterweise –, daß Raine den rechtmäßigen Platz ihrer Mutter usurpiert hatte. Sie verschmähten ihre Stiefmutter auch noch, als sie längst erwachsen waren.

In Althorp beobachtete Diana auf einer Vorhochzeitsparty für ihren Bruder, wie Raine ins Kinderzimmer ging und dort den Enkelkindern ihres Mannes huldvoll Tee einschenkte. Diana folgte, als Raine das Zimmer wieder verließ und auf die große Treppe zuschritt. Raine ging gerade die ersten Stufen hinunter, als Diana einen Sprung machte, sie mit der Schulter anrempelte und umwarf. Die 58jährige Frau stürzte auf die Knie und fiel die Stufen hinunter, bis zum ersten Treppenabsatz. Diana marschierte wortlos an ihr vorbei und zurück zur Party.

Sue Ingram – die Privatassistentin der Gräfin – war über die Attacke entsetzt. »Ich wollte schon nach oben rennen und die Gräfin fragen, ob alles in Ordnung sei, aber es war mir dann doch zu peinlich, nicht nur meinetwegen, sondern vor allem ihretwegen«, erklärte Sue Ingram. »Und den Bediensteten ging es wie mir. Wir taten so, als ob gar nichts gewesen wäre – wir schauten einfach weg.«

Raine hat ihrer Assistentin den Vorfall dann später erzählt. »Was ist nur mit Diana los?« fragte sie. »Warum so ein Verhalten? Ich kann dieses Mädchen einfach nicht verstehen.«

Unter dem Einfluß ihrer Eßstörungen und der Untreue ihres Mannes wurde Diana unbeherrscht; sie explodierte ungemein leicht. Nach einer weiteren Auseinandersetzung entdeckte Charles die tränenüberströmte Diana mit ihrem Sicherheitsbeamten in ihrem Schlafzimmer, wo sie Mannakee ihr Leid klagte – wegen Charles' nächtlicher Telefongespräche mit Camilla Parker-Bowles und wegen seiner immer wieder unerklärlichen Abwesenheit. Charles war entsetzt über einen solchen Mangel an Diskretion.

Der Beamte, der die Prinzessin ein Jahr lang bewacht hatte, wurde wenige Tage später in die Einheit zur Bewachung von Diplomaten versetzt. Ein Mitglied vom Stab des Prinzen erzählte dem Reporter, der plötzliche Wechsel sei auf Grund der »übertriebenen Vertrautheit« des Beamten mit der Prinzessin erfolgt«.

»Er will mich einfach nur bestrafen«, äußerte die verbitterte Diana gegenüber Freundinnen.

»Meine Versetzung hatte persönliche Gründe«, gab Mannakee der Presse zu verstehen. »Ich habe jedoch nicht die Absicht, diese Gründe im einzelnen zu erörtern.«

Der Prinz, der sich den eigenen Bediensteten gegenüber höflich, aber distanziert verhielt, vermochte den familiären Umgang seiner Frau mit ihrem Personal nicht zu billigen. Er selbst bewahrte den Bediensteten gegenüber einen gewissen Abstand; von ihr erwartete er das gleiche. Sie hingegen behandelte ihre Garderobiere, ihren Sicherheitsbeamten und ihren Butler so, als ob sie zur Großfamilie gehörten.

»Sie sollten das Verhalten des Prinzen nicht mißverstehen«, meinte ein Höfling. »Er hat eine geziemend abgehobene Art, was nur daher rührt, daß er als Thronerbe aufgewachsen ist.«

Diana, die diese menschliche Distanz eines Königskinds von Geburt nicht besaß, schloß Diener wie Freunde in die Arme. Sie fand nichts dabei, in der Personalküche zu essen; bei der Ankunft in Sandringham, Balmoral oder im Buckingham-Palast lautete ihre erste Frage für gewöhnlich: »Was gibt's zum Abendessen?« Sie nahm an Festen des Personals teil, brachte Schallplatten mit und forderte Diener zum Tanz auf. Ihr Mann, der genau wußte, daß seine Anwesenheit dort ein extrem förmliches Benehmen aller verursachen würde, besuchte diese zwanglosen Zusammenkünfte der Angestellten nur sehr selten. Dennoch empfand er das Verhalten seiner Frau als höchst unschicklich.

Es verdroß ihn auch, daß sie ihre Zuneigung ganz ungeniert allen offen zeigte. Sie küsse jeden, dem sie begegne, selbst Unbekannte.

Sie machte keinen Unterschied zwischen Autobahnarbeitern und Staatsoberhäuptern. Bei Polospielen gab sie Major Ron Ferguson zur Begrüßung einen Kuß. Nach ihrer Hochzeit gab sie dem Haushofmeister zum Dank einen Kuß. Auf ihren Flitterwochen verabschiedete sie sich mit einem Kuß vom ägyptischen Staatspräsidenten Anwar al Sadat. In Neuseeland rieb sie mit einer Maorifrau die Nase. Nach ihrer Rückkehr bekamen ihre Bediensteten einen Kuß zur Begrüßung.

Als die königliche Familie im Buckingham-Palast einem großen Ball für das Hofpersonal beiwohnte, ging Diana mit ihrer Tiara auf dem Kopf im ganzen Raum herum, um jeden persönlich zu begrüßen. Sie wußte genau, was ihr Titel den Menschen dort bedeutete und daß die Menschen sich auf Grund ihrer persönlichen Anwesenheit auf ganz besondere Weise geehrt fühlten. »Ich bemerkte, wie Charles Diana aus dem Augenwinkel heraus beobachtete«, erinnerte sich Wendy Berry, die in Highgrove angestellt war. »Er schaute zu, wie sie die Mutter einer Bediensteten in die Arme nahm und überschwenglich auf die Wange küßte. Charles' Gesicht spiegelte gleichermaßen Schock und Faszination darüber, daß seine Ehefrau mit gewöhnlichen Sterblichen auf eine völlig normale Weise umzugehen verstand.«

Barry Mannakee kam acht Monate nach seiner Versetzung ums Leben, als sein Motorrad mit einem Auto zusammenstieß. Charles wurde die Nachricht von Mannakees Tod unverzüglich übermittelt; er wartete vierundzwanzig Stunden, bis er sie Diana mitteilte. Sie befanden sich auf dem Weg zum Flughafen, um zu den Filmfestspielen in Cannes zu fliegen. Unmittelbar bevor sie vor wartenden Fotografen aus der Limousine ausstiegen, wandte er sich zu ihr.

»Ach, übrigens«, sagte er, »ich habe gestern von unserer Sicherheitseinheit erfahren, daß der arme Barry Mannakee ums Leben gekommen ist. Bei einem Motorradunfall. Eine Schande, nicht wahr?«

Diana brach in Tränen aus. Im gleichen Moment hielt die Limousine vor dem königlichen Flugzeug.

»Komm, Darling«, sagte er sarkastisch. »Deine Presseleute erwarten dich.«

Diana glaubte nicht an einen Unfall. Sie war überzeugt, daß ihr ehemaliger Sicherheitsbeamter auf Veranlassung ihres eifersüchtigen Mannes von der MI5 (dem britischen Geheimdienst) umgebracht worden war. Sie fühlte sich schuldig an Mannakees Tod und versuchte auf mehreren Séancen, seinen Geist zu rufen. Bei der Publikation eines Besuches, das hier einen frevelhaften Anschlag der MI5 unterstellte, beteuerte Mannakees Vater nachdrücklich, der Tod seines Sohnes sei ein Unfall gewesen. Diana hat es schließlich akzeptiert, ihrem Mann jedoch nie die grausame Art und Weise verziehen, wie er ihr die Nachricht übermittelte. Sie hat die Geschichte Freunden als Beweis für seine Herzlosigkeit und dafür erzählt, wieviel Spaß es ihm machte, sie zu quälen.

Auf der privaten, persönlichen Ebene war das Märchen zu Ende; noch aber erkannte die Öffentlichkeit die Risse hinter der Fassade nicht. Den ersten Eindruck davon bekam sie nach einem Polospiel, als Charles Diana nach der Niederlage seines Teams vor Hunderten von Zuschauern küßte und sie ihren Kopf schnell wegdrehte, als ob sie soeben von einem sabbernden Hund abgeschleckt worden wäre, und sich seinen Kuß von der Wange abwischte.

»1985 hätte ich eigentlich wohl etwas merken müssen, als ich Charles im Zusammenhang mit meiner Biographie des verstorbenen Poeta Laureatus John Betjeman interviewte«, bekannte der Schriftsteller Bevis Hillier. »Aber ich habe gar nicht nach einem dunklen Fleck in der Liebesgeschichte gesucht. Ich bin über fünfzig und damit großgeworden, ›God Save the King‹ zu singen, und heute singe ich ›God Save Our Gracious Queen‹. Die Monarchie ist für mich so etwas wie Religion, und, so absurd es klingen mag, ich möchte, daß sie überlebt ... Ich habe mich mit dem Prinzen in seinem Büro in Kensington Palace unterhalten, wo alle fünfzehn Minuten eine Uhr schlug. Das Büro war sehr unordentlich – Bündel von Papieren am Boden, überall rote Lederschachteln mit den goldgeprägten Federn des Prinzen von Wales. Er war reizend, er hätte gar nicht freundlicher sein können. Meine abschließende Frage an ihn lautete: ›Was war ihr Lieblingsgedicht aus Betjemans Lyrik?‹«

Er blätterte in dem Gedichtband und stieß auf eins, das von geschlechtlicher Erfahrung in zunehmendem Alter handelte:

Too long we let our bodies cling,
We cannot hide disgust
At all the thoughts that in us spring
From this late-flowering lust.*

Er hat wehmütig gelächelt und gesagt: ›Ich würde ja gern „Late-flowering Lust“ nennen, aber ich denke, ich tu’s besser nicht.‹ Er wählte statt dessen ›Indoor Games Near Newbury‹.«

Der Prinz hatte mit Bedacht ein Gedicht ausgesucht, das von kleinen Kindern handelt, die sich in einem Schrank versteckt haben und Händchen halten.

»Im Herbst 1986, nach einem inoffiziellen Interview, das ich mit Prinz Charles auf Highgrove führte«, erinnerte sich der Chef der Londoner *Time*-Redaktion, »war mir klar, daß da etwas nicht stimmte. Ich hatte das Interview nur unter der Bedingung bekommen, daß ich keine Fragen zur Familie stellen würde. Wir unterhielten uns in seinem Arbeitszimmer, wo mindestens 40 Fotos in Silberrahmen standen – die Königin, die Königinmutter, der Herzog von Edinburgh, König Juan Carlos, Mountbatten, William und Harry, die königlichen Pferde, die königlichen Hunde. Doch nicht ein Bild von seiner Frau. Diana war die meistfotografierte Frau der Welt, und im Büro ihres Mannes war kein einziges Foto von ihr zu sehen!«

---

* Viel zu lang lassen wir unsere Körper aneinanderkleben, wir können den Ekel nicht verheimlichen, überall die Gedanken, die aus dieser späten Blüte der Lust in uns aufkommen.

Die Reporter der einschlägigen Boulevardblätter bemerkten das gespannte Verhältnis zwischen dem Prinzen und der Prinzessin. Sie berichteten, daß die beiden 37 aufeinanderfolgende Nächte in England verbracht hatten, ohne auch nur einmal das Schlafzimmer zu teilen. Sie registrierten, daß Charles vorzeitig und allein aus Familienferien zurückkehrte und daß die beiden, wenn sie ein gemeinsames Ziel hatten, stets getrennt eintrafen. Diana ging in Begleitung anderer auf Modeschauen und Rockkonzerte in London, während er 180 Kilometer westlich in seinen Gärten auf Highgrove allein arbeitete. Wenn er zum Angeln nach Balmoral fuhr, blieb sie mit den Kindern in Kensington Palace.

Ein norwegischer Fabrikant schlug Kapital aus dem Zank: Er nutzte den Prinzen und die Prinzessin von Wales als Rollenmodelle für Menschen, die zu beschäftigt sind, um sich ihre Mahlzeiten selbst zu kochen. Er hing in Oslo Werbetafeln aus, die Charles und Diana mit düsteren Mienen und Blick auf Pasta- und Eintopf-Konserven der Marke *Middag for en* zeigen – »Dinner for One«. Die seriösen britischen Zeitungen nahmen die Gerüchte über eine Entzweiung allerdings nicht ernst. Sie taten die Geschichten der Boulevardpresse als »billigen Klatsch« ab und wandten sich an Establishment-Persönlichkeiten wie Harold Brooks-Baker von »Debrett's Peerage«, um die Gerüchte zu zerstreuen.

Dazu war der ergebene Monarchist nur zu gern bereit. »Ungeheuerlich, einfach ungeheuerlich«, konstatierte Brooks-Baker. »Solche Gerüchte über Ehezwistigkeiten beschmutzen das Bild der königlichen Familie und schaden der Monarchie. Das muß ein Ende haben. Zwischen dem Prinzen und der Prinzessin von Wales wird es niemals eine Trennung geben und mit Sicherheit nie zu einer Scheidung kommen.«

Der Glaubwürdigkeit der Boulevardpresse bei den Bediensteten des Königshauses taten seine Beteuerungen keinen Abbruch. Um den betrübten Kommentar eines Butlers von Prinzessin Margaret zu zitieren: »An den Berichten war zu viel richtig und wahr. Wir wußten, daß die Informationen nur von innen kommen konnten. Von jemandem aus unserer Mitte. Und das hat auch die königliche Familie gewußt. Doch gegen Bedienstete, die ihr Wissen verkaufen, ist man machtlos, außer natürlich, man erwischt sie *in flagranti*. Dann kann man uns kündigen, wir können gerichtlich belangt und zu Geldstrafen oder sogar mit Gefängnis bestraft werden. Daß der Prinz und die Prinzessin von Wales nicht länger das Bett teilten, konnten nur deren persönliche Hausangestellte wissen und sonst niemand. Sie glauben doch wohl nicht, daß Ihre Majestät das gewußt hat. Oder es überhaupt hätte wissen wollen. Prinzessin Margaret hat oft gesagt, sie müsse die Zeitungen lesen, wenn sie wissen wollte, was in der eigenen Familie vorging. Dem Personal der Herrschaften [Charles und Diana] waren deren lautstarke Auseinandersetzungen bekannt, und dergleichen ging unter den Angestellten der königlichen Häuser rasch von Mund zu Mund weiter.«

Der Butler lieferte eine Erklärung dafür, warum die seriösen Zeitungen die Stabilität der Ehe verkündeten und die Boulevardblätter die Ehe als wacklig schilderten. Ihm zufolge hatte ein Lakai auf Highgrove beobachtet, wie die Prinzessin mit einer Teekanne nach dem Prinzen geworfen hatte und dann weinend aus dem Zimmer gerannt war. Ein paar Stunden später hatte sich das Paar wieder gefaßt und zeigte sich auf einer Wohltätigkeitsveranstaltung gemeinsam in der Öffentlichkeit. Die Fotos im *Daily Telegraph*, die die beiden mit einem strahlenden Lächeln zeigte, hatten zur Folge, daß die Geschichte mit der Teekanne im *Mirror* erfunden wirkte. »In Wahrheit waren beide Geschichten richtig«, sagte der Butler. »Es war nur so, daß die Massenblätter die pikanteren Dinge brachten.«

Diana war wegen der Pressespekulationen über ihre Ehe verärgert, wußte aber nicht, was sie dagegen tun sollte. »Wenn ich ohne meinen Mann ausgehe«, protestierte sie, »so heißt das noch lange nicht, daß meine Ehe kaputt ist.« Sie hatte mehr offizielle Verpflichtungen übernommen – im Jahre 1985 waren es 299 Termine, 70 Prozent mehr als die 177 im Jahr 1984 –, die, sofern sie auf britischem Boden stattfanden, zu über fünfzig Prozent von ihr allein, ohne ihren Mann wahrgenommen wurden. Prinz Philip war froh über ihr wachsendes Engagement und riet ihr, die Gerüchte einfach zu ignorieren. Sie hat es versucht.

»Bei unserer Hochzeit«, sagte sie, »haben alle gemeint, wir seien das vollkommenste Paar der Welt. Wir verkörperten für alle ein Ideal. Jetzt heißt es, daß wir getrennt leben. Als nächstes werde ich wohl lesen müssen, daß ich einen katholischen Schwarzen zum Geliebten habe.«

Der unerbittliche Druck, in der Öffentlichkeit erscheinen und einem Pressekorps gegenüber freundlich tun zu müssen, das sich wie ein Exekutionskommando aufführte, war aufreibend. Beim Besuch eines Kindergartens wurde sie vom Leiter gefragt, ob sie die Fotografen, die vor dem Gebäude nach ihr riefen, zufriedenstellen wollte.

»Ich sehe nicht ein, warum ich etwas für sie tun sollte«, antwortete sie. »Sie tun ja nie was für mich.«

Am nächsten Tag konterte die *Sun* mit einem Leitartikel: »Prinzessin Diana fragt: ›Was haben die Zeitungen je für mich getan?‹ Die *Sun* kann Ihrer Lieblichkeit darauf mit einem Wort antworten – alles! Die Zeitungen haben sie zu einer der berühmtesten Frauen der Welt gemacht. Sie haben ihr die Aura von Glamour und Romantik verliehen. Ohne die Zeitungen würde die ganze Familie Windsor bald so langweilig sein wie die Herrscher Dänemarks und Schwedens.«

Die Bürde, in der Öffentlichkeit ein sonniges Image wahren zu müssen, zehrte an den Kräften der Prinzessin. »Mir ist beim Tragen dieser Last niemand zu Hilfe gekommen«, klagte sie gegenüber ihrer Hofdame. Wie ihr Mann, so erwartete auch Buckingham-Palast von ihr, daß sie lautlos ihren Pflichten nachging, nach dem Motto: sich zeigen und schweigen. Doch Diana brauchte Anteilnahme und Bestätigung. Ohne Barry

Mannakee an ihrer Seite hatte sie niemanden, der sie aufbaute, ihr Ratschläge gab und Zuneigung schenkte. Ihr Mann hielt sie inzwischen für einen Jammerlappen. »O Gott, was ist denn nun schon wieder«, sagte er, wenn sie auf ihn zukam. In der königlichen Familie fühlte sie sich zunehmend isoliert; und ihr war unwohl bei dem Gedanken, sich ihren Schwestern anzuvertrauen. Das betraf vor allem Jane, die mit Robert Fellowes, dem stellvertretenden Privatsekretär der Königin, verheiratet war.

Auch Sarah Ferguson gegenüber war Diana vorsichtig; Sarah sei, wie sei einmal bemerkte, allzu erpicht darauf, Charles zu gefallen. Ihren Freundinnen wollte Diana die Enttäuschung ersparen, die ein Geständnis bedeutet hätte: daß ihre Märchenehe nur Fassade war. Also sagte sie eben nichts. Als die frühere Wohngenossin Carolyn Pride Bartholomew den erschreckenden Gewichtsverlust bemerkte, gab Diana ihre Eßstörung endlich zu und bekannte, daß sie vier- bis fünfmal täglich erbrach, weil sie so unglücklich sei. Ihr Prinz, so klagte die Prinzessin, sei überhaupt kein Märchenprinz mehr.

Als Mrs. Bartholomew in Australien von Reportern wegen der Ehe der Wales zugesetzt wurde, verweigerte sie jegliche Auskunft. Sie wurde wegen der getrennten Unterkünfte und der getrennten Ferien des Paares bedrängt; sie sagte nichts. Ein Reporter verwies auf den Altersunterschied von zwölf Jahren und äußerte die Ansicht, daß die 26jährige Prinzessin von ihrem 39jährigen Prinzen schlicht gelangweilt sei.

»O nein«, sagte Mrs. Bartholomew.

»Aber was haben die beiden denn gemeinsam?«

»Also ... äh ..., ähem ... sie ... äh ... haben doch ihre Kinder.«

Es war eine besonders schwierige Zeit für Diana, als sie 1986 auf einer Cocktailparty Captain James Hewitt kennenlernte. Der 27jährige Junggeselle verstand es, mit einer Prinzessin zu flirten, ohne die Grenze zu überschreiten. Er wurde ihr als ein tüchtiger Reiter und Kavallerist von der Life Guard's Household Division vorgestellt. Diana gestand, sie fürchte sich vor Pferden, seit sie als Kind von ihrem Pony gefallen war. Ihre Angst vor dem Reiten, so erklärte sie ihm weiter, sei eine Enttäuschung für ihren Mann und seine reitbegeisterte Familie, und sie wolle etwas dagegen tun. Der gutaussehende Kavallerieoffizier offerierte ihr lächelnd seine Hilfe. Zwei Tage später rief sie wegen Reitstunden bei ihm an.

James Hewitt hatte nach der Privatschule Millfield die Militärakademie in Sandhurst besucht und war dann in die Life Guards eingetreten; die Armee war sein Lebensinhalt geworden. Er empfand es als besondere Ehre, dem Leibregiment der Herrscherin anzugehören. Wenn er keine Uniform trug, kleidete der Offizier sich als Gentleman in doppelreihige Blazer mit Guccislippern und goldenen Manschettenknöpfen. Er trug Seidenkrawatten, spielte Polo und hatte betont gute Manieren. Und er hörte sich die Aufnahmen von Reden Winston Churchills aus der Kriegszeit an, um seine Aussprache zu verbessern. Mit seinem welligen rostbraunen Haar, seinen vollen Lippen und blauen Augen wirkte er auf Frauen betörend. »Ich kenne mich«, hat er einmal erklärt, »überhaupt nur mit Pferden und Sex aus.« Ein paar Jahre später prahlte er, mit der Prinzessin von Wales beides geteilt zu haben.

Die Liebesaffäre begann in den Stallungen der Kaserne in Knightsbridge. Während der ersten zwei Monate erschien Diana in Begleitung ihres Sicherheitsbeamten und ihrer Hofdame zur wöchentlichen Reitstunde. Auf die Hofdame hat sie bald verzichtet, und der Sicherheitsbeamte blieb diskret in der Kaserne zurück, wenn die Prinzessin mit ihrem Reitlehrer allein lachend und plaudernd über die Reitpfade trabte. »Die Pferde«, erinnerte sich der Stallbursche Malcolm Leete, »wurden da kaum geritten.« Der Stallbursche hat seine Erinnerungen später einer Zeitung verkauft.

Mit James Hewitt erlebte Diana einen gleichaltrigen Mann, der großen Gefallen an Frauen fand und sie mit der gleichen

Achtung und Aufmerksamkeit behandelte, die er reizbaren Rossen zukommen ließ.

Mit Hewitt, dessen Vater als Hauptmann bei den Marinesoldaten diente und dessen Mutter eine Zahnarzttochter war, überschritt die Prinzessin von Wales gesellschaftliche Klassenschranken. Freundinnen gegenüber bezeichnete Diana Hewitt als »mein Seelenverwandter« und erklärte, sie seien sich trotz ihrer andersartigen Herkunft sehr ähnlich. Beide waren elegante Sportler mit Lust am eigenen Körper; beide waren, was die äußere Erscheinung anging, ungewöhnlich eitel. Sie putzten sich heraus und verbrachten Stunden damit, sich vor dem Ausgehen zurechtzumachen. Beide waren Verführer, die es verstanden, aus ihren Reizen Kapital zu schlagen.

Auf einer anderen Ebene verband sie die traumatische Erfahrung der Scheidung der Eltern. Sie sei fest entschlossen, ihre Kinder davor zu bewahren, eine ähnliche Jugend durchleiden zu müssen wie ihre. Trotz aller Bemühungen setzte sie ihre Kinder jedoch den gleichen gewaltsamen Auseinandersetzungen und tränenreichen Beschuldigungen aus, die sie bei ihren Eltern erlebt hatte. Vor solchen Fehlern hatte Hewitt sich dadurch geschützt, daß er nicht geheiratet hatte. Er war der einzige Sohn, von der Mutter verhätschelt und verwöhnt von zwei Schwestern, denen er eng verbunden blieb.

Im Unterschied zu Charles war Hewitt für Diana ganz Ohr. Er hörte aufmerksam zu, wenn sie über ihre Wohltätigkeitsengagements sprach, und erzählte, wie gern sie ihren königlichen Pflichten nachkam, sofern »die da« (die Hofbeamten des Buckingham-Palasts) sie nur in Ruhe ließen. Sie glaubte, eine göttliche Gabe zu besitzen, Kranken und Sterbenden zu helfen; diese Heilkraft durch Berührung führte sie auf die Führung durch »Geister« zurück. Dadurch sei sie zu Dingen befähigt, die über die zeremonielle Rolle einer königlichen Prinzessin beim Besuch von Krankenhäusern hinausgingen. Sie identifiziere sich mit den Opfern, erklärte sie, und spüre ihr Leid. Hewitt, der solchen Mystizismus nicht verstand, hörte dennoch ganz verzückt zu und zweifelte nicht an ihrem Verstand – im Unterschied zum Bischof von Norwich, den Dianas Behauptungen alarmierten. Als sie diesem Geistlichen erzählte, daß sie die reinkarnierte Seele eines Menschen aus früheren Zeiten sei, schien er perplex. Als sie ihm dann erklärte, sie werde beschützt von den Geistern Verstorbener, die sie im Leben gekannt habe, reagierte der Bischof nach ihrer eigenen Aussage mit einem Ausdruck des Entsetzens. Hewitt aber war ein einfacher Mensch ohne festen kirchlichen Glauben, und sein Schweigen machte ihr Mut weiterzureden.

Sie erzählte ihm von ihren Kindern, »meine kleinen Ritter im Strahlenhemd«, wie sie sie nannte; sie seien das Wichtigste in ihrem Leben. Mehrere Wochen lang führte sie Hewitt durch den Sumpf ihrer Ehe; als sie ihm dann die gräßlichen Geheimnisse enthüllte – ihre Bulimie, die Selbstmordversuche, die getrennten Schlafzimmer und daß Charles eine Geliebte hatte –, erkannte er in ihr eine Frau, die durch den Schock der Zurückweisung ins Taumeln geraten war. Es erging ihm wie den meisten Männern, die Diana kennenlernten: Sie weckte seinen Beschützerinstinkt.

Klugerweise überließ er den ersten Schritt ihr. Es war die Einladung zu einem Abendessen bei ihr in Kensington Palace, als Charles gerade nicht in Highgrove weilte. Für jenen Abend schickte sie den Großteil des Personals aus dem Haus. Sie öffnete Hewitt persönlich. Sie war ganz aufgeregt, begleitete ihn in ihren privaten Salon und reichte ihm eine Magnumflasche Champagner. Sie trinke nur selten Alkohol, erklärte sie ihm; dies sei jedoch ein ganz besonderer Anlaß. Er ließ den Korken knallen und füllte die Gläser, während sie auf dem in Aprikosenrot und Weiß gestreiften Sofa saß. Er sah sich im Zimmer um und lachte in sich hinein, als er auf einem der herumliegenden Kissen die eingestickte Maxime las:

Wenn du meinst, Liebe lasse sich mit Geld nicht kaufen,
Weißt du nicht, wo man einkaufen muß.

Er hatte ihr kompetentes Einkaufen in den feinsten Geschäften Londons schätzen gelernt, seit er der glückliche Nutznießer etlicher extravaganter Einkaufstouren geworden war. Seine Regimentskameraden, sagte er zu ihr, seien tief beeindruckt gewesen von den Geschenken, die ihm in die Kaserne zugestellt wurden. Sie senkte den Blick und kicherte.

»Ob es nun Freunde, Liebhaber oder Verwandte betrifft, Diana ist äußerst großzügig«, erklärte der Innenarchitekt Nicholas Haslam. »Sie ist außerstande, *keine* Geschenke zu machen. Wenn sie mich daheim besucht, bringt sie immer irgendein wunderbares Geschenk mit – eine Krawatte, eine Pflanze, ein Buch. Sie weiß, im Gegensatz zu den übrigen Royals, wie man Geld für andere ausgibt.«

Unter den Geschenken, die Hewitt von der Prinzessin bekam, befanden sich ein rostfarbener Cashmerepullover von Harrods, vier Seidenkrawatten von Hermès und ein Paar handgefertigte Reitschuhe aus Leder für 2 700 Mark von John Lobb, dem besten Schuhmacher Londons. Er erhielt auch eine Tweed-Reitjacke mit Wildlederflicken und Lederknöpfen, drei Maßanzüge, zehn Hemden von Turnbull & Asser mit passenden Krawatten, zwei Blazer, ein Dutzend Paar Cashmere-Socken, zwei Dutzend Boxershorts aus Seide, goldene Manschettenknöpfe, eine diamantenbesetzte Krawattennadel und eine 18karätige Golduhr vom Hofjuwelier Asprey.

Bei einem Jahresgehalt von knapp 90 000 Mark war es für den Kavallerieoffizier unmöglich, sich auf ebenso grandiose Weise zu revanchieren. »Dafür habe ich ihr abgelegte Kleidungsstücke von mir gegeben«, meinte er gelassen. Sie bat ihn um sein T-Shirt, das sie nachts im Bett tragen wollte, und um seinen Kricketpullover, den sie unter dem Skianzug trug. Sie bat ihn außerdem um eine seiner Daunenjacken, die sie dann häufig auf Spaziergängen trug. Sein großzügigstes Geschenk war ein Paar Diamanten-und-Smaragd-Ohrringe, die er ihr als Belohnung dafür schenkte, daß sie nicht mehr auf ihren Fingernägeln kaute.

Nach dem ersten Abendessen in Kensington Palace servierte ihm Diana den Kaffee auf der Couch im Wohnzimmer. Sie schaltete die Couchtischlampe aus, setzte sich auf seinen Schoß und schlang ihm die Arme um den Hals. Kurz darauf stand sie auf, wie Hewitt seinem Biographen erzählte, und führte in wortlos in ihr Schlafzimmer.

Die Affäre war in den folgenden achtzehn Monaten intensiv und leidenschaftlich, und sie wurde nicht eben mit größter Diskretion betrieben. Sie statteten Althorp einen Besuch ab, wo sie sich laut Hewitt im Haus und am Schwimmbecken liebten. Sie hielten sich bei Hewitts Mutter in Devon auf und liebten sich dort im Garten. Sie verbrachten Abende in Kensington Palace mit Dianas Kindern zusammen und, wenn Charles verreist war, auch Wochenenden auf Highgrove. Die jungen Prinzen gewöhnten sich so sehr an Hewitts Anwesenheit, daß sie ihn »Onkel James« nannten. Er gab ihnen Reitunterricht. Er nahm sie in die Kaserne mit, wo die uniformierten Männer sie sehr beeindruckten. Er brachte den kleinen Jungen das Marschieren, Salutieren und das Halten des Gewehrs bei.

Im Gegenzug lud Diana den Vater und die beiden Schwestern Hewitts zu einem privaten Abendessen nach London ein. James hatte sie über seine Beziehung zu Diana eingeweiht. Diana begleitete ihn auch nach Devon und blieb dort viele Tage bei seiner Mutter, die eine Reitschule führte. »Nach dem Mittagessen hat sie immer beim Abräumen geholfen«, erinnerte sich Shirley Hewitt. »Sie hat das Geschirr gespült und einmal sogar einen Schrank saubergemacht. ›Was ist denn das?‹ hat sie gesagt, ›das ist ja ekelhaft!‹ und hat ihn dann total ausgeräumt und ordentlich reingewaschen.« Bei solchen Aufenthalten gewann Diana mit kleinmädchenhaften Fragen zur Kindheit von James Mrs. Hewitts Zuneigung. Die beiden haben ihn gemeinsam gehänselt, wenn sie sich in Familienalben seine Babyfotos ansahen.

Er habe nicht vorgehabt, sagte Hewitt, sich in die Prinzessin zu verlieben, die er als sehr verletzbar und unglücklich schilderte. »Aber«, bekannte er schüchtern, »dann ist's eben passiert ... Wir haben viel darüber gesprochen, was die Zukunft für uns beide wohl bereithalten könnte. Ich glaube, es war einfach schön, zu träumen und sich etwas vorzustellen, was eindeutig gar nicht möglich war ... den Traum, daß wir unser restliches Leben miteinander verbrächten.«

Einmal witzelte er ziemlich nervös über das Hochverratsgesetz aus dem Jahr 1351 und überlegte laut, ob es möglich wäre, daß man ihn im Tower einsperre und köpfe, weil er mit Diana geschlafen hatte. Das alte Gesetz verbietet Ehebruch mit der Frau des Thronfolgers, um zu gewährleisten, daß auch alle Erben wirklich legitim sind. Als die Affäre der Prinzessin mit ihrem Reitlehrer – durch Hewitt selbst – ans Licht kam und von Diana bestätigt wurde, wollten manche der Royals-Biographen eine auffallende Ähnlichkeit zwischen dem kupferroten Hewitt und dem kastanienbraunen Prinz Harry erkennen. Doch Hewitt bestritt seine Vaterschaft und behauptete stur und steif, er habe Diana überhaupt erst zwei Jahre nach der Geburt ihres zweiten Sohnes kennengelernt. »In Wahrheit«, stellte *Private Eye* fest,»hat Hewitt bereits fünf Jahre früher Dianas Bekanntschaft gemacht – bei einem Polospiel im Jahre 1981, noch vor ihrer Hochzeit.«

Vorsichtig verhielt sich die Prinzessin bei ihrer Beziehung mit dem Kavallerieoffizier nicht, außer daß sie die Stimme verstellte, wenn sie ihn von einer Telefonzelle in der Kaserne anrief. In gewisser Weise fühlte sie sich gegen Skandale immun, weil man gewohnt war, sie bei öffentlichen Anlässen in Begleitung von Major David Waterhouse und dem Bankier Philip Dunne zu sehen. Insofern war es bereits ein gewohntes Bild, daß sie in Gesellschaft anderer Männer war. Sie verließ sich ganz auf das besondere Wohlwollen, das sie als Prinzessin von Wales genoß, weil sie wußte, daß die meisten Leute sie nie eines Ehebruchs verdächtigen würden, und schon gar nicht mit dem Mann, der für den Armeereitstall verantwortlich war.

»Es war schlichtweg unvorstellbar«, sagte eine ihrer besten Freundinnen. »Selbst nachdem sie es im Fernsehen zugegeben hatte, daß sie mit ihm untreu gewesen war, mit diesem Schuft, der daraus Kapital schlug, indem er ein Buch drüber schrieb: Ich konnte es noch immer nicht glauben.«

So ging es auch ihrem Bruder Charles Spencer, der sie trotz Gegenbeweisen gegen Unterstellungen von Promiskuität verteidigte. »Hand aufs Herz«, sagte er, »meine Schwester Diana hat in ihrem ganzen Leben nur mit einem einzigen Mann geschlafen, und das ist ihr Ehemann.«

Manche von Hewitts Regimentskameraden haben von Anfang an eine Affäre vermutet und vielsagende Blicke gewechselt wegen der Prinzessin und ihres Reitlehrers, dem sie den Spitznamen Red Setter gegeben hatten. Doch keiner wagte es, offen irgend etwas Unschickliches anzudeuten. »Selbst als ich sie mitten in der Reitschule küssen und schmusen sah, war ich so schockiert, daß ich eineinhalb Jahre lang keinem etwas davon erzählt habe, nicht einmal meiner Frau. Das habe ich erst nach meinem Abschied von der Armee getan«, sagte der frühere Stallbursche.

Er schilderte seine Beobachtungen folgendermaßen: »Es war Mitte November 1988. Hewitt war in die Combermere-Kaserne, nicht weit von Windsor, versetzt worden. Ich machte das Pferd der Prinzessin für ihre Reitstunde um halb vier fertig ... und führte es zur Reitschule, weil draußen ein schreckliches Wetter herrschte ... Die beiden haben sich in der Reitschule getroffen. Ich stand auf einem Aufstiegsockel und habe ihnen zugeschaut. Ich sah, wie seine Hände auf ihrem Rücken die Bluse hochwanderten. Die Bluse hat nicht in ihren Reithosen gesteckt. Sie schmiß sich an ihn ran, und er schmiß sich an sie ran.«

Als die Affäre andauerte, zog Diana ihre frühere Mitbewohnerin Carolyn Bartholomew ins Vertrauen und außerdem ihre Freundin Mara Berni, der das Restaurant San Lorenzo in Knightsbridge gehörte, wo Diana und Hewitt oft gemeinsam zu Mittag aßen. Sie vertraute auch ihrem Sicherheitsbeamten Ken Wharfe, der sie zusammen mit Hewitt begleitete, so daß die Rendezvous eher den Eindruck von ungezwungenen Verabredungen als von Liebestreffs machten.

Diana setzte den Namen ihres Liebhabers für einen offiziellen Ball im November 1988 zur Feier des 40. Geburtstags von Prinz Charles auf die Einladungsliste der Königin. Sie mußte gar nicht erst auf die Liste der fünfhundert Gäste blicken, um zu wissen, daß Charles seine Geliebte einladen würde; deshalb trug sie auch den Namen ihres Reitlehrers neben dem Namen ihres Lieblingsmodeschöpfers Bruce Oldfield ein. Mit Ausnahme von Prinz Andrew, der sich an Bord der *HMS Edinburgh* in australischen Gewässern befand, wohnten alle Mitglieder des Königshauses dem Ball im Buckingham-Palast bei. Aus Spanien flogen König Juan Carlos und Königin Sofia ein, um sich den gekrönten Häuptern von Norwegen, Luxemburg und Liechtenstein sowie dem entthronten König von Griechenland zuzugesellen. Die Herzöge von Northumberland und Westminster tanzten und tranken bis drei Uhr morgens Seite an Seite mit Rockstars, Discjockeys und Industriellen.

Für Charles hatte der Tag mit einem Besuch der Innenbezirke von Birmingham begonnen, wo der Prince's Trust – eine 1976 von ihm ins Leben gerufene karitative Stiftung – benachteiligten jungen Menschen Arbeit verschaffte. Bei seiner Ankunft trug er einen Button mit dem Spruch »Das Leben beginnt mit 40« – ein Geschenk seiner Söhne. Die Menschenmenge, die sich zu seiner Begrüßung eingefunden hatten, stimmte in das Lied »Happy Birthday« ein.

»Wann werden Sie König sein?« brüllte ein Mechaniker.

»Weiß nicht«, erwiderte Charles, »Vielleicht komme ich ja unter einen Bus, bevor's soweit ist.«

Den Vorsitzenden der Labour Party beeindruckte die Feier in der Innenstadt keineswegs. »Das ist bloß eine Masche, so funktioniert die mildtätige Hierarchie eben«, sagte Dennis

Skinner. »Sie müssen den Armen und Unterprivilegierten ein paar Krümel zukommen lassen ..., um ihr Gewissen zu beruhigen und sich ein Image wohlwollender Mildtätigkeit zu sichern.«

Das am gleichen Abend stattfindende Fest im Buckingham-Palast rief noch größere Empörung hervor. »Für diese Feier werden sie soviel Geld ausgeben, wie viele arme Familien in einem ganzen Leben ausgeben können«, meinte Skinner. »Die Leute an der Easy Street of Life, die königliche Familie eingeschlossen, sollte wirklich achtgeben, daß sie die armen Leute nicht mit Verachtung behandeln. Dieses Fest ist wie Sand, der denen auf der untersten Stufe der Leiter ins Gesicht geworfen wird.«

Er ließe sich durch Kritik, vor allem von Miesepetern, nicht abschrecken, äußerte Charles. »Jetzt, mit vierzig«, erklärte er, »bin ich mir in dem, was ich mir vorgenommen habe, sehr, sehr viel sicherer.« Er betrachtete seine Arbeit für die Unterpriviligierten in Großbritannien als eine dem Königshaus würdige Aufgabe; die Schirmherrschaft, die seine Frau für die Aidskranken übernommen hatte, erklärte er dann aber, sei »nicht angemessen«, und die Aufmerksamkeit, die ihr dafür in der Presse zuteil werde, sei manchmal schon »sentimental« und »manipulierend«. Ein paar Monate später empfand er einen von ihr geplanten Flug zum Besuch von Aids-Babys in New York City's Harlem Hospital als gänzlich unnötig. Als er sich weigerte, sie nach Harlem, der Hauptstadt des schwarzen Amerika, zu begleiten, fuhr sie allein. Die Zeitungsfotos, die sie mit einem sterbenden schwarzen Aids-Baby in den Armen zeigte, tat er ab mit »wie nicht anders zu erwarten«.

Diana reagierte mit Kalkül. Auf dem Rückflug nach London sprach sie mit einem *Daily-Mail*-Fotografen über ihre aufsehenerregende Tour; sie sei äußerst nervös und angespannt, bemerkte sie, weil ein Termin den anderen jage. »Ich bin so traurig, wenn ich an den kleinen kranken Jungen in meinen Armen denke«, sagte sie. »Es hat mich tief bewegt. Vielleicht hat es damit zu tun, daß ich eine alleinreisende Frau bin. Wenn mein Mann bei mir ist, kommt es mir nie so arg vor.«

Der Buckingham-Palast deutete Dianas Bemerkungen als indirekten Angriff auf ihren Mann und beeilte sich, eine Erklärung abzugeben, die zu verstehen gab, daß sie überanstrengt gewesen sei: »Der Besuch des Krankenhauses in Harlem hat sie sehr mitgenommen. Sie hat zwei Tage lang ununterbrochen gearbeitet, und die Auswirkungen machen sich erst jetzt voll bemerkbar.« Es war der erste Schußwechsel zwischen den raffinierten Hofbeamten und der eigensinnigen Prinzessin.

»Diana war eine Meisterin in dem Spiel, den anderen immer um eine Nasenlänge voraus zu sein«, kommentierte der Londoner Zeitungskolumnist Ross Benson. »Beim gemeinsamen Besuch eines Konservatoriums hatte Charles sich schließlich dazu überreden lassen, ein paar Takte auf dem Cello zu spielen. Das bot ihr eine Gelegenheit, die sie sich einfach nicht entgehen lassen konnte. Während er spielte, schritt sie über die Bühne, setzte sich an den Flügel, hob den Deckel und spielte das Eröffnungsthema des Klavierkonzerts Nr. 2 von Rachmaninow. Die Kameras schwenkten auf sie um. Charles saß unbeachtet und gedemütigt für sich allein.«

Diana hatte darauf bestanden, ihren Mann trotz seiner Einwände auf eine Geburtstagsparty für die Schwester von Camilla Parker-Bowles, Annabel Elliot, zu begleiten. Die rund vierzig anwesenden Gäste gehörten zu der steifen Highgrove-Clique ihres Mannes, weshalb niemand damit rechnete, daß sie kommen würde. Sie war jedoch fest entschlossen, der Geliebten ihres Mannes gegenüberzutreten.

»Ich erinnere mich, daß ich ihr kurz nach ihrem Flug nach Harlem auf dieser Party begegnet bin«, berichtete ein Londoner Anwalt, »und mir gedacht habe, sie müsse entweder blöd sein oder unter dem Jetlag leiden, weil sie einem Gespräch überhaupt nicht zu folgen vermochte. Sie schaute ständig nach Charles, der sie allein gelassen hatte und den ganzen Abend mit Camilla in einer Ecke saß. Ich verstand nicht, was los war, bis meine Frau es mir später erklärte.«

Gegen Ende der Party ging Diana auf Camilla zu und sagte, sie bitte um ein Gespräch unter vier Augen. Diana wartete, bis die letzten Gäste den Raum verlassen hatten. Dann sah sie ihrer Rivalin ins Auge und sagte frei heraus: »Warum läßt du meinen Mann nicht in Ruhe?« Die völlig überraschte Camilla begann, Einspruch zu erheben, doch Diana schnitt ihr das Wort ab und erklärte, sie sei über Camillas Affäre mit Charles voll im Bilde. Sie erwähnte die Telefonanrufe, die Liebesbriefe, die gemeinsamen Fuchsjagden, die nächtlichen Besuche an Sonntagen. Sie wisse genau, daß Camilla in ihrer, Dianas, Abwesenheit auf Highgrove, in ihrem Haus, die Gastgeberin spielte, und nehme ihr das sehr übel. Diana machte Camilla dafür verantwortlich, daß Charles sich von seinen Kindern abwandte und die Ehe zerstörte. Danach verließ Diana den Raum und sagte zu Charles, sie wolle nach Hause.

Am nächsten Morgen rief sie Carolyn Bartholomew an und erzählte ihr, was sie getan hatte. Außerdem rief sie auch James Hewitt an und berichtete ihm voller Stolz über die eigene Kühnheit detailliert von der Gegenüberstellung. Endlich, so erklärte sie, fühle sie sich aus Camillas Klauen befreit. »Warum, warum nur«, wollte sie von ihm wissen, »hab' ich ihr das alles nicht viel früher gesagt? Dann hätte alles anders kommen können.«

Für solch großen Mut verdiene sie eine Tapferkeitsmedaille, lobte Hewitt und erkundigte sich nach der Reaktion von Charles.

»Eiskalte Wut«, erwiderte Diana stolz, »und: ›Wie konntest du nur?‹«

Im Mai 1989 lud Earl Spencer das Paar auf ein Fest zum 60. Geburtstag von Dianas Stiefmutter ein. Charles hatte jedoch eine Reise in die Türkei geplant, die er nicht absagen wollte. »Ich werde auf Reisen sein«, teilte er Diana in einer Aktennotiz mit; es war die übliche Art der Kommunikation mit seiner

Frau, um Streitereien aus dem Weg zu gehen. Er war still und leise aus Kensington Palace ausgezogen und lebte nun ganz auf Highgrove, wo ihn die Kinder an Wochenenden besuchten. Daß er mit Camilla Parker-Bowles und ihrem Mann Andrew in die Türkei reiste, erwähnte er nicht, Diana fand es aber heraus.

Als sie Hewitt von der Reise erzählte, erklärte sie, daß ihr Charles und Camilla sowie »Andrew Park-Your-Balls« egal seien. Sie nannte den Brigadegeneral Bowles mit dem Spitznamen, den ihm *Private Eye* gegeben hatte.* Hewitt hegte den Verdacht, daß ihr die Angelegenheit noch immer keineswegs egal war und daß sie, allen gegenteiligen Beteuerungen zum Trotz, ihre Ehe gern wiederbelebt hätte. Doch er sagte nichts und nahm die Einladung, sie zum Ball auf dem Sitz ihres Vaters zu begleiten, begeistert an. »Bei fünfhundert Gästen werden wir sicher sein«, versicherte ihm Diana.

Bald darauf erfuhr Hewitt von seiner Versetzung nach Deutschland, wo er das Kommando eines Panzerbattaillons übernehmen sollte. Er war ganz aufgeregt wegen seiner Beförderung, machte sich allerdings auch Sorgen, wie er Diana beibringen sollte, daß er für zwei Jahre aus ihrem Leben verschwinden würde. Später erwähnte er einmal, sie habe ihn beschimpft, daß er sie verlasse, weil ihm seine Karriere wichtiger sei als ihre Beziehung. Sie hat seine Anrufe monatelang nicht entgegengenommen, und er ging nach Deutschland, ohne sie noch einmal gesehen zu haben.

Binnen weniger Wochen suchte Diana den Mann auf, in den sie als Siebzehnjährige einmal total verliebt gewesen war. Diesmal war James Gilbey empfänglicher. Bei Mittag- und Abendessen lauschte er ihr hingebungsvoll, während sie die Saga

---

* Wörtlich übersetzt: »Andrew Park-deine-Eier«. A. d. Ü. Diana nannte auch die königliche Familie hinter dem Rücken mit ihren *Private-Eye*-Spitznamen: Die Königin hieß dort Brenda, der Herzog von Edinburgh Keith, Prinzessin Margaret Yvonne, Charles Brian; Edward war Cled (Peter Philips Abkürzung für Onkel Ed) und Diana selbst Cheryl.

ihrer unglücklichen Ehe vor ihm ausbreitete. Und auch er wurde zu ihrem Ruhekissen. Nach einem privaten Abendessen im Haus des befreundeten Fernsehinterviewers David Frost und seiner Frau Carina begannen sie sich erneut zu verabreden. Als Diana und Gilbey an diesem Abend aufbrachen, wurden sie vor Frosts Haus beim Abschiedskuß fotografiert. Es war ein solch heftiger Kuß, daß der Fotograf beschloß, Gilbeys Wohnung zu überwachen; sie lag ganz in der Nähe vom Kaufhaus Harrods, in Lennox Gardens. Ein paar Tage später wurde der Fotograf mit einem Schnappschuß von der Prinzessin belohnt, als sie Gilbeys Wohnung um 1.15 Uhr morgens verließ. Gilbey erklärte, sie hätten zusammen Bridge gespielt, fügte jedoch hinzu: »Es war vermutlich nicht sehr klug, daß Diana und ich uns auf diese Weise trafen.«

Danach verhielt sich Diana umsichtiger. Statt Gilbey in seiner Wohnung zu besuchen, fädelte sie heimliche Rendezvous in Mara Bernis Wohnung ein, die gleich um die Ecke vom Restaurant San Lorenzo lag. Sie kaufte sich für ihr Büro im Kensington Palace einen Reißwolf. Für ihre private Korrespondenz benutzte sie Postfächer, am Telefon eine verschlüsselte Sprache. Weil sie Handys für sicherer hielt, telefonierte sie am liebsten damit. Als sie entdeckte, daß sie in Wahrheit noch weniger sicher sind, benutzte sie keine Handys mehr. Wenn sie in Kensington Palace telefonierte, machte sie oft die Türen ihrer Suite zu und drehte den Ton des Fernsehers auf, damit die Diener nicht lauschen konnten.

Trotz aller Anstrengungen, eine Entdeckung zu vermeiden, wurde ihr Telefongespräch mit James Gilbey am 31. Dezember 1989 von jemandem mitgeschnitten. Als die britischen Boulevardblätter die Mitschrift drei Jahre später veröffentlichten, hielten sie einen sehr eindeutigen Teil von zehn Minuten zurück, in dem Diana und ihr Liebhaber sich über Masturbation unterhielten. Sie sprachen auch über Dianas Angst davor, schwanger zu werden. »Darling, das wird nicht passieren«, versicherte ihr Gilbey. »Du wirst nicht schwanger werden.« Sie sei besorgt, erklärte Diana, weil sie am Nachmittag im Fernsehen eine Seifenoper gesehen habe, in der eine Hauptdarstellerin ein Baby bekam. »Und sie dachte, das Kind sei von ihrem Mann«, sagte die Prinzessin. »Es war aber von einem andern.« Worauf Diana und Gilbey beide lachten.

»Küß mich, Squidgy [Gilbeys Kosename für Diana]... O mein Gott! Welch ein himmlisches Gefühl, findest du nicht?«

»Ich liebe es, ich liebe es«, erwiderte Diana.

Als dieses unter dem Namen Squidgygate bekanntgewordene Gespräch publik wurde, war der Sockel, auf dem die Prinzessin gestanden hatte, mit ihr zusammen im Graben gelandet, und sie hatte Mühe, ihren Kopf über der Schlammobefläche zu halten.

17

DIE HERZOGIN GERIET ins Trudeln. Wenige Wochen vor ihrer Hochzeit war sie von dem Pfad abgekommen, der da heißt »Pflicht und Anstand«. Und ihr wurde außerdem vorgeworfen, die Prinzessin von Wales vom rechten Weg abgebracht zu haben. Die beiden Frauen waren dabei fotografiert worden, wie sie in Ascot mit der Spitze ihres Regenschirms einen Mann in den Hintern gepiekst hatten. Einige Tage später stürmten sie, als Polizistinnen verkleidet, Prinz AndrewsHerrenparty vor dem Polterabend. Sie platzten mit Abzeichen und Knüppeln in Annabell's Nightclub hinein und setzten sich an die Bar. Die Berichterstattung in der britischen Presse verwendete dafür Begriffe, die auch für andere Nationen nur zu verständlich sind: Es war ein Kampf der Vorstadtjugend gegen die Bundesliga. Sarah wurde als das Bikerbabe aus der Hölle angeprangert. Diana, das liebe Kind von nebenan, kam unbeschadet davon. Sie waren wie die zwei Prinzessinnen aus dem Märchen: Wenn die eine den Mund aufmachte, kamen Rubine und Diamanten heraus. Wenn die andere sprach, krochen Kröten hervor.

»Die Prinzessin von Wales entgeht solcher Kritik, weil sie hübscher ist«, schrieb der *Sunday-Times*-Kolumnist Craig Brown. »Außerdem ist sie weniger, nun ja, *auffällig* als die Herzogin von York. Die Herzogin hat die ihr eigentümliche Gabc, das moderne Großbritannien widerzuspiegeln – das Grelle, das Ungestüme, das Laute im Land, das keine Geheimnisse mehr kennt.«

Die Hochzeit lag noch kein Jahr zurück, da hatte die Herzogin von York schon den Spitznamen »Herzogin von Yuck«*. Sie machte 120 Tage Ferien, schimpfte jedoch über Überarbeitung. Für das Königshaus übernahm sie im Laufe des Jahres 55 offizielle Verpflichtungen. Zum Vergleich: Prinzessin Anne nahm 429 wahr. Dieses Verhalten brachte Sarah Ferguson den Spottitel »Herzogin von Do Little« [wenig tun] ein. Als sie während der ersten Schwangerschaft 23 Kilo zunahm, wurde sie »Herzogin von Pork« [Schweinefleisch] genannt. Als sie Gratisangebote von Flugtickets erster Klasse, Hotelsuiten und Limousinen akzeptierte, hieß sie »Schnorrerin Fergie«. Sie akzeptierte auch, kostenlos, Uhren von Cartier und Luxusreisekoffer von Louis Vuitton. Als »Herzogin von Dough« [Knete] erwartete sie bei Interviews Bezahlung; Modedesigner wurden gebeten, sie teuer einzukleiden. Der französische Couturier Yves St. Laurent erklärte sich dazu bereit, doch die britische Modeschöpferin Zandra Rhodes lehnte glattweg ab, mit den Worten: »Auf solche Werbung bin ich nicht angewiesen.«

Wie eine Betrunkene steuerte Sarah taumelnd auf einen öffentlichen Disput zu. Sie warf einmal in der Öffentlichkeit aus Jux Brötchen nach ihrem Mann. Ein andermal leerte sie einen Salzstreuer in sein Haar und bespritzte ihn mit Champagner. Als Auktionatorin einer Wohltätigkeitsveranstaltung ermahnte sie Bieter auf ihre Art, höhere Angebote abzugeben. »Komm schon, George«, brüllte sie einen verblüfften Mann an, »deine Frau mag's gern g-r-o-ß!« Auf einer privaten Party für einen Emir aus dem Mittleren Osten ließ sie sich vor vierzig Gästen zu Boden fallen und kreischte eine Stripperin an: »Zieh's aus! Zieh's aus!«

»Fergie meint, daß sie sich mit den unteren Schichten identifizieren kann, wenn sie Nahrungsmittel durch die Gegend schmeißt, aber die verachten ihre Vulgarität bloß«, sagte der

---

* Yuck, ausgesprochen *yak*, als vulgäre Verballhornung von »York«: Ausdruck für Widerwillen und Ekel. A.d.Ü.

Gesellschaftskolumnist Taki Theodoracopulos. »Wenn Sie in London einen Saal leerkriegen und die letzten Nachzügler loswerden wollen, dann sagen Sie einfach nur: ›Oh, Fergie. Endlich! Grüß dich!‹ Die Leute werden sofort die Beine unter die Arme nehmen. Wenn Philip die Königin zum Lachen bringen will, hebt er den Hörer ab und sagt: ›Was? Was sagen Sie da? Fergie ist von einem Lkw überfahren worden?‹«

Die Presse machte sogar Schnappschüsse von ihr, als sie mit der königlichen Familie in Schottland auf Rehjagd ging und sich mit dem Fernrohr ihres Gewehrs die Stirn verletzte. Eine Kolumnistin sagte, es tue ihr leid zu hören, daß Fergie sich verletzt hätte, als sie »dem unschuldigen Mädchenzeitvertreib« nachgegangen sei, »aus Sport ein großes Säugetier zu ermorden«.

»Bis zu einem gewissen Grad«, räumte ihr Vater ein, »ist es ihr zu Kopf gestiegen, daß sie Herzogin von York wurde. Sie hat nicht immer an die Spielregeln gedacht. In der königlichen Familie kann man sich gewisse Privilegien herausnehmen, es muß aber alles Grenzen haben. Sarah hat geglaubt, man würde ihr sehr viel mehr durchgehen lassen, als es dann der Fall war. Andrew hätte während der ersten Zeit stark genug sein müssen, um sie zu führen und zu beraten. Das hat er aber nicht getan.«

Andrew hatte keine Hemmungen, sie in der Öffentlichkeit zurechtzuweisen, wenn sie sich schlecht aufführte, vor allem nachdem sie getrunken hatte. Einmal fuhr sie ihn an, als er sie korrigiert hatte: »Warum mußt du mich in Verlegenheit bringen und vor anderen Leuten darauf hinweisen, wenn ich etwas mißverstehe?« fragte sie. »Das ist nicht sehr mitfühlend. Manchmal bist du genauso schlimm wie dein Vater.«

Fergie, die sich über ihre negative Darstellung in der Presse ärgerte, versuchte sich bei den Reportern anzubiedern; Andrew dagegen ignorierte die Reporter einfach. »Sprich nicht mit ihnen«, empfahl er ihr. »Sie sind Kritikaster. Erst machen sie aus jemand einen Helden, und dann stoßen sie ihn vom Sockel.«

»Was soll ich nur machen?« klagte sie einer Freundin. »Andrew sagte, ich soll sie gar nicht beachten. Aber der ist nicht mittendrin, er ist ja immer weit weg, auf dem Schiff.«

Die Kritik der Presse ließ im Februar 1988 etwas nach, als die Yorks einer Reise zur Förderung britischer Kunst und Industrie nach Los Angeles zustimmten. Sarah, im dritten Monat schwanger, traf dort in französischer Haute Couture ein, tat dann aber bald kund, daß ihre Schlüpfer *made in England* seien.

»Meine Schlüpfer stammen von Marks und Sparks«, flötete sie unter Verwendung des allgemeinen Spitznamens für Marks & Spencer, das Billigkaufhaus, in dem britische Hausfrauen aus dem Mittelstand einkaufen gehen.

In Erwartung des königlichen Besuchs hatten die Kaufleute von Chinatown ein Banner angebracht: »Willkommen Fergie und Dingsbums«. Andrew grinste gutmütig. In seinem knapp sitzenden Nadelstreifenanzug erweckte er ganz den Eindruck, als ob er gerade den »Friß-was-du-kannst«-Wettbewerb gewonnen hätte. Bei seinem vorherigen Besuch war er in Los Angeles königlicher Rüpel geschimpft worden, weil er einen Schlauch mit Sprühfarbe auf die Presse gerichtet hatte. Das britische Konsulat hatte danach einem amerikanischen Fotografen 2100 Mark Schadenersatz zahlen und eine offizielle Entschuldigung abgeben müssen.

»Ich erhielt den Scheck für die Reparatur meiner Kamera«, erinnerte sich der Fotograf Chris Gulken. »Mir wurde bedeutet: Ihre Majestät möchte Sie davon in Kenntnis setzen, daß das Geld aus Andrews Privatmitteln und nicht aus britischen Steuergeldern kommt.«

Ein Fernsehreporter aus Los Angeles hatte Andrews Visite im Jahre 1984 zum »unangenehmsten Besuch aus England, seit die Briten 1812 im Krieg das Weiße Haus niederbrannten«, erklärt.

Die Premierministerin war über die Mediendarstellung von Andrews Reise so bestürzt, daß sie bei den PR-Experten in der

Londoner Niederlassung von Saatchi & Saatchi eine streng vertrauliche Studie in Auftrag gab, mit dem Zweck, Andrews Image zu verbessern. Der entsprechende Vorschlag Mrs. Thatchers wurde der Königin geschickt, die sich weigerte, ihn zu lesen. »Ich glaube kaum«, befand sie, »daß ich in Familienangelegenheiten Ratschläge von dieser gräßlichen Kleinbürgerin nötig habe.«

Diesmal verhielt Andrew sich manierlicher. Er traf mit Sarah an Bord der königlichen Jacht *Britannia* in Long Beach ein, und die beiden bereisten zehn Tage lang Südkalifornien. Sie besuchten Schulen und Supermärkte, wo sie den Menschen Küßchen zuwarf und er Autogramme gab. Sie erschien mit winzigen amerikanischen und britischen Flaggen im Haar und riet den Fotografen: »Schaut euch die Haare gut an, Jungs.« Auf dem Rundgang durch das Kaufhaus Bullocks Wilshire besichtigte das Paar die Boutiquen mehrerer britischer Modeschöpfer. Andrew entdeckte eine schwarze Wildlederjacke, die ihm gefiel. Der Kaufhausdirektor des Hauses ließ sie daraufhin für Andrew als Geschenk einpacken. Andrew nahm das Geschenk an, fand dann aber, daß er lieber etwas Moderneres hätte, etwa eine marineblaue Wildlederbomberjacke. Das Kaufhaus hat das Geschenk prompt ausgetauscht.

Schulkinder, die noch nie eine Herzogin gesehen hatten, umdrängten Fergie und bombadierten sie mit Fragen darüber, wie es sich in einem Schloß lebte. Das Schwierigste, erwiderte sie, seien die Toiletten. Die Kleinen rissen die Augen auf, als Fergie ihnen von den altmodischen WCs der Königin erzählte. »Auf dem Klo mußt du ziehen, nicht drücken«, erläuterte sie. »Ich krieg das nie hin.«

Die britische Presse kommentierte, Fergie sei so ordinär wie ein schreiender Esel. War sie früher als eine frische Brise gelobt worden, so kam sie den Reportern jetzt vor wie ein Stinktier auf der Gartenparty. »Sie ist eine internationale Blamage«, klagte die *Sunday Times*. »Die Amerikaner werden sich jetzt vermutlich in die gepflegtere Atmosphäre ihrer Dinnerpartys zurückziehen, um sich dann gegenseitig mit Anekdoten über die schrecklich vulgären Manieren der Briten zu übertrumpfen.«

An jenem Abend rauschte die Herzogin im Staat der Diamanten, die ihr die Königin geschenkt hate, auf eine Party. Im Glanz von Tiara, Kette, Ohrringen und Armband stand sie da und machte sich über die Neugier der Umstehenden lustig: »Clock the rocks«, sagte sie. [Gafft die Steine an.] Als sich jemand erkundigte, ob ihr [die Operetten von] Gilbert und Sullivan [aus dem 19. Jahrhundert] gefielen, entgegnete sie, daß ihr die Dire Straits lieber seien. Einem Londoner Journalisten lief ein kalter Schauer über den Rücken. »Wir hatten uns einen Diamanten gewünscht«, meinte er, »und haben einen ungeschliffenen Kieselstein bekommen.«

Die Amerikaner aber waren von dem putzmunteren Rotschopf begeistert – ganz besonders die Filmstars, die in Hollywood Schlange standen, um ihr persönlich zu begegnen. Morgan Fairchild knickste atemlos. Pierce Brosnan war sprachlos. »Ich wußte nicht, was ich ihr sagen sollte«, gestand er später errötend. So schüchtern und zurückhaltend war Jack Nicholson nicht.

»Sie zeigte sich enttäuscht, daß sie bei Tisch nicht neben mir saß«, erzählte er mit einem charakteristischen Grinsen. »Daraufhin sagte ich ihr, daß es möglicherweise ein Glück für sie wäre, nicht neben mir zu setzen, weil ich nicht wisse, was ich mit ihr gemacht hätte, wenn ich neben ihr gesessen hätte.«

Fergie eilte zu John Travolta, um ihm mitzuteilen, daß die Prinzessin von Wales noch immer von ihrem Tanz mit ihm im Weißen Haus schwärme. »Sie erzählte mir, daß Diana ständig davon spricht«, sagte Travolta strahlend.

An einem Galadiner erschien die Herzogin in einem Abendkleid, das wie ein Spielfeld aus rosaroten Tüllwaffeln mit aufgesetzten rosaroten Satinrosen wirkte. Die Londoner *Sunday Times* kommentierte verächtlich: »Sie sah aus, als ob sie auf einem Carmen-Miranda-Wettbewerb für die beste Doppelgängerin den dritten Platz erreicht hätte.«

Am nächsten Abend erschien Sarah im Bilmore Hotel in einem langen schwarzen Abendkleid, das von galoppierenden Seidenpuffs in Orange umhüllt war. Der Modeschöpfer Blackwell fand das Kleid »verdammt scheußlich« und setzte sie auf seiner Liste der am schlechtesten angezogenen Personen für 1988 auf den ersten Platz, mit dem Kommentar, sie sei »die Herzogin, die wie eine Ente mit einem kaputten Fuß daherwatschelt«. Ihr langes rotes Haar war zu einem Bienenstock aus überladenen Locken gedreht und gewickelt worden, der von diamantenbesetzten Kämmen gehalten wurde; Korkenzieherlocken fielen ihr kaskadenartig bis auf die Schultern. Sie wirkte sogar im nicht eben zurückhaltenden Hollywood aufsehenerregend.

Als sie an diesem Abend zum Mikrofon schritt, musterte sie ein Publikum von 750 Personen, die je über 1500 Mark dafür gezahlt hatten, um unter königlichen Hoheiten zu weilen. Fergie winkte Roger Moore zu, der hier der Conferencier war; als sie den Schauspieler George Hamilton erblickte, leckte sie sich die Lippen. »All diese Männer ringsum«, sagte sie lüstern.

Ein ausgelassener Gast rief: »Wir lieben dich, Fergie!«

Und sie rief zurück: »Wir sehen uns später.«

»Das war's dann für Fergie«, meinte der Kolumnist Ross Benson und schüttelte mitfühlend den Kopf. »Das war der Anfang vom Ende. Ich habe eine Story mit dem Tenor abgeliefert, daß ihr Besuch in den Vereinigten Staaten ein großer Erfolg gewesen sei. Doch die übrigen britischen Journalisten haben sich geradezu fanatisch gegen sie gewandt. Sie schrieben, Fergie habe sich schändlich benommen, und sie mit der immer latenten Versnobtheit, die diesem Lande eigen ist, als schlechterzogene Tochter eines Stallburschen mit Blazer abgehalftert.«

Von Los Angeles reisten die Yorks nach Palm Springs, wo sie die Wochenendgäste von Walter und Lee Annenberg auf deren 842 Hektar großem Wüstenanwesen Sunnylands waren. Der ehemalige US-Botschafter in Großbritannien und seine Frau erwarteten den Helikopter der Royals auf ihrer privaten Landebahn. Sie hatten eine Flotte von Golfcarts mit Rolls-Royce-Verdecken organisiert, um den Herzog und die Herzogin, ihre Ankleider, Berater und Sicherheitsbeamten nebst Gepäck zu transportieren.

Fergie hüpfte mit einer großen, gitarrenförmigen Goldspange mit dem Aufdruck »Rock« im Haar aus dem Hubschrauber. Andrew trug Slipper mit Troddeln. Sie sprangen in zwei der bereitstehenden Golfcarts und kurvten wie Kinder in Autoskootern mit grotesker Wonne über die Landebahn.

Am nächsten Tag wohnten sie einem Polospiel und abends einer Soiree auf dem Landsitz der Annenbergs bei. »Ach, nur für ein paar Freunde«, meinte Mrs. Annenberg zu ihrer Party mit 100 Gästen. Als die Filmstars und Angehörigen der oberen Zehntausend eintrafen, schnüffelten Hunde des State Department überall nach Bomben. Der Schauspieler Michael York (»kein Verwandter«, witzelte Fergie) machte Schnappschüsse. Die Herzogin bat Frank Sinatra um ein Lied. Er tat ihr den Gefallen und sang »The Lady Is a Tramp«.

»Ich bin wegen der Kritik an dem Herzog und der Herzogin von York in der britischen Presse beleidigt – absolut beleidigt«, erklärte der Protokollchef von Los Angeles. »Bürgermeister Bradley fand die Herzogin sehr angenehm. Die Rundreise des königlichen Paares in Südkalifornien war ein großer Erfolg.«

Für Fergie ergriffen auch andere Amerikaner Partei, die die verrückte Herzogin mit ihren unaufhörlichen Grimassen und frechen Zwischenrufen ungeheuer sympathisch fanden. »Es macht nichts, daß Fergies Modekommentare manchmal etwas fragwürdig sind«, schrieb *USA Today*. »Wenn eine Persönlichkeit so funkelt wie sie, könnte sie einen Lampenschirm tragen und noch immer ein Zimmer aufhellen.«

Fergie wiederum schätzte die Amerikaner. »Ich komme wahnsinnig gern in die Vereinigten Staaten«, sagte sie mehrere Jahre später auf einer Zusammenkunft des National Press Club in Washington, »weil die Amerikaner so nett zu mir sind. Vielleicht bin ich in meinem vorigen Leben ja eine Amerikanerin gewesen.« Die Zuhörer spendeten Beifall; sie wußten offenbar nicht, daß die Herzogin an Reinkarnation glaubte. Ganz besonders gern, so erklärte sie, reise sie nach New York. »Dort lade ich mich immer richtig voll«, bemerkte sie zu ihren Marathoneinkaufstouren. Auf einem Rückflug nach London hatte die Fluggesellschaft ihr einmal für 51 Stücke Zusatzgepäck über 2000 Mark berechnet.

»Diese Spritztouren in die USA kamen sie hinsichtlich ihres hiesigen Images allmählich teuer zu stehen«, kommentierte die britische Journalistin Ingrid Seward, die auch mit ihr befreundet war.

Sarah war das egal. Wenn ihr Mann auf See war, langweilte sie sich, und so begannen ihre Flüge mit der Concorde nach New York, wo sie unter den Neureichen ein schamloses Gedränge verursachte. Das hohe gesellschaftliche Ansehen ihres Titels faszinierte Mogule und Industriemagnate, die alles darum gaben, sie kennenzulernen. »Sie ist sehr hübsch«, sagte der Multimillionär Donald Trump, »und sehr temperamentvoll. Eine große Persönlichkeit.«

Sarah war immer unterhaltsam und amüsant. Sie erfreute ihre neuen Freunde mit Anekdoten über die königliche Familie. Sie erwähnte den Sinn der Königin für schmutzige Witze, wiederholte die Lieblingsscherze Ihrer Majestät und auch die Geschichte über den Staatsbesuch von General Gowon.

Die Königin, so berichtete sie, habe General Gowon an der Victoria Station getroffen und fuhr mit ihm in einer offenen Kutsche, als eins der Rösser den Schweif hob und einen Furz ließ.

Die Königin wandte sich Präsident Gowon zu. »Oh, ich bitte um Verzeihung. Kein guter Auftakt für Ihren Staatsbesuch.«

»Aber bitte, Sie brauchen sich nicht zu entschuldigen«, erwiderte Gowon. »Im übrigen dachte ich, es sei eines der Pferde gewesen.«

Nach einigen Gläschen gab Sarah Weiteres aus ihrem Repertoire an gewagten Witzen zum Besten. Ihre Lieblingsanekdote handelte von einem Gastauftritt der Königin in der Rundfunkquizsendung »What Is It?« [Was ist's?]. Die Antwort auf die jeweilige Frage wird den Zuhörern vor dem Erscheinen des Gastes von einer Expertenrunde verraten. Der Gast darf zwanzig Fragen stellen, um auf den gesuchten Gegenstand zu kommen.

An dem Abend, als die Königin als Gast an diesem Quiz teilnahm, hieß die richtige Antwort: »Pferdepimmel«.

Die erste Frage der Monarchin, die kein Drumherum machte, betraf Elementares. »Tier, Pflanze oder Gestein?« fragte sie.

»Tier«, erwiderte das Gremium.

»Kann man's küssen?«

»Na ja, mhmh, ja ... Man *könnte* es vermutlich schon küssen, wenn man die entsprechende Neigung hätte.«

»Ist es ein Pferdepimmel?« fragte die Königin.

Bei der Pointe brüllte Sarah vor Lachen. Eine ihrer Gastgeberinnen hat sich sehr gewundert. »So wie sie hatte ich mir eine Herzogin bestimmt nicht vorgestellt«, meinte sie vorsichtig. »Aber sie war lebhaft und hat sich hinterher immer brieflich bedankt.« Die vom Buckingham-Palast abgeschickten Schreiben Sarahs waren auf ihrem persönlichen Briefpapier geschrieben; es zeigte eine kleine Krone auf einem großen »S«.

Sarah hatte großes Talent im Imitieren von Menschen. Sie ergötzte ihre neuen Freunde mit dem Nachahmen ihrer angeheirateten Verwandten. Sie machte Prinz Philip nach, indem sie wie ein deutscher Soldat im Stechschritt durch den Raum marschierte und Befehle brüllte. Danach legte sie ihr Gesicht in Furchen, daß es einen finsteren Ausdruck annahm, und erklärte: »So sieht Ihre Majestät aus, wenn wir sie Miss Piggyface nennen.« Sie ahmte den Gang der Königin mit der Handtasche am Arm nach. Als nächstes nahm sie zur Überraschung der Zuschauer ein Küchenmesser in die Hand und schlug den Hund ihres Gastgebers zum Ritter. Sie führte die rostfreie Stahlklinge rechts und links an den Ohren des jungen Hundes vorbei und imitierte mit piepsender Stimme die Königin: »Erheben Sie sich, Sir Rutherford.«

Was schockierendes Benehmen anging, so fand die Herzogin auf einer Abendgesellschaft, die von Mort Janklow, ihrem ersten Literaturagenten, gegeben wurde, ihren Meister. Janklow hatte sie beim Dinner gegenüber von Norman Mailer gesetzt.

»Ich habe noch keins von ihren Büchern gelesen«, gestand sie ihm. »Mit welchem Buch sollte ich anfangen?«

»Harte Männer tanzen nicht«, antwortete Mailer.

»Wovon handelt es?«

»Von Mösen.«

Dem Schriftsteller Tom Wolfe stockte hörbar der Atem. Die Herzogin aber wurde nicht einmal blaß.

»Wissen Sie, Mr. Mailer«, sagte sie, »was für mich in diesem Augenblick am interessantesten ist? Die Mienen der Menschen an unserem Tisch zu beobachten.«

Mailer war von der schnellen Reaktion beeindruckt. »Sie hat gut gekontert«, meinte er, als er sich, mit einem Anflug von Bedauern, an den Abend erinnerte. »Da hat mich der Teufel geritten... Das Buch enthalte eine interessante Erörterung des Unterschieds zwischen Möse und Fotze, habe ich erklärt. Ich muß schon sagen: Sie war einfach phantastisch. Da wären viele Leute beleidigt gewesen, doch Sarah Ferguson hätte gar nicht netter sein können, als sie einem Haufen von richtigen Tucken mit allem Nachdruck klarmachte, daß sie nicht im geringsten getroffen sei. Hinterher habe ich die ganze Sache bedauert, weil sie deshalb in den Zeitungen heruntergeputzt wurde. Und in England hat es ihr vermutlich ziemlich geschadet.«

Als Sarah in den Buckingham-Palast zurückkehrte, wurde sie in ihrem Büro vom ernst dreinschauenden Sir Robert Fellowes begrüßt, der inzwischen die mächtige Stellung des Privatsekretärs der Königin übernommen hatte.* Er kam mit einem Stapel von Zeitungsausschnitten unter dem Arm herein.

»Da habenwir heute aber wieder einmal nicht besonders gut abgeschnitten, nicht wahr?« sagte er mit einem mißbilligenden Kopfschütteln und ließ die Zeitungsausschnitte auf ihren Schreibtisch fallen, als ob es sich um tote Mäuse gehandelt hätte. Sie fixierte ihn.

»Ach, Robert. Also wirklich!« erwiderte sie verzweifelt.

»Es muß Sie sehr enttäuschen.« Er blickte sie forschend über den Brillenrand an und fügte, als er das Zimmer verließ, noch hinzu: »Ihre Majestät ist jedenfalls, wie ich wohl weiß, sehr enttäuscht.«

Fellowes oder »Bellowes« [Blasebalg], wie ihn Fergie nannte, war ein Onkel väterlicherseits, ein Mann, den sie hassen lernte. Sie fürchtete sich vor seinen Besuchen im Büro. Wenn er kam, machte er stets einen sauertöpfischen Eindruck, und er hielt ihr jedesmal einen Stapel von Zeitungsberichten unter die Nase, die ihre jeweils jüngsten Mißgeschicke dokumentierten. Sie bekam schon Bauchschmerzen, wenn sie ihn nur auf ihre Tür zukommen sah, wie sie Freundinnen gegenüber bekannte.

---

* Die Königin hat in ihrer bisherigen Regierungszeit sechs Privatsekretäre gehabt. Die ersten vier waren Sir Alan Lascelles: 1952–1953; Sir Michael Andeane: 1953–1972; Sir Martin Charteris: 1972–1977; Sir Philip Moore: 1977–1986. Sie waren ausnahmslos älter als die Königin. Die letzten beiden waren jünger: Sir William Heseltine: 1986–1990; und seit 1990 Sir Robert Fellowes.

Die Bevorzugung von Männern für leitende Positionen im königlichen Haushalt wurde in den neunziger Jahren generell spürbar. Von den 49 Stellen waren lediglich vier mit Frauen besetzt; eine Frau wurde zur Kündigung gedrängt, als sie einen geschiedenen Mann heiratete. Und obwohl Teile des Commonwealth eine schwarze Bevölkerung haben, gibt es unter dem 900köpfigen Personal der Königin nur zehn Schwarze, die allesamt niedrige Dienstbotenposten innehaben.

»Er konnte es kaum erwarten, mir den Bericht eines Abgeordneten zu zeigen, der behauptete, ich mißbrauche schamlos den Namen des Königshauses«, erzählte sie.

»Er war ihr Scharfrichter«, sagte eine New Yorker Geschäftsfrau, die sich die Herzogin als inoffizielle Beraterin ausgesucht hatte. »*Bad-news Bellowes* [Katastrophenblasebalg], wie wir ihn nannten, hat Sarah das Leben zur Hölle gemacht. Sie mußte sich ganz allein gegen diese unerbittliche Maschinerie des Hofs behaupten, die nichts mehr wünschte, als ihr den herrlichen Elan zu nehmen. Es hat ihr dabei niemand geholfen. Nicht mal ihr Mann. So sehr Andrew Sarah auch liebte, gegen die Hofbeamten hat er sie nicht in Schutz genommen. Weil er vor denen schlicht viel zuviel Angst hatte. Sie bekam das Gewicht und die Macht der Monarchie in voller Wucht zu spüren. Ihr war durchaus bewußt, daß sie sich in Schwierigkeiten befand, nur gab es in ihrem Leben nicht einen erwachsenen Menschen, der ihr in dieser Situation mit Rat und Tat zur Seite gestanden hätte. Am Hof wollte ihr keiner helfen. Die Königin mochte sie sehr; aber die Königin ist am Hofe nicht die wahrhaft Mächtige. Dort hat Prinz Philip das Sagen. Und als er zu der Überzeugung gekommen war, daß Sarah den Ärger, den sie verursachte, nicht lohnte – da war sie erledigt. Andrew war Woche um Woche auf See und daher nicht für sie da. Die Prinzessin von Wales war ebenfalls nicht für sie da; die betrachtete Sarah nämlich als Konkurrentin. Sarahs Mutter war weit weg, sie war bei ihrem sterbenden Gatten in Brasilien. Ihre Schwester Jane in Australien schien mit der eigenen Scheidung beschäftigt. Und von ihrem Vater war, seit er persönlich in einen Sexskandal verwickelt war, keinerlei Hilfe zu erwarten. Deshalb habe ich ihr dann als Freundin zu helfen versucht.«

Die New Yorkerin riet der Herzogin, ihr Image aufzumöbeln, indem sie mehr offizielle Verpflichtungen übernähme und zugunsten von Wohltätigkeitsvereinen für behinderte Kinder und für geistig Behinderte tätig würde. »Ich habe ihr erklärt, daß sie sich in dem Punkt Diana als Vorbild nehmen solle«, führte Fergies Beraterin aus. Daß die Freundschaft zwischen den beiden mal heiß und mal kalt war, erklärte sie aus den immer wieder aufflammenden Rivalitäten und Eifersüchteleien. »Sarah hatte den Eindruck, daß sie geopfert wurde, um für Diana als die zukünftige Königin Platz zu machen. Sie ärgerte sich über die unfairen Vergleiche, die in den Medien zwischen ihnen angestellt wurden – Diana wurde als liebende Mutter präsentiert, wohingegen Sarah ein Frauenzimmer zu sein schien, das seine Kinder monatelang alleinließ, um sich Luxusferien zu gönnen.«

Ihr Schweizer Skilehrer Bruno Sprecher umriß sie als eine Frau, die Frauen nicht mochte. »Sie war eine gute Skifahrerin, immer«, sagte er – obwohl sie alle zwanzig Minuten haltmachte, um eine Zigarette zu rauchen. »Mit den männlichen Teilnehmern des Skikurses war sie immer gleich dick befreundet. Aber Rivalinnen konnte sie nicht leiden.«

Ihre New Yorker Beraterin sah die Sache völlig anders. »Leider war Sarah einfach zu direkt. Sie gab zu, daß sie keine Babys leiden konnte – bevor sie selbst Kinder bekam. Diana wurde selbstverständlich als so etwas wie eine Madonna geschildert, die Kinder über alles liebte. Sarah hatte da allerdings ihre Vorbehalte, was Diana als Mutter betraf, besonders als Diana dann versuchte, ihre Kinder Charles abspenstig zu machen. Sie [Diana] fragte die kleinen Prinzen ständig: ›Sagt, wer liebt euch am meisten? Wer liebt euch mehr als alle anderen Menschen auf der Welt?‹ Worauf von den Jungen selbstverständlich die Antwort erwartet wurde: ›Du, Mami, du.‹ Sarah fand das beängstigend. Sie war auch nicht mit dem von Haß geprägten Bild einverstanden, das Diana von Charles zeichnete. So schlimm sei Charles nicht, hielt Sarah dagegen. Ein wenig schwer von Begriff, gewiß, doch mit Sicherheit nicht das Monster, als das Diana ihn darstellte.«

Sarahs New Yorker Beraterin fuhr fort: »Sie hat die Prinzessin von Wales nie öffentlich kritisiert. So dumm war sie nicht.

Sie fühlte sich aber oft genug von Diana mißbraucht. So war ihr beispielsweise die Prinzessin von Wales in dieser gräßlichen Geschichte mit ihrem Vater überhaupt keine Hilfe. (Im Mai 1988 war Major Ron von den Boulevardblättern als regelmäßiger Kunde von Massagesalons entlarvt worden. *Private Eye* veranstaltete ein Preisausschreiben für Anagramme des Namens Ronald Ferguson. Gewonnen haben die Teilnehmer mit den Vorschlägen Organ flounders [Organflunder] und Old groaner's fun [Lust des alten Stöhners]. Vier Jahre später wurde seine Liebesaffäre mit Lesley Player publik; sie gab zu, ein Kind von ihm abgetrieben zu haben; woraufhin Prinz Charles ihn als Polospielleiter feuerte.) Diana war raffiniert genug, sich so weit wie eben möglich vom Major zu distanzieren: Sie hat ihre Kinder sogar vom Pologelände geschafft, damit seine Anwesenheit sie nicht verseuche. Sarah fühlte sich durch ihren Vater verletzt und gekränkt, aber, so machte sie geltend, Dianas Familie sei auch nicht so beispielhaft, daß sie das Recht hätte, sich wie eine Heilige aufzuführen.«

Dianas Bruder telefonierte kurz nach seiner Hochzeit mit dem Klatschkolumnisten des *Daily Mirror* und gab zu – wenige Tage, bevor die Boulevardpresse mit der Geschichte an die Öffentlichkeit ging – mit einer früheren Freundin ein außereheliches Verhältnis gehabt zu haben. Spencers Affäre wurde in Großbritannien zu einem Skandal, der auf den Titelseiten Schlagzeilen machte. »Ich habe meiner Frau mehr Kummer bereitet, als ich ihr in einem ganzen gemeinsamen Leben wünschen würde«, sagte er, »und ich übernehme die volle Verantwortung für die Torheit meines Tuns. Jetzt, nach der Geburt unsres Babys, verbindet uns eine tiefe Liebe, und unsere Ehe ist uns das Wichtigste im Leben.«

Er hat später erklärt, seine Frau – das ehemalige Model Victoria Lockwood – sei ganz durcheinander gewesen und habe an Magersucht und unter Alkoholismus gelitten. Sie mußte sich in einer Entziehungsklinik drei Monate lang wegen, wie er es ausdrückte, »gravierender psychologischer Probleme«

therapeutisch behandeln lassen. In einer Ansprache auf einer Geburtstagsparty meinte Charles Spencer, der vor seiner Ehe unter dem Spitznamen »Champagner-Charlie« bekannt war, daß sein Vater ihm geraten habe, eine Frau zu finden, die mit ihm durch dick und dünn gehen würde. »Nun«, verkündete er seinen Gästen, »diejenigen unter euch, die Victoria kennen, wissen, daß sie in puncto Dummheit ordentlich was auf die Waage bringt – ansonsten aber ziemlich dünn ist.« Das Paar, dem sechs Kinder geboren wurden, hat sich nach sechs Jahren Ehe getrennt.

Öffentlich hielt die Herzogin von York zu ihrem Vater, auch nachdem er in dem Massagesalon erwischt worden war; Freundinnen gegenüber beklagte sie jedoch bitterlich, daß sie sich durch seinen Skandal besudelt fühle. Sein negatives Bild, führte sie weiter aus, habe ihre Chancen gemindert, sich mit Wohltätigkeitseinsätzen zu engagieren, was sie zur eigenen Rehabilitierung brauche. Sie gewann den Eindruck, daß »der galoppierende Major«, wie er sich jetzt selbst zu nennen begann, ihre Autorität beeinträchtige. Sie wurde von Wohltätigkeitsvereinen gemieden, die die Schirmherrschaft eines Royals suchten; insbesondere von solchen, die fürs Spendensammeln auf Ehrbarkeit angewiesen waren. Die Prinzessin von Wales war Schirmherrin von 120 Wohltätigkeitsorganisationen; die Herzogin von York brachte es nur auf 15.

»Ich hatte Freunde, die drogenabhängig waren«, berichtete Sarah. »Das brachte mich auf die Idee, bei einer Institution zur Bekämpfung von Arzneimittelabhängigkeit anzufragen, ob ich beitreten könne.« Sie wurde die Schirmherrin des Chemical Dependency Centre. »Die Menschen neigen dazu, über solche süchtige Personen den Stab zu brechen«, sagte sie. »Ich dagegen betrachte Leute, die von Präparaten abhängig werden, als Menschen wie du und ich.« Sie war damals selbst süchtig. »Sie hatte ihren Körper an diese Schlankheitsmittel [Amphetamine] gewöhnt. Das war der Beginn ihres Niedergangs«, sagte der 79jährige Jack Temple, einer der vielen Heiler, an den sie sich hilfesuchend wandte. »Die Schlankheitspäparate machten sie geistig benommen. Ihr Verhalten war nicht mehr normal.«

Von New York aus beobachtete ihre amerikanische Beraterin mit Entsetzen, wie die Herzogin in der Presse zunehmend als Person dargestellt wurde, die mit einem Hufeisenmagneten an beiden Händen durch die Welt rannte. Sie vereinbarte ein Exklusivinterview für über 350 000 Mark mit einer britischen Zeitung. Die Zeitung beschwerte sich, Sarah sei nicht offen genug gewesen, und zahlte ihr nicht die volle Summe aus, weil sie geleugnet hatte, schwanger zu sein. Denn am Tag der Veröffentlichung des Berichts gab sie gegenüber einem Fernsehinterviewer zu, daß sie ein zweites Kind erwarte. »Ich hatte es eben vergessen«, machte sie der Zeitung gegenüber geltend und bestand auf der vollen Auszahlung. Sie drohte mit einer gerichtlichen Klage; da aber die Queen intervenierte, machte Sarah einen Rückzieher.

Sarah nahm mehr als 800 000 Mark, als sie ihr Zuhause Sunninghill Park für *Hello!* öffnete, eine großformatige Hochglanzzeitschrift, die ein Publikum bedient, das vorwiegend an Berühmtheiten und insbesondere an Royals interessiert ist. Diese Zeitschrift, die für Exklusivrechte enorme Summen bezahlt, schätzte Sarah ganz besonders; sie prangte innerhalb von zehn Jahren etliche Male auf deren Titelseite. Sie verkaufte ihr Exklusivinterviews einschließlich Fotos von ihr selbst, ihrem Mann, ihren Kindern, ihrer Mutter, ihrem Vater und ihrer Schwester. Beim erstenmal posierte sie mit ihrem Mann, während sie ihren Babys die Windeln wechselte. Einmal brachte *Hello!* eine Ausgabe, die auf 48 Seiten 70 Fotos von den Yorks mit ihren Töchtern, den Prinzessinnen Beatrice und Eugenie auf den Armen, zeigte, und die Titelseite prahlte: »Der Herzog und die Herzogin von York geben uns ein unvergleichliches, ganz persönliches Interview, sie öffnen überhaupt zum allerersten Mal die Türen ihres Heims und laden uns ein, an ihrem trauten Familienleben teilzunehmen.« Die Queen fand, das Ganze sehe aus wie das Lancieren eines Hollywoodstarlets in einer Filmzeitschrift. Selbst die Romanschriftstellerin Barbara Cartland, die unter der Regierung von Margaret Thatcher zur »Dame of the British Empire«* erhoben worden war, äußerte Verachtung. »Das ist auf der gleichen Stufe, wie wenn man uns Fotos zeigte von der Königinmutter beim Entkleiden, bevor sie in die Badewanne steigt.«

Die New Yorker Beraterin der Herzogin hatte alle Hände voll zu tun. »Die Zeitungsgeschichten über Sarah wurden so übel, daß ich ihr schließlich riet, keine Interviews mehr zu geben, weil ihre spontanen Bemerkungen einfach fatal waren. Sie machte eine kleine, humorvolle Bemerkung, die jedesmal prompt mißverstanden wurde oder dann gedruckt meist taktlos und dumm wirkten. Daraufhin hat ihre Sekretärin die Reporter aufgefordert, die Fragen vorher schriftlich einzureichen. Sarah faxte mir dann diese Fragen und was sie darauf antworten wollte. Ich habe ihre Antworten redigiert und zurückgefaxt, was sie den Reportern sagen sollte. Eine Zeitlang hat das auch geklappt...«

Die New Yorker Geschäftsfrau hat versucht, die Herzogin vor der Presse zu schützen; der schlimmste Feind der Herzogin aber war die Herzogin selbst. Sie hielt sich nicht an die Ratschläge ihrer Freundin und lernte nichts aus ihren Fehlern. Statt dessen jammerte sie über ihr öffentliches Image und machte dafür ihre Umgebung verantwortlich – die Hofbeamten, die Presse, die Prinzessin von Wales (»Ich weiß, daß sie Geschichten über mich durchsickern läßt«, behauptete Sarah), ihren Vater und sogar ihren Ehemann, den sie Freundinnen mittlerweile als »langweilig... ein Schatz, aber ein langweiliger Schatz« schilderte. Sie klagte, daß Andrew nicht genug Geld verdiene, um einen königlichen Lebensstil zu füh-

---

* The Order of the British Empire ist der jüngste, 1917 gegründete britische Ritterorden. Der Rang einer *Dame* entspricht dem eines *Knight Commander* bzw. Ritters, der Titel *Dame* dem *Sir.* A.d.Ü.

ren. In ihrer Begeisterung über die großzügige Art und Weise, mit der ihre neuen Freunde, und da besonders die texanischen Magnaten, mit Geld umgingen, machte sie sich daran, ihre Einkünfte zu mehren.

Während der ersten Schwangerschaft beschloß sie, ein Kinderbuch zu schreiben, obwohl, wie sie selbst zugab, ihr bestes Fach in der Schulzeit eher Moderner Tanz gewesen war. Die Schulleiterin von Hurst Lodge hatte in einem Zeugnis vermerkt, Sarah Ferguson sei »eine begeisterungsfähige Schülerin, die zum Schulleben eine fröhliche Note beisteuert... [doch] bei schriftlichen Arbeiten beständig unter ihrem eigentlichen Niveau bleibt«.

Die unerschrockene Sarah ließ wissen, daß sie ja auch nicht wie eine Schriftstellerin klingen wolle, die sich das Wörterbuch einverleibt hätte. Also brachte sie eine schlichte Geschichte zu Papier; sie handelt von einem Helikopter namens Budgie [englischer Slangausdruck für Wellensittich], auf den ein größeres Flugzeug verächtlich herabsieht, bis er etwas Heroisches leistet. »Ich habe mich mit einem großen Stapel Schmierpapier, Rückseiten von Fotokopien und Ausdrucken, an den Eßtisch gesetzt«, erzählte die Herzogin [dem amerikanischen Buch-Branchenmagazin] *Publisher's Weekly,* »und habe mit nur einem Bleistift zu schreiben angefangen.«

Mit diesem einen Bleistift hat sie ein Vermögen verdient. Der amerikanische Verlag Simon & Schuster zahlte ihr einen Vorschuß in Höhe von über 1,5 Millionen Mark; binnen drei Jahren hatte sie vier »Budgie«-Bücher verfaßt; sie brachten ihr zusammen mit den Erlösen aus Abdruckrechten für Zeitschriften, Auslands- und Taschenbüchern über 5 Millionen Mark ein. Später verkaufte sie mit Hilfe ihres Finanzberaters die Merchandisingrechte, darunter die Nutzungsrechte für Cartoons, Aufziehpuppen, T-Shirts, Hüte und Frischhaltedosen. Die Bücher wurden in England zu Bestsellern, obwohl die Literaturkritiker sie als »langweilig und blöd« sowie als »völligen Schund« bezeichneten.

Die öffentliche Kritik an Sarahs Vermarktung ihres königlichen Adelstitels fiel so heftig aus, daß Robert Fellowes Sarah mit strenger Miene den Vorschlag machte, sie solle mindestens 10 Prozent ihrer Tantiemen für Wohltätigkeitsorganisationen spenden. Davor drückte sie sich zunächst, mit der Behauptung, daß »Budgie« als ihre einzige Einkommensquelle schließlich von Bedeutung sei. Als sie dann jedoch feststellte, daß der »Vorschlag« von Ihrer Majestät gekommen war, gab sie nach. Sarah wußte, daß solche Forderungen der Queen gewöhnlich durch den spitzen Mund von Robert Fellowes an sie herangetragen wurden. Als sie des Plagiats beschuldigt wurde*, gab sie bekannt, sie werde »einen gewissen Prozentsatz« spenden**. Nach der öffentlichen Erklärung änderte sie jedoch wieder ihre Meinung und behielt die Tantiemen für sich. Dann aber gerieten ihre »Budgie«-Bücher in schwere Turbulenzen. Ein aufmerksamer Leser bemerkte gewisse Übereinstimmungen zwischen »Budgie – The Little Helicopter« von Ihrer Königlichen Hoheit der Herzogin von York und »Hector the Helicopter«, das der einige Jahre zuvor gestorbene englische Autor Arthur W. Baldwin geschrieben hat.

Beide Bücher hatten die Abenteuer eines kleinen Hubschraubers zum Thema, waren ähnlich illustriert und erzählten im wesentlichen die gleiche Geschichte: Die Abenteuer

---

* Die Herzogin von York war nicht das erste Mitglied der königlichen Familie, dem ein Plagiat vorgeworfen wurde. 1986 wurde Prinzessin Michael von Kent, die das Buch »Crowned in a Far Country« (Weidenfeld & Nicholson) geschrieben hatte, beschuldigt, von der Autorin Daphne Bennet abgeschrieben zu haben. Die Prinzessin wurde gezwungen, mehrere tausend Mark an Bennet zu zahlen.

** Die Herzogin von York hat in den Jahren 1993, 1994 und 1995 nicht auf die schriftlichen Anfragen geantwortet, in denen die Autorin dieses Buches sie um eine Bestätigung für ihre wohltätigen Spenden aus den Tantiemen von »Budgie« bat. Ihr Privatsekretär teilte mit: »Sie hat eine Zeitlang einen gewissen Prozentsatz gespendet, und dann hörte das einfach auf.«

von Baldwins Hector beginnen damit, daß er sich »unnütz und vergessen« fühlt, weil er in einem Hangar zurückgelassen worden ist und dort nun Däumchen dreht, während die übrigen Hubschrauber zu exotischen Orten unterwegs sind. Budgie ist ebenfalls niedergeschlagen und dreht Däumchen, weil alle anderen Flugzeuge im Hangar zur Teilnahme an einer Luftfahrtschau wegfliegen.

Hector schläft ein und hat einen »wunderbaren Traum«. Genauso geht es Budgie. Nach dem Aufwachen unternimmt Hector eine Spritztour. Budgie macht es ebenso. Hector wird wieder frohen Mutes: »In der Ferne konnte er das Meer sehen, das in der Morgensonne glänzte und flimmerte.« Auch Budgie »wird wieder frohen Mutes. Das Meer funkelte, und der kalte Wind strich ihm über die Wangen.« Beide, Hector wie Budgie, retten Menschenleben; beide erwerben sich den Respekt der großen Flugzeuge, und wenn sie nicht gestorben sind, so leben sie noch heute.

Die Herzogin behauptete, daß Budgie ihre eigene Schöpfung sei – und war auch nicht bereit, davon abzurücken: »Die Bücher sind ganz und gar von mir. Jede Seite.« Der Verlag, der das Copyright an Hector besaß, hatte da seine Zweifel, stellte die Aussage der Herzogin öffentlich aber nicht in Frage. »Wir können schwerlich feststellen, daß da wortwörtlich ›abgeschrieben‹ wurde«, notierte Jane Moore als Syndikus des Konzerns Reed International Books in einem Brief. »Falls dieses Buch andererseits aber für die ›Budgie‹-Bücher nicht als eine Hauptquelle und Anregung gedient haben sollte, so ergibt sich zumindest eine auffällige Übereinstimmung.« Ms. Moore hat nicht erwähnt, ob sie eine solche Übereinstimmung für zufällig oder beabsichtigt hielt.

Während Sarahs zweiter Schwangerschaft im November 1989 flog sie als Lynn und Oscar Wyatts Ehrengast nach Texas. Das geschätzte 8-Milliarden-Dollar-Vermögen der Wyatts finanzierte ein Luxusleben voller Privatflugzeuge und französischer Villen. Lynn, die Erbin des Sakowitz-Kaufhauses, war die vierte Frau Oscars, eines Ölmagnaten, dem die Coastal Corporation gehörte. Wie kleine Kinder, die Barbie- und Ken-Puppen sammelten, umgaben sich die Wyatts mit Prominenz – Filmstars, Models, Künstlern, Designern und königlichen Hoheiten. »Grace und Rainier sind unsere Nachbarn in Südfrankreich«, verkündete Lynn Wyatt in ihrem gedehnten Südstaatenakzent und versuchte den Eindruck zu erwecken, der Fürst und die Fürstin von Monaco seien für sie wie »einfach nur Leute von der Ranch nebenan«. Die zierliche blonde Schönheit war auf der internationalen Liste der bestgekleideten Frauen und schwelgte in gesellschaftlichen Begegnungen mit Andy Warhol, Mick Jagger, Jerry Hall, Liza Minnelli, Nancy Reagan, Prinzessin Margaret und dem Aga Khan.

»Die Wyatts sind wandelnde Brieftaschen«, erklärte Fergie einer Freundin, als sie die internationalen Bekanntschaften und den großzügigen Lebensstil beschrieb. Atemlos erzählte sie von der verschwenderischen Dekoration des Monte-Carlo-Sporting-Club-Balls, das Lynn Wyatt gestaltet hatte. »Sie ließ viertausend gelbe Rosen einfliegen«, sagte Fergie und schnippte mit den Fingern, »ohne eine Miene zu verziehen.«

Als Schirmherrin der Houston Grand Opera lud Lynn Wyatt die Herzogin ein, bei einer Benefizgala für die Londoner Oper die königliche Familie zu repräsentieren. Zu Sarahs Ehren gab sie eine Dinnerparty, auf der auch Lynns Söhne aus erster Ehe erschienen. Mrs. Wyatt plazierte ihren ältesten Sohn, den sechsunddreißigjährigen Steve, neben Sarah. Er lebte in London, wo er für den Ölkonzern seines Stiefvaters arbeitete und Geschäfte mit dem Nahen Osten durchführte. Nur um die Party zu besuchen, die seine Mutter für die Herzogin von York gab, flog er nach Houston.

Prompt vergaffte sich Fergie in den großen, schlaksigen Texaner mit dem dichten dunklen Haar, der permanenten Sonnenbräune und den starken Muskeln. Er bezeichnete sich selbst als Spiritisten und führte diese Gesinnung auf seine Bekanntschaft mit Madame Vasso zurück, die später behauptete, die Affäre zwischen Sarah und Steve habe begonnen, als die Herzogin im fünften Monat schwanger gewesen sei. Diese Geschichte erzählte Madame einem Lektor aus dem Verlag Little, Brown in New York und hoffte, 1996 ein Buch herauszubringen. Doch der Lektor lehnte den Vorschlag ab und meinte, die Leute würden sich nicht für Indiskretionen über die Herzogin interessieren.

Sarah, die regelmäßig Astrologen konsultierte, gestand einem, sie könne dem Texaner nicht widerstehen, und beschrieb ihn als »unglaublich süß... wie ein blauäugiger Pudding«. Außerdem erklärte sie ihrem Vater, »Fred« – ihr Deckname für Wyatt – sei ganz wild im Bett. Zunächst protestierte Major Ferguson gegen die Liaison und forderte seine Tochter auf, mit dem Mann Schluß zu machen.

»Meinst du das wirklich ernst?« fragte sie.

»O ja«, erwiderte er. »Mach Schluß mit ihm. Sofort.«

»Du kannst doch nicht von mir erwarten, daß ich jede Nacht allein verbringe.« Danach wechselte sie sechs Monate lang kein einziges Wort mit ihrem Vater.

»Auch andere Leute rieten Sarah, Steve Wyatt nicht mehr zu treffen«, erklärte Major Ferguson, »und die hat sie monatelang ignoriert, ebenso wie mich.«

Steve Wyatt war vom zweiten Ehemann seiner Mutter adoptiert worden, nachdem man seinen leiblichen Vater, Robert Lipmanreg, des Mordes an einer Frau (im Drogenrausch) überführt und zu sechs Jahren Gefängnis wegen Totschlags verurteilt hatte. Steve vergötterte den großzügigen Oscar Wyatt. Seinen richtigen Vater erwähnte er nur selten. Wenn er nach Lipman gefragt wurde, antwortete er so, daß man glaubte, er sei erst nach dem Tod des Mannes geboren worden. Von seiner Mutter hatte er die Grundregeln des gehobenen Gesellschaftslebens gelernt, er umschmeichelte reiche verheiratete Frauen und biederte sich bei ihren Ehemännern an.

Steve und Sarah sprachen die gleiche New-Age-Sprache der Mystik, der Kristalle voller elektromagnetischer Felder, denen sie heilsame, erneuernde Kräfte zuschrieben. Sie erzählte ihm von Stimmen in ihrem Kopf und Geistern, die sie vor Unheil bewahrten, und er berichtete von Madame Vassos Pyramidenschild, der über seinem Bett hing, um seine Seele zu schützen. Jeden Morgen meditierte er, und er ernährte sich nach makrobiotischen Grundsätzen. »Alle Leute langweilte er zu Tode, wenn er von Diäten und gutem Karma und der übrigen modernen Scheiße redete, mit der uns die Amerikaner vergiften«, sagte der Kolumnist Taki Theodoracopulos.

Weil er Zigaretten verabscheute, versuchte Sarah, in seiner Gegenwart nicht zu rauchen. Als Fitneß-Fan verkündete er: »Mein Körper ist mein Tempel.« Da erwiderte Fergie, sie würde ihn gern anbeten, und beide lachten herzlich.

Am Tag nach der Dinnerparty schlug Oscar Wyatt der Herzogin vor, seine 29 000 Morgen große Ranch bei Corpus Christi von der Luft aus zu besichtigen. Sie flogen in seinem Privathubschrauber, und er erlaubte ihr, die Maschine zu steuern. Steve bewunderte ihre Flugkünste und fragte: »Hat dir das dein Mann beigebracht?«

»Mein Mann hat kaum Zeit, mir irgendwas beizubringen«, antwortete sie.

»Wie schade!« meinte Wyatt. Die Schwiegertochter der englischen Königin entzückte ihn, und das gab er ihr auch zu verstehen.

Sarah gab ihm ihre Privatnummer im Palast und bat ihn, sie anzurufen, wenn er nach London zurückkehren würde. Als er ihren Wunsch erfüllte, lud sie ihn zu einem Drink ein. Er revanchierte sich mit Partys, Dinners in Restaurants und Urlaubsreisen, und sie besuchte ihn in seinem Apartment am Cadogan Square. Ein paar Wochen später machte sie ihn mit ihrem arglosen Mann bekannt. Sobald Andrew wieder zur See fuhr, empfing sie Wyatt in ihrem Haus in Berkshire. Sie lud ihn zur Einweihungsparty ein, zur Taufe ihrer Tochter, zu einem Abendessen mit ihren Schwiegereltern, wobei sie ihm den Ehrenplatz neben der Königin zuteilte.

Kurz nach Andrews Rückkehr an Bord seines Schiffes im Januar 1990 rief Sarah ihn an und eröffnete ihm, sie sei deprimiert. Wie sollten sie ihre Ehe fortsetzen, wenn sie sich immer wieder monatelang trennen müßten. Da erinnerte er sie an die Erklärung, die er vor der Hochzeit abgegeben hatte: Er sei in erster Linie ein Prinz und Marineoffizier und erst in zweiter ein Ehemann. Vielleicht fühle sie sich wegen der Schwangerschaft so unglücklich. Aber sie erklärte, sie wolle ihrer Ehe und den Hofschranzen entfliehen. »Ich möchte bei meiner Mutter in Argentinien leben«, jammerte sie. Dieses Gespräch wurde von einem Unbekannten über eine Radarantenne abgehört und aufgezeichnet; später verkaufte er das Band an eine britische Zeitung.

Andrew kehrte heim, um die Geburt seiner zweiten Tochter am 23. März 1990 mitzuerleben, und blieb sechs Wochen. Während er das Baby mit Hilfe eines Kindermädchen betreute, flog Wyatt mit Sarah und der zweijährigen Beatrice in einem Privatjet nach Marokko, wo sie Urlaub machten. Im folgenden Monat flogen sie nach Südfrankreich. Dort hatte seine Mutter eine Villa gemietet.

Im August 1990 bat er die Herzogin, Dr. Ramzi Salman, den irakischen Ölminister, im Buckingham-Palast zu empfangen, und sie war sofort dazu bereit. Sie lud ihren Liebhaber und seinen irakischen Geschäftsfreund zu einem Dinner im ersten Stock des Palastes ein. In ihrer Naivität dachte sie nicht daran, welche politischen Konsequenzen es nach sich ziehen würde, wenn sie einen Repräsentanten Saddam Husseins bewirtete – wenige Tage, nachdem irakische Truppen in Kuwait eingedrungen waren. Als Prinz Philip davon erfuhr, machte er ihr schwere Vorwürfe. Ein Mitglied der königlichen Familie verhalte sich »gewissenlos und verdammt dumm«, wenn es den Irak in aller Öffentlichkeit favorisiere, obwohl britische Soldaten womöglich bald gegen dieses Land kämpfen würden. Sarah gab den Höflingen die Schuld und erwiderte: »Irgend jemand hätte mich warnen müssen.«

Nach dem Dinner war sie mit ihren beiden Gästen zum Le Gavroche gefahren, einem der besten französischen Restaurants in London. Dort gab Alistair McAlpine, der ehemalige Schatzmeister der Tory-Partei, ein kleines Abendessen. Lord und Lady McAlpine waren mit den Yorks befreundet und hatten öfter in Sunninghill Park diniert; beide mochten Sarah, aber sie empfingen Saddam Husseins Gesandten nur widerwillig. Außerdem mißfiel ihnen Sarahs offenkundiger Flirt mit Wyatt. »So eine schamlose Fummelei habe ich nie zuvor in einem Drei-Sterne-Lokal gesehen«, bemerkte einer der anwesenden Gäste.

Später schrieb Alistair McAlpine: »Die Herzogin ist ein Freigeist und glaubt, ihr Instinkt würde ihre Aktionen stets rechtfertigen, mögen sie auch noch so lächerlich oder unpassend erscheinen.«

Erstaunlicherweise erkannte Sarah – eine Meisterin der »Snoblesse oblige«, wie es das Magazin *Punch* formulierte – die gesellschaftlichen Gefahren ihrer Affäre mit einem Amerikaner nicht, noch dazu mit einem, der einen deutlichen Südstaatenakzent hatte. Auf einer Insel, die den Aristokraten huldigt, mußte das zu einem Kulturschock führen. Trotz seines steinreichen Vaters konnte der Texaner im britischen Establishment nicht Fuß fassen. Die gesellschaftlichen Barrieren waren zu hoch, sogar für einen so versierten Aufsteiger wie Steve Wyatt. Einmal hatte eine Amerikanerin die Mauer zu erklimmen versucht, den englischen König geheiratet – und war im Exil gelandet. »Die meisten Briten halten die Amerikaner für Wilde«, sagte Harold Brooks-Baker.

Im Jahr 1990 wußten alle außer Sarahs Mann, daß die Ehe am Ende war. Ihr Liebhaber, der auch mit anderen Frauen schlief, genoß zahlreiche königliche Einladungen. »Für einen jüdischen Jungen aus Houston von skandalöser Herkunft«, schrieb die *Daily Mail,* »gab es keinen größeren gesellschaftlichen Triumph als eine persönliche Einladung der Herzogin von York zum Dezemberball 1990 im Buckingham-Palast, wo die Geburtstage der Königinmutter (90), Prinzessin Margarets (60), Prinzessin Annes (40) und des Herzogs von York (30) gefeiert wurden.«

Schließlich erhielt er keine königlichen Einladungen mehr. Die Königin ließ ihrer Schwiegertochter mitteilen, sie mißbillige die Beziehung, und zwang sie, auf weitere Kontakte mit dem aufstrebenden Texaner zu verzichten. »Eher wächst einem Stier ein Euter, als daß ich die kleine Lady in Verlegenheit bringe«, vertraute Oscar Wyatt einem Geschäftsfreund an. Statt Ihre Majestät zu kompromittieren, kooperierte er mit dem Palast und beorderte seinen Stiefsohn in die Vereinigten Staaten. »Es ist ja so peinlich«, erklärte Lynn Wyatt einer Klatschkolumnistin. »Prinz Andrew rief Steve sogar an und versicherte, wie sehr er das alles bedaure.«

Bei seinem Auszug aus dem Apartment am Cadogan Square ließ Steve 120 Fotos zurück, die im Mai 1990 entstanden waren, während seines Urlaubs mit Sarah und Beatrice in Marokko. Ein Möbelpacker fand die Schnappschüsse, erkannte die Herzogin von York und verkaufte die Bilder einem Boulevardblatt. Sarah reiste gerade mit ihrem Vater und seiner Geliebten nach Palm Beach. Dort wurde sie von ihrem Mann kurz vor der Veröffentlichung der Bilder angerufen.

Andrew hielt sich an Bord seines Schiffes auf, als ihn der Palast über die Fotos informierte. Der Pressesprecher der Königin schlug ihm vor, seine Frau zu verständigen. Also telefonierte er pflichtbewußt mit Sarah, die den Anruf am Flughafen von Palm Beach entgegennahm. Wütend schrie sie ihn an, weil er sie nicht verteidigte. »Du kennst die Bilder, du hast sie gesehen und von diesem Urlaub gewußt. Und du wolltest sogar, daß ich nach Marokko fliege. Warum hast du's nicht gesagt? Warum beschützt du mich nie vor diesen Bastarden?« Dann knallte sie den Hörer auf die Gabel und betrank sich.

Am nächsten Tag gab sie bei einer Rede vor der Gesellschaft für neuropathisch-motorische Störungen zu: »Gestern abend trank ich zu viele Mai Tais.« Später wurde sie im Connor Nursery in West Palm Beach mit aidskranken farbigen Kindern fotografiert, und ihre Stimmung besserte sich. Abends besuchte sie eine Dinnerparty im reaktionären Everglades Club, und am folgenden Tag wurde sie von der Presse gerügt, weil sie, wenn auch unwissentlich, einen Club, der sich gegen Schwarze und Juden stellte, mit ihrer königlichen Anwesenheit beehrt hatte.*

Auf dem Rückflug nach London begann sie wieder zu trinken. Nach zwei Gläsern Champagner bewarf sie ihren Vater mit Zuckertütchen, klatschte seiner Geliebten nasse Handtücher um die Ohren und schmiß Erdnüsse durch das Flugzeug. »Dann zog sie eine Spucktüte über ihren Kopf«, erinnerte sich die Geliebte des Majors, »und ahmte ein Telefonklingeln nach. Wir schrien vor Lachen, wie alberne Schulmädchen.« Natürlich beobachteten die anderen Passagiere das Spektakel – darunter drei Journalisten, die sich Notizen machten.

»Die Art und Weise, wie die Geschichte ausgeschmückt wurde«, ereiferte sich Major Ferguson, »überzeugte mich endgültig vom Bestreben der Presse, meine Tochter zu verunglimpfen.«

Zwei Monate später, am 19. März** 1992, ließ der Palast verlauten, der Herzog und die Herzogin von York würden sich trennen. Der Pressesprecher der Königin, Charles Anson,

---

* »Er [der Everglades Club] vertritt in seiner Politik jenen altmodischen, wenn auch etwas verfeinerten Fanatismus, der sich kaum von jenem Kloakenfanatismus der Kutten- und Kapuzenträger unterscheidet«, sagte Arthur Teitelbaum, der Regionalleiter Süd der Anti-Defamation League, die den Antisemitismus bekämpft. »Wir hatten die Botschaft informiert... und erwartet, daß sie den Ruf und die Intimsphäre der königlichen Familie ausreichend schützen würde, um der Herzogin von einem Besuch des Clubs abzuraten. Leider beachtete man die Geisteshaltung dieses Vereins nicht, was wir sehr bedauern.«

** Der Palast berücksichtigte den Aberglauben der Königin und wählte dieses Datum, um die Trennung der Yorks zu verlautbaren, nachdem Prinzessin Margarets Scheidung am 19. März 1976 und Andrews Verlobung mit Sarah am 10. März 1986 bekanntgegeben worden waren.

informierte den BBC-Korrespondenten, der verkündete: »Im Palast setzen sie das Messer an Fergies Kehle.« Dann fügte er hinzu, die Königin sei sehr verärgert über die Herzogin, und die restliche königliche Familie würde Sarah nicht mehr in ihrer Mitte dulden.

»Ich war wütend«, entsann sich ihr Vater, »und rief Sir Robert Fellowes an, um ihm mitzuteilen, wie ungeheuerlich ich die Vorgänge fand, einfach unverzeihlich.«

»Es ist mein Job«, entgegnete der Höfling kühl, »die Familie und besonders die Königin zu schützen. Das muß ich tun.«

»Aber Sie müssen nicht so weit gehen«, meinte Ferguson.

Schließlich entschuldigte sich der Pressesprecher bei Sarah für seine Indiskretion und legte der Königin sein Kündigungsgesuch vor, das sie nicht akzeptierte.* Statt dessen schlug sie ihn vier Jahre später zum Ritter.

»Vulgär, vulgär, vulgär«, lautete das Wort, das Lord Charteris dreimal gebrauchte, um die Herzogin zu verdammen. Charteris, früher Privatsekretär der Königin, denunzierte Sarah in einem Interview, das er der *Spectator*-Reporterin Noreen Taylor gab. Und ein Kolumnist der *Sunday Times*, John Junor, nannte die Herzogin »höchst unmoralisch«, ein »königliches Fahrrad«, das von allen gefahren würde.

Mittlerweile war sie als Ehefrau und Mutter erledigt. Noch tiefer betrübte sie die Tatsache, daß Steve Wyatt – der Mann, den sie für die Liebe ihres Lebens hielt – sie verlassen würde, um die amerikanische Gesellschaftslöwin Cate Magennis zu heiraten. Als er der Herzogin die Neuigkeit mitteilte, zwang sie sich mühsam, ihm alles Gute zu wünschen. Aber später gestand sie, beinahe habe sie geweint. Nach seiner Hochzeit sagte sie: »Nun kann ich den Mann, den ich liebe, nicht mehr

---

* »Die Königin nahm Charles' Kündigung nicht an«, sagte Ansons guter Freund Maxine Champion, »weil sie seiner Meinung war. Das erzählte er uns, als er nach Washington kam. Eines Abends dinierte er mit uns, und da schilderte er den ganzen Fergie-Skandal.«

haben, weil er verheiratet ist. Was ist los mit mir? Warum wollte er *mich* nicht heiraten?«

In Wyatts Schlepptau war jedoch bereits ein anderer wortgewandter Texaner auf der Bildfläche erschienen. »Wenn man schnell und sicher aus der Tiefe an die Oberfläche gelangen will«, schrieb Truman Capote in einer Novelle, »muß man einen Hai suchen und sich draufsetzen, wie ein Leitfisch.«

In den nächsten drei Jahren sollte es schwierig werden, den Hai und den Leitfisch auseinanderzuhalten. Jedenfalls unternahm Fergie die tollste Reise ihres Lebens.

18

»WENN'S UMS GELD geht, ist er einsame Spitze!«, jubelte die Herzogin von York. In ihrer üblichen Redeweise schwärmte sie Andrew von John Bryans Brillanz vor und riet ihm, mit dem fünfunddreißigjährigen Amerikaner gewisse finanzielle Probleme zu erörtern. »Er kann uns helfen. Das weiß ich.«

1991 verbrauchten der Herzog und die Herzogin von York das Vierfache ihres Jahreseinkommens, und die Königin weigerte sich, das überzogene Konto auszugleichen. Sarah, die das Geld zum Fenster hinauswarf, wollte ihren Lebensstil nicht einschränken. Je schlechter ihre Ehe wurde, desto mehr gab sie aus, und die Rechnungen stiegen in astronomische Höhen. Zu ihrem normalen Speiseplan gehörten Kaviar, Himbeeren (innerhalb und außerhalb der Saison), diverse importierte Käsesorten und mindestens dreißig verschiedene Eiscremes. In einem einzigen Jahr kaufte sie für fast 200 000 Mark Geschenke und zahlte rund 150 000 Mark an Leute mit übersinnlichen Fähigkeiten. Dann machte Steve Wyatt sie mit seinem Freund Anthony John Adrian Bryan Jr. bekannt, von seiner Familie und Freunden »Johnny« genannt. Er versprach, sie aus ihrer finanziellen Notlage zu retten. »Johnny erschien auf der Bildfläche«, sagte der Kolumnist Taki, »und übernahm Fergies Konto – sozusagen.«

Als selbsternanntes Finanzgenie beherrschte er die Kunst, lukrative Deals abzuwickeln. Er kannte alle Feinheiten der Schweizer Bankkonten und ausländischen Steuerparadiese, entwirrte die Mysterien der Hochfinanz und verwandelte komplizierte Transaktionen in schlichte Logik. Und er munterte Leute wie Sarah und Andrew auf, die nicht wußten, wie sie mit ihrem Geld umgehen sollten. Nachdem er die Steuervorteile einer Firma erklärt hatte, die Sarahs »Budgie«-Einnahmen am Fiskus vorbeilavieren konnte, gründete das Herzogspaar sogleich eine Firma. Bryan half ihnen, die (Andrew, Sarah, Bryan) Publishing Inc. aufzubauen und wurde auf Sarahs und Andrews Wunsch Aufsichtsratsmitglied.

Empfänglich für Gurus, Astrologen und Wahrsager, fühlten sich der Herzog und die Herzogin zu dem eloquenten Amerikaner hingezogen. Ihr Ziel war auch seines, das große Geld zu machen – oder »Megamillionen«, wie er's ausdrückte.

Wie sich eine Sekretärin erinnert, gewann Bryan während der ersten Besprechung die Sympathien des Herzogs von York, indem er sich erbot, der Herzogin ein besseres Image bei der Presse zu verschaffen. »Fast alles, was über sie geschrieben wird, ist blanker Unsinn.« Andrew nickte zustimmend. Trotz der Eheprobleme blieb er seiner Frau treu ergeben und wünschte, daß die restliche Welt sie mit den gleichen Augen betrachtete wie er selbst.

»Sir«, fuhr Bryan respektvoll fort, »ich möchte das soziale Engagement Ihrer königlichen Hoheit hervorheben und betonen, wie sehr ihre guten Werke dem Ansehen der königlichen Familie nützen.« Als er seinen Trumpf ausspielte, strahlte Sarah. Er sprach mit ruhiger Stimme, die Autorität ausstrahlte. Später erklärte er einem Journalisten, er würde nach dem Prinzip »Mit Speck fängt man Mäuse« arbeiten. Innerhalb von fünfzehn Minuten hatte der Sprücheklopfer den Herzog überzeugt.

Wie gebannt schauten Sarah und Andrew zu, während der Amerikaner ihre Schulden in Guthaben ummünzte und ihre finanzielle Zukunft in hellem Glanz erscheinen ließ. Der kahlköpfige Zauberer hätte sogar Toupets an Rasta-Fans verkaufen können. Und er redete so schnell, daß er Schwammspinner in Schmetterlinge verwandelte.

»Er war clever und verstand was von Geschäften«, meinte ein Engländer, der Bryan seit dessen Ankunft in London kannte. »So ehrgeizig wie Gordon Gecko in [dem Film] ›Wall Street‹, mit Energie geladen. Ständig lebte er am Rand des Abgrunds, ein Artist, der ohne Netz arbeitet.«

Immerhin führte er seinen Hochseilakt sehr stilvoll durch. Er wußte, wie wichtig die Verpackung und der erste Eindruck waren. Deshalb sah er reich aus. Er trug maßgeschneiderte Anzüge, maßgefertigte Lederschuhe und goldene Manschettenknöpfe, fuhr Ski, spielte Golf und Squash in Privatclubs, brillierte auf dem Tennisplatz, ging mit Models und Debütantinnen aus.

Aber hinter der schicken Fassade verbarg sich nicht viel. Mit den üblichen Kennzeichen wirklichen Reichtums konnte er nicht aufwarten. Er besaß keine Ländereien, kein Vermögen. Was er verdiente, gab er aus – und sogar noch mehr. Wenn seinen diversen Unternehmen in New York, London und München das Geld ausging, verließ er die Stadt.

Aus New York verschwand er zuerst. Nach dem Studienabschluß an der Universität von Texas 1979 machte er an der Universität von Pittsburgh sein Diplom in Betriebswirtschaft. Dann zog er nach Manhattan und gründete eine kleine Kommunikationsfirma, mit einem Kapital von einer Million Dollar, das er von privaten Investoren erhalten hatte. Er versprach ihnen hohe Gewinne. Aber nach vier Jahren ging die Firma bankrott.

»Ich verlor über 80 000 Mark an den Kerl«, erzählte Taki Theodoracopulos. »Mein Investment basierte auf meiner Freundschaft... Und ich muß sagen, ich bin tief enttäuscht. Er behauptete, das sei eine todsichere Sache, da könne gar nichts schiefgehen, und meine 80 000 würden sich in Millionen verwandeln. Nach der Pleite tauchte er eine Zeitlang unter, dann erschien er (in London) an Fergies Seite.«

Die britische Einwanderungsbehörde wollte ihm keine Arbeitserlaubnis erteilen, weil man bezweifelte, daß er seinen

Lebensunterhalt verdienen konnte. Sein Londoner Apartment, das er auch als Büro benutzte, war gemietet. Ebenso die Möbel. Außerdem mietete er ein Landhaus in Gloucestershire. »Dort lernte ich ihn kennen«, erinnerte sich der Journalist Rory Knight-Bruce. »Er trug amerikanischen Tweed und rauchte einen Joint.«

Mit seinem Mietwagen sammelte er so viele Strafzettel wegen Falschparkens, daß er verhaftet und mit einer Geldbuße von zirka 1300 Mark belegt wurde. Nachdem er die Summe bezahlt hatte, sammelte er weiterhin Strafzettel. Schließlich nahm ihm die Polizei das Auto ab, und er mußte mit Taxis fahren. Er mietete hin und wieder einen Wagen auf den Namen seiner Firma – bis sie zusammenbrach. Außer seinen gelegentlichen Kokainkäufen* bezahlte er nur wenig in bar. »Auch Fergie schnüffelte eine ganze Menge«, berichtete Taki Theodoracopulos, der mit dem Paar gesellschaftlich verkehrte. »Das weiß ich, weil ich mitgemacht habe.«

---

* In »My Story: The Duchess of York, Her Father and Me« (Harper Collins Publishers, 1993) berichtet Lesley Player, John Bryan habe Kokain genommen. Sie schreibt, Bryan habe sie, zusammen mit einer anderen Frau, in sein Apartment eingeladen und dort die Droge geschnupft. Zu diesem Buch gab er keinen Kommentar ab. Aber Allan Starkie, sein Partner bei Oceonics Deutschland, einer deutschen Baufirma, bestritt Lesley Players Behauptung. »An jenem Abend war ich in Johns Wohnung in Chelsea, und ich sah niemanden, der irgendwelche Drogen konsumierte.« Laut Lesley Player waren nur drei Personen anwesend – sie selbst, eine Freundin und Bryan. Starkie, der die Herzogin von York auf ihren Wohltätigkeitsreisen nach Osteuropa begleitete, wurde später in Deutschland verhaftet, als Oceonics bankrott machte. Fünf Monate lang saß er in einem deutschen Gefängnis, während die Polizei wegen der Firmenschulden von etwa 27 Millionen DM gegen ihn ermittelte. 1995 bot Bryan, inzwischen in die Staaten zurückgekehrt, potentiellen Geldgebern für einen Immobiliendeal in Las Vegas angeblich Kokain und Prostituierte an. Die »Geldgeber« waren Reporter des britischen Boulevardblatts *News of the World,* das die Story unter der Schlagzeile veröffentlichte: »Fergie's Ex in Vice and Drugs Shame [Fergies Ex in Sex- und Drogenskandal verwickelt].«

Obwohl Bryan als texanischer Multimillionär bezeichnet wurde, war er in Wilmington, Delaware, zur Welt gekommen. Mit neun Jahren zog er nach Houston, da sich der Vater von der Mutter scheiden ließ und Josephine Abercrombie heiratete, eine texanische Erbin. Während dieser Ehe begann der Vater eine Affäre mit Pamela Zauderer Sakowitz (die er später heiratete), der Frau des Sakowitz-Kaufhaus-Erben Robert Sakowitz, Steve Wyatts Onkel.

Bryan prahlte vor einem Journalisten, er gehöre zum »amerikanischen Establishment«, weil Felix DuPont sein Pate war und der Name seiner dreimal verheirateten Mutter im »Social Register« stand, dem amerikanischen »Gotha«. Um seinen Freundinnen zu imponieren, behauptete er, seine Mutter sei mit Frank Sinatra ausgegangen und sein in England geborener Vater habe in Harvard studiert.

»Vielleicht ist es kein Zufall«, bemerkte Pamela Zauderer Sakowitz nach ihrer Scheidung von Bryan Sr., »daß Johnnys Vater nur wohlhabende, einflußreiche Frauen zu erobern suchte und manchmal heiratete, mich eingeschlossen.« Obwohl der Vater viermal gute Partien gemacht hatte, war es ihm nicht gelungen, eine Herzogin zu ehelichen.

Vorerst nur am Rand der Londoner Gesellschaft, feierte John Bryan Spesenpartys in Restaurants und Nachtclubs wie dem Annabel's und dem Tramps. Als er zum Finanzberater der Yorks avancierte, stieg er in vornehmere Kreise auf. Aber die exklusive Welt von White's und Brook's, Londoner Privatclubs für Gentlemen, blieb ihm verschlossen. In den Augen britischer Aristokraten sah er wie ein karrieresüchtiger amerikanischer Gauner aus. Und für die Herzogin von York wie ein Ritter auf einem weißen Pferd.

Er hatte versprochen, sie reich zu machen und ihr Image aufzupolieren. Da er ihren Adelstitel ebenso anbetete wie sie selbst, empfahl er ihr, Maria Shriver vor laufender Kamera zu korrigieren, als die NBC-Moderatorin sie mit »Sarah Ferguson« ansprach. »Ich bin Ihre Königliche Hoheit«, betonte

Sarah, »die Herzogin von York.« Immer wieder wies Bryan auf den Marktwert dieses Titels hin. »Ihr Image ist alles, was Sie haben, Ihr hundertprozentig größter Aktivposten.«

Indem er Fergies Kapital ausschlachtete, machte er sie zu seiner lukrativsten Errungenschaft. Wenige Tage nach ihrer Trennung von Andrew übernahm Bryan die Regie in ihrem Leben. »Als Sarah aus Sunninghill Park in ein gemietetes Haus zog, Romenda Lodge in Wentworth, half ihr John, alle Einzelheiten zu erledigen, Verträge mit den Dienstboten abzuschließen, die Leute zur Diskretion zu verpflichten, die Miete auszuhandeln und Sicherheitsvorkehrungen zu treffen«, berichtete Major Ferguson.

Nach der Übersiedlung verkündete Sarah, sie würde einen Nervenzusammenbruch erleiden, wenn sie keinen Urlaub machen könne. Also arrangierte »J. B.«, wie Fergie und die Kinder ihn nannten, eine extravagante Reise in den Fernen Osten. Er plante alles bis ins Detail – mit Charterflügen, Mietautos und Luxushotels – und erklärte, er werde die gesamten Kosten bestreiten (200 000 Mark). Auf Phuket, einer Ferieninsel bei Thailand, gesellte er sich hinzu und begleitete die Herzogin, ihre beiden Töchter, das Kindermädchen und die Leibwächter durch Indonesien.

Unterwegs wurde er zusammen mit Sarah fotografiert und in der Presse als Unbekannter bezeichnet, der Prinzessin Eugenie auf den Schultern trage. Später behauptete Bryan, er sei ein Freund der Familie und der Eheberater des Herzogspaars, der sich um eine Versöhnung zwischen den beiden bemühe. Außerdem erklärte er, die Königin und Prinz Andrew hätten ihn gebeten, Sarahs Finanzen zu regeln. »Es ist völlig absurd, in meiner Beziehung zur Herzogin private Hintergründe zu vermuten. Wir haben nur geschäftlich miteinander zu tun.«

Ein paar Wochen später besuchte Sarah ihre Mutter in deren Polopferdegestüt, 600 Kilometer westlich von Buenos Aires. Die Herzogin bat Bryan, Susan Barrantes zu beraten, die den Grundbesitzes ihres Mannes verwaltete. Und Bryan versicherte Susan, sie könne »Megamillionen« einnehmen, wenn sie einen Film über den argentinischen Polosport drehen würde.*

Den ganzen Sommer 1992 über wurde er zusammen mit Sarah beim Einkaufsbummel in New York gesehen, auf Partys in London und in Pariser Tanzlokalen. Er behauptete immer noch, die Beziehung sei rein platonisch. Als Clive Goodman von *News of the World* nach einer möglichen Romanze fragte, fauchte Bryan: »Eine solche Vermutung ist nicht nur unhöflich, sondern impertinent und beleidigend.« Inzwischen hatte er seine Garderobe in Sarahs Schrank im Romenda Lodge verstaut und seine Pantoffeln unter ihr Bett gestellt.

Mit militärischer Präzision begann er, ihre Finanzen zu regeln. Obwohl er selbst eine Menge Geld verbrauchte, staunte er über die Summen, die sie ausgab – nach seinen Berechnungen rund 130 000 Mark pro Monat. Er rechnete ihr vor, daß sie pro Jahr mehr als 1,5 Millionen Mark verpraßte, viel mehr, als sie einnahm. »Reiner Wahnsinn«, sagte er später, »das Geld rauszuwerfen, nur so zum Spaß, ohne einen Gedanken an die gegenwärtige Situation, geschweige denn die Zukunft zu verschwenden.« Damals witzelte er, man müsse einen Wohltätigkeitsverein namens »Herzogin in Not« gründen.

Der Finanzberater wurde von seiner Investition überrollt. Als ihn die Schriftstellerin Elizabeth Kaye mit Aschenputtel verglich, stimmte er zu. »Ich bin wie Aschenputtel. Ein wun-

* John Bryan führte auch Verhandlungen für Sarahs Schwester, Jane Ferguson Luedecke. Er verkaufte die Exklusivberichte über ihre zweite Hochzeit für 500 000 Mark an das Magazin *Hello!* Davon erhielten Jane und ihr Mann nur 350 000 Mark. Um die restlichen 150 000 Mark einzutreiben, verklagten sie Bryan. Sarah war wütend darüber, stellte sich auf seine Seite und sprach nicht mehr mit ihrer Schwester. Ein Londoner Richter verurteilte Bryan dazu, das Geld plus Zinsen und die Gerichtskosten zu zahlen, insgesamt fast 130 000 Mark. Bis zum Juli 1996 blieb Bryan die Summe schuldig, und im August wurde er für bankrott erklärt.

derbares Liebesmärchen.« Nach Sarahs Scheidung erwartete er, sie werde ihn heiraten. Aber sein Freund Taki war skeptisch. »Das wird nie passieren«, prophezeite er. »Für Fergie hat er zuwenig Geld.«

Er machte sich unentbehrlich, indem er die Investments der Herzogin verwaltete, ihre Ferien organisierte, für ihre Garderobe sorgte und sogar für ihre Diät. »Für Johnny ist es sehr wichtig, daß Sarah gut aussieht und ihr Gewicht hält«, sagte seine Mutter. Nichts entging seiner Aufmerksamkeit. Sogar Sarahs Möbel stellte er um. Regelmäßig rief er die Reporter an, um von ihrem Engagement für die Gesellschaft für neuropathisch-motorische Störungen zu berichten. Voller Stolz verkündete er, sie würde dem Wohlfahrtsverband fünfundzwanzig Prozent seiner Einnahmen verschaffen.

Die dankbare Herzogin belohnte ihn mit üppigen Geschenken: einem Louis-Vuitton-Koffer für 2000 Mark mit seinen Initialen; einer Tag-Heuer-Uhr; Turnbull & Asser-Hemden mit großen Taschen für sein Handy; einer Kaffeemaschine von Harrods; seidenen burgunderroten Boxershorts; einer Reise nach Paris und einer 30 000-Dollar-Geburtstagsparty unter einem Baldachin, mit einer Jukebox, die seine Lieblingssongs spielte.

Zu ihrem dreiunddreißigsten Geburtstag revanchierte er sich mit Dessous für 1500 Mark, einem Body für 500 Mark und einem Strumpfgürtel für 35 Mark.

»Die beiden versuchten, einander mit ihrer Extravaganz zu übertreffen«, meinte ein Freund, der entschied, John Bryan habe den Wettkampf mit seiner Reise nach Saint Tropez im Sommer 1992 gewonnen. »Zumindest was die ›radioaktive‹ Publicity angeht.« Damit spielte er auf die sensationellen Fotos an, heimlich mit Teleobjektiv aufgenommen, die Sarah und ihren Liebhaber bei munteren Spielchen am Pool zeigen. Sie hatte den BH ihres rotgelb geblümten Bikinis abgelegt, und die Bilder dieses Oben-ohne-Spektakels an der Côte d'Azur beschworen einen saftigen Skandal herauf.

Sarah räkelte sich auf einem Liegestuhl. An ihrer Seite glänzte Bryans Glatze in der Sonne. Die Kamera hielt jenen Moment fest, wo er ihren Fuß hob, um den Spann zu küssen. Klick. Er massierte ihr Bein, knabberte an ihren Schultern und streichelte die Brüste. Klick. Klick. Sie schüttete Sonnenöl auf seinen kahlen Kopf, und er erhob sich von seinem Liegestuhl, um sich auf sie zu legen. Klick. Klick. Klick. Sie schlang die Arme um ihn und küßte ihn auf den Mund. Klick. Klick. Dann teilten sie sich eine Zigarette. In der Nähe spielten Sarahs Kinder. Neben den kleinen Mädchen nahmen die beiden königlichen Leibwächter ein Sonnenbad. Sie verloren kurz danach ihre Jobs.

Diese peinlichen Fotos wurden veröffentlicht, als Sarah mit der königlichen Familie im schottischen Balmoral Castle Urlaub machte. Dorthin war sie für eine Woche gefahren, mit ihrem fremdgewordenen Ehemann und den Kindern. Am Morgen des Dienstags, des 20. August 1992, erschienen der Herzog und die Herzogin zum Frühstück, während ihre kleinen Töchter im Kinderzimmer blieben. Sarah und Andrew waren vor der Publikation der Fotos gewarnt worden, hatten sie aber nicht gesehen. Deshalb traf sie der Schock unvorbereitet: Die Titelseite des *Daily Mirror* zeigte John Bryan, der in der Badehose auf Sarahs nackten Brüsten lag. »Fergies gestohlene Küsse«, trompetete die Schlagzeile. Der *Evening Standard* brachte die Fotos unter dem Titel: »Die Schande der Herzogin«.

Als Sarah die Zeitungen auf dem Tisch liegen sah, wurde sie blaß. »Beinahe hätte ich mich übergeben«, erinnerte sie sich. Wenige Sekunden später trat der Herzog von Edinburgh an ihre Seite. Sie hatte schon einige Monate zuvor sein Mißfallen erregt. Damals war sie zu Elton Johns Party anläßlich seines vierzigsten Geburtstags gegangen, trotz einiger Zeitungsartikel, die ihn mit einem Sexskandal in Verbindung brachten. Philip kritisierte Sarah, weil sie das Objekt reißerischer Schlagzeilen mit ihrer königlichen Anwesenheit beehrte. Als der Rockstar die *Sun* erfolgreich auf einen Schadenersatz von 1,8 Millionen Dollar wegen der falschen Behauptung verklagte, er beanspruche die Dienste eines Strichjungen, fühlte sich Sarah rehabilitiert. Aber inzwischen war sie ihrem Schwiegervater erneut unangenehm aufgefallen, weil sie während des Golfkriegs einen Skiurlaub genossen und die königliche Familie blamiert hatte. Nun wappnete sie sich gegen weitere Vorwürfe.

Doch der berüchtigte Schürzenjäger schaute sie mitfühlend an. Mit leiser Stimme gestand er ihr, auch er sei aus ähnlichen Gründen des öfteren in Ungnade gefallen. Dann verkündete er laut, er werde mit Charles und Andrew auf Moorhuhnjagd gehen, wandte sich abrupt ab und verließ das Zimmer.

Sarah blieb noch drei Tage auf Balmoral, bis Sir Robert Fellowes unmißverständlich bemerkte, sie würde sich vielleicht wohler fühlen, »wenn sie die Kinder nach Hause brächte«. Dieser Rat klang wie ein Befehl, und Sarah wich der Übermacht.

Nach der Trennung von Andrew durfte sie die königliche Familie nicht mehr in der Öffentlichkeit repräsentieren. Daß sie von Ereignissen wie Ascot und der Fahnenparade ausgeschlossen wurde, tat sie gleichmütig ab. »Was soll's, zum Teufel? Wenigstens kann ich mir die Hüte sparen.« Aber ihr Gelächter verstummte, als sie ihr Büro im Buckingham-Palast räumen mußte. Daran gab sie den Höflingen die Schuld, die sie »Rottweiler der Königin« nannte.

Zu ihrer Bestürzung wurden die Oben-ohne-Fotos in aller Welt veröffentlicht. »Monarchie im Schmutz«, tönte Italiens *La Stampa*. Und die deutsche *Bild-Zeitung* kreischte: »Fergie nackt beim Liebesspiel«. Die *New York Daily News* brachte John Bryans Foto (»Ich habe *nicht* an ihren Zehen gelutscht, sondern den Spann ihres Fußes geküßt«) unter der Schlagzeile: »Zehenlutscher und vulgäre Herzogin«. *USA Today:* »Das Objektiv lügt nicht.«

Der Chefredakteur der *Washington Post* bemerkte: »Wäre die durchschnittliche amerikanische Sozialarbeiterin so fotografiert worden, barbusig, im Geplänkel mit ihrem Liebhaber direkt neben ihren kleinen Kindern, hätte ihr das Jugendamt wahrscheinlich die Kinder weggenommen. Wir hätten Wörter benutzt wie ›benachteiligt‹ und ›krank‹.«

Aber die Mutter der Herzogin verteidigte sie – gewissermaßen. »Sarah tut's nicht leid, daß sie oben ohne mit Bryan ertappt wurde«, erzählte Susan Barrantes dem italienischen Magazin *Gente*. »Nach der Trennung von Prinz Andrew kann sie tun, was sie will. Aber sie ist traurig, weil sie befürchtet, ... irgend jemand ... würde vor der Scheidung versuchen, ihren Charakter in möglichst schlechtem Licht darzustellen.«

Nachdem John Bryan vergeblich versucht hatte, die Publikation der Fotos per gerichtlicher Verfügung zu verhindern, trat er in Aktion. »Wir drehen den Spieß um«, versprach er Sarah. »Das wirst du schon noch sehen ... Diese Bastarde im Palast mache ich fertig.« Er strengte in Frankreich einen 5-Millionen-Dollar-Prozeß wegen Verletzung der Privatsphäre gegen den Fotografen an, der einen Graben auf privatem Grundbesitz ausgehoben und dort zwei Tage lang kampiert hatte, mit Kamera und Teleobjektiv. Außerdem verklagte er das Magazin *Paris-Match* und behauptete, es habe der Herzogin mit Absicht geschadet. »Zuvor wurde sie bewundert, jetzt ist sie der Lächerlichkeit preisgegeben«, stand in der Anklageschrift. Ein französischer Richter stimmte ihm zu und entschädigte Sarah mit fast 150 000 Mark, die sie dem Britischen Institut für gehirngeschädigte Kinder stiftete. »Das ist doch angemessen, nicht wahr?« meinte sie. »Auch die meisten Journalisten sind gehirngeschädigt.«

Trotzdem wußte sie, wie empfindlich ihr Ruf in der gesamten Weltpresse gelitten hatte. »In den letzten sieben Jahren wurde ich so oft kritisiert, daß ich mein ganzes Selbstvertrauen verloren habe«, sagte sie und beklagte sich über den Fototitel: »Fergie – die letzte Fußnote«. Entsetzt beobachtete sie Londoner Straßenverkäufer, die Schokoladenzehen feilboten. »Die reine Hölle«, erklärte sie ihrem Vater. »Ich ertrage es nicht mehr, Zeitungen zu lesen.« Ein englischer Reporter schrieb, seit sie die Herzogin von York geworden sei, »gleicht die Berichterstattung über die königliche Familie einer Fahrt durch die Kloake, in einem gläsernen Boot«. Manche Journalisten wärmten sogar längst vergessene historische Ereignisse auf, um boshafte Vergleiche zwischen Fergie und der dicken, vulgären Karoline von Braunschweig zu ziehen, die 1795 den Prinzen von Wales geheiratet hatte. Über diese liebestolle Prinzessin* bemerkte der englische Kritiker Max Beerbohm: »Das Schicksal schrieb eine ungeheuerliche Tragödie für sie, und die spielte sie in Strümpfen.«

Sarah reagierte beschämt auf die Folgen ihrer Burleske. Fünf Tage lang verkroch sie sich in ihrem Haus, um der Öffentlichkeit zu entrinnen. Eine Frau hatte Mitleid mit ihr, schrieb ihr einen Brief und offerierte ihr eine »freundschaftliche Schulter«, an der sie sich ausweinen konnte.

»Armes Ding, dachte ich«, sagte Theo Ellert, die Angels International leitete, eine Londoner Wohlfahrtsorganisation, die Geld für leukämiekranke polnische Kinder sammelte. »Die Herzogin war auf einem seelischen Tiefpunkt angelangt. Als ich ihr vorschlug, mich nach Polen zu begleiten, stimmte sie sofort zu. ›Ich muß an andere Menschen denken‹, erklärte sie, ›um mich von mir selber abzulenken.‹«

In dieser Reise sah John Bryan eine willkommene Gelegenheit, Sarahs Image zu verbessern. Fest entschlossen, sie als wohltätige Herzogin zu präsentieren, sagte er zu ihrer Sekretärin: »Wenn's sein muß, bezahlen wir die Reise selber, damit uns niemand vorwerfen kann, Fergie sei eine Schmarotzerin. Vergessen Sie die britische Presse. Dafür engagieren wir das

---

* Nachdem man Karoline in einer kompromittierenden Situation mit einem Marineoffizier ertappt hatte, stand sie wegen Ehebruchs vor Gericht. »War der Betreffende ein Admiral?« wurde sie gefragt. »Oh, das weiß ich nicht«, antwortete sie, »er hatte seinen Hut nicht auf.« Sie wurde nicht verurteilt.

amerikanische Fernsehen, weil's viel einflußreicher ist... Irgend jemand wie Diane Sawyer von *Prime Time Live* kriegt die Exklusivrechte... Sie ist die Beste... Und sie braucht die Einschaltquoten... Aber keine persönlichen Fragen... Nur ein ernsthaftes, seriöses Interview über Sarahs Arbeit...«

Eifrig begann er hinter den Kulissen zu verhandeln. »Er schob ein Team vor, ein Ehepaar«, berichtete der Produzent des Senders ABC. »Aber er hielt zweifellos alle Fäden in der Hand.« Bryan erklärte Sarah, er werde das Interview und die Fragen kontrollieren, die man ihr stellte. Daran erinnert sich Diane Sawyer nicht. Ihr Produzent meint, daß Sarah vor allem fürchtete, man könne sich nach ihrer Beziehung zu der Prinzessin von Wales und der übrigen königlichen Familie erkundigen. »Das regte sie viel mehr auf als die Zehenlutscher-Fotos.« Am Ende des Interviews flocht Diane Sawyer eine Frage nach John Bryan ein. »In welcher Beziehung stehen Sie zu ihm? Was können Sie uns über ihn sagen?«

Darauf war Sarah vorbereitet. »Er hat wundervolle Arbeit geleistet und mir geholfen, meine finanziellen Angelegenheiten zu regeln. Und er ist ein phantastischer Freund.«

»Aber nicht nur Ihr Finanzberater«, beharrte Diane Sawyer.

»Das habe ich auch gar nicht behauptet. Ich sagte, daß er ein phantastischer Freund ist und mir in finanziellen Dingen half.«

Trotz dieses mutigen Auftritts wurde sie von Angels International fallengelassen. »Sie hatte ein schlechtes Image, und sie mochten nichts mehr mit ihr zu tun haben«, erzählte Theo Ellert. »Ich sagte: ›Wenn Sie die Herzogin nicht mehr haben wollen, müssen Sie auch auf mich verzichten.‹ Und damit waren meine Dienste für den Verein zu Ende.« Danach half sie Sarah, ihre eigene Wohlfahrtsorganisation zu gründen, Children in Crisis, die Geld für Kinder in armen Ländern wie Albanien, Polen und dem ehemaligen Jugoslawien zusammenbrachte. Das war für die Herzogin endlich eine Chance, ihr

Ansehen aufzubessern – aber sie nutzte sie nicht. »Sarah hatte alles«, schrieb ihr Vater in seinen Memoiren, »und sie warf es weg.«

Sie versuchte sich in eine Botschafterin des guten Willens zu verwandeln, nach dem Vorbild der Prinzessin von Wales. Doch man kritisierte ihren Egoismus. »Ich kenne niemanden, den ich noch widerwilliger mit diesem Posten [Hochkommissariat der UNO für Flüchtlinge] betrauen würde«, sagte der Tory-Parlamentarier Sir Nicholas Fairbairn. »Diese Lady sieht nicht gut aus, hat überhaupt keinen Geschmack und eine Figur wie ein Dinosaurier, ist schrecklich habgierig, besitzt keinen Takt und will alle anderen Leute ausstechen.« Natürlich bekam Fergie den Posten nicht.

Die Königlich Britische Luftwaffe akzeptierte sie nicht als Ehrenoberst, weil sie – laut einem ranghohen Offizier – »unscheinbar wirkte, und wir fanden, sie habe nicht das richtige Image.« Während sie mit einer Gruppe geistig behinderter Jugendlicher eine Bergtour in Nepal unternahm, wurde sie verspottet, weil sie sich im luxuriösesten Hotel von Katmandu einquartierte. Bei den Bergtouren trug sie nur ihre Evian-Flasche, und der *Spectator* höhnte:

Die große alte Herzogin von York
Machte zehntausend Mann munter,
Sie jagte sie den Berg hinauf
Und dann gleich wieder runter.

Als ein zweiundzwanzigjähriger Sherpa ihren Vorschlag akzeptierte, sein abgeschiedenes Himalaja-Dorf zu verlassen und sie nach England zu begleiten, wurde sie der Ausbeutung bezichtigt. »Vielleicht pflegt die kapriziöse Herzogin einfach nur die ehrenwerte aristokratische Tradition, Eingeborene in ihre Dienste zu nehmen und nach Hause mitzubringen«, meinte der *Daily Telegraph* verächtlich. Der Sherpa, der ihr Essen gekocht und in den Bergen ihren Rucksack getragen hatte, erwies ihr im Romenda Lodge ähnliche Dienste. »Sie behandelte ihn wie ein Mädchen für alles«, berichtete eine Frau. »Und er wurde nicht einmal bezahlt.«

»Er ist ein Gast der Herzogin«, sagte ihre Sprecherin. »Sie dachte, er würde sich freuen, wenn er einen anderen Teil der Welt kennenlernt.«

Weil Sarah fürchtete, der Hof würde jeden Vorwand nutzen, um sie bei der Scheidung zu übervorteilen*, schickte sie ihren Sherpa nach Hause. Bryan beruhigte sie und gelobte erneut, »Megamillionen« für sie herauszuschlagen. Um Sympathien für Sarah zu wecken, versuchte er ihren Ehemann zu verunglimpfen.

Er rief die Zeitschrift *The People* an, eine britische Version von *USA Today,* und behauptete, Prinz Andrew habe eine Affäre. »Ich weiß hundertprozentig, daß er sich mit dem Mädchen trifft und daß sie mehrere Nächte in South York verbracht hat. Und ich werde den Namen nennen. Aber dafür verlange ich 50 000 Mark, weil ich sein privates Adreßbuch durchblättern muß... Und ich will das Geld sofort haben, sobald die Neuigkeit veröffentlicht wird.«

Die Zeitung entwarf einen Vertrag, den Bryan drei- oder viermal veränderte. Als er schließlich den Namen von Andrews angeblicher Geliebter hervorzauberte, entschied die Zeitung, die Story sei nichts wert, und publizierte sie nicht. Statt dessen druckte sie eine Bandaufnahme von dem Gespräch mit Bryan: »Jet-set-John verlangte 50 000 Mark für Andrews Verleumdung.«

Nicht sonderlich verlegen, versicherte Bryan, es sei nur ein Scherz gewesen und er habe die Zeitung hereinlegen wollen. Aber Sarah war wütend. Sie schrie: »So was darfst du dem

* Sie verlangte die pauschale Abfindung von 16 Millionen Mark, plus 8000 Mark pro Monat für den Unterhalt der Kinder und ihren Adelstitel. Sie bekam 1,2 Millionen Mark, dazu einen 2,1-Millionen-Treuhandfonds für ihre Töchter, und sie verlor den Titel.

Herzog von York nicht antun, das ist unverantwortlich!« Das vertraute er einem Freund an, als er seine ständigen Streitereien mit der Herzogin schilderte. Sie warf ihn hinaus. Aber drei Tage später versöhnten sie sich, und er zog wieder bei ihr ein. Reumütig schenkte sie ihm einen silbernen Globus mit der Inschrift: »Zusammen können wir die Welt erobern.«

Nachdem die skandalösen Fotos vom munteren Liebesspiel an der Côte d'Azur in der Weltpresse erschienen waren, entschloß sich das Paar zur Diskretion. Im Glauben, sie könnten die Affäre verbergen, zeigten sie sich nicht mehr gemeinsam in der Öffentlichkeit. Wenn Bryan von London zu Sarahs Haus in Surrey fuhr, schickte sie einen Dienstboten zum Bahnhof, der ihn abholte. Mit Baseballmütze und Sonnenbrille verkleidet, versteckte er sich im Kofferraum ihres Autos und wurde wie Diebesgut ins Romenda Lodge geschmuggelt. In der Öffentlichkeit gab Sarah vor, sie sei unglücklich über die Scheidung, und behauptete, Andrew sei ihr »bester Freund«. Aber bei Freunden beklagte sie sich über ihn.

»Wahrscheinlich dachte Sarah, sie könne nie wieder mit ihm ins Bett gehen«, sagte Theo Ellert, »ihr eheliches Sexualleben sei von Anfang an schlecht gewesen und auch jetzt nicht mehr zu retten.« Mrs. Ellert gab ihre Kommentare erst ab, nachdem sie sich im Streit von der Herzogin getrennt hatte, und sie verkündete, Fergie habe sie, die Leiterin der Wohltätigkeitsorganisation, nicht genügend unterstützt. »Sicher glaubte sie, ich wollte ihr die Show stehlen.«

Da Sarah überall in ihrer Umgebung Rat und Hilfe suchte, konsultierte sie ihre Astrologen und Wahrsager. Sie rief New-Age-Mystiker in Los Angeles an, Medien in New York und übersinnlich begabte Leute in London. Außerdem befragte sie einen bosnischen Priester, der als Schrein von Medjugorje bekannt war, als »die Augen Christi«.

»Kehren Sie zu Ihrem Mann zurück«, empfahl ihr Vater Svetozar Kraljevic. »Eine Versöhnung wäre am besten für Sie, für Ihre Seele, für Ihre Kinder und die königliche Familie.«

»Das kann ich nicht«, stöhnte Sarah. »Sonst müßte ich wie eine Nonne leben.«

Der Mönch riet ihr, ein paar Wochen in einem bosnischen Nonnenkloster zu verbringen. »Dort werden Sie lernen, ein enthaltsames Leben zu führen.«

Diesen strengen Rat befolgte sie nicht. Statt dessen wandte sie sich an ihren Freund Alistair McAlpine, der einen privaten Lunch schilderte: »Sie bat oft um Rat und Hilfe, dankte dem Berater überschwenglich und machte dann, was sie wollte. Vielleicht glaubt sie, die Leute seien stolz und glücklich, nur weil die Herzogin nach ihrer Meinung fragt. Wie schrecklich, daß sie die menschliche Natur so mißversteht!« Sarah vertraute Lord McAlpine an, sie wolle sich unbedingt von Andrew scheiden lassen. »Er ist so langweilig. Immer will er nur Golf spielen und Science-fiction-Videos sehen.«

Aber McAlpine riet ihr von der Scheidung ab. »Zu diesem Zeitpunkt teilte sie mir mit, die Prinzessin von Wales wolle ihren Mann ebenfalls verlassen, habe aber beschlossen, dies ein oder zwei Monate hinauszuzögern, um – mit den Worten der Herzogin – ›zu sehen, wie ich allein zurechtkomme‹.«

Während Diana im Bus weiterfuhr, wollte Sarah abspringen. Aber sie gab zu, daß sie die Reaktion der Öffentlichkeit fürchte und die Behandlung, die ihr die königliche Familie zumuten würde. »Natürlich meinte sie, in finanzieller Hinsicht«, erklärte McAlpine.

Wie ein Eichhörnchen, das Nüsse sammelt, rannte Bryan in alle Richtungen, um Geld für Sarah aufzutreiben. Niemals legte er das Telefon aus der Hand. Er bombardierte die Medien mit Angeboten, verhökerte die Herzogin an den Meistbietenden: fast 40 000 Mark für Exklusivfotos, 80 000 Mark bis zu 300 000 Mark für Exklusivinterviews. Er diktierte den Journalisten die Regeln, bestimmte die Fragen und verlangte die Antwort vor Veröffentlichung zu prüfen. Als er mit dem Magazin *Harpers & Queen* über eine Titelstory verhandelte, bestand er auf den besten Modefotografen, dann forderte er das Copyright der Fotos. »Wissen Sie, wie viele Bilder sie pro Jahr braucht?« argumentierte er. »Wir verschicken tausend, manchmal vielleicht sogar zweitausend Fotos. Die benötigt sie für die Broschüren der Wohltätigkeitsverbände, Programme, Buchumschläge, Weihnachtskarten ... Deshalb will sie die Bilder benutzen, kostenlos und uneingeschränkt, so wie's ihr beliebt.«

Bald dröhnten seine Forderungen so laut und unangenehm wie ein Schnellboot auf der Themse. »Jeder mußte um Mr. Bryan herumschwirren und ihm Tee servieren«, klagte eine entnervte Redaktionsassistentin. ›Ma'am, wenn Sie so freundlich wären ...‹, schrie er sofort, wenn wir vergessen hatten, vor Ihrer königlichen Hoheit zu katzbuckeln.«

Von diesem Getue angewidert, beendete das Magazin die Verhandlungen, weil Sarah kein Interview gab. Sie wollte ihr Foto auf dem Titelblatt sehen, aber keine Fragen beantworten. Nachdem der Deal geplatzt war, rief sie die Redakteurin Vicki Woods an und versuchte, sie umzustimmen. Später entsann sich Miss Woods, sie sei erschöpft gewesen von den »gräßlichen Telefonaten« mit Bryan.

»Sie Ärmste«, sagte Sarah zu Miss Woods, »ich weiß, Sie glauben, ich würde mich wahnsinnig wichtig nehmen ... Aber ich bin ein ernsthafter Mensch, und ich tue das nicht bloß, um kostenlose Weihnachtskarten oder sonstwas zu kriegen ...«

Die Redakteurin erklärte, die Herzogin könne ihre eigenen Arrangements mit den Fotografen treffen, aber ohne Interview müsse man die ganze Sache abblasen.

Da wies Sarah auf das höfische Protokoll hin: »Immer muß ich alles ausbaden, immer bin's ich, der man die Schuld in die Schuhe schiebt. Immer ist's mein Fehler. Davon habe ich genug. Deshalb will ich aussteigen und endlich mein eigenes Leben führen... Ich hab's so satt, immer für alles geradezustehen. Schon seit vier Jahren bin ich der Sündenbock der Familie.«

Nach der Fotosession rief John Bryan die Redakteurin an. »So irre Bilder sind mir noch nie unter die Augen gekommen.

Nun haben Sie's wirklich vermasselt... Wir wollten das in unserem Stil machen. Verdammt, sie ist ein Profi, kein mieses, kaputtes, billiges kleines Model.«

Während der nächsten sechzehn Monate jettete er zwischen London, New York und Paris hin und her, um Deals für Ihre königliche Hoheit abzuschließen. Er versuchte sie als Model, Schriftstellerin und Botschafterin zu verkaufen, hofierte Verleger und Fernsehproduzenten, um »Budgie – The Little Helicopter« an den Mann zu bringen, als Buch und Fernsehserie. »Bevor ich das Ding in die Finger bekam, war es nichts wert«, erinnerte er sich. »Es war unseriös, niemand wollte was damit zu tun haben – niemand hätte es mit der Kohlenzange angefaßt...«

Aber er verkaufte »Budgie« ans Fernsehen, dann sicherte er sich die Rechte an den Budgie-Produkten: Schwimmflügel, Badeanzüge, Strandtücher, Ansichtskarten, Geschenkpapier, Nachttischlampen, Lampenschirme, Luftballons. Der lukrative Vertrag garantierte der Herzogin 4,5 Millionen Mark, plus prozentualer Beteiligung an den Einnahmen. Fast ehrfürchtig und ziemlich neidisch berichteten die britischen Medien über den Deal.

Die Königinmutter erfuhr die Neuigkeiten, als sie in ihrem Salon im Clarence House saß und an einem Gin Tonic nippte. Bevor sie zum Telefon griff und die Königin anrief, nahm sie noch zwei Schlückchen.

»Ich versichere Ihnen, sie war *nicht* betrunken«, bekräftigte ein ehemaliger Butler, allein schon über diesen Gedanken entrüstet. »Ihre Majestät, die Königinmutter Elizabeth, betrinkt sich nicht. Und an jenem besonderen Abend war sie nicht einmal angeheitert.«

Aufmerksam verfolgte die Königinmutter die Nachrichtensendung im Fernsehen.

»Die Herzogin von York wird 20 Millionen Mark einnehmen«, verkündete ein Sprecher. »Ihr Buch, ›Budgie – The Little Helicopter‹, wird als Fernsehserie auf allen Kanälen der Welt laufen. Die Herzogin hat ihr Buch verkauft, damit man eine Fernsehserie daraus machen kann. Außerdem unterschrieb sie Verträge mit dreizehn amerikanischen Firmen, die die Budgie-Produkte vermarkten werden, vom Eßgeschirr bis zu Toilettendeckeln.«

»Toilettendeckel? Hat er Toilettendeckel gesagt?« fragte die Königinmutter.

»Ja, Ma'am«, bestätigte der Butler seufzend. »Ich fürchte, das hat er.«

Die Königinmutter ließ sich noch einen Gin Tonic einschenken und verlangte die Tageszeitungen. Innerhalb weniger Sekunden wurde ihr Glas am Tisch, der in ihrem Wohnzimmer als Bar diente, aufgefüllt. Es dauerte etwas länger, Zeitungen zu beschaffen; wegen des grauen Stars in ihrem linken Auge las sie nur noch selten. Der Butler erschien mit der *Daily Mail* desselben Tages, des 19. April 1994, und schlug den Artikel auf, der die Königinmutter so interessierte.

Ohne eine Miene zu verziehen, hörte sie zu, als er die Reportage über die Wochenendreise der Herzogin nach Cannes vorlas: Sarah hatte ein »Power Dinner«, wie sie es nannte, für die zweihundert Repräsentanten der weltgrößten Fernsehsender gegeben.

»Ich bin entzückt«, wurde Sarah zitiert. »Nun habe ich das kleine Buch, das ich 1989 schrieb, in alle Welt verkauft.«

Die Königinmutter seufzte. Aber sie wirkte nicht schockiert. In der Öffentlichkeit hatte sie Sarah Ferguson niemals kritisiert und sogar Amüsement über deren Possen geheuchelt, obwohl sie selbst von ihr verspottet worden war. Einmal hatte man beobachtet, wie die ausgelassene Herzogin durch die Lebensmittelabteilung von Harrods gestürmt war, zu einer Biskuitdose mit dem Bild der Königinmutter. Zur Verblüffung aller Zuschauer schlug sie auf den Deckel und schrie: »Bist du da drin, Liebes?«

Wenn Sarah die allmonatlichen Besprechungen mit ihren Mitarbeitern abhielt, um die nächsten Termine zu planen, verletzte sie manchmal die Gefühle der Leute und meinte, der Tod der Königinmutter könnte ihr vielleicht unerwünschte Verpflichtungen ersparen. »Wenn ein unangenehmer Termin auf dem Programm stand«, erinnert sich ein Angestellter, »sagte sie: ›Oh, versuchen wir doch es optimistisch zu sehen – wenn die Königinmutter stirbt, müssen wir trauern und alles absagen.‹«

Auf dem erhabenen Gipfel ihrer Popularität konnte die Königinmutter auf Sarah Ferguson hinabschauen. Oberflächlich betrachtet, haben die beiden Frauen einiges gemeinsam. Jede ist eine Bürgerliche, die den zweiten Sohn eines Monarchen geheiratet und den Titel der Herzogin von York erworben hat; jede ist die Mutter zweier Töchter. Beide sind freundliche, liebenswürdige, willensstarke Frauen, die im Rampenlicht aufblühen; und beide flirten gern, beide lieben es, wenn sie im Mittelpunkt männlicher Aufmerksamkeit stehen. Die Herzogin bevorzugt junge Heterosexuelle, während sich die Königinmutter lieber mit älteren Homosexuellen umgibt, die sie »mein Strickkränzchen« oder die »Queen's Queens« nennt. Dieser Clique ist sie so zugetan, daß sie einmal in die Teeküche von Clarence House rauschte und rief: »Wenn ihr alten Queens mal aufhören könntet zu tratschen, diese alte Queen braucht einen Drink.«

Die sechzig Lebensjahre, die Sarah von der Königinmutter trennen, erklären die Unterschiede – die ältere Frau ist traditionsbewußt, die jüngere modern eingestellt. Während die ältere den hohen Preis akzeptierte, den ein Mitglied der königlichen Familie zahlen mußte, weigerte sich die jüngere, dieses Opfer zu bringen. Deshalb wird die Königinwitwe als königliche Hoheit verehrt, die sich eine gewisse bürgerliche Aura erhalten hat. Hingegen ist die junge Herzogin schlicht und einfach eine Bürgerliche geblieben.

Nachdem der Butler seiner Herrin den Artikel über Cannes vorgelesen hatte, reichte er ihr die Zeitung. Aber sie winkte angewidert ab. »So unverfroren war nicht einmal Wallis in ihren schlimmsten Zeiten«, verkündete sie, um ihre Erzfeindin zu erwähnen, die Herzogin von Windsor. Dann ließ sie sich noch einen Gin Tonic servieren, griff zum Telefon und rief ihre Tochter an, die Königin.

»Das war Fergies Todeskuß«, bemerkte ein Dienstbote im Clarence House.

Sarah hatte bereits die meisten ihrer Vergünstigungen eingebüßt – die königlichen Leibwächter, das königliche Gefolge, die königlichen Verpflichtungen, die königlichen Einladungen. Der postalischen Privilegien beraubt, durfte sie ihre Briefe nicht mehr unfrankiert verschicken. Man erlaubte ihr nicht mehr, ihren Ehemann und die Kinder zu Ostern nach Windsor Castle zu begleiten. Aber es mißfiel der Queen, daß sie Fergie ausschließen mußte. »Andrew fährt hin«, erklärte Sarah ihrem Vater. »Ich begleite ihn nicht. Offensichtlich will die Königin mich einladen. Aber die restliche Familie ist dagegen.«

Sie verlor auch ihren Platz in der Königsloge von Wimbledon, und man entfernte ihr lebensgroßes Ebenbild aus Madame Tussauds Wachsfigurenkabinett. In Ascot verwehrte man ihr den Zutritt, und sie sah erbärmlich aus, als sie am Straßenrand stand, die Hände ihrer Kinder umklammerte und der Königin zuwinkte, die in ihrer Kutsche vorbeifuhr. Ohne die fortgesetzte Toleranz Ihrer Majestät würde die Herzogin auch den letzten Rest ihrer Position in der britischen Gesellschaft verlieren. Und ohne die Hilfe der gutmütigen Königinmutter hatte sie keine Chance, das Wohlwollen der Königin zurückzugewinnen.

Vom Palast geächtet, begann die Herzogin zu verzweifeln. In ihrem Unglück wandte sie sich an einen Psychiater. Aber da sie neuerdings auf den Schutz der königlichen Leibwächter verzichten mußte, besaß sie keine Privatsphäre mehr, und so erfuhr die Öffentlichkeit von der psychiatrischen Behandlung. Ein Fotoreporter folgte ihr zur psychiatrischen Klinik und knipste sie, als sie das Gebäude betrat und wieder verließ.

»Es war schrecklich«, jammerte Fergie. »Nun kann ich nur mehr den Allmächtigen anflehen, mir beizustehen.«

Mit ihren vierundneunzig Jahren war die Königinmutter zu weise, um ihre Zeit an die Herzogin zu verschwenden. Damals sagte sie sich, Sarah sei nur mehr ein Telefonat wert. Nachdem die Königinmutter mit Ihrer Majestät gesprochen hatte, glaubte sie, nun sei die Familie diese lästige junge Frau endlich losgeworden, die den Hof auch noch in Verlegenheit brachte, weil sie sich dreimal einem Aidstest unterzog.

Natürlich wußte die Königinmutter, daß man immer noch das unangenehme Problem der 4,5 Millionen Mark lösen mußte, die Sarah bei der Scheidung verlangen würde. Aber dabei ging es nur um Geld. Sobald es bezahlt war, würde die Herzogin von York nur mehr eine rothaarige Fußnote in der englischen Geschichte sein. Von solchen Bagatellen ließ sich die Königinmutter nicht aus der Fassung bringen. Als stärkster Stützpfeiler in der Mitte des großen Zelts konzentrierte sie sich auf das wesentliche Ereignis und schonte ihre schwindenden Kräfte für die Hauptattraktion im Zirkus.

19

DER ACHTUNDSECHZIG JAHRE alte Earl Spencer litt an einer Lungenentzündung und lag im Krankenhaus. Bevor Diana in die Schweiz reiste, wo sie einen Skiurlaub verbringen wollte, besuchte sie ihn. Sie hatte monatelang nicht mit ihrem Vater gesprochen. Nun ging sie mit ihren Söhnen zu ihm, deren Gegenwart die Atmosphäre entspannen sollte.

Unglücklicherweise redete keines seiner anderen Kinder damals mit ihm – kurz vor seinem Tod. »Ich bedaure zutiefst, daß niemand bei ihm war, als er starb«, sagte sein Sohn Charles. Die Kinder hatten wegen der Renovierung von Althorp gestritten und ihren Vater und die Stiefmutter, die 5,4 Millionen Mark dafür ausgeben wollten, öffentlich kritisiert. Sie beschuldigten den Earl und seine Frau, den Familiennamen und das Erbe zu verhökern, inklusive der elf Van-Dyke-Gemälde, um den halbverfallenen Landsitz »aufzumotzen«, wie Diana die Restaurierung von Althorp nannte. Am meisten ärgerte sie sich, als sie erfuhr, ihr Vater habe Vermarktungsrechte an Japaner verkauft, die ihr Brautkleid kopieren wollten. Sie erklärte ihren Freunden, sie sei »angewidert«. Außerdem betonte sie, das »geschmacklose« Interieur, das ihre Stiefmutter bevorzuge, und die »krasse« Profitgier ihres Vaters seien ihr peinlich. Dann begann die Familie ihre Fehde auf den Titelseiten der Zeitungen auszutragen.

Der Earl, seiner zweiten Frau treu ergeben, warf seinen Kindern vor, sie würden die Bemühungen ihrer Stiefmutter verunglimpfen, Althorp in ein gewinnbringendes Unternehmen umzufunktionieren. Vor allem Diana wurde angeprangert. »Ich gab ihr verdammt viel Geld – zwischen 1,2 und 2,3 Millionen Mark, die sie für Harry investieren sollte«, erzählte er und enthüllte Dianas Sorge um die Zukunft ihres zweitgeborenen Sohnes. Dem erstgeborenen, der später den Titel des Prinzen von Wales tragen und eventuell den Thron besteigen würde, stand ein enormes Vermögen zu. Aber nicht Harry.

»Diana versteht nichts von Geld«, erklärte ihr Vater. »Damit hat sie keine Erfahrung, sie ist zu jung.« Alle seine Kinder bezichtigte er der »finanziellen Unreife« und behauptete, sie seien verwöhnt und »undankbar« und würden nicht begreifen, welche Probleme die Verwaltung eines großen Landsitzes* mit sich brachte. Bald darauf weigerten sich die Kinder, Althorp zu besuchen und mit ihrem Vater zu sprechen.

Wenige Minuten, nachdem Diana am Sonntag, dem 29. März 1992, von seinem Tod erfahren hatte, stürmte ihre Zofe in das Ankleidezimmer in dem Schweizer Skihotel und packte das schwarze Kleid, den schwarzen Hut und die schwarzen Schuhe aus, die alle königlichen Hoheiten auf ihren Reisen mitnehmen, um für eventuelle Todesfälle gerüstet zu sein. Diana beabsichtigte, allein nach Hause zurückzukehren, aber ihr Mann wollte sie begleiten. »Jetzt ist es zu spät, um zu heucheln«, protestierte sie sarkastisch. Es wäre nicht akzeptabel, wenn sie allein nach England reisen würde, und das wußte er. Doch sie bestand darauf, daß er bei den Kindern blieb und

---

* Die Prophezeiungen des verstorbenen Earl Spencer trafen zu. Nach seinem Tod bemühte sich sein Sohn, Althorp zu verwalten, ein 6 000 Hektar großes Landgut, dessen Wert auf 200 Millionen Mark geschätzt wurde. Vier Jahre später übergab er es einem Manager, der es für Firmentagungen vermietete für 8000 Mark pro Tag. Der junge Earl übersiedelte mit seiner Frau und den vier Kindern nach Südafrika. Später trennte er sich von seiner Frau, blieb aber dort. Wie sein Vater beutete auch er den Namen Spencer gewinnbringend aus. 1996 ließ er einige Ehrentitel der Familie versteigern, um neue Wasserleitungen zu bezahlen.

mit ihnen Ski fuhr. Er sollte den Tod ihres Vaters nicht benutzen, um den liebevollen Ehemann zu mimen.

Der Privatsekretär des Prinzen erkannte die Hintergründe der Meinungsverschiedenheit und verständigte den Privatsekretär der Königin. Erst als Ihre Majestät intervenierte und Diana anrief, erklärte sich die Prinzessin bereit, gemeinsam mit ihrem Mann heimzukehren. Am nächsten Tag stieg sie aus dem Flugzeug, sichtlich verzweifelt, die Augen rotgeweint.

»Wegen der Bestattung gab es zahlreiche Differenzen«, berichtete ein Verwandter, der sich schmerzlich an die irreführende Schlagzeile der *Times* erinnerte: »Earl Spencer wird in Frieden mit seiner Familie ruhen.« In Wirklichkeit folgten die Antipathien dem Earl bis ins Grab. Erbitterte Streitigkeiten mit dem Vater hatten Johnny Spencer gezwungen, den Familiensitz zu verlassen, und er kehrte erst nach dem Tod des alten Earls zurück. Johnny wiederholte die feindseligen Gefühle in der Beziehung zu seinem eigenen Sohn Charles, der ihm zum Zeitpunkt seines Todes fremd geworden war.

Die Spencer-Kinder akzeptierten die Feindschaft als Teil ihres Schicksals. Während sie aufwuchsen, beobachteten sie, wie ihr Vater *seinen* Vater ablehnte und die Mutter *ihre* Mutter. Außerdem erlebten sie viele heftige Streitigkeiten zwischen den Eltern mit. Auch nach der Scheidung ging der Zwist weiter. Obwohl beide wieder heirateten, kämpften sie um die Aufmerksamkeit und Zuneigung der Kinder und überschütteten sie mit teuren Geschenken. »Auf diese Weise wird man materialistisch«, gab der neue Earl zu.

In seiner Grabrede auf Earl Spencer, Lord St. John of Fawsley, versuchte er die Familienfehde herunterzuspielen. »Die Vögel zanken und picken in ihren Nestern, selbst in den goldenen.« Dann versicherte er der Trauergemeinde in der kleinen Dorfkirche in Northamptonshire, Earl Spencer habe seine ganze Familie geliebt, besonders die Prinzessin von Wales.

Dianas Kranz wurde an auffälliger Stelle vor den Eichensarg gelegt, mit einer Karte, die sie eigenhändig beschrieben hatte:

»Ich vermisse Dich schrecklich, Darling Daddy, und ich werde Dich immer lieben ... Diana.« Hinter dem Sarg, kaum sichtbar, lag das Blumengebinde des Prinzen von Wales, »In liebevollem Gedenken«.

Vor der Presse zeigten sich die vier Spencer-Kinder im besten Einvernehmen mit ihrer Stiefmutter. Einmal berührte Diana sogar mitfühlend den Arm der Witwe. »Der Anblick (dieser Geste) ... machte mich krank«, sagte Sue Ingram, die siebzehn Jahre lang für Raine Spencer gearbeitet hatte. Vom jungen Earl nach dem Begräbnis gefeuert, erinnerte sich die Assistentin an die Ereignisse hinter den Kulissen.

Achtundvierzig Stunden nach dem Begräbnis war Raine aus Althorp ausgezogen, um dem Erben Platz zu machen. Etwas später beauftragte sie ihre Zofe, die Kleider zu holen. Die Frau packte zwei Louis-Vuitton-Koffer mit dem Spencer-Monogramm S. Inzwischen warteten Diana und ihr Bruder.

Als die Zofe gehen wollte, wurde sie von Diana zurückgehalten. »Was ist da drin? Das sind die Koffer meines Vaters. Sie gehören nicht meiner Stiefmutter.«

Die Zofe erklärte, Raine habe das Gepäck für eine Reise nach Japan anfertigen lassen, denn es sollte zu ihren Koffern mit den Initialen R. S. passen.

Aber Diana befahl ihr, den Inhalt der Vuitton-Koffer in schwarzen Plastikmüllsäcken zu verstauen. Die Zofe gehorchte, die Prinzessin ergriff die Koffer, und der Earl beförderte die Müllsäcke mit einem Fußtritt die Treppe hinab.

Einige Tage später kehrte Raine mit roten Aufklebern zurück, um die Möbelstücke zu markieren, die sie mitnehmen wollte. Da trat ihr der Anwalt ihres Stiefsohns in den Weg und verkündete, sie dürfe keinen einzigen Gegenstand aus Althorp entfernen, solange nicht erwiesen sei, was sie gekauft habe und was nicht.

»Wegen der Organisation des Gedenkgottesdienstes [nach sechs Wochen in Westminster Abbey abgehalten], rief sie den neuen Earl an«, erzählte ihre Assistentin, »und er forderte seinen Anwalt auf, ihr ein Fax zu schicken.« Als die Asche ihres Mannes in der Spencer-Gruft bestattet wurde, lud man Raine nicht zu der Familienzeremonie ein.

Der letzte geschäftliche Vertrag, den Earl Spencer vor seinem Tod unterzeichnet hatte, betraf das Buch »Diana. Ihre wahre Geschichte«. Nachdem der Verlag versichert hatte, das Buch stelle die Familie in günstigem Licht dar, verkaufte er die Abdruckrechte an achtzig Fotos aus privaten Alben. Diesmal erhob Diana keine Einwände.

Sie wünschte sogar, daß die Fotos ein Buch illustrieren würden, welches sie von ihrer Ehe erlösen sollte. Mehrere Monate zuvor hatte sie einigen Freunden erlaubt, mit dem Autor, Andrew Morton, zu sprechen.

Mit der Hilfe ihres Bruders, ihrer besten Freundin, ihres Liebhabers und ihrer Masseurin präsentierte sie ein grausames Märchen: Sie hatte einen Prinzen geküßt. Aber er verwandelte sich in einen Frosch. Seine Liebe zu einer anderen Frau trieb sie zur Bulimie und zu fünf Selbstmordversuchen. Und seine Familie, die Dianas Bestreben, einer tristen Dynastie Leben einzuhauchen, nicht zu schätzen wußte, ließ sie im Stich.

In der *Sunday Times* erschien ein Auszug des Buches. Daß der Text auf der Titelseite der einst respektablen Zeitung gedruckt wurde, untermauerte seine Glaubwürdigkeit, im Gegensatz zum Geschwätz der Boulevardpresse. Und das Einverständnis der Prinzessin von Wales steigerte den Reiz. Der Premierminister, die Parlamentarier und die Press Complaints Commission* fanden die Story reißerisch und schäbig. Und

---

* Die Regierung kann die Arbeit der Journalisten einschränken, weil es in Großbritannien keine gesetzlich verankerte Pressefreiheit gibt. Statt sich dieser Behinderung zu fügen, gründeten die Journalisten 1991 die Press Complaints Commission, um ihren Exzessen selbst vorzubeugen. Dem siebzehnköpfigen Ausschuß gehören die Herausgeber lokaler, regionaler und landesweit verbreiteter Blätter an. Er besitzt keine Macht, um seine Wünsche durchzusetzen, ist aber berechtigt, die Ergebnisse seiner Nachforschungen zu veröffentlichen.

der Erzbischof von Canterbury erklärte, dies würde die Grenzen einer Gesellschaft überschreiten, die behaupte, menschliche Werte zu achten. Harrods weigerte sich, das Buch zu verkaufen. »Unsere Kunden würden nicht erwarten, daß wir ein so skurriles Werk in unser Sortiment aufnehmen«, sagte der Sprecher des Kaufhauses. Und der *Spectator* nannte es »bunten Mischmasch und Schund«.

Trotzdem wurde das Buch ein Bestseller, aber die britische Presse qualifizierte den Verfasser als ehemaligen Boulevardreporter ab, dessen Vater Bilderrahmen hergestellt hatte. Dem snobistischen Kommentar zufolge verschlimmerte der Autor das Mißgeschick seiner proletarischen Herkunft noch, indem er in einem Land, das dem Königtum huldigte, die republikanische Gesinnung vertrat. »Ich fragte Andrew Morton, ob er nicht Gefahr laufe, die goldene Gans zu schlachten, die seine Eier legte«, berichtete Michael Cole, ehemaliger königlicher Korrespondent bei BBC. »Da erwiderte er: ›Nun, die nächsten zwanzig Jahre kann ich sehr gut auf der Asche des Hauses Windsor leben.‹«

Nur zwei der elf überregionalen britischen Zeitungen ignorierten den publizierten Auszug. Der Chefredakteur der *Financial Times* sagte: »Nicht unser Thema.« Und der Chefredakteur des *Daily Telegraph* fand den Text widerwärtig. »Abscheulich«, schrieb er im *Spectator,* um zu erklären, warum er nichts daraus veröffentlichen würde. Der *Telegraph*, manchmal *Torygraph* genannt, ist die Lieblingszeitung der königlichen Familie, und Max Hastings, der Chefredakteur, eng mit Prinz Andrew befreundet. »Wenn man die Sensationsstory über die Wales-Ehe liest«, schrieb Hastings, »kommen einem betrunkene Randalierer wie Gentlemen vor.«

An dem Morgen, an dem der Auszug erschien, tobte der Prinz von Wales. »Ich würde sagen, er war einer Panik nahe«, entsann sich seine Haushälterin in Highgrove. Beim Frühstück las er den Text, den sein Pressesekretär aus London gefaxt hatte. Charles wußte bereits, daß ein von Diana initiiertes Buch veröffentlicht werden sollte. Doch er hatte angenommen, es werde nur ihre guten Werke schildern, mit hübschen Fotos illustriert. Auf diesen Angriff gegen ihn als Mann, Vater und Ehegatten war er nicht vorbereitet.

Nach der Lektüre verließ er den Frühstückstisch und ging in Dianas Zimmer, das Fax in der Hand. Wie Richard III. stellte er seiner Frau die Frage: »Warum speist du mich an?« Später verglich Diana die Konfrontation mit der Szene in »Der Pate«, in der Al Pacino mit Diane Keaton hadert, weil sie ihn demütigt, um der Ehe zu entrinnen. Nicht zum erstenmal verglich Diana die Monarchie mit der Mafia. »Der einzige Unterschied besteht darin«, erklärte sie ihrem Vetter, »daß diese Gangster Kronen tragen.« Wenige Minuten, nachdem Charles aus ihrem Zimmer gestürmt war, verließ sie Highgrove, in Tränen aufgelöst. Obwohl sie bestritten hatte, an dem Buch mitgewirkt zu haben, wußte er es besser.

»Beinahe höre ich, wie sie das alles sagt«, vertraute er seinem Privatsekretär, Richard Aylard, an. »Das sind ganz genau ihre Worte.«

Ein paar Tage später kam Dianas Großmutter, Lady Ruth Fermoy, nach Highgrove, um Charles zu trösten. Er umarmte die gebrechliche dreiundachtzigjährige Frau und lud sie zu einem Spaziergang im Garten ein. »Ruth konnte Diana niemals verzeihen, daß sie die Scheidung veranlaßt hatte«, sagte Lady Fermoys Patenkind. »Ihrer Ansicht nach bereitete Diana der Familie Schande, weil sie nicht verheiratet blieb. Bis kurz vor ihrem Tod wechselte sie kein einziges Wort mit Diana, und wie Ruth mir wenig später erzählte, hatte sie ihr nicht einmal dann den Verrat an der Monarchie vergeben.«

Charles war verblüfft, weil seine Frau es wagte, das königliche Gesetz des Schweigens zu brechen und seine Geliebte zu entlarven. Und Diana ging sogar noch weiter, indem sie Camilla den »Rottweiler« nannte, einen Killerhund, der seine Zähne in die Wales-Ehe gegraben hatte und nicht mehr losließ. Joan Collins, der Fernsehstar, verkündete, sie würde gern eine

Hauptrolle in einem Fernseh-Special über die königliche Seifenoper spielen: »Ich könnte Camilla Parker-Bowles darstellen. Dafür würde ich mich sogar verunstalten lassen.« Die unfreundliche Presse nannte Camilla »häßlich« und meinte, sie sehe »wie ein Pferd« aus. Und der *Scottish Harold* höhnte: »Sie raucht, sie reißt Witze, und sie ist imstande, sich fürs Dinner anzuziehen, nachdem sie einen Tag im Sattel verbracht hat, ohne zu baden.« Die Enthüllung, sie sei schon jahrelang die Geliebte des Prinzen von Wales, erzürnte die Öffentlichkeit dermaßen, daß sie von erbosten Leuten mit Brötchen beworfen wurde, als sie einkaufen ging.

Bisher hatte Charles die Attacken seiner Frau gegen seine Geliebte als unreife Eifersucht abgetan. Er verstand weder Dianas Verzweiflung noch ihre Rachsucht, und er erwartete, daß sie ihre lieblose Ehe akzeptieren würde, weil sie das Privileg genoß, den Titel der Prinzessin von Wales zu tragen. Nun war er bestürzt über ihren Angriff und fühlte sich von dem Buch verunglimpft, das ihn als Monstrum hinstellte. Hastig eilte ihm der Hof zu Hilfe.

Sir Robert Fellowes rief Diana an, bevor sie Highgrove verließ. »Ich muß wissen, in welchem Ausmaß du daran beteiligt warst«, sagte er streng. Seine Ehe mit ihrer Schwester Jane hatte die familiären Beziehungen gelegentlich belastet. Schluchzend versicherte Diana, sie habe den Autor nie gesehen und ihm auch kein Interview gegeben. Ihre bebende Stimme überzeugte ihren Schwager, und er merkte nicht, daß sie einfach nur wegen des Aufruhrs, den sie verursacht hatte, in Panik geraten war.

Aber ihre Verwirrung währte nicht lange. Später verriet sie einem ihrer Astrologen, sie bereue ihre Mitwirkung an dem Buch nicht, denn ihr Mann habe es nicht verdient, durch ihr Stillschweigen geschützt zu werden. Schon gar nicht, weil er der Prinz von Wales war. »Er müßte dem Volk als Vorbild dienen«, meinte sie. »Immerhin soll er der gottverdammte Verteidiger des Glaubens werden.« Nach elfjähriger Ehe hatte sie beschlossen, die Öffentlichkeit über seine Untreue zu informieren. Der Schriftsteller Robert Louis Stevenson hatte einmal gewarnt, wenn man heirate, lade man »freiwillig einen Zeugen in sein Leben ein ... und kann das geistige Auge nicht länger vor den unangenehmen Passagen verschließen, sondern muß aufstehen und seine Handlungsweise rechtfertigen«. Dagegen sträubte sich Charles. Diana war dazu bereit. Aber sogar sie war verwirrt angesichts des Tumults, den sie entfesselt hatte.

Sie erschrak über die vielen Einzelheiten, die in dem Buch erwähnt wurden. Und sie fühlte sich von ihrem Bruder verraten, der sie als Lügnerin bezeichnet hatte. »Es falle ihr schwer, »die Wahrheit zu erzählen«, erklärte er, »weil sie die Dinge gern ausschmückt. Eines Tages bremste die Frau des Vikars das Schulauto und sagte: ›Diana Spencer, wenn du mir noch mal so was erzählst, mußt du zu Fuß nach Hause gehen.‹« Dann erwähnte er eines ihrer Zeugnisse, in dem gestanden hatte: »Diana Spencer ist das intriganteste kleine Mädchen, das ich je gekannt habe.«

Außerdem ärgerte sie sich über James Gilbeys Bemerkungen, die in dem Buch zitiert wurden, und sie fand, er habe sie als selbstmordgefährdete Irre hingestellt. Sie wußte, daß Gilbey sich mit ihrer Einwilligung geäußert hatte und daß ihm ihr Wohl am Herzen lag. Trotzdem war sie enttäuscht über das jämmerliche Bild, das er von ihr gezeichnet hatte. Nach der Veröffentlichung brach sie den Kontakt zu ihm ab.

Dianas Beteuerung, sie habe nichts mit dem Buch zu tun, veranlaßte den Privatsekretär der Königin, diverse Proteste der Press Complaints Commission zurückzuweisen. Außerdem setzte er eine öffentliche Erklärung für sie auf, in der die »ungeheuerliche« Behauptung bestritten wurde, sie habe an dem Werk mitgewirkt. Er betonte, nur mit einer solchen Erklärung könne sie die Leute überzeugen. Nach allem, was sie im vergangenen Jahr gelesen und gesehen hatten, seien sie bereit, das Schlimmste zu glauben.

Einige Monate zuvor war Prinz William versehentlich von einem Golfschläger am Kopf getroffen worden. Wegen eines Schädelbruchs hatte man ihn sofort operieren müssen. Diana saß im Restaurant San Lorenzo, als sie die Nachricht erhielt, eilte an die Seite ihres Sohnes und verbrachte zwei Nächte im Krankenhaus, bis er entlassen wurde. Nach der Operation besuchte Charles ihn für ein paar Minuten. Ansonsten änderte er seinen Terminplan nicht. Er sagte, er müsse eine »Tosca«-Aufführung besuchen. Die Presse war entsetzt. »Was für ein Vater sind Sie?« schrie eine *Sun*-Schlagzeile. Im *Daily Express* fragte Jean Rook: »Welcher Vater eines achtjährigen Jungen, der beinahe von einem Golfschläger umgebracht wurde, verläßt die Klinik und geht in die Oper, ohne über die Genesung seines Sohnes Gewißheit zu haben?«

Charles gab Diana die Schuld daran, daß man ihn für einen hartherzigen Vater hielt. Trotzdem war er etwas zerknirscht und ließ sich ein paar Wochen später mit seinen Söhnen beim Radfahren fotografieren. Aber Diana verriet der Presse, vierundzwanzig Stunden später habe er die beiden verlassen, um sich ein Polospiel anzusehen. Jean Rook warf ihm vor, er behandele seine Söhne wie »wohlgenährte Haustiere, die ihren Platz in der Welt ihres egoistischen Vaters kennen. Sicher muß es William und Harry verletzen, ihren Vater öfter im Fernsehen zu sehen als lebendig vor sich.«

Damals erschien ein Foto von Charles, der mit seinen Söhnen in Sandringham zur Kirche ging. Als jemand in der Reporterschar fragte, wo die Prinzessin sei, antwortete er mit einem gequälten Lächeln: »Heute ist sie nicht hier, also können Sie sich Ihr Geld zurückgeben lassen.«

Andere Fotos wiesen ebenfalls auf eine Verstimmung zwischen den Eheleuten hin. Während einer Indienreise sah man Diana ganz allein vor dem Taj Mahal sitzen. Dieses traurige Bild (einige Reporter behaupten, Diana habe es lanciert) erinnerte an Prinz Charles' Besuch in Indien vor seiner Hochzeit. Damals hatte er versprochen, seine Braut zu dem Tempel aus dem 17. Jahrhundert zu führen, dem weltberühmten Monument ewiger Liebe. Aber als Diana ihn 1992 auf einer viertägigen Reise begleitete, sprachen sie nicht miteinander. Sie kamen in zwei Flugzeugen nach Indien, er von Oman aus, sie aus London. Und sie gingen getrennte Wege. In Neu-Delhi bewohnten sie getrennte Suiten in verschiedenen Etagen und verständigten sich durch ihr Personal. Nur vor den Kameras lächelten sie.

Ein anderes Foto zeigte Diana vor den Pyramiden – wieder allein. Sie hatte verlauten lassen, während ihrer offiziellen Reise nach Ägypten verbringe ihr Mann mit seiner Geliebten einen Urlaub in der Türkei. Weitere Bilder folgten – Charles spielte Polo, als Diana Leprakolonien besuchte; Charles ging in Sandringham auf Vogeljagd, während Diana Krebspatienten in Liverpool tröstete; Charles feierte eine Party mit dem Sultan von Brunei, dem reichsten Mann der Welt, und Diana sprach unterdessen mit Mutter Teresa, die armen Menschen beistand.

Obwohl der Hof versuchte, die Veröffentlichung solcher Fotos zu unterbinden, die den beklagenswerten Zustand der Ehe dokumentierten, tauchten immer neue auf – wie Kröten aus einem Sumpf. Constable Andrew Jacques, Wachtposten auf Highgrove, enthüllte, daß der Prinz und die Prinzessin ein getrenntes Leben führten – worauf der Hof die Story eine Erfindung der Boulevardpresse nannte. Doch der Constable, der seit vier Jahren auf Highgrove arbeitete, blieb bei seiner Behauptung. »Sie sehen sich nur zu den Mahlzeiten, die meistens mit einem weithin hörbaren Streit enden.« Außerdem verriet er, Prinz Charles schlafe allein (an seiner Seite den Teddybär aus seiner Kinderzeit) und die Prinzessin im Herrschaftsschlafgemach. »Niemals lächeln oder lachen sie, nichts unternehmen sie gemeinsam ... In vier Jahren beobachtete ich nur ein einziges Mal, wie er ihr einen Abschiedskuß gab. Flüchtig berührten seine Lippen ihre Wange.« Erwartungsgemäß forderte die Establishment-Presse den Hofexperten

Harald Brooks-Baker auf, die Aussagen des Constables zu kommentieren. Und der Royalist, in Amerika geboren, erfüllte wie üblich den Wunsch. »Obwohl diese Ehe unentwegt von Reportern belästigt wird, ist sie unzerstörbar«, erklärte er der *New York Times*. »Die Presse bauschte die Tatsache auf, daß sie letzten Monat, am dreißigsten Geburtstag der Prinzessin, getrennt waren. Aber das folgende Wochenende verbrachte sie mit ihrem Mann, eine Geburtstagstorte stand auf dem Tisch, und der Prinz schenkte ihr ein reizendes Armband. Das wurde kaum erwähnt.«

Die ehemalige Haushälterin von Highgrove verriet, das Geschenk des Prinzen sei eine Imitation gewesen. Während ihrer Dienstzeit führte sie ein Tagebuch und notierte, Diana sei in Tränen ausgebrochen, als sie dies herausgefunden habe. An den Trost teurer Geschenke gewöhnt, war sie verzweifelt, weil ihr Mann seiner Geliebten ein Diamanthalsband geschenkt hatte und seiner Frau nur Modeschmuck. Die Haushälterin zitierte Diana: »Ich will seine verdammten falschen Juwelen nicht haben. Eigentlich dachte ich, untreue Ehemänner würden sich bemühen, ihre Frauen mit echtem Schmuck zu beruhigen, und das billige Zeug für ihre Flittchen aufsparen.«

Charles erbot sich, an ihrem dreißigsten Geburtstag einen Ball zu geben. Aber Diana wollte nicht mit ihm feiern. Deshalb lehnte sie das Angebot ab und arrangierte eine Privatfeier mit ihrem Liebhaber, James Hewitt, der kürzlich aus dem Golfkrieg zurückgekehrt war. Verärgert über die Beschuldigung der Presse, der Prinz vernachlässige seine Frau an ihrem Geburtstag, beauftragte er einen Freund, Nigel Dempster anzurufen und den Irrtum richtigzustellen. Der Klatschkolumnist revanchierte sich für die Information mit einer Titelgeschichte in der *Daily Mail* über die liebevolle Geste des Prinzen. Am nächsten Tag erklärte eine Freundin Dianas der *Sun*, der Prinzessin habe es widerstrebt, die »steifen Freunde« ihres Mannes auf einem großen Ball zu empfangen.

Bestürzt über dieses Pressegefecht, stellte Prinzessin Anne ihre Schwägerin zur Rede und warf ihr vor, sie verwandele ihre Ehe in ein Medienspektakel. »Bevor du zu uns kamst, gab es kaum undichte Stellen«, sagte die Prinzessin. »Jetzt ist das ganze Schiff leck. Kein Wunder, daß es sinkt.«

Wortlos starrte Diana sie an. Aber Anne zuckte mit keiner Wimper.

»An deiner Stelle würde ich nicht so viele Geschichten erzählen«, warnte sie. »Du könntest es eines Tages bereuen.«

Nach diesem Tadel glaubte Diana, die gesamte königliche Familie würde sich gegen sie stellen. Deshalb beschloß sie, mit Andrew Morton zusammenzuarbeiten, und erlaubte ihren Freunden, mit ihm über ihre unglückliche Ehe zu sprechen. »Tut, was ihr für richtig haltet«, wies sie ihre Freunde an, wenn sie wegen des Buches anriefen. Aber sie verhinderte, daß der Autor über ihre Affäre mit James Hewitt informiert wurde.

Ein paar Monate später konnte sie ihre Kooperation nicht mehr leugnen. Als Robert Fellowes anrief und ihr die Presseerklärung vorlas, die er für sie aufgesetzt hatte, verweigerte sie ihre Einwilligung. Kategorisch verlangte er, sie solle das Buch öffentlich mißbilligen. Aber sie entgegnete: »Für die Aussagen meiner Freunde bin ich nicht verantwortlich.«

Während der Redakteur der *Sunday Times* auf die Reaktion der Prinzessin wartete, wurde er nervös. »Wir dachten, sie würde unter dem Druck zusammenbrechen«, erinnerte sich Andrew Neil. »Und wir wären nicht überrascht gewesen, wenn sie damals Selbstmord begangen hätte. Sie war so labil. Ursprünglich glaubte ich nicht an das Buch. Keine Minute lang. Die Prinzessin von Wales litt an Bulimie, übergab sich in Toiletten und versuchte sich umzubringen? Unmöglich. Aber da nahm ich Andrew Morton ins Verhör, ließ mir die Namen seiner Informanten geben und interviewte sie alle, unabhängig voneinander. Nachdem ich mich vergewissert hatte, daß dieses Buch den Tatsachen entsprach, beschloß ich, den Auszug zu veröffentlichen – vorausgesetzt, die beiden wichtigsten Informanten, Carolyn Bartholomew und James Gilbey, würden mir schriftlich bestätigen, daß sie die Wahrheit gesagt hatten.«

Der sensationelle Auszug aus dem Buch erschien am Morgen des 7. Juni 1992. Am Nachmittag lud die Königin Camilla Parker-Bowles und deren Ehemann nach Windsor ein, wo sie gemeinsam mit der königlichen Familie in der herrschaftlichen Loge ein Polospiel ansahen. Diana betrachtete diese Geste als einen weiteren Affront und zweifelte am Feingefühl der Königin. »Wenn sie mir helfen will, meine Ehe zu retten – warum benimmt sie sich dann nicht wie eine anständige Schwiegermutter?«

Am nächsten Tag verkündete der Redakteur des *Sunday Telegraph,* der Redakteur der *Sunday Times* sei ein Klatschmaul, das man auspeitschen müsse. Andrew Neil veröffentlichte James Gilbeys Erklärung: »Ich kann bestätigen, daß die Prinzessin ihre Selbstmordversuche mehrmals mit mir erörtert hat, ebenso mit anderen engen Freunden.«

Der Redakteur der *Sunday Times* prophezeite, die Monarchie würde zerbröckeln, falls ihn weitere Aristokraten anriefen, so wie Alan Clark, ein Tory-Politiker. »Eine Schande, aber kein großer Verlust«, meinte Clark. »Die königliche Familie ist ja nur eine Bande blaßgesichtiger Deutscher.«

Nun stellte eine Lawine von Zeitungsberichten, Leitartikeln und Fernsehkommentaren in Frage, was man stets für unangreifbar gehalten hatte – die Zukunft der Monarchie. Brauchte Großbritannien wirklich eine königliche Familie? Man zweifelte sogar am Pflichtgefühl der Königin, die ihren Hunden und Pferden mehr Aufmerksamkeit schenkte als ihren Kindern. Bei Meinungsumfragen, vor allem unter Amerikanerinnen, stieß die Prinzessin auf überwältigende Unterstützung. Das Wochenmagazin *People,* mit 20 Millionen überwiegend weiblichen Lesern, hatte Dianas Bild in sechzehn Jahren einundvierzigmal auf der Titelseite veröffentlicht; und die Ausgabe, die einen Auszug aus Mortons Buch publizierte, war eindeutig der Bestseller in der Geschichte der Zeitschrift. Die amerikanische Schriftstellerin Camille Paglia erklärte die Prinzessin zu einer Ikone des 20. Jahrhunderts: »Vielleicht ist Diana das einflußreichste Idol in der heutigen Weltpopkultur geworden.« Frustrierte Assistenten im Pressebüro des Buckingham-Palastes bemühten sich, höflich zu bleiben. Anfangs hatten sie das Buch einstimmig gebrandmarkt: »Haarsträubend, verantwortungslos.« Nun gaben sie klein bei. »Derzeit haben wir keinen Kommentar abzugeben.« Der Tonfall verschärfte sich, so als könnte man so weitere Fragen abwehren.

Während sich das Pressebüro bemühte, das Interesse an der außerehelichen Affäre des Prinzen von Wales abzuschwächen, tauchte eine interne Aktennotiz auf und bekundete, welches Verhalten die Königin von ihrem Personal erwartete. Der Verwalter von Balmoral brachte eine »sanfte Ermahnung« in Umlauf, gerichtet an alle Angestellten, die illegale Liebesbeziehungen hatten, und drohte ihnen mit Entlassung aus den Diensten Ihrer Majestät. »Wenn Sie in Sünde leben«, warnte er, »könnten Sie Ihr Heim verlieren.« Der Hof versuchte sich davon zu distanzieren. »Was da oben geschieht, ist rein privater Natur«, erklärte ein Mitarbeiter des Pressebüros. Aber Diana bemerkte, die Königin sollte besser ihrem Sohn eine solche »sanfte Ermahnung« schicken. Obwohl sie in privaten Kreisen sehr viel über Mortons Buch zu sagen hatte, schwieg sie in der Öffentlichkeit. Während der Redakteur der *Sunday Times* vergeblich auf eine Reaktion der Prinzessin wartete, begann er sich Sorgen zu machen. »Ich wußte nicht, wie ich unsere Glaubwürdigkeit wiederherstellen sollte«, gestand Andrew Neil. Wenige Stunden später wurde er von einer anonymen Anruferin gerettet. Sie verriet der Press Association, der nationalen Nachrichtenagentur Englands, die Prinzessin von Wales besuche Carolyn Bartholomew. Ein Foto von Diana, die ihre Freundin umarmte – eine wichtige Informantin Andrew Mortons –, strafte alle Skeptiker Lügen.

Als das Foto erschien, erkannte Sir Robert Fellowes, daß Diana ihn getäuscht hatte. Da er der Königin fälschlicherweise versichert hatte, ihre Schwiegertochter habe nichts mit dem Buch zu tun, reichte er nun seine Kündigung ein, die von Ihrer Majestät nicht angenommen wurde. Am 15. Juni 1992 beorderte sie Charles und Diana nach Windsor zu einer Familienkonferenz. Um ihren Selbsterhaltungstrieb zu befriedigen, bestand sie auf einer öffentlichen Demonstration ehelichen Einvernehmens zwischen den beiden, die beim Royal-Ascot-Rennen beginnen sollte. Ihr Ehemann protestierte. »Wozu die verdammte Heuchelei?« fauchte er. »Bringen wir's hinter uns.« Aber die Königin war wenige Tage zuvor Menschenmengen begegnet, die Diana zugejubelt und Plakate geschwenkt hatten: »Diana, wir lieben dich« und »Gott segne die Prinzessin von Wales«. Deshalb wußte die Königin, wie erbittert das Volk zürnen würde, wenn Diana bei der traditionellen Ascot-Prozession nicht in der königlichen Familienkutsche säße. Sie betonte, man dürfe die Leute nicht enttäuschen, und wandte sich zu Diana. »Das verstehst du doch?«

Damals wagte Diana noch nicht, der Königin in aller Offenheit zu trotzen, und so gehorchte sie. »Ich kenne meine Pflicht«, antwortete sie und senkte den Blick. Sobald die Zuschauer sie in der Kutsche der Königinmutter sitzen sahen, hinter dem Wagen der Königin und des Prinzen von Wales, schrien sie wie verrückt. Die zweite Karosse erhielt viel lebhafteren Beifall als die erste, und der Herzog von Edinburgh runzelte die Stirn.

»An jenem Tag brüskierte er Diana demonstrativ«, berichtete der Reporter James Whitaker. »Als sie die königliche Loge betrat, wandte Philip sich ab und sprach nicht mit ihr. Unbeachtet saß sie da, während er seine Nase ins Programm steckte. Er hob nicht einmal den Kopf, nahm ihre Anwesenheit einfach nicht zur Kenntnis. Doch das schien sie nicht sonderlich zu stören.«

Auf den Affront hingewiesen, zuckte sie nur die Achseln und erwiderte: »Der Mann besitzt die Herzenswärme einer Schneeflocke.« Die jubelnde Menschenmenge hatte sie ein wenig aufgemuntert. Doch ihre Freude verflog ebenso schnell wie ihr Selbstvertrauen.

Bei der Konferenz im Windsor Castle hatte die Königin gefragt, was Diana wünsche. »Eine legale Trennung«, lautete die Antwort. Statt dessen empfahl Ihre Majestät eine Denkpause. »In sechs Monaten reden wir noch einmal über das Thema«, schlug sie vor und fügte hinzu, sie erwarte, das Paar würde die seit langem geplante gemeinsame Reise nach Südkorea antreten. Die beiden stimmten zu, aber der Trip entwikkelte sich zur PR-Katastrophe. Diplomatische Depeschen bezeugten eine fast ebenso starke Spannung zwischen Diana und Charles wie zwischen Nord- und Südkorea. Und die Pressefotos bestätigten den Inhalt der streng geheimen Kabel, die zwischen Seoul und London hin und her gingen. Diese Bildern zeigten einen mißmutigen Prinzen und eine grimmige Prinzessin, die einander offensichtlich haßten.

Sobald Elizabeth die Fotos gesehen hatte, rief sie ihren Sohn an. »Charles, das verstehe ich nicht.« Damit wollte sie andeuten, er gebe sich nicht genug Mühe.

»Merkst du nicht, daß sie verrückt ist«, entgegnete er wütend. »Sie ist verrückt!« Ehe seine Mutter antworten konnte, legte er auf.

Nach der Heimkehr erklärte Diana ihren Freunden, sie glaube nicht, daß Charles sich zum König eigne. Früher hatte sie behauptet, sie werde niemals Königin und ihr Mann den Thron ohne sie besteigen. Nun zweifelte sie an seiner Fähigkeit, das hohe Amt auszuüben. Sie sagte, ihre Meinung beruhe auf ihrem Gefühl, und außerdem kenne sie ihren Mann sehr gut. Damit warf sie gewisse Fragen nach Charles' Kompetenzen auf. Man erinnerte sich an einen schüchternen, quengeligen kleinen Jungen. Ist er zu ängstlich, um König zu werden, fragte ein Leitartikel unter der Schlagzeile: »Untreu *und* widerwillig?«

Darauf wollte Charles reagieren, wußte aber nicht, wie er sich verteidigen sollte. Sein eifriger Privatsekretär drängte ihn, mit dem Journalisten Jonathan Dimbleby zusammenzuarbeiten und ein Buch über sein Leben herauszubringen. Also gewährte der Prinz dem angesehenen Reporter ungehinderten Zugang zu seinen privaten Tagebüchern und Briefen. Die Biographie, der ein exklusives Fernsehinterview vorausging, erschien anläßlich des fünfundzwanzigjährigen Jubiläums der Ernennung Charles' zum Prinzen von Wales.

Solche Jubiläen boten der königlichen Familie stets Gelegenheit, sich selbst mit imposanten Paraden und Feuerwerken zu feiern. Aber 1992 sagte die Königin, die nun seit vierzig Jahren auf dem Thron saß*, alle grandiosen Feste ab, stoppte die Aktion zur Geldbeschaffung für den geplanten 5,6-Millionen-Mark-Springbrunnen auf dem Parliament Square und untersagte eine Militärparade. »Auf dieses letzte Jahr werde ich nicht mit ungetrübter Freude zurückblicken«, sagte sie in einer Rede. »Um einen der mitfühlenderen Korrespondenten zu zitieren, es entpuppte sich als *annus horribilis.*« Eine Zeitung betitelte die Rede: »Ein hundsmiserables Jahr«. Und eine andere kritisierte die Königin, weil sie die lateinische Sprache benutzte, um Schmierenkomödien zu bezeichnen, auf die man auch in englisch unmißverständlich hinweisen konnte:

---

* Zum Gedenken an die Thronbesteigung vor vierzig Jahren genehmigte die Königin eine BBC-Fernsehdokumentation, »Elizabeth Regina: Ein Jahr im Leben der Königin.« Der Film konzentrierte sich auf ihre Arbeit als Staatsoberhaupt und zeigte wenig von ihrer Familie. »Der Hof fand es angemessen, dem Volk vor Augen zu führen, was die Königin leistet, und auf ihr enormes Pflichtgefühl hinzuweisen«, meinte der Produzent Edward Mirzoeff. »Wir verrieten absichtlich nichts über ihr Privatleben.« Die *New York Times* bezeichnete den Film als »langweiligsten BBC-Import, seit der Sender im amerikanischen Fernsehen Fuß gefaßt hat«. Aber der Königin gefiel die Dokumentation, und sie schlug den Produzenten zum Ritter.

Januar: Die Urlaubsfotos, die Sarah und Steve Wyatt in Marokko zeigen, werden veröffentlicht. Der Hof bestreitet, daß es in der York-Ehe Probleme gibt.

Februar: Die Prinzessin von Wales wird als unpatriotisch angeprangert, weil sie ihren britischen Jaguar gegen einen deutschen Mercedes tauscht. »Dies ist ein weiteres Beispiel für die Verachtung, die unsere königliche Familie den britischen Arbeitern zeigt«, klagt der Labour-Abgeordnete Dennis Skinner. »Sie leben von den Erträgen des Landes, von den Steuergeldern britischer Arbeiter, und spucken ihnen ins Gesicht.« Von der Königin ermahnt, verzichtet Diana auf den Mercedes – sieben Monate später.

März: Der Hof gibt die Trennung des Herzogs und der Herzogin von York bekannt.

April: Nach dreijähriger Trennung läßt sich Prinzessin Anne von Captain Mark Phillips scheiden. Ein Vaterschaftsprozeß gegen Phillips – von einer neuseeländischen Lehrerin angestrengt, die behauptet, sie habe nach einer gemeinsam verbrachten Nacht ein Kind von ihm empfangen – verläuft im Sand. Ohne die Vaterschaft anzuerkennen, erklärt sich Phillips bereit, der Mutter eine nicht genannte Summe für »Beratungsdienste im Reitwesen« zu zahlen.

Mai: Die Presse berichtet über eine Liebesaffäre zwischen der zweiundvierzigjährigen Prinzessin Anne und dem siebenunddreißigjährigen Commander Timothy Laurence. Das veranlaßt einen Kolumnisten zu dem Ausruf: »Nicht schon wieder, Anne!« Ein anderer warnt: »Lassen Sie die Finger von Ihren Angestellten.« Der Hof dementiert ein Verhältnis der Prinzessin mit ihrem Sekretär. Sieben Monate später heiratet sie ihn in Schottland, wo Scheidungen erlaubt sind. Einige Höflinge finden die Ehe unpassend, nicht weil die königliche Braut geschieden ist, sondern weil der Ur-Ur-Urgroßvater des Bräutigams Jude war. 1826 änderte die Familie Levy ihren Namen in Laurence. Fast zwei Jahrhunderte später beschwört dies immer noch Kommentare herauf. Ein Korrespondent, für die Hofberichterstattung zuständig, schreibt: »Man kann den Gedanken an seine jüdischen Vorfahren nicht verdrängen.«

Juni: Prinz Edward, Königin Elizabeths achtundzwanzigjähriger Sohn, bestreitet erneut, homosexuell zu sein. Dann dementiert er diese Aussage, was die *Washington Post* zu dem Kommentar veranlaßt: »Der jüngste Sohn bekommt bei weitem die beste Presse, wenn man den Windsor-Maßstab anlegt. Dafür braucht er nur jeden zweiten Dienstag in druckreifer Form zu leugnen, daß er eine Frau ist.«

Juli: Dianas Masseur erzählt der Presse, die Prinzessin wolle ihre »von Grund auf verlogene, unglückliche und unbefriedigende« Ehe beenden. »Die Situation muß ein Ende finden«, sagt Stephen Twigg, der seit drei Jahren regelmäßig den Kensington Palace besucht, um die Prinzessin zu massieren, »sonst wird eine Tragödie geschehen.« Einige Stunden später feuert Diana den Therapeuten.

August: Pressefotos zeigen Fergie in Südfrankreich, oben ohne mit John Bryan. Ein paar Tage später veröffentlicht die *Sun* ein aufgezeichnetes Telefonat zwischen Diana und James Gilbey, bei dem sie sich beklagt, die königliche Familie behandle sie schlecht. »Mein Leben ist eine Qual. Eine gräßliche Hölle. Und das nach allem, was ich für diese verdammte Familie getan habe.«

September: Der Hof bestreitet, daß es ein Problem in der Ehe zwischen dem Prinzen und der Prinzessin von Wales gibt.

Oktober: Die Königin wird in Deutschland ausgebuht. Die Dresdner bewerfen ihre Limousine mit Eiern, kurz nachdem die Briten in London eine Statue zum Gedenken an den Luftwaffengeneral Arthur »Bomber« Harris enthüllten, der im Zweiten Weltkrieg das Bombardement von Dresden kommandierte.

»Im November geschah das Schlimmste«, sagte die Königin. Am Freitag morgen, dem 20. November 1992, färbte sich der

Himmel über Windsor Castle von orangeroten Flammen und schwarzen, ätzenden Rauchwolken. Ein Feuer, entstanden in Elizabeths Privatkapelle, drohte zu zerstören, was Samuel Pepys »das romantischste Schloß der Welt« genannt hatte. Statt Alarm zu schlagen, rief das Personal per Haustelefon um Hilfe. Prinz Andrew, der das Wochenende in Windsor verbrachte, beeilte sich, die Schätze seiner Mutter zu retten, und schloß sich der Menschenkette an, die Bilder und Tische und Uhren von Hand zu Hand weiterreichte und in Sicherheit brachte. Die Feuerwehr goß fast sieben Millionen Liter Wasser auf das Gebäude, dennoch brannte es fünfzehn Stunden lang.

»Die Königin ist verzweifelt, völlig verzweifelt«, teilte Andrew dem Fernsehsender CNN mit, kurz nachdem seine Mutter aus London eingetroffen war. »Sie hilft dem Personal, die Sachen aus dem Schloß zu schaffen – die Kunstgegenstände. Seit einer halben Stunde ist sie da.«

Am nächsten Tag traf Charles ein, um den Schaden zu inspizieren. Er nannte den Brand »eine Tragödie« und ging in Sandringham zur Jagd. Die anderen Kinder der Königin, Prinzessin Anne und Prinz Edward, tauchten gar nicht erst auf.

Als die sechsundsechzig Jahre alte Monarchin durch die verkohlten Räume wanderte, sah sie müde und bedrückt aus. Von all ihren königlichen Residenzen mochte sie Windsor Castle, das Symbol ihrer Dynastie, am liebsten. Dort hatte sie während des Zweiten Weltkriegs ihre Kindheit verbracht. Außerdem enthielt das Schloß den Großteil ihrer Kunstschätze, die als wichtigste Privatsammlung der Welt gelten. Dazu gehören Werke von Rembrandt, da Vinci, Holbein, Rubens und Vermeer, außerdem kostbares Porzellan, Wandteppiche, Möbel und die Rüstung Wilhelms des Eroberers.

In ihrem Regenmantel mit Kapuze und Gummistiefeln betrachtete sie das Chaos aus Feuerwehrautos, Schläuchen und Leitern. Es war ihr fünfundvierzigster Hochzeitstag, und ihr Mann hielt sich in Argentinien auf, mit einer anderen Frau.

»Philip reiste mit uns als Präsident des World Wildlife Fund«, berichtete einer seiner Begleiter. »Und während ich mich nicht entsinne, ihn zusammen mit Susan Barrantes gesehen zu haben [wie deren Tochter Sarah Ferguson später behauptete], tauchten Gerüchte über ihn und seine Sekretärin auf... Besonders deutlich erinnere ich mich an die Vorstandssitzung am Morgen nach dem Brand... Wir alle sprachen über den Fernsehbericht, der die Königin und Prinz Andrew zeigte, wie sie die Sachen aus dem Schutt trugen. Philip betrat den Raum [in Buenos Aires] und eröffnete die Sitzung, ohne den Brand, seine Frau oder seinen Sohn zu erwähnen. Wir konnten es kaum glauben. Kein einziges Wort.«

Der Staatssekretär für das nationale britische Erbe erklärte den Brand zur Nationalkatastrophe und brachte das Mitgefühl des ganzen Landes zum Ausdruck. Er versprach der Königin, die Regierung werde das Schloß renovieren lassen. Aber da keine Feuerversicherung bestanden habe, müßten die Steuerzahler etwa 120 Millionen Mark aufbringen. Das Volk trage diese Last voller »Stolz«. Aber England kämpfte gerade mit einer Rezession, und die Untertanen Ihrer Majestät fanden es überhaupt nicht erfreulich, daß sie die Renovierung bezahlten sollten.

»Solange das Schloß steht, gehört es ihnen«, schrieb Janet Daley in der *Times*. »Wenn es niederbrennt, ist es unser Eigentum.«

Der Hof argumentierte, es sei die Pflicht der Regierung gewesen, für die Königin eine Feuerversicherung abzuschließen.

»Für die reichste Frau der Welt?« tönte ein Parlamentarier.

»Sie ist *nicht* die reichste Frau der Welt«, entgegnete ein Hofschranze und verwies auf eine kurz zuvor veröffentlichte Liste der reichsten Frauen, auf der die Königin nur den zehnten Rang einnahm, mit einem Vermögen von etwa 250 Millionen Mark, im Gegensatz zu vorangegangenen Schätzungen auf über 12 Milliarden Mark. Der Hof zog eine Grenze zwischen »Haben« und »Nichthaben«; und für manche ihrer Untertanen besaß Ihre Majestät einfach zuviel. Als das Magazin *Business Age* behauptete, sie sei die reichste Person in Großbritannien, protestierte der Hof bei der Press Complaints Commission. Die Höflinge erklärten, es sei unfair, die königlichen Residenzen, Kunstschätze und Kronjuwelen zum persönlichen Vermögen der Königin zu rechnen. Dem stimmte die Kommission zu und meinte, man müsse die Schätzung von Milliarden auf Millionen senken.

»*Das* wird meine arbeitslosen Mitbürger sicher ungeheuer trösten«, meinte der Parlamentarier.

Das auflagenstärkste Boulevardblatt des Landes, die *News of the World,* bat seine Leser um eine Abstimmung über dieses Thema. Zwei Telefonnummern wurden angegeben. Eine sollte man anrufen, wenn man fand, »wir müßten zahlen«, die andere »wenn sie zahlen sollte«. Die Redaktion registrierte sechzehntausend Anrufe, und fünfzehntausend Leute sagten: »Sie soll zahlen.«

Daraufhin ergriff »sie« profitable Maßnahmen. Wie ein Industriemagnat erkannte sie, daß man Geld machen kann, wenn man sich mit den Zeiten ändert. In ihrem Fall mußte eine Dynastie gerettet werden. Nicht einmal die britische Monarchie konnte in der dünnen Luft zahlloser Privilegien endlos lange überleben. Also ließ sie durch ihren Premierminister verkünden, sie werde künftig Steuern zahlen. Außerdem erklärte sie, die Öffentlichkeit dürfe den Buckingham-Palast zwei Monate pro Jahr besuchen. Die 20 Mark Eintritt sollten für die Renovierung des Buckingham-Palasts verwendet werden. Dazu sollten auch die Einnahmen aus dem Souvenirladen des Palastes beitragen, wo die Touristen Tassen und Untertassen (60 Mark) und Schokolade in Form einer Krone (10 Mark) kaufen konnten.

Trotz der Einwände ihres Mannes war sie bereit, die königliche Jacht *Britannia* 1997 aufzugeben. Um dem Steuerzahler die Kosten einer Überholung zu ersparen, sollte das Schiff außer Dienst gestellt werden.* Zur Bestürzung ihrer Verwandten strich sie die meisten von der öffentlichen Gehaltsliste und ersetzte der Regierung das Geld für alle außer sich selbst, ihre Mutter und ihren Ehemann. Diese Geste brachte den Steuerzahlern etwas mehr als 20 Millionen Mark ein. Aber sie selbst blieb auf der öffentlichen Gehaltsliste und bekam 20 Millionen Mark pro Jahr, ihre Mutter 1,6 Millionen Mark, ihr Mann 900 000 Mark.

1993 gestattete Philip der Journalistin Fiammetta Rocco, im *Independent on Sunday* ein Porträt über ihn zu veröffentlichen, vielleicht, um seinen Wert zu unterstreichen. Sein Büro hatte ihr die Telefonnummern von fünfzig Leuten gegeben. Das interessanteste Gespräch führte sie mit dem Herzog selbst. »Am Tag der *Annus-horribilis*-Rede der Königin traf ich im Palast ein«, erinnerte sich die Reporterin, die ihre Themen vorlegen mußte. »Er hatte sich alle persönlichen Fragen nach seiner Familie – seinen Eltern, seiner Frau und seinen Kindern – verbeten. Nur bestimmte Themen sollten erörtert werden. Ich durfte nicht nach der kirchlichen Ordination von Frauen fragen, dafür redete er endlos über den World Wildlife Fund.«

Während des Interviews wich die Reporterin ein wenig von ihrem Programm ab und meinte, Philip scheine von vielen Mythen umgeben zu werden. Das gefiel ihm, und so fuhr sie fort: »Einer dieser Mythen besagt, es habe viele Geliebte in Ihrem Leben gegeben.«

Ärgerlich runzelte er die Stirn. »Haben Sie jemals bedacht, daß ich in diesen letzten vierzig Jahren keinen Schritt ohne

---

* Sechs Monate, bevor die *Britannia* außer Dienst gestellt werden sollte, kündigte der Verteidigungsminister an, im Jahr 2002, zum goldenen Jubiläum der Königin, solle ein neues 160-Millionen-Mark-Schiff gebaut werden. »Die *Britannia* ist ein Symbol der Krone, des Königreichs und seiner maritimen Traditionen«, sagte er, »und die Nation sollte sie bezahlen.«

Polizei-Eskorte tun konnte? Wie zum Teufel sollte ich so was hinkriegen?« Dann starrte er geradeaus, wartete auf die nächste Frage, und das Thema war damit abgeschlossen.

Seine Antwort amüsierte den ehemaligen königlichen Sicherheitschef, der bei der Lektüre lachen mußte. »In Wirklichkeit ist es unsere Pflicht, die Person zu schützen, nicht ihre Moral... Wenn er sich in der Wohnung einer Frau aufhält, stehen wir draußen. Was er da drinnen macht, kümmert uns nicht, solange er unversehrt wieder auftaucht... Also kann er tun, was er will... Wir beschützen nicht den Ehemann der Königin, sondern den Herzog von Edinburgh. Das ist ein beträchtlicher Unterschied...«

Der britische Historiker und Schriftsteller Richard Hough, der in den siebziger Jahren eine Zeitlang mit Philip an Bord der *Britannia* reiste und für ein Buch recherchierte, erwähnte die anderen Frauen im Leben des Herzogs. »Da waren zwei Sekretärinnen auf dem Schiff, beide sehr hübsch. Und ich weiß, daß er sich eine Geliebte hält... Irgendwo in Notting Hill. Aber er war sehr diskret.«

Jahre zuvor war Philip nach dem Geheimnis einer erfolgreichen Ehe gefragt worden, und er hatte die Bedeutung der Diskretion unterstrichen. »Ein eigenes Heim *und* gesunder Menschenverstand.«

Die Reporterin verfolgte das Thema nicht weiter. »Ein zweiter Mythos besagt, Prinz Andrew sei nicht Ihr richtiger Sohn, sondern der Sohn Lord Porchesters [Pferderennleiter der Königin].«

Philip zuckte mit keiner Wimper. Da er wußte, daß jede Reaktion sämtliche Titelseiten zieren würde, schwieg er. Reglos saß er da. »Wie ein Kind mit Porridge im Mund«, erzählte die Reporterin später einem Kollegen. Ein paar Wochen zuvor hatte Nigel Dempster das Vaterschaftsthema im *New York Times Magazine* angeschnitten. »Vergleichen Sie ein Foto von Prinz Andrew mit einem von Lord Porchester im selben Alter«, zitierte Dempster den Schriftsteller Christopher Hitchens. »Da sieht man, daß Prinz Philip nicht Andys Vater sein kann.«

Dazu gab der Hof keinen Kommentar ab, ebensowenig wie Philip. Als das Schweigen peinlich wurde, setzte Fiammetta Rocco das Interview fort. »Der dritte Mythos ist ein Gerücht, Sie hätten sich mal auf eine Affäre mit Valéry Giscard d'Estaing [ehemaliger französischer Staatspräsident] eingelassen.«

Philip lachte. »Oh, Giscard ist ein netter alter Knabe, aber ich besuchte niemals den Elysée-Palast, während er Präsident war. Ich war dort, als [Vincent] Auriol das Präsidentenamt ausübte [1946–1953], und der war ein gräßlicher Schwuler.«

Auch die Reporterin lachte, als würde sie eingestehen, ihre impertinente Frage habe diese boshafte Antwort verdient. Ein paar Tage später klopfte ein Höfling an ihre Tür und übergab ihr ein Kuvert. Der dicke weiße Umschlag aus dem Windsor Castle enthielt eine Nachricht von Seiner Königlichen Hoheit, Prinz Philip. »Verwenden Sie die Auriol-Anekdote auf Ihrem Tonband nicht.« Und ihr Redakteur erhielt einen Anruf des königlichen Pressesprechers, der sich über die Unverschämtheit der Reporterin beklagte. Beide Journalisten wurden in den Palast bestellt, zu einer Besprechung mit Prinz Philips Privatsekretär, Sir Brian McGrath. Er betonte, er habe ihnen Namen und Telefonnummern von Personen gegeben, deren Erinnerungen das Porträt glaubhaft gestalten würden. »Zumindest, solange diese Erinnerungen verfügbar sind«, betonte er. Die Anspielung war klar. Wenn die Journalisten Philips auf Band gesprochene Antworten verwendeten, würden sie ihre Informanten verlieren, die ihnen mit Philips Erlaubnis gestattet hatten, ihre Aussagen zu zitieren. Ohne diese Informationsquellen wäre das Porträt belanglos gewesen.

Sie argumentierten, die Anekdote über den verstorbenen französischen Präsidenten beweise Prinz Philips Humor. Doch der Hof ließ sich nicht überlisten. Man handelte einen Deal aus: Die Zeitung würde die Anekdote nicht veröffentlichen und der Hof seine Informationsquellen nicht zurückpfeifen.

Danach verkündete Philip, er werde nie wieder einem britischen Journalisten ein Interview geben. Aber da wurde sein Privatleben, für die Presse früher tabu, verwundbar. Der *Independent on Sunday* berichtete, die Königin und der Prinzgemahl schliefen in verschiedenen Räumen. *Vanity Fair* ließ verlauten, er halte sich eine Geliebte. Und *The New Yorker* verriet, im Fernsehen würden »regelmäßig Schauspielerinnen auftreten, seine Geliebten, die eingeweihte Zuschauer belustigten und zu der Bemerkung veranlaßten: ›Das ist eins seiner Mädchen.‹« Für die nicht Eingeweihten publizierte der *Tatler* die »Königliche Sammlung«, die Namen, Biographien und Fotos von dreizehn Frauen, den sogenannten Fanclub des Herzogs von Edinburgh. Auf dieser Liste standen unbedeutende britische Stars, aber berühmte Amerikanerinnen wie Jane Russel, Zsa Zsa Gabor und Shirley MacLaine wurden ausgelassen. Zu den britischen Aristokratinnen zählten zwei Prinzessinnen, eine Herzogin, eine Gräfin und fünf adelige Ladys, darunter die siebzigjährige Frau eines ehemaligen Hofbeamten. »Welch ein schrecklicher Gedanke!« höhnte der Schwiegersohn der Frau. »Meine Schwiegermutter – im Bett mit Prinz Philip! So ähnlich wie ›Liebe zwischen Ruinen‹.«

»Die [*Tatler*]-Liste war eine gute Aufstellung, aber unvollständig«, sagte der Kolumnist Taki Theodoracopulos. »Wie jedermann weiß, ist Sasha [die Herzogin von Abercorn] Philips Geliebte ... Sie schaffte es am längsten – sechs bis acht Jahre ... Einmal fuhr er mit der *Britannia* in die Karibik, um eine Eröffnungsfeier in St. Kitts zu besuchen, weil sie dort sein würde.« Den Zeitungen wurde ein Privatfoto von einer Karibik-Reise verkauft. Es zeigte Philip, nur ein Handtuch um die Taille geschlungen, einen Arm um die Herzogin gelegt, die einen Badeanzug trug. Ihr Ehemann James, der wenige Schritte hinter ihr stand, wurde aus dem Foto herausgeschnitten. »James ist der netteste Mann von der Welt«, sagte Taki Theodoracopulos, »und er mußte sich mit Philip abfinden.«

Bevor John Barratt, zwanzig Jahre lang Lord Mountbattens Privatsekretär, 1993 starb, erörterte er ebenfalls Philips außereheliche Liebesaffären. »Jetzt ist es die Herzogin von Abercorn, aber Mountbatten hatte sie zuvor – sie war sein Patenkind, und er liebte sie sehr, obwohl sie vierzig Jahre jünger war. Dann trat er sie an Philip ab. Die Königin kann sehr gebieterisch und kühl sein. Streng, wirklich. Also wäre es verständlich, wenn Philip woanders hinginge, und glauben Sie mir, er tut's. Aber er hatte nicht so viele Affären, wie die Leute vermuten. Viele Frauen sind gesellschaftliche Aufsteigerinnen, die von der Bekanntschaft mit ihm profitieren. Für sie ist es eine Ehre, als Geliebte des Prinzgemahls zu gelten... Zu dieser Kategorie würde ich Patricia Kluge rechnen, die ehemalige Softporno-Bauchtänzerin aus Liverpool«, fügte er hinzu. »Vor ihrer Scheidung von John W. Kluge, dem amerikanischen Magnaten, veranlaßte sie ihn, ein Landgut bei Balmoral zu kaufen und Philips Trainer zu engagieren, der ihr das Kutschenfahren beibringen sollte, den Lieblingssport des Herzogs... Dauernd rief sie an und sagte: ›Ich gebe eine Party und möchte Sie bitten, zu kommen und ein paar Freunde mitzubringen.‹ Wegen ihres 10 Milliarden Mark schweren Mannes war sie so reich, daß die königliche Familie sie nicht ignorieren konnte. Philip und Charles veranlaßten sie, die königliche Pferdeausstellung in Windsor mit 800 000 Mark zu sponsern, aber ich bezweifle ernsthaft, daß Philip außerhalb des gesellschaftlichen Parketts mit ihr verkehrte...«

Barratt fuhr fort: »Was Prinzessin Alexandra betrifft [die Tochter der Prinzessin Marina, die den Herzog von Kent geheiratet hat] – das ist was anderes... Jahrelang war sie mit Philip liiert... Sie ist eine Kusine ersten Grades der Königin – eine große blonde Schönheit, die Sir Angus Ogilvy geheiratet hat... Im Aussehen gleicht sie Prinzessin Anne, Philips Lieblingskind. Wie Sie vielleicht bemerken werden, sehen viele seiner Geliebten wie seine Tochter aus, groß und schmal gebaut, mit Pferdegebiß, gewelltem Haar und schlanken Knightsbridge-Beinen ... Im Grunde ist Philip unglücklich. Er ist unwiderruflich verheiratet, aber nicht glücklich ... Blindlings stürzt er sich in seine Aktivitäten. Er geht unentwegt auf Reisen, um die Leere seines Daseins als Prinzgemahl auszufüllen ... Wahrscheinlich hätte er eine reiche Amerikanerin heiraten, sich amüsieren und dann scheiden lassen sollen. Wenigstens besitzt er eine gewisse Autonomie. Aber jetzt entsteht der Eindruck, er würde sich aushalten lassen, und das ist für einen so stolzen Mann demütigend.«

Was die Queen nicht sehen wollte, ignorierte sie, und ihr Mann flirtete sehr diskret. Abgesehen von ein paar Schauspielerinnen begnügte er sich mit verheirateten Frauen aus Adelskreisen. Den aristokratischen Ehefrauen imponierte seine königliche Herkunft, und sie sonnten sich in seiner Aufmerksamkeit. Die wenigen, die kein Interesse hatten, gaben gezwungenermaßen vor, geschmeichelt zu sein, weil er mit der Königin verheiratet war. »Das ist eine subtile Form der Erpressung«, sagte eine Frau, die einen, wie sie es nannte, »exzessiven Annäherungsversuch« des Herzogs von Edinburgh erlebte.

Als ein Bankier der Queen zu einer Hausparty in Balmoral eingeladen wurde, brachte er seine sehr attraktive Frau mit. Philip lud sie zusammen mit ein paar anderen Frauen zu einem Spiel im Musiksalon ein. Sie mußten einen Kreis um ihn bilden, und er stand in der Mitte, eine Weinflasche zwischen den Schenkeln, die sie entfernen sollten, ohne ihre Hände zu benutzen. Bevor die Musik verstummte, mußten sie die Flasche mit ihren Beinen hervorziehen. »Keine Hände!« warnte er die Frau des Bankers. »Keine Hände.« Zutiefst verlegen ging sie auf das Spiel des Herzogs ein, weil sie meinte, eine Weigerung wäre unhöflich gewesen.

»So ähnlich fühlte sich meine Frau, als er sie zu einem Tanz aufforderte«, berichtete Robin Knight-Bruce, ein Offizier. »Philip ist Generaloberst der königlich irischen Husaren Ihrer

Majestät, und wenn er die Regimentsdinnerpartys besucht, befummelt er die Frauen der Offiziere. Als er meine Frau betastete, ging ich zu meinem Vorgesetzten und sagte: ›Lassen Sie den verdammten Herzog von Edinburgh nicht noch einmal mit meiner Frau tanzen, oder ich trete ihn in die Eier, und sie wird's auch tun.‹«

Obwohl er ein gebildeter Mann ist, der drei Sprachen spricht, um die Welt reist, Kunstwerke sammelt, malt und zahlreiche Bücher veröffentlicht hat, kann sich der Herzog von Edinburgh wie ein flegelhafter Teenager benehmen. Eine junge Freundin seines Sohnes erklärte, sein jungenhaftes Benehmen sei ihr »furchtbar peinlich« gewesen. Romy Adlington war sechzehn Jahre alt, als sie ihr erstes Wochenende mit Prinz Edward und der königlichen Familie verbrachte. Später erzählte sie, der sechzigjährige Herzog habe sie lüstern angegrinst, ihr zugezwinkert und ihren Hintern getätschelt, während sie durch den Flur zu ihrem Zimmer gegangen sei, und beim Dinner in ihren Ausschnitt gestarrt. Sie wußte nicht, daß etwas Schlimmeres hätte passieren können.

»Sobald er sich's vorgestellt hat, liegt's auch schon auf seinem Teller«, bemerkte einer seiner ehemaligen Hofbeamten, womit er Philips freizügige Einstellung zu Frauen und Sex meinte. Lächelnd beschrieb er den Prinzgemahl als »typischen Mann«. Um den Herzog zu verteidigen, zuckte er die Schultern und fügte hinzu: »Jungs bleiben immer Jungs.« Belustigt erinnerte er sich an Philips Kommentar über eine Filmpremiere, bei der er Elizabeth Taylor in Fleisch und Blut sah. Der Herzog stand Schlange, um den Star zu begrüßen, betrachtete das tiefe Dekolleté und den üppigen Busen und meinte, der sehe wie zwei Kissen aus. »Springen Sie rein«, sagte er zu seinem Hofbeamten.

Er stellte die Theorie auf, die Unterschiede zwischen Männern und Frauen würden sich am besten in den weiblichen Strickkünsten zeigen. »Ich glaube, die Mädchen können alles, was sie mit ihren Händen machen, von ihren Gedanken trennen«, erklärte er dem Schriftsteller Glenys Roberts. »Deshalb sind sie imstande, am Fließband zu stehen und immer wieder das gleiche zu tun, was ein Intellektueller zu langweilig findet. Einmal fragte ich ein Mädchen in einer Fabrik, was ihr bei der Arbeit durch den Kopf gehe. Sie sagte, sie denke an ihren Freund, ans Einkaufen, an den Film, den sie sich anschauen wollte. Faszinierend.«

Philip verstreute seine Meinungen auf einer breiten Leinwand, immer farbenfroh, manchmal beleidigend. Die englische Müttergewerkschaft fühlte sich gekränkt, als er Prostituierte mit Ehefrauen gleichsetzte. Um seine Jagdleidenschaft zu verteidigen, hatte er behauptet, man könne Tiere aus sportlichen Gründen ebenso töten wie aus finanziellen, und da gebe es keinen Unterschied. »Das ist wie Sex. Ich finde eine Prostituierte nicht moralischer als eine Ehefrau, aber beide tun ein und dasselbe.«

Als ihn ein Abgeordneter fragte, wie er trotz seiner Vorliebe für den blutigen Jagdsport dem World Wildlife Fund vorstehen könne, fauchte Philip: »Sind Sie Vegetarier?«

»Nein«, erwiderte Anthony Beaumont-Dark, der Parlamentarier.

»Also essen Sie Wildfleisch?« fragte Philip.

»Ja, aber wenn man arme Vögel vom Himmel runterschießt, ist das was anderes.«

Philip protestierte. »Genausogut könnten Sie sagen, ein Ehebruch sei in Ordnung, wenn man ihn nicht genießt.«

Der Abgeordnete lächelte. »Sicher wissen Sie das besser als ich, Sir.«

20

DIE PRINZESSIN VON Wales stand inmitten ihres begehbaren Schuhschranks und zeigte auf drei Reihen plumper Schuhe mit flachen Absätzen, die sie stets getragen hatte, um ihren Mann nicht zu überragen. »Diese Dinger, die einen Zwerg aus mir machen sollten, können Sie wegwerfen«, sagte sie zu ihrer Zofe. »Jetzt brauche ich sie nicht mehr.« Wenige Tage später begann sie ihre hochhackigsten Schuhe zu tragen – zehenfrei, mit Knöchelriemchen –, die sie ihre »Nuttentreter« nannte. Die Erklärung des Premierministers vor dem Unterhaus hatte sie von ihrer Ehe erlöst:

»Wie der Buckingham-Palast mit Bedauern bekanntgab, haben der Prinz und die Prinzessin von Wales beschlossen, sich zu trennen. Ihre königlichen Hoheiten planen keine Scheidung, ihre offiziellen Positionen bleiben unangetastet. Die Entscheidung wurde einvernehmlich getroffen ... Die Königin und der Herzog von Edinburgh sind betrübt, verstehen aber die Schwierigkeiten, die zu dem Entschluß führten, und bekunden ihr Mitgefühl ...«

Bei dieser Verlautbarung sah der Premierminister aus, als habe man ihn gezwungen, eine Grabrede zu halten. Seine Worte waren von den Anwälten der Königin und ihren Höflingen so abgefaßt worden, daß sie die traurige Neuigkeit enthüllten, ohne die ganze Wahrheit zu verraten. Trotz der offiziellen Versicherung, eine Scheidung sei nicht geplant, war dieser Beschluß *nicht* einmütig erfolgt, und die Positionen *wurden* angetastet. Die Königin und der Herzog von Edinburgh waren nicht betrübt, sondern wütend. Und sie brachten weder Verständnis noch Mitgefühl auf. Statt dessen waren sie der Ansicht, die Ehe müsse, so unglücklich sie auch sein mochte, zum Wohl der Monarchie fortbestehen.

Am 9. Dezember 1992 wurde die Rede des Premierministers vor dem Beginn des abendlichen Fernsehprogramms gesendet. Als er aufstand, um zu sprechen, breitete sich eine seltsame Stille im Unterhaus aus. Danach sagte der temperamentvolle Labour-Parlamentarier Dennis Skinner: »Die königliche Familie hat soeben auf den Knopf ihrer Selbstzerstörung gedrückt.« Sofort kamen wütende Zwischenrufe. Aber er fuhr fort: »Es ist höchste Zeit, die Farce des Treueschwurs zu beenden, den wir der Königin und ihren Erben und Nachfolgern leisten, weil wir manchmal gar nicht wissen, wer sie sind ... Die regierende Königin könnte die letzte sein.«

Der Premierminister konterte erbost: »Ich glaube nicht, daß Sie für die Nation oder einen nennenswerten Teil des Volkes sprechen.«

Doch er täuschte sich. Wie die Meinungsumfragen nach seiner Erklärung ergaben, glaubten drei von vier Briten, das Haus Windsor sei im Zerfall begriffen.

Die Königin, die sich in Sandringham aufhielt, sah sich die Fernsehsendung nicht an, sondern ging mit ihren Hunden spazieren. Bei der Rückkehr wurde sie von ihrem Pagen erwartet, der sein Mitleid ausdrückte. Sie nickte brüsk. »Wahrscheinlich werden Sie bald merken, daß dies für uns alle am besten ist.«

Charles begegnete seinem Personal in Highgrove etwas mitteilsamer. »Ich fühle mich sehr erleichtert«, gestand er. Inzwischen hatte er bereits begonnen, Dianas ehemalige Räume neu einzurichten. Er befahl seinen Leuten, alle Sachen zu verbrennen, die sie nicht mitgenommen hatte, darunter das alte Spielzeug der Kinder. Auf dem Gipfel des Haufens brannte ein hölzernes Schaukelpferd, ein Geburtstagsgeschenk für

William vom Präsidenten der Vereinigten Staaten, Ronald Reagan, und seiner Frau Nancy.

Nach der Verlautbarung des Premierministers belagerten die Reporter Camilla Parker-Bowles' Haus in Wiltshire. Doch sie gab vor, nichts von der Trennung zu wissen. »Natürlich tut's mir leid für die beiden, wenn irgendwas schiefgegangen ist«, sagte sie. »Aber ich weiß nicht mehr als der einfache Mann auf der Straße. Ich weiß nur, was ich im Fernsehen gesehen habe.« 80 Kilometer entfernt verließ ihr Mann sein Londoner Apartment. Das Paar, seit neunzehn Jahren verheiratet, lebte in aller Diskretion getrennt, und sie trafen sich nur selten an den Wochenenden.

Als die Journalisten nach seiner Reaktion fragten, ging Andrew Parker-Bowles weiter. »Ich bin traurig, wie alle anderen.« Dann protestierte er gegen die Behauptung eines Reporters, seine Frau habe die Trennung verursacht. »Nein, das stimmt nicht. Wie oft muß ich's noch sagen? Diese Geschichten sind frei erfunden.«

Einige Leute auf der Straße erklärten den Journalisten, sie fühlten sich verraten. »Die königliche Familie sollte eigentlich besser sein als unsereins«, meinte eine Frau in mittleren Jahren. »Sie müßten uns zeigen, wie wir uns zu verhalten haben. Wozu sind sie denn sonst da?«

Die Generationen reagierten unterschiedlich. Wer die Nächte seiner Kindheit während des Zweiten Weltkriegs geduckt in Londoner U-Bahnhöfen verbracht hatte, sah in der königlichen Familie einen Leitstern. Aber wer in jungen Jahren die Beatles und nicht die Bomben gehört hatte, betrachtete sie als Relikt. Auf die Nachkriegsgenerationen, besonders jene, die mit Videospielen aufgewachsen waren, wirkte die Monarchie schlicht und einfach albern. Ein neunzehnjähriger Student aus Liverpool sagte: »Nur eine Bande veralteter, weltfremder Kapitalisten.«

Der königstreue Lord St. John of Fawsley war jedoch anderer Meinung. Er konstatierte, die königliche Familie sei symptomatisch für die funktionsunfähige moderne Familie. Nach den Vereinigten Staaten sei das Vereinigte Königreich das Land mit der höchsten Scheidungsrate in der westlichen Welt, und diese Tatsache spiegele sich in der königlichen Familie wider. »In unserem Jahrhundert galt die Monarchie als Vorbild familiärer Rechtschaffenheit«, sagte er, ohne eine Miene zu verziehen. »Nun, das hat sich geändert. Deshalb muß sich die königliche Familie den neuen Umständen anpassen. In gewisser Weise wird sie dem Volk näherstehen, weil sie dieselben familiären Schwierigkeiten hat wie wir alle.«

Keine Dynastie hatte ihre Untertanen eindringlicher ermahnt, von Scheidungen abzusehen – und keine hatte ihnen ein schlechteres Beispiel gegeben. 1992 lebten alle verheirateten Kinder der Monarchin legal getrennt oder strebten Scheidungen an. »Großartige Hochzeiten schaden der Ehe«, bemerkte die Journalistin Valerie Groves.

Mittlerweile glaubte die halbe Bevölkerung, die Monarchie werde am Ende des Jahrhunderts nicht mehr bestehen, keineswegs zu Großbritanniens Schaden. Die Presse spiegelte die Gefühle des Volks wider. »Charles wird nicht König werden«, prophezeite die *Sun,* »Di wird nicht Königin werden.« Der *Daily Mirror* meinte: »Die neueste königliche Misere macht die Monarchie lächerlich. Wenn man dieser Lächerlichkeit nicht entgegenwirkt, wird sie die Monarchie zerstören.«

An den Erwartungen des Volkes gemessen, war Charles beängstigend tief gesunken. Sogar die Tory-Abgeordneten zweifelten an seinem Recht auf den Thron. Da er eine Verfassungskrise befürchtete, bat er seinen Freund Lord Arnold Goodman um Rat. Der angesehene Anwalt erklärte, eine Scheidung würde ihn nicht daran hindern, die Krone zu tragen – eine zweite Ehe allerdings schon. Also verkündete Charles, er werde nicht mehr heiraten, und behauptete entschieden: »Ich werde der nächste König sein.«

Die Trennung rief international Reaktionen hervor. In deutschen Wachsfigurenkabinetten stellte man Charles' und Dianas Ebenbilder auseinander. Die australische Regierung tilgte alle Hinweise auf Königin Elizabeth II. aus ihrem Treueeid. Und der britische Labour-Abgeordnete Anthony Benn brachte einen Gesetzentwurf zur Abschaffung der Monarchie ein. Er schlug vor, die Königin durch einen gewählten Präsidenten zu ersetzen, Kirche und Staat zu trennen, Wales und Schottland eigene Parlamente zuzubilligen. Obwohl keine Debatte über die Benn-Eingabe stattfand, waren die Anhänger der Monarchie besorgt.

Von den Vereinigten Staaten aus bot Prinz Philips ehemaliger Hollywood-Presseagent seine Dienste an. Henry Rogers von Rogers & Cowan hatte 1966 während Philips Reise nach Los Angeles die Public Relations organisiert. Die beiden Männer hatten sich auf Empfehlung von Philips Hollywood-Freund Frank Sinatra getroffen, einem Klienten von Rogers & Cowan. Jetzt, sechsundzwanzig Jahre später, erbot sich Rogers, mittlerweile im Ruhestand, den Herzog erneut zu unterstützen. Philip bedankte sich mit einem handgeschriebenen, aus Windsor abgesandten Brief.

»Lieber Henry, das Leben scheint sich bis zur Unkenntlichkeit verändert zu haben. Wer immer zuerst sagte: ›Es regnet nie, sondern es gießt‹, traf eine tiefschürfende Feststellung! Soviel ist auf einmal geschehen, und wie es das Pech will, ereignet sich alles vor dem düsteren Hintergrund der Rezession. Ungeachtet der dramatischen Medienaktivitäten schreiben uns zahlreiche Menschen und versichern uns ihrer Unterstützung. Ich hoffe inständig, die Situation wird sich noch dieses Jahr bessern. Trotzdem vielen Dank für Ihr großzügiges Hilfeangebot...«

Die königliche Familie gab sich gelassen und versuchte die Stellung zu halten, vor allem die Königinmutter. Sie wußte, daß ihr Land schlechte Könige, wahnsinnige Könige, schwache Könige, dumme Könige und homosexuelle Könige überlebt hatte, sogar ausländische Könige. Im Alter von zweiundneunzig Jahren war sie nicht mehr so scharfsinnig wie früher, aber nach wie vor fest entschlossen. Sie wollte ihrem Lieblingsenkel Charles helfen, das Ziel zu erreichen, das sie als seine Bestimmung betrachtete. Denn sie war eine Königsmacherin. Zu ihrer Zeit hatte sie das Rückgrat ihres schwachen Ehemanns gestählt und ihm in den Augen seiner Untertanen die Aura der Stärke verliehen. Jetzt bemühte sie sich, ihrem unglücklichen Enkel beizustehen.

Doch sie protestierte gegen die Scheidung – so entschieden, daß sie ihm nicht erlaubte, nach der Trennung von Diana bei ihr zu wohnen, während sein Apartment im St. James's Palace renoviert wurde. Die Königinmutter war in einer Ära aufgewachsen, wo eine Scheidung die gesellschaftliche Ächtung bedeutet hatte. Und sie blieb bei ihrer Überzeugung, eine Scheidung sei die einzige ernsthafte Gefahr für die Monarchie. In ihrer Familie tolerierte sie alle erdenklichen abnormen Verhaltensweisen, vom Alkoholismus bis zur Drogensucht – aber keine Scheidung. Sie erklärte, dies würde der Familienstabilität – die das Haus Windsor demonstrieren müsse, um zu überleben – den Todesstoß versetzen. Und weil sie eine weitere Scheidung in der königlichen Familie mißbilligte, nahm sie nicht an Prinzessin Annes zweiter Hochzeit in Schottland teil. Am Ende gab sie aber trotz ihrer Bedenken schließlich nach.

Sie widersprach den Leuten, die behaupteten, die Monarchie stecke in der Krise, weil königliche Hoheiten vom Thron herabgestiegen waren, um Bürgerliche wie Sarah Ferguson und Diana Spencer zu heiraten. Als besonders exemplarische Bürgerliche mußte sie sich natürlich gegen eine solche Anschauungen wehren. Sie betonte, das eigentliche Problem liege in der Scheidung. Sarah und Diana, die Kinder geschiedener Eltern, seien »unpassend«.

Beide waren mit Müttern aufgewachsen, die ihr Heim und die Familien verlassen hatten, um ihr Glück an der Seite anderer Männer zu finden. Weder Sarah noch Diana hatten Ehen erlebt, die sich zu lebenslangen Partnerschaften entwickelten, die alle Gegensätze und die Langeweile überwanden. Statt dessen hatten beide beobachtet, wie ihre Mütter persönliche Interessen vor Pflicht und Verantwortungsgefühl stellten – nach Ansicht der Königinmutter die Grundpfeiler des Königtums. Jetzt traten die Töchter in die Fußstapfen der Mütter, indem sie ihr Ehegelübde brachen. Mit ihrer Handlungsweise verrieten sie die Krone und das Land.

»Wir nahmen zwei Mädchen aus kaputten Familien auf«, hatte die Königin bemerkt. »Und das ist nun der Dank.«

Die Königinmutter stimmte ihr zu. Vor allem Diana, die den »schmutzigen« Schlamassel ihrer Ehe der ganzen Welt vor Augen führte. Dieses Wort gebrauchte sie im Gespräch mit ihrem Enkel. Charles warnte sie vor Dianas »Labilität« und »verfluchter Unvernunft«. Aber auf Dianas unselige Enthüllungen war sie nicht vorbereitet.

Eine ihrer Freundinnen berichtete: »Die Bulimie... das Bedürfnis, übermäßig zu essen und dann zu erbrechen..., widerte sie an. Das Bild der künftigen Königin von England, die vor der Kloschüssel kniete... Als sie sich ausmalte, wie die Prinzessin von Wales über der Toilette all die Puddings ausspie – ich fürchte, darüber kam sie nicht hinweg.«

»In unser Haus drang eine Verräterin ein«, erklärte die Königinmutter ihrer Hofdame, Ruth Fermoy. Lady Fermoy nickte – aber unglücklicherweise war die »Verräterin« ihre Enkelin.

»Fleisch und Blut und Familienbande zählen wenig, wenn man königstreu gesinnt ist«, meinte ihre Patentochter. »Und Ruth war eine eingefleischte Royalistin. Sogar ihrer Enkelin kehrte sie den Rücken, als Diana sich von Charles trennte, den Ruth anbetete. Sie sagte, dies sei der traurigste Tag ihres Lebens gewesen. Trotz allem, was man über ihr Bestreben geschrieben hatte, gemeinsam mit der Königinmutter die Ehe zu arrangieren, erzählte sie mir, sie habe nicht gewollt, daß Diana und Charles heirateten. Sie warnte das Mädchen vor den Problemen, die einem Mitglied der königlichen Familie drohten. Aber Diana war rettungslos verliebt und versicherte Grandma

Ruth, wie sie ihre Großmutter nannte, sie werde Charles ihr Leben weihen ... Vor Ruths Tod konnte Diana das Zerwürfnis entschärfen – aber nur ein wenig. Ich war dabei, als sie Ruths Wohnung am Eaton Square zum letztenmal besuchte, und sie tat mir leid. Denn nachdem sie gegangen war, sagte Ruth, sie könne ihr noch immer nicht verzeihen ... Auch Dianas Mutter vergab ihr nicht. Sie [Frances Shand Kydd] erklärte mir wortwörtlich: ›Ich weiß, Charles hat Diana furchtbar weh getan. Aber ich liebe ihn und weigere mich, Partei zu ergreifen.‹ Und das aus dem Mund ihrer eigenen Mutter. Was die Königinmutter betrifft ... Nun, sie ließ ihre Hunde los, und seither macht sie Diana das Leben zur Hölle.«

In der Öffentlichkeit pflegte die Königinmutter, die allen Unannehmlichkeiten auswich, niemals zu schelten und zu zetern. Statt dessen »ließ sie ihre Hunde los«, die Boten, durch die sie ihre Meinung der Presse mitteilte. Wie ihre Tochter kultivierte sie den Mythos, keine Interviews zu geben, obwohl beide mit ausgewählten Journalisten sprachen. Nachdem der Premierminister die Nation über die Trennung informiert hatte, gab Lord Wyatt einen Kommentar über das Verhalten der Prinzessin von Wales ab. Er wurde als »enger persönlicher Freund der Königinmutter« bezeichnet, und so erwartete man, daß die Leser der *Sunday Times* wußten, wessen Gefühle ausgedrückt wurden: »Prinzessin Diana hätte niemals einen Studienplatz an einer Universität ergattert. Aber sie eroberte einen Prinzen, und es mißlang ihr, ihn festzuhalten. Sie ist süchtig nach dem Rampenlicht, in dem sie seit ihrer Hochzeit steht. Das wirkt wie eine Droge; um die Sucht zu befriedigen, wird sie alles tun, selbst wenn sie den Thron vernichtet, den zu ehren sie feierlich geschworen hat.«

Innerhalb weniger Wochen wurde Diana als eine Frau porträtiert, die weniger sündigte, als man sich an ihr versündigte. Am 12. Januar 1993 wurde der Inhalt eines intimen Telefonats zwischen Charles und seiner Geliebten veröffentlicht. Die heimliche Aufzeichnung, Camillagate genannt, war am

18. Dezember 1989 erfolgt, einige Tage vor der ebenso heimlichen Aufzeichnung von Dianas Telefongespräch mit James Hewitt, Squidgygate [Squidgy = Tintenfischchen] genannt. Beide Gespräche wurden von Männern aufgezeichnet, die behaupteten, es sei ihr Hobby, in ihrer Freizeit verschiedene Frequenzen abzuhören wie Funkamateure. Aber einige Leute tippten auf eine Verschwörung, denn die Publikation drei Jahre nach den Bandaufnahmen legte den Verdacht nahe, daß es kein Zufall gewesen war. Sie vermuteten, der britische Geheimdienst MI5 habe die Telefonate aufgezeichnet, um die königliche Familie in Verlegenheit zu bringen und die Monarchie zu destabilisieren.

Die Verlegenheit war in der Tat beträchtlich. Um einen Journalisten zu zitieren – die Öffentlichkeit war »ernsthaft schokkiert«, als sie erfuhr, das künftige Oberhaupt der englischen Kirche habe seine leidenschaftlichen Gefühle für die Frau eines anderen Mannes bekundet. »Ich möchte dich überall spüren, oben und unten, innen und außen... besonders innen und außen«, sagte Charles zu Camilla. »Ich würde am liebsten in deinem Höschen wohnen oder sonstwo. Alles wäre viel einfacher...«

Während dieses nächtlichen Gesprächs meinte Charles, er könne doch in Camilla als »Tampax« leben, was sie sehr reizvoll fand. »Oh, was für eine wundervolle Idee«, rief sie. Nach einer kurzen Pause antwortete er: »Wenn ich Pech hätte, würde ich in eine Toilette fallen, ständig an der Wasseroberfläche umherwirbeln und niemals untergehen.« Hingerissen versicherte sie ihm, sie brauche ihn Tag und Nacht. »Dringend, dringend, dringend...«

Nach der Veröffentlichung dieser Konversation umstellten die Reporter Camillas Haus. Als sie hörte, warum sie belagert wurde, war sie völlig verblüfft. »Ich kann das nicht glauben, ich kann das nicht glauben! Darüber muß ich mit meinem Mann sprechen. Er ist auf dem Heimweg.« Sie schloß die Tür und griff zum Telefon.

»Sechs Minuten Liebesgeflüster könnten Charles den Thron kosten«, kreischte die *Sun*. Aber der *London Evening Standard* fragte: »Ist es denn so schlimm, wenn ein König schmutziges Zeug redet?« Charles beteuerte, er sei »entsetzt« über die Publikation seines Telefonats, rief seine Freunde an und entschuldigte sich, weil er sie in Verlegenheit gebracht habe. Sie beklagten die Veröffentlichung eines Privatgesprächs, das man aufgezeichnet, vervielfältigt, verkauft und abgedruckt hatte. »Man könnte sagen, Charles und Camilla hätten den peinlichen Zwischenfall verdient«, meinte seine Biographin, Penny Junor, »aber gewiß nicht ihre Kinder.«

Man berichtete, der neunjährige William habe bereits in der Schule mit Klassenkameraden gekämpft und den Kopf eines Jungen in die Toilette gesteckt. Verzweifelt über die Streitigkeiten zwischen seinen Eltern, sperrte er sich stundenlang im Badezimmer ein, und seine schulischen Leistungen ließen nach. Sein jüngerer Bruder HarryReg wurde beobachtet, wie er Zigaretten in die Schule schmuggelte. Beide Kinder lutschten am Daumen und machten ins Bett. Thomas Parker-Bowles, Camillas und Andrews Sohn im Teenageralter, wurde wegen Drogenbesitzes verhaftet. Aber er mußte Oxford nicht verlassen, weil er sich außerhalb des Campus aufhielt, als die Polizei ihn wegen Besitzes von Cannabis und Ecstasy-Pillen festnahm. Um dem Spott seiner Studienkameraden zu entrinnen, nannte er sich Tom Bowles. Und er gab nicht zu, daß sein zweiter Vorname Charles lautete – nach seinem Paten, dem Prinzen von Wales.

Obwohl die Boulevardpresse Charles einen Schurken nannte und ihn verdammte, erregte er an unerwarteter Stelle Mitgefühl. Peter McKay schrieb im *London Evening Standard,* das sechsminütige Telefonat sei »albern, erschütternd und schweinisch ... [Aber] nun finde ich Charles viel sympathischer ... Er entpuppt sich als alberner Romantiker, der es kaum erwarten kann, unter die Bettdecke zu springen, und Spaß an gräßlichen Sex-Scherzen hat.« Die Schriftstellerin Fay Weldon meinte, das Gespräch sei rührend. »Keine Ahnung, was es mit Charles' Thronfolge zu tun hat. Er ist in meiner Achtung gestiegen, weil sich herausgestellt hat, daß er normale Emotionen hegt...«

Aber ein Großteil der Bevölkerung war angewidert, und als er das nächste Mal in der Öffentlichkeit erschien, wurde er ausgebuht. Bei einem offiziellen Termin schrie ein Mann in der Menschenmenge: »Haben Sie denn gar kein Schamgefühl?« Wie die Meinungsumfragen ergaben, glaubte nur einer von drei Engländern, Charles sei berechtigt, die Krone zu tragen. Unpassenderweise behandelten ihn die Briten wie einen Politiker, den man wegen seines schlechten Images des Amtes entheben könnte. Sein Freund und ehemaliger Sekretär, Nicholas Soames, verwies hastig auf das Erbprinzip und erklärte, Charles' Recht auf den Thron hänge nicht von seiner Popularität ab: Nur ein vom Parlament verabschiedetes Gesetz könne ihm die Königswürde verwehren. »Der Thron ist seine Pflicht, seine Aufgabe, sein Schicksal«, betonte Soames. »Selbst wenn er nicht nach der Krone strebt, sie gehört ihm... Mr. Murdochs republikanische Presse wird zwölfhundert Jahre britischer Geschichte nicht in einem Auflagenkrieg umstürzen. Der Thronerbe wird der nächste König sein, und damit basta.«

Ein anderer guter Freund erzählte: »Es war ein schrecklicher Augenblick, der schlimmste seines Lebens... Er wollte ernstgenommen werden, er glaubte aufrichtig, er habe etwas Wichtiges zu sagen. Und ein sechsminütiges Privatgespräch, das niemanden etwas anging außer ihn selbst und die Frau, mit der er redete, ruinierte seinen Ruf... Er hat es wirklich nicht verdient, in aller Öffentlichkeit so grausam demontiert zu werden.«

Sogar auf den fernen Fidschi-Inseln herrschte helle Aufregung. Die Regierung verkündete, sie werde Charles' Geburtstag nicht mehr mit einem Nationalfeiertag ehren, da sie den Prinzen nicht mehr respektieren könne. In Australien erklärte die Frau des Premierministers, sie würde nicht vor Charles knicksen, und der Vizepremier schlug vor, man solle den Thronfolger nicht bitten, die Olympischen Spiele im Jahr 2000 zu eröffnen. »Das soll Prinz William machen – bloß nicht sein Vater.«

Hätte Charles ein Verbrechen begangen, abgesehen von Kinderschändung, seine künftigen Untertanen wären nicht entsetzter gewesen. Mit The Prince's Trust hatte er eine der größten Wohlfahrtsorganisationen des Landes gegründet, die benachteiligte Kinder unterstützte. Aber nicht einmal die großzügigsten Spenden konnten sein Ansehen retten. Wie es sein Biograph Anthony Holden formulierte, »niemand hört auf einen Mann, der Wohltaten fordert und gleichzeitig die begehrenswerteste Frau der Welt betrügt«.

Von der Krise erschüttert, lud Charles sechs Freunde nach Sandringham ein, die ihn beraten sollten. Danach wurde ein Mann beauftragt, dem *Telegraph* mitzuteilen, der Prinz sei bereit, jedes Opfer zu bringen, um seine Thronfolge zu sichern. Am nächsten Tag lautete die Schlagzeile auf der Titelseite: »Prinz von Wales beschließt, im Zölibat zu leben.«

Der Versuch, das Vertrauen der Öffentlichkeit zurückzugewinnen, schlug fehl. Nichts konnte die Spötter zum Schweigen bringen. »Eine Packung Charlies!« rief ein Londoner Verkäufer und hielt eine Schachtel Tampons hoch. Ein Karikaturist zeichnete Charles' Gesicht als Eierbecher, mit Eigelb, das über seine Nase rann. Auch Glückwunschkarten zeigten seine Karikatur: »Zu Deinem Geburtstag lade ich Dich zu einer Charles-und-Diana-Margarita ein: kalt und frostig, auf Eis.« Schließlich griff der Hof ein, um zu verhindern, daß ein Safer-Sex-Poster auf britischen Plakatwänden erschien. Diese Werbung hätte ein Hochzeitsfoto des Prinzen und der Prinzessin von Wales gezeigt, die sich vor einer riesigen Menschenmenge auf dem Balkon des Buckingham-Palasts küßten, und die Überschrift sollte lauten: »Der Schein kann trügen. Benutzen Sie ein Johnny-Kondom.« Eine Sprecherin des British Safety Council protestierte gegen die Einmischung des Hofs. »Was die königlichen Hoheiten denken, ist uns völlig egal«, sagte Fiona Harcombe. »Der Nutzen dieser Anzeige wäre viel wichtiger als die Kränkung, die sie der Königin vielleicht zugefügt hätte.«

Charles fühlte sich gedemütigt. »Seine königliche Hoheit wollte nicht mehr ausgehen«, erinnerte sich einer seiner Sicherheitsbeamten. »Aber seine Freunde warnten ihn vor einem Rückzug. ›Geh unter die Leute‹, rieten sie ihm, ›hilf ihnen und laß dich dabei sehen.‹ Doch er hatte Angst. Das lasen wir in seinen Augen. Wie ein Hase, der in der Falle saß.«

Als Charles den Schauplatz einer Umweltkatastrophe besuchte – vor den schottischen Shetland-Inseln war Öl aus einem Tankschiff geflossen –, befahl er: »Keine Kinder.« Ein Adjutant erklärte: »Kinder stellen immer die peinlichen Fragen.« Bei seiner Ankunft sah der Prinz müde und besorgt aus. Sein schütteres Haar war über die kahle Stelle gekämmt, er wirkte gebeugt und niedergeschlagen. Während er über ölgetränkte Felder wanderte, wich er der Presse aus und mußte sich zwingen, mit den Bauern zu reden, deren Ernte unter dem Schlamm verfaulte. Später, auf einem Empfang am Vormittag, lehnte er einen Orangensaft ab und bestellte Scotch Whisky.

»Wir baten Seine königliche Hoheit [Philip], als Präsident des World Wildlife Fund den Schauplatz der Ölpest zu besuchen«, berichtete der ehemalige PR-Manager des WWF. »Aber Charles' Personal mochte ihn nicht dort sehen... Die Leute wollten dem Prinzen von Wales helfen, neue Sympathien zu gewinnen. Doch der WWF ist die renommierteste Umweltschutzorganisation der Welt, und auch wir brauchten die PR... Schließlich vereinbarten wir, daß beide zu verschiedenen Terminen eintreffen und getrennte Programme absolvieren sollten. Zuvor sagte Charles, er werde der Presse keine Fragen beantworten. Philip erklärte sich dazu bereit. Aber schon nach der ersten Frage verlor er die Nerven.«

Ein Fernsehreporter erkundigte sich, ob Philips Besuch von den Schlagzeilen über die Beziehung seines Sohnes zu Camilla Parker-Bowles überschattet sei.

»Das eine hat nichts mit dem anderen zu tun«, fauchte Philip. Wütend fuhr er den Reporter an: »Ich hätte mir denken können, daß jemand wie Sie solche Fragen stellt. Für wen arbeiten Sie?«

»Für ITN [Independent Television Network]«, entgegnete der Reporter.

»Dann ist's ja kein Wunder«, meinte Philip und stürmte davon.

Danach beklagte sich der Herzog von Edinburgh beim PR-Manager des WWF, die Frage sei unhöflich und flegelhaft gewesen. »Der ITN-Reporter war nicht respektlos, nur direkt«, sagte der WWF-Mitarbeiter. »Aber daß er diese Frage zuallererst stellte, zeigte eine mangelhafte Ehrerbietung, die Seiner königlichen Hoheit nicht entging....«

Dieser Mangel an Unterwürfigkeit erschütterte das Land im Mai 1993. Über 500 Menschen strebten ins Queen Elizabeth II Conference Center in London und lauschten einer Debatte zwischen Royalisten und Republikanern über die Zukunft der Monarchie, die einen ganzen Tag dauerte. Das Forum von 30 Rednern spiegelte die Stimmung der landesweiten Sorge wider. Sie diskutierten über die Krone und die Frage, warum und ob sie im England des 20. Jahrhunderts weiterhin eine Rolle spielen sollte.

»Etwas ist gestorben«, bemerkte Professor Stephen Haseler, »und dieses Etwas ist die Begeisterung der Briten für die Monarchie.« Die Historikerin Elizabeth Longford widersprach und befürwortete Prinz Charles' Thronfolge. Aber der Dramatiker David Hare trat für die Abschaffung der Monarchie ein, weil er sie als Quelle der Falschheit und des Snobismus betrachtete. In der Mitte stand Lord Rees-Mogg, ehemaliger *Times*-Redakteur, der sich als Royalist bezeichnete, aber die Notwendigkeit einer Verfassungsreform anerkannte. Er erklärte, eine Institution, die seit dem 6. Jahrhundert bestehe, könne nur durch Krieg oder Revolution gestürzt werden. Beides sei nicht erstrebenswert, und so beschwor er seine

Zuhörer, an die Anpassungsfähigkeit der Monarchie zu glauben.

Aber die Königin betrieb ihre Reformen im Schneckentempo. Knapp drei Jahre nach ihrem Entschluß, Steuern zu zahlen (auf ihr Einkommen, das der Staat finanzierte, *nicht* auf ihre privaten Einkünfte), flog sie mit einer normalen Verkehrsmaschine. Indem sie darauf verzichtete, einen der elf Jets der königlichen Luftflotte zu benutzen, ersparte sie den Steuerzahlern knapp 5 Millionen Mark pro Reise. »Ihre Majestät belegte die ganze Erste Klasse«, berichtete ein Flugbegleiter von Air New Zealand, »aber so sollte es auch sein. Immerhin ist sie die Königin Englands, nicht irgendeiner unbedeutenden kleinen Monarchie.«

Doch die Königin entschloß sich nur ein einziges Mal zu einem solchen Flug. Wegen des größeren Komforts bevorzugte sie ihre eigene Flotte. Deshalb sparte sie an anderer Stelle und kürzte die Haushaltsausgaben. Für ihre Reisespesen, den Sicherheitsdienst und die Erhaltung ihrer acht Residenzen erhielt sie jährlich 115 Millionen Mark aus der Staatskasse. Nun verringerte sie die Kosten, indem sie die traditionellen Vergünstigungen für ihre Angestellten abschaffte. Die Chauffeure, die 15 000 Mark im Jahr verdienten, mußten ihre Schuhreparaturen selbst bezahlen. Dienstboten mit einem Jahresgehalt von 13 000 Mark bekamen keine kostenlose Seife mehr. Und die Höflinge, die 100 000 Mark im Jahr verdienten und die Königin auf Auslandsreisen begleiteten, hatten kein Kleidergeld mehr zu erwarten. »Zum Ausgleich erhalten sie eine gewisse Summe«, gab der Hof bekannt. »In Zukunft soll alles besser und effizienter funktionieren.«

Um weitere Sparmaßnahmen zu ergreifen, revidierte die Königin ihren Entschluß, den 2 000 Angestellten von Windsor Castle, die während des Brandes 1992 mitgeholfen hatten, ihre Kunstschätze zu retten, eine Prämie auszuzahlen. Statt dessen bot sie ihnen die kostenlose Benutzung der Schloßbibliothek an. Davon machten jedoch nur wenige Gebrauch.

Die königliche Familie beteiligte sich nicht an der Debatte über ihre Zukunft. Wie Lord Charteris, ehemaliger Sekretär der Königin, erklärte, konnten republikanische Ideen niemals durch die Palastmauern dringen. Lady Longford, eine Freundin der Königin, widersprach ihm. »Sie waren immer sehr aufgeschlossen.« Schon 1966, während einer Reise durch Kanada, hatten sie die Möglichkeit einer Republik Großbritannien erörtert. Aber sie behandelten das Thema eher beiläufig. »Wenn's soweit ist, verschwinden wir in aller Stille«, sagte die Königin. Philip scherzte, er könne seine Sachen an einem Tag packen, aber sie würde mehrere Wochen dafür brauchen. »Zu viele verdammte Corgis«, spottete er. Eines Nachmittags betrat er ihr Büro im Buckingham-Palast, schaute aus dem Fenster und fragte: »Haben sie die Guillotine schon aufgestellt?«

Auch die Königin bewies Humor, als sie bei einer Commonwealth-Konferenz auf Zypern eine Rede hielt. Im Herbst 1993 war sie an Bord ihrer königlichen Jacht zu der Insel gefahren. Nach dem Dinner entspannte sie sich mit ihren Gästen. Sie bemerkte, sie rechne für die nächsten vierzig Jahre nicht mit einer ähnlichen Commonwealth-Konferenz. Und da wußten alle, daß sie die jüngsten Meinungsumfragen in Kanada, Australien und Neuseeland gelesen hatte. Überall strebte man die Unabhängigkeit von der Krone an. »Nur auf eins kann ich mit Sicherheit wetten – die drei Abwesenden werden Prinz Philip, die *Britannia* und ich selbst sein«, sagte die Königin emotionslos. »Aber man weiß ja nie... Heutzutage besitze ich genug Erfahrung, nicht zuletzt im Rennsport, um mein Geld nicht darauf zu setzen, wie viele Länder und welche in vierzig Jahren dem Commonwealth angehören werden und wo man die Versammlung abhalten wird.«

Innerhalb ihrer Familie brauchte die Königin keinen Wettschein, um zu erkennen, wer am besten im Schlamm lief und wer schwache Knie zeigte. Sie las die Ergebnisse der Meinungsumfragen, die ergaben, daß ihre entfremdete Schwiegertochter das Rennen gewann, während ihr Sohn auf dem Sattelplatz feststeckte.

Charles stolperte dahin und versuchte sich zu rehabilitieren. Aber während er sein Problem ins Lächerliche zog, ließ er keine Selbstironie erkennen, sondern Selbstmitleid. In einem Londoner Freizeitcenter versah er einen Fußball mit seinem Autogramm und sagte den Jungen: »Nun habt ihr meinen Namen drauf und könnt den Ball überall hintreten.« Er gab den Polosport auf, durchschnitt Bänder bei Einweihungen, legte Kränze nieder, inspizierte Fabriken, besuchte die Soldaten in Bosnien und ein ehemaliges Konzentrationslager in Polen.

Aber mit seiner Frau konnte er nicht mithalten. In allen Medien strahlte sie wie ein Filmstar mit Heiligenschein. Eine Schlagzeile lautete: »Die Prinzessin sagt Hallo und ihren Kritikern Lebewohl.« Sie besuchte Pflegeheime und Waisenhäuser und Verpflegungsstellen des Roten Kreuzes. In Indien berührte sie Unberührbare, in Nepal umarmte sie Leprakranke. Sie drückte Amputierte an sich und verteilte Suppe an hungernde Flüchtlinge. Scharenweise strömten die Menschen herbei, um sie zu sehen, fasziniert von ihrer Herzenswärme, ihrer Schönheit, ihrem Glanz.

Obwohl Charles die Menschen nicht so begeistern konnte wie Diana, meinte sein Sekretär, der Prinz müsse froh sein, weil er sie losgeworden sei. Nun besitze er ein größeres Selbstvertrauen, nicht mehr mit der Prinzessin belastet und »oberflächlichen Händeschütteltouren« unterworfen. Statt Diana zu verunglimpfen, hätte der Mann lieber verkünden sollen, Charles habe sich an die Stufen der Kathedrale von Canterbury gefesselt, um für seinen Ehebruch zu büßen, so wie sein Ahnherr seinerzeit für den Mord an Thomas Becket. Die Öffentlichkeit betete die Prinzessin an, und sie schwelgte in dieser Bewunderung.

Regelmäßig wurde sie fotografiert, wie sie Obdachlosenheime besuchte und mit verprügelten Ehefrauen sprach. Ihr besonderes Interesse erregte eine Frau, die gestand, sie habe ihren schlafenden Ehemann mit Benzin übergossen und angezündet. Sie erklärte, ihr Mann habe sie in den Wahnsinn getrieben, plädierte für des Mordes nicht schuldig und wurde freigesprochen. Die Prinzessin umarmte sie und sagte: »Sie waren so tapfer.« Als Charles neue Sozialwohnungen in der Innenstadt besuchte, drückte er die Hand einer Frau, die ihm mitteilte, sie sei der Prinzessin begegnet. Da schnitt er eine Grimasse. »Und das mußten Sie mir unbedingt erzählen, nicht wahr?«

Am Interesse der Zeitungen gemessen, konnte er nicht mit Diana mithalten. Ein Medienforschungsinstitut stellte fest, wie viele Zeitungsspalten den beiden in den ersten sechs Tagen des März 1993 gewidmet waren, und gab die Zahlen in Zoll an. Diana kam auf 3 603 Zoll, Charles nur auf 275.

Lynda Lee-Potter, eine preisgekrönte englische Feuilletonistin, empfahl dem Prinzen, diese Zahl zu ignorieren und keinen Kampf auszufechten. »Er sollte das Spiel seiner Frau nicht nachahmen«, schrieb sie, »sich nicht beklagen und seine Würde wahren.« Nach ihrer Meinung hatte Diana ihrem Mann ganz offen den Krieg erklärt. »Sie möchte restlos rehabilitiert werden, Prinz Charles herabsetzen und ihre Rachsucht befriedigen, statt sich nur Gerechtigkeit zu verschaffen. Doch die fortgesetzten öffentlichen Schlachten, die sie plant, können nur stattfinden, wenn ihr Mann und seine Familie Vergeltung üben. Wenn sie das tun, werden sie vielleicht eine Niederlage erleiden. Aber wenn sie sich weigern zu kämpfen, werden sie gewiß siegen.«

Inzwischen hielt Diana die Höflinge auf Trab. Sie schienen das wohltätige Engagement der Prinzessin zu unterstützen, aber hinter den Kulissen sabotierten sie Dianas Arbeit. Sie verhinderten, daß sie die Präsidentin des britischen Roten Kreuzes wurde, und empfahlen sie nicht für den Posten der UNICEF-Leiterin. Wenn sie ihr auch gestatteten, ein paar Reden zu halten, zuckten sie zusammen, wenn sie über Bulimie und Depressionen sprach. Die Hofschranzen, lauter Männer in mittleren Jahren, sahen in Dianas Hinweis auf ihre Opferrolle keinen Pluspunkt für eine Frau, deren geringes Selbstvertrauen ihr früher den Eindruck vermittelt hatte, sie habe ihre Funktionsstörungen verdient. Deshalb fanden sie ihre Reden über Selbstachtung albern und egozentrisch.

Wenn sie über Themen sprach, für die sie nach Ansicht der Höflinge nicht zuständig war, und das betraf vor allem Aids, spuckten sie Gift und Galle. Darum kümmerte sie sich nicht. Bei einer nationalen Aids-Konferenz erklärte sie: »Es ist doppelt schwierig, in einem Land wie Großbritannien mit Aids zurechtzukommen, wo immer noch ein verständliches Widerstreben besteht, emotionale Themen frei und offen zu diskutieren. Wir müssen lernen, diese Hemmschwelle zu überwinden...«

Als man die Prinzessin bat, in der Sendung des renommierten Richard Dimbleby in der BBC ihre Ansichten über Aids darzulegen, griffen die Höflinge ein. Die Einladung wurde zurückgezogen.

Was sie ihr nicht untersagten, verwehrte ihr Charles. Er wünschte ihren Rückzug aus dem öffentlichen Leben und wollte ihr keinen Zugang mehr zur königlichen Luftflotte, zu königlichen Zügen und zur königlichen Jacht gewähren. Alle Privilegien sollten ihr entzogen werden. Aber die Königin fürchtete die Wirkung, die eine solche Isolation auf Dianas ohnehin bedrücktes Gemüt ausüben würde. Deshalb beauftragte sie den Premierminister, in den Kensington Palace zu gehen und der Prinzessin zu versichern, sie könne ihre Rolle auch weiterhin spielen. Dann ließ Ihre Majestät den Besuch des Premiers in den Hofnachrichten bekanntgeben, um der Öffentlichkeit und Diana das Gefühl zu geben, man schätze sie noch immer.

Der Hof erlaubte der Prinzessin ein paar Goodwilltouren, schränkte aber, von Charles instruiert, die früher damit verbundenen Privilegien ein. Keine hochrangigen Höflinge mehr in der Eskorte, keine Hofdamen. Sie flog nicht mehr Erster Klasse, und als sie in Nepal eintraf, verhinderte der Hof, daß die Nationalhymne gespielt wurde. Die Boulevardpresse, die Diana vergötterte, berichtete von diesen Affronts und forderte in Leitartikeln einen angemessenen Umgang mit der Mutter des künftigen Königs.

Doch die Höflinge ließen den Vorhang vor dem Star fallen und verdrängten ihn allmählich von der Bühne. Sie wurde nicht mehr gebeten, bei öffentlichen Veranstaltungen wie Trooping the Colour, der Fahnenparade, gemeinsam mit der königlichen Familie aufzutreten. Als ihr die Königin 1993 keine Einladung zum Royal-Ascot-Rennen schickte, ging Diana mit ihren Söhnen in einen Freizeitpark. Am nächsten Tag präsentierten Zeitungsfotos eine liebevolle Mutter in Bluejeans, die sich mit ihren Kindern amüsierte, und daneben die steife königliche Familie, die dem Volk aus ihren Karossen zuwinkte. Eine Boulevard-Schlagzeile verdeutlichte den Kontrast: »Die zärtliche Mutter und die Hochnäsigen.«

Auch zur Geburtstagsparty der Königinmutter im August 1993 wurde Diana nicht eingeladen. Wieder erschien ihr Foto auf den Titelblättern, das sie beim Spiel mit ihren Kindern zeigte. Während die Königin nach Ungarn reiste und damit zum erstenmal einen ehemals kommunistischen Staat besuchte, flog Diana nach Paris und ging einkaufen, was die Medien viel mehr interessierte als die Aktivitäten der Monarchin. Ein Leitartikel im *Evening Standard* fragte: »Sollte man die Prinzessin nicht unter Hausarrest stellen, wenn eine Auslandsreise ihrer ranghöheren, aber weniger medienwirksamen königlichen Verwandten geplant ist?«

Um als Engel der Barmherzigkeit aufzutreten, wollte Diana am Gedenkgottesdienst für zwei Kinder teilnehmen, die in der Stadt Warrington in Cheshire bei einem IRA-Bombenanschlag gestorben waren. Aber der Hof gestattete es nicht und schickte Prinz Philip hin. Diana ließ die Hofschranzen wissen, auch sie könne mit harten Bandagen kämpfen, und telefonierte mit den trauernden Müttern der Bombenopfer. »Ich möchte bei Ihnen sein und Sie umarmen, aber das kann ich nicht, weil mein Schwiegervater an dem Gottesdienst teilnimmt.«

Sogar Dianas Kritiker fanden das Verhalten des Hofs kleinlich und gehässig.

Sie beobachtete, wie sich die königliche Familie auf Charles' Seite schlug und gegen sie Front machte. Das sah er anders, und er erklärte, seine Freunde würden ihn energischer unterstützen als die Verwandtschaft. Sein Vater blieb mit ihm in Verbindung, indem er über seinen Laptop Nachrichten schickte, die nicht immer geschätzt wurden. »Ach ja, der Herzog und seine hilfreichen Bulletins«, entsann sich einer von Charles' Adjutanten, wobei die hochgezogenen Brauen andeuteten, wie unwillkommen diese Botschaften waren. Der Adjutant erwähnte die Königin nicht, die ihrem Erben mit kühler Distanz begegnete. Manchmal stürzten sich die Höflinge von Mutter und Sohn wie Kampfhähne aufeinander.

»Als ich zu vermitteln suchte, wurde ich fast verrückt«, erzählte der Dekorateur Nicholas Haslam. »Zwischen den beiden Lagern tobt ein wilder, beklemmender Konkurrenzkampf, ohne jede Rücksicht auf das Band, das Mutter und Sohn einen sollte. Ein offener Schlagabtausch. Ihre Majestät die Königin gegen den aufstrebenden Prinzen, den König in Wartestellung... 1993 kam ich auf Prinz Charles' Wunsch in den Buckingham-Palast. Ich sollte die Dekoration für ein Dinner entwerfen, zu dem er das Royal Shakespeare Theatre eingeladen hatte. Zusammen mit einem Angestellten der Königin inspizierte ich einige Räume und schlug vor, die Stühle anders zu verteilen, um eine gemütlichere Atmosphäre zu schaffen. ›Auf keinen Fall‹, erwiderte der Mann. ›Das würde Ihre Majestät nicht billigen.‹ Dann bat ich einen anderen Angestellten, mir bei der Beleuchtung zu helfen. ›Die Lampen gefallen Ihrer Majestät so, wie sie sind‹, sagte er. Schließlich fragte ich, ob ein paar Tische umgestellt werden könnten. Der Prinz erwartete immerhin 300 Leute, und wir brauchten mehr Platz. ›Ihre

Majestät zieht es vor, wenn die Tische bleiben, wo sie sind.‹ Vor lauter Frust drehte ich fast durch. Ich durfte nicht einmal Kerzen verwenden, weil ›Ihre Majestät nicht gern bei Kerzenlicht diniert‹. Der Versuch, in der Domäne seiner Mutter für Charles zu arbeiten, war eine Katastrophe. Aber letzten Endes meisterte ich die Probleme, und er war sehr freundlich. Er versicherte, der Buckingham-Palast habe niemals schöner ausgesehen als an diesem Abend. Natürlich alterte ich um fünfzig Jahre, während ich mit all den Angestellten der Königin die Arrangements aushandelte ...«

An jenem Abend, den seine Mutter nicht im Buckingham-Palast verbrachte, flatterte die Flagge des Prinzen von Wales an der Fahnenstange. Er gewann die Sympathien seiner Gäste, als er nach dem Dinner verkündete: »Im letzten Jahr lernte ich die Werke Shakespeares recht gut kennen. Ich befaßte mich mit den ›Lustigen Weibern von Windsor‹, ›Verlorene Liebesmüh‹ und ›Der Widerspenstigen Zähmung‹. Jetzt ist es Zeit für ›Ende gut, alles gut‹.« Damit hatte er einen Bombenerfolg.

Gelegentlich scherzte auch Diana über ihre mißliche Lage. Während eines Besuchs in einem Londoner Heim für Ehefrauen gewalttätiger Männer nahm sie an einer Gruppentherapie teil und hörte den Frauen zu, die erklärten, wie sie sich ein neues Leben aufbauen wollten. Als man sie fragte, ob sie etwas zu diesem Thema sagen könnte, zupfte sie an ihrer Bluse und fächelte sich Kühlung zu. »Nun wird mir ganz heiß.«

Die Sensationsreporter freuten sich über Dianas amüsante Bemerkungen – besonders, wenn sie die seriöse Presse attakkierte. »Oh, Sie sind von der *Financial Times*? Die hatten wir daheim. Ja, ich glaube, wir benutzten sie als Unterlage im Käfig unseres Wellensittichs.«

Einer der Journalisten, die regelmäßig über sie berichteten, machte ihr Komplimente und meinte, sie sehe so fit aus. Da verwirrte sie ihre Zuhörer mit der Frage, ob sie sich an die Tage erinnern könnten, als sie jünger gewesen sei, mit großem Busen. »O ja, Ma'am«, antwortete Arthur Edwards, ihr Lieb-

32

Der blonde und blauäugige Prinz, der Elizabeth heiratete und Herzog von Edinburgh wurde, machte auf Frauen einen überwältigenden Eindruck.

Prinzessin Alexandra, eine verheiratete Cousine der Königin und enge Freundin von Prinz Philip.

33

Der frühere Filmstar Merle Oberon, eine weitere enge Freundin Philips und seine bevorzugte Gastgeberin, wenn er sich in Hollywood aufhielt.

34

Noch eine sehr gute Freundin: Helene Cordet. Sie war die erste Frau, die als Philips Geliebte galt.

35

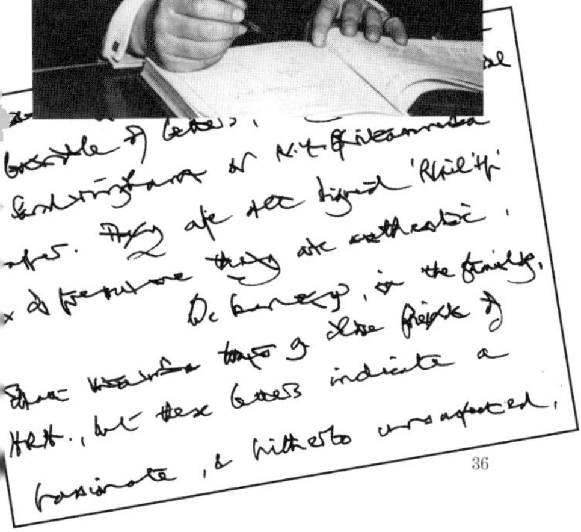

HRH., but these letters indicate a
passionate, & hitherto unsuspected,

36

Ein Auszug aus einem von vielen Briefen, in denen der Autorin während ihrer Recherchen angebliche Liebesbriefe Philips an andere Frauen, geschrieben auf Balmoral, Sandringham oder der *Britannia,* angeboten wurden.

37

Die königliche Familie begeht im Oktober 1972 in Windsor Castle die silberne Hochzeit des Königspaares. Hinten stehend, von links: Der Earl of Snowdon; der Herzog von Kent; Prinz Michael von Kent; der Herzog von Edinburgh; der Earl of St. Andrews (ein älterer Sohn des Herzogs von Kent); Prinz Charles, der Prince von Wales; Prinz Andrew; the Honourable Angus Ogilvy und sein Sohn, James Ogilvy. Sitzend, von links: Prinzessin Margaret, Countess of Snowdon; die Herzogin von Kent (mit Lord Nicholas Windsor, ihrem jüngsten Sohn, auf dem Schoß); Königin Elizabeth, die Königinmutter; Königin Elizabeth II.; Prinzessin Anne; Marina Ogilvy und ihre Mutter, Prinzessin Alexandra. Auf dem Boden, von links: Lady Sarah Armstrong-Jones, Viscount Linley (Kinder von Prinzessin Margaret); Prinz Edward; Lady Helen Windsor (die Tochter des Herzogs von Kent). Foto von Patrick Lichfield.

38

Die königliche Familie bei der geliebten Großwildjagd: Die Königin (in der Mitte, mit der Kamera) und ihre Jagdgesellschaft in Sawai Madhopur. Davor der über zwei Meter große Tiger, erlegt von Prinz Philip persönlich (ganz links), dem Präsidenten des World Wildlife Fund.

39

Hinter ihrem Rücken wurde die Königinmutter vom Herzog und der Herzogin von Windsor wegen ihrer Vorliebe für Süßigkeiten »Cookie« (Keks) genannt. Dafür sprach sie von der Herzogin von Windsor nur als von »dieser Frau« und verhinderte, daß ihr der Status einer »Her Royal Highness« zuerkannt wurde. Der Streit zwischen den beiden dauerte ein Leben lang.

40

Ein verlorener Blick aus dem Fenster des Buckingham-Palastes: die Herzogin von Windsor nach der Beisetzung ihres Gatten 1972.

Charles und Lord Mountbatten, oder »Onkel Dickie«, wie er von der königlichen Familie genannt wurde. Er empfahl dem jungen Prinzen »für die Frauen wie eine lebendige Zielscheibe zu sein«. Er schrieb: »In deinem Fall, glaube ich, ist es das beste, daß ein Mann sich erst die Hörner abstößt und so viele Affären wie möglich hat, bevor er sich häuslich niederläßt und sich endgültig bindet.«

41

Charles verliebte sich in Camilla Shand, doch sie heiratete Andrew Parker-Bowles.

42

Charles mit Sarah, der 22jährigen Tochter von Earl Spencer, in Cowdray, Sussex, bei einem Polospiel.

43

44

Charles folgte Mountbattens Rat, »ein passendes, attraktives und sanftmütiges Mädchen auszusuchen, bevor sie sich in einen anderen verliebt«.
1981 verlobte er sich mit Lady Diana Spencer.
Foto von Lord Snowdon.

45

Der Prinz und die Prinzessin von Wales nach ihrer Trauung in der St. Paul's Cathedral am 29. Juli 1981.

Dianas Vater Earl Spencer mit seiner zweiten Frau, Raine, vor Althorp, dem Familiensitz.

Dame Barbara Cartland, die berühmte Romanautorin, ist die Mutter von Raine Spencer. »Ihre falschen Augenwimpern sehen aus wie zwei Krähen, die über die Weißen Klippen von Dover fliegen«, meinte Diana bissig und lud ihre Stiefgroßmutter nicht zur königlichen Hochzeit ein.

48

Diana mit ihrer Mutter, Frances. Sie verließ Dianas Vater, um Peter Shand Kydd zu heiraten. Frances wurde des Ehebruchs bezichtigt und verlor das Sorgerecht für ihre Kinder, nachdem ihre Mutter, Lady Ruth Fermoy, im Scheidungsprozeß gegen sie ausgesagt hatte.

49

Dianas Bruder, Charles Spencer, erbt den väterlichen Titel. In der Presse nennt man ihn »Champagner-Charlie«.

50

Diana und ihre ältere Schwester Jane hatten sich einander entfremdet. Jane ist die Frau von Robert Fellowes, dem Privatsekretär der Königin.

51

52

53

54

Mal mager, mal üppig: die junge Prinzessin von Wales in den verschiedenen Phasen ihrer Bulimie. Schließlich besiegte sie die Krankheit. In Modefragen vertraute sie sich bald der Beratung britischer Modedesigner an.

55

56

57

58

59

60

Mondän und strahlend – so wurde die Prinzessin die am meisten fotografierte Frau der Welt.

61

62

63

64

Diana war das erste Mitglied der königlichen Familie, das einen Aids-Kranken berührte.

65

»Ich bin eine humanitäre Persönlichkeit«, sagte Diana während ihrer Angola-Reise 1997, »ich war es immer und werde es immer sein.« Nach ihrem Besuch bei Kindern mit amputierten Gliedmaßen erhob sie heftige Kritik an den Regierungen für die fortgesetzte Produktion von Waffen und forderte ein weltweites Verbot für die Herstellung und den Einsatz von Landminen.

66

»Mein aufregendstes Erlebnis«, schwärmte Diana nach dem Tanz mit John Travolta, dem Star aus *Saturday Night Fever,* im Weißen Haus 1985.

67

»Der Prinz fiel fast vom Stuhl«, erzählte Wayne Sleep vom Royal Ballet nach Dianas Auftritt in Covent Garden. In einer Art weißem Unterrock sprang die Prinzessin auf die Bühne, um ihren Mann zu überraschen. Heimlich hatte sie eine Tanznummer eingeübt, die sie nun 2600 Zuschauern vorführte – niemand hatte je zuvor ein Mitglied der königlichen Familie gesehen, das sich in aufreizender und verführerischer Weise auf der Bühne präsentierte. Charles beklagte sich später, ihr Exhibitionismus sei ihm sehr peinlich gewesen.

68

Nach der Entdeckung von Charles' Affäre mit Camilla Parker-Bowles begann Diana eine eigene Liebesaffäre mit Major James Hewitt.

69

Diana mit dem Kunsthändler Oliver Hoare. Die Zeitungen berichteten, die Prinzessin habe den verheirateten Hoare achtzehn Monate lang mit anonymen Anrufen und wüsten Beschimpfungen gegen seine Frau traktiert.

Will Carling, der Kapitän der englischen Rugby-Mannschaft. Ebenfalls ein verheirateter Mann, der der Prinzessin nahestand. Seine Frau drohte, in einem Scheidungsprozeß Dianas Namen zur Sprache zu bringen und sie als Ehebrecherin anzuprangern.

70

71

Der britische Autohändler James Gilbey, dessen Telefongespräche mit Diana von Unbekannten mitgeschnitten wurden. In einer Niederschrift versichert Gilbey der Prinzessin, die von ihm »Squidgy« genannt wird, daß sie nicht schwanger werden wird.

72

»Ich habe nie besser ausgesehen«, kommentiert Sarah Ferguson den 23. Juli 1986, den Tag, an dem sie Seine Königliche Hoheit, den Herzog von York, den Lieblingssohn der Königin, heiratete.

73

74

75

»Einmal wog ich sogar 250 Pfund. Ich hatte immer mit meinem Gewicht zu kämpfen,« klagte die Herzogin von York, auch bekannt als Fergie. »Ich trainierte das Fett ab, aber dann stopfte ich zehn Sandwiches mit fetter Mayonnaise in mich hinein.« Später verlor sie 100 Pfund und wurde Sprecherin von Weight Watchers International.

76

»Endlich strahlend schön« konnte sich Fergie 1991 nach Monaten einer anstrengenden Diät zeigen. Wie die Prinzessin von Wales nahm sich Fergie Liebhaber. Ihre Entschuldigung: die ständige Abwesenheit ihres marinebegeisterten Ehemannes. »Immer war er auf See«, klagte sie. »Aber er bleibt mein bester Freund.«

77

Der Texaner Steve Wyatt war »die Liebe meines Lebens«, bekannte Fergie. Als sie ihm begegnete, war sie im fünften Monat schwanger. »Er langweilte einen zu Tode«, urteilte Kolumnist Taki Theodoracopulos, »er redete nur über Diäten, gutes Karma und den ganzen übrigen Unsinn, mit dem moderne Amerikaner uns belästigen.«

79

Johnny Bryan. Paparazzi machten Schnappschüsse von ihm beim Herumtollen mit Fergie und ihren Kindern in Südfrankreich 1992. Die Fotos der barbusigen Herzogin und ihres Finanzberaters, der ihr am Zeh nuckelt, verursachten einen internationalen Skandal.

78

»Ich mag athletische Männer«, schwärmte Fergie vom österreichischen Tennisspieler Thomas Muster.

Schlagzeilen englischer Zeitungen: »Das Ende des Märchens«; »Trennung, aber keine Scheidung«; »Der Thron verwaist«; »Frei zum Glück«; »Prinz und Prinzessin getrennt«; »Einsames Zuhause.«

81

Als alleinerziehende Mütter begannen Diana und Fergie ein neues Leben.
Die Prinzessin von Wales mit ihren zwei Kindern, Prinz Harry und Prinz William.
Die Herzogin von York mit ihren zwei Kindern, Prinzessin Beatrice und Prinzessin Eugenie.

83 

Sophie Rhys Jones mit Prinz Edward. Wenn Prinz Edward tagsüber seinem Beruf als Dokumentarfernsehfilmer nachgeht, läßt er sich »Mr. Windsor« nennen. Abends jedoch besteht er darauf, mit »His Royal Highness« angeredet zu werden. Die Königin gab dem Paar, das sich seit 1993 kennt, die Erlaubnis, in Edwards Räumen im Buckingham-Palast zu wohnen.

84 

Die Königinmutter feiert ihren 90. Geburtstag, umringt vom größten Teil der königlichen Familie. Hinten, von links: Anne, die Königliche Prinzessin; Commander Tim Laurence; Viscount Linley und seine Frau Serena; Peter Phillips, der Sohn von Prinzessin Anne; Sir Angus Ogilvy; Prinzessin Alexandra; Prinz Edward; Prinz Andrew (mit der Kamera abgewandtem Gesicht). Vorne, von links: Ihre Majestät; Zara Phillips, die Tochter von Prinzessin Anne; die Königinmutter; Prinz William; Prinzessin Margaret; Prinz Charles; Prinz Harry.

Königin Elizabeth

85

86

Cartoonists & Writers Syndicate

DIE LEIDEN DER PRINZESSIN DI

von Calvin Trillin

O Di, dein mannigfaches Leid rangiert ganz oben
auf jeder Liste, die Tragödien verzeichnet.
Bei Gott, von welchen Plagen wirst du nicht verfolgt:
Der Prinz. Die Gesundheit. Ein Buhle, der was gilt.

Und jetzt hast du gelobt, es noch mal durchzustehen,
damit Prinz William König wird und nicht sein Vater.
Nur zu! Sollt' diese Show nun rasch zu Ende gehen
Wir sähen lieber früher zu als später.

88

87

Prinz William; er könnte König werden.

lingsfotograf. »Waren das nicht schöne Zeiten?« Er fotografierte sie, seit sie mit neunzehn Jahren auf den Heiratsantrag des Prinzen von Wales gewartet hatte. Als sie sich damals vor die Tür ihres Apartmenthauses in Coleherne Court gewagt und die Reporterschar rings um ihr Auto gesehen hatte, war sie in Tränen ausgebrochen. Edwards hatte sich einen Weg durch die Menge gebahnt, um ihr beizustehen. »Weinen Sie nicht vor all den Leuten. Irgendwann werden Sie Königin Di, und wenn Sie den Job endlich kriegen, werde ich Sir Arthur!«

Danach belohnte sie ihn stets mit ihrem schönsten Lächeln. Als er erkrankte, brachte sie ihm eine Medizin. »Sie redet mich mit dem Vornamen an, seit wir uns kennen«, sagte er. »Prinz Charles nennt mich immer noch Mr. Edwards und ist sehr förmlich. Das finde ich in unserem Zeitalter deplaziert.«

Der *Sun*-Fotograf machte sich keine Illusionen über die Gründe, warum die Prinzessin ihn favorisierte. »Wahrscheinlich, weil 13 Millionen Leser sie von der besten Seite sehen werden. Komischerweise ist Diana am kooperativsten, wenn sie mit den auflagenstärksten Zeitungen zu tun hat.«

Wann immer die Prinzessin in einem spektakulären neuen Kleid auftauchte, rief der Fotograf anerkennend: »Heute abend sehen Sie wunderschön aus, Ma'am.« Und wenn sie sich in einem Kleid zeigte, das sie schon einmal getragen hatte, klagte er: »Oh, nicht schon wieder dasselbe.«

»Arthur«, entgegnete sie, »ich glaube, Sie würden es vorziehen, wenn ich nackt auftrete.«

»Dann würde Ihr Bild wenigstens in der Zeitung erscheinen«, konterte er.

»Hier mache *ich* die Witze, Arthur«, tadelte sie ihn.

Später benutzte er ihre Antwort als Titel für sein Buch mit Erinnerungen an gekrönte Häupter. Diana ließ ihn wissen, daß sie diese Art der Ausbeutung nicht schätzte. Ohne ihm ihr übliches Lächeln zu schenken, fragte sie: »Wie viele Bücher haben Sie verkauft, Arthur?«

Er grinste verlegen. »Ma'am, ich finde Sie wundervoll. Und ich würde niemals irgendwas tun, das Ihnen schaden könnte.«

Dianas Vater, der verstorbene Earl Spencer, hatte einmal bemerkt, sie besitze eine »eiserne Seele«, und Arthur Edwards bekam manchmal ihre Seitenhiebe zu spüren. Um ihre neue Frisur zu kommentieren, meinte er, wenn sie ihre Haare noch kürzer schneiden ließe, würde sie wie Sinead O'Connor aussehen, der irische Popstar mit dem kahlrasierten Kopf. »Ich wenigstens habe noch ein paar Haare«, erwiderte Diana und musterte seine Glatze.

Sobald sie sich gekränkt fühlte, sann sie auf Rache. Eine junge Reporterin schrieb, Diana habe auf einer Reise bequeme, aber unelegante Kleidung getragen. Danach wurde sie von der Prinzessin demonstrativ ignoriert. Während des Rückflugs betrachtete Diana den Rock der Journalistin, der bis zu den Knöcheln reichte, und meinte: »Allzulange wird sie sich nicht halten.« Die junge Frau hörte, wie die Prinzessin Pläne für weitere Reisen nach Übersee schmiedete, und fragte: »Oh, noch mehr Reisen?« Ohne zu lächeln entgegnete Diana: »Noch mehr Reisen und noch mehr schäbige Kleider.«

Normalerweise hofierte sie die Medien, besonders nach der Trennung von Charles, als beide miteinander rivalisierten, um Popularität kämpften und die Presse benutzten, um einander zu attackieren. Sie spannten überregionale Zeitungen ein, die seine beziehungsweise ihre Meinung über die ehelichen Schwierigkeiten veröffentlichten. Weil sich Diana mit den Reportern anfreundete, wurde sie in günstigerem Licht präsentiert. Sie gab Cocktailpartys für die Journalisten, die sie auf ihren Reisen begleiteten, benachrichtigte sie, wenn ihr die Storys besonders gut gefielen, und dachte an die Geburtstage der Leute. Regelmäßig instruierte sie Richard Kay, den Korrespondenten der *Daily Mail,* der für das Königshaus zuständig war und fotografiert wurde, als er mit ihr in einem Auto tuschelte. Sie lud den Medienzar Rupert Murdoch zum Lunch in den Kensington Palace ein. Ähnliche Einladungen erhielten die Fernsehstars Oprah Winfrey und Barbara Walters – und sie sagten zu. Diana gewann die Zuneigung Katharine Grahams, der Vorsitzenden der *Washington Post Company*, und besuchte sie in Martha's Vineyard und Washington. Außerdem ging sie auf Partys, die Magazine wie *People, Harper's Bazaar* und *Vanity Fair* sponserten. Sie posierte für die *Vogue*. Die Reporter, die sie auf Skiurlauben mit ihren Kindern begleiteten, behandelte sie so freundlich, daß Prinz Charles' Anhänger ihr vorwarfen, sie benutze die beiden Jungen, um auf seine Kosten ihre Mutterliebe hervorzukehren. Er rächte sich, indem er mit seinen Söhnen exotischere Ferien in Italien und auf griechischen Inseln verbrachte. Aber sie übertrumpfte ihn und flog mit ihnen nach Florida, wo sie Disneyworld besuchten. Charles war fest entschlossen, sich nicht ausbooten zu lassen. Als er mit den Kindern zu Ostern nach Balmoral fuhr, schenkte er ihnen ein Fußballtor, Badminton-Schläger, zwei Mountain-Bikes, ein Trampolin, Gewehre für die Hasen- und Krähenjagd und zwei Mini-Motorräder für je 5 000 Mark. Aber nicht einmal seine gestellten Fotos mit den Jungen verschafften ihm größere Popularität.

»Einige Royals behandeln die Reporter wie Telegrafenmasten, und das ist ein großes Problem«, meinte Arthur Edwards. »Sie gehen einfach um sie herum und ignorieren sie. Dies war einer der Gründe für ihre schlechte Publicity ... Diana bemühte sich, das zu ändern.«

Sie wurde die meistfotografierte Frau der Welt, und die Fotografen verdienten einige zigtausend Mark mit diesen Bildern. An den materiellen Wert ihrer Person wurde sie erinnert, als sie einen Anruf von Lady Elizabeth Johnston erhielt, die in der Nähe des Great Windsor Park wohnte. Sie hatte von ihrem Friseur erfahren, Diana sei bei ihrem allwöchentlichen Training im Fitneßcenter heimlich fotografiert worden, und zwar vom Besitzer.

»O Gott, habe ich präsentabel ausgesehen?« fragte Diana.

»Ja, soviel ich weiß.«

»Da bin ich sehr erleichtert. Sonst würde meine Schwiegermutter sterben.«

Am nächsten Tag beauftragte Diana ihren Detektiv Ken Wharfe, die Story zu überprüfen. Er sprach mit Bryce Taylor, dem Besitzer von L.A. Fitness, der bestritt, die Prinzessin fotografiert zu haben. »Um Himmels willen, seit fast drei Jahren kommt sie hierher. Sie sind immer dabei. Haben Sie jemals ein Sicherheitsproblem gesehen?«

Um sich Gewißheit zu verschaffen, wanderte der Detektiv durch den Club. Er inspizierte den Trainingsraum nicht allzu gründlich. Aber selbst wenn er's getan hätte, wäre ihm das Loch in der Decke vielleicht entgangen.

Sechs Monate später erschien ein heimlich geknipster Schnappschuß von Diana – in Radlerhose und engem türkisblauem Trikot – auf der Titelseite des *Sunday Mirror*. Die Zeitung hatte über 400 000 Mark für Fotos bezahlt, die Diana zeigten, wie sie Gewichte stemmte, die Beine weit gespreizt. Die Posen waren wenig schmeichelhaft, sogar für eine so schöne junge Frau wie die Prinzessin. Deutlich enthüllte das Foto ihr Becken, alle Pölsterchen und Speckfalten rund um die Hüften.

Beim Anblick der voyeuristischen Fotos mochten manche Leute den Eindruck gewinnen, man habe dem arglosen Mädchen einen üblen Streich gespielt. Obwohl Diana Kinder geboren und sich auf Liebschaften eingelassen hatte, strahlte sie immer noch eine gewisse Unschuld aus. Man hatte Fotos von ihren tiefen Dekolletés gesehen, Diana im aufreizenden Satinslip, sogar schwanger im Bikini, aber noch nie in unanständiger Pose.

»Das war ein Unterleibsfoto, schlicht und einfach«, meinte der Redakteur eines Magazins. »Würdelos und widerwärtig.«

Der königliche Biograph Brian Hoey erklärte, die Bilder wären niemals in England veröffentlicht worden, hätten sich

Diana und Prinz Charles nicht getrennt. »Nun wird sie von den Medien mit der gleichen Respektlosigkeit und Verachtung behandelt wie Filmstars oder ... wie Fergie.«

Diana fühlte sich tief gekränkt und mißbraucht. »Als ich das Foto sah, brach ich in Tränen aus. Ich kam mir beleidigt und gedemütigt und besudelt vor ...«

Der Hof und das Parlament stellten sich auf ihre Seite und beklagten die Verletzung ihrer Privatsphäre. Ihr Mann fand, eine Exhibitionistin habe nichts Besseres verdient. Aber ihr Schwiegervater drängte sie, vor Gericht zu gehen. Tagelang beherrschte der Wirbel um die Fotos alle Medien, Politiker verlangten eine strengere Überwachung der Presse, Zeitungsverleger protestierten. Die *Mirror Group*, die Besitzerin des beschuldigten Blatts, trat aus der Press Complaints Commission aus, und der Chefredakteur gab zu, er sei ein »Schuft«. Doch der Eigentümer des Fitneßcenters entschuldigte sich nicht. »Was ich tat, war raffiniert, heimtückisch und vorsätzlich«, gestand Bryce Taylor. »Ich entschuldige mich nicht ... Es war hinterlistig ... Aber wenn ich Ihnen erzähle, daß ich eine absolut legale Chance hatte, eine Gemeinheit zu begehen, die niemandem ernsthaft schadete und mir 1,5 Millionen Mark einbringen würde – hätten Sie nicht auch ja gesagt?«

Er engagierte einen Journalisten und schloß einen Vertrag mit einer Fotoagentur ab, die seine 82 Bilder von Diana vermarktete. Die Anwälte ließen das Geld, das Taylor erhalten sollte, mittels einer gerichtlichen Verfügung einfrieren. Mit der vollen Unterstützung der Königin verklagte Diana die Zeitung und den Fotografen. Den Gerichtsprotokollen zufolge erklärte sie: »Ich war schockiert, als ich Fotos von mir sah, die mich beim Training im Club zeigten und am 7. November 1993 im *Sunday Mirror* veröffentlicht wurden sowie am 8. November 1993 im *Daily Mirror*. Von der Existenz solcher Fotos wußte ich nichts, und ich war niemals bereit gewesen, mich im Club fotografieren zu lassen, unter keinen Umständen. Ich empfinde Mr. Taylors Verhalten als Vertrauensbruch.«

Die Prinzessin wollte sich für ein Gesetz zum Schutz der Privatsphäre einsetzen, das es in England nicht gab, und war gewillt, in den Zeugenstand zu treten. »Um der Gerechtigkeit zu dienen, werde ich tun, was auch immer nötig ist.« In einer öffentlichen Erklärung dankte sie allen Leuten, die das Vorgehen der *Mirror*-Zeitungen verurteilt hatten. Der blamierte Fitneßclubbesitzer versuchte sich zu verteidigen und machte ein paar Wochen später pleite. Nach dem britischen Justizsystem war er ein bedürftiger Angeklagter in einem Fall, der den Erlaß eines neuen Gesetzes bewirken sollte. Deshalb ersuchte er um einen Pflichtverteidiger, und der vorsitzende Richter beauftragte einen der bekanntesten Anwälte des Landes, Geoffrey Robertson QC [Queen's Counsel], ihn zu vertreten.

Bis dahin hatte in dem Fall alles zugunsten der Prinzessin gesprochen. Aber plötzlich stiegen die Chancen des Angeklagten. Robertson war den Fähigkeiten von Dianas Anwalt, Anthony Julius von der Kanzlei Mischon de Reya, durchaus gewachsen. Taylor war besonders erleichtert, weil Robertson Australier war, als Republikaner bekannt und von königlichen Hoheiten unbeeindruckt. Für Robertson war die Prinzessin von Wales einfach nur eine reiche Klägerin namens Diana Windsor. Wie die Gerichtsprotokolle verraten, nannte er sie Mrs. Windsor, während Anthony Julius von ihr als »Ihre königliche Hoheit, die Prinzessin von Wales« sprach.

Innerhalb weniger Tage holte Robertsons Verteidigungsteam einige Angestellte in den Zeugenstand, die unter Eid aussagten, die Prinzessin habe absichtlich Aufmerksamkeit erregt und neben einem Fenster trainiert, damit die Öffentlichkeit sie besser beobachten konnte. Einige erzählten, sie habe ungezwungen mit männlichen Clubmitgliedern geflirtet und provozierende, hautenge Kleidung getragen, um ihren Körper zu zeigen. Dadurch habe sie den Eindruck erweckt, sie würde sich gern »aufreißen« lassen.

Dianas Anwälte entgegneten, sie habe im Club passende Trainingskleidung getragen. Aber was immer sie auch anziehen würde, sie habe ein Recht auf ihre Privatsphäre. Sie legten eine schriftliche Erklärung von Bryce Taylor vom 25. September 1990 vor, in der er versprach, sie vor der Öffentlichkeit zu schützen.

Darauf antworteten seine Anwälte, sie habe eine dreijährige Mitgliedschaft als Geschenk angenommen und deshalb nicht die gleichen Privilegien genossen wie zahlende Gäste. Infolge des kostenlosen Trainings habe sie das Recht auf ihre Privatsphäre aufgegeben, insbesondere, weil sie bereit gewesen sei, sich wiegen und messen zu lassen. Dann legten sie ein Formular vor, das sie unter dem Namen Sally Hughes', ihrer früheren Sekretärin, ausgefüllt hatte:

Blutdruck:	120/60
Größe in Zentimetern:	177
Körpermaße in Zentimetern (Umfang):	
Schulter:	100
Brust:	89
Rechter Arm:	23
Taille:	69
Rechter Oberschenkel:	56
Wade:	33,5

Der Hof war bestürzt, als er erfuhr, daß einige von Dianas eidesstattlichen Aussagen nicht mit jenen ihres Detektivs übereinstimmten. Nachdem die Verteidigung Ken Wharfe in den Zeugenstand gerufen hatte, quittierte er wenig später den Dienst bei der Prinzessin. Dann beschloß ihr Chauffeur, für Prinz Charles zu arbeiten. Keiner der beiden hatte vorher mit Diana über seine Entscheidung gesprochen. Es erschütterte sie, zwei Männer zu verlieren, die jahrelang bei ihr angestellt gewesen waren. Ein paar Stunden, nachdem sie die Neuigkeit erfahren hatte, besuchte sie eine Theateraufführung, mit rotgeweinten Augen und geschwollenen Lidern. Sie blieb nur eine knappe Stunde im Theater, dann rannte sie schluchzend hinaus. Der Hof behauptete, sie leide an einer Migräne.

Am nächsten Tag veröffentlichten die Tageszeitungen Artikel über »die gequälte Seele einer Prinzessin« und überlegten, ob sie wieder an Bulimie erkrankt sei. In der Presse wurde die Kündigung ihrer Angestellten als Komplott des Hofs interpretiert, der Diana aus der Fassung bringen wollte.

Drei Tage später versuchte sie, die Angelegenheit in einer Rede vor Sozialarbeitern zu klären. »Meine Damen und Herren, Sie können sich glücklich schätzen, weil Ihre Schirmherrin heute erschienen ist. Angeblich knie ich den ganzen Tag vor der Toilette... Und wenn ich hier fertig bin, werden mich wahrscheinlich Männer in weißen Kitteln davonschleifen.«

Gutmütig applaudierte ihr Publikum.

»Wenn's Ihnen recht ist«, fuhr sie fort, »verschiebe ich meinen Nervenzusammenbruch auf einen geeigneteren Augenblick.« Dann fügte sie lächelnd hinzu: »Erstaunlich, was eine Migräne bewirken kann.«

Zuvor hatte die Königin Dianas Gerichtsprozeß befürwortet. Nun besann sie sich anders. Sie fragte sich, ob die gefühlsbetonte Prinzessin ein hartes Kreuzverhör verkraften würde. Außerdem war sie beunruhigt, als sie hörte, daß Dianas ehemaliger Liebhaber James Hewitt bei Geoffrey Robertson ein- und ausging. Der Anwalt deutete an, vielleicht lade er Hewitt vor, um zu demonstrieren, was die Prinzessin tatsächlich von einer Einmischung in ihr Privatleben hielt. Verärgert las die Königin Hewitts Antwort auf die Frage von Kathy Lette, der Frau Robertsons, wie die Prinzessin in Wirklichkeit sei: »Sie hat Mundgeruch und will ständig Sex.«

In vollen Zügen genoß die Presse den Prozeß. Über 900 Reporter bewarben sich um den Zutritt in einen Gerichtssaal mit 57 Plätzen. Die Königin sorgte sich wegen des internationalen Medienspektakels und wollte verhindern, daß ein Mitglied der königlichen Familie in den Zeugenstand trat. Und so empfahl sie, den Fall außergerichtlich zu regeln.

Dieser Vorschlag wurde Bryce Taylor unterbreitet. Aber außerhalb des Gerichtssaals hätte er keinen Anspruch auf einen Pflichtverteidiger mehr und selbst einen Anwalt bezahlen müssen. Deshalb war er nicht an einer außergerichtlichen Einigung interessiert. Da er bankrott war, hoffte er, die weltweiten Rechte an der Story über den Sensationsprozeß verkaufen zu können. Der Presseagent, den er engagiert hatte, sagte: »Es ging ihm immer ums Geld – nur ums Geld.«

Der Privatsekretär der Königin nahm Verbindung mit Lord Peter Palumbo auf, einem engen Freund Dianas, und ließ ihr ausrichten, Ihre Majestät würde der Prinzessin gern die Tortur ersparen, vor Gericht auszusagen. Dafür hatte Lord Palumbo Verständnis. Aber Diana wollte den Prozeß durchziehen, die Königin nicht. Deshalb verhandelte Lord Palumbo mit einigen beteiligten Anwälten, und man einigte sich auf ein vertrauliches Arrangement, das allen Betroffenen nützte: Die Prinzessin sah wie die Siegerin aus; die Zeitungen entgingen einer Verurteilung; und Taylor, der »Spanner«, wurde vor der Armut gerettet. Die wichtigsten Punkte:

1. Die *Mirror Newspaper Group* verpflichtete sich, eine Entschuldigung zu veröffentlichen, einen Schadenersatz von rund 66 000 Mark in Dianas Namen an die Wohlfahrt zu zahlen und nicht über den Fall zu berichten.

2. Bryce Taylor erklärte sich bereit, Diana die Fotos und Negative zu übergeben und sich öffentlich zu entschuldigen. Für sein Versprechen, den Fall nie wieder aufzurollen, sollte er monatliche Zahlungen aus einem Treuhandfonds erhalten, insgesamt 740 000 Mark. Wer das Geld aufbrachte, erfuhr er nicht; er vermutete aber, es sei König Juan Carlos, weil der Treuhandfonds in Spanien registriert war. Im Juni 1996 erfolgte die letzte Zahlung. Der Treuhandfonds bezahlte auch Taylors Steuern und seine Anwaltskosten.

3. Ein Teil von Dianas Anwaltskosten sollte mit dem Geld finanziert werden, das per gerichtlicher Verfügung eingefroren worden war. Auf die restliche Summe verzichtete Lord Mischons Kanzlei.

4. Alle Parteien verpflichteten sich schriftlich, keine Einzelheiten zu enthüllen.

Als die Einigung bekanntgegeben wurde, seufzte die *News of the World* erleichtert: »Die königliche Familie ist gerettet.« In anderen Londoner Zeitungen wurde irrtümlich »Dis triumphaler Sieg« bejubelt.

»Wahrscheinlich hätten wir gewonnen«, sagte ein *Mirror*-Redakteur, »doch es wäre uns zu teuer gekommen. Nicht in finanzieller Hinsicht, aber die Öffentlichkeit hätte uns gehaßt, besonders unsere einfachere Leserschaft, die Diana anbetet.«

Obwohl die Prinzessin in den Medien als Gewinnerin gefeiert wurde, erkannte sie ihre Niederlage. Ein Großteil ihres Personals hatte gekündigt – ihr Koch, ihr Kammerherr, ihre Zofe, ihr Chauffeur, ihr Detektiv. Sie schlug zurück, indem sie ihren Butler Harold Brown feuerte, der seit ihrer Hochzeit für sie arbeitete und auch nach ihrer Trennung von Charles bei ihr geblieben war. Nun bestand sie darauf, daß er sein mietfreies Apartment im Kensington Palace »so schnell wie möglich« verließ. Als die Prinzessin Michael von Kent den hochgewachsenen, höflichen Mann engagieren wollte, der sein gesamtes Berufsleben in königlichen Diensten verbracht hatte, wurde sie von Diana daran gehindert.

Bestürzt über ihr Verhalten, rief der Prinz von Wales den Butler zu sich. »Tut mir leid, was sie Ihnen angetan hat, aber ich kann nicht eingreifen ... Ich kann Sie nicht einmal einstellen. Aber Sie sollen wissen, daß ich zur Kenntnis nehme, was geschehen ist. Auch die Königin wurde über die Handlungsweise der Prinzessin informiert.«

Schließlich nahm Prinzessin Margaret den Butler in ihre Dienste, und er konnte sein mietfreies Apartment weiterhin bewohnen. Einer ihrer Angestellten bemerkte: »Die Prinzessin von Wales würde es nicht wagen, Prinzessin Margaret vorzuschreiben, wen sie engagieren darf. Immerhin ist Prinzessin Margaret von Geburt an königlich und Diana erst seit ihrer Hochzeit. Das macht einen großen Unterschied. Obwohl Diana in protokollarischer Hinsicht den Vorrang hat, existiert er nur auf dem Papier und spielt faktisch keine Rolle. Margaret ist die Schwester der Königin, und Diana darf vor jemandem, der wahrhaft königlich ist, nicht ihre Position demonstrieren, so wie vor Prinzessin Michael von Kent.«

Inzwischen waren Dianas königliche Aufgaben eingeschränkt worden, und Charles hatte ihr Versöhnungsangebot abgelehnt. Unmißverständlich erklärte er, lieber würde er sich umbringen, als wieder mit ihr zusammenzuleben. Sie fühlte sich von der königlichen Familie geächtet, von der Presse verfolgt. Und so beschloß sie, sich allmählich aus dem öffentlichen Leben zurückziehen. Am 3. Dezember ließ sie verlauten, wieder einmal unter Tränen, sie würde von nun an das Leben einer Privatperson führen.

»Als ich vor zwölf Jahren mein öffentliches Leben begann«, erklärte sie in einer Rede vor Mitarbeiten der Headway National Head Injuries Association, »war mir klar, daß sich die Medien für meine Aktivitäten interessieren würden... Aber ich ahnte nicht, welch eine überwältigende Aufmerksamkeit ich erregen und wie dies meine öffentlichen Pflichten und meine Privatsphäre beeinflussen würde, in einer Weise, die ich kaum ertrug.« Dann ließ sie die Bombe platzen: »Ich werde mein bisheriges öffentliches Leben sehr stark einschränken.«

Am nächsten Tag plärrte eine Schlagzeile: »Ab-Di-Cation« – Abdankung.

Dianas Bewunderer beklagten ihren Rückzug aus dem öffentlichen Leben als nationale Tragödie, ihre Kritiker warfen ihr vor, sie sei eine raffinierte Schauspielerin, die ihre Popularität weidlich ausgenutzt habe. Der Rückzug lieferte Material für zahlreiche Leitartikel. Sogar die *Irish Times* schlug wehmütige Töne an. In den Vereinigten Staaten verfaßte Calvin Trillin einen amüsanten Knittelvers, in dem er Diana bat, sich anders zu besinnen:

Zerknirscht ruft die Reportermeute:
»O Di,
Bleib Deiner Rolle treu!
Dich ärgert unsre Rüpelei.
Damit ist's jetzt vorbei.
Wir brauchen Dich. Warum wohl, Di?
Wir alle meinen, Charles sei
Nicht interessant für unsre Leser, Di.
Und deshalb fleh'n wir – steh uns bei!
Dafür versprechen wir Dir dreierlei:
Keine miese Spioniererei,
Keine indiskrete Flegelei,
Kein Foto Deiner Oberschenkel, Di.
Bitte, sag uns nicht Goodbye.
Di?«

21

DIE MITGLIEDER DER britischen königlichen Familie standen allmählich wie Hochstapler da: Sie schmückten sich mit Juwelen, trugen kostbare Kleidung und fuhren in Kutschen, aber sie benahmen sich nicht wie königliche Hoheiten.

Sie versuchten tapfer und ehrlich zu erscheinen, doch sie waren nicht einmal gutherzig. Offenbar verstanden sie die königliche Pflicht nicht, sich untadelig zu verhalten, Nächstenliebe zu üben, mit gutem Beispiel voranzugehen. Die Traditionen der Monarchie, in Literatur und Kunst überliefert, schienen ihnen egal zu sein. Sie hatten die Legenden um König Artus und seine glanzvollen Ritter von der Tafelrunde vergessen.

Viele ihrer treuen Untertanen, einst begeistert vom Königtum, waren enttäuscht. Manche verloren das Interesse, andere nahmen eine leicht negative Haltung ein, und einige machten keinen Hehl aus ihrer feindseligen Gesinnung. Der Respekt der Öffentlichkeit und ihre Ehrfurcht vor der Krone hatten stark gelitten, die Huldigungen erfolgten nicht mehr automatisch. Nur der Königinmutter, die in ihren Federn und Schleiern einherrauschte, gelang es immer noch, echte Zuneigung zu gewinnen.

Der Königin, die widerstrebend Steuern zahlte, die die Haushaltskosten gesenkt, den Buckingham-Palast geöffnet und die *Britannia* aufgegeben hatte, zollte man kaum noch die gewohnte Achtung. Als der britische National Blood Service die Krone aus seinen Insignien entfernte, konsultierte dieser

Ihre Majestät noch nicht einmal. Ihr Repräsentant wurde in Neuseeland beleidigt, als ein Maori-Demonstrant seinen tätowierten nackten Hintern entblößte und auf den Boden spuckte. Und in Südafrika wurde sie von der Regierung ersucht, die Cullinan-Diamanten zurückzugeben, die ihr Urgroßvater, Edward VII., als Geschenk erhalten hatte.

Nun versank die königliche Familie in ihrem eigenen Sumpf, und die Probleme wurden wirklich unangenehm. Die Presse begann giftig zu werden, und die Londoner *Sunday Times* brachte die Gefühle der Monarchiegegner zum Ausdruck: »Von den Windsors verweht.« Auch die *New York Times* höhnte: »Windsors und Versager.«

Die Monarchisten wollten sich von einem wundervollen Schauspiel moralisch lenken und leiten lassen. Statt dessen wurden sie in eine peinliche Seifenoper geführt, randvoll mit außerehelichem Sex, Telefonsex, Zehensex und, laut Charles' Kammerdiener, Gartensex. Dieser Kammerdiener verkaufte seine Geheimnisse einem Boulevardblatt, und er berichtete, er habe den grasbefleckten Pyjama des Prinzen gefunden, nach dessen Tollerei mit seiner Geliebten im Garten von Highgrove.

Einst gehorsame Diener des Königtums, entwickelten sich die Medien zu seinen Herren. Es kursierten so viele Gerüchte, daß der Hof gegen seine Regel »Kein Kommentar« verstieß und auf die anzüglichsten Klatschgeschichten reagierte. Um dem beharrlichen Gemunkel über Prinz Andrews Gesundheitszustand entgegenzutreten, bestritt der Hof, er sei HIV-positiv.

»Unsere Haltung gegenüber den Gerüchten war immer eindeutig«, erklärte ein Hofbeamter dem Korrespondenten der *Sun*. »Die Behauptung, der Herzog von York leide an Aids, ist völlig unsinnig... Er kommandiert Soldaten, und man würde ihm wohl kaum gestatten, seine Pflichten weiterhin zu erfüllen, wenn es Zweifel an seiner Gesundheit und guten Konstitution gäbe.«

Die Gerüchte kamen auf, nachdem sich Andrews Frau, Sarah Ferguson, dreimal einem Aidstest unterzogen hatte. Ihr früherer Drogenkonsum und ihr fortgesetzter Umgang mit Drogenkonsumenten warfen die bange Frage auf, womit sie ihren Mann angesteckt haben könnte. Obwohl sich seine engsten Freunde sorgten, sprachen sie nicht mit ihm darüber. »Das würden wir nicht wagen«, beteuerte eine Freundin. »Und wir würden auch nicht schlecht über Sarah reden. Er will kein Wort gegen sie hören.«

Vier Monate, nachdem der Hof Andrews Aidserkrankung bestritten hatte, quittierte er seinen Dienst bei der Marine. Er erklärte, als alleinstehender Vater brauche er mehr Zeit für seine Kinder. Böse Zungen behaupteten, der Lieutenant Commander habe die Marine nach siebzehn Jahren verlassen, weil er nicht für die Beförderung zum Commander qualifiziert sei. Hastig ließ die Marine verlauten, man betrachte Andrew als »sehr tüchtigen und vertrauenswürdigen Offizier«.

Traditionsgemäß bestätigt der Militärdienst die Männlichkeit und den Patriotismus königlicher Hoheiten. Der vierunddreißigjährige Herzog von York hatte bei der Royal Navy gedient – wie sein Vater, ein mit Orden ausgezeichneter Veteran des Zweiten Weltkriegs, und sein Großvater Prinz Albert, der spätere König George VI., der während des Ersten Weltkriegs an der Schlacht von Jütland teilgenommen hatte. Andrew zeichnete sich im Falklandkrieg als Hubschrauberpilot aus. Nach dem Ende seiner Militärzeit diente kein königlicher Prinz mehr bei den Streitkräften Ihrer Majestät.

Auch sein jüngerer Bruder Edward war zur Marine gegangen. Aber nach neunzig Tagen beschloß er, die Uniform wieder auszuziehen, was die Familie zutiefst bestürzte. Seine Mutter bat ihn, seine Entscheidung noch einmal zu überdenken, und argumentierte, man werde ihm bei offiziellen Anlässen nicht mehr gestatten, eine Uniform zu tragen. Und seine Schwester Anne fürchtete, man könne ihn für einen Drückeberger und Schwächling halten. Doch der damals zweiundzwanzigjährige

Edward erklärte, er werde die harte Ausbildung nicht verkraften. Sein Vater, ehrenhalber Captain General der Royal Marines, schrie ihn an, er solle sich zusammenreißen und der königlichen Familie die Schande ersparen. Da brach der junge Prinz zusammen und weinte stundenlang. Am nächsten Tag quittierte er den Dienst. Die Schlagzeile der *New York Post* lautete: »Der wimmernde Waschlappen von Windsor«.

Prinz Philip schrieb an Edwards Kommandanten und bekundete sein Mißfallen. »Natürlich bin ich sehr enttäuscht, und ich glaube, die heftige Publicity wird ihm die Situation nicht erleichtern. Ich nehme an, im Augenblick macht er eine schwierige Phase der Wiederanpassung durch.«

Als Philips privater Brief veröffentlicht wurde, verklagte die Königin die betreffende Zeitung und bekam Schmerzensgeld zugesprochen. Doch das Land war bereits über die falschen Hoffnungen informiert, die der Vater in den Sohn gesetzt hatte. Im britischen Fernsehen verkündete ein Komiker: »Es wimmelt von Gerüchten, die besagen, Prinz Philip habe einen unerwünschten Sohn gezeugt, der ihn seither ständig zu blamieren droht. [Lange Pause.] Er heißt Edward.«

Als der junge Prinz beschloß, Schauspieler zu werden, und sich Andrew Lloyd Webbers Truppe anschloß, wurde er noch grausamer verspottet. Der Kolumnist Taki Theodoracopulos beklagte im *Spectator*, Edwards Lebensunterhalt werde aus der Staatskasse bezahlt, »damit er eine Theaterkarriere und diverse Junggesellen verfolgen« könne. Nun wurde die Anspielung auf die Homosexualität des Prinzen, früher nur im Flüsterton geäußert, sogar gedruckt.

Abfällig charakterisierte ihn die Presse als »jüngsten Sohn der Königin, einen eingefleischten Junggesellen«. Solche sexuellen Andeutungen wurden in den Dialog des australischen Spielfilms »Priscilla, Queen of the Desert« aufgenommen. Ein Transvestit fragt einen anderen: »Kann sich das Kind einer alten Königin richtig entwickeln?«

»Nun, schau dir doch Prinz Charles an.«

»Ja, aber was Prinz Edward betrifft, bleiben einige Fragen offen.«

Ob eine ungeheure Verleumdung verbreitet wurde oder die versteckte Wahrheit – man behandelte das Thema der Homosexualität wie eine Tatsache. Als Prinz William nach Eton kam, zensierte der Direktor einen Artikel der Schulzeitschrift, der behauptete, die königliche Familie stecke »voller Homosexueller«. Er sagte, er wolle den Prinzen nicht aufregen. Auch im *New Yorker* erschienen Anspielungen. Der Schriftsteller Julian Barnes schrieb, Edward sei »anscheinend nicht heiratsfähig«. Während eines Vortrags im Smithsonian-Insititut zur Förderung der Wissenschaften in Washington meinte der Historiker David Cannadine: »Die Königin sorgt sich, weil Edward *nicht* geschieden ist. Sie glaubt, er sei nicht normal.« Und der Schriftsteller Christopher Hitchens verriet in einem Interview: »Meine schwulen Freunde nennen Prinz Edward ›Spüllappen-Doris‹. ›Röcke runter!‹ schreien sie. ›Da kommt Spüllappen-Doris!‹« Später korrigierte ihn Gore Vidal: »Er heißt nicht Spüllappen-Doris, sondern Hafenviertel-Doris.« Als der Klatschkolumnist Nigel Dempster in der *Daily Mail* verkündete, Edward würde »eine rührende Freundschaft« mit einem Schauspieler verbinden, reagierte der junge Prinz erbost. Bei einem Besuch in New York fauchte er die Reporter an: »Ich bin *nicht* schwul.«

Nachdem der einunddreißigjährige Sohn der Königin eine Beziehung zu Sophie Rhys-Jones angeknüpft hatte, behauptete eine Zeitung verächtlich, die Romanze sei »für die Öffentlichkeit arrangiert« worden. Die Boulevardpresse spekulierte, der hochgewachsene blonde Prinz und seine attraktive Freundin seien Lockvögel, die der Hof eingesetzt habe, um die Aufmerksamkeit von der restlichen Familie abzulenken. Da Edward keine Kritik vertragen konnte, faxte er an die Londoner Nachrichtenagenturen und verlangte, die Reporter »sollen mich und meine Freundin in Ruhe lassen und unsere Privatsphäre respektieren«. Die Königin unterstützte ihn, indem sie bekanntgab, sie habe Sophie gestattet, in Edwards Apartment im Buckingham-Palast zu übernachten. Daraufhin tadelte der Erzdiakon von York Ihre Majestät, weil das Paar mit ihrer Erlaubnis in Sünde lebte. »Wir erwarten immer noch, daß uns die königliche Familie ein gutes Beispiel gibt«, sagte er und drängte die Windsors, wieder die Regel zu befolgen: »Kein Sex vor der Hochzeit.«

Doch die Königin ignorierte den Geistlichen, und Prinz Philip nannte ihn ein aufgeblasenes Arschloch.

Im Juni 1994 zupfte der Prinz von Wales an den lockeren Fäden der Monarchie und beobachtete mit Schaudern, wie sich der alte Teppich auflöste. Er gab im Fernsehen zu, er sei seiner Frau untreu gewesen. Aber trotz seines Ehebruchs, versicherte er, werde er eines Tages die Krone tragen. »Mein Leben lang wurde ich darauf vorbereitet ... meine Pflicht zu erfüllen.«

Nach dem Motto »Auge um Auge, Zahn um Zahn« ließ sich der Prinz von Jonathan Dimbleby interviewen, in der Hoffnung, der renommierte Journalist würde das Gekläff von Dianas Boulevard-Schoßhund übertönen. Andrew Mortons Buch hatte nur an den Zeltstangen gerüttelt. Aber Jonathan Dimblebys Buch brachte das Zelt fast zum Einsturz. Als Charles seine Version der Ehe präsentierte, ignorierte er das weise Sprichwort: »Wer Rache sucht, muß zwei Gräber schaufeln.«

Er mißachtete den Rat seiner Familie, seiner Freunde und seiner Geliebten, die ihn gewarnt und prophezeit hatten, bei dieser Flucht nach vorne werde nichts Gutes herauskommen. Seine geliebte Großmutter sagte, mit dieser Sache wolle sie nichts zu tun haben. Aber sein Privatsekretär, Commander Richard Aylard, hatte an den Stolz und die Eitelkeit des Prinzen appelliert und betont, er müsse seinen Status wiederherstellen. »Lassen Sie Ihre Meinung über den Fall verlauten, Sir.« Aylard redete ihm ein, es sei am besten, mit dem Journalisten zusammenzuarbeiten und ihm ungehinderten Zugang zu persönlichen Briefen und Tagebüchern zu gewähren. Eifrig unterstützte er den Prinzen im

Bestreben, der Prinzessin alles heimzuzahlen. Er fand, Dimbleby sei das geeignete Sprachrohr – und der ergebenste Vasall. Um das Ziel zu erreichen, plante Aylard, zweimal Gas zu geben: Erst sollte eine schmeichelhafte Dokumentation erscheinen, »Charles: The Private Man, The Public Role«, und danach eine Laudatio unter dem Titel: »Der Prinz von Wales«.

Im Fernsehinterview versuchte Charles, seine staatsmännischen Fähigkeiten zu beweisen, indem er die heiklen Themen Religion, Politik und Sex behandelte. Er stellte sich als künftiger philosophischer König dar, als Oxbridge-Absolvent, Künstler, Minensuchboot-Kapitän, ökologischer Farmer, Geschäftsmann, Philanthrop, Sportler, Botschafter und Vertreter des Humanitätsgedankens.

Dann beschwerte er sich über die Medien, über »die maßlose Verletzung des Privatsphäre, ihre Hartnäckigkeit, die endlosen Nörgeleien und Moralpredigten, die Kritik, das Spionieren, die Erfindung immer neuer Seifenopern, den Versuch, jedermann in eine prominente Persönlichkeit zu verwandeln«.

Außerdem sprach er über die Rolle des Monarchen als Verteidiger des Glaubens und erklärte, er ziehe es vor, nicht nur eine Religion, sondern alle Religionen zu repräsentieren. Aber am denkwürdigsten war das Geständnis seiner Untreue.

»Trivial«, meinte die Boulevardpresse nach dem Interview. Während ihn die Reporter angriffen, priesen ihn seine Anhänger. Die Historikerin Elizabeth Longford bewunderte seine Ehrlichkeit. Aber die meisten Leute waren schlicht und einfach entsetzt. Die *Sun* führte eine telefonische Meinungsumfrage (»Sie sind die Geschworenen«) durch und berichtete, zwei Drittel der Anrufer wollten Charles nicht auf dem Thron sehen – niemals. Und der *Daily Mirror* veröffentlichte einen Leitartikel auf der Titelseite: »Er ist nicht die erste untreue königliche Hoheit. Keineswegs. Aber er trat als erster vor 25 Millionen Untertanen, um ein Geständnis abzulegen.«

Der Pfadfinder-Bund erwog, den Treueid zu ändern, der auf Gott und die Monarchie geleistet wurde. »Wir rühmen die

Tugenden der Ehrlichkeit und Integrität, die Unantastbarkeit der Ehe«, sagte ein Sprecher der Pfadfinder. »Aber Prinz Charles repräsentiert diese Tugenden nicht.« Jonathan Dimbleby verteidigte ihn im Radio als tiefreligiösen Mann. »Jeden Abend kniet er nieder, um zu beten«, sagte der Biograph. Unbeeindruckt rief ein Hörer an und entgegnete, es sei einfach, niederzuknien und zu beten. »Um sich ordentlich zu benehmen, braucht man viel mehr Durchhaltevermögen.«

Die Königin hatte darauf bestanden, den Film vor der Ausstrahlung zu sehen, weil sie sich um Charles' Aussagen Sorgen machte, nicht zuletzt, da er einige Wochen früher bemerkt hatte, die skandinavischen Monarchien seien »großartiger, pompöser und unnahbarer als wir«. Nun schaute sie sich fast kommentarlos die zweieinhalbstündige Dokumentation an. Als Charles den Vorschlag machte, die britische Armee an andere Länder zu vermieten, im »Rent a Cop«-Stil, warf sie seinem Privatsekretär einen Blick zu. Dann hob sie die Brauen, als er sich über sein Personal beklagte, das ihn mit Arbeit überhäufe. Und sie seufzte, weil er ihre Angestellten verunglimpfte. »Sie treiben mich in den Wahnsinn«, behauptete er über die Höflinge der Königin.

Angeblich explodierte Philip angesichts der Dokumentation. »O Gott«, seufzte er und murmelte irgend etwas über das Gehirn seines Sohnes, das ausgetrocknet sei. Sarkastisch fügte er hinzu: »Vielleicht ist er das ›missing link‹.« Dieser Kommentar bezog sich auf das in der Entwicklung der Menschheit fehlende Glied beim Übergang vom Affen zum Menschen.

»In diesem Moment wäre es sicher unpassend gewesen«, meinte einer der Anwesenden, »den Herzog an eine seiner früheren Äußerungen zu erinnern: ›Jede Generation bekommt genau die jüngere Generation, die sie verdient.‹« Der Mann war an Philips Wutanfälle gewöhnt. Um ihn zu verteidigen, bemerkte er: »Es gibt ein Sprichwort, demzufolge alles wie ein Nagel aussieht, wenn man als einziges Werkzeug einen Hammer besitzt.«

Es heißt, die Königin habe gesagt, Charles sei »schlecht beraten« gewesen, als er das Interview gab. Offenbar mißbilligte sie seine Interpretation der Rolle, die der Monarch als »Verteidiger des Glaubens« spielte – seine Ansicht, die Krone solle für alle Religionen eintreten, nicht nur für die anglikanische. »Ich gehöre einer erblichen Monarchie an«, sagte er, »und ich kenne ihre Grenzen. Aber ich bin bereit, sie hin und wieder zu überschreiten, weil ich in gewissen Dingen sehr starke Überzeugungen gewonnen habe.«

Seiner Mutter, die ihm verboten hatte, während eines Besuchs in Rom an einem Gottesdienst des Papstes teilzunehmen, mißfiel die eigenwillige Haltung ihres Erben gegenüber der Kirche Englands. Und sein Vater glaubte, sein fünfundvierzigjähriger Sohn habe soeben einen Rekord in Dummheit aufgestellt.

Der Hof gab keinen Kommentar zum Interview. Aber sonst äußerten sich fast alle dazu. Die *Time* betitelte ihren Bericht: »Charles' trügerisches Herz«. Und die *Newsweek* sprach von einem »schlechten Tag des Erben«. Außerdem charakterisierte sie die Dokumentation als »miesen Sex: ein tödlich langweiliges Vorspiel, gefolgt von einem blitzschnellen Höhepunkt«. Die *Daily Mail* versah ihre Story mit der Schlagzeile »Charles: Als ich untreu war«, während die *Sun* meinte: »Di hat's Ihnen ja gesagt«. Ein Karikaturist zeichnete den Prinzen im Bett, wo er zwischen zwei Frauen saß und beide umarmte, die Krone schief auf dem Kopf. »Der verlogene König«, lautete die Überschrift. Und eine andere Karikatur zeigte ihn zwischen zwei steinernen Tafeln mit den zehn Geboten. Eifrig versucht er, das sechste Gebot wegzukratzen – »Du sollst nicht ehebrechen«.

Der ehemalige Privatsekretär der Königin seufzte. »Mit der Zeit wird Gras darüber wachsen«, erklärte Lord Martin Charteris der Schriftstellerin Noreen Taylor. »Die Leute werden ihm verzeihen. Immerhin ist seine Ehrlichkeit bewundernswert.« Traurig fügte der Hofbeamte hinzu, dies sei nicht das erste Mal, daß die Monarchie schwere Zeiten erlebe. »Aber die Königin ist realistisch genug, um zu wissen, daß sie's wohl oder übel aussitzen muß.«

Das war ihre Spezialität. Also saß sie wochenlang da und fürchtete die Biographie, die dem Fernsehinterview ihres Sohnes folgen sollte. Unglücklicherweise erschien das Buch am Vorabend ihrer Abreise nach Rußland. Es war die erste Reise eines britischen Monarchen in dieses Land, seit Edward VII. es 1908 besucht hatte. Zehn Jahre später weigerte sich der Großvater der Königin, George V., die Marine nach Rußland zu schicken und seine Verwandten zu retten. Grausam ermordeten die Bolschewiken den Zar und seine Familie. Nach der russischen Revolution lehnte die britische Regierung alle Einladungen zu einem Staatsbesuch in Moskau ab, mit der Begründung, die Kommunisten hätten die Verwandtschaft des Monarchen umgebracht. Einige Mitglieder der königlichen Familie besuchten die Sowjetunion, aber der Königin wurde es von ihrem Kabinett untersagt. Bis jetzt. Endlich erteilte die britische Regierung die Erlaubnis, nach der mühsamen Abkehr der Russen vom Kommunismus. Diesen Staatsbesuch hielt Elizabeth für den wichtigsten in ihrer Regentschaft. Aber als sie auf dem Roten Platz in Moskau stand und ihre Hand freundschaftlich ausstreckte, wurde sie daheim von ihrem Sohn attackiert – in jenem lange erwarteten Buch.

Durch seinen Biographen stellte Charles die Königin als kaltherzige, lieblose Mutter dar. Er berichtete, er sei in einer »frostigen Atmosphäre« aufgewachsen und habe sich nach einer Zuneigung gesehnt, die sie ihm »nicht geben wollte oder konnte«. Seinen Vater nannte er einen scharfzüngigen Zuchtmeister, seine Lehrer in Gordonstoun Tyrannen. Seine Frau, von der er sich getrennt hatte, bezeichnete er als eifersüchtig und »sprunghaft«, »hysterisch«, »neurotisch«. Außerdem neige sie zu »heftigen Stimmungswechseln«, »depressiven Phasen« und »melancholischen Anfällen«. Er erklärte, er habe sie nur geheiratet, weil sein Vater ihn dazu gedrängt habe. Mit seinen fünfundvierzig Jahren wirkte er wie der glücklose junge

Mann im dänischen Ballett »Der junge Mann muß heiraten«, der von seiner Familie zur Ehe gezwungen wird und ein Mädchen mit drei Köpfen bekommt. Durch sein Sprachrohr Dimbleby gab der Prinz zu verstehen, Diana sei nur eine bezahlte Gebärmutter gewesen.

Das Ausmaß seiner Verachtung enttäuschte die Menschen, die erwartet hatten, ihr künftiger König zeige sich edelmütig und großherzig. In diesem Buch versuchte Charles, sich zu rehabilitieren, das tatsächliche und vermeintliche Unrecht anzuprangern, das man ihm nach seiner Meinung angetan hatte. Aber er wirkte nur kleinlich und armselig, beleidigte seine Frau, seine Eltern, seine Schwester, seine Brüder, seine Kinder. Es gelang ihm sogar, seinen Lieblingsfilmstar Barbra Streisand zu verunglimpfen, die er einst »mein einziges Pin-up-Girl« genannt hatte, »ungemein attraktiv, mit einer Menge Sex-Appeal«.

Einige Monate zuvor hatte der Star ihn vor 12 000 Fans im Londoner Wembley-Stadion besungen, bei ihrem ersten öffentlichen Auftritt nach achtundzwanzig Jahren. Sie sang »Some Day My Prince Will Come« und erzählte ihrem britischen Publikum, die Lieder, die von imaginären Prinzen handelten, gefielen ihr besonders gut. »Heute abend sitzt ein richtiger Prinz unter den Zuhörern, und das ist ein ganz besonderes Erlebnis«, sagte sie und schaute kokett zur königlichen Loge hinüber, wo Prinz Charles übers ganze Gesicht strahlte. Sie erinnerte sich an die erste Begegnung und gestand, sie sei nicht besonders höflich gewesen. »Wer weiß, hätte ich ihn netter behandelt, wäre ich vielleicht die erste jüdische Prinzessin geworden – Prinzessin Babs!«

Dann malte sie sich aus, welche Schlagzeilen die Romanze begleitet hätten: »Prinzessin Silberblick spielt im Palast« und »Barbra bohrt ihre Nägel in den Prinzen von Wales.« Charles lachte ebenso wie alle anderen und freute sich sichtlich, als sie sang: »As If We Never Said Goodbye«. Das Publikum tobte und feierte sie mit Standing Ovations. An diesem Abend brachte sie über 400 000 Mark für die Stiftung des Prinzen zusammen. Aber in Dimblebys Buch erklärte Charles: »Ihre Anziehungskraft hat ein wenig nachgelassen.«

Einige Monate später versöhnte er den Star, indem er sie einlud, in Highgrove zu übernachten. Beinahe hätte er die Einladung rückgängig gemacht, als ihre Sekretärin anrief und gewisse Forderungen stellte. Das Schlafzimmer des Stars mußte mit ausschließlich weißen Blumen geschmückt werden, und zum Frühstück wollte Barbra Streisand ein Omelett aus Eiweiß essen. Charles beklagte sich bei seinem Freund Geoffrey Kent: »Sie kam mir so albern vor.« Aber er saß die ganze Nacht mit Barbra zusammen, die – wie er betonte – mit acht Koffern angekommen war. »Wir sprachen über Philosophie«, erzählte er seinen Freunden.

In Dimblebys Buch beschrieb Charles sein Kindermädchen und seine Geliebte mit denselben Worten – »liebevoll«, »warmherzig«, »mitfühlend«, »sanftmütig« und »fürsorglich«. Solche Worte mochte ein Kind benutzen, um seine Mutter zu charakterisieren. Außerdem gestand er drei Liebesaffären mit Camilla: Die erste vor ihrer Hochzeit 1973, die zweite nach der Geburt ihrer Kinder und die dritte 1986, nach dem »unwiderruflichen Scheitern« seiner Ehe, wie er es formulierte.

Seine Eltern waren zutiefst bestürzt. »Sie hatten keine Ahnung, was er erzählen würde«, entsann sich ein Freund, der im Frühsommer ein Wochenende mit der Königin und Prinz Philip verbracht hatte. »Ins Detail will ich nicht gehen, weil sie das auch nicht tun – sie tun es niemals ... Nur ganz beiläufig erwähnten sie ihre Sorge wegen eines Buches – das war alles. Ein Buch. Wir dachten, sie würden James Hewitts gräßliches Machwerk meinen – erst küssen, dann alles erzählen ...« Mit einer verächtlichen Geste tat der Freund der Königin das Buch »Princess In Love« ab, das Hewitts fünfjährige Affäre mit der Prinzessin von Wales in allen Einzelheiten schildert. »Aber Major Hewitts Geschwätz schien die Königin nicht zu beunruhigen. Vielmehr fürchtete sie das, was Charles verraten würde ...«

Die Enthüllungen des Prinzen waren ebenso sensationell wie jene, die seine Dienstboten verkauft hatten. Indem er jede königliche Zurückhaltung aufgab, verblüffte er sogar die Leute, die Knalleffekte gewohnt waren. »Eine törichte, bedauernswerte autorisierte Version«, meinte der *Guardian.* Bald danach bekannte sich die linksgerichtete Zeitung zu republikanischen Ideen ebenso wie der *Independent on Sunday.* Der gemäßigte *Economist* nannte die Monarchie »einen Gedanken, dessen Zeit vorüber ist«. Sogar der konservative *Daily Telegraph* tadelte den Prinzen, weil das Buch erschienen war. Der Kolumnist John Junor nannte ihn »bösartig« und meinte, eigentlich müsse der Prinz einen Selbstmord erwägen. Und die *Washington Post* titulierte ihn »Prince of Wails [jammernder Prinz]«, der die Kardinalregel der Monarchie vergessen habe: »Niemals darf der Thronerbe über das British Empire herziehen.«

Auch der Herzog von Edinburgh bekundete in aller Öffentlichkeit seine Verachtung. »Niemals habe ich private Dinge diskutiert, und ich glaube, die Königin hat es ebenfalls nicht getan«, antwortete er den Reportern, die nach seiner Reaktion auf das Buch seines Sohnes fragten. »In vierzig Jahren gab ich niemals Kommentare über ein Familienmitglied ab, und ich werde jetzt nicht damit anfangen.«

Charles' Geschwister kritisierten ihn, weil er das Buch benutzte, um die Eltern anzugreifen. Aber der Prinz sah das in seinem Selbstmitleid ganz anders. Er argumentierte, in seinem Alter habe er ein Recht auf ein bißchen Glück, und er wolle einen klaren Schlußstrich ziehen. »Sie werden letzten Endes sehen, daß es so am besten war.« Nicht zum erstenmal war er mit dem falschen Fuß aufgestanden.

Nun hatte der leidgeprüfte Ehemann seiner Geliebten die Nase voll. Jahrelang hatte Andrew Parker-Bowles den Klatsch über die leidenschaftliche Affäre zwischen seiner Frau und dem Prinzen stoisch ertragen. »Manche Leute glaubten sogar, er würde die Situation genießen«, sagte Jocelyn Gray, eine enge Freundin Prinz Andrews. »In gewissen Kreisen gilt es als Pluspunkt, wenn einem der künftige König von England Hörner aufsetzt.« Der britische Schriftsteller Anthony Holden konnte kaum ein Grinsen unterdrücken, als er im amerikanischen Fernsehen erklärte, einige altmodische englische Gentlemen hielten es für eine Ehre, ihre Ehefrauen mit dem Monarchen zu teilen. »Dies geht auf das französische *droit du seigneur* zurück, das bedeutete, daß der Hausherr das Recht hatte, mit seinen Dienerinnen zu schlafen ...«

Als Andrew Parker-Bowles in der Presse verspottet wurde (»Der Mann, der seine Frau zum Wohl des Landes hinlegte«), geriet er in Wut. Zwei Jahre zuvor hatte er die Scheidung nur deshalb nicht eingereicht, weil er von Charles gebeten worden war, noch zu warten. Der Prinz meinte, nach seiner Trennung von Diana könne die Monarchie keinen weiteren Eheskandal verkraften. »Leider habe ich alles ein bißchen vermasselt«, entschuldigte er sich. Also verzichtete der Mann seiner Geliebten, auch sein Freund und ehemaliger Adjutant, auf einen Scheidungsprozeß, der die königliche Familie in Verlegenheit gebracht hätte.

Andrew Parker-Bowles, Lieutenant Colonel Commander der königlichen Leibwache, genoß die Ehre, Ihre Majestät bei zeremoniellen Anlässen zu begleiten. Sogar nach seiner Liebesaffäre mit Prinzessin Anne im Jahr 1970 stand er der königlichen Familie nahe, besonders der Königinmutter. Aber nachdem Charles ihn öffentlich zum Hahnrei gestempelt hatte, sah er nur mehr einen einzigen Ausweg, obwohl ihm sein römisch-katholischer Glaube sehr viel bedeutete – die Scheidung. »Ich kann kein Doppelleben mehr führen.«

Im Jahr zuvor hatten Andrew und Camilla Parker-Bowles ihren zwanzigsten Hochzeitstag mit einer großen Party auf ihrem Landsitz gefeiert. Dort hatten einige Gäste im Lauf der Jahre immer wieder diskrete Rendezvous mit Liebhabern oder Liebhaberinnen genossen. Dieselben Freunde, die auch zu Prinz Charles' Jagdgesellschaft zählten, zeigten sich nun überrascht, als die Parker-Bowles' ihre Scheidungsabsichten bekanntgaben. »Wir haben uns so auseinandergelebt, daß ... uns kaum noch gemeinsame Interessen verbinden«, lautete die Erklärung des Ehepaars. Im Januar 1995 wurde die Scheidung ausgesprochen, und ein knappes Jahr später heiratete Andrew wieder. Camilla verkaufte das Haus, das sie mit ihm bewohnt hatte, und erwarb eines in Charles' Nähe.

Die Scheidung der einstigen Rivalin schien Diana nicht zu kümmern. Wenn sie frühmorgens ihr neues Fitneßstudio aufsuchte, lächelte sie die Fotografen an. Aber fern von den Kameras ließ sie ihrem Zorn freien Lauf. Dem Hofberichterstatter der *Daily Mail,* Richard Kay, vertraute sie an, sie betrachte die Parker-Bowles-Scheidung als Teil einer »großen Intrige«. Diese solle sie, Diana, aus der Öffentlichkeit verdrängen, die sie allmählich wieder wahrgenommen habe. Außerdem machte sie sich Sorgen über Camillas Einfluß auf die jungen Prinzen, über »Feinde«, die sie bedrohten. »Sie« versuchten ihr zu schaden, und sie fürchtete, ihre Telefone im Kensington Palace würden angezapft. Deshalb ließ sie die Leitungen elektronisch prüfen. Sie sprach von einer »Flüsterkampagne« gegen sie, organisiert von Freunden ihres Mannes wie Nicholas Soames und Angestellten des Prinzen im St. James Palace.

Diana hatte den Hofberichterstatter der *Daily Mail* zu sich bestellt, um ihm eine dreistündige Audienz zu geben. Sie trug eine Sonnenbrille und eine Baseballkappe, als sie ins Londoner West End fuhr. Dort traf sie ihn, und er stieg zu ihr in den Wagen. Wann immer sie sich begegneten, sprach sie freimütig, und wenn er ihre Aussagen zitierte, gab er an, er habe die Informationen von »einer Freundin der Prinzessin« erhalten. Er veröffentlichte so viele Exklusivberichte über Diana, daß er schließlich als ihr inoffizieller Sprecher galt. Seine Kollegen hänselten ihn und nannten ihn »Ma'ams Sprachrohr«. Der Boulevardjournalist James Whitaker, der mitgeholfen hatte, Dianas Verlobung einzufädeln, meinte nun, er sei ihr nicht mehr gut genug. Realistisch und ohne Groll erklärte er, warum er die Position ihres Lieblingsreporters an Kay verloren habe.

»Die *Daily Mail* wird von ihrer Clique gelesen und ist etwas vornehmer als mein Blatt.«

Wenn eine Story unter Richard Kays Namen erschien, nahm man automatisch an, sie stamme von Diana. Er hatte ihren entschiedenen Protest gegen die Behauptung veröffentlicht, James Hewitt sei ihr Geliebter. »Wir waren *niemals* ein Liebespaar«, versicherte sie dem Reporter, obwohl sie später im Fernsehen zugab, sie habe mit Hewitt die Ehe gebrochen. Vor Richard Kay bestritt sie auch die Affäre mit James Gilbey. Aber in einem aufgezeichneten Telefongespräch mit ihm gestand sie ihre Angst vor einer Schwangerschaft. Ebenso leugnete sie ihre Liaison mit dem Rugbyspieler Will Carling, trotz der öffentlichen Drohung Julia Carlings, bei einem Scheidungsprozeß wegen Ehebruchs Dianas Namen anzugeben.

»Ich beobachtete, wie die Prinzessin Männer durch den Hintereingang in den Kensington Palace schmuggelte«, berichtete ein Butler des königlichen Haushalts, »weil sie ihre Besucher an meinem Apartment vorbeiführte ... Das konnte ich gar nicht übersehen, denn sie mußten an meinem Fenster vorbeigehen.«

Die schlüpfrigen Storys über die Prinzessin inspirierten die Talkshow-Produzenten zu eher derben Scherzen. In den Vereinigten Staaten verlor die »Dana Carvey Show« zwei Sponsoren, nachdem sie einen Comic mit einer prüden Kirchgängerin zeigte, die sich aufplusterte und Diana eine »Schlampe« nannte. In der »Tonight Show« witzelte Jay Leno: »Prinzessin Diana wurde heute in einen Unfall verwickelt, befindet sich aber auf dem Weg der Besserung. Bald wird sie das Krankenhaus verlassen und wieder flach auf dem Rücken liegen.«

In den meisten seiner Exklusivberichte präsentierte Richard Kay die Prinzessin als Tugendschäfchen. Nachdem sie ihm erzählt hatte, durch ihren Telefonanruf sei ein Ertrinkender gerettet worden, schrieb er: »Sie lief zum Ufer und half den Leuten, den bewußtlosen Landstreicher ans Ufer zu ziehen, wo er von Mund zu Mund beatmet wurde.« Ein andermal erwähnte Diana, sie habe ihre Kinder heimlich in ein Obdachlosenheim geführt und ihnen gezeigt, wie die vom Schicksal Benachteiligten lebten. Kays »Exklusivbericht« beherrschte die Titelseite: »Die Prinzen und die Armen«.

Diana schwelgte in ihrer Mutterrolle und fühlte sich bedroht, als ihr Mann Alexandra »Tiggy« Legge-Bourke engagierte, die mit den Jungen etwas unternehmen sollte, wenn sie bei ihm waren. Ein paar Monate nach Charles' Trennung von Diana wurde die ehemalige Kindergärtnerin ein Mitglied seines Haushalts. Bald knüpfte sie eine enge Beziehung zu den Kindern, die sich von Tiggys übermütigem Enthusiasmus anstecken ließen. Diana gestand, es habe ihr einen »Tritt in den Magen« versetzt, als sie zum erstenmal sah, wie Tiggy den Kindern entgegenlief, sie umarmte und »meine Babys« nannte. Die Prinzessin fühlte sie sich als »Mutti« ausgebootet angesichts der Fotos, die das neunundzwanzigjährige Kindermädchen und die kleinen Prinzen beim Skiurlaub im schweizerischen Klosters, bei der Moorhuhnjagd in Sandringham und auf der Pirsch in Balmoral zeigten. »Ich gebe den Jungs, was sie in dieser Phase brauchen«, wurde Tiggy zitiert, »frische Luft, ein Gewehr und ein Pferd.«

Wütend fauchte die Prinzessin: »Sie übt einen schlechten Einfluß auf meine Söhne aus.« Tiggys Zigarettenkonsum mißfiel ihr, und sie verkündete, sie wünsche nicht, daß die junge Frau vor den Kindern rauche. »Was ist denn mit Charles los, der behauptet, er hasse Tabakqualm und nikotinsüchtige Frauen?« fragte sie und spielte auf Camilla Parker-Bowles an, die ebenfalls eine Zigarettenpackung pro Tag verbrauchte. Als sie in der Zeitung las, Tiggy sei »warmherzig und fröhlich« und »eine wundervolle Ersatzmutter«, ging sie an die Decke.

Bissig erklärte sie Richard Kay, wenn sie für die Tage, die William und Harry bei ihr verbrachten, einen »Ersatzvater« engagierte, würde man sie als schlechte Mutter brandmarken. Charles nahm Tiggy zu allen Veranstaltungen in den

Schulen der Jungs und in den gemeinsamen Urlaub mit. Hingegen fand die Prinzessin männliche Begleitung überflüssig, wenn sie ihre Söhne besuchte oder mit ihnen Ferien machte. Beim Anblick dreier Fotos von Charles, der Tiggy zur Begrüßung umarmte und auf die Lippen küßte, meinte Diana, er habe »wahrscheinlich eine Affäre mit dem kleinen Dienstmädchen«.

Die Küsse veranlaßten die Reporter, Fragen zu stellen. Aber Commander Aylard fand Charles' öffentliche Demonstration seiner Zuneigung bedeutungslos. »Tiggy ist ein Mitglied des Haushalts und eine alte Freundin der Familie.« Dann fügte er hinzu, ihre Mutter sei Prinzessin Annes Hofdame, auch ihre Tante sei Hofdame und ihr Bruder ein Ehrenpage der Königin. Als der Prinz und die Prinzessin später Scheidungsverhandlungen führten, bezeichnete sich das Kindermädchen in ihrer Aussage selbst als »Tiggy zwischen allen Stühlen«.

Mittlerweile fühlte sich Diana als Mutter beiseite geschoben. Deshalb gab sie ihrem Mann Anweisungen, die Tiggys Rolle im Leben der Kinder betrafen. Die Prinzessin verbannte die jüngere Frau aus den Schlaf- und Badezimmern der Jungen. Wenn sich die beiden in der Öffentlichkeit zeigten, mußte Tiggy im Hintergrund bleiben. »Sie darf weder im selben Auto fahren noch in der Nähe meiner Söhne fotografiert werden.« Wenn William und Harry ihre Mutter zur Weihnachtszeit aus Sandringham anriefen, mußten sie in ein anderes Cottage auf dem Landsitz gebracht werden, wo sie ein privates Gespräch mit ihr führen konnten. »Niemand anderer, weder Hof- noch Dienstpersonal, soll unsere Telefonate belauschen.«

Eifrig kultivierte sie ihr Image als Mutter des künftigen Königs und sprach mit Richard Kay über ihren Erstgeborenen. Sie prahlte, mit dreizehn sei er »größer als sein Vater ... und ganz anders.« Indem sie Williams Vorzüge pries, machte sie Charles herunter: Der Sohn ist »energisch«; der Sohn besitzt »Vernunft und Feingefühl«; wenn der Sohn Menschen beurteilt, achtet er darauf, »was sie sind, nicht wer sie sind«. Der Sohn ist attraktiv, »nicht mit abstehenden Ohren« gestraft. »Wenn man Will sagen würde, er sähe gut aus«, schrieb Richard Kay nach einem Besuch bei Diana, »würde er antworten, das kann nicht sein, weil ich sonst eitel wäre.«

Im Gegensatz zum Vater beschützte der sanftmütige Sohn die Mutter. Als er in einer Boulevardzeitung las, sie sei verrückt nach Tom Hanks und würde den Filmstar mit Anrufen bombardieren, wollte sie lachend darüber hinweggehen. Aber William bestand auf einem offiziellen Dementi. Wie er später einem Schulfreund ärgerlich erklärte: »Da wurde der Eindruck erweckt, meine Mutter sei eine Prostituierte.«

Am Samstag, dem 20. August 1994, rief die Prinzessin den Reporter an, völlig verzweifelt. »Irgend jemand versucht irgendwo, mich für verrückt zu erklären«, schluchzte sie. Soeben hatte sie herausgefunden, daß am nächsten Tag die Zeitungen berichten würden, sie habe den Kunsthändler Oliver Hoare achtzehn Monate lang mit anonymen Anrufen belästigt. Man verdächtige sie, in Hoares Haus anzurufen und aufzulegen, wenn sich seine Frau meldete. Manchmal bliebe die unbekannte Person am Apparat, ohne ein Wort zu sagen. Diane Hoare beklagte sich bei ihrem Mann über die »stummen« Anrufe, die sie »entnervten«. Nachdem eine mysteriöse Frau sie am Telefon beschimpft hatte, bestand Diana darauf, daß ihr Mann die Polizei verständigte. Zunächst befürchtete Hoare, ein Experte für islamische Kunst, eine terroristische Bedrohung seiner Familie. Also beschloß er, in Zukunft selbst an den Apparat zu gehen. Aber als die seltsamen stummen Anrufe fortgesetzt wurden, merkte er, daß die Person nur seine Stimme hören wollte.

»Höflich fragte ich: ›Hallo, wer ist da?‹«, erzählte er. »Aber am anderen Ende der Leitung blieb es still. Das war unheimlich.«

Nachdem die Polizei seine Telefonleitungen angezapft hatte, verfolgte sie die Anrufe zu Dianas und Charles' Privatanschlüssen im Kensington Palace, zu Dianas Handy und zum Telefon ihrer Schwester an den Tagen, an denen die Prinzessin sie besuchte. Ein Ermittler vermutete, die Prinzessin benutze verschiedene Anschlüsse, um nicht entlarvt zu werden.

»Als Mr. Hoare unseren Bericht las, wurde er blaß«, sagte der Beamte. »Nicht einmal in seinen wildesten Träumen hatte er sich vorgestellt, Prinzessin Diana könnte für die Anrufe verantwortlich sein.«

Die Hoares, die eng mit Prinz Charles befreundet waren und Diana seit der Hochzeit kannten, zeigten ihm den Polizeibericht. Darin war der Zeitpunkt jedes Anrufs angegeben. Ein Auszug aus dem zunächst vertraulich behandelten Bericht über den 13. Januar 1994:

> 8.45 Uhr. Das Telefon läutet. Stille. Hoare gibt den Polizei-Code ein. Eine Nummer aus einem Privatbüro des Kensington Palace blinkt auf dem Display.
> 8.49 Uhr. Das Telefon läutet. Hoare: »Wer ist da?« Das Display zeigt Dianas Privatnummer.
> 8.54 Uhr. Das Telefon läutet. Stille. Das Display zeigt Charles' Nummer im Kensington Palace. [Charles lebt und arbeitet nicht mehr im Kensington Palace.]
> 14.12 Uhr. Das Telefon läutet. Stille. Das Display zeigt Charles' Nummer im Kensington Palace.
> 19.55 Uhr. Das Telefon läutet. Stille. Das Display zeigt Charles' Nummer im Kensington Palace.
> 20.19 Uhr. Das Telefon läutet. Stille. Das Display zeigt Charles' Nummer im Kensington Palace.

Traurig schüttelte der Prinz den Kopf und äußerte seine Sorge um die Söhne. »Sie sind es, die unter alldem leiden werden, und man wird sie damit belästigen, wenn sie in die Schule zurückkehren.« Die Hoares lehnten es ab, Anklage zu erheben. Aber durch eine undichte Stelle bei Scotland Yard erfuhr die Presse von der Angelegenheit, die ein schlechtes Licht auf die Prinzessin warf. Man begann an ihrem Verstand zu zweifeln. »Wird die Prinzessin von Wales verrückt?« fragte ein Leitartikel. »Sie ist hysterisch«, schrieb ein Kolumnist, »und offensichtlich einem Nervenzusammenbruch nahe.«

Ihre Therapeuten bezeichneten ihr angeblich pathologisches Verhalten als typisch für eine Magersüchtige, die sich einsam und isoliert fühlt. »Einer Frau, der es schwerfällt, den Leuten gegenüberzutreten, und die um Kontrolle kämpft«, sagte ein Spezialist, der Diana behandelte, »verleiht der Telefonhörer ein gewisses Machtgefühl. Das ist eine gefahrlose Methode, Rache zu üben.«

Und dann kamen ein paar sensationelle Einzelheiten ans Licht. Der Kunsthändler, ein attraktiver Ehemann und Vater zweier Kinder, hatte der deprimierten Prinzessin offenbar seine Freundschaft angeboten, und sie war zu einer besitzergreifenden Pest geworden. Was jedoch nicht die ganze Wahrheit war, wie Oliver Hoares Chauffeur Barry Hodge verriet. Nachdem Hoare ihn aus unbekannten Gründen gefeuert hatte, meldete er sich zu Wort und versicherte, Diana und der Kunsthändler seien liiert gewesen. Das Paar habe sich ein »Liebesnest« in Pimlico eingerichtet und sich dort drei- oder viermal wöchentlich getroffen, fast vier Jahre lang. Hoare wollte seine reiche aristokratische Frau nicht verlassen, sei aber sehr angetan von der Prinzessin gewesen. Heimlich dinierten die beiden in den Häusern ihrer Freunde, zum Beispiel bei Lucia Flecha de Lima, der Frau eines brasilianischen Diplomaten. Der Chauffeur behauptete, die Prinzessin habe zuweilen »über zwanzigmal pro Tag angerufen«.

Als Hodges Story veröffentlicht wurde, wandte sich Diana an Richard Kay, der schrieb, die »Geschichten des Chauffeurs hätten die Prinzessin von Wales zu schallendem Gelächter veranlaßt«.

Oliver Hoare gab zu, er habe Diana bei verschiedenen Gelegenheiten getroffen, aber nur, um sie bezüglich ihrer Ehe zu beraten und zu trösten. Trotzdem bestand seine Frau auf einer

Trennung, und so zog er in ein Apartment in Pimlico. Einige Monate später versöhnten sich die Hoares, und er kehrte auf den Familiensitz zurück.

»Soviel wir wissen, wollte Mr. Hoare die Prinzessin von Wales nicht strafrechtlich verfolgen«, sagte ein Untersuchungsbeamter von der Londoner Polizei. »Er erklärte sich bereit, seine Beschwerde zurückzuziehen, und kündigte an, er werde privat mit der Lady reden.«

Diana bestritt die telefonische Belästigung. »Das ist wirklich nicht wahr«, zitierte Richard Kay die Prinzessin. Sie zeigte ihm einige Seiten ihres Kalenders und betonte, sie sei mit Freunden beim Lunch oder im Kino gewesen, als einige Anrufe erfolgt waren. »Offenbar soll der Eindruck entstehen, ich hätte mich mit diesem Mann eingelassen«, sagte sie, »oder ich würde an einer Art ›fatal attraction‹ leiden ... Das ist einfach erlogen und so unfair ... Was habe ich getan, um das zu verdienen? Ich habe das Gefühl, man will mich vernichten.«

Mitfühlend hörte er zu. Als sie gestand, sie sei mit Hoare »befreundet« und habe »gelegentlich« mit ihm telefoniert, fragte er, ob sie manchmal auch in öffentliche Telefonzellen gegangen sei. »Das meinen Sie doch nicht ernst«, erwiderte sie ärgerlich. »Ich weiß nicht einmal, was man mit einer Parkuhr macht, von einer Telefonzelle ganz zu schweigen.«

Diese Antwort veranlaßte James Hewitt zu einem schmerzlichen Lächeln. Er erinnerte sich an mehrere Telefonate mit Diana, die öfter in seiner Kaserne angerufen und dabei ihre Stimme verstellt hatte. Damit diese Anrufe nicht auf den Telefonrechnungen vermerkt wurden, die Charles kontrollierte, benutzte sie Telefonzellen. »Sie tat mir leid«, sagte Hewitt. »Sehr leid.«

Weniger Mitgefühl zeigten die Karikaturisten, die Diana gnadenlos verspotteten. Einer zeichnete die Prinzessin am Telefon. »Moment mal«, bittet sie, »da ist jemand an der Tür ...« Und am Fenster sieht man zwei Männer in weißen Kitteln, die sich mit Zwangsjacke und Handschellen nähern.

Auf einer anderen Karikatur meldet sich eine alte Frau am Telefon. Sie hört nichts, nur heftige Atemzüge, und wendet sich an ihren Mann. »Ich glaube, das ist für dich – Prinzessin Di.«

Charles zog seinen Nutzen aus dem Imageverlust seiner Frau. Nachdem er sie als mäßig intelligent und fernsehsüchtig charakterisiert hatte, verkündete er nun, es sei ihr einziges Lebensziel, Chanel-Boutiquen leerzuräumen und auf seine Kosten ihre Schränke zu füllen. Bei einer Dinnerparty in London klagte er lauthals über ihre Reise- und Garderobespesen und verriet, er müsse jeden Monat über 22 000 Mark für ihre »gepflegte äußere Erscheinung« zahlen. Als Diana davon erfuhr, fauchte sie: »Meine äußere Erscheinung kostet ihn nicht halb soviel wie seine gottverdammten Poloponys.« Einige Tage später konnten sich die Leute eine eigene Meinung bilden, als die Zeitungen Dianas Jahresausgaben für Körper- und Gesundheitspflege auflisteten:

25 000 DM	Maniküre und Pediküre
38 000 DM	Haarpflege, inklusive Schnitt und tägliches Styling
13 000 DM	Fitneßtrainer
2 300 DM	Chiropraktiker
7 000 DM	Darmspülungen
7 000 DM	Reflexzonenmassage
6 300 DM	Ostheopathie
3 500 DM	Ganzkörpermassage
6 160 DM	Aromatherapie plus Hausbesuche
1 620 DM	Akupunktur
3 240 DM	Hypnotherapie
105 000 DM	Astrologen, Medien, ganzheitliche Beratung
32 000 DM	Psychotherapie

In ihrer Bestürzung rief sie wieder Richard Kay an. »Das ist ein gezielter Versuch, mich in Mißkredit zu bringen.« Aber sie bestritt weder die Therapien noch die Kosten. Statt dessen erklärte sie: »Irgend jemand« am Hof wolle sie als New-Age-Fanatikerin hinstellen, die jede Woche ihren Darm spülen lasse, um mit aller Macht dünn zu bleiben, und nichts Besseres mit ihrer Zeit oder dem Geld ihres Mannes anzufangen wisse. Der Reporter zitierte »eine Freundin der Prinzessin«: »Hätte der Prinz sie nicht so schäbig behandelt, würde sie keine teuren Therapeuten brauchen.«

Ihre Schwägerin, die Herzogin von York, rief trotz der distanzierten Beziehung an, um Diana zu bemitleiden. Auch sie fühlte sich von der Hofmaschinerie verfolgt. »Die haben's auf uns abgesehen – besonders Bellowes [angelehnt an »bellows = Blasebalg]«, sagte Fergie. Diesen Spitznamen hatte sie dem Privatsekretär der Königin gegeben, Robert Fellowes, Dianas Schwager. »Erst ich, jetzt du ... Wir sind böse Mädchen und müssen bestraft werden.«

Während ihrer langwierigen Scheidungsverhandlungen war Fergie vom Hof der »verrückten Extravaganz« beschuldigt worden. Ihre Ausgaben beliefen sich auf knapp 5 Millionen Mark. Der Presse wurden Einzelheiten über ihren Aufwand zugespielt – 10 500 Mark für zwanzig Paar Schuhe, 137 000 Mark für zwölf Kleider. Nach dieser Publikation gab der Hof bekannt, die Königin werde die Rechnungen der Herzogin nicht bezahlen. »Sie lebt über ihre Verhältnisse – und unsere«, bemerkte ein Sprecher. Fergie gab zu, daß sie auf die Aktivitäten der Hofschranzen paranoid reagiert. Wenn sie verreiste, nahm sie einen Reißwolf mit. Und sie führte kein Tagebuch mehr, weil sie fürchtete, irgend jemand könnte die Öffentlichkeit über ihr Privatleben informieren. »Früher schrieb Andrew mir wundervolle Briefe von seinem Schiff aus«, erzählte sie ihrem Freund David Frost, einem Fernsehjournalisten. »Eine Zeitlang verwahrte ich sie in der Bank. Doch dann überlegte ich mir, daß man die Bank womöglich ausrauben könnte.«

Auch Diana benutzte einen Reißwolf, um ihre Post und Telefonnotizen zu vernichten, und Fergies Verschwörungstheorie erschien ihr durchaus realistisch. Sie mißtraute den Höflingen ebenfalls, sogar ihrem Schwager, und glaubte, man versuche sie aus dem Gleichgewicht zu bringen. Scherzhaft sagte sie zu Fergie: »Die denken, wir wären von Anfang an verrückt gewesen. Aber wir sind erst verrückt geworden, nachdem wir in diese Familie eingeheiratet haben ...«

Nach der Trennung von den Ehemännern konsultierten beide jungen Frauen Psychiater, und beide wurden mit Antidepressiva behandelt. Um gegen die Zwänge zu rebellieren, die königlichen Ehefrauen auferlegt wurden, nahmen sich beide Liebhaber, die sie für Geld verrieten. Nun wandten sie sich, seelisch verletzt und voller Angst vor der Zukunft, hilfesuchend an ihre Astrologen, okkulte Zahlenkundler und Spiritisten. Aber viele dieser Gurus, die in prominenten Kreisen verkehrten, hintergingen sie ebenfalls. Sobald Diana erfuhr, daß ihre Kosmetikerin, ihre Handleserin und die Reflexzonentherapeutin Bücher schrieben, verzichtete sie auf ihre Dienste und erklärte Freunden, sie könne sich auf niemanden in ihrer Umgebung verlassen. »Sie ist allein, sie ist so einsam«, sagte die fünfzig Jahre alte Lucia Flecha de Lima, die Diana nach deren Brasilienreise im Jahr 1991 nähergekommen war. »Sie weiß nicht, wem sie vertrauen kann.«

Fergie beauftragte Anwälte, die Veröffentlichung der Bücher von ihrem ehemaligen Koch, ihrem ehemaligen spiritistischen Medium und dem Geschäftspartner ihres ehemaligen Liebhabers zu verhindern. Aber sie konnte ihren einstigen Butler nicht davon abhalten, seine Erinnerungen an die gemeinsamen Badewannenspiele der Herzogin und John Bryans zu verkaufen. »Wenn sie sich im Bad liebten, ging's immer sehr laut zu. Fergie schrie wie am Spieß.«

Später wehrten die Herzogin und die Prinzessin die Presse mit vereinten Kräften ab. Da sie der königlichen Familie nicht mehr angehörten und keine Einkünfte aus der Staatskasse bezogen, kämpften sie für ihre Privatsphäre. Sie verklagten Fotografen, die während eines Urlaubs an der französischen Riviera auf privaten Grund und Boden vordrangen, und versuchten gerichtliche Verbote zu erwirken. Die Anwälte teilten der englischen Press Complaints Commission mit, ihre Klientinnen würden keine weitere Verletzung ihrer Privatsphäre dulden, und Diana erreichte eine gerichtliche Verfügung gegen einen freiberuflich tätigen Paparazzo, von dem sie behauptete, er pirsche sich immer wieder an sie heran. In einer eidesstattlichen Erklärung sagte sie aus: »Er scheint stets zu wissen, was ich gerade mache. Diese seelische Belastung gefährdet meine Gesundheit.«

Von allen Leuten in ihrer Umgebung fühlten sich die beiden Frauen verraten. Sie suchten nach beleidigenden Zeitungsartikeln und stellten eine Liste der Reporter auf, denen sie vertrauten – es wurde eine kurze Liste. Sobald negative Storys veröffentlicht wurden, riefen sie einander an und besprachen, welche Maßnahmen sie ergreifen würden. Meistens wählte Fergie den direkten Weg und telefonierte mit dem Journalisten, der sie gekränkt hatte.

»Sie rief mich aus London an«, sagte Cindy Adams, Kolumnistin bei der *New York Post*, »und beschimpfte mich, weil ich geschrieben hatte, sie sei bei einem Besuch zu spät gekommen.«

In diesem Fall war der Anruf wirksam. Bei ihrer nächsten Reise nach New York lud die Herzogin Cindy Adams zum Tee ein, und die Kolumnistin war hoch erfreut. »Ich bewunderte ... Ihre gertenschlanke Hoheit«, erzählte sie ihren Lesern.

Trotzdem schrumpfte die Liste der vertrauenswürdigen Reporter. Diana hatte Lynda Lee-Potter von der *Daily Mail* Komplimente über ihre einfühlsamen Storys gemacht. Jetzt warf sie ihr miesen Journalismus vor, weil sie verkündet hatte, die Prinzessin sei süchtig nach Lob.

»Sie steht nicht mehr auf der Liste«, sagte Diana. Ebenso wurde Chrissy Iley von den *Manchester Evening News* ausgebootet, die Dianas heimliche mitternächtliche Besuche in Kliniken kritisierte, wo sie Kranke und Sterbende tröstete. Die Prinzessin fühlte sich beleidigt, weil die Autorin sie »die Supermärtyrerin« nannte und behauptete, sie stehle anderen Frauen die Ehemänner. Als Noreen Taylor einen Essay unter dem Titel »Prinzessin Diana verliebt – in sich selbst« schrieb, wurde auch sie von der Liste vertrauenswürdiger Journalisten gestrichen. Noreen Taylor hatte die Leser gefragt, warum Diana nach dem Scheitern ihrer Ehe verlauten ließ, sie habe die meisten Feiertage allein verbracht. Immerhin habe sie eine Mutter, zwei Schwestern, einen Bruder und zahllose Freunde. »Ist das ein weiterer Versuch, die Aufmerksamkeit eines Publikums zu erregen, das sie nach ihrer Meinung vergöttert?«

Diana rief Fergie an, um sich zu beschweren.

»Diese Frauen sind am schlimmsten«, jammerte die Herzogin. »Richtige Biester.« Bei Ingrid Seward, der Chefredakteurin des Magazins *Majesty,* machte sie eine Ausnahme. »Ingie ist okay, und ihr Mann [der Kolumnist Ross Benson] sieht phantastisch aus.« Diese Begeisterung für Ross Benson teilte Diana nicht, denn der Kolumnist hatte sich im Wales-Krieg entschieden auf Charles' Seite gestellt. Aber sie stimmte Fergie zu und erklärte, die Reporter würden sie viel besser behandeln als die Reporterinnen, abgesehen von Klatschkolumnisten wie Nigel Dempster. Den qualifizierten sie beide als »altes Weib« ab.

Als eine Journalistin vom *Daily Telegraph*, Victoria Mather, die Herzogin in einem ihrer »berühmten, beklagenswert geblümten Kleidern« beschrieb, »die am Hintern fast platzen«, griff Fergie wieder zum Telefon und protestierte. »Hier spricht die Herzogin von York«, verkündete sie theatralisch, »und ich möchte mit Ihnen über Ihre verallgemeinernde Kritik reden.«

»Guten Tag, Hoheit«, antwortete die Journalistin und schaltete ihren Kassettenrecorder ein.

»Warum schreiben Sie einen so bissigen Artikel?« fragte Fergie. Ohne eine Antwort abzuwarten, fuhr sie fort: »Ich weiß, Sie müssen Ihren Job tun – aber über das Gewicht von Leuten zu schreiben ... Über die Größe ihres Hinterteils und geblümte Kleider ... Das ist unterhalb der Gürtellinie ... So armselig ... Ich tue immer noch Gutes, viel Gutes ... Niemand kann ermessen, was ich leiste ...« Respektvoll lauschte die Reporterin dem Monolog der Herzogin, der zwanzig Minuten dauerte. »Heutzutage [wimmelt es] in Bosnien von blinden Kindern und blinden Erwachsenen, und Sie sind sich nicht zu schade, jemandem vorzuwerfen, er habe einen dicken Hintern. Was für eine Farce ... Vielleicht sollten Sie mich einmal nach Bosnien begleiten ... Und sehen, wie es in der wirklichen Welt und im wirklichen Leben zugeht. Ich meine, wer kümmert sich schon um Kleidergrößen? Wie erbärmlich ...«

Fergie kümmerte sich darum, sogar sehr eifrig. Ständig versuchte sie abzunehmen, mit allen erdenklichen Methoden – Pillen, Diäten, Hypnose. »Ich wechselte sogar von Weißwein zu Rotwein über«, erzählte sie einer Freundin, »um meinen Alkoholkonsum einzuschränken ...« Schließlich wandte sie sich an einen »alternativen Heiler«, der ihr einen Ernährungsplan gab und ihr half, von der Diätpillensucht loszukommen. Nachdem sie zweiundvierzig Pfund abgenommen hatte, verließ sie die Klinik – ein Cottage auf einem Feld in Surrey – und verkündete ihre Absicht, Model zu werden. »Wenn ich so dünn bin, habe ich schönere Beine als die Prinzessin von Wales«, tönte sie hämisch. Sie engagierte eine PR-Agentur und posierte für Fotografen. Auf der Titelseite von *Paris-Match* erschien das Bild einer neuen, schlanken, glamourös zurechtgemachten Fergie. Aber die Londoner *Sunday Times* war nicht beeindruckt. »Ein bißchen mehr Mascara um die Augen«, höhnte das Blatt, »und die Chinesen schicken zur Paarungszeit Pandabären nach London.«

Die Presseattacken trieben Fergie in die Defensive, wodurch sie sich herausgefordert fühlte. »Vielleicht hassen sie uns hier«, sagte sie zu Diana, »aber in Amerika lieben sie uns.« Beide Frauen genossen ihre Reisen in die Staaten, wo man sie wie königliche Hoheiten behandelte, nicht wie königlichen Abfall. Diana, die im Vereinigten Königreich regelmäßig T-Shirts mit der Aufschrift »USA« trug, fuhr in Colorado Ski, ging in New York einkaufen und machte Ferien in Martha's Vineyard. Aber Fergie flog in die Staaten, um nach Gold zu suchen.

Nachdem sie die »Budgie«-Rechte für knapp 5 Millionen Mark an ein Konsortium in New Jersey verkauft hatte, baute sie in Manhattan eine Wohlfahrtsorganisation auf. Mit der »Chance for Children Incorporation« versuchte sie sich wieder als Wohltäterin zu etablieren. Diese Stiftung sollte ihr in den Staaten ein philanthropisches Image verschaffen. In einem Jahr gab der Verein 147 000 Mark für Spesen aus und 103 000 Mark für arme Kinder. Das dürftige Unternehmen mit seinem kleinen Budget, den gemieteten Räumen und einer Teilzeitsekretärin schien sich nicht für profitable Spendenaktionen zu eignen. Doch die gemeinnützige Firma bot Fergie eine Gelegenheit, auf legale Weise an Orten Geld aufzutreiben, wo sie sich gern unter die Leute mischte: New York, Connecticut, Florida und Kalifornien. Sie erklärte, sie würde gern Gutes tun, solang's ihr gutging.

Während eines Besuchs in Greenwich, Connecticut, erschien sie auf einem Champagner-Empfang, für den jeder Gast knapp 1000 Mark bezahlt hatte. Sie wanderte durch den Raum, drei Angestellte im Schlepptau, die Exemplare ihres Buchs »Victoria and Albert: A Family Life at Osborne House« feilboten. »Möchten Sie das Buch der Herzogin kaufen? Es kostet 100 Dollar, und sie wird es für Sie signieren.«

Fergie beteuerte, die brauche das Geld, um sich und ihre Kinder zu ernähren. Wie sie dem National Press Club in Washington erklärte, »ist es unsinnig zu behaupten, ich sei reich ... Ich kann's mir nicht leisten, ein Haus zu kaufen ... In Surrey habe ich ein altes Gemäuer gemietet, und ich muß in einem Monat ausziehen ... Mein Mann zahlt nur das Schulgeld für die Kinder. Für alles andere muß ich selber aufkommen ... Ich bin Ihre königliche Hoheit, die Herzogin von York, aber keine Millionärin.«

Den Kritikern, die ihre Geschäftsmethoden fragwürdig fanden (z. B. bekam sie von einem US-Verleger 3,5 Millionen Mark Vorschuß, weil sie sich bereit erklärt hatte, ein Handbuch für alleinstehende berufstätige Mütter zu schreiben), entgegnete sie: »Tatsache ist, daß ich eine Mutter von zwei Kindern bin, die von ihrem Mann getrennt lebt, und die Verantwortung für die Finanzen meiner Familie trage. Deshalb *muß* ich den Großteil meiner Zeit mit profitabler Arbeit verbringen. Ob Sie's glauben oder nicht, das ist die Wahrheit.«

Jedenfalls stand fest, daß sie die großzügigen Geschenke reicher Freunde und Bewunderer akzeptierte. Ihr Argument: Sie könnte nicht für sich selber zahlen. Und so verlangte sie Geld für ihre Auftritte bei Wohltätigkeitsgalas und in Freizeitparks. Als sie nach Australien flog und für Rupert Murdochs Pay-TV-Fernsehsender warb, bekam sie rund 120 000 Mark dafür. Und sie flog zur Eröffnung eines 13-Millionen-Mark-Restaurants nach Peking, weil sie vom Besitzer dafür bezahlt wurde. Diana war diskreter. Aber auch sie genoß bereitwillig die Vorzüge, die ihr als königlicher Hoheit eingeräumt wurden. Beide Frauen waren mit Richard Branson befreundet, dem extravaganten Gründer des Virgin-Imperiums, flogen kostenlos mit den Virgin Atlantic Airways, machten umsonst Urlaub in Virgin-Hotels und bevorzugten Necker Island in der Karibik, wo man einem zahlenden Gast 24 000 Mark pro Woche abnahm. Um sich zu revanchieren, beglückten sie Branson mit ihrer königlichen Gegenwart, erschienen auf seinen Eröffnungsfeiern, posierten mit ihm für Fotos und trugen seine Firmen-T-Shirts.

Dianas Freunde, die sie lieber an der Seite der mildtätigen Mutter Teresa sahen, warnten sie vor dem Umgang mit der launischen Herzogin. »Die Schmarotzerin Fergie ist die schlimmste Freundin, die Sie sich aussuchen können«, schrieb John Junor. Aber Diana sah in der Schwägerin ihre einzige Verbündete. »Sie hat das gleiche durchgemacht wie ich.«

Früher hatten sich die beiden nicht so gut verstanden. Von Konkurrenzkämpfen und Neid entzweit, waren sie sich aus dem Weg gegangen und bei Freunden übereinander hergezogen. In Dianas aufgezeichnetem Gespräch mit James Gilbey nannte sie Fergie verächtlich einen »Rotfuchs«, der von ihrem guten Image zu profitieren versuchte. Und Fergie fand Dianas gutes Image manipuliert und unverdient. Während ihrer Mount-Everest-Expedition fragte sie Fotografen, die sie vor einem Wegweiser knipsen wollten: »Das sieht doch nicht gestellt aus? Nicht wie die Taj-Mahal-Bilder, oder?«

Als ihre Ehen scheiterten, klammerten sie sich aneinander wie die einzigen Überlebenden eines Schiffbruchs. Von der königlichen Familie geächtet und »außerhalb des Netzes«, wie Diana sich ausdrückte, hielten sie zusammen. Sie hatten das Gefühl, niemand anderer könnte ihre Probleme so gut verstehen. Unentwegt redeten sie über die Hofmaschinerie, die sie zermalmen würde. Und sie unterstützten einander, indem sie sich gemeinsam gegen die Hofschranzen stellten, die ihre Feinde geworden waren.

Zwei Jahre nach der legalisierten Trennung hätten beide Frauen die Scheidung einreichen können, aber keine wollte als Aggressorin dastehen, die ihre Ehe beendete.

»Da ist für uns nichts rauszuholen«, meinte Diana und hielt beharrlich an der Position der Ehefrau fest, der man unrecht getan hatte.

»Schon gar nicht ohne finanzielle Regelung«, sagte die pragmatische Herzogin, die 16 Millionen Mark verlangte. Außerdem hoffte sie den Status einer königlichen Hoheit beizubehalten. Fergie ohne Adelstitel war wie Saudi-Arabien ohne Öl.

Auch Diana war entschlossen, ihre Position zu verteidigen. Aber ihre Anwälte rieten ihr, Fergie als erste durch den Scheidungsdschungel zu schicken. Sie nannten die Herzogin den »gelben Kanarienvogel«.*

Obwohl beide Frauen insgeheim die finanziellen Möglichkeiten erforschten, kehrten sie in der Öffentlichkeit ihren Ehestand hervor. »Zwischen meinem Mann und mir wurde das Thema Scheidung nie erwähnt«, versicherte Diana im Herbst 1995 dem Reporter Richard Kay. Inzwischen bemühte sie sich um ein tugendhaftes Image. Von Will Carlings Frau wurde sie beschuldigt, sie habe ein knappes Jahr zuvor deren Ehe zu zerstören versucht. »So etwas ist schon früher geschehen«, sagte Julia Carling, die wie eine jüngere, blondere Version von Diana aussah, »und man hofft, daß sie es nicht mehr tut, aber offensichtlich tut sie's doch. Diesmal hat sie sich das falsche Ehepaar ausgesucht. Wir sind nur um so stärker geworden.«

Aber die Carlings trennten sich wenig später doch, und Julia Carling gab der Prinzessin die Schuld. Als Reaktion auf Zeitungsartikel über eine Affäre zwischen Diana und Will Carling erklärte seine Frau der Presse: »Ich habe meine Ehe immer für den wichtigsten und heiligsten Teil meines Lebens gehalten. Es tut mir sehr weh, meinen Mann zu verlieren, auf eine Art und Weise, die sich meinem Einfluß entzogen hat.«

Dianas Beziehung zu dem Rugbyspieler wurde in einer Schlagzeile der *News of the World* als »Dis heimliche Stelldicheins mit Carling« bezeichnet. Also rief sie wieder einmal Richard Kay an und beteuerte, ihre »unschuldige Freundschaft mit Carling« habe nur wegen ihrer rugbynärrischen Söhne begonnen. Sie beorderte den Chefredakteur der *News of the World* in den Kensington Palace und bat ihn, das Thema fallenzulassen. Außerdem nahm sie Kontakt mit dem *Daily Mirror* auf und versicherte, ihre Freundschaft mit Carling sei rein platonisch. Das Blatt zitierte sie: »Ich brauche keinen

---

* Nach dem Vogel, den Bergarbeiter in die Mine mitnehmen, damit er gefährliche Gase aufzeigt; wenn der Kanarienvogel umkippt, verlassen sie den Schacht.

Liebhaber.« Verzweifelt telefonierte sie mit ihren Freunden – »endlos«, erinnerte sich eine Frau, die schließlich die Geduld verlor. Außerdem konsultierte Diana ihre Therapeutin Suzie Orbach und ließ sich täglich behandeln.

»Während dieser Sitzungen beschloß Ihre Königliche Hoheit, ihr Leben unter Kontrolle zu bekommen«, erklärte eine Freundin, die in dieser Zeit mit Diana gesprochen hatte. Die Worte klangen sehr gewählt, so, als wären sie vorher notiert worden. »Nun wünschte sie sich ein respektables Forum, vor dem sie demonstrieren konnte, daß sie weder verwirrt noch geistesgestört war ... Sie fand, sie müßte die Fragen ihrer Kritiker beantworten, ihren klaren Verstand und ihre Kraft beweisen ...«

Nachdem Diana zwei Jahre zuvor so großen Wert auf ihre Privatsphäre gelegt hatte, suchte sie jetzt die öffentliche Bühne. Sie entschied, ein Fernsehinterview sei die einzige Möglichkeit, ihr Image zu verbessern. Darin wurde sie von Fergie bestärkt, einem der wenigen Menschen, die Diana ins Vertrauen zog. Die Herzogin betonte, sie selbst habe im Fernsehen ihre Fehler eingestanden und davon profitiert. Deshalb drängte sie die Schwägerin, diesem Beispiel zu folgen. Fergie meinte, »Panorama«, das preisgekrönte Programm für Tagespolitik und aktuelle Themen, sei das geeignete seriöse Podium. Aber sie ermahnte die Prinzessin, ihren Plan geheimzuhalten. Wenn die Königin davon erführe, würde sie das Interview verhindern. Diesen Rat befolgte Diana.

Von ihrer Therapeutin unterstützt und im Vollgefühl ihrer telegenen Wirkung, traf sie sich am 5. November heimlich mit Martin Bashir von der BBC und seinem Team im Kensington Palace, um über sich selbst, ihren Mann, ihre Ehe und ihr Leben in der königlichen Familie zu sprechen. Sie hatte den Hof nicht um Erlaubnis gebeten. Und sie informierte die Königin erst wenige Tage, bevor das Interview ausgestrahlt wurde. Die BBC gab den Termin der »weltweit exklusiven« Sendung bekannt – vier Stunden nachdem sie zu Ehren von Prinz Charles' siebenundvierzigstem Geburtstag die Nationalhymne gespielt hatte. Dianas ahnungsloser Pressesprecher war so wütend, daß er am nächsten Tag kündigte. Ihr Privatsekretär, ebensowenig eingeweiht und genauso erbost, wartete ein paar Wochen, ehe auch er seine Stellung aufgab. Um sich zu rächen, entzog die Königin der BBC im nächsten Jahr das sechzigjährige Monopol der Übertragung ihrer Weihnachtsansprache und erteilte den Auftrag für zwei Jahre einem kommerziellen Sender. Danach sollten sich die beiden Sender abwechseln.

Am Abend des 20. November 1995 versammelten sich über 22 Millionen Briten vor ihren Fernsehenapparaten, um den Auftritt der Prinzessin zu beobachten. »Und es war ein brillanter Auftritt«, meinte die Hofbiographin Penny Junor. »Charmant, ernst, verletzlich ... Eine großartige schauspielerische Leistung.«

Die Elektrotechniker hatten ein zusätzliches Kraftwerk ans Netz angeschlossen, um den erwarteten Anstieg des Stromverbrauchs nach 19.40 Uhr zu bewältigen. Sie schätzten, die außerplanmäßigen Megawatt müßten etwa 300 000 Teekesseln entsprechen, die gleichzeitig eingeschaltet würden. Als das Interview weltweit gesendet wurde, schauten ungefähr 200 Millionen Leute in 100 Ländern zu.

Ruhig und gefaßt erörterte Diana ihre postnatalen Depressionen, Selbstmordversuche, Weinkrämpfe und ihre Bulimie. Sie erklärte, sie leide sehr, weil ihr Mann ihr das Gefühl gebe, sie sei unnütz und unerwünscht – ein totaler Flop. Erst habe er sich mit einer Geliebten eingelassen und dann ihr, seiner Frau, Vorwürfe gemacht, daß sie sich deshalb aufregte. Er sage, sie sei eine Blamage für die königliche Familie und seine Freunde. Und »das Establishment, in das ich hineingeheiratet habe«, halte sie für so labil, daß es in eine psychiatrische Anstalt eingeliefert werden müsse. Diana zufolge war ihr Mann neidisch auf ihre »größere Publicity, weil man sich viel mehr für meine Arbeit interessierte als für seine«. Trotzdem lehne sie eine Scheidung ab.

Sie gab zu, während ihrer Ehe untreu gewesen zu sein. Die Affäre mit James Gilbey und Oliver Hoare bestritt sie, gestand jedoch, sie habe James Hewitt geliebt. »Ja, ich fühlte mich stark zu ihm hingezogen. Aber ich wurde bitter enttäuscht.« Wie sie dem Interviewer mitteilte, habe sie ihren Kindern nichts von ihrer Affäre mit Hewitt erzählt, nur vom Ehebruch ihres Mannes mit Camilla Parker-Bowles. »Doch ich formulierte das alles sehr vorsichtig, ohne Groll oder Zorn.«

Dann beschwerte sie sich über die aufdringliche Presse. »Niemals habe ich die Medien ermutigt. Meine Beziehung zu den Reportern funktionierte anfangs ganz gut. Jetzt ertrage ich diese Beschimpfungen und Schikanen nicht mehr.«

Da sie niemals die Königin Englands werden könne, wollte sie statt dessen eine Königin der Herzen sein. »Ich wäre gern eine Botschafterin.«

»Warum glauben Sie, daß Sie das Recht haben, die Rolle einer Botschafterin zu spielen?« fragte der Interviewer.

»Fünfzehn Jahre lang nahm ich eine privilegierte Position ein«, erwiderte Diana. »Dabei habe ich mir eine umfassende Menschenkenntnis angeeignet. Ich weiß, wie man sich mit den Leuten verständigt, und das möchte ich nutzen.«

Einige Minuten später wurde sie gefragt, ob sie erwarte, daß ihr Mann jemals den Thron besteigen würde. Da richtete sie ihre kajalumrandeten Augen in die Kamera und entgegnete: »Ich bezweifle, daß irgend jemand diese Frage beantworten kann. Wer weiß schon, was das Schicksal für uns bereithält, was die Umstände bewirken werden?« Sie drückte die Hoffnung aus, ihr geplagter Ehemann werde seinen Seelenfrieden finden. Ohne ein unfreundliches Wort zu äußern, zeigte sie eine gewisse Skepsis, was seine Fähigkeiten als Regent betraf. »Ich glaube, dieser Spitzenjob, wie ich ihn nenne, würde seine Freiheit gewaltig einschränken, und ich weiß nicht, ob er sich damit abfinden könnte.« Vielleicht, fügte sie abschließend hinzu, sollte er wegen dieser »Konfliktsituation« auf den Thron verzichten. Dann könne die Krone direkt an den gemeinsamen Sohn, Prinz William, weitergegeben werden, sobald er großjährig wäre.

»Beinahe hörte man, wie das ganze Land nach Luft schnappte«, bemerkte ein Kommentator in den Spätnachrichten.

Am nächsten Morgen beherrschte Diana die Titelseiten aller britischen Zeitungen. Jeder einzelne Aspekt des Interviews wurde genau unter die Lupe genommen: Ihre Kleidung (maßgeschneiderter marineblauer Blazer, schlichte schwarze Hose), die Beleuchtung (grell), ihr Auftreten (zurückhaltend), ihr Vokabular (eindrucksvoll nach Ansicht der *Time*, die berichtete, die Prinzessin habe fünfmal »obgleich« und vierzehnmal »entmutigend« bzw. »entmutigt« gesagt).

Nur wenige Leute kritisierten sie. Aber Nicholas Soames, Charles' Freund, war außer sich vor Wut, und seine Attacke verlieh ihren Anklagen Glaubwürdigkeit. »Dem Prinzen wurde unrecht getan«, behauptete Soames, der ihren Auftritt »haarsträubend und grauenvoll« fand und meinte, sie befinde sich im »fortgeschrittenen Stadium der Paranoia«.

Doch das Volk liebte die Prinzessin. Wie die Meinungsumfragen ergaben, standen 85 Prozent der Briten auf Dianas Seite. Der Journalist und Historiker Paul Johnson ernannte sie zur Heldin. Die sexuellen Indiskretionen verzieh er ihr, weil sie »unschuldig war, als der Prinz seinen Ehebruch beging«. Um Diana zu verteidigen, zitierte er Jane Austens Rechtfertigung der Königin Caroline, die eine unglückliche Ehe mit George IV. geführt hatte: »Sie war schlecht, wäre aber nicht so schlecht geworden, hätte er sich nicht noch schlimmer verhalten.«

Die Charles- und die Diana-Fronten formierten sich in den verschiedenen Gesellschaftsschichten. Ältere Tory-Aristokraten und anglikanische Bischöfe schlugen sich auf die Seite des Prinzen, während ein Großteil der berufstätigen Bevölkerung, zusammen mit katholischen Populisten, die Prinzessin unterstützte. Emotionen spalteten das Land. Und die Zeitungen flehten den Prinzen und die Prinzessin an, ihrer traurigen Ehe ein Ende zu bereiten. Die Tory-Parlamentarier drängten den Premierminister, mit der Königin über eine Scheidung zu sprechen. »Wir sind zu internationalen Witzfiguren geworden«, meinte ein konservativer Parlamentarier, »ein Spektakel.«

Wenige Stunden nach dem Interview publizierte Olympus eine ganzseitige Anzeige, um für seine neue Kamera zu werben. Die Reklame zeigte ein Bild der Prinzessin, die züchtig auf ihrem Stuhl im Kensington Palace saß, und das Foto war am Hals abgeschnitten. »Lassen Sie sich nicht zu Weihnachten von Ihren Schwiegereltern den Kopf abreißen«, lautete die Überschrift.

In den Vereinigten Staaten wollten die Omnipoint Communications mit der Werbeträgerin Diana ein neues Handy-Netz starten. »Ich stelle mir vor«, sagte der Firmenleiter, »daß sie ein Digitaltelefon in der Hand hält und sagt: ›Hätte ich so was besessen, wäre ich Königin geworden.‹«

Eine norwegische Kondomwerbung zeigte Dianas Bild in jenem Augenblick, wo sie im Fernsehen ihren Ehebruch gestand, unter dem Titel »Man sieht's den Leuten nicht an, daß sie Gelegenheitssex hatten.«

Die Königin war bereit, den Premierminister anzuhören. Unterstützt vom ehemaligen Premierminister James Callaghan und dem Erzbischof von Canterbury erschien er zur allwöchentlichen Besprechung. John Major erklärte Ihrer Majestät, die ungewisse Zukunft des Ehepaars würde die wirtschaftliche Lage des Landes beeinträchtigen. Allmählich würde Großbritannien sein Gesicht verlieren, die Monarchie sei gefährdet. »Ich bin nur der Berater Eurer Majestät«, fügte er respektvoll hinzu. Dann empfahl er ihr, die Arena zu betreten und dem Kampf ein Ende zu machen.

Am 17. Dezember 1995 schrieb die Königin an Charles und Diana und schlug ihnen vor, ihre Differenzen den Kindern zuliebe »gütig und mit Anstand« beizulegen. Dann bat sie die beiden, sich scheiden zu lassen und sie möglichst bald über ihren Entschluß zu informieren. Sie erklärte, sie freue sich auf das alljährliche Familientreffen zu Weihnachten, und versicherte beide ihrer persönlichen Zuneigung und ihres fortgesetzten Beistands in schwierigen Zeiten. Diese Briefe wurden von Boten überbracht, und zwei Tage später gestattete die Königin dem Hof, ihre Maßnahme bekanntzugeben.

Darüber war Diana schockiert, denn sie fühlte sich zu einer Scheidung gedrängt, die sie nicht wünschte. Sie rief ihre Anwälte an, die ihr rieten, vorerst keinen Entschluß zu fassen, weil sie Zeit brauchten, um Verhandlungen zu führen. Erbost weigerte sie sich, das Weihnachtsfest mit der königlichen Familie zu verbringen.

Charles reagierte prompt auf den Brief seiner Mutter und stimmte einer Scheidung zu, unter der Bedingung, daß auch Diana einwilligte, da er eine gerichtliche Auseinandersetzung vermeiden wollte. Außerdem ließ er verlauten, er würde nicht mehr heiraten.

Am selben Tag, als der Brief Ihrer Majestät eintraf, erhielt Diana ein Schreiben von den Anwälten Tiggy Legge-Bourkes, des jungen Kindermädchens, das Williams und Harrys Freizeitbetreuung übernommen hatte. Tiggy wollte, daß Diana ihre »falschen Behauptungen« widerrufe und zugebe, daß »ganz und gar unwahr sei«, was die Prinzessin einige Tage zuvor auf einer Weihnachtsparty des Personals gesagt habe. Diana war im Lanesborough Hotel angekommen, um am alljährlichen Weihnachtslunch der Wales-Angestellten teilzunehmen. Statt Tiggy zu ignorieren, die in der Nähe des Eingangs stand, ging Diana zu ihr und sagte höhnisch: »Ich habe von dem Baby gehört. Das tut mir sehr leid.«

Verwirrt wich die junge Frau zurück. Dann erfaßte sie, daß die Spöttelei auf dem Gerücht beruhte, sie sei schwanger geworden und habe abtreiben lassen. Erschüttert über Dianas Anschuldigung, flüchtete Tiggy in einen Privatraum, wo sie von Prinz Charles' Kammerdiener getröstet wurde. Später kehrte sie zur Party zurück und vertraute sich Commander

Aylard an, der den Prinzen von Wales informierte. Charles empfahl ihr, sich an Peter Carter-Ruck zu wenden, einem renommierten Anwalt, der sich auf Verleumdungsklagen spezialisiert hatte. Zwei Tage nachdem der Anwalt die Prinzessin verständigt hatte, informierte er die Presse, die Behauptungen seien falsch. »Wie sie (Tiggy) und ihre Familie erfahren haben, kursieren in Medienkreisen bösartige Lügen, die ein schlechtes Licht auf die moralische Integrität unserer Klientin werfen. Diese Behauptungen entbehren jeder Grundlage.«

Mit Prinz Charles' rückhaltloser Unterstützung plante Tiggy, die Prinzessin zu verklagen. Aber seine Freunde warnten ihn, Diana würde sich auf die Hinterbeine stellen und das Spektakel eines Gerichtsprozesses, in den die königliche Familie verwickelt war, sogar genießen. Das sah Charles ein, und nach langwierigen Gesprächen mit den Anwälten beschloß das Kindermädchen, auf eine Klage zu verzichten.

Dianas indirekte Attacke gegen Tiggy erfolgte wenige Stunden nachdem man sie zur Menschenfreundin des Jahres gekürt hatte. Sie besuchte die Weihnachtsparty des Personals kurz nach ihrer Rückkehr aus New York, wo ihr der ehemalige amerikanische Außenminister Henry Kissinger den renommierten Preis der United-Cerebral-Palsy[zelebrale Lähmung]-Vereinigung überreicht hatte. Die Prinzessin schien den zweiundsiebzigjährigen Staatsmann zu faszinieren, und er starrte wie ein Schuljunge in ihr Dekolleté. Überschwenglich sang er ihr Loblied und verkündete, sie sei ein Symbol der Menschlichkeit, des sozialen Engagements und Mitgefühls. »Sie ist als Mitglied der königlichen Familie zu uns gekommen, mit der die USA eine alte Tradition der Zusammenarbeit, der Freundschaft und der Allianzen verbindet«, sagte er. »Aber heute abend ehren wir die Prinzessin auch um ihrer selbst willen, da sie sich unentwegt für die Kranken, die Leidenden und Unterdrückten einsetzt.«

Siebenhundert Leute hatten je 1 000 Dollar bezahlt, um das Dinner zu besuchen, und applaudierten der Prinzessin, als sie vors Mikrofon trat, geschmückt mit glitzernden Diamanten. In bewegenden Worten erklärte sie, ihre Gedanken seien bei den Eltern, die an den Betten ihrer schwerkranken Kinder Wache hielten und fürchten müßten, die kleinen Patienten würden den nächsten Morgen nicht mehr erleben.

»Wo sind denn *Ihre* Kinder, Diana?« rief eine Zuhörerin.

»In der Schule«, erwiderte die Prinzessin und blickte kaum auf. Dann setzte sie ihre Rede fort. Sobald sie geendet hatte, erhob sich die Menge und jubelte lauthals, als wolle sie die Erinnerung an den unhöflichen Zwischenruf verdrängen.

Später wandte sich ein Reporter an den Störenfried, eine ältere Frau, und fragte, warum sie die Prinzessin von Wales attackiert habe. Es sei doch erstaunlich, daß jemand gewagt habe, eine königliche Hoheit so zu behandeln. Ohne sich zu entschuldigen, entgegnete die Frau: »Es mißfällt mir, wenn man mich über die Menschlichkeit belehrt.«

22

EINE KÖNIGLICHE SCHLACHT bedrohte das Land. Zwei Monate lang hatte die Königin auf eine Reaktion ihrer Schwiegertochter gewartet. Ihr Privatsekretär rief Diana dreimal an und drängte sie, den Brief Ihrer Majestät zu beantworten. Aber die Prinzessin zögerte immer noch.

Schließlich schrieb ihr Prinz Charles, und da ließ sie sich zu einer Antwort herab. Sie telefonierte mit ihrem Mann, schlug ihm ein Treffen vor – am 28. Februar 1996, 16.30 Uhr, in seinem Büro im St. James's Palace – und bestand auf einer privaten Unterredung. Keine Anwälte, keine Hofbeamten, keine Sekretäre.

Zum vereinbarten Zeitpunkt betraten beide das Büro. Seine Höflinge wollten das Gespräch mit anhören und sich Notizen machen. Aber der Prinz scheuchte sie hinaus. Nachdem der letzte seiner Angestellten den Raum verlassen hatte, spottete Diana: »Wahrscheinlich haben sie überall Wanzen angebracht.«

Später erzählte sie Richard Kay von der *Daily Mail,* sie habe ihrem Mann beteuert: »Ich liebe dich und werde dich immer lieben, weil du der Vater meiner Kinder bist.« Als er diese Erklärung gedruckt sah, ärgerte er sich und versicherte einem seiner Adjutanten, sie habe diese Worte nie gesagt. Aber er erinnere sich deutlich an ihre Drohung, die sie einige Monate zuvor ausgestoßen habe und die er nie vergessen würde: »Du wirst niemals König sein. Ich werde dich vernichten.«

Als er in der *Daily Mail* Dianas Schilderung des Gesprächs las, beschloß er, seine Frau zum Schweigen zu bringen. Er bestand auf einer Geheimhaltungsklausel im Scheidungsabkommen, die sie daran hindern sollte, sich schriftlich oder mündlich über die Ehe zu äußern. Diana bezichtigte ihn der Erpressung und forderte ihn auf, eine ähnliche Zusage zu unterzeichnen. Aber er weigerte sich und meinte, sein Ehrenwort würde genügen.

Während der Zusammenkunft im Büro hatte sie erklärt, wenn er vor aller Welt eingestehen würde, er und *nicht* sie verlange die Scheidung, sei sie zu Verhandlungen bereit. Sie erbot sich sogar, auf ihren königlichen Status zu verzichten. Ihr Titel sollte sich zum Streitpunkt entwickeln. Aber zunächst behauptete sie, er interessiere sie nicht. Nach dem Treffen rief sie die Königin an und teilte ihr mit, sie stimme einer Scheidung »mit tiefem Bedauern« zu, und betonte, dies sei »der traurigste Tag meines Lebens«.

Dann begannen ihre Anwälte zu feilschen. Sie bestanden zunächst auf einer Pauschale von 120 Millionen Mark. Gegen diese Summe und den geforderten Zahlungsmodus protestierten Charles' Anwälte. Er wollte weniger zahlen und keine einmalige Abfindung, sondern jährlich bestimmte Summen. Auf diese Weise konnte er das Geld einbehalten, falls Diana aus der Reihe tanzte. Doch damit war sie nicht einverstanden. Alles oder nichts. Als er sich sträubte, ihre Anwaltshonorare zu zahlen, die er »enorm« fand, stockten die Verhandlungen, und Diana erinnerte ihn daran, wer die Scheidung wünschte. Sie drohte, ihre Anwälte zurückzupfeifen und ihn zu zwingen, zwei Jahre auf eine nicht einvernehmliche Scheidung zu warten, die dann – nach den erforderlichen fünf Trennungsjahren – automatisch erfolgen könnte. Aber die Königin hielt eine weitere Verzögerung für unerträglich. Sie intervenierte, und Charles zahlte die Anwaltskosten seiner Frau – 35 000 Mark.

Nach fünfmonatigen erbitterten Streitigkeiten um fast jedes Detail legten beide Parteien ein Dokument vor, das so kompliziert anmutete wie ein Vertrag zwischen zwei kriegführenden Nationen. »Das einzige fehlende Element war ein Stationierungsplan der königlichen Streitkräfte«, meinte jemand, der die Einzelheiten kannte. »Alles andere wurde berücksichtigt – Insignien, Titel, Eigentumsrechte, sogar Aufenthaltsorte. (Die Prinzessin sollte die Königin um Erlaubnis bitten, wenn sie das Land verlassen wollte, von privaten Urlaubsreisen abgesehen. Mit Genehmigung Ihrer Majestät konnte sie deren Flugzeuge benutzen, aber nur in Begleitung ihrer Kinder.) Diana darf die königlichen Juwelen, die ihr geschenkt wurden (Schätzwert über 150 Millionen Mark), auf Lebenszeit behalten. Sie muß versprechen, den Schmuck weder zu verleihen noch zu verkaufen, inklusive der 30-Karat-Saphirbrosche, des Hochzeitsgeschenks der Königinmutter. Nach ihrem Tod gehen die Juwelen an ihren Sohn William, für die künftige Prinzessin von Wales bestimmt. Dies wurde in einem Kodizill ihres Testaments, dem Scheidungsvertrag beigefügt, festgelegt.«

Nur ein einziger Punkt war unumstritten – Charles und Diana würden sich die Verantwortung für die Erziehung ihrer Söhne und das Sorgerecht teilen. Um jeden anderen Aspekt wurde verbissen gefeilscht, bis zu den Quadratmetern der Büroräumlichkeiten, die der Prinzessin zur Verfügung stehen sollten. Charles erklärte sich bereit, ihr innerhalb von fünf Jahren rund 50 Millionen Mark zu zahlen, inklusive der anfallenden Steuern. Dazu kamen 90 000 Mark pro Jahr für ihr Büropersonal und Haushaltskosten.* Diana konnte so lange im Kensington Palace wohnen, bis sie beschließen würde, auszuziehen oder wieder zu heiraten.

Inmitten der Verhandlungen überdachte sie noch einmal ihren königlichen Status und verkündete, sie wolle den Titel behalten, »wegen der Jungs«. Zuvor hatte sie gescherzt: »Die-

---

* 1997 stand Diana auf der britischen Liste der 1000 reichsten Staatsbürger an 916. Stelle, mit einem persönlichen Vermögen von rund 170 Millionen Mark.

sen Titel brauche ich nicht – ich wurde mit einem geboren.« Doch ihre Freunde argumentierten, Lady Diana würde zwar einen Platz im Bus kriegen, aber Ihre Königliche Hoheit, die Prinzessin von Wales, könne den Chauffeur und alle katzbukkelnden Fahrgäste herumkommandieren. Der Titel »Ihre Königliche Hoheit« würde sie vor mangelndem Respekt schützen.

In einer klassenbewußten Gesellschaft sind königliche Privilegien überaus wichtig, und Dianas Freunde wollten sie nicht vor anderen knicksen sehen. Ebensowenig sollte sie in der Achtung des Volkes sinken wie die entehrte Sarah Ferguson, die nach der Scheidung gezwungen worden war, ihren opulenten Lebensstil aufzugeben. Der königlichen Würde beraubt, war die arme Herzogin ein nationaler Punchingball. Schon oft als hab- und geldgierig verspottet, wurde sie seit ihrer Scheidung noch unbarmherziger diffamiert. Eine Gewerkschaftsflagge, anläßlich ihres siebenunddreißigsten Geburtstags gehißt, wurde vier Stunden später wieder eingeholt, weil einige Gewerkschaftsmitglieder protestierten und meinten, diese Ehre verdiene sie nicht. Dann riefen sie im Buckingham-Palast an und betonten, der einzige Tag, dem eine solche Aufmerksamkeit zustehe, sollte der Geburtstag der Königin sein. »Nach allem, was wir über Fergies Liebesleben gehört haben«, sagte ein Gewerkschaftler, »müßte eine Unterhose an der Fahnenstange flattern.«

Als die Herzogin einen Buchvertrag über rund 3,5 Millionen Mark unterschrieb, veröffentlichte eine Zeitung die Story neben einer Karikatur, die zwei Spaziergänger im Park zeigte. Einer läßt den Kopf hängen und jammert: »Ich habe gelogen. Ich habe gelogen. Ich habe meine Frau hintergangen. Meinen Boß. Meine Freunde. Und meine Königin ... Ich habe meinen Ruf ruiniert ... Ich bin der lausigste Kerl von allen ...« Da schlägt der andere vor: »Ruf doch Fergies Verleger an.«

Sarah schickte Prinzessin Margaret ein extravagantes Bukett zum Geburtstag. Erbost schleuderte Ihre Königliche Hoheit die Blumen beiseite und schrieb ihr: »Du hast der Familie größere Schande gemacht, als man sich jemals vorstellen konnte. Seit der Veröffentlichung dieser gräßlichen Fotos hast Du kein einziges Mal beschämt den Kopf gesenkt. Offenbar ist Dir nie in den Sinn gekommen, welchen Schaden Du uns allen zufügst. Wie kannst Du es wagen, uns so bloßzustellen? Und wie kannst Du es wagen, mir diese Blumen zu schicken?«

Nach diversen Enthüllungen ehemaliger Liebhaber und Angestellter sperrte sich Sarah tagelang in ihrem Haus ein, heulte und war nicht zu trösten. Die Zeitungen berichteten, die Königin sei so besorgt, daß sie die Herzogin bewachen lasse, um einen Selbstmordversuch zu verhindern. Aber der Hof dementierte und deutete an, es interessiere Ihre Majestät nicht im mindesten, was ihre ehemalige Schwiegertochter sich antun könnte. Aufgrund dieser Reaktion glaubten die Medien, sie hätten grünes Licht, und legten noch einen Zahn zu. Einige Tage später führte die *Sun* eine Meinungsumfrage durch. »Mit wem würden Sie lieber ausgehen – mit Fergie oder einer Ziege?« Die Ziege gewann prozentual mit sieben zu eins.*

Als Diana beobachtete, was Fergie nach dem Verlust ihres Titels erlebte, weigerte sie sich, ihren eigenen aufzugeben. Charles' Anwälte schlugen ihr vor, »Ihre Königliche Hoheit, die Prinzessin von Wales« durch die »Herzogin von Cornwall« zu ersetzen. Dagegen sträubte sie sich. Dann versuchte man, sie für »Ihre ehemalige Königliche Hoheit« zu begei-

* In Großbritannien lächerlich gemacht, flog Fergie in die USA, wo man sie wie eine königliche Hoheit hofierte. Ihre Memoiren, »My Story«, wurden ein Bestseller und brachten ihr über 5 Millionen Mark ein. Für ihren Auftritt in einem Werbespot für Ocean Spray Cranapple Juice bekam sie knapp 2 Millionen Mark, als Repräsentantin von Weight Watchers International 1,7 Millionen. Ein paar Wochen nach ihrer lukrativen Amerikareise verblüffte sie die Banker der Königin, indem sie ihre Schulden von rund 10 Millionen Mark zurückzahlte. »Ich liebe die Amerikaner«, sagte sie. »Die geben einem Mädchen Chancen.«

stern. Diana wandte sich an befreundete Reporter, die das Thema diskutierten und die Königin baten, der Prinzessin ihren Status auch weiterhin zuzuerkennen und sie nicht aus der königlichen Familie auszuschließen. Sie argumentierten, die Mutter des künftigen Königs verdiene keine schlechte Behandlung. Wie der Historiker John Grigg schrieb – »die *reductio ad absurdum* läge darin, daß sie, wäre sie keine königliche Hoheit mehr, vor Prinzessin Michael von Kent knicksen müßte«. Und vor ihren eigenen Söhnen.

Charles erklärte, der Status seiner Frau sei ihm egal. Aber er ließ durchblicken, seine Eltern würden dieser Frage große Bedeutung beimessen, besonders sein Vater, der behauptete, Diana habe kein Recht auf königliche Behandlung. In Philips Augen hatte sie die Firma verraten, infolge ihrer Indiskretion und Illoyalität verdiene sie keine Rücksichtnahme, die über bloße Höflichkeit hinausgehe. Er ärgerte sich über ihre Forderung, ihre künftigen Kinder, die sie möglicherweise von einem anderen Mann bekommen würde, sollten einen erblichen Titel erhalten. Mit dem Wunsch, Clarence House nach dem Tod der Königinmutter als ihre offizielle Residenz zu beanspruchen, überspannte sie den Bogen. Philip bestand darauf, ihr den Titel abzuerkennen, und die Königin stimmte zu.

»Letzten Endes war es klar, daß das Lamm geschoren werden sollte«, sagte einer von Dianas Anwälten, die ihr rieten, auf alles zu verzichten, was man ihr ohnehin wegnehmen würde. Damit sie nicht das Gesicht verlor, versuchten sie ihrer Klientin einen Titel zu verschaffen, der so ähnlich klang wie jener, den sie während ihrer fünfzehnjährigen Ehe getragen hatte. Schließlich einigte man sich auf »Diana, Prinzessin von Wales«.

Außerdem wurde ins endgültige Abkommen die Klausel eingefügt, man werde sie »gelegentlich als Mitglied der königlichen Familie betrachten«. Ein Skeptiker, über den Wortlaut des Dokuments informiert, schätzte die Bedeutung des Wortes »gelegentlich« realistisch ein: »Wenn Corgis fliegen.«

Diana sagte, nach einem Gespräch mit ihrem vierzehnjährigen Sohn habe sie den Kampf um ihren Titel aufgegeben. Als sie ihn fragte, ob es ihn stören würde, wenn man sie nicht mehr »Königliche Hoheit« nannte, antwortete der junge Prinz: »Mir ist es egal, wie du genannt wirst. Du bist meine Mummy.«

Doch nach den Maßstäben ihrer Welt war sie ihres größten Wertes beraubt worden. Da sie keine königliche Hoheit mehr war, verlor sie ihre Sonderstellung in der Gesellschaft. Als Diana, Prinzessin von Wales, war sie ihren eigenen Kindern untergeordnet. Da sie nun nicht mehr königlich war, mußte sie ihre Schirmherrschaft von über hundert Wohlfahrtsorganisationen und die Ehrenstellung bei verschiedenen Regimentern aufgeben. Ihre Freunde fragten sich besorgt, wie sie diesen Schicksalsschlag verkraften würde. »Ich habe Angst um sie«, schrieb Paul Johnson, einer ihrer loyalsten Anhänger. »Gestern sagte mir eine Gesellschaftslöwin: ›Wenn man mich in aller Öffentlichkeit dermaßen ächten würde, wäre ich ernsthaft versucht, mir das Leben zu nehmen.‹«

Äußerlich strahlte die fünfunddreißigjährige Prinzessin immer noch königliches Flair aus. Ihre Schönheit verlieh ihr eine lyrische Aura wie jenem »schimmernden Mädchen« in Yeats' Gedicht, das den wandernden Aengus inspiriert, »Silberäpfel vom Mond zu pflücken«. Aber in ihrer eigenen Welt war sie nicht mehr konkurrenzfähig. »Di im manipulierten Titelkampf vom Hof k. o. geschlagen«, beurteilte eine Zeitung die Situation. Sogar die Gegner der Monarchie, die über gesellschaftliche Privilegien spotteten, räumten ein, die Prinzessin sei übervorteilt worden. »Der verlorene Thron«, lautete ein Kommentar. »Sie hat etwas verloren«, schrieb Stephen Glover im *Daily Telegraph*, »das – an ihrem Lebensstandard gemessen – unendlich kostbar war.«

Innerhalb weniger Tage zeigte sich das Ausmaß des Verlustes. Das einst respektvolle Pressecorps äußerte sich zusehends schnippischer. Immer noch tauchten die Fotografen in geballter Formation auf, weil sie nach wie vor als berühmteste Frau der Welt galt. Doch sie benahmen sich wie Hooligans und schrien Diana an, wie sie es zuvor niemals gewagt hätten. Während sie eine königliche Hoheit gewesen war, hatten sie gefleht: »Bitte, Ma'am, noch ein Schnappschuß!« Jetzt, da sie ihre königliche Würde eingebüßt hatte, wurde sie nicht mehr so ehrerbietig behandelt. Ein Fotograf drängte sie, in seine Richtung zu schauen und zu lächeln. »He, Di, ein bißchen mehr nach links, okay?« Wenig schmeichelhafte Fotos wurden veröffentlicht. Mit zerzaustem Haar stieg sie aus einem Auto, oder ihr Rock war bis zur Hüfte hochgerutscht. Einst ihre ergebenen Bewunderer, verhielten sich die Reporter neuerdings, als hätte sie ihnen mit dem Verlust ihres königlichen Status eine persönliche Kränkung zugefügt. Um sich zu rächen, setzten sie Diana demselben scharfen Objektiv aus, das sie auf Pop-Divas und Rockstars richteten. Ohne den Schutz ihres königlichen Nimbus wurde sie zum Fotofutter reduziert, wie Mick, Michael und Madonna.

Während sie bei Harvey Nichols einkaufte, ihrem Londoner Lieblingskaufhaus, wurde ihr eine weitere Erniedrigung zugemutet. Ein Sicherheitsbeamter richtete eine Überwachungskamera auf ihr Dekolleté. Er wurde wegen Diebstahls verhaftet, vor Gericht gestellt, wo man den Film vorlegte, und wegen »Video-Vergewaltigung« angeklagt. Aber seine Anwältin gab Diana die Schuld: »Wenn eine prominente Persönlichkeit, königlich oder nicht, in der Öffentlichkeit einen tiefen Ausschnitt zeigt, darf man nicht kritisiert werden, wenn man sie filmt oder fotografiert.«

Ein paar Wochen später veröffentlichte eine Londoner Boulevardzeitung unscharfe Fotos, von einer Videokamera aufgenommen, gestellte Szenen, die angeblich Diana im BH zeigten, wie sie sich vor ihrem ehemaligen Liebhaber James Hewitt auszog, auf ihn sprang und rittlings auf seinen Hüften saß. Diese Bilder wurden in aller Welt publiziert. Doch die Zeitung hatte der Prinzessin einen üblen Streich gespielt, für den sie sich kurz danach auf der Titelseite entschuldigte. »Tut uns leid, daß wir auf raffinierte Betrüger hereingefallen sind und Schaden angerichtet haben.« Was ungesagt blieb – Dianas früheres Verhalten hatte Redakteure und Leser veranlaßt, den Trick für bare Münze zu nehmen.

Am 28. August 1996 wurde die königliche Scheidung ausgesprochen, und die *Sun* verkündete die Neuigkeit triumphierend: »Bye-bye, Schlappohr.« Sogar Mutter Teresa war zufrieden. »Ich weiß, ich sollte für Liebe und Einigkeit in der Familie beten«, erklärte die fünfundachtzigjährige Nonne in Indien einem Reporter, »aber in dieser Konstellation war niemand glücklich.« Hastig versicherte der britische Premierminister der Nation, Charles habe nicht vor, in »absehbarer Zeit« wieder zu heiraten. Dann warnte er die Königin. Eine zweite Ehe des Prinzen, vor allem mit Camilla Parker-Bowles, würde die Monarchie in eine Katastrophe stürzen. Weder John Major noch die Königin erwähnten die Ironie: Die anglikanische Kirche war gegründet worden, weil König Heinrich VIII. beschlossen hatte, sich scheiden zu lassen und eine andere Frau zu heiraten.

Charles bewies erneut sein Talent, Eigentore zu schießen, und ließ die Presse wissen, er habe an 40 Geschäfte geschrieben, in denen Diana regelmäßig einkaufte: »Ab dem 2. September 1996 sollen alle Rechnungen der Prinzessin von Wales, die ihre eigenen oder in ihrem Namen verursachte Ausgaben betreffen, an das Büro der Prinzessin von Wales gerichtet werden, Apartment 7, Kensington Palace, London.« Dann verkündete der Prinz, er werde auf Highgrove eine Champagner-Party geben, um seine Scheidung zu »feiern«.

Ausdrucksvoll spiegelten sich die Gefühle des Landes in einer Karikatur wider. Vor dem Buckingham-Palast bietet ein Straßenhändler Spielkarten feil. Er kaut an einer Zigarre und zeigt einem bekümmerten, verwirrten jungen Mann seine Ware. »Ganz gewöhnliche Karten, mein Junge, ohne die Herzkönigin.«

Die Monarchie hatte ihren hellsten Stern verloren, aber die Königin entschied, daß die Show weitergehen mußte, auch ohne Diana. Sie wies die Souvenirshops von Balmoral, Windsor Castle und dem Buckingham-Palast an, alle Waren mit Dianas Bild – Aschenbecher, Kaffeetassen und Postkarten – zu entfernen. Außerdem strich sie Dianas Namen aus dem offiziellen Gebet des Parlaments für die königliche Familie. Diese Maßnahme fand der Tory-Abgeordnete Jerry Hayes »komisch und gehässig. Die meisten Leute gewinnen den Eindruck, man verjage die Prinzessin in stalinistischer Manier aus dem Establishment.« Und die *Sunday Mail* stimmte ihm zu. »Wir sollten die Prinzessin immer noch in unsere Gebete einschließen«, konstatierte ein Leitartikel, der den »schäbigen, rachsüchtigen Entschluß« des Parlaments tadelte. »Die sollten bedenken, daß Versöhnlichkeit zu den wichtigsten christlichen Tugenden zählt.«

Die schlimmste Demütigung mußte Diana hinnehmen, als die Königin der *London Gazette* befahl, das *Letters Patent* zu veröffentlichen, die offizielle Mitteilung Ihrer Majestät an ihre Regierung, ihre Botschaften und Gesandtschaften, daß ihre ehemaligen Schwiegertöchter nicht mehr mit ihr in Verbindung standen.

»Wieder einmal Wallis, nicht wahr?« bemerkte die Königinmutter und schüttelte den Kopf. Vor der Veröffentlichung hatte sie eine Kopie der Verlautbarung erhalten, die Sarah Ferguson und Diana Spencer ihre königlichen Privilegien entzog, ohne ihren Namen zu nennen. Die Königinmutter hatte die Maßnahme unterstützt, den »lästigen Mädchen« ihre Titel wegzunehmen, und sie war an der Säuberungsaktion ebenso beteiligt gewesen wie seinerzeit an der Entscheidung, der Herzogin von Windsor den königlichen Status vorzuenthalten. Die Hofschranzen, jetzt ebenso aalglatt wie schon damals, taten die trockene Verlautbarung als protokollarische Routine ab. Damit sollten die Leute nur über die korrekte Anrede informiert werden. Doch die meisten fanden die Aktion taktlos und rachsüchtig. Wieder einmal benutzte die Monarchin das *Letters Patent* wie einen eisernen Besen.

»Erst zerstören Sie«, meinte einer ihrer Berater, »dann heilen Sie.«

Dieser gebildete Mensch schrieb der Königin und zitierte einen weisen Spruch des englischen Philosophen Francis Bacon, der im 16. Jahrhundert gelebt hatte. »[Wer] keine neuen Heilmittel anwendet, muß mit neuen Übeln rechnen, denn die Zeit ist die größte Neuerin.«

Aber die siebzigjährige Königin bezweifelte, daß sie einen Rat brauchte. Nach fünfundvierzigjähriger Regentschaft hatte sie ihr eigenes Endspiel entwickelt. Ohne einen klugen Premierminister, den Königin Viktoria in Disraeli gefunden hatte, verließ sich Elizabeth auf ihre Höflinge. Ebenso wie sie selbst glaubten sie, die Königin sei von Gott gesalbt. Vom Allmächtigen ins Amt eingesetzt, sah sie keinen Grund, wie ein Politiker die Launen der öffentlichen Meinung zu berücksichtigen. Sie betrachtete die Monarchie als heiliges Schicksal, nicht als unentwegten Kampf um Popularität.

Aber sobald ihre Autorität angegriffen wurde, erkannte sie, daß die Vergangenheit ein Vorspiel gewesen war. Ihr Großvater hatte das Haus Windsor mittels einer zweckdienlichen Maßnahme aufgebaut, die es der Monarchie ermöglichte, den Ersten Weltkrieg zu überleben. Indem er seine deutsche Herkunft verschleierte und sich als Engländer ausgab, beschwichtigte König George V. seine Untertanen, die alle Deutschen haßten. »Er kannte und verstand sein Volk und das Zeitalter, in dem es lebte«, sagte C. R. Attlee, ein Abgeordneter, »und er handelte dementsprechend.« Aber der bayrische Graf Albrecht von Montgelas sah das anders und meinte, die wahre königliche Tradition sei an jenem Tag im Jahr 1917 gestorben, als König George V. seinen Namen geändert habe, nur um eines Krieges willen.

Die Königin wußte, welchen Preis ihr Großvater gezahlt hatte, um die Monarchie zu retten, und sie wollte diesen Einsatz schützen. Als erster britischer Monarch des 20. Jahrhunderts beschloß sie, Steuern zu zahlen – ihr erstes Zugeständnis, das dem Überleben dienen sollte. Dann strich sie die meisten Mitglieder ihrer Familie von der staatlichen Gehaltsliste. Da ihre Untertanen die Renovierung von Windsor Castle nicht finanzieren mochten, öffnete sie den Buckingham-Palast für die Öffentlichkeit und erwies der größten Konfession des Landes ihre Reverenz, indem sie eine römisch-katholische Kirche besuchte. Zum erstenmal seit vierhundert Jahren ließ sich ein englischer Monarch dazu herab. 1996 gehörten nur 20 Prozent der britischen Bevölkerung der anglikanischen Kirche an, der römisch-katholischen 21 Prozent.

Trotz der Konzessionen Elizabeths wirkt die Monarchie verletzlich, während sie sich dem Jahr 2000 entgegenschleppte. Als goldene Kutsche betrachtet, die Großbritannien vor der Welt repräsentieren soll, erscheint diese Staatsform glanzlos, aber auf absurde Weise grandios. Das Fahrgestell wackelt, die Räder quietschen. Ihrer majestätischen Würde beraubt, schwankt die Karosse dahin.

Die Königin wußte, welchen Aufschwung die Monarchie nehmen würde, wenn die Königinmutter starb. Doch die Begeisterung würde nach der nationalen Trauerzeit bald wieder abflauen. So pragmatisch sie auch dachte, sie wollte das Begräbnis ihrer Mutter nicht planen.

»Damit muß ich mich jetzt nicht befassen, oder?« sagte sie und schob den Aktenordner beiseite, der ein Memorandum namens Operation Lion enthielt. Auf fünf Seiten ist aufgezeichnet, wie die Medien nach dem Ableben der Königinmutter verfahren sollen. Elizabeth hat bereits beschlossen, ihre Mutter mit dem größten Staatsbegräbnis seit Winston Churchills Tod zu ehren. Drei Tage lang soll die Leiche vor dem Trauergottesdienst in der Westminster Abbey aufgebahrt werden. Um ihren Respekt zu bezeugen, verzichten die Fernsehsender auf Werbespots. Die Berichte über die Bestattung sollen feierlich und bewegend gestaltet und Dokumentarfilme über das Leben der königlichen Familie während des Zweiten Weltkriegs gesendet werden. Historische Aufnahmen werden König George IV. und Königin Elizabeth zeigen, die ihren Untertanen vom Balkon des Buckingham-Palasts aus zuwinken, zusammen mit den beiden Prinzessinnen – »wir vier«, wie der Monarch seine Familie genannt hatte.

Die Trauerfeierlichkeiten sollen Großbritannien an seine glorreiche Vergangenheit erinnern, an die Zeit, als das Land dem Nazibombardement widerstand und die Monarchie bewundernswert reagierte. Mit allen militärischen Ehren wird man Ihre Majestät, Königin Elizabeth und Königinmutter, zu Grabe tragen. Diesen extravaganten Titel legte sie sich nach dem Tod ihres Gemahls zu.

Normalerweise unsentimental, weigerte sich die Königin nach dem neunzigsten Geburtstag ihrer Mutter, die harte Realität des zu erwartenden Todesfalls ins Auge zu fassen. »Es ist meine schlimmste Sorge«, gestand die Monarchin einem Freund, »daß Mummy bald sterben könnte. Dann werden Margaret und ich ganz allein sein.«

Ihre Untertanen hingegen fürchten, die Königin werde sterben und England mit Charles allein lassen. Seit seiner Scheidung wuchs der Widerstand gegen den Thronfolger. Wie einige Meinungsumfragen ergaben, konnte er nicht mehr mit der Unterstützung des Volkes rechnen. Die meisten Leute erklärten, sie wollten ihn nicht als König sehen, und ihre Vertreter im Parlament mochten dem unbeliebten Erben ihre Ämter nicht opfern.

»Charles eignet sich nicht zum König«, verkündete der Labour-Abgeordnete Ron Davies im Fernsehen. »Er ist ein Ehebrecher, der gegen die kirchlichen Gesetze verstößt ... Er verbringt seine Zeit, indem er mit Bäumen, Blumen und Gemüse redet ... Und er ermutigt seine jungen Söhne, draußen auf dem Land Rotwild und Vögel zu töten, nur zum Spaß ...«

Tony Blair, der Labour-Parteichef, wurde 1997 Premierminister und verlangte von dem Abgeordneten, seine Kritik zurückzunehmen. Widerstrebend entschuldigte sich Davies dafür, daß er den künftigen König als Umweltschützer bezeichnet hatte, der Unzucht trieb, Bäume umarmte und den blutrünstigen Jagdsport liebte. Im Lauf seiner Wahlkampagne hatte Blair wiederholt versprochen, seine Partei werde sich für den Fortbestand der Monarchie einsetzen. Er konnte es sich nicht leisten, seine Führungsposition zu gefährden, indem er den angestammten Konservativismus des Landes mit radikalen Ideen bedrohte. Aber seine Partei, einst durchaus monarchistisch gesinnt, war in diesem Punkt gespalten. Und ein paar rebellische Abgeordnete ließen sich nicht den Mund verbieten und schlugen vor, die Monarchie mittels Parlamentsbeschluß abzuschaffen.

»Drei Viertel der Bevölkerung teilen die Ansicht, Charles eigne sich nicht zum König«, sagte Paul Flynn, ein Vertreter des linken Flügels. »Vergessen Sie das kriecherische Gefasel, die königlichen Hoheiten seien überirdische Wesen, einem Märchen entstiegen. Damit ist's ein für allemal vorbei.«

Es sah so aus, als würden die Aasgeier über der Monarchie kreisen. Ein anderer Labour-Abgeordneter nannte sie einen Anachronismus und forderte einen Volksentscheid, ob nach dem Ende von Elizabeths Regentschaft die erbliche Thronfolge fortbestehen solle oder nicht. Die Press Association führte eine Probeabstimmung in der Labour-Partei durch und berichtete, die Mehrheit befürworte eine offene Debatte über die Zukunft der Monarchie.

»Als ich vor zwanzig Jahren diesen Vorschlag gemacht hatte, wurde ich mit Meuchelmord bedroht«, erzählte der ehemalige Labour-Abgeordnete Willie Hamilton, um auf den dramatischen Sinneswandel hinzuweisen. »Man nannte mich einen Spinner und Kommunisten. In diesem Land war es einfacher, den Allmächtigen zu kritisieren als die Monarchie. Jetzt ist es anders.«

»Ist es an einem solchen Wendepunkt nicht an der Zeit«, fragte der *Guardian* 1996, »die Mechanismen, die den Aufbau einer britischen Republik betreffen würden, ernsthaft zu erörtern?«

Diese Frage erschien jenen, die Königin Elizabeths Familie nach ihrem Unterhaltungswert beurteilten, ungeheuerlich. »Die amerikanische Antwort ist ganz einfach«, bemerkte ein Leitartikel der *New York Times* und empfahl den Briten, die Monarchie beizubehalten. »Natürlich muß sie fortbestehen – wir wollen uns schließlich amüsieren.«

Der königlichen Familie gehörten erfahrene Akteure an. Wie eine alte Vaudeville-Truppe erschienen sie auf der Bühne, um bei Hochzeiten und Begräbnissen ihre Rollen zu spielen, routiniert wie eh und je, als geschminkte Kuriositäten. In Kostüm und Maske lockten sie immer noch ein paar Zuschauer an, aber nach dem Abgang der Naiven, der schönen Prinzessin, verloren sie einen Großteil des Publikums. Sie wußten, daß sie aus der Ferne betrachtet am besten wirkten. Wenn man sie aus der Nähe beobachtete, zeigten sich nämlich ihre Schwachstellen.

Auf die harte Tour – und vielleicht zu spät – hatten sie gelernt, daß der kluge Revolutionär Thomas Paine im 18. Jahrhundert zu Recht erklärt hatte: »Man sollte die Monarchie hinter einem Vorhang verstecken. Dort kann sie ein reges Leben und Treiben entfalten, eine scheinbar feierliche Aura. Aber wenn sich der Vorhang zufällig öffnet und das Publikum sieht, was da in Wirklichkeit geschieht, bricht es in Gelächter aus.«

Das farbenfrohe Ensemble wurde dem Spott preisgegeben, als Fergie die Salonschlange mimte. Aber nach ihrem Abschied von der Bühne hinterließ sie einen Prinzen, der sich endlich »charming« zeigte. Infolge seiner gescheiterten Ehe hatte Andrew gelernt, sich angesichts der Schande würdevoll zu benehmen. Was immer seine ehemalige Frau auch unternahm, um ihn zu demütigen und Kritik zu provozieren, er hüllte sich dankenswerterweise in Schweigen, diskret und beharrlich.

Sein Vater spielte weiterhin eine Hauptrolle. Aber sein Flair eines Bühnenidols verblaßte allmählich. Seine Attraktivität verschwand hinter Altersflecken, die seine scharfen Gesichtszüge unter der straffen Haut betonten und ihm das Aussehen eines Habichts verliehen. Aber mit seinen fünfundsiebzig Jahren konnte er immer noch ein paar Herzen rühren, wenn er an der Seite alter Veteranen des Zweiten Weltkriegs marschierte. Statt am Volkstrauertag gemeinsam mit der königlichen Familie an einer Zeremonie teilzunehmen, gesellte er sich zu seinen Schiffskameraden. Diese noble Geste rührte viele Leute zu Tränen, als sie sich an den schneidigen Marineoffizier erinnerten, der bei der Krönungsfeier vor einer jungen Königin gekniet und gelobt hatte, bis zu seinem Lebensende ihr treuer Gefolgsmann zu bleiben. Nach fünfzig Ehejahren (und ein paar Geliebten mehr oder weniger) erschien er immer noch an ihrer Seite, den Arm angewinkelt und bereit, ihre Hand entgegenzunehmen.

Weil er die Königin so loyal unterstützte, versuchten viele Leute, seine Fauxpas zu übersehen. Doch das war schwierig, vor allem, wenn seine derben Kommentare internationale Wellen schlugen. Er erzürnte die weiblichen Untertanen seiner Frau, als er in Frankreich verkündete: »Engländerinnen können nicht kochen.« Bei einer Reise in die Niederlande machte er die plumpe Bemerkung: »Die Holländer schauen so mürrisch drein.« In Kanada fauchte er das diplomatische Korps an: »Wir kommen nicht unserer Gesundheit zuliebe hierher.« Bei den Ägyptern beschwerte er sich über den dichten Verkehr in Kairo. »Das ist das Problem mit euch – ihr vermehrt euch zu schnell.« Und in Peru überreichte man ihm ein Buch, die Geschichte der Stadt Lima, das er sogleich einem Adjutanten in die Hand drückte. »Da, nehmen Sie das. Ich werde es ohnehin nie lesen.« In Schottland fragte er einen Fahrlehrer: »Wie halten Sie die Einheimischen so lange vom Fusel fern, daß sie die Fahrprüfung bestehen?« In Budapest hänselte er einen britischen Touristen: »Allzulange können Sie nicht hier sein. Sie haben noch keinen Spitzbauch.« Und in China warnte er britische Studenten: »Wenn Sie noch länger dableiben, kriegen Sie Schlitzaugen.«

Als leidenschaftlicher Jäger kritisierte er in aller Öffentlichkeit die geplante Gesetzesvorlage, den Privatbesitz von Handfeuerwaffen einzuschränken. Bei einer Diskussion über das Massaker an sechzehn Schulkindern in Dunblane, Schottland, meinte der Herzog, Schußwaffen seien nicht gefährlicher als Kricketschläger. Dieser Kommentar schockierte die Eltern der ermordeten Kinder, und die überregionale Presse nahm den Ehemann der Königin ins Gebet. »Schon wieder ein Fehler, Prinz Philip«, lautete die Schlagzeile eines Leitartikels in der *Manchester Evenings News,* der ihn kritisierte, weil er »den Mund zu voll nahm, ohne Rücksicht auf die Gefühle anderer«. Am nächsten Tag entschuldigte sich der Hof.

Aber der Königin schien es nichts auszumachen, daß ihr Mann immer wieder ins Fettnäpfchen trat. Sie tolerierte seine bärbeißige Art und entschuldigte sich nicht für seinen Stegreifhumor. Nur Charles wand sich verlegen. Er war das einzige Familienmitglied, das sich ernsthaft um die schwindende Popularität sorgte, und er warf der Presse vor, sie stelle seine Verwandtschaft als miesen Haufen hin. Deshalb drängte er seine Eltern, an die Zukunft zu denken – seine Zukunft – und zu überlegen, wie sich die Monarchie auf das 21. Jahrhundert vorbereiten könne.

Aus Balmoral tat er kund, die königliche Familie blicke voraus. Er kündigte an, zweimal im Jahr mit seinen Eltern, seinen Geschwistern und seinen Beratern zusammenzutreffen. Dieses Komitee wurde Way Ahead Group genannt und hatte das Ziel, das halbverfallene Haus Windsor zu erneuern. Zu diesem Zweck sollte eine radikale Verjüngungskur der Krone diskutiert werden. Zunächst plante die Familie, sich von der öffentlichen Gehaltsliste streichen zu lassen. Statt die Steuerzahler weiterhin an die 25 Millionen Mark zu kosten, würde sie Einkünfte aus dem königlichen Grundbesitz verwenden.

Dieser bestand aus 135 000 Hektar Land mit erstklassigen Immobilien in London, deren Mieten und Grundsteuern jährlich über 100 Millionen Mark einbrachten. 1760 waren sie dem Parlament von König George III. übergeben worden.

»Teuflisch schlau«, meinte ein Minister mit dem Respekt eines Taschendiebs vor einem Bankräuber und meinte, die königliche Familie inszeniere vor der Öffentlichkeit eine Wende und verschaffe sich gleichzeitig Vorteile. »Damit werden die Steuerzahler geschont, während sich die Monarchie bereichert; außerdem schützt [dieser Schachzug] die Krone vor öffentlicher Kritik und hält die Presse im Zaum ... Wie können es die Medien rechtfertigen, in die Privatsphäre der königlichen Familie einzudringen, wenn sie ihren Lebensunterhalt nicht mehr von öffentlichen Geldern bestreitet? Ich bezweifle, daß so ein Beschluß im Parlament durchkäme, aber der Vorschlag ist in seiner Kühnheit bewundernswert.«

Ebenso kreativ war die Idee der königlichen Familie, das Erstgeburtsrecht abzuschaffen, das aus dem 11. Jahrhundert stammte und den Frauen das gleiche Recht auf die Thronfolge zubilligte. Außerdem wollte sie sich verkleinern: keine königlichen Tanten und Onkeln, Vettern und Kusinen mehr. Nach dem Tod gewisser Familienmitglieder sollte die »Firma« nur mehr aus dem Monarchen, seinem Ehepartner, ihren Kindern und jenen Enkeln bestehen, die den Thron direkt erben würden.

Die Abstimmung in Balmoral führte zu einem einstimmigen Ergebnis: Weg mit unbedeutenden Royals wie Prinz Michael von Kent und seiner Frau. Auch die Kents hatten die königliche Familie mit schlechter Publicity geärgert. Die Prinzessin war ertappt worden, als sie das Haus ihres amerikanischen Liebhabers verlassen hatte, mit Perücke und Sonnenbrille getarnt. Und der Prinz hatte als Vetter der Königin eine Zeitlang eine Menge Geld verdient, aber auch Schiffbruch erlitten. Er ging im Fernsehen mit der House of Windsor Collection hausieren, einem Versandkatalog, der königlichen Kitsch feilbot. Innerhalb weniger Monate entwickelte sich das Unternehmen zu einem finanziellen Desaster, was die Königsfamilie in weitere Verlegenheit stürzte. »Wir haben Ali Baba«, scherzte ein Mitglied der königlichen Familie. »Die vierzig Räuber brauchen wir nicht.«

Charles erkannte, daß ein Parlamentsbeschluß ihn des Thrones berauben konnte – insbesondere weil er verkündet hatte, er wünsche nicht als Verteidiger des Glaubens zu fungieren. Nach dem englischen Staatsgrundgesetz und der Regelung der Thronfolge mußte der Monarch schwören, die anglikanische Kirche und die Kirche von Schottland zu schützen. Aber Charles fühlte sich keiner der beiden Kirchen verbunden. Deshalb schlug die Way Ahead Group vor, die Monarchie von den religiösen Strukturen zu trennen, das Band zwischen Kirche und Staat zu lösen.

Als Souverän würde sich Charles zur protestantischen Thronfolge verpflichten müssen, was ihn ebenfalls störte. Er verstand nicht, warum die Katholiken grundsätzlich von der Thronfolge ausgeschlossen wurden. Dieses Gesetz, das einem Monarchen untersagte, eine Katholikin zu heiraten, fand er unfair. Außerdem diskriminiere es 20 Prozent der britischen Bevölkerung von 60 Millionen Menschen. Aus diesen Gründen wollte er die 295 Jahre alte Regel abschaffen.

Der Erbe war entschlossen, den Thron zu besteigen. Obwohl er seine künftigen Untertanen enttäuschte, indem er seine wettergegerbte Geliebte einer schönen jungen Ehefrau vorzog, trat er nicht beiseite. Trotz wachsender Antipathien marschierte er weiter. »Ich habe mich der Aufgabe verschrieben, die einstige Größe Großbritanniens wiederherzustellen, und das werde ich auch tun.« Aber nicht einmal jene, die sich an das Empire of Great Britain erinnerten, hielten ihn für einen geeigneten König.

Im ganzen Land standen die Leute bei offiziellen Veranstaltungen immer noch auf, um ihre Gläser zu erheben und den Toast der Loyalität auszusprechen. »Auf die Königin!« riefen sie einstimmig, bevor sie sich wieder setzten. Sogar respektvolle Republikaner standen auf und zollten der Monarchin diesen Tribut. »Niemand befürwortet eine Revolution«, sagte Professor Stephen Haseler, Vorsitzender der britischen Republican Society. »Für die meisten in unserer Mitte, die dem 21. Jahrhundert entgegenblicken, lautet das Motto: ›Gott schütze die Königin.‹ Und dann: ›Gott schütze uns vor ihren Erben.‹«

Nach der Ansicht des Professors erweckte die Monarchie den Anschein, sie sei bereit, an die Mauer zu treten und eine letzte Zigarette zu rauchen. Er prophezeite Meinungsverschiedenheiten in ganz Großbritannien, falls der Prinz von Wales den Thron besteigen sollte. »König Charles III. würde die Nation spalten. Die einzige Lösung – abgesehen von der Anarchie, die niemand wünscht – wäre ein Parlamentsbeschluß, von der Königin gebilligt, daß nach ihrem Tod oder ihrer Abdankung die Monarchie ein Ende finden und ein neues Staatsoberhaupt gewählt werden sollte.«

Die Republikaner baten die Königin, ihre Dynastie aufzulösen, die Royalisten protestierten heftig und warnten vor einer Abschaffung der Monarchie, die das Land traumatisieren und einen Aufruhr bewirken würde. Sie meinten, ein solcher Schritt würde eine Neustrukturierung des gesamten Regierungssystems und eine neue Verfassung erfordern. Und sie prophezeiten, das Klassensystem würde verschwinden, das Haus Windsor zusammenbrechen. Diese Anschauung vertraten auch die Republikaner, und sie argumentierten, strukturelle Maßnahmen seien notwendig, um das Land neu zu beleben. Die nationale Debatte hatte begonnen, und Worte, die man früher für verräterisch gehalten hatte, durften freimütig ausgesprochen werden.

Doch die Mehrheit fühlte sich zwischen Republikanern und Royalisten hin und her gerissen. Sie wollten die Monarchie beibehalten, aber den künftigen Monarchen übergehen. »Das ist so einfach wie das ABC – Anybody But Charles [jeder außer

Charles]«, sagte ein Parlamentsabgeordneter und empfahl der Königin, Prinzessin Anne zu ihrer Nachfolgerin zu ernennen. Einigen Meinungsumfragen zufolge fand diese Idee lebhafte Zustimmung. Andere meinten, man sollte Charles überspringen und seinen älteren Sohn krönen, so wie es Diana angeregt hatte.

»Es ist die beste Lösung, eine Generation zu übergehen und Prinz William zum Nachfolger der Königin zu bestimmen«, schrieb Paul Johnson im *Spectator.* »Damit wäre der törichte, unbeliebte Charles eliminiert und die Sympathie der Öffentlichkeit zurückgewonnen.«

Auch die Amerikaner stimmten zu. In ihrer Kultur, die der Jugend und der Prominenz huldigt, erschien diese Lösung geradezu ideal. Das Magazin *People* meinte, der junge Prinz sehe »so gut aus wie seine Mom«. Und die *Time* veröffentlichte sein Bild auf der Titelseite. »Kann dieser Junge die Monarchie retten?« fragte sie. Die britische Journalistin Julie Burchill hegte gewisse Zweifel. »Ich wünsche William nur das Beste, aber ich wäre überrascht, wenn er sich zu einem normalen Mann entwickeln würde, denn das ist die verrückteste Familie seit den Munsters ... Wir wären keineswegs schockiert, wenn er sich als Transvestit entpuppen würde, der einen Corgi heiraten will ...«

Die Buchmacher begannen Wetten anzunehmen. Würde die Monarchie das nächste Jahrhundert überleben oder nicht? 1994 standen ihre Chancen hundert zu eins, ein Jahr später sanken sie auf fünf zu eins. Als ein Londoner Buchmacher von der Firma William Hill 1996 die Unwägbarkeiten abschätzte, prophezeite er: »Das kluge Geld sagt: Mit fünfundsiebzig tritt Ihre Majestät zurück und übergibt Charles die Krone. Das ist jetzt ihre einzige Möglichkeit, dem Erben den Thron zu sichern. Innerhalb der nächsten fünf Jahre wird sie mit dem Premierminister einen Deal aushandeln. Ob eine Tory- oder eine Labour-Regierung an der Macht ist, spielt keine Rolle, denn beide Parteien haben sich verpflichtet, die Monarchie zu unterstützen. Falls die Königin zurücktreten will, wird man sie nicht daran hindern.«

Auf das »falls« kommt es an. Einige Buchmacher sichern ihre Wetten ab, weil sie am Mutterinstinkt der pflichtbewußten Monarchin zweifeln. Bestenfalls sehen sie Elizabeth als gleichgültige Mutter, die nicht mehr bereit ist, wegen ihres Sohnes, der allmählich in die Jahre kommt, die Krone aufzugeben. »Sie nimmt ihre Pflichten ernst«, bemerkte ein Londoner Buchmacher. »Einmal sagte sie, ihr Job sei ein Job fürs Leben. Niemals wird sie abdanken. Deshalb bezweifle ich, daß die Königin ihrem Sohn Platz machen wird, bevor sie zu den Engeln fliegt.«

Nur wenige Leute kritisieren die monarchischen Fähigkeiten der Königin. Es ist die Mutter, die versagt hat. Drei ihrer Kinder sind geschieden, einer wurstelt sich immer noch ziellos durchs Leben – ein beklagenswerter Prozentsatz für den Durchschnittsmenschen, der nach Glück und Zufriedenheit strebt. Niemand behauptet, die königlichen Hoheiten seien schlecht – nur schwach und anfällig. Und da sie Pech hatten und nie besonders heldenhaft in Erscheinung traten, trübten sie den Glanz des Hauses Windsor, und nun wirkt es ziemlich abgenutzt. Vor vielen Jahren hatte der letzte ägyptische König Faruk vorausgesagt, um die Jahrhundertwende würden die meisten Monarchien verschwinden. »Dann werden nur mehr fünf Könige auf der Welt übrigbleiben. Der Herzkönig, der Kreuzkönig, der Karokönig, der Pikkönig – *und* der König von England.« Auch er war von dem Mythos der britischen Monarchie fasziniert gewesen.

»In ihrem Mysterium liegt ihr Leben«, schrieb der Historiker Walter Bagehot vor über hundert Jahren. »Wir dürfen kein Tageslicht auf die Magie fallen lassen.«

Seit damals wurde die Magie oft in grelles Licht gerückt. Doch das Gewicht der Geschichte begünstigt das Überleben einer Institution, die sich immer wieder selbst stärkt. Während Großbritannien seine Monarchie neu überdenkt, bewahrt sie ihre geniale Anpassungsfähigkeit und Kompromißbereitschaft, und sie trotzt entschlossen ihrer Vernichtung. Tief in Religion und Patriotismus verwurzelt, kann sie nicht entfernt werden, ohne eine schmerzhafte Lücke im Seelenleben des Landes zu hinterlassen. So dauerhaft wie die Weißen Klippen von Dover, existiert die Institution seit 1 200 Jahren in den Herzen einer Nation, die den Prunk stets geschätzt und die Mythologie geliebt hat. Die Magie wird nicht völlig verstanden, nicht einmal von treu ergebenen Monarchisten, die zugeben, daß nicht alle Könige und Königinnen gut und edel und weise waren. Aber sie konnten überleben, weil ihre Untertanen das Bedürfnis hatten, an sie zu glauben. Diese Sehnsucht, zur Größe aufzublicken, lebt im englischen Volk weiter. Wenn der göttergleiche Glanz auch erloschen ist und die Institution herabgewürdigt wurde – das Streben nach dem Zauber und die Hoffnung auf eine Erneuerung bleiben bestehen.

Nachwort

DIANAS TOD VERDUNKELTE den Himmel über dem Haus Windsor und schockierte sogar das Familienoberhaupt, die Königin. Am 31. August 1997 wurde sie um halb vier Uhr morgens von einem Telefonanruf ihres Privatsekretärs geweckt. Wie sie später zugab, war ihr erster Gedanke: »Zu dieser frühen Stunde müßte es etwas Wichtiges sein.«

Diana starb in Paris. Von Paparazzi auf Motorrädern und in Autos verfolgt, prallte ihre Limousine gegen den Betonpfeiler eines Tunnels. Wenige Sekunden zuvor zeigte der Tachometer, den Ermittlungen der französischen Polizei zufolge, eine Geschwindigkeit von über 190 km/h an – also mehr als das Dreifache des Tempolimits. Angeblich war das Fahrer betrunken und stand unter dem Einfluß von Medikamenten gegen Depressionen und Alkoholismus. Er starb sofort.

Auch Dianas Begleiter, Dodi Fayed, der mit ihr im Fond saß, starb bei dem Unfall. Nur sein Leibwächter auf dem Beifahrersitz des schwarzen Mercedes war angeschnallt. Er wurde schwer verletzt, blieb aber als einziger Insasse des Wagens am Leben.

Die BBC-Nachricht vom Tod der Prinzessin erschütterte die Menschen. »Ich habe das Gefühl, der hellste Stern ist vom Himmel heruntergerissen worden«, sagte eine Frau, »und hat uns alle in schreckliches Dunkel gestürzt.« Die britische Flagge wurde auf halbmast gesetzt. Zu Ehren Dianas erklang die britische Nationalhymne »God Save the Queen«. Ironischerweise hatte ihr die Königin Monate zuvor, nach der Scheidung, die Ehre des königlichen Titels genommen.

Tony Blair, der englische Premierminister, kämpfte mit den Tränen, als er das verzweifelte Volk zu trösten versuchte. »Sie war die Prinzessin der Herzen, und das wird sie bleiben. In unseren Herzen und in unseren Erinnerungen wird sie immer weiterleben.«

Weinend versammelten sich die Menschen auf den Londoner Straßen, um Dianas zu gedenken. Sie beteten in den Kirchen, standen vor ihrem Fitneßclub, legten Blumen vor ihre Lieblingsrestaurants. Und sie drängten sich vor dem Kensington Palace, wo sie gewohnt hatte, legten Sträuße vor das schmiedeeiserne Tor. »Als Lady geboren, zur Prinzessin geworden, als Heilige gestorben«, stand auf einer Karte. Ein handgeschriebener Brief lautete: »Jetzt regiert sie als Königin der Herzen.«

Der Präsident der Vereinigten Staaten drückte sein Beileid aus, ebenso wie der südafrikanische Präsident Nelson Mandela und Mutter Teresa in Kalkutta. (Die alte Nonne, damals schon schwer krank, starb ein paar Tage später in Indien, was – verglichen mit Dianas Tod – nur geringes Medieninteresse erregte.) In Washington, einer Hauptstadt ohne Königsfamilie, gedachten die Menschen der verstorbenen Prinzessin wie einer Königin. Hunderte versammelten sich vor dem britischen Botschaftsgebäude, erwiesen ihr die Letzte Ehre und standen stundenlang Schlange, um sich ins Kondolenzbuch einzutragen. Bei den US Open in New York trug der Tennisstar Andre Agassi einen Trauerflor am Arm. Und in Genf setzte das Internationale Rote Kreuz seine Flagge auf halbmast, zu Ehren Dianas, deren letzte humanitäre Tat es gewesen war, in Bosnien gegen den Einsatz von Landminen zu protestieren.

Nur wenige Wochen zuvor hatten Meinungsumfragen in Großbritannien ergeben, daß die Mehrheit der Bevölkerung die königliche Familie nicht mehr unterstützte. Die Enttäuschung über das schlechte Benehmen des Hauses Windsor war weit verbreitet, besonders unter den Achtzehn- bis Vierundzwanzigjährigen, die glaubten, ohne die königliche Familie würde es dem Land bessergehen. »Eine Handvoll ›Gib mir‹ und eine Tasche voll ›Vielen Dank‹«, das sei alles, lautete eine Meinung. In der Schar der Trauernden, die vor dem Buckingham-Palast standen, war leise Kritik an der königlichen Familie zu vernehmen, die sich in ihrem Schloß Balmoral regelrecht verschanzte.

»Kann Ihre Majestät nicht ein einziges Mal von ihrem Thron herabsteigen, um ihre Untertanen zu trösten?« schluchzte eine Frau, die vor dem Buckingham-Palast kniete. »Das würde ihrer Würde nicht schaden ... Nur ein Wort, eine Träne, eine freundliche Geste – nur ein einziges Mal –, um ihre Betroffenheit zu zeigen.« Bis zum fünften Tag nach der Tragödie blieb die Königin stumm. Die Medien kritisierten sie, weil sie nicht in der Öffentlichkeit erschien und nicht an der landesweiten Trauer teilnahm. »Zeigen Sie uns Ihre Erschütterung!« schrie eine Schlagzeile des *Daily Express.* »Wo ist unsere Königin? Wo ist ihre Flagge?« fragte *The Sun.* Über großen Fotos gramgebeugter Trauernder flehte *The Mirror:* »Ihr Volk leidet. Sprechen Sie mit uns, Ma'am.«

Der besorgte Premierminister erklärte dem Hof, ein paar einfühlsame Worte der Königin würden die feindselige Stimmung mildern. Aber die Hofschranzen widersprachen und meinten, es sei nicht die Aufgabe der Monarchin, die Trauernden zu trösten. Der Premierminister, ein kluger Politiker, vertrat einen anderen Standpunkt und wandte sich an den Prinzen von Wales, der seiner Mutter gegenüber betonte, es sei »mandatorisch«, daß die königliche Familie Betroffenheit zeige. Also ließ sie am Tag des Begräbnisses den Union Jack über dem Buckingham-Palast auf halbmast setzen – eine historisches Zugeständnis, denn normalerweise wurde diese Ehre nur verstorbenen Monarchen zuteil. Später ließ sie durch einen Sprecher verlauten, sie sei »gekränkt« über den

Vorwurf ihrer Untertanen gewesen, sie würde dem allgemeinen Schmerz gleichgültig begegnen.

Am Vorabend des Begräbnisses verließ sie Balmoral, kehrte nach London zurück und wandte sich in einer Fernsehansprache an die Öffentlichkeit. Aber in dieser Rede, die sie vor dem Hintergrund der Trauernden rings um den Buckingham-Palast live von einem Manuskript ablas, konnte sich die einundsiebzigjährige Monarchin nicht zu der Erklärung durchringen, sie habe Diana geliebt. Statt dessen nannte sie die Prinzessin »einen außergewöhnlichen und begabten Menschen«. Sie habe die »Energie und Nächstenliebe« ihrer ehemaligen Schwiegertochter bewundert und respektiert, »vor allem die tiefe Zuneigung zu ihren beiden Söhnen«. Dann dankte sie den Leuten, die Blumen gebracht, Beileidsbriefe geschickt und sich ins Kondolenzbuch eingetragen hatten. Vor der Rede hatte sie sich unters Volk gemischt, war aber steif und unnahbar geblieben.

In einem schwarzen Kleid, mit Hut, Handschuhen und Handtasche, erschien sie an Prinz Philips Seite vor dem St. James's Palace und schritt zögernd durch die Schar der Trauernden. Dabei wahrte sie stets Distanz, aber trotz ihres Widerstrebens, Gespräche zu führen, schien man die Geste zu würdigen.

Sichtlich erschüttert über den Tod seiner ehemaligen Frau, war Prinz Charles mit Dianas beiden Schwestern nach Paris geflogen, um die Leiche nach Hause zu holen. Er wirkte einsam und verloren, als er neben dem Sarg stand, den die Flagge mit dem königlichen Wappen schmückte. Eine Ehrengarde der königlichen Luftwaffe trug den Sarg in die Kapelle des St. James's Palace. Charles fuhr sofort nach Balmoral, um seinen Söhnen beizustehen, dem fünfzehnjährigen William und dem zwölfjährigen Harry.

In Kapstadt verlas Dianas Bruder, Earl Charles Spencer, eine leidenschaftliche Erklärung. Er beschuldigte die Presse, seine Schwester getötet zu haben, und sagte, die Redakteure, die von Dianas Fotos lebten, seien Kopfgeldjäger, an deren Händen Blut klebe. »Ich glaubte schon immer, daß die Presse sie letzten Endes umbringen würde, aber nicht einmal ich konnte mir vorstellen, daß sie so direkt an ihrem Tod beteiligt sein würde, wie es anscheinend der Fall war.«

Von Dianas Mutter, der einundsechzigjährigen Frances Shand Kydd, die allein in Schottland lebt, kam keine offizielle Reaktion. Traurigerweise hatten die beiden lange nicht mehr miteinander gesprochen. Die schwierige Beziehung war einige Wochen zuvor in die Brüche gegangen, als Mrs. Shand Kydd dem Magazin *Hello!* ein Interview gegeben hatte. Diana beklagte sich bitter und meinte, sie sei verkauft worden. Angeblich bezahlte das Magazin ihrer Mutter fast 600 000 Mark für einen Bericht über Dianas Kindheit, ihre Eßgewohnheiten und ihr Verhältnis zu Prinz Charles. Obwohl sie den Prinzen ebenso wie die Prinzessin von Wales wegen ihrer Fernsehgeständnisse kritisierte, stellte sie sich nach dem Scheitern der Ehe nicht auf die Seite ihrer Tochter. Sie wollte auch nichts gegen den Prinzen sagen. Seltsamerweise schien es sie zu freuen, daß ihre Tochter bei der Scheidung den königlichen Titel verloren hatte, und sie fand die Befreiung von diesem erhabenen Status »wirklich wundervoll«.

Diana beklagte sich bei einem Freund, ihre Mutter habe sie verraten. Einem anderen Freund, dem *Daily-Mail*-Reporter Richard Kay, gestand sie, nachdem ihre Mutter private Einzelheiten enthüllt habe, sie sei »zutiefst schockiert«. Und sie fühle sich »bitter enttäuscht und im Stich gelassen« von der Zeitschrift *Hello!*, die sie zuvor nicht über den Artikel informiert hatte. Sie glaubte, sie hätte in einer besonderen Beziehung zu dem Magazin gestanden, nachdem es 1994 Oben-ohne-Fotos von ihr in Spanien gekauft, aber nicht veröffentlicht hatte. Nun schloß sie die *Hello!*-Fotografen von ihrer nächsten Benefizveranstaltung aus. Am 28. Mai 1997 berichtete die *Daily Mail* von Dianas Reaktion. Die Schlagzeile auf der Titelseite lautete: »Diana wütend über Story ihrer Mutter«.

Ein paar Wochen später sprach die Prinzessin wieder mit Richard Kay. Diesmal gestand sie ihm ihren Ärger über die Herzogin von York, und am 2. August 1997 veröffentlichte die *Daily Mail* pflichtschuldigst einen ganzseitigen Bericht: »Der wahre Grund, warum sich Diana weigert, mit Fergie zu reden.« Die Freundschaft zwischen den beiden Frauen, in der es immer wieder gekriselt hatte, war endgültig in die Brüche gegangen, weil Fergie in ihrer Autobiographie behauptete, sie habe sich von Diana Schuhe geliehen und danach Warzen an den Füßen bekommen.

»Hinter Dianas Animosität steckt nicht nur diese taktlose Enthüllung«, meinte die Zeitung. »Leider haben sich die feindseligen Gefühle auch auf Dianas Kinder übertragen, insbesondere den fünfzehnjährigen Prinzen William.« Der junge Mann ärgerte sich offenbar, weil die Herzogin den wesentlich größeren internationalen Ruhm seiner Mutter benutzte, um eigene Interessen zu verfolgen.

Ein Schwarzer betrauerte Dianas Tod und erinnerte sich an die gestörten Beziehungen zu ihrer Familie, während er vor dem Kensington Palace stand. »Von allen in ihrer Umgebung wurde sie im Stich gelassen – von ihrem Mann, ihren Liebhabern, ihrer Mutter, ihrer Schwägerin, ihrer leiblichen und der königlichen Familie... Ich glaube, wir waren die einzigen – einfache Menschen wie ich –, die sie wirklich zu schätzen wußten, weil sie uns schätzte.« Er hatte die Herzkönigin aus einem Spielkartenpäckchen hervorgezogen und auf den Blumenteppich gelegt.

In Tränen aufgelöst, brachte eine junge Frau, die ein T-Shirt und Jeans trug, ihre Trauergabe zum Palasttor: ein Bild von der Prinzessin mit einer Tiara und ein Gedicht von W. H. Auden:

> [Sie] war mein West, mein Ost, mein Süd, mein Nord,
> Die Arbeitswoche, meiner Sonntagsruhe Hort,
> Mein Wort, mein Lied, mein Mond und meine Mitternacht;
> Die Liebe würde ewig währen – hatte ich gedacht.

Löscht all die unerwünschten Sterne;
Verbannt den Mond, die Sonne in die Ferne;
Vergießt das Meer und laßt den Wald verenden;
Denn jetzt kann nichts sich mehr zum Guten wenden.

Zwischen den Blumen und Stofftieren lag eine zertrümmerte Kamera mit einer Karte. »Das ist die Mordwaffe, die unsere geliebte Prinzessin getötet hat«, stand darauf.

Viele Trauernde gaben den Paparazzi und, ebenso wie Dianas Bruder, den Medien die Schuld an ihrem Tod. Aber die öffentliche Empörung ließ ein wenig nach, nachdem die französische Polizei das Resultat eines Bluttests bekanntgegeben hatte. Wie daraus hervorging, hatte der Alkoholgehalt im Blut des Fahrers Henri Paul, des Sicherheitschefs im Ritz Hotel, die erlaubte Menge um das Zweifache überstiegen.

Einige Leute fanden Trost in Dianas Beziehung zu dem neuen Mann in ihrem Leben, Emad Mohamed Al-Fayed, von Freunden Dodi genannt. Sie hatten den letzten Abend ihres vierten gemeinsamen Urlaubs innerhalb von fünf Wochen genossen, bevor sie bei einem schrecklichen Unfall starben. Zuvor hatte sie mit ihrer Freundin Rosa Monckton eine fünftägige Reise nach Griechenland unternommen. Zu ihrem Entzücken rief Dodi täglich an. »Sie war glücklich, genoß ihr Leben und die Beziehung zu einem Mann, der sie nicht nur offensichtlich liebte, sondern auch nicht zögerte, das vor aller Welt zu zeigen«, schrieb Rosa nach Dianas Tod in einem Artikel. Aber sie erinnerte sich auch an Dianas Ärger über die von Dodi aufgezählten Geschenke, die er für sie gekauft hatte – darunter ein Perlenarmband von Cartier mit einer drachenförmigen Schließe aus Perlen und Diamanten und eine Doubleface-Uhr von Jaeger-Le Coultre.

»Das will ich nicht, Rosa«, wurde sie zitiert. »Es ist mir unangenehm. Ich möchte mich nicht kaufen lassen. Ich habe alles, was ich brauche. Ich wünsche mir nur, daß jemand für mich da ist, der mir ein Gefühl der Sicherheit gibt.« Natürlich meinte sie emotionale Sicherheit.

»Sag doch – ist es Glück?« fragte Rosa.

»Ja, Glück«, bestätigte die Prinzessin.

Als die Romanze im Sommer 1997 publik wurde, erschien das Foto Dodis, dessen Vater, der Multimillionär Mohamed Al-Fayed*, das Londoner Kaufhaus Harrods besitzt, in allen Zeitungen. Von *News of the World,* der auflagenstärksten englischen Wochenzeitschrift, wurde er als einundvierzigjähriger Playboy bezeichnet, »nicht geeignet«, um in die britische Aristokratie einzuheiraten. »Er tut sich hervor, indem er verschwenderische Partys gibt, teure Zigarren raucht und mit schönen Frauen ausgeht. Er wäre ein unpassender Stiefvater des künftigen Königs von England.« Um den verächtlichen Ton zu parieren, den die britische Presse Dianas neuem Verehrer gegenüber anschlug, beschrieb die *New York Times* ihn als »jungen, reichen Außenseiter der britischen, vom Klassenbewußtsein besessenen Gesellschaft«.

Seine Romanze mit Diana begann im Juli 1997, als sein Vater die Prinzessin und ihre beiden Söhne in seine Villa an der französischen Riviera einlud, wo sie einige Zeit mit seiner Familie verbrachten. Obwohl ihr mehrere Freunde davon abrieten, weil Al-Fayed sen. gesellschaftlich nicht akzeptabel war, nahm sie die Einladung an. Die britische Presse kritisierte sie, weil sie mit einem Mann verkehrte, dem die Regierung Großbritanniens die Staatsbürgerschaft verweigert hatte. Der in Ägypten geborene Araber gab zu, während der wöchentlichen Sitzungen des Premierministers, die 1997 zum Sturz der konservativen Regierung geführt hatten, Parlamentarier bestochen zu haben. Er glaubte, er würde aus rassistischen Gründen nicht akzeptiert.

---

* Ein geborener Fayed, fügte der Vater seinem Namen das »Al« hinzu, nachdem er das Londoner Kaufhaus Harrods und das Ritz Hotel in Paris gekauft hatte.

»Ich bin ein Opfer des britischen Establishment«, erklärte er *Time*. »Sie ahnen nicht, welche Kämpfe ich hier ausfechten muß. Daß mir Harrods gehört, können sie einfach nicht verkraften. Es ist ein Ägypter, kein Brite, der diesen phantastischen Laden aufgebaut hat. Wie kann ein verdammter Ägypter von einem anderen Planeten hierherkommen und so was fertigbringen?«

Trotz seiner wohltätigen Aktivitäten hielt die britische Presse den Magnaten für einen Emporkömmling, einen Angeber, der Gunst einer königlichen Hoheit unwürdig. »Mr. Fayed ist nicht der Typ, dem sich eine Persönlichkeit wie die Prinzessin, die im Licht der Öffentlichkeit steht, zusammen mit ihren Söhnen wissentlich zu Dank verpflichten dürfte«, konstatierte der *Daily Telegraph*. Am nächsten Tag erschienen in mehreren Zeitungen Fotos von Diana, die an Bord seiner Jacht ihren Arm um ihn legte. Sie lächelte glücklich, vielleicht sogar herausfordernd.

Während jener Reise bat sie britische Reporter, die ihr nach Saint-Tropez gefolgt waren, um Respekt vor ihrer Privatsphäre. Dann fügte sie hinzu, sie sollten sich auf verblüffende Neuigkeiten gefaßt machen. »Sie werden es sehen, was ich demnächst vorhabe, wird Sie sehr überraschen... Meine Jungs drängen mich, das Land [England] zu verlassen. Sie meinen, es sei der einzige Ausweg. Vielleicht sollte ich das tun. Sie wollen, daß ich im Ausland lebe. Die ganze Zeit sitze ich in London, und wohin ich auch gehe, werde ich beschimpft und verfolgt. Nun bin ich gezwungen, wegzuziehen. William steht unter Druck. Bald wird er ausflippen. Ich hatte gehofft, ich könnte diese Reise geheimhalten.«

Trotz der Belästigungen durch die Reporter erzählte sie Michael Cole, dem Sprecher von Harrods, sie habe mit ihren Kindern einen idyllischen Urlaub verbracht. »Noch nie habe ich eine so wunderbare Zeit erlebt«, zitierte er Diana. Sie erklärte Richard Kay von der *Daily Mail*, sie würde sich aus der Öffentlichkeit zurückziehen, um ihr Privatleben zu genießen. »Dann wäre sie imstande, so zu leben, wie sie's immer wünschte«, schrieb er. »Nicht als Ikone – wie sie es haßte, so genannt zu werden –, sondern als Privatperson.«

Die Bilder von Dodi und Diana beherrschten die Regenbogenpresse in aller Welt. Für das unscharfe Foto ihres Kusses, mit Teleobjektiv aufgenommen, wurden angeblich 7,5 Millionen Mark bezahlt. Der *Sunday Mirror* teilte seinen Lesern mit, zwei verwandte Seelen hätten sich gefunden. »Beide sind Außenseiter, die gegen das britische Establishment rebellieren.«

Ende August flog Dodi mit Diana, nachdem sie einen Tag lang auf der Jacht seines Vaters vor Sardinien gekreuzt waren, im Jet seines Vaters nach Paris. Dort besuchten sie das ehemalige Haus des Herzogs und der Herzogin von Windsor, das Dodis Vater gehört. Später dinierten sie im Ritz, im Hotel seines Vaters. Am nächsten Tag wollte Diana nach London zurückreisen, um einige Zeit mit ihren Söhnen zu verbringen, bevor sie in die Schule zurückkehrten. Sie hatten mit ihrem Vater und der restlichen königlichen Familie in Balmoral Urlaub gemacht. Aber Diana lebte nicht mehr lange genug, um ihre Kinder wiederzusehen.

Ein paar Tage später, am Samstag den 6. September, gingen die jungen Prinzen William und Harry mit ihrem Vater, ihrem Großvater und ihrem Onkel, Dianas Bruder, vom Kensington Palace zur Westminster Abbey, um Abschied von ihrer Mutter zu nehmen. Man hatte der Prinzessin von Wales ein großes Staatsbegräbnis mit Kanonenlafetten und gedämpftem Trommelwirbel verweigert, obwohl die Königin berechtigt gewesen wäre, ihr einen solchen Tribut zu zollen. Statt dessen versprach der Hof »ein einzigartiges Ritual für eine einzigartige Persönlichkeit«. Zweitausend Leute erhielten persönliche Einladungen zum Trauergottesdienst in der Abtei, wo englische Monarchen seit 1000 Jahren gekrönt und bestattet worden waren. Die Trauergäste in der Westminster Abbey repräsentierten alle Facetten in Dianas kurzem, glanzvollem Leben zwischen königlicher Würde und Realität. Später sollte Diana auf dem Landsitz der Spencers in Althorp, nahe dem Dorf Brington, beigesetzt werden, im engsten Familienkreis.

Die amerikanische Regierung wurde von First Lady Hillary Rodham Clinton repräsentiert. Zur übrigen Prominenz zählten Luciano Pavarotti, Steven Spielberg, Diana Ross, Tom Hanks und Tom Cruise. Dianas Lieblingsdesigner Ralph Lauren, Zandra Rhodes, Bruce Oldfield, Catherine Walker, Valentino und Karl Lagerfeld saßen unter vierhundertsiebzig Repräsentanten ihrer bevorzugten Wohltätigkeitsorganisationen.

Aber draußen schienen die vielen hunderttausend einfachen Menschen, die sich versammelt hatten, der Prinzessin noch größere Ehre zu erweisen, einer jungen Frau, die dem Gedanken des Königtums soviel gegeben und sowenig von ihm erhalten hatte. Die BBC vermutete, seit dem Zweiten Weltkrieg hätte sich keine größere Menge in London versammelt.

In hundertsiebenundachtzig Ländern rund um die Welt saßen schätzungsweise 2,5 Milliarden Menschen vor den Fernsehern, um Dianas Begräbnis zu beobachten. Deshalb standen zahlreiche Amerikaner schon um sieben Uhr morgens auf.

»Wir waren am Anfang eines Märchens dabei«, sagte eine Frau in New York City, die 1981 die königliche Hochzeit gesehen hatte. »Nun müssen wir auch am Ende dabeisein, das mindeste, was wir für sie tun können.«

Kurz nachdem die Waliser Garde den Sarg zum Altar der Abbey getragen hatte, sang Elton John ein Abschiedslied für die englische Rose. Zu Ehren der Prinzessin hatte sein Texter »Candle in the Wind« umgeschrieben, ursprünglich eine Elegie für Marilyn Monroe. Die CD des Songs erschien einige Tage später und wurde zur meistverkauften Single der Geschichte. Elton John spendete die Einnahmen (1998 1,75 Milliarden Mark) dem Gedenkfonds, der in Dianas Namen zugunsten ihrer bevorzugten Wohltätigkeitsorganisationen eingerichtet wurde. Später schlug ihn die Königin zum Ritter.

Angeblich ging ihr der gefühlvolle Song zu Herzen. Sie hatte TV-Aufnahmen von der königlichen Familie in der Abbey untersagt. Aber einige Trauergäste berichteten, sie hätten Tränen* in den Augen der Königin gesehen, während Elton John die Prinzessin als »our nation's golden child« besang.

Nach dem Vortrag des Songs wurde Ihre Majestät von Earl Spencer, Dianas Bruder, öffentlich kritisiert. In seinem eloquenten Nachruf verhehlte er seinen Zorn nicht und zog eine klare Trennlinie zwischen Dianas leiblicher und der königlichen Familie. An seine tote Schwester gewandt, sagte er: »...auch im Namen deiner Mutter und deiner Schwester gelobe ich, daß wir, deine Blutsverwandten, unser Bestes tun werden, um die phantasievolle Erziehung fortzusetzen, die du diesen beiden außergewöhnlichen jungen Männern gabst, damit ihre Seelen nicht in Pflichten und Traditionen versinken, sondern in Freiheit leben können, so wie du es geplant hast.« Das war kein allzu subtiler Seitenhieb auf die königliche Familie.

In der Abbey und auch außerhalb wurde der Earl mit Beifall bedacht, als er die Medien brandmarkte. Er berichtete, seine Schwester habe immer wieder erwogen, England zu verlassen, weil sie von Presse und Fernsehen schlecht behandelt worden sei.

»Ich glaube, sie verstand niemals, warum ihre ehrlichen und guten Absichten von den Medien verhöhnt wurden, warum man sie ständig herabzuwürdigen suchte«, sagte er. »Das ist verwirrend. Dafür finde ich nur eine einzige Erklärung – wahre Güte wirkt bedrohlich auf jene, die am anderen Ende des moralischen Spektrums stehen. Man sollte bedenken, was vielleicht

* Die britische Presse erwähnte, die Untertanen der Königin hätten sie niemals in der Öffentlichkeit weinen sehen, bis sie drei Monate nach Dianas Begräbnis von der *Britannia* Abschied nahm. Während der Bestattung ihres Vaters und der Prinzessin von Wales habe Ihre Majestät stoische Gelassenheit gezeigt. Aber sie sei unfähig gewesen, ihren Kummer zu verbergen, als die königliche Jacht, 1953 vom Stapel gelaufen, 1997 außer Dienst genommen wurde.

die größte aller Ironien ist, die Diana betreffen: Ein Mädchen, nach der Jagdgöttin genannt, war letzten Endes die meistgejagte Person des modernen Zeitalters.«

Diese Ansprache wurde als mutig bezeichnet und als Beispiel für die beste britische Redekunst gepriesen. In der emotionsgeladenen Atmosphäre der Bestattung verglich man Dianas Bruder mit dem berühmten Redner Winston Churchill. Wenige Tage später nannte man Earl Spencer einen Schuft und Flegel.

Die britische Presse rächte sich an ihm, indem sie reißerische Einzelheiten über seine bevorstehende Scheidung in Südafrika veröffentlichte. In den Zeitungen erschienen Fotos seiner diversen Geliebten und Auszüge aus Liebesbriefen, die er ihnen während seiner Ehe geschrieben hatte. Man porträtierte ihn als »Serienehebrecher«, der seine empfindsame Frau mit zahllosen Seitensprüngen brutal gequält und zu einem Nervenzusammenbruch getrieben habe. Die Zeitungen nannten ihn »Lügner« und »Betrüger«. Und seine Frau stellte ihn als intoleranten, beängstigenden Macho hin, der ihr niemals »eine eigene Meinung« erlaubt habe. Sie sei »ständig vom ihm kritisiert, unterdrückt, herumkommandiert und herabgewürdigt worden, bis ich alles Selbstvertrauen verlor und mich vor ihm fürchtete«. Im *Daily Mirror* erschien sogar eine Story, in der er mit seinem Vater und Großvater verglichen wurde, mit dem Titel: »Warum behandeln die Spencers ihre Ehefrauen wie Schlachtvieh?«

Charles Spencer verkündete, seine Frau sei während ihrer weltweiten Reisen als Topmodel drogensüchtig geworden und sicher unfähig, dieser Verlockung zu widerstehen, wenn er ihr mehr Geld geben würde. Deshalb weigerte er sich, Alimente zu zahlen. Er verlangte das Sorgerecht für die vier Kinder und drohte, vor Gericht zu gehen. Aber darauf verzichtete er nach der geballten negativen Publicity. Die Presse erklärte seine Frau zur Siegerin, nachdem sie ein geteiltes Sorgerecht und eine einmalige Abfindung von 3,10 Millionen Mark erkämpft hatte.

Earl Spencer wurde erneut kritisiert, als er seine Absicht bekanntgab, auf Althorp eine Gedenkstätte für Diana zu errichten und von jedem Touristen, der die Insel mit dem Grab sehen möchte, 46,5 Mark zu verlangen. Die Gedenkstätte soll jeweils vom 1. Juli, Dianas Geburtstag, bis zum Vorabend ihres Todestags am 31. August geöffnet bleiben, den die Familie im engsten Kreis begehen will. Er ließ verlauten: »Diana ist wieder daheim und in Sicherheit. Hier wird ihr Andenken weiterleben.« In aller Welt blockierten acht Millionen Anrufer die Telefonleitungen, um Eintrittskarten zu bestellen. »Ein Ticket für die Trauer«, lautete ein *Daily-Mail*-Kommentar.

Der Earl versicherte, er würde den Tod seiner Schwester nicht ausbeuten, sondern nur den Wunsch der Öffentlichkeit erfüllen, ihr Andenken zu ehren. Als er verlauten ließ, er würde am Ufer des Sees einen Tempel bauen, in dem die Besucher Blumen niederlegen könnten, spottete ein britischer Kolumnist: »In der Nähe der Krippe, wo sie geboren wurde.« Spencer erklärte, die Stallungen aus dem achtzehnten Jahrhundert sollten zu einem Museum für Erinnerungsstücke aus Dianas Leben umgebaut werden. Da schlug ihm derselbe Kolumnist vor, einen Zoo für Streicheltiere anzulegen und die Kinder der Touristen auf Ponys reiten zu lassen.

»Jetzt ist er zu weit gegangen«, kommentierte eine Schlagzeile Spencers Plan, nahe dem Grab seiner Schwester anläßlich ihres siebenunddreißigsten Geburtstags ein Rockkonzert zu arrangieren. Sogar Dianas Lieblingskünstler Elton John, Paul McCartney, Eric Clapton und George Michael lehnten eine Mitwirkung bei dieser Veranstaltung ab und beriefen sich auf andere Termine.

In den traurigen Tagen nach Dianas und Dodis Tod hielt Michael Cole im Fernsehen einen rührseligen Vortrag über die »dauerhafte« Liebe des Paars und »wahrscheinliche« Heiratsabsichten. An ihrem letzten gemeinsamen Tag hätten die beiden Geschenke ausgetauscht. Diana überreichte Dodi goldene Manschettenknöpfe, die ihrem Vater gehört hatten, und einen goldenen Zigarrenabschneider mit der Gravur: »In Liebe von Diana«. Und Dodi verehrte ihr einen 325 500 Mark teuren Ring, den sie bei Repossi an der Pariser Place Vendome ausgesucht hatten. Dann fügte der Al-Fayed-Sprecher hinzu, Dodi habe eine Sterlingsilberplakette mit einem eingravierten Gedicht* unter Dianas Kopfkissen in seinem Apartment gelegt, wo sie die Nacht verbringen wollten.

Während die französische Polizei den tödlichen Unfall untersuchte, wurden bizarre Verschwörungstheorien aufgestellt. Der libysche Führer Muammar Gadhafi beschuldigte den britischen Geheimdienst des Mordes an Diana und ihrem ägyptischen Geliebten, um eine Heirat zu verhindern, die das britische Königshaus in Verlegenheit gebracht hätte, weil womöglich Kinder zur Welt gekommen wären, die dann muslimische Namen getragen hätten.

Dodis Vater, Mohamed Al-Fayed, war die wichtigste Informationsquelle für »Death of a Princess«, ein Buch, in dem behauptet wird, Diana sei bei ihrem Tod schwanger und bereit gewesen, zum Islam überzutreten. Bei dem Unfall sei nicht alles mit rechten Dingen zugegangen, deutete Al-Fayed an. »Es war eine sehr ernste Sache (die Beziehung zwischen Diana und seinem Sohn)«, erzählte er dem Autor des Buches, der für *Time* arbeitete. »Womöglich wäre der Halbbruder des künftigen Königs ein ›Nigger‹ gewesen und Mohamed Al-Fayed der Stiefgroßvater. So denkt man in diesem Establishment. Das ist ein ganz anderer Typus der menschlichen Rasse.«

In seiner Wut und Trauer attackierte er Earl Spencer, Prinz Charles und Prinz Philip, weil sie ihm keine Beileidsbriefe geschickt hatten. »Ich fühle mich verletzt, beleidigt und mißhandelt«, erklärte er der Presse. »Mein einziges Verbrechen

* Tina Sinatra äußerte in *Vanity Fair* die Vermutung, die Plakette könnte dieselbe sein, die sie von ihrem ehemaligen Ehemann erhalten habe. Dodi sah sie in Sinatras Haus und bewunderte sie. Später habe er sie ausgeliehen, behauptete sie, und nie zurückgegeben.

besteht darin, daß ich der Vater des Mannes bin, den Diana liebte und der sie glücklicher machte, als sie's jemals gewesen war.«

Der britische Premierminister Blair kritisierte den Araber in aller Öffentlichkeit wegen dieser »sensationellen Spekulationen« und bezeichnete die Industrie der Gedenkaufkleber, -becher, -münzen, -bücher und -filme, die nach Dianas Tod enorme Profite erzielte, als »geschmacklos und unpassend«. Die Königin und Prinz Charles ließen wissen, sie würden dem Premierminister »voll und ganz« zustimmen. Dianas Familie und ihre Freunde gingen noch weiter. Sie betonten, Al-Fayeds Behauptungen seien unverantwortlich und verwerflich und widersprachen ihnen in Zeitungsartikeln. Aber obwohl es keine Beweise für eine Ermordung der Prinzessin gibt, nahm das grausige Szenario immer schlimmere Ausmaße an. »Hier sind Verschwörungstheorien gang und gäbe«, sagte Tim Sullivan, amerikanischer Professor für politische Wissenschaften an der Universität von Kairo, zu *Newsweek*. »Wenn man glaubt, man hätte keine Kontrolle über sein Leben und andere Ereignisse, erklären die Verschwörungstheorien alles, was ringsum passiert.«

Im Internet erschienen ungeheuerliche Geschichten über kleine Bomben, auf dem Dach des Mercedes S 280 versteckt, den Diana und Dodi benutzten. Angeblich wurden diese Bomben mittels einer Fernbedienung gezündet, die irgendwie das Lenkrad und die Räder blockierte und die man kilometerweit vom Schauplatz entfernt betätigte, eventuell im Buckingham-Palast.

Die Verschwörungstheorien wurden von Leuten lanciert, die einen seltsamen Zusammenhang zwischen der Abneigung der königlichen Familie gegen Diana und deren schrecklichem Tod sahen.

Ironischerweise hauchte Diana mit ihrem Tod der todgeweihten britischen Monarchie neues Leben ein. Ihre unerklärliche Magie schien ihren Sohn William wie eine leuchtende

Gloriole einzuhüllen. Alle Herzen flogen dem jungen Mann entgegen, der seiner Mutter so ähnlich sieht, als er an ihrem Todestag die Kirche betrat, den Kopf gesenkt. Gerührt über seine Trauer, erinnerte sich die Bevölkerung an ihren Wunsch, ihn auf dem Thron zu sehen. Nichts erschien an jenem Tag wichtiger, als den Traum zu verwirklichen, der schönen Prinzessin zuliebe, die den Armen ihres Landes soviel Güte geschenkt hatte. Denn, wie Shakespeare sagte: »Die Schönheit lebt von der Güte.«

Besser als jedes andere Mitglied der königlichen Familie hatte Diana verstanden, was es im 20. Jahrhundert bedeutete, eine Prinzessin zu sein. Sie reichte jenen, die am dringendsten Hilfe brauchten, ihre Hand. Und es war eine goldene Hand, die sie den Armen und Kranken entgegenstreckte – ohne die königlichen weißen Handschuhe. Trotz ihrer privilegierten Position war sie niemals hochmütig. Sie teilte ihre Verletzlichkeit mit anderen, und dadurch machte sie den Menschen Hoffnung für ihr eigenes Leben. Angesichts der tapferen Prinzessin konnten die Menschen glauben, auch sie würden Zurückweisungen verkraften, Mißgeschicke ertragen und über das Unglück triumphieren. Sie gab schönen Träumen neue Nahrung, und sie tat, was eine königliche Hoheit tun sollte. Allein schon ihre Gegenwart bewog die Menschen, sich besser zu fühlen.

Jeden Raum, den sie betrat, erfüllte sie mit Licht. Deshalb stürzte ihr Tod die ganze Welt in Verzweiflung. Überall erkannte man, daß man einen unersetzlichen Menschen verloren hatte.

Anmerkungen

Hinweise der deutschen Redaktion:

Alle Preis- und Wertangaben sind im amerikanischen Originalbuch in Dollar ausgedrückt. Für die deutsche Ausgabe wurden sie in DM umgerechnet. Der Marion von Schröder Verlag folgte dabei dem amtlichen Mittelkurs des jeweiligen Jahres, wie er von der Landeszentralbank in Düsseldorf angegeben wurde.

Über vier Jahre haben mehr als tausend Menschen dazu beigetragen, daß dieses Buch zustande kommen konnte. Die meisten sind im Text der Bibliographie und der Danksagung genannt. Nachstehende Zusammenfassung, die alles andere als erschöpfend ist, soll dem Leser verschiedene Aspekte, die bei der Recherche zu diesem Buch eine Rolle spielten, verdeutlichen. *Kitty Kelley*

1. Kapitel

Traditionell gelten die Royals als leuchtendes Vorbild, dem wir gewöhnlichen Sterblichen nacheifern sollten. In dem Roman »Exodus« von Leon Uris ist ein erhebender Augenblick nachzulesen, als der Dänenkönig zu dem Befehl der Nazis, die dänischen Juden müßten den Davidstern tragen, allen Dänen diese Botschaft zukommen läßt:

»Der König hat erklärt, daß es zwischen einem Dänen und einem Dänen keinerlei Unterschied gäbe. Er selbst wird als erster den Davidstern tragen, und er erwartet, daß jeder loyale Däne das gleiche tut.«

Tags darauf füllten die Bewohner Kopenhagens, die Armbinden mit dem Davidstern trugen, den Rathausplatz. Einen Tag später machten die Deutschen den Befehl rückgängig.

Vom bewundernswürdigen Mut des Königs beeindruckt, schrieb ich an den Palast in Dänemark, um das historische Ereignis nachzuprüfen und mehr über diesen edlen Monarchen zu erfahren, der solche Integrität an den Tag gelegt hatte. Er war ein leuchtendes Beispiel dafür, wie sich Monarchen verhalten sollten. Da ich über ein Königshaus schrieb, wollte ich seine ihn adelnden Merkmale näher definieren.

Doch als ich nachstehende Antwort des dänischen Hofmarschalls erhielt, wünschte ich, ich hätte nicht gefragt. Aber es lehrte mich einiges über die Fakten und Fabeln und Phantasien von Königshäusern: »Hinsichtlich des von Leon Uris in ›Exodus‹ (1958) beschriebenen Zwischenfalls kann ich Ihnen folgende Information über die Haltung König Christians X. von Dänemark den Juden gegenüber zukommen lassen:

1. 1933 wohnte der König, *nach* Hitlers Machtergreifung, einem Gottesdienst in der Synagoge bei.
2. 1941, nach der deutschen Besetzung, kondolierte der König der jüdischen Gemeinschaft in einem persönlichen Schreiben wegen eines Synagogenbrandes.
3. Im Oktober 1943 warnte der König in einem persönlichen Schreiben Ribbentrop vor einer Internierung der dänischen Juden.

König Christian hat nie den Davidstern getragen, und es liegen keine gesicherten Erkenntnisse vor, daß er damit gedroht hat ...«

Fast entschuldigend schloß er seinen Brief an mich: »Die Geschichte hat große Verbreitung gefunden und ist von vielen anderen dänischen und ausländischen Autoren aufgegriffen worden.«

2. und 3. Kapitel

Aufgrund des Gesetzes über die Informationsfreiheit bereitgestellte Dokumente über die Beziehungen zwischen den USA und dem Vereinigten Königreich: Präsidialbibliothek Franklin D. Roosevelt;

US-Außenministerium, Dokumente über die britische Königsfamilie, die Jahre 1940–1945 betreffend. Diplomatische Telegramme ließen Schwierigkeiten beider Länder bei der Behandlung der Windsors erkennen. Aus einem Telegramm der US-Botschaft in Lissabon an den Außenminister vom 20. Juli 1940: »Herzog und Herzogin von Windsor äußern sich auffällig und ungeniert gegen die britische Regierung. Betrachte ihre Anwesenheit in den USA als möglicherweise störend und verwirrend. Sie erklären, sie hätten die Absicht, in den USA zu bleiben, egal, ob es Churchill gefalle oder nicht, und möchten offenbar Friedenspropaganda betreiben. Sollte das State Department ihre Visen rückgängig machen, könnten sie auf die Bermudas schippern und von dort weiter auf die Bahamas. Das Generalkonsulat hat Visen ausgestellt.«

Interview mit Robert Lacey (18. April 1995); Michael Thornton (13. November 1993); Nicholas Haslam (30. März 1994); Bevis Hillier (16. April 1994); Fleur Cowles (8. November 1993); Sue Townsend (19. April 1994); Michael Bloch (14. April 1994).

Bücher: Ray Boston, »Chronicle of the Royal Family«; Elizabeth Longford, »The Royal House of Windsor«; Kenneth Rose, »King George V.«.

Artikel: »Unhappy and Inglorious« von Richard Tomlinson, *Independent on Sunday*, 12. Juni 1994; Profil, Annabel Goldsmith, *Daily Mail*, 4. August 1994.

Betr. Verhältnis der königlichen Familie mit dem Herzog und der Herzogin von Windsor

»Ich weiß noch, wie Philip Ziegler vom Palast die Genehmigung erhielt, die amtliche Biographie Edwards VIII. zu schreiben«, erinnerte sich ein Lektor bei William Collins Sons & Co. »Die Königin mußte das Manuskript billigen, weil sie Ziegler Zugang zu den Papieren im Archiv von Windsor Castle gewährt hatte. Er legte das Manuskript dem Palast vor, und die Königin machte Randnotizen. Das Manuskript wurde ihm nicht zurückgegeben. Vielmehr rief ihn einer der Stallmeister an und sagte: Auf Seite Soundso ist Ihre Majestät der Meinung, daß die Information besser formuliert werden könnte, und die Information auf Seite Soundso sollte gestrichen werden ...

Irgendwann lachte der Stallmeister und sagte: ›Hier hat Ihre Majestät an den Rand geschrieben: „Sie haben sich gräßlich benommen, nicht?“‹«

Die Königin gab ihrer Mutter eine Kurzfassung des Manuskripts; diese las von ihrem Streit mit der Herzogin von Windsor und zitierte den Autor nach Clarence House. »Die Königinmutter war damals neunzig Jahre alt«, erinnerte sich der Lektor. Als Ziegler ankam, sagte sie mit der süßesten Stimme der Welt: ›Wie kamen Sie bloß auf die Idee, ich hätte Mrs. Simpson gehaßt? Mei, ich hab' sie bloß ein einziges Mal gesehen.‹ Wie gesagt, sie war damals neunzig, und Ziegler wollte sich mit der Königin nicht auf einen revisionsgeschichtlichen Streit einlassen.«

4. Kapitel

Dokumente: Public Records Kew in London; Franklin D. Roosevelt Library für die persönlichen Papiere des Präsidenten und die Akten des Protokolls des Weißen Hauses im Zusammenhang mit dem Amerikabesuch von König Georg VI. und Königin Elizabeth; Douglas Fairbanks Jr. (Korrespondenz vom 1. November 1995); British Library betr. die Pornographiesammlung des Marquis von Milford Haven; unveröffentlichte Tagebücher des verstorbenen Vizeadmirals Harold Tom Baillie-Grohman.

Artikel: Artikelserie von Philip Ziegler (19. Februar 1996); *Life*, 3. August 1953; *Time*, 28. Oktober 1957.

Interviews: Penelope Mortimer (9. Mai 1995); Fiammetta Rocco (22./24. November 1993).

Bücher: Ann Morrow, »The Queen«; Ted Morgan, »FDR – A Biography«; Harold Oxbury, »Great Britons« (Oxford University Press 1985); Barbara Goldsmith, »Little Gloria Happy at Last«.

5. Kapitel

Für die Jahre 1945–1947 einschließlich der königlichen Hochzeit von Elizabeth und Philip wurden mehrere Quellen konsultiert.

Interviews: Larry Adler (24. Mai, 22. November 1993; 10. Januar 1995); Gant Gather über Philips Werben um Cobina Wright Jr.; Sarah Morrison (8. April 1994); Hugh Bygott-Webb (4. Mai 1995); Noreen Taylor (4./5. Mai 1995).

Betr. Mountbattens Selbsteintrag im »Who' Who«

Flottenadmiral Louis Francis Albert Victor Nicholas Mountbatten, Earl Mountbatten of Burma, Baron Romsey, KG [Ritter des Hosenbandordens], PC [Privy Counsellor], GCB [Großkreuz des Bath-Ordens], KCB [Komturritter von Bath], OM [Order of Merit], GCSI [Großkomtur des Star of India], GCIE [Großkomtur des Indian Empire], GCVO [Großkreuz des Victorian Order], MVO [Mitglied des Royal Victorian Order], DSO [Distinguished Service Order], FRS [Fellow der Royal Society], Hon. DCL [Ehrendoktor des Bürgerlichen Rechts], Hon. LLD [Ehrendoktor des Bürgerlichen Rechts], Hon. LLD [Ehrendoktor der Rechte], Hon. DSc [Ehrendoktor der Naturwissenschaften], AMIEE [Assoziiertes Mitglied des Instituts der Elektroingenieure], AMRINA [Assoziiertes Mitglied des Königlichen Instituts der Marinearchitekten].

Ratlos ob des Rattenschwanzes von Abkürzungen wandte ich mich an Gräfin Mountbatten mit Bitte um Aufklärung. In einem Brief vom 30. März 1995 schrieb mir ihr Adjutant: »Es tat ihr leid zu hören, daß Sie solche Schwierigkeiten hatten herauszufinden, was es mit den Buchstabenfolgen in Lord Mountbattens Namen auf sich hat. Sie sind allesamt eingangs von »Who's Who« und »Debrett's Peerage« unter »Abkürzungen« aufgelistet.

Lady Mountbatten bittet mich auch zu sagen, Sie erwähnten den Hon. DSC.* Richtig muß es »Hon. DSc« heißen und steht für Doktor der Naturwissenschaften und *nicht* Distinguished Service Cross, denn dort gibt es keine Ehrenmitgliedschaft. Desgleichen bittet sie mich, darauf hinzuweisen, daß im »Who's Who« die diversen Grade des Order of the Bath und des Victorian Order sowie die Verleihungsdaten nachzulesen sind. Normalerweise wird

---

* Ich hatte in meinem Brief versehentlich ein großes C getippt.

nach dem Namen nur der jeweils höchste Grad der Auszeichnung angegeben.«

Betr. Kriegsrationierung

Dr. Ina Zweiniger-Bargielowska vom University College of Wales, Aberystwyth, stellte bei Recherchen im Public Record Office in London fest, daß die königliche Familie im Zweiten Weltkrieg beträchtlich mehr Stoffzuteilungen erhielt als ihre Untertanen. Ihre Feststellungen berichtete sie 1993 in *History Today*; Philip Ziegler, der autorisierte Biograph von König Georg VI., schob den Bericht als »massenhaft dummes Zeug« beiseite.

6. *Kapitel*

Korrespondenz mit dem Pressesekretär der Königin, Charles Anson, und seiner Assistentin Penny Russell-Smith (27. Januar 1995); Interviews mit Roland Flamini (15. Dezember 1994; 19. April 1995); Nigel Dempster (23. Mai 1993); Anthony Holden (25. März, 15. April 1994); Profil von König Georg VI. von W. F. Deedes, *Daily Telegraph*, 14. Dezember 1994; Korrespondenz mit Norman Barson (1. Dezember 1995; 31. Januar 1996) über seinen Posten im königlichen Haushalt; Berichte des britischen Auswärtigen Dienstes über den Staatsbesuch in Kanada 1951.

Die Harry S. Truman Library gewährte mir Einsicht in den handschriftlichen Brief des Präsidenten an König Georg VI. nach dem Besuch von Elizabeth und Philip im November 1951 im Weißen Haus. »Ich bitte Sie, dem König einen persönlichen und vertraulichen Brief weiterzuleiten«, wies er den Botschafter an.

Der Brief lautet:

5. November 1951

»Majestät –
Wir hatten soeben eine liebreizende junge Dame und ihren stattlichen Ehemann – Ihre Königlichen Hoheiten Prinzessin Elizabeth und den Herzog von Edinburgh – zu Besuch.

Sie eroberten die Herzen aller Bürger der Vereinigten Staaten. Wir haben uns bemüht, ihnen den Besuch so angenehm wie möglich zu machen.

Unter Vätern: Wir können sehr stolz auf unsere Töchter sein. Sie sind allerdings besser dran als ich – Sie haben zwei!

Ich hoffe, daß Sie bald wieder ganz bei Kräften sein werden. Bitte entbieten Sie Ihrer Majestät der Königin meinen Dank für ihre Liebenswürdigkeit meiner Margaret gegenüber.

Mit freundlichen Grüßen

Harry S. Truman.«

Am 3. November 1951 schrieb der Herzog von Edinburgh Mrs. Truman einen Dankesbrief voller Ausrufezeichen:

»Sehr verehrte Mrs. Truman,

Wir kamen im selben Augenblick in Montreal an wie der Schneesturm! Jetzt sitzen wir in den Lorenzbergen in einer Blockhütte unter fast 60 Zentimeter Schnee! Der Gedanke an zwei ruhige Tage ist uns sehr willkommen – ich hoffe, Sie werden nicht eifersüchtig!

Ich kann Ihnen gar nicht genug danken für die sehr liebenswürdige und entgegenkommende Art, in der Sie uns in Blair House verwöhnt haben.

Aus einer ansonsten etwas unscharfen Erinnerung an unsere übrige Hatz durch Washington ragt die Erinnerung an die Gastfreundschaft und Freundlichkeit Ihres Hauses und Ihrer Familie deutlich heraus.

Ich hoffe sehr, daß Margarets TV-Show gut läuft und sie mit Mr. Durante keine Schwierigkeiten hat! Dennoch bin ich sicher, daß sie froh sein werden, wenn die eigentliche Konzerttournee beginnt. Ich hoffe, daß sie ein großer Erfolg wird.

Es ist sehr schade, daß unser Aufenthalt so kurz war, aber Sie haben unseren Appetit geweckt, und wir werden gewiß wiederkommen, um Sie entweder im Weißen Haus oder in Mizzoura zu sehen!

Ihr aufrichtig ergebener

Philip.«

Korrespondenz mit dem Königlichen Ministerium für Auswärtiges in Oslo; Interviews mit Philip Knightley (9. November 1993) und Maurice Weaver (3. März 1994).
Bücher: »The Royal Family« von Piere Berton (Alfred A. Knopf, New York 1953); »The Secret File of the Duke of Windsor« von Michael Bloch, 1988.
Artikel: »Prince Philip: England's Most Misunderstood Man« von Ken W. Purdy, *Look*, 7. April 1964; *Newsweek*, 22. März 1954; *Evening Star*, 11. Oktober 1957; »A Person Apart, Bounded by Precedent« von Robert T. Elson, *Life*, 6. März 1964.

Betr. Königin Elizabeths II. Achtung für Königin Viktoria
»Sie versucht alles zu unterdrücken, was sie an Viktoria als negativ empfindet«, sagte der ehemalige Chefredakteur von *Private Eye*, Richard Ingram (23. November 1993). »Mein Großvater, Sir James Reid, war der Leibarzt der Königin und war mit ihrer Beerdigung befaßt. In Befolgung ihrer Anweisungen überprüfte er die Aufstellung der Dinge, die als Beigaben in den Sarg gelegt werden sollten. Es gibt im Königshaus eine Tradition, sich von einem einfachen Mann aus dem Volke beraten zu lassen, und Viktoria hatte dafür einen Mann aus der schottischen Arbeiterklasse, John Brown, von dem gemunkelt wurde, daß er ihr Liebhaber sei. Sie hinterließ Anweisungen, daß gewisse Sachen mit ihr beerdigt werden sollten, unter denen sich auch ein Foto von John Browns Mutter befand. All das versuchte Königin Elizabeth zu verheimlichen. Was Königin Viktoria angeht, verhält sie sich ganz besonders beschützerisch.«

»Wir haben herausgefunden, wie stark die Queen sich dagegen gewehrt hat, daß dies veröffentlicht wurde, als meine Frau Michaela auf einer gesellschaftlichen Veranstaltung Prinzessin Margaret traf. Die Prinzessin erklärte: ›Sie hatten kein Recht, das in Ihrem Buch zu drucken. Das war Eigentum meiner Schwester.‹«

Die Prinzessin war verstimmt, weil die Queen verstimmt gewesen war, und die Sache war Margaret immerhin so wichtig, daß sie darauf noch zu einem sehr viel späteren Zeitpunkt zu sprechen kam. Daraufhin hat meine Mutter Prinzessin Margaret geschrieben, was sie das überhaupt anging ... und das war dann das Ende der Angelegenheit.«

Die Fixierung Königin Elizabeths II. auf Königin Viktoria ist von vielen Historikern festgestellt worden. *Evan Pugh*, Professor der Künste und Geisteswissenschaften an der Pennsylvania State University, führte in einer Vorlesung aus, daß Elizabeth so darauf bedacht ist, das Ansehen ihrer Vorgängerin zu wahren, daß sie »Boradgate Venus« 1993 in London nicht eröffnet hätte, wenn sie gewußt hätte, daß diese dralle Skulptur sich über Viktoria lustig machte. Die rundliche Königin, die als Erwachsene mit einer 138-Zentimeter-Taille in die Breite ging, war unter ihren afrikanischen Untertanen als »die große Elefantin über dem großen Wasser« bekannt.

»Es war ein ganz persönlicher Scherz des Künstlers über Königin Viktoria als voll aufgeblühte erwachsene Frau«, erklärte Professor Weintraub.

Aber nein, widersprach Fernando Botero, der berühmteste lebende Künstler Lateinamerikas. Er schrieb in einem Brief an die Autorin: »Dieses Werk stellt in Wahrheit das berühmteste und häufigste Motiv der Bildhauerei dar: die ruhende weibliche Gestalt ... Ich bin mir aber sicher, daß das Werk auf Grund der extremen Entstellung [der weiblichen Figur] für verschiedene Deutungen offen ist, darunter auch die von Königin Victoria als einer aufgedunsenen Erwachsenen.«

8. Kapitel

Während der Staatsbesuche im Commonwealth verbrachte Philip seinen neunten Hochzeitstag, den achten Geburtstag seines Sohnes und Charles' ersten Schultag außerhalb des Palastes. Quellen für Hintergrundmaterial: *New York Mirror*, 18. Oktober 1957; *Time*, 12. Oktober 1957; *New York Times Magazine*, 3. Februar 1957. Zum Wiedersehen: *Sunday Express*, 17. Februar 1957, dazu auch der Bericht von Sydney Smith, der zusammen mit Michael Parker von Gibraltar nach London gereist war.

Das Thema von anderen Frauen in Philips Leben wurde 1957 international aufgegriffen, als die *Baltimore Sun* einen Artikel veröffentlichte, der nahelegte, daß er eine außereheliche Affäre hatte. Drei Jahrzehnte später gab das Privatleben des Herzogs von Edinburgh noch zu Spekulationen Anlaß, doch die britischen Verleger widersetzten sich der Publikation von Berichten, die der Monarchin respektlos scheinen könnten. Überempfindlich, was Anspielungen auf Prinz Philips Beziehungen zu anderen Frauen anging, eliminierten sie entsprechende Hinweise aus Büchern und Artikeln, wobei sie sich zur Begründung auf die britischen Leumundsgesetze beriefen. In der amerikanischen Ausgabe des Werks »Elizabeth and Philip« von Charles Highham und Roy Moseley (Doubleday, New York 1991) erwähnten die Autoren »vier geheimnisvolle Frauen in Philips Leben. Eine von ihnen war eine beliebte Sängerin und Tänzerin; die zweite eine Schauspielerin, die über einem Tabakwarengeschäft wohnte; eine weitere war eine griechische Kabarettsängerin und die vierte eine ›Mrs. S.‹, die er angeblich in einer Wohnung in Chelsea besucht hat.« In der englischen Ausgabe des Werkes wurden diese Andeutungen von den Anwälten entfernt.

Als Ergänzung zu den persönlichen Erinnerungen von Diplomaten und Reportern, die über die Suezkrise berichtet hatten, habe ich hinzugezogen die »Oxford Illustrated History«; die »History of the Modern World« und die »Oxford Illustrated Encyclopaedia of World History«.

Interviews: Warren Rogers, Associated Press (März 1995); Larry Adler (9. November 1993); Christopher Sylvester (29. November 1993, 27. Juli 1995).

Betr. Charles als Student

Sein Interview für die Fernsehgesellschaft ABC-TV (6. Dezember 1984) sowie persönliche Erinnerungen seiner Klassenkameraden und Lehrer. An den jungen Prinzen erinnerte man sich wegen seiner »interessanten« Ansichten. Ein Geschichtsprofessor war erstaunt, daß der Prinz Bewunderung empfand für König George III., der geistesgestört war; weil er »die Künste liebte und ein großartiger Mensch« war. Charles sagte: »Ich bewundere, schätze und sympathisiere mit vielem, das er getan und gern gehabt hat. Ich betrachte ihn als eine Person, der ich gerne einmal im Gang begegnet wäre. Ich hätte sehr gerne einmal mit ihm gesprochen. Er war ein wunderbarer Exzentriker.« Der Professor merkte an, daß George III. im Hyde Park mit Bäumen gesprochen hatte und Charles auf Sandringham mit seinen Pflanzen sprach.

9. Kapitel

Dokumente: Privates Notizbuch und Tagebuch eines Freundes der königlichen Familie. Memorandum von »Debrett's Peerage Limited« zur Schöpfung eines Adelstitels für die älteste Tochter des Earl Mountbatten of Burma.

Artikel: *Newsweek*, 9. Mai 1960; *Time*, 30. März 1962; *Paris March, France Dimanche* und *Daily Mail* vom 5. Mai und vom 1. November 1960; die *Times* vom 27. Februar und vom 7. Mai 1960; *Times*, 13. Januar 1960.

Interviews: Sarah Morrson (8. April 1994), Carolyn Townshend (9. April 1994), ein Klassenkamerad von Anthony Armstrong-Jones (9. April 1994), Sir Osbert Stubbs (20. Juli 1995).

Betr. königliche Porträts

Die Royals verbringen viel Zeit damit, für Maler Modell zu stehen. »Ein königlicher Auftrag kann für einen Künstler viel bedeuten«, erklärte Norman Douglas Hutchinson, der die Königin, die Königinmutter und den Herzog von Edinburgh gemalt hat. »Es ist kein Privileg«, erklärte er am 29. November 1993, »doch es kann eine sehr gute Chance sein ... weil man dadurch mehr Aufträge bekommen kann. Es ist eigentlich albern, doch manche Leute sind bereit, jede Summe zu zahlen, um von einem Künstler porträtiert zu werden, der Hoheiten gemalt hat.«

Der begabte Maler, der sich selbst als unehelichen Sohn des Earl of Douglas bezeichnet, malte die Königin in dem schwarzen Kleid und dem Schleier, den sie bei ihrer Begegnung mit dem Papst trug. »Ich wollte sie als Repräsentantin ihrer katholischen Untertanen malen und habe dafür viel Kritik einstecken müssen.«

Der Künstler bat Prinz Philip, für sein Porträt den blauen Samtmantel des Hosenbandordens zu tragen. »Er hat schließlich eingewilligt, bis dahin war es jedoch ein harter Kampf. Er hat sich gegen vieles gesträubt. Und er wollte über alles diskutieren. ›Warum malen Sie mich im Profil? Das Porträt ist für das Regiment gedacht. Ich sollte meine Regimentsuniform tragen‹, meinte er. Er ist ein harter Mann, schwierig und äußerst unangenehm... Ich habe es der Königinmutter gegenüber erwähnt, als ich sie malte, und sie gab mir recht. Sie meinte: ›Philip kann manchmal sehr anstrengend sein.‹«

Für den Künstler waren die Sitzungen mit der Königinmutter am angenehmsten. »Sie ist eine Freude«, sagte Hutchinson, »sehr freundlich, rücksichtsvoll, charmant. Ehrlich gesagt, sie hat mich bezaubert. Wirklich. Und ich bin ein schwieriger alter Kerl. Es ist nicht leicht, mich zu gewinnen. Doch sie hat mich beeindruckt, ich wurde von Ehrfurcht ergriffen. Ich schicke ihr jedes Jahr Blumen zum Geburtstag... und ihre Hofdame schreibt mir einen Brief, in dem sie sich im Namen der Königinmutter bedankt... Zu unserer ersten Sitzung erschien sie mit einer Tiara und einer Menge Juwelen. Sie erwartete von mir, daß ich sie als die kokette, verspielte Dame malen würde, die sie ja auch ist. Ich habe ihr jedoch erklärt, daß ich sie in einem ganz schlichten Kleid malen möchte, damit ich mich auf ihr liebes Gesicht konzentrieren könnte. Sie ging und zog sich um. Als sie zurückkam, sagte sie: ›In diesem Kleid mache ich meine Hausarbeit.‹«

10. Kapitel

Dokumente und Berichte aus der Präsidentenbibliothek von Lyndon B. Johnson zum Staatsbegräbnis Churchills; die John F. Kennedy Library bezüglich des Londonbesuchs der Kennedys im Jahre 1961, von Mrs. Kennedys Besuch 1962; von Runnymeade im Mai 1965; die Tagebücher des US-Botschafters David Bruce über das von der Königin zu Ehren des Präsidenten und Mrs. Kennedy gegebene Dinner.

Bücher: »Royal Pursuit« von Douglas Keay; »Pointing the Way« von Harold Macmillan, Harper & Row, New York 1972; »The

Royal Encyclopedia«, herausgegeben von Ronald Allison und Sarah Ridell, Macmillan Press, London 1991.

Artikel: »We've Got to Take a Sharp Look at the Present«, *Buenos Aires Herald*, 24. März 1962; »Britain's Last Royal Family« von Malcolm Muggeridge, *This Week*, 20. Oktober 1963; »Royal Press Office: Public Service or Public Relations?« von Kathy K. Demarest, *Journalism Studies Review*, Juli 1980; »Fitting Image« von Roy Strong, *Sunday Times*, 30. Mai 1993; »Kennedy and Macmillan Meeting Fruitful« von Drew Middleton, *New York Times*, 6. Juni 1961; »Meddle Trait Helps Charity«, *Daily Telegraph*, 8. März 1968.

Interviews: Henry Rodgers (19. August 1994), Evangeline Bruce (2. November 1995); Jody Jacobs (4. Juni 1995) über ihre Teilnahme, mit Prinz Philip zusammen, an der Merle Oberon Party.

Betr. die Einstellung der Queen zu Studentenunruhen

»Sie besuchte die Warrick University während einer Studentendemonstration im Juni 1970«, erinnerte sich Lilla Pennant (25. April 1995). »Die Königin kam zu einem Mittagessen, während die Studenten im Büro des Rektors ein Sit-in veranstalteten. Die Königin war wegen möglicher Ausschreitungen gewarnt worden, doch sie schien unbekümmert ... Sie schob die Polizisten in Zivil beiseite, lehnte den Stuhl ab, der für sie bereitgestellt worden war, und setzte sich neben vier Studenten, mit denen sie sprechen konnte. Ihre Leibwächter hielten sich im Hintergrund auf, sie hatte jedoch überhaupt keine Angst. Sie war intelligent, hellwach und interessiert. Man diskutierte über Vietnam, aber für die meisten von uns ging es hauptsächlich um die Bewegung ›Free Mandela‹«.

11. Kapitel

Artikel: »Mother of All Our Misfortunes« von Simon Hoggart, *Guardian*, 20. April 1996; »The Misfortunes of a Princess« von Anne Steacy und Jeremy Hart, McLeans, 9. November 1987; *Private Eye*, 5. Dezember 1969, 2. Juli 1971, 10. August 1973; »The Royal Black Sheep« (zweiteilige Serie) von Andrew Duncan, *Look*,

19. Mai 1970; *Vogue*, Mai 1993; zweiteiliges Porträt der Königin im *New Yorker* von Anthony Bailey, April 1977; Anmerkungen im *Spectator, Times*, 18. Dezember 1967; »Defying Tradition« von Howell Raines, *The New York Times Magazine*, 21. Februar 1988.

Interviews: Lester Hyman (25. Juli 1955); Carolyn Townshend (9. April 1994); Stephen Birmingham (14. Juli 1994); vertrauliche Informationsquelle (8. April 1994); Bevis Hillier (20. April 1994); William C. Brewer (1. Januar 1995); Felicity Green (10. April 1994); Audrey und Tony Charles (10. April 1994); James Whitaker (5. Mai 1995); Anthony Holden (5. Mai 1995); Roger Law (10. März 1996).

Betr. Prinzessin Annes Verlobung mit Mark Phillips

Der Art Director einer Londoner Werbeagentur erinnerte sich, daß er wegen der Empfindlichkeit des Hofes gezwungen worden war, ein Projekt für die Rekrutierung von Armee-Offizieren fallenzulassen. Die Werbekampagne sollte an dem Tag anlaufen, nachdem die Königin die Verlobung ihrer Tochter mit Captain Mark Phillips bekanntgegeben hatte. Ein Foto zeigte mehrere Offiziere neben einer Tankerflotte. Nicht das Foto weckte Besorgnis, sondern die Überschrift »Eines Tages, mein Junge, könnte das alles dir gehören.«

12. Kapitel

Artikel: »Shame & Fortune« von Angely Levin: *Daily Mail*, 12. Juni 1993; ein Porträt der Königin von Graham Turner: *Daily Telegraph*, 19. März 1996; *Time*, 1. Dezember 1980; *Times*, 26. November 1980; »Princess Diana« von Georgina Howell: *Vogue*, Mai 1993; »Britain Pays Respects to Lord Mountbatten« von Bonnie Angelo: Time-Life News Service, 5. September 1979.

Interviews: John Barratt (21., 22., 23. November 1993); Carinthia West (14. April 1994); Adam Shand Kydd (19., 21. April 1994), ein Angehöriger der Familie Spencer (9. März 1996); Lady Colin Campbell (10., 11. Mai 1995).

Betr. Dianas Verhältnis zur Presse

Während der Zeit des Werbens versuchte Lady Diana Spencer James Whitaker zu helfen, sich bei dem Prinzen von Wales beliebt zu machen. Sie schlug dem Reporter vor, Charles ein Beileidsschreiben zum Tod seines Pferdes Allibar zu schreiben. Am 24. Februar 1981 war Charles immerhin so gerührt, daß er antwortete:

»Lieber Mr. Whitaker,
ich war sehr bewegt, Ihren so freundlichen und äußerst verständnisvollen Brief zu erhalten. Es war alles in allem eine traurige Sache, da mir das alte Pferd sehr ans Herz gewachsen war und die Zukunftsaussichten so günstig waren.

Wie dem auch sei, das Schicksal schlägt auf merkwürdige Art und Weise zu.
Besten Dank, daß Sie mir geschrieben haben.
Mit freundichen Grüßen
Charles.«

Betr. Dianas kolportierte Unschuld und körperliche Fähigkeit, einen Erben zur Welt zu bringen

Nigel Dempster berichtete in der *Daily Mail* (Februar 1981), daß Diana sich einer Untersuchung des Buckingham-Palasts unterzogen hatte, um festzustellen, ob sie Kinder gebären konnte oder nicht. »Sie ist als zum Gebären von Kindern körperlich tauglich befunden worden.« Der Buckingham-Palast erklärte die Geschichte für »absurd«. Diana ebenfalls. Als Dempster fünf Jahre später mit Peter Evans zusammen für den Verlag Putnam's Sons an einem Buch arbeitete, distanzierte er sich von der Geschichte. In einem Fax an seinen Co-Autor schrieb Dempster:

»Angesichts der Tatsache, daß sowohl Diana als auch Sarah Spencer die Sache mit dem Fruchtbarkeitstest vehement abstreiten und daß Sie konkret Pinker [den Gynäkologen der königlichen Familie] nennen, der in der Lage ist, es zu dementieren, möchte ich Sie bitten, die Stelle dahingehend zu ändern, daß die Geschichte ungefähr zu der Zeit die Runde machte, um dann entweder Diana oder Sarah zu zitieren, daß sie eine solche Vorstellung für skandalös halten und entsetzt sind. Ich finde, Sie könnten darauf hinweisen, daß das alles ein Gerücht war, das von verärgerten alten Flammen von Charles in Umlauf gebracht wurde in dem Versuch, Diana zu diskreditieren.

Wir müssen uns auf jeden Fall hüten, uns ein Mitglied der Spencer-Familie zum Feind zu machen, das dann von einer anderen Zeitung dazu angestiftet werden könnte, das Buch herunterzumachen.«

Betr. rätselhafte Frau, die im Juli 1981, wenige Tage vor der Hochzeit von Charles und Diana, in den königlichen Zug stieg:

»Wir saßen in der Kaserne von Knightsbridge, als die Geschichte herauskam«, erinnerte sich Robin Knight-Bruce (11. Mai 1995). »Andrew Parker-Bowles kam herein. Wir alle wußten, daß Camilla und nicht Diana im königlichen Zug gewesen war. Wir fingen an, auf den Tisch zu trommeln. Er wurde richtig böse. Krebsrot im Gesicht. Er holte sich einen Teller Essen und stürmte aus dem Zimmer. Alle haben gelacht ...«

13. Kapitel

Artikel: »Princess« von Robert Lacey, *Good Housekeeping*, September 1982; »Our Princess«, *Daily Express«, 28. Oktober 1981; Time*, 3. August 1981; »A New Princess of Wales Walks in Royal Footsteps«, von Antonia Fraser, *Life*, April 1981; *Newsweek*, 18. Mai 1981; der *Irish Independent*, 9. Mai 1981; »How Diana Will Wreck the Windsors« von A. N. Wilson, *Evening Standard*, 2. März 1993.

Interviews: John Pearson (13. Februar, 30. April 1995); John Teenan (25. April 1994); Philip Benjamin (26. April 1994); David Hume Kennerly (5. März 1996); Victoria Mather (26. März, 12. Juli 1994); Taki Theodoracopulos (2. November 1993); Richard Dalton (17. Januar 1997).

14. Kapitel

Dokumente: Persönliche Briefe, freigegeben von der Presidential Library of Ronald Reagan: In einem Brief an die Queen und den Herzog von Edinburgh vom 18. Juni 1982, in dem er sich bei ihnen für ihre Gastfreundschaft in Windsor Castle bedankte, versicherte Reagan US-Unterstützung für die britische Invasion der Falklandinseln:

»Die Nachricht von Ihrem Sieg im Südatlantik wurde hier mit Freude und Erleichterung aufgenommen. Wir sind froh, daß Sie das Prinzip aufrechterhalten haben, daß der bewaffneten Aggression kein Erfolg eingeräumt werden darf, und ferner, daß die jungen Männer des Vereinigten Königreichs und von Argentinien nicht länger unter Beschuß sein werden.«

Artikel: *American Spectator*, Mai 1992; *Financial Times*, 11. November 1985; Peregrine Worsthorne, *Spectator*, 5. Dezember 1987; »The British Have Landed and Washington Is Taken«, Francis X. Clines, *New York Times*, 10. November 1985; »Saturday Night Fever«, Cyndi Stivers, *US*, 16. Dezember 1985.

Interviews: Gordon Graham (18. April 1994), Roberta Klein (20. April 1994), Gäste des Staatsbanketts im Weißen Haus; Christopher Ogden (30. Oktober 1993), die Geliebte von Vic Chapman (9. April 1994).

15. Kapitel

Artikel: *Time*, 1. November 1982, 4. August 1986; *People*, 4. August 1986, 21. September 1987; *Life*, September 1986; *Times*, 13. August 1990; *Newsweek*, 22. Juli 1991; *News of the World*, 23. Juli 1986; »A Tabloid Royal-Watcher Bites Back at the Palace Poodle« von James Whitaker, *Times*, 6. Dezember 1992; *Buenos Aires Herald*, 18., 19., 20., 21., 22. November 1992; *Daily Mirror*, Howard Sounes, 17. April 1996; »Andrew and Fergie«, Douglas Keay, *Good Housekeeping*, April 1987; Geoffrey Levy, *Daily Mail*, 13. Oktober 1989.

Interviews: Nicholas Monson (1. Mai 1995); Offizier der Coldstream Guards (2. Mai 1995); Dame Barbara Cartland (1. Mai 1995); Jocelyn Gray (11. Mai 1993, 14. April 1994); Stephen Maitlin (27. November 1993), Lindka Cierach (29. November 1993); Sue Townsend (19. April 1994); Peter Kazaris (31. März 1993).

Betr. Festnahme von Sarah Ferguson in New Orleans

Talbot Church, der viele Stunden inoffizieller Interviews mit dem Herzog und der Herzogin von York für sein Buch »The Royal Love Birds« angab, hat über Sarahs Reise mit Charlotte Eden in die Vereinigten Staaten geschrieben. Nach seiner Darstellung wurden die beiden jungen Frauen bei einer Polizeirazzia in einem Bordell in New Orleans aufgegriffen.

»Wir wurden mitten in der Nacht von zwei riesigen Männern in Uniform aus dem Bett gezerrt und auf die Polizeistation gebracht, wo wir fotografiert wurden und man uns auch Fingerabdrücke abnahm«, erzählte Sarahs Reisegefährtin dem Autor. »Ich brachte kein Wort heraus, doch Fergie war großartig und schaffte es, sie zu überzeugen, daß sie einen schrecklichen Fehler begangen hätten. Trotzdem ist der Gedanke ziemlich unangenehm, daß sich ein Foto von einem für immer und ewig in der Akte einer Polizeistation in New Orleans befinden wird. Und das Foto von der zukünftigen Schwägerin der Königin ebenfalls.«

Ein Beamter der New Orleans Police Vice Squad sagte, die Razzia sei »reine Routine« und die jungen Frauen nicht in das Anwerben von Kunden verwickelt gewesen. Die Aufzeichnungen über ihre Verhaftung sind gelöscht worden.

16. Kapitel

Artikel: *Economist*, 27. April 1996; »The Prince of Petulance«, von Lynda Lee-Potter; *Daily Mail*; »A Groom with a View«, *Who*, 14. September 1992; *McLean's*, 9. November 1987; »Love on the Rocks«, *People*, 29. Juni 1992; *The Washington Post*, 2. März 1993; der *Guardian*, 2. August 1994; Portrait der Elizabeth Longford von Anne de Courcy, *Daily Mail*, 30. März 1993.

Interviews: Una Mary Parker (7., 11. April 1994); Leiter von Scotland Yard (22. April 1994); Nicholas Haslam (7. April 1994); Ross Benson (22. März 1994); Noreen Taylor (5. Mai 1995).

17. Kapitel

Artikel: *Palm Beach Daily News*, 22. März 1988; *People*, 21., 30. März 1988; *International Express*, 14.–20. September 1994; *Daily Mail*, 2. Februar 1991; *TV Guide*, 3. November 1995; Press-Association-Meldungen, 24. Juni 1992; »Duchess Tells of Addict Friends«, von Lin Jenkins, *Daily Telegraph*, 24. November 1988; *Mail on Sunday*, 8. Januar 1996; »The Fall of the House of Windsor« von Stuart Reid, *American Spectator*, Mai 1992; »Diana Brought to Hell« von Georgina Howell, *Vanity Fair*, September 1988.

Korrespondenz mit Norman Mailer (24. Oktober 1994), Jane Moore, Group Legal Advisor der Verlagsgruppe Reed International Books (6. Juli 1995), Sarah Ferguson im National Press Club, 7. Dezember 1994; vertrauliches Interview mit Sarah Fergusons persönlicher Beraterin (24. März 1993), Giles Gordon (25. November 1993, 19., 26. April 1994), Taki Theodoracopulos (12. November 1993), Christopher Gulken (3. Februar 1997).

18. Kapitel

Artikel: »Don't Shoot the Duchess« von Vicki Woods, *Harper & Queen*, 1993; »John Bryan, The Duchess and Me« von Elizabeth Kaye, *Esquire*, June 1995; »Fergie's Friend Arrested«, *Daily Express*, 12. Mai 1994; *New York Observer*, 10. August 1992; *Daily Mirror*, 20., 21., 25. August, 10. Dezember 1992; *USA Today*, 22. Juni 1992; »The Uses of the Monarchy« von Meg Greenfield, *The Washington Post*, 13. Dezember 1992; Press Association, 19. August 1992; *Hello!*, Dezember 1994; *People*, 30. Oktober 1995; *Times*, 17. April 1996.

Interviews: Sarah Ferguson mit Diane Sawyer, ABC-TV, *Prime Time Live*; Rosie Boycott (27. April 1993, 25. April 1995, 31. Mai 1995).

19. Kapitel

Artikel: *People*, 17. Juni 1991; Glenys Roberts' Porträt des Herzogs von Edinburgh, *Telegraph Sunday Magazine; Newsweek*, 23.

August 1993; *Evening Standard*, 6. Juni 1992; *Who*, 14. September 1992; *National Review*, 14. September 1992; *Sunday Times*, 29. November 1992; »Annus Horribilis«, Alan Hamilton, *London News*, 1993; Max Hastings, *Spectator*, 19. September 1992; *New York Times*, 30. Juli 1991, 2. Juni 1992; »Building a Better Prince«, William Tuohy, *Los Angeles Times Magazine*, 6. Mai 1994.

Interviews: John Barratt (23. November 1993), Francis Wheem (23. November 1993); Christopher Hitchens (23. November 1994); Robin Knight-Bruce (11. Mai 1995); Michael Cole (15. November 1993); Andrew Neil (12. November 1994); Taki Theodoracopulos (12. November 1993); vertrauliche Information eines Besuchers von Philips WWF-Party (15. März 1996).

Betr. Sicherheitsmaßnahmen für die königliche Familie

»Im Juli 1982 wurde dies ein Thema«, sagte der Leiter der Royalty and Diplomatic Squad, »als Michael Fagan in den Buckingham-Palast einbrach und das Schlafzimmer der Königin betrat.« Der Eindringling stieg über den Zaun des Palastes, kletterte an einem fünfzehn Meter hohen Abflußrohr hinauf und kroch durch ein Schlafzimmerfenster. »Dies war ein Debakel für den Sicherheitsdienst. Ohne Frage. Danach mußten wir die Sicherheitsmaßnahmen in allen königlichen Residenzen im ganzen Land überprüfen, und der Bericht wurde im Parlament diskutiert ... Zweifellos hat die Polizei ihren Job vernachlässigt ... Die naive Annahme, niemand würde ›unserer lieben Königin‹ was antun wollen, führte zu laschen Sicherheitsvorkehrungen. Nun greifen wir härter durch, aber wir werden niemals so weit gehen wie die Amerikaner, die Scharfschützen in den Bäumen beim Weißen Haus postieren, Hitzesensoren und Metalldetektoren benutzen. Davon will der Hof nichts wissen, und dabei wird es auch bleiben.«

Der Mann, den die Diplomatic Police Group beauftragt hatte, die Sicherheitsmaßnahmen zu inspizieren, sprach mit der Königin über den Einbruch im Jahr 1982. »Man verhört die Monarchin nicht«, erklärte er ehrerbietig. »Man stellt ihr ein paar Fragen.« Er gab zu, daß er die Königin nicht gefragt habe, wo ihr Mann zum Zeitpunkt des Einbruchs gewesen sei. »Diese Frage war nicht nötig.«

Betr. die Beziehung zwischen der königlichen Familie und der britischen Presse

Die folgende Liste, in launigem Tonfall gehalten, wurde veröffentlicht, um Besucher zu informieren:

Times:	Von den Leuten gelesen, die das Land regieren.
Daily Mirror:	Von den Leuten gelesen, die glauben, sie würden das Land regieren.
Guardian:	Von den Leuten gelesen, die glauben, sie sollten das Land regieren.
Morning Star:	Von den Leuten gelesen, die glauben, ein anderes Land sollte dieses Land regieren.
Daily Mail:	Von den Ehefrauen der Leute gelesen, die das Land regieren.
Financial Times:	Von den Leuten gelesen, die das Land besitzen.
Daily Express:	Von den Leuten gelesen, die glauben, daß das Land so regiert werden sollte, wie es früher regiert wurde.
Daily Telegraph:	Von den Leuten gelesen, die glauben, daß es immer noch so regiert wird.
Sun:	Von den Leuten gelesen, denen es egal ist, wer das Land regiert, solange die betreffenden Personen große Titten haben.

20. Kapitel

Artikel: *Daily Mail*, 22. Oktober 1994; *People*, 30. November 1992, 6. Dezember 1993; *Nation*, 27. Dezember 1993; »The Windsor Knot« von Anthony Haden-Guest, *New York Observer*, 24. Mai 1993; »The Saddest Man Ever« von Penny Junor, *Evening Standard*, 13. Januar 1993; Reuters, 9. März 1996; »Princess bids hello and farewell to her Critics« von Robert Hardman, *Sunday Telegraph*, 7. März 1993; *Economist*, 11. Dezember 1993.

Interviews: Peter McKay (11. November 1993); Geraldine Sharpe-Newton (18. März 1994); Sheila Hailey (18. März 1994); vertrauliches Gespräch mit einem Anwalt (16. März 1994); Henry C. Rogers (19. August 1994); Verwandter der Spencers (9. Januar 1993).

21. Kapitel

Artikel: *Guardian*, 29. August 1996; *Daily Telegraph*, 22. November 1995; *Daily Mail*, Mai–Juni 1994, 11. Januar 1995; vertrauliche Akten der *Time* 1991; *Daily Telegraph*, 1992; *Sunday Times*, 28. August 1994; *New York Times*, William E. Schmidt, 28. August 1994; *Times*, 19. Oktober 1994; *Economist*, 22. Oktober 1994; *Daily News*, 31. Oktober 1994; »The Candour Feared by Charles' Friends« von William Rees-Mogg, *Times*, 17. Oktober 1994.

Interviews: Anthony Holden (7. April 1994); Jocelyn Gray (11. Mai 1993); Victoria Mathers aufgezeichnetes Interview mit der Herzogin von York (Juni 1994); ein Verwandter von Hoare (6. März 1995); vertraulich (31. Mai 1994); David Cannadine, Vortrag im Smithsonian (1. Dezember 1994).

Betr. die *Britannia* als schwimmender Palast

»Die Königin und Prinz Philip benutzten die königliche Jacht, um Staatsbesucher zu empfangen«, sagte Philip Benjamin (26. April 1994), einer der zwölf Seeleute, die für die königliche Familie arbeiteten. »Der denkwürdigste Gast war der König von Marokko, der mit einem Schrankkoffer voller Juwelen für die Königin eintraf. Dieser Koffer war so schwer, daß vier Männer ihn tragen mußten. Darin häuften sich exquisite Gegenstände ... Ich erinnere mich an ein goldenes Kamel auf grünem Marmorgrund, so groß wie ein Stuhl, mit Palmen, deren Kokosnüsse aus faustgroßen Rubinen bestanden. Außerdem lagen Diamanten, Saphire und Smaragde im Koffer ... Es war ein wunderbarer Anblick ... Das alles muß 20 Millionen Mark wert gewesen sein ... Ich wäre glücklich gewesen, hätte ich nur einen einzigen dieser Steine bekommen. Davon hätte ich sicher bis ans Ende meiner Tage leben können. Die Königin schenkte dem König eine signierte Fotografie von sich selbst und Prinz Philip in einem Silberrahmen. Viel war das nicht wert, verglichen mit den Gastgeschenken. Doch das störte die Königin nicht. Sie ärgerte sich über den König, weil er zu spät zum Dinner kam. Über fünfundvierzig Minuten hatte sie gewartet, bis er an Bord kam, und so verweigerte sie ihm die Genugtuung, sich von seinem Geschenk beeindruckt zu zeigen. Wir waren gewarnt worden, und so merkten wir es immer sofort, wenn die Königin ungehalten war. Zuerst klopft sie mit dem Fuß auf den Boden und schaut sich um. Dann holt sie ihre Puderdose hervor. Das sind die beiden ersten Anzeichen ... Im Palast hat sie einen Summer unter ihrem Schreibtisch. Wenn jemand sie langweilt, drückt sie auf den Knopf, der draußen einen leisen Alarm auslöst, und ihr Page tritt ein, um den Besucher hinauszuführen. Aber an Bord der *Britannia* gibt's keinen solchen Summer. Während eines saudiarabischen Staatsbesuchs verteilten die königlichen Saudi-Prinzen goldene Rolex-Armbanduhren an alle Anwesenden. Die Königin erlaubte ihrem Stab, die Uhren anzunehmen, aber wir von der Royal Navy mußten die Geschenke zurückgeben. Auch diesmal schenkte die Königin den Gästen ein Foto von sich selbst und Philip im Silberrahmen ...«

22. *Kapitel*

Artikel: Life, 10. April 1950; Leitartikel, *New York Times*, 25. August 1996; *Economist*, 25. November 1995; Press Association, 16. Oktober 1996; *Daily Mail*, 20. August 1996; »Spy Video Mystery«, *Evening Standard*, 8. Oktober 1996; »Curse of the Curtsy«, *Daily Mail*, Edward Pearce, 19. Juli 1996.

Betr. Dianas gesellschaftliche Fähigkeiten

Gahl Burt, Staatssekretärin für soziale Fragen im Weißen Haus, berichtete, die Prinzessin von Wales habe ihren Mann Richard entzückt, den ehemaligen Botschafter in Deutschland. Im Oktober 1994 traf er sie im Haus der Präsidentin der *Washington Post*, Katharine Graham. »Seit ich Sie zuletzt sah, bekamen wir eine kleine Tochter«, erzählte er Diana. »Sie ist so schön.«

»Dann kommt sie ganz auf Sie«, erwiderte sie galant.

Burt erklärte seiner Frau, Diana sei die geschickteste Diplomatin, die er je kennengelernt habe.

Auf ihren Goodwillreisen rund um die Welt hielt Diana Reden, traf Würdenträger und erwies sich als Großbritanniens tüchtigste Botschafterin. Sie lud Leah Rabin, die Witwe des ermordeten israelischen Ministerpräsidenten Izaak Rabin, in den Kensington Palace ein. Mrs. Rabin versicherte ihr: »Ich fühle mich Ihnen eng verbunden, weil Sie und ich die beiden tragischsten Figuren auf der Welt sind. Aber Sie haben noch eine Zukunft – ich habe nur eine Vergangenheit.«

Betr. die Haltung der Königin gegenüber den Konfessionen

Während ihr Besuch einer römisch-katholischen Kirche Beifall fand, wurde sie 1996 kritisiert, weil sie im Warschauer Parlament eine Rede hielt und nicht erwähnte, was die polnischen Juden im Zweiten Weltkrieg erlitten hatten. Ihr Stab beeilte sich, dieses unsensible, politisch unkluge Versäumnis wettzumachen. »Es lag an einem menschlichen Versagen, für das die Berater der Königin die volle Verantwortung übernehmen«, sagte ein Sprecher. Die Rede sollte den Satz enthalten: »Außerdem können wir niemals das Leid des polnischen Volkes unter der Nazi-Besatzung vergessen.« Der Sprecher fügte hinzu: »Dieser Satz wurde versehentlich ausgelassen. Die Königin hatte vor, ihn auszusprechen.« Hastig arrangierten die Höflinge eine Zeremonie, bei der die Königin einen Kranz an der jüdischen Gedenkstätte in Warschau niederlegte. Beim ersten Staatsbesuch eines israelischen Präsidenten in Großbritannien, im Februar 1997, sorgten die Höflinge dafür, daß Ihre Majestät die Rolle würdigte, die Juden im britischen Leben spielten. Sie prostete Ezer Weizman zu und beendete ihre Rede mit dem populärsten jüdischen Trinkspruch: »Lechayim«, sagte sie. »Aufs Leben.«

Betr. das Engagement der Königin für den Thron

Einmal hatte sie ihre Abdankung in Erwägung gezogen. 1965, als Prinz Charles siebzehn Jahre alt war, diskutierte sie mit ihren Beratern die Zukunft ihres Sohnes. Sie sagte, sie würde gern eine »Edward-VII.-Situation« vermeiden. Erst mit neunundvierzig Jahren hatte ihr Urgroßvater von Königin Viktoria den Thron geerbt und bis dahin den Großteil seines Lebens damit verbracht, in den Armen seiner Geliebten Champagner zu trinken. »Vielleicht wäre es klug«, meinte die Königin ihrem Biographen Robert Lacey zufolge, »abzudanken, wenn Charles es besser machen würde als ich.«

Ihr Ehemann scherzte: »Das wäre sicher richtig. Die Ärzte werden dich lange genug am Leben lassen.«

1991 besann sich die Königin anders. In ihrer Weihnachtsansprache erklärte sie ihren Untertanen: »Mit Ihren Gebeten und Ihrer Hilfe, mit der Liebe und der Unterstützung meiner Familie werde ich versuchen, Ihnen auch in den folgenden Jahren beizustehen.«

Offenbar ist es ihr Schicksal, die Prophezeiung von Sir John Colville zu erfüllen, Winston Churchills Privatsekretär, der mithalf, sie auf den Thron vorzubereiten. »Ich glaube, die Königin wird lange genug regieren, um im Jahr 2002 ihr goldenes Jubiläum zu feiern, fünfzig Jahre als Monarchin.«

Nachwort

Artikel: *Daily Mail,* 1.-18. September; 27., 28. und 29. November; 2. Dezember 1997; 16. Februar 1998; *The Mail on Sunday,* 8.–15. Februar 1998; *The Washington Post,* 1.–12. September; 3. November 1997; *Sunday Independent,* 21. September 1997; *Associated Press,* 29. September 1997; *Newsweek,* 27. Oktober 1997; *Vanity Fair,* Dezember 1997; *Time,* 16. Februar 1998.

Betr. Michael Cole, Mohamed Al-Fayeds ehemaliger Sprecher:

Einige Tage nach dem Erscheinen dieses Buchs im September 1997 trat Mr. Cole im CCN auf und versicherte, er habe nicht mit mir gesprochen. Er sei »erstaunt« gewesen, seinen Namen bei den Informationsquellen zu lesen. Da ich in London über zwanzig Minuten lang mit ihm geredet und das Gespräch auf Band aufgenommen hatte, schrieb ich ihm am 22. September 1997: »Um Ihre Erinnerungen aufzufrischen, wir unterhielten uns ausführlich am 15. November 1993, als ich Sie im Harrods besuchte. Während dieses Intereviews erwähnten Sie die Rolle, die Sie bei der vorzeitigen Veröffentlichung der Weihnachtsbotschaft der Königin am 17. Dezember 1988 gespielt hatten, und erklärten, deshalb seien Sie von Ihrem Posten bei der BBC zurückgetreten. Wir sprachen auch über verschiedene Pressesprecher der Königin und königliche Auslandskorrespondenten, etc. Damals äußerten Sie sehr freimütig Ihre Meinung über alle Angelegenheiten, die mit der königlichen Familie zusammenhingen, und baten mich, bei meinem nächsten

Besuch in London mit Ihnen Tee zu trinken, so daß wir die Unterhaltung fortsetzen könnten. Die Bandaufnahme dieses Gesprächs liegt bei meinen Anwälten. Ich füge eine Kopie des Briefs bei, den ich Ihnen am 5. März 1994 schrieb, um eine weitere Unterredung vorzuschlagen.

Cole antwortete nicht auf meinen Brief aus dem Jahr 1997 und bestritt im Fernsehen erneut, daß er mit mir geredet hatte. Also übergab mein Literaturagent die Aufzeichnung des Interviews einem Reporter. »Normalerweise gibt Kitty Kelly die Einzelheiten ihrer Gespräche mit Informanten nicht bekannt«, sagte Wayne S. Kabak von der William-Morris-Agentur, »aber in diesem Fall fühle sie sich dazu veranlaßt, um zu beweisen, daß sie recht und Mr. Cole unrecht hat.

Ein Reporter von *The People* in London nahm Kontakt mit dem Al-Fayed-Sprecher auf. Cole leugnete erneut, daß er von mir interviewt worden war, und gab es erst zu, als der Reporter ihm das Band vorspielte. Der Journalist erklärte, er würde einen Bericht über den Unfall schreiben.

»Sie werden doch keinen allzu schlimmen Ton anschlagen?« fragte Cole. »Im Augenblick habe ich schon genug Probleme.«

Am 20. Februar 1998 kündigte er bei Harrods. Nachdem er zehn Jahre lang als Sprecher Al-Fayeds fungiert hatte, verkündete er, nun würde er in den vorzeitigen Ruhestand treten. Er erklärte, er sei zum »Blitzableiter« in den diversen Behauptungen und Gegendarstellungen geworden, was die wahren Ereignisse während jener Nacht betreffe, in der Diana und Dodi den Tod gefunden hatten. Michael Cole teilte der Presse mit, er gebe seinen Job »mit tiefem Bedauern« auf.

Literaturliste

Allison, Ronald, and Sarah Riddell, eds.: *The Royal Encyclopaedia,* 1991.
Alexandra, Königin von Jugoslawien Yugoslavia: *Prince Philip,* 1959.

Barker, Malcolm: *Living with the Queen,* 1991.
Barr, Ann, and Peter York: *The Official Sloane Ranger Handbook,* 1982.
Barratt, John, with Jean Ritchie: *With the Greatest Respect: The Private Lives of Earl Mountbatten and Prince and Princess Michael of Kent,* 1991.
Barry, Stephen: *Royal Service,* 1983.
ders., *Royal Secrets,* 1985.
Benson, Ross: *Charles: The Untold Story,* 1993.
Berry, Wendy: *The Housekeeper's Diary,* 1995.
Betjeman, John: *Collected Poems,* 1988.
Birmingham, Stephen: *Duchess: The Story of Wallis Windsor,* 1981.
Blackwood, Caroline: *The Last of the Duchess,* 1995.
Bloch, Michael: *The Secret File of the Duke of Windsor: The Private Papers 1937–1972, 1988;* dt.: *Die Windsor-Briefe einer großen Liebe. Die private Korrespondenz aus dem Nachlaß der Herzogin von Windsor,* 1992.
Blundell, Nigel, and Susan Blackhall: *Fall of the House of Windsor,* 1992; dt.: *Das Haus Windsor. Skandale einer Dynastie,* 1993.
Bocca, Geoffrey: *Elizabeth and Philip,* 1953.
ders., *The Woman Who Would Be Queen,* 1954.
Bouthroyd, Basil: *Philip: An Informal Biography,* 1971.

Boston, Ray: *The Essential Fleet Street*, 1990.
ders., *Chronicle of the Royal Family*, 1991.
Boyle, Andrew: *The Climate of Treason*, 1979.
Bradford, Sarah: *Elizabeth*, 1996; dt.: *Ihre Majestät die Königin. Eine Biographie*, 1996.
dies., *The Reluctant King: The Life and Reign of George VI*, 1989.
Brendon, Piers: *Our Own Dear Queen*, 1986.
Brough, James: *Margaret, The Tragic Princess*, 1978.
Brown, Michele: *Prince Charles*, 1980.
Brown, Craig, and Lesley Cunliffe: *The Book of Royal Lists*, 1982.
Bryan, J. III, and Charles Murphy: *The Windsor Story*, 1979.
Buskin, Richard: *Princess Diana: The Real Story*, 1992.
Butler, David: *Edward the Seventh, Prince of Hearts*, 1975.

Campbell, Lady Colin: *Royal Marriages*, 1993; dt.: *Die Ehen im Hause Windsor*, 1994.
dies., *Diana in Private*, 1992; dt.: *Diana. Ein Leben im goldenen Käfig*, 1992.
Cannadine, David: *The Decline and Fall of the British Aristocracy*, 1990.
ders., *Aspects of Aristocracy*, 1994.
Cannon, John, and Ralph Griffiths: *The Oxford Illustrated History of the British Monarchy*, 1988.
Cathcart, Helen: *The Queen Mother*, 1965.
Chester, Lewis, Magnus Linblater, and David May: *Jeremy Thorpe: A Secret Life*, 1979.
Clark, Alan: *Mrs. Thatcher's Minister: The Private Diaries of Alan Clark*, 1993.
Cooke, Alistair: *Six Men*, 1977.
Coolican, Don, and Serge Lemoine: *Charles, Royal Adventurer*, 1978.
Cordet, Helene: *Born Bewildered*, 1961.
Costello, John: *Mask of Treachery*, 1988.
Counihan, Daniel: *Royal Progress: Britain's Changing Monarchy*, 1977.
Cowles, Fleur: *Friends and Memories*, 1975.
Crawford, Marion: *Elizabeth the Queen*, 1952.

dies., *The Little Princesses*, 1953.
Crossmann, Richard: *Diaries of a Cabinet Minister*, 1975.

Davies, Nicholas: *Diana: A Princess and Her Troubled Marriage*, 1992.
ders., *Queen Elizabeth II: A Woman Who Is Not Amused*, 1994; dt.: *Queen Elisabeth II. Die Insider-Biographie*, o. J.
Dean, John: *HRH Prince Philip, Duke of Edinburgh: A Portrait by His Valet*, 1954.
Debrett's Peerage Ltd.: *We Want the Queen*, 1977.
Delano, Julia: *Diana Princess of Wales*, 1993.
Dempster, Nigel, and Peter Evans: *Behind Palace Doors*, 1993; dt.: *Hinter den Türen von Windsor. Das englische Königshaus und seine Skandale*, 1993.
Dempster, Nigel: *Princess Margaret: A Life Unfulfilled*, 1981.
Dimbleby, Jonathan: *The Prince of Wales*, 1994.
Donaldson, Frances: *Edward VIII*, 1974.
Duke of Windsor: *A King's Story: The Memoirs of the Duke of Windsor*, 1951.
Duncan, Andrew: *The Reality of Monarchy*, 1970.
Edwards, Anne: *Royal Sisters*, 1990.

Edward, Ruth Dudley: *True Brits: Inside the Foreign Office*, 1994.
Everringham, Barry: *The Adventures of a Maverick Princess*, 1985.

Fairley, Josephine: *Crown Princess*, 1992.
dies., *The Princess and the Duchess*, 1989.
Ferguson, Ronald: *The Galloping Major*, 1994.
Feldman, David: *Englishmen and Jews*, 1994.
Fincher, Jayne and Terry: *Debrett's Illustrated Fashion Guide: The Princess of Wales*, 1989.
Flamini, Roland: *Sovereign*, 1991.

Goldsmith, Barbara: *Little Gloria ... Happy at Last*, 1980.
Graham, Caroline: *Camilla. The King's Mistress*, 1994; dt.: *Camilla und Charles. Geschichte einer Liebe*, 1995.
Graham, Tim: *The Royal Year 1990*, 1990.

ders., *The Royal Year 1992*, 1992.
ders., *The Royal Year: A Present-Day Portrait of the Royal Family*, 1994.

Hall, Phillip: *Royal Fortune: Tax, Money & the Monarchy*, 1992.
Hall, Unity: *Philip. The Man Behind the Monarchy*, 1987.
Hall, Unity, and Ingrid Seward: *Royalty Revealed*, 1989.
Halle, Kaye: *Irrepressible Churchill*, 1966.
Hamilton, Alan: *The Royal Handbook*, 1985.
Harling, Robert: *The Great Houses and Finest Rooms of England*, 1969.
Harris, Kenneth: *The Queen*, 1994.
Haseler, Stephen: *The End of the House of Windsor: Birth of a British Republic*, 1993.
Hatch, Alden: *The Mountbattens: The Last Royal Success Story*, 1966.
Heald, Tim: *The Duke, Portrait of Prince Philip*, 1992.
Heald, Tim, and Mayo Mohos: *The Man Who Will Be King HRH*, 1979.
Henderson, Nicholas: *Mandarin: The Diaries of an Ambassador 1969–1982*, 1994.
Heckstall-Smith, Anthony: *The Consort*, 1993.
Higham, Charles, and Roy Moseley: *Elizabeth and Philip*, 1991.
Higham, Charles: *The Duchess of Windsor*, 1988.
ders., *Trading with the Enemy: An Exposé of the Nazi-American Money Plot 1933–1949*, 1983.
Hillier, Bevis: *Young Betjeman*, 1988.
Hoey, Brian: *The Princess Anne*, 1984.
ders., *All the Queen's Men*, 1992.
ders., *Anne the Princess Royal*, 1989.
ders., *Mountbatten*, 1994.
ders., *Charles and Diana: The 10th Anniversary*, 1991.
Holden, Anthony: *Charles: Prince of Wales*, 1979; dt.: *Charles*, 1990.
ders., *The Tarnished Crown*, 1993; dt.: *Der wankende Thron. Götterdämmerung im britischen Königshaus*, 1995.
Holt, Rinehart and Winston: *Lady Bird Johnson: A White House Diary*, 1970.

Hope, Alice: *Princess Margaret,* 1955.
Hough, Richard: *Edwina, Countess Mountbatten of Burma,* 1983.
ders., *Born Royal,* 1988.
Hutchins, Chris, and Peter Thompson: *Fergie Confidential,* 1992.
Hutchinson, Roger, and Gary Kahn: *A Family Affair: The Margaret and Tony Story,* 1977.

Judd, Dennis: *Prince Philip,* 1981.
Junor, John: *Listening for a Midnight Tram,* 1990.

Keay, Douglas: *Elizabeth II,* 1991.
ders., *Royal Pursuit,* 1983.
ders., *Royal Wedding,* 1981.
Krin, Sylvie: *Heir of Sorrows,* 1988.

Lacey, Robert: *Majesty,* 1977.
ders., *Princess,* 1988.
ders., *Queen Mother,* 1987.
Laird, Dorothy: *How the Queen Reigns,* 1959.
Lane, Peter: *Princess Michael of Kent,* 1986.
Lefcourt, Peter: *Di and I,* 1994.
Liversidge, Douglas: *Prince Charles,* 1975.
Longford, Elizabeth: *Elizabeth R,* 1983.
dies., *The Royal House of Windsor,* 1974.
dies., *Oxford Book of Royal Anecdotes,* 1989.
dies., *Queen Victoria: Born to Succeed,* 1964.
dies., *The Queen,* 1983.
Lunt, W. E.: *History of England,* 1956.

Macmillan, Harold: *Pointing the Way: 1959–1961,* 1972.
Martin, Ralph: *Charles and Diana,* 1986.
ders., *The Woman He Loved,* 1973, 1974.
ders., *Jennie: The Life of Lady Randolph Churchill,* 1969.
Massie, Robert K.: *The Last Courts of Europe,* 1981.
Michie, Allan: *The Crown and the People,* 1952.
Mitford, Nancy: *Noblesse Oblige,* 1986; dt.: *Noblesse Oblige. Böse Gedanken einer englischen Lady,* 1995.

Montague-Smith, Patrick: *Royal Silver Jubilee*, 1976.
Montgomery-Massingberd, Hugh, ed.: *Burke's Guide to the British Monarch*, 1977.
Moore, Sally: *The Definitive Diana: An Intimate Look at the Princess of Wales from A to Z*, 1991; dt.: *Diana*, 1993.
Morgan, Janet: *Edwina Mountbatten*, 1991.
Morrow, Ann: *The Queen*, 1983.
Mortimer, Penelope: *Queen Elizabeth*, 1986.
Morton, Andrew: *Diana: Her True Story*, 1992; dt.: Diana. Ihre wahre Geschichte, 1993.
ders., *Diana: Her New Life*, 1994; dt.: *Diana. Ihr neues Leben*, 1994.
ders., *The Wealth of the Windsors*, 1989.
Mosley, Diana: *The Duchess of Windsor*, 1980.
Mountbatten, Earl: *From Shore to Shore: The Diaries of Earl Mountbatten of Burma, 1953–1979*, Philip Ziegler, ed., 1989.

Nesnick, Victoria Gilvary: *Princess Diana: A Book of Questions and Answers*, 1988.
Nicolson, Nigel: *The Great House of Britain*, 1978.

Orbis Publishing Limited: *The Royal Family*, issues 13–24, 1984.

Packard, Jerrold: *The Queen and Her Court*, 1981.
Parker, John: *Prince Philip: His Secret Life*, 1991.
Pasternak, Anna: *Princess in Love*, 1994.
Paxman, Jeremy: *Friends in High Places*, 1991.
Pearson, John: *The Selling of the Royal Family*, 1986.
People Weekly Extra: The Diana Years, Spring 1996.
Player, Lesley: *My Story: The Duchess of York, Her Father and Me*, 1993.
Publications International Ltd.: *Diana: The Story Behind Her Private Life*, 1992.

Ransford, Sandy: *When and Where to See the Royal Family*, 1988.
Regan, Simon: *Charles the Clown Prince*, 1977.
Roberts, Andrew: *Eminent Churchillians*, 1994.
Rose, Kenneth: *King George V*, 1983.

ders., *Kings, Queens and Courtiers: Intimate Portraits of the Royal House of Windsor from Its Foundation to the Present Day,* 1985.
Roth, Andrew: *Sir Harold Wilson, Yorkshire's Walter Mitty,* 1977.
Russell, Peter: *Butler Royal,* 1982.
Russell, Peter, and Paul James: *At Her Majesty's Service,* 1986.

Seward, Ingrid: *Sarah: The Life of a Duchess,* 1991.
dies., *Royal Children,* 1993.
Shute, Nerina: *The Royal Family and the Spencers,* 1986.
Solbert, Carl: *Hubert Humphrey: A Biography,* 1984.
Stenton, Doris Mary: *English Society in the Early Middle Ages (1066 bis 1307),* 1951.

Talbot, Godfrey: *Queen Elizabeth: A Birthday Tribute,* 1985.
ders., *The Country Life Book of Queen Elizabeth the Queen Mother,* 1980.
Terraine, John: *The Life and Times of Lord Mountbatten,* 1968.
Theodoracopulas, Taki: *Nothing to Declare,* 1991.
ders., *The Greek Upheaval,* 1976.
Thornton, Michael: *Royal Feud,* 1985.
Tomlinson, Richard: *Divine Right,* 1994.

Vansittart, Peter: *Happy and Glorious: An Anthology of Royalty,* 1988.
Varney, Michael, and Max Marquis: *Bodyguard to Charles,* 1989.
Vidal, Gore: *Palimpsest: A Memoir,* 1995; dt.: *Palimpsest. Autobiographie,* 1996.

Ward, Aileen: *John Keats: The Making of a Poet,* 1963.
Warren, Allan: *The Confessions of a Society Photographer,* 1976.
Warwick, Christopher: *Princess Margaret,* 1983.
Whitaker, James: *Royal Blood Feud,* 1993; dt.: *Charles gegen Diana,* 1993.
White, Ralphe M., and Graham Fisher: *The Royal Family: A Personal Portrait,* 1969.
Wilson, A. N.: *The Rise and Fall of the House of Windsor,* 1993; dt.: *Aufstieg und Fall des Hauses Windsor,* 1995.

Wilson, Christopher: *A Greater Love: Prince Charles's Twenty-Year Affair with Camilla Parker-Bowles,* 1994.
Winchester, Simon: *Their Noble Lordship: Class and Power in Modern Britain,* 1982.
Wolfe, Jane: *Blood Rich,* 1993.
Woodham-Smith, Cecil: *Queen Victoria,* 1972.

Ziegler, Philip: *King Edward VIII,* 1990.
ders., *Mountbatten,* 1985.

Danksagung

13. Februar 1997

Wenn Lieschen Müller bei Königs reinschauen darf, wie man so schön sagt, dann darf es auch Kitty Kelley. Als ich meine ersten Blicke wagte, war an die Stelle des alten Königs gerade eine moderne junge Königin getreten. Also schrieb ich der Höflichkeit halber an Ihre Majestät Königin Elizabeth II. und erklärte, ich recherchiere für ein Buch über das Haus Windsor. Ehrerbietig bat ich um ein Interview, aber der Pressesekretär ließ mich wissen, die Königin gewähre keine Interviews.

»Unser Grundsatz lautet«, schrieb mir Charles Anson auf Briefpapier des Buckingham-Palasts, »daß wir wohlgesonnenen Autoren, die seriöse Bücher über die Monarchie und die königliche Familie schreiben, mit Sachinformationen, die von öffentlichem Interesse sind, zu helfen versuchen. Ich werde dies daher gerne für Sie tun, wenn Sie mir zuvor in etwa das Thema Ihres Buches und die konkreten Bereiche nennen, zu denen Sie mir Fragen stellen möchten.«

Er bat mich, ihm einen kurzen Abriß vorzulegen. »Natürlich werde ich alles völlig vertraulich behandeln«, schrieb er. Das kam mir seltsam vor. Meinte er damit, er werde mein Exposé niemandem zeigen, auch der Königin und der übrigen königlichen Familie nicht? Oder sollte es heißen, er werde es der britischen Presse vorenthalten, die (unzutreffend) berichtet hatte, ich schreibe an einer Biographie über Philip, den Ehemann der Königin und Herzog von Edinburgh?

Daß jemand ein nicht von ihm genehmigtes Buch über ihn schreiben würde, hatte bereits den Unmut des Herzogs erregt.

1994 drohte er britischen Reportern zufolge, die ihn auf einer Reise begleitet hatten, mich zu verklagen. Beim Besuch in New York erkundigte er sich nach »dem Buch, an dem Kitty Kelley schreibt«, und soll gesagt haben, »ich werde meinen guten Namen zu schützen wissen«. Die Äußerungen riefen in der britischen Presse einiges Aufsehen hervor. »Nie zuvor hat ein Mitglied der königlichen Familie persönlich eine so deutliche Warnung ausgesprochen«, schrieb Chris Hutchins in *Today.* »Prinz Philip sagt, er sei zu einer gerichtlichen Klage bereit, und die Anwälte von Buckingham stünden schon ›Gewehr bei Fuß‹.« Der *Daily Star* berichtete über den Wortwechsel unter der Schlagzeile: »Prinz droht wegen Kitty-Schocker: Wenn das Buch unwahre Aussagen verbreitet, erhebe ich Anklage.«

Die Artikel veranlaßten etliche Männer und Frauen, in meinem Washingtoner Büro anzurufen, die sich allesamt als uneheliche Kinder von Mitgliedern der königlichen Familie ausgaben. Aus Argentinien, Australien, England, Wales und New York erreichten mich Anrufe von Leuten, die mir ihre königliche Herkunft verraten wollten. Sie boten an, ihre Aussagen mit Fotos, Auszügen aus Familientagebüchern und Briefen entfernter Verwandter zu untermauern, aber niemand konnte eine Geburtsurkunde vorweisen. Doch auch ohne Dokumente, die alles exakt bewiesen, blieben sie nach wie vor überzeugt, Kind eines Mitglieds der britischen Königsfamilie zu sein.

Als ich dem Pressesekretär der Königin zurückschrieb, sagte ich ihm, ich wolle möglichst viele Personen interviewen, die gesicherte Aussagen über das Haus Windsor machen könnten. Da ich als Amerikanerin für eine internationale Leserschaft schreibe, bat ich den Pressesekretär der Königin, mir bei einer zutreffenden Schilderung eines Themas von starkem öffentlichen Interesse behilflich zu sein. Über die Windsors seien viele Bücher erschienen, aber die meisten widersprächen sich gegenseitig. Auch die bedeutenden und anerkannten Historiker differierten in grundlegenden Details. Außer über die Namensschreibung der Familie seien sich nur wenige in etwas einig.

Da ich mich immer noch in der Recherchephase befand, erläuterte ich, formal werde sich das Buch am chronologischen Ablauf orientieren, angefangen 1917, als die Familie umbenannt wurde, bis zum heutigen Tag. Anstelle eines Abrisses übersandte ich ihm zwei Seiten mit Fragen zu Eheschließungen, Finanzen und Erhebungen in den Adelsstand. Als Antwort schickte mir Mr. Anson ein Buch von 632 Seiten mit dem Titel »The Royal Encyclopedia«.

Während ich bei meinen Recherchen zwischen Washington und London hin- und herpendelte, tauschten wir weitere Briefe aus. Am 8. Mai 1995 war ich gerade zum fünfzigsten Jahrestag der Kapitulation der deutschen Streitkräfte in Europa in England. Wiederum wandte ich mich an den Palast mit weiteren Fragen und der erneuten Bitte um Interviews. Bei diesem Besuch telefonierte ich mit Mr. Anson.

Wir diskutierten die bewegenden Feiern zum fünfzigsten Jahrestag des Sieges über Nazideutschland. Wir sprachen über die ergreifende Szene vom Vortag, als die fünfundneunzigjährige Königin Mutter auf den Balkon des Buckingham-Palastes getreten war, um den unten versammelten 50 000 Menschen zuzuwinken. Fünfzig Jahre zuvor hatte sie an derselben Stelle den Tribut einer dankbaren Nation entgegengenommen. Damals wie jetzt war sie von ihren beiden Töchtern eingerahmt. Aber im Gegensatz zu der historischen Aufnahme fehlte 1995 sowohl ihr Mann König George VI. als auch sein Premierminister Winston Churchill, die 1945 noch neben ihr gestanden hatten. Dennoch erinnerte der Auftritt der Familie auf dem Balkon einen jeden an den, den sie England nach dem Krieg geboten hatten.

»Derlei Anlässe«, sagte mir der Pressesekretär der Königin, »wirken sehr einigend auf das Land ... Sie zeigen, daß die Monarchie etwas ist, was zum britischen Volk gehört ...«

Als ich wieder zu Hause in Washington war und zu schreiben begann, wollte Mr. Anson mir allerdings keine Fragen mehr beantworten. Er schien besorgt, ich könnte seine Hilfsbereitschaft so auslegen, daß ich mein Buch als *autorisierte* Biographie vermarkte. Die Sorge hätte er sich sparen können. Aber er vertraute seine Sorge einem Berichterstatter der Lieblingszeitung der königlichen Familie, *London Daily Telegraph* an, der daraufhin einen Artikel mit der Schlagzeile brachte: »Aufregung im Palast wegen US-Buch über die Queen.«

Im Artikel wurde der Pressesekretär des Palastes so zitiert: »Mrs. Kelley erhielt weder in der Vergangenheit besondere Unterstützung des Palastes, noch wird sie in Zukunft damit rechnen können. Wir haben ein oder zwei an uns gestellte sachliche Fragen beantwortet, wie wir es bei jedem Autor tun, der über den königlichen Haushalt schreibt. Das bedeutet aber nicht, daß man damit einen Zugang zu vertraulichen Dingen gewährt.«

Tage später erhielt ich Charles Ansons letzten Brief. »Ich möchte an dieser Stelle betonen«, schrieb er, »falls die begrenzte Hilfe, die wir gewährt haben, in Zukunft auf irgendeine Weise falsch ausgelegt wird, werden wir geeignete Maßnahmen erwägen.« Auch davon wurde in der britischen Presse berichtet. Der Artikel des *Guardian* – »Vorkehrungen im Palast« – stand unter einer Karikatur von zwei Corgi-Hunden, die die Hundehütte im Buckingham-Palast bewachen. Einer der beiden Hunde knurrte mit gefletschten Zähnen: »Kitty!* Grrr ... Schon der Name macht mich rasend.«

Trotz der kräftig veröffentlichten Warnung des Pressesekretärs der Königin konnte ich in den letzten drei Jahren mehrere hundert Leute interviewen, darunter viele derzeitige oder ehemalige Mitglieder des königlichen Haushalts. Geld bekam niemand, denn ich zahle nie für Informationen, aber die Vertraulichkeit garantierte ich denen, die Repressalien des Palastes befürchteten. Da die meisten Mitglieder des königlichen Haushaltes bei ihrer Anstellung eine Geheimhaltungsverpflichtung unterschreiben müssen, wußte ich, welche Risiken sie eingingen, wenn sie mit mir redeten. Wenn es herauskam, liefen die im königlichen Dienst Stehenden Gefahr, ihren Job zu verlieren, die pensionierten setzten ihre Pension damit aufs Spiel. Charles Anson hatte dies in einem seiner Briefe sehr deutlich gemacht: »Wir nehmen hier jeden Vertrauensbruch sehr ernst, desgleichen jeden Verstoß von Angestellten des Königlichen Haushalts beispielsweise gegen die von ihnen im Zusammenhang mit ihrer Beschäftigung bei der Königlichen Familie eingegangenen Verpflichtungen.«

Doch mit der anonymen Hilfe vieler, darunter ehemaligen und jetzigen Angestellten, Freunden und Verwandten, gelang es mir

* »Kitty« bedeutet übersetzt »Kätzchen«. (A. d. Ü.)

dennoch, einen ungefilterten Blick auf die britische Königsfamilie und ihr Leben zu werfen. Zum ersten Mal gelang mir das im Kensington-Palast – mitten in London, nur wenige Kilometer vom Buckingham-Palast entfernt.

Als sich Prinzessin Margaret gerade auf einer Auslandsreise befand, bot mir ein Mitglied ihres Stabes, das ich schon kannte, an, mich durch ihre Gemächer zu führen. Da ich noch nie in einem Palast gewesen war, nahm ich dankbar an. Als ich am Außentor erschien, war ich überrascht, von den Sicherheitsleuten bereitwillig durchgewinkt zu werden. Sie fragten mich weder nach meinem Namen noch nach dem Zweck meines Kommens, wahrscheinlich, weil mich jemand begrüßte, den sie kannten.

Wir begannen unseren Rundgang in den Räumen, die als sogenannte »Grace-and-Favour«-Residenzen bekannt sind und ausgewählten Mitarbeitern vom Souverän zur Verfügung gestellt werden. Zum Teil sehen diese kleinen Wohnungen wie Mönchszellen aus. Sie sind sauber, aber hoffnungslos eng und bieten gerade fürs Nötigste Platz: Bett, Stuhl, Couch, Tisch. In einigen ist so wenig Platz, daß die dazugehörige Toilette auf der anderen Seite der Halle liegt. Aber, wie mir eine dankbare Angestellte sagte, »sie kosten keine Miete«.

Als wir in die Gemächer I.K.H. Prinzessin Margaret gelangten, schluckte ich erst einmal ungläubig; vom Heim der Schwester der reichsten Frau der Welt hatte ich wahrscheinlich etwas Großartigeres, Imposanteres erwartet. Fast so etwas wie diamantbesetzte Wände und mit Rubinen gepflasterte Fußböden. Doch ich sah nur künstliche Blumen in den Vasen auf den Fensterbänken ringsum und ein elektrisches Öfchen mit stark ausgefranstem Kabel. Hinter der Tür zum Wohnzimmer hing ein zusammenklappbares Aluminiumtablett. Ich ließ mir sagen, es werde vor den Fernseher gestellt, wenn die Prinzessin allein zu Abend speise. Zwei große Negerstatuen bewachten den Eingang zu dem Raum in lebhaftem Blau, in dem sie ihre riesige Sammlung von Sammeltassen, Kristallgläsern und Wasserkrügen aufbewahrt. An den Wänden entlang standen Porzellanteller und -schalen mit großer Goldverzierung. Auf einem stummen Diener aus Mahagoni neben ihrem Schreibtisch lagen winzige Porzellandöschen. Eines davon, etwa von 1800, trug die

Inschrift: »Möge der König leben und es dem Untertan lohnen, der für ihn zu sterben bereit ist.«

Meine Gewährsperson führte mich durch Palasträume und beantwortete geduldig meine Fragen zur königlichen Familie – der Königin, der Königinmutter, dem Herzog von Edinburgh, Prinzessin Margaret, den Prinzen Andrew und Edward und dem Prinzen und der Prinzessin von Wales. Als ich mich nach Sarah Ferguson, der Herzogin von York, erkundigte, erhielt ich die schroffe Antwort: »Sie ist keine Royal.« Ich betrachtete die Porträts und Fotos, darunter ein gerahmtes Bild von Prinzessin Margaret mit ihrem früheren Ehemann Antony Armstrong-Jones beim Dinner im Weißen Haus mit Präsident Lyndon Johnson und seiner Frau Linda Bird. Das von den Johnsons signierte Foto hängt im Badezimmer.

Wie ich nun bei den Recherchen über das Haus Windsor in der Klassenpyramide auf- und abwanderte, hatte ich manchmal das Gefühl, als zwinkere mir der Buckingham-Palast verstohlen zu. Ganz unten interviewte ich Lakaien. Weiter oben unterhielt ich mich mit Höflingen. Ich hörte mir an, was mir Mitglieder des Ober- und des Unterhauses zu sagen hatten. Ich fragte konservative und Labour-Abgeordnete nach dem beherrschenden Einfluß der Monarchie.

Bei einer Frauenversammlung sagte die Schauspielerin und Labour-Abgeordnete Glenda Jackson: »Die Leute in meinem Wahlkreis sind wütend über die politische Richtung, die das Land eingeschlagen hat, aber wenn man die Zeitungen liest, würde man es nicht glauben, denn sie kennen fast kein anderes Thema als das Königshaus.« Der konservative Abgeordnete Rupert Allason, der unter dem Pseudonym Nigel West Spionageromane verfaßt, schrieb mir, wie hoch er die Monarchie schätze. »Was die Royals anbelangt, so bin ich ziemlich altmodisch. Einige sind vielleicht wenig attraktiv, aber insgesamt bekommt das Königshaus dem Lande und ... gilt bei uns als beliebte, wenngleich anachronistische Institution.«

Lord Jacob Rothschild gab sich da etwas schelmischer. Bei einem Essen im River Club in London erwähnte er, er habe vor kurzem im Buckingham-Palast gespeist. »Es wird zwar erwartet, daß man nie darüber redet, wenn man im Palast diniert. Aber welchen Spaß soll es denn machen, die Royals zu kennen«, sagte er zwinkernd, »wenn man nicht über sie reden darf?«

Seine Frau versuchte, ihn zum Schweigen zu bringen. Sie drohte mir mit dem Finger, weil ich Notizen nahm. »Sie dürfen kein Buch schreiben«, sagte Lady Rothschild. »Wir müssen unsere königliche Familie vor sich selber schützen ... Wir brauchen keine Abhandlung einer objektiven Amerikanerin. Dem Königshaus steht man nicht objektiv gegenüber.«

Zu meinen Recherchen gehörten auch Teestunden mit Damen von Rang, die mit Herren verheiratet waren, an deren Namen sich allerlei Initialen anschlossen. Diese Abkürzungen bezeichnen die Orden, die sie von der Krone erhalten haben. In ihren Landhäusern wurden mir die hermelinbesetzten Kleider vorgeführt, die sie bei der Krönung trugen, und die goldenen Stühlchen, auf denen sie während der Feier in der Westminster Abbey saßen. Viele kannten die Königin schon seit ihrer Kindheit. Sie hatte ihren Hochzeiten beigewohnt und schrieb ihnen Briefe, die mit »lieber Cousin« oder »liebe Cousine« begannen. »In diesem Kreis«, erläuterte mir ein Aristokrat, »gilt jeder als mit jedem verwandt.« (Selbst bei Zuhilfenahme der Adelsbibel »Debrett's Peerage« stolperte ich immer noch über die Feinheiten der englischen gesellschaftlichen Rangordnung. Mehr als einmal vertat ich mich mit einem Titel oder verwechselte beim Schreiben einer Adresse die Initialen, aber meine Ausrutscher wurden mir gnädig nachgesehen. »Sie sind Amerikanerin, meine Liebe«, sagte eine Gräfin, »von Ihnen erwartet man nicht, daß Sie das alles wissen.«) Diese Aristokraten sind ausnahmslos Royalisten, glauben fest an die Krone und behaupten, die Monarchie werde so lange währen wie die Weißen Klippen von Dover. Allen bin ich dankbar für die Zeit und das Entgegenkommen, das sie mir geschenkt haben.

Die von ihnen gewonnenen Einblicke standen in scharfem Kontrast zu denen der Republikaner, die ich interviewte. Diese meinten, die Tage der Monarchie seien gezählt oder sollten es jedenfalls sein. In Begleitung des Schriftstellers Anthony Holden nahm ich an einer Zusammenkunft des Common Sense Club in London teil, in dem britische Schriftsteller, Verleger und Wissenschaftler über Vorschläge zur Abschaffung der Monarchie debattieren, unter anderem eine schriftliche Verfassung, mit der das Oberhaus aufgelöst und die Trennung von Staat und Kirche vollzogen werden soll. Seinen Namen verdankt der Common Sense Club einem Pamphlet, das Thomas Paine 1776 schrieb und in dem er eine Unabhängigkeitserklärung forderte. Dieser Sohn eines Quäkers und Korsettherstellers wurde verhaftet, wegen Verrats verurteilt und aus England verbannt. Sein revolutionärer Geist inspiriert heute noch Mr. Holden und seine republikanischen Kollegen, die ihre Politik mit ungeheurem Charme und Witz würzen. Ich habe die Zusammenkunft mit ihnen sehr genossen und bin ihnen dankbar für das, was sie mir beigebracht haben.

Marc Pachter, Sonderberater des Sekretärs der Smithsonian Institution, veranstaltete monatliche Seminare für die Washington Biography Group, an denen ich teilnahm und aus denen ich kluge Ratschläge mit nach Hause nahm. Er meint, eine Biographie müsse die lebendige Darstellung eines wirklichen Lebens sein, in das man von außen hineinspäht. »Schreibt immer mit der Nase fest ans Fenster gepreßt«, sagte er. Das habe ich versucht.

In Fragen des britischen Königshauses machte ich mich bei mehreren Sozialhistorikern sachkundig, die an der Smithsonian Institution in Washington lehren. Besonders reizend waren dort Virginia W. Newmyer; Stanley Weintraub und der Kunst- und Geisteswissenschaftler Professor Evan Pugh von der Pennsylvania State University; Edward Keefer vom Department of State; Marlene Eilers; der frühere diplomatische Korrespondent von *Time*, Roland Flamini; die Geschichtsprofessorin Catherine A. Cline von der Catholic University und Geschichtsprofessor David Cannadine von der Columbia University.

Antworten auf meine historischen Fragen verdanke ich mehreren Bibliothekaren: Eugene Weber, Manager des Presseverbands des Vereinigten Königreichs, und seinen hilfreichen Mitarbeiter/Innen Adrian McLeay, Richard Peacock und Katarina Shelley; Linda Amster von der *New York Times*; Paul Hamburg vom Simon Wiesenthal Center; Garner Shaw vom *New York Observer*; Gwen Odum von der *Palm Beach Daily News*; Steve Glatter in der Miami-Dade Public Library; Don Osterweil von *Vanity Fair*; Jeanette Brown von *USA Today*; Merle Thomason bei Fairchild Publications; Paul Cornish und Janet Bacon vom British Information Service; Lisa Brody vom American Film Institute; Terri Natale, *New Statesman*; Charles Seaton beim *Spectator*; Rodney Smith von der New Orleans Public Library; Polly Townsend von der Desmond-Fish Library, Garrison, New York; Janet Lorenz vom National Film Information Service of the Center for Motion Picture Study, Academy of Motion Picture Arts and Sciences; Margaret O'Sullivan vom *Putnam County* [New York] *News and Recorder*; Patrick Wagner vom Smithsonian Residents Program; den Referenzbibliothekaren der Öffentlichen Bibliotheken von Alexandria, Arlington und Fairfax in Virginia; dem Washingtoniana Room der Martin Luther King Library in Washington, D.C.; der Foundation Center Library in Washington, D.C.

Dank für Dokumente und Aufzeichnungen über die britische Königsfamilie schulde ich dem British Naval Office; dem Office of Population Censuses and Surveys, St. Catherine's House, London; und den Archivaren und Forschern der Präsidialbibliotheken von Franklin D. Roosevelt, Harry S. Truman, Dwight D. Eisenhower, John F. Kennedy, Lyndon B. Johnson, Richard M. Nixon, Gerald R. Ford, Jimmy Carter und Ronald W. Reagan; den National Archives und der Library of Congress in Washington, D.C.; dem Department of Law des Staates New York; den Freedom of Information Act Offices im Department of State, im Justizministerium einschließlich des Federal Bureau of Investigations, im Verteidigungsministerium und in der Central Intelligence Agency. Reaves West recherchierte dankenswerterweise für mich in der British Library in London. Für Rat in Protokollfragen wandte ich mich an Jean B. Inman in der US-Botschaft in London, und den Mitarbeitern der britischen Botschaft sowie der Botschaften Schwedens, Dänemarks, Norwegens, Kanadas und Australiens in Washington, D.C., danke ich für ihre Mithilfe.

Einige Personen lieferten mir Informationen für das Buch, andere gewährten der Autorin Gastfreundschaft. Beides wird sehr dankbar vermerkt. Mein Dank gilt dem Stab des Athenaeum Hotels, wo James A. Brown, Sally Bulloch, Alex Serra und Donald Birraine die erste von vielen Londonreisen so angenehm gestalteten. Besonders dankbar bin ich ihnen, daß sie mich dem Präsidenten von Südafrika, Nelson Mandela, vorstellten, der ebenfalls im Hotel wohnte. Die mit ihm verbrachte Stunde war meine erste Begegnung mit Adel.

Schriftsteller sind meist unerträglich, wenn sie an einem Buch arbeiten, und so schulden sie allen, die sie ertrugen, tiefsten Dank. Die Liste derer, die mir die Qual erleichterten, ist lang. Meine Forschungsassistentin Melissa Lakey widmet seit zehn Jahren allen ihr übertragenen Aufgaben ihre wache Intelligenz und ihr weites Herz. Beruflich wie persönlich ist sie ein Schatz. Wertvoll ist mir auch die familiäre Geborgenheit, die sie mir in Gestalt ihrer Mutter Jeannette Smalling und ihres Bruders Walter Smalling bot. Ihre Verwandten haben dieses Vorhaben liebevoll und geduldig gefördert, und ihnen allen schulde ich Dank, insbesondere Ray Rhinehart, Paul, Martha und Allyson Gibson; Stephen und Margaret Gibson; Roger, Anne, Jeannette und Rachel Buchholz; Jean, Bill, Mike, Doug und Jon Lakey. Melissas Mann danke ich für die Geduld, die er in den langen Stunden bewies, in denen sie vor der Geburt ihres ersten Kindes, Drew Edward Lakey, für dieses Buch in den Wehen lag.

Meine Schwestern Mary Cary Coughlan und Adele O'Toole waren mir in der ganzen Zeit, in der ich an dem Buch schrieb, liebevolle Ermutigung; gleiches gilt für meine treue Freundin Margaret Engel, Direktorin der Alicia-Patterson-Stiftung. Ungemein hilfreich waren die Mitglieder des International Women's Forum, insbesondere Sheryl Marshall, Joni Evans, Shirley Nelson, Peggy Czyzak-Dannenbaum, Martha Teichner, Barbara Hosking, Pam Garside, Susan Greenwood, Willie Campbell, Maureen Kindel, Mary Lehman und Fruzsina Harshani. Dankbar bin ich auch den Freundinnen des I.W.F., Patricia Gurne, Michele Hagans, Sandra Taylor, Mitzi Wertheim, Lilia Ann Abron, Alexandra Armstrong, Esther Smith, Patricia Bailey und Patricia Goldmann.

Sehr wertvoll waren die Bemühungen von Bill Chaput vom Lotos Club in New York City; Rich Salke; Erna Steiner; James Henderson; Fabiola Molina; Germaine Attebery; Susan Nicholas; Silvia Costanos; Joan Worden; Deborah Cohen; Russell Kott; Eunice und Mones Hawley; Susan Mickelwaite; Patti Pancoe; Carolyn Telman; Forrest MacCormack; Samuel Melman von Justine Melman, Inc.; Eliane Laffont, Präsident von Sygma Photo News; schließlich Mr. und Mrs. Louis J. Appell Jr., deren Wohnung in Lenox Gardens mir zur Londoner Heimat wurde.

Bei mehreren Forschungsvorhaben erhielt ich sachkundige Hilfe von Melissa Goldblatt; Aura Lippincott; Helaine R. Staver; Jacqueline Williams; Anne Whiteman, ABC News; Audrey Sands, Ray Boston; Barry Phelps; Sue Harmer; Mary Aylmer; Simon Nathan; Daphne Srinivasan; Lilly Lessing; Roger Law, *Spitting Image*; Pamela Warrick, *Los Angeles Times*; Ellen Warren, *Chicago Tribune*; Wade Nelson; Rachel Grady; Abby Jones Pauley; Emily Greines; Rebecca Salt, Reed Consumer Books, London; Phoebe Bentinck; Edda Tasiemka, Hans-Tasiemka-Archiv; Ann Geneva, Yale University Press; Ted Richards, Olsson's Books; Tim O'Connor, Palm Beach Polo Club; Frank Tenot, Präsident, Hachette Filipacchi Presse.

Bei der Einsichtnahme in Videobänder und Dokumentarfilme gewährten mir Howard Rosenberg von CBS News und Richard Carlson, Präsident und Generalmanager der Corporation for Public Broadcasting, großzügige Unterstützung.

Für die Übersetzung aus fremden Sprachen verließ ich mich ganz auf das dolmetscherische Können von Vivian Glick, die Französisch, Deutsch und Italienisch beherrscht. Maria de Martini half mir bei den spanischsprachigen Interviews.

Bei der Investitionsanalyse der königlichen Finanzen standen mir Marvin H. McIntyre von Legg Mason Wood Walker in Washington, D.C., und sein Stab zur Seite: Colleen Bradley, Kim Dexter, Don Metzger, Bob Parr, Swati Patel, A. E. Victor. Dankbar bin ich auch Arnold H. Koonin von Coopers & Lybrand sowie Steve Weisman und Tracy Noble von Weisman, Noble and Moore.

In Rechtsfragen verließ ich mich auf die Sachkenntnis von Marc Miller von McLeod, Watkinson and Miller; Robert Wald, Michael Nussbaum und Benjamin Zelenko von Nussbaum & Wald, Washington, D.C. Mein Lieblingsanwalt ist immer noch mein dreiundachtzigjähriger Vater William V. Kelley von Witherspoon, Kelley, Davenport & Toole in Spokane, Washington.

In den letzten Jahren habe ich mit vielen Menschen über das Haus Windsor gesprochen. Zu denen, die großzügig ihre Zeit, ihr

Wissen und ihre Einsichten mit mir teilten, gehören Peter und Pamela Evans; Robert Lacey; Sue Townsend; Michael Cole; Linda White; Steve Aronson; Patricia Bosworth; Peter und Kit Hammond; Barbara und Ken Follett; Mara Berni; Lecia Crystal; Ericka Barty-King; Andrew David Ball und Judith Ball; Nancy, Barbara und David Morowitz; Bob Glick; Sheila und Dobli Srinivasan; Cissy Finley Grant; Lionel Epstein und Elizabeth Streicker; Lynette und John Pearson; Anthony Holden und Cindy Blake; Rosie Boycott, *Esquire*; Ross Benson, *Daily Express*; Peter McKay, *Evening Standard*; Gordon MacKenzie, *Daily Mail*; Hal Robinson; Michael Bywatter; Peter Kazaris; Roberta Ashley; Richard Cohen; David Patrick Columbia; Fiammetta Rocco, *Independent on Sunday*; Sue Crewe; Phyllis Stirman; Eric Weil, *Buenos Aires Herald*; Ivanna und James Whitaker, *Daily Mirror*; Barbara Cartland; Tim Heald; Giles Gordon; Christopher Hitchens, *Vanity Fair*; Francis Wheem, *Guardian*; Ian Hislop, Redakteur von *Private Eye*; Matthew Evans; Caroline Michel; Larry Adler; Larry and Mary Devlin; Daryll Bonner; Nancy Pollard; Mark Hollingsworth; Norman Douglas Hutchinson; Anthony Summers; Muriel Fox und Shep Aaronson; Ken Burrows und Erica Jong; Bonnie Goldstein, ABC-TV; Jim Grady; Myuki Williams; Jacqui und Jeff Weaver; Maurice Weaver, *Daily Telegraph*; Betsy und Ira Silverman; Monika Worth; Christopher Gulkin; William Norwich, *New York Observer*; Marian Lear Swaybill; Heather Perran; Richard Hough; Franklin Johnson; Fleur Cowles; Dominic Lawson, *Spectator*; Margaret Gardner; Ken Jennings; Rex Reed; Eunice Roberts; Wendall (Sonny) Rawls; G. H. Hutchinson Smith; Geoffrey Bailey; Geoffrey Harley; Joyce Hopkirk; Emily Malino Scheur; Bevis Hillier; Veronica Forwood; Laura Zelenko; Rory Knight Bruce; Robin Knight Bruce; John Davey Beverton; Noreen Talor; Rosalind Miles; Richard Johnson, *New York Post*; Richard Turley; Carlos Anessi; Nina Myskow; Grant McCahon; Mary Kyreakowdis; Carinthia West, *Marie Claire*; John Teenan; Philip Benjamin; Taki Theodoracopulos; Margaret Holder; Michael Thornton; Lady Colin Campbell; Sylvia Wallace; Jonathan Engel, Reuters; Michael Nagel; Geoffrey Acquilina Ross; Kevin Dowling; Jean Ritchie; Nicholas Haslam; Caroline Kennedy; John Barratt; Stephen Maitin; Lindka Cierach; Una

Mary Parker; Jeannette Walls, *Esquire*; Marjorie Wallace; Wendy Leigh; Richard Ingrams; Christopher Silvester; Jack Hedley; Willie Hamilton; Kenneth Jost, *Congressional Quarterly*; James Bellini; Philip Knightley; Andrew Rosthorn; Paddy Crerand; Desmond Ellott; Gant Gaither; Jody Jacobs; Sharman Douglas; Achtar Hussein; Arlene Dahl; Pamela und Ronald Kessler; John Prince; Fornida und Nang Sang, *People*; Wanda Baucus; Mark Gisbourne; John Woods; Tony und Audrey Charles; Felicity Green, *Daily Telegraph*; Sheila Hailey; Geraldine Sharpe Newton, CNN; Susan Yerkes, *San Antonio Express News*; Ian Coulter; Angus Coulter; Heather Elliott; Gordon Graham; Marco Pierre White; Victoria Mather; Penelope Mortimer; Desmond Elliott; Ian Gordon; Michael Bloch; Ingrid Seward, *Majesty*; Stephen Birmingham; Bob Jerome; Andrew Neil, *Sunday Times*; Susan Watters, *Women's Wear Daily*; Judy (Demetra) Green; Roberta Klein; Charles Higham; Julie Schoo; Lissa August, *Time*; Connie Bransilver; Lester Hyman; Ann Landers; Lucy Scardino; Kevin McMannus, *Town & Country*; Warren Rogers; Joe Laitin; Lilla Pennant; Leslie Linder und Norman Quine; Tim Heald; Nicholas Monson; Stephen Haseler; Lindsay Mackie; Roy Greenslade; Hugh Bygott-Webb; Magdalene de Blaquier; Nicki McWhirter, *Detroit News*; James Reginato, *Women's Wear Daily*; Maxine Champion; Leslie und Andrew Cockburn; Robert Sam Anson; Martin Peretz, *New Republic*; David Hume Kennerly; Norman Mailer; Annie Groer, *Washington Post*; Toni Aluisi; C. Wyatt Dickerson; Terry Lichstein, ABC-TV; Ed Curran; Barry Everingham; David Kogan, Reuters; Carolyne MacDonald; Gilbert Mathieu; Maxine Mawhinney, GMTV; Joan Worden; William Keating; Barbara Dixon; Susan Tolchin; Marianne Means, Hearst-Zeitungen; Al Eisele, *The Hill*; Evangeline Bruce; Dr. Nelson Lankford, Virginia Historical Society; Priscilla Baker; Robert M. Eisenger; Gillian Pachter; Ronnie und Arnie Pollard; Ricki Morell; Nancy A. Poland; Penelope Farthing.

Danken möchte ich auch meinem Literaturagenten Wayne S. Kabak von International Creative Management, der glänzendes Können mit guter Laune selbst in kritischen Augenblicken verbindet. Er erinnert mich an Chaucers »sehr vollkommenen edlen Ritter«. Sein Rat und die Freundschaft, die mir seine Frau Marsha Berkowitz und seine Kinder Victoria und Benjamin entgegenbringen, sind mir wertvoll. Seine Kollegenschar bei I.C.M., an erster Stelle seine hervorragende Assistentin, machen das schriftstellerische Dasein weniger mühselig. Dankbar bin ich dem Londoner Büro von I.C.M., wo Duncan Heath und seine Assistentin Lucy Morrison mir so hilfreich zur Seite standen.

Mein Gruß gilt Warner Books und ihrem dynamischen Chef Laurence J. Kirschbaum, Vorsitzender von Time Warner Trade Publishing; Maureen Egen, Präsidentin, Verlegerin und C.E.O.; Chris Barba, V.P., Leiterin der Verkaufs- und Marketingabteilung; Emi Battaglia, V.P., Chef der Werbeabteilung; Jackie Joiner, Assistentin der Präsidentin; Harvey-Jane Kowal, V.P., Cheflektorin; Diane Luger, Leiterin der Abteilung Kunst; Martha Otis, V.P., Werbung und Promotion; Karen Torres, Marketing; Nancy Wiese, Direktorin für Nebenrechte. Dank auch an Sona Vogel für ihr gekonntes Korrekturlesen und Vincent Virga für die Zusammenstellung der Fotos.

Schreiben ist ein mühseliges Unterfangen; Schriftsteller brauchen deshalb einen Mentor. Der meinige ist weiterhin Mervin Block, der die Latte hoch anlegt. Nach zwanzigjähriger Freundschaft bewundere ich immer noch sein Geschick und seine Intelligenz. So demütigend es manchmal auch war, bin ich doch mächtig dankbar für die korrigierende Feder, mit der er meine Rohentwürfe durchsah, und für die Strenge, mit der er mich aufforderte, den Inhalt kürzer, knapper und kraftvoller zu machen.

Als das Manuskript fertig war, schickte mir mein Verleger einen wahren Schatz in Gestalt von Carolyn Blakemore, die in Washington, D.C., mit der festen Entschlossenheit aufkreuzte, Sackleinwand in Samt zu verwandeln. Als sie wieder entschwand, begleiteten sie meine Zuneigung und Dankbarkeit.

Mein innigster Dank gilt meinem Mann Jonathan E. Zucker, dem dieses Buch gewidmet ist. Vor fünf Jahren trat er in mein Leben und läßt bis heute mein Herz vor Freude beben.

Anhang

Bildnachweis

1. UPI-Corbis/Bettmann
2. UPI-Corbis/Bettmann
3. UPI-Corbis/Bettmann
4. Archive Photos
5. Archive Photos
6. Archive Photos
7. Kelley-Sammlung
8. Archive Photos
9. Archive Photos
10. Kelley-Sammlung
11. Archive Photos/Express Newspaper
12. Kelley-Sammlung
13. Archive Photos/Express Newspaper
14. AP/Wide World
15. Archive Photos/Express Newspaper
16. Archive Photos/Express Newspaper
17. Archive Photos/Express Newspaper
18. Archive Photos/Express Newspaper
19. AP/Wide World
20. Archive Photos
21. UPI-Corbis/Bettmann
22. Harry S. Truman Library
23. Archive Photos
24. Archive Photos
25. Globe Photos
26. Archive Photos/Express Newspaper
27. Kelley-Sammlung
28. Archive Photos
29. Archive Photos/Express Newspaper
30. Archive Photos
31. John F. Kennedy Library
32. UPI-Corbis/Bettmann
33. UPI-Corbis/Bettmann
34. Kelley-Sammlung
35. Archive Photos
36. Kelley-Sammlung
37. Archive Photos/Camera Press
38. Archive Photos/Express Newspaper
39. Archive Photos/Express Nespaper
40. UPI-Corbis/Bettmann
41. Archive Photos/Express Newspaper
42. Archive Photos/Express Newspaper

43. Archive Photos/Express Newspaper
44. Snowdon/Globe Photos
45. Archive Photos/Express Newspaper
46. Archive Photos/Express Newspaper
47. Reuters/Russell Boyce/ Archive Photos
48. Archive Photos/Express Newspaper
49. Archive Photos/Express Newspaper
50. Rex USA
51. Archive Photos/Express Newspaper
52. Archive Photos/Express Newspaper
53. Archive Photos/Express Newspaper
54. Rex USA
55. Archive Photos/Express Newspaper
56. Archive Photos/Express Newspaper
57. Archive Photos
58. Archive Photos/Express Newspaper
59. Reuters/Mike Theiler/ Archive Photos
60. Archive Photos/Express Newspaper
61. Rex USA
62. Rex USA
63. Archive Photos/Express Newspaper
64. UPI-Corbis/Bettmann
65. Tim Rooke/Rex USA
66. White House Photo
67. Rex USA
68. Rondadswell/ Rex USA
69. Globe Photos
70. Glenn Harvey/Globe Photos
71. Globe Photos
72. UPI-Corbis/Bettmann
73. AP/Wide World
74. Archive Photos/Express Newspaper
75. AP/Wide World
76. Rex USA
77. Rex USA
78. UPI-Corbis/Bettmann
79. Dave Chancellor/Globe Photos
80. AP/Wide World
81. Archive Photos
82. AP/Wide World
83. Archive Photos/BIG Pictures
84. Archive Photos/Express Newspaper
85. Archive Photos/PA News
86. Trog/The Observer/ London/Cartoonists & Writers Syndicate
87. AP/Wide World
88. Calvin Trillin

Register